魯迅

루쉰전집

10

루쉰전집 10권 집외집습유보편

초판 1쇄 발행 _ 2017년 12월 26일
지은이 · 루쉰 | 옮긴이 · 루쉰전집번역위원회(김영문)

펴낸이 · 유재건 | 펴낸곳 · (주)그린비출판사 | 등록번호 · 제2017-000094호
주소 · 서울시 마포구 와우산로 180, 4층 | 전화 · 702-2717 | 팩스 · 703-0272

ISBN 978-89-7682-280-2 04820 978-89-7682-222-2(세트)

루쉰(鲁迅), 1903년 도쿄.

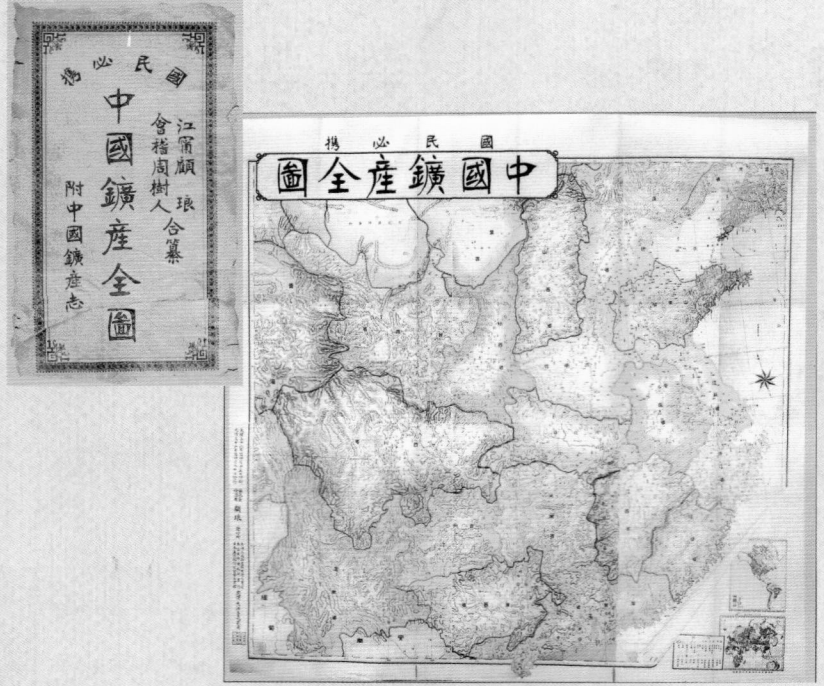

루쉰이 펴낸 『중국광산전도』. 루쉰은 이외에도 『중국광산지』(1906), 「중국지질약론」(1903) 등을 발표하여, 중국 각지에서 행해지고 있던 강대국들의 광산 자원 약탈에 대해 국민의 경계를 촉구했다.

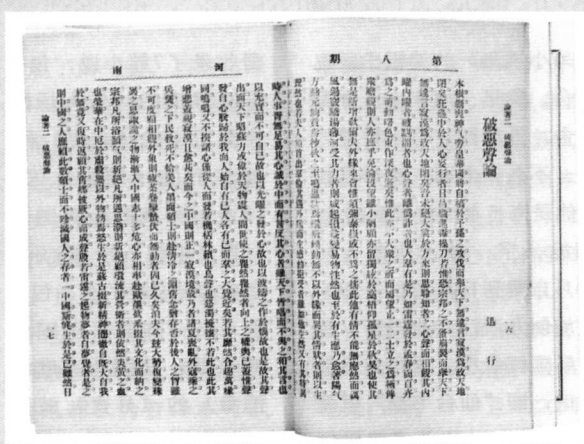

일본 유학 시절의 논문 「파악성론」(破惡聲論, 1908). 미완의 글이지만 서구 근대 문명에 대한 루쉰의 비판적 인식이 담겨 있고, 중국 국민의 정신적 각성을 촉구하고 있다는 점에서 중요한 가치가 있다.

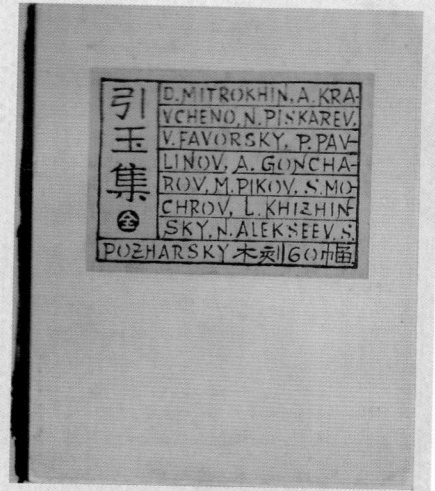

『인옥집』(引玉集. 왼쪽). 1934년 루쉰이 삼한서옥 명의로 자비 출판. 소련 목판화 작품 59폭을 수록했다. 『인옥집』에 수록된 알렉세예프의 「어머니 삽화」 제14폭(오른쪽)은 고리키의 소설 『어머니』를 판각한 것이다.

세라피모비치의 소설 『철의 흐름』(鐵流)에 대한 피스카레프의 목판화 「철의 흐름 그림」. 『인옥집』에 수록되어 있다.

『용사 야노시』 중국어판 표지(왼쪽)와 『용사 야노시 그림』 중 일부(오른쪽). 『용사 야노시』는 헝가리 시인 페퇴피 산도르의 대표작으로 전설적인 국민 영웅에 대한 장편 동화 서사시다.

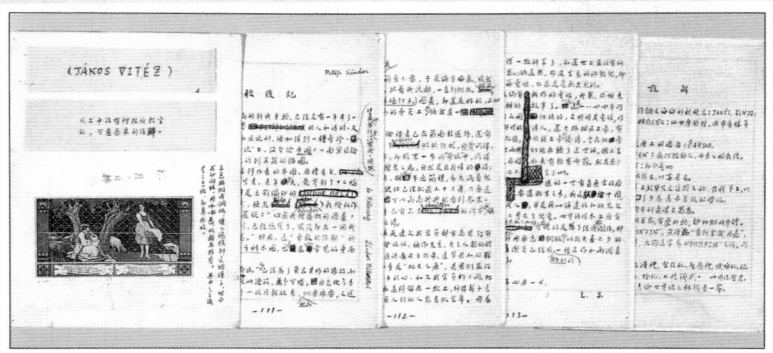

『『용사 야노시』 교열 후기』(『勇敢的約翰』校後記) 수고. 『용사 야노시』는 1931년 10월 상하이 후펑서점(湖風書店)에서 출판했다.

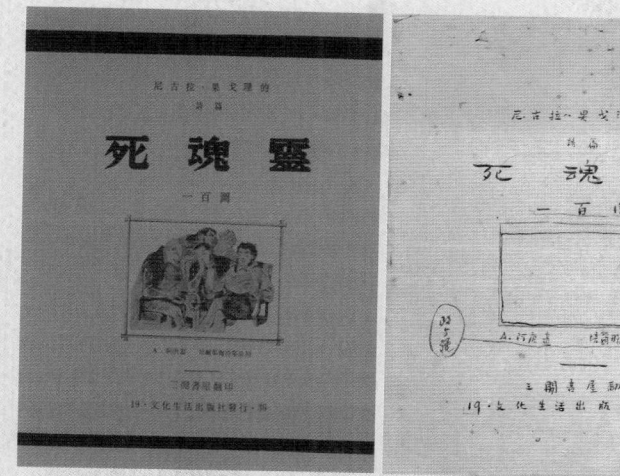

「죽은 혼 백 가지 그림」 표지(왼쪽)와 루쉰이 그린 속표지(오른쪽).

1936년 4월 삼한서옥에서 발행된, 고골의 『죽은 혼』 소설에 대한 아긴 그림. 베르나르드스키 판각, 『죽은 혼 백 가 지 그림』 중 일부.

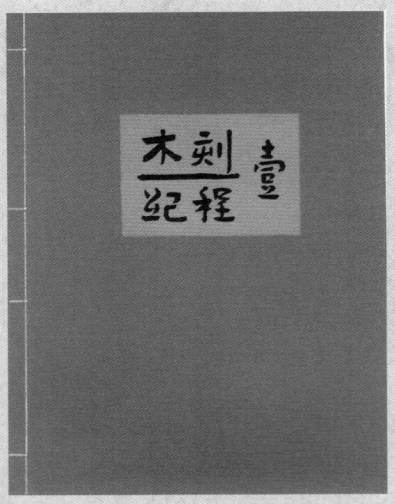

『목판화가 걸어온 길』(木刻紀程), 1934년 루쉰이 쇠나무
예술사(鐵木藝術社) 명의로 자비 출판. 청년 목각 예술가
8명의 작품 24폭을 수록했다.

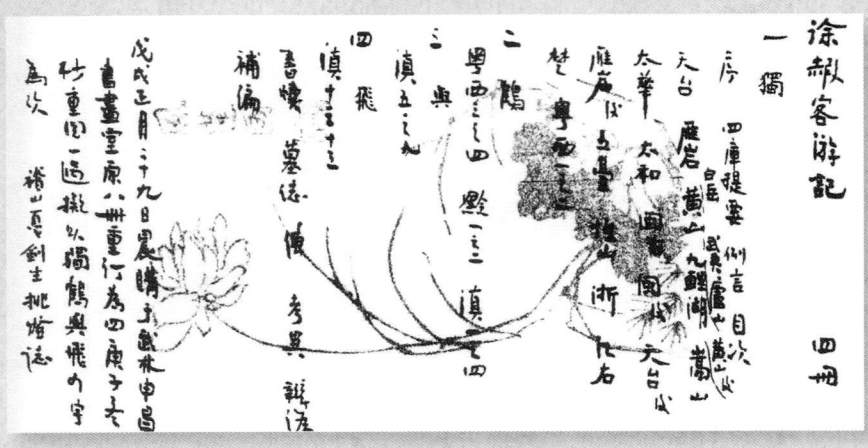

『서하객유기』 목록 및 발문. 2005년 『루쉰전집』(중국어판)에 처음으로 실렸다.

루쉰전집

10

집외집습유보편 集外集拾遺補編

루쉰전집번역위원회 옮김

웅B
그린비

『루쉰전집』을 발간하며

루쉰을 읽는다, 이 말에는 단순한 독서를 넘어서는 어떤 실존적 울림이 담겨 있다. 그래서 루쉰을 읽는다는 말은 루쉰에 직면直面한다는 말의 동의어가 되기도 한다. 그런데 루쉰에 직면한다는 말은 대체 어떤 입장과 태도를 일컫는 것일까?

2007년 어느 날, 불혹을 넘고 지천명을 넘은 십여 명의 연구자들이 이런 물음을 품고 모였다. 더러 루쉰을 팔기도 하고 더러 루쉰을 빙자하기도 하며 루쉰이라는 이름을 끝내 놓지 못하고 있던 이들이었다. 이 자리에서 누군가가 이런 말을 던졌다. 『루쉰전집』조차 우리말로 번역해 내지 못한다면 많이 부끄러울 것 같다고. 그 고백은 낮고 어두웠지만 깊고 뜨거운 공감을 얻었다. 그렇게 이 지난한 작업이 시작되었다.

혹자는 말한다. 왜 아직도 루쉰이냐고. 이에 대해 우리는 이렇게 대답할 수밖에 없다. 아직도 루쉰이라고. 그렇다면 왜 루쉰일까? 왜 루쉰이어야 할까?

루쉰은 이미 인류의 고전이다. 그 없이 중국의 5·4를 논할 수 없고 중국 현대혁명사와 문학사와 학술사를 논할 수 없다. 그는 사회주의혁명 30년 동안 누구도 건드릴 수 없는 성역으로 존재했으나 동시에 사회주의 이데올로기의 금구를 타파하는 데에 돌파구가 되었다. 그의 삶과 정신 역정은 그가 남긴 문집처럼 단순하지만은 않다. 근대이행기의 암흑과 민족적 절망은 그를 끊임없이 신新과 구舊의 갈등 속에 있게 했고, 동서 문명충돌의 격랑은 서양에 대한 지향과 배척의 사이에서 그를 배회하게 했다. 뿐만 아니라 1930년대 좌와 우의 극한적 대립은 만년의 루쉰에게 선택을 강요했으며 그는 자신의 현실적 선택과 이상 사이에서 끝없이 방황했다. 그는 평생 철저한 경계인으로 살았고 모순이 동거하는 '사이주체'間主體로 살았다. 고통과 긴장으로 점철되는 이런 입장과 태도를 그는 특유의 유연함으로 끝까지 견지하고 고수했다.

　한 루쉰 연구자는 루쉰 정신을 '반항', '탐색', '희생'으로 요약했다. 루쉰의 반항은 도저한 회의懷疑와 부정否定의 정신에 기초했고, 그 탐색은 두려움 없는 모험정신과 지칠 줄 모르는 창조정신에서 비롯되었다. 또한 그의 희생정신은 사회의 약자에 대한 순수하고 여린 연민과 양심에서 가능했다.

　이 모든 정신의 가장 깊은 바닥에는 세계와 삶을 통찰한 각자覺者의 지혜와 존재하는 모든 것들에 대한 허무 그리고 사랑이 있었다. 그에게 허무는 세상을 새롭게 읽는 힘의 원천이자 난세를 돌파해 갈 수 있는 동력이었다. 그래서 그는 굽힐 줄 모르는 '강골'強骨로, '필사적으로 싸우며'(쩡자掙扎) 살아갈 수 있었다. 그랬기에 '철로 된 출구 없는 방'에서 외칠 수 있었고 사면에서 다가오는 절망과 '무물의 진'無物之陣에 반항할 수 있었다. 그는 자신을 둘러싼 모든 것과 대결했다. 이러한 '필사적인 싸움'의 근저에는 생명과 평등을 향한 인본주의적 신념과 평민의식이 자리하고 있다. 이것이 혁명인으로서 루쉰의 삶이다.

우리에게 몇 가지 『루쉰선집』은 있었지만 제대로 된 『루쉰전집』 번역본은 없었다. 만시지탄의 감이 없지 않지만 이제 루쉰의 모든 글을 우리말로 빚어 세상에 내놓는다. 게으르고 더딘 걸음이었지만 이것이 그간의 직무유기에 대한 우리 나름의 답변이 될 수 있기를 희망해 본다.

번역저본은 중국 런민문학출판사에서 출판된 1981년판 『루쉰전집』과 2005년판 『루쉰전집』 등을 참조했고, 주석은 지금까지의 국내외 연구 성과를 두루 참조하여 번역자가 책임해설했다. 전집 원본의 각 문집별로 번역자를 결정했고 문집별 역자가 책임번역을 했다. 이 과정에서 몇 년 동안 매월 한 차례 모여 번역의 난제에 대해 토론을 벌였고 상대방의 문체에 대한 비판과 조율의 과정을 거쳤다. 그러므로 원칙상으로는 문집별 역자의 책임번역이지만 내용상으론 모든 위원들의 의견이 문집마다 스며들어 있다.

루쉰 정신의 결기와 날카로운 풍자, 여유로운 해학과 웃음, 섬세한 미학적 성취를 최대한 충실히 옮기기 위해 노력했지만 많이 부족하리라 생각한다. 독자 제현의 비판과 질정으로 더 나은 번역본을 기대한다. 작업에 임하는 순간순간 우리 역자들 모두 루쉰의 빛과 어둠 속에서 절망하고 행복했다.

2010년 11월 1일
한국 루쉰전집번역위원회

| 루쉰전집 전체 구성 |

- 1권 _ 무덤(墳) | 열풍(熱風)

- 2권 _ 외침(吶喊) | 방황(彷徨)

- 3권 _ 들풀(野草) | 아침 꽃 저녁에 줍다(朝花夕拾) | 새로 쓴 옛날이야기(故事新編)

- 4권 _ 화개집(華蓋集) | 화개집속편(華蓋集續編)

- 5권 _ 이이집(而已集) | 삼한집(三閑集)

- 6권 _ 이심집(二心集) | 남강북조집(南腔北調集)

- 7권 _ 거짓자유서(僞自由書) | 풍월이야기(准風月談) | 꽃테문학(花邊文學)

- 8권 _ 차개정잡문(且介亭雜文) | 차개정잡문 2집 | 차개정잡문 말편

- 9권 _ 집외집(集外集) | 집외집습유(集外集拾遺)

- 10권 _ 집외집습유보편(集外集拾遺補編)

🐝 이 책에는 『집외집습유』(集外集拾遺; 1938년 5월 쉬광핑許廣平 편編) 출판 후 계속 발견된 루쉰의 글이 수록되어 있다. 그중에서 광고나 공고·정정 등의 글은 「부록 1」에 넣었고, 다른 사람의 글 속에서 뽑아낸 글은 「부록 2」에 넣었다.

재정정 『서하객유기』 목록 및 발문[1]

1. 독(獨)

서序, 사고제요四庫提要, 예언例言, 목차目次

톈타이天台, 옌당雁宕, 바이웨白嶽, 황산黃山, 우이武夷, 루산廬山

주리후九鯉湖, 황산 후黃山後, 쑹산嵩山, 타이화太華, 타이허太和, 민 전閩前

민 후閩後, 톈타이 후天台後, 옌당 후雁宕後, 우타이五臺

헝산恒山, 저浙, 장유江右, 추楚, 웨시 일지이粵西一之二

2. 학(鶴)

웨시 삼지사粵西三之四, 쳰 일지이黔一之二, 뎬 일지사滇一之四

3. 여(輿)

뎬 오지구滇五之九

4. 비(飛)

뎬 십지십삼滇十之十三

서독書牘, 묘지墓志, 전傳, 고이考異, 변위辨僞, 보편補編

무술년戊戌年[1898] 음력 정월 29일 이른 아침에 우린武林 선창서화실申
昌書畵室²⁾에서 구입했다. 원본은 8책이나 정정訂正하여 4책으로 만들었다.
경자년庚子年 겨울 끝³⁾에 다시 열람하고, '독학여비'獨鶴與飛⁴⁾ 네 글자로 차
례를 삼았다. 콰이지산會稽山 자젠성戛劍生이 등불을 돋우며 기록했다.

주)_____

1) 원제는 「重訂『徐霞客遊記』目錄及跋」. 발표된 적은 없고 원고 형태로 남아 있던 것을
   2005년판(중국어판) 『루쉰전집』에 최초로 수록했다. 내용상으로 판단해 볼 때 대체로
   1901년 1~2월간에 쓴 것으로 보인다. 본래는 제목이 「『서하객유기』 4책」(『徐霞客遊記』
   四冊)으로만 되어 있던 것을 2005년판 『루쉰전집』에서 이 글의 내용에 근거하여 위와
   같은 제목을 붙였다.
   서하객(徐霞客, 1587~1641)은 장인(江陰; 지금의 장쑤성江蘇省) 사람으로, 이름은 훙조(弘
   祖), 자(字)는 진지(振之), 호(號)는 하객(霞客)이다. 명대(明代)의 여행가 겸 지리학자이
   다. 어려서부터 지리에 관한 신기한 책을 좋아했다. 19세 때 부친이 세상을 떠나자 중
   국 각지를 여행하며 상세한 여행 기록을 남겼다. 22세 때 타이후(太湖)에 잠시 머물다
   가 그 뒤 중국 각지를 편력했다. 또 51세 때부터 4년 동안 저장(浙江)·장시(江西)·후난
   (湖南)·광시(廣西)·구이저우(貴州)·윈난(雲南) 등지를 답사했다. 그가 남긴 여행기는
   일기 및 여행기 형태로 전해지다가 그의 사후 상당량이 흩어져 없어졌다. 지금 남아 있
   는 『서하객유기』는 본래 원고의 1/6밖에 되지 않는다고 한다. 제1권은 초기의 일기이
   고 제2권부터는 만년의 여행 기록이다. 그 내용이 매우 과학적이어서 중국의 뛰어난
   지리학 저서로 주목받고 있다. 서하객 사후에 친구들이 그의 유고를 정리하여 『서하객
   유기』란 책을 펴냈다. 이 책은 판본이 비교적 많은데, 루쉰은 1898년 2월 19일(음력 무
   술년戊戌年 1월 29일) 항저우(杭州)에서 청(淸)나라 도서집성국 동활자본 8책을 구입했다.
   2년 뒤 귀향하여 방학을 보내는 기회에 정리·재장정하여 4책으로 만들고 이 목록과 발
   문을 써 넣었다.
2) 우린은 옛날 항저우(杭州)의 별칭이다. 선창서화실은 항저우에 있던 상하이 『선바오』
   (申報) 총판 서점.
3) 경자년 겨울 끝은 루쉰이 난징에서 귀향하여 방학을 보낸 경자년 12월이다. 음력 경자
   년 12월 1일은 양력 1901년 1월 20일이었고, 경자년 제야(除夜)는 1901년 2월 18일이
   었음.

4) 독학여비(獨鶴與飛)는 만당(晚唐) 사공도(司空圖)의 『시품』(詩品) 「충담」(沖淡)에 나오는 구절이다. "잠자코 소박하게 사니, 오묘한 기틀이 은미하다. 지극히 조화된 기운을 들이마시고, 외로운 학과 함께 날아다닌다."(素處以默, 妙機其微. 飲之太和, 獨鶴與飛) 옛날 사람들은 항상 익숙한 성어(成語)와 성구(成句)를 서적 권수의 차례로 삼는 경향이 있었다.

1903년

중국지질약론[1]

제1 서언

한 나라의 국정을 엿보는 건 어려운 일이 아니다. 그 나라 경계에 들어가 시장을 조사하여 그 나라에서 자체 제작한 정밀한 지형도가 한 장도 없으면 문명국이 아니다. 또 자체 제작한 정밀한 지질도(지리나 토질에 관한 지도 등을 포함)가 한 장도 없으면 문명국이 아니다. 여기에 그치지 않고 그 나라는 반드시 화석이 될 터이니, 이는 후세 사람들이 그것을 어루만지고 탄식하며 '멸종'(Extract species)이라는 시호를 붙여 줄 증거로 작용할 것이다.

드넓고 아름답고 사랑스런 우리 중국이여! 실로 세계의 곳간이며 문명의 비조로다. 무릇 여러 과학이 이미 옛날에 발달했나니, 하물며 측량과 제도製圖 같은 말단 기술 따위이겠는가? 그러나 어찌하여 지형을 그림에 있어서 그 부분도는 많지만 그것을 모아 놓으면 경계선이 맞지 않고, 강의 흐름은 조감도처럼 그리고 산악은 항상 횡으로만 그리는가?[2] 어긋나고 불분명한 모습에 망연하게 아무 생각도 나지 않으니 어찌 다시 지질을 논할 수 있고, 어찌 다시 지질도를 논할 수 있겠는가? 아, 이것은 작은 일이지만 나를 두렵게 하고 나를 슬프게 한다. 나는 인도[3]의 상세한 지도가 런던의 상점에 펼쳐져 있는 것을 대략 훑어본 적이 있다.[4] 하물며 우리 중국도 인도처럼 고아가 되어 타국인들이 중국을 잡아 매질하며 도륙하고 있음에랴? 그러나 이 고아는 또 우매하고 견식이 부족하여 자기 집 전택田宅과 재물이 얼마인지 알지 못한다. 도적이 자기 집에 들어앉아 있는데도 재물을 가져다 도적에게 주면서, 그 주인된 자는 막연하게 자세히 살피지도 않고, 남은 국물이나 식은 고기 조각이라도 얻을 양이면 얼른 큰소리로 "당신께서 저를 먹여 주고 입혀 주십니다, 당신께서 저를 먹여 주고 입혀 주십니다"라고 감탄한다. 그러나 유독 형제 사이에는 한 푼을 다투고 한 치를 재면서 칼과 몽둥이로 복수할 길을 찾아 서로서로 살상도 마다하지 않는다. 아, 현상이 이와 같으니 비록 약수弱水[5]가 사방을 둘러 흐르는 곳에서, 문을 잠그고 외롭게 버티고는 있지만, 장차 하늘의 운행질서에서 도태되어 날마다 퇴화해 가다가 원숭이가 되고, 새가 되고, 조개가 되고, 수초가 되었다가 결국은 무생물이 되고 말 것이다. 하물며 또 강한 민족들이 위세를 번쩍이며 우리나라 사방에 마수를 뻗쳐 와서, 키처럼 손을 크게 펼치고 비오듯 침을 질질 흘린다. 이어서 지도 제작에 대해 여러 학설을 열거하고 분주하게 서로 의논하고 있는 이때, 왼손에 칼을 잡고 오른손엔 주판을 잡지 않는다면 내가 장차 어떻게 살아가야 할지 알지 못하겠다. 그런데도 어찌하여 풍수로 집터를 잡는 학설이 오히려 인심에 깊이 파고들어 부의 원천을 강력하게 가로막고 스스로 아비阿鼻지옥으로 빠져드는 것인가? 집터가 크게 길해도 이제 여러분은 죽고, 그 풍수설을 타파하지 않아도 여러분은 죽는다는 걸 모르는도다! 죽은 후 '지우'至愚라는 시호를 붙인다 해도 그 누가 타당하지 않다고 하겠는가? 또 미미한 재산을 얻으려고 도적을 집으로 끌어들여, 막대한 재산을 약탈당하고 집까지 소각당하는 자가 있다면, 그는 진실로 우리 한족漢族의 큰 적이다. 무릇 미신 때문에 나라를 약화시키고, 일신과 일가의 이익만을 도모하다 사회에 해를 끼치는 자는 역대로 백성의 도적들이 키워 낸 자들이라고 말할 수 있지만, 또한 지질학이 발달하지 못했던 데도 그 원인을 돌릴 수 있을 것이다.

지질학이란 지구 진화의 역사이다. 무릇 암석의 생성 원인과 지각의 구조는 모두 깊은 연구가 필요하다. 이런 원리를 중국에 적용해 보면 미세하고 먼지 같은 지구 위에서 억겁의 세월을 거치면서 현재 모습이 되지 않은 것이 없다. 비록 헤아릴 수 없는 보물로 우리의 삶을 윤택하게 할 수 있지만 애초에 아주 신비하고 불가사의한 어떤 것이 그 사이에 존재하여 우리의 운명을 지배해 온 것은 아니다. 망령된 생각을 끊어 버려야 문명이 곧바로 피어난다. 그러나 이에 관한 학설을 두루 열거할라치면 작은 책자 한 권으로는 모두 다 진술할 수 없다. 따라서 먼저 중국 지질에 관해서 학자들이 발표한 학설을 대략 엮어서 단편 문장으로 만들어 우리 민족에게 보고해 드리고자 한다. 비록 본론에 대부분 공리공담이 가득하지만 그래도 이 글을 읽어 보면 우리 중국 대륙의 내부 상황을 개략적으로라도 알 수 있을 것이다.

제2 외국인 지질 조사자

중국은 중국인의 중국이다. 외국 민족의 연구를 허용할 수는 있지만 외국

민족의 탐험을 허용해서는 안 된다. 외국 민족의 찬탄을 허용할 수는 있지만 외국 민족의 탐욕을 허용해서는 안 된다. 그러나 저들은 손발에 굵은 물집이 생기는 것도 꺼리지 않고 우리 내지內地로 들어와 이리처럼 노려보고 올빼미처럼 틈을 엿보고 있으니 장차 어찌해야 하는가? 『시경』詩經에 다음과 같은 말이 있다. "그대는 종과 북을 갖고도, 치지도 두드리지도 않으니, 만약 그대가 죽어 버리면, 모두 다른 사람이 차지하리."[6] 그러므로 미래의 성군이 장차 은혜롭게 군림하기에 앞서[7] 먼저 중국의 물목을 조사해 보는 것이 어찌 이상한 일이겠는가? 다음에 열거하는 여러 사람들은 모두 가장 유명한 사람들이다. 기타 여행객 행세를 하며 변장하고 염탐하는 일이 얼마나 되는지는 더욱 알 수 없다. 고생스럽게 산천을 누비며 미지의 비밀을 탐험하는 일을 세계 학자들은 모두 옳은 일이라고 하지만, 나는 그 사실을 알고 항상 모발이 솟구치고 피가 솟아오르는 분노를 느꼈으니, 그것이 무슨 조짐인지는 나도 알지 못하겠다.

1871년 독일인 리히트호펜(Richthofen)[8]이란 사람은 상하이상공회의소의 부탁으로 홍콩에서 광둥廣東으로 입국하여 후난湖南(헝저우衡州, 웨저우岳州), 후베이湖北(샹양襄陽)를 거쳐 마침내 쓰촨四川(충칭重慶, 쉬저우敍州, 야저우雅州, 청두成都, 자오화昭化)에 도착했다. 이어서 산시陝西(펑샹鳳翔, 시안西安, 퉁관潼關), 산시山西(평양平陽, 타이위안太原)로 들어갔다가 바로 즈리直隸(정딩正定, 바오딩保定, 베이징北京)[9]로 나아갔다. 그리고 다시 후베이湖北(한커우漢口, 샹양襄陽)로 내려와 산시山西(쩌저우澤州, 난양南陽, 평양, 타이위안) 사이를 왕래하다가, 허난河南의 화이칭懷慶을 거쳐 상하이上海에 이르러, 닝보寧波의 저우산도舟山島에 올라 저장성浙江省 전역을 두루 조망했다. 그리고 다시 창장長江을 거슬러 올라 우후蕪湖에 이르러 장시江西 북부를 탐험하고 방향을 꺾어 장수江蘇(전장鎭江, 양저우揚州, 화이안淮安)로 갔다가 마침내 산둥山東(이저우沂州, 타이안泰安, 지난濟南, 라이저우萊州, 즈푸芝罘)으로 들어갔다. 푸른 눈을 번득이며 마치 깨달음을 얻은 듯이 무릎을 치고 크게 소리쳤다. 그러나 그의 의지는 사그라들지 않아서 다시 산시山西(타이위안, 다퉁大同)에 세 번 갔고, 즈리(쉬안화宣化, 베이징, 싼허三河, 펑룬豊潤)에 두 번 갔으며, 카이핑開平의 석탄 광산에서 배회하다가 성징盛京(평톈奉天, 진저우錦州)으로 들어가서, 펑황성鳳凰城을 거쳐 잉커우營口로 나왔다. 그가 편력한 기간은 3년이며, 그 여행 노정만도 2만 리를 넘고 세 권의 보고서를 썼다. 이에 중국이 세계 제일의 석탄국이란 명칭이 세계를 떠들썩하게 했다. 그 대체적인 의미는 다음과 같다. "지나 대륙에는 석탄이 고루 매장되어 있고, 산시山西가 특히 매장량이 풍부하다. 그러나 광산업의 성패는 먼저 운송 수단에 달려 있으므로 오직 자오저우膠州[10]를 장악해야만 산시의 광업을 제압할 수 있다. 따라서 지나를 분할, 우선 자오저우를 얻는 것을 첫번째 목표로 삼아야 한다." 아, 오늘날 결국 그 결과가 어떻게 되었는가? 그가 한 사람의 문약文弱한 지질학자라고만 말하지 말자. 그의 눈빛과 발자취에는 실로 전투에 뛰어난 강한 군대가 무수히 감추어져 있다. 리히트호펜 씨의 편력이 있은 이후 자오저우는 일찌감치 우리의 소유가 아니게 되었다. 오늘날 게르만 민족[11]으로 산시 사이를 왕래하는 자는 모두 리히트호펜의 화신이지만, 중국 대륙 함락의 천사 노릇을 하고 있으니, 우리 동포여, 이 일을 어찌할 것인가?

1880년 헝가리 백작 세체니[12]는 사랑하는 아내의 상을 당하고 나서 여행으로 그 한을 풀고자 했다. 이에 지리학자 3명과 함께 상하이에서 창장을 거슬러 후베이(한커우, 샹양)에 도착했고, 이어 산시陝西(시안), 간쑤

甘肅(징닝靜寧, 안딩安定, 란저우蘭州, 량저우涼州, 간저우甘州)를 거쳐 국경을 나 갔다가 다시 간쑤(안딩, 궁창鞏昌)로 들어와 쓰촨과 윈난雲南(다리大理)을 탐 험했다. 그 여행 기간은 3년이었고 10만 량의 돈을 썼으며 기행문 세 권을 세상에 남겼다. 대체로 리히트호펜 씨보다 미지의 땅을 탐험하는 데 더욱 마음을 쓴 것 같다.

4년 뒤 러시아의 오브루체프[13]는 북만주와 즈리(베이징, 바오딩, 정 딩), 산시山西(타이위안), 간쑤(닝샤寧夏, 란저우, 량저우, 간저우), 몽고蒙古 등 지를 탐험했다. 그 후 3년이 지나서 다시 프랑스 리옹상공회의소[14] 탐험 대 10명이 광시廣西 남부와 허난(허네이河內), 윈난, 쓰촨(야저우雅州, 쑹판松 潘) 등지를 탐험했다. 조사가 아주 정밀한데, 광시와 쓰촨에 대한 내용이 더욱 상세하다. 이 여러 지역들은 러시아와 프랑스 식민지에 연접한 곳이 아닌가? 능히 두렵지 않을 수 있겠는가?

또 이전에 일본 이학박사 진보神保, 고치베巨智部, 스즈키鈴木가 랴오둥 遼東으로 갔고, 이학사 니시와다西和田는 러허熱河로 갔으며, 학사 히라바야 시平林와 이노우에井上, 사이토齋藤는 중국 남부 여러 지역으로 갔는데, 모 두 지질 조사가 목적이었다. 이어서 와다和田, 오가와小川, 호소이細井, 이와 우라巖浦, 야마다山田 등 다섯 전문가가 다시 여러 지역을 조사하여 이전 탐 험가의 오류를 정정한 것이 바로 작년의 일이었다.[15]

제3 지질의 분포

옛날 독일 학자 칸트(Kant)[16]가 성운설을 제창하자, 프랑스 학자 라플라 스(Laplace)[17]가 이에 호응했다. 지구는 우주의 대기에서 추출된 한 부분인데, 우주 공간을 선회하면서 몇억겹 년의 세월이 흐르는지도 모르는 동안 유동 물질로 응집되었다. 그 뒤 나날이 냉각 압축되어 외피가 마침내 단단해져서 그것을 지각地殼이라고 부르게 되었다. 지구의 중심에 대해서는 그 의견이 분분하다. 내부 액체설이 있고, 내부 비액체설이 있으며, 내외 고체 사이에 액체가 끼여 있다는 학설도 있다. 각기 학문적 논리에 근거하여 자신의 의견을 장식하고 있다. 그러나 지구의 중심은 오묘막측하기 때문에 어느 것이 더 좋은 학설인가를 판명하는 일은 대단히 어렵다고 할 수 있다. 다만 이상적으로 명명하여 지표면의 최초 시작 부분을 기본 지층(Fundamental Formation)[18]이라고 부르는데, 그 위의 지층은 당시의 기후 상태 및 매장 화석(Fossil)의 종류에 따라 크게 네 개의 '대'代(Era)로 나누고, 또 그것을 세분하여 '기'紀(Period)라고 하고, 다시 '기'를 세분하여 '세'世(Epoch)라고 부른다. 그러나 이러한 여러 지층은 우리가 서 있는 발밑을 파 본다고 해서 명확하게 완비된 모습을 드러내는 것이 아니다. 대부분은 엇섞이고 결손된 상태로 여러 곳에 흩어져 있다. 우리 중국과 같은 나라에서는 항상 이곳에서 새 지층을 볼 수 있다면 저곳에서는 옛 지층을 만날 수 있다. 대체로 태곳적에는 기후와 수륙의 상황이 상이하였기 때문에 지층도 결국 일치되기가 어려웠다. 가령 인류의 역사를 이야기하는 사람은 전제→입헌→공화로의 발전을 주장하며 이것을 정체政體 진화의 통례로 간주할 것이다. 그러나 전제정치가 바야흐로 엄격하게 시행될 때 한 번의 유혈혁명으로 신속하게 공화정치로 나아간 사례를 역사 속에서 어찌 찾아볼 수 없겠는가? 지층의 변칙 사례도 이와 같을 따름이다. 이제 중국의 경우를 거론하고자 하는데, 지질 연대(Geological Chronology)로 차례를 삼고자 한다.

(1) 원시대原始代 혹은 태고대太古代 (Archean Era)

지구가 처음 생겨났을 때는 수증기가 응결되어 물이 되었다. 이런 현상은 당시의 흔적이 '기본지층'에 남아 있고, 처음으로 지질학자들에 의해 목격된 것이다. 따라서 우리가 눈으로 목도할 수 있는 지층 중에서 이것을 가장 오래된 것으로 친다. 그 암석으로는 편마암片麻巖 · 운모雲母 · 녹니석綠泥石이 가장 많지만 대부분은 화력火力에 의해 변질된 것이다. 이들 암석층을 관찰해 보면 대체로 생물이 없으므로, 다만 암석의 종류에 근거하여 다음과 같이 2기紀로 분류한다.

⑫ 로렌시아기(Laurentian Period)

⑪ 휴로니아기(Huronian Period)

뒤에 비록 에오존(Eozone. 원생 생물이란 의미)[19]이 발견되었다는 학설이 있지만 독일인 뫼비우스[20]의 연구를 거치고 나서 그 오류를 알게 되었다. 대체로 그 당시는 실로 하늘과 땅이 황막하고 헐벗은 상태였기 때문에 미생물도 그 속에서 절대로 생존할 수 없었다. 이해하기 어려운 점은 이 시기 암석 속에 때때로 석회와 석묵石墨 종류가 함유되어 있다는 사실이다. 석회는 동물의 유해이며, 석묵은 식물의 마른 줄기인데, 만약 생물이 존재할 수 없었다면 어떻게 이와 같은 것이 있을 수 있겠는가? 그러나 더러 이런 것들이 모두 생물의 힘에 의해 생긴 것이 아니라고 말하는 사람도 있지만 지금까지도 여전히 의문으로 남아 있다. 우리 중국을 탐사해 보면 이 두 기紀를 모두 황해 연안에서 만날 수 있다. 비록 그 매장물이 어떠한지는 아직 알 수 없지만, 이러한 시생대의 지층에서는 항상 금 · 은 · 동 ·

백금·탄화칼슘·루비 등이 생산된다. 짐작건대 우리나라 황해 연안 지방 도 역시 이와 같을 것이다.

(2) 고생대古生代 (Palaeozoic Era)

처음으로 생물이 생겨났기 때문에 '생'生자를 넣어 명명한 것이다. 다음과 같이 6기로 분류한다.

⑩ 캄브리아기(Cambrian Period)

⑨ 실루리아기(Silurian Period)

⑧ 데본기(Devonian Period)

⑦ 석탄기(Carboniferous Period)

⑥ 페름기(Permian Period)[21]

암석이 다양하여 물에 의해 형성된 것으로는 사암砂巖·규암硅巖·점 판암粘板巖·석탄石炭[22] 등이 있고, 불에 의해 형성된 것으로는 화강암花崗 巖·섬록암閃綠巖·휘암輝巖 등이 있다. 암석의 종류도 처음에는 적다가 차 츰 다양한 모습으로 나아갔고, 생물도 간단한 것에서 복잡한 것으로 진화 하고 있었지만 10기[캄브리아기]에는 아직도 찾아보기 힘들다. 이어서 9기 [실루리아기]에 이르러, 조류藻類(수초류)·삼엽충·산호충 등과 같은 종류가 나날이 번성하기는 했어도 단지 수생 생물에 불과한 것들이었다. 8기[데본 기]에 들어서자 어류·노목蘆木[23](속새류)·인목鱗木·봉인목封印木(석송류) 이 점차 수생水生에서 육생陸生으로 진화했다. 그러나 이 또한 민꽃식물에 불과한 것이어서 고등 생물은 아직 찾아볼 수 없다. 6기[페름기]로 내려오면 양서류 및 파충류가 출현하는데, 이는 대체로 시간의 흐름에 따라 날마다 고등 생물로 진화해 가고 있음을 의미한다. 이것이 바로 조물주가 스스로 드러낸 진화론인데, 다윈[24]이 이것을 표절하여 19세기의 위대한 저작자가 되었다.

광물 매장은 이 시대가 가장 풍부하다. 중국에서 10기가 나타나는 곳으로는 랴오둥 반도에서 일직선으로 조선 북부에까지 걸쳐 있다. 비록 토질이 척박하여[25] 농사에는 부적합하지만 여기에서 생산되는 금·은·동·주석 등은 실로 다른 기紀의 암석들보다 훨씬 뛰어나다. 그곳 토박이들은 겨우 돌밭을 경작할 수 있을 뿐이지만, 생계에 있어서는 넉넉하고 여유 있는 생활을 할 수 있다. 9기의 암석은 산시陝西에서 쓰촨四川 사이에 이르는 산간 지역에 분포되어 있고, 금 생산으로 유명하다. 8기의 암석은 윈난 북부 경계 및 쓰촨 동북 지방에 산재한다. 이 지역 변성암에는 항상 옥玉 종류가 포함되어 있고, 또 암맥 사이에서 드물기는 하지만 은·철·동·아연도 생산된다. 전 세계의 상황을 조사해 보면 이 기의 암석이 가장 많고, 그 암석류도 모두 사용하기에 적합하다. 그 위로 7기가 있다. 석탄과 철광 생산이 특히 많아서 '석탄'으로 이 기의 이름을 지었다. 우리 중국 본토에는 실로 매우 넓게 분포되어 있어서 없는 곳이 없다. 석탄 매장량을 합계하면 유럽 전체를 훨씬 능가한다(이 글 제5절에 자세함). 이는 실로 온갖 재앙이 숨어 있는 판도라(Pandora)[26] 상자 밑바닥의 희망과 같은 것이어서, 그것을 얻으면 나날이 광채 찬란한 전도에 가까워질 것이고, 그것을 잃으면 오직 근심과 고통에 시달리다 결국은 죽음에 이르게 될 것이다. 우리 국민은 그 선택을 잘 해야 하리라.

(3) 중생대中生代 (Mesozoic Era)

이 대代를 구성하는 암석은 점판암·각암角巖·규암 및 점토암粘土巖 등이다. 더러는 암염·석탄·석고 등을 포함하고 있는 지층도 만날 수 있다. 다음과 같은 세 기紀로 나눈다.

⑤ 트라이아스기(Triassic Period)

④ 쥐라기(Jurassic Period)

③ 백악기(Cretaceous Period)

앞선 기의 생물이 나날이 소멸하고 있었기 때문에, 5기[트라이아스기]에 와서는 인목이나 봉인목 등의 나무는 쇠락한 지 오래되었고, 소나무·잣나무·소철나무·양치류 등 여러 과科의 식물이 이를 대신하여 식물계의 주도권을 장악했다. 3기[백악기]에 이르러 무화과·백양나무·버드나무·종가시나무 등의 속씨식물이 출현하여 지금의 세계와 크게 다를 것이 없게 되었다. 동물은 앞 시대에 출현하였던 파충류가 갈수록 더욱 번창하였고, 유대류有袋類 동물도 생겨나서 포유류의 선구가 되었다. 4기[쥐라기]에 와서는 이상한 모양의 용들[27](옛날에는 '鼉'로 번역함)이 육지에서 발호하였고, 이빨을 가진 큰 새[28]가 하늘을 날아다녔다. 대체로 생물이 생겨난 이래로 이처럼 기괴한 동물이 번성한 때는 없었다. 암모나이트菊石와 벨렘나이트箭石 종류도 크게 번식하여 그 유해가 3기의 지층을 형성하였으니, 학교의 일상 용품인 분필[29]이 또한 이 작은 벌레의 혜택을 입은 것이다. 3기에 이르러 생물계에 대변혁이 일어나 이전의 동식물은 쇠퇴한 것도 있고 멸종된 것도 있지만 진정한 의미의 활엽수 및 경골 어류가 흥기했다.

중국에 5기가 분포하고 있는 지역은 티베트西藏이고, 유용한 광물로는 암염·석고·동·철·아연 등이 있다. 4기는 시베리아 동쪽에서 중국 본토에 이르는 지역이다. 비록 어쩌다가 광물이 있는 경우도 있지만 석탄은 매우 드물다. 3기에도 유용한 광물이 매우 드물고, 중국의 맨 서쪽이 바로 여기에 해당한다.

(4) 신생대新生代(Cenozoic Era)

신생대는 지질 시대 중에서 가장 마지막 지층이다. 그 말엽이 바로 우리 인류가 생식하고 있는 역사 시대인데, 다음과 같은 두 기로 나눈다.

② 제3기(Tertiary Period)
① 제4기(Quaternary Period)

그 암석으로는 조면암·유문암·현무암 및 점토암·역질사암·이탄 등이 있다. 생물은 비록 현재와 큰 차이는 없지만 꼼꼼하게 관찰해 보면 상이한 점이 매우 많다. 예컨대 코끼리·맥貘[30]·공각수恐角獸[31]·모아Moa[32] 등이 그렇다. 이처럼 종의 번성과 쇠락이 번갈아 일어나면서 갈수록 더욱 종류가 많아지고 진화가 촉진되다가 홍적세(Diluvium)에 이르러 인류가 탄생했다.

2기는 중국 전역에 분포되어 있고, 그 광물로는 금속뿐만 아니라 석탄도 생산되지만 새로 형성된 것이기 때문에 석탄기에 비해 훨씬 손색이 많은 것들이다. 1기는 전 세계에 없는 곳이 없다. 예컨대 중국 양쯔강 북부의 뢰스(Loess. 지층이 없는 황색의 석회질 암석)가 그것으로 바로 이 시기에 퇴적된 토사물이다. 황허 부근의 황토도 이 시기에 발달된 롬loam[33]의 일종이다.

제4 지질상의 발달

지구가 아직 형성되기 전에는 우리 중국도 기체 가운데 한 부분일 뿐이었기 때문에 언급할 만한 것은 없다. 따라서 지구가 형성된 이후부터 논의를 시작할 것이다.

(1) 태고대의 중국

태고대의 지구는 홍수가 넘치고 불길이 끓어올라 물 밖으로 드러난 땅이 드물었으니[34] 어찌 생물을 이야기할 수 있겠는가? 그때의 상황을 명상해보면 오직 홍수에 격랑만 떠오를 뿐이다. 그러나 불기운이 땅을 때려 지각이 변형되면서 쿤룬崑崙산맥이 홀연히 솟구쳐 올랐다. 몽골의 일부분 및 오늘날의 산둥도 물에서 떨어져 육지가 되면서 바다 가운데서 솟구쳐 올랐다. 그밖에는 거대한 물결이 가없이 펼쳐져 있고, 세찬 파도가 하늘까지 몰아칠 뿐이었다.

(2) 고생대의 중국

지각과 지구 중심 간의 격전이 오래 지속된 뒤, 지구 중심의 화강암 용암이 불기운에 의해 용솟음쳐 올라 바다와 육지로 가득 넘쳐흘렀다. 지각도 이에 따라 수면 밖으로 융기하여 이에 동방의 아시아 대륙이 형성되었다. 친링秦嶺 이북의 단층은 여러 방향으로 나뉘어 치달리며 곧 대지臺地[35]

가 되었고, 속새류·인목·봉인목 등 거대 식물이 이곳에서 번식했다. 친 링 이북은 지층이 일반적으로 파도처럼 굴절되어 있는데 아마도 아주 이 른 시기에 이미 산맥으로 형성된 것 같다. 그 후 비바람의 침식과 파도의 충격으로 친링 이북은 점차 해저가 되었고 무수한 식물들이 바닷물과 암 석의 압력 및 지구 중심의 열기를 받아 하나씩 하나씩 말라 죽었다. 그러 나 지구 중심의 화력은 여전히 충돌을 그치지 않았기 때문에, 또다시 바다 가운데로 용암이 솟아올라 층계 모양의 대지臺地를 형성했다. 이른바 지나 탄전은 사실 이때 형성된 것이다. 그러나 친링 남부는 아직도 해저에 잠겨 있었지만 서북방의 횡압력을 받게 되어 친링 이남의 지층은 마침내 파도 모양의 굴기 지형을 이루게 되었고, 이른바 지나산계(난링南嶺)라고 부르 는 것이 바로 이것이다.

(3) 중생대의 중국

화산 활동이 이 시기에 와서 점차 약화되었지만 다만 남방의 일부 지역만 점차 함몰되어 신지중해가 형성되었다. 이것이 실로 지금의 쓰촨 분지(쓰 촨의 적색 사암 분지)와 남지나의 탄전이다. 히말라야 산맥이 우뚝하게 정 상부를 드러내었고 남부 중국도 비로소 완전하게 육지가 되었다. 그 후 난 징과 한장漢江 이북에는 북쪽과 동쪽으로 나뉘어 달리는 두 단층이 생겨나 가운데가 함몰되어 중원이 형성되었다. 이곳이 바로 역대로 효웅梟雄들이 서로 각축을 다투던 곳으로, 우리 중국 고대사의 골간이 이루어진 곳이다.

(4) 신생대의 중국

신생대 초기에 들어서면서 물과 불의 위력은 나날이 줄어들게 되었다. 간쑤와 몽골 지방은 옛날에는 내해內海였지만 이 시기에는 점점 물이 말라 사막이 되었다. 그러나 폭풍의 영향 때문에 토사와 먼지가 모두 바람을 타고 황허 유역에 운반되어 황토층으로 퇴적되었다. 양쯔강 북부도 광대한 사막에 불과하다가, 그 후 바람에 날리고 빗물에 침식되어 마침내 뢰스가 형성되었다. 이 때문에 뢰스가 중국에 크게 발달한 것이다. 기타 지역은 오늘의 지형과 크게 다르지 않다.

제5 세계 제일의 석탄국

세계 제일의 석탄국! 석탄은 국가 경제의 성패와 밀접한 관계가 있고 국가의 흥망과 생사의 대문제를 결정할 만한 자원이다. 대체로 증기로 동력을 생산하는 세계에서는 석탄을 원동력으로 삼지 않는 것이 없다. 석탄을 잃으면 기계도 모두 멈추게 되고 강철 함정도 신통력을 잃을 것이다. 비록 장래에 전기로 동력을 생산한다 해도, 석탄도 역시 그 한 부문의 패권을 분담하여 한 국가의 생사를 좌우할 것임을 나는 감히 단언하는 바이다. 이 때문에 영국이나 미국과 같은 나라들은 모두 말라 죽은 식물의 영험함에 의지하여 일세를 횡행하고 있다. 그러나 이제 석탄이 고갈되려 하자 이곳 저곳 나라의 인사들은 가슴을 치며 근심에 젖어 탄식하다 황급히 대대적인 탐사에 나서고 있는 것이다. 열강들은 이와 같은데 우리 중국은 어떠한가? 리히트호펜은 "세계 제일의 석탄국!……"이라고 일컬었다. 이제 일본의 지질조사자의 보고에 근거하여 석탄전의 크기와 위치를 다음과 같이 그림으로 예시하고자 한다.

- 만주 일곱 곳

  우허수이蕪河水

  싸이마지賽馬集

  타이쯔허太子河 연안 (상류)

  번시후本溪湖

  } 랴오둥遼東

  진저우부錦州府 (다샤오링허大小凌河 상류)

  닝위안현寧遠縣

  중허우쒀中後所

  } 랴오시遼西

- 즈리성直隷省 여섯 곳

  스먼싸이石門塞 (린위현臨楡縣)

  카이핑開平

  베이징의 서쪽 (팡산현房山縣 부근)

  바오안저우保安州

  위저우蔚州   시닝저우西寧州

- 산시성山西省 여섯 곳

  동남부 탄전   서남부 탄전

  우타이현五臺縣   다퉁大同 닝민부寧民府 사이의 탄전

  중루中路(譯音)   시인쯔西印子(譯音)

- 쓰촨성四川省 한 곳

  야저우부雅州府

- 허난성河南省 두 곳

  난자오현南召縣   루산현魯山縣 부근

- 장시성江西省 여섯 곳

평청豊城   신위新喩

핑샹萍鄉   싱안興安

러핑樂平   라오저우饒州

● 푸젠성福建省 두 곳

사오우현邵武縣   젠닝부建寧府

● 안후이성安徽省 한 곳

쉬안청宣城

● 산둥성山東省 일곱 곳

이저우부沂州府   신타이현新泰縣

라이우현萊蕪縣   장추현章丘縣

린위현臨楡縣   퉁현通縣[36]

보산현博山縣과 쯔촨현淄川縣

● 간쑤성甘肅省 다섯 곳

란저우부蘭州府   다퉁현大通縣

구랑현古浪縣   딩창현定羗縣

산단저우山丹州

등 43곳이 바로 그것이다. 또 혹자는 이밖에도 후난성의 동남 지역에 무연탄과 유연탄 탄전이 무려 2만 1천 평방 마일mile이나 있다고 한다. 비록 그 증거는 갖추지 못하였지만, 우리 중국의 탄전 중에서 아직 발견되지 않은 곳이 진실로 그 얼마나 되는지 알지 못할 지경이니, 그것이 어찌 후난에 그치겠는가? 이제 지도 가운데(46쪽을 보라) 산시성의 유연탄·무연탄 대형 탄전만으로 계산해 보더라도 대략 각기 1만 3천 5백 평방 마일이나 되며, 합계로는 모두 7백만 평[37]이나 된다. 게다가 다른 곳의 탄전까지 더하면 어림하여 가장 낮게 잡아도 1천만 평은 될 것이다. 가령 탄전의 평균 두께가 30척이고 1입방평의 무게가 8톤이면 그 총량은 무릇 1만 2천억 톤에 달한다. 그런즉 매년 1억 2천만 톤을 채굴한다 해도 1만 년이란 오랜 기간 동안 유지할 수 있고, 그래도 다 고갈되지 않을 것이다. 하물며 전설로 전해지는 후난의 탄전 5백 6십 6만 평 즉 6천 8백억 톤을 더한다면 어떠하겠는가? 나는 이 때문에 혼자서 기쁨을 느끼고, 나는 이 때문에 혼자서 위안을 받는다. 그러나 여기에 기이한 현상 한 가지가 있다. 즉 내가 앞에서 한 말에 반대하는 사람들이 중국은 장차 석탄 때문에 망하게 생겼다고 왈가왈부하는 것이 그것이다. 열강의 영토 안에서는 석탄이 이미 고갈되어 가고 있어서 중국이 바로 저들의 흥망성쇠 문제를 해결할 수 있는 관건을 쥐게 되었다. 열강들의 미래 산업의 성패는 대체로 하나같이 지나 점령의 득실에 달려 있게 되어 마침내 팔뚝을 휘두르며 일어나 다른 사람이 먼저 점령할까 봐 두려워하는 것이다. 또 세력 균형의 범위를 뛰어넘을 수 없기 때문에, 서로서로 분할을 얘기하며 중국 분열에 혈안이 되어 직접 탄전을 노리고 있다. 그러나 우리는 마비된 상태로 깨닫지도 못한 채, 무한하고 막대한 자원을 갖고 있으면서도 사용할 줄 모르고, 하찮은 이익에만 집착하며 스스로를 해치고 있다. 이에 오늘은 산시의 탄전을 영국에게 빼앗기고, 내일은 산둥의 탄전을 독일에게 빼앗긴다. 여러 열강은 여전히 무리를 지어 서로 "채굴권, 채굴권!!" 하며 요구하고 있다. 아! 10년도 되지 않아 장차 이 비옥한 중원이 이미 더 이상 우리의 고국이 아님을 보게 될 것이다. 탄전을 갖고 있던 옛 주인이 석탄을 캐는 노예가 되고, 보물을 내버린 방탕한 자식이 결국 '비부'鄙夫란 시호를 얻게 되었다. 비록 탄전은 도적을 일깨우는 요인이 된다고 말하는 자가 있지만, 그것을 허투루 보관하며 사용하지도 않는 것은 누구의 죄인가?

제6 결론

나는 앞에서 지질의 분포와 지형의 발달 그리고 이러한 것과 연관된 광물자원까지 언급했다. 나도 모르게 경애심과 두려움 등 각종 상념에 젖어 붓을 던지고 크게 탄식하며 우리 고국을 생각하노니, 이 일을 어찌할 것인가? 이 일을 어찌할 것인가? 이에 황제黃帝의 영령은 신음하는데, 백색의 요괴는 춤을 춘다. 발길이 닿는 곳마다 강제 탈취[38]가 이어지고 이윽고 광산 채굴권을 얻고 나서는 마침내 잠재된 역량을 숨긴다. 어느 곳 어느 곳을 거론해 봐도 모두 우리 소유가 아니게 되었다. 현재 러시아는 또 우리의 진저우金州·푸저우復州·하이룽海龍·가이핑蓋平의 여러 광산을 요구하고 있다. 당초에 청나라 상인 아무개[39]가 자신이 채굴하겠다고 요청하여 펑톈의 장군[40]이 그것을 허락했지만, 이윽고 그 아무개가 러시아에 몰래 팔아넘긴 사실을 알고 약속을 파기하려 하자, 러시아인이 격노하여 방자하게 요구하고 나선 것이다. 아! 이처럼 망해 가는 나라를 조심조심 사랑하며 보호해도 그렇게 하지 못할까 두려운데, 유독 어찌하여 도둑을 집으로 끌어들여 서까래를 부러뜨리고 기둥을 꺾으며 큰집이 엎어지기를 재촉하는가?

　이제 다시 우리 저장浙江을 살펴보고자 한다. 내가 들은 소문에 의하면 저장의 유지 아무개란 자가 위의 아무개 상인의 옛 지략을 몰래 본받아 실로 외국 사람의 앞잡이가 되어 계약을 곧 체결할 것이라고 한다. 설령 우리 저장 사람과 정부가 일어나 제지한다 해도, 그 결과를 추측해 보면 러시아가 진저우 여러 곳에서 자행한 일과 같아질 것이다. 시험 삼아 물어보자, 우리 겁 많고 문약한 저장 사람들과 늙고 병들어 정신이 혼미한 정부가 무슨 권력이 있어, 감히 저들의 예봉을 막을 수 있겠는가? 입을 닫고 스스로 보신하다가도 오히려 화를 당하게 되면 이 악당들은 한사코 외국 사람의 귀를 끌어당겨 재촉하며 말하기를 "그대는 어찌하여 우리 저장의 광산을 요구하지 않는가?"라고 한다. 아, 음험한 귀신이 모략을 꾸미고, 사나운 독수리가 아가리를 쩍 벌리고 있으니, 그 망해 가는 상황을 또 어찌 의심할 수 있겠는가? 내 일찍이 미래를 예측해 보다가 남몰래 우리 저장 때문에 두려움에 떨었는데, 북방에서 있었던 것과 같은 일이 분명한 사실이 되었다. 저들은 외국 사람들의 총칼의 맛과 간악한 약탈의 덕정德政을 배부르도록 맛보게 되자, 두려움에 엎드려 아첨하지 않는 사람이 없게 되었다. 그리하여 미래 성군의 환심을 사기 위해 가장 사랑하는 아내와 딸을 빼앗기고도 감히 원망하지 못하였는데, 털끝만큼의 애정도 없는 한 조각 땅에 대해서 더더욱 무슨 관심이 있겠는가? 우리 저장의 경우는 그렇지 않았다. 타이저우臺州·추저우處州·취저우衢州·옌저우嚴州 등 여러 고을에서 선교사의 설교가 오히려 큰 환란을 키우게 되었다. 하물며 갑자기 눈동자는 퍼렇고 얼굴은 희뿌연 이민족이 사업을 지휘·경영하며 쿵쿵 쾅쾅 날마다 우리 땅을 굴착하는 걸 보게 됨에랴? 틀림없이 생각지도 못한 그 어떤 느낌이 뇌리를 떠돌아 경악하고 두려워하고 분노하다가 몽둥이를 휘두르며 떨쳐 일어나 저들을 깨끗이 쓸어내는 일을 통쾌하게 여길 것이다. 그러나 외국 사람들이 다시 이것을 구실로 강제 약탈하고 위세를 부리며 중국인의 머리를 잘라 다발로 묶어내 버리고, 유혈이 땅을 적시는 참상이 장차 남방에서 재연될지도 알 수 없는 일이다. 그렇게 하지 않으면 다른 나라가 세력 균형의 논리에 근거하여 함께 일어나 땅을 빼앗고 순식간에 분할할 것이니, 망국의 화를 우리 스스로가 재촉하는 꼴만 되는 것이다. 다행히 수십 년 후에 마침내 독립을 이뤄 영광이 교차된다면 그것은 나의 몽상에 부합하는 일이 될 것이다. 그러나 우리 저장의 광산업은 본래 다른 성省보다 손색이 많은데, 여기에 다시 이민족이 집안으로 들어와 여러 곳을 마구 파헤쳐 온 땅이 휑하니 비어 버리면, 공업이나 상업 같은 여러 사업은 결국 우수한 발전을 이루기 어려울 것이고, 그리하여 실패가 거듭되면서 날마다 빈궁으로 치달려갈 것이다. 아, 저장 사람들은 오랑캐를 불러들였다는 비방을 감내하지 못할 것인데, 진정 이를 만회할 방법을 도모하지 않을 수 있겠는가?

어떻게 만회해야 하는가? 말하자면 한 아이가 다른 여러 아이들이 자신의 음식을 뺏으려는 걸 보면 그것을 꽉 움켜쥐고 스스로 삼켜 버리는데, 이 점을 배우면 된다. 대저 중국은 비록 나약하기로 유명하지만 우리는 본래 중국의 주인이므로, 대중들이 단결하여 산업을 일으킨다면 뺏으려는 다른 아이들이 비록 교활하다 하더라도 누가 감히 막아설 수 있겠는가? 결국 강제 약탈의 기회도 사라질 것이다. 동향인들이 서로 만나 이치로 깨우칠 수 있음은 이민족이 서로 눈을 치켜뜨고 원수로 대하는 것과는 다른 점이다. 이렇게 되면 민란의 재앙도 그치게 될 것이다. 하물며 공업이 번성하여 기계를 사용하고 문명의 빛이 날마다 뇌리에 각인되어 무수하게 지속되는 가운데 마침내 훌륭한 열매를 잉태할 수 있음에랴? 나는 호협豪俠의 지사志士들이 반드시 돌아보며 걱정하다가 소매를 떨치고 일어날 것임을 알고 있다. 그렇지 않다면, 나는 장차 수레를 끌며 채찍 맞을 겨를조차 없을까 근심하는데, 어찌 이처럼 한가롭게 재잘재잘 지질에 대해 수다를 떨 수 있겠는가?

주)_____

1) 원제는 「中國地質略論」. 1903년 10월 도쿄에서 출판된 『저장의 조수』(浙江潮) 월간 제8기에 처음 발표되었고, 필명은 쒀쯔(索子)다.
2) 원문은 방형(旁形). 횡사(橫寫)의 의미다.
3) 원문은 '五印'. 오인도(五印度) 또는 오천축(五天竺)이라고도 한다. 고대의 인도는 동·서·남·북·중 오부(五部)로 나뉘어 있었기 때문에 오인(五印)이라고 했다.
4) 루쉰이 직접 영국에 간 일은 없다. 아마도 이 글을 쓰기 위해 다른 문장을 인용하는 과정에서 약간의 착오가 생겼거나, 또는 루쉰이 당시 영국과 인도의 상황을 소개한 글을 읽고 체험한 느낌을 이렇게 표현했을 가능성도 있다.
5) 중국 고서에는 약수에 관한 신화 전설이 많다. 『산해경』(山海經)의 「대서황경」(大西荒經)에는 "곤륜(崑崙)의 언덕 '그 아래에 약수의 연못이 있다'"(崑崙之丘'其下有弱水之淵)라는 구절이 있다. 진대(晉代) 곽박(郭璞)은 이 구절에 주(注)를 달아 "그 물은 기러기 깃털도 이기지 못한다"(其水不勝鴻毛)라고 했다.
6) 이 시는 『시경』(詩經)의 「당풍(唐風)·산유추(山有樞)」에 보인다. 원문은 다음과 같다. "子有鐘鼓, 弗鼓弗考. 宛其死矣, 他人是保." 본래 이 시는 지나치게 검약하다 제때에 즐기지 못하면 죽음에 임박하여 후회한다는 의미를 담고 있다고 한다. 그러나 루쉰은 이를 비틀어서 중국이 가진 자원을 중국인 스스로 제대로 조사하고 인식하지 못하면 결국 다른 나라에게 약탈당할 것임을 비유하고 있다.
7) 미래의 성군(未來之聖君)이나 은혜롭게 군림(惠臨)한다는 말은 모두 루쉰 특유의 시니컬한 어감이 담긴 반어적 표현이다.
8) 리히트호펜(Ferdinand von Richthofen, 1833~1905)은 지리학자 겸 지질학자다. 독일 남서부 카를스루에(Karlsruhe) 출신으로 베를린대학에서 지질학을 배우고 빈 지질조사소에서 근무했다. 1868년에서 1872년까지 상하이서상공회의소(上海西商會)의 지시와 협조 하에 일곱 차례에 걸쳐 중국 본토와 티베트의 지질을 조사했다. 그 조사결과는 『중국본토』, 『쓰촨·구이저우성』 등의 저서로 간행되었다. 지리학이 탁상공론의 학문이 아니라, 야외 관찰실험의 학문이며 경관론(景觀論)임을 입증했다. 귀국 후 본(1875~1883), 라이프치히(1883~1886), 베를린(1886~1905) 등 대학의 교수를 역임했다. 베를린 국제지리학협회와 해양학연구소를 창설했다. 그러나 그는 또 『중국—직

접 경험 및 그 연구보고』(China. Ergebnisse eigener Reisen und darauf gegründeter Studien) 등의 저술을 통해 독일이 중국 자오저우만(膠州灣)을 점령할 것을 극력 주장하기도 했다.

9) 즈리(直隷)는 지금의 허베이성(河北省) 일대다.

10) 자오저우(膠州)는 지금의 중국 산둥성 칭다오(靑島) 일대다.

11) 원문은 '森林民族'. 게르만 민족은 서기 1세기 이전에는 북유럽 삼림지대에 거주하며, 유목·수렵 생활을 영위하다가 훈족의 압박으로 대이동을 감행하여 지금의 위치에 자리 잡았다.

12) 세체니(Széchenyi Béla, 1837~1918)는 헝가리 사람이다. 1879년 중국에 와서 크레이트너(Gustav Kreitner), 로치(Lajos Lóczy) 등과 중국 서부와 서남 지역을 탐험했다. 귀국 후 『1877~1880년 동아시아 여행 학술 성과』(Die Wissenschaftlichen Ergebnisse der Reise des Grafen Béla Szechenyi in Ostasien 1877-1880)란 저서를 남겼다.

13) 오브루체프(Владимир Афанасьевич Обручев, 1863~1956)는 러시아 지리학자 겸 지질학자다. 1892년에서 1894년까지 포타닌(Григорий Николаевич Потанин)을 대장으로 하는 시찰대에 참가하여 중국에서 지질을 고찰했다.

14) 리옹상공회의소(Chambre de commerce de Lyon)는 프랑스 상인 단체의 하나로 1702년에 성립되었다. 1895년에서 1897년까지 프랑스 광산기사 뒤클로(P. Duclos)는 중국 윈난·구이저우·쓰촨 등을 시찰하고 그 지역 광물자원에 대한 보고서("Rapport sur les mines et la métallurgie")를 제출했다. 이후 리옹상공회의소에서는 해당 지역에 프랑스 외교부 위임 영사 에밀 로셰(Emile Rocher)를 단장으로 하는 조사단을 파견했다. 당시 서구 지리학자 및 지질학자 들의 탐험은 흔히 제국주의의 식민지 확장과 연계되어 있는 경우가 많았다.

15) 진보 고토라(神保小虎, 1867~1924), 고치베 다다쓰네(巨智部忠承, 1854?~1927), 스즈키 사토시(鈴木敏), 이 세 사람은 모두 일본의 지질·광산학자로 1895년 7월에서 10월까지 중국 랴오둥 반도에서 지질과 광산 상황을 조사했다.
니시와다 규가쿠(西和田久學, 1873~1936)는 지질·광산학자로 1897년 중국 러허(熱河)에서 금광 탐사를 했다.
히라바야시 다케시(平林武, 1872~1935)는 지질·광산학자로 1900년 11월에서 다음해 5월까지 중국 장시·푸젠 두 성에서 지질과 광산을 조사했다.
이노우에 기노스케(井上禧之助, 1873~1947)는 일본 지질조사소 소장을 역임했다. 1898년 4월에서 6월까지 중국 푸젠성의 젠닝(建寧)·구톈(古田) 등지에서 지질과 광산 조사를 했다.
와다 쓰나시로(和田維四郎, 1856~1920)는 일본 지질학 창시자의 한 사람이다. 1899년 중국에서 대야철광(大冶鐵鑛)을 조사하였고, 그 뒤 다시 1900년과 1902년 두 번에 걸쳐 중국에서 광물 자원을 탐사했다.

오가와 다쿠지(小川琢治, 1870~1941)는 지질·광산학자이다. 1902년 일본 외무성 파견으로 중국 북방에 와서 광물 자원을 탐사했다.

호소이 이와야(細井岩彌)는 도쿄광산감독서(東京鑛山監督署) 감독과장을 역임했다. 그러나 중국에서의 자세한 행적은 미상이다.

야마다 구니히코(山田邦彥)는 지질·광산학자이다. 1903년 6월 중국 쓰촨·구이저우·윈난 등지에서 광산 자원을 탐사했다.

16) 칸트(Immanuel Kant, 1724~1804)는 독일의 철학자이다. 1755년 『천계(天界)의 일반 자연사와 이론』(*Allgemeine Naturgeschichte und Theorie des Himmels*)을 발표하여 태양계 기원에 관한 성운 가설을 제기하고, 우주 가운데 무한 혼돈의 원시 물질이 서로 흡인·충돌·발열·선회하면서 성운을 이룬다고 인식했다. 이렇게 선회하던 성운이 적도상에서 물질을 뿌려 차례대로 태양계의 행성들이 생겨났다고 주장했다.

17) 라플라스(Pierre Simon Laplace, 1749~1827)는 프랑스의 과학자이다. 그는 1796년 '라플라스의 불변면'의 원칙에 의거하여 성운의 냉고체의 가속 자전 법칙을 해석하고 독자적인 관점을 제기하였는데, 이는 칸트의 학설과 매우 유사했다.

18) 기본지층은 원문에 기초통계(基礎統系, Fundamental Formation)로 표기되어 있다. 원시 지각을 가리키며 기초구조(基礎建造)라고도 부른다. 질층(質層)이라고도 하는데 이 번역문에서는 용어의 본래 의미를 살리기 위해 기본지층으로 번역했다.

19) 에오존(Eozone)은 현재 'Eozoon canadense'란 학명으로 통용된다. 루쉰의 표기와 다소 차이가 있다. 미국 과학자 도슨(John William Dawson, 1820~1899)은 일찍이 선캄브리아 시대(이 글 속의 원시대原始代)에 형성된 캐나다 석탄암 화석에서 원생동물 유공충(有孔蟲)과 유사한 흔적을 발견하여 에오존이라 명명했다.

20) 뫼비우스(Karl Möbius, 1825~1908)는 독일의 과학자이다. 그는 연구를 통해 도슨의 에오존 학설을 부정했다. 수학자 뫼비우스와는 다른 인물이다.

21) 캄브리아기 뒤에 오르도비스기(Ordovician Period)가 있어야 본문에서 말하는 6기가 된다.

22) 석탄은 '석회'(石灰)의 오기다.

23) 원문은 '葦'. 흔히 노목(蘆木)으로 번역한다. 속새풀 강(綱)에 속하는 고생 식물의 일종이다.

24) 다윈(Charles Darwin, 1809~1882)은 생물진화론의 정립에 공헌한 영국의 생물학자이다. 1831년 22세 때 해군측량선 비글호에 승선하여, 남아메리카와 남태평양의 여러 섬(특히 갈라파고스제도)과 오스트레일리아 등지를 두루 항해·탐사하고 1836년에 귀국했다. 이때의 경험을 바탕으로 1839년에 『비글호 항해기』(*Journal of the Voyage of the Beagle*)를 출판, 진화론의 기초를 확립했다. 1859년 『종(種)의 기원』(*On the*

Origin of Species)을 발표하여 진화론을 완성했다. 특히 중국에서는 옌푸(嚴復)의 『천연론』(天演論) 번역에 의해 진화론 소개가 본격화되면서 중국 근대의 저명한 문학가·학자·정치가들은 모두 중국의 위기 의식을 불러일으키는 이론적 근거로 진화론을 거론했다. 요컨대 생물계의 생존경쟁과 자연도태에 관한 진화론은 인류 사회에도 그대로 적용되기 때문에 약육강식의 원리가 지배하는 냉혹한 국제질서에서 중국이 잘 적응하여 이른바 적자(適者)로서의 생존을 확보해야 한다는 것이다. 초기의 루쉰도 진화론의 신봉자였다.

25) 원문은 '確犖'. 돌이 많고 척박한 토질을 가리킨다.

26) 판도라는 그리스 신화에 나오는 미녀이다. 제우스가 그녀를 에피메테우스와 결혼하게 하고 상자 하나를 주었다. 그 속에는 질병·재난·죄악 등의 재앙이 들어 있었고, 희망은 제일 밑바닥에 숨어 있었다. 그녀가 에피메테우스와 만날 때 상자 두경을 열자 인간 세상으로 각종 재앙이 퍼져 나갔고, '희망'은 상자 밑바닥에 갇혀 있었다.

27) 이상한 모양의 용들은 공룡을 가리킨다.

28) 이빨을 가진 큰새는 시조새를 가리킨다.

29) 원문은 '堊筆'. 분필을 만들 때 중국에서는 석고를 많이 사용한다. 그러나 다른 나라에서는 대부분 백악토를 사용한다. 백악토는 주로 미세 동물의 시체 껍질이 퇴적되어 만들어진 흰색 토질 암석이다.

30) 맥(貘, Tapir)은 포유류 기제목(奇蹄目) 맥과의 총칭이다. 고대 포유동물의 일종으로 모습은 코뿔소와 말의 중간 형태이다. 지금도 중앙아메리카, 남아메리카, 동남아시아 등지에 1속(屬) 4종(種)이 분포한다. 이중에서 중앙아메리카에 서식하는 베어드 맥(T. baindi)은 국제보호동물로 지정되어 있다.

31) 공각수(恐角獸)는 원문에 장각수(長角獸)로 되어 있다. 중국어판 각주에는 영문 표기가 'Dinocrata'로 되어 있지만, 현재 학계에서는 일반적으로 'Dinocerata' 또는 'Dino Ceras'로 표기한다. 공각류를 대표하는 초식 공룡이다. 코끼리와 비슷한 크기에 꼬리가 짧고 머리에 세 쌍의 뿔이 돋아 있다.

32) 모아(Moa)는 원문에 공조(恐鳥)로 되어 있다. 조류 모아목의 날개 없는 대형 새이다. 20여 종이 있었던 것으로 추정되지만, 대형은 17세기 말에 멸종하였고 소형은 19세기까지 존재했다. 대형 모아는 크기가 3.6m나 되었고 모습이 타조를 닮았다. 초식성으로 산기슭에 서식하면서 한 번에 1개의 알을 낳았다.

33) 원문은 '壚坶'. 그러나 '롬'(loam)은 화산재의 풍성층(風成層)으로 생긴 황갈색 토양을 가리킨다. 황허의 황토층을 정확하게 가리키는 용어는 아니다. 이 때문에 '롬의 일종'(壚坶之一種)이라고 한 것으로 보인다.

34) 원문은 '地鮮出水'. 일본어판 『루쉰전집』(學習研究社, 1986)에서는 이 부분을 "땅에는 물의 용출이 드물고"(地には水の湧出は少なく)라고 번역했다. 그러나 이는 완전한 오역

이다. 이 문장 바로 앞부분에도 진술되어 있는 바와 같이, 당시 지구 전역은 홍수와 용암 불길로 뒤덮여 있었기 때문에 땅에서 솟아오르는 물이 있을 수가 없었다. 또 바로 뒷부분의 문장에서도 홍수의 격랑이 도도하게 넘치는 가운데 화산 활동에 의해 쿤룬산맥과 몽골의 일부분 그리고 산둥지방이 바다 가운데로 솟아오른다고 묘사되어 있다. 또 결정적으로 다음 단락 "古生代之中國" 첫 부분에서 "지각도 이에 따라 수면 밖으로 융기하여"(地殼隨之隆出水面)라고 진술했다. 따라서 앞뒤 문맥으로 판단해 볼 때 이 문장은 "땅이 물 밖으로 모습을 드러내기 어려웠다"로 번역해야 한다.

35) 대지(臺地)는 가장자리가 급사면으로 끊긴 평탄면으로 지질학에서 'plateau'라 부른다. 수평으로 퇴적된 지층이 조륙운동(造陸運動)에 따라 광범위한 지역이 서서히 상승함으로써 대지가 형성된다. 중국의 서북 고원지대나 티베트 고원 지역이 여기에 해당한다.

36) 여기에서 말하는 린위현(臨楡縣)과 퉁현(通縣)은 첨부된 지도로 판단해 볼 때 린쯔현(臨淄縣)과 웨이현(濰縣)이 되어야 한다.

37) 한국이나 일본에서 쓰는 면적 단위 평(坪)은 중국의 보(步)와 거의 같다. 한국의 1평은 3.3058m²이며, 1m²는 0.3025평이다.

38) 원문은 '要索'. 루쉰의 「마라시력설」(摩羅詩力說)에 나오는 "復多所要索"의 '要索'도 '강제 탈취'의 의미이다.

39) 당시의 청(淸)나라 상인은 량셴청(梁顯誠)이다.

40) 당시 성징(盛京) 장군 쩡치(增祺)를 가리킨다.

파악성론[1]

근본이 상하고 정신이 방황하는 상황이라, 중화의 나라는 장차 후손들의 분쟁으로 스스로 메말라 사라질 것이다. 그런데도 온 천하에 듣기 싫은 말을 하는 사람이 없으니 적막이 일상의 정치가 되어 온 천지가 꽉꽉 막혀 있다. 사나운 독충이 사람들의 마음속에 자리 잡고 있으므로 망령되게 행동하는 자가 날마다 창궐하여 독을 뿌리고 칼을 휘둘러 마치 조국이 일찍 붕괴되지 않으면 어쩔까 근심하는 듯하다. 그런데도 온 천하에 듣기 싫은 말을 하는 사람이 없으니 적막이 일상의 정치가 되어 온 천지가 꽉꽉 막혀 있다. 나는 미래에 대한 큰 기대를 아직 버리지 않고 있다. 그러므로 지자知者의 마음의 소리心聲에 귀 기울이고 그 내면의 빛內曜을 살펴보고자 한다. '내면의 빛'이란 암흑을 파괴하는 것이다. '마음의 소리'란 허위를 벗어던지는 것이다. 인간 사회에 이것이 있으면 초봄에 우레가 울리는 것 같아서 온갖 초목이 이 때문에 싹이 트게 되고, 새벽빛이 동쪽에서 밝아 오면서 깊은 밤이 물러나게 된다. 다만 이것은 또한 다수의 대중들에게 바랄 수 있는 것은 아니고, 단지 희망을 걸어 볼 대상은 한두 명의 선비에 그칠 뿐이지만, 이들을 높이 세워 대중들로 하여금 바라보게 한다면 사람들이 아마도 타락에서 벗어날 수 있을 것이다. 희망은 비록 작고 보잘것없지만 이것은 진실로 낡은 거문고에 줄을 하나 남겨 놓는 일이며, 휑한 가을 하늘에서 외로운 별을 바라보는 일이다. 만약 이것이 없다면 탄식만 늘어날 것이다. 무릇 외부 인연의 자극으로 이것이 도래하면 수미산²⁾이나 태산은 혹시 흔들리지 않겠지만 기타 감정을 가진 사물은 반응이 없을 수 없다. 그러므로 사나운 바람이 모든 구멍을 스쳐 가고 뜨거운 태양이 온 강물에 닿아 [삼라만상이] 그 힘을 받게 되면 모든 사물에 손익과 변화가 생기는데 이것은 사물의 본성이 저절로 그렇게 되는 것이다. 생명을 가진 것에 이르면 반응은 더욱 두드러진다. 양기陽氣가 바야흐로 생겨나면 개미가 땅 속에서 기어 다니고,³⁾ 늦은 가을이 닥쳐오면 울어 대던 곤충도 침묵하게 되는데, 곤충들이 날아오르고 꿈틀거리는 현상은 외부 인연의 자극으로 그 상황이 달라지지 않는 것이 없으니 생명의 이치가 본래 그러한 것이다.

대저 인류를 예로 들면 만물 가운데서 가장 뛰어난 존재로 외부 인연의 자극을 만나 감동하거나 거부하는 점은 다른 생물과 같지만 여기에는 또 인류만의 특이한 점도 포함되어 있다. 봄에는 정신이 화창해지고, 여름에는 마음이 응어리진다. 천기가 소슬한 가을에는 뜻이 침잠되고, 만물이 숨어드는 겨울에는 생각이 엄숙해진다. 인간의 감정은 사계절에 따라 바뀌는 것 같지만, 진실로 그 사계절을 거스를 때도 있다. 따라서 천시天時나 인사人事도 모두 인간의 마음을 바꿀 수 없는 것이니, 마음속에 진실함이 쌓여야만 말로 표현되는 것이다. 인간의 마음에 반대되는 것은 비록 천하 사람들이 모두 합창을 한다 해도 거기에 참여하여 함께 노래 부르지 않을 것이다. 인간의 말이란 내면에 진실함이 가득 쌓여 스스로 그만둘 수 없어서 나오는 것이기 때문이고, 마음속에서 찬란한 빛이 저절로 피어오르는 것과 같기 때문이며, 머릿속에서 파도가 저절로 용솟음쳐 오르는 것과 같기 때문이다. 따라서 그런 소리가 밖으로 터져 나오면 천하가 환하게 소생하게 되니, 그 힘은 더러 천하만물보다 위대하여 인간세상을 진동시키면서 그들을 두려움에 떨게 만든다. 두려움에 떠는 것은 향상의 시작[1]이다. 대체로 소리는 마음에서 우러나와야만 자신의 목소리가 자신에게 귀의하게 되고 그리하여 사람은 비로소 스스로 자기만의 특성을 갖게 된다. 사람이 각각 자기만의 특성을 갖게 되면 사회 전체의 대각성에도 가까이 다가가게 된다. 만약 초목처럼 바람에 휩쓸려 한 방향으로 쓰러지고, 새들처럼 입을 맞춰 하나의 울음소리만 낸다면, 그 소리는 또한 자신의 마음을 헤아려 나온 것이 아니라 오직 다른 사람만 따르며 기계처럼 똑같은 소리를 내뱉은 것에 불과한 것이다. 그것은 숲속의 바람소리이며 새들의 울음소리일 뿐이다. 조악하고 혼란한 습속도 이와 같지는 않을 것이다. 이것은 우리의 비애만을 증폭시킬 뿐이니 대체로 살펴보건대 적막이 더욱더 심해질 듯하다. 오늘날의 중국이 바로 이처럼 적막한 지경에 처해 있지 않은가? 얼마 전 중국 여러 곳이 혼란에 빠지자 외적이 그 틈을 타고 침입해 들어왔다. 병란 아래에서 백성들은 죽음에서 벗어나려 해도 그럴 겨를이 없었고, 미녀들은 참화를 피하려고 얼굴에 먹칠을 했으며, 뛰어난 선비들은 맑은 연못으로 달려가 몸을 던졌다. 이러한 옛날 기억이 후세 사람들의 가슴에 여전히 남아 있는지는 헤아릴 수 없지만, 겉모습만 살펴보면 생기 없이 웅크린 채 칩거 상태로 움직이지 않은 지가 진실로 오래되었다고 할 수 있다.

오늘날에 이르러 대세가 다시 변하여 특이한 사상과 기이한 문물이 점차 중국으로 전해지자 지사들은 대부분 위기의식을 느끼고 서로서로 뒤를 이어 유럽과 미국으로 달려가 그들의 문화를 채취하여 조국으로 가져오려 하고 있다. 그들이 젖어든 신선한 분위기는 완전히 새로운 것이고, 그들이 만나고 있는 사상의 흐름도 완전히 새로운 것이지만 그들의 혈맥을 감도는 것은 의연히 염제炎帝와 황제黃帝[5]의 피다. 마음속에 피어 있던 화려한 꽃이 스산한 시절에 액운을 만나 시들었다가 외부 문물의 자극을 받고 다시 불끈 꽃봉오리를 내밀고 있다. 그리하여 옛것을 소생시키고 새것을 받아들이면서 정신을 활짝 열어젖혀 자아를 무한의 경지로까지 확장시키고 또 제때에 고향의 상황까지 되돌아 살피고 있다. 닫힌 마음을 열고 새로운 목소리를 내니 그 우르릉대는 소리가 마치 천둥이 만물을 불러 일으키는 듯하다. 꿈속을 헤매는 자는 꿈속에 빠져 있을 테지만 깨어난 사람들이 이와 같이 행동하면 중국 사람들은 이 몇몇 훌륭한 선비에 의지하여 전멸당하지는 않을 것이다. 그리고 국민들 중에서 살아남은 사람이 하나라도 있다면 중국은 장차 그 사람에게 생존을 기탁할 수 있을 것이다. 비록 그렇기는 하나 세월이 흘러가도 적막은 여전히 사라지지 않고 있다. 위아래를 오르내리며 찾아봐도 정적 속에 그런 사람은 없다. 스스로 마음속으로부터 소리도 내지 않고 외부 문물에도 반응을 보이지 않으면서 무지몽매한 상태로 침묵하고 있으니 살아 있는 것 같기도 하고 죽어 있는 것 같기도 하다. 짐작건대 지난날에 당한 상처가 깊어서 오랫동안 메말라 있었던지라 다시는 무성하게 자라나지 못하는 듯하다. 이러한 상황은 우리를 상심에 빠뜨려 눈물을 흘리게 만든다.

하지만 나는 또 이 점을 반박하는 사람들에게도 할 말이 있으리란 사실을 알고 있다. 아마도 그들은 다음과 같이 이야기할 것이다. "10여 년[6] 동안 심하게 모욕을 당해서 그로 인해 사람들은 점점 무지몽매한 상태에서 깨어나 무엇이 국가인지 무엇이 사람인지 운위할 줄 알게 되었고, 공무를 급하게 생각하고 정의를 좋아하는 마음이 싹트고, 독립과 자존을 추구하려는 의지가 굳건해지면서 이에 관한 논의가 파도처럼 용솟음치고 추진해 나가는 일도 나날이 많아지고 있다. 국내 선비들 중 해외로 나가 이역의 문물을 접한 사람은 그들의 기호와 언어를 모방하여 높다란 모자를 쓰고 짧은 옷을 입은 채 대로를 활보하면서 서양인들과 악수를 나누며 미소를 짓는데 그 모습이 서양인에 비해 전혀 손색이 없다. 국내에 거주하면서 새로운 사조의 세례를 받은 사람들도 모두 국민들의 귀를 다투어 끌어당겨 세찬 목소리로 호소하며 20세기에 생존하려는 국민들에게 어떤 모습으로 살아가야 하는지를 알려 주고 있다. 그리고 그 말을 듣는 사람도 수긍하지 않는 사람이 없이 있는 힘을 다해 일을 맡아 오직 뒤처지는 일만 걱정한다. 또 날마다 신문과 잡지를 통해 새로운 사상을 고취하고 그 사이사이 서적을 통해 도움을 주고 있다. 그들의 문장에 포함된 언어는 비록 난삽하여 이해하기 어렵지만 결국 문명을 수입하는 편리한 도구라고 할 만하다. 만약 다시 무기를 혁신하고 공업과 상업을 진흥시킨다면 국가의 부강을 손꼽아 기대할 수 있다. 시대를 준비하는 것은 오늘날이므로 사물은 모두 변화 중에 있다. 만약 무덤 속에서 썩은 시체를 불러일으켜 이러한 상황을 보여 준다면 그 시체들도 모두 오늘날의 논의와 경영이 옛날보다 더 낫지 않은 것이 없다고 경탄하며 자신이 너무 일찍 죽었다고 안타까워할 것이다. 이러한 상황을 어찌 적막이라고 할 수 있겠는가?"

만약 이와 같을 뿐이라면 오늘날의 중국은 바로 하나의 혼란한 세계

일 뿐이다. 세상에 떠도는 말은 무슨 말이며, 인간들이 하는 일은 또 무슨 일인가? 마음의 소리와 내면의 빛은 찾아볼 수가 없다. 시대상황이 변화하자 보신술도 그에 따라 변모하게 되었다. 사람들은 추위와 배고픔을 염려하여 이전과는 다른 길로 다투어 달려가 유신의 옷을 끌어다가 개인의 몸이나 가리고 있다. 장인匠人들은 자신의 도끼를 찬양하면서 농민들이 쟁기를 가진 것에 나라가 약한 원인을 돌리고 있고, 사냥꾼들은 자신의 칼과 총을 자랑하면서 어부들이 그물을 귀중히 여기는 것에 국민이 곤궁한 원인이 있다고 한다. 또 만약 유럽을 여행하는 사람이 여성의 허리를 조이는 코르셋 제조 기술을 배워서 귀국한다면 허리 가는 벌[7]에게 재배를 올리며 그것을 문명이라 하고 허리가 가늘지 않은 사람은 야만인이라고 떠벌릴 것이다. 만약 그들이 진실한 장인이고 진실한 사냥꾼이고 진실한 코르셋 제조 기술자라면 그래도 괜찮겠지만, 시험 삼아 그들의 실상을 조사해 보면 자기 분야의 기술조차도 전혀 알지 못하고 마음은 더러운 욕심으로 가득 차 있어 한갓 얻어들은 귀동냥을 현란하게 자랑하며 자신의 시대를 속이고 있을 뿐이다. 이 때문에 이런 일을 종횡무진 제창하는 자가 천만에 이르고 거기에 화답하는 자가 억조가 된다 하더라도 인간 세상의 황량함을 타파하기에는 절대 부족일 것이다. 그리고 날마다 짐독鴆毒[8]을 쏟아부어 중국의 부패를 더욱 가속화한다면 그로 인해 증가하는 슬픔은 적막에 비교되지 않을 정도로 더욱 심해질 것이다. 그러므로 오늘날 귀하게 대접하고 기대해야 할 사람은 대중의 시끄러운 목소리에 부화뇌동하지 않고 홀로 자신만의 견해를 갖추고 있는 선비다. 이런 사람은 어둠 속에 감춰진 실상을 통찰하고 문명을 비평하면서도 망령된 자들과는 시시비비를 함께하지 않고 오직 자신의 소신을 향해 나아간다. 온 세상이 그를 찬양해도 그에게 아무것도 권할 수 없으며, 온 세상이 그를 비난해도 그의 행동을 가로막을 수 없다. 자신을 따르는 사람이 있으면 미래를 맡기고, 만약 비웃고 욕하는 자들이 자신을 세상에서 고립시킨다 해도 두려워하지 않는다. 그리하여 아마도 하늘의 빛으로 어둠을 밝혀 국민들 마음속 내면의 빛을 피어나게 하고 사람마다 자신의 개성을 갖게 하여 풍파에 휩쓸리지 않게 할 수 있을 것이니 이에 따라 중국도 자립할 수 있을 것이다.

오늘날 역사가 오래된 나라의 피압박 민족은 평소에 우리 지사들에 의해 언급할 가치조차도 없는 사람들로 비천시되었지만 이들은 이제 모두 스스로 각성하는 단계로 접어들었다. 마음을 터놓고 울부짖으니 그 소리가 밝고 분명한 데다 정신까지 발양되어 점차 강포한 폭력과 사기술에 제압당하지 않고 있다. 그러나 중국만 어찌하여 여전히 적막에 싸여 아무 소리도 내지 못하는가? 길에 잡초가 우거져 앞으로 나아갈 수 없기 때문에 뛰어난 선비들이 출세에 어려움을 겪는 것인가? 아니면 대중들의 시끄러운 소리가 사람들의 귀에 가득 차서 심연에서 우러나오는 마음의 소리를 아무도 들을 수 없어서 차라리 입을 봉하고 아무 말도 하지 않는 것인가? 아아! 역사 사실이 드리워 준 교훈을 통해, 앞서가는 선구자로서 길을 처음 열고 넓게 개척하는 사람 중에는 틀림없이 먼저 강건한 사람이 출현한다는 사실을 나는 알게 되었다. 하지만 탁류가 아득히 덮여 강건한 사람조차도 물결 속에 침몰해 버리니 아름다운 중화의 땅은 황무지처럼 쓸쓸하게 변해 황제黃帝의 신령도 신음을 내뱉고 있고, 종족의 특성도 상실해 가고 있다. 따라서 마음의 소리와 내면의 빛 두 가지 모두를 기약할 수 없게 되었다. 비록 그렇지만 일은 대부분 자화자찬하는 과정에서 실패하기 마련이므로 갈대 하나라도 띄워 보는 것이 희망이라는 측면에서는 다른 사람이 큰 뗏목 만들기를 기다리는 것보다 훨씬 더 낫다. 나는 아직도 미래에 대한 큰 기대를 저버리지 않고 있고 이것이 바로 이 글을 짓는 이유다.

오늘날 사람들의 주장을 모아서 이치에 따라 나눠 관찰하고 짐짓 이름을 빌려 그것을 종류라고 불러 본다면, 그 종류는 지금 크게 두 가지로 나누어 비교해 볼 수 있다. 첫째, 당신은 국민이 되어야 한다는 것이고, 둘째, 당신은 세계인이 되어야 한다는 것이다. 전자는 그렇게 되지 않으면 중국이 망할까 두려워하고, 후자는 그렇게 되지 않으면 문명세계를 배반할까 두려워한다. 그 의미를 따져 보면 모두 일관된 주장은 없지만 양자 전부 인간의 자아를 말살하여, 그 자아로 하여금 여기저기 뒤섞여 감히 자신만의 특별한 개성을 갖지 못하게 하고, 대중 속으로 매몰시켜 검은색으로 여러 색깔을 가려 버리는 것과 같다. 만약 이런 추세에 따르지 않으면 바로 대중이란 이름을 채찍으로 삼아 공격하고 핍박하며 마음대로 치달리지도 못하게 한다.[9] 지난날에는 적에게 핍박을 당하면 대중을 불러들여 도움을 요청하고, 폭군에게 고통을 당하면 대중을 불러들여 폭군을 제거했다. 그러나 오늘날에는 대중들에게 제재를 당하고 있으니 누가 과연 동정해 줄 것인가? 이 때문에 민중 속에 독재자가 있게 된 것은 오늘날에 시작되었다. 한 사람이 다수를 제압하던 건 옛날 일인데, 그때는 다수가 더러 이반할 수 있었다. 그러나 다수가 한 사람을 학대하는 건 오늘날의 일인데 지금은 저항과 거절조차 허락하지 않고 있다. 다수가 자유를 소리 높여 외치지만 그 자유의 초췌함과 공허함이 이보다 심한 경우는 없었다. 인간이 자아를 상실하고 있는데 그 누가 불러일으킬 수 있는가? 하지만 시끄러운 소리가 바야흐로 창궐하고 있으니 이는 이전에 없던 일이다. 두 부류가 하는 말이 비록 상반된 듯하지만 다만 인간의 개성을 말살시킨다는 측면에서는 대동소이하다. 논의를 종합하여 그 주요 항목만 거론해 보면 갑甲의 말은 "미신을 타파해야 한다", "침략을 숭상해야 한다", "의무를 다해야 한다"는 것이며, 을乙의 말은 "동일한 문자를 써야 한다", "조국을 버려야 한다", "일치된 표준을 숭상해야 한다"는 것이고, 그렇지 못한 사람은 20세기에 생존할 수 없다는 것이다. 이들이 늘 몸에 지니고 튼튼한 방패막이로 삼아 자신을 보위하는 이론으로는 과학, 기술 적용, 진화, 문명 등이 있는데 이들의 주장은 고상하여 쉽게 바꿀 수 없을 듯하다. 특히 과학이 무엇이고, 기술 적용은 무엇이며, 진화의 모습은 어떤지, 그리고 문명의 의미는 어떻게 풀어야 하는지에 대해서는 유독 모호한 말로 얼버무리며 분명한 설명은 하지 않은 채, 심지어 예리한 창으로 자신의 방패를 찌르는 모순된 짓을 저지르기도 한다. 아아! 뿌리와 줄기조차 흔들리고 있으니 그 가지와 잎이 또 어디에 의지하겠는가? 진실로 세파를 따라 흘러가느라 자신의 주관을 세울 수 없어서 잠시 남들이 주고받는 소리를 추종하며 사람들을 현혹시키는가? 아니면 자신이 비루함을 알고 수시로 먹고 마실 것을 위해 부득불 가면을 쓰고 천하에서 명성을 낚시질하고 있는가? 명성을 얻고 나면 아랫배에 기름기가 고이는데, 어찌 다른 사람이 살해당하는 일에 신경을 쓰겠는가? 따라서 중국이 오늘날 혼란에 빠진 것을 걱정하는 사람은 중국에 지사나 영웅으로 불리는 인간이 너무 많고 참인간이 너무 적다고 염려한다. 지사나 영웅이 상서롭지 않은 건 아니지만 그들은 베일로 얼굴을 가리고 진심을 드러내지 않으므로 정신과 기상이 혼탁하여 항상 사람들에게 환자로 느껴지게 한다. 아우구스티누스라든가 톨스토이라든가 루소는[10] 자신들이 직접 쓴 참회록[고백록]이 매우 훌룽한데 그것은 마음의 소리가 가득 흘러넘치는 책이다. 만약 (지사나 영웅의) 바탕에 아무런 실제 내용이 없고 단지 그들 우두머리에만 빌붙어 살다가 갑자기 거룩한 모습을 하고 나타나 나라를 잘 다스리고 천하를 잘 다스리겠다고 한다면 나는 먼저 그자들의 마음의 고백을 들어 보고 싶다. 만약 사람들 앞에서 마음 고백하는 걸 부끄러워한다면 그 의견은 숨겨 두더라도 자신의 추악함은 깨끗이 씻고 대중들을 맑고 밝게 인도한 후 천재[11]의 출현을 허용하여 인간 내면의 빛을 불러일으키는 편이 더 낫다. 이렇게 된 연후에야 인생의 의의가 밝아지길 기대할 수 있고 개성 또한 탁류에 침몰하지 않을 수 있을 것이다. 그러나 지사나 영웅이란 자들이 그렇게 하려 하지 않으면 그들의 말을 분석하여 그 주장의 시시비비를 분명하게 밝히면 된다.

미신 타파에 대한 의견은 오늘날에 와서 강렬해졌는데, 선비들의 언급을 통해서 수시로 들끓어 오르고 있을 뿐만 아니라, 이 언급들을 모아서 거질巨帙의 책으로 편집하기도 했다. 하지만 모두들 사람들에게 먼저 진정한 믿음正信에 대해서는 알려 주지 않고 있다. 진정한 믿음이 확립되지 않았으므로 미신적인 망동을 어떻게 비교하여 알 수 있겠는가? 대저 인간이 하늘과 땅 사이에 살면서 만약 지식이 혼돈되고 사유가 고루하다면 아무런 논의를 하지 않아도 그뿐이다. 그러나 물질생활에 불안을 느낀다면 반드시 형이상학에 대한 요구를 하게 된다. 이 때문에 베다Veda[12] 민족은 처연한 바람이 불고 사나운 비가 내리면서 검은 구름이 하늘을 가득 덮고 번개가 수시로 번쩍이면 인드라Indra[13] 신이 적과 싸우는 것이라 생각하고 이 때문에 몸을 움츠리며 경건한 마음을 품었다. 헤브라이Hebrew[14] 민족은 자연계를 크게 관찰하고 불가사의하다는 생각을 품고는 신이 강림하는 일과 신을 맞이하는 일을 불러일으켜 뒷날 종교가 여기에서 싹을 틔우게 했다. 중국의 지사들은 이것을 미신이라고 하지만 나는 향상을 추구하는 민족이 유한하고 상대적인 현세를 벗어나 무한하고 절대적인 지고무상의 세계로 가려는 인식이라고 생각한다. 사람의 마음은 반드시 기대야 할 곳이 있어야 하는데 신앙이 아니면 굳건하게 설 수 없으므로 종교의 탄생이 끊임없이 이어지는 것이다. 그러나 우리 중국을 되돌아보면 일찍부터 만물을 두루 숭상하는 걸 문화의 근본으로 삼아, 하늘을 공경하고 땅에 예배를 드리며 진실로 그 법도와 의례에 참여했고, 그리하여 발육에서 성장까지 질서정연하게 행동하며 전혀 혼란이 없었다. 천지를 숭배의 첫머리로 삼고 그 다음으로 만물에까지 두루 미쳤으니, 모든 예지와 의리 그리고 국가와 가족 제도가 여기에 근거하여 기반을 시작하지 않은 것이 없었다. 그 효과는 뚜렷하게 드러났고, 이로써 성취한 거대한 공적은 무엇으로도 이름 붙일 수가 없다. 이러한 까닭에 옛 고향을 가볍게 여기지 않게 되었고, 이러한 까닭에 사물 간의 등급도 생겨나지 않게 되었다. 그것이 비록 일개 풀, 나무, 대나무, 돌과 같은 것에 불과하더라도 거기에 모두 신비한 성령이 스며 있고, 현묘한 뜻이 그 속에 담겨 있어서 보통 물질과는 다른 것으로 간주했다. 숭배하고 아끼는 사물이 이렇게 두루 널려 있는 곳도 세상에 아직 짝할 만한 나라가 없을 것이다. 하지만 민생이 고난을 겪으면서 이러한 품성은 나날이 박약薄弱해졌고, 오늘날에 이르러서는 옛사람들의 기록과 기품을 잃지 않은 농민들에게서나 겨우 찾아볼 수 있을 뿐이다. 사대부에게서 이런 품성을 구한다면 참으로 찾기 어려울 것이다. 만약 어떤 사람이 중국인이 숭배하는 것은 무형의 어떤 것이 아니라 유형의 실체이고, 유일한 주재자가 아니라 온갖 사물이므로 이러한 신앙을 미신이라고 말한다면, 감히 묻건대 무형의 유일신만이 어떻게 유독 진정한 신이 될 수 있단 말인가? 종교의 유래를 살펴보면 본래 향상을 추구하는 민족이 스스로 창건한 것이므로 비록 신앙 대상에 다신多神과 유일신, 무형과 유형의 구별은 있지만 향상을 추구하는 인심의 수요를 충족시킨다는 점에서는 그 성격이 동일하다.

각종 생명을 두루 살펴보고 온갖 만물을 자세히 관찰해 보면 신령스런 감각과 오묘한 뜻을 갖고 있지 않은 것이 없다. 이것이 바로 시가詩歌이고, 이것이 바로 아름다움인데, 오늘날 신명과 통하는 선비가 귀의해야 할 대상이다. 그러나 중국에서는 이미 4천 년 전에 이러한 것이 있었다. 이것을 배척하고 미신이라 한다면 진정한 믿음正信이란 장차 어떠해야 하는가? 대체로 풍속이 타락한 말세의 사대부들은 정신이 질식되어 오직 천박한 공리만을 숭상하므로 겉모습은 온전하다 해도 신령스런 감각은 상실했다. 그리하여 인생에는 신명을 지향해야 할 일이 있다는 사실을 알지 못한 채, 천지만물의 배열 법칙에는 전혀 관심을 기울이지 않고 오직 녹봉만을 위해 허리를 굽힐 뿐이다. [이들은] 자신의 논리만을 고집하며 다른 사람을 단속하고 또 다른 사람이 신앙을 갖고 있으면 매우 이상하게 생각한다. 그리고 군사를 잃고 국가를 욕되게 한 모든 죄를 신앙으로 귀착시킨 뒤 거짓말을 조작하여 그들이 믿고 의지하는 대상을 모두 뒤집어엎는 것을 상쾌하게 여긴다. 나라의 사직을 폐허로 만들고 집안의 사당을 파괴한 자들을 역사적 증거에 비춰 보면 대부분 신앙이 없는 선비들이지 향리의 힘없는 백성들과는 아무 관계가 없다는 사실을 모르고 있다. 거짓 선비를 제거해야 하고 미신을 보존해야 하는 것이 오늘날의 급선무다. 대저 자신의 말이 더욱 광대光大하다고 자화자찬하는 자들 중에서 과학을 유일한 준

칙으로 신봉하는 어떤 무리는 물질에 관한 학설을 귀동냥해서 듣고는 곧바로 "인린燐은 원소의 하나일 뿐 도깨비불이 아니다"라고 말한다. 또 생리에 관한 책을 대략 뒤적여 보고는 "인체는 세포가 모여서 이루어진 것인데 어찌 영혼이 있겠는가?"라고 말한다. 그리고 모든 지식을 두루 다 섭렵하지도 않고, 자신이 주워들은 물질과 에너지[15]에 관한 잡설 중 지극히 천박하고 오류가 많은 이론으로 만사를 해석하려 한다. 사리事理의 신비한 변화는 결코 이과理科 입문서 한 권에 포괄되지 않는다는 사실을 생각지도 않고 그것에 근거하여 저것을 공격하고 있는데 이는 이치가 전도된 것이 아니겠는가?

대저 과학을 종교로 삼으려던 자는 서구에 본래 존재했던 사람이었다. 독일 학자 헤켈[16]은 생물[17]을 연구하여 마침내 일원론을 확립하고 종교에 대해서 "이성의 신전을 따로 세워 19세기 삼위일체의 진리를 받들어야 한다"라고 했다. 삼위일체란 무엇을 말하는가? 그것은 바로 진, 선, 미다. 그러나 여전히 종교 의식을 봉행하며 사람들에게 지식을 바꾸고 현세에 집착하게 하면서 정진精進을 추구하도록 했다. 니체[18] 씨는 다윈의 진화론을 채용하여 기독교를 배격하고 특별히 초인설을 설파했다. 비록 과학을 근본으로 삼았다고는 하지만 종교와 환상의 체취에서 벗어난 것은 아니므로, 그의 주장은 단지 신앙만 바꾸려는 것일 뿐 신앙을 없애려는 것이 아님은 분명하다. 하지만 오늘날에 이르러서는 오히려 그의 주장이 번창하지 못하고 있다. 대체로 지금 과학이 바탕으로 삼고 있는 근거는 그다지 정밀하거나 깊지 못한데, 그것을 내걸고 대중을 불러 모으기 때문에 그것을 들은 사람들이 아직 만족할 수 없는 것이다. 다만 이러한 학설을 가장 먼저 제창한 사람은 사상과 학술과 지행志行이 대부분 광대 심원하고 용맹

견강하기 때문에 설령 세인들의 뜻을 거스른다 해도 두려워하지 않으니 뛰어난 선비라 할 만하다! 이 점에 비춰 보면 오직 술과 밥만을 의식儀式의 목적으로 삼을 뿐 별달리 견지하고 있는 신념도 없이 망령되이 다른 사람의 숭배대상을 박탈하려 한다면 비록 원소나 세포를 자신의 갑주甲冑로 삼는다 해도 그것이 망령되고 사리에 맞지 않는 논리라는 것은 여러 말 하지 않고도 알 수 있다. 저들의 이론을 들은 자들이 어찌하여 큰절을 올리며 칭송하는지 나는 알 수가 없다.

그렇지만 앞에서 서술한 것은 그래도 상황이 나은 경우다. 이보다 더욱 나쁜 경우는 사찰 파괴를 전업으로 삼는 자들이 있다는 것이다. 그들은 국민이 이미 각성했으므로 교육 사업을 일으켜야 하는데, 지사들은 대부분 빈궁하고 부자들은 흔히 인색한 상황에서, 구국救國은 늦출 수 없으므로 오직 사묘祠廟를 점유하여 자제들을 교육할 계획이라고 한다.[19] 그리하여 먼저 미신을 타파하고 다음으로 우상을 파괴하면서 스스로 그 우두머리가 되어 교사 한 명을 초빙하고 그에게 모든 것을 총괄하게 한 뒤 학교가 성립되었다고 하는 것이다. 대저 불교가 숭고하다는 것은 식견 있는 사람이라면 모두가 함께 인정하는 사실인데 어찌하여 중국에서는 그것을 원망하며 불법을 없애려고 급급해하는가? 만약 불교가 백성에게 아무 공적을 남기지 못했기 때문이라고 말한다면 먼저 백성의 덕이 타락했음을 자성해야 할 것이다. 그것을 구제하려면 바야흐로 창대하게 하려고 노력하기에도 겨를이 없을 것인데 어찌하여 파괴하려고만 하는가? 하물며 학교란 것이 지금 중국에서 어떤 상황인가? 교사는 항상 학문이 부족하여 서양 학문의 껍질조차도 이해하지 못한 채 한갓 새로운 모습만 꾸며 대면서 사람들을 현혹하고 있다. 옛날 역사를 강의하면서는 황제黃帝가 아무개

우북[20]를 정벌했다고 하는데 이는 우리나라의 글자조차 두루 알지 못하는 모습이다. 또 지리를 언급하면서는 지구가 항상 파괴되지만 수리될 수 있다고 하는데 이는 대지의 실제 모습과 지구본조차 분별하지 못하는 모습니다. 학생들은 이러한 잘못된 지식을 얻고도 더욱 교만해진 나머지 중국의 기둥이라고 자부한다. 하지만 한 가지 일도 제대로 처리하지 못하면서도 건국 원로들보다 그 오만함이 지나치다. 그러나 그들의 지조는 저열하고 희망하는 바도 단지 과거에 이름을 올리는 것일 뿐이니, 그들에 의지하여 미래의 중국을 세우려는 것은 아주 위험한 일이다. 근래 사문沙門[21]은 비록 쇠퇴했지만 학생들과 비교해 보면 그 청정함이 훨씬 뛰어나다.

또 예를 들면 남방에 사는 사람들 중에는 더더욱 동제洞祭[22]를 금지하는 일에 전념하는 지사도 있다. 농민들은 농사를 짓느라 일 년 내내 거의 쉴 틈이 없다. 그래서 농한기가 돌아올 때마다 신에게 감사 제례를 올리는데, 술잔을 들어 스스로 위로하고 깨끗한 희생 동물로 신에게 보답을 드리며 정신과 육체 모두 기쁨에 젖어든다. 소위 지사라고 불리는 사람들은 떨쳐 일어나 "시골 사람들이 이것을 섬기느라 재산을 잃고 시간을 낭비한다"고 말하면서 동분서주 호소하며 힘써 그것을 금지하고 거기에 들어가는 재물을 낚아채서 공용으로 쓰자고 한다. 아아, 미신타파가 아직 없었던 시대 이래로 재물을 모으는 방법이 진실로 이보다 더 민첩했던 경우는 없었다. 가령 사람의 원기가 혼탁해져서 본성이 침전물같이 된다든가 영혼이 이미 이지러져서 욕망에 빠져들게 되면 이와 같이 될 뿐이다. 만약 소박한 백성들이라면 그 마음이 순수하므로 일 년 동안 부지런히 일을 하고 난 후 반드시 자신들의 정신을 한 번 떨쳐볼 기회를 갖고 싶어 할 것이다. 이 때문에 농사를 지어 하늘에서 받은 큰 복에 보답을 드리고, 자신들도 나무 그늘 아래서 큰 잔치를 벌이며 몸과 마음을 좀 쉬게 하는데, 이는 다시 일을 하기 위한 준비 행사다. 오늘날 이것마저 금지시킨다면 그건 멍에 아래에 매여 있는 우마牛馬의 신세를 배우라는 것이니, 사람이라면 견딜 수 없어서 반드시 또 다른 발산 방법을 찾게 될 것이다. 하물며 스스로를 위로하는 일은 타인이 간섭해서는 안 되는 것임에랴! 시인이 시를 낭송하며 자신의 마음을 묘사할 때는 비록 폭군이라 해도 침범해서는 안 된다. 무용수가 굽혔다 펴는 춤 동작을 하며 자신의 몸을 표현할 때는 비록 폭군이라 해도 침범해서는 안 된다. 그런데 농민들이 스스로 위로 잔치를 벌이는데 지사들이 침범한다면 지사들이 야기하는 참화가 폭군보다 훨씬 심하게 된다. 이것은 세상을 혼란에 빠뜨리는 술책으로는 최상이지만, 세상을 안정되게 다스리는 방책으로는 최하일 뿐인데도, 그 말류에 이르면 수만 가지 방법으로 갈라지게 된다.

그 대략적인 상황을 예로 들어 보면 먼저 신화를 비웃는 자들이 있다. 그리스, 이집트 및 인도 모두를 함께 비난하고 조소하면서 [그들의 신화가] 웃음거리가 되기에 족하다고 말한다. 대저 신화의 생성은 고대의 백성들에게 뿌리를 두고 있다. 삼라만상의 기이한 형상을 보고 상상력을 발휘하여 사람의 모습으로 변화시킨 것이다. 상상 속에서 예스럽고 기이한 것을 생각해 냈으니 그 신기한 모양이 참으로 볼만하다. 그것을 그대로 믿는 건 타당하지 않은 일이지만 그것을 비웃는 것도 크게 잘못된 일이다. 태고 시절 백성들은 상상력이 이와 같았으므로 후인으로서 얼마나 경이롭고 위대하게 생각되는가? 하물며 서구의 문예는 대부분 신화의 혜택을 받았고, 사상과 학문도 신화에 의지하여 장엄하고 미묘한 풍격을 드러낸 것이 그 얼마인지 알 수 없음에랴! 만약 서구의 인문을 탐구하려면 신화를 공부하는 것이 첫번째 일일 것이다. 대체로 신화를 알지 못하면 그들의 문예를 이해할 길이 없고, 문예에 어두운 상태로 그들 내부의 문명을 어떻게 얻을 수 있겠는가? 만약 이집트가 미신 때문에 멸망했다고 하면서 그들의 전체 고대 문명을 모두 매도하고 배척한다면 그것은 어린아이의 견해를 고수하며 고금의 구별도 할 줄 모르는 사람이 되는 것이니 한 번 비웃는 것도 아까울 뿐이다.

다음으로 어떤 사람은 과학을 구실로 중국에 옛날부터 있었던 신룡神龍을 의심하기도 한다. 그들의 유래를 살펴보면 기실 외국인들이 내뱉은 침을 주워 모은 것에 불과하다. 그들에게서 이익과 권력을 제외하면 마음속에 간직하고 있는 것이 아무것도 없다. 그들은 중국의 쇠퇴를 목격하고 돌멩이 하나 꽃 한 송이라도 [중국의 것이면] 더욱 하찮게 생각하고, 털을 헤집으며 흠집을 찾아내어 동물학의 정론으로 신룡은 틀림없이 없다고 단정한다. 대저 용이란 사물은 본래 우리 고대 백성들이 상상으로 창조한 것인데, 동물학까지 예로 든다면 스스로 자신의 어리석음을 자백하는 일일 뿐이다. 중화 땅의 동인同人들이 이런 논리를 팔아서 무엇을 하겠는가? 국민에게 이런 신화가 있다는 건 부끄러워할 만한 일이 아닐 뿐 아니라 상상력의 아름답고 풍부함을 더욱 자랑할 만한 일이다. 옛날에는 인도와 그리스가 있었고, 근래에는 동유럽과 북유럽 여러 나라가 신화와 전설에서부터 신물神物과 설화23)에 이르기까지 모든 것이 풍부하여 함께 거론할 만한 나라가 없다. 아울러 국민성도 위대하고 심원하여 천하의 으뜸이 되었으니 나는 아직도 그들이 세상 사람들에게 질책당하는 사례를 본 적이 없다. 다만 스스로 신화와 신물을 창조할 수 없어서 다른 나라에서 그것을 사들인다면 옛사람들이 상상력을 끝까지 펼친 걸 생각해 볼 때 매우 부끄러운 일일 것이다. 아아! 용은 국가의 휘장徽章인데 그것을 비방하고 있으니 옛 문물은 장차 세상에 존재하지 않게 될 것이다. 러시아의 머리 둘 달린 독수리와 영국의 직립해 있는 사자가 유독 질책당하지 않는 것은 국력이 다르기 때문이다. 과학이 그 때문에 가려지고 이익과 권력이 마음을 가득 채우고 있으니 그와 같은 사람과 정론24)을 이야기할 수 있겠는가? 단지 침을 뱉을 뿐이다. 또한 오늘날에는 더더욱 천하 고금에 들어 보지 못한 일이 벌어지고 있는데 그것은 바로 종교를 정하여 중국인의 신앙을 강제하려는 것이다. 마음조차 다른 사람에게 빼앗겨 버리고 신앙조차 자신이 정하지 못하는 상황이 전개되므로 저들 미신을 타파해야 한다고 주장하는 지사들은 바로 칙명으로 정한 소위 진정한 종교의 충실한 노예라고 해야 할 것이다.

침략을 숭상하는 자들은 그들 무리에 유기적인 특성이 있는데, 수성獸性이 상위에 놓이고 노예성이 가장 강하다. 그런데 중국의 지사들이 어찌하여 이러한 특성에 예속되어 있는가? 대저 옛날 사람들은 오직 무리끼리 모여 살다가 이후 국가를 세우고 경계를 나눠 그 안에서 태어나고 자랐다. 만약 하늘의 혜택을 이용하고 땅의 이로움을 먹고, 자신의 힘에 의지하여 생업을 잘 처리하면서 함께 어울려 화목하게 살고 서로 공격하지 않았다면 그건 아마도 지선至善의 경지라 할 수 있고 불가능한 일도 아니었다. 그러나 인류의 시초는 미생물에 있었으며 굼벵이류, 범류, 원숭이류를 거쳐 오늘날에 이르렀다. 옛날 성질이 잠복해 있다가 때때로 다시 밖으로 드러난다. 이에 살육과 침략을 좋아하는 일이 벌어지고, 토지와 자녀와 옥과 비단을 약탈하여 자신의 야심을 만족시키기도 한다. 그러나 그런 가운데 남이 비난할까 걱정이 되어 여러 미명美名을 조작하여 자신을 은폐한다. 시간이 오래 지나자 사람의 마음으로 스며든 습관이 깊어져서 대중들은 마침내 점점 그 유래를 알지 못하게 되었고, 본성도 습관에 따라 모두 변하게 되었다. 비록 철인哲人이나 현자라 해도 더럽고 추악한 것에 물들 수밖에 없었다. 예를 들면 러시아의 보헤미아[25] 여러 지방에는 일찍부터 범슬라브주의[26]가 있었고, 높은 지위에 있는 사람들은 그것을 끌어안고 행동했지만 다만 농민들 사이에는 널리 보급되지 못했다. 그러나 그곳 사상가나 시인들을 돌아보면 마음에 짙게 물이 들어 비록 아름다운 뜻이나 위대한 사상이 있다 해도 그들의 마음을 씻을 수 없었다. 그들의 소위 애국은 대부분 문예나 사상을 인류의 영광으로 숭상하지 않고 오직 갑사甲士와 창검의 예리함과 영토 획득과 살인의 많음만을 끌어들여 시끄럽게 떠들며 조국의 영광이라고 자랑한다. 근세에 이르러 인간에게 또 다른 본성이 있고 범과 이리 같은 행동이 우선적인 일이 아님을 알게 되어 이런 풍조가 조금이나마 세력이 꺾이게 되었다. 다만 수준이 낮은 선비들은 아직도 이런 풍조에서 벗어나지 못하고 있는지라 식자들이 그것을 근심하고 있다. 그리하여 뱀이나 전갈을 보듯 군대를 증오하며 인간 세상에서 평화를 크게 부르짖고 있는데 그 목소리가 역시 사람의 심금을 울리고 있다. 예언자 톨스토이도 그중 한 사람이다. 그는 다음과 같이 말했다. "인생에서 가장 고귀한 것 중에는 스스로의 힘으로 먹을 것을 해결하며 살아가는 것보다 더 좋은 것이 없으므로 침략과 약탈은 대대적으로 금지해야 한다. 또 하층민들은 평화를 좋아하지 않는 사람이 없는데도 상위 계층이 피범벅을 좋아하여 그들을 전쟁으로 내몰아 인민의 생명을 해치게 한다. 그리하여 가정이 파괴되어 보호받지 못하는 사람들이 전국에 가득하여 백성들이 살 곳을 잃게 되니 이것은 정치가의 죄악이다. 어떻게 약을 써서 치료해야 하는가? 명령을 받들지 않는 것보다 더 좋은 방법은 없다. 출정 명령을 내려도 병사들이 모이지 않고 여전히 쟁기를 잡고 밭을 갈면서 평화롭게 일을 하고, 체포 명령이 떨어졌는데도 관리들이 모이지 않고 여전히 쟁기를 잡고 밭을 갈며 평화롭게 일을 한다. 독재자가 위에서 고립되고 신하가 아래에서 명령을 따르지 않으면 천하는 잘 다스려진다." 그러나 공평하게 논의하자면 이것은 옳지 못한 방법으로 여겨진다. 만약 전체 러시아가 이와 같이 한다면 적군敵軍이 저녁에 바로 들이닥칠 것이고, 백성들은 다음 날 아침에 바로 창과 방패를 발아래로 팽개쳐 버릴 것이고, 또 저녁이 되면 땅을 잃고 떠돌며 사방으로 흩어져 이전보다 훨씬 더 비참하게 될 것이다. 따라서 그의 말은 이상을 위해서는 진실로 훌륭하지만 실제의 사실에 비춰 보면 처음의 의도에서 아주 멀리 벗어난 견해라고 할 수 있다. 다만 이 주장은 국가의 이해관계에만 비추어 말한 것이므로 인류가 모두 한결같지 않다는 점을 살펴보면 이 말 또한 틀렸다는 사실을 깨닫게 될 것이다.

대저 인류는 진화의 길을 걷고 있지만, 진화의 정도는 아주 큰 차이가 난다. 어떤 사람에게는 굼벵이 시절의 성격이 남아 있고, 또 어떤 사람에게는 원숭이 시절의 성격이 남아 있어서, 설령 만 년이 지난다 해도 같아질 수가 없다. 가령 같아졌다면 하나의 이질 분자와 맞닥뜨려도 전체 사회의 다스림이 곧바로 무너질 것이다. 국민성은 유약해져서 젖먹이 새끼 양과 같이 될 것이니 그때 이리 한 마리가 목장으로 침입하면 양들을 하나도 남김없이 죽일 수 있게 된다. 이때를 당해 안전을 도모하려 한다면 너무 늦었다고 후회해도 돌이킬 수 없다. 이러한 까닭에 살육과 약탈을 좋아하며 천하에 국위를 확대하려는 것은 수성獸性의 애국일 뿐이니 사람이 금수나 곤충을 뛰어넘으려면 그런 생각을 흠모해서는 안 된다. 하지만 전쟁의 자취를 완전히 끊고 평화를 영원히 존속하게 하려면 인류가 전멸하고 대지가 붕괴되는 이후까지 시간을 늦춰야 할 것이다. 그런즉 군대의 수명은 대체로 인류와 그 처음과 끝을 함께하는 셈이다. 그러나 이것은 특히 자신을 보호하고 범과 이리를 물리치기 위한 것이지 그것을 빌려 발톱과 이빨로 삼고 세상의 약자를 해치거나 잡아먹으려는 것이 아니다. 무기는 사람을 위해 사용하게 해야지, 사람을 강제하여 무기의 노예가 되게 해서는 안 된다. 사람이 이러한 대의를 알게 되면 아마도 그와 함께 군사에 관한 이야기를 할 수 있을 것이니, 세상을 큰 재앙에 빠지게 하지는 않을 것이다.

비록 그렇지만 우리 중국을 자세히 살펴보면 세상의 논자들이 거의 모두 잘못되어 있다. 애국을 운위하는 자도 있고 무사武士를 숭배하는 사람도 있지만 그들의 뜻은 심하게 추악하고 야만적이다. 자신의 몸은 문화에 의탁하면서도 입으로는 짐승을 낚아채는 맹금의 울음소리를 내고 있다. 만약 날카로운 손톱과 이빨이 부착되어 있다면 마치 남은 용기를 뽐내듯 대지를 유린할 것이다. 그러나 이 점이 습성이 되어 매우 포악해졌다 해도 그들에게 수성獸性이란 시호를 붙일 수는 없다. 어째서 그렇게 말하는가? 그들은 마음속에 진실함이 쌓여 밖으로 드러나는 것으로 두 가지를 갖고 있는데 이는 수성의 애국자에게는 없는 것이기 때문이다. 그 두 가지는 무엇을 말하는가? 첫째는 강대국을 숭상하는 것이고, 둘째는 피압박 민족을 멸시하는 것이다. 대체로 수성의 애국자는 반드시 강대국에서 태어나 세력이 강성하므로 그 위세로 천하를 제압할 수 있다. 그런즉 자신의 나라만을 높이고 다른 나라는 멸시한다. 진화론의 적자생존 이론에 집착하고 약소국을 공격하여 자신의 욕심을 채운 뒤 세계를 통일하여 이민족을 모두 자신의 신하와 노예로 삼지 않고는 만족하지 않는다. 그러나 중국은 어떤 나라였는가? 백성들은 농사일을 좋아하여 고향을 떠나는 사람을 경시했고, 임금이 원정을 좋아하면 들판에 있는 사람도 문득 원망을 품었다. 무릇 스스로 자랑하는 것도 문명의 찬란함과 아름다움이었고 폭력을 빌리지 않고도 사방 오랑캐를 제압할 수 있었으니 이처럼 평화를 보배로 여기는 나라는 천하에 드문 경우라 할 수 있었다. 다만 안락한 세월이 오래되자 나라의 방비가 나날이 느슨해져서 범과 이리가 갑자기 쳐들어와 백성들이 도탄에 빠지게 되었다. 하지만 이건 우리 백성의 죄과가 아니다. 피범벅을 싫어하고 살인을 싫어하고 이별을 참지 못하고 노동에 안주하는 등 사람들의 성품이 이와 같았다. 만약 온 천하의 풍습이 중국과 같았다면 톨스토이가 다음과 같이 말한 것처럼 되었을 것이다. "이 대지 위에 종족이 다양하고 국가도 서로 다르지만 나의 강역과 너의 경계를 서로 지키기만 하고 침범하지 않으면 만세가 지나도 난리가 발생하지 않을 것이다." 그러나 수성獸性을 품은 자가 일어나면 평화를 숭상하는 백성은 비로소 크게 놀라 아침저녁으로 위험이 닥칠까 전전긍긍하며 마치 이제는 생존할 수 없는 사람처럼 행동한다. 만약 그들을 배척하지 못하면 진실로 스스로 살아갈 방법이 없게 된다. 그러나 이러한 배척도 단지 그들을 내몰아 본래 고향으로 회귀하게 하려는 것이지 우리 스스로 수성으로 돌아가려는 것은 아니다. 하물며 날카로운 이빨과 손톱을 장착하고 연약하고 외로운 사람들을 해치는 일에 있어서랴! 하지만 우리 지사들은 이러한 점은 생각지도 않고 온 세상 모두가 도도하게 침략을 칭송하는 가운데 포악한 러시아와 강포한 독일에 경도되어 마치 유토피아를 흠모하듯 그들을 우러른다. 그러나 횡액을 당하고도 하소연조차 못 하는 인도나 폴란드 민족에 대해서는 얼음처럼 쌀쌀한 말로 그들의 쇠락을 조롱한다. 대저 우리 중화의 땅이 강포한 나라에게 고난을 당한 지도 이미 오래되었지만 아직 썩어 버린 시체가 된 것은 아니어서 맹금들이 먼저 모여들었다. 땅을 할양하는 것도 모자라 현금으로 배상금까지 보태 주니 사람들은 그로 인해 추위와 배고픔에 시달리다 들판에서 죽어 가게 되었다. 지금 이후로라도 마땅히 날카로운 무기와 견고한 방패를 마련하고 자신의 몸을 보위하며 커다란 멧돼지나 긴 뱀이 우리나라를 삼키지 못하게 해야 한다. 그러나 이것은 자신을 보위하는 방법일 뿐 침략자의 만행을 본받으려는 것이 아니며 장차 다른 사람을 침략하려는 것도 아니다. 침략을 숭상하지 않는 것은 무슨 이유인가? 스스로를 돌아보건대 중국은 수성獸性을 가진 나라의 적이기 때문이다. 폴란드와 인도의 경우는 중화의 땅과 같은 질병을 앓고 있는 나라다. 폴란드는 평소에 중국과 서로 왕래하지 않았지만 그 백성들은 감정이 풍부하고 자유를 사랑한다. 무릇 감정이 진실하고 자유를 보배로 여기는 사람은 모두가 그 나라를 사랑하며 이 두 가지 일의 상징으로 삼는다. 대체로 사람은 남의 노예가 되는 걸 즐거워하지 않는데, 그 누가 폴란드를 그리워하며 애도하지 않겠는가? 인도의 경우는 옛날부터 교류를 이어 오면서 우리에게 큰 선행을 베풀었다. 사상, 신앙, 도덕, 문예가 그들의 은혜를 받지 않은 것이 없다. 비록 형제 같은 친척이라 해도 어떻게 더 많은 걸 베풀어 줄 수 있겠는가? 만약 이 두 나라가 위기에 처한다면 나는 당연히 그 때문에 우울할 것이고, 만약 이 두 나라가 멸망하게 된다면 나는 당연히 그 때문에 소리 내어 통곡할 것이다. 두 나라에 참화가 없다면 하늘에 축도祝禱를 올리며 그들이 우리 중화의 땅과 영원히 함께하기를 기원할 것이다.

오늘날 지사들은 어찌하여 유독 이 점을 생각하지 않고 그들 스스로 재앙을 초래했다고 하면서 비난을 퍼붓는 것인가? 여러 차례 병화兵火를 입고 오랫동안 강포한 자들의 발밑에 엎드려 지내느라, 옛 성품을 잃고 동정심도 약해진 나머지 마음속에 권세와 이익의 욕망이 가득 차올라 이 때문에 미혹에 빠져 식견을 잃고 이러한 행동을 하는 것인가? 따라서 오늘날 전쟁 찬양 인사를 종합적으로 헤아려 보건대 그 자신이 강포한 힘에 굴복당한 지 오래되었고, 그 때문에 점차 노예의 성격을 지니게 되어, 본성을 잊어버리고 침략을 숭상하는데 이는 최하등의 인간이다. 다른 사람이 말하면 자신도 따라서 말하면서 자신의 견해를 견지하지 못하는 인사는 그래도 나은 편이다. 그 중간에 이 두 부류에 속하지 않고 아직 인류로 진화하기 이전의 성격으로 돌아가자는 자들이 더러 있는데, 나는 일찍이 시詩에서 그런 예를 한두 가지 본 적이 있다. 그들의 대의는 독일 황제 빌헬름 2세[27]가 주장한 황화론[28]을 원용하여 호기를 부리며 사나운 목소리로 런던을 파괴하고 로마를 전복시킨 뒤 파리 한 곳만 윤락 지역으로 제공하겠다는 것이다. 황화黃禍를 제창한 사람은 황인종을 짐승에 비유했지만 그 과격함은 이 시에 미치지 못한다.

이제 감히 중화의 땅 씩씩한 젊은이들에게 고한다. 용감하고 강건하면서 힘을 갖추는 것과 과감하고 의연하면서 싸움을 겁내지 않는 것은 본래 인생에서 의당 갖춰야 할 자질이지만 특히 이러한 자질은 자국을 보호하는 데 그쳐야지 무고한 나라를 병탄하는 데 써서는 안 된다. 자립하여 나라를 튼튼히 하고도 남은 용기가 있다면 마땅히 폴란드의 장군 뱀[29]이 헝가리를 돕고, 영국 시인 바이런[30]이 그리스를 도운 것처럼 자유를 위해 자신의 원기를 펼치고 압제를 전복시켜 하늘과 땅 사이에서 그것들을 제거해야 한다. 무릇 위기에 처한 나라가 있으면 모두 함께 그 나라를 도와야 한다. 먼저 우방국을 일어나게 하고 다음으로 기타 국가에까지 도움이 미치게 한다. 그리하여 인간 세상에 자유가 충족되도록 하여 호시탐탐 탐욕을 채우려는 백인종들로 하여금 자신들의 노예를 상실하게 하면 황화론이 비로소 실현될 것이다. 그럼 오늘날과 같은 시대에도 강포함을 부러워하는 마음을 거두어들이고 자위自衛의 중요함을 설파할 수 있을 것이다. 아아! 우리 중화의 땅도 침략을 한 번 받은 나라이니 스스로 반성하지 않을 수 있겠는가?(미완)

주)_____

1) 원제는 「破惡聲論」. 1908년 12월 5일 일본 도쿄에서 발간되던 『허난』(河南) 월간 제8호에 처음 발표되었고, 서명은 쉰싱(迅行)이다. 미완성 문장이지만 루쉰의 초기 사상을 이해하는 데 매우 중요한 내용을 담고 있다. '악성'(惡聲)은 나쁜 소리인데 사람과 사회에 해악을 끼치는 악한 소리를 가리킨다. 따라서 제목을 번역하면 '악한 소리를 타파하기 위한 논설'이 된다. 원문의 단락이 너무 길어서 독서에 방해가 되기 때문에 이 번역문에서는 의미와 문맥에 따라 다시 단락을 나누었다.

2) 수미산(須彌山)은 범어 Sumeru의 음역이다. 소미로산(蘇迷盧山) 또는 미루산(彌樓山)으로도 음역된다. 전체 산이 금, 은, 유리, 수정으로 이루어져 있기 때문에 보산(寶山), 묘고산(妙高山), 묘광산(妙光山)이라고도 한다. 고대 인도 신화에서는 세계의 중심에 있는 산으로 인식했고, 이후 불교에서도 이러한 인식을 계승했다. 높이는 110만km에 달하고, 이 산의 산꼭대기가 바로 제석천(帝釋天)이며, 산 중턱 사방에 사천왕천(四天王天)이 펼쳐져 있다고 한다.

3) 원문은 '元駒賁焉'. 『대대예기』(大戴禮記) 「하소정」(夏小正)에 "十二月, 元駒賁"이라는 구절이 있다. 북주(北周)의 노변(盧辯)이 이 구절에 주를 달아 "원구(元駒)는 개미(蟻)고, 분(賁)은 땅속에서 기어다니는 것이다"(元駒, 蟻也. 賁者走於地中也)라고 했다.

4) 원문은 '權輿'. 『시경』 「진풍(秦風)·권여(權輿)」에 "아! 처음과 달라지셨구나"(於嗟乎, 不承權輿)라는 구절이 있다. 따라서 '권여'는 처음이나 시작을 의미한다.

5) 원문은 '炎黃'. '염'(炎)은 염제(炎帝)로 혹자는 신농씨(神農氏)와 같은 인물로 보기도 한

다. '황'(黃)은 황제(黃帝) 헌원씨(軒轅氏)다. 중국 신화에 의하면 둘 모두 소전(少典)의 아들로 염제는 강씨(姜氏)의 시조, 황제는 공손씨(公孫氏)의 시조라고 한다. 두 부족이 연합하여 탁록(涿鹿) 싸움에서 치우(蚩尤)를 물리치고 중원의 패권을 잡았으며, 그 뒤 판천(阪泉) 싸움에서 황제가 다시 염제를 물리치고 중국의 패자가 되었다고 한다. 이는 한족(漢族) 중심의 씨족 형성 전설로 특히 청나라 말기 중국 한족 중심의 민족주의 확장의 근거가 되었다. 근래에는 염제와 황제 연합군에게 패배한 치우까지 포함하여 중화3조(中華三祖)란 용어가 중국에 널리 유포되고 있다.

6) 1894년 갑오년(甲午年) 청일전쟁에서 중국이 일본에 패한 이래 이 글을 쓴 1908년까지다. 중국 조야에서는 약소국으로 간주하던 섬나라 일본에 패한 것을 엄청난 충격으로 받아들였다. 이후 열강의 중국 분할이 더욱 가속화되었다.

7) 원문은 '貞蟲'. 정충(貞蟲)은 허리가 가는 벌(細腰蜂)의 일종이다.

8) 짐새의 날개에 숨어 있다는 맹독이다. 전설에 의하면 이 새가 술잔 위를 날아가기만 해도 그 술잔에 맹독이 스며든다고 한다.

9) 원문은 '靡騁'. 『시경』 「소아(小雅)·절피남산(節彼南山)」에 "내가 사방을 둘러봐도, 마음이 움츠러들어 달려갈 곳도 없네"(我瞻四方, 蹙蹙靡所騁)라는 구절이 있다. '미'(靡)는 부정하는 말이다.

10) 아우구스티누스(Augustinus, 354~430)는 로마제국의 속지였던 타가스테(Thagaste) 출신으로 그곳은 현재 알제리의 수크 아라스(Souk Ahras)다. 서구 고대와 중세를 이어 주는 위대한 철학자, 신학자, 가톨릭 주교인 그는 교부철학과 신플라톤학파의 철학을 융합시켜 중세 가톨릭 교회의 신학적 이론을 완성했다. 『고백록』(*Confessiones*), 『삼위일체론』(*De Trinitate*), 『신국론』(*De civitate Dei*), 『왜 로마는 야만족에게 붕괴되었는가?』 등의 저서가 있다.

톨스토이(Лев Николаевич Толстой, 1828~1910)는 러시아의 저명한 문학가다. 『전쟁과 평화』(Война и мир), 『안나 카레니나』(Анна Каренина), 『부활』(Воскресение) 등 위대한 소설 작품과 『고백록』(Исповедь), 『예술이란 무엇인가』(Что такое искусство?) 등의 저서를 남겼다.

루소(Jean-Jacques Rousseau, 1712~1778)는 프랑스의 저명한 계몽사상가다. 봉건 전제제도를 반대하고 부르주아 민주주의를 지지했다. 인간의 자유와 평등을 강조하고 조화와 우정을 중시했다. 『사회계약론』(*Du contrat social*), 『에밀』(*Émile*) 등의 저작을 남겼다.

11) 원문은 '性解'. 천재를 의미한다. 『무덤』(루쉰전집 1권)의 「마라시력설」(摩羅詩力說)에서 루쉰은 영어 'genius'에 '性解'라는 주석을 달았다.

12) 원문은 '吠陁'. 지금 중국어에서는 흔히 '韋陀'로 음역한다. 베다(Veda)는 본래 지식이나 지혜를 뜻하는 말로 산스크리트 베다어로 작성된 경전을 가리킨다. 대체로 기원전

수십 세기 이전부터 구전되던 내용을 기원전 1500년에서 기원전 1200년 무렵에 베다어로 기록한 것으로 추정한다. 고대 인도의 종교 및 사상과 관련된 내용이 방대하게 담겨 있다. 여기에서는 인도를 대신하는 용어로 쓰이고 있다.

13) 원문은 '因陀羅'. 인드라(Indra)는 본래 산스크리트어로 '강력한'이란 의미를 갖고 있으며, 고대 인도 신화에 나오는 전쟁의 신이다. 천둥과 번개 및 금강저(金剛杵)를 무기로 악마를 물리치고 천계(天界)를 수호한다고 한다. 불교에서도 인드라를 수용하여 불법을 수호하는 신으로 존중한다. 한문으로는 '제석천'(帝釋天)으로 번역되었다.

14) 원문은 '希伯來'. 헤브라이는 유태 민족의 다른 이름이다.

15) 원문은 '質力'. 물질과 에너지를 말한다. 루쉰의 『무덤』 「인간의 역사」(人之歷史)에 "근래 프랑스의 어떤 학자는 물질과 에너지의 변화로 무생물을 식물로 바꿀 수 있다고 했다"라는 구절이 있다.

16) 헤켈(Ernst Haeckel, 1834~1919)은 이 글 원문에 '黑格爾'로 되어 있지만 지금 중국어에서는 '海克爾'로 음역한다. 독일의 생물학자, 박물학자, 의사, 화가다. 저서로는 『우주의 수수께끼』(Die Welträthsel), 『인류발전의 역사』(Anthropogenie: oder, Entwickelungsgeschichte des Menschen) 등이 있다. 루쉰은 「인간의 역사」 부제를 '독일인 헤켈의 종족발생학에 대한 일원적 연구 해석'(德國黑格爾氏種族發生學之一元研究詮解)으로 달고 그의 생물학과 일원론을 자세히 소개했다. 헤켈은 과학과 종교를 결합한 '일원론적 종교'를 세우고 '이성의 궁전'에 진·선·미 삼위일체의 여신을 모시자고 주장했다.

17) 원문은 '官品'. 생물을 뜻한다. 옌푸가 「천연론」, 「능실」(能實)에서 처음 사용한 단어다. 그는 이 글에서 "사람, 금수, 어류, 조류, 초목 등과 같이 생명이 있는 것은 감각기관이 있기 때문에 관품(官品)이라고 명명한다"라고 했다. 옌푸는 또 감각기관이 없는 사물을 '비관품'(非官品)이라고 했는데 이는 대체로 무생물을 가리킨다.

18) 니체(Friedrich W. Nietzsche, 1844~1900)는 원문에 '尼佚'로 되어 있지만 지금 중국어에서는 '尼采'로 음역한다. 독일의 철학자로 합리주의 철학과 기독교 윤리를 부정하고 니힐리즘(nihilism)을 제창했다. 또 '강자의 도덕'에 입각한 '초인'(超人) 사상으로 모든 '약자의 도덕'을 타파하자고 주장했다. 『차라투스트라는 이렇게 말했다』(Also sprach Zarathustra) 등의 저서를 남겼다.

19) 구체적으로 청나라 말기의 묘산흥학(廟産興學) 운동을 가리킨다. 당시에 장타이옌(章太炎), 쑤만수(蘇曼殊) 등은 불교를 비판하면서 국가의 흥망에 아무 관심이 없고 도덕 증진에도 전혀 쓸모가 없다고 했다. 따라서 불교 사찰 재산에 학교를 세워 젊은이들을 교육해야 한다고 주장했다. 루쉰은 장타이옌의 제자였지만 서로 간의 인식이 완전히 일치하지는 않았다.

20) 원문은 '某尤'. 본래 치우(蚩尤)라고 말해야 할 것을 치우의 이름을 명확하게 알지 못하

거나 치(蚩)의 발음을 알지 못하여 '아무개 우'(某尤)라고 가르치고 있는 것이다. 중국 전설에 황제(黃帝)가 치우를 패배시키고 중원의 패권을 장악했다고 한다.

21) 원문은 '桑門'. 범어 'sramana'의 음역이다. 보통은 '沙門'이라고 한다. 출가하여 깨닫기 위해 노력하는 사람 즉 승려를 가리킨다.

22) 원문은 '賽會'. 옛날 중국에서 신상(神像)을 앞세우고, 의장을 갖춰 음악을 연주하며 마을을 돌던 행사다. 일종의 마을 축제로 한국의 동제(洞祭)와 유사하다. 루쉰의 소설 「지신제 연극」(社戲)에도 당시 중국의 마을 축제가 생동감 있게 묘사되어 있다.

23) 원문은 '重言'. 전설이나 설화를 말한다. 『장자』(莊子) 「우언」(寓言)에 "우언은 열에 아홉이요, 중언은 열에 일곱이다"(寓言十九, 重言十七)라는 구절이 있다. 여기에서 '중언'(重言)은 여러 사람의 입을 통해 거듭 전해진 전설이나 설화를 인용했다는 뜻이다.

24) 원문은 '莊語'. 이치에 맞는 정당한 말, 엄정한 논리를 가리킨다. 『장자』 「천하」(天下)에 "천하가 혼탁하여 함께 정론을 이야기할 수 없다"(以天下爲沉濁, 不可與莊語)라는 구절이 있다. 왕선겸(王先謙)은 '장어'(莊語)를 '정론'(正論)이라고 풀이했다.

25) 원문은 '什赫'. 보헤미아를 가리킨다. 체코의 서부를 체히(Cechy)라 부르고, 이것을 라틴어와 영어로 보헤미아라고 부른다. 켈트계 보이족, 게르만계의 마르코마니족이 지배하다가 6세기 이후 슬라브계 체코인이 점령했다. 체코 귀족 프르셰미슬(Přemysloveů) 가(家)가 통치하다가 독일과 오스트리아의 지배를 받았으며 제1차 세계대전 이후 체코슬로바키아로 독립했다. 현재 체코와 슬로바키아가 분리된 이후에는 체코에 속해 있다.

26) 범슬라브주의는 러시아 차르 중심으로 슬라브 민족의 통일과 단결을 요구한 내셔널리즘 운동이다. 본래 슬라브 문화의 우수성을 주장한 낭만주의 운동이었으나 19세기 중엽 이후 러시아 자본주의가 발달하면서 슬라브 민족주의로 폐쇄화되었다. 특히 오스트리아와 터키의 지배를 받는 슬라브 민족의 해방을 추구하면서 제국주의적 패권 추구와 맞물려 제1차 세계대전의 빌미를 제공하기도 했다.

27) 빌헬름 2세(Wilhelm II, 1859~1941)는 독일제국의 황제 겸 프로이센의 왕이었다. 제1차 세계대전을 일으킨 장본인이다. 해외진출을 적극적으로 도모하여 세계 각지에 근거지를 마련하려 했으며 중국에서는 일본에 대해 삼국간섭을 행하고 산둥반도의 자오저우만(膠州灣)을 점령했다. 청일전쟁 말기인 1895년 일본의 위협에 대처한다는 논리로 황화론(黃禍論)을 제창하여 황인종에 대한 억압 논리를 유포했다. 제1차 세계대전 패배 후 퇴위를 거부했고, 1918년 11월 독일혁명 후에 네덜란드로 망명했다. 만년에는 네덜란드에서 저술활동을 하다가 1941년 폐색전증으로 사망했다.

28) 황화론(黃禍論)은 독일 황제 빌헬름 2세가 제창하고 유포한 황색인종에 대한 억압론이다. 1895년 청일전쟁 말기에 빌헬름 2세가 장차 황인종이 유럽 문명을 위협할 것이므로 유럽 열강이 공동으로 대처해야 한다고 주장했다. 당시 새롭게 떠오르던 일본의

국력을 견제하기 위한 의도였지만 이 배경에는 인종차별과 인종편견의 인식도 개재되어 있다. 근래에는 고도성장으로 경제발전을 거듭하고 있는 중국의 힘을 견제하자는 의미로 흔히 황화론을 거론한다.

29) 벰(Józef Bem, 1794~1850)은 원문에 '貝謀'로 되어 있으나 지금 중국어에서는 보통 '貝姆'로 음역한다. 폴란드의 장군이다. 1830년 11월 러시아에 대항하여 일어난 독립전쟁 영도자의 한 사람이다. 실패한 뒤 외국으로 망명했고, 1840년 비엔나 무장봉기와 1849년 헝가리 민족해방전쟁에 참전했다.

30) 바이런(George Gordon Byron, 1788~1824)은 원문에 '襄倫'으로 되어 있으나 지금 중국어에서는 보통 '拜倫'으로 음역한다. 영국의 낭만주의 시인이다. 귀족 신분의 독신 미남으로 자유분방하고 화려한 시를 써서 많은 인기를 얻었다. 1823년 그리스 독립전쟁에 참전했다가 다음 해 말라리아로 사망했다. 『차일드 해럴드의 편력』(Childe Harold's Pilgrimage), 『아비도스의 신부』(The Bride of Abydos), 『돈 후안』(Don Juan) 등의 시집을 발표했다.

『웨둬』 발간사[1]

웨越[지금의 저장성 부근]는 옛날부터 천하무적이라고 일컬어졌다. 바다와 산악의 정기는 뛰어난 인재들을 쑥쑥 태어나게 했고, 예부터 지금까지 인재들이 끊임없이 이어져 남다른 재주를 펼쳐보였다. 백성들은 열심히 애쓰고 노력한 우[2] 임금의 기풍과 굳세면서도 비분강개하는 구천[3]의 의지를 가슴에 간직한 채 힘을 다해 삶을 영위하여, 그 넉넉한 생활이 스스로 살아가기에는 부족함이 없었다. 이후 세상의 풍속이 계속 타락하고 산천의 정기도 점점 흩어지자 작은 이익에만 몰두하며 깊은 생각은 경시하게 되었고, 안일함에 젖어 무술을 멀리하게 되었다. 이에 사나운 오랑캐들이 이 틈을 타고 쳐들어오자 갑자기 나라가 망하게 되어 변발에 항거하던 선비들은 줄지어 깊은 물에 몸을 던졌고 황제黃帝의 신령조차 신음하게 되면서 백성들은 더 이상 떨쳐 일어나지 못하게 되었다. 변발에 호복胡服을 한 오랑캐와 가죽옷에 활을 멘 민족들이 무여[4]가 물려주신 옛 강토에서 활개를 친 지 거의 200여 년이 되었다. 그러나 생각이 깊고 마음 씀이 독실한 선비들은 위로 하늘의 뜻에 감응하여 변혁의 주장을 펴며 그것을 온 강토에 가득 넘치게 했다. 나라의 선비들은 당당하게 궐기하여 후베이 땅에서 맨 먼저 정의의 깃발을 높이 들었다.[5] 모든 사람들이 이에 호응하니 마치 파도와 태풍이 몰아치는 듯 중화의 옛 문물제도가 거의 광복을 맞게 되었고 동남의 위대한 고장도 찬란하게 옛 주인에게 귀속되게 되었다. 그리하여 웨越 땅의 사람들은 삼대三大 자유[6]를 얻게 되어 이 땅에서 새 삶을 살 수 있게 되었고, 북방 오랑캐들은 헤아릴 수 없는 죄악을 짊어진 채 멸망의 수렁으로 빠져들게 되었다. 백성들의 기상은 끝없이 솟구쳐 오르고 하늘의 태양도 소리 높여 웃게 되었다. 누가 이것을 아름답게 송축할 것인가? 아마도 위대한 노랫소리가 장차 온 우주에 가득할 것이다. 전제 정치는 정말 오래도록 지속되었다. 가혹한 고문을 정치의 수단으로 삼고 가렴주구로 백성들의 고통을 빨면서도 잔인한 금령禁令으로 그들의 불평불만을 막아 왔다. 학대에 병이 들고 굶주림에 말라 죽어가는 사람들이 나날이 많아졌다. 그 질곡에서 갑자기 해방을 맞았지만 심신의 상처는 여전히 많이 남아 있어서 백성들의 진실한 소리는 아직도 적막하고 민중의 참된 뜻도 굳게 닫혀 있다. 어찌 필부라고 해서 천하의 일에 참여하지 않으려 하는가? 참여하지 않는다면 그것은 여전히 북방의 오랑캐를 떠받들어 모시는 일과 같다. 공화 정치는 사람들이 책임을 함께 지며 또 함께 주인이 되는 제도이므로 노예와 다른 점이 있어야 할 것이다. 이전의 죄악들이 모두 북방 오랑캐들에게 귀착되자, 오랑캐들은 죄의 무게를 견디지 못하고 남김없이 멸망의 나락으로 빠져들고 말았다. 지금부터 천하의 흥망은 백성들이 책임져야 하므로, 만약 힘을 모아 협력하지 않고 중화의 강토를 위해 계획을 세우지 않는다면, 다시 예전의 병들고 말라빠진 모습만 보여 주며 한순간에 지난날로 되돌아갈 것이다. 그렇게 된다면 훌륭한 선비들이 과

연 누구를 탓하겠는가? 그러므로 동지들은 이것을 깊이 생각해야 할 것이다. 독립전쟁이 시작된 지 70일이 지나는 동안 지자智者는 모든 계책을 동원하고 용사는 목숨까지 바치고 있는데도 우리 백성된 자들이 일의 성공을 앉아 구경만 하면서 어리석은 생각 한 가지라도 보태지 않는다면 이는 아마도 스스로 국민 되기를 포기하는 행동이라 할 수 있다. 이에 이 신문을 창간하여 동포들에게 의견을 구하고 문장으로 우리의 뜻을 선전하며 올바른 정치와 교화에 도움을 주고자 한다. 또한 자유로운 의견을 발표하고 개인의 천부인권을 모두 보장하며, 공화제도의 진행을 촉진시키고 정치의 잘잘못을 비평하며, 사회의 몽매함을 깨우치고 용기 있고 굳센 정신을 진작시키고자 한다. 그리고 참된 지식을 보급하여 만물의 이치를 잘 밝히고자 한다. 무릇 이러한 점을 아는 사람들은 자신의 어리석은 생각이라도 사회에 바치고, 힘은 작아도 뜻은 크게 가지면서 개혁과 진보에 힘써야 할 것이다. 입을 닫고 앉아 중화의 땅이 다시 적막에 빠지게 하고, 그 끝없는 죄악을 스스로 짊어지면서 그 옛날의 잘못을 반복할 수는 없는 일이다. 이 글을 읽는 사람들은 경계하고 근면하면서 조그마한 효과라도 거두기에 힘쓰고 국민 된 책임을 10분의 1이라도 다하기를 바랄 뿐이다. 아! 우리 웨 땅은 옛날부터 천하무적이라고 일컬어져 왔지만 사나운 오랑캐가 학정을 펼쳐 백성들이 피골을 드러내는 참상에 빠지게 되었다. 이제 해방이 되었으니 정의를 응당 크게 진작시켜 옛 선현들이 나라를 세워 잘 다스리던 업적에 보답해야 할 것이다. 아! 전제정치가 너무나 오래되어 광명을 새롭게 회복하기가 쉽지 않다. 하물며 정신은 저 신성한 바이수이白水7)까지 달려가, 누구나 옛 고향을 그리워하고 그 높은 언덕을 돌아보고 있지만 지금 훌륭한 인재가 없음을 슬퍼하고 있음에랴? 오호라 이것이 『웨뒤』

를 발간하는 이유다.

주)_____

1) 원제는 「『越鐸』出世辭」. 이 글은 1912년 1월 3일 사오싱(紹興)에서 발간된 『웨둬일보』(越鐸日報)에 처음 발표되었다. 서명은 황지(黃棘)다. 본래 표점이 없었다. 『웨둬일보』는 1912년 1월 3일 사오싱에서 웨사(越社) 동인들에 의해 창간되었고, 1927년 3월 정간되었다.

2) 원문은 '大禹'. 중국 선사시대 하후씨(夏後氏) 집단의 지도자로 중국 최초의 왕조로 알려져 있는 하(夏)나라 건국자다. 특히 홍수를 잘 다스려 천하를 안정시킨 공로로 순(舜) 임금에게서 보위를 선양받았다고 한다.

3) 구천(勾踐)은 춘추시대 월(越)나라 군주다. 춘추오패의 하나로 꼽히기도 한다. 오왕(吳王) 부차(夫差)에게 패배하여 노예생활을 했으나 범려(范蠡)와 문종(文種) 등의 도움으로 와신상담(臥薪嘗膽)하여 마침내 오(吳)나라를 멸망시키고 춘추시대 패자(覇者)가 되었다. 구천의 도읍지 콰이지(會稽)가 바로 루쉰의 고향인 저장성 사오싱이다.

4) 무여(無餘)는 월나라 시조로 알려져 있다. 하나라 임금 소강(少康)이 서자 무여를 콰이지에 봉하고 우(禹)임금의 제사를 받게 했다고 한다(『오월춘추』吳越春秋 권6).

5) 1911년 10월 10일 후베이성(湖北省) 우창(武昌)에서 신해혁명(辛亥革命)이 일어났고, 그 다음 해 난징(南京)에 중화민국이 건국되고 쑨원(孫文)이 대총통에 취임했다.

6) 삼대 자유는 쑨원이 『민권초보』(民權初步) 「자서」(自序)에서 말한 "집회의 자유, 출판의 자유, 사상의 자유"다.

7) 바이수이(白水)는 굴원(屈原)의 「이소」(離騷)에 나오는 전설상의 물 이름이다. 전설에 의하면 쿤룬산에서 발원하는데 그 물을 마시면 불로장생한다고 한다.

군부 통언[1]

군인의 자격이 가장 고상한 까닭은 그들에게 적을 격파하고 나라를 보위하는 책임이 있기 때문이다. 따라서 장작더미에 누워 쓸개를 맛보고,[2] 창을 베고 아침을 맞는다고 했으니[3] 군인이 스스로 경계함이 어떠해야 하는가? 말가죽에 시체가 싸여 돌아오고,[4] 적장을 베고 군기를 빼앗는다[5]고 했으니 군인이 스스로 기약함이 어떠해야 하는가?

오늘날 우리 사오싱의 군인은 스스로 기대함이 어떠한가? 무리를 지어 한가한 놀이에 탐닉하는 자도 있고, 서로 치고 박고 싸우는 자도 있고, 사창가에서 자며 환락을 찾는 자도 있고, 노름꾼을 잡아 사사롭게 벌을 주는 자도 있다. 몸은 군대, 국가, 국민의 중임을 맡고 있으면서도 무뢰배의 악작극을 일삼고 있는 것은 규율이 엄숙하지 못하고 훈련이 불량하기 때문인가? 아니면 노예 근성 때문에 가르침을 펼치기 어렵기 때문인가? 이 따위 자격으로 북벌군에 들어간다면 우리 중화민국의 전도가 위태로울 것이다!

나 저우수런周樹人은 말한다. 잡초를 제거하지 않으면 곡식의 싹이 자라지 못한다. 교련을 맡고 있는 책임자들은 어찌하여 단체에 해를 끼치는 망나니를 제거하고 성실하고 깨끗한 병사를 모집하여 완전한 의용군을 만들지 않는가?

또한 동일하게 북벌을 목적으로 삼는다면서 한 무리는 둥관東關 마을에 모집 단체를 만들고, 한 무리는 투계장鬪鷄場에 모집 단체를 만들고, 한 무리는 제5중학교第五中校에 모집 단체를 만든 뒤 각각 따로 비용을 쓰며 병사를 모집하고 있다. 모두 사오싱에 거주하면서도 세력은 모래처럼 흩어져서 하나로 연락을 하지 못하니 나는 이러한 상황을 이해할 수 없다.

주)_____

1) 원제는 「軍界痛言」. 이 글은 1912년 1월 16일 사오싱 『웨뒤일보』 제14호 '자유언론'(自由言論) 코너에 처음 발표되었다. 서명은 수(樹)다. 본래 표점이 없었다.
2) 원문은 '臥薪嘗膽'. 장작 위에서 불편하게 잠을 자며 쓸개를 맛본다는 뜻이다. 치욕을 감수하고 견디서 마침내 복수를 도모하는 것을 비유한다.
3) 원문은 '枕戈待旦'. 창을 베고 아침을 기다린다는 뜻이다. 밤새도록 경계를 게을리하지 않음을 비유한다.
4) 원문은 '馬革裹屍'. 말가죽으로 자신의 시체를 싼다는 뜻이다. 전쟁에 나가서 살아서 돌아오지 않겠다는 결심을 비유한다.
5) 원문은 '斬將搴旗'. 적장을 베고 적의 군기를 뽑아낸다는 뜻이다. 전쟁터에서 용감하게 싸워 적을 물리침을 비유한다.

신해유록[1]

1.

3월 18일, 맑음. 콰이지산 입구로부터 6~7리를 가서 우임금의 사당[2]에 이르렀다. 오래된 이끼가 담장을 따라 덮여 있었고, 썩은 나무가 땅을 덮고 있었으며, 두세 명의 농부들이 계단 돌 위에 앉아 있었다. 길을 꺾어 오른쪽으로 돌자 바로 콰이지산 발치였다. 1리 정도 가서 왼쪽으로 방향을 바꿔 작은 산에 닿았다. 산은 그리 높지 않았지만 소나무와 삼나무가 함께 치솟아 있었고 가시나무에 가시도 빽빽이 돋아나 있었다. 다시 위로 올라가니 가시나무가 점차 적어지면서 야초가 드문드문 자라고 있었다. 모두가 흔한 풀이었지만 두 가지 종류를 채집했다. 산꼭대기에 오르자 발아래로 솟아오른 절벽이 보여서 더 나아갈 수 없었다. 엎드려 아래를 굽어보니 오래된 이끼가 가득 덮여서 그 더부룩한 모습이 마치 가죽 털옷 같았고 그 가운데 작은 꽃들이 섞여 있었다. 대여섯 송이씩 군집을 이룬 곳이 수십 군데였는데 면적은 대략 1장[丈] 정도였다. 가까이 있는 것을 꺾어서 보니 모두 잎 하나에 꽃 한 송이였으며 잎은 벽옥색이고 꽃은 자주색이었다. 이 것이 세칭 일엽란一葉蘭으로 이름에 엽葉을 넣고 잎의 숫자를 표시했으며, 또 이름에 란蘭이라는 화초를 넣어 종류를 구분했다. 보슬비가 갑자기 뿌리는 중에 어떤 나무꾼이 다가와서 무엇을 하느냐고 절실하게 물어 왔다. 정식 설명으로는 이해시킬 수가 없어서 "약초를 구한다"고 속여 말했다. 그가 다시 물었다. "무엇에 쓸 거요?" "오래 살기 위해서요." "오래 사는 일을 어찌 약초로 구할 수 있단 말이오?" "그것은 내가 약초를 구하는 까닭일 뿐이오." 그리고 마침내 그와 함께 산허리를 둘러 가로로 난 길을 따라 내려왔다. 무릇 산을 직선으로 오르는 길은 올라가기는 쉽지만 내려올 때는 힘들기 때문에 산허리에 반드시 가로로 돌아가는 길이 생기기 마련이고, 사람들이 서로 약속하지 않고 그걸 이용하면서 분명하게 길이 생겨 황폐해지지 않는 것이다.

2.

8월 17일 새벽에 배를 타고 신부[3]로 갔다. 날이 흐리고 비가 내렸다. 정오에 도착했는데 동문에서 40리 정도 떨어진 곳이었다. 리하이관[4] 앞에 정박하자 관문이 리하이와 강을 사이에 두고 마주 보고 있었다. 제방에서 10~20무武[5]도 안 되는 곳에 바다가 바라다보였다. 제방을 따라서 나무가 늘어서 있었고, 나뭇잎은 뽕잎 같았고, 꽃잎은 다섯 갈래였고, 원통 모양에 옅은 빨강색이었고, 은은한 향기가 있었지만 그것을 부스러뜨리자 악취가 났다. 아마도 누리장나무[6] 종류인 듯했다. 물가에는 크기가 느릅나무 열매만 한 작은 게가 있었다. 앞 지느러미가 발처럼 달린 작은 물고기는 지느러미에 의지해 펄쩍펄쩍 뛰었고, 리하이 사람들은 그것을 탸오위跳魚라고 불렀다. 정오를 좀 지나자 밀물이 먼 바다에서 밀려오면서 하얗게 줄을 만들었다. 이윽고 가까이로 밀려들자 정박한 배들이 흔들렸다. 순식간에 목전에까지 들어찼고 밀물의 높이는 4척尺이나 됐으며 중앙은 백설처럼 희었고 해안에 가까이 온 것은 진흙이 섞여서 황토빛이었다. 어떤 늙은이가 탄식하며 말했다. "밀물 머리가 검구나!" 말을 마치고는 사방을 돌아보았다. 대체로 웨 지방 풍속에서 밀물 구경을 할 때 검은 밀물을 본 사람은 허물이 있는 사람이라고 한다. 그러나 밀물에는 반드시 진흙이 섞여들고 진흙은 또 흰색이 아니므로 그 늙은이는 구경꾼들을 저주한 것이다. 구경꾼들이 허물을 얻게 되면 늙은이에게도 이익이 되지 않지만 그 늙은이는 끝내 그들을 저주했다. 밀물이 지나가자 비가 개어 가까운 교외를 산보하다가 갈대숲에 이제 막 자주색 꽃을 피운 야고[7]가 섞여 있는 걸 보았다. 몇 포기를 꺾어 채집했는데 갈대 잎이 피부를 찔러서 쉽게 채취할 수 없었다. 또 큰 것 한 포기를 채취하여 옮겨 심을 생각이었지만 야고가 갈대 뿌리에 붙어 생장하고 있어서 일단 옮겨서 땅에다 다시 심으면 스스로 영양을 공급할 수 없기 때문에 틀림없이 살아날 수 없을 것 같았다.

주)_____

1) 원제는 「辛亥遊錄」. 이 글은 1912년 2월 사오싱의 『웨사총간』(越社叢刊) 제1집에 발표되었다. 서명은 루쉰의 막내 동생의 이름을 빌려 '콰이지 저우젠런 차오펑'(會稽周建人喬峰)이라고 되어 있다. 본래 표점이 없었다. 신해(辛亥)는 1911년이다. 루쉰은 그 무렵 사오싱부(紹興府) 중학당(中學堂)에서 교편을 잡고 있었고, 과외 시간을 이용해서 야외로 나가 동식물 표본을 채집하곤 했다.
2) 우사(禹祠)는 사오싱 동남쪽 콰이지산 아래에 있다.

3) 신부(新步)는 지명이다. 사오싱 동북 전탕뎬(鎭塘殿) 근처다.

4) 리하이관(瀝海關)은 지금의 저장성 상위구(上虞區) 리하이진(瀝海鎭) 리하이소(瀝海所)를 가리킨다. 차오어장(曹娥江)이 바다로 흘러드는 지점이어서 리하이(瀝海)란 이름이 붙었다. 명(明)나라 때 바다를 방어하기 위한 수어천호소(守禦千戶所)라는 군사 관문이 설치된 곳이다.

5) 무(武)는 길이 단위다. 보통 6척(尺)을 1보(步)라 하고, 반보(半步)를 1무(武)라 한다. 중국의 현재 단위로 1척은 33.3cm이므로 1무는 대략 1m 정도 되는 거리다.

6) 원문은 '海州常山'. 누리장나무(Clerodendron trichotomum Thunb)를 가리킨다. 중국의 하이저우(海州) 즉 지금의 장쑤성 롄윈강(連雲港) 일대에 많이 자라므로 하이저우창산(海州常山)이란 이름이 붙었다.

7) 야고(野菰, Aeginetia indica)는 억새나 갈대에 기생하는 1년생 더부살이 풀이다.

국무원에 올리는 국가 휘장 도안 설명서[1]

삼가 살펴보건대 서구 국가의 휘장은 유래가 아주 오래되었고, 그 맹아는 개인에게서 비롯되어 더 널리 퍼져 나가 한 국가에서까지 휘장을 갖추게 되었습니다. 옛날 그리스 무사들은 방패를 머리 위로 받쳐 들고 싸움에 나갈 때 스스로 좋아하는 것을 선택한 뒤 방패에다 그림을 그려서 서로 구별이 되게 했습니다. 로마 시대로 내려와서도 그런 풍습은 끊이지 않고 전승되었습니다. 십자군 전쟁이 일어나자 각국의 병사들을 모아 군대를 만들었고 각 군대가 마구 뒤섞여 구별되지 못할까 근심하여 각각 해당 군대 장수의 방패 휘장을 표지로 삼았습니다. 여기에서 확장되어 한 가문에도 사용하게 되었고 더 확장되어 한 나라에까지 사용하게 되었습니다. 이 때문에 처음의 형상은 모두 자신의 이름이나 성씨를 써서 개인을 나타내거나 십자가를 만들어 종교를 중시했습니다. 국가 휘장을 만들 때는 역사적 사실에 의거하여 십자가 여러 개를 겹치거나 또는 방패 모양을 모방하여 거기에 또 곤룡포, 면류관, 깃발 등을 그려 넣어 장식으로 삼았습니다. 새로 탄생한 나라가 처음에 국가 휘장을 제작할 때 위와 같은 테두리에서 벗어날 수 없는 것은 대체로 문헌에 한계가 있기 때문입니다. 지금 중화민국은 이미 가화嘉禾²⁾를 국가 휘장으로 삼고 있지만 도안이 너무 단순하므로 마땅히 더 보충하여 다른 나라의 휘장에 비견될 수 있도록 해야 너무 소박하다는 근심이 없어질 것입니다. 중국의 역사는 특수하여 서구와는 다르므로 서구에서 숭상하는 것을 중국에서 사용할 수는 없습니다. 멀리 이전 시대의 역사에 근거하여 다시 새 도안을 그리는 것이 확실하게 근거를 마련하는 일이며 또 타당한 일이기도 할 것입니다. 옛날 서적을 고찰해 보면 근원이 오래된 것으로는 용龍보다 더 나은 것이 없습니다. 그러나 용 휘장은 이미 저항과 배척을 많이 받았으므로 그걸 그릴 수는 없습니다. 다시 차선책을 생각해 보면 12장章³⁾이란 것이 있습니다. 위로『상서』尚書에서 찾아볼 수 있으니 근원 또한 오래된 것입니다. 한漢나라와 당唐나라 이래로 경전을 풀이하는 사람들은 이렇게 말했습니다. 해와 달과 별은 밝게 비추는 뜻을 취했고, 산은 진압하는 뜻을 취했고, 용은 변화하는 뜻을 취했고, 화충華蟲⁴⁾은 무늬의 뜻을 취했고, 종이宗彝⁵⁾는 효도의 뜻을 취했고, 조藻⁶⁾는 깨끗하다는 뜻을 취했고, 불은 밝음의 뜻을 취했고, 쌀은 길러주는 뜻을 취했고, 보黼⁷⁾는 결단하는 뜻을 취했고, 불黻⁸⁾은 변별하는 뜻을 취했습니다. 미덕의 최고 경지는 이보다 더 나은 것이 없습니다. 이제 그 이론에 따라 마땅한 것을 헤아려 모으고 엇섞어 중화민국의 국가 휘장으로 삼고자 합니다. 휘장을 그리는 방법은 가화를 중간에 배치하여 중심으로 삼습니다. 가화의 모양은 한漢나라 오서도 석각⁹⁾에서 가져옵니다. 방패는 순盾을 본뜹니다. 방패 뒤에는 보黼를 그려 놓고 그 위에 쌀알을 여러 개 배치합니다. 보 위에는 해 모양을 그리고 아래에는 산 모양을 그립니다. 그러나 산을 진짜 모양으로 그리면 배치할 곳이 없을까 염려되므로 끈을 연결하여 전서篆書 모양으로 그리고 불黻 무늬로 양쪽 사이의 틈을 메웁니다. 보의 좌우에는 용과 화충을 배치하고 각각 종이宗彝를 들게 합니다. 용은 또 그 몸을 불꽃으로 장식하고, 뿔에는 초생달을 답니다. 화충은 부리에 조藻를 물게 하고 머리에는 별을 씌웁니다. 무릇 이렇게 만들어 바꾸는 건 모두 법도에 맞추어 조화롭게 그리기 위해서입니다. 이렇게 하여 국가 휘장의 큰 윤곽이 대략 갖추어졌습니다. (아래 그림과 같습니다.) 또 이삭 다섯 달린 가화로만 간단한 휘장 1매를 제작하여(그림 생략) 장식이 필요 없는 경우에 사용합니다. 또 곡선식으로 이삭 둘 달린 간단한 휘장 1매를 제작하여(그림 생략) 편지지 같은 서식에 사용합니다. 그림에 더욱 깊은 공력을 가진 사람이 별도로 이 휘장을 채색하여 그 모양을 더욱 아름답고 우아하게 만들면 아마도 중화민국의 훌륭한 덕을 드러내어 천하에 널리 펼칠 수 있을 것입니다.

국가 휘장 도안 시안(擬國徽圖)

본래 그림의 용과 화충의 꼬리는 모두 안쪽으로 굽은 모양이었다. 그러나 나중에 국무원과 외교부 회의를 거쳐 지금처럼 꼬리가 밖으로 펼쳐진 모양으로 바뀌었다.

주)_____

1) 원제는 「致國務院國徽擬圖說明書」. 이 글과 국가 휘장은 1913년 2월 『교육부 편찬처 월간』(教育部編纂處月刊) 제1권 제1책 '문독녹요'(文牘錄要) 코너에 처음 발표되었다. 서명은 없고 본래 원문에 구두점이 찍혀 있다. 2005년판 『루쉰전집』에 최초로 수록했다. 1912년 8월 28일 루쉰의 일기에 "첸다오쑨(錢稻孫), 쉬서우창(許壽裳)과 국가 휘장을 고안하여 판(范) 총장에게 제출했다"는 기록이 있다. 이 기록을 보면 이 시기를 전후하여 국가 휘장을 만들었음을 알 수 있다. 당사자인 첸다오쑨의 언급에 의하면 국가 휘장 도안은 자신이 그렸고, 설명서는 루쉰이 썼다고 한다(1961년 5월 17~19일 루쉰박물관에서 있었던 대담 내용). 판 총장은 판위안롄(范源濂, 1877~1928)으로 자는 징성(靜生), 후난성(湖南省) 상인(湘陰) 사람이다. 당시 교육총장이었다.

2) 가화(嘉禾)는 이삭이 많이 달린 벼로 흔히 태평성대의 상징으로 쓰인다. 중국의 다양한 서적에 나타나지만 대체로 전설상의 식물로 봐야 한다.

3) 12장(章)은 고대 천자의 면복(冕服)에 그려 넣는 12가지 무늬다. 일(日), 월(月), 성(星), 산(山), 용(龍), 화충(華蟲)은 윗옷에 그리고, 종이(宗彝), 조(藻), 화(火), 분미(粉米), 보(黼), 불(黻)은 치마에 수놓았다. 『상서』 「익직」(益稷), 『주례』(周禮) 「사복」(司服) 등에 관련 기록이 있다.

4) 화충(華蟲)은 꿩을 아름답게 장식한 문양이다. 임금이나 세자 등이 입는 고급 예복의 장식으로 쓰였다.

5) 종이(宗彝)는 종묘의 제사에 쓰인 술그릇이다.

6) 조(藻)는 깨끗한 수초(水草)다.

7) 보(黼)는 도끼 모양 무늬다. 반흑반백(半黑半白)으로 수를 놓아 고대 예복을 장식한다.

8) 불(黻)은 기(己)자 모양 무늬다. 기(己)자 두 개를 반대로 마주 보게 하여 연속된 무늬로 만든다. 반흑반청(半黑半青)으로 고대 예복에 수를 놓아 장식한다.

9) 오서도(五瑞圖) 석각(石刻)은 지금의 간쑤성 청현(成縣)에 있는 동한시대 마애 석각이다. 영제(靈帝) 건녕(建寧) 4년(171)에 새겼다. 황룡(黃龍), 백록(白鹿), 목연리(木連理), 가화, 감로(甘露) 등 다섯 가지 도상을 새겨서 무도태수(武都太守) 이흡(李翕)의 공덕을 기렸다.

미술보급에 관한 의견서[1]

1. 미술(美術)이란 무엇인가?

미술이라는 말은 중국에서 옛날에 사용되지 않았다. 이 말이 사용된 것은 영어의 아트(art or fine art)를 번역하면서부터다. 아트라고 하는 것은 원래 그리스에서 나왔고 그 뜻은 예藝다. 그곳에 아홉 여신[2]이 있었고 선민先民들은 신들에게 기도를 올리며 뛰어난 솜씨가 갖춰지기를 바랐다. 중화 땅 장인匠人들에게 모두 숭배하며 기원하는 대상이 있는 것과 같다. 현재 상황을 살펴보면 이 말에 아름답다는 뜻이 포함되어 있는데, 아트 전체를 미술이라고 부르는 것은 부당하다.

그리스 사람들은 세상에서 미술로 저명하다. 그러나 그들의 솜씨가 처음부터 잘 연마된 수준이었던 것은 아니고 겨우 직관의 힘에 의지하여 천지만물의 미추를 판별했을 뿐이다. 다만 감각이 예민했기 때문에 그들이 성취한 수준은 신의 경지였다. 대체로 모든 인류는 두 가지 본성을 갖고 있다. 첫째는 감수성受이고 둘째는 창작作이다. 감수성이란 비유컨대 새벽 해가 바다 위로 떠오르고, 고운 풀에서 꽃이 필 때, 백치가 아니라면 누구나 깨달을 수 있고 감동할 수 있는 것과 같다. 깨닫고 감동하면 재능 있는 사람 한둘이 그것을 재현하여 새로운 작품을 만들 수 있는데 이를 창작이라 한다. 따라서 창작이란 생각思에서 나오고, 생각이 없으면 미술도 없다. 그러나 사람들이 바라보는 자연물은 꼭 원만圓滿하지는 않다. 꽃은 시들어 떨어질 수 있고, 숲은 황폐해져 더러워질 수도 있다. 이런 것을 재현할 때는 고치고 다듬어서 적당한 아름다움을 보태야 한다. 이를 미화美化라 한다. 이와 같은 미화가 없다면 그건 미술이 아니다. 이 때문에 미술에는 세 가지 요소가 있다. 첫째 자연물, 둘째 타당한 이치를 생각하는 것, 셋째 미화가 그것이다. 미술에는 반드시 이 세 가지 요소가 있어야 하므로 다른 것과의 경계가 매우 엄격하다. 옥을 깎아 나뭇잎 모양으로 만들고, 옻칠을 해서 쇠처럼 색깔을 내면 비슷하기는 하지만 그것을 미술이라 부를 수는 없다. 사방 한 치의 상아에 문자 천만 개를 새기고, 복숭아씨 한 알에 층층누대를 새기는 건 정밀하기는 하지만 그것을 미술이라 부를 수는 없다. 펼쳐서 확장할 수 있는 책상이나 갖고 다니기에 가벼운 기물은 사용에 편리하기는 하지만 그것을 미술이라 부를 수는 없다. 태곳적 유물이나 먼 나라의 기이한 그릇은 드물기는 하지만 그것이 꼭 미술이 되는 것은 아니다. 짙붉고 짙푸른 색깔이 뒤섞여 영롱하고 자극적이면 사람의 눈길을 뺏을 수 있을 정도로 곱기는 하지만 그것이 꼭 미술이 되는 것은 아니다. 이러한 것들은 더 분명하게 구별하지 않을 수 없다.

2. 미술의 분류

앞에서 언급한 내용을 통해 우리는 미술이라는 것이 사상을 이용하여 자연물을 미화하는 것임을 알 수 있다. 이런 이치에 부합하면 외형이 어떤지 상관없이 모두 미술이라 부를 수 있다. 예를 들면 조소彫塑, 회화, 문장, 건축, 음악이 모두 그러하다. 이러한 분류법은 그리스의 플라톤에게서 비롯되었고, 그 종류에 모두 두 가지가 있다.

(갑) 정적 미술　　　　(을) 동적 미술

플라톤은 조소와 회화를 정적 미술로 여겼고, 음악과 문장을 동적 미술로 여겼다. 이러한 분류가 처음이었기에 그 학설이 완전하지 못했다. 뒤에 프랑스 사람 바퇴[3]가 셋으로 구분했고, 또 독일 사람 헤겔이 그것을 계승했다.

(갑) 눈의 미술　　　　(을) 귀의 미술

(병) 마음의 미술

눈의 미술에 속하는 것은 회화와 조소이고, 귀의 미술에 속하는 것은 음악이며, 마음의 미술에 속하는 것은 문장이다. 이 설은 모두 옳다고 할 수 없고 앞 시대와 다른 것도 없다. 근래에 영국 사람 콜빈[4]은 또 다른 구별법을 만들어 세 종류로 나눴다. 지금 여기에 모두 서술하겠다. 모든 미술은 이중 하나의 분야에 분류해 넣을 수 있다.

(1). (갑) 형체 미술　　　　(을) 소리 미술

미술에서 볼 수 있고 만질 수 있는 것이 있다. 예를 들면 회화, 조소, 건축 같은 것이 그것이다. 이를 형체 미술이라 한다. 볼 수도 없고 만질 수도 없는 것도 있다. 음악이나 문장 같은 것이 그것이다. 이를 소리 미술이라 한다. 하지만 중국 문장의 미美는 형체와 소리 두 가지 모두를 갖고 있으므로, 이런 분류로 포괄할 수 없다.

　(2). (갑) 모방 미술　　　　　　　(을) 독창 미술

　미술에는 자연물의 형상을 모방하는 것이 있다. 조각, 회화, 시가詩歌가 그것이다. 독창적으로 만들어 내는 것도 있다. 건축과 음악이 그것이다. 뒤의 두 가지는 간혹 자연물과 미묘하게 교섭하기도 하지만, 복잡한 구성을 갖고 있기 때문에 자연물에서 거의 벗어나 있다.

　(3). (갑) 실용 미술　　　　　　　(을) 비실용 미술

　미술 중에서 실용과 관련되어 있는 것은 오직 건축뿐이다. 기타 조각, 회화, 문장, 음악 등은 모두 실용과 관계가 없다.

3. 미술의 목적과 실용성

미술의 목적을 말하는 사람들은 지극히 다양한 학설을 제시하고 있다. 요컨대 사람들에게 즐거움 주는 것을 중심으로 삼아야 한다 하면서도 다만 실용성 여부에 대해서는 서로 견해가 어긋난다. 미美를 위주로 생각하는 사람은 미술의 목적이 바로 미술 자체에 있고, 다른 일과는 아무런 관계가 없다고 인식한다. 미술의 목적에 대한 설명으로서는 이것이 진실로 정확한 견해다. 그러나 쓰임用을 중심으로 생각하는 사람은 미술이 반드시 세상을 이롭게 해야 하며 그렇지 못하면 존재할 가치가 없다고 한다. 그런데 기실 미술의 본질은 진미眞美를 발양하여 사람의 마음을 즐겁게 하는 데 있으며, 이것을 의도된 이익과 실용성에 비교해 보면, 억지로 의도하지 않은 결과라 할 수 있다. 점점 실용성에 빠져들면 미에 집착하는 사람들을

심하게 혐오하는데 이는 오늘날 중국 사람들의 공공연한 생각과 자못 부합한다. 따라서 아래와 같이 약술하겠다.

그 하나, 미술은 문화를 표현할 수 있다. 모든 미술은 한 시대나 한 민족의 사유를 증명할 수 있다. 따라서 이 또한 국혼國魂이 밖으로 드러난 모습이다. 정신이 변하면 미술도 이에 따라 바뀐다. 이러한 예술품들은 오래도록 세상에 남게 된다. 이 때문에 무공武功과 문교文敎는 시간과 함께 소멸되지만, 미술에 기대 그것을 보존하면 장래에 살펴볼 만한 것이 남게 된다. 그밖에 성대한 전례典禮나 중대한 사건,[5] 명승지와 명인 등도 흔히 미술의 힘으로 영원히 존재하게 된다.

또 하나, 미술은 도덕을 보좌할 수 있다. 미술의 목적은 도덕과 완전히 부합하지는 않지만, 그 힘은 인간의 성정性情을 심원하게 할 수 있고, 또 인간의 기호를 고상하게 만들 수 있으므로 도덕에 도움을 주어 나라를 다스릴 수 있다. 물질문명이 날이 갈수록 더욱 만연하여 인정人情도 이에 따라 나날이 천박한 길로 나아가고 있다. 지금 미술로써 이를 아름답게 하고 숭대崇大하게 하면 고결한 마음만 남게 되고 사악한 생각은 일어나지 않게 되어, 징계하거나 권장하지 않더라도 나라는 안정될 것이다.

또 하나, 미술은 경제를 구원할 수 있다. 국산품은 배척당하고 외제품이 유행하여 중국 경제는 끝내 곤궁한 지경에 빠졌다. 그러나 물품의 재료는 여러 나라가 동일하므로 그 차이는 오직 제조에 달려 있다. 미술을 널리 보급하면 물품이 저절로 좋아져서, 시장 점포에 진열해 두었을 때 외국 제품보다 월등히 뛰어날 수 있다. 이후로는 자금이 외국으로 빠져 나가는 것을 걱정하지 않아도 된다. 따라서 부질없이 국산품을 숭상하자고 말하는 사람은 말단이고, 미술을 잘 발휘하는 것이 진실로 근본이다.

4. 미술을 널리 보급하는 방법

미술의 쓰임을 위에서 크게 세 가지로 요약했다. 게다가 미술 본래의 목적은 인간에게 즐거움을 주는 것이다. 그러므로 이러한 목적을 실천하는 방법은 자연히 보급에 달려 있다. 보급이란 더 이상 은밀하게 감추는 것이 아니라 세상에 두루 전파하여 국민의 이목耳目과 만나게 하는 것이다. 그리하여 미술의 본질을 발양하고 국민의 미감을 불러일으키고 더 나아가 미술가의 출세를 바라는 것이다. 이제 마땅히 실천해야 할 사업 시안을 다음과 같이 열거해 본다.

하나. 건설사업

미술관 : 정부 소재지에 중앙미술관을 설립하여 광복 기념으로 삼는다. 다음으로 이런 사업을 여러 지방에까지 보급한다. 건축 방법은 전문가의 의견을 널리 구해야 하며, 도안圖案을 두루 모아 그중에서 좋은 것을 선택해야 한다. 혹시 옛날 유명한 건축물이 있으면 그것으로 충당하면 된다. 진열품은 옛날부터 전해져 온 중국 국가 소유 미술품이 될 것이다.

미술전시회관 : 건축 방법은 위와 같다. 개인 소장품이나 미술가들이 새로 창작한 작품을 전시한다.

극장 : 건축 방법은 위와 같다. 공연 대상은 중국의 신극이나 외국의 저명한 신극 번역 작품이다. 그러나 더 이상 옛날 공연법은 참고하지 말아야 한다. 또 그림이나 글로 대략적인 뜻을 설명하여 관람자들이 모두 연극의 의미를 이해할 수 있게 해야 한다. 중국 구극舊劇은 다른 극장을 사용하게 하여 신극과 뒤섞이게 해서는 안 된다.

음악당 : 공원이나 공공장소에 연주회장을 설립하고, 정기적으로 신악新樂을 연주해야지 더 이상 옛날 음악을 참고해서는 안 된다. 다만 소책자로 음악의 뜻을 설명하여 방청객들이 모두 이해할 수 있게 해야 한다.

문예회 : 문인학자들을 초빙하여 집회를 열고, 국민들이 창작한 문예를 심사하여, 우수한 사람을 뽑아 장려하고, 또 작품이 널리 유포되도록 도와야 한다. 또한 해외의 저명한 도서를 약간 선정하고 그것을 중국어로 번역하여 국내에 보급되도록 해야 한다.

하나. 보존사업

저명한 건축 : 사원과 궁전은 옛날에 대부분 종교나 제왕의 위력으로 국민들을 시켜서 만든 것이다. 따라서 시대가 이미 변하여 그런 건축을 다시 재현할 수 없으므로, 마땅히 보존하여 파손되지 않게 해야 한다. 기타 역사적으로 저명한 곳, 즉 유명인의 옛집, 사당, 분묘 등도 지방에서 논의하여 보호하거나 잘 꾸며 국민들이 관람하거나 산보하는 장소로 삼는다.

비석 : 탁본을 너무 많이 하여 날이 갈수록 글씨가 희미해지니 탁본 금지령을 내려 장기 보존이 가능하도록 해야 한다.

벽화 및 조상 : 사찰이나 사당에 이런 것들이 있는데, 간혹 명인의 손에서 나온 것도 있다. 근자에는 미신 타파의 명의로 마음대로 파손하고 있으므로, 자세히 조사하고 손을 써서 보존물로 지정해야 한다.

임야 : 각지의 아름다운 임야를 자세히 조사하여 보호하고 벌목을 금지해야 한다. 또 지형을 잘 가늠하여 국가공원으로 개발해야 한다. 아름다운 동식물도 그렇게 해야 한다.

하나. 연구사업

고악古樂 : 중국고악연구회를 설립하여 옛 음악이 중도에 단절되는 것을 막아야 하고 아울러 그 가운데서 훌륭한 것을 뽑아서 국내에 널리 보급해야 한다.

국민문술國民文術 : 민국문술연구회를 설립하여 각지의 민요, 속담, 전설, 동화 등을 관리하게 해야 한다. 그 의미를 자세히 밝히고 그 특성을 분별하여, 이런 자원을 발전시키고 빛나게 하여 교육의 보조수단으로 삼아야 한다.

주)_____

1) 원제는 「儗播布美術意見書」. 이 글은 1913년 2월 베이징의 『교육부 편찬처 월간』(敎育部編纂處月刊) 제1권 제1책에 처음으로 발표되었다. 서명은 저우수런(周樹人)이다. 원래 구두점이 찍혀 있다.
2) 원문은 '九神'. 그리스 신화에 나오는 제우스의 딸 중에서 예술을 관장하는 아홉 명의 뮤즈(Muse)를 가리킨다. 칼리오페(Calliope)는 서사시, 탈레이아(Thaleia)는 희극, 멜포메네(Melpomene)는 비극, 폴리힘니아(Polyhymnia)는 종교 찬가, 에라토(Erato)는 에로틱한 시, 에우테르페(Euterpe)는 서정시, 테르프시코레(Terpsichore)는 합창과 춤, 클레이오(Cleio)는 역사, 우라니아(Urania)는 천문학을 관장한다고 한다.
3) 바퇴(Charles Batteux, 1713~1780)는 프랑스의 평론가, 철학자, 성직자인 동시에 수사학 전문가였다. 만년에는 프랑스 아카데미 회원에 선출되었다. 예술의 본질은 자연을 모방하는 데 있다고 주장했다. 저서에는 『각종 미술은 하나의 원칙으로 귀결된다』(Les beaux arts réduits à un même principe), 『문학 원리』(Principes de la littérature) 등이 있다.
4) 콜빈(Sidney Colvin, 1845~1927)은 영국의 문예평론가로 케임브리지대학교 예술대학 교수, 대영박물관의 판화와 소묘 부문 책임자를 지냈다.
5) 원문은 '後事'. 중대한 사건을 가리킨다.

스스로 그린 명기 약도 설명[1]

1.

2월 2일 구입한 베이망[2] 토우土偶 약도

오리 한 마리. 황토로 만들었고, 높이는 한 치다.

돼지모양 호루라기 하나. 흙으로 만들었고, 외부에 청색을 칠했으며, 길이는 두 치다. 몇 번 불어 보니 위엄 있는 소리가 난다. 지극히 기묘하다.

양 한 마리. 백토白土로 만들었고, 높이는 두 치다.

사람 하나. 황토로 만들었고, 높이는 두 치다. 모자 뒷면은 ○모양이다. 어떤 사람인지는 모르겠다.

내막을 알 수 없는 기묘한 물건 하나. 역시 흙으로 만들었고, 홍색을 칠했지만 지금은 색깔이 벗겨졌다. 뿔 하나에 날개가 있고, 높이는 대략 한 자尺 정도다. 지금의 타이산석감당[3] 및 잡상雜像[4]과 같은 벽사辟邪용이 아닌가 의심된다. 이와 비슷한 종류는 매우 많다. 용머리처럼 생긴 것, 양의 몸에 뿔 하나인 것(수염은 없음) 등이 있는데 모두 무슨 용도로 쓰인 것인지는 알 수 없다.

이 물건의 얼굴 콧수염은 서양인과 같고 역시 특이하다. 지금은 이미 나와 마주 보며 책상에 앉아 있다.

이 물건의 얼굴 모양은 혐오스러워서 다른 사람에게 보여 줄 필요가 지는 없을 듯하다.

2.

토우 인형 하나. 옷의 목둘레를 둥글게 처리했고, 숄을 걸쳤으며, 소매는 좁다. 치마 주름을 잡은 곳은 홍색 안료를 칠했는데, 아직도 알아볼 수 있다. 미목眉目은 내가 좀 예쁘게 그렸다.

도기 물건 하나. 위에 황색 유약을 발랐고, 사람들의 말에 의하면 디딜방아 모형이라고 한다. 그러나 조감도 형태로 만들어서 작동할 수는 없다. 이것과 비슷한 것이 푸아싼점傅阿三店에 아직도 있다. 길이는 약 두 치다. 이곳 돌기는 아마도 방앗공이를 박는 자리이고, 그 아래에 방아확이 있었을 것이다.

이곳은 발로 밟는 자리다.

이상 두 가지는 2월 3일 류리창[5]에서 샀고 가격은 모두 1.5위안이다.

1.

2.

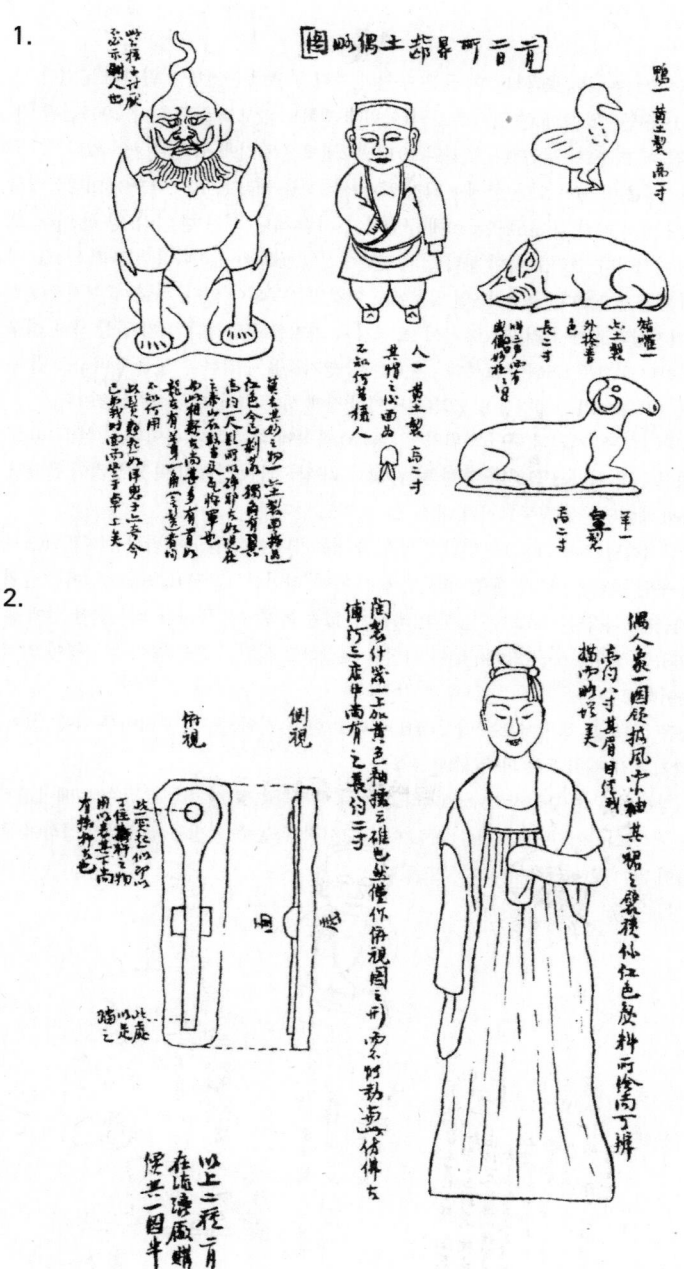

1) 원제는 「自繪明器略圖題識」. 이 글은 루쉰의 자필 원고에 근거하여 편집해 넣었다. 대체로 1913년 2월 초에 쓴 것으로 보인다. 원래 제목도 없고 표점도 없다. 2005년판 『루쉰전집』에 최초로 수록했다. 루쉰의 1913년 2월 2일 일기에 이런 내용이 있다. "오후에 쉬지상(許季上)이 오다. 함께 류리창으로 가서 책을 둘러보다. …… 또 베이망산에서 출토된 명기 다섯 점을 6위안(元)에 구입하다. 사람 하나, 돼지 한 마리, 양 한 마리, 오리 한 마리이다. 그리고 뿔이 하나 달린 인면수신(人面獸身)이 하나다. 날개가 달렸는데 그 이름은 모르겠다." 또 2월 3일 일기에도 이렇게 기록되어 있다. "오후에 쉬지푸(許季市), 쉬지상과 함께 류리창으로 가서 또 명기 두 가지를 구입하다. 여자 입상 하나, 절구 형상 하나로 모두 1.5위안을 주다." 루쉰은 이 명기들을 구입한 후 실물에 따라 그림 두 폭을 그리고 거기에 설명을 덧붙였다. 명기란 장례 시에 함께 껴묻는 부장품이다.

2) 베이망(北邙)은 지금의 허난성 뤄양시(洛陽市) 북쪽에 있는 산 이름이다. 망산(邙山) 또는 망산(芒山)이라고도 한다. 후한 및 위(魏)나라 왕족과 대신들이 이곳에 많이 묻혔다. 따라서 베이망산을 공동묘지의 대명사로 쓰기도 한다.

3) 타이산석감당(泰山石敢當)은 옛날 중국 인가 정문이나 마을 입구에 벽사용(辟邪用)으로 세워 두던 돌장승 비슷한 물건이다. 이 물건 위에 '타이산석감당'(泰山石敢當)이란 글씨를 써둔다. 석감당(石敢當)은 감히 대적할 수 없는 돌맹이란 뜻이다. 타이산을 앞에 붙인 이유는 타이산부군(泰山府君)이 귀신을 제압하고 삿된 기운을 몰아낼 능력이 있기 때문이라고 한다.

4) 원문은 '瓦將軍'. 한국어로는 잡상(雜像)이라고 한다. 기와지붕의 추녀마루 위에 살(煞)을 막기 위해 세워 두는 와제(瓦制) 토우다.

5) 류리창은 대부분 류리창(琉璃廠)이라고 쓰나 류리창(琉黎廠)이라고도 쓴다. 베이징에 있는 거리 이름이다. 청대 건륭(乾隆) 이후 고서적, 골동품, 문방구 가게가 밀집하여 문인들이 많이 찾는 골목이다. 지금도 있다.

'대운사미륵중각비' 교감기[1]

대운사미륵중각비는 당唐 천수天授 3년[692]에 세워졌다. 산시성山西省 이스현漪氏縣 인수사仁壽寺에 있다. 전문은 호빙지의 『산우석각총편』[2]에 보인다. 지금 탁본은 글자가 많이 마멸되어 전체 문장에 빠지거나 잘못된 글자가 꽤 있다. 제1행의 비문을 쓴 사람과 지은 사람 이름에 더욱 심하다. 내가 을묘년[1915] 봄에 창안長安에서 산 새 탁본은 전혀 그렇지 않았다. 새 탁본으로 『총편』을 교감하여 20여 곳을 보충하거나 바로잡았다. 아마도 비석은 아직 마멸되지 않았는데 호씨가 구한 탁본이 나빴던 것으로 보인다. 마지막 3행은 마멸이 매우 심하여 지금 더 이상 필사해 낼 수 없다.

주)_____

1) 원제는 「'大雲寺彌勒重閣碑'校記」. 이 글은 루쉰의 자필 원고에 근거하여 편집해 넣었다. 원래 제목도 없고 표점도 없다. 루쉰이 쓴 「'대운사미륵중각비' 석문」('大雲寺彌勒重閣碑'釋文) 앞에 다음과 같은 설명이 있다. "을묘년(1915) 11월 18일 정교한 탁본으로 교감하다." 「대운사미륵중각비」는 높이가 3척 7촌이고, 폭은 2척 3촌 5분(分)이며, 비문

은 총 34행이다. 1행은 65자에서 68자로 균일하지 않고, 정자로 쓰여 있다. "전 교서랑 두등 지음"(前校書郞杜登撰), "전□□□□현 형사선 쓰다"(前□□□□縣荊師善書)라고 되어 있다. 또 비문에는 이렇게 쓰여 있다. "천수 2년(691) 2월 24일 조칙에 따라 '대운사'(大雲寺)로 이름했다. 3년 정월 18일에 조칙에 따라 '인수사'(人壽寺)로 편액을 바꿨다."

2) 호빙지(胡聘之, 1840~1912)는 자가 기생(蘄生)으로, 청대 후베이성 톈먼(天門) 사람이다. 『산우석각총편』(山右石刻叢編) 40권에는 모두 후위(後魏) 정광(正光) 4년(523)에서 원대(元代) 지정(至正) 27년(1367) 사이에 새겨진 산시성 석각 700여 통이 수록되어 있다. 책 앞에는 호씨가 광서(光緖) 무술(戊戌, 1898), 신축(辛丑, 1901)년에 쓴 서문 및 무전손(繆筌蓀)이 광서 무술년에 쓴 서문이 있다. 『총편』 권5에 「대운사미륵중각비」 전문이 실려 있다. 호빙지는 이 비석 안어(按語)에서 "비문이 웅대하고 화려하며 엄정하여 초당(初唐) 4걸(四傑)의 유풍이 남아 있다. 그러나 오로지 무측천(武則天)의 혁명만 칭송하면서 당을 생각하는 말은 전혀 없다"라고 했다.

「교육강요」 폐지에 관한 참고사항[1]

생각건대 「교육강요」는 교육에 관한 행정수반의 정견에 불과하지만 거기에 열거된 세 가지 항목은 모두 현재 사실이 되어 명문화된 법령에 실려 있다. 이후로 이 세 가지[2]는 각각 수정하고, 나머지는 따로 방법을 정하자는 의견도 있다.[3] 이론상으로 말하자면 본래 「강요」는 유야무야 폐기된 거나 마찬가지다. 다만 그것이 대도시에서는 사리에 밝은 사람들이 많아서 애초에 이런 결과[사실상 폐기]를 얻을 수 있었다. 그러나 시골에서는 교사들이 대부분 이런 수속 관계에 대해서 그리 분명하게 알지 못한다. 「강요」에 나열된 것은 또 대부분 구식 사상과 부합하는 내용인데, 무지몽매한 세상 사람들은 그것을 보존하는 일에 즐거움을 느낀다. 기타 직업 없는 건달들도 「강요」에 의지하여 단체를 만들고(예를 들면 경학 연구를 빙자하여 사람들을 모으고 단체를 만드는 따위) 교육을 방해한다. 「강요」는 소멸된 것과 같지만 일부 사람들 마음속에는 은연중에 아직도 그림자가 남아 있다. 만약 뿌리째 뽑지 않으면 아마도 잘못된 의견을 근절하지 못할 것이다. 따라서 이 「강요」를 명확한 문서 규정으로 폐지하여 어떤 사람이건 그것에 의지한 견해를 발표할 수 없게 해야 학제상으로나 행정상으로 방해를 받지 않을 것이다. 법령이 정국 변화에 따라 자주 바뀌면, 준법의 신념을 쉽게 잃을 수는 있지만,[4] 근본을 바로잡고 윗물을 맑게 하는 계책을 마련하기 위해서는 이번에 이렇게 하지 않을 수 없다. 무릇 사리에 분명한 국민들께서는 모두 이런 뜻을 깨닫지 못하는 분이 없을 것이다. 이런 취지가 확정되기를 기다려 명령을 시행할 때 모두 한결같이 추진하면 1~2년 내에 준법 신념이 저절로 회복될 수 있을 것이다. 이렇게 되면 잃는 것은 적고 얻는 것은 매우 많게 된다.

저우수런 주^注

주)_____

1) 원제는 「關於廢止'教育綱要'的簽注」. 이 글은 루쉰의 자필 원고에 근거하여 편집해 넣었다. 원래 제목도 없고 표점도 없다. 「교육강요」(教育綱要)는 1915년 초 위안스카이가 대총통에 임명되었을 때 제정했다. 모두 '총강'(總綱), '교육요언'(教育要言), '교과서'(教科書), '건설'(建設), '학위장려'(學位獎勵) 다섯 항목 25관(款)으로 되어 있다. '공자 존중, 맹자 숭상'(尊孔尙孟)을 취지로 삼고 중학교와 초등학교에 모두 독경(讀經) 과목을 부가하도록 규정했으며, 각 성 곳곳에 경학회(經學會)를 설립하자고 제창했다. 1915년 2월 『교육공보』(教育公報) 제9책에 게재되었고, 본래 제목은 「교육 정리 요목」(整理教育要目)이다. 위안스카이가 의도한 황제제도 복원이 실패로 돌아가자, 당시 교육부 참사실(參事室)에서는 학제를 정리하고 교육방침을 확정하기 위해 「강요」의 존폐 문제를 둘러싸고 토론을 진행했다. 그리하여 교육부에서는 1916년 8월 3일 「강요」를 제정한 이래 드러난 실제 문제와 토론 중에 제기된 상이한 의견을 모아서 '설첩'(說帖)을 만들었고, 이것을 각 사(司)와 각 시학(視學)으로 내려보내 의견을 구했다. 당시 루쉰이 이를 위해 '설첩'에다 참고사항으로 이 의견을 적었다.
2) 「교육강요」를 시행하면서 드러난 세 가지 어려운 점이다. '설첩'에 기록되어 있다. 첫째, 중학교·초등학교 학제 문제('총강' 제4관). 둘째, 각 학교 독경 문제('교과서' 제2관), 셋째, 경학회 문제(건설 제7관). 이상 세 가지는 모두 명문화된 법령으로 공포했다(첫째와

둘째 문제는 국민학교령 및 시행세칙, 예비학교령에 보이고, 셋째 문제는 비령批令에 보인다).

3) 토론 중인 세 가지 상의한 의견의 하나를 가리킨다. 역시 '설첩'에 기록되어 있다. "시행 중인 각 조항은 취소한다. (이유) 정사당(政事堂; 내각)에서 교부된 문건(「교육강요」)은 봉행할 책임은 있지만 법령으로 공포된 문건과는 다르다. 「강요」에 기록된 것은 공론만 많고 사실은 적다. 이때 모름지기 앞에서 서술한 각 조항을 각각 나누어 수정하거나 폐지해야 한다. 그리고 이론상 계획상 아직 시행하지 않은 조항은 이후에 따로 방법을 정해서 시행한다. 더 이상 원래 논의에 의지하지 않으므로 「강요」는 유야무야 폐지된 것으로 본다. 이러한 취지에 따라 말하자면 우리가 「강요」를 명문으로 취소할 필요까지는 없을 듯하다."

4) 논의를 늦추자고 주장하는 사람들의 이유를 가리킨다. 역시 '설첩'에 기록되어 있다. "법령을 정국 변화에 따라 바꾸면 법률 준수의 신념을 잃기 쉽다."

콰이지우묘폄석고[1]

이 비갈碑碣은 세상에서는 폄석[2]이라 하고 콰이지산의 우묘禹廟에 있다. 높이는 여구척慮丘尺[3] 여덟 자 아홉 치이고 상단에 구멍穿이 있는데 구멍 직경은 여덟 치 다섯 푼이다. 구멍 오른쪽 아래에 전서篆書 세 줄이 있다. 평씨平氏의 『사오싱지』[4]에 이런 기록이 있다. "강희 초에 장희량이 뜻으로 유추해 읽어서 29자를 얻었고, 비석 구석까지 자세히 조사해 본 결과 모두 5행에 각 행 26자로 되어 있었다." 왕창의 『금석췌편』[5]에 또 이런 기록이 있다. "오직 '日年王一幷天文晦眞' 9자만 판별할 수 있다." 지금 이 탁본으로 읽을 수 있는 것은 제1행 "廿□□□□□王石", 제2행 "□乾ク幷□天文晦彳", 제3행 "□□言眞□□黃□□" 11자와 반쪽 글자 2자다. 글자를 새긴 때는 혹자는 후한 순제順帝 영건永建[126~132] 연간이라 하고 혹자는 또 후한 환제桓帝 영강永康[167] 연간이라고 하나 모두 증거는 없다. 『태평환우기』에서는 『여지기』[6]를 인용하여 다음과 같이 기록했다. "우묘 곁에 석선石船이 있고 그 길이는 1장丈[10尺]이며, 우禹임금이 타던 것이라 한다. 삼국 시대 오나라 마지막 임금 손호[7]가 그 뒤에 공적을 새겼다. 후인들은 손호에게 기록할 만한 공적이 없다고 생각하고 배를 뒤집어 다른 글자를 새기고는 배 가운데를 갈랐다." 이 때문에 완원도 『금석지』에서 삼국시대 손씨가 새겼다고 확정했다.[8] 글자체도 천새각석[9]과 지극히 유사하므로 대체로 사실과 부합한다. 후인들이 새긴 다른 글자는 지금 보이지 않는다. 다만 송宋·원元 시대 사람들이 새긴 글자 몇 단락이 남아 있다. 오른쪽에 조여폐의 이름과 관련된 글자[10]와 거기에서 아홉 치 정도 떨어진 곳에 원교진일과 관련된 글자가 있다.[11] 왼쪽 위에는 용조부龍朝夫의 시[12]가 있는데 마멸되어 매우 희미하다. 왕창은 58자를 판별했다.[13] 유월이 또 그의 시를 자세히 조사하였는데 읽지 못한 글자가 겨우 네 글자뿐이었다. 그 판독문이 『춘재당수필』에 실려 있다.[14] 지금 탁본에 의거하여 몇 글자를 더 읽었다. 그것을 수록한다. "□□□□□九月□一日從事郎□□□□□□□□□□□□龍朝夫因被命□□□□瞻拜禹陵□此詩以紀盛□云, 沐雨櫛風無暇日, 胼胝還見聖功勞. 古柏參天□元氣, 梅梁赴海作波濤. 至今遺跡衣冠在, 長□空山魑魅號. 欲覓□陵尋空石, 山僧爲我剪蓬蒿." 위에 잘린 부분에는 옛날 새긴 글자가 모두 마멸되고, 청나라 사람이 새긴 글자 10여 단락이 있었는데, 구지舊志에는 양귀산이 새긴 것이라 했지만[15] 지금은 그것도 보이지 않는다.

비갈은 잘려 있고 전서篆書는 하반부에 있다. 『사오싱지』에는 "하반부는 원나라 군사가 훼손했다"라고 기록되어 있는데 자세한 내막은 알 수 없다. 『여지지』에는 길이가 1장이라 했고, 지금 땅에 나온 부분이 아홉 자이므로 그 이후 훼손되지 않았음을 알 수 있다. 『가태콰이지지』에서는 『공령부기』[16]를 인용하여 이렇게 말했다. "진시황이 세상을 떠나자 이 고을 사람들이 나무로 그의 모습을 깎아 제사를 지내고 우묘에 배향했다." 또 이렇게 말했다. "동해성고가 바다 속에서 석선을 타고 돛을 펼친 채 이곳에 이르렀고, 그 두 가지 물건이 우묘 안에 있다." 대체로 이 비갈은 진대秦代 이래로 이곳에 있었고, 손호가 그 위에 공적을 기록했다. 손호는 그림을 새기기 좋아했는데, 선국산비와 천새기공비 등 여러 각석이 모두 그러하다. 모난 모서리가 없어서 흡사 자연에서 만들어진 것 같기 때문에 상서로운 돌로 여긴 듯하다. 진晉·송宋 사람들은 그 유래를 짐작하지 못하고 석선으로 여겼다. 송·원 사람들이 또 그것을 폄석이라 부른 이래 지금까지 바뀌지 않고 있다.

주)_____

1) 원제는 「會稽禹廟窆石考」. 이 글은 루쉰의 자필 원고에 근거하여 편집해 넣었다. 원래 제목도 없고 표점도 없다. 1917년 상반기에 썼다. 콰이지(會稽)는 옛날 현(縣) 이름이다. 수(隨)나라 때 산인현(山陰縣)에서 분리하여 설치했고 그 치소는 지금의 저장성 사오싱이다. 1912년에 다시 산인현과 합하여 사오싱현이라 했다. 사오싱현 동남쪽에 우묘(禹廟)가 있는데 그 건물은 남조 양대(梁代)에 지었다. 폄석은 우묘의 동남쪽에 있다.

2) 폄석(窆石). 옛날 묘혈에 하관할 때 그 관을 밧줄로 매어 말뚝이나 큰 돌에 묶어서 지탱했는데 그 지탱하는 돌을 폄석이라고 한다.

3) 여구척(廬丘尺)은 한 자가 대략 23.58cm다. 후한 장제(章帝) 건초(建初) 6년(81)에 제정한 동척(銅尺)이어서 흔히 건초척(建初尺)이라고도 한다.

4) 평씨는 평서(平恕)로 청대 산인 사람이다. 일강기거주관(日講起居注官), 첨사부소첨(詹事府少詹) 등을 지냈다. 『사오싱지』(紹興志)는 바로 『사오싱부지』(紹興府志)다. 청 건륭 57년(1792) 평서가 편집책임을 맡아 간행했고 모두 80권이다. 이 책 권75 '한각우묘폄석제자'(漢刻禹廟窆石題字)에 다음 기록이 있다. '청 강희(康熙) 초에 저장독학(浙江督學) 장희량(張希良)이 탁본을 떠서 뜻으로 유추하여 29자를 얻었는데 대체로 한대에 제사를 올린 기록이었다. 비석 구석까지 조사해 본 결과 모두 5행에 각 행 16자로 되어 있었다. 아래 떨어져 나간 부분은 원나라 군사가 훼손했다. 운(韻)자로 맞춰 보면 아래에 6자가 빠졌다.' 장희량이 지은 「폄석한예고」(窆石漢隸考)는 청대 두춘생(杜春生)이 편찬한 『웨중금석기』(越中金石記)에 인용되어 있다.

5) 왕창(王昶, 1724~1806)은 자가 덕보(德甫), 호는 난천(蘭泉)으로 칭푸(靑浦; 지금의 상하이上海에 속함) 사람이다. 청대 금석학자다. 『금석췌편』(金石萃編)은 금석학 목록으로 모두 160권이다. 편석 잔존 글자 판독은 이 책 권11에 실려 있다.

6) 『태평환우기』(太平寰宇記)는 지리 총지(總志)로 송대 악사(樂史)가 지었다. 원래 200권인데 지금은 193권만 남아 있다. 여기에 인용된 『여지기』 기록은 이 책 권96 '강남동도8·웨저우와 콰이지'(江南東道八·越州·會稽)에 나온다. 루쉰이 인용한 문장 속의 '타'(它)는 원문에 '지'(之)로 되어 있다. 『여지기』(輿地記)는 『여지지』(輿地志)로 의심된다. 『여지지』는 남조 양 고야왕(顧野王)이 지었고 원본은 30권이었으나 지금은 없어졌다. 청나라 사람이 잔존 기록을 모아 편집한 1권이 전한다.

7) 손호(孫皓, 242~283)는 삼국시대 오나라 마지막 황제다. 무능하고 포악한 정치로 오나라를 멸망으로 몰아넣었다.

8) 완원(阮元, 1764~1849)은 자가 백원(伯元)으로 장쑤성 이정(儀徵) 사람이다. 청대 학자로 벼슬은 체인각대학사(體仁閣大學士)에 이르렀다.
   『금석지』(金石志)는 '양절금석지』(兩浙金石志)로 금석학 목록인데 모두 19권이다. 이 책 권1을 보면 『태평환우기』에 인용된 『여지기』를 언급한 뒤 이렇게 말하고 있다. "이런 사실에 근거해 보면 삼국시대 손씨가 새긴 것이 분명하다. 『가태지』(嘉泰志)에 송대 직보문각(直寶文閣) 왕후지(王厚之, 1131~1204; 자는 순백順伯, 호는 복재復齋)도 한대에 새긴 것이라 했는데 유래를 알고 한 말이다."

9) 천새각석(天璽刻石)은 손호가 천새 연간(276)에 세운 선국산비(禪國山碑; 지금의 장쑤 이싱宜興)와 천새기공비(天璽紀功碑; 원래 장쑤 장닝江寧에 있었으나 지금은 없어졌음)를 가리킨다.

10) 조여폐(趙與陛)는 송대 자싱(嘉興) 사람이다. 보경(寶慶) 2년(1226) 진사가 되었다. 그는 편석 위에 예서로 글자를 썼다. 1행 12자다. "콰이지령 조여폐가 와서 놀다. 아들 맹악(孟握)이 수행하다."

11) 원교진일(員嶠眞逸)은 원대 학자 이척(李倜)이다. 그의 자는 사굉(士宏), 호가 원교진일이다. 타이위안(太原) 사람으로 벼슬이 집현시독학사(集賢侍讀學士)에 이르렀다. 그가 편석에 새긴 글자는 정자로, 모두 2행 14자다. "원교진일이 방문하여 놀다. 황경 원년(1312) 8월 8일."

12) 모두 9행 14자, 정자로 새겨졌다. 두춘생의 『웨중금석기』에 이렇게 기록되어 있다. "이 각자는 연대를 고증할 수 없다. 그러나 종사랑(從事郎) 벼슬이 송대와 원대에만 있었고, 명대에는 종사랑(從仕郎)으로 고쳤다. 따라서 지금 잠시 원나라 말기로 추정해 둔다."

13) 왕창이 용조부 시를 판독한 글은 그의 저서 『금석췌편』 권11에 실려 있다.

14) 유월(兪樾, 1821~1907)은 자가 음보(蔭甫), 호는 곡원노인(曲園老人)이다. 저장성 더칭(德淸) 사람으로 청말 학자 겸 문학가다. 도광(道光) 연간에 진사에 급제했고 허난학정

(河南學政)을 지내다가 오래지 않아 귀향했다. 쑤저우, 상하이, 항저우의 서원에서 학문을 강의했다. 저서로『춘재당전서』(春在堂全書)가 있다.『춘재당수필』(春在堂隨筆)은 모두 10권으로『춘재당전서』속에 포함되어 있다. 용조부 시에 대한 판독문은 이 책 권2에 실려 있다.

15) 양귀산(楊龜山, 1053~1135)은 본명이 시(時), 자는 중립(中立), 호는 귀산선생(龜山先生)이다. 송대 난젠(南劍) 장러(將樂; 지금의 푸젠 소속) 사람으로 벼슬은 용도각직학사(龍圖閣直學士)에 이르렀다. 저작으로『귀산집』(龜山集)이 있다.『가태콰이지지』(嘉泰會稽志) 권11에 이런 기록이 있다. "우임금을 콰이지산에 장사 지낼 때 이 돌을 폄석으로 삼았다. …… 선화 연간에 양시가 자기 이름을 새겼다."

16)『가태콰이지지』(嘉泰會稽志)는 지방지로 송대 시숙(施宿)이 지었고 육유(陸游)의 서문이 있다. 남송 가태 원년(1201)에 책이 완성되었고, 모두 20권이다. 여기에 인용된『공령부기』의 앞 단락은 이 책 권6, 뒤 단락은 이 책 권13에 실려 있다.

『공령부기』(孔靈符記)는 공령부의『콰이지기』(會稽記)를 가리킨다. 원서는 이미 없어졌고 루쉰이 그 잔존 기록을 모은 한 권이『콰이지군고서잡집』(會稽郡故書雜集)에 수록되어 있다. 공령부는 본명이 엽(曄)으로 남조 송나라 산인 사람이다. 벼슬은 보국장군(輔國將軍)에 이르렀다.

『구미 명가 단편소설 총간』 평어[1]

무릇 구미 47명의 저작을 실었다. 나라별로는 14개국이고, 그중 이탈리아, 스페인, 스웨덴, 네덜란드, 세르비아 소설은 모두 중국에 처음 소개되며, 선택한 작품에도 가작佳作이 많다. 또 매 편마다 저자의 이름을 밝히고 작은 인물 사진과 약전略傳을 덧붙였는데, 마음 씀씀이가 자못 진지하다. 세속 사람들의 이목을 즐겁게 하려는 데 뜻을 두었을 뿐 아니라, 근래 번역 업적의 찬란한 빛이라 할 만하다. 여러 편은 아마도 각 잡지에 계속 게재되었기 때문인 듯, 체제가 통일되어 있지 않다. 제목을 붙일 때 또 우리나라의 성어成語를 사용했는데, 원본에는 본래 그런 제목이 없으므로 불성실하다는 비판을 면치 못할 것이다. 이 책 속에 수록한 작품은 영국소설이 가장 많다. 영문학 가운데서는 단편소설만 본래 가작이 드물다. 골드스미스 및 램의 글은 잡저雜著의 성격이고[2] 소설과 같은 부류가 아니다. 유럽 대륙의 저작은 대체로 손에 넣기가 쉽지 않기 때문에 아직도 그 위상에 맞는 소개를 하지 못하고 있다. 게다가 나라별 분류를 하면서 민족을 차례로 삼지 않은 것도 작은 실수다. 그러나 요즘처럼 음란한 글이 각 서점을 가

득 채우고 있는 시절에 독자들이 이런 책을 얻어 소위 애정의 참담함 바깥
에 그보다 더욱 순결한 일이 있다는 사실을 알게 된다면 그건 진실로 어두
운 밤에 희미한 빛을 찾았다고 할 수 있으며 또 수많은 닭떼 가운데서 한
마리 학을 발견했다고 할 수 있다.

주)──────

1) 원제는 「『歐美名家短篇小說叢刊』評語」. 이 글은 1917년 11월 30일 『교육공보』 제4년
제15기 「보고」(報告)란에 처음 발표되었다. 『구미 명가 단편소설 총간』은 저우서우쥐
안(周瘦鵑)이 번역하여 1917년 3월 상하이 중화서국(中華書局)에서 초판을 출간했다.
모두 3권이다. 상권에는 영국소설 18편이 수록되어 있고, 중권에는 프랑스, 미국 소설
17편이 수록되어 있으며, 하권에는 러시아, 독일, 이탈리아, 헝가리, 스페인, 스위스, 덴
마크, 스웨덴, 네덜란드, 세르비아, 핀란드의 소설 15편이 수록되어 있다. 이 책을 출간
한 후 중화서국에서는 교육부로 책을 보내 심사를 요청했다. 당시에 루쉰은 교육부에
재직하고 있었다. 그는 당시에 교육부 산하 통속교육연구회 소설 분과 심의 간사 직을
담당하고 있었다. 저우쭤런은 『루쉰의 고가』(魯迅的故家)에서 이 평어를 루쉰이 기초했
다고 말했다.
2) 골드스미스(Oliver Goldsmith, 1730~1774)는 영국 산문가, 시인, 희곡 작가다. 산문집
『세계 시민』(The Citizen of the World)이 매우 유명하다. 저우서우쥐안은 그의 「탐욕」
(貪)을 번역해 넣었다.
램(Charles Lamb, 1775~1834)은 영국 수필가다. 저서로 『엘리아 수필집』(Essays of
Elia)과 『엘리아 수필 후집』(The Last Essays of Elia) 등이 있다. 저우서우쥐안은 그의
「고향」을 번역해 넣었다.

'□굉묘지'고[1]

덮개에 "齊故儀同□公孫墓誌"라고 씌어 있다. 묘지墓誌 본문의 기록은 대략 이렇다. "군君의 이름은 굉胘으로 보하이勃海 탸오脩 땅 사람이다. 조부는 의동삼사儀同三司, 칭저우사군青州使君, 중령군中領軍을 역임했다. 부친은 표기대장군驃騎大將軍, 개부의동삼사開府儀同三司, 중령군을 역임했다. 군은 황건[2] 2년[561] 진양[3]에서 생을 마쳤고 당시 나이 9세였다. 천통[4] 2년[566] 업[5] 북쪽 자맥[6] 남쪽에 장사 지냈다." 사람들이 이 묘지명에 발문跋文을 쓰면서 대부분 '공손'公孫을 성씨로 여겼다. 왜냐하면 굉을 공손략公孫略의 손자로 의심했기 때문이다.[7] 그러나 공손략은 __사람[8]이므로 이 묘지명에서 "보하이 탸오脩 땅 사람이라고 한 말과 부합하지 않는다. 묘지명 덮개 공公 자 위에는 빈 칸이 있는데 아마도 성씨를 새기지 않은 듯하다. 본래 덮개 글은 "齊故儀同某公孫墓志"라고 해야 한다. 생각건대 북제北齊 천통 이전에 보하이 탸오 땅 출신으로 영군을 지낸 사람으로는 천보天保 연간에 평진왕平秦王 고귀언,[9] 천통 초년에 동평왕東平王 고엄[10]이 있다. 『위서』「고호전」高湖傳에는 이렇게 기록되어 있다. "귀언은 무정[11] 말년에 표기대장군, 개부의동삼사, 쉬저우자사徐州刺史 직을 두루 역임하고, 안시현 개국남安喜縣開國男에 책봉되었다." 또 이런 기록도 있다. "부친 휘徽는 영회[12] 연간에 지저우자사冀州刺史 직이 더해졌다." 이것은 묘지명의 칭저우사군이란 기록과 부합하지 않는다. 또 『북제서』「귀언전」歸彦傳에는 다음처럼 기록되어 있다. "후경侯景을 토벌한 공로로 창러군공長樂郡公에 책봉되었고, 영군대장군領軍大將軍에 임명되었다. 영군장군에 대大자를 덧붙이는 관행은 귀언으로부터 시작됐다." 그러나 묘지명에서는 '중령군'中領軍이라고만 말했다. 『북제서』「무성제기」武成帝紀의 기록은 이렇다. "하청[13] 원년[562] 가을 7월, 지저우자사 평진왕 귀언이 자신의 봉토를 근거지로 반란을 일으켰다. 대사마 단소段韶, 사공 누예婁叡에게 조칙을 내려 계책을 써서 사로잡게 했다. 을미년에 귀언과 그의 세 아들을 참수했다." 이 기록은 묘지명에서 말한 "명성이 바야흐로 널리 뻗어 나갔다"라는 기록과 부합하지 않는다. 고엄도 영군대장군으로 무성제의 아들이니 더더욱 그 사람이 아니다. 『위서』「고호전」에는 또 인仁과 계稽[14]가 등장하는데 모두 의동삼사와 칭저우자사 벼슬을 증직받았다. 인의 아들 관貫[15]에 대해서는 상고해 볼 자료가 없고, 북제로 들어간 이후의 행적은 알 수 없다. 계의 아들 영락永樂과 필弼[16]은 『북제서』에 열전이 있다. 그러나 모두 중령군이라고 언급하지는 않았다. 그러나 이 묘지명에서는 "보하이 탸오 땅 사람"이라고 했고, 또 "용의 자손으로 명성이 대단했다"라고 했으며, "진양에서 죽어" "업 땅에 장사 지냈다"라고도 했다. 이러한 언급은 모두 그가 북제의 종실임을 암시한다. 그 당시 영군 귀언은 하청 2년 2일 해임되었고,[17] 고엄은 천통 2년에 처음으로 역사 기록에 등장한다. 그 사이 4년의 역사 기록이 빠져 있어서 누구인지 모르겠다. 따라서 굉肱은 고씨高氏인 듯하지만 역사 기록에 빠진 부분이 있어서 그의 조부와 부친의 이름은 알 수 없다. 아래에 내가 살펴본 바를 임시로 기록하여, 나중에 역사에 깊은 식견을 가진 분들이 다시 고찰해 주기를 기대하고자 한다.

[부기]

휘굉묘지 諱肱墓誌

묘지명에서는 굉을 보하이 탸오檪 땅 사람이라고 했다. 그의 조부는 의동삼사, 칭저우사군을 지냈다. 부친은 표기대장군, 개부의동삼사, 중령군을 지냈다. 황건 2년 진양 자택에서 죽었고, 그때 나이가 9세였다. 천통 2년 업 북쪽 자맥 남쪽에 장사 지냈다. 묘지명 덮개에 "齊故儀同□公孫墓誌" 8자가 씌어 있다. 굉은 겨우 9세에 죽었으므로 의동은 틀림없이 그의 조부 관직일 것이다. 덮개의 '의동' 아래에 빈 칸이 있는데 아마도 성씨를 새기지 않은 듯하다. 따라서 묘지명과 덮개 두 석재가 모두 존재한다 해도 성씨를 알 수 없다. 이 묘지명의 발문을 쓴 사람들은 공손씨 중 중령군을 역임한 사람 가운데서 해당자를 찾았지만 찾아낼 수 없었다. 생각건대 북제 '탸오 땅 사람' 중에서 영군을 지낸 사람으로는 천통 연간에 동평왕 고엄이 있고, 천보 연간에 평진왕 고귀언이 있다. 『위서』「고호전」에는 귀언이 무정 말년에 표기대장군, 개부의동삼사, 쉬저우자사에 임명되었고, 안시현개국남에 책봉되었다고 기록되어 있다. 또 그의 부친은 고휘이고 영희 연간에 지저우자사 직을 추증했다고 한다. 『북제서』 본전에는 또 천보 원년에 평진왕에 책봉되었다고 했다. 효성으로 명성이 자자하여 시랑侍郎에 임명되었으며 후경을 토벌한 공로로 창려군공에 책봉되었고, 영군대장군에 임명되었는데, 영군장군에 대大자를 덧붙이는 관행이 귀언으로부터 시작됐다고 했다. 그러나 이 묘지명에서는 '중령군'中領軍으로만 되어 있다. 『고호전』에서는 고언귀의 부친 고휘가 지저우자사 직을 추증받았다고 기록되어 있다. 그런데 묘지명에서는 '칭저우사군'이라고 언급하고 있으므로 기록이 모두 부합하지 않는다. 『고호전』에서는 또 고호의 셋째아들 밀謐을 언급하면서 밀의 형이 진眞이고 진의 아들이 인仁인데 정광 연간에 허저우별가 직으로 있다가 죽었으며, 태창 초에 사지절, 시중, 도독청서제제삼주제군사, 의동삼사, 칭저우자사 직이 추증되었다고 했다. 이 기록은 굉肱의 조부 관직과 일치하지만 뒷부분에 기록이 탈락되어, 인과 귀언이 어떤 관계인지 알 수 없다. 『북제서』에서는 고휘가 북위 말년에 어떤 일에 연루되어 양저우로 옮겼고 허수이河水와 웨이수이渭水 사이를 다니다가 도적을 만났으며 군공軍功으로 유배를 면했다고 했다. 허저우에서 오래 근무하다가 오랑캐 말胡言에 능통하다고 해서 서역대사西域大使 직에 임명되었다. 곧……

(미완)

주)_____

1) 원제는 「□肱墓誌 '考」. 이 글은 루쉰의 자필 원고에 근거하여 편집해 넣었다. 원래 제목도 없고 표점도 없다. 집필 시간도 미상이다. 또 한 편의 미완성 원고 「휘굉묘지」(諱肱墓誌)도 부록으로 넣어 둔다. 「□굉묘지」는 허난성 안양현(安陽縣)에서 출토되었다. 지석(誌石)은 이미 실전되었고, 덮개만 남아 있다. 지명(誌銘)은 모두 18행이고, 1행은 18자이며, 정자로 되어 있다. 전문은 아래와 같다.
君諱肱字如肱勁海篠人也門資磐石之固世 / 保維城之業祖儀同三司靑州使君秉德含弘
來蕤在物父驃騎大將軍開府儀同三司中領 / 軍專總禁闈威名方盛觀夫珠潛滇海壁潤荊

山不有高深孰蘊靈異君神情杲立崖岸恢擧 / 龍子馳聲鳳雛飛譽曹童測烏之妙未爲通識

王孺鑒虎之奇誰云智勇思葉風雲調諧金石 / 進退有度容止可觀雅俗佇其風規家國侯其

梁棟而垂天未效奄從不秀以皇建二年十一 / 月廿六日終於晉陽之第里時年九歲天統二

年二月廿五日葬於鄴北紫陌之陽嗟乎居諸 / 互始屢移岸谷寒暑交謝每易榮枯是用勒石

泉扃庶遺芳不朽乃爲銘曰 / 壁出荊山玉自藍田雖云重寶不雕不妍豈如

令質其鋒迥出問望堂堂德音裏裏是稱孺子 / 實樑通理辯日未儔論月非擬鵬翰漸就豹變

垂成南山欲下北海將征忽爲異世奄閟泉扃 / 千秋萬古空挹餘聲

2) 황건(皇建)은 북제(北齊) 효소제(孝昭帝)의 연호다.

3) 진양(晉陽)은 지금의 산시성(山西省) 타이위안시(太原市)다.

4) 천통(天統)은 북제 후주(後主)의 연호다.

5) 업(鄴)은 지금의 허베이성 린장현(臨漳縣)이다.

6) 자맥(紫陌)은 도성 교외의 도로다.

7) 굉(肱)이 공손씨라는 견해는 다양하게 제시되어 있다. 예를 들면 청대 단방(端方)의 『도 재장석기』(匋齋藏石記) 권13에 이런 기록이 있다. "『위서』(魏書) 「전폐제본기」(前廢帝本紀)를 살펴보면, 진태(晉泰) 2년[532; 단방의 오류임. 진태 원년이 되어야 함.—옮긴이] 기록에 '3월 정축일(丁丑日) 표기대장군, 북화저우자사(北華州刺史) 공손략에게 의동삼사 직을 더해 줬다'라는 대목이 있다. 공손략은 표기대장군에 의동삼사 직이 더해졌으므로 굉의 부친 관작과 부합한다. 굉의 부친이 공손략인 듯하다." 양수경(楊守敬)의 「임계정무금석발」(壬癸丁戊金石跋)에는 또 다음과 같은 기록이 있다. "祖儀同三司靑州使君父驃騎大將軍開府儀同三司中領軍'이란 구절을 보면 조부와 부친의 이름을 기록하지 않았는데, 이 또한 금석문의 변칙이다. 『위서』 「공손수전」(公孫邃傳)을 살펴보면, '외직인 사지절(使持節), 안동장군(安東將軍), 청저우자사(靑州刺史)로 임명되었다'라고 했으므로 굉의 조부가 공손수인 듯하다."

8) 루쉰의 원고에는 사람(人) 앞에 공란이 두 칸 있다. 이는 공란에 장차 글자를 보충할 의도가 있었음을 말해 준다.

9) 고귀언(高歸彦)은 자가 인영(仁英)으로 보하이 탸오(지금의 허베이성河北省 징현景縣) 땅 사람이다. 북조 위(魏)나라 영서장군(寧西將軍), 량저우진도대장(涼州鎭都大將) 고호(高湖)의 증손이고, 북제(北齊) 무제 고환(高歡)의 집안 동생이다. 북제 선제(宣帝) 천보(天保) 원년(550) 6월 평진왕에 책봉되었다.

10) 고엄(高儼)은 자가 인위(仁威)로 북제 무성제(武成帝)의 셋째아들이다. 『북제서』(北齊書) 「고엄전」(高儼傳)에는 다음과 같이 기록되어 있다. "처음에 동평왕에 책봉되어 개부, 시중, 중서감, 경기대도독, 영군대장군, 영어사중승의 관직을 받았다. 이어서 사도, 상서령, 대장군, 녹상서사, 대사마로 옮겼다. …… 무성제가 세상을 떠나고 나서 봉토가 낭야(瑯琊)로 바뀌었다."

11) 무정(武定)은 동위(東魏) 효정제(孝靜帝)의 연호다.

12) 영희(永熙)는 북위 효무제(孝武帝)의 연호다.

13) 하청(河淸)은 북제 무성제의 연호.

14) 인(仁)은 고인(高仁)이다. 고호의 증손으로 부친의 이름은 발(拔)이다.『위서』「고호전」, "인은 정광(正光) 연간에 허저우별가(河州別駕) 직에 있다가 죽었다. 태창(太昌) 초에 사지절, 시중, 도독청제제삼주제군사(都督靑齊濟三州諸軍事), 의동삼사, 칭저우자사 직이 추증되었다. 시호는 명목(明穆)이다."

계(香)는 고계(高香)로 자는 명진(明珍)이다. 그도 또한 고호의 증손인데 부친의 이름은 도아(晆兒)다.『위서』「고호전」, "태창 초에 사지절, 도독지창이주제군사(都督冀滄二州諸軍事), 정동장군, 지저우자사 직이 추증되었다. 영희(永熙) 연간에 다시 시중, 도독청서광삼주제군사(都督靑徐光三州諸軍事), 표기대장군, 의동삼사, 칭저우자사 직이 더해졌다. 시호는 문경(文景)이다." 현대학자 자오완리(趙萬里)는『한위남북조묘지집석』(漢魏南北朝墓志集釋) 권7에서 '□肱'을 고계의 손자라고 했다.

15) 관(貫)은 고관(高貫)이다.『위서』「고호전」, "관은 자가 소호(小胡)다. 영홍(永興) 말년에 통직산기상시(通直散騎常侍), 금자광록대부(金紫光祿大夫), 상식전어(尙食典御) 직에 임명되었다."

16) 영락(永樂)은 고영락(高永樂)이다.『북제서』「양저우공영락전」(陽州公永樂傳), "태창 초에 양저우현백(陽州縣伯)에 봉해졌고 관작이 올라 공(公)이 되었다. 여러 번 승진하여 북위저우자사(北豫州刺史)가 되었다." 사후에 "태사(太師), 태위(太尉), 녹상서사(錄尙書事) 직이 추증되었고 시호는 무소(武昭)다."

필은 고필(高弼)이다.『북제서』「양저우공영락전」에 의하면 장필(長弼)로 써야 하고, 바로 영락의 아우다. 가까운 종실이었기 때문에 광무왕(廣武王)에 책봉되었고, 나중에 남잉저우자사(南營州刺史)로 폄적되었다.

17) 고귀언이 영군 직에서 해임된 것은 하청 원년(562)이다.『북제서』「무성기」, 하청 원년 "2월 정미일, …… 영군대장군, 종사, 평진왕 귀언을 태재(太宰)와 지저우자사(冀州刺史)로 삼았다."

'서법지묘지'고[1]

묘지명에는 그의 이름을 "자는 법지, 가오핑 진샹 사람이다"字法智, 高平金鄕
人也[2]라고만 했다. 성姓은 덮개 첫머리에 썼고, 하반부만 남아 있는데 서徐
자와 흡사하다. 『원화성찬』[3]에는 둥양 서씨東陽徐氏가 실려 있고 거기에 이
런 설명이 있다. "언왕[4]의 후예다. 한漢대에 서형이 가오핑으로 이주했고
그의 손자 서요가 또 둥양으로 이주했다." 법지는 아마도 그 후손인 듯하
다. 또 이렇게 기록했다. "쉬저우목徐州牧, 진샹군 ○락왕의 후손이고, 진晉
거기대장군 사도공 3세손이고, 전진前秦 표기대장군 부마도위의 증손이
며, 효문황제[5] 때 국자박사의 막내아들이다." 여기에서 거론한 선대 관직
들을 역사서에서 찾아보면 가오핑 서씨는 한 사람도 없고 모두 미상이다.
그 다음 부분은 떨어져 나가고 부식된 곳이 많은데 대략 평생토록 불교를
독실하게 믿었다고 서술되어 있다. 그 가운데 "□冨輕人"이란 구절이 있
는데 "輕人"[남을 경시한다]은 미덕美德이 아니므로 오자가 있다고 봐야 한다.
그 다음에 "宣武　　皇帝(아래 6자 마멸)", "悟玄眇□用曠野將軍石窟署(아
래 9자 마멸)", "君運深慮於峣峰抽□情於□□" 구절이 있다. 또 "及其奇形

異狀□□君之思□"라고 했고, 또 정광[6] 6년[525] 정월 □□일에 "終於營福署則以其月卅七日坐□伊闕之□"라는 구절이 있다고 기록되어 있다.『위서』「석로지」釋老志에는 다음과 같이 기록되어 있다. "경명[7] 초에 세종이 대장추경[8] 백정白整에게 조칙을 내려 다이징[9] 영암사靈巖寺 석굴을 기준으로, 뤄남洛南 이췌伊闕[10]에 고조와 문소황태후를 위해 석굴 두 곳을 만들라고 했다." "정시[11] 2년[505]에 비로소 산을 깎기 시작했다."[12] "영평[13] 연간에 중윤 유등劉騰이 세종을 위해 석굴을 또 하나 만들자고 아뢰어 모두 세 곳이 되었다. 경명景明 원년[500]에서 정광正光 4년[523] 6월 이전까지 공사에 동원된 인원이 80만 2천 8백 6십 6명이었다." 석굴서石窟署는 경명 초에 설립되어 석굴 공사를 전문적으로 관리했고, 법지도 거기에 참여했다.『위서』「관씨지」官氏志에는 광야장군驍野將軍과 제서령諸署令 중 녹봉 600석 이상에 해당하는 자는 제9품 품계에 오르고, 600석 미만인 자는 종9품 품계[14]에 오른다고 기록되어 있으므로, '서'署 자 아래에 마멸된 것은 '령'令으로 봐야 한다. 석굴 공사는 정광 4년에 끝마쳤고, 법지는 정광 6년에 죽었다. 이 때문에 그는 죽을 무렵에 영복서營福署에 있었다. 이 관서에서 담당한 일이 무엇인지는 지금 상고할 수 없다. 요컨대 불교와 관계된 일이었고, 이췌산에 설치했으므로 법지가 죽은 후 그 땅에 장사 지냈다. '坐'은 바로 장葬 자다. 더러 계禊라고 하는데 매우 잘못된 견해다. 그 다음 단락에서 "나는 좁은 소견과 짧은 문장으로 감히 고루하게 칭송의 글을 지을 수 없다"余不以管見孤文敢陳陋頌라고 한 것은 지은이의 겸양어다. 그러나 성명을 밝히지 않았으므로 지은이가 누군지 알 수 없다.

주)_____

1) 원제는 「'徐法智墓誌'考」. 이 글은 루쉰의 자필 원고에 근거하여 편집해 넣었다. 원래 제목도 없고 표점도 없다. 집필 시간도 미상이다. 「서법지묘지」(徐法智墓誌)의 본래 명칭은 「위고광야장군석굴서□서군묘지명」(魏故曠野將軍石窟署□徐君墓誌銘)이다. 모두 27행이고 1행은 20자이며 정자로 씌어 있다. 루쉰의 판독문은 다음과 같다.

魏故曠野將軍石窟署□徐君墓誌銘
君諱□字法智高平金鄉人也蓋黃帝之神苗周明
王之儁徐州牧金鄉君驎駱王之後晉車騎大將軍
司徒公三世之孫秦驃騎大將軍駙馬都尉之曾孫
孝文　皇帝國子博士之少子麃金之美葷馥於上
□帶玉之□輝煥於□辰　君□□□岫聳莘蘭津
□□韞□□以□□衝勁風而曜□□亮之度稟自
□眞綺繡之質□□□□論其□範則玉珠弗能見
其□語其□則史□□足□□月雖復形同塵俗
□神木□天□□字中□□□物表□莫外風六典
攬之於掌握□徇內□□□□□於懷抱常□非文
殊頴迕大士亻身不聞□□□冨輕人吐捉好士不
以多能自矜臨□□容□□□□□□□荻挓若烟
雲豪岸　宣武　皇帝□□□□□□悟玄眇□用
曠野將軍石窟署□□□□□君運深慮
於峭峰抽□情於□□□□□□□及其奇
形異狀□□君之思□□□□□□地□孤夐何
圖上天□善□□良□□□□□十四大魏正光六
年歲次□己正月丙午□□日己酉終於營福署則
以其月廿七日塋□伊闕之□排山溝墓穿堂起墳
靑松列於堤側蘭菊備於□邊偏納白日之暉獨引
明月之朗迺見者莫不仿偟迺聞者爲之惻愴餘不
以管見孤文敢陳陋頌且可刊石傳詞豈能熏益馨
味其詞曰　遜哉律識寔曰貞人雄姿挺世猛氣逸
群拂縷□路灉足□津言成世軌行合人神如何災
運鍾此良哲玉□止汎金燈永滅懸光畫闇風雲夜
結雕石刊文流□□表　正光六年正月廿七日銘

2) 지금의 산둥성 진샹현(金鄉縣)이다.

3) 『원화성찬』(元和姓纂)은 당대 임보(林寶)가 지었다. 원본은 없어졌고 지금 판본은 모두

18권이다. 당대 각 성씨의 유래 및 그 방계 지손들의 계보를 분류하고 고증했다. 둥양 서씨는 이 책 권2에 보인다.

4) 언왕(偃王)은 서(徐)나라 언왕이다. 서나라는 동이(東夷) 계열의 영성(嬴姓) 제후국이다. 산둥성 탄청(郯城) 일대에 나라를 세웠다가 나중에 장쑤성 쓰훙(泗洪) 일대로 옮겼다. 언왕 때 국력이 강성하여 사방의 조공을 받았다. 기원전 512년 오왕 합려(闔閭)에게 망했다.

5) 효문황제는 북위 고조 탁발굉(拓拔宏)이다.

6) 정광(正光)은 북위 숙종(肅宗)의 연호다.

7) 경명(景明)은 북위 세종(世宗)의 첫번째 연호다.

8) 대장추경(大長秋卿)은 황후의 일상생활을 돌보는 관료의 장이다.

9) 다이징(代京)은 남북조시대 북위의 전기 도읍지다. 지금의 산시성(山西省) 다퉁시(大同市) 동북이다.

10) 이췌(伊闕)는 산 이름이다. 지금의 허난성 뤄양시 남쪽 이허(伊河) 서쪽에 있다. 룽먼산(龍門山)이라고도 한다. 이췌석굴은 이 산 및 이허 동쪽 연안 샹산(香山)에 있다. 대략 북위 태화(太和) 18년(494)에 조성을 시작하여 당대(唐代)까지 이어졌다. 거의 400여 년간에 걸쳐 완성되었다.

11) 정시(正始)는 북위 세종의 두번째 연호다.

12) 백정이 북위 고조와 문소황태후를 위해 석굴을 조성한 상황은 『위서』(魏書) 「석로지」(釋老志)에 다음과 같이 기록되어 있다. "석굴을 처음 조성할 때 석굴의 천정은 땅에서 310척(尺)이었다. 정시 2년에 비로소 산을 23장(丈) 깎아 냈다."

13) 영평(永平)은 북위 세종의 연호다.

14) 광야장군과 석굴서령(石窟署令) 관직에 대해서는 『위서』 「관씨지」에 관련 기록이 있다. 광야장군은 제9품 품계이고, 제서령은 3개 등급으로 나뉜다. 1,000석 이상은 종8품 품계, 600석 이상은 제9품 품계, 600석 미만은 종9품 품계에 해당한다.

'정계선잔비'고[1]

정계선 비석은 지금 윗부분만 남아 있다. 비석 위의 큰 글자는 모두 마멸되었으나 옹방강[2]은 비석 위 구멍 왼쪽에 직선 무늬가 있는 걸 보고 그것이 양각陽刻으로 새겨져 있었음을 알았다. 비문에는 각 행마다 17자가 남아 있다. 그것을 『예속』[3]에 실려 있는 문장으로 보충해 보면 매 행이 31자에서 38자까지 글자 수가 균등하지 않았음을 알 수 있다. 대체로『예속』에 기록한 빠진 글자 수는 판각을 거듭하면서 오류가 생긴 듯하지만 지금 비석 아랫부분이 사라져 버려서 바로잡을 방법이 없다. 지금 알 수 있는 건 제12행 '卒丂'과 '是路' 사이에 홍적洪適은 네 글자가 빠졌다고 했지만 비석에는 기실 다섯 글자가 빠졌다는 사실이다. 또 제17행 '賴祉'에서 '迭' 사이에 홍적은 여섯 자가 빠졌다고 했지만 비석에는 기실 일곱 글자가 빠졌다. 마지막 명문銘文은 '영'寧과 '성'成을 운자로 썼고 네 글자가 한 구절을 이루고 있다. 그러므로 '迭'에서 '顯奕世' 사이에 여섯 자가 빠진 것으로 봐야 하는데 홍적은 다섯 자가 빠졌다고 했다. 또 제7행의 '據'를 홍적은 '折'이라 했고, 제9행의 '仏燠'을 '㕂偲'라 했으며, 제13행의 '丂'을 '丐'라 했는데, 이는 모두 오류다. 옛날 탁본에서 판독할 수 있는 글자 중에서도 『예속』에 빠진 것이 있다. 제4행의 '㸤' 반 글자, 제5행의 '郎中' 두 글자, 제6행의 '帝' 자와 '特' 자, 제7행의 '末' 자와 '波' 자, 제10행의 '汱' 자, 제12행의 '徽' 자와 '能惠' 두 글자 절반, 제13행의 '宇' 자와 '約殺' 두 글자, 제16행의 '庭' 자, 제17행의 '昌洪' 두 글자 등 모두 16글자와 두 개의 반 글자를 더 알아볼 수 있다. 비석 뒤편을 홍적은 2열이라고 했고, 발문跋文에서는 본래 4횡橫이라고 적었다. 지금 남아 있는 위 2열에는 모두 20명의 성명이 열거되어 있는데, 『예속』에 기록된 전반부와 대략 일치한다. 다만 제2열 제17행의 '□□□□邯鄲□□□' 부분을 홍적은 '(闕三字)邵訓(闕)張'이라고 했는데 상당한 차이가 있다. 제3횡에도 응당 20명이 열거되어야 한다. 따라서 홍적이 맨 마지막에 '直事幹' 4명이 있다고 한 것은 제3열 끝에 와야 한다. 마지막에 나오는 '(上闕)音伯字' 세 글자는 비석을 조성한 사람의 지문識文으로 봐야 한다. 그러므로 제4열에는 '直事小事' 3명과 '門下小史' 1명이 되어야 한다.

주)_____

1) 원제는 「'鄭季宣殘碑'考」. 이 글은 루쉰의 자필 원고에 근거하여 편집해 넣었다. 원래 제목도 없고 표점도 없다. 집필 시간도 미상이다. 「정계선잔비」(鄭季宣殘碑)의 본래 명칭은 「한위씨령정계선비」(漢尉氏令鄭季宣碑)다. 지금의 산둥성 지닝(濟寧) 학궁(學宮)에 있었고, 후한 중평(中平) 2년(185) 4월 신유일(辛酉日)에 세웠다. 비석 측면에 청대 건륭 51년(1786) 8월 16일 황역(黃易)이 쓴 제기(題記)가 있다. "한 위씨령 정계선의 비석이다. 정면은 벽을 향해 있었고, 아랫부분은 오래 땅속에 묻혀 있었다. 첨사 옹방강이 비문 전체를 드러내려고 웨이허통판(衛河通判) 황역에게 비석을 땅 밖으로 끌어올리라고 했다. 이에 지지닝즈리주사(知濟寧直隷州事) 유영전과 주판(州判) 왕소례(王所禮)가 그 일을 완성했다. 비석의 글자가 전부 드러났으니 아주 기쁜 일이다."

2) 옹방강(翁方綱, 1733~1818)은 자가 정삼(正三)이며 호는 담계(覃溪)다. 순톈(順天; 지금
의 허베이성) 다싱(大興; 지금의 베이징 소속) 사람이다. 벼슬은 내각학사(內閣學士)에 이
르렀다. 저작으로 『양한 금석기』(兩漢金石記), 『복초재 시문집』(復初齋詩文集) 등이 있다.
「정계선비」 측면에 옹방강이 건륭 57년(1792)에 새긴 제지(題識)가 있다. "임자년 3월
옹방강이 향시(鄕試) 감독을 위해 이곳에 들렀다가 추암(秋盦)과 함께 이 비석을 쓰다
듬어 보았다. 비석 위 구멍 왼쪽에 한 줄기 직선이 있는 것을 보고 비석의 제목 큰 글자
가 양각이었음을 알았다." 추암(秋盦)은 황역의 자다.

3) 『예속』(隷續)은 한나라와 위(魏)나라의 석각 문자를 모은 책이다. 『예석』(隷釋)의 속편
으로 송대 홍적(洪適)이 편찬했고 모두 20권이다. 「정계선비」는 권19에 보인다. 홍적
(1117~1184)은 자가 경백(景伯)으로 지금의 장시성 포양(鄱陽) 사람이다. 송대의 학자
이며, 벼슬은 상서우복야(尙書右僕射), 관문전학사(觀文殿學士)에 이르렀다. 저작으로
『예석』, 『예속』, 『반주집』(盤洲集) 등이 있다.

'여초묘지명'발[1]

여초묘지석[2]은 중화민국 6년[1917] 산인현^{山陰縣} 란상향^{蘭上鄕[3]}에서 출토되었다. 나는 천구이[4]에게서 이 묘지석 탁본 1매를 얻었지만 너무 애매모호하여 읽기 어려운지라 오랫동안 문서상자 안에 방치해 두었다. 다음 해 쉬이쑨[5] 선생이 베이징에 와서 내게 또 1부를 줬다. 그리하여 교감을 할 수 있게 되었다. 전체 문장은 겨우 110여 자만 남아 있고,[6] 국호와 연호도 모두 마멸되어 증명할 수 없다. 다만 군^郡 이름 및 연도 명칭으로 고찰해 보면 남제^{南齊} 영명[7] 연간에 새긴 것으로 짐작된다. 제후국 수^隋나라는 서진^{西晉} 무제^{武帝}가 이양^{義陽} 땅을 나눠서 세웠고,[8] 송^宋과 제^齊에 이르러 그곳을 군^郡으로 삼았고, 수나라 때는 현^縣으로 삼았다. 여기에서는 수군^{隋郡}이라 부르고 있으므로 수나라 이전이 되어야 마땅하다. 남조 송나라와 제나라 때 수 땅에 분봉받은 사람은 있었다. 여기에서는 수군왕국^{隋郡王國}이라 했으므로 양^梁나라와 진^陳나라 이전이 되어야 한다. 『통감목록』[9]에는 송 문제 원가^{元嘉} 6년[429], 제 무제 영명 7년[489]이 모두 기사년^{己巳年}으로 기록되어 있다. 『송서』[10] 「문제기」^{文帝紀}를 보면 원가 26년[449] 겨울 10월에 광릉왕廣陵王 유탄劉誕의 봉토를 옮겨 수군왕隨郡王에 봉했다는 기록이 있다.[11] 또 「순제기」順帝紀에는 승명[12] 2년[478] 12월 남양왕南陽王 홰[13]의 봉토를 옮겨 수군왕에 봉하고 고을 이름을 수양군隨陽郡으로 바꿨다는 기록이 있다. 이들 연도는 모두 기사년 이후다. 『남제서』 「무제기」武帝紀[14]에는 건원建元 4년[482] 지강공枝江公 자륭子隆[15]을 승진시켜 수군왕에 봉했다는 기록이 있다. 자륭 본전本傳에서는 이렇게 기록했다. "영명 3년[485]에 보국장군輔國將軍, 난랑예·펑청南琅琊·彭城 2군郡 태수가 되었고, 다음 해 장저우 자사江州刺史로 관직이 옮겨져서 아직 취임하지 않았을 때 당우지[16]의 반란이 평정되자 지절持節이 되어 콰이지, 둥양東陽, 신안新安, 린하이臨海, 융자永嘉 등 다섯 군을 감독했고, 동중랑장東中郎將, 콰이지태수 직을 역임했다." 『남제서』 「상서지」祥瑞志에는 또 이런 기록이 있다. "영명 5년에 산인현 공광孔廣의 집 정원 위성류渭城柳(檉樹)가 12층으로 자랐는데 이는 콰이지태수 수왕 자륭이 바친 것이다." 이 기록은 본전의 기록과 부합한다. 소자륭은 콰이지태수를 지낸 적이 있으므로 자기가 책봉받은 제후국의 중군장군이 되고, 그 관직에 따라 산인에 거주했으므로 딱 이치에 들어맞는다. 따라서 이 기사년은 영명 7년이 되어야 마땅하고 5월 25일은 그가 사망한 날이 되어야 한다. '□―年'은 11년이다. 『통감목록』에 의하면 영명 11년 10월은 초하루가 무인일戊寅日, 12월은 초하루가 정축일丁丑日이므로, 11월 초하루는 무신일戊申日이 된다. 그러므로 병인일丙寅日은 19일인데 그날이 바로 장례일이다. 남제 화제[17]도 황자皇子로 있을 때 수군왕에 봉해진 적이 있지만 이 묘지석과 시기가 맞지 않는다. 당 개원 18년[18]도 기사년己巳年이고 21년 11월 초하루도 병인일丙寅日이 되어 이 묘지석에 기록된 "□―年冬十一月丙寅"과 상당히 비슷하다. 그러나 관직 명칭과 군郡 명칭이 모두 어긋난다. 만약 이장을 했다 해도 연대 차이가 너무 커서 아마도 아닌 듯하다. 영명 연간에 중군장군을 지낸 사람 중에서 역사에 기록된 사람은 난군南郡의 왕장무王長懋, 왕경칙王敬則, 음지백陰智伯, 루링盧陵의 왕자경王子卿이 있다. 그러나 이 묘지석에 나오는 유□劉□[19]은 이름이 마멸되어 고증할 수 없다. "□志風烈者云" 이하에는 글자가 없다. 그 다음은 명문銘文이다. 판독 가능한 글자가 있는 건 네 행이고, 그 뒤 나머지 절반보다 작은 공간은 공백이다. 육조六朝시대 지석誌石의 통례를 보면 명銘은 대체로 앞의 지誌보다 글자 수가 더 많지 않다. 아내와 자식의 이름을 기록해야 하지만 지금 이 묘지석에서는 모두 마멸되었다. 지誌의 문장에서는 '隨'를 '隋'로 썼다. 나필羅泌의 말에 의하면 수나라 문제가 隨 자 안에 '辵'[착辶; 도망치다, 달아나다의 뜻] 자가 있음을 싫어하여 '辵'[辶] 자를 빼고 글자를 고쳤다고 한다.[20] 왕백후王伯厚도 문제의 무식을 조롱했다.[21] 후대의 학자들 중에는 당초 이 두 글자에 일정한 제약이 없었다고 여기는 사람도 있고, 발음이 같아서 통용할 수 있었다고 여기는 사람도 있는데, 위사委蛇를 위수委隨로도 썼다는 걸 그 증거로 내세운다. 그런데 지금 이 묘지석은 수나라 훨씬 이전의 것인데도 이미 隋로 썼으니 수 문제가 글자를 고친 게 아니라는 사실을 알 수 있다. 『예석』「장평자비송」張平子碑頌에도 "在珠詠隋, 於璧稱和"[구슬로는 수후주를 노래하고, 옥벽으로는 화씨벽을 칭송하네]라고 썼다.[22] 또 隋 자는 유구劉球의 『예운』[23]에도 중간에 辶이 들어가지 않았으므로 진대晉代에 이미 그렇게 쓰이고 있었음을 알 수 있다. 隨로 쓰거나, 隋로 쓰거나, 陏로 쓰는 건 모두 필획을 간단하게 생략하는 방식일 뿐이다. 둥핑東平은 본래 옌저우兗州에 속한 군郡이었는데, 남조 송말宋末에 북조의 북위北魏에게 함락되었다. 『남제서』「주군지」州郡志에 의하면 영명 7년 광록대부光祿大夫 여안국[24]이

북엔저우北兗州에 둥핑군을 처음 설치하자고 조정에 건의했다. 그 장계狀啓에 "신의 미천한 집안의 고향에 이 고을을 설치해 주시길 바랍니다"라는 구절을 보면 여안국과 여초가 아마도 동족인 것으로 보인다. 이 묘지석과 같은 무덤에서 출토된 것으로 와앵瓦罌[25]과 동경銅鏡 각 1매가 있다. 거울에는 "鄭氏作鏡幽涷三商幽明鏡"이라는 11자 명문銘文이 있다. 서체는 전서篆書이며 모두 어떤 사람에 의해 파손되었다. 여기에 그 사실을 덧붙여 기록하여 후인들의 연구를 기대한다.

주)⎯⎯⎯

1) 원제는 「'呂超墓誌銘'跋」. 이 글은 루쉰의 자필 원고에 근거하여 편집해 넣었다. 원래 제목도 없고 표점도 없다. 루쉰의 일기에는 1918년 6월 11일에 쓴 것으로 되어 있다. 이 글은 1918년 6월 25일 『베이징대학 일간』(北京大學日刊) 제171호 '문예'(文藝) 코너에 발표되었고, 제목은 「새로 출토된 '여초묘지명' 고증」(新出土呂超墓誌銘考證)이라고 달았다. 저자 이름은 저우수런(周樹人)이다. 1919년에 또 이 글은 구딩메이(顧鼎梅)가 편찬한 『여초묘지석 탁본 전집』(呂超墓誌拓片專集)에 수록되었다. 제목은 「남제 '여초묘지' 발문」(南齊'呂超墓誌'跋)으로 되어 있고 마지막에 '사오싱 저우수런 발'(紹興周樹人跋)이란 이름이 기록되어 있다.
2) 「여초묘지석」(呂超墓誌石)은 1916년(민국 5년) 12월에 출토되었다. 원 묘지석 '초'(超)자 아래에 '정'(靜)자로 판독되는 잔획이 남아 있으므로 「여초정묘지석」(呂超靜墓誌石)이라고 해야 한다. 루쉰 일기 1923년 6월 8일과 1924년 8월 22일에 각각 「여초정묘지」 탁본을 구매했다는 기록이 있다. 1917년 사오싱의 장정캉(張拯亢)은 이 묘지석을 고증하면서 수(隋) 양제(煬帝) 대업(大業) 5년(609)에 제작했다고 오판했다.
3) 란상(蘭上)은 사오싱 서남쪽의 란팅(蘭亭)이다. 『수경』(水經) 「점강수주」(漸工水注)에서는 "란팅은 란상리라고도 한다"(蘭亭, 亦曰蘭上里)라고 했다. 「여초묘지석」이 출토된 후 이짜오터우촌(灰竈頭村)은 란상 서쪽 약 2리 지점에 위치하고 있다.
4) 천구이(陳古遺, 1875~1943)는 호가 구이(古遺), 자는 보샹(伯翔; 伯祥으로도 씀)으로 저장성 사오싱 사람이다. 웨사(越社), 뤄사(爰社)의 회원으로 활동하며 사오싱부중학당(紹興府中學堂), 사오싱저장성제5사범학교(紹興浙江省立第五師範學校) 교사를 지냈다. 『절사

신문보』(浙事新聞報), 『웨둬일보』를 편집했다. 저작으로 『중국 역대 군현 분류고』(中國歷代郡縣分類考) 등이 있다.

5) 쉬이쑨(徐怡孫)은 자가 이쑨(怡孫), 본명은 웨이쩌(維則)다. 저장성 사오싱 사람으로 금석문 수집가 겸 목록학자다. 당시에 베이징대학교 부속 국사편찬처에서 근무했다. 저작으로 『동서학서록』(東西學書錄), 『석묵암쇄금』(石墨盦碎錦) 등이 있다. 루쉰의 일기, 1918년 6월 2일: "오후에 쉬이쑨(徐以孫; 以는 怡와 같음)의 편지와 「여초묘지」 탁본 1매를 받았다."

6) 루쉰이 교감한 「여초묘지」 판독문은 1918년 6월 24일 『베이징대학일간』 170호 '문예' 코너에 발표되었다. 전체 판독문은 다음과 같다.

□□□墓誌□
□故龍驤將軍隋郡王國中軍呂府君諱超□□□
□□東平人也胄興自姜奄有營業飛芳□□□□
□□□□□□因官卽邦今居會稽山陰□□□□
□□□□□□起令譽早宣故孝弟出□□□□□
□□□□□□風猷日新而脩时有□□□□□□
□□□□□□歲在己巳夏五月廿五□□□□□
□□□□□□一年冬十一月丙寅□□□□□□
□□□□□□同☆中軍將軍劉□□□□□□□
□□□□□金石□志風烈者云
□□□□藹藹淸猷白雲♢岫素
□□□□嘉□如□應我□□□□□□□□
□□□□□其 區眷言□□□□□□□□□
□□□□□□蕙□□□□□□□□□□□□
□□□□□□夕悄松□□□□□□□□□□□

7) 영명(永明)은 남조 제(齊) 무제(武帝)의 연호다.

8) 무제는 혜제(惠帝)의 잘못이다. 『진서』「지리지」(地理志) 하(下), "혜제가 …… 이양을 분할하여 수군을 설치했다."

9) 『통감목록』(通鑑目錄)은 북송 사마광(司馬光)이 편찬한 『자치통감목록』(資治通鑑目錄)을 줄여서 부르는 말이다. 『자치통감』 제요(提要)로 모두 30권이다.

10) 『송서』(宋書)는 남조 양(梁)나라 심약(沈約)이 편찬한 유송(劉宋)의 역사로 모두 100권이다.

11) 광릉왕 유탄(劉誕)은 송 문제의 여섯째 아들이다.

12) 승명(昇明)은 남조 송 순제(順帝)의 연호다.

13) 남양왕 홰(翽)는 송 명제(明帝)의 여섯째 아들 유홰(劉翽)다. 승명 2년 12월은 오류다.

11월이 되어야 한다.

14) 『남제서』(南齊書)는 남조 양 소자현(蕭子顯)이 편찬한 남제 역사로 모두 59권이다.

15) 자륭(子隆)은 남제 무제의 여덟번째 아들 소자륭(蕭子隆, 474~494)으로 자는 운흥(雲興)이다. 남제 고제(高帝) 건원 4년(482)에서 무제 영명 8년(490) 사이에 수군왕을 지냈다.

16) 당우지(唐寓之, ?~486)는 남제 푸양(富陽) 사람이다. 영명 3년(485) 반란을 일으켜 다음 해 첸탕(錢塘; 지금의 저장성 항저우)을 점령하고 황제를 칭하면서 국호는 오(吳)라 했다. 그러나 같은 해 패배하여 피살되었다.

17) 화제(和帝)는 남제 고제(高帝)의 여덟째 아들로 성명은 소보융(蕭寶融, 488~502)이다. 아직 황자 신분인 건무(建武) 원년(494)에 수군왕으로 책봉된 적이 있다.

18) 당 개원(開元) 18년은 경오년(庚午年)이고 17년이 기사년(己巳年)이다.

19) 유□(劉□)에 대해 판딩칭(范鼎卿)은 「여초묘지」 정밀 탁본을 근거로 '유'(劉) 자 아래 남은 필획으로 '현'(玄) 자를 판별할 수 있다고 했다. 아울러 『남사』(南史)에서 증거자료를 갖고 와서 이 사람이 "유현명으로 린화이 사람이며 산인령을 역임했고"(劉玄明, 臨淮人, 爲山陰令) "당시에 현명은 이미 중군장군 직에 있었는데, 얼마 지나지 않아 사농 직으로 관직을 옮겼다"(其時玄明已任中軍將軍, 未幾殆卽改官司農矣)라고 했다. 이 주장은 구셰광(顧燮光)의 『몽벽이석언』(夢碧簃石言)에 수록된 판딩칭의 발문에 나온다. 그러나 『남사』 「순리전」(循吏傳)에는 유현명이 "사농경 직에서 삶을 마쳤다"(終於司農卿)라고만 되어 있고 중군장군 직을 지낸 기록은 없다.

20) 나필(羅泌)은 송대 사람으로 자는 장원(長源)이며, 지금의 장시성 루링(廬陵) 사람이다. 저작으로 『노사』(路史) 47권이 있다. 이 책 권35에 이런 기록이 있다. "수(隋)나라 문제가 수(隨) 자 안에 '촨'(辶) 자가 있음을 싫어하여 '촨'(辶)을 빼고 '隋' 자를 만들었다. 그러나 '隋' 자의 본래 음이 '타'(妥)이고, 귀신에게 제사 지내는 물건이란 의미는 몰랐다."

21) 왕백후(王伯厚, 1223~1296)는 본명이 응린(應麟)이고 자가 백후다. 호는 심녕거사(深寧居士) 혹은 후재(厚齋)이며 칭위안(慶元; 지금의 저장성 닝보寧波) 사람으로 송대 학자다. 『곤학기문』(困學紀聞) 20권을 저술했다. 이 책 권13 '수오주개수'(隨惡走改隋) 조에 이런 기록이 있다. "서초금(徐楚金)의 『설문계전』(說文繫傳)에 의하면 '수 문제가 수(隨) 자의 착(辶)에 도망간다는 뜻이 있음을 싫어하여, 그것을 제거하고 수(隋) 자를 만들었다'고 한다. 그러나 수(隋)는 썰어서 늘어놓은 고기란 뜻이니 그 불길한 의미가 크다. 수(隨)의 착(辶)이 본래 착(辵) 자이고, 착(辵)에는 편안하게 걷는다는 뜻이 있음을 모른 채 …… 함부로 그 글자를 제거했으니 이 어찌 무식한 탓이 아니겠는가?"

22) 『예석』(隸釋)은 송대 홍적이 편찬했고 모두 27권이다. 한·위의 석각 문자를 모은 전문 저작이다. 「장평자비송」(張平子碑頌)은 진대(晉代) 하후담(夏侯湛)이 지었고 『예석』 권

19에 보인다. 장평자는 바로 후한 과학자 장형(張衡)이다. "在珠詠隋, 於璧稱和"는 장형을 칭송하는 구절이다. 여기에서 隋는 수화주(隋侯珠)라는 보옥을 가리키며, 和는 화씨벽(和氏璧)을 가리킨다.

23) 『예운』(隸韻)은 송대 유구가 지은 일종의 자서(字書)로 모두 10권이다. 송대 이전에 출토된 한대 비석의 예서를 구법(鉤法)으로 모방하여 운(韻)에 따라 분류했다. 「장평자비송」의 隋 자는 이 책 권1 '오지'(五支) 부분에 수록되어 있다.

24) 여안국(呂安國, 426~490)은 남제 광릉(廣陵; 지금의 장쑤성 양저우揚州) 사람이다. 벼슬은 이양태수(義陽太守), 핑베이장군(平北將軍) 겸 옌저우자사(兗州刺史)에 이르렀다.

25) 와앵(瓦罌)은 입이 작고 배가 부른 오지병이다.

여초묘출토 우쥔정만경고[1)]

오른쪽 거울은 산인山陰 란상향蘭上郷 여초 무덤에서 출토되었다. 묘지명이 있어서 그 탁본 2매를 구했는데 국호와 연도가 모두 마멸되어 있었다. 무덤 주인의 관직은 수군왕국隨郡王國의 중군장군이었고, 기사르ㄷ란 글자가 남아 있었다. 이를 근거로 남조 제齊 영명 11년[453] 11월에 장례를 치른 무덤으로 확정했다. 거울에는 "鄭氏作鏡幽涷三商幽明鏡"이라는 11자 전서篆書 명문銘文이 있었다고 들었는데 그 탁본은 구할 수 없었다. 6월에 아우 치밍[2)]이 사오싱紹興으로 돌아가 마침내 이 거울을 보고 알려 주기를 직경이 건초척[3)] 네 치 네 푼四寸四分이고, 재질은 납과 비슷해 보였고, 이미 아홉 조각으로 깨져 있는데 두 조각은 잃어버렸지만, 잃은 곳은 모두 장식 부분이어서 문자는 그대로 남아 있다고 했다. 얼마 지나지 않아 손수 거울 명문을 탁본하여 부쳐 줬다. 명문은 두 겹으로 쓰여 있었고, 소문으로 듣던 것과 완전히 달랐다. 문구도 어그러지고 탈락한 부분도 있었는데 다른 동경銅鏡의 명문을 가져와서 비교해 본 결과 비로소 그 대략적인 상황을 알 수 있었다. 바깥쪽 명문은 이렇다. "五月五日, 大歳在未. 吳口鄭蔓作其鏡,

幽涷三商, 周刻禺疆, 白牙髹鞏, 衆神容." 모두 30자다. 안쪽 명문은 이렇다. "吾作明幽竟涷三商周水" 모두 10자다. 상위上虞 뤄씨羅氏의 『고경도록』[4]에 는 진산金山 청씨程氏 소장 거울 탁본 한 장이 수록되어 있는데 문자가 대략 같고 끝 구절이 "衆神見容天禽"으로 되어 있어서 이 거울과 비교해 보면 세 글자가 많으며 구절 또한 끝나지 않았다. 다른 거울에는 뒷부분이 "天 禽四守"로 되어 있다. 옛사람들이 쇠를 주조할 때는 대부분 5월 병오일丙 午日을 선택했다. 우희의 『지림』[5]에서는 "순도 높은 불씨를 취하여 음양의 술수를 돕는다"(『초학기』 권22에 인용됨)라고 했다.[6] 지금 볼 수 있는 한·위의 거울, 허리띠 고리, 장구동[7] 등에 새겨진 날짜를 보면 대체로 5월 병 오일로 되어 있다. 그러나 5일에 쇠를 주조해야 한다는 말은 들어 본 적이 없다. 다만 색루,[8] 약초 캐기採藥, 전쟁 피하기辟兵, 질병 물리치기却病 등의 행사는 대단히 많이 열렸다. 후세에는 이런 사례를 유추하여 거울 만드는 일도 함께 했을 것으로 추측된다. 우리집에 소장하고 있는 당대 작은 거울 1매도 5월 5일 오시午時에 제조했다고 되어 있다. 그러므로 이런 풍속이 진대에 시작되어 당대에도 여전히 이어졌다고 봐야 한다. "大歲在未"는 글자가 반대로 왼쪽에서 오른쪽으로 새겨져 있다. 미년未年이 어느 해인지 는 알 수 없다. '戈未'는 또 무오戊午 또는 병오丙午와 비슷하고, '丰'은 '朮'로 도 되어 있는데, 이것이 '未'로 와전되었을 수도 있다. 그러나 자세한 것은 알 수 없다. '吳' 아래의 한 글자는 겨우 반 정도만 남아 있고, 정씨 소장 거 울 탁본에서는 그것을 '婚' 자로 보았지만 뤄씨는 오히려 '吳郡鄭蔓鏡'이 라고 하여 '郡'으로 판독했다. 우吳와 웨越 땅은 땅이 인접해 있어서 사고 팔기에 편리하므로 서로 시기하며 판독에 열을 올렸다. '郡' 자도 글자가 거꾸로 되어 있다. '鄭' 자는 또 '郰'[막]과 비슷하고, '蔓'도 '叓'와 비슷한데 모두 와전되어 글자가 변했다. "幽湅三商"에 대해서는 『관중금석기』[9]에서 일찍이 『의례』[10] 정현[11] 주注의 "日入三商爲昏"을 근거로 영강경永康鏡의 명문銘文이라고 했지만, 공영달[12]은 주소注疏에서 "商은 상의하다는 뜻이다"商謂商量라고 하면서 이것을 물시계 명칭이라고 했으니 이 또한 거울과는 아무 관계가 없다. 『묵림쾌사』[13]에서는 삼상三商을 세 가지 쇠三金라고 했는데 뜻에 있어서는 이것이 가장 잘 어울린다. 다른 거울에서는 더러 "幽湅宮商"이라고도 썼고, "合湅白黃"이라고도 썼다. 음악의 궁음宮音은 토土에 해당하고, 상음商音은 금金에 해당하므로[14] 색깔로 치면 금金은 백색이고, 토土는 황색이다. 거울은 단양에서 나는 좋은 동銅에다 은과 주석을 섞어서殽 만들기 때문에 쇠의 종류는 세 가지가 되고 색깔은 황백색이된다. 유(幽)와 효(殽)는 발음이 비슷하고, 동(湅)은 강물 이름이지만 기실련(湅)의 오자다. 련(湅)은 련(煉)의 가차자假借字다. 따라서 "幽湅三商"은 "殽煉三金",[15] "合湅白黃", "幽湅宮商"과 같다. '우강'禺彊에 대해서는 『산해경』[16]에 관련 기록이 있다. "그 북방에 우강이 있는데 사람 얼굴에 새의몸이다." 곽박郭璞은 다음과 같은 주석을 달았다. "[우강의] 자는 현명이며물의 신이다." 거울이란 물건은 형체가 달[17]과 비슷하다. 달은 물의 정령이기 때문에 우강을 새긴 것이다. 우禺 자 위에 여분의 필획[18]이 있다. 다른 거울에서는 더러 우禺가 와전되어 만萬으로 쓴 경우도 있으며, "주각망상"周刻罔象이라고 쓴 곳도 있다. 망상罔象도 물의 정령이므로 우강과 동의어다. '白亘'는 바로 백아伯牙[19]다. 건안경建安竟[20]의 명문에 "白亘單筇"이라는 말이 있는데 서동백[21]은 "亘와 筇은 미상이다"라고 했다. 지금 살펴보면 이 구절은 백아가 금을 타는 이야기다. 이 '亘' 자는 더욱 오류가 심하여오직 그 흔적으로만 탐구해야 한다. '髟鑾'은 '樂饗'과 비슷해 보이는데 아마도 '單琴'의 오류인 듯하다. 정씨경程氏竟에 의하면 '신용'神容 두 글자 사이에 '탈견'脫見[22]이 있어야 한다. '견용'見容은 '견형'見形이다. 마지막 세 구절 11자는 거울에 새긴 무늬와 조각의 아름다움을 칭송한 글이다. 그리고 이 동경에는 네 신인神人이 기이한 짐승을 탄 모습이 있었는데, 지금 탁본에는 그중 두 신인이 탈락되었다. 또 돌기는 네 곳四乳 모두 존재하고 있다. 안쪽 층의 'ㅍ' 자는 '吾' 자인데 필획이 불완전하여 '予' 자와 비슷하게 되었다. '水' 자는 '幽' 자다. 다른 거울에서는 대부분 이렇게 쓴다. 이 명문은 한대에 전체 문장을 큰 거울에 새겼을 것이다. 나중에 누차 옮겨 새기면서 글자가 탈락되고 오류가 생겨 갈수록 애초의 모습을 잃게 되어 결국 읽을 수 없는 지경에 이르렀다. 이 거울은 우리 고향에서 출토되었으나 나는 명문도 자주 볼 수 없었다. 해가 긴 여름날 쓸쓸하게 혼자 앉아서 오로지 이 거울을 조사하고 분석해 보았다. 억지로 깊이 천착한 곳도 많지만 끝내 그 의미를 모두 통하게 할 수는 없었다. 오로지 내가 얻은 결과를 기록하여 장차 망실忘失에 대비하고자 한다. 또 소문을 들으니 월나라 거울越鏡과 납 동전鉛泉도 때때로 출토된다고 하는데 납 거울鉛鏡은 매우 드물다. 대체로 납이나 주석은 본래 일상용 거울을 만들기에 적합하지 않지만 묘혈에 매장하는 용도로는 사용된다. 따라서 짚으로 만든 영혼芻靈이나 나무로 만든 인형과 동물 형상木寓 등 매장용 물품이 많아지면서 더 이상 세 가지 쇠三商를 녹여 동경을 만드는 일도 계속되지 않았을 터이다.

중화민국 7년[1918] 7월 29일 씀

주)_____

1) 원제는 「呂超墓出土吳郡鄭蔓鏡考」. 이 글은 루쉰의 자필 원고에 근거하여 편집해 넣었다. 원래 제목은 없지만 구두점은 있다. 정만(鄭蔓)은 한대 우쥔(吳郡; 지금의 장쑤성 쑤저우蘇州)의 유명한 거울 제조가인데, 후인들이 거울을 만들면서 흔히 그의 이름을 빌려 썼다.

2) 치밍(起明)은 루쉰의 바로 다음 아우 저우쭤런(周作人, 1885~1967)이다. 치밍(起孟), 치밍(啓孟), 치밍(啓明)으로도 쓴다. 그는 1918년 베이징에서 사오싱으로 모친을 뵈러 갔다가 천구이(陳古遺)를 통해 우쥔 정만경(鄭蔓鏡) 탁본을 구했고, 7월 25일 루쉰에게 2매를 부쳐 줬으며, 또 8월 16일에 4매를 더 부쳐 줬다.

3) 건초척(建初尺)은 앞의 「콰이지우묘폄석고」 '여구척'(廬丘尺) 각주 참조.

4) 뤄씨(羅氏)는 뤄전위(羅振玉, 1886~1940)다. 자는 수윈(叔蘊) 또는 수옌(叔言)이고, 호는 쉐탕(雪堂)으로 저장성 상위 사람이다. 금석학자로 청말에 학부참사(學部參事) 등의 직을 역임했다. 중화민국 건국 후 청나라 유로(遺老)로 자처하다가 만주국(滿洲國) 감찰원장에 취임하여 매국노의 길을 걸었다. 그의 저작 『고경도록』(古鏡圖錄) 세 권에 옛 거울(古鏡) 탁본 159매가 수록되어 있다. 진산 청씨 소장 거울은 이 책 중권(中卷) 29쪽에 보인다. 바깥쪽 명문에서는 "五月五日, 大歲在未, 吳郡鄭蔓作其□□凍三商白帞絜尔神見容天禽" 등의 문자를 판독할 수 있다. 안쪽 명문은 "吾作明幽竟凍三商周□" 10자다.

5) 우희(虞喜, 281~356)는 진대(晉代) 학자로, 자는 중녕(仲寧)이며, 지금의 저장성 위야오(餘姚) 사람이다. 『수서』(隋書) 「경적지」(經籍志)에서는 그의 저작이 30권이라고 했고, 또 『지림』(志林) 등의 책을 지은 것으로 알려져 있지만 모두 없어졌다. 명대 도종의(陶宗儀)의 『설부』(說郛)와 청대 마국한(馬國翰)의 『옥함산방집일서』(玉函山房輯佚書)에 『지림』의 일부 글이 남아 있다. 루쉰도 이를 바탕으로 『지림』 집교본(輯校本) 1권을 편집했지만 간행하지는 않았다.

6) 원문은 "取純火精以協其數". 구절의 뜻은 간지가 불(火)에 속하는 달과 날짜에 쇠를 단련하여 음양오행의 술수에 부합하겠다는 것이다. 이 학설은 한대 왕충(王充)의 『논형』(論衡) 「난룡」(亂龍)에 뿌리를 두고 있다. "오목거울로 하늘에서 불을 모아 5월 병오일에 오석(五石)을 녹여 거울을 주조하면 이 거울로도 불을 얻을 수 있다." 『초학기』(初學記)는 당대 서견(徐堅) 등이 펴낸 백과전서로 모두 30권이다. 루쉰은 이 구절이 『초학기』에 인용되어 있다고 했지만, 지금 남아 있는 『초학기』에는 이 구절이 없다. 따라서 출처 미상으로 봐야 한다.

7) 장구동(帳構銅)은 옛날에 장막을 칠 때 나무 구조물을 단단히 이어 주는 동제(銅製) 결합부다.

8) 색루(索縷)는 중국 민간 풍속이다. 중국 한대에 5월 5일이 되면 사악한 기운을 막기 위해 팔뚝에 오색실을 매었다고 한다.

9) 『관중금석기』(關中金石記)는 청대 필원(畢沅)이 편찬한 금석고고(金石考古) 자료 모음집으로 전체 8권이다. 그런데 이 대목에서 루쉰이 말하는 『관중금석기』는 『중주금석기』(中州金石記)의 오류다. 『중주금석기』도 필원의 저작이며 모두 5권이다. 『중주금석기』 권1 '영강경명'(永康鏡銘) 조에서는 한 환제(桓帝) 영강 원년(167)에 주조한 동경(銅鏡) 명문 중 "幽湅三商"을 이렇게 해석했다. "정현은 『의례』에 주석을 달면서 '해가 삼상(三商)에 들어가면 어두워진다'(日入三商爲昏)라고 했고, 공영달은 이 구절에 주소(注疏)를 달아 '상(商)은 상의하다는 뜻이고, 물시계 시각(漏刻)을 나타내는 명칭이다'라고 했다." 그러나 명대 초횡(焦竑)은 『초씨필승』(焦氏筆乘) '삼적'(三商)에서 '商'은 '啇'과 형태가 비슷하여 오자가 생긴 경우이며, 이 때문에 '三商'은 '三啇'이 되어야 한다고 했다. 또 啇은 滴과 발음이 같아서 통용해서 쓰므로 三滴은 기실 물시계의 물방울이 세 번 떨어지는 것이라고 풀이했다. 지금은 초횡의 해설이 설득력을 얻고 있다.

10) 『의례』(儀禮)는 중국 고대의 예제와 의식을 기록한 유가 경전이다. 위에서 필원이 인용한 말은 이 책 제2장 '사혼례'(士昏禮) 제목 아래에 있는 주소(注疏)다. 그러나 기실 주소를 단 사람은 당대 공영달이 아니라 가공언(賈公彦)이다.

11) 정현(鄭玄, 127~200)은 자가 강성(康成)으로 지금의 산둥성 가오미(高密) 사람이며, 후한의 대학자다.

12) 공영달(孔穎達, 574~648)은 자가 충원(沖遠)으로 지금의 허베이성 헝수이(衡水) 사람이며, 당대 경학가다.

13) 『묵림쾌사』(墨林快事)는 옛날 기물과 서화에 대한 발문(跋文) 모음집으로 명대 안세봉(安世鳳)이 지었고 모두 12권이다. 이 책 권2에 "'三商'에서 '商은 쇠로 은, 주석, 구리를 가리킨다. 한 솥에 넣고 섞기 때문에 '幽湅' 등과 같은 말이 생겼다." 또 "한대에는 좋은 구리가 단양(丹陽)에서 나왔다"는 기록도 있는데, 단양(丹陽)은 단양(丹揚)과 같다.

14) 옛날 음악에는 궁(宮), 상(商), 각(角), 치(徵), 우(羽) 오음(五音)이 있다. 옛사람들은 이 오음이 차례대로 토(土), 금(金), 목(木), 화(火), 수(水)에 대응하는 것으로 인식했다.

15) "般湅三金"은 세 가지 쇠를 섞어서 제련해 낸다는 뜻이다. 다음 두 구절도 마찬가지다.

16) 『산해경』(山海經) 18권은 대략 기원전 4세기에서 기원전 2세기 사이의 기록이다. 주로 중국 고대 신화 전설에 나오는 산수, 지리, 토산물 등을 기록했다. 저자는 미상이다. 진대 곽박(郭璞)이 이 책에 주를 달았다. 우강(禺彊)에 관한 이야기는 이 책 「해외북경」(海外北經)에 나온다.

17) 원문은 '曜靈'. 굴원(屈原)의 「천문」(天問)에 "동방의 각수(角宿)가 아직 떠오르지 않았는데, 달은 어디로 숨었는가?"(角宿未旦, 曜靈安藏)라는 구절이 있다. 대진(戴震)은 '요령'(曜靈)이 달이라고 했다.

18) 원문은 '羡畫'.

19) 백아(伯牙)는 춘추시대 진(晉)나라 대부로 유명한 금(琴) 연주자였다. 백아의 금 연주

의 의미를 잘 알아듣는 사람이 종자기(鍾子期)였는데, 종자기가 죽자 백아는 더 이상 금(琴)을 연주하지 않았다고 한다.

20) 건안경(建安竟)의 경(竟)은 경(鏡)과 통한다. 후한 헌제(獻帝) 건안(建安) 10년(205)에 주조된 거울로 본래 진산(金山)의 정씨(程氏)가 소장했다. 그 명문은 다음과 같다. "吾作明鏡幽涷三商周衛罔象五帝天皇三巨凭黃帝除凶朱鳥玄武白虎靑龍君宜高官子孫 番昌建安十年造大吉　君宜□　君宜□."

21) 서동백(徐同柏)은 청대 금석학자로 자는 주장(籀莊)이며 지금의 저장성 자싱(嘉興) 사람이다. 『종고당관지학』(從古堂款識學)이란 저작을 남겼다. 그가 건안경을 조사하고 해석한 글은 뤄전위의 『고경도록』 권상, 5면(面)에 보인다.

22) 탈(㪍)은 탈(奪)의 고자(古字)다.

『묵경정문』 재교열 후기[1]

등운소(鄧雲昭)는 청 광서(光緒) 말년에 죽었고 관직과 이력이 자세하지 않다. 이 『묵경정문』 세 권은 난퉁저우[2]의 지쯔추[3] 거처에서 보았다. 본래 주(注)가 있었지만 그다지 특이한 점은 없었기에 다시 베껴 쓰지는 않았다. 다만 거듭 고쳐서 확정한 본문은 모두 정확하지는 않았지만 공을 아주 많이 들인 것이었다. 이 때문에 그것을 베껴서 앞으로의 열람에 대비하려고 했다. 6년[1917]에 베껴서, 7년[1918] 8월 3일에 재교열을 마치고 기록하다.

주)_____

1) 원제는 「『墨經正文』重閱後記」. 이 글은 루쉰의 자필 원고에 근거하여 편집해 넣었다. 원래 제목도 없고 표점도 없다. 말미에 '周' 자 인장이 찍혀 있다.
  『묵경정문』(墨經正文)의 전체 제목은 『묵경정문해의』(墨經正文解義)다. 청대 네이장(內江) 지역 등운소(鄧雲昭)가 교감하고 주해한 판본이다. 상권은 『경상』(經上), 『경설상』(經說上), 중권은 『경하』(經下), 『경설하』(經說下), 하권은 『대취』(大取), 『소취』(小取)다. 『묵경』은 전국시대 후기 묵가의 철학·과학 저작으로 본래 『묵자』(墨子)의 일부분이었다.
2) 난퉁저우(南通州)는 지금의 장쑤성 난퉁시(南通市) 퉁저우구(通州區)다.

3) 지쯔추(季自求, 1887~1944)는 이름이 톈푸(天復), 자가 쯔추(自求)로 장쑤성 난퉁 사람
이다. 당시 베이양군벌 정부의 참모본부 및 육군부에서 일을 했다. 루쉰 일기 1915년 1
월 17일자에 이런 기록이 있다. "오후에 지쯔추가 오다. 『난퉁방언소증』(南通方言疏證)
과 『묵경정문해의』를 빌리다." 같은 달 22일자에는 이런 기록이 있다. "밤에 『묵경해』
를 베꼈는데 별로 잘하지 못하다."

『포명원집』교감기[1]

이 책은 모부계[2]의 송본宋本 교정본에서 베낀 것이다. 殷, 朗, 讓, 貞, 筐, 樹, 亘, 恒은 모두 피휘결획[3]을 했다. 또 愍과 世는 당나라의 피휘를 답습한 글자다. 모부계가 이용한 명본明本[4]은 매 쪽 10행이고 1행 17자다. 목차가 매 권 앞에 있는 점이 정본程本[5]과 다르다.

주)_____

1) 원제는 「'鮑明遠集'校記」. 이 글은 루쉰의 자필 원고에 근거하여 편집해 넣었다. 원래 제목도 없고 표점도 없다. 루쉰의 일기에 근거해 보면 1918년 9월 25일 전후하여 이 글을 썼다.

『포명원집』(鮑明遠集)은 남조 송나라 문학가 포조(鮑照)의 시문집이다. 원래 남제(南齊) 우염(虞炎)이 편찬하여 『포조집』(鮑照集)이란 제목을 붙였다. 모두 10권이다. 『수서』「경적지」(經籍志) 주(注)에 의하면 남조 양(梁)나라에도 6권본 『포조집』이 있었다고 한다. 10권본, 6권본 모두 전해오지 않는다. 지금까지 전해오는 것으로 『포명원집』, 『포참군집』(鮑參軍集), 『포조집』, 『포씨집』(鮑氏集) 등 상이한 판본이 있다. 루쉰이 사용한 저본은 명대 신안(新安)의 왕사현(汪士賢)이 교감한 판본으로 모두 10권이다.

포조(약414~466)는 자가 명원(明遠)으로 둥하이(東海; 지금의 장쑤성 롄윈강連雲港) 사람이다. 남조 송 무제 때 태자박사(太子博士) 겸 중서사인(中書舍人)을 지냈고 나중에 임해 왕(臨海王) 유자욱(劉子頊)의 전군참군(前軍參軍) 직에 임명되었다.

2) 모부계(毛斧季, 1640~?)는 이름이 의(扆), 자가 부계(斧季)다. 명말 청초 지금의 장쑤성 창수(常熟) 사람으로 장서가 겸 판본학자다. 저작으로『급고각진장비서도목』(汲古閣珍藏秘書圖目) 등이 있다. 모씨의 송본 교정본(校宋本)『포씨집』은 모두 10권이다. 교감후 기와 지어(識語)에 다음 기록이 있다. 강희 병진년(丙辰年, 1676)에 "오추(吳趨)의 친구 에게서 송본(宋本)을 빌려서 한 차례 비교해 보았다." 송본은 "매 폭이 20행이었고, 1행 의 글자는 모두 16자였고, 작은 글자는 글자 수가 일정하지 않았다."

3) 피휘결획의 원본은 결필(缺筆)이다. 당대부터 시작된 피휘(避諱) 방식이다. 글을 쓰거나 전각을 할 때 자기가 속한 왕조의 황제나 어른의 이름 한 획을 생략하는 방법이다. 본문 의 피휘결획은 송 태조 조광윤(趙匡胤)의 부친 홍은(弘殷), 송 시조 현랑(玄朗), 영종(英 宗)의 부친 윤양(允讓), 인종(仁宗) 조정(趙禎), 태조 조광윤(趙匡胤), 영종 조서(趙曙; 송대 에 曙는 樹와 같은 발음이어서 피휘함), 흠종(欽宗) 조환(趙桓), 진종(眞宗) 조항(趙恒)의 이 름을 피휘한 것이다. 전체 글자뿐만 아니라 글자의 일부가 들어간 부분도 피휘했음을 알 수 있다. 뒤의 두 자는 당 태종 이세민(李世民)의 이름을 피휘한 것이다.

4) 명본(明本)은 모계부가 교감에 사용한 저본으로 명대 정덕(正德) 경오년(庚午年, 1510) 에 주응등(朱應登)이 간행한 판본이다.

5) 정본(程本)은 명대 정영(程榮)이 판각한 판본으로 10권이다. 목차가 1권 맨 앞에 모여 있고, 매 쪽9행이고 1행 글자는 20자다. 앞에 우염의 서문이 있고, 뒤에 주응등의 발문 이 있다(『한위육조제가문집 22종』漢魏六朝諸家文集二十二種을 참고함). 정영은 자가 백인(伯 仁)으로 지금의 안후이성 서현(歙縣) 사람이다.『후한총서』(後漢叢書) 38종을 편집했다.

수감록[1]

근래에 이민족의 학대에 관해서 모국[2] 지사가 쓴 글을 몇 편 읽다가 갑자기 우리 자신의 이전 일이 생각났다.

당시에는 내 처지와 시세時勢 혹은 나이 탓이었는지 아니면 다른 원인 때문이었는지 몰라도 언제나 세계 애국자의 목소리를 가장 듣고 싶었고 그 나라의 국내 상황을 탐구해 보고 싶었다. 폴란드와 인도 상황에 대해서는 관련 서적이 비교적 많고, 중국인도 이들 나라를 이야기하는 경우가 가장 많다. 나도 아주 일찍부터 마음을 기울이며 그들 대신 희망을 품기도 했다. 당시에 중국은 겨우 신군[3]을 모집한 상황이라 도로에는 늘 길을 가며 노래 부르는 병사들 몇몇을 만나곤 했다. "인도와 폴란드는 소와 말처럼 노예근성이 있네.……"[4] 나는 얼굴과 귓바퀴가 동시에 붉어지며 등에서 식은땀이 흐르곤 했다.

그때는 나는 또 일종의 편견이 있어서, 피부가 황색인 나라에 특별한 관심을 기울였다. 모국은 당시에 아직 멸망하지 않았다. 때문에 내가 가장 주의를 기울인 나라는 핀란드, 필리핀, 베트남 사정 및 헝가리[5] 옛일이었다. 헝가리와 핀란드는 문인들이 가장 많고 그들의 목소리도 가장 크다. 필리핀에서는 리살[6]의 소설 한 권만 나왔으며, 베트남에서는 문학작품은 찾을 수 없고, 그들 스스로 쓴 망국사가 나와 있을 뿐이다.[7]

이 몇 나라 사람들의 목소리를 들어 보면 물론 진지하고 장렬하고 비애롭다. 하지만 이들 목소리에도 조금씩 차이가 있다. 그중 한 가지는 밝은 미래를 희망하며 새로운 부활을 노래하는 것이다. 이는 진정 때맞춰 내리는 비가 새싹 위로 스며드는 것 같아서 사람들에게 끝도 없이 청신한 기운을 불러일으킬 수 있다. 다른 한 가지는 과거의 영광을 장황하게 떠벌리며, 그 옛날 황제와 백관은 얼마나 부귀하고 존엄했는지 또 보잘것없는 백성은 얼마나 무식했는지를 서술하는 것이다. 그리고 종당에는 저들 정복자가 어진 정치를 시행하지 않는다고 통박한다. 예컨대 환자 두 명이 있다고 하자. 하나는 장래의 건강을 열망한다. 다른 하나는 옛날의 쾌락을 몽상한다. 옛날의 쾌락이 거의 질병의 근원이었는데도 말이다.

나는 이 때문에 세상에는 진실로 나라를 사랑하는 사람이 많지만 그중에는 망국을 사랑하는 사람도 끼어 있다고 생각한다. 나라를 사랑하는 사람은 어쩌다 옛날을 그리워하고 오로지 현재 및 미래를 중시한다. 망국을 사랑하는 사람은 오직 과거를 생각하며 비탄에 젖을 뿐 아니라 멸망의 원인이 된 병의 근원을 칭찬한다. 기실 정복당한 고통이 어찌 정복자의 불인한 행정과 옛 제도의 보존 불능에 그치겠는가? 이것을 큰 고통으로 여긴다면 진정으로 고통을 깨달았다고 할 수 없다. 진정으로 고통을 깨닫지 못했다면 새로운 희망을 갖기가 어렵다.

주)_____

1) 원제는 「隨感錄」. 이 글은 루쉰의 자필 원고에 근거하여 편집해 넣었다. 1918년 4월에서 1919년 4월 사이에 썼을 것이다.

2) 모국(某國)은 조선을 가리킨다. 조선은 1910년에 일본에 강제 병탄되었다.

3) 청나라 광서 21년(1895) 위안스카이(袁世凱)와 장지동(張之洞)이 새로 훈련시키기 시작한 신식 육군이다.

4) "인도와 폴란드는 소와 말처럼 노예 근성이 있네"(印度波蘭馬牛奴隸性). 청말에 유행한 군가와 문인들의 시에 이런 내용이 많았다. 장지동의 「군가」(軍歌) : "인도를 보라, 국토는 결코 작지 않지만, 노예 되고 말이 되어 울타리를 못 벗어나네."(請看印度國土並非小, 爲奴爲馬不得脫籠牢) 「학당가」(學堂歌) : "폴란드는 파멸했고, 인도는 망했고, 유태 유민은 사방을 떠도네."(波蘭滅, 印度亡, 猶太遺民散四方)

5) 핀란드는 1809년 제정러시아의 지배를 받는 대공국(大公國)으로 전락했다가 1917년 12월 독립을 선포했다. 필리핀은 1865년 프랑스 식민지로 전락했다가 1945년 독립했다. 헝가리는 16세기부터 터키의 침략을 받다가 오스트리아에 병탄되었으며 1918년에야 독립했다.

6) 호세 리살(José Rizal, 1861~1896)은 필리핀 작가로 민족독립운동의 지도자다. 스페인 치하에서 필리핀의 해방을 주창했고, 스페인의 개혁과 자치 운동을 주장하기도 했다. 장편소설 『봉기자』(El Filibusterismo, 起義者), 『날 만지지 마라』(Noli Me Tángere, 不許犯我) 등을 썼다.

7) 『베트남 망국사』(越南亡國史)를 가리킨다. 베트남 유신파 지식인 판보이쩌우(Phan Bội Châu, 潘佩珠)가 구술했고, 중국 신민총보사(新民叢報社) 사원이 편집하여 1914년 상하이 광지서국(廣智書局)에서 출판했다.

『미술』잡지 제1기[1]

민국 초년 이래 시류에 편승한 인물들의 입에서 흔히 미술이란 두 글자가 자주 튀어나오곤 했다. 그러나 말만 많고 창작은 드물었다. 그 이후 죽 지금까지도 소설잡지 삽화가조차 극히 구하기 어려운 형편인데 어찌 창작이 뛰어난 대화가를 입에 담을 수 있겠는가? 따라서 옛 그림이라도 좀 찍어낼라치면 마치 패가망신한 집안의 자제처럼 취급하고, 우연히 옛 화법을 파괴한 그림을 몇 장 갖고 있는 사람은 미술계의 큰 인물로 간주되고 있다.

올해 두 번 출간 예정인 『미술』잡지의 이번 호는 이처럼 적막한 시절을 맞아 상하이도화미술학교[2]에서 출간된 신간이다. 내용을 삽화, 학술, 기사記載, 잡사雜俎, 사조思潮 등 5개 부문으로 나눴으며 아울러 학우명단同學錄을 부록으로 붙였다. 학술, 잡사, 사조 부문에는 미술 규칙에 관한 것이 많고 그림에 관한 내용도 대략 4/5를 차지하고 있다. 그중에는 더러 사람을 경악케 하는 말도 들어 있다. 예를 들면 중국 전통화는 오랜 세월을 거치며 신의 경지에 이르러 실로 유럽 사람들이 배울 수 없다는 언급[3] 및 서양화에는 유파를 논할 만한 게 없다고 떠벌린 주장[4]이 그러하다. 하지만 창간 초기에 발간 취지를 단일하게 가져갈 수 없음은 당연한 일이다. 대체로 살펴보면 그래도 유익한 점이 많고, 또 주관자가 얼마나 열심히 경영하는지 그리고 판촉을 위해 얼마나 고생하는지 그 흔적들을 간파할 수 있다. 이처럼 광대한 중국 땅, 이처럼 많은 인민들 사이에서 지금 이때 이 작은 미술의 맹아만 보일 뿐이니 정말 적막함의 극치라 할 만하다. 그러나 꼭 큰 뿌리에서만 아름다운 꽃이 피어나는 건 아니다. 나는 이로부터 수많은 창조적 천재가 배출되어 아주 튼실한 과일을 맺을 수 있으리라고 기대한다.

주)_____

1) 원제는 「『美術』雜誌第一期」. 이 글은 1918년 12월 29일 『매주평론』(每週評論) 제2호 '신간 비평'(新刊批評) 코너에 처음 발표되었다. 서명은 겅옌(庚言). 본래 구두점이 있다. 『미술』(美術) 잡지는 반년간으로 1918년 10월에 창간했으며(연기 출판) 상하이도화미술학교(上海圖畵美術學校)에서 출판했다. 제2기부터는 이 학교 미술잡지사로 출판자가 바뀌었다. 1922년 5월 제3권 제2호까지 발간하고 정간했다.

2) 상하이도화미술학교(上海圖畵美術學校)는 중국 현대 최초의 사립미술학교다. 1912년 11월 우스광(烏始光), 장위광(張聿光), 류하이쑤(劉海粟) 등이 창건했다. 처음 이름은 상하이미술원(上海美術院)이었고, 1915년 이 이름으로 바꿨다가 1930년 상하이미술전과학교(上海美術專科學校)로 정했다. 류하이쑤가 오랫동안 교장을 지냈다.

3) 이 말은 『미술』 잡지 제1기에 실린 탕슝(唐熊)의 「국수화 원류」(國粹畵源流)에 나온다. "저 유럽인들 중에는 중국 문자와 언어에 능통한 사람은 있지만 중국화에 능통한 사람은 아직 없다. 진실로 중국화의 수준이 발전하면서 오랜 세월을 거쳐 신의 경지에 이르렀기 때문에 저들이 배울 수 없는 것이다. 이 점은 우리가 자부심을 가질 만하다."

4) 이 말은 『미술』 잡지 제1기에 실린 룽시(蓉曦; 류융시劉庸熙)의 「편지 답장 요약」(函授答案摘要)에 나온다.

'권법과 권비'에 관하여[1]

보내온 서신은 질책하는 말만 가득 차 있어서 게재할 필요가 없지만, 말미에 사람의 기분을 도발하는 말로 발표를 요구하는지라, 이제 여기에 발표한다. 기왕에 내 의견을 발표하는 지면이니만큼 답변 몇 마디도 덧붙이고자 한다.

보내온 편지에서 가장 크게 오해하고 있는 점은 내가 비판한 것이 지금의 사회현상이고, 지금 천陳 선생[2]은 또 그것을 근거로 나를 공격하는데 기실 그것이 바로 그 자신의 태도라는 점이다. 사회현상이란 무엇인가? 본 잡지 바로 앞 호에 게재한 「케틀러 비석」[3]에 이미 『신무술』[4] 서문을 인용하여 이렇게 말했다. "세계 각국에는 아직 중화의 신무술을 넘어설 자가 없다. 앞서 경자사변庚子事變[의화단사건] 때 백성의 의기가 격렬했다. ……" 이 서문에 나오는 경자년은 바로 내가 「수감록」에서 말한 1900년이므로, 내가 분명 '귀도주의'[5]를 크게 동정했다는 사실을 알 수 있다.[6] 다만 한 사람이 우연히 말한 것이라면 본래 아무 상관도 없지만 이 책(『신무술』)은 이미 관공서의 심의를 거쳤고, 또 교육자들로부터 대대적인 환영을 받고 있다. 근래에는 모 의원[7]께서도 확대 추진 의견을 낸 상황인데, 같은 파가 있는지는 아직 알 수 없지만 곳곳에서 학습하고 있으므로 이것이 바로 확실한 사회현상으로 확정된 모습이다. 게다가 '귀도주의' 정신이 잘 구현된 모습이기도 하다. 나도 권법가拳術家들 중에는 귀도鬼道를 믿지 않는 사람이 틀림없이 존재한다는 사실을 알고 있다. 그러나 그들은 앞장서서 귀도 배척 의견을 말하거나, 잘못된 견해를 배제하자고 주장한 적이 없다. 그것은 바로 시대 조류에 가로막혀서 특별히 의견을 제기할 방법이 없기 때문이다. 예를 들어 말하자면 어떤 지역의 풍속이 폐쇄적이더라도 그것을 열어젖힐 사람이 한둘도 없다고는 할 수 없겠지만, 언론에 비평문을 게재하려면 어쩔 수 없이 대다수 사람의 의견을 근거로 논리를 세워야 하므로 이런 한두 사람이 절대로 대다수의 의견을 가로막을 수 없다. 따라서 일개인의 태도로 전체 사회 비평을 뒤집을 수 없다. 이에 나의 「수감록 37」도 전체 사회 비평을 다루고 있으므로 여전히 완전하게 성립할 수 있는 글이다.

다음으로 천 선생이 주장한 장점에도 수긍할 수 없는 점이 꽤 많이 포함되어 있다. 아래에서 대략 설명하고자 한다.

차이 선생[8]은 확실히 만주족 청나라 조정의 왕공王公이 아니지만 그분이 지금 권법을 주관하는지 나는 알 수 없다. 그런데 명령을 내려 권법을 주관하는 데 진력한다면 나 또한 그것이 잘못된 일이라고 생각할 것이다.

천 선생은 권법이 노환을 치료할 수 있다고 끊임없는 찬사를 늘어놓고 있다. 이렇게 말한다면 권법은 질병 치료를 위한 술수일 뿐이므로 꼭 보급해야 할 필요는 없다. 예를 들어 말하자면 까마귀 머리와 부자附子가 병 치료에 효력이 있다고 사람마다 모두 달여서 먹을 필요는 없는 것과 같다. 이것을 복용하여 유사한 질병을 치료할 수 있다면 물론 비교적 일리 있는 말이라 할 수 있겠지만, 그렇더라도 여전히 서양 의학을 통해 조사 연구를 하고, 여러 번 임상실험을 진행하여 확실한 통계를 얻은 다음에야 치료에 적용해야 한다. 한두 사람이 우연히 얻은 결과를 치료의 근거로 삼을 수는 없다.

기격술[9]의 '기사회생'起死回生과 '지존무상'至尊無上 기술은 나도 믿을 수 없다. 일본의 '무사도'[10]는 무사가 지켜야 할 도덕이니 기격과는 무관하다. 무사가 단순히 기격에만 능하고 이런 도덕을 지키지 않는다면 무사도가 없는 것과 같다. 중국에서는 근래에 늘 유술柔術과 혼동해서 말하는데 기실 완전히 다른 것이다.

미국에서 새로 출현한 '북방 권법 대련'北拳對打도 정리상 있을 수 있는 일이다. 그들도 각국의 책을 번역할 수 있다. 어떤 사람은 외국인의 장점을 취하고, 어떤 사람은 외국인이 어떤 생각을 하고 어떤 행동을 하는지 잘 살펴볼 것이다. 이것은 또 미국인의 장점이기도 하다. 중국 사람들은 자국의 서적이 간혹 외국어로 번역된 것이 있다는 소식을 들으면 반드시 보배로 생각하지만 기실 이런 태도는 크게 잘못된 것이다.

Boxing은 확실히 외국 문자다. 하지만 중국의 권법과는 다르다. 현재 중국인들은 Boxing을 할 줄 모른다. 그것은 권비拳匪를 Boxer로 번역하면서[11] 그들 고유의 어휘를 쓴 것과 같다. 그러나 이런 번역 어휘가 있기 때문에 외국에도 권비가 있다고 말할 수는 없다.

육군중학에서 나는 학생들이 두터운 천으로 총검을 싸고 서로 대결하는 모습을 본 적이 있다. 틀림없이 총검술이었다. 그러나 그것이 중국기격술의 범위에서 벗어난 것인지는 나 같은 문외한은 알 수 없었다. 이 때문에 나는 전투의 선봉에 서려면 마땅히 육군중학에서 총검술을 훈련해야 하지만 초등학교와 일반중학에서까지 연습할 필요가 없다는 사실을 깨달을 수 있었다.

결국 중국의 권법을 특별한 기예로 생각한다면 그것에 흥미를 느낀 몇이서 그들 사부님을 좇아 연습하면 된다. 나는 이런 점에 대해서는 전혀 부정적인 의견을 갖고 있지 않다. 그것은 사소한 일이기 때문이다. 내가 반대하는 까닭은 첫째, 교육자들이 모두 시세에 휩쓸리며 중국인에게 이것이 없으면 안 된다는 형세를 만들어 가기 때문이다. 둘째, 고취하는 사람이 대부분 '귀도'鬼道 정신을 갖고 있어서 지극히 위험한 조짐이 보이기 때문이다. 이런 연유로 이 수감록을 썼다. 이를 통해 중국인 몇 명이라도 일깨울 수 있으면 '강이[12]보다 못한 놈'이라고 욕을 먹더라도 전혀 개의치 않을 것이다.

3월 2일 루쉰

[참고]

권법과 권비
—『신청년』 5권 5호「수감록 37」을 반박함[13]

루쉰이 어디 사람인지 나는 아직 모르지만 대략 청년으로 보인다. 그러나 이 선생의 두뇌 속에는 좀 불명확한 점이 들어 있는 것 같다. 그는 결국 권비와 기격술을 함께 뒤섞어서 말하고 있다. 루군이 권비를 본 적이 있는지 모르겠다. 의화단을 본 적이 있다면 절대로 이렇게 멍청한 지경에 빠지지는 않았을 것이다. 그의 귀신 씻나락 까먹는 소리를 빌리자면 의화단의 권법은 성덕단盛德壇[14]의 『영학잡지』靈學雜誌처럼 대인선생들이 그 유혹을 받았고, 게다가 권법은 아무 규칙도 없는 금수의 군무群舞에 불과하다는 것이다. 기격으로 말하자면 몸身, 손手, 눈眼, 보步, 법法 다섯 가지 중에서 하나도 빠져서는 안 된다. 이것이 소위 규칙에 맞는 행동과 법도에 맞는 보법步法이다. 루 선생은 문외한인지라 그렇게 생각하는 것도 당연하다. 나는 감히 루 선생에게 이렇게 말하겠다. "아니오. 그렇지 않소. 의화단은 성덕단의 『영학잡지』와 같은 부류기는 하지만 기격가技擊家들과는 아무런 관계도 없소. 의화단은 귀도주의를 따르고 기격가는 인도주의를 따르오."(이상은 제1단에 대한 반박임)

지금 교육자들 중에서 중국 권법 이용을 주관하는 사람은 내 기억에 차이제민蔡孑民 선생이 있다. 그는 상하이애국여학교上海愛國女校에서 "외국 유연체조[15]는 폐지할 수 있지만 중국 권법은 폐지할 수 없다"라고 연설했다. 이 노선생께서는 대체로 만주족 왕공은 아닌 듯하다. 당시에는 나도 차이 선생의 의견에 찬동하지 않았다. 나중에 중년에 이르러 내 신체는 일찌감치 질병의 공격을 받았고, 이 때문에 서른 이후 나의 손발은 반신불수 상태에 이르렀다. 당시에 어떤 의학박사가 나를 2~3년간 치료하면서 "약석藥石의 힘은 이미 다했으니 유연체조를 배워야 한다"라고 했다. 당시에 나는 전문가를 찾아 유연체조를 배울 수밖에 없었다. 뜻밖에도 2년을 배우고 나자 다리가 좋아졌다. 그러나 손에 또 탈이 나고 말았다. 손이 좋아지니까 다리에 또 탈이 났다. 결국 루쉰 선생이 증오하는 권법가가 나보고 신체 단련을 편향되게 한 때문이라고 했다. 권법으로 단련하면 손과 발을 한꺼번에 움직이고 힘과 기를 함께 사용하기 때문에, 손은 좋아졌는데 발에 병이 난다든가, 발은 좋아졌는데 손에 병이 나는 일이 저절로 없어진다는 것이다. 나는 신체의 고통 때문에 시험 삼아 조금씩 해볼 수밖에 없었다. 그런데 뜻밖에도 3개월 만에 놀라울 정도로 몸이 좋아졌다. 지금 나는 매일 루선생이 말한 '권비'拳匪[권법 비적] 노릇을 하고 있다. 나는 이제 놀랍게도 마실 수 있고, 먹을 수 있고, 행동할 수 있고, 걸을 수 있다. 권비의 은혜가 정말 적지 않은 셈이다. 생각건대 반신불수가 된 사람이 잘 치료되었으니 진정한 외국 의학박사를 따르던 일이 권비의 권법보다 못하게 되었다. 참으로 기이한 일이다. (이것은 양의가 좋지 않다는 말이 아니다. 왜냐하면 내가 체조를 배우고 권법을 배운 것은 모두 양의의 한 마디 말을 들었기 때문이다. 나는 권법에 기사회생의 공이 있음을 말하고 싶을 뿐이다.) 이것이 바로 권법의 공이다. '무송탈고'[16] 등과 같은 우아하지 못한 문구는 만주족 청나라의 법률에 따라 권법 사부님들이 금지하는 사항에 들어 있는지라 이 벼슬아치[루쉰]께서 그 금지사항에 저촉될까 봐 마침내 이런 문구로 글자를 잘 모르는 무뢰한들에게 이 권법이 있음을 알려 주려는 의도라 할 수 있다. 이 때문에 지존무상의 기격술이 암담하게 빛이 바랬고, 이에 따라 일본의 '무사도'가 우리의 여력을 몰래 훔쳐서 그것을 '대화혼'大和魂이라 자부하는 지경에 이르렀다. 나는 또 미국에서 새로 출판한 책을 한 권 보았는데 그것은 중국 북방 권법 대련中國北拳對打에 관한 것이었다. 애석하게도 나는 어려서 공부를 하지 못해서 꼬부랑 글씨는 전혀 모르고 그림만 볼 수 있을 뿐이다. 하지만 이 책은 내가 올해 직접 보았다. 루 선생이 미국의 권비를 알고 싶으면 이 책의 서양 글자를 다른 사람에게 부탁해 베긴 후 보여드릴 수도 있다.(원문 제2단, 제3단에 대한 반박임)

원문에서 "외국인은 권법을 할 줄 모른다"라고 했는데 이는 더욱더 헛소리다. 그렇게 말하는 만주족 청나라의 왕공대신들은 정말 강이보다 못하다고 할 수 있다. 이 구절은 반박을 위해 여러 말을 할 필요가 없다. Boxing(이 몇 가지 서양문자는 친구가 내게 가르쳐 준 것임)이란 몇 글자를 왕공대신들에게 말해 주면 그것으로 끝이다. 총포는 물론 사용해야 한다. 그런데 전투가 돌격전으로 치닫는다면? 이 점은 아마도 루 선생도 알지 못할 것이다. 그때는 반드시 권비의 권법을 사용해야 한다. 육군중학에는 아직도 총검술 과목이 있는 걸로 나는 기억한다. 거기에 쓰이는 방법이나 그려 놓은 대형을 보면 여전히 기격술의 범위에서 벗어나지 못한 것 같다. 루 선생! 이 또한 진정한 외국 권법이 아닌가? 나의 뇌리 속 기억력에 의하면 10년 전 상하이의 신문 기자 선생이 날마다 기격술을 권비의 훈련법이라고 매도했다. 그런데 지금은 모든 사람들이 기격술과 의화단은 완전히 반대 위치에 서 있다는 사실을 알고 있다. 루 선생이 만약 베이징에서 한 걸음도 벗어나 보지 않았다면 대담하게 문을 나서서 견식을 좀 넓히기 바란다. 내가 위에서 길게 이야기한 내용은 아마 돌멩이라 해도 고개를 끄덕거릴 것이다. 루 선생께서는 나를 매도하기 위해 요설饒舌을 낭비하지 마시기 바란다. 그러나 나는 대인선생에 가깝지 않은 사람이라 겸손한 말을 할 줄 몰라서 사안에 근거해 직설법을 사용했다. 공공의 안건을 공개적으로 말하는 것은 죄가 아니다. 만주족 청나라의 오랜 사례에 따르면 '유중불발'留中不發[17]의 방법이 있을 뿐이다. 진실로 귀 잡지는 평소에 솔직한 표현으로 자처하고 있으므로 절대로 만주족 청나라의 법을 본받지는 않으리라 생각한다.

민국 8년[1919] 1월 20일

웨粵 땅 사람 천톄성陳鐵生

'내공'은 총포가 아니면 뚫을 수 없음을 이르는 말이므로 억지로 전문가 처럼 언급하지 말기 바란다.

톄성이 덧붙이다

주)_____

1) 원제는 「關於'拳術與拳匪'」. 이 글은 1919년 2월 15일 베이징 『신청년』 제6권 제2호 '통신' 코너에 실린 천톄성(陳鐵生)의 문장 뒤에 처음 발표되었다. 1981년판 『루쉰전집』(人民文學出版社 발행)에는 이 글의 제목이 「拳術與拳匪」로 되어 있다. 권비(拳匪)는 의화단 투쟁에 참가한 사람을 낮춰 부르는 말이다. 1900년(庚子年) 중국 북방에서 반제국주의 무장투쟁인 의화단투쟁이 발생했다. 그들은 낙후되고 미신적인 조직과 투쟁 방법으로 권회(拳會)를 설립하여 전통 권법과 봉술을 연마했다. 이 때문에 이들을 권민(拳民)이라고 불렀다.

2) 천(陳) 선생은 천톄성(陳鐵生, 1864~1940)이다. 이름은 사오메이(紹枚)이고, 자는 톄성(鐵生)이다. 광둥성 신후이(新會) 사람으로 신문기자였다. 일찍이 남사(南社)에 참가한 적이 있다. 당시에 상하이정무체육회(上海精武體育會) 간행물 편집 업무를 맡아, 『기격총간』(技擊叢刊) 등을 펴냈다.

3) 「케틀러 비석」(克林德碑)이란 글은 천두슈(陳獨秀)가 썼고, 1918년 11월 『신청년』 제5권 제5에 발표되었다. 이 글에서 천두슈는 케틀러 비석이 철거되었지만 "국수보존, 삼교합일"(保存國粹, 三敎合一) 등과 같은 봉건사상의 영향을 제거할 수 없었다고 인식하면서, 마량(馬良)의 『신무술』 출판이 이런 사상의 잘못된 영향으로 나타난 사례라고 했다. 케틀러(Klemens Freiherr von Ketteler, 1853~1900)는 당시 중국 주재 독일 공사로, 의화단투쟁 때 베이징 시쭝부후퉁(西總布胡同) 입구에서 피살되었다. 1901년 청 조정은 불평등조약인 '신축조약'(辛丑條約)의 규정에 따라 피살 장소에 '케틀러 비석'을 세웠다. 1918년 독일이 제1차 세계대전에서 패배하자, 이 비석을 철거하여 중앙공원(현 중산공원中山公園)으로 옮기고, 그 앞에 '공리전승'(公理戰勝)이란 패방(牌坊)을 세웠다.

4) 『신무술』(新武術)은 『중화신무술』(中華新武術)을 가리킨다. 당시 지난진수사(濟南鎭守使) 마량의 저작으로 중국 전통 무술을 강의하는 책이다. 내용은 권각(拳脚), 씨름(摔跤), 곤봉술(棍術), 검술 네 분과로 분류되어 있다. 상하이 상우인서관(商務印書館)에서 1917년 이 책의 전반부 두 부분을 나눠 출판하면서 표지에 '교육부심의'(敎育部審定)라고 밝혀 놓았다. 『신무술』 서문은 마량 본인이 썼고, 본래 제목은 「'신무술' 발기 총설」('新武

術'發起總說)이다. 그중에 이런 내용이 있다. "세계 각국의 무술과 체육 운용을 보면 아직 우리 중화 무술을 뛰어넘은 자가 없다. 앞서 경자사변 때는 백성의 의기가 격렬해서 아직도 노예로 굴종하지 않는 힘이 있었다. 그런데 애석하게도 자기 몸을 보위하고 적을 제압하는 무술이 없어서 도리어 스스로를 해치며 마침내 목숨을 잃는 참화를 기르고 있다."

5) 귀도주의(鬼道主義)는 권법으로 총포를 물리칠 수 있다고 선전하는 미신적 관념이다. 당시에 신무술을 주장하는 사람들은 흔히 무술의 신비적 힘을 주장하며 봉건적인 미신을 조장했다.

6) 루쉰이 미신을 동정했다는 것은 일종의 냉소이며 풍자다.

7) 의원은 왕나(王訥, 1880~1960)를 가리킨다. 그는 1917년 중화민국 국회 중의원 의원으로 재직할 때 '중화 신무술 확대 추진 건의안'(推廣中華新武術建議案)을 제출했고, 이 건의안은 같은 해 3월 22일 중의원에서 표결로 통과되었다.

8) 차이(蔡) 선생은 차이위안페이(蔡元培, 1868~1940)다. 자는 허칭(鶴卿), 호는 제민(孑民)이며 저장성 사오싱 사람으로 교육자다. 당시에 베이징대학 총장을 맡고 있었다.

9) 기격술(技擊術)은 손으로 치거나 발로 차는 권법 기술이다.

10) 무사도(武士道)는 일본 막부시대에 무사가 준수하던 도덕이다. 주로 충군(忠君), 절의(節義), 염치(廉恥), 용무(勇武), 견인(堅忍) 등의 내용으로 되어 있다. 메이지유신 후 일본 통치자들도 '무사도 정신'을 크게 선양했다.

11) Boxer는 영어로 권투선수를 가리킨다. 구미 사람들은 이 복서라는 말로 중국 의화단 단원을 호칭했다.

12) 강이(剛毅, 1837~1900). 만주 양람기(鑲藍旗) 사람으로 청말 완고파 대신에 속하며 벼슬은 공부상서에 이르렀다. 의화단을 이용하여 배외(排外) 정책을 시행한 적이 있다.

13) 원제는 「拳術與拳匪 ─駁『新青年』五卷五號「隨感錄」第三十七條」.

14) 1917년 10월 위푸(兪復)와 루페이쿠이(陸費逵) 등이 미신과 복고를 위해 건립한 단(壇)이다. 이들은 황당무계한 점술로 대사를 결정하면서 영학회(靈學會)를 조직하고 1918년 1월 『영학총지』(靈學叢誌)를 간행했다. 자세한 것은 『무덤』(루쉰전집 1권) 「나의 절열관」 주4) 참조.

15) 유연체조(柔軟體操)는 요가 등과 같은 스트레칭 운동을 말한다.

16) 『수호전』에 나오는 무송의 행동에서 유래한 권법이다. 『수호전』 제30회에서 무송은 죄인으로 몰려 압송되다가 쇠고랑을 부수고 탈출한다. 이를 근거로 무송탈고권을 만들었다고 한다.

17) 청대에 껄끄러운 상소문이 올라오면 황제들이 그것을 자신의 거처에 잡아 두고 밖으로 내돌리지 않는 방법이다. 이렇게 하면 그 상소문의 안건은 조정 신료들의 논의를 거치지 못하므로 자동 폐기된다.

수감록 3칙[1]

삼가 유로[2]에게 고함

자칭 청나라 황실의 거인[3]이라고 하는 린수[4]는 근래에 자신의 의견을 크게 내세우며 중화민국의 명교名教와 강상綱常을 수호하려 한다. 이것은 본래 그 자신의 '혼잣말'이므로 나와는 아무 상관도 없다. 하지만 그가 기세등등하게 소리치는 모습을 보면 참으로 가련하다. 이 때문에 나는 한 마디 말로 권유하고자 한다. "어르신께선 우리 중화민국 사람이 아닌데, 무슨 일로 그렇게 고생스럽게 쓸데없는 일에 간섭하며 공연히 화를 내십니까? 근래에는 공리가 강권에 승리하여[5] 작은 나라도 모두 민족자결을 주장하고, 동쪽 이웃에 있는 강국도 누차 중국의 내정에 간섭하지 않겠다고 선언했습니다. 어르신께선 이제 고생스러운 일을 좀 줄이고 조용하게 더부살이[6] 생활을 하시면서 더 이상 우리 중화민국의 국사에 간섭하지 말아 주십시오."

공교와 황제

청나라 조정에서 연성공 쿵링이孔令貽에게 황궁에서 말을 탈 수 있는 상을
베풀었고,[7] 쿵링이는 상소문을 올려 황은에 감사를 표시했다고 신문지상
에서 보도했다. 본래 그도 유로다. 나는 전에 공교와 황제제도 및 황제복
위는 모두 지극히 깊은 관계가 있다고 주장하는 어떤 사람의 말을 들은 적
이 있다. 이 일은 주안군자籌安君子[8]와 난하이성인[9]의 저작으로 증거를 삼
을 수 있지만 끝내 그리 확실한 느낌을 받지 못했다. 그런데 지금 지성선
사[10]의 종손이 증명을 해주어 추호도 의심을 품지 않게 되었다.

구극(舊劇)의 위력

지난번 베이징대학 관련 유언비어[11]는 근래에 대사건이 되었다. 나는 당
초에도 멍청하고 가련한 늙은이들의 짓이라고 생각했다. 그러나 사실은
전혀 그렇지 않고 전부가 구극을 매도하는 과정에서 야기된 일이라는 걸
어찌 알 수 있었겠는가? 주동자는 린수의 소설 「형생」荊生[12]에 나오는 리
쓰李四로 소문에는 그가 무슨 구극평론가라고 한다.[13] 나는 구극에 이처럼
대단한 위력과 가공할 힘이 있을 줄 생각지도 못했다. 이전에 수많은 신문
잡지에 다양한 평론이 발표될 때도 대부분의 사람들은 그것을 신구사상
의 충돌로만 여겼다. 그런데 정말 요괴들이 어둠 속에서 음흉한 미소를 짓
고 있을 줄이야!

주)_____

1) 원제는 「隨感錄三則」. 이 글은 1919년 3월 30일 『매주평론』 제15호 '수감록'(隨感錄) 코너에 발표되었다. 본래 제목은 없고, 매 편 말미에 '겅옌'이란 서명이 달려 있다.

2) 유로(遺老)는 멸망한 나라에 대한 절개를 지키면서 새로운 나라에 벼슬하지 않고 은거해서 사는 노인이다.

3) 거인(擧人)은 중국 청나라 때 성(省)에서 실시한 과거시험에 합격한 사람이다.

4) 린수(林紓, 1852~1924)는 자가 친난(琴南), 호는 웨이루(畏廬)이며, 푸젠성 민허우(閩侯; 지금의 푸저우福州) 사람이다. 번역가 겸 학자다. 그는 조수의 구술을 바탕으로 구미 문학작품 170여 종을 번역하여 청말에서 5·4 시기까지 문학 애독자들에게 큰 영향을 끼쳤다. 그러나 5·4 시기에는 신문화운동을 반대하는 수구파의 대표 인물이 되었다. 1919년 3월 18일 그는 베이징 『공언보』(公言報)에 「차이허칭 태사에게」(致蔡鶴卿太史; 차이허칭은 차이위안페이蔡元培임)라는 글을 발표하여 신문화운동이 유가의 윤리강상을 없애는 짐승 같은 짓이라고 매도했다. 아울러 그는 또 "공은 민국을 위해 힘을 쏟고 있고, 이 아우(린수 자신)는 청 황실의 거인이므로" "낡은 부스러기를 끌어안고 죽을 때까지 그 절개를 바꾸지 않을 것입니다"라고 했다. 그리고 1919년 2월 17일과 18일에 상하이 『신선바오』(新申報)에 문언소설 「형생」(荊生)을 발표하여 신문화운동 제창자를 공격하면서 "금수가 인간 세상에서 함부로 날뛰고 있다"고 했다.

5) 1918년 제1차 세계대전이 끝난 이후 영국과 프랑스를 중심으로 한 협상국이 독일과 오스트리아를 중심으로 한 동맹국을 격파했다. 협상국에서는 이것을 "공리가 강권에 승리했다"라고 선전했다.

6) 원문은 우공(寓公)이다. 남의 나라에 빌붙어 사는 사람이란 뜻이다. 린수는 멸망한 청나라의 유로(遺老)를 자처했으므로, 루쉰은 린수를 풍자하여 중화민국에 더부살이하는 신세라고 비꼰 것이다.

7) 연성공(衍聖公)은 송 인종(仁宗)이 공자(孔子)의 적손(嫡孫)에게 부여한 봉작이다. 그 이후 공자의 종손들은 계속 연성공이란 봉작을 세습했다. 쿵링이(孔令貽)는 산둥성 취푸(曲阜) 사람이다. 신해혁명으로 황제제도가 사라진 후에도 그는 위안스카이의 칭제, 장쉰(張勳)의 황제복위운동에 적극 참여했다. 1919년 봄 그는 또 베이징으로 가서 폐위된 청나라 황제 푸이(溥儀)의 생일을 축하했고, 그 상으로 푸이는 쿵링이에게 쯔진청(紫禁城)에서 말을 탈 수 있도록 허락했다.

8) 1915년 8월 양두(楊度), 쑨위윈(孫毓筠), 옌푸(嚴復), 류스페이(劉師培), 리셰허(李燮和), 후잉(胡瑛) 6명이 주안회(籌安會)를 창립하고 입헌군주제도와 위안스카이 황제 등극을 추진했다. 이들을 흔히 주안 6군자라 부른다. 그중에서 류스페이의 「군정복고론」(君政復古論)이 1916년 1월과 2월 『중국학보』(中國學報) 제1기와 제2기에 발표되었다.

9) 난하이성인(南海聖人)은 캉유웨이(康有爲, 1858~1927)를 가리킨다. 그는 광둥성 난하이

(南海) 사람으로 청말 변법유신운동의 영도자다. 그는 쑨중산(孫中山)이 영도한 민주혁명에 반대했고, 중화민국 성립 후 위안스카이와 장쉰의 황제제도 부활운동에 참가했다. 이 때문에 당시 청나라 유로들에게 문성(文聖)으로 존중받았다. 여기에서 말하는 캉유웨이의 글은 1918년 1월 『불인』(不忍) 잡지 제9·10기 합간호에 발표되었다.

10) 지성선사(至聖先師)는 '대성지성문선선사'(大聖至聖文宣先師)의 약칭이다. 청 순치(順治) 2년(1625)에 공자에게 추증된 시호다.

11) 린수, 장허우짜이(張厚載) 등이 당시 베이징대학 교수로 재직한 『신청년』 편집자들을 축출하기 위해 날조한 유언비어다. 1919년 3월 4일 『선바오』(申報)에 다음과 같은 기사가 게재되었다. "베이징 소식, 베이징대학 교원 천두슈, 후스 등 4명이 학교에서 축출되었다. 소식에 의하면 출판물 발간과 관련이 있다고 한다."

12) 『무덤』(루쉰전집 1권) 「사진 찍기 따위에 대하여」 주 27) 참조.

13) 구극평론가는 당시 베이징대학 법과대 학생 장허우짜이를 가리킨다. 그는 자가 랴오쯔(藔子)로 중학교 시절 린수의 제자다. 대학 입학 후에는 항상 『천바오』(晨報) 제7판 '극평'(劇評) 코너에 구극 평론을 발표했다. 린수는 자신의 소설 「형생」 말미에서 이렇게 말했다. 여기에 엮어 낸 이야기는 "나의 제자 리생(李生)에게서 들었다. 리생은 아마도 이 세 명에게 불만이 있어서 그 통쾌한 이야기를 내게 들려준 것 같다." 리생은 바로 장허우짜이를 가리킨다.

그[1]

1.

'매미'야 울지 마라,

그가 방에서 자고 있다.

'매미'가 울고, 울음이 가슴에 새겨진다.

태양이 지고, '매미' 울음도 그쳤다.——아직 그를 못 봤다.

문을 두드려 그를 불러도,——쇠사슬에 묶여 있다.

2.

가을바람이 불어와,

그 집 커튼을 열어젖힌다.

커튼이 열리면, 그의 보조개를 볼 수 있으리.

커튼이 열리자,——회칠한 벽만 바라보인다.

마른 잎새들만 부질없이 떨어진다.

3.

큰 눈이 내려, 눈을 쓸고 그를 찾아간다.

　이 길은 산 위로 이어지고, 산 위에는 온통 소나무와 잣나무들,

　그는 꽃과 같아, 이곳에서 어떻게 살 수 있으리?

돌아가서 그를 찾으리, ——아! 돌아와도 여전히 나의 집.

주)_____

1) 원제는 「他」. 이 시는 1919년 4월 15일 『신청년』 제6권 제4호에 발표되었다. 서명은 탕 쓰(唐俟)다.

촌철[1]

무슨 쓰멍이라는 자가 무슨 『사악함 근절』熄邪이란 글을 썼다.[2] 설령 그가 혁신파 인물이라 해도 이전에 아무 능력도 발휘하지 못했다. 능력 없음과 사악함은 떨어진 거리가 매우 먼 것 같다. 따라서 쓰멍은 ma ks[3]라는 단어를 썼지만 능력이 없을 뿐 사악하다고 할 수는 없다. 얼토당토않은 거짓 행위를 하더라도 그것은 사소한 사악일 뿐 커다란 사악이라고 할 수는 없다.

유언비어를 지어내어 사람을 중상모략하는 것도 중국의 주종主宗 국수國粹다. 이러한 사실은 옛날부터 매우 많았지만 얼토당토않은 거짓 저작은 모두 소멸되었다. 불초자손들은 이런 사실을 깨닫지도 못하고 여전히 끝도 없이 유언비어를 만들어 낸다. 그들은 이렇게 만들어 낸 후 스스로도 그것이 무가치하다고 깨달을까? 만약 깨닫는다면 실로 저열하기가 가련할 정도지만 깨닫지 못한다면 실로 멍청하기가 무서울 정도다.

류시쿠이[4]의 신하인 대학강사 류사오사오[5]는 현대어를 말할 때도 「마태복음」[6] 투를 쓴다. 아마도 벌써 '태극도'[7]를 받아들여 거기에도 편편마다 복음을 불어넣은 듯하다. 「마태복음」은 좋은 내용이므로 마땅히 읽어야 한다. 유태인이 예수를 십자가에 못 박아 죽인 일은 더욱 자세히 읽어야 한다. 내용을 이해할 수 없더라도 그 복음이 어떤 투로 되어 있는지는 상상할 수 있을 것이다.

선각자들은 역대로 늘 음험한 소인배나 멍청한 대중들에게 압박받고 배제되어 쫓겨나거나 살해당하는 경향이 있다. 중국에서는 특별히 그런 경향이 심했다. 그러나 추장은 마침내 군주가 되었다. 군주는 마침내 입헌을 준비하게 되었고, 입헌을 준비하다가 마침내 공화제로 바뀌었다. 캄캄한 밤을 좋아하는 요괴가 많아서 잠시 캄캄해질 수도 있지만 밝은 빛은 언제나 찾아오기 마련이다. 날이 밝아오면 빛을 가릴 수 없다. 빛을 가리려 하다간 부질없이 기력만 소모할 뿐이다.

주)＿＿＿＿

1) 원제는 「寸鐵」. 이 글은 1919년 8월 12일 베이징 『국민공보』(國民公報) '촌철'(寸鐵) 코너에 발표되었다. 원래 제목이 없고 매 편마다 황지(黃棘)로 서명이 되어 있다.

2) 1919년 8월 3일 『매주평론』 제33호에 실린 톈펑(天風; 후스胡適)의 「오류 피하기와 사악함 근절」(辟謬與息邪)이란 글에 근거해 보면 쓰멍(思孟)은 베이징대학을 사퇴한 교원 쉬(徐) 아무개라고 한다. 『사악함 근절』은 신문화운동 및 그 제창자를 공격하기 위해 쓰멍이 쓴 작은 책자의 제목이다. 부제목은 「베이징대학 주정록」(北京大學鑄鼎錄)이다. 이 글은 1919년 8월 6일에서 13일까지 베이징 『공언보』에 연재되었다. 내용은 각각 「서언」(序言), 「차이위안페이전」(蔡元培傳), 「선인모전」(沈尹默傳), 「천두슈전」(陳獨秀傳), 「후스전」(胡適傳), 「첸쉬안퉁전」(錢玄同傳), 「쉬바오황·류푸 합전」(徐寶璜劉復合傳) 등

일곱 부분으로 이루어져 있다. 이중에는 "차이위안페이는 독일에 5년 동안 거주했지만 글자를 100여 자밖에 모른다", 천두슈는 "서양 문자를 모른다", 류푸와 첸쉬안퉁은 "모두 재주가 형편없어서 비교 대상도 없다", 후스는 "영어에 비교적 정통한 듯싶지만 아는 글자는 많지 않다" 등의 노골적인 비방 내용이 들어 있다.

3) ma ks는 쓰멍이 잘못 쓴 서양어다. Marx로 써야 맞다.

4) 류시쿠이(劉喜奎, 1894~1964)는 허베이성 난피(南皮) 사람으로 장쑤성 일대의 전통극인 방자희(梆子戱)의 여성 연기자 겸 경극(京劇) 연기자였다.

5) 류사오사오(劉少少, 1870~1929)는 이름이 주이허(惆和), 자는 사오산(少珊)으로 후난성 창사(長沙) 사람이다. 당시에 베이징대학 철학연구소 강사로 있었다. 1919년 3월 13일 상하이 『소시보』(小時報)에 루루(如如)의 「류사오사오의 신시」(劉少少之新詩)라는 글이 발표되었다. 이 글에 류사오사오가 류시쿠이의 7언절구 「류왕을 생각하며」(憶劉王) 10수를 받들어 읽는다는 내용이 나온다. 그 시구에 "스물네 번 전해진 황제의 후예 중에, 오로지 연극계에서 류왕이 나왔네"(二十四傳皇帝後, 只從伶界出劉王) 등의 시어가 있다.

6) 기독교 성경 『신약성서』 4대 복음서 중의 하나다.

7) 태극(太極)은 중국 고대철학 용어로 『주역』에 맨 처음 보인다. 만물을 생산하는 본원이다. 송대에 주돈이(周敦頤)가 『태극도설』(太極圖說)을 지었다. 류사오사오는 1919년 1월 9일에서 2월 1일까지 『베이징대학 일간』(北京大學日刊)에 장편 논문 「태극도설」(太極圖說)을 연재하며 「태극도」를 가리켜 "우리 4,500년 역사의 진짜 문명이고", "오늘날 서구 과학자들이 연구하고 토론한 것이 …… 뜻밖에도 4,000년 전 우리 선조가 발견한 것이다"라고 주장했다.

혼잣말[1]

1. 서(序)

물가 마을 여름밤에 큰 파초선芭蕉扇을 흔들며 큰 나무 아래에서 더위를 식히는 건 아주 쾌적한 일이다.

남녀 모두 잡담을 나누기도 하고 옛날이야기도 한다. 아이들은 노래를 부르기도 하고 수수께끼를 풀기도 한다.

타오陶 영감님만 날마다 혼자서 앉아 있다. 그는 평생토록 대도시로 가본 적이 없는지라 견문이 모자라서 한담을 나눌 거리가 없기 때문이다. 게다가 눈은 희미하고 귀는 먹어서 이것저것 묻고 답하는 일과 이러쿵저러쿵 잡담을 나누는 일을 좀 귀찮아하기도 한다. 그래서 아무도 그에게 신경 쓰지 않는다.

그러나 그는 늘 눈을 감고 뭔가를 혼자 중얼거리곤 한다. 자세히 들어보면 헛소리가 많지만 더러더러 대략 의미가 통하는 대목도 몇 구절 있다.

밤이 깊어지면 더위를 식히는 사람들도 모두 흩어진다. 나는 집으로 돌아와 등불을 켠다. 아직 잠이 오지 않아서 오늘 들은 이야기를 기록한다. 다시 돌이켜 보면 아무 재미도 없는 이야기다.

사실 타오 영감님 같은 분에게서 어떻게 재미있는 이야기가 나오겠는가? 하지만 그에 대해 기록했으므로 그냥 남겨 둘 뿐이다.

기록으로 남겨서 어떻게 할 것인가? 나도 대답할 수 없다.

중화민국 8년[1919] 8월 8일, 등불 아래에서 쓰다

2. 불의 얼음

흐르는 불은 녹아내린 산호인가?

중간의 푸르스름한 색깔은 산호의 심장 같다. 온통 붉은색은 산호의 살점 같다. 바깥의 거무스름한 색은 산호가 불에 그을린 부분이다.

좋기는 하지만 안타깝게도 가져가려 하면 손이 델 것이다.

말로 표현할 수 없는 냉기를 만나자 불은 바로 얼어 버린다.

중간의 푸르스름한 색깔은 산호의 심장 같다. 온통 붉은색은 산호의 살점 같다. 바깥의 거무스름한 색 또한 산호가 불에 그을린 부분이다.

좋기는 좋지만 안타깝게도 가져가려 하면 손이 데는 것처럼 손이 얼어붙을 것이다.

불, 불의 얼음, 사람들은 그걸 어떻게 할 수 없다. 자신도 고통스러울까?

아, 불의 얼음.

아, 아, 불의 얼음의 사람!

3. 옛 성

너는 그곳이 평지라고 생각하니? 아냐. 사실 모래 산이야. 모래 산 속에는 옛 성이 있지. 이 옛 성에도 줄곧 세 사람이 살았어.

옛 성은 그리 크지 않지만 아주 높다. 하나뿐인 성문은 갑문으로 잠겨 있다.

납빛 같은 푸르스름한 안개가 누르스름한 모래를 휘감으며 파도처럼 흘러간다.

소년이 말한다. "모래가 몰려오면 살 수가 없단다. 아이야, 어서 도망 가렴."

늙은이가 말한다. "허튼소리, 아무 일도 없을 거다."

이처럼 3년과 12개월과 또 8일을 보냈다.

소년이 말한다. "모래가 높이 쌓여서 살 수가 없다. 아이야, 어서 도망 가렴."

늙은이가 말한다. "허튼소리, 아무 일도 없을 거다."

소년은 갑문을 열고 싶지만 너무 무겁다. 갑문 위로 모래가 너무 많이 쌓였기 때문이다.

소년은 목숨을 걸고 마침내 갑문을 들어 올려 손발로 지탱하지만 두 자 높이에도 이르지 못한다.

소년은 그 아이를 떠밀며 말한다. "어서 도망쳐!"

늙은이는 아이를 끌어당기며 말한다. "아무 일도 없어!"

소년이 말한다. "어서 도망쳐! 이건 이론이 아니라 이미 사실이야!"

납빛 같은 푸르스름한 안개가 누르스름한 모래를 휘감으며 파도처럼 홀러간다.

이후의 일은 나도 몰라.

네가 알고 싶으면 모래 산을 파서 옛 성을 살펴보렴. 갑문 아래엔 아마 시체가 있을 테지. 갑문 안에 남은 건 둘일까, 하나일까?

4. 게

게는 불안하다. 온몸이 딱딱하게 느껴지기 때문이다. 껍질을 벗어야 할 때임을 안다.

그는 이리저리 돌아다니며 찾는다. 구멍을 찾아서 몸을 숨기고 돌로 입구를 막고 남몰래 껍질을 벗기 위해서다. 그는 바깥에서 껍질을 벗으면 위험하다는 사실을 안다. 몸이 아직 말랑말랑할 때 다른 게에게 잡아먹힐 수 있기 때문이다. 이건 부질없는 두려움이 아니라 자신이 직접 목격한 일이다.

그는 황급히 발을 뗀다.

곁에 있던 게가 묻는다. "형씨, 왜 그렇게 급하시오?"

그가 말한다. "난 껍질을 벗어야 하오."

"여기서 벗으면 좋지 않소? 내가 도와드리리다."

"사람이 너무 겁나오."

"구멍 속 다른 것은 겁내지 않고 우리 동족을 겁내는 것이오?"

"동족을 겁내는 게 아니오."

"그럼 뭐가 겁나오?"

"당신이 나를 잡아먹을까 봐 겁나오."

5. 보얼[2]

보얼은 화가 나서 마구 날뛴다.

보얼 이 아이는 지붕 낮은 집만큼이나 키가 크지만 여전히 장난꾸러기다. 어디서 못된 짓을 배웠는지 꽃도 심으려 한다.

어디서 가져온 장미꽃 씨앗인지 몰라도 마른 땅에다 심은 뒤, 아침에 물을 주고, 오전에 물을 주고, 정오에도 물을 준다.

정오에 물을 주자 땅 위에 초록빛이 한 점 생겼다. 보얼은 기뻐서 오후에도 물을 주는데 초록빛이 보이지 않는다. 벌레가 먹어 버렸나?

보얼은 물뿌리개를 던져 버리고 화가 나서 강변으로 달려간다. 거기서 울고 있는 여자 아이를 만났다.

보얼이 말한다. "넌 왜 여기서 울고 있니?"

여자 아이가 말한다. "넌 강물이 무슨 맛인지 아니?"

보얼은 물맛을 보고 "싱거워"라고 말한다.

여자 아이가 말한다. "내가 눈물 한 방울을 떨어뜨렸는데도 여전히 싱겁잖아. 내가 어떻게 울지 않을 수 있겠니?"

보얼이 말한다. "바보 같은 계집애!"

보얼은 화가 나서 해변으로 달려간다. 거기서 울고 있는 남자 아이를 만났다.

보얼이 말한다. "넌 왜 여기서 울고 있니?"

남자 아이가 말한다. "바닷물을 좀 봐. 무슨 색깔이니?"

보얼은 바닷물을 바라보며 "녹색이야"라고 말한다.

남자 아이가 말한다. "내가 피 한 방울을 떨어뜨렸는데도 여전히 녹색이잖아. 내가 어떻게 울지 않을 수 있겠니?"

보얼이 말한다. "멍청한 자식!"

보얼이야말로 멍청한 자식이다. 세상 어디에 한 나절만에 싹이 트는 장미꽃이 있을까? 꽃씨는 아직 땅 속에 있는데.

끝내 싹이 트지 않더라도, 온 세상에 장미꽃이 없다고 말할 수는 없으리.

6. 우리 아버지

아버지께서 침대에 누운 채 가쁜 숨을 몰아쉰다. 얼굴은 깡말랐고 누르스름하다. 나는 아버지를 바라보기가 좀 두렵다.

아버지의 눈이 천천히 감기고 숨결도 점점 잦아든다. 나의 늙은 유모가 내게 말한다.

"아버지께서 돌아가시겠다. 아버지를 불러라."

"아버지."

"안 돼, 큰소리로 불러!"

"아버지!"

아버지는 얼핏 눈을 뜨고 입꼬리를 움찔거린다. 좀 고통스러운 듯하다.──그러다가 다시 천천히 눈을 감는다.

늙은 유모가 내게 말한다.

"네 아버지 돌아가시겠다."

아! 지금 생각해 보면 너무나 고요하고 너무나 적막한 죽음은 천천히 다가와야 한다.

누구라도 감히 어지럽게 소리 지르면 그건 큰 잘못이다.

나는 왜 아버지가 천천히 죽음에 들지 못하게 큰소리로 불렀을까?

아! 나의 늙은 유모여! 당신은 전혀 악의가 없었지만 내게 큰 잘못을 저지르게 했다. 우리 아버지의 죽음을 방해하여 내가 부르는 '아버지' 소리만 듣게 하고, 어떤 사람(죽음의 사자)이 황량한 산으로 가자고 부르는 큰소리는 듣지 못하게 했다.

그때 나는 어린아이여서 어떤 일이 옳은지 알지 못했다. 지금은 대략 알게 되었지만 때는 이미 늦었다. 이제 나는 내 아이에게 알려 준다. 내가 눈을 감으면 절대로 내 귓가에 대고 나를 부르지 말라고.

7. 나의 형제

나는 연날리기를 좋아하지 않았지만, 내 어린 동생 하나는 연날리기를 좋아했다.

아버지께서 돌아가신 후 집안에 돈이 없었다. 우리 형제는 아무리 열심히 노력해도 연 하나조차 가질 수 없었다.

어느 날 오후 나는 지금까지 사용하지 않던 어떤 방으로 들어갔다가 동생을 만났다. 동생은 그 안에 숨어서 연을 만들고 있었다. 대나무 꼬챙이 몇 개는 자신이 깎은 것이었고, 질긴 종이 몇 장은 자신이 사온 것이었다. 바람개비 네 개는 벌써 잘 붙여 놓은 상태였다.

나는 연날리기를 좋아하지 않아서 동생이 연날리기 하는 것도 아주 싫어했다. 나는 화가 나서 바람개비를 밟아서 박살을 내고, 대나무 꼬챙이를 뜯어내고, 종이를 찢어 버렸다.

동생은 울면서 밖으로 뛰쳐나가서 조용히 행랑 아래에 앉아 있었다. 그 후 어떻게 됐을까? 당시에 나는 전혀 신경 쓰지 않아서 아무것도 모른다.

나는 뒷날 내 잘못을 깨달았다. 그러나 동생은 내 잘못을 깡그리 잊고 언제나 나를 다정하게 '형'이라 불렀다.

나는 미안한 생각에 이 일을 들려줬다. 하지만 동생은 기억의 그림자조차 기억하지 못하고 있었다. 그는 여전히 나를 다정하게 '형'이라 부른다.

아! 아우야! 네가 내 잘못을 모두 잊었는데 내가 네게 용서를 빌어야 할까?

그래도 나는 여전히 네게 용서를 빈다!

주)_____

1) 원제는 「自言自語」. 이 글은 『국민공보』(國民公報) '신문예'(新文藝) 코너에 최초로 연재되었다. 서명은 선페이(神飛)다. 제1절과 제2절은 1919년 8월 19일에 발표되었다. 제3절은 8월 20일, 제4절은 8월 21일, 제5절은 9월 7일, 제6절과 제7절은 9월 9일에 발표되었다. 제7절 끝에 '미완'(未完)이란 표시가 있다.

2) 보얼(波兒)의 '얼'(兒)은 아이 이름을 부를 때 이름 뒤에 붙이는 단순 접미사일 수도 있지만 여기에서는 제목의 뉘앙스를 살리기 위해 '보얼'로 번역한다.

"살아서는 항복해도 죽어서는 항복하지 않는다"[1]

대략 15~16년 전에 나는 혁명당에게 속았다.

그들은 이렇게 말했다. "혁명이 아니면 안 돼! 봐라, 한족이 얼마나 노예가 되기 싫어하는지. 또 얼마나 밤이나 낮이나 광복을 생각하는지. 이 소원은 지금까지도 마음과 뼈에 단단히 새겨져 있어. 한 가지 예를 들어볼까." 그들은 또 말했다. "한족이 죽어서 염을 할 때는 모두 변발을 머리 위로 틀어 올려. 명나라 제도인 듯한데. 이걸 살아서는 항복해도 죽어서는 항복하지 않는다고 하는 거야!"[2]

살아서는 항복해도 죽어서는 항복하지 않는다. 이 얼마나 비참하면서도 동정심을 불러일으키는 말인가?

그러나 근래 몇 년 동안 나의 미신은 산산조각이 났다. 나는 부고計告를 낸 많은 사람들을 보았다. 그들은 대부분 청나라의 환난 때 죽지 않았고, 유민 노릇도 하지 않으면서 청나라 조정과 아무 상관 없는 듯이 살았다. 어떤 사람은 태도를 바꿔 중화민국의 녹봉까지 먹었다. 그런데도 망국 청나라 조정에서는 그들이 죽자 조의대부朝議大夫로 봉하지 않으면 공인恭

人으로 봉했다.[3] 그들은 저승으로 가서 삼궤구고[4]의 예를 행하며 조정으로 올라갈 것이다.

이에 나는 더 이상 혁명당의 말을 믿지 않게 되었다. 내 생각은 이렇다. 다른 것은 모두 거짓말이지만, 한족에게 "살아서는 항복해도 죽어서는 항복하지 않는" 기괴한 습성이 있는 건 사실이다.

5월 5일

주)_____

1) 원제는 「"生降死不降"」. 이 글은 1921년 5월 6일 베이징 『천바오 부간』 '잡감' 코너에 발표되었다. 서명은 펑성(風聲)이다.
2) "살아서는 항복해도 죽어서는 항복하지 않는다"(生降死不降)라는 말은 청나라 말기 반청(反淸) 선전 구호의 하나였다. 예를 들면 왕징웨이(汪精衛)는 『민보』(民報) 제1권 제1호(1905년 10월)에 발표한 「민족의 국민」(民族的國民)이란 글에서 이렇게 말했다. "우리 민족의 숨결 한 가닥은 여전히 살아 있고, 이 마음도 죽지 않았다. …… 일반 국민은 독한 화염에 굴복하여 자유를 얻지 못하지만, 풍습을 보면 남자는 항복해도 여자는 항복하지 않으며, 살아서는 항복해도 죽어서는 항복하지 않는다는 이야기가 있다. 여자들은 복식을 바꾸지 않아도 나라에서 엄금하지 않는다고 한다. 죽은 사람을 염할 때는 본민족의 의관을 쓰는데 이는 죽은 사람이 눈을 감지 못하면 안 되고, 또 지하에서 선조들을 만나기 위한 방법이라고 한다. 그 절개에 더욱 고충이 느껴지고, 그 마음이 더욱 참담하다."
3) 조의대부(朝議大夫)는 본래 청나라 종4품 문관 벼슬이다. 공인(恭人)은 본래 4품 관리 부인에게 내리는 봉작이다.
4) 삼궤구고(三跪九叩)는 청 조정에서 신하가 황제를 알현할 때 세 번 무릎을 꿇고 아홉 번 머리를 조아리는 의례이다.

이름[1]

나는 몇 년간 잡지와 신문을 보면서 점차 기괴한 습관이 생겼다.

그게 무엇인가? 바로 글을 볼 때 먼저 서명署名을 보는 습관이다. 서명을 마주하고 적극적으로 대인선생의 이름을 찾는 것이 아니라 소극적으로 다음 사항을 고려하게 되었다.

1. 스스로 '철혈'鐵血, '협혼'俠魂, '고광'古狂, '괴협'怪俠, '아웅'亞雄 따위의 이름을 쓰는 사람의 글은 읽지 않는다.[2]

2. 스스로 '접서'鰈棲, '앙정'鴦精, '방농'芳儂, '화련'花憐, '추수'秋瘦, '춘수'春愁 따위의 이름을 쓰는 사람의 글도 읽지 않는다.[3]

3. 스스로 '일분자'一分子로 자처하거나, '소백성'小百姓으로 겸양을 떨거나, '일소'一笑로 비하하는 따위의 이름을 쓰는 사람의 글도 읽지 않는다.

4. 자신의 호를 '분세생'憤世生, '염세주인'厭世主人, '구세거사'救世居士 따위로 붙인 사람의 글도 읽지 않는다.

이와 같은 이름은 일일이 다 거론할 겨를이 없을 정도다. 임시로 떠오른 것이지만 지금 생각나지 않는 필명도 많다. 더러 혼자서 이렇게 생각해 보기도 한다. '나의 이런 생각은 기실 너무 독단적이고 너무 강퍅하잖아. 다른 사람이 알면 틀림없이 고개를 가로저을 거야.'

그러나 오늘 송나라 사람 유성兪成 선생의 『형설총설』[4]의 한 대목을 읽고 나서는 현대에 사는 나조차도 깜짝 놀랐다. 지금 그 내용을 아래에 초록해 둔다.

오늘날 사람들은 아들을 낳으면 자존망대하기 좋아하여, 대부분 문文, 무武, 부富, 귀貴 네 글자를 이름으로 삼는다. 사현思賢을 이름으로 삼지 않으면 망회望回를 이름으로 삼고,[5] 차한次韓을 이름으로 삼지 않으면 제한齊韓을 이름으로 삼으니 참으로 가소로운 일이다.[6] 옛날 사람들이 이름을 지을 때는 대부분 폄하하고 덜어내는 의미를 취했다. 우愚(어리석다)라 하기도 하고, 노魯(둔하다)라 하기도 하고, 졸拙(졸렬하다)이라 하기도 하고, 천賤(비천하다)이라 하기도 한 것은 모두 겸손하고 억누르는 의미를 취한 것이다. 예를 들어 사마상여司馬相如는 아명兒名을 견자犬子라고 했는데, 이는 들개를 흠모한다는 뜻이므로 어찌 아름다운 이름을 선택한 것이겠는가?! 일찍이 『진사동년록』進士同年錄을 살펴보니 강남 사람들은 교묘한 글자를 좋아했기 때문에 아명에 대부분 좋은 글자를 썼다. 이를 보면 그들에게 스스로 높이는 마음이 있음을 알겠다. 그러나 강북 사람들은 대체로 진실함을 숭상하기 때문에 아명에 대부분 좋지 않은 글자를 썼다. 이를 보면 그들에게 스스로 낮추는 마음이 있음을 알겠다. 대안탑大雁塔에 이름을 붙일 때는[7] 먼저 바른 이름을 써야 후세까지 불후하게 전해질 수 있을 것이다.

이 글의 의미를 살펴볼 때, 아마도 사람들이 개와 돼지로 자칭하지 않아서 유 선생은 아주 기분이 나빴던 듯하다. 이에 나는 옛사람의 깊고 높은 뜻을 추측할 길이 없음을 탄식했고, 이런 연유로 중용의 태도를 잃지 않으려고 이 글을 쓰는 용기를 내게 되었다.

5월 5일

주)_____

1) 원제는 「名字」. 이 글은 1921년 5월 7일 베이징 『천바오 부간』 '잡감' 코너에 발표되었다. 서명은 펑성(風聲)이다.

2) '철혈'은 강철과 열혈로 견인불발의 강한 투혼을 의미한다. '협혼'은 협객의 영혼이란 뜻이다. '고광'은 옛것에 미친 사람이란 뜻이다. '괴협'은 기괴한 협객이란 뜻이다. '아웅'은 영웅에 버금가는 사람이란 뜻이다. 이러한 필명의 인물은 국수적이고 편협한 영웅주의자인 경우가 많다.

3) '접서'는 비목어(比目魚)와 함께 산다는 뜻으로 부부간의 좋은 금실을 상징한다. '앙정'도 원앙의 정신이란 뜻으로 부부간의 깊은 애정을 상징한다. '방농'은 향기로운 그대란 뜻으로 역시 남녀 간의 사랑을 상징한다. '화련'은 꽃을 그리워한다는 뜻, '추수'는 가을을 타서 여윈 사람이라는 뜻, '춘수'는 춘정으로 우수에 젖은 사람이란 뜻으로 이들의 필명은 모두 재자가인(才子佳人)류의 사랑을 내세우는 애정지상주의자인 경우가 많다.

4) 『형설총설』(螢雪叢說)은 일종의 수필집으로 송대 유성(兪成)의 저작이며 모두 2권이다. 본문의 인용문은 권1 '인지소명'(人之小名) 조에 나온다.

5) 사현(思賢)은 『형설총설』 원문에 사안(思顔)으로 되어 있으므로, 공자의 수제자 안회(顔回)를 생각한다는 뜻이다. 그러므로 망회(望回)도 안회를 우러러본다는 의미를 가진다.

6) 차한(次韓)은 당나라 대학자 한유(韓愈)에 버금가는 사람이 되라는 뜻이다. 따라서 제한(齊韓)도 한유와 나란한 사람이 돼라는 의미다.

7) 당나라 때 진사(進士)에 급제한 사람의 이름을 장안 대안탑 안에 써두던 관례를 말한다.

무제[1]

옷깃에 만년필을 꽂은 기자가 나더러 글을 좀 써 달라고 했다. 나는 그와
의 약속을 건성으로라도 지키기 위해 글을 써야 했다. 먼저 제목을 생각해
야 했고…….

지금은 밤이다. 날씨가 비교적 시원한 탓에 붓을 잡아도 땀은 흐르지
않는다. 자리에 앉자마자 모기가 나타나 나를 보고 그들의 본능을 크게 발
휘한다. 그들이 무는 방법과 주둥이의 구조는 아마도 단일하지 않은 듯하
다. 이 때문에 내가 고통을 느끼는 방법도 단일하지 않다. 그러나 결과는
하나로 수렴되어 나는 더 이상 글을 쓸 수 없게 된다. 게다가 제목조차 떠
올리지 못한다.

나는 등불을 끄고 침대 휘장 속으로 숨어들지만 모기는 또 귓가에서
앵앵거린다.

그들이 나를 물지 않아도 나는 끝내 잠을 이룰 수 없다. 등불을 켜고
비춰 보면 모기 그림자조차 보이지 않는다. 하지만 등불을 끄고 누우면 또

나타난다.

이와 같이 서너 번 하다가 나는 마침내 분노한다. "물고 싶으면 물어도 좋으니 제발 앵앵거리지만 말아다오." 그러나 모기는 여전히 앵앵거린다.

이때 어떤 사람이 내게 "모기와 벼룩 중에서 어느 것이 좋소?"라는 질문을 던진다면 나는 조금도 주저하지 않고 "벼룩이 좋소"라고 대답할 것이다. 이유는 간단하다. 벼룩은 사람을 물지만 소리를 지르지는 않기 때문이다.

묵묵히 피를 빨면 두렵기는 하지만 귀찮지는 않다. 이런 연유로 차라리 벼룩을 좋아하는 것이다. 이런 연유와 대략 동일한 근거로 나는 "소리를 지르며 국민을 각성시키는 방법"을 좋아하지 않는다. 그 이치는 일찍이 홰나무 아래에서 진신이[2]에게 말한 적이 있기에 지금 다시 서술하지 않겠다. 독자 여러분의 용서를 빈다.

나는 또 등불을 켜고 책을 본다. 책을 보는 건 글을 쓰는 것과 달라서 한 손으로 부채를 잡고 모기를 쫓을 수 있다.

그런데 얼마 지나지 않아 파리 한 마리가 날아와서 등갓을 맴돌며 원을 그린다.

"윙! 윙윙!"

나는 또 신경이 쓰여서 더 이상 책 속의 내용이 무엇인지 알 수 없게 된다. 부채로 쫓다가 등불을 끄고 만다. 다시 등불을 켜자 파리가 또 맴돈다. 맴돌면 맴돌수록 더욱 빨라진다.

"휙, 휙, 휙!"

나는 대적할 수 없어서 다시 침대 휘장 속으로 숨어든다.

나는 생각에 잠긴다. 날벌레가 등불로 돌진하는 건 불빛을 좋아하기 때문이라고도 하고, 불꽃을 좇아다니기 때문이라고도 하고, 벌레의 성욕 때문이라고도 하면서 모두가 제 맘대로 이야기한다. 나는 벌레가 맴돌지 않기만 바랄 뿐이다.

하지만 모기가 또 나타나 앵앵거리기 시작한다.

하지만 나는 이미 고개를 떨구며 잠 속으로 빠져들어 모기를 쫓을 수가 없다. 나는 비몽사몽간에 이렇게 생각한다. '하늘이 만물을 만들어 각각 그 소임을 맡겼다는데, 인간을 잠들게 만든 것은 오로지 모기가 잘 물수 있도록 설계한 것이리라……'

아! 깨끗한 달빛, 검푸른 수풀, 별들은 영롱한 눈빛을 반짝이고 달빛속에 드러난 희고 동그란 무늬는 야래향[5]의 꽃떨기…… 자연의 아름다움은 얼마나 풍성한가?

그러나 나는 꿈결 속에서 고아한 사람들이 이렇게 말하는 소리를 듣는다. 꽃도 없는 나의 창밖에 별빛과 달빛이 깨끗하게 비칠 때면 나는 모기와 전투를 벌이다가 늦게서야 잠 속으로 빠져든다.

나는 아침에 일어나서 승리자 세 분이 선홍색 배를 끌고 휘장 위에 꼿꼿이 서 있는 걸 목격한다. 몸이 가려워 오면 나는 긁으면서 자국을 센다. 모기에게 물린 자국이 모두 다섯 군데다. 이것은 내가 생물계의 전투에서 패배한 표징이다.

그리하여 나는 또 다섯 개의 붉은 자국을 대동하고 문을 나서 대충 밥을 먹으러 간다.

1) 원제는 「無題」. 이 글은 1921년 7월 8일 『천바오』 '낭만담'(浪漫談) 코너에 발표되었다.
   서명은 펑성이다.
2) 진신이(金心異)는 첸쉬안퉁(錢玄同, 1887~1939)이다. 본명은 샤(夏)이고 나중에 쉬안퉁
   으로 개명했다. 저장성 우싱(吳興) 사람으로 현대 문자학자다. 베이징대학, 베이징사범
   대학 교수를 역임했고, 5·4 시기에 신문화운동에 적극 참여했다. 『신청년』 편집자의 한
   사람이기도 하다. 그러나 말년으로 갈수록 보수적 입장을 보였다. 린수는 1919년 3월
   19일 상하이 『신선바오』(新申報)에 「형생」(荊生)이란 제목의 소설을 발표하여 신문화
   운동을 공격했다. 당시에 린수가 공격한 인물의 한 사람이 바로 진신이인데 그가 바로
   첸쉬안퉁을 빗댄 인물이다. 루쉰과 진신이가 나눈 대화는 『외침』(루쉰전집 2권) 「서문」
   을 참고하시라.
3) 야래향(夜來香)의 원문은 '월견초'(月見草)다. 다년생 초본식물로 여름밤에 꽃송이가 벌
   어졌다가 새벽에 닫힌다. 열매와 뿌리는 모두 약으로 쓸 수 있다.

『수초당서목』 초록 교정 설명[1]

명대 사본 『설부』[2] 원본은 현행 각본刻本[3]과 전혀 다르고, 경사도서관京師
圖書館에 명대 사본 잔권 10여 권이 소장되어 있다. 이 『수초당서목』은 『설
부』 명대 사본 제28권에 수록되어 있고, 그 주註에 "『수초당서목』 1권을
전부 베끼다. 하이창海昌 장랑성張閬聲"[4]이라고 되어 있다. 또 다른 판본을
빌려와, 다시 그 빌린 판본을 베끼면서 두 판본의 상이점을 글자 곁에 주
석으로 달았다. 비록 탈자와 오자가 매우 많지만 해산선관[5]『수초당서목』
각본보다는 훨씬 낫다. 두 판본을 대조 교감한다면 좋은 책 한 권을 얻을
수 있을 것이다.

11년[1922] 8월 3일

쓰탕[6]이 등불 아래에서 초록을 마치고 쓰다

『설부』에는 총목록이 없지만 해산선관 판본에는 있다. 지금 본문에
근거하여 보충해 넣었다.

8월 3일 밤에 쓰다

주)———

1) 원제는 「『遂初堂書目』抄校說明」. 이 글은 루쉰의 자필 원고에 근거하여 편집해 넣었다. 원래 제목도 없고 표점도 없다. 앞부분은 초록 원고 겉표지에 쓰여 있고, 뒷부분은 초록 원고 본문 끝에 쓰여 있다. 『수초당서목』은 『익재서목』(益齋書目)이라고도 한다. 송대 우무(尤袤)의 소장 도서목록이다. 모두 1권이다.

2) 『설부』(說郛)는 필기총서로 명대 도종의(陶宗儀)가 편찬했고 모두 100권이다. 명대 이전 필기소설을 수록했고 아울러 경사(經史) 제자백가 및 시화(詩話)와 문론(文論)도 수록했다. 원본 대부분은 이미 없어졌다. 명대 사본 『설부』 원본은 현재 5책이 남아 있는데, 원서의 권3, 권4 및 권23에서 권32까지 모두 12권이 남아 있다.

3) 『설부』 현행본은 청 순치(順治) 4년(1647) 도정(陶珽)이 펴낸 판본으로 도종의의 원본을 마구 뒤섞어서 120권으로 편찬했다.

4) 원문은 '一卷, 全抄, 海昌張閬聲'. 하이창(海昌)은 지금의 저장성 하이닝(海寧). 1914년 장쭝샹(張宗祥; 장랑성)이 베이징 교육부 시학(視學)에 임명되었고, 1919년 교육부장(教育部長) 푸쩡샹(傅增湘)이 장쭝샹을 경사도서관을 주관하게 하면서 도서관주임 직을 겸임하게 했다. 당시 루쉰도 교육부에 재직하고 있어서 장쭝샹에게 경사도서관 소장 명대 『설부』 초본을 베껴 사람들에게 공개하자고 제안했다. 이때 아마 『수초당서목』도 초록했던 것으로 보인다.

5) 해산선관(海山仙館)은 청대 광둥성 판위(番禺)의 장서가 판스청(潘仕成)의 집 이름이다. 여기에서 『해산선관총서』(海山仙館叢書)를 간행하면서 『수초당서목』을 첫번째로 배치했다. 도광(道光) 26년(1864)에 간행했다.

6) 쓰탕(俟堂)은 루쉰이 쓴 필명의 하나다.

『당인설회』진상 폭로[1]

근래에 『소설월보』[2]에서 「소설의 연구」[3]라는 글을 보았다. 그 내용 중에 "『당인설회』는 당나라 소설의 중심이다"라는 말이 있었다. 이것은 진실로 틀림이 없는 말이다. 왜냐하면 우리가 당나라 사람들의 소설을 보려면 실제로 이에 버금가는 소설집을 찾을 수 없기 때문이다. 그러나 이것을 심심풀이로만 읽는다면 물론 문제가 되지 않지만 역사 연구 자료로 이용하게 되면 심각한 오류를 유발할 수 있다. 나도 여러 해 동안 이 책에 속아 오다가 지금에야 진상을 깨달았다. 이 때문에 이 기회를 빌려 그 진상을 폭로하고자 한다.

『당인설회』는 『당대총서』唐代叢書로 불리기도 한다. 일찍이 소형 목판본으로 간행되었으나 지금은 석인본石印本으로 간행되고 있다. 하지만 이 석인본에는 탈자, 오자, 구절 파괴 등의 오류가 보태졌다. 전체 책은 16집으로 매 집의 목록은 매우 휘황찬란하지만 기실은 아주 엉터리다. 대체로 판각상이 사람을 속이는 수단에 불과하다. 내용이 소설이기 때문에 이전의 유학자들은 변론할 가치가 없다고 여겼다. 따라서 이 총서를 배격한 사람이 없었으므로 지금까지 간행을 거듭하며 "이 또한 즐겁지 아니한가?" 라는 경지로까지 유행했다.

나는 지금 황당한 사례들을 대략 열거해 보고자 한다.

첫째, 단락 삭제. 제1집 「수당가화」에서 제6집 「북호록」[4]에 이르기까지 하나도 완전한 것이 없고, 심지어 1/20에도 미치지 못하는 것도 있다. 그 뒷부분도 이런 상황이 적지 않다.

둘째, 억지 분류. 예를 들어 「낙중구로회」, 「오목경」, 「금군기」[5] 등은 모두 각종 문집의 1편 문장에 불과하므로 한 권의 책이 될 수 없다. 그러나 이 총서에서는 이들 문장을 억지로 한 종류로 분류했다.

셋째, 분류 혼란. 예를 들어 「낙고기」, 「지낙고」, 「육확부」, 「금강경구이」는 모두 『유양잡조』[6] 가운데 1편인데 모두 4종으로 분류했고, 이와는 별도로 「유양잡조」도 1종으로 분류했다. 또 「화구석」, 「약보」, 「흑심부」는 『청이록』[7] 가운데 1편인데 모두 3종으로 간주했다.

넷째, 문장 변조. 『의산잡찬』[8]에는 당시 속어가 꽤 많이 나오는데 이 것을 이해하지 못하고 마음대로 변조했다.

다섯째, 저자 혼란. 『유괴록』[9]은 우승유牛僧孺가 지었는데 왕운王惲이 지었다고 했다. 『침중기』는 심기제가 지었는데 이필이 지었다고 했다.[10] 『미루기』, 『해산기』, 『개하기』는 저자 미상 혹은 송나라 사람의 작품으로 알려져 있는데 한악韓偓이 지었다고 했다.[11]

여섯째, 책 이름과 저자 날조. 무슨 『뇌민전』雷民傳, 『농상기』臺上記, 『귀총지』鬼塚志 따위는 전혀 근거가 없는 책인데도 『태평광기』[12]에서 몇 편을 뽑아 단성식이니 저수량[13] 등의 성명을 붙여서 사람을 속이고 있다. 이밖에도 이런 사례가 적지 않다. 사람을 가장 헷갈리게 하는 것은 단성식이 지었다는 『검협전』이다.[14] 이 책은 지금 거의 진짜 책으로 공인되어 있지만 기실 단성식이 어찌 이런 책을 지었겠는가?

일곱째, 저자 연대 오류. 예를 들어 『태진외전』을 지은 악사樂史는 송나라 사람인데도 『당인설회』에 수록했고,[15] 『매비전』을 지은 사람이 섭소온이라면[16] 그는 송나라 사람이 되어야 한다. 그런데 『당인설회』에서는 오히려 저자를 조업이라고[17] 밝혔다. 이에 목록학자로 자부하는 예더후이[18]도 이 두 작품을 자신이 판각한 『당인소설』唐人小說에 수록하는 잘못을 범하게 되었다.

나머지 오류도 아직 많지만 그것을 언급하려면 너무 길어지므로 여기에서 그치고자 한다.

그러나 이런 터무니없는 내용의 하수인은 『당인설회』가 아니라 명나라 사람이 편찬한 『고금설회』古今說會와 『오조소설』五朝小說이고[19] 청나라 초기의 가짜 『설부』[20]도 그 뒤를 잇고 있다. 『당인설회』는 기실 그것들을 주워 모았을 뿐이다. 그 터무니없는 내용은 모두 구판에 연원을 두고 있지만 지금은 이미 보배와 같은 서적 종류로 귀결되었다. 우리는 이런 책을 사서 읽을 만한 여력이 없으므로 그 잘못된 내용에 미혹될까 걱정할 필요도 없다. 목전에 가증스럽게 유행하는 것은 오직 『당인설회』일 뿐이다.

『당인설회』의 해악에서 벗어나기 위해 나는 또 다른 책을 떠올렸는데 그것은 바로 『태평광기』다. 그리 좋지 않은 이 책의 작은 판본은 불과 5위안元에 60여 권이 포함되어 있고 남방에서는 더러 더욱 싸게 구입할 수 있다. 비록 오자가 들어 있지만 다른 방법은 없다. 왜냐하면 더 좋은 것은 바로 명대 판본이나 보배에 속하는 종류이니 우리 같은 사람의 힘으로는 구입할 수 없기 때문이다. 나는 『태평광기』의 장점이 두 가지라고 생각한다.

첫째, 육조시대에서 송나라 초기까지의 소설이 거의 모두 포함되어 있다. 만약 대략적인 연구만 한다면 다른 책을 더 많이 살 필요가 없다. 둘째, 정령精靈, 귀신, 승려, 도사 등을 부류별로 명확하게 구분했고 다양한 사례까지 모아 놓아서 물리고 또 물릴 때까지 계속 볼 수 있다. 따라서 현재 여우나 귀신을 이야기하는 『태평광기』의 아류는 더 이상 읽어 볼 용기가 나지 않는다.

주)＿＿＿＿＿

1) 원제는 「破『唐人說薈』」. 이 글은 1922년 10월 3일자 『천바오 부간』 '문예담'(文藝談) 코너에 처음 발표되었다. 서명은 펑성(風聲)이다.

　　『당인설회』는 필기소설 총서다. 본래 명나라 말기 도원거사(桃源居士)의 집본(輯本)에 모두 144종의 소설이 수록되어 있었다. 그러다가 청나라 건륭 무렵 산인(山陰)의 진세희(陳世熙; 연당거사蓮塘居士)가 또 『설부』 등의 서적에서 20종을 보충하여 모두 20권으로 편찬했다. 나중에 나온 방각본 중에는 『당대총서』(唐代叢書)로 제목을 바꾼 판본도 있다.

2) 『소설월보』(小說月報)는 1910년 상하이에서 창간한 원앙호접파 소설 간행물이었다. 1921년 1월부터 문학연구회의 기관지가 되어 중국 신문학운동의 주요 진지 역할을 수행했다. 1931년 12월 정간되었다.

3) 「소설의 연구」(小說的研究)는 취스잉(瞿世英)이 쓴 문학논문이다. 1922년 7월 『소설월보』 제13권 제7기에서 같은 해 9월 제9기까지 연재되었다.

4) 「수당가화」(隋唐嘉話)는 당나라 유리(劉餗)가 지었다. 모두 3권이다. 주로 당나라 사람들의 언행과 일화를 기록했다.

　　「북호록」(北戶錄)은 당나라 단공로(段公路)가 지었다. 모두 3권이다. 주로 영남 지방의 풍토와 물산을 기록했다.

5) 「낙중구로회」(洛中九老會)는 백거이의 작품이라고 명시되어 있다. 『백거이집』(白居易集)에도 「구로도시병서」(九老圖詩幷序)라는 시가 실려 있다.

　　「오목경」(五木經)은 당나라 이고(李翶)의 작품이다. 고대 저포(樗蒲; 주사위 던지기와 유사한 놀이) 유희를 소재로 삼은 소설이다. 『이문공집』(李文公集) 권18에 실려 있다.

　　「금군기」(錦裙記)는 당나라 육구몽(陸龜蒙)의 작품이다. 이윤(李尹)이 소장하고 있는 옛 비단 치마에 관한 잡기다. 『입택총서』(笠澤叢書) 권4에 「기금군」(記錦裙)이란 제목으로 실려 있다.

6) 『유양잡조』(酉陽雜俎)는 당나라 단성식(段成式)의 저술로 모두 20권이고, 속집 10권도 있다. 「낙고기」(諾皋記)는 이 책 14~15권에 실려 있다. 「지낙고」(支諾皋)는 『유양잡조 속집』 권1, 권2, 권3에 실려 있다. 모두 기괴한 이야기를 서술했다. 「육확부」(肉攫部)는 권12에 보인다. 매를 기르는 방법에 대한 이야기다. 「금강경구이」(金剛經鳩異)는 『속집』 권7에 실려 있다. 내용은 『금강경』의 신령성에 관한 이야기다.

7) 『청이록』(淸異錄)은 송나라 도곡(陶谷)이 편찬했다. 모두 2권이다. 주로 당나라와 오대 (五代) 문인의 소품을 모았다. 「화구석」(花九錫)은 당나라 나규(羅虯)가 지었다. 『청이 록』 「백화문」(百花門)에 실려 있다. 「약보」(藥譜)는 당나라 후령극(侯寧極)이 지었고, 『청 이록』 「약품문」(藥品門)에 실려 있다. 「흑심부」(黑心符)는 당나라 우의방(于義方)이 지었 고, 『청이록』 「여행문」(女行門)에 실려 있다.

8) 『의산잡찬』(義山雜纂)은 모두 1권으로 저자가 알려져 있지 않다. 주로 당나라 세속에 널 리 알려진 비루한 일들을 모았다. 송나라 진진손(陳振孫)은 당나라 이상은(李商隱)이 지 었다고 생각했다. 『당인설회』에서는 이 책에 실려 있는 당나라 속어를 함부로 고쳤다. 예를 들면 '불궁'(不窮)을 '부귀'(富貴)로, '반측'(反側)을 '황공'(惶恐)으로, '분장'(分張)을 '분석'(分析)으로 고친 것이 그것이다.

9) 『유괴록』(幽怪錄)은 『현괴록』(玄怪錄)이라고도 한다. 당나라 우승유가 지었다. 모두 10 권이었으나 이미 실전되었다.

우승유(牛僧孺, 779~847)는 자가 사암(思黯)으로 디다오(狄道; 지금의 간쑤성甘肅省 린타 오臨洮) 사람이다. 벼슬은 어사중승동평장사(御使中丞同平章事)에 이르렀다. 왕운(王惲) 은 당나라 무종(武宗) 때의 진사다.

10) 『침중기』(枕中記)의 내용은 노생(盧生)의 꿈 이야기다. 노생이 어떤 주막에서 도사 여 옹(呂翁)이 준 베개를 베고 잠이 들었는데, 꿈속에서 온갖 부귀영화를 누리고 깨어나 보니 부엌에서 자신이 잠들기 전에 짓던 기장밥이 아직도 덜 익은 상태였다. 여기에서 인생의 덧없음을 상징하는 황량일몽(黃粱一夢)이란 고사성어가 나왔다.

심기제(沈旣濟, 750?~800?)는 쑤저우(蘇州) 우(吳) 땅 사람이다. 당대 전기(傳奇) 작가 로 벼슬은 예부원외랑(禮部員外郎)에 이르렀다.

이필(李泌, 722~789)은 자가 장원(長源)으로 당대 징자오(京兆; 지금의 산시성陝西省 시 안西安) 사람이다. 벼슬은 중서시중동평장사(中書侍中同平章事)에 이르렀다.

11) 『미루기』(迷樓記)는 모두 1권으로 수(隋) 양제(煬帝)가 미루(迷樓)라는 누각을 지어 미 녀를 총애하며 음란한 생활을 한 것을 묘사했다.

『해산기』(海山記)도 모두 1권으로 수 양제가 서원(西苑)을 조성하고 오호(五湖)를 굴착 한 일을 서술했다.

『개하기』(開河記)도 모두 1권으로 마숙모(麻叔謀)가 수 양제를 위해 운하를 파며 백성 을 잔학하게 부린 일을 기록했다. 루쉰은 『중국소설사략』에서 이렇게 지적했다. "『해산기』는 이미 『청쇄고의』(靑瑣高議)에 보인다. 북송(北宋) 사람의 저작이다."

한악(韓偓, 844~923)은 자가 치요(致堯; 치광致光이라고도 함)로 당대 완녠(萬年; 지금의 산시성陝西省 시안) 사람이다. 벼슬은 한림학사(翰林學士)와 중서사인(中書舍人)에 이르렀다.

12) 『태평광기』(太平廣記)는 송나라 때 이파(李昉) 등이 칙명을 받아 편찬한 유서(類書)로 모두 500권이다. 태평흥국(太平興國) 3년(978)에 완성했다. 육조시대에서 송대까지의 소설과 야사를 수록했고 모두 470종의 책을 인용했다.

13) 단성식(段成式, ?~863)은 자가 가고(柯古)로 당대 치저우(齊州) 린쯔(臨淄; 지금의 산둥성 쯔보淄博) 사람이다. 벼슬은 교서랑(校書郎)을 거쳐 태상소경(太常少卿)에 이르렀다. 저수량(褚遂良, 596~658)은 자가 등선(登善)으로 첸탕(錢塘; 지금의 저장성 항저우) 사람이다. 당대 서예가이며 벼슬은 상서우복야(尙書右僕射)에 이르렀다.

14) 『당인설회』에 단성식이 지은 것으로 표기되어 있는 『검협전』(劍俠傳)은 모두 12편이다. 그중 「난릉노인」(蘭陵老人), 「노생」(盧生), 「승협」(僧俠), 「경서점노인」(京西店老人) 4편이 단성식의 『유양잡조』에 나온다. 그 나머지 「노인화원」(老人化猿)은 『오월춘추』(吳越春秋), 「섭은낭」(聶隱娘), 「곤륜노」(崑崙奴)는 당대 배형(裵刑)의 『전기』(傳奇), 「거중여자」(車中女子)는 황보씨(皇甫氏)의 『원화기』(原化記), 「고인처」(賈人妻)는 당대 설용약(薛用弱)의 『집이기』(集異記), 「홍선」(紅線)은 원교(袁郊)의 『감택요』(甘澤謠), 「전팽랑」(田彭郎)은 강변(康駢)의 『극담록』(劇談錄), 「형십삼낭」(荊十三娘)은 오대 손광헌(孫光憲)의 『북몽쇄언』(北夢瑣言)에 나오므로 단성식과는 관련이 없다.

15) 『태진외전』(太眞外傳)은 『당인설회』에 『양태진외전』(楊太眞外傳)이란 제목이 붙어 있다. 모두 2권이다. 악사(930~1007)는 송대 푸저우(撫州) 이황(宜黃; 지금은 장시성에 속함) 사람으로 벼슬은 삼관비서(三館秘書)에 이르렀다. 저서로 『태평환우기』(太平寰宇記)가 있다. 명대 도종의(陶宗儀)는 『설부』에서 그를 당나라 사람으로 오인했고, 『당인설회』에서도 그 오류를 답습했다.

16) 『매비전』(梅妃傳) 1권은 아직 저자가 밝혀져 있지 않다. 당 현종의 애첩 강채빈(江采蘋)과 관련된 이야기다. 이 작품 말미에 작가가 쓴 다음과 같은 찬어(贊語)가 덧붙여 있다. "이 글은 …… 섭소온이 내게 들려준 이야기다."
섭소온(葉少蘊, 1077~1148)은 본명이 몽득(夢得)이고 자가 소온이다. 남송 창저우(長洲) 사람으로 벼슬은 호부상서(戶部尙書)에 이르렀다. 저서로 『석문피서록화』(石門避暑錄話) 등이 있다.

17) 조업(曹鄴)은 자가 업지(鄴之)로 구이저우(桂州; 지금의 광시廣西 구이린桂林) 사람이다. 만당(晩唐) 시인이며 벼슬은 양저우자사(洋州刺使)에 이르렀다.

18) 예더후이(葉德輝, 1864~1927)는 자가 환빈(奐彬)으로 후난성 샹탄(湘潭) 사람이며 유명한 장서가다. 그가 판각한 관고당본(觀古堂本) 『당인소설』은 모두 6종인데 1911년에 간행했다.

19) 『고금설회』는 명대 가정(嘉靖) 연간에 육즙(陸楫) 등이 편찬했고 모두 135종 142권이다. 「설선」(說選), 「설찬」(說纂), 「설략」(說略), 「설연」(說淵)으로 분류되어 있다. 당대와 송대 소설을 비교적 많이 뽑았다. 『오조소설』은 명나라 말기에 도원거사(桃源居士)가 편찬했고, 모두 470여 종이다. 「위진소설」(魏晋小說), 「당인소설」(唐人小說), 「송원소설」(宋元小說), 「명인소설」(明人小說) 네 부분으로 분류되어 있다.

20) 가짜 『설부』(說郛)는 명나라 말기 청나라 초기에 도정(陶珽)이 간행한 『설부』를 가리킨다. 이 책 「'수초당서목' 초록 교정 설명」 해당 각주 참조.

『소설세계』에 관하여[1]

기자 선생[2]:

나는 오랫동안 할 말이 없었기에 오랫동안 한 마디도 하지 않았습니다. 어제 이구疑古 군이 잡감문에서[3] 나를 거론한 것을 보고서야 갑자기 몇 마디 할 말이 생각났습니다. 바로 『소설세계』에 대해 여러 말을 할 가치가 없다는 것입니다.

그런 잡지는 중국에 관례상 존재해야 하는 것이기에 문제가 되지 않습니다.

무릇 중국 자신이 부패할 때 무슨 새로운 것이 들어오면 옛것은 의례껏 모양을 바꿔 생존투쟁을 벌입니다. 예를 들어 불교가 동쪽으로 옮겨 왔을 때 불교도 몇 명이 불경을 번역하여 전도하려 했습니다. 그러자 도교의 도사들이 불경의 원리를 어지러이 훔쳐서 도경道經을 만든 후 그 도경으로 불경을 매도하는 한편, 시정잡배도 감히 하지 못하는 방법으로 승려를 해치며 뒤죽박죽 난장판을 만들었습니다(그런데 현재 수많은 불교도는 국수주의자를 자처하며 서양 학문을 배척하고 있으니 실로 가련할 정도로 멍청합니다!). 그러나 중국인은 소위 '중용'에 뛰어나기 때문에 마침내 불교에도 석장釋藏을 만들고 도교에도 도장道藏을 만들어[4] 시비를 따지지 않고 함께 공존하게 했습니다. 현재 각경처[5]에서는 이미 수많은 불경을 간행했고, 상우인서관에서도 일본의『속장』續藏을 간행함과 아울러『정통도장』도 간행했습니다.[6] 이 두 주객 중에서 어느 것이 낫고 어느 것이 못한지는 각각 자체적으로 증명해야 하므로 여기에서 쓸데없이 언급할 필요는 없겠습니다. 그러나 만약 비교한 후 불교의 학설이 더 뛰어나다 하더라도 중국에는 여전히 도사가 거사와 승려보다 훨씬 많을 것입니다. 왜냐하면 지금 사람들은 일률적이지 않고 모두 각양각색이기 때문입니다.

상하이에는 새로운『소설월보』도 있고,『쾌활』[7]에서『소설세계』에 이르는 낡은(?) 문학잡지도 있습니다. 비록 영향력이 미미하긴 해도 위의 경우와 똑같은 일입니다.

지금의 신문예는 외국에서 들어온 새로운 물결이므로 나라의 오래된 사람들은 근본적으로 쉽게 이해할 수 없는 것입니다. 특히 이처럼 특별한 중국에서야 더 말해 무엇하겠습니까? 많은 사람들이 '구문화소설'(이것은 상하이의 신문지상에서 언급되고 있는 명칭입니다)의 출현을 갈망하고 있다 해도 이상하다고 할 수 없습니다. 또 '구문화소설가'들이 크게 신통함을 펼쳐 보이고 있다 해도 이상하다고 할 수 없습니다. 그러나 소설은 종이 위에 써서 모든 사람이 함께 봅니다. 따라서『소설세계』가 어떤 잡지가 될 것인지는 기실 그들이 자체적으로 증명해야 합니다. 우리가 더 이상 그들을 비평할 필요는 없습니다. 만약 운명이라면 그건 또 다른 일이 될 것입니다.

『소설세계』가 중국 청년들에게 해악을 끼친다고 말하는 것은 아마도 지나친 우려인 듯합니다. 만약 어떤 사람이 그 따위 소설(?)에 의해 피해를 본다면 그런 것이 없다 해도 그는 여전히 폐물로 살아갈 것이니, 어떻게 구제할 방법이 없을 것입니다. 사회와는 더더욱 상관이 없습니다. 분위기가 같은 고사[8]와 창본[9]이 국내에 매우 많고 품격도 비슷하다고 해서 이러한 작품들(?)이 '불 위에 기름을 부어' 중국인을 더 심하게 타락시킬 수는 없을 것입니다.

종합해 보면 새롭고 젊은 문학가들이 첫번째 해야 할 일은 작품 창작이나 소개이므로 파리떼나 새떼처럼 어지럽게 행동하며 아무것도 상관하지 않을 수도 있습니다. 둥즈東枝 군은 오늘 구소설가들이 이미 승리를 거뒀다고 여기는데[10] 그런 일이 어쩌면 있을 수도 있습니다. 그러나 그들이 그렇게 여기는 일은 매우 많을뿐더러 중국문명이 세계를 통일해야 한다고 말하기도 합니다. 만약 이와 같다면 콧대 높고 눈이 깊은 남자 유학생들은 망국 노인들을 둘러싸고 고개를 조아리는 법을 배울 것이며, 콧대 높고 눈이 깊은 여자 유학생들은 대갓집 첩들을 둘러싸고 전족하는 법을 배울 것입니다. 이것도 천하에서 기이한 볼거리가 될 터이니 『소설세계』보다 훨씬 더 재미있을 것입니다. 그러나 애석하게도 장차 이런 일이 일어날 때를 기다려야 합니다.

말이 너무 많아졌습니다. 나중에 다시 이야기하겠습니다.

1월 11일, 탕쓰唐俟

1) 원제는「關於『小說世界』」. 이 글은 1923년 1월 15일『천바오 부간』'통신'(通信) 코너에
처음 발표되었다. 본래 제목은「탕쓰 군이 보낸 편지 ―『소설세계』에 관하여」(唐俟君來
信―關於『小說世界』)다.

『소설세계』는 주간지로 예징펑(葉勁風)이 주간이었다. 1923년 1월 5일 상하이에서 창
간했고, 상우인서관에서 간행했다. 주로 원앙호접파 작품을 실었다. 1928년 제17권 제
1기부터 계간지로 바뀌었고 후화이천(胡懷琛)이 주간을 맡았다. 1929년 12월 제18권
제4기를 끝으로 정간했다. 개혁 후의『소설월보』와 대항하며 경쟁하던 간행물이었다.

2) 쑨푸위안(孫伏園, 1849~1966)이다. 본명은 푸위안(福源)으로 저장성 사오싱 사람이다.
루쉰이 사오싱사범학교와 베이징대학에서 가르친 제자다. 신조사(新潮社)와 위쓰사(語
絲社) 동인이다. 1921년 가을에서 1924년 겨울까지 베이징『천바오 부간』에서 편집을
담당했고, 그 뒤 다시 베이징『징바오 부간』(京報副刊)에서 편집을 담당했다.

3) 이구는 첸쉬안퉁(錢玄同)의 필명이다. 그는 1923년 1월 10일『천바오 부간』'잡감'(雜感)
코너에「'의표를 찌르는' 일」('出人意表之外'的事)이란 글을 발표하여『소설세계』의 취지
와 경향을 비판함과 동시에 루쉰의「그들의 꽃동산」(他們的花園; 루쉰전집 9권『집외집』
수록)이란 시를 인용하여 신문학자들이 그 잡지에 합류하여 몸을 더럽히지 말 것을 권
했다.

4) 석장(釋藏)은『대장경』(大藏經)이다. 한문으로 된 불교 경전과 저작을 두루 모아서 경
(經), 율(律), 논(論)으로 분류했다. 남북조시대에 편집되기 시작하여 송 개보(開寶) 5년
(972)에 첫번째 대장경 13만 권이 판각되었다. 이후 각 시대마다 판각이 이루어졌다.
도장(道藏)은 도교의 경전과 저작 총집이다. 당 개원(開元) 연간에 가장 먼저 편집이
이루어졌고 송 휘종(徽宗) 정화(政和) 연간에 최초의 판본이 간행되었다. 내용은 매우
방대하고 복잡하다. 현재 통행되는 판본으로는 명대에 간행된『정통도장』(正統道藏)
5,305권과 청대에 간행된『만력속도장』(萬曆續道藏) 180권이 있다.

5) 각경처(刻經處)는 금릉각경처(金陵刻經處)를 가리킨다. 불경 판각과 유통을 관장하는
기구다.

6) 상우인서관에서는 1923년 일본 장경서원(藏經書院)에서 간행한『속장경』을 영인했고,
1924년에는『정통도장』(正統道藏)을 출판했다. 이 두 가지 서적의 광고가 모두『소설세
계』에 실렸다.

7) 『쾌활』(快活)은 원앙호접파 간행물의 하나로 순간(旬刊)이며 리한추(李涵秋)가 주간을
맡았다. 1922년 1월 상하이에서 창간되었다가 같은 해 12월 정간되었다. 모두 36기를
출간했으며 세계서국에서 간행했다.

8) '고사'(鼓詞)는 중국 전통 예술에 속하는 이야기 공연 방식이다. 흔히 북이나 딱따기로
반주를 넣기 때문에 고사(鼓詞)라 부른다. 한국의 판소리와 비슷한 민간 연예다.

9) 창본(唱本)은 전통적인 창(唱)을 위주로 공연하는 극본이다.

10) 둥즈(東枝)의 『『소설세계』』(『小說世界』)라는 글이다. 1923년 1월 11일 『천바오 부간』 '잡감' 코너에 게재되었다. 그 가운데 이런 내용이 있다. "『소설세계』 출간은 지극히 중요한 의미를 갖고 있으므로 우리는 절대 그것을 소홀히 취급해서는 안 된다. 이러한 의미를 나는 '전승'(戰勝)이란 두 글자로 포괄하고자 한다. 왜냐하면 『소설세계』는 출간되자마자 어느 부분에서건 모두 스스로 전승했다고 여기고 있다."

웨이젠궁 군의 '감히 맹종하지 않는다'를 읽은 이후 몇 가지 성명을 발표하다[1]

『천바오 부간』에 예로센코[2] 군의 연극 관람기를 번역 등재한 후 몇몇 친구가 내게 그 글을 내가 썼거나 적어도 내 의견이 섞여 있다고 의심했다. 왜냐하면 '관'觀이나 '간'看 자 등이 들어간 글은 맹인 작가가 쓸 수 없기 때문이라는 것이다. 지금 나는 그 글을 결코 내가 쓰지 않았을 뿐 아니라 내 의견도 전혀 개입되지 않았음을 특별히 밝힌다. 작가는 다른 저작에서도 항상 (자신이 맹인임에도) 색채나 명암 등을 형용하는 글자를 쓰면서 눈으로 볼 수 있는 사람과 아무 구별 없이 의견을 발표했다. 그러므로 '관'觀이나 '간'看 자와 같은 동사를 쓴다 해도 전혀 이상하게 여길 일이 아니다. 그는 외국 맹인이라 중국어를 들을 수도 없고 연극을 볼 수도 없지만 나 자신은 그의 불행한 결점을 이용하여 그가 '대학생 제군'에게 죄를 얻게 하는 문장을 짓고 싶지는 않다.

웨이 군은 말미에서 내가 "예로센코 선생이 베푼 가르침의 선의를 소개해 주었다"고 감사를 표했다. 이것은 본래 일상적인 말이라 특이하게 여길 것도 없지만, 가시 돋친 그의 전체 문장으로 추측해 볼 때 어쩌면 내가 이해할 수 없는 농담일 수도 있을 것 같다. 이 때문에 나는 또 다음과 같이 선언한다. "작가가 중국에 도착하기 이전에 내가 번역한 작품은 모두 나 자신이 개인적으로 선택한 것이고, 그가 중국에 오고 난 이후로는 모두 그가 지정한 것을 선택했다." 이 대목은 내가 그의 동화집 서문에서 이미 설명한 적이 있다. 그의 작품에 대해서 나는 물론 늘 상이한 의견을 갖고 있지만 그를 위해 작품을 번역해야 했기 때문에 항상 내 의견을 없애고 어기語氣조차도 원문과 차이가 나지 않게 하려고 했다. 따라서 그 내용이 선의인지 악의인지는 더욱 말할 수 없었고, 남이 내게 감사하든 나를 욕하든 상관하지 않았다. 그러나 웨이 군이 자신의 글에서 따옴표를 써서 인용한 '요설'嘵辭이나 '예술의 해충'과 같은 말은 나의 번역문에는 없는 것이다. 아마도 그의 안목이 너무 밝고 식견도 너무 풍부한지라 일시적으로 혼란이 생겨서 다른 곳에서 끌어들인 것 같다.

그러나 그 관람기는 중국에서 용납될 수 없을 뿐 아니라 반감이 생길 것이란 사실을 나도 분명하게 알고 있었다. 특히 직접 연극에 참여하는 연기자들에겐 더더욱 그럴 것이다. 하지만 내겐 또 저지할 용기가 없었다. 나 스스로 중국의 청년을 사랑하는 마음이 그처럼 깊지 못했음을 일찍부터 의심하고 있었기 때문에 분명히 무익함을 알고서 급박한 언론을 발표하고 싶지 않았다. 그러나 이 또한 러시아인이 중국인 및 다른 나라 사람과 다른 점이다. 그는 아주 성실했고 아부할 줄 몰랐다. 기실 러셀[3]이 영국에서 중국을 칭찬하자 그의 문지방은 중국 유학생의 발길로 닳아 없어질 정도였다는 이야기를 나도 일찍이 그에게 해준 적이 있다.

이상은 내가 웨이 군의 글을 본 후 유발된 느낌으로 다른 독자들에게 밝혀야 할 사실이다. 하지만 예로센코 군과 나 자신을 위한 변명은 결코 아니며 또 웨이 군 및 같은 부류 사람들의 심기를 누그러뜨리려는 의도도 아니다. 만약 웨이 군의 발언 태도 자체에 대해 말하자면 다행히 내 눈은 아직 멀지 않았으므로 이것은 사실 '구극舊劇 연기를 배우는 것'보다 더욱 '가련하고, 수치스럽고, 참담한' 일이라고 감히 말하고자 한다. 익살꾼과 같은 구극 배우도 아직 웨이젠궁 군처럼 오로지 다른 사람의 신체장애를 쾌감의 재료로 삼는 경박한 조롱은 하지 않는다. 더욱 '가련하고, 수치스럽고, 참담한' 일은 스스로 그것을 여전히 예술에 진력하는 태도로 여긴다는 점이다. 이처럼 경박한 마음으로 쥐어짠 예술이 어떻게 구극 배우에 미칠 수 있을 것인가? 오히려 아무것도 하지 않고 깨끗하게 있는 편이 더 나을 것이다. 왜냐하면 구극 배우도 아직은 낡고 부패한 근성을 드러내기 전에 연기 기술은 졸렬하더라도 자신의 인격은 전혀 해치지 않기 때문이다.

웨이 군은 중국이 이미 상당히 문명화되어 청년 학생들이 구시대의 배우와 싸움을 벌이고 있으므로 이건 진실로 하나의 진보라 여기고 있다. 그러나 낡은 구극을 숭배하는 사람은 대개 맹인은 결코 아니므로, 그들의 판단은 합리적이어야 하고 존중되어야 하는데 무엇 때문에 청년 학생들과 싸움을 벌이겠는가? 눈이 멀지 않은 사람들도 틀릴 수 있을 것인데 어찌하여 예로센코 군이 실명한 불행을 이처럼 조롱하는가? '가련하고, 수치스럽고, 참담한' 중국의 새로운 광명인가?

마지막으로 나는 다만 웨이 군의 이 글 때문에 지금 또 특별히 책임 있는 성명을 발표하고자 한다. "나는 감히 낡은 도덕과 새로운 부도덕 속에서 자라고, 새로운 예술의 이름을 빌려 그 본래의 낡은 부도덕을 발휘하고 있는 소년들의 얼굴에 침을 뱉고자 한다!"

예로센코 군의 관람기 제3단에 "그러나 오르간을 연주한 사람"然而演奏 Organ的人이라는 구절 사이에 몇 글자가 탈락되어 있는데, 원고가 이미 다른 사람에게 넘어간 상황이라 다시 바로잡을 방법이 없다. 그렇지만 아마도 본래 문장은 "그러나 바이올린을 연주하는 사람 특히 오르간을 연주하는 사람"然而演奏Violin的, 尤其是演奏Organ的人으로 되어 있었던 듯하다. 내친김에 여기에서 고쳐 둔다.

1월 13일

[참고]

감히 맹종하지 않는다!
—예로센코 선생의 연극평으로 유발된 감상

웨이젠궁

루쉰 선생이 예로센코 선생의 「베이징대학 학생 연극과 옌징여학교 학생 연극 관람기」를 번역하여 1월 6일 『천바오 부간』에 발표했다. 세계적인 문학가가 우리 연극에 내린 진지한 교훈을 다행히 루쉰 선생이 우리에게 소개해 주었으므로 이는 먼저 감사를 드려야 할 일이다.

우리는 예로센코 선생의 이 글을 읽고 나서 침중하게 정신을 짓누르는 인상을 받고 눈물을 흘리다가 노력해야 함을 느낀다. 적막이 극도의 경지에 도달한 오늘날의 중국과 같은 나라에서는 정말 '연극이 아예 없다'고 말할 수 있는데, 어떻게 '좋은 연극'을 입에 담을 수 있겠으며, 더더욱 '남녀가 함께 연기하는 연극'을 말할 수 있겠는가? 우리나라 이전 시대의 암흑은 오늘날보다 훨씬 심했다! 이전 두 해 동안에는 예술을 위해 마음을 다하는 단체가 하나도 없었다고 말할 수 있다. 그건 정말 얼마나 적막하고 괴로운 상황이었던가! 우리는 정말 가련하고 참담했다. 그러나 자제들을 무대에 오르지 못하게 하는 부형들이 아직도 많지만 예술을 위해 줄곧 마음을 다하며 선봉에 서려는 사람들은 전혀 위축되지 않았고, 이에 아마추어로서 예술을 위한 연극 사업의 신기원을 개척했다. 이른바 '예술 연극의 싹'이 사막으로 덮인 대지에 돋아났다. 그래서 중국 연극은 이제야 비로소 점점 모습을 드러내고 있다. 또 낡은 전통극도 남은 빛을 '다시 밝히며' 우리와 박투를 벌이고 있고, 이어서 문명희文明戱[4]도 우리와 결투를 벌이려 한다. 우리가 어찌 감히 게으를 수 있겠는가? 하지만 우리는 '연극이 없는 상황'에서 '연극이 있는 상황'으로 이끌어 왔다. 이 점에 비춰 볼 때 오늘날의 나라 형편이 지난날의 형편에 비해 다소 밝아졌다고 인정하지 않을 수 없다. 이전의 학생들은 연극을 하지 않고 연극을 경시했지만 지금은 극력 연극을 제창하며 예술적인 연극에 온 마음을 다 바치고 있다. 그러나 지금도 연극 공연은 중국 청년 학생들이 지난날의 '구극 배우'와 벌이는 한바탕 싸움이며 그들이 예술에 바치는 충심의 표시다! 중국의 예술은 정말 가련하다! 마음을 다 바치는 우리 같은 사람이 1~2년간 고함을 질렀지만 분위기는 여전히 적막하다. 좋은 예술의 열매는 어디에 있는가? 이를 봐도 아마 '예술'이 무엇인지에 대한 일반인들의 회의가 아직 해소되지 않은 듯하다. 이 때문에 오늘날에 이르러 연극을 예술로 간주하고 예술을 위해 기꺼이 마음을 바치며 남자와 공연하려는 여자가 있어야 한다고 예로센코 선생은 목이 터져라 외치고 있지만 언제나 그런 여자는 얻기 어렵다! 우리는 지금 '가까스로 연극이 있는 나라'를 바라다가 다시 좀더 개명하여 '좋은 예술이 있는'

나라를 바라게 되었다. 그리하여 '남녀가 함께 공연하는, 진정으로 좋은 중국 예술'이 비로소 탄생할 수 있으리라는 희망을 갖게 되었다. 중국 예술이 오늘날 보여 주는 공황 상태는 예로셴코 선생 모국의 황폐한 공황 상태에 못지않다. 예로셴코 선생이 우리 중국 청년 남녀 학생들 때문에 뱉어 내는 탄식을 우리는 오직 눈물을 머금고 마음에 새겨야 한다. 예로셴코 선생도 연극이 이제 겨우 생겨난 나라에서 살아가는 우리 청년들이 몇천 년 동안 지속되어 온 무형의 암흑 세력에 반항하기 시작했음을 양해해 주실 것이다. 아울러 잠시 적막을 지키며 우리가 예술의 나라를 밝힐 수 있는지 없는지도 '지켜볼' 것이다! '지난날의 암흑'으로라도 '암흑의 현재'를 비교하다 보면 미래는 그래도 '더욱 암흑적이지는' 않을 것이다! 예술에 마음을 다 바치고 있는 동지들이여! 예로셴코 선생의 마음을 우리 잊지 말자!

우리는 노력하는 과정에서 예로셴코 선생의 교훈을 얻었으므로 불행하다고 할 수 없다.——우리 베이징대학 학생들은 더욱 그렇다!(여기에서 밝혀야 할 것은 연극을 공연하는 대학생 제군 중에서 외국어로 공연하는 학생을 제외하면 우리 베이징대학 연극실험사戱劇實驗社 대학생이 있을 뿐이라는 사실이다. 연극에 관한 모든 비평을 우리는 받아들일 수밖에 없지만 감히 모든 '대학생 제군'으로 하여금 그것을 감당하라고 할 수는 없다.) 예로셴코 선생이 베이징에 온 지 1년이 가까운 세월 동안 우리는 연극 공연을 겨우 두 번 했을 뿐이다. 첫번째는 베이징대학의 두번째 평민학교 학예회 때였다. 예로셴코 선생은 그때 연극 현장에 와서 노래를 불렀다. 노래가 끝나고 연극 현장에 잠시 앉아 있다가 바로 떠났다. 당시는 그가 베이징에 막 도착했을 때이므로 어쩌면 중국어를 알아듣지도 못했을 수 있고 귀에 익지도 않았을 것이다. 당시 우리의 그 유치한 예술은 아마 실패로 판명 났을 것이다. 두번째는 바로 기념회 첫날 공연이었다. 그는 우리의 무대 배경 뒤에 앉아서 잠시 '관람'曆하다가 그의 동료의 부축을 받고 그곳을 떠났다. 이 때문에 그는 "대학생 연극 공연을 거의 모두 가서 '관람'했다!"라고 말했다. 그는 두 차례 '관람'한 결과 우리가 연극 공연을 할 때 "무대에서 아마도 Drama 속 인물을 전혀 표현하고 싶어 하지 않는 것 같다"면서, "오히려 우리가 모든 심신을 다 바쳐서 구극 연기를 배우는 데 진력할 뿐"이라고 단정했다. "아마도"? "전혀 하고 싶어 하지 않는다"? 이 몇몇 어휘는 얼마나 심각한가? 이건 정말 '우리의 실상을 폭로하는' 비평이다! 예로센코 선생은 우리가 "구극 연기를 배우는 데 진력하는 걸" '볼 수' 있고, 또 우리가 "연극 속 인물을 전혀 표현하고 싶어 하지 않는 걸" 알 수 있는가? 이러한 추측과 판단은 너무나 위험할 뿐 아니라, 우리에게 연극에 관한 안목이 조금도 없다고 너무 얕잡아 '보는' 행동이다! 나는 그가 '귀로 눈을 대신하여' 연극을 본다고 믿고 있다. 그리고 그는 마침내 우리가 "아마도 무대에서 오로지 구극 배우처럼 보여 주고, 구극 배우처럼 움직이고 구극 배우 같은 목소리로 구극 배우 같은 말을 하면서 이것이 바로 진정한 예술의 이상이라 여기는 듯하다"고 마침내 자신의 '귀'로 단정했다. 그러나 나는 아마도 그가 이상으로 여긴 것이 이와 같지는 않았다고 생각한다! 연극 공연에 참가한 우리 같은 사람의 "예술이 유치하다" 말할 수도 있고, 또 "표현력이 부족하다" 말할 수도 있다. 하지만 "전혀 표현하고 싶어 하지 않는다"라고 하다니, 누구도 이렇게 독단을 부릴 수는 없다! 우리는 예술에 마음을 다 바치고 있으므로 우리의 뇌리에는 털끝만큼도 '구극 배우'의 그림자가 없다고 믿는다.──지금 '구극 배우'는 또 우리의 적이다!──예로센코 선생이 우리가 '구극 연기를 배운다'라고 말한 건 암흑에 싸인 우리나라 형편을 그리 분명하게 알지 못하고 우리를 '구극 배우'보다 못한 사람으로 '보았다'는 혐의에서 자유롭지 못하다! '구극 배우의 모습'은 어떤지? 예로센코 선생은 자신의 '귀'로 판별할 수 있는가? 설령 그가 말로는 표현할 수 있다 해도 우리가 '구극 연기를 배운 걸' '귀'로 판별할 수 있는가? 그는 또 우리 여자 연기를 하는 사람이 흉내를 잘 내는 '원숭이'가 되어 여자를 배우고 여기에 또 '여자로 분장하는 구극 배역 연기'를 배웠다고 말했다. 그럼 '구극 배우' 가운데서 '여자로 분장하는 배역'을 예로센코 선생이 귀로 판별할 수 있는가? 우리 연극 참여자들은 예로센코 선생이 말한 바와 같이 거의 전부 "구극 연기를 배웠거나" "여자 배역 연기자가 더욱 심하게 배운 건" 결코 아니다. 그러나 마찬가지로 예술 능력이 부족하여 '구극 배우 비슷한' 혐의를 받는 사람이 전혀 없다고는 감히 말하지 못하겠다. 지금 연기하는 사람은 어느 누구를 막론하고 이처럼 원기가 없거나, 스스로 힘을 발휘할 수 없어서 '구극 연기를 배우는 것'이 결코 아니다. 하지만 우리의 능력 부족이 혹시 그로 하여금 우리 연기자가 '구극 연기를 배웠다고' 여기게 만들었을 수도 있다! 예로센코 선생은 우리가 "연극에 진력하고", "심신을 다 바치면서도", "구극 연기를 배운다"라고 말했다. 세계적인 문학가가 우리의 유치한 예술 실험가들을 비평하며 자신의 추측으로 이러한 태도를 보여야만 할까? 우리는 그의 사람됨과 언어에 탄복하지만 그가 우리에게 보여 준 이러한 비평과 이러한 태도는 실로 예상할 수 없었던 것이다. 정말 유감이다! 어찌하여 '말끝마다 욕을 내뱉는' 동방 사람들의 습관이 결국 친애하는 세계적 문학가를 오염시켜 이런 비평을 하게 하고 결국 그 스스로 우리더러 "구극 연기를 배웠다"라고 말한 것과 똑같이 행동하게 했는가? 아아! '대학생 제군'은 너무나 억울함을 면치 못할 것이다. 왜냐하면 우리 몇몇 연극하는 사람 탓에 '예술의 해충'으로 지탄받으며 모두 "구극 연기를 배우는 혐의"를 받게 되었기 때문이다. 대학생들의 인격이여! 대학생들의 인격이여! 우리 대학생 중에서 예술에 온 마음을 바치는 사람들이여!(연극인뿐 아님) 우리가 어찌 스스로 인격을 모독하며 '구극 배우' 모방에 애를 쓰거나 오직 '구극 배우'만 바라보며 예로센코 선생과 같은 일류의 고상하고 존경할 만한 예술가를 망각했겠는가? 아아! 모욕당한 예술의 나라여! 광명을 지향하면 할수록 모욕은 더욱 심해지면서 한층 더 어두워지는 예술의 나라여!

이 때문에 우리에게는 '구극 연기를 배운다고 혐의를 받는' 대학생 중에서 연극하는 동지들이 있다. 나는 감히 그들과 함께 다음과 같이 성명을 발표한다. 우리가 기념회에서 연기한 「암흑의 세력」黑暗之勢力이 실패한——아마도 모든 연극이 실패한——원인은 이렇다. ①충분한 연기 훈련을 받지 못해서 극중 인물의 개성을 유치한 연기로 묘사할 수 없었기 때문이다. 소위 "익지 않은 포도는 시게 마련이다"라는 격이다. ②적절한 주변 여건이 없었기 때문이다. 우리에겐 연극에 마음을 다 바치는 사람은 있지만 시간이 촉박하여 충분하게 연기 훈련을 시키지 못했다. 그처럼 고독한 노력과 도와주는 사람이 없는데 하필이면 부끄러운 연기를 해야 했던가? 그러나 우리는 예술에 마음을 다 바치고 있다. 인적 도움을 받지 못한 데다 물적 도움도 없었으므로 예로센코 선생도 대학 선생님이므로 생각해 보면 알 수 있을 것이다. 그런데도 주변 여건에 대한 이러한 질책을 우리 몇몇 연극인이 어찌 인정할 수 있겠는가? "연극 공연장의 정서에 의해 조성된 분위기에는 마음을 쓰지 않았다"고 했으므로 예로센코 선생은 아마도 그런 분위기를 '귀'로 전혀 듣지 못한 듯하다! 우리는 「암흑의 세력」을 공연한 그날 음악으로 그에게 도움을 주지 못한 것에 미안함을 느낀다. 하물며 그날 예로센코 선생은 무대 배경 뒤에 앉아 있다가 홀연히 떠났으므로 무대 앞에 모인 1만여 명의 공연장 상황을 전혀 '볼' 수 없었고, 무대 뒤의 우리 배우들의 소리만 들을 수 있었음에랴? 그러나 다음 날 "구극 배우의 발성과 대화"를 배울 필요도 없이 아마도 "구극 배우의 동작만 배운" 팬터마임 공연에 중국의 현악기와 관악기(笙, 簫, 蘇胡, 磬鈴)가 그 안에서 도움을 주면서 '극장 같은 분위기'를 다소나마 조성했지만 애석하게도 예로센코 선생은 공연장에 오지 않았다! 그가 왔다면 아마도 이 동양 음악이 여전히 졸렬함을 면치 못한다고 했으리라. 돈도 받지 않고 화로도 없고 춥고 혼잡한 시장 바닥 운동장식 극장 무대 막후의 자리를, 좌석표가 있고 스팀이 따뜻하고 새로 건축한 대회당 극장에 어찌 비교할 수 있겠는가? 본래 예술은 다소 귀족적인 것이 아니던가? 따라서 평민문학을 주장한 톨스토이 선생의 명작이 운동장식의 공개된 공연장에서 우리에게 모욕을 당하며 실패했다. 실패의 원인을 우리는 예술의 유치함 때문이라고 인정할 수 있지만 "무슨 구극 연기를 배운" 때문이라고는 절대 인정할 수 없다.

마지막으로 나는 예로센코 선생과 모든 예술가들에게 삼가 질문을 드리고자 한다. 이처럼 예술계에 암흑이 만연한 지금의 중국 같은 나라에서는 우리 '남자들'과 함께 합연하려는 사람이 한 사람도 없는 상황인데 우리가 어떻게 '여자'가 등장하는 연극에 진력할 수 있겠는가? 만약 연극에 마음을 다 바치려면 남자가 여자로 분장하지 않을 수 없다. 그런데 여자로 분장한 것이 예술상의 실패이고, 그것이 바로 "무슨 구극의 여자 배역 분장을 배운" 것인가? 우리나라의 예술은 우리 자신도 "꼭두각시 인형극보다 더욱 무료하다"고 인정할 수밖에 없다. 그러나 왜 우리로 하여금 꼭두각시처럼 '원숭이'가 되어야 한다고 할까? 우리 남자들이 여자를 따라 배우는 것이 '원숭이가 되는 것'이라면 그 반대는 무엇인가? '원숭이가 된' 동지들이여! 우리는 어떻게 노력해야 할까?!

사람이면서 '원숭이'처럼 연극을 하는 사람은 거의 흐느껴 울어야 하리라! 우리 대학생들은 마음을 다해 예술을 하면서도 많은 도움도 받을 수 없다! 심지어 세계적인 문학가가 우리를 대하는 태도를 봐도 아마 우리 대학생들에게 도대체 인격이 있는지 없는지 전혀 생각하지 않는 듯하다! 가령 어떤 사람이 예로센코 선생이 직접 눈으로 '본' 후 내린 판단이므로 틀림이 없다고 말한다면 그건 너무나 우스운 말일 것이다. 그게 대체 무엇을 말하는 것인가?

그러나 나는 우리의 가련함, 수치스러움, 참담함이 모두 부끄럽지만 감히 맹종하지 않는 몇 마디 말을 하게 만들었다고 스스로 믿는다. 우리는 문학가 한 분의 가르침을 얻었으므로 얼마나 다행인가? 암흑적인 우리나라 예술계에서 이처럼 빛나는 햇불을 얻어 길을 인도할 수 있으니 얼마나 다행인가? 우리가 예로센코 선생에게 깊은 감사를 드려야 함은 너무나 당연한 일이다! 그러나 이 일은 또 우리에게 참을 수 없는 슬픔과 유감을 가져다줬다. 예로센코 선생은 사막과 같은 중국에서 가장 강렬하게 적막을 느끼고 있지만 우리는 이처럼 떠도는 맹인 시인을 아직 위로할 수 없는 상황에서, 오히려 그를 '원숭이'처럼 희롱하며 어떻게 할 방법도 없이 더욱 적막하게 만들었다! 이와 같을 뿐 아니라 심지어 그가 침통하게 우리를 부를 때도 오히려 감히 맹종하지 않으면서 그에게 한바탕 긴 '요설'을 늘어놓으려 한다! 다행인 것은 예로센코 선생이 완전히 견딜 수 없게 하지는 않았고, 또 옌징여학교의 아름다운 예술 인상을 그의 뇌리에 각인시켰다는 사실이다! 하지만 우리는 우리의 인격을 보장하기 위해 '구극 연기를 배웠다'는 예로센코 선생의 한 마디를 영원히 맹종하지 않을 것이다!

나는 루쉰 선생께서 예로센코 선생이 베푼 가르침의 좋은 뜻을 소개해 준 일에 다시 감사를 드린다!

1923년 7월 1일, 베이징대학

제목의 한 글자(盲)와 본문 몇 글자에 씌어진 따옴표는 그다지 좋지 않은 태도를 드러내고 있지만 편집자가 원작을 존중하기 위해 함부로 고치지 않았다. 특별히 이 점에 대해 사과드린다.(『천바오 부간』 편집자)

1923년 1월 13일 『천바오 부간』

주)＿＿＿＿

1) 원제는 「看了魏建功君的'不敢盲從'以後的幾句聲明」. 이 글은 1923년 1월 17일 『천바오 부간』에 처음 발표되었다. 웨이젠궁(魏建功, 1901~1980)은 장쑤성 루가오(如皐) 사람이며 언어학자로 당시 베이징대학 학생이었다. 「감히 맹종하지 않는다」(不敢盲從)는 그가 루쉰이 번역한 예로센코의 「베이징대학 학생 연극과 옌징여학교 학생 연극 관람기」(觀北京大學學生演劇和燕京女校學生演劇的記)를 읽고 나서 쓴 글이다. 루쉰이 번역한 예로센코의 이 글은 1923년 1월 6일 『천바오 부간』에 게재되었다.

2) 예로센코(Василий Яковлевич Ерошенко, 1889~1952)는 러시아의 맹인 동화작가다. 일본, 태국, 미얀마, 인도 등지를 방문한 적이 있다. 1922년 중국에 와서 루쉰 등과 교류했다. 에스페란토와 일본어로도 작품 활동을 했다. 루쉰은 그의 『연분홍 구름』(Облако Персикового Цвета, 桃色的雲)과 『예로센코 동화집』(愛羅先珂童話集) 등을 번역했다.

3) 러셀(Bertrand Russell, 1872~1970)은 영국 철학자다. 1920년 중국을 방문했다가 귀국한 후 『중국 문제』(The Problem of China)라는 저서를 출간하여 당시 영국에 유학하던 중국 학생들의 환영을 받았다. 『수학 원리』(The Principles of Mathematics), 『철학의 문제들』(The Problems of Philosophy) 등 많은 저서를 남겼다.

4) 원문은 '文明式的新劇'. 보통 '문명회'로 부른다. 우리나라의 신파극과 유사한 중국의 현대 초기 신극이다.

이씨 소장본 『충의수호전서』 새 판각 제요[1]

새로 판각한 이씨 소장본 『충의수호전서』는 120회이고 별도로 「이끄는 말」引首 1편이 들어 있다. 또 "시내암施耐庵 지음, 나관중羅貫中 수정"이라고 씌어 있다. 권수卷首에 초인楚人 봉리鳳里 양정견[2]의 「서문」序이 붙어 있고, 스스로 말하기를 "이탁오[3]를 섬겼고, 뒤에 우吳 지방으로 유학 가서 원무애[4]를 만나 이탁오가 남긴 글을 구하기 위해 크게 힘을 쏟았고, 또 특히 이탁오가 비평하고 교열한 서적을 구하려고 크게 힘을 쏟았으며, 그리하여 『충의수호전』 및 『양승암집』[5]을 비평·확정하고 나서 먼저 『수호전』을 세상에 간행한다"고 했다. 간행 연월은 표시되어 있지 않다. 「서문」 다음은 「범례」發凡 10항목이고, 그 다음은 『선화유사』[6]이고, 그 다음은 『수호』 충의 108호걸의 본적과 출신 기록이고, 그 다음은 목록이고, 그 다음은 「이끄는 말」과 본문이다. 더러 비평하는 말이 들어 있기는 하지만 모두 보잘것이 없고 또 대체로 위작僞作인 듯하다.

주)_____

1) 원제는 「新鐫李氏藏本『忠義水滸全書』提要」. 이 글의 원고는 루쉰이 베낀 이씨 소장본 『충의수호전서』 '범례'(發凡) 뒤에 붙어 있다. 대체로 1923년 12월에 쓴 것 같다. 본래 제목과 표점이 없었다. 이씨는 이탁오(李卓吾)다.

2) 양정견(楊定見)은 자가 봉리(鳳里)이고 명대 마청(麻城; 지금의 후베이성에 속해 있음) 사람이다. 10여 년 동안 이탁오를 스승으로 섬겼다.

3) 이탁오(李卓吾, 1527~1602)는 명대 말기 양명학 좌파 사상가로 본명은 지(贄), 자가 탁오다. 동심설(童心說)을 주장하며 허례허식을 타파하자고 주장했고, 민간문학을 중시했다. 『분서』(焚書), 『장서』(藏書) 등의 저서를 남겼다.

4) 원무애(袁無涯)는 명대 말기 서적 판각상이다. 쑤저우(蘇州) 사람으로 이름은 숙도(叔度), 호가 무애다. '서식당'(書植堂)을 경영하며 서적 간행으로 명성을 떨쳤다. 그가 판각한 이씨 소장본 『충의수호전서』는 명 만력(萬曆) 42년(1614)에 간행되었다.

5) 『양승암집』(楊升庵集)은 『이탁오선생독승암집』(李卓吾先生讀升庵集)을 가리킨다. 모두 20권으로 이탁오와 초약후(焦弱侯)의 평어(評語)가 들어 있다. 명 만력 연간에 간행되었다. 양승암(1488~1559)은 명 무종(武宗), 세종(世宗) 때의 관리다. 이름은 신(愼), 자는 용수(用修), 호는 승암이다. 시문으로도 명성을 날렸다.

6) 『선화유사』(宣和遺事)는 『대송선화유사』(大宋宣和遺事)를 가리킨다. 송나라 말기~원나라 초기 사람의 화본소설(話本小說)이다. 북송이 멸망하고 남송이 천도할 때의 역사 사실을 담고 있다. 이 속에 양산박(梁山泊) 의적들의 이야기가 들어 있다.

『중국소설사략』에 제사를 써서 촨다오에게 증정하다[1]

바라건대

'애인의 포옹'에서

잠시 손을 풀고

이 무미건조한

중국소설사략을 받으시오

나의 경애하는

학생머리 형이시여!

루쉰(인)

1923년 12월 13일

주)＿＿＿＿

1) 원제는 「題『中國小說史略』贈川島」. 이 글은 루쉰의 자필 원고에 근거하여 편집해 넣었다. 행 나누기는 『중국소설사략』 상권 속표지의 본래 양식을 그대로 수록했다. 제목이 없었다. 촨다오(川島)는 장팅첸(章廷謙, 1901~1981)이다. 그의 자는 마오천(矛塵)이고, 필명은 촨다오로 저장성 사오싱 사람이다. 1922년 베이징대학 철학과를 졸업하고 학교에 남아 학생들을 가르쳤다. 루쉰과 친분이 깊었다.

시미즈 야스조에게 부쳐[1]

칼을 내려놓으면,

즉시 성불할 수 있다.

불교를 내려놓으면,

즉시 살인을 할 수 있다.

주)_____

1) 원제는 「題寄淸水安三」. 이 시는 시미즈 야스조(淸水安三)에게 보낸 엽서에 씌어 있다. 날짜는 미상인데, 1923년에 쓴 것으로 봐야 한다. 원래 제목이 없었다.
시미즈 야스조(1891~1988)는 일본인으로 천주교 신부다. 『베이징주보』(北京週報)를 위해 루쉰에게 원고를 부탁한 적이 있다.

광둥성 신후이 뤼펑쭌 군에게 답하다[1]

문: "이 눈물이 이슬에 섞여 달빛에 반짝인다. 정말 이해하기 어렵다^{可難解}. 야광석처럼 빛을 낸다."——「좁은 바구니」[2](『예로센코 동화집』, 27쪽) 이 문장 속에 들어 있는 "可難解" 세 글자는 무슨 뜻입니까?

답: "可難解"를 다른 말로 바꾸면 "정말 기이하다"^{這眞奇怪}로 쓸 수 있습니다. 눈물과 이슬은 "야광석처럼 빛을 내지는" 않는데, 결국 이와 같이 썼습니다. 이 때문에 이 현상은 진실로 기이하여 사람들이 무슨 이치인지 생각할 수 없게 합니다.(루쉰)

문: "더러는 환희가 충만하여 꽃 위에서 치솟아오르고, 더러는 반짝반짝 빛나며 이파리 끝에서 명상에 잠겨 있다."——「좁은 바구니」(위와 같음) 이 두 구절의 '주어'^{Subject}는 눈물과 이슬입니까? 아니면 호랑이입니까?

답: 눈물과 이슬입니다.(루쉰)

문: "노예의 피는 아주 밝아서 홍옥과 같다. 하지만 무슨 맛인지 몰라서 맛을 좀 보려고 한다.……'"——「좁은 바구니」(위와 같음, 53쪽) "맛을

좀 보려고 한다" 아래에 있는 인용부호 '」'는 제 생각에 "하지만 무슨

맛인지 몰라서" 아래로 옮겨야 할 것 같습니다. 정오正誤 여부에 대한

고견을 알려 주십시오.

답 : 원작에 그렇게 되어 있으므로 다른 사람이 그것을 이동시킬 수 없습

니다. 그러나 원문에서도 서술 전개상 인용부호 아래에 "그것이 대체

어떤지 보려고 한다"라든가 "그 맛이 정말 좋은지 좀 보려고 한다"는

등등의 뜻이 포함될 수 있을 것입니다.

주)_____

1) 원제는 「答廣東新會呂蓬尊君」. 이 글은 1924년 1월 5일 상하이 『학생잡지』(學生雜誌) 제
   11권 제1호 「문답」(答問) 코너에 처음 발표되었다.
   뤼펑쥔(1899~1944)은 광둥 신후이 사람으로 본명은 사오탕(劭堂), 또는 젠자이(漸齋)
   이다. 당시 초등학교 교사였다.

2) 「좁은 바구니」의 원제는 「狹的籠」이다. 에로센코 원작 동화다. 동물원 철창에 갇힌 호랑
   이가 자유생활을 갈구하는 내용이다. 루쉰이 번역했다. 한국어판 『역문서발집』(루쉰전
   집 12권)에서는 이 동화의 제목을 「좁은 바구니」로 번역했지만, 원작 내용에 비춰 보면
   「좁은 우리」로 번역하는 것이 더 타당해 보인다.

'우스갯소리'에 대한 우스갯소리[1]

판중윈范仲澐[2] 선생의 「국고를 정리하자」整理國故라는 글은 난카이대학南開大學에서 행한 강연 원고다. 그러나 나는 신문지상에 전재된 일부를 보았을 뿐이다. 제3절에 다음과 같은 내용이 있다.

…… 근래에 어떤 사람은 우禹가 인명이 아니라 동물 이름이라고 한결같이 의심했다. 나는 그에게 무슨 확실한 증거가 있는지 모르겠다. 우스갯소리나 하자. 누군가는 자신이 어머니 뱃속에서 나오는 걸 눈을 크게 뜨고 분명하게 보았을 텐데 설마 자신의 부모를 의심할 수 있겠는가?

제4절에는 또 다음과 같은 몇 구절이 있다.

고인들의 저서는 대부분 두 가지 방식으로 발표되었다. ① 옛날 성현의 이름에 가탁했다. ② 본인의 사후에야 판각되었다. 첫째 부류 사람은 마치 여불위[3]가 자신의 아이를 임신한 애첩을 다른 사람에게 보낸 경우와 같은 것인데, 이는 실제로 왕위를 탈취하려는 것이다.……

나도 우스갯소리를 해야겠다. 여불위의 행위가 바로 사람들에게 "부모를 의심할 수 있게 하는" 증거다.

주)_____

1) 원제는 「對於‘笑話’的笑話」. 이 글은 1924년 1월 17일 『천바오 부간』에 처음 발표되었다. 서명은 펑성(風聲)이다.
2) 판중윈(范仲澐, 1893~1969)은 중국 현대 역사학자다. 저장성 사오싱 사람으로 이름은 원란(文瀾), 자가 중윈이다. 저서로 『중국통사간편』(中國通史簡編) 등이 있다. 당시에 톈진(天津) 난카이대학 국문과 교수였다.
3) 여불위(呂不韋, ?~B.C. 235)는 전국시대 말기 상인 겸 정치가다. 본래 조(趙)나라 사람이었으나 진(秦)나라에서 벼슬했다. 자신의 아이를 임신한 애첩 조희(趙姬)를 진나라 공자 이인(異人; 장양왕莊襄王)에게 바쳤고, 그렇게 태어난 아이가 바로 나중에 진시황이 되었다.

기괴한 일력[1]

나는 작년에 일력 하나를 샀다. 가격은 다양大洋 2자오角 5편分이었고, 상하이퀘이화서국上海魁華書局 발행이라고 인쇄되어 있었으며, 내용이 분명하지 못했다. 왜냐하면 얇은 종이로 싸여 있었기 때문이다. 나는 바로 그것을 기둥에 걸었다.

올해 1월 1일부터 시작하여 나는 하루에 한 장씩 뜯어서 오늘에 이르렀는데, 갑자기 이상한 점을 발견했다. 지금 아래에 7일의 내용을 베껴 둔다.

> 1월 23일 토요일[2] 싱치3星期三[3] 제사에 적당하고 친구 만남이나 결혼
> 식을 할 수 있다
>
> 또 24일 금요일 싱치4 목욕과 집안 청소 하기에 적당하다
>
> 또 25일 금요일 싱치5 제사에 적당하다
>
> 또 26일 화요일 싱치6
>
> 또 27일 화요일 싱치르星期日 제사에 적당하고……

또 28일 수요일　　싱치1　　　목욕하고 머리 깎고 짐승을 잡기에 적
　　　　　　　　　　　　　　당하다

또 29일 수요일　　싱치2

　　나는 또 12월 31일까지 죽 살펴봤으나 끝내 일요일과 월요일은 하루
도 찾지 못했다.

　　진정으로 시행되지는 못하고 있지만 중화민국이 양력을 사용한 지는
이미 13년에 이른다. 그러나 이처럼 기괴한 일력은 이전에 출간된 적이
없는 것 같다. 그것이 어찌 "머리 깎고 짐승을 잡는" 내용에 그치랴? 그 표
현이 한 해 한 해 더욱 황당해지고 있을 뿐이다!

1924년 1월 23일, 베이징

주)_____

1) 원제는 「奇怪的日曆」. 이 글은 1924년 1월 27일 『천바오 부간』에 발표되었다. 서명은
　아오저(敖者)로 되어 있다.
2) 이 일력에 나오는 토요일, 금요일, 화요일 등은 지금 우리가 쓰고 있는 요일과는 다르
　다. 대체로 천간(天干)을 근거로 한 것 같으나 자세한 내용은 알기 어렵다.
3) 한국과 일본은 요일을 월, 화, 수, 목, 금, 토, 일로 부르지만 중국에서는 요일에 해당하는
　싱치(星期)를 먼저 쓰고 그 뒤에 1, 2, 3, 4, 5, 6, 日(또는 天)을 붙인다.

대척여인 100회본 『충의수호전』 장회 제목 교감기[1]

1924년 9월 8일 100본을 보았다. 편찬자가 밝혀져 있지 않았다. 그 제목이 이것(120회본)과 같은 것은 '、'로 표시했다. 책 앞에 대척여인[2]의 서문이 있고, 연·월·일이 밝혀져 있지 않다. 100회 앞의 제90회 제목은 120회본과 같지만 '遇故'가 '射雁'[3]으로 바뀌어 있다. 91회에서 100회까지는 120회본의 마지막 10회와 같다.

주)_____

1) 원제는 「大滌餘人百回本『忠義水滸傳』回目校記」. 이 글은 루쉰의 자필 원고에 근거하여 편집해 넣었다. 본래 제목과 표점이 없었다.

2) 대척여인(大滌餘人)이 누군지는 알 수 없다. 명나라 말기 개자원(芥子園)에서 판각한 100회본 『충의수호전』 앞에는 「충의수호전을 판각한 연유」(刻忠義水滸傳緣起)란 제목의 서문이 붙어 있고 이 서문 끝에 '명대척여인지'(明大滌餘人識)라는 서명이 있다.

3) 『수호전』 100회본과 120회본 중 제90회의 제목이 다름을 지적하는 말이다. 즉 120회본은 "오대산에서 송강은 참선에 들고, 쌍림진에서 연청은 친구를 만나다"(五臺山宋江參禪, 雙林鎮燕青遇故)로 되어 있는데, 100회본은 "오대산에서 송강은 참선에 들고, 쌍림나루에서 연청은 기러기를 쏘다"(五臺山宋江參禪, 雙林渡燕青射雁)로 되어 있다.

볼기 이백 대는 볼기 백 대의 오류[1]

기자 선생:

내가 「또다시 '예전에 이미 있었던 일'이다」又是'古已有之'[2]에서 송나라 조정이 시 짓기를 금지한 후 "어기는 자는 볼기 백 대를 친다"[3]라고 했는데, 오늘 『천바오 부간』을 보니 "볼기 이백 대"로 되어 있습니다. 내가 잘못 쓴 것인지 아니면 기자 선생, 교정 선생, 식자 선생이 그 처벌이 가볍다 의심하고 고친 것인지 모르겠습니다.

그러나 당시에는 확실히 백 대만 쳤습니다. 양 손의 손가락으로 숫자를 꼽으며 10을 곱한 것입니다. 그런데 지금 만약 이백 대로 올리면 위대한 송나라의 관대한 마음을 어기는 것이고 또 시인들에게도 곱절의 고통을 안겨 주는 일이니 관련되는 일이 진실로 가볍지 않습니다.──이미 지나간 송나라의 일이긴 하지만 즉각 정정해 주시면 다행이겠습니다.

9월 29일, 아무개가 허리 굽혀 절을 올립니다

주)_____

1) 원제는 「答二百系答一百之誤」. 이 글은 1924년 10월 2일 『천바오 부간』에 발표되었다.
2) 『집외집습유』(루쉰전집 9권)에 실려 있다.
3) 송나라 섭몽득(葉夢得)의 『석림피서록화』(石林避暑錄話)에 나온다. 자세한 사항은 『집외
   집습유』에 실린 「또다시 '예전에 이미 있었던 일'이다」 해당 각주를 참고하시라.

문학구국법[1]

나는 정말 어리석은 것 같다. 지금에 이르러서야 중국의 허약함이 신시인新詩人의 과장[2] 때문임을 알았다. 이에 우국의 열정에 내몰려서 밤을 이어 생각하다가 문학으로 나라를 구할 방책을 짓는다. 애석하게도 끝까지 어리석음에 빠져 누락되고 소략한 점이 많겠지만 박사와 학자들께서 앞으로 나오셔서 가르쳐 주시면 그보다 큰 다행은 없겠다.

첫째, 모든 인쇄소의 느낌표 납 활자와 그 본을 걷어서 전부 폐기하고 아울러 다시는 못 만들게 해야 한다. 살펴보건대 이것은 실로 긴 호소와 짧은 탄식의 발원지인지라 근본을 바로잡고 근원을 깨끗이 하면 "축소해서 세균을 만들고 확대해서 탄환을 만들려 해도" 그렇게 할 수 없을 것이다.

둘째, 양웅[3]의 『방언』[4]을 금지하고, 『춘추공양전』[5]과 『춘추곡량전』[6]을 개정해야 한다. 살펴보건대 양웅이 『방언』을 짓자 왕망王莽이 한漢나라를 찬탈했고, 공양씨公羊氏와 곡량씨穀梁氏가 『춘추』를 풀이하면서 사투리를 섞어 넣자 영씨嬴氏[7]의 진秦나라가 주周나라를 멸망시켰다. 방언이 나라에 해가 된다는 사실이 분명하게 증명되고 있지 않은가! 이로써 양웅은 역신逆臣이 되므로 그의 저작은 응당 금지해야 한다.『공양전』과『곡량전』은 여전히 통용되도록 허락해야 하지만 아언雅言[고대 표준 중국어]을 써야 하므로 그 속에 섞여 있는 터무니없는 사투리는 제거해야 한다.

셋째, 원나라의 전례를 모방하여 저속한 글자 30자를 금지하고, 학자들에게 심리 측정 및 통계법을 사용하여 마땅히 금지해야 할 글자, 예컨대 '哩'(li), '哪'(na)[8] 등등을 보태도록 부탁한다. 연용하는 글자도 금지 사례를 분명하게 정해야 한다. 예를 들면 '糟'(zao)자를 '粕'(po)와 연용하는 것은 허락하고, '糕'(gao)자와 연용하는 것은 허락하지 말아야 한다.[9] 또 '阿'(a)자를 '房'(fang)자 위나 '東'(dong)자 아래에 쓰는 것은 허락하고, '呀'(ya)자 위에 쓰는 경우 등등은 허락하지 말아야 한다.[10] '糟魚'(zaoyu), '糟蟹'(zaoxie)[11] 등의 어휘는 우아함과 저속함 사이에서 쓸지 말지 마음대로 정하면 된다. 그러나 이런 말을 사용하면 상등의 강국 시인으로 일컬어질 수 없을 것이다. 살펴보건대 말은 마음의 소리인데 어찌 저속하게 속된 기운이 스며들게 할 수 있겠는가?

넷째, 무릇 너무 길다, 너무 짧다, 너무 뚱뚱하다, 너무 말랐다, 불구이다, 늙고 약하다와 같은 어휘는 모두 시에 넣을 수 없게 해야 한다. 살펴보건대 건전한 신체에 건전한 정신이 깃든다고 했으므로 신체가 강하지 못하면 시문詩文도 반드시 허약해진다. 시문이 허약해지면 국운도 그 뒤를 따른다. 이 때문에 설령 환호를 잘 하더라도 미연에 허약해짐을 방비할 계책을 세워야 하고 또 함부로 시 짓는 일을 금지해야 한다. 그러나 두통으로 열이 나거나 감기로 기침을 하는 등과 같은 일이 일어나면 잠시 그런 계책을 금지할 수밖에 없다.

다섯째, 느낌표를 많이 사용한 시문이 있으면 아직 출판을 하지 않았더라도 검역을 교묘하게 피해야 한다거나 무기와 탄약을 몰래 감춰 둬야 한다는 논리를 펴야 한다. 살펴보건대 이것이 바로 축소하여 병을 전염시키거나 확대하여 싸움하는 걸 방지하는 일이다.

주)_____

1) 원제는 「文學救國法」. 이 글은 1924년 10월 2일 『천바오 부간』에 처음 발표되었다. 서명은 펑성으로 되어 있다.
2) 장야오샹(張耀翔)은 『심리』(心理) 잡지 1924년 4월호에 「신시인의 정서」(新詩人的情緖)라는 글을 발표하여 이렇게 말했다. "'탄식'이란 두 글자는 …… 실의한 사람의 호소이고, 소극적·비극적·염세적 생각에 빠진 사람의 구두선이며 망국의 슬픈 소리다." 그는 신시에 사용된 느낌표에 대한 통계를 낸 후 다음과 같이 말했다. 느낌표는 "축소해서 보면 수많은 세균과 같고, 확대해서 보면 몇 줄기 탄환과 같다. 견디기 어려운 것은 무수한 청년 독자들이 날마다 이런 '세균'과 '탄환'에 피해를 입는다는 것이다."
3) 양웅(揚雄, B.C. 53~A.D. 18)은 전한 말기의 문학가 겸 언어학자다. 쓰촨성 청두(成都) 사람으로 자는 자윈(子雲)이다. 왕망이 한나라 왕조를 찬탈하고 신(新)나라를 세웠을 때 대부로 임명되었다.
4) 『방언』(方言)은 양웅의 저서로 모두 13권이다. 전한 시대 중국 각 지역 방언과 이체자를 수집하여 해설한 책이다.
5) 『춘추공양전』(春秋公羊傳)은 전국시대 제(齊)나라 사람 공양고(公羊高)가 공자의 『춘추』를 해설했다고 전해지는 책이다. 해설한 대목이 대부분 제나라 방언으로 쓰였다. 『춘추좌씨전』(春秋左氏傳), 『춘추곡량전』과 함께 '춘추삼전'(春秋三傳)으로 불린다.
6) 『춘추곡량전』(春秋穀梁傳)은 전국시대 노(魯)나라 사람 곡량적(穀梁赤)이 『춘추』를 해설했다고 전해지는 책이다. 해설한 대목이 대부분 노나라 방언으로 쓰였다.
7) 춘추전국시대 진(秦)나라 왕실의 성이 영(嬴)이다.
8) '哩'(li), '哪'(na) 등의 글자는 현대중국어에서 감탄을 나타내는 어기사로 쓰인다.
9) '糟粕'(zaopo)는 '찌꺼기', '쓸모없는 것' 등의 뜻을 나타내는 일반 어휘다. '糟糕'(zaogao)는 '아뿔사', '제기랄', '야단났군' 등의 뜻을 지닌 감탄사로 쓰인다.
10) '阿房'(Afang)은 아방궁(阿房宮), '東阿'(Dong'a)는 산둥성에 있는 지명으로 지금의 양구(陽穀) 아청전(阿城鎭)이다. '阿呀'(aya)는 '아이고', '아유' 등에 해당하는 감탄사다.
11) '糟魚'(zaoyu)는 술지게미에 절인 물고기 요리, '糟蟹'(zaoxie)는 술지게미에 절인 게 요리다. '糟'(zao)가 들어가므로 어감이 좋지 않다.

1925년

통신(쑨푸위안에게 답함)[1]

푸위안 형 :

보내주신 편지 잘 받았소.

그 글에 기록된 말은 내가 언급한 것이 확실하오.

쉰[2]

[참고]

루쉰 선생의 농담

Z.M.[2]

수많은 명사와 학자가 우리를 위해 지어 준 필독서목을 읽고서 여러 가지 감상이 떠올랐다. 그러나 가장 나의 마음을 뒤흔들었던 것은 루쉰 선생이 덧붙인 말이었다. 그는 이렇게 말했다.

중국 책을 적게 보면, 그 결과는 글을 짓지 못할 따름이다. 그러나 지금의 청년들에게 가장 중요한 것은 '실천'이지 '말'이 아니다. 오직 살아 있는 사람이기만 하다면, 글을 짓지 못한다는 게 뭐 그리 대수로운 일이겠는가![3]

그 말 몇 마디로 말미암아 그가 이야기했던 우스갯소리가 떠올랐다. 그가 이렇게 말했던 듯하다.

말을 하고 글을 쓰는 것은 모두 실패자의 상징처럼 보입니다. 운명과 악전고투를 벌이고 있는 사람은 이런 일을 돌아볼 겨를이 없습니다. 정말로 실력을 갖춘 승리자 역시 대부분 소리를 내지 않습니다. 예컨대 매가 토끼를 잡을 때, 소리를 지르는 것은 토끼이지 매가 아닙니다. 고양이가 쥐를 잡을 때 울부짖는 건 쥐이지 고양이가 아닙니다. 새매가 참새를 포획할 때 짹짹거리는 건 참새이지 새매가 아닙니다. 또 그건 마치 초 패왕 항우가 조나라를 구원하고 한나라를 격파하며 도주하는 적을 추격할 때 아무 말도 하지 않은 것과 흡사합니다. 그가 시인의 얼굴을 하고 술을 마시며 노래를 부를 때는 이미 전투에 패배한 뒤 세력이 꺾여 죽음이 목전에 닥쳐왔을 때입니다. 최근에도 우페이푸吳佩孚란 명사가 "저 서산에 올라, 시를 짓노라"라고 노래한 경우라든가, 치셰위안齊燮元 선생이 "총자루를 내려놓고, 붓자루를 쥔다"라고 노래한 것과 같은 경우가 더욱 분명한 예일 것입니다.[4]

이 대목을 읽고 우리들 중 많은 사람들이 웃음을 터뜨렸다. 나는 그것을 여기에 기록해 둔다. 왜냐하면 말한 사람에게 교정을 청하지 않았으므로 잘못된 점은 게재한 사람의 책임이기 때문이다.

주)_____

1) 원제는 「通訊(復孫伏園)」. 이 글은 1925년 3월 8일 『징바오 부간』(京報副刊)에 처음 발표되었다. 본문 아래 [참고]에 실린 Z.M.의 글에는 본래 제목이 없었으나 『루쉰전집』(중국어판) 편집과정에서 내용에 근거하여 제목을 붙였다.

2) Z.M.은 베이징사범대학 학생으로 추정된다. 본명은 미상이다.

3) 『화개집』 「청년필독서」에 실려 있다.

4) 이 대목은 『화개집』 「후기」에 나온다. 몇몇 글자가 다르게 인용되어 있다.

베이징여자사범대학 학생들을 위해
교육부에 올리는 문건 두 편[1]

1.

지금 올리는 글은 교장[2]이 직권과 처벌을 남용하여 전교 구성원이 원한과 울분을 품고 있으므로 신속하게 교장을 바꾸어 학교를 안정시켜야 하므로 이에 간청을 드리기 위한 것입니다. 생각건대 양인위[3]는 학교에 온 지 1년이 되었지만 아무것도 하는 일 없이 본래부터 헛되이 자리만 차지하고 학생들에게 해악만 끼쳤습니다. 누차 귀 부처에 문서를 올려 조사해 달라고 요청했고, 또 파견된 인원이 학교에 와서 공식적으로 철저히 조사하는 은혜를 입었습니다.[4] 이때부터 양인위는 나타나기도 하고 숨기도 하면서 끝까지 힐난하지 못하고 헛된 명칭만 끌어안은 채 오로지 돈 받는 일에만 연연하고 있으므로 결국 학교 업무는 갈수록 나빠지고 있습니다. 그 후안무치한 행위는 저희들에게 오랫동안 인정을 받지 못해서 일찌감치 양인위란 사람이 있다는 걸 의식하지도 못할 지경이었습니다. 그런데 뜻밖에도 '5·7' 국치일[5]에 교내에서 강연을 할 때 갑자기 얼굴을 붉히고 자리에 나왔습니다. 저희들은 완곡하게 물러나기를 권했지만 그녀는 수치심을 분노로 전환하여 큰소리로 경찰을 불렀습니다. 다행히 교원들이 제지하여 유혈 참극을 면할 수 있었습니다. 오후에는 연회 손님이라는 명목을 빌려 호텔에서 합법적인 평의원인지도 모르는 여러 사람을 소집하여 술과 음식을 차려 거나하게 잔치를 벌인 후 비로소 학생 제적에 관한 일을 모호하게 알리면서도 학생들이 누구인지는 말하지 않았습니다. 9일이 되자 갑자기 자치회 직원…… 등 6명[6]을 제적한다는 게시물이 교내에 붙었습니다. 대저 자치회 직원은 대중들에 의해 공개적으로 추대를 받은 사람으로 전체를 대표합니다. 그들의 성패와 손익은 저희들이 함께 책임지게 되어 있습니다. 그런데도 (양 교장은) 거꾸로 행동하면서 죄가 아닌 행동을 처벌하며 학생운동이 팽배한 틈을 타 악독하고 사사로운 계획을 시행하여 세상 사람들이 주의를 기울이지 못하게 하고 있습니다. 그 마음 씀씀이가 비열함을 분명하게 알 수 있습니다! 이어서 또 이미 예고한 운동회를 정지하여 사회에서 본교의 신용을 실추시켰고 또 자취를 감추어 간 곳을 알지 못하게 함으로써 저희들이 그녀와 변론을 할 수 없게 만들었습니다. 이것은 실로 학생을 지푸라기처럼 보고, 심한 처벌을 아이들 장난처럼 여기는 행동입니다. 하늘이 부여한 양심을 상실함이 끝간 데까지 간 것입니다! 이제 양인위가 하루라도 이곳을 떠나지 않으면 칼과 도마가 눈앞에 있는 것과 같을 것입니다. 학생들이 살해되어 어육이 될 겨를도 없을 것인데 어떻게 학업을 논할 수 있겠습니까? 이러한 까닭에 학교의 전체 구성원은 원한과 울분을 품고 (양 교장이) 자취를 감춘 날부터 절대로 다시 교문으로 들어오지 못하게 하자고 공개 결의를 했습니다. 이는 그녀가 횡포를 부리며 남은 숨을 이어가려는 걸 방지하기 위한 조치입니다. 이를 위해 이 문건을 귀 부처에 올리오니 간절히 바라옵건대 밝은 명령으로 신속하게 교장을 교체하여 위기에 빠진 본교를 구하고 물과 불의 위험에서 학생들을 구출해 주십시오. 급박하게 명령을 기다리는 마음 이길 수 없습니다! 삼가 교육부 총장님[7]께 올립니다.

2.

지금 올리는 글은 계속해서 양인위 씨의 행적이 은밀하고 심보는 예측하기 어려운 데다 또 학교를 파괴하고 있으므로 즉시 다른 교장을 초빙하여 신속하게 교무를 유지해 달라고 간청을 드리기 위한 것입니다. 생각건대 양씨가 종적을 감춘 지 이미 여러 날이 되었습니다. 앞서 5월 12일 귀 부처에 모든 내용을 갖춘 문건을 올려서 그 음험하고 포악한 실상의 줄거리를 낱낱이 진술하고 교장 교체를 공식 문서로 보내 달라고 요청했습니다. 그러나 양씨는 잘못을 뉘우칠 줄 모르고 여전히 간계를 부리고 있습니다. 먼저 날짜를 당겨서 방학할 모의를 하고, 또 강의를 중지하고 시험을 치게 하려 했습니다. 그 술책이 통하지 않자 더욱 성대한 연회를 베풀고 같은 파당을 많이 불러 모아 비밀리에 학교를 파괴할 책략을 도모하며, 자리를 잃은 원한을 갚으려 하고 있습니다. 또 사방으로 청탁을 넣고 헛소문을 널리 퍼뜨리며 학생들의 가장에게 편지를 보내 누차 품성에 관한 이야기를 했습니다.[8] 이는 제적할 때의 게시물과 말이 다르며, 기실 교묘하게 중상모략을 조작하여 음험하게 인격을 해치는 일입니다. 그런즉 양심이 어디에 있는지는 묻지 않아도 알 수 있습니다. 만약 저들의 기만에만 맡겨 둔다면 이는 진실로 학계의 큰 치욕입니다. 이는 대체로 저희들의 몸이 찢기는 일일 뿐 아니라 학교를 구제할 수 없는 일이기도 합니다. 이 때문에 밝은 명령을 내려 주시기를 글을 지어 계속해서 간청합니다. 조속히 현명한 사람을 임명하여 교무에 주재하는 사람이 있게 해주시고, 포악한 자가 유린할 여지를 없애 주시면 학교에도 큰 다행일 것이고, 교육에도 큰 다행일 것입니다! 삼가 교육부 총장님께 올립니다.

주)_____

1) 원제는 「爲北京女師大學生擬呈敎育部文二件」. 이 글은 루쉰의 자필 원고에 근거하여 편집해 넣었다. 본래 제목과 표점이 없었다. 첫째 문건은 1925년 6월 3일 베이징여자사범대학자치회에서 편집 출판한 『구양운동 특간』(驅楊運動特刊)에 「학생자치회가 교육부에 올리는 글」(學生自治會上敎育部呈文)이란 제목으로 발표되었다. 둘째 문건은 발표한 적이 없다.

2) 중국에서는 대학교 총장도 교장이라 한다.

3) 양인위(楊蔭楡, 1884~1938)는 장쑤성 우시(無錫) 사람이다. 일본과 미국에서 유학하였고 1924년 2월 베이징여자사범대학 교장에 임명되었다가, 1925년 8월 면직되었다. 1924년 11월 학생 3명을 제적하여 학생과 교수들의 공분을 샀다. 학생들은 대회를 개최하고 그녀를 교장으로 인정하지 않았으며, 1925년 1월 교육부에 학생대표를 파견하여 그녀의 교체를 요구했다.

4) 1925년 3월 중순에 당시 교육총장 왕주링(王九齡)이 교육부 첨사(僉事) 장방화(張邦華)와 천마오즈(陳懋治)를 파견하여 학생들이 양인위 교장 교체를 요구하는 문제를 조사했다.

5) 1915년 5월 7일 일본 제국주의는 위안스카이 정부에 최후 통첩을 전하여 중국 멸망을 재촉하는 '21개조 조약' 수용을 압박했고, 위안스카이는 결국 5월 9일 일본의 요구를 승인했다. 이 때문에 5월 7일을 국치기념일이라 부른다. 1925년 5월 7일 양인위는 '5·7 국치'를 기념한다는 명목으로 저명인사를 교내로 초청하여 강연을 하게 했다. 그녀는 이 강연에 반대하는 학생들을 '국치 기념 파괴자'란 죄명을 씌웠고, 이후 5월 9일에 학생자치회 책임자 6명을 제적했다.

6) 류허전(劉和珍), 쉬광핑(許廣平), 푸전성(蒲振聲), 장핑장(張平江), 정더인(鄭德音), 장보디(姜伯諦)를 가리킨다.

7) 당시 교육부 총장은 장스자오(章士釗, 1881~1973)다. 1925년 4월에서 12월까지 베이양 정부의 교육총장을 지냈다.

8) 양인위는 류허전 등 6명을 제적한 후 학생들의 고향집에 편지를 보내 여자사범대학은 품행을 중시하므로 학생들에게 경솔한 행동을 못 하도록 당부해 달라고 경고했다.

『중국소설사략』 재판 부기[1]

이 책은 간행 이후에 아는 분들께서 누차 오류를 밝혀내어 개정할 수 있게 해주셨다. 둔줘[2] 및 탄정비[3] 두 선생께선 한 번도 만난 적이 없는데도 모두 이 책의 오류를 바로잡아 주셨다. 고상하고 정다운 마음에 더욱 감사를 드린다. 아울러 탄 선생은 우취안[4] 선생의 『고곡주담』顧曲塵談에 나오는 다음과 같은 말을 알려줬다. "『유규기』幽閨記는 시군미施君美가 지은 작품이다. 군미는 이름이 혜惠인데 바로 『수호전』을 지은 내암거사耐庵居士다." 그 학설은 매우 신선했지만 『고곡주담』이 어떤 책을 근거로 했는지 몰라서 증거로 삼지 못했다. 그러나 여기에 기록하여 독자들의 참고 자료로 제공하고자 한다.

1925년 9월 10일, 루쉰 씀

주)_____

1) 원제는 「『中國小說史略』再版附識」. 이 글은 1925년 9월 베이징 베이신서국(北新書局)에서 재판을 발행한 『중국소설사략』 합정본(合訂本)에 처음 인쇄되었다.

2) 둔줘(鈍拙)는 서우주린(壽洙鄰, 1873~1961)으로 본명은 펑페이(鵬飛), 자가 주린이다. 저장성 사오싱 사람으로 루쉰의 어린 시절 스승 서우징우(壽鏡吾) 선생의 둘째아들이다. 그는 일찍이 '둔줘'로 서명된 편지를 루쉰에게 보내 『중국소설사략』 「청대의 진당(晉唐)을 모방한 소설과 그 지류」(淸之擬晉唐小說及其支流)에 나오는 롼양(灤陽)이 펑톈(奉天)에 속하는 것이 아니라 러허(熱河)에 속한다고 바로잡아 줬다.

3) 탄정비(譚正璧, 1901~1991)는 상하이 자딩(嘉定) 사람이다. 상하이 전단대학(震旦大學), 중국예술학원(中國藝術學院) 등 대학의 교수를 지냈다. 그는 1925년 7월 8일 루쉰에게 편지를 보내 우메이(吳梅)의 『고곡주담』(顧曲塵談)에 시내암(施耐庵)과 관련된 자료가 있다고 소개했다. 저서로 『중국문학사대강』(中國文學史大綱) 등이 있다.

4) 우취안(吳瞿安, 1884~1939)은 본명이 메이(梅), 자가 취안이다. 장쑤성 쑤저우(蘇州) 사람으로 희곡 이론가다. 저서로 『중국희곡개론』(中國戲曲槪論), 『남북사간보』(南北詞簡譜) 등이 있다. 『고곡주담』은 희곡을 연구한 전문 저서로 상하 두 권으로 나뉘어 있다. 루쉰은 1930년 『중국소설사략』을 다시 찍을 때 우메이의 견해를 제15편에 보충해 넣었지만 "아직 믿을 수 없다"고 표기했다.

'출판계로 가면서' 코너의 '전략'[1]

"그(루쉰)의 전략은 '암시'이지만, 나의 전략은 '동정'이다."[2]

───창흥長虹

> **광풍사 광고**
> ……사상계의 선구자 루쉰 및 가장 진보적인 소수 청년들이
> 『망위안』莽原 잡지를 함께 꾸리고……[3]

"루쉰은 심오한 사상가로 동시대인 중에서는 그에게 미칠 사람이 없다."[4]

"……"

"우리의 사상적 차이는 본래 아주 컸지만 어쨌든 관계는 좋았다. 『망위안』 잡지는 바로 이런 좋은 정신의 표현이다."[5]

"……"

"그러나 당신의 도움을 받을 수 있으면 우리는 진실로 기쁠 것이다."

"……"

"그러나 그는 비평을 할 수 없다고 말한다. 왜냐하면 그는 여태껏 비평을 하지 않았기 때문이고, 그 스스로 파당을 지어 남을 공격하는 짓이라 생각했기 때문이다. 그러나 만약 비평을 하는 친구에게 파당을 지어 남을 공격하도록 바란다면 적어도 '다른 사람을 위해 계책을 마련해 줄 때 정성을 다하지 않은 것'[6]이 될 것이다.[7]

"……"

"이미 명성을 얻은 사람들이 있다면 나는 그들의 도움을 얻는 것이 아주 좋은 일이라 생각했다. 루쉰이 당초에 『망위안』 잡지를 꾸리자고 제의했을 때 나는 그가 바로 이런 태도에 해당한다고 여겼다. 그러나 이후의 사실은 오히려 …… 그가 '사상계의 권위자'라는 헛된 명성을 얻으려 할 뿐임을 증명했다! 그의 의견과 반대되는 말은 모두 하지 못하게 했고, …… 또 그는 그가 다른 사람의 도움을 받는다고 여기지 않고 오히려 때때로 다른 사람이 그를 이용한다고 의심했다."

"……"

"이에 '사상계의 권위자'의 대광고가 바로 『민보』民報에 게재되었다. 나는 그것을 보고 정말 '역겨움'을 느끼며 통탄했을 뿐만 아니라 구토까지 했다."

"……"

"연령과 귀천을 알아야 한다는 것이 우리 아버지와 할아버지들의 인습적 사상이지만 새로운 시대에는 이런 사상이 최대의 걸림돌로 작용한다. 루쉰은 작년에 마흔다섯에 불과했다. …… 그런데 만약 스스로 노인이라 한다면 이는 정신의 타락이다!"

"……"

"실제의 반항자가 울음소리 속에서 강제로 학교에서 쫓겨난 후가 되어서야 …… 루쉰은 마침내 종이로 만든 권위자의 가짜 모자를 쓰고 심신에 병이 교차하는 상황으로 들어섰다!"

이른바 '사상계의 선구자' 루쉰이 알리는 글
…… 광풍사는 한편으로 또 세번째로 '종이로 만든 가짜 모자'를 하사하고 계시니, 머리는 적은데 모자는 많아서 남을 속이고 자신에게도 해가 된다.……[8]

"웨이밍사未名社 제군의 창작력을 우리는 알고 있지만 목전에 결코 풍부하게 드러나 있는 건 아니다. 이 때문에 『망위안』은 물론 소개 업무에 편중되어야 한다. ……그러나 이것은 기실 바로 『웨이밍반월간』未名半月刊이다. 만약 여전히 『망위안』의 명의를 사용하면 가짜 모자를 쓰고 있다는 혐의에서 벗어나지 못할 것이다."[9]

"……"

"적어도 저들이 역사의 세력을 끼고 청년의 발아래에서 걸림돌 식의 교활한 역행 음모를 자행하지 못하기를 희망하고, 또 한편으로 외국 작품을 소개하면서도 다른 한편으로는 전갈 꼬리를 흔들며 청년작가의 흥미를 해치지 못하도록 해야 한다."

"……"

"정의正義[10]: 나는 광명일기를 쓴다.——노인을 구하자!

더 이상 사람을 잡아먹지 않은 노인이 혹시 아직도 남아 있을지?

노인을 구하자!!!"[11]

　"……"

　"모두 한계를 명확하게 인식하자.──'그 까닭을 알지만 그 이치를 말할 수 없을' 때 다른 방법으로 신사상을 배척한다. 그것은 바로 소위 차를 거꾸로 모는 것이다. 예를 들면 린친난林琴南[林紓]과 장스자오가 한 행위가 바로 이것이다. 우리는 『신청년』 시대의 사상가에 대해서도 더 이상 따라 배워서는 안 된다!"

　"……"

　"정의 : 나는 저들의 각성을 깊이 바라지만 아마 쉽지 않을 듯하다!

　공리 : 나는 그 사람의 도道로 그 사람 자체를 반대하는 것이다."[12]

　　　　　　　　　　　　　　1926년 12월 22일, 루쉰, 훔쳐 베끼다

주)_____

1) 원제는 「'走到出版界'的'戰略'」. 이 글은 1927년 1월 8일 베이징 『위쓰』 주간 제113기에 처음 발표되었다. '출판계로 가면서'(走到出版界)는 상하이 『광풍』(狂飆) 주간 전문 코너의 하나다. 가오창홍(高長虹, 1898~1956?)이 담당했다. 가오창홍은 광풍사 주요 멤버의 하나로 산시성(山西省) 위현(盂縣) 사람이다. 『망위안』(莽原) 잡지의 편집자와 기고자로도 참여했다. 1924년 12월부터 루쉰과 교유하며 많은 지도와 도움을 받았다. 자신이 좋아하던 쉬광핑이 루쉰과 함께 베이징을 떠나자 1926년 하반기부터 루쉰을 공격하기 시작했다.

2) 이 말은 1926년 12월 12일자 『광풍』 주간 제10기 '출판계로 가면서' 코너에 나온다.

3) 이 광풍사 광고는 1926년 8월 『신여성』(新女性) 월간 제1권 제8호에 실렸다.

4) 이 말은 1926년 10월 10일자 『광풍』 주간 제1기 '출판계로 가면서' 코너에 나온다.

5) 이 말과 바로 아래의 말은 모두 가오창홍이 1926년 10월 17일 『광풍』 주간 제2기에 발표한 「통신, 루쉰 선생님께」(通訊, 致魯迅先生)에 나온다.

6) 『논어』 「학이」(學而)에 나오는 말이다. "爲人謀而不忠乎!"

7) 이 말 및 아래 네 단락은 모두 1926년 11월 7일 『광풍』 주간 제5기에 발표한 '출판계로
   가면서' 코너에 나온다.

8) 본래 1926년 12월 『망위안』 반월간 제23기에 게재되었다가 나중에 『화개집속편』에 수
   록되었다.

9) 이 말 및 아래 세 단락은 『광풍』 주간 제10기 '출판계로 가면서' 코너에 나온다.

10) 정의(正義)는 뜻을 바로잡는다는 의미다. 경전에 대한 주석의 한 형태다. '주소'(注疏)
    또는 '의소'(義疏)라고도 한다.

11) 이 대목은 루쉰의 소설 「광인일기」를 패러디한 것이다. 루쉰은 「광인일기」의 마지막
    에서 "아이를 구하자"(救救孩子)라고 했다.

12) 이 말은 『광풍』 주간 제10기 '출판계로 가면서' 코너에 나온다.

『강동화주』 소인[1]

『홍루몽』은 중국의 수많은 사람들이 알고 있는 책이고, 적어도 제목만은 알고 있는 책이다. 누가 작자인지 또 속자續者[2]인지는 잠시 논하지 않겠다. 다만 그 주제는 독자의 안목에 따라 갖가지 의견이 제시되어 있다. 경학가들은 『홍루몽』에서 『주역』을 보고, 도학가는 음란함을 보고, 재자才子들은 얽힌 정을 보고, 혁명가들은 만주 배척을 보고, 전설에 근거한 사람들은 궁정비사를 본다.……[3]

내가 보기에 보옥寶玉[4]은 오히려 그가 목도한 수많은 죽음을 보고 있다. 사랑하는 사람이 많아지면 큰 고뇌에 맞닥뜨린다는 사실을 증명하고 있다. 왜냐하면 세상에는 불행한 사람이 많기 때문이다. 다만 사람을 증오하는 자는 남의 재난과 참화에 기쁨을 느끼므로 일생 동안 작은 기쁨만 얻을 수 있을 뿐이며 거리낌도 거의 없다. 그러나 사람을 증오하는 건 사람을 사랑하는 자가 패망으로 가는 도피처에 불과하다. 그건 보옥이 마침내 출가한 것과 같은 좁은 마음이다. 하지만 『홍루몽』을 지을 때의 사상은 아마도 이렇게 할 수밖에 없었을 것이다. 설령 속작續作에서 이런 마음이 나왔다 하더라도 생각건대 작가의 본뜻과 아주 다르게 쓸 필요는 없었을 것이다. [출가한 보옥이] 붉은 원숭이 털가죽 망토를 걸치고 와서 그의 아버지에게 절을 해야 사람들이 놀랍게 생각할 것이다.

지금 천멍사오[5] 군이 이 책으로 사회 가정 문제 극본을 지은 것도 물론 불가한 일이 아니다. 앞서도 몇 가지 극본이 있었지만 모두 연기자를 위한 것이었지 본격 극본을 위해 지어진 것은 전혀 아니었다. 또 모두가 단편에 불과해서 전체 내용을 두루 살펴보기에는 부족했다. 『홍루몽산투』紅樓夢散套 극본은 머리에서 꼬리까지 모두 갖췄지만 구태의연한 형식을 썼다. 이 극본을 마침내 세상에 내놓았는데, [『홍루몽』의] 모든 것을 녹여서 14막 속에 부어넣었다. 100여 회의 대저작을 한 번에 남김없이 볼 수 있는데도 그 정신이 의연히 살아 있다. 만약 연극으로 상연하면 물론 더욱 볼만할 것이다. 나는 극본을 짓는 방법을 모르지만 [『홍루몽』의] 줄거리에 익숙하고 가위질에 교묘한 솜씨를 발휘한 작자에게 깊이 탄복했다. 등불 아래에서 다 읽은 후 주제넘게 이 소인을 쓴다.

1927년 1월 14일, 샤먼에서 루쉰 씀

주)_____

1) 원제는 「『絳洞花主』小引」. 이 글은 루쉰의 자필 원고에 근거하여 편집해 넣었다. 본래 제목은 「小引」이다.
   『강동화주』는 천멍사오(陳夢韶)가 『홍루몽』에 근거하여 개편한 연극 대본이다. 모두 14막인데 「서막」이 따로 있다. 루쉰의 「소인」과 이 극의 「서막」 및 전반부 6막은 1936년 11월 샤먼(廈門) 문화계에서 루쉰의 서거를 추모하기 위해 출간한 『민난문예협회 회보』(閩南文藝協會會報)에 실린 적이 있다. 강동화주는 『홍루몽』의 주인공 가보옥(賈寶

玉)의 별명이다. 『홍루몽』 제37회에 보인다.

2) 『홍루몽』은 청나라 장회소설로 모두 120회로 이루어져 있다. 전반부 80회는 조설근(曹雪芹)이 썼다. 후반부 40회를 이어 쓴 사람이 누구인지는 아직 논란이 분분한데, 흔히 정위원(程偉元), 고악(高鶚), 무명씨(無名氏)를 꼽는 사람이 많다.

3) 『홍루몽』에 주제에 대해서는 다양한 학설이 있다. 청나라 장신지(張新之)는 「석두기 독법」(石頭記讀法)에서 『홍루몽』은 『주역』의 원리가 담기지 않은 곳이 없다"라고 했다. 또 양공진(梁恭辰)은 『북동원필록』(北東園筆錄)에서 『홍루몽』은 심하게 음란함을 가르치는 책이다"라고 했다. 화월치인(花月癡人)은 「홍루몽서」(紅樓夢序)에서 "『홍루몽』은 어떤 책인가? 내가 대답한다. 연애 책(情書)이다"라고 했다. 차이위안페이(蔡元培)는 『석두기색은』(石頭記索隱)에서 "작자는 민족주의를 견지하고 책 속에서 명나라 멸망을 애도하고 청나라의 실정을 폭로했다"라고 했다. 또 장유병(張維屏)은 『국조시인정략이편』(國朝詩人征略二編)에서 "고(故) 재상 명주(明珠)의 집안일이다"라 했고, 왕몽완(王夢阮)과 심병암(沈瓶庵)은 「'홍루몽'색은」('紅樓夢'索隱)에서 "청나라 세조와 동소완(董小宛)에 관한 일이다"라고 했다.

4) 『홍루몽』 주인공 가보옥(賈寶玉).

5) 천멍사오(陳夢韶, 1903~1984)는 푸젠성 통안(同安) 사람이다. 이름은 둔런(敦仁)이고, 자가 멍사오다. 1926년 샤먼대학(廈門大學) 교육학과를 졸업하고 그곳에서 중학교 교사 생활을 하고 있었다. 당시에 루쉰이 샤먼대학으로 가서 중국소설사를 강의하자 천멍사오도 그의 모교로 와서 루쉰의 수업을 청강했다.

새로운 세상물정¹⁾

1. "보통의 비평을 보면 광고와 비슷하다"

"비평 업무의 시작. 비평할 작품은 지금 대체로 아래와 같은 몇 종류를 들수 있다.

> 『여신』女神, 『외침』吶喊, 『초인』超人, 『방황』彷徨, 『타락』沈淪, 『고향』故鄕, 『세반역 여성』三個叛逆的女性, 『희미한 꿈』飄渺的夢, 『낙엽』落葉, 『형극』荊棘, 『커피점에서의 하룻밤』咖啡店之一夜, 『들풀』野草, 『비오는 날의 서』雨天的書, 『마음의 탐험』心的探險

이에 관한 글은 모두 『광풍주간』에만 발표한다. 지금 몇 기에 몇 편을 발표할 수 있을지 확실히 단언하기 어렵다. 모든 것은 내가 안배하는 시간에 따라 결정된다."²⁾

2. "이곳의 광고는 오히려 비평인가?"

같은 패거리黨同 : "『마음의 탐험』. 실제 가격 6자오角. 창홍의 산문 및 시집. 허무를 실제로 삼고, 그리고 또 이 실제에 반항하는 사납고 고통에 찬 그의 절규를 남김없이 토로했다. 루쉰이 글을 뽑고 표지를 그렸다."[3]

다른 패거리 공격伐異 : "나는 번역된 『차라투스트라는 이렇게 말했다』의 일부와 『노동자 셰빌로프』[4]를 일찍이 읽어 본 적이 있다."

3. "유머와 비평의 충돌"[5]

비평 : 아라제프[6]를 좀 배우라! 고골을 좀 배우라! 로맹 롤랑Romain Rolland을 좀 배우라! ……[7]

유머 : 지난 시대 청나라 노인 기효람[8]의 필기에 이런 고사가 실려 있다. 어떤 사람이 자살을 하려 하자 각종 귀신이 소문을 듣고 왔고, 그는 대체 수단을 구했다. 액귀縊鬼는 그에게 목을 매라고 권했고, 익귀溺鬼는 그에게 연못을 뛰어들라고 권했으며, 도상귀刀傷鬼는 그에게 칼로 목을 찌르라고 권했다. 사방에서 끌어당기며 서로 다투느라 소란스럽기가 이를 데 없었다. 그는 이렇게 할 수도 없고, 또 저렇게 할 수도 없어서 망설이고 있었다. 나중에 결국 새벽닭이 울자 귀신들은 한꺼번에 흩어졌다. 그는 결국 죽지 못하고 자세히 생각해 보다가 차라리 자살하지 않기로 했다.

비평 : 아, 아, 나는 정말 사람의 마음이 죽어 버린 것에 탄식하지 않을 수 없다.[9]

4. 신시대의 월령(月令)

8월, 루쉰이 "사상계의 선구자"로 변했다.

11월, "사상계의 선구자"가 "걸림돌"絆脚石로 변했다.

풀이하여 말한다 : 선구라는 건 채찍질하여 선봉으로 치고 나가게 하는 것이다. 소위 "그가 사람들의 도움을 받았다"는 것이 그것이다. '도움'을 받지 않으면 '발이 묶인다絆.' 발脚은 소위 '우리'의 발이지 그들의 발이 아니다. 그의 변화는 12월에 있었는데 11월이라고 하는 건 무슨 까닭인가? 연월을 거꾸로 채우기 때문이다.

5. 세상물정과 걸림돌

세상물정 : 다시 쓰지 말자. 계략에 걸려들면 오히려 그들을 위해 광고를 해주게 된다.

걸림돌 : 상관하지 말라. 광고를 해주는 건 유래가 오래되었다.

세상물정 : 그럼 또 광고를 배반하는 '선구자'가 된다.

걸림돌 : 아니다. 때로는 '발목을 잡을 수'도 있다.

6. 신구시대와 신시대 간의 충돌

신시대 : 나는 청년이다. 따라서 공리는 이곳에 있다.

구시대 : 나는 선배다. 따라서 공리는 이곳에 있다.

신시대 : 연령과 귀천을 알아야 한다는 것이 우리 아버지와 할아버지

들의 인습적 사상이지만 새로운 시대에는 이런 사상이 최대의 걸림돌로 작용한다.

7. 희망과 과학의 충돌

희망 : 전갈이 꼬리를 흔들며 청년작가의 흥미를 해치지 못하도록 해야 한다.

과학 : "생존경쟁은 진화의 공리다." 이 구절은 뱌오먼서국媺鬥書局에서 출판한 어떤 교과서 위에 실려 있다.[10]

8. ……에게 주다[11]

만날 때는 이야기를 나누고,

안 만날 때는 싸운다.

샤먼에 있는 루쉰은,

후베이에 있는 궈모뤄가 교만하다고 말하고,

또 여러 번 말했다, 베이징에서.

믿지 못하겠다면, 과학적인 귀가 그 증거다.

그러나 상하이에 도착해서야 기억이 떠올랐다.

정말 사람의 마음이 죽어 버린 것에 일찌감치 탄식하지 않을 수 없었다!

다행히 가까운 곳에 있는 차이제민[12] 선생의 아량과

저우젠런[13] 선생의 과학을 위한 싸움을 새로 발견했다.

9. 자유 비평가가 닿지 못한 출판계

광화서국.[14]

---

10. 갑자기 "한계를 분명하게 인식하다"

이상은 아마 "전갈이 꼬리를 흔드는 것"에 가까울 것이다. 만약 전갈인데도 꼬리를 흔들지 못하게 하면 '희망'은 바랄 수 없다. 그것은 바로 내가 소위 '우리의 신시대'로 나아가는 것을 희망하는 것과 같은데 그 유일한 전략은 바로 [전갈을] 때려죽이는 것이다.

하지만 때릴 때는 반드시 전갈이 나를 쏘려 하고 그것이 우리와 다른 부류라 말하는 작은 용기가 필요하다. 만약 전갈이 '공리'와 '정의'를 쏘려 하기 때문에 때려야 하고, 그것이 바로 아직 조직적으로 성공하지 못한 과학자의 말이라면 구시대에도 여전히 지리멸렬한 점이 좀 있었다는 사실을 깨달아야 한다.

그 까닭을 알고 그 이치를 말하는 건 지극히 간단한 일이다. 『망위안』 잡지를 빼앗았거나 『광풍』으로 『망위안』을 대신했다. 여전히 하늘에 두 태양이 없어야 한다는 건 유아독존식 추장의 생각이다. 하지만 "신시대의 청년 작가"는 오히려 이런 생각을 깊이 증오하면서, 한사코 다른 사람의 '마음' 속에서 그것을 간파해 내려는 것 같다. 내가 「'타마더'에 대하여」 論'他媽的'라는 글을 쓴 건 사실이다. 그러나 토론했을 뿐이지 그 말을 내가 발명했다고 말한 건 결코 아닌데도 지금 어떤 자는 그 발명의 영예를 힘써 다투고 있다.

원고 게재의 갈등 때문에 앞서 나는 『망위안』 반월간을 정간하거나 개명改名해야 한다고 주장한 적이 있다. 그러나 지금은 그렇지 않으므로 계속 발간하는 것이 좋겠다. 내용도 첫 해와 같다. 또 무슨 '운동'을 추진할 열정은 전혀 없지만 어떤 사람은 글을 짓고, 어떤 사람은 번역을 하여 인쇄한 후 읽고 싶은 사람에게 읽게 하면 된다. 읽고 싶지 않은 사람은 물론 그 잡지를 읽지 않을 것이다. 이전에 인쇄한 '오합총서'도 그런 의미였다.

창작, 번역 그리고 비평에 대해 나는 등급을 연구한 적이 없지만 그 모든 분야를 상당히 존중한다. 항상 소홀히 취급되고 있는 외국문학 번역과 소개에 대해서도 나는 경시하지 않으며, 오히려 그 역량이 작지 않다고 생각한다. 내가 몇 가지 책을 번역했으므로 중국의 셰빌로프가 출현할 수 있을 것이다. 만약 세계사 한 부를 번역했다면 고금내외에 내놓을 만한 대인물이 많이 운집할 수 있지 않겠는가? 그러나 나는 그런 일을 할 생각은 없다. 그렇지 않으면 나폴레옹이 내게 전투를 도와 달라고 요청할 것이고, 진시황이 내게 분서焚書를 도와 달라고 요청할 것이고, 콜럼버스가 나를 끌고 여행을 다니려 할 것이고, 메테르니히[15]는 압제를 가할 것이니 내 한 몸이 갈가리 찢어질 것이다. 한쪽으로 따라가다 보면 나머지 영웅들은 헛소문을 퍼뜨릴 것이다.

창작은 어렵고 번역도 쉽지 않다. 비평에 대해서 나는 그것이 어떤 건지도 모르고, 스스로도 할 줄 모르지만 다른 사람도 하지 말라고 '바라'지는 않는다. 과학을 크게 부르짖으면서 다른 사람이 과학을 이해하지 못한다고 배척하는 건 과학이 아니다. 외국 그림 몇 조각을 인쇄한 것이 신예술이 아니란 건 쉽게 알 수 있는 일이다. 비평이라 일컫기만 하면 그것이 바로 비평이 될 수 있는지는 모르겠지만 잡감문 따위나 좀 끄적거리면서도 지리멸렬한 수준만 드러낸다면 위대한 사업이란 것도 상상하기가 어렵지 않다. "그가 어떻게 말하는지 들어 보라", "그는 어떤 걸 '희망'하는가?", "그는 어떤 걸 '생각'하는가?", "그의 안색은 어떤가?", …… 등등을 말하기보다, 스스로 뉴스를 만들어 내는 것이 더 나을 것이다.

하지만 이것도 전갈 꼬리 흔드는 일에 가까우므로 여러 말 하지 않겠다. 하지만 대수로운 일은 아니다. 니체 선생은 "심한 독은 사람을 죽이지만 약한 독은 사람을 편안하게 한다"[16]라고 말했다. 가장 무료한 것은 오히려 마구 들러붙어 떨어지지 않는 것이다. 나는 독침으로 누구를 죽일 생각은 없고 또 밧줄로 아무개의 다리 하나를 잡아맬 생각도 없다. 만약 내가 큰길 위에 누워서 누구의 갈 길을 방해한다면 힘껏 재빨리 치워 버리고 빨리 갈 길을 가기 바란다. 그러나 만약 내가 큰길에 누워 있지도 않은데, 한사코 어떤 사람이 내 등 뒤를 둘러싸고 갑자기 선구자로 삼거나 갑자기 걸림돌로 배척한다면 그건 정말 "문을 닫고 집안에 앉아 있는데, 재앙이 하늘에서 떨어졌다"는 격이니, 다소 그 까닭은 알지만 그 이치는 말하고 싶지 않은 상황이 되는 셈이다.

본래 성명을 숨기고 은둔한 채 신문에 현인 초빙 광고도 내지 않고 또 분주히 다니며 친구도 구하지 않다가 마침내 발각되어 방문까지 받는 신세가 되고 만다. '세상물정'이 가르치는 바에 의하면 청년들은 "자신들을 만나 주지 않으면 잘난 체하는 것이다"라고 말한다. 그래서 만난다. 어떤 사람은 한 번 만나고는 가 버린다. 어떤 사람은 각종 요구를 꺼내 놓고 내가 무능력하다는 사실을 발견하고는 바로 가 버린다. 어떤 사람은 잡담만 늘어놓을 뿐이다. 어떤 사람은 시시비비를 좀 가린다. 어떤 사람은 물질적인 도움을 좀 바랄 뿐이다. 어떤 사람은 이러쿵저러쿵 들러붙어서 자신만 신경 쓰고 남에 대해서는 아랑곳하지 않으며, 억지로 나를 자신의 입맛에 맞는 인물로 만든다. 그때부터 나에겐 새로운 업무 한 가지가 보태져서 손님 접대 외에도 투고하고, 원고 읽고, 소개하고, 답장 쓰고, 원고료 재촉하고, 편집하고, 교정을 봐야 한다. 그러나 나는 조금도 불평하지 않고 때때로 정말 한편으로 약을 먹으면서 다른 한편으로 이런 일을 한다. 그것이 바로 창홍이 조소한 것처럼 "심신에 병이 든" 때인 것이다. 나는 스스로 기꺼이 내 약간의 생명을 이렇게 사용하고 있지만 이건 내 생명으로 염라대왕께 고리채를 놓아 막대한 이익을 얻으려는 것이 아닐 뿐 아니라 조금의 보상을 받을 희망조차 전혀 없는 일이다. 어떤 사람이 내게 발판이 되어 달라고 요구하면서 어떤 곳으로 오르려 한다면 그것도 좋은 일이다. 다만 자신은 끝까지 오르지도 못하면서 다른 사람에게도 오르지 못하게 하는 일이 없기를 바란다.

그러나 사람은 결국 발판이나 걸림돌이 아니므로 움직여야 하고 잠도 자야 한다. 또 개성도 있어서 각 방문자의 입맛에 맞을 수 없다. 이 때문에 어떤 사람이 내게 그가 하고 싶은 말을 대신 하게 하고 그가 적대시하는 사람을 대신 공격하게 할 때는 나는 항상 이렇게 말한다. "나는 비평을 배우지 못했습니다. 나는 단지 나 자신의 말을 할 뿐이고 같은 파당의 입장에서 다른 파당을 공격하는 사람입니다." 나는 확실히 아직 공리나 정의를 발견하지 못했다. 바로 작년에 내가 장스자오와 싸울 때도 언제 "나자신이 비평가의 안목으로 중국을 두루 돌아보고 시시비비를 헤아리며 그가 신문화를 가로막는 수괴라 단정하고, 의병을 불러 모아 무기를 갈고 군마를 배불리 먹인 후 천자의 군대를 직접 지휘하여 장차 천하를 평정하겠노라"고 말한 적이 있었던가? 다만 의견과 이해가 서로 다른 차에, 마침 좁은 길에서 맞닥뜨려 주먹 몇 대만 날렸을 뿐이다. 따라서 나는 무슨 '공리와 정의'나 무슨 '비평'이라는 황금 팻말을 내걸지 않았다. 그때 나를 옳다고 여긴 사람은 나의 패거리고, 장을 옳다고 여긴 사람은 장의 패거리다. 자칭 공정하고 중립적인 비평가라고 자처한 부류들도 내가 볼 때는 나를 옳다고 여긴 사람은 나의 패거리고, 장을 옳다고 여긴 사람은 장의 패거리다. 그 나머지 모든 것들도 이 사례에 비춰 유추하면 된다. 다시 한 번 말하겠다. 나는 같은 파당의 입장에서 다른 파당을 공격하는 사람이고 "사적인 일만 챙기고" "공적인 명목은 빌리지" 않는 사람이다. 또 엉성하게 기력만 팔고 온전하게 희생을 하지 않았으며, 감히 자신만 팔고 친구는 팔지 않았다. 이런 것도 좋다고 생각하는 사람은 나와 왕래해도 무방하지만 옳지 않다고 생각하는 사람은 쓸데없이 애를 쓸 필요가 없다. 또한 책략적인 동정도 받지 않을 것이며, 더더욱 사람들에게 무슨 충성스런 우의를 베풀라고 요구하지도 않을 것이다. 간단히 말해서 이와 같을 뿐이다.

이용당한다는 것에 대해서는 나는 오히려 무방하다고 생각한다. 일부 사람들은 이 글자를 보고 얼굴을 붉히며 흥취가 사라진다고 느끼지만 나는 오히려 그렇게 나쁘지 않다고 여긴다. 좀 좋게 말하면 이것이 바로 '도움'이다. 문장에서 이러한 묘기가 상당히 많이 발견된다. '서로 이용한다'는 것도 '상호 도움'이고, '타협'과 '조화'도 모두 보기가 좋지 않으므로 '양보'라고 말하는 것이 가장 좋다. 그러나 지금은 잠시 도움이라고 부르겠다. 따라서 나에게 도움을 좀 달라는 건 괜찮은 일이고, 그것이 바로 이용인데 나는 전혀 반감을 갖고 있지 않다. 다만 간접적으로 다른 사람에게까지 영향이 미치게 해서는 안 된다. 8월 말에 나는 상하이에 도착하여 광풍사 광고를 보니 '웨이밍총간'과 '오합총서'조차도 모두 '광풍운동'의 업무로 간주되고 있었다. 나는 좀 이상해서 이렇게 말했다. "이 광고는 대체로 창홍이 게재한 것 같다. '웨이밍'과 '오합'까지도 모두 끌어들였으니 다른 사람을 지나치게 이용한다는 혐의에서 자유로울 수 없다. 그렇게 해서는 안 된다." 왜냐하면 이 두 가지 총서는 내가 편집을 담당하며 유사한 형식을 쓰려 했던 것이기 때문에 하나의 명목을 세웠다. 총서의 저자와 역자는 서로 전혀 알지 못할 뿐 아니라 몇 명은 나조차도 두세 번 만났을 뿐이다. 나는 그들의 원고를 속여서 빼앗아 총서로 엮어 사사롭게 다른 단체에 팔아넘길 수 없다.

이어서 베이징에 있는 『망위안』 투고 갈등이 발생했다. 상하이에 있던 창홍은 곧 공개편지 한 통을 발표하여 샤먼에 있는 내게 한 마디 말을 해 달라고 요청했다. 이 일은 조금의 상식만 있는 사람이라면 어떻게 말을 할 수 없다는 걸 알 것이다. 또 나는 결코 천리안이 아닌데 어떻게 그 먼 곳까지 볼 수 있겠는가? 나는 침묵했다. 하지만 나도 『망위안』을 정간하거나 다른 곳에서 내야 한다고 생각했다. 그러나 청년 작가들의 흥미가 용솟음쳐 오르자 오래지 않아 창홍의 붓끝에서 내가 그 작품을 번역한 적이 있는 구리야가와 하쿠손이 먼저 회색빛으로 변했고,[17] 나는 '사상이 심오한 경지'에서 '세상물정'만 남은 속물로 급전직하했다. 게다가 자신은 작년에 이미 진상을 간파했으나 솔직하게 말하지 않았을 뿐이라고 했다. 어쩐지 내가 적어도 1년 동안 그의 손아귀에서 희롱당한 셈이다.

이것도 그가 하는 대로 내버려 두자. 내가 아픈 것도 웃음거리로 삼았고, 내 나이도 중대한 과오로 간주되었지만 그가 하는 대로 내버려 두자. 다른 사람이 게재한 광고조차도 나의 죄상이 되었다. 그러나 그 자신은 광고에서 내게 한 가지 칭호를 달아줬다. 이 같은 두 갈래 혓바닥을 전갈 독침으로 찌르려고 나는 「이른바 '사상계의 선구자' 루쉰이 알리는 글」을 게재했다.

이번에는 "신시대는 인류의 동정에 뛰어나다"라는 유머를 독침으로 찌르며 공리와 정의가 담긴 말을 하려 한다.

"더 이상 사람을 잡아먹지 않은 노인이 혹시 아직도 남아 있을지?
노인을 구하자!!!"

아직 희망은 남아 있다.

"적어도 저들이 역사의 세력을 끼고 청년의 발아래에 누워 걸림돌 식의 수레 전복 모략을 쓰지 말기를 희망한다. 또 한편으로 외국작품을 소개하면서 다른 한편으로는 전갈 꼬리를 흔들며 청년 작가의 흥미를 해치지 말기를 희망한다!"

이 두 단락의 말은 '외국작품 소개'를 '비평의 간판을 달다'로 바꾸기만 하면 바로 웨이밍사가 그 자신에게 증정할 수 있을 것이다.

기실 선구자는 본래 걸림돌로 변하기 쉽다. 그러나 나는 다행히 그런 지경에 이르지 않았다. 나는 확실히 평범한 사람이기 때문이다. 게다가 청년들에 대해서 나 스스로는 늘 그들에게 길을 피해 줘야 한다고 여겨 왔으므로, 내가 설령 쓰러져 있더라도 건너뛰기가 쉬울 것이다. 왜냐하면 나는 평범하기 때문이다. 만약 어떤 사람이 내가 앞을 가로막고 있다고 느낀다면 그것은 바로 그 스스로가 내 등 뒤를 둘러싸고 있기 때문이다. 그리고 눈은 작고 다리는 짧아 다른 사람은 볼 수도 없고 비켜 갈 수도 없어서 그 때부터 입만 열면 루쉰, 입을 닫아도 루쉰, 꿈을 꿔도 루쉰을 찾게 된다. 문장 속에서도 점선을 몇 개 찍어서 다른 사람들이 그 속에서 '루쉰'이란 두 글자를 간파할 수 있게 한다. 타이둥서국에서 '노선생이 루쉰의 책을 찾는' 기사를 읽어 보았더니 그 스스로도 『소설사략』 따위는 읽지 않겠다고 투덜대고 있었다.[18] 이렇게 나가면 아마도 정말 '루쉰광'魯迅狂이 될 것이다. 병의 뿌리는 아마도 간에 있는 듯하다. "그는 식초 마시기를 좋아하기 때문이다."[19]

오직 목적을 달성하려고 어떤 수단이든지 감히 사용한다 해도 흥미가 좀 풍부한 청년의 자격을 잃지는 않는다. 그러나 감히 솔직하게 말할 용기가 있다면 적어도 자신의 마음을 분명하게 하는 용기를 가져야 한다. 필묵을 허비하고, 종이와 목숨을 허비하면서 끝까지 간다면 『망위안』이라는 기반 쟁탈, 좀 멋있게 말하자면 바로 진지 쟁탈에서 끝끝내 벗어날 수 없을 것이다. 중국에는 현재 길이 부족하고 길이 있다 해도 아주 협소하다. "생존경쟁은 진화의 공리"이므로 모름지기 같은 업계에서 자신과 다른 부류를 배척하고 그가 노인이든 같은 청년이든 "그들의 지위를 빼앗아 대신하는 것"은 본래 이상하게 생각할 것이 없다. 그것은 시대와 환경이 부여한 운명이다.

하지만 온몸 가득 무슨 전혀 이해할 수 없는 과학, 빈 껍질의 인류 동정, 광고식의 자유 비평, 뉴스식의 기록, 동판을 복제한 신예술을 걸고 있다면 작은 범위의 "같은 파당 입장에서 다른 파당을 공격하는" 진상은 아마 가릴 수도 있겠지만 신시대로 향하는 발걸음은 떼지도 못하게 꽁꽁 묶게 될 것이다.

이 잘못은 안으로 지나치게 헛된 수식을 하려는 경향 때문이고, 밖으로는 선구자에게 지나치게 의지하거나 혹은 그를 이용하려 하기 때문이다. 그러나 모두 대수로운 일은 아니다. 다만 구시대의 그런 좋은 간판을 폐기하고 감히 솔직하게 말하지 않으려고 하지 않는다면 설령 정말 걸림돌이 있다 해도 그것은 발판이 될 것이다.

나는 결코 무슨 '우의'나 '동정'을 팔지 않았다. 아는 사람이나 모르는 사람이나 모두 이렇게 말한다.

1926. 12. 24

주)_____

1) 원제는 「新的世故」. 이 글은 1927년 1월 15일 『위쓰』 주간 제114기에 처음 발표되었다.

2) 이 말은 가오창훙이 1926년 11월 4일 『광풍』 주간 제6기에 발표한 「비평 업무의 시작」(批評工作的開始)에 나온다.

3) 이 말은 본 권에 실린 「'웨이밍총서'와 '오합총서' 간행 서적」(『未名叢書』與『烏合叢書』印行書籍)이란 글을 참고하라. 아래 대목은 출처가 미상이다.

4) 러시아 소설가 미하일 아르치바셰프(Михаил Петрович Арцыбашев, 1878~1927)의 소설이다.

5) 이 말은 1926년 12월 12일 『광풍』 주간 제10기 '출판계로 가면서'에 나온다.

6) 아라제프(Аладьев)는 아르치바셰프의 소설 『노동자 셰빌로프』의 작중 인물이다.

7) 이 말은 1926년 12월 12일 『광풍』 주간 제10기 '출판계로 가면서'에 나온다.

8) 기효람(紀曉嵐, 1724~1805)은 허베이성 셴현(獻縣) 사람으로 이름은 윤(昀), 자가 효람이다. 여기에 실린 고사는 그의 저서 『열미초당필기』(閱微草堂筆記) 권17에 나온다.

9) 이 말은 가오창훙이 『광풍』 주간 제5기에서 행한 언급을 모방한 것이다. "뜻밖에도 오래지 않아 루쉰도 나더러 너무 쓸데없는 일에 간섭하기를 좋아한다고 했다. 이 말을 듣고 나는 정말 중국 민족의 마음이 죽어 버린 것에 탄식했다."

10) "생존경쟁은 진화의 공리다"(生存競爭, 天演公例)라는 구절은 가오창훙이 1926년 10월

10일 『광풍』 주간에 발표한 「국민대학 X군에게 답함」(答國民大學X君)에 나온다. 뱌오먼서국(彪門書局)은 뱌오멍서실(彪蒙書室)의 잘못이다. 이 서실에서 1905년 아동용 계몽 학습서 『과학은 기실 주역에 있다』(格致實在易)를 출간했다.

11) 원문은 「給……」이다. 본래 가오창홍이 『광풍』 주간에 연속해서 발표한 연애시 제목이다. 여기에 실린 것은 그것을 바탕으로 조금 개작한 것이다.

12) 차이제민(蔡子民, 1868~1940)은 중국 현대 저명한 혁명가 겸 교육자다. 본명은 위안페이(元培), 자가 제민이다. 저장성 사오싱 사람으로 베이징대학 총장에 임명된 후 혁신적인 학자들을 초빙하여 학교를 현대화하는 데 큰 공을 세웠다. 신문학운동의 지지자로도 유명하다.

13) 저우젠런(周建人, 1888~1984)은 루쉰의 막내 아우다. 자는 차오펑(喬峯)으로 생물학을 연구한 과학자다.

14) 광화서국(光華書局)은 1925년 상하이에서 창립되었고 당시 사장은 선쑹취안(沈松泉)이었다. 『광풍』 주간과 '광풍총서' 3종을 모두 이 출판사에서 출판했다.

15) 메테르니히(Klemens Metternich, 1773~1859)는 오스트리아 정치가다. 보수적 입장에 서서 프랑스혁명과 자유주의에 반대했고, 신성동맹을 이용하여 여러 나라의 통일운동에 무력으로 간섭했다.

16) 『차라투스트라는 이렇게 말했다』 「서언」에 나온다.

17) 구리야가와 하쿠손(廚川白村, 1880~1924)은 일본의 문학평론가다. 그의 문학평론집 『고민의 상징』(苦悶の象徵)과 『상아탑을 나서며』(象牙の塔を出て)를 루쉰이 번역했다. 가오창홍은 『광풍』 주간 제2기에서 "웨이밍사의 번역은 중국의 현시대에 아주 중대한 의미를 갖고 있지만" "그것이 구리야가와 하쿠손의 회색빛 용기에 놓여 있지는 않다"라고 말했다.

18) 가오창홍은 『광풍』 주간 제10기 '출판계로 가면서'에서 "루쉰의 『중국소설사략』을 읽고 싶지 않다고 했고, 또 그의 『당송전기집』(唐宋傳奇集)과 『고소설구침』(古小說鉤沉)은 더 말할 필요도 없다"고 악담을 했다.

19) 『광풍』 주간 제10기 '출판계로 가면서'에 나온다.

중산대학 개교 치사[1]

중산[2] 선생께서 평생토록 국민혁명에 힘을 바쳐 이룩한 결과로 지금까지 전해 오는 가장 큰 기념물은 바로 중화민국입니다.

그러나 "혁명은 아직 성공하지 못했습니다."[3]

혁명의 근원지였던 광저우는 지금 이미 혁명의 후방이 되었습니다. 교사校史에서 말한 것처럼 여기에 설립된, "쑨 총리의 혁명 정신을 관철하자"는 중산대학은 이제 첫걸음을 떼려 합니다.

그 사명은 중대하지만 후방에 있습니다.

중산 선생은 항상 혁명의 맨 앞 대열에 있었습니다.

하지만 중산 선생은 또 수많은 책을 갖고 있었습니다. 저는 중산대학과 혁명의 관계가 아마도 이 수많은 책과 같다고 생각합니다. 그러나 이는 죽은 책이 아닙니다. 그분은 혁명 정신을 불러일으켜야 했고, 혁명적 사고를 북돋워야 했고, 혁명 기백의 역량을 견고히 해야 했습니다.

지금은 사방에 포화도 없고, 채찍질도 없고, 압제도 없습니다. 이에 또한 반항도 없고 혁명도 없습니다. 모든 것은 대부분 일찍이 혁명을 했고, 또 장차 혁명을 하려면 혁명을 지향하는 청년들이 이 고요한 분위기 속에서 학술 탐구의 생활을 해야 합니다. 그러나 이 고요한 분위기는 반드시 혁명 정신으로 가득 차야 합니다. 이 정신은 햇볕과 같아서 영원히 빛을 내며 아무리 멀어도 닿지 않는 곳이 없습니다.

이렇게 하지 않으면 혁명의 후방은 바로 게으름뱅이가 복을 누리는 곳이 되고 말 겁니다.

중산대학도 의미가 없어질 겁니다.

국내에 허울 좋은 수많은 졸업장을 더 보태는 데 불과할 겁니다.

마지막으로 이렇게 축사를 올립니다. "저는 먼저 중산대학 사람들은 앉아서 일하더라도 영원히 전선을 기억하기를 희망합니다."

주)

1) 원제는 「中山大學開學致語」. 이 글은 1927년 3월 광저우에서 출판한 『국립중산대학 개교 기념책』(國立中山大學開學紀念冊) '논술'(論述)란에 처음 발표되었다. 서명은 저우수런(周樹人)으로 되어 있다.

2) 중산(中山)은 신해혁명을 일으켜 청나라를 전복하고 중화민국을 세운 쑨원(孫文)의 호다. 자는 더밍(德明)이고 또 다른 호는 이셴(逸仙)이다.

3) 쑨중산은 1923년 11월 『국민당주간』(國民黨週刊) 제1기 출판 제사(題詞)에서 "혁명은 아직 성공하지 못했다. 동지들이여 여전히 노력해야 한다"(革命尙未成功, 同志仍須勞力)라고 썼다.

상하이와 난징 수복 경축 저편[1]

광저우에서 나는 기념과 경축의 성대한 행사가 특별히 많은 것처럼 느껴졌다. 이것은 혁명의 진행과 승리 과정에서 반드시 있어야 할 현상이다. 상하이와 난징 수복을 전보로 받아 본 날 나는 이미 개인적으로 두 차례나 기쁨을 느꼈다. 이처럼 "다른 사람은 힘써 싸우는데, 나는 앉아서 기뻐하는" 인과응보의 하나는 메마른 생각을 쥐어짜서 억지로 문장을 지어야 하는 고역이다. 기실 나는 이런 일을 하는 것이 그다지 적합하지 않은 사람이다. 왜냐하면 붓을 들면 언제나 제목에서 천 리 밖으로 달아나기 때문이다. 지금 같은 경우도 어찌 제목에 좀 적합하게 쓸 생각을 하지 않았겠는가? 그러나 여전히 생각은 어지럽게 뒤얽혀 있고, 좀 괜찮다 싶은 생각은 늘 끈 떨어진 연처럼 날아가 돌아오지 않는다. 그러다가 문득 어제 황푸 군관학교黃埔軍官學校에서 보았던, 학생군에 투신한 몇몇 청년이 생각났고, 그제야 전선에서 목숨을 바친 군인이 본래 이런 사람들이었음을 알게 되었다. 따라서 내가 강당에서 몇 마디 헛소리를 하는 건 청중의 박수를 받기 위한 속임수이며, 그건 정말 부끄러워해야 할 일이었다. 또 갑자기 16

년 전에 난징을 수복했을 때 목숨 바친 전사들을 위해 기념비를 세운 일이 생각났다. 그러나 민국 2년[1913] 장쉰[2]에 의해 파괴되었고, 올해 다시 건립할 수 있었다. 또 갑자기 홍콩 『순환일보』循環日報에 게재된 리서우창[3]이 베이징에서 체포된 소식이 떠올랐다. 그의 둥근 얼굴과 아래로 늘어뜨린 중국식 검은 수염도 눈앞을 스쳐갔다. 그가 지금 어떤 상황인지 모르겠다.

암흑의 구역에서는 반혁명가의 공작이 소리 없이 진행되고 있어서 후방에 남은 사람도 신음하고 있지만 일부 사람들은 즐겁게 산다. 후방의 신음과 즐거움은 물론 아주 다르다. 그러나 일에 도움이 되지 않는다는 점에서는 똑같다. 최후의 승리는 즐겁게 사는 사람이 얼마나 많으냐에 달려 있지 않고, 영원히 진격하는 사람이 얼마나 많으냐에 달려 있다. 어떤 간행물[4]에 레닌의 말을 인용한 것이 기억난다.

첫번째 중요한 일은 승리했다고 두뇌가 뒤죽박죽되어 자존망대해서는 안 된다는 것입니다. 두번째 중요한 일은 우리의 승리를 공고히 하여 오래도록 우리에게 속하게 해야 한다는 것입니다. 세번째 중요한 일은 적을 소멸시키기 위한 준비를 해야 한다는 것입니다. 왜냐하면 지금 적은 겨우 정복되었을 뿐 소멸되기까지는 아직 너무 먼 길이 남아 있기 때문입니다.

러시아는 마침내 혁명의 명문세가가 되었고, 레닌도 마침내 혁명의 노장이 되었다. 그는 역대 혁명의 성패 원인을 깊이 알았고, 스스로도 많은 경험을 쌓았으며 또 그것을 말로 표현하지 못하는 사람이 아니었다. 앞서 중국 혁명가들이 누차 좌절한 것은 바로 이 점을 소홀히 했기 때문이라고 나는 생각한다. 작은 승리를 얻으면 바로 개선가에 도취하여 근육의 긴장을 풀고 진격하기를 망각했다. 이에 적들은 바로 그 틈을 파고들어 재기했다.

지지난해 나는 짧은 글을 한 편 써서 '물에 빠진 개'는 두드려 패야 한다고 주장했다.[5] 그러자 점잖은 분들이 가혹하다고 여기며 너무 포용력과 관용성이 부족하다고 지적했다. 게다가 내가 이런 태도로 남을 대하면 남도 내게 보복해 올 것이므로 결국 보복이 영원히 끝나지 않게 될 것이라고 했다. 그러나 외국의 사례는 내가 잘 모르지만 중국에서는 역대 승리자 중 가혹하지 않은 사람이 누가 있었던가? 가까운 예만 들어 보더라도 청나라 초기 몇몇 황제와 중화민국 2년 후의 위안스카이는 자신과 다른 생각을 가진 사람을 깡그리 말살하지 않았던가? 그는 입으로만 무슨 포용과 관용을 떠벌렸을 뿐 무슨 자비와 인후한 마음을 가졌던가? 또한 결코 레닌처럼 간단명료하지 않았다. 레닌은 결국 러시아 사람인지라 자신의 생각을 그대로 말했다. 이는 우리 중국인보다 훨씬 솔직하고 상쾌한 태도다. 하지만 중국에서는 사실상 지금까지도 포용, 관용, 자비, 인후 등등의 미명을 운운하는데 대체로 이를 명실상부하게 실천한 사람은 실패했고, 오직 그 명목만 이용한 사람은 성공했다. 그러나 결국 멍청한 사람들을 속였는데도, 아직도 그들을 믿는 사람이 있다.

경축과 혁명은 아무 상관도 없고 겨우 한 가지 장식에 불과하다. 혁명을 경축하고 노래하고 혁명에 빠져드는 사람이 많으면 물론 좋기는 하다. 하지만 때로는 이런 행동이 혁명정신을 빈 껍질로 만들 수도 있다. 혁명세력이 확대되면 혁명 참가자들도 반드시 많아진다. 통일 이후 나는 연구계[6]도 혁명을 이야기할 것이라고 추측했다. 작년 연말 『현대평론』[7]이 논조를 바꾸지 않았던가? 이것을 '3·18참사'[8] 때의 논조와 비교해 보라. 나는 정말 그들이 모두 단약丹藥을 먹고 갑자기 환골탈태한 것이 아닌가 의심이 들 정도다. 나는 불교에 대해 일종의 편견을 갖고 있어서 고행을 견지하는 소승불교만 불교로 여긴다. 술을 마시고 고기를 먹는 권세가와 부자 영감들이 한 끼 채식만 하면 바로 거사라 칭해지고 신도로 간주될 수 있다면, 그것이 아름답게 대승불교라 불리고, 또 멀리까지 전파된다 해도 그 종교는 쉽게 신봉되기 때문에 쉽게 빈 껍질로 변하거나 결국은 아무것도 없는 것과 같게 될 것이다. 혁명도 이와 같다. 고행을 견지하며 진격하는 사람은 앞을 향해 나아가며 이미 혁명에 성공한 광대한 땅을 남겨 주어 우리로 하여금 마음 놓고 노래하게 하고, 또 혁명가의 색채를 한껏 뽐낸다. 기실 이런 행동은 혁명과는 아무 상관이 없다. 이런 사람이 많아지면 혁명정신은 오히려 껍질로 변하고 부박浮薄해지다가 마침내 깡그리 사라지며 그러다가 다시 옛날로 돌아가자고 한다.

광둥은 혁명의 진원지였지만 이 때문에 가장 먼저 혁명의 후방으로 바뀌었고, 이 때문에 가장 먼저 위에서 말한 위기에 직면하게 되었다.

성대한 경축행사가 벌어진 오늘 나는 감히 이처럼 어지럽고 두서없는 말을 광저우의 혁명 민중에게 바친다. 나는 상궤를 벗어난 이 따위 몇 마디 말 때문에 흥이 깨지지 않기를 깊이 소망한다. 왜냐하면 장래에 바로잡을 수 있는 날이 아직 많기 때문이다. 만약 이 때문에 흥이 깨졌다면 그건 바로 혁명정신이 이미 껍데기로 변했다는 증거다.

4월 10일

주)————

1) 원제는 「慶祝滬寧克復的那一邊」. 이 글은 1927년 5월 5일 광저우 『국민신문』 부간 「신출로」(新出路) 제11호에 처음 실렸다. 상하이와 난징 수복은 1927년 3월 22일 상하이 노동자 제3차 무장투쟁이 성공한 일과 3월 24일 북벌군이 난징(南京)을 함락한 일을 가리킨다.

2) 장쉰(張勳, 1854~1923)은 청나라 강남제독(江南提督), 흠차강방대신(欽差江防大臣)을 역임했다. 청나라 황실 옹호자의 한 사람이다. 1913년 9월 난징으로 진격하여 '웨군 전몰 장졸 기념비'(粤軍陣亡將士紀念碑)를 파괴했다. 또 1917년 7월 청나라 폐위 황제 푸이(溥儀)를 복위시켰다가 금방 실각했다.

3) 리서우창(李守常, 1889~1927)은 본명이 리다자오(李大釗)다. 서우창은 그의 자다. 중국에서 맑스주의를 최초로 전파한 사람이고 중국공산당 창시자의 한 사람이다. 1927년 베이징에서 펑톈(奉天) 군벌 장쭤린(張作霖)에게 체포되어 28일 처형되었다.

4) 『소년선봉』(少年先鋒)이다. 중국공산주의청년단 광둥구위원회(廣東區委員會)의 기관지다. 1926년 11월 11일 『소년선봉』 제8기에 「승리 이후」(勝利之後)란 제목으로 스탈린이 쓴 「레닌을 논하다」(論列寧)의 몇 단락이 게재되었다. 그 가운데에 레닌의 발언이 포함되어 있다.

5) 「'페어플레이'는 아직 이르다」를 가리킨다. 『루쉰전집』 제1권 『무덤』에 수록.

6) 연구계(研究系)는 중화민국 시기 정파의 하나다. 량치차오(梁啓超)와 탕화룽(湯化龍)이 주축이 된 헌법연구회(憲法研究會)를 기반으로 삼았기 때문에 흔히 연구계라고 부른다. 리위안훙(黎元洪) 총통과 돤치루이(段祺瑞) 총리가 대립할 때 돤치루이를 지지했다. 정치적 경향은 혁명보다 개량을 지향했다.

7) 『현대평론』(現代評論)은 1924년 12월 베이징에서 창간된 주간지다. 후스(胡適), 천위안(陳源), 쉬즈모(徐志摩) 등 서구 유학생이 중심이 된 종합 잡지다. 정치적으로는 연구계와 가까웠다.

8) 1926년 3월 18일 베이징에서는 일본 제국주의의 중국 침략에 항의하는 대규모 항의 집회가 벌어졌다. 돤치루이 정부는 이를 무력으로 진압하여 모두 200여 명의 사상자가 발생했다. 이를 '3·18참사'라 한다. 당시 『현대평론』에서는 항의 학생들을 폭도로 비난하며 돤치루이 정부를 두둔했다.

소설목록 두 가지에 관하여[1]

작년 여름, 일본의 가라시마 다케시[2] 군이 도쿄에서 베이징 서재로 나를 방문하여 중국 소설을 다룬 목록 두 종류를 보여 줬다. 하나는 『나이카쿠內閣문고 서목』[3]으로 일본 내각의 현존 도서목록이었다. 또 하나는 『하쿠사이 서목』舶載書目 몇 가지로 일본의 수입 도서대장이었다. 그러면서 말하기를 겐로쿠[4] 12년(1699)이나 그 전해에 시작하여 호레키[5] 4년(1754)에 이르기까지 현재 30권이 존재한다고 했다. 당시 나는 바야흐로 적을 피해 샤먼으로 갈 준비를 하고 있던 상황이라 급한 틈에 여가를 내기 어려웠다. 이에 징쑹[6]에게 부탁하여 전자 중에서 전기傳奇와 연의演義 종류를 베끼게 했고 그것을 여행용 상자 속에 넣어 두었다. 오래지 않아 또 배척을 당해 푸젠福建에서 광둥廣東으로 가느라 거의 조금도 쉴 틈이 없었으니, 하물며 그것을 펼쳐 볼 틈이 있었겠는가? 지금 또 북쪽으로 이사를 하려고 여장을 꾸리며 살펴본바, 좀을 먹은 곳이 이미 많아서 슬프게 탄식이 우러났다. 혼자 생각건대 이 목록에 기재된 간행 시대 및 작자 이름은 이곳 중국에서 나온 새 판본에는 대개 이미 탈락되어 있다. 그런즉 이것이 비록 간단한 목록이지만 소설사에 주의해 온 사람들에게는 당연히 기쁜 소식이 될 것이다. 이 때문에 『위쓰』 지면을 빌려 동호인들에게 전하고자 한다. 애석하게도 가라시마 군이 바다 멀리 떨어져 있는지라 그의 동의를 구하지 못하고 결국 내 마음대로 일을 처리하게 되어 미안하게 생각한다. 이와 별도로 청나라 전증[7]이 소장한 소설목록 두 단락이 있는데, 이는 지난날 『야시원서목』[8]에서 베낀 것이다. 이를 통해 청나라 초기 소장가들이 진귀하게 여기던 것이 어떤 책인지 알 수 있을 것이다. 모두 말미에 붙여 둔다.

1927년 7월 30일 밤, 루쉰이 광저우 둥디위루[9]에서 쓰다

갑. 나이카쿠문고 도서 제2부 한문도서 목록

자(子). 제10류(第十類), 소설(小說).

一. 잡사雜事(베끼지 않음)

二. 전기傳奇, 연의演義, 잡기雜記

『역대신선통감』歷代神仙通鑒(二十二卷, 目一卷. 明 陽宣史撰. 淸版. 二十四本.)

『반고당우전』盤古唐虞傳(明 鍾惺. 淸版. 二本.)

『유하지전』有夏志傳(明 鍾惺編. 淸版. 四本.)

『유하지전』(同上. 淸版. 八本.)

『열국지전』列國志傳(明 陳繼儒校. 明版. 一二本.)

『영웅보』英雄譜(一名『三國水滸全傳』. 二十卷, 目一卷, 圖像一卷. 明 熊飛編. 明版. 一二本.)

『수호전서』水滸全書(百二十回. 明 李贄評. 明版. 三二本.)

『충의수호전』忠義水滸傳(百回. 明 李贄批評. 明版. 二十本.)

『수호전』水滸傳(七十回; 二十卷. 王望如評論. 清版. 二十本.)

『수호전』(七十回; 七十五卷, 首一卷. 清 金聖歎批注. 雍正十二年刊. 二四本.)

『수호전』(同上. 伊達邦成等校. 明治十六年刊. 一二本.)

『수호후전』水滸後傳(四十回; 十卷, 首一卷. 清 蔡奡評定. 清版. 五本.)

『수호후전』(同上. 清版. 十本.)

『수호지전평림』水滸志傳評林(二十五卷. 第一至七卷缺. 明版. 六本.)

『남북양송지전』南北兩宋志傳(二十卷. 明 陳繼儒. 明版. 十本.)

『수상금창전전』繡像金槍全傳(五十回, 十卷. 第四十六回以下缺. 清 廢閑主人校. 道光三年刊. 八本.)

『황명영무전』皇明英武傳(八卷. 萬曆十九年刊. 四本.)

『황명영렬전』皇明英烈傳(明版. 六本.)

『황명중흥성열전』皇明中興聖烈傳(五卷. 明 樂舜日. 明版. 二本.)

『전상이십사존나한전』全像二十四尊羅漢傳(六卷. 明 朱星祚編. 萬曆三十二年刊. 二本.)

『평요전』平妖傳(四十回. 宋 羅貫中. 明 龍子猶補. 明版. 八本.)

『평요전』(四十回. 明 張無咎校. 明版. 六本.)

『평로전』平虜傳(吟嘯主人. 明版. 二本.)

『승운전』承運傳(四卷. 明版. 二本.)

『팔선전』八仙傳(明 吳元泰. 明版. 二本.)

『김운교전』金雲翹傳(二十回, 四卷. 青心才人. 清版. 二本.)

『종규전전』鍾馗全傳(四卷. 安正堂補正. 明版. 一本.)

『비룡전전』飛龍全傳(六十回. 淸 吳璿刪訂. 嘉慶二年刊. 一六本.)

『수상비타전전』繡像飛跎全傳(三十二回, 四卷. 嘉慶二十二年刊. 二本.)

『재생연전전』再生緣全傳(二十卷. 淸 香葉閣主人校. 道光二年刊. 三二本.)

『금석연전전』金石緣全傳(二十四回. 淸版. 六本.)

『옥명당전기』玉茗堂傳奇(四種, 八卷. 明 湯顯祖. 明版. 八本.)

『옥명당전기』(同上. 明 沈際飛點次. 明版. 八本.)

『오종전기재단원』五種傳奇再團圓(五卷. 步月主人. 淸版. 二本.)

『양한연의전』兩漢演義傳(十八卷, 首一卷. 明 袁宏道評. 明版. 一六本.)

『삼국지연의』三國志演義(十二卷. 宋 羅貫中. 萬曆十九年刊. 一二本.)

『삼국지연의』(二十卷. 萬曆三十三年刊. 八本.)

『삼국지연의』(二十卷. 明 楊春元校. 萬曆三十八年刊. 五本.)

『후칠국악전연의』後七國樂田演義(二十回. 煙水散人. 乾隆四十五年刊. 二本.)

『당서연의』唐書演義(八卷. 明 熊鍾穀. 嘉靖三十二年刊. 四本.)

『당서연의』(明 徐渭批評. 明版. 八本.)

『잔당오대사연의전』殘唐五代史演義傳(六十回, 二卷. 宋 羅本. 明 湯顯祖批評. 淸版. 四本.)

『반당연의전전』反唐演義全傳(姑蘇如蓮居士編. 淸版. 十本.)

『양송지전통속연의』兩宋志傳通俗演義(二十卷. 明 陳尺蠖齋評釋. 明版. 十本.)

『봉신연의』封神演義(百回, 二十卷. 明 許仲琳編. 明版. 二十本.)

『인물연의』人物演義(四十卷, 首一卷. 明版. 一六本.)

『손방투지연의』孫龐鬪志演義(二十卷. 吳門嘯客. 明版. 四本.)

『손방투지연의』(同上. 明版. 三本.)

『손방연의』孫龐演義(四卷. 澹園主人編. 清版. 二本.)

『무목연의』武穆演義(八卷. 明 熊大本編.『後集』三卷, 明 李春芳編. 嘉靖
　三十一年刊. 十本.)

『송무목왕연의』宋武穆王演義(十卷. 明 熊大本編. 明版. 五本.)

『악왕전연의』岳王傳演義(明 金應鰲編. 明版. 八本.)

『전상평화』全相平話(十五卷. 元版. 五本.)

『신편선화유사』新編宣和遺事(二集二卷. 清版. 二本.)

『성탄외서삼국지』聖歎外書三國志(六十卷, 首一卷. 第三十八至四十二卷缺.
　淸 毛宗崗評. 乾隆十七年刊. 二二本.)

『동주열국지』東周列國志(二十三卷, 首一卷. 淸 蔡奡評. 清版. 二四本.)

『신열국지』新列國志(百八回. 墨憨齋. 明版. 一二本.)

『선진일사』禪眞逸史(四十回. 明 淸心道人編. 清版. 一二本.)

『선진일사』(同上. 清版. 四本.)

『염사』艶史(四十四回; 首一卷. 明 齊東野人編. 明版. 九本.)

『여선외사』女仙外史(百回. 淸 呂熊. 清版. 二十本.)

『담사』蟫史(二十卷, 繡像二卷. 磊砢山房主人. 清版. 一二本.)

『서양기』西洋記(百回, 二十卷. 明 羅懋登. 清版. 二十本.)

『서유기』西遊記(百回. 明 李贄批評. 明版. 十本.)

『전상서유기』全像西遊記(百回. 華陽洞天主人校. 明版. 十本.)

『서유진전』西遊眞詮(百回. 明 李贄等評. 清版. 十本.)

『수상서유진전』繡像西遊眞詮(百回. 淸 陳士斌評; 金人瑞加評. 清版. 二四

本.)

『수상서유진전』西遊眞詮(同上. 淸版. 二十本.)

『수상서유진전』(同上. 淸版. 十本.)

『서유증도서』西遊證道書(百回. 明 汪象旭等箋評. 明版. 二十本.)

『후서유기』後西遊記(四十回. 淸 天花才子評點. 乾隆四十八年刊. 十本.)

『단충록』丹忠錄(四十回. 明 孤憤生. 熱腸人偶評. 明版. 四本.)

『초호로』醋胡蘆(二十回, 四卷. 伏雌敎主編. 心月主人等評. 明版. 四本.)

『전상금병매』全像金甁梅(百回, 二十卷. 明版. 二一本.)

『금병매』金甁梅(百回. 淸 張竹坡批評. 淸版. 二四本.)

『금병매』(同上. 淸版. 二十本.)

『국색천향』國色天香(十卷. 明 謝友可. 萬曆二十五年刊. 十本.)

『옥교리』玉嬌梨(二十卷. 荑荻散人編. 明版. 四本.)

『신편초틈통속소설』新編剿闖通俗小說(十回. 明版. 二本.)

『신편초틈통속소설』(同上. 西吳懶道人. 日本寫本. 二本.)

『고금소설』古今小說(四十卷. 綠天館主人評次. 明版. 五本.)

『홍루몽』紅樓夢(百二十回. 淸 程偉元編. 淸版. 二四本.)

『홍루몽도영』紅樓夢圖詠(淸 改琦. 明治十五年刊. 四本.)

『용도공안』龍圖公案(聽玉齋評點. 明版. 五本.)

『수상용도공안』繡像龍圖公案(十卷. 明 李贄評. 嘉靖七年刊. 六本.)

『박안경기』拍案驚奇(三十九卷.『宋公明鬧元宵雜劇』一卷. 明版. 八本.)

『수진박안경기』袖珍拍案驚奇(十八卷. 淸版. 八本.)

『해외기담』海外奇譚(『忠臣庫』十回. 淸 鴻蒙陳人譯. 文化十二年刊. 三本.)

『해외기담』(同上. 日本版. 三本.)

『비화영』飛花詠(一名『玉雙魚』. 十六回. 明版. 四本.)

『한상자』韓湘子(三十回. 雉衡山人編. 明版. 六本.)

『경오종』警寤鍾(十六回, 四卷. 嗤嗤道人. 淸版. 二本.)

『오봉음』五鳳吟(二十回. 嗤嗤道人. 淸版. 二本.)

『인봉소』引鳳簫(十六回, 四卷. 楓江半雲友. 淸版. 二本.)

『환중진』幻中眞(十回, 四卷. 煙霞散人編. 淸版. 二本.)

『원앙배』鴛鴦配(十二回, 四卷. 煙水散人編. 淸版. 二本.)

『요투연』療妬緣(八回, 四卷. 靜恬主人. 淸版. 二本.)

『조세배』照世杯(四回, 四卷. 酌元亭主人. 諧道人批評. 明和二年刊. 五本.)

『격렴화영』隔簾花影(四十八回. 淸版. 八本.)

『풍백옥풍월상사소전』馮伯玉風月相思小傳(明版. 一本.)

『공숙방쌍어선추전』孔淑方雙魚扇墜傳(明版. 一本.)

『소장공장대류전』蘇長公章臺柳傳(明版. 一本.)

『장생채란등전』張生彩鸞燈傳(明版. 一本.)

『녹창여사』綠窗女史(明版. 一四本.)

『정사류략』情史類略(二十四卷. 詹詹外史. 明版. 一二本.)

『오희백미』吳姬百媚(二卷. 宛瑜子. 明版. 二本.)

『철수기』鐵樹記(十五回, 二卷. 明 竹溪散人鄧氏編. 明版. 二本.)

『비검기』飛劍記(十一回. 明 竹溪散人鄧氏編. 明版. 二本.)

『주조기』呪棗記(十四回, 二卷. 明 竹溪散人. 明版. 二本.)

『동유기』東遊記(明 吳元泰. 明版. 二本.)

『증보전상연거필기』增補全相燕居筆記(十卷. 明 林近陽編. 明版. 四本.)

『증보연거필기』增補燕居筆記(十卷. 明 何大掄編. 明版. 四本.)

『형차기』荊釵記(明版. 二本.)

『인해기』人海記(清 査愼行. 日本寫本. 二本.)

『청평산당지』清平山堂志(十五種. 明版. 三本.)

『풍운정서』豊韻情書(六卷. 明 竹溪主人編. 明版. 二本.)

『산수쟁기』山水爭奇(三卷. 明 鄧志謨. 明版. 二本.)

『풍월쟁기』風月爭奇(三卷. 明 鄧志謨. 明版. 一本.)

『화조쟁기』花鳥爭奇(三卷. 明 鄧志謨. 明版. 二本.)

『동완쟁기』童婉爭奇(三卷. 明 竹溪風月主人編. 日本寫本. 一本.)

『매설쟁기』梅雪爭奇(三卷. 明 鄧志謨 編. 明版. 一本.)

『소과쟁기』蔬果爭奇(三卷. 明 鄧志謨. 明版. 一本.)

『고장절진』鼓掌絶塵(四集四十回; 首一卷. 明 金木散人. 明版. 一二本.)

『하방수이』霞房搜異(二卷. 明 袁中道編. 明版. 四本.)

『염이편』艶異編(四十卷. 續十九卷. 明 王世貞. 湯顯祖批評. 明版. 一六本.)

『염이편』(十二卷. 明版. 六本.)

『광염이편』廣艶異編(三十五卷. 明 吳大震. 明版. 十本.)

『일견상심편』一見賞心編(十四卷. 鳩茲洛源子編. 明版. 四本.)

『일견상심편』(同上. 明版. 二本.)

『오소합편』吳騷合編(騷隱居士. 明版. 四本.)

『쇄쇄편』麗麗編(六卷. 明 鄧志謨校. 明版. 四本.)

『금곡쟁기』金谷爭奇(明版. 四本.)

『금고기관』今古奇觀(四十卷. 淸版. 一六本.)

『괴석록』怪石錄(淸 沈心. 日本寫本. 一本.)

『두붕한화』豆棚閑話(十二卷. 艾衲居士. 嘉慶三年刊. 四本.)

『해천여화』海天餘話(四卷. 芙蓉沜老漁編. 淸版. 二本.)

『화진기언』花陣綺言(十二卷. 楚江仙叟石公編. 明版. 七本.)

『성세항언』醒世恒言(四十卷. 明 可一居士評. 明版. 一六本.)

『유세명언』喻世明言(二十四卷. 明 可一居士評. 明版. 六本.)

『서호이집』西湖二集(三十四卷. 附『西湖秋色一百韻』. 明 周楫. 明版. 一二本.)

『서호습유』西湖拾遺(四十八卷. 淸 陳樹基. 淸版. 一六本.)

『서호가화』西湖佳話(十六卷. 淸 墨浪子. 淸版. 十本.)

『오색석』五色石(八卷. 服部誠一評點. 明治十八年刊. 四本.)

『팔동천』八洞天(八卷. 五色石主人編. 明版. 二本.)

『철백구』綴白裘(十二集, 四十八卷. 淸 錢德倉. 乾隆四十二年刊. 二四本.)

『인중화』人中畫(四卷. 乾隆四十五年刊. 二本.)

『소림광기』笑林廣記(十二卷. 遊戲主人編. 乾隆四十六年刊. 四本.)

『소림광기』(同上. 乾隆四十六年刊. 二本.)

『개권일소』開卷一笑(十四卷. 明 李贄編. 明版. 五本.)

『개권일소』(同上. 明版. 六本.)

『사서소』四書笑(開口世人編. 日本寫本. 一本.)

『소부』笑府(十三卷. 淸 墨憨齋. 淸版. 四本.)

『소부』(鈔錄, 二卷. 日本版. 二本.)

『소부』(鈔錄, 一卷. 森仙吉編. 明治十六年刊. 一本.)

『삼소신편』三笑新編(四十八回, 十二卷. 淸 吳毓昌. 嘉慶十八年刊. 一二本.)

『화간소어』花間笑語(五卷. 淸 釀花使者. 日本寫本. 二本.)

『용재총화』慵齋叢話(十卷. 朝鮮 成任.[10] 日本寫本. 五本.)

『필원잡기』筆苑雜記(二卷. 朝鮮 徐居正. 日本寫本. 一本.)

『계곡만필』谿谷漫筆(二卷. 朝鮮 張維. 日本寫本. 一本.)

『보한』補閑(三卷. 朝鮮[11] 崔滋. 日本寫本. 一本.)

三. 잡극雜劇(이하 모두 베끼지 않음)

四. 이문異聞

五. 쇄어瑣語

루쉰 논평 : 이 목록은 상세하고 치밀하지는 않지만 견문을 넓히는 데 도움이 된다. 예를 들어 『여선외사』를 유월兪樾은 『재원잡지』[12]에서 보고 누가 지었는지 처음 알았고,(『다향실총초』[13]에서 말했다) 작가가 바로 명나라 여웅[14]이라고 했다. 『봉신연의』[15]의 편자는 명나라 허중림[16]이지만 중국에서 지금 통행되는 여러 판본에는 모두 그 이름이 빠져 있다. 양장거[17]가 임월정[18]의 이야기를 기록하면서도(『낭적속담』浪迹續談 및 『귀전쇄기』歸田瑣記를 보라) 단지 "앞 시대 명나라의 한 유명한 학자"前明一明宿라고만 했다. 그는 죽계산인竹溪散人 및 풍월주인風月主人이 등지모鄧志謨인 사례와 같다. 일본의 『주신구라』[19]는 100여 년 전(분카文化 12년은 바로 1815년임)에 중국인이 이미 번역하여 『해외기담』海外奇譚이란 제목을 붙였다. 이 또한 이 목록에서 볼 수 있다. 묵감재墨憨齋 풍유룡[20]은 잡다한 서적 판각하기를 좋아했고, 이 목록에도 세 종류가 포함되어 있다. 그것은 바로 『평요전』,[21] 『신열국지』,[22] 『소부』[23]다. 기억하건대 베이징 『쿵더월간』[24]에 이를 고찰한 문장이 발표된 적이 있는 것 같은데, 두번째 것은 아마 들어가지 않았던 것 같다. 핀칭[25]이 병이 난 후 『쿵더월간』을 받을 수 없었다. 옛날에 있던 잡지도 누군가 가져가서 상세하게 살펴볼 방법이 없게 되었다.

을. 야시원서목

송인사화(宋人詞話)

『등화파파』燈花婆婆

『종과장로』種瓜張老

『자라개두』紫羅蓋頭

『여보원』女報冤

『풍취교아』風吹轎兒

『착참최녕』錯斬崔寧

『산정아』山亭兒

『서호삼탑』西湖三塔

『풍옥매단원』馮玉梅團圓

『간첩화상』簡帖和尙

『이환생오진우』李煥生五陣雨

『소금전』小金錢

『선화유사』宣和遺事 四卷

『연분소설』煙粉小說 四卷

『기문류기』奇聞類記 十卷

『호해기문』湖海奇聞 二卷

통속소설(通俗小說)

『고금연의삼국지』古今演義三國志 十二卷

『구본나관중수호전』舊本羅貫中水滸傳 二十卷

『이원광기』梨園廣記 二十卷

　　루쉰 논평 : 사화詞話 중 『착참최녕』 및 『풍옥매단원』 두 가지는 지금 장인 먀오씨[26]가 번각飜刻한 송나라 잔본 『경본통속소설』[27]에 보인다. 전증이 수집한 것은 아마도 단행본인 듯하다.

주)_____

1) 원제는 「關於小說目錄兩件」. 이 글은 1927년 8월 27일과 9월 3일 『위쓰』 주간 제146기와 제147기에 처음 발표되었다.
2) 가라시마 다케시(辛島驍, 1903~1967)는 일본의 중국학 연구자다. 1926년 8월 17일과 19일 루쉰의 집을 방문했다. 당시 도쿄제국대학 학생이었다.
3) 『나이카쿠문고 서목』(內閣文庫書目)은 일본 나이카쿠문고의 도서목록이다. 나이카쿠문고란 일본의 총리대신 공관의 서고를 말한다. 그 전신은 게이초(慶長) 7년(1603) 도쿠가와 이에야스(德川家康)가 세운 후지미문고(富士見文庫)다. 메이지유신 후 일본 정부가 접수하여 나이카쿠문고로 개명했다. 송·원 이래 중국 소설 선본이 포함되어 있다.
4) 겐로쿠(元祿)는 일본 히가시야마 천황(東山天皇)의 연호다. 1688~1704년에 쓰였다.
5) 호레키(寶曆)는 일본 모모조노 천황(桃園天皇)의 연호다. 1751~1764년에 쓰였다.
6) 징쑹(景宋)은 바로 쉬광핑(許廣平)이다. 징쑹은 그녀의 필명. 나중에 루쉰의 부인이 되었다.
7) 전증(錢曾, 1629~1701)은 청나라 초기 장서가다. 장쑤성 창수(常熟) 사람으로, 자는 준왕(遵王), 호는 야시옹(也是翁)이다. 그는 자신의 장서실 이름을 술고당(述古堂) 또는 야시원(也是園)이라 했다.
8) 『야시원서목』(也是園書目)은 청나라 초기 장서가 전증의 도서목록으로 모두 10권이다.
9) 둥디위루(東堤寓樓)는 광저우 둥디에 있는 바이윈루(白雲樓)를 가리킨다. 1927년 3월 루쉰은 중산대학 숙소를 떠나 이곳으로 이사했다.
10) 성임(成任)은 성현(成俔)의 잘못이다. 성임은 성현의 맏형이다.
11) 정확하게는 고려(高麗)다.
12) 『재원잡지』(在園雜誌)는 청 강희 연간에 랴오하이(遼海)의 유정기(劉廷璣)가 지은 필기집으로 모두 4권이다.

13) 『다향실총초』(茶香室叢鈔)는 유월의 『춘재당전서』(春在堂全書) 중 하나다. 『다향실총초』 17을 보면 유정기의 『재원잡지』에 오인(吳人) 여문조(呂文兆)가 『여선외사』 100회를 지었다고 했다.

14) 여웅(呂熊)은 청나라 초기 소설가로 자가 문조(文兆)이고, 호는 고희일전수(古稀逸田叟)이며, 저장성 신창(新昌) 사람이다. 혹은 장쑤성 우현(吳縣) 사람이라고도 한다.

15) 『봉신연의』(封神演義)는 중국 전통 판타지소설의 일종인 신마소설(神魔小說)이다. 일본 나이카쿠문고에 소장된 것은 명대 만력 말년 판본으로 제2권 첫째 쪽에 "종산일수 허중림 편집"(鍾山逸叟許仲琳編輯)이라고 되어 있다.

16) 허중림(許仲琳)은 호가 종산일수(鍾山逸叟)로 명나라 잉톈부(應天府; 지금의 장쑤성 난징시) 사람이다.

17) 양장거(梁章鉅, 1775~1849)는 자가 굉중(閎中), 호는 퇴암(退庵)이다. 청나라 문인이다. 저서로 『낭적총담』(浪跡叢談) 11권, 『낭적속담』(浪跡續談) 8권, 『귀전쇄기』(歸田瑣記) 8권이 있다. 그는 『낭적속담』 권6에서 이렇게 말했다. "기억하건대 우리 고향 임월정(林樾亭) 선생께서 일찍이 나와 여담을 나누면서 『봉신연의』는 앞 시대 명나라의 한 유명한 학자가 지었다 말했다."

18) 임월정(林樾亭)은 본명이 교음(喬蔭), 자가 월정, 호는 육만(育萬)이다. 청나라 허우관(侯官; 지금의 푸젠성 민허우閩侯) 사람으로 『병성거사집』(瓶城居士集), 『월정잡찬』(樾亭雜纂) 등의 저작을 남겼다.

19) 『주신구라』(忠臣藏)는 일본 고극 대본 『가나데혼추신구라』(仮名手本忠臣蔵)의 약칭이다. 다케다 이즈모(竹田出雲), 미요시 쇼라쿠(三好松洛), 나미키 센류(並木千柳)의 공동작품이다. 이 극은 겐로쿠(元祿) 15년(1702) 오보시 유라노스케(大星由良之助) 등의 의사(義士)가 울분으로 죽은 염치판관(鹽治判官) 복수 사건을 다루고 있다. 청나라 홍몽진인(鴻蒙陳人)의 중역본(重譯本) 제목이 『해외기담』이다. 또 『일본충신고』(日本忠臣庫)라고도 하는데 책 앞에 역자가 건륭 59년(1794)에 쓴 자서(自序)가 붙어 있다.

20) 풍유룡(馮猶龍, 1574~1646)은 명나라의 유명한 문학가다. 본명은 몽룡(夢龍)이고 자가 유룡이며, 호는 묵감재주인이다. 저작으로 『유세명언』(喩世明言), 『경세통언』(警世通言), 『성세항언』(醒世恒言), 『신열국지』(新列國志), 『평요전』(平妖傳), 『소부』(笑府), 『정사』(情史), 『지낭』(智囊), 『춘추별본대전』(春秋別本大全) 등이 있다.

21) 『평요전』(平妖傳)은 본래 원나라 말기에서 명나라 초기에 나관중(羅貫中)이 쓴 20회 소설인데, 풍몽룡이 40회로 증보했다. 북송의 왕칙(王則)이 요술로 봉기했다가 문언박(文彥博)에게 평정된 일을 소재로 삼았다.

22) 『신열국지』(新列國志)는 춘추전국시대 역사를 다룬 연의소설이다. 여소어(余邵魚)의 『열국지전』(列國志傳)을 풍몽룡이 108회로 개편하여 완성도를 높였다. 이 『신열국지』를 청나라 채원방(蔡元放)이 개편하고 정리하여 『동주열국지』(東周列國志)라고 했다.

23) 『소부』(笑府)는 중국 고대 유머 모음집이다. 풍몽룡이 모두 8류(類) 100가지 이야기로 정리했다.

24) 『쿵더월간』(孔德月刊)은 베이징 쿵더학교동학회(孔德學校同學會)가 창간한 문예지다. 1928년 6월까지 모두 15기를 출간했다. 이 간행물 제1기와 제2기(1926년 10월과 11월)에 마롄(馬廉)이 일본 시오노야 온(鹽谷溫)의 「명대의 통속단편소설」(明代之通俗短篇小說)이란 제목의 도쿄제국대학 강연 원고를 연속해서 실었다. 그는 또 해설을 통해 풍몽룡의 생애와 저작을 고증했다. 그러나 이 글을 살펴보면 강연 원고나 해설 속에 『신열국지』, 『평요전』, 『소부』를 모두 언급하지 않았다. 루쉰의 기억 착오로 보인다.

25) 핀칭(品靑)은 왕핀칭(王品靑, ?~1927)이다. 허난성 지위안(濟源) 사람으로 베이징대학을 졸업한 후 베이징 쿵더학교(孔德學校) 교사를 지냈다.

26) 장인(江陰) 먀오씨(繆氏)는 먀오취안쑨(繆荃孫, 1844~1919)이다. 장쑤성 장인 사람으로 자는 샤오산(筱珊), 호는 이펑(藝風)이다. 유명한 장서가이며 판본학자다.

27) 『경본통속소설』(京本通俗小說)은 저자 미상이며 현재 잔본 7권만 전해온다. 1915년 먀오취안쑨이 원나라 사본을 근거로 출간했다.

서원절지[1]

나는 자못 게을러서 늘 누워서 잡다한 책을 본다. 그러다가 더러 마음에 느낀 바가 있으면 잊어버릴까 염려하면서도 베끼기에 게을러서 다만 종이쪽지 하나를 끼워 표시를 해둔다. 세월이 번개처럼 흐르면 일에 따라 마음도 변하는데, 다시 책을 점검하다가 우연히 지난날 끼워 둔 쪽지를 만날 때면 여기에 쪽지를 남겨 둔 것이 무슨 뜻일까 하고 스스로 의아해한다. 또 내 심경 변화의 속도가 이처럼 빠른 것에 슬픔을 느끼기도 한다. 긴 여름날 혼자 한적하게 거주하다가 소일거리를 찾으려고 아직도 기억할 수 있는 대목을 기록하고 대략 논평을 붙여 동호인들에게 제공하고자 한다.

1927년 8월 8일, 추관병수楮冠病叟가 붓 가는 대로 쓰다

당 구양순[2]의 『예문유취』[3] 25에 양梁 간문제[4]의 「당양공 소대심을 경계하는 글」[5]이 인용되어 있다. "입신立身의 도는 문장과 다르다. 입신은 먼저 신중해야 하고, 문장은 구속이 없어야 한다."

논평案 : 제왕이 글을 지어 자식을 경계하면서 작문은 "구속이 없어야

한다"라고 말했는데, 이런 경지가 큰 지식이 없이 어떻게 가능하겠는가? 후세의 자잘한 문인들은 감히 말할 수도 없고 감히 생각할 수도 없다.

청 저인획[6]은 『견호구집』[7] 권4 『통감박론』[8]에서 이렇게 말했다. "한漢 고조가 천하를 얻은 것은 모두 공신과 모사의 힘이다. 천하가 평정되자 여후呂後는 한신韓信, 팽월彭越, 영포英布 등을 죽이고 그 친족을 멸했으며 그 제사까지 끊었다. 헌제獻帝에 이르러 조조曹操가 권력을 잡고 마침내 복후伏後를 죽인 뒤 그 친족을 멸했다. 어떤 사람은 헌제는 고조이고, 복후는 여후이고, 조조는 한신이고, 유비劉備는 팽월이고, 손권孫權은 영포라고 했다. 이 때문에 천하를 삼분하여 한나라의 맥을 끊었다는 것이다." 애매모호한 전설을 파고들었으나 인과응보의 원리는 깨끗하게 설명하지 못한 듯하다.

논평 : 한신이 다시 삶을 의탁하여 조조가 되었고, 팽월은 손권이 되었고, 진희陳豨는 유비가 되어 한나라 왕실을 삼분하고 숙원宿怨을 갚았다라는 내용은 『오대사평화』[9] 시작 부분에 나온다. 소설에서는 그래도 가능한 일이지만 그것을 근거로 역사를 논하는 건 너무나 이상하다. 『통감박론』은 명나라 종실 함허자涵虛子의 저작인데 지금 전해오는 판본은 매우 드물다.

송宋 장뢰[10]의 『명도잡지』[11]에 이런 내용이 있다. "도성의 어떤 부잣집에 아버지를 여읜 젊은 아들이 재산을 제 마음대로 쓰자 무뢰배들이 백방으로 그를 유인했다. 그 아들은 그림자극影戱 관람을 매우 좋아해서 매

번 관우關羽를 참수하는 장면에 이르면 문득 눈물을 흘리며 예인藝人에게 늦춰 달라고 부탁하곤 했다. 어느 날 예인이 말하기를 '관운장'關雲長은 옛 날의 맹장인데 지금 참수하면 그 귀신이 혹시 해코지를 할 수도 있습니다. 청컨대 지금 참수하면 제사를 지내 주십시오. 그 아들은 예인의 말을 듣고 매우 기뻐했다. 이에 예인은 술과 고기 비용을 요구했다. 그 아들은 은기銀 器 수십 개를 내놓았다. 날짜가 되어 관우를 참수하는 공연이 끝나자 제사 를 지내는 것처럼 음식을 크게 진설했다. 무뢰배들이 모여들어 음식을 즐 기며 마침내 그 사람에게 음식그릇도 두루 나눠 주기를 청했다. 그 사람은 감히 거역하지 못하고 그릇을 모두 나눠 줬다." 옛날에 이 이야기를 들었 을 때 나는 믿지 않았다. 근래에 또 이 이야기를 읽었고 이와 유사한 일이 있었다. 문득 기록하여 후일의 웃음거리로 삼고자 한다.

논평 : 웃음거리에 대해서는 따로 논해야 한다. 이 글을 통해 송나라 때 그림자극에서 삼국시대 이야기를 공연했고, 그 가운데 '관우를 참 수하는' 내용이 있었음을 알 수 있다. 나는 오늘날 전통극의 동작, 몸 짓, 얼굴 분장이 모두 그림자극과 관련이 있다고 의심한 적이 있지만 상세히 고찰하지 못했다. 이 내용을 기록하여 박학다식한 사람들의 탐색을 기대하고자 한다.

주)_____

1) 원제는 「書苑折枝」. 이 글은 1927년 9월 1일 상하이 『베이신』 주간 제45~46 합간호에 처음 발표되었다. 서명은 추관(楛冠)으로 되어 있다. 원제의 '書苑'은 책의 동산이라는 의미로 서적 전체를 가리키고, '折枝'는 가지를 꺾다라는 뜻으로 책 속의 어떤 부분을 발췌한다는 뜻이다. 따라서 '書苑折枝'는 독서 과정에서 책 속의 어떤 부분을 발췌하여

감상을 적거나 의미를 해설하는 것을 가리킨다. 전통적인 의미의 '독서차기'(讀書箚記)와 같다.

2) 구양순(歐陽詢, 557~641)은 당나라 서예가다. 자는 신본(信本)이며 태자솔경령(太子率更令), 홍문관학사 등의 직을 역임했다.

3) 『예문유취』(藝文類聚)는 당나라 구양순 등이 어명으로 편찬한 백과전서다. 모두 48문(門) 100권으로 이루어져 있다.

4) 양(梁) 간문제(簡文帝, 503~551)의 본명은 소강(蕭綱)이고, 자는 세찬(世纘)이다. 재위 2년 만에 후경(侯景)에게 시해되었다.

5) 「당양공 소대심을 경계하는 글」(誡當陽公大心書)은 『예문유취』 권23에 「당양공을 경계하는 글」(誡當陽公書)이란 제목으로 실려 있다. 소대심(蕭大心, 522~551)은 자가 인서(仁恕)로 소강의 둘째아들이다. 중대통(中大通) 4년(532)에 당양공으로 봉해졌다.

6) 저인획(褚人獲, 1635~1682)은 청나라 문인으로 지금의 장쑤성 쑤저우(蘇州) 사람이다. 자는 학가(學稼), 호는 석농(石農)이다.

7) 『견호집』(堅瓠集)은 청나라 저인획이 각종 필기류 글을 모아 편집한 책으로 정집(正集)과 속집(續集) 총 15집, 66권으로 구성되어 있다. 아래의 글은 제9집 권4 「한팽보시」(韓彭報施)에 나온다.

8) 『통감박론』(通鑒博論)은 명 주권(朱權, 1378~1448)이 어명으로 편찬한 역사평론집으로 모두 상, 중, 하 3권으로 이루어져 있다. 주권은 명 태조 주원장의 열일곱번째 아들로 영헌왕(寧獻王)에 봉해졌으며 별명은 함허자(涵虛子)다.

9) 『오대사평화』(五代史平話)는 작자 미상의 송나라 이야기꾼들의 대본이다. 당나라 멸망 후 혼란기 오대(五代) 즉 후양(後梁), 후당(後唐), 후진(後晉), 후한(後漢), 후주(後周)의 역사를 구연하는 내용이다.

10) 장뢰(張耒, 1054~1114)는 송나라 시인으로 자는 문잠(文潛)이다. 지금의 장쑤성 화이인(淮陰) 사람으로 벼슬은 태상소경(太常少卿)에 이르렀다.

11) 『명도잡지』(明道雜志)는 장뢰가 황저우군(黃州郡)에 재직할 때의 견문을 기록한 것이다. 모두 2권이고, 속권이 또 1권 있다. 아래 내용은 속권에 나온다.

서원절지(2)[1]

송 주밀[2]의 『신해잡지』[3] 속집 하에 이런 내용이 있다. "옌관현학鹽官縣學 교유敎諭 황겸지黃謙之는 융자永嘉 사람으로 갑오년에 복숭아나무 부적桃符 을 만들어 다음 내용을 썼다. '새해에 들어서서 어떻게 살아야 하나?'宜入 新年怎生呵 '온갖 일이 크게 길하도록 그렇게 살아야 한다.'百事大吉那般者 어떤 사람이 그것을 관에 고발하자 마침내 그만뒀다."

　논평 : 원나라의 조칙詔勅에는 구어체 직역을 많이 썼다. '怎生呵', '那 般者'는 모두 조칙 중에 보이는 관용어였으므로 황겸지가 우스갯거 리로 삼은 것이다. 오늘날 사람들은 항상 오늘날의 구어를 비난하고 하찮게 여기면서 원나라 때의 이런 조칙은 생각지도 않고 있다. 이는 아마도 그것이 이미 '옛것'으로 변했다고만 생각하기 때문이다. 갑오 년은 쿠빌라이忽必烈 지원至元 31년[1295]인데 그 해 정월 쿠빌라이가 죽었다.

위와 같은 책 별집 하에 이런 내용이 있다. 어떤 사람이 『물외평장』物

外平章이라 불리는 수필집을 지었다. "요堯, 순舜, 우왕, 탕왕, 문왕, 무왕은 각각 한 사람이 한 무더기 황토가 되었다. 고요皐陶, 기夔, 직稷, 설卨, 이윤伊尹, 주공周公도 모두 한 사람이 하나의 해골이 되었다. 그런데 대체로 4~5천 년 동안 무슨 까닭으로 미쳐 날뛰었던가? 만약 사해와 구주九州가 모두 네 것이라 해도 날마다 먹는 건 쌀 반 되에 불과하다. 밤낮으로 환관과 여자를 시켜 곁을 지키게 해도 결국은 짧은 목숨이 끝나게 된다. 무슨 왕후장상이라 해도 이와 같을 뿐이다. 어떤 성대한 장례나 국장을 치러도 영혼은 벌써 도깨비가 되어 버린다. 성명이 청사에 기록되었다 해도 그것이 우리와 무슨 상관인가? 세상사는 결국 아무것도 대단한 게 없으며, 세상 밖의 한 줄기 비웃음거리로 제공될 뿐이다." 이 말도 한 가닥 웃음거리라 할 수 있다.

논평 : 근래에 창사長沙의 예씨[4]는 『목피도인고사』[5]를 판각했고, 쿤산昆山의 자오씨[6]는 『만고수곡』[7]을 판각했다. 상하이의 서점에서는 또 이를 근거로 석인石印으로 작은 판본을 만들어 마침내 (이 두 책이) 꽤 유행하게 되었다. 두 책의 작자는 명나라 말기에 태어나 세상사를 어떻게 할 수 없음을 알고 억지로 자신의 몸을 세상 밖에 위치시키고 방관자로서 거리낌 없는 말을 했다. 그들의 마음이 담긴 작품은 이 송나라 말기의 작품과 똑같다.

송나라 당경[8]의 『문록』[9]에 이런 내용이 있다. 「남정부」南征賦에서 읊기를 "시절은 하늘 넓고 아득한데, 다시 만물이 시들며 슬픔이 밀려온다" 時廓舒而浩蕩, 復收斂而淒涼라고 했다. 어휘는 아름답지 못하지만 남쪽으로 천도할 때의 상황을 스스로 곡진하게 말했다.

논평 : 오늘날 이것을 「민기부」^{民氣賦}나 「군중운동부」^{群衆運動賦}에 사용해도 지금 상황을 곡진하게 드러낼 수 있다.

청 엄원조[10]의 『혜면잡기』에 이런 내용이 있다. "서호^{西湖} 악묘[11]에 엄숭[12]이 악왕^{鄂王} 악비[13]의 「만강홍」[14] 사^詞에 화답한 작품을 새긴 석각이 있는데, 아주 웅장하다. 사 작품이 비분강개하고 글씨도 굳세서 참으로 볼 만하다. 끝에 화개전대학사^{華蓋殿大學士}라는 글씨가 쓰여 있다. 후인들이 성명을 갈아 없애고 하언^{夏言}이라고 써넣었다. 비록 가소로운 일이지만 간신을 징벌했다고 할 만하다.

평어 : 엄숭이 한사코 악비의 사에 화답한 것은 저와 같은 기만이다. 후인이 사만 남기고 이름을 바꾼 것은 저와 같이 스스로를 속인 것이다. 엄원조 선생이 이런 일을 가소롭게 여기면서도 간신 징벌의 의미를 인정한 것은 저와 같은 두 가지 행동 모두를 있을 법하다고 여긴 것이다. 듬성듬성 새겨진 60자에 이 세 가지 태도가 남김없이 드러나 있다.

주)_____

1) 원제는 「書苑折枝(二)」. 이 글은 1927년 9월 16일 『베이신』 주간 제47~48호 합간호에 처음 발표되었다. 서명은 추관으로 되어 있다.
2) 주밀(周密, 1232~1298)은 남송의 사인(詞人)이다. 지금의 산둥성 지난(濟南) 사람으로 자는 공근(公謹), 호는 초창(草窓)이다.
3) 『신해잡지』(辛亥雜識)는 주밀이 항저우에 거주할 때 쓴 잡기로 전집, 후집, 별집, 속집으로 분류되어 있으며 모두 6권이다.
4) 예씨(葉氏)는 예더후이(葉德輝)를 가리킨다. 이 책 「『당인설회』 진상 폭로」의 해당 각주

를 참고 바람.

5) 『목피도인고사』(木皮道人鼓詞)는 본래 『목피산인고사』(木皮散人鼓詞) 또는 『목피사』(木皮詞)로 불렸다. 작자는 명말 청초의 문인 가부서(賈鳧西, 1590?~1676?)다. 가부서의 본명은 응총(應寵), 자는 사퇴(思退), 호는 부서(鳧西), 별명은 목피산인 또는 목피산객(木皮散客)이다. 예더후이가 판각한 『목피산인고사』는 『쌍매경암총서』(雙梅景闇叢書)의 하나로 편입되었다.

6) 자오씨(趙氏)는 자오이천(趙貽琛)이다. 장쑤성 쿤산(昆山) 사람이다.

7) 『만고수곡』(萬古愁曲)은 『격축여음』(擊築餘音)이라고도 한다. 모두 1권으로 20곡이 수록되어 있다. 여러 가지 판본이 있고 판본에 따라 내용도 조금씩 차이가 있다. 자오이천이 판각한 판본은 1920년 11월에 출간되었고 『우만루총서』(又滿樓叢書)의 하나로 편입되었다.

8) 당경(唐庚, 1071~1121)은 북송시대 시인이다. 지금의 쓰촨성 단링(丹稜) 사람으로 자는 자서(子西)다. 저서로 『당자서집』(唐子西集) 24권이 있다.

9) 『문록』(文錄)은 당경의 『당자서문록』(唐子西文錄)을 가리킨다. 모두 1권 35항목(則)으로 되어 있다. 루쉰이 아래에 인용한 것은 이 책 제28항목에 나온다.

10) 엄원조(嚴元照, 1773~1817)는 청대 유명한 장서가다. 자는 수능(修能)으로 지금의 저장성 우싱(吳興) 사람이다. 독서필기인 『혜면잡기』(蕙楊雜記) 1권을 남겼다.

11) 악묘(岳廟). 남송의 충신 악비(岳飛)를 모신 사당이다.

12) 엄숭(嚴嵩, 1480~1567)은 명나라의 유명한 간신이다. 장시성 펀이(分宜) 사람으로 자는 유중(惟中)이다. 명나라 세종 때 화개전대학사(華蓋殿大學士)를 지냈고, 나중에 벼슬이 태자태사(太子太師)에까지 올랐다. 오랫동안 권력을 전횡하며 충신 이부상서 하언(夏言)을 죽였다.

13) 악비(岳飛, 1103~1142)는 남송의 명장으로 금나라에 적극 항전을 주장한 충신이다. 지금의 허난성 탕인(湯陰) 사람으로 자는 붕거(鵬擧)다. 나중에 주화파인 간신 진회(秦檜)에게 살해되었고 영종(寧宗) 때 악왕(鄂王)에 추봉되었다.

14) 「만강홍」(滿江紅)은 충신 악비의 충성심이 잘 드러난 사 작품이다.

서원절지(3)[1]

명 육용[2]의 『숙원잡기』[3] 4에 이런 내용이 있다. "승려 혜간惠暕은 유가의 책을 두루 섭렵했고 행동을 삼갔다. 영락永樂 연간에 『영락대전』永樂大典 편찬에 참여했다가 타이창太倉의 흥복사興福寺로 돌아가 노년을 보냈다. ······ 일찍이 앉아 있는 손님에게 이렇게 말했다. '저들 수재[4]는 모두 빚 받으러 온 사람이오.' 손님이 그 까닭을 묻자 다음과 같이 대답했다. '홍무洪武 연간에 수재들이 관리가 되어 수많은 고통을 겪고 심한 공포에 떨면서도 조정에 자신의 마음과 힘을 대거 투입했소. 그러다 결국 작은 잘못을 저질러서 가볍게는 군대 복무의 처분을 받았고, 무겁게는 몸이 찢기는 형벌을 받았소. 제 목숨대로 잘 죽은 사람은 열에 두세 명뿐이었소. 당시에는 사대부가 국가를 배신하지 않았고, 국가가 사대부를 배신하는 경우가 많았소. 이것이 바로 빚을 진 것이오. 근래에는 성은이 관대하게 베풀어지고 법망도 성글어서 수재가 관리로 임명되면 음식, 의복, 거마車馬, 궁실, 자녀, 처첩을 얼마나 많이 받으며 또 얼마나 즐거운 일을 할 수 있소? 결국 저들에게 죄는 조금도 없소. 오늘날은 국가가 사대부를 배신하지 않고, 천하의 사대부가 국가를 배신하는 경우가 많소. 이것이 바로 빚을 받는 것이오.”
……

논평 : 어떤 경우를 막론하고 창업할 때는 반드시 많은 ‘빚을 지게’ 마련이다. 창업이 안정되면 ‘빚을 갚아야’ 할 일이 많이 생긴다. 빚을 갚아야 할 일이 늦어지면 상황이 좋은 경우이고, 빨라지면 상황이 나쁜 경우다. 빚을 지고 빚을 갚는 일이 동시에 발생하면 상황은 끝이다. 오호! ‘빚쟁이’들이여!

원나라 사람의 『동남기문』[5] 1에 이런 내용이 있다. “유평국[6]은 징커우京口 사람이다. (중략) 저서로 『만당집』이 있는데 문장에 위대한 기상이 담겨 있다. 그는 편지에서 다음과 같이 말했다. ‘지금의 소위 호걸이란 사람은 옛날의 소위 파락호다.’ 이 글이 가리키는 의미를 당시 식자들은 명언으로 여겼다. (하략)”

논평 : 이렇게 말할 수도 있다. 호걸이란 파락호 중에서 이미 권세를 가진 사람이고, 파락호란 호걸 중에서 아직 권세를 얻지 못했거나 끝내 권세를 얻지 못한 사람이다.

청 진조범[7]의 『장록』[8] 상에 이런 내용이 있다. “일처리가 거꾸로 된 것이 있다. 삼국시대 오나라에서 부모상 치르러 가는 사람을 사형에 처하도록 제도를 만든 것, 북제北齊에서 칙령으로 도사의 머리를 깎아 승려로 만든 것, 송 선화宣和 연간에 칙령으로 승려에게 관을 씌워 도사로 만든 것, …… 원우元祐 연간에 국자감에서 『사기』를 불태운 것, …… 정화政和 연간에 명령을 내려 선비들 중 시부詩賦를 배운 자에게 곤장 100대를 치게 한 것 등이다!"

논평 : 옛날부터 거꾸로 일을 시행한 예가 많았는데도 당시에는 전혀 이상하게 생각하지 않았음을 알겠다. 현재 시사에 대한 의구심을 없애는 데 적지 않게 도움을 받을 수 있다.

주)_____

1) 원제는 「書苑折枝(三)」. 이 글은 1927년 10월 16일 『베이신』 주간 제51~52호 합간호에 처음 발표되었다. 서명은 추관으로 되어 있다.

2) 육용(陸容, 1436~1497)은 명대 문학가다. 장쑤성 타이창 사람으로 자는 문량(文量), 호는 식재(式齋)다. 난징 이부주사(吏部主事)를 지냈다.

3) 『숙원잡기』(菽園雜記)는 육용의 필기집으로 모두 15권이다. 여기에 인용된 문장은 권2에 나온다.

4) 수재(秀才)는 한나라 이래로 과거 시험을 공부하는 학생을 가리켰고, 명대 이후로는 향시에 합격한 사람을 가리켰다.

5) 『동남기문』(東南紀聞)은 저자 미상의 원나라 필기집이다. 원서는 이미 실전되었고, 지금 남아 있는 3권은 모두 『영락대전』에서 뽑아서 편집한 것이다. 주요 내용은 송나라 시대의 여러 가지 이야기 모음이다.

6) 유평국(劉平國)은 송나라 문인이다. 본명은 재(宰), 자는 평국(平國), 호는 만당(漫塘)이다. 저서로 『만당문집』(漫塘文集)이 있다.

7) 진조범(陳祖範, 1675~1753)은 청나라 문인이다. 장쑤성 창수(常熟) 사람으로 자는 역한(亦韓)이다. 건륭 연간에 국자감사업(國子監司業)을 지냈다.

8) 『장록』(掌錄)은 진조범의 필기집으로 모두 2권이다. 인용문은 상권 「전도」(顚倒)에 나온다.

지식계급에 관하여[1]

저는 상하이에 온 지 20여 일이 되었습니다. 이번에 상하이에 온 건 아무 의미도 없습니다. 세상을 왔다 갔다 하다가 우연히 상하이로 오게 되었을 뿐입니다.

제겐 여러분들에게 내놓을 만한 무슨 학문과 사상이 없습니다. 하지만 이번에 이黎 선생[2]이 저를 불러 몇 마디 말을 하게 했습니다. 제가 작년에 이 선생이 베이징에서 군벌 관료들과 어떻게 싸웠는지 직접 목도했을 뿐 아니라 저도 거기에 참여했기 때문에 이번에 저를 이곳으로 와 달라고 요청했는데 이에 저는 오지 않을 수 없었습니다.

저는 강연을 잘 할 줄 모릅니다. 또 무슨 강연할 만한 내용도 생각해 낼 줄 모릅니다. 강연은 팔고문 작문에 가까운지라 매우 어렵습니다. 강연에 뛰어난 천부적 재능이 있다면 좋겠는데 저는 그런 능력이 없습니다. 끝내 아무것도 생각해 낼 수 없어서 제 마음대로 이야기해 보겠습니다. 방금 중국 상황을 이야기하며 '지식계급'이란 네 글자를 언급했습니다. 저는 지식계급에 대해 개인의 의견을 좀 발표할까 합니다. 다만 저는 전혀 인도자의 지위에 있지 않으므로 여러분이 저를 믿어 주신다면 의견을 발표하겠습니다. 제 자신이 길을 가면서도 길을 분명하게 알지 못하는데 어떻게 여러분을 인도할 수 있겠습니까?

'지식계급'이란 어휘는 예로센코(V. Eroshenko)가 7~8년 전 「지식계급 및 그 사명」[3]이란 강연을 할 때 제기한 말입니다. 그는 러시아의 지식계급을 매도했고, 중국의 지식계급도 매도했습니다. 이에 중국인들도 지식계급을 매도하기 시작했습니다. 지식이 마치 죄악처럼 되어, 한편으로 어떤 사람은 지식계급을 매도했지만 다른 한편으로 어떤 사람은 이를 자랑했습니다. 이런 상황은 중국에만 있습니다. 이른바 러시아의 지식계급은 기실 중국의 경우와 다릅니다. 러시아에서는 혁명 이전에 사회적으로 지식계급이 환영을 받았습니다. 왜 환영을 받았을까요? 그들은 확실히 평민을 대신하여 불만을 품고 평민의 고통을 대중에게 알렸기 때문입니다. 그들은 왜 평민의 고통을 이야기했을까요? 그들은 평민과 가깝거나 자신이 바로 평민이었기 때문입니다. 몇 년 전 어떤 중국 대학교수 한 분이 왜 아무개 교수가 인력거꾼을 묘사하려 하는지 아주 이상하게 생각한다고 했습니다.[4] 왜냐하면 대학교수는 늘 높다란 서양식 주택에 거주하며 평민의 생활을 잘 알지 못하기 때문이라는 것입니다. 유럽의 저작가들은 흔히 평민 출신인 경우가 많습니다. (유럽인들은 곤궁한 계층 출신이라도 글을 쓸 수 있습니다. 왜냐하면 그들의 문자는 쓰기 쉽지만, 중국의 문자는 쓰기 쉽지 않기 때문입니다.) 따라서 평민의 고통을 똑같이 느끼더라도 그들은 자연히 통쾌하게 아픔을 묘사하여 평민을 위해 발언할 수 있습니다. 이 때문에 평민들은 지식계급이 자신들에게 도움을 준다고 생각합니다. 이에 그들의 의견에 찬성하고 곳곳에서 그들을 환영합니다. 그러나 그들은 이러한 영예를 얻고 지위가 높아지는 동시에 평민을 망각하면서 특별한 계급으로 변했습니다. 당시에 그들은 스스로 대단하다고 여기고 부귀한 사람들 집으로 가서 파티를 즐겼습니다. 돈이 많아지자 집과 물건도 좋은 것만 사려고 하며 마침내 평민들에게서 멀어졌습니다. 그들은 고귀한 생활을 향유하면서 종전의 빈궁한 생활을 모두 기억하지 못하게 되었습니다.──그래서 여러분들께서는 제게 박수를 보내서는 안 됩니다. 박수를 보내면 제 지위가 높아져서 말하는 걸 망각하게 될 것입니다. 그들은 평민을 동정하지 않을 뿐 아니라 평민을 압박하며 평민의 적으로 변했습니다. 지금 귀족계급은 존재할 수 없습니다. 귀족적인 지식계급도 물론 자리 잡을 수 없습니다. 이것이 지식계급의 결점 중 한 가지입니다.

또 지식계급에겐 피할 수 없는 운명이 있습니다. 혁명시대에는 실천을 중시하고 움직여야 한다는 것입니다. 생각은 그 다음입니다. 솔직하게 말하면 생각이 해가 된다고 할 수도 있습니다. 적어도 제 개인의 의견은 이와 같습니다. 당나라 간신 이임보李林甫가 한번은 군사 조련이 아주 용감하게 펼쳐지는 걸 구경한 적이 있습니다.[5] 어떤 사람이 그에게 훈련을 칭찬했습니다. 그러자 그가 말했습니다. "군사가 좋기는 좋지만 생각은 없다." 이 말은 틀림이 없습니다. 군사가 용감한 까닭은 생각이 없기 때문입니다. 만약 생각이 있으면 용기가 없어질 수 있습니다. 지금 제게 군대에 가라 하고 혁명에 참가하라 한다면 나는 틀림없이 가지 않을 것입니다. 왜냐하면 이해관계와 시시비비를 분명하게 알고 나면 실천을 하기가 어렵기 때문입니다. 지식이 있는 사람이 플라톤(Plato)을 이야기하고, 소크라테스(Socrates)를 이야기하는 건 위험하지 않습니다. 플라톤을 1년 동안 이야기할 수 있고, 소크라테스를 3년 동안 이야기하면서 그는 안정되게 살아갈 수 있습니다. 그러나 그에게 위험한 일을 하라고 하면 매우 주저할 것입니다. 예를 들어 중국인들은 문장을 지을 때 늘 "이로운 점이 있으면 또 나쁜 점도 있다"라고 말합니다. 이것이 지식계급을 대표할 만한 사상입니다. 기실 어떤 것을 막론하고 나쁜 점이 있습니다. 우리가 먹는 밥에도 나쁜 점이 있습니다. 밥은 우리에게 영양분을 공급해 주는 면에서는 이로운 점이지만 다른 한편으로는 우리의 소화기관을 피로하게 하므로 그것은 좋지 않은 점입니다. 또 만약 일을 할 때 모든 점을 다 고려하면 어떤 일도 할 수 없습니다.

또 지식계급은 다른 사람의 행동에 대해서 왕왕 이렇게 해도 좋지 않고, 저렇게 해도 좋지 않다고 생각합니다. 이전에 러시아 황제가 혁명당을 살해할 때 그들은 황제를 반대했습니다. 그러나 나중에 혁명당이 황족을 살해하자 그들은 또 일어나 그 행위에 반대했습니다. 어떻게 해야 하는지 질문을 했지만 그들에게도 방법이 없었습니다. 따라서 황제시대에 그들은 고통을 당했고 혁명시대에도 그들은 고통을 당했습니다. 이것은 실제로 그들 자체의 결점입니다.

이 때문에 저는 지식계급이 존재할 수 있는지 없는지도 하나의 문제라고 생각합니다. 지식은 강권과 충돌하므로 병립할 수 없습니다. 강권은 인민이 자유로운 사상을 갖는 걸 불허합니다. 왜냐하면 그렇게 하면 강권의 힘을 분산시킬 수 있기 때문입니다. 동물계에는 아주 명확한 사례들이 있습니다. 원숭이 사회가 가장 전제적입니다. 원숭이 왕이 '가자'라고 한마디 하면 모든 원숭이가 갑니다. 원시시대에 추장의 명령은 반대할 수도 의심할 수도 없었습니다. 당시에 추장은 군중을 거느리고 쇠약하고 작은 부락을 병탄했습니다. 그리하여 부락은 점점 커졌고 단체도 커졌습니다.

한 사람으로는 지배할 수 없었습니다. 개인의 사상이 발달하여, 각자의 사상이 같지 않게 되고, 민족의 사상도 통일할 수 없게 되었기 때문에 명령이 행해지지 않고 단체의 역량도 줄어듦으로써 점차 멸망의 길을 걷게 되었습니다. 고대에는 야만 민족이 문명이 발달한 민족을 침략했고 그런 사실을 역사 기록에서 자주 볼 수 있습니다. 현재 지식계급이 국내에서 보여주는 병폐도 옛날과 같습니다.

영국의 러셀(Russel)과 프랑스의 로맹 롤랑(R. Rolland)은 제1차 세계대전에 반대했습니다. 사람들은 두 사람이 대단하다고 여기지만 기실 다행히 그들의 말은 시행되지 못했습니다. 그렇지 않았다면 독일이 일찌감치 영국과 프랑스로 진격했을 겁니다. 왜냐하면 독일이 만약 다른 나라와 동시에 전쟁 반대 정책을 시행할 수 없다면 다른 나라도 전쟁 외에는 다른 방법이 없기 때문입니다. 러시아 톨스토이(Tolstoi)의 무저항주의가 시행될 수 없었던 까닭도 이 때문입니다. 그는 악은 악으로 갚아야 한다고 주장하지 않았습니다. 그의 뜻은 황제가 우리에게 군대에 가라 하면 군대에 가지 않고, 경찰을 시켜 사람을 체포하라 하면 체포하지 않고, 사형집행인에게 사형수를 죽이라 하면 죽이지 않는 등 모두들 황제의 명령을 따르지 않으면 황제도 재미가 없어진다는 것입니다. 그럼 황제 노릇 하는 것이 무료해지기 시작하고 천하도 태평하게 된다는 것이지요. 그러나 일부 사람이 한사코 황제의 명령을 따르면 그 방법은 시행될 수 없습니다.

저는 이전에 황제가 되고 싶었습니다. 나중에 베이징에 가서 궁전의 방이 모두 판에 박은 듯이 한 가지 구조로 되어 있는 것을 보고 너무나 무료하다고 느꼈습니다. 이 때문에 저는 황제가 될 생각이 없어졌습니다. 사람 사는 재미는 많은 친구들과 재미있는 잡담을 나누거나 열띤 토론을 하는 데 있습니다. 그런데 황제가 되면 말 한 마디에 신민들이 모두 무릎을 꿇고 끊임없이 Yes, Yes를 남발합니다. 그게 뭐가 재미있습니까? 어떤 사람이 황제가 되면 그는 외부 세계와 단절되기 때문에 궁궐 밖에 또 다른 세계가 있다는 걸 알지 못합니다!

요컨대 생각이 일단 자유를 얻었는데도 능력을 줄이려 하면 민족은 제자리를 잡을 수 없고 인간 자신도 제자리를 잡을 수 없게 됩니다. 지금 사상의 자유는 생존과 충돌을 일으키는데, 이는 지식계급 자체의 결점입니다.

그럼 지식계급은 장차 어떻게 해야 할까요? 지휘도 아래에서 명령을 따라 행동해야 할까요? 아니면 민중에 경향된 사상을 발표해야 할까요? 만약 의견을 발표하려면 무엇을 생각하든 거리낌 없이 그대로 말해야 합니다. 진정한 지식계급은 이해관계를 따지지 않습니다. 만약 온갖 이해관계를 따진다면 그는 가짜이고, 지식인을 사칭하는 지식계급입니다. 그런데 이런 가짜 지식계급만이 수명이 비교적 오래갑니다. 오늘 이런 주장을 발표하고, 내일은 저런 의견을 발표하는 사람은 사상이 날마다 진보하는 것 같지만, 진정한 지식계급의 진보는 결코 이처럼 빠르지 않습니다. 하지만 그들은 사회에 대해서 영원히 만족하지 않습니다. 스스로 느끼는 것도 영원히 고통스럽고, 보는 것도 영원히 결점 투성이입니다. 그들은 미래의 희생을 준비하고 있고 사회도 그들이 있음으로써 뜨거워집니다. 하지만 그들 자신은——심신 모두가 고통스럽습니다. 왜냐하면 이것도 구식 사회가 물려준 유물이기 때문입니다. 여러분들은 구식 인간과 달리 20세기 초 청년입니다. 노동대학에서 공부하면서 일을 합니다. 이것은 새로운 경우입니다. 어쩌면 새로운 국면을 만들어 낼 수도 있습니다. 그러나 환경이 여전히 옛날 그대로여서 하나하나 사람을 핍박하여 타락하게 합니다. 만약 이 늙은 사회와 분투하지 않으면 여전히 옛길로 회귀하고 말 것입니다.

예를 들어 이전 학생시대에 나는 담배도 피지 않았고, 술도 마시지 않았으며, 마작도 하지 않아서 취미가 하나도 없었습니다. 나중에 교사가 되자 어떤 사람이 전단을 만들어 내가 아편을 피운다고 떠벌렸습니다. 나는 매우 화가 났지만 전혀 변명하지 않았습니다. 그들에게 보복하려고 지지난해 나는 산시陝西에서 정말 아편을 한번 피워 봤습니다. 그들이 어쩌는가 보려고요. 이번에 상하이에 오자 어떤 사람이 신문에 내가 서점을 열었다고 했고, 또 어떤 사람은 내가 매년 인세로 1만여 위안을 번다고 말했습니다. 그러나 나는 전혀 변명하지 않았습니다. 다만 나 스스로 헛된 명성을 얻기보다 정말 그렇게 많은 돈을 버는 것이 더 낫다고 생각했습니다.

또 한 가지 가장 두려운 상황이 있습니다. 그것은 바로 비교적 새로운 사상운동이 일어날 때 벌어지는 일입니다. 즉 새로운 사상운동이 사회와 무관하게 공리공담이 되어 버린다 해도 그건 중요하지 않은 일입니다. 이 또한 전제시대가 지식계급의 존재를 포용할 수 있는 까닭이 되기 때문입니다. 왜냐하면 통곡하고 눈물을 흘리는 건 현실 변화와 관계가 없고, 오직 사상운동이 현실 사회운동으로 변화했을 때만 위험하기 때문입니다. 그리하여 흔히 구세력에 의해 박멸됩니다. 중국에서는 현재에도 이와 같습니다. 이러한 현상을 혁신적인 사람들은 '반동'이라 칭합니다. 나는 문예사에서 좋은 명사 하나를 찾아냈습니다. 그것은 바로 Renaissance[르네상스]입니다. 이탈리아에서 문예부흥의 의미는 옛날의 좋은 것은 부활하고, 현재의 나쁜 것은 타도한다는 뜻입니다. 당시의 사상이 너무 전제적이고 부패했기 때문입니다. 옛날에는 확실히 비교적 좋은 것들이 있었습니다. 이 때문에 나중에 사회의 믿음을 얻었습니다. 지금 중국에서는 완고파들이 복고를 주장하며 공자의 예교를 끌어내고 있지만 그들이 끌어낸 것이 좋은 것입니까? 만약 좋지 않다면 그건 바로 반동이고 퇴행입니다. 이후는 어쩌면 퇴행시대가 될 것입니다.

또 중국인은 지금 담력이 너무나 작아졌습니다. 이것은 공산당의 영향 때문입니다. 사람들은 러시아란 말을 듣거나 붉은색을 보기만 해도 놀라서 펄쩍 뜁니다. 새로운 사상에 대해서 듣고, 러시아 소설을 보기만 해도 더욱 겁을 냅니다. 비교적 특별한 사상이나 비교적 새로운 사상에 대해서는 더더욱 이성을 잃고 부들부들 떱니다. 그러면서 이것이 공산주의 사상으로 변화될 가능성이 있을까 없을까를 자세하게 따져 보려 합니다. 이처럼 두려움을 갖고 조금도 움직이려 하지 않는데 어떻게 진보가 있을 수 있겠습니까? 이것은 실제로 힘이 없다는 표시입니다. 예를 들어 우리가 뭔가를 먹을 때 그냥 먹으면 그만이지 만약 이리저리 따진다면 맛있는 소고기를 먹어도 소화시킬 수 없을 것입니다. 차를 마실 때도 의심만 한다면 그건 옳지 않은 일입니다.──노인들이 이와 같습니다. 힘이 있고 자신감이 있는 사람은 이런 지경에 빠지지 않습니다. 비록 서양문명이라 해도 우리가 그것을 수용할 수 있을 때 서양문명도 우리 자신의 것이 됩니다. 그것은 마치 소고기를 먹는 것과 같습니다. 소고기를 먹는다고 자신이 절대 소고기로 변하지는 않습니다. 만약 그렇게 담이 작다면 그것은 바로 쇠약한 지식계급입니다. 쇠약하지 않은 지식계급은 그래도 그들의 미래 존재에 대해서 확정할 수 없지만, 쇠약한 지식계급은 틀림없이 멸망할 것이다. 이전에 혹시 존재했더라도 미래에는 틀림없이 존재할 수 없을 것이다.

현재 비교적 안전한 한 갈래 길이 있습니다. 그것은 시대비평을 하지 않고 예술가가 되는 길입니다. 또 예술을 위한 예술을 하는 것입니다. 목전에 '상아탑' 속에 거주하면 물론 다른 곳보다 안전합니다. 나 자신을 예로 들어 말하겠습니다.──어떤 사람은 내가 나 자신의 이야기만 할 줄 안다고 하는데 정말 그렇습니다. 나는 이전에 혼자 샤먼대학에 있는 적막하고 커다란 양옥에 거주한 적이 있습니다. 밤이 되면 나는 늘 외롭게 생각에 잠기곤 했습니다. 모든 걸 생각했습니다. 세계는 어떻고, 인류는 어떤지 고요하게 생각할 때면 나 스스로도 대단하다고 느꼈습니다. 그러나 모기에게 한 번 물리면 펄쩍 뛰게 됩니다. 세계 인류의 중대한 문제도 깡그리 망각합니다. 나는 여전히 나 자신에게서 벗어날 수 없었습니다.

나 자신에 대해 말하자면 일찍이 어떤 사람이 내게 의론을 내세우지 말고, 잡감문雜感文[6]을 쓰지 말고, 창작을 하는 게 더 낫다고 권했습니다! 창작을 하면 세계 역사에 이름을 남길 수 있지만, 잡감문을 쓰면 이름을 남길 수 없기 때문이라는 것입니다. 기실 나는 잡감문을 쓰지 않아도 세계 역사에서 여전히 이름을 남기지 못할 것입니다. 이에 이제 한 마디 성명을 발표해야겠습니다. "내게 잡감문을 쓰지 말고 창작을 하라고 권한 사람들 중 몇 명은 다른 의도를 갖고 있거나 내게 욕을 먹은 적이 있다. 이 때문에 내게 더 이상 잡감문을 쓰지 말라고 요구했던 것이다." 그러나 나는 그의 말을 듣지 않았고 이 때문에 베이징에서 끝내 자리를 잡을 수 없어서 샤먼 도서관으로 도피하지 않을 수 없었습니다.

예술가가 상아탑에 거주하면 물론 비교적 안전합니다. 그러나 애석하게도 끝까지 안전이 보장되지는 않습니다. 진시황과 한무제는 신선이 되려고 했지만 끝내 성공하지 못하고 죽었습니다. 위험이 닥치는 순간은 두렵습니다. 그러나 다른 운명은 단정적으로 말할 수 없고, '인생은 반드시 죽는다'는 운명을 우리는 피할 방법이 없습니다. 이 때문에 위험해도 마치 두려워할 필요가 없는 것처럼 행동하지만 나는 결코 청년들에게 위험과 맞닥뜨리라고 권할 생각이 없고 또 사회를 위해 죽으면 명망이 좋아지고 높다란 동상을 세워 줄 것이라고 떠벌리며 남에게 목숨을 희생하라고 권할 생각도 없습니다. 자신은 살아 있으면서 다른 사람에게 죽음을 권유할 권리가 우리에겐 없습니다. 만약 죽음이 좋다고 스스로 생각한다면 당신 자신이 먼저 죽기 바랍니다. 여러분 중에는 아마도 돈 많은 사람이 많지 않을 것입니다. 그럼 우리 같은 가난뱅이의 유일한 자본은 바로 생명입니다. 생명을 투자하여 사회를 위해 일을 좀 하다가 이익을 좀 얻으면 좋습니다. 생명을 투자하여 이자가 적은 희생 행위에 올인하는 건 가치 없는 일입니다. 따라서 나는 지금까지 남에게 목숨을 희생하라고 말한 적이 없습니다. 또 나는 더 이상 상아탑과 지식계급 속으로 들어가지 않는 것이 가장 타당한 길이라고 생각합니다.

외국 유학에서 돌아온 자칭 지식계급도 있지요. 그들은 중국에 자신들이 없으면 바로 멸망한다고 생각합니다. 그러나 그들은 저의 토론 범위에 들어 있지 않습니다. 그런 지식계급이 어떤 물건들인지 저는 아직도 잘 모르겠습니다?!

오늘의 강연도 너무 두서가 없었네요. 여러분께서 널리 용서해 주시길 바랍니다!

주)_____

1) 원제는 「關於知識階級」. 이 글은 1927년 11월 13일 상하이 『국립노동대학』(國立勞動大學) 주간 제5기에 처음 발표되었다. 본래 제목 밑에 '루쉰 선생 강연'(魯迅先生講演)이란 부제가 붙어 있고, 그 아래에 '황허칭 필기'(黃河淸筆記)란 서명이 있다. 문장 끝에는 다음과 같은 주석이 달려 있다. "10월 28일 오후 3시 장완노동대학(江灣勞動大學)에서 강연이 있었다." 그러나 루쉰 일기에는 강연 시간이 10월 25일 오후로 기록되어 있다. 국립노동대학은 국민당의 시산회의파(西山會議派)를 배경으로 1927년에 개교했고, 1933년에 폐교했다. 무정부주의를 표방하며 일하고 공부하는 학교를 지향했다. 농과대학, 공과대학, 사회과학대학으로 나뉜 종합대학이었다.

2) 이(易) 선생은 이페이지(易培基, 1880~1937)를 가리킨다. 그는 후난성 창사 사람으로 자가 인춘(寅村)이다.

3) 러시아 작가 예로셴코가 베이징에서 행한 강연의 제목이다. 1922년 3월 6~7일 『천바오 부간』에 「지식계급의 사명」(知識階級的使命)이란 제목으로 처음 게재되었다.

4) 둥난대학(東南大學) 교수 우미(吳宓)을 가리킨다. 『이심집』(루쉰전집 6권) 「상하이 문예의 일별」을 참고하라.

5) 이 대목의 일화는 이임보가 아니라 허경종(許敬宗)과 관련된 것이다. 당나라 유속(劉餗)의 『수당가화』(隋唐嘉話) 권중(卷中)에 나온다.

6) 흔히 잡문(雜文)이라고 한다. 루쉰의 글 중에서 잡문이 가장 많다. 잡문은 당시 현실 문제나 시대 상황에 대한 루쉰의 날카로운 비평이 담긴 글이다.

세상의 도를 구제하려는 문건 4종[1]

갑. '이에 대해 기쁘게 듣다'[2]라는 내용의 편지

루쉰 선생님:

리진밍[3] 형의 편지를 통해 당신이 벌써 상하이에 도착했다는 사실을 알았습니다. 또 근래에 『위쓰』를 보고 치밍 선생도 이미 예부총장[4] 직에서 물러났다는 걸 알았습니다. 『위쓰』는 상하이에서 출판되는데 그 예부상서禮部尚書 직은 어떤 분이 승계하는지 모르겠습니다. 총장이란 말은 근래에 그렇게 많이 통용되지 않으니 아마도 상서나 대신으로 부르는 것이 더 나을 듯합니다. 이 후배가 보기에는 그렇습니다.

누가 상서 직을 담당하든지 간에 저는 국수國粹를 유지해야 한다고 생각합니다. 어르신께서도 이 업무에 열심이시니 특별히 먼저 선물 두 가지를 드리고 "뛰어난 인재英英髦彦들께서 또 발군의 실력을 갖춰 주시도록" 제 구구한 견해를 대략 밝힙니다.

(뒤에 첨부하는) 선언은 제가 석 달 전에 공교청년회에 가서 공경을

다해 얻은 것입니다. 청년회에서는 매일 밤, 거의 매일 밤 명사와 유로^{遺老}들이 경전을 강의합니다. 청중은 대부분 머리를 자른 모생^{髦生[뛰어난 인재]}입니다.——이 단어는 남녀 양성에 모두 통용됩니다——저도 한 번 가르침을 받은 적이 있습니다. 당시 상황은 다른 글로 써서 시간이 날 때 다시 발표하겠습니다. 이전 며칠 밤 또 우연히 라오바쯔로^{老靶子路}의 청년회 문 앞을 지나가다가 등불 빛이 밝게 빛나는 걸 보았습니다. 그곳에서 경전 읽는소리가 노숙하면서도 낭랑한 성대를 통해 흘러나오고 있었습니다. 저도모르게 고개를 들고 바라보다가 공교청년회 문회^{文會}의 인원 모집 광고지를 발견했습니다. 각계 청년이 어깨 걷고 교류할 기회를 잃을까 깊이 우려하며 특별히 이를 부쳐 드리오니 널리 청년들을 불러모아 주시길 간청합니다. 이렇게 되면 국수에 큰 다행이겠습니다. 만약 평어를 베풀어 주시면서발^{序跋}로 겸하겠습니다. 현세와 내세 영원토록 선조들께서 영광을 베풀어 주실 것입니다.

지금 어디에 거주하시는지? 근래에도 상하이에 거주하시는지 몰라서이 서신을 다른 사람에게 대신 전하게 했습니다. 축복 있으시길 빕니다.

1927. 12. 15, SJ의원에서

자오몐즈⁵⁾

을. 공교청년회 창설 준비 선언⁶⁾

인심이 피폐하고 도덕이 타락하니, 세상 운수의 재난이 모두 이 때문에 생겨난다. 지금 우리나라 청년은 이처럼 만악^{萬惡}의 소용돌이 가운데 처해있어서 가무, 여색, 재물, 이익이 마음을 오염시키고, 사악한 학설과 포악한 행동이 신체 밖에서 유혹의 손길을 뻗치고 있다. 천지는 캄캄하게 막혀 있고, 인욕이 세상에 가득 흘러넘치니 그 속으로 빠져들지 않은 자가 거의 몇 명 되지 않는다. 오직 이러함에도 오늘날 사람들은 홍수와 가뭄을 만나면 모임會을 만들어 구휼을 생각하고, 병란과 약탈을 당하면 단團을 훈련하여 보위를 도모한다. 그런데도 유독 청년 도덕의 타락에 대해서는 그 폐단이 홍수와 맹수보다 심한데도 모임을 설립하여 바로잡을 줄 모른다. 이는 다만 유형의 재앙만 방어할 줄 알고, 무형의 재앙을 없앨 줄은 모르는 것이 아닌가? 동인들이 이런 상황을 깊이 살펴서 공교청년회를 설립하고 먼저 경전 강의를 마련했고, 음악, 기예技藝, 체육 각 과목은 공문孔門에서 행한 육예六藝[7]의 뜻을 빌려 거기에 부합되게 했다. 일단 효과를 거두도록 일처리를 해나가면서 다시 학교와 도서관 등을 설립하여 우리나라 청년들이 모두 공자의 도道를 이해하고 고상한 학술의 훈도를 받을 수 있게 하겠다. 그리하여 또 사회 악습은 가까이해서는 안 되고, 사악한 학설과 포악한 행동은 배척해야 함을 알게 되었으면 좋겠다. 그리하여 세상 운수의 재난이 혹시라도 무형에서부터 사라질 수 있기를 바란다. 오늘날에도 모임이 많지만 대부분은 모두 오락에 편중되어 있고, 청년들의 도덕에 중점을 둔 모임은 매우 드물다. 오직 공자의 도만이 해와 달처럼 하늘을 꿰뚫고, 강물처럼 땅 위를 흘러간다. 우리는 잠시라도 벗어나서는 안 된다. 이 공교청년회가 성립되면 반드시 청년들을 정도로 이끌고 민심과 세도世道에 도움을 주는 사람이 나타날 것이다. 또 공자는 일찍이 "후생가외"後生可畏[8]라고 말했다. 또 "글로 벗을 모으고, 벗으로 인仁을 돕는다"[9]라고 말했다. 우리 청년회 설립은 공자의 이런 뜻을 체화體化한 것이다. 이 나라 군자들도 어쩌면 이에 대한 소식을 기쁘게 듣지 않겠는가?!

병. 상하이 공교청년회 문회 설립 연유[10]

지금 시험 삼아 묻겠다. 비단 옷을 부드럽게 끌고 흰 분칠에 검은 눈썹을 한 미녀가 봉두난발을 하고 거친 옷을 입은 추녀와 다른 까닭이 있는가? 또 시험 삼아 묻겠다. 생선 요리와 살찐 고기 음식을 먹고 반짝이는 금박에 심취하는 일이 미숫가루와 명아주국을 마시는 일과 다른 까닭이 있는가? 이것은 눈 밝은 이루[11]나 요리에 뛰어난 역아[12]에게 물어보지 않아도 모두 잘 아는 일일 것이다. 비록 그렇지만 세상에는 무염[13] 같은 추녀를 화장시켜 서시[14] 같은 미녀와 대결하려는 사람도 있다. 또 맛있는 육류를 오랫동안 배불리 먹다가 우연히 소라와 대합을 생각하는 사람도 있다. 이런 것이 어찌 진정으로 사람의 눈을 멀게 하는 미색일 것이며, 사람의 창자를 썩게 하는 진수성찬이겠는가? 이 또한 화장과 요리의 지나친 번잡함에 불과하지 않겠는가? 우리나라의 문장은 본래 아름다운 서시나 맛있는 고기와 같았다. 통달한 인재와 위대한 학자 중에서 정밀한 생각을 가다듬으며 늙을 때까지 기운을 다 바친 사람이라 해도 겨우 열에 일고여덟을 얻을 수 있을 뿐이다. 이보다 아래에 속한 사람은 혹시 자세히 살펴도 사물을 보지 못하고, 뒤에 태어난 하찮은 유생들은 자신이 갈 길을 배우지 못한 채 다만 수천수만 개의 문 앞에 무지몽매하게 서서 그곳 계단으로는 올라갈 수 없다고 여긴다. 그런즉 틀림없이 뒤나 돌아보며 퇴각하게 될 것이다. 이 때문에 나는 이런 상황을 군인이 전투에 나가는 걸 두려워하고, 여성이 아이 낳는 걸 두려워하고, 승려가 열반을 두려워하고, 과거 응시생이 과거시험을 두려워하는 일이라 생각한다. 이는 모두 매우 기괴한 일이지만 현실 상황을 살펴보면 이치상 있을 수 있는 일이다. 상하이는 남북 교통의 요지인지라 청년들이 억만에 이르고 학교도 숲처럼 많다. 국내의 유명 노학자들 중에서 이곳에 거주하는 사람은 모두 덕망이 있고 문장에 능하므로 가슴속에 축적한 지식으로 후진을 인도하고 격려하기를 꺼리지 않으며, 후진들도 일제히 그를 종장宗匠으로 받든다. 만약 가정 안에 현명한 부형이 있고 또 널리 좋은 스승과 유익한 벗을 맞아들여 자제들의 타산지석他山之石으로 삼을 수 있으면, 위장유[15]나 안지추[16] 같은 여러 현인도 이보다 앞설 수 없을 것이다. 대저 천하대사의 결과는 그 원인에 따라 발생하고, 또 그 호응은 부르는 소리에 따라 응답하기 마련이다. 이곳의 최근 기풍을 살펴보면 중원의 문화가 실로 머리칼 하나로도 엄청난 무게를 들어 올리는 힘을 갖추고 있음을 알 수 있다. 뛰어난 인재도 틀림없이 발군의 실력을 갖추고 때에 맞게 일어날 것이다. 이런 때에 함께 모여 회會를 만들지 않으면 목소리와 기운을 소통할 수 없고, 증거로 징험하지 않으면 명예를 밝게 드러낼 수 없고, 권장하여 제창하지 않으면 나아가 쟁취함이 신속할 수 없고, 보고 느끼는 바가 신령하지 못할 것이다. 『주역』에 이르기를 "군자는 벗과 더불어 강습한다"[17]라 했고, 『논어』에 이르기를 "군자는 문장으로 벗을 모은다"[18]라고 했다. 가만히 이러한 뜻에 근본을 두고 대중에게 호소하여 그들로 하여금 눈을 닦고 서시를 볼 수 있게 하고, 입을 열고 맛있는 고기 먹을 생각을 하게 하면서 이 세상에 이런 일을 추구하는 사람이 많음을 알게 하고자 한다. 동인들이 불민해도 수건을 잡고 지분脂粉을 받들어 미인을 위해 화장을 재촉하고, 쏜살같이 연락하며 훌륭한 요리사를 위해 여덟 가지 진미를 보내는 일을 할 수 있는데, 이 또한 어찌 사양할 수 있겠는가? (장정章程은 생략했음.)

정. '이에 대해 기쁘게 듣다'라는 편지에 대한 답장[19]

멘즈 선생 족하. N일을 만나지 못하니 M가을 동안 떨어져 있는 듯합니다. 확실한 숫자를 자세히 알지 못하여 서양 글자를 썼습니다. 그러나 선비족鮮卑族의 말이 안지추 공에게서도 버려지지 않았는데,[20] 로마 글자가 어찌 갑자기 공교孔敎에 어긋나겠습니까? '뛰어난 인재'들이 비웃지나 않으면 다행이겠습니다. 개탄스럽게도 홍수와 맹수가 횡행한 이후로 황제黃帝의 신령은 슬프게 신음했고, 예악은 모두 오랑캐 변발과 함께 무너졌으며, 성정性情은 전족과 함께 모두 방자해졌습니다. ABCD는 학교에서 극성스럽게 읽히는데, 지호자야之乎者也[21]는 붓끝에서 점차 사라지고 있습니다. 이로써 "인심이 피폐하고 도덕이 타락하는" 지경에 이르렀습니다. 진실로 가시밭길을 걷는 때를 만났으니 어찌 하늘이 무너질 것을 근심하는 일에 그치겠습니까? 다행히 상하이 조계租界에 공께서 기거하시며 서양 사람들의 마당에서 성현의 도를 전하고 계십니다. 이에 뗏목을 타고 바다를 떠돌[22] 필요도 없이 문득 시대의 목탁이 되신 것입니다.[23] 이로부터 노숙한 분들은 목소리를 밝게 울리며 '관관저구'關關雎鳩[24]를 읊을 것이고, 멋진 남자들은 모두 운집하여[25] 마치 황허처럼 드넓게 늘어설 것입니다. 사악한 학설은 곧 제거되고, 재난도 점점 잦아들 것입니다. 유구한 선조들의 가르침이 천추만대까지 전해질 것입니다. 다만 '예'禮에 대한 '강의를 펼치면서도' 공문孔門과 다소 다르게 하고, 모임의 이름을 '청년'이라 붙여 대략 예수교를 모방한 것이 안타깝습니다. 오랑캐 것을 사용하여 중화를 변화시킨 일에 대해서[26] 공자께서는 일찍이 잠을 이루지 못했고, 묵가墨家를 끌어와 유가에 편입하자 아무개 공이 이 때문에 얼굴을 돌렸습니다.[27] 그러나 그건 말할 필요도 없으니 하늘이 무슨 말을 합니까?[28] 이는 당연한 일이니 성인은 때에 맞게 행동하는 법입니다.[29] 하물며 "후생은 두려워할 만하므로" 그들의 눈에는 장차 서시西施만 보일 것이요, "벗으로써 인仁을 도우므로" 먼저 가슴에 품은 맛있는 고기까지 내놓는 상황이야 말해 무엇하겠습니까? 이에 비록 승려라 해도 기꺼이 열반에 들 것입니다. 한 번 향시에 급제하면 과거시험에 온 정신을 집중할 것입니다. 그러니 어찌 저 수많은 출입문을 보고도 뒤를 돌아보며 퇴각할 리가 있겠습니까? 반드시 눈을 닦고 침을 삼키며 곧바로 달려 들어갈 것입니다. 문운文運이 크게 번창할 것임을 이에 점칠 만합니다. 보내 주신 편지를 받들어 읽어 보니, 내려 주신 가르침에 잠시 위안이 됩니다. 애오라지 몇 마디 답장을 올려 제 비루한 생각을 대략 말씀드렸습니다. 이 글로 "서발序跋을 겸하겠다"는 말씀은 제가 어찌 감히 바라겠습니까? 오로지 이 글로 답장이나 올려 삼가 평안하시길 빕니다. 쓸 말은 많으나 이만 줄입니다.

정묘년丁卯年 하력夏曆 11월 26일

루쉰이 삼가 아뢰었습니다

주)_____

1) 원제는 「補救世道文件四種」. 이 글은 1927년 12월 31일 상하이 『위쓰』 주간 제4권 제3기에 처음 발표되었다.

2) 원문은 '樂聞於斯'. 이 구절은 바로 다음 글 '을. 공교청년회 창설 준비 선언' 마지막 부분에 나온다. 공교청년회 창설 소식을 기쁘게 들었다는 의미다.

3) 리진밍(黎錦明, 1905~1999)은 현대 소설가다. 후난성 샹탄(湘潭) 사람으로 자는 쥔량(君亮)이다. 이 편지를 쓴 자오몐즈(招勉之)와 광둥 하이펑중학(海豊中學)에서 함께 재직했다. 『위쓰』에 글을 자주 투고했다.

4) 1924년 12월 1일 『위쓰』 제1권 제3기에 장사오위안(江紹原)이 저우쭤런에게 보내는 공개편지 「예에 관한 문제」(禮的問題)가 실렸다. 이 편지에서 그는 낡은 예교 문제를 거론하면서 저우쭤런을 '예부총장'이라고 비꼬았다. 여기에서 총장은 지금의 행정 각 부서 장관에 해당한다.

5) 자오몐즈(招勉之)는 광둥성 타이산(台山) 사람이다. 당시에 중산대학 부속 중학 사범과에서 교편을 잡고 있었다. 『위쓰』와 『망위안』 잡지의 투고자였다.

6) 원제는 「籌設孔敎靑年會宣言」.

7) 육예(六藝)는 예(禮; 예절), 악(樂; 음악), 사(射; 활쏘기), 어(御; 수레몰기), 서(書; 글씨), 수(數; 셈하기)이다.

8) 『논어』 「자한」(子罕)에 나온다. "후배는 두려워할 만하다"는 뜻으로 후배가 선배보다 뛰어남을 일컬을 때 흔히 쓰이는 말이다.

9) 『논어』 「안연」(顔淵)에 나온다. "以文會友, 以友輔仁."

10) 원제는 「上海孔敎靑年會文會緣起」.

11) 이루(離婁)는 중국 고대 전설에 나오는 눈 밝은 사람이다. 황제(黃帝) 때 혹은 춘추시대 사람이라고도 한다. 100보 밖의 털끝도 분명하게 분별했다고 한다.

12) 역아(易牙)는 중국 춘추시대 제(齊) 환공(桓公) 때의 뛰어난 요리사다. 맛을 분별하는 감각이 발달하여 치수(淄水)와 민수(澠水)의 물맛을 구별할 정도였다고 한다.

13) 무염(無鹽)은 전국시대 제(齊)나라 선왕(宣王)의 왕비 종리춘(鍾離春)이다. 추녀(醜女)였으나 직간(直諫)과 부덕(婦德)으로 왕비가 되었다. '각화무염'(刻畵無鹽)은 추녀 종리춘이 화장을 한다는 뜻으로 아무리 꾸며도 표가 나지 않음을 비유한다.

14) 서시(西施)는 춘추시대 월(越)나라 미녀다. 오(吳) 부차(夫差)에게 패배한 월 구천(勾踐)이 미인계로 서시를 부차에게 바쳤다. 오 부차는 서시에게 빠져 국사를 돌보지 않다가 결국 구천에게 패배하고 망국의 군주가 되었다.

15) 위장유(韋長孺, B.C.148~60)는 전한 선제(宣帝) 때의 유명한 유학자로 이름은 현(賢), 자가 장유다. 벼슬은 승상에 이르렀다.

16) 안지추(安之推, 531~591)는 남북조시대 북제(北齊)의 유명한 학자이며 문학가다. 지금의 산둥성 린이(臨沂) 사람으로 자는 개(介)다. 남북조시대 혼란한 상황에서 남조의 양(梁), 북조의 북제, 북주(北周), 수(隋)에서 벼슬했다. 문자학과 음운학에 뛰어났다. 『지추집』(之推集), 『안씨가훈』(顔氏家訓) 등의 저작을 남겼다.

17) 『주역』 「태괘」(兌卦)에 나온다. "君子以朋友講習."

18) 『논어』 「안연」(顔淵)에 나온다. "君子以文會友."

19) 원문은 「樂聞於斯'的回信」.

20) 안지추의 『안씨가훈』 「교자」(敎子)에 다음과 같은 기록이 있다. "북제(北齊)의 어떤 사대부가 일찍이 나에게 말했다. '제게 아들이 하나 있고 나이가 이미 열일곱인데, 서찰

에도 상당히 뛰어납니다. 그 아이에게 선비어 및 비파 타기를 가르쳐 능통하게 되도록 힘썼습니다. 이로써 공경대부를 엎드려 섬기면 존중받지 않는 경우가 없으니 이 또한 중요한 일입니다.' 나는 당시에 고개를 숙이고 대답하지 않았다. 기이하도다! 저 사람이 아들을 가르치는 방법이여! 만약 이 일을 따라 힘쓰면 스스로 경상(卿相)의 벼슬에 이를 것이지만, 너희들은 이런 일 하기를 바라지 않는다." 여기에서도 알 수 있듯이 안지추 본인은 선비어를 배우자고 결코 주장하지 않았다. 나중에 루쉰은 『풍월이야기』 「'헛방' 오류 수정」('撲空'正誤)에서 이에 대해 상세한 설명을 했다.

21) 지호자야(之乎者也)는 중국 문언문 즉 한문에 가장 흔히 쓰이는 어조사다. 따라서 중국 전통 문장을 비유한다.

22) 『논어』 「공야장」(公冶長)에 나온다. "공자가 말했다. '도가 행해지지 않아서 뗏목을 타고 바다를 떠돌 때 나를 따를 자는 유(由)일 것이다.'"

23) 『논어』 「팔일」(八佾)에 나온다. "천하에 도가 사라진 지 오래되어서, 하늘이 장차 스승님을 목탁으로 삼을 것이다."

24) 『시경』 「주남(周南)·관저(關雎)」에 나온다. "꾸룩꾸룩 우는 물수리는 황하의 모래톱에 있네."(關關雎鳩, 在河之洲)

25) 원문은 "吉士騈塡"이다. 『시경』 「소남(召南)·야유사균(野有死麕)」에 "아가씨가 봄생각에 젖어드니, 멋진 남자가 그녀를 유혹했네"(有女懷春, 吉士誘之)라는 구절이 있다. '병전'(騈塡)은 사람들이 많이 모인 모양이다.

26) 『맹자』 「등문공」(滕文公) 상에 나온다. "나는 중화의 것으로 오랑캐를 변화시켰다는 말은 들었어도, 오랑캐에 의해 중화가 변했다는 말은 들은 적이 없다."

27) 당나라 한유(韓愈)의 「불도 문창 선생님을 보내는 글」(送浮屠文暢師序)에 나온다.

28) 『논어』 「양화」(陽貨)에 나온다. "공자가 말했다. '하늘이 무슨 말을 하더냐? 그래도 사시는 운행하고 온갖 만물은 자라난다. 하늘이 무슨 말을 하더냐?'"

29) 『맹자』 「만장」(萬章) 하에 나온다. "공자는 성인 중에서 때에 맞게 행동한 사람이다."

'병과 갑' 평어[1]

편집자가 삼가 논평한다. 이것은 작년 원고인데 어째서 어제 도착했는지 모르겠다. 작자가 지금에야 부친 것일까? 아니면 길에서 1년 동안 우편으로 돌아다닌 것일까? 알 수 없다. 어리석은 내 의견에 근거해 볼 때 학자[2]는 틀릴 리가 없으므로, 대체로 열사[3]가 세상을 떠났을 때는 11세가 되어야 하고, 이는 의심할 수 없다. 내 말을 믿지 못하겠다면 올해 '정법'正法[4]을 내세운 반란 집단에 12~13세도 섞여 있지 않던가? 그러나 확실한지 여부는 알 수 없다. 모든 것은 여전히 '갑인년 늦봄'에 해당한다고 하니 연구원 교수의 밝은 가르침을 엄숙하게 서서 경청해야 할 것이다.

중화민국 16년[1927] 정묘년 늦겨울, 중라[5] 부기附記

[참고]

병과 갑

지롄季廉

학생회에서 간행한 3·18 희생자의 한 사람 웨이韋 열사의 『웨이제싼 기념집』韋傑三紀念集이 도착했다. 나는 책을 펼쳐서 읽다가 「육방옹이 예사업에게 보내는 시의 제목을 빌려『웨이 열사 기념집』에 쓰다」陸放翁送芮司業詩借題韋烈士紀念集라는 량런궁梁任公의 시 몇 줄을 발견했다. 그 곁에는 또 "갑인년 늦봄 치차오"甲寅暮春啓超라는 여섯 글자가 씌어 있었다. 나는 이상했다. 올해(민국 15년)는 병인년丙寅年이 아닌가? 어쩌면 내 기억이 틀릴 수도 있다. 이에 일력日曆을 들춰보니 확실히 갑인년이 아니고 병인년이었다. 나 스스로 추산해 본 결과 웨이 열사의 희생 때 나이는 23세였다(『기념집』에 실린 천원바오陳雲豹의 「웨이 열사 행적 서술」韋烈士行述에 보임). 갑인년은 열사가 희생되기 12년 전이다. 지금 만약 서기 1926년과 민국 15년으로 열사가 병인년에 희생되었음을 증명하지 않으면, 우리는 틀림없이 장스자오章士釗가『갑인』甲寅 잡지를 창간한 그 해에 열사가 희생되었다고 말하게 될 것이다. 이렇게 계산하면 열사가 희생되었을 때 나이는 11세가 돼야 한다. 우리는 또 장스자오가『갑인』잡지를 창간한 그 해 같은 시기에 그가 돤치루이段祺瑞 정부의 교육총장 혹은 사법총장이 되었다고 말할 수 있다.──이 고증은 연구계 수령이며 연구원 교수[량치차오]에게 부탁할 수밖에 없다. 대인 선생과 학자 박사들이여! 천간과 지지는 국수國粹의 하나이므로 보존하고 싶으면 보존해도 무방하다. 그러나 이렇게 웃음거리로 전락한다면 보존하지 않는 것이 더 낫다. 문명의 20세기에 서기 1920 몇 년이나 민국 10 몇 년으로 연도를 표기하면 되지 그런 골동품 같은 노리개를 쓸 필요가 없다.

민국 15년 11월

1) 원제는 「'丙和甲'按語」. 이 글은 1927년 12월 31일 『위쓰』 주간 제4권 제3기 「수감록」(隨感錄) 코너 지롄(季廉)의 글 뒤에 처음 발표되었다.

2) 여기에서 학자는 량치차오(梁啓超)를 가리킨다. 광둥성 신후이(新會) 사람으로 자는 줘루(卓如), 호는 런궁(任公)이다. 청나라 말기 유신변법운동의 대표자 중 한 사람이다. 당시 정계에서 연구계(研究系) 최고지도자로 활동했고, 학계에서는 칭화대학(清華大學) 국학연구소 교수로 재직하고 있었다.

3) 웨이제싼(韋傑三, 1903~1926)을 가리킨다. 당시 칭화대학 학생으로 청원운동에 참가했다가 '3·18참사' 때 목숨을 잃었다.

4) 1927년에 장제스(蔣介石)가 일으킨 4·12쿠데타를 가리킨다. 장제스는 법을 바르게 집행한다는 명목으로 당시 노동자, 학생, 지식인, 공산당원을 대대적으로 학살했다.

5) 중라(中拉)은 루쉰의 필명의 하나다.

'모 신문 스크랩 주석' 평어[1]

루쉰 논평 : 내가 상하이에 온 후 놀랍게 여기는 일 가운데 하나는 신문 기사가 장회소설화한 것이다. 어떤 참사를 막론하고 모두 재미있게 이야기하려 한다.——상하이식 재미. 세력을 잃거나 재앙을 당하면 바로 비웃음을 당해야 한다.——감상거리로서 비웃음이다. 천남둔수[2]식의 부패한 '지호자야'之乎者也 이외에도 오견인[3]과 이백원[4] 식의 차가운 방관자적 어투도 보태지고, 또 새로 첨가된 것들도 보태진다. 이 신문 스크랩은 충칭重慶에서 부쳐 온 것인데 무슨 신문인지는 설명이 없다. 그러나 나는 땅이 우吳[상하이]와 수蜀[충칭]로 상이한데도 중국 정신은 동일하다는 사실에 정말 깜짝 놀랐다. 기껏해야 그가 소위 '미스'라고 한 사람이 기녀妓女가 되었다거나——중국에 옛날부터 존재한 기녀일 뿐이다——그의 친구가 기방으로 한 번 놀러 간 것은 그리 적절한 행동이 아니라 하면서도 집요하게 치某 아무개[5]를 언급하고, 또 이념까지 언급하고, 또 치 아무개의 이름까지 조롱하고, 또 무슨 수오지심羞惡之心을 이야기하고, 또 『시경』을 끌어들이고, 또 '개탄'까지 한다. 그러나 치 아무개에서 '남녀 학생'까지 비웃은

투고 책임자는 누군지 조사할 수도 없는 '소남여사'笑男女士이고, 이 소식을 전한 매체는 '혁신통신사'다. 기실 이것이 어찌 "그 열에 여덟아홉이 확실히 공산분자임을 의심할 수 없다"라는 치수편漆樹芬을 비웃는 데 그치겠는가? 바로 중국이 비웃음을 당해도 충분하다. 정묘년 늦겨울 X일.

[참고]

모 신문 스크랩 주석

서우롄懋蓮

치 난 쉰 의 여 제 자	아내 공유를 크게 이야기하다 처음 칸장관瞰江館에 거주할 때는 　비파를 안고 얼굴 절반을 가렸지만 지금은 샤오자오창小較場에 거주하는데 　꽃 속 꾀꼬리처럼 울고 웃는다

혁신통신사 소식 : 얼마 전 소남여사로 서명한 사람이 원고 하나를 투고했다. 제목은 「치수편에게 아직도 제자가 있어서 향기가 전해지다」漆樹芬尙有弟子傳芬芳였다. 원문에는 다음과 같은 내용이 있다. "전 『신수바오』新蜀報 주필이며 샹스첸 군대 정치부 주임 치수편은 자가 난쉰南薰이다. '3·31사건' 때 죽었지만 그가 공산당원인지 여부는 지금까지도 견해가 일치하지 않는다. 하지만 이전에 난징정부에서 공산당에 대한 지명수배령을 내렸을 때도 그의 이름이 들어 있었다. 또 그가 전에 『신수바오』에 쓴 글에도 '공산당 기미'共昧가 배어 있다. 그런즉 열에 여덟아홉이 확실히 공산분자임을

의심할 수 없다. 치수편은 올해 봄에 본래 모 군대 정치훈련처 주임이 되어 남녀학생을 모두 받아들였다. 천陳 아무개라는 사람도 소위 '미스'miss인데 해당 훈련처에서 수업을 받은 지 여러 날이 되었다. 모 군대가 충칭을 떠날 때 마침내 휴가를 내서 함께 떠나지 않았는데, 무슨 까닭인지 모르지만 결국 화류계로 빠져들고 말았다. 처음에는 아직 웨이魏 아무개 여단장과 소위 연애란 걸 하며 칸장루瞰江樓에서 신녀神女 같은 생활을 했다. 근래에는 공공연히 샤오자오창에 향내 나는 방을 만들어 놓고 염정艶情의 깃발을 높이 내걸었다. 문 앞에 합환화合歡花 한 그루를 심어 두자 경박한 나비와 미친 꿀벌이 그녀에게 심취하여 적지 않게 몰려왔다. 내(이 글 투고자) 친구 아무개의 말에 의하면, 그가 처음에 칸장루에서 그녀를 만났을 때는 그 자신이 서생의 면목을 갖추지 못했지만, 그녀는 여전히 '비파를 안고 얼굴 절반을 가리면서' 부끄러운 마음을 드러냈는데, 근래에 샤오자오창에서 다시 만났을 때는 꽃 속 꾀꼬리처럼 울고 웃으며 옛날의 면목과 완전히 다른 모습을 보였다고 한다. 소위 '미스' 시절을 회고해 보건대 곧바로 천 길 낭떠러지로 떨어졌다고 할 수 있다. 슬프다! 충칭 사회가 사람을 바꾸는 정도가 이와 같으니 정말 두렵지 않은가! 혹자는 이렇게 말했다. '치난쉰의 공처주의公妻主義[6]는 그가 죽은 후에도 계승자가 있게 되었다.' 희학질에 속하고 정도가 심하기는 하지만[7] 이를 보고 사람들은 탄식을 내뱉지 않을 수 없다."

(주석) '3·31사건'(식자공은 주의하기 바란다. '3·31사건案'이지 '3·31참사慘案'가 아니다. 충칭에서는 이런 호칭을 허가하지 않고 있기 때문이다)은 대중화大中華 16년 3월 31일 충칭 각계가 다창바打槍壩에서 시민대회를 열고, 영국군 함대의 난징 포격에 반대할 때, 대회 도중 소위 폭도 수백 명이 대

회장으로 들어와 군도軍刀, 쇠채찍, 권총······ 등으로 사람을 한바탕 난타하고 모든 걸 박살내어 참으로 볼만한 광경을 연출한 일을 가리킨다. 그 결과 남녀 학생, 초등학생, 시민들이 모두 200여 명 목숨을 잃었다.

(또 주석) 치 아무개는 생전에 아내 공유公妻를 크게 이야기했다는데(애석하게도 나는 여태껏 본 적도 들은 적도 없다), 죽은 후에도 제자(게다가 여자 제자)가 그 도道를 전하게 되어 사람은 죽었지만 그 도는 여전히 살아 있으니, 정말 죽어도 산 것과 같다고 할 수 있다. 그러나 이 고족제자高足弟子 미스 천陳에 대해서 나는 일찍이 그녀가 몸담았던 군대의 여성 훈육관에게 물어본 적이 있다. 그런데 전혀 그런 사람이 없었다고 하며 혹시 성을 바꿨을 수도 있다고 했다. 그러나 이 뉴스에 나오는 기자 나으리께서 분명하게 말씀을 한 적이 없기 때문에 나는 여기에 또 주석 한 단락을 달아 둘 수밖에 없다.

(다시 주석) '공미'共昧란 공산주의 색채다. 치 아무개가 일찍이 '학생은 입당해서는 안 된다'라는 글을 한 편 지은 적이 있기 때문에 이런 말을 썼다.

(달지 않아도 될 주석) 이 서신이 만약 투고가 가능하다면 발표 여부는 당신의 특권이다.

정묘년 중동仲冬 무진일戊辰日

위저우澉州 서우롄이 삼가 주석을 달다

주)_____

1) 원제는 「'某報剪注'按語」. 이 글은 1928년 1월 21일 『위쓰』 주간 제4권 제6기 「모 신문 스크랩 주석」(某報剪注) 뒤에 처음 실렸다.
2) 천남둔수(天南遯叟)는 청나라 말기 작가 왕도(王韜, 1828~1897)의 호다. 홍콩 『순환일

보』의 편집장을 지낸 적이 있다. 필기소설 『둔굴란언』(遁窟讕言), 『송은만록』(淞隱漫錄) 등을 남겼다.

3) 오견인(吳趼人, 1866~1910)은 청나라 말기 소설가다. 본명은 옥요(沃堯), 자는 견인이다. 『이십 년 동안 목도한 이상한 현상』(二十年目睹之怪現狀) 등의 작품을 남겼다.

4) 이백원(李伯元, 1867~1906)은 청나라 말기 소설가다. 본명은 보가(寶嘉), 자는 백원이다. 『관장현형기』(官場現形記) 등의 작품을 남겼다.

5) 치(漆) 아무개는 치수펀(漆樹芬, 1892~1927)을 가리킨다. 자는 난쉰(南薰)이며 일본 교토제국대학을 졸업한 후 경제학자로 활동했다. 1926년 쓰촨(四川)군벌 샹스쥔(向士俊)의 정치부 주임에 임명되어 『신수바오』(新蜀報)를 주관했다. 1927년 충칭에서 발생한 3·31참사 때 피살되었다. 저서로 『제국주의 경제 침략 하의 중국』(帝國主義經濟侵略下之中國) 등이 있다.

6) 공처주의(公妻主義)는 아내를 공유한다는 의미로 흔히 공산주의자를 비난하는 말로 쓰였다. 공산주의는 재산뿐만 아니라 아내까지 공유한다고 왜곡했다.

7) 원문은 '雖屬謔而虐兮'. 『시경』 「위풍(衛風)·기욱(淇奧)」에 나온다. "관대하고 여유 있는 모습으로 수레 옆나무에 기대시네. 희학질도 잘 하지만 지나치지는 않으시네."(寬兮綽兮, 猗重較兮. 善戲謔兮, 不爲虐兮)

'행로난' 평어[1]

루쉰 논평 : 작년 이후로 나는 비슷한 일을 아주 많이 들었다. 어떤 광둥 친구는 내게 또 이렇게 말했다. "자네의 「홍콩에 관한 간략한 이야기」略談香港와 같은 글은 정말 좀 발표해야 하긴 하지만 영국인에게는 조금도 손해를 끼치지 못했네." 나는 그의 말이 진실이라고 굳게 믿었다. 올해 상하이로 와서 큰 다리 위에서 한 번 검문을 당한 적이 있다. 그러나 홍콩처럼 사납지 않았다. 소문을 들으니 내지內地 몇 곳은 조계租界보다 삼엄하다고 한다. 여관에서도 경찰이 한밤중에 들어올 수 있고, 글을 쓰려면 연구를 해야 한다고 한다. 내 동향同鄕 한 사람은 여관에서 요약문 한 장을 쓸 때, 수배령이 내린 자신의 형을 보호하려 했는데, 요약문을 다 쓰지도 못하고 잡혀갔다고 한다. 신문에 대해서도 어찌 검열을 하지 않겠는가? 삭제된 부분이 여러 곳이어도 공백으로 남겨 두는 건 허용되지 않는다. 왜냐하면 공백으로 남겨 놓게 되면 독자들이 그들의 압제를 간파할 수 있기 때문이다. 홍콩에서는 아직도 공백으로 남겨 놓는다. 이런 점에서 나는 영국인들이 우리 중국 동포의 세밀함에 미치지 못한다고 말하지 않을 수 없다. 따라서

남들이 자신을 사람으로 인정해 주기를 바란다면 모름지기 자신의 나라에서 먼저 자신의 인격을 쟁취해야 한다. 그렇지 않으면 이후 양인洋人과 군벌이 연합하여 착취할 때 중국 곳곳은 모두 홍콩처럼 되거나 그보다 더욱 심하게 될 것이다.

음력 제야, 상하이 원근 폭죽 소리 속에서 쓰다

[참고]
'행로난'

루쉰 선생님:

몇 번인가 선생님께 편지를 쓰려 했지만 늘 여러 가지 어려움 때문에 그만두곤 했습니다. 그러나 오늘은 평탄한 도로에서 몇 번이나 장애물을 만나 거의 머리가 깨지고 피가 흘렀습니다. 이번에는 저도 더 이상 참을 수 없었습니다. 거처로 돌아와서 전등을 켜고 붓을 들고 숨을 씩씩거리며 어찌됐든 글을 써서 부치지 않으면 안 되겠다는 결심을 하게 되었습니다.

선생님께서도 아실 겁니다. 우리 남쪽나라의 풍광이 아름답고 상업이 번성한 한 작은 섬이 바로 현재 영국 양대인洋大人들의 관리를 받아 유지되고 있는 홍콩이라는 사실을 말입니다. 선생님께서 광저우에서 상하이로 돌아가려고 이곳을 거쳐 갈 때 우리 몇몇 가련한 동포는 또 선생님께 베풀 은혜를 양대인에게 주청했을 수도 있습니다. 선생님께선 미안하게 생각하며 『위쓰』 잡지 지면으로 감사 인사를 끊임없이 표했지요. 물론 저도 마찬가지로 『위쓰』의 작은 공간을 빌려 홍콩에 살고 있는 우리 가련한 동포들께 감사의 인사를 드리고자 합니다!

　저는 산터우汕頭에서 홍콩으로 온 지 겨우 2개월이 되었습니다. 이 짧은 기간에 제 마음은 마치 실연한 것과 같은 쓰린 고통을 겪었습니다. 왜냐하면 어느 날 우연히 거리에서 『신중국보』新中國報 1부를 사가지고 와서 부간副刊을 읽다가 글 가운데 '검열당했다'被檢去란 글자가 가로로 크게 쓰여 있는 걸 보았기 때문입니다. 나는 처음에 영문을 알 수 없었지만 이후 대략 문장을 읽다가 비로소 삭제된 글에서 다룬 것이 사회 경제 문제 및 여성 정절 문제와 좀 관련이 있다는 사실을 알게 되었습니다. 나는 실제로 대담하게도 「중국 근대문예와 연애 문제」中國近代文藝與戀愛問題라는 글을 지어 『대광보』大光報 부간 「다쮜」大覽에 투고했습니다. 이틀도 되지 않아서 이 신문의 기자가 제게 답장 한 통을 보내왔습니다. 그는 제가 쓴 그 글이 검열관에 의해 4쪽이나 삭제되어 게재할 방법이 없다고 했습니다. 또 이렇게 말했습니다. "몇 번 교섭을 해봤지만 끝내 원고를 돌려받지 못했습니다." 저는 말문이 막힐 정도로 화가 났습니다. 이건 정말 제 심혈을 유린하는 악마에 다름 아닙니다. 저는 또 친구에게 물어서 이 검열 업무를 모두 우리 동포(고등 중국인)가 담당하고 있다는 사실을 알게 되었습니다. 아울러 다음과 같은 내막도 알게 되었습니다. 즉 검열할 때 신문사에서 그 검열관에게 사례금을 얼마 집어주든가 매월 일정한 보수를 지급하면 검열관이 참작할 여지가 생긴다는 것입니다. 이것은 고등 중국인에 해당하는 우리 동포의 좋은 점이라 하지 않을 수 없습니다!

　저도 정말 올해 들어 선생님처럼 화개운2)을 만난 것 같습니다. 그렇지 않다면 이런 지경에 빠질 수 없을 것입니다. 친구 두 명과 완쯔彎仔 지역으로부터 홍콩으로 오는 큰길 위 즉 빅토리아 부두 근처에서 뜻밖에도 우리 동포 3~4명에게 붙잡혔습니다. 그들은 우리에게 상세한 질문을 몇 차례 하고 또 손으로 우리의 어깨에서 대퇴부까지 더듬었고, 또 허리띠를 따라가며 잡아당겨서 우리의 바지가 거의 벗어지게 되었습니다. 우리는 부득이하게 그들에게 간절히 이렇게 말을 해야 했습니다. "이렇게까지 수색하지는 마십시오. 우리는 모두 독서인입니다!"

"허! 그게 무서운 거야! 공산당도 대부분 독서인이야." 그리고 그들은 제 손에 들려 있던 원고 몇 권을 의심스럽게 낚아채 가서 좀 살펴보다가 제게 이렇게 물었습니다. "이거 무슨 선언문인가?"

"무슨 선언문요? 이건 제 친구의 원고입니다." 저는 이렇게 대답했습니다. 그러나 그들은 끝내 믿지 못하고 손으로 원고지 몇 쪽을 뜯어냈습니다. 이에 따라 글자도 갈기갈기 찢겨 나갔습니다. 나는 한순간 화가 나서 주먹을 쥐고 그들의 콧등을 후려갈기고 싶었습니다. 그러나 눈을 돌려 살펴보니 그들의 엉덩이에 흉악한 서양 총이 꽂혀 있었습니다. 저는 멍청하게도 무저항주의의 마비된 물건이 될 수밖에 없었습니다. 이런 상황이 20~30분 정도 이어지고 나서야 비로소 우리가 그곳을 떠나도 된다고 허락이 떨어졌습니다.

이런 일이 몇 번이나 연속해서 발생했고, 마지막 한 번은 그들이 마침내 저를 큰 집(경찰청과 같았음)으로 끌고 가서 심문을 했습니다. 그들은 제가 호주머니에 작은 칼(이건 내가 편지봉투나 종이를 자를 때 늘 쓰는 물건임) 한 자루를 넣어 다닌다고 트집을 잡았습니다. 또 제가 지니고 있던 다이어리 중간에 몇몇 친구 이름과 연락처가 기재되어 있는 것을 보고 제가 비밀 조직의 영수일지도 모른다고 추정했고, 결국은 그들을 따라가야만 했습니다. 5~6리 정도 가자 큰 집에 도착했는데, 그곳에는 양복을 입은 우리의 고

등 동포 한 분만 있었습니다. 그는 제 앞에 서서 한 차례 질문을 던지고는 그제야 저를 석방했습니다. 당시에 저는 울지도 못하고 웃지도 못하는 상황이었습니다. 거처로 돌아와 침대에 누워 천정을 멍하니 바라보자 마음속 고통이 한바탕 뼈에까지 사무쳤습니다. 이에 고통을 참으며 선생님께 이 편지를 씁니다. 장차 이 편지를 널리 퍼뜨려 국민들에게 알려 주시길 바랍니다.

이백李白은 이렇게 탄식했습니다. "촉蜀으로 가는 길의 험난함은 하늘로 오르는 것보다 심하다."[3] 그러나 이처럼 평탄한 홍콩의 대로도 이와 같이 다니기가 어려우니 이 또한 기괴한 일이라 할 만합니다! 저는 오늘 이후로도 홍콩을 떠나지 않겠지만, 저 다니기 어려운 대로로는 다니지 않을 작정입니다. 선생님께서는 제 결심이 좋다고 생각하십니까?

1월 12일 홍콩에서, 루셴취안陸仙泉

주)_____

1) 원제는 「行路難按語」. 이 글은 1928년 1월 28일 『위쓰』 주간 제4권 제7기 '통신' 코너 「행로난」이란 문장 뒤에 처음 실렸다.
2) 화개운(華蓋運). 화개는 본래 임금이나 귀인들이 쓰던 화려한 일산(日傘)이다. 여기에서는 '화개운'(華蓋運)을 말한다. 스님이 화개운을 만나면 머리에 후광이 덮이는 것으로 간주되어 성불할 조짐으로 보지만, 속인들이 화개운을 만나면 화개의 무게를 감당할 수 없어 머리가 깨지게 되므로, 운명이 막히고 불운하게 된다고 한다. 『화개집』 「제기」(題記) 참조.
3) 이백의 「촉도난」(蜀道難)에 나오는 구절이다.

'표점부호 금지'에 대한 평어[1]

편집자 논평 : 이것은 작은 기사일 뿐이지만 나에게는 의미 있는 글로 느껴진다. 중국은 이후 장차 영어를 가져와서 백화 및 표점부호 사용을 금지할 것이지만, 이것이 바로 '국수國粹를 보존하는 것이다.' 일부 동포는 마음속으로 백화를 원수처럼 미워하지만 '국수'와 '영어'의 한계는 이미 사라졌다.

제야, 추관楮冠 부기附記

[참고]

표점부호 금지

어제 교육부 선발시험이 진행되었다. 주임 시험관이 문제를 낸 후 모 과장이 즉시 시험장에 와서 훈계를 했다. "여러분! 표점부호를 사용하면 안 됩니다. 표점부호는 백화문을 지을 때 쓰는 부호이기 때문입니다. 그러나 중국 문장의 phrase and clause(그는 영어를 쓸 때 특히 엄격한 표정을 짓는다)는 아주 복잡하기 때문에 구두점이 없으면 독자가 '문장만 보고 터무니없이 뜻을 유추하는'望文生意 곤란함에 빠지게 됩니다. 하지만 여러분은 전통적인 구두점만 사용해야지, colon, semicolon, question mark, and so on and so forth 등을 사용하면 안 됩니다."

모 과장의 의도는 중국 문장에 표점부호를 사용하는 건 애석하게도 이미 백화문으로 문장을 짓게 된 학계 비적들이 먼저 쓰고 있기 때문에 오염을 피하기 위해 4천 년 동안 선조들께서 전해 주신 구두점만 쓰자는 것이다.

1927년 12월 24일(시험이 끝난 후 둘째 날),

첸쩌민錢澤民이 베이징에서 쓰다

주)‒‒‒‒‒

1) 원제는 「'禁止標點符號'按語」. 이 글은 1928년 1월 28일 『위쓰』 주간 제4권 제7기 「수감록」 코너 「표점부호 금지」(禁止標點符號)란 문장 뒤에 처음 실렸다.

지롄이 보내온 편지에 대한 평어[1]

우리는 상하이의 신세를 지고 살면서도 무슨 "시험과 관련된 경위"나 "법이 확립된 후에 은혜를 안다"[2] 따위의 제목을 신문에서 그다지 자주 보지 못했다. 하지만 소문들을 우연히 들으니 "그런 혐의와 관련되었거나" "대학 시험에서 백화문을 쓰는 사람은 모두 뽑지 않는다"는 등의 말이 떠돌고 있다. 그러나 이런 소문의 진위는 알 수 없다. 이 때문에 내 주위가 '캄캄한지' 아니면 '환한'지조차 알려 드릴 방법이 없다. 근래에 이곳 '혁명문학가'가 '위쓰파'語絲派 사람들이 베이징에서 취생몽사醉生夢死 하느라 '혁명'에 나서지 못한다고 성토하며 대포로 베이징을 때려 부수지 못함을 안타까워하고 있다.[3] 그럼 이곳이 대체로 좋다는 것인가? 그렇지 않다면 그들은 왜 저처럼 위세를 부리고 있는 것일까?

새봄에, 상하이를 떠도는 기자旅滬記者

통신

제 나이는 스물다섯 살입니다. 민국 원년[1912]부터 서기西紀를 사용했으므로 지금까지 벌써 열일곱번째 설을 쇤 셈이 됩니다.──아니 서른네번째 설을 쇠었습니다. 왜냐하면 양력으로 설을 쇠면서도 관례에 따라 음력으로도 설을 쇠어야 했기 때문입니다. 설을 쇠면 한 살 더 먹는다는 계산법을 따른다면 저는 지금 (일 년에 설을 두 번 쇠므로) 서른아홉 살이 되어야합니다. 그럼 "인생은 일흔을 사는 사람이 드물다"라고 하지만 민국에서는 전혀 '드물지' 않게 될 것입니다. 오늘 또 음력 제야를 맞아 하늘 끝을 떠도는 몸이 되니 제 슬픈 신세에 다소 탄식이 우러납니다. 제 슬픔을 풀기 위해 손 가는 대로 책상머리의 지난 신문을 뒤적이며 답답한 마음을 해소하려 합니다. 뜻밖에도 좋은 자료가 적지 않게 발견되었습니다. 지금 삼가 종류를 나누고 베껴서 첨부해 드리오니 기자 선생들께서 이것을 국민들에게 공포하여 "예교를 성대히 밝히려는 대원수大元帥의 지극한 뜻을" 받들고, 또 학풍을 정비하려는 류劉 교육총장의 고뇌에 찬 마음을 널리 밝힐 수 있기를 간절히 바랍니다.

(1) 예제(禮制)에 관하여

▲ 예제관이 창립되어 판푸潘復 등이 연설하다

베이징 소식 : 예제관이 어제 오후 2시에 창립식을 거행했다. 각료회의가 끝난 후 판푸 및 각 각료가 모두 참석했다. 먼저 총재인 판푸와 부총재 선루이린沈瑞麟이 치사를 했고, 교육총장 류저劉哲도 연설을 했다. 다음으로

편집장 장한江瀚이 답사를 했다. 3시경이 되어서야 비로소 폐회를 했다. 여기에 판, 선, 장 등의 연설문을 게재한다.

① 총재 치사 : 중국은 예교禮敎로 나라를 세워 세상을 경륜하고 만물을 주재했습니다. 자신을 수양하고 남을 다스리는 도道는 예禮보다 중대한 것이 없습니다. 크게는 하늘, 땅, 백성, 만물에서, 작게는 보고, 듣고, 말하고, 행동하는 일에 이르기까지 하나같이 예를 귀의처로 삼았습니다. 예교가 침체되고 나서 법치가 처음 생겼습니다. 그러나 법이란 다스림을 돕는 도구이지 다스림의 근본은 아닙니다. 민국이 건국된 지 10여 년이 지났지만 예제를 버려 둔 채 이야기하지 않고 있으니 진실로 큰 유감입니다. 여러 해 동안 변란이 그치지 않게 된 것도 처음부터 여기에서 말미암지 않음이 없었습니다. 그 뚜렷한 사례를 들어 보겠습니다. 혼례, 상례, 제례, 장례의 의식, 공사公私의 관복 제도와 같은 것에 명백한 규정이 없어서 백성이 대부분 따를 방법이 없습니다. 그러니 어떻게 외관을 엄숙하게 하고 백성의 뜻을 안정시킬 수 있겠습니까? 하물며 옛 성인께서 나라를 경륜하던 정밀한 뜻이야 더 말해 무엇하겠습니까? 지금 대원수께서 여기에 비춰 신중하게 예제를 현재의 급무로 삼아 예제관을 열고 빈객을 맞아들이셨습니다. 한 세대의 유명 학자들을 두루 초빙하여 예악제도를 함께 논의하니 그 발단이 광대하고 기획 의도가 심원합니다. 여러 군자들은 모두 위대한 유학자에 뛰어난 석학이시라 고금 예악의 타당함에 대해 평소에 연구를 계속하여 틀림없이 일찍부터 축적한 소양에 바탕을 두고 상세하게 고찰을 할 수 있었을 겁니다. 이에 위대한 의론을 펼치며 나라의 빛을 선양할 수 있게 되었습니다. 비루한 이 사람도 몸소 이 성대한 대회에 참여할 수 있게 되었으니 기쁘고 다행스러운 마음 어찌 이길 수 있겠습니까?

② 부총재 치사 : 방금 판 총재님께서 말씀하신 지극히 공명정대한 뜻을 듣고 보니 비루한 이 사람은 탄복의 마음을 이길 수 없습니다. 옛날 성군께서 예禮를 제정한 까닭은 백성을 하나의 규범으로 묶어 놓기 위한 것입니다. 이 때문에 예란 민심을 바로잡고 풍속을 정하고 상하의 도리를 밝히기 위한 것이라고 말합니다. 후세에는 예교가 분명하지 못하여 이에 따라 대란大亂이 발생했습니다. 오늘날 예禮를 논의하고 악樂을 바로잡는 일에 대해서 천박한 견해를 가진 자들은 거의 웃음거리로 여기는데 이는 근본을 도모할 줄 모르는 짓이니 어찌 예악을 버려 두고 강구하지 않을 수 있겠습니까? 마침내 사람들로 하여금 근본을 바르게 하고 원천을 맑게 할 뜻을 갖게 할 수 있다면 경전을 벗어나고 도를 배반하는 학설이 어찌 생길 수 있겠으며, 또 붉은 패거리의 만연을 어찌 근심할 수 있겠습니까? 예는 시대와 함께 변해야 하고, 시속에 마땅한 것을 참작하여 지금 통행될 수 있는 제도를 제정해야 합니다. 그럼 사람들의 이목이 놀라지 않을 것이고, 정밀한 뜻이 그 사이에 깃들 것입니다. 증曾 문정공文正公[증국번曾國藩]이 말한 소위 "오늘날 관복冠服을 입고 무릎을 꿇는 일상 예절은 모두 옛날 인의와 등급에 따라 정확성을 기하던 예법"과 부합한다는 것이 그것입니다. 비루한 이 사람은 학식이 고루한데도 다행히 여러 군자들과 한 집에서 머리를 모아 감히 한 가지 어리석은 계책이라도 바칠 수 있게 되었습니다. 훌륭한 군자들께서 가르침을 베풀어 주시면 큰 행운이겠습니다.

③ 편집장 답사 : 방금 총재님과 부총재님 그리고 류 교육총장님께서 펼치신 고담준론을 들으며 무한한 탄복에 젖어들었습니다. 공화국을 건국한 이래로 예제를 바로잡은 지가 이미 네 차례입니다. 첫째, 민국 3년[1914] 정사당政事堂이 건립되었고, 또 그것을 예제관이라 부르기도 했지만 5년 만

에 중단했습니다. 둘째, 민국 6년[1917] 여름에 내무부 예속사禮俗司 주관으로 예제를 편찬·교정한 일입니다. 셋째, 민국 9년 가을에 국무원 내무부가 합동으로 설립한 예제수정처修訂禮制處를 민국 10년 겨울에 비용 삭감으로 폐지한 일입니다. 넷째, 민국 14년 내무부가 설립 비준을 요청한 예제편찬회禮制編纂會를 지금 이 예제관을 법령에 따라 설립한 후 폐지한 일입니다. 전후 편찬 수정 제안을 모두 계산해 보면 10여 종 아래로 내려가지 않습니다. 이미 공표한 것도 있고, 아직 공표하지 않은 것도 있도 또 원고가 장차 완성되려는 단계에서 정변 때문에 아직 올리지 않은 것도 있습니다. 황제의 수레에 비유하자면 장식 없는 바퀴는 이미 마련했으므로 순서에 따라 힘써 노력하면 수레의 완성을 쉽게 볼 수 있는 것과 같습니다. 옛 기록에도 이르기를 "사람이 예를 갖추면 편안하고, 예를 갖추지 못하면 위험하다"[4] 라고 했습니다. 지금 대원수께서는 사려가 깊고 원대하여 간절한 마음으로 예악을 제정함으로써 민심을 아름답게 도야하고 기운을 돌이키려는 급한 일을 추진하고 계십니다. 원근 사람들이 이 소식을 들으면 그 누가 감격하지 않겠습니까? 이 일을 담당하는 동인들은 먼저 앞서 편찬한 각 원고를 공동으로 연구해야 합니다. 만약 빠진 것이 있으면 보태고, 여러 방책과 힘을 모아 반년 이내에 이 일을 완수하여 대원수께서 예교를 성대히 밝히려는 지극한 뜻에 부응할 수 있기를 바랍니다. 아직까지 미진한 모든 일은 총재, 부총재와 여러 군자들께서 수시로 지도해 주시면 다행이겠습니다. (민국 16년 11월 18일 『다궁바오』大公報)

▲ 베이징공교회北京孔教會가 어제 하늘에 제사를 올리다

제례가 끝난 후 천환장陳煥章, 장팅젠張廷健, 장팅구이張廷桂 등이 경서를 크게 강의하다. (11월 24일 『다궁바오』)

(2) 시험에 관한 것. 시험 제목이 날짜 순서로 신문에 보인다. 아래에 열거함.

▲ 교육부는 어제 민국대학民國大學 시험을 시행했다. 국문 제목은 "법이 확립된 후에 은혜를 안다"였다.

▲ 교육부는 어제 평민대학平民大學 시험을 시행했다. 국문 제목은 "사람들과 사귀는 일은 신의에 그친다"였다.

▲ 교육부는 어제 중국대학中國大學 시험을 시행했다. 국문 제목은 "맹자는 사악한 학설이 횡행하는 현상을 홍수, 맹수와 나란하게 취급했는데, 그 해악의 소재를 논하라"였다.

▲ 교육부는 퉁차이상업전문학교通才商專學校 입학생 선발을 시행했다. 제목은 "상업에 두루 통하는 건 노동을 배려하는 것이다"였다.

▲ 교육부는 어제 중앙대학中央大學 선발 입시를 시행했다. 제목은 "예의염치는 나라의 네 가지 뼈대다"였다.

이런 시험을 거치고 나면 성인의 도가 발달할 것이고, 유학도 손상되지 않을 것이고, 사악한 학설도 제거될 것이고, 민심도 옛날처럼 회복될 것이니 요·순·우·탕의 세상도 오늘날에 다시 전개될 것입니다.…… "도성에 사는" 하찮은 백성은 그 덕망에 젖어드는 것이 정말 끝이 없을 것입니다.

(3) 학생과 시험

▲ 앞서 체포된 차오양대학朝陽大學 남학생 쑨하오탄孫浩潭, 리쥐톈李菊天 등 네 명은 이미 석방되었지만, 여학생 리푸룽李芙蓉, 웨이樂毅는 조사 경과를 비교적 신중하게 처리해야 하기 때문에 일시적으로 석방하기가 쉽지 않다고 한다. (16년 11월 30일 『다궁바오』)

▲ 이전에 체포된 차오양대학 남녀 학생 리쥐톈, 웨이, 리푸룽 등 10여 명

이 시험과 관련된 사정이 중요하지 않다고 하여 모두 요 며칠 전후로 석방되었다. (12월 20일 『다궁바오』)

이런 사실은 우리에게 리쥐텐, 웨이, 리푸룽 등이 군경에 체포되어 20일 동안 감금되어 있었음을 분명하게 알려 줍니다. 죄명은 "시험과 관련된 사정"이었습니다. 학풍을 정돈한다는 게 본래 이와 같은 법률 정돈이었군요. 저는 늦게 태어나서 실로 견문이 부족합니다. 기자 선생! 소문을 들으니 어떤 곳에서는 인권보장선언을 했다고 하는데 그것이 말장난에 불과한 것인지 모르겠습니다.

하늘 끝에서 세모를 맞으니 마주치는 풍경마다 슬픔이 우러납니다. 제가 25년 동안 살면서 39번 새해를 맞은 사실이 슬프고, 생명의 미약함이 슬프고, 제 사방의 칠흑 같은 어둠이 슬픕니다. 또……이 슬픕니다.

제야, 지롄

주)_____

1) 원제는 「季廉來信按語」. 이 글은 1928년 3월 19일 『위쓰』 주간 제4권 제12기 '통신' 코너의 「지롄이 보내온 편지」 뒤에 처음 실렸다.

2) 원문은 "法立然後知恩"이다. 중국 삼국시대 제갈량(諸葛亮)의 「답법정서」(答法正書)에 나오는 구절을 조금 변형했다. "법이 행해지면 은혜를 압니다."(法行則知恩)

3) 당시 프롤레타리아 혁명문학을 주장하던 청팡우(成仿吾)는 1928년 2월 『창조월간』(創造月刊) 제1권 제9기에 「문학혁명에서 혁명문학으로」(從文學革命到革命文學)라는 글을 발표하여 '위쓰파'(語絲派)를 다음과 같이 평가했다. "그들의 표어는 '취미'다. 나는 이전에 그들이 긍지로 여기는 것이 '한가, 한가, 제3의 한가'라고 말한 적이 있다. 그들은 한가로운 부르주아를 대표하거나 북(鼓) 속에서 잠자고 있는 프티부르주아를 대표한다." 또 이렇게 말했다. "만약 베이징의 캄캄하고 독한 기운을 연기 없는 폭약으로 쓸어 없애지 않으면 그들은 아마 영원히 그렇게 살아갈 것이다." '위쓰파'는 당시 『위쓰』 잡지에 투고하던 사람들과 편집진을 통틀어 일컫는 말이다.

4) 원문은 "人有禮則安, 無禮則危". 『예기』 「곡례」(曲禮)에 나온다.

'오류 본보기' 편집자 주[1]

편집자 주 : 원작에는 사례를 많이 들었는데, 지면 관계상 좀 생략했다. 또 다른 이유 때문에 설명도 좀 줄였다. 그러나 이를 통해서도 표점본『도화선』[2]이 가공할 만한 판본이란 사실을 알 수 있다. 마음대로 삭제한 부분에 대해서 작가의 양해를 간절히 바란다.

3월 19일 편집자

[참고]

오류 본보기

위시育熙

왕위안팡汪原放이『홍루몽』과『수호전』에 표점을 찍어서 서적상에게 편리한 출입문을 크게 열어 줬다. 이에 몇몇 서점 주인 및 점원들은 이 기회에 편승하여 옛 종이 더미에서 각양각색의 책을 바삐 옮겨 와 표지를 바꾸고 표점을 찍어 사방으로 팔면서 즐겁게 명예와 이익을 함께 얻고 있다. 더욱

이 쿤산昆山 사람 타오러친陶樂勤은 이 장난에 특히 열심이다.

공평하게 말하자면 표점가가 모두 왕위안팡처럼 책 선택 및 표점에 정밀한 태도를 유지한다면 상당한 공로를 세울 수 있다고 할 수 있다. 그러나 단지 돈벌이 목적으로 썩은 책을 크게 펼쳐 놓는다면 이는 고인에게 미안한 일일 뿐 아니라 독자를 기만하는 일이기도 하다. 유기징역과 같은 처분을 내려야 한다고 말할 수는 없다 해도 최소한 종아리를 매질하는 형벌에 처하여 일벌백계로 징계를 해야 모방 범죄를 방지할 수 있을 것이다.

지금 타오러친이 표점을 찍은 중국 유명 희곡『도화선』을 예로 들어 표점 오류의 본보기를 보이고자 한다.──

타오러친이 표점한 상책上冊 30쪽:

貞麗 "堂中女, 好珠難比;

學得新鶯, 恰恰啼春;

鎖重門人未知."──(尾聲)

운韻이 맞는지 여부는 잠시 묻지 않기로 하고, 뜻이 통하는지 여부만 묻기로 하겠다. 만약 순조롭게 읽어 내려가려면 마땅히 다음과 같이 표점을 찍어야 한다.

貞麗 "堂中女, 好珠難比;

學得新鶯恰恰啼;

春鎖重門人未知."──(尾聲)

[정려 "집안의 여인, 고운 구슬로도 비견하기 어렵네;

새봄 꾀꼬리 울음을 배워서 흐느끼는 듯,

봄날 겹문을 닫고 있으니 남들은 알지 못하네."──(미성)]

또 타오가 표점한 상책 54쪽:

方域 "金粉未消亡,

聞得六朝香滿,

天涯煙草斷人腸,

怕催花信緊;

風風雨雨, 誤了春光."──(縹山月)

『도화선』은 매 절折[3] 모두 한 가지 운韻이나 통운의 방식으로 끝까지 운을 맞춘다. 이 절 ──「방취」訪翠는 양평성陽平聲 강운江韻을 쓰고 있는데, 첫머리에 어찌 선운先韻을 썼겠는가? 이것도 타오러친의 오류다. 응당 다음과 같이 고쳐야 한다.──

方域 "金粉未消亡,

聞得六朝香.

滿天涯芳草斷人腸!

怕催花信緊,

風風雨雨, 誤了春光."──(縹山月)

[방역 "금분이 아직 다 지워지지 않아,

육조시대 향기가 피어나네.

하늘 끝 우거진 풀에 안개는 가득하여 애간장 끊어지네!

아마도 꽃소식 다급하게 재촉하는 듯;

바람 불고 비 내리며 봄빛을 앗아가네."──(구산월)]

또 타오의 상책 49쪽:

(大笑著) 不料這侯公子倒是知己!

이 절의 제목은 「정희」偵戱다. 본래 진정생陳定生이 방밀지方密之와 모벽강冒辟疆 두 공자를 초청하여 계명태鷄鳴埭에서 술을 마실 때, 완대성阮大鍼의 희반[4]이 그의 『연자전』燕子箋을 공연하게 되었다. 완대성은 자신이 지은 곡과, 자신이 연출한 분장과, 자신의 연극반을 썼기 때문에 이 기회를 빌려 그들 몇몇 공자들의 비평이 어떤지 듣고 싶었다. 따라서 사람을 보내 물어보았다. 최초로 돌아온 탐문 결과는 공자 몇 사람이 『연자전』에 모두 호평을 내렸다는 것이었다. 이 때문에 대성은 매우 득의만만해졌다. 그러나 지금 우리는 아무도 또 한 명의 공자인 '후공자'侯公子가 그 자리에 있었는지, 또 왜 그가 '후공자'를 지기知己라 부르는지 모른다. 당초에 타오러친이 틀린 탓이다. 왜냐하면 원문에 따르면 다음과 같이 써야 하기 때문이다.──

(大笑著) 不料這班公子倒是知己!
[(크게 웃으며) 뜻밖에도 이 공자께서 도리어 지기로구나!]

이 점에 대해 타오러친은 식자공이 오류를 저질렀다고 추측하지 못했다. ‘班’과 ‘侯’는 글자 모양이 거의 비슷하기는 하지만 타오 자신은 ‘侯’ 자 옆에 고유명사 인용을 나타내는 줄을 그어두고 있다.

이상에 거론한 것과 같은 사례는 실로 이루 다 지적할 수 없을 정도다. 이제 다시 크게 오류가 난 부분을 예로 들어 독자 여러분께 보여 드리고자 한다.——

타오의 상책 37쪽:

“魏家干, 又是崔家干,
一處處兒同吃.
東林里丟飛箭,
西廠裏牽長線;
怎掩傍人眼宇,
難免同氣崔田.
同氣崔田熱,
兄弟糞爭嘗癰.”

타오의 상책 111쪽에서 112쪽까지:

“你看中原豺虎亂如麻,
都窺伺龍樓鳳闕帝王家.
有何人勤主報主,
肯把糧草缺乏?
一陣陣拍手喧嘩,

一陣陣拍手喧嘩,

百忙中敎我如何答話?

好一似薨薨白晝鬧旗拿;

那督帥無老將,

選士皆嬌娃,

卻敎俺自撑達,

卻敎俺自撑達,

正騰騰殺氣,

這軍糧文蜂裔!”

위에 제시한 악곡 두 단락을 나는 먼저 타오러친에게 "스스로 읽었을 때 순조롭게 읽히는지? 아닌지?" "어떻게 읽히는지?" 물어보고 싶다. 나는 또 독자 여러분께도 양심에 따라 읽었을 때 이해할 수 있는지 여부와 읽어 내려갈 수 있는지 여부를 묻고 싶다. 만약 이해할 수 없고, 읽어 내려갈 수 없다면 아래 문장을 읽어 보시기 바란다.──

"魏家干, 又是崔家干,

──一處處'兒'字難免.

同氣崔田!

同氣崔田,

熱兄弟糞爭嘗癰同吭!

東林里丟飛箭,

西廠裏牽長線,

怎掩旁人眼!"

["위씨 집 양아들이면서, 또 최씨 집 양아들이네.

곳곳에서 '아들 노릇' 면하기 어렵네.

최씨와 전씨는 한마음이네!

최씨와 전씨는 한마음이라,

열렬한 형제는 똥도 다투어 먹고, 고름도 함께 빠네!

동림당으로 화살을 날리고,

서창으로 길게 선을 대네.

어떻게 주위 사람 눈을 가리랴!"]

또,

"你看中原豺虎亂如麻,

都窺伺龍樓鳳闕帝王家.

有何人勤王報主,

肯把義旗拿?

那督帥無老將,

選士皆嬌娃,

卻敎俺自撐達!

卻敎俺自撐達,

正騰騰殺氣,

這軍糧草又早缺乏.

一陣陣拍手喧嘩, ──一陣陣拍手喧嘩,

百忙中教我如何答話?

好一似'甕''甕'白晝鬧蜂衙!"

["보라, 중원의 승냥이와 호랑이가 삼발처럼 어지럽게 얽혀,

모두 용루와 봉궐⁵⁾의 제왕가를 엿보네.

그 누가 왕을 호위하고 주군에 보답하며,

기꺼이 의병의 기치를 들어 올리랴?

저 감독하는 장수엔 노장이 없고,

선발한 병사는 모두 아리따운 여인들 같네.

그런데 내게 군대를 지탱하라 하네!

그런데 내게 군대를 지탱하라 하여,

살기등등 기세를 높였지만,

이 군량미와 사료가 일찌감치 떨어졌네.

한바탕 박수를 치며 소란을 떨었네. —— 한바탕 박수를 치며 소란을 떨었네.

온갖 일에 바쁜 와중에 나는 어떻게 대답해야 하나?

'옹''옹'거리는 소리가 대낮에 벌집을 건드린 것 같네!"]

독자들께서는 이 두 단락을 타오가 표점을 찍은 위의 두 단락과 대조해 보시라. 그럼 바로 그의 오류가 매우 크다는 사실을 간파할 수 있고, 타오 러친이 스스로 문장을 이해했는지 못했는지는 따지지 않고도 바로 그가 엉망진창으로 혼란을 조성했음을 알 수 있다.

지면을 아끼기 위해 더 이상 베끼지는 않겠다. 나는 근래에 번역을 비평하는 사람은 많지만 표점가에 대해서는 모두들 치지도외^{置之度外} 하고 있음을 느낀다. 첫째는 불가피하게 그들의 작은 열의를 저버리게 되기 때문이

다. 하지만 둘째는 저런 표점을 불문에 부치면 그들은 또 더욱 창궐하게 되고, 속는 사람도 더욱 많아질 것이다. 이 때문에 이제야 내가 의무를 다하기 위해 교정 겸 서기 일을 맡게 되었다. 나는 여러분들이 더 이상 그들의 속임수에 당하지 말기를 바란다!

부기 : 내가 근거로 삼은 것은 '상하이량시도서관'上海梁溪圖書館에서 중화민국 13년[1924] 4월 15일에 재판을 간행한 판본인데, 전질 2책에 정가는 1위안元 2자오角다. 이 책이 바로 쿤산 사람 타오러친 선생이 표점한 『중국명곡제일종―도화선』中國名曲第一種―桃花扇 판본이다. 아울러 이 책 첫머리에는 타오러친 자신이 쓴 「신서」新序가 있고, 그 스스로 거듭 다음과 같이 설명하고 있다. "옛날 인쇄본에는 틀린 글자와 탈락한 구절이 매우 많아서 모두 개정하고 보충했다." "오류가 생긴 부분도 보태고 고쳤다."

이것은 그를 대신해서 광고하려는 글이 아니다. 하지만 "책임을 밝히고 수속을 깨끗하게 하기 위한 것"임을 분명하게 말씀드리고자 한다.

1928. 3. 3., 베이징에서

주)_____

1) 원제는 「示衆'編者注」. 이 글은 1928년 4월 16일 『위쓰』 주간 제4권 제16기 「오류 본보기」(示衆) 뒤에 처음 실렸다.
2) 『도화선』(桃花扇)은 청나라 초기 공상임(孔尙任)이 지은 중국 전통극 전기(傳奇) 극본이다. 명나라 말기 유명인 후방역(侯方域)과 명기 이향군(李香君)의 연애 이야기를 다룬 작품이다.
3) 중국 전통극 전기(傳奇)의 절(折)은 현대 연극의 막(幕)에 해당한다.
4) 희반(戲班)은 중국 전통극을 전문적으로 상연하는 극단이다.
5) 용루(龍樓)와 봉궐(鳳闕)은 모두 제왕이 거주하는 궁궐을 비유한다.

통신(장멍원에게 답함)[1]

멍원 선생:

　　보내 주신 원고를 읽은 후 저는 여러 부분에 동의할 수 없었습니다. 첫째, 저는 스스로 서양 문예 수입을 자못 좋아하는 사람 중 하나로 생각하기 때문입니다. 그 다음으로 우리가 우상숭배자라고 인정하는 사람들 중 일부는 기실 전혀 그렇지 않다고 여기기 때문입니다. 그 본인은 원래 우상을 믿지 않고, 그것을 꼭두각시로 삼고 있을 뿐인 경우도 있고, 승려가 술을 마시고 아내를 얻어 살기도 하면서 천당과 지옥을 가장 불신하기도 합니다. 무당은 사람에게서 신령도 보고 귀신도 본다고 하지만 신령과 귀신이 어떤 것인지는 그 자신의 마음속으로만 분명하게 알 수 있을 것입니다.

　　그러나 저는 이 원고와 편지 게재를 강하게 희망합니다. 첫째, 물론 『산우』[2] 잡지를 위해 하나의 기념으로 남겨 두기 위해서입니다. 둘째, 근래 내지內地의 상황에 하나의 기념으로 남겨 두기 위해서입니다. 또 사람들에게 그곳 인쇄소 사장의 철학과 환경을 좀 보여 주는 것도 꽤 '흥미'로운 일이 될 것입니다.

우리 이 '혁명적이지 않은' 『위쓰』 잡지는 베이징에서는 발을 디딜 수가 없었지만 상하이에서는 그래도 대략 몇 권 인쇄할 수 있을 듯하니 보내오신 원고를 게재하도록 하겠습니다. 그러나 이곳에서도 인쇄가 제대로 끝나야 일이 마무리되었다고 할 수 있을 겁니다. 우리는 모두 중국에 살고 있고, 이곳 인쇄소 사장도 중국인임을 선생께서도 잘 아실 겁니다.

4월 12일, 루쉰

[참고]

우상과 노예(백로지습 제6)[3]

시핑西屛

7~8세 무렵 그때는 아직 우리 할머니께서 살아계셨는데, 나는 죄인의 모습으로 한 차례 분장을 한 적이 있다. 붉은 옷을 입고 수갑을 찬 채 신상神像을 따라 걸었다. 신상은 사람들이 떠받들고 걸었고, 나는 두 발로 따라 걸었다. 많은 거리와 시장을 지나 어떤 사당에 멈췄다. 이에 나는 옷과 수갑 따위를 벗어 버리고 죄가 없는 사람이 되었다. 할머니 말씀에 의하면 이렇게 한 번 걸으면 재난에서 벗어나 병도 물리치고 목숨도 연장할 수 있다고 한다. 그러나 그 후에도 나는 자주 병에 걸리곤 했다. 그래도 지금까지 살아 있는 건 아마도 죄인으로 분장한 공덕에 힘입은 듯하다. 그때 나는 어른들의 오묘한 말씀을 듣고, 토제 보살을 보면 경외심이 좀 일었는데 그건 영문도 모르는 해괴한 경외심이었다. 나중에 학교에서 '새로운 이치'新理를

듣고 돌아온 이후로 그 오묘한 말씀은 점점 발붙일 데가 없게 되었다. 열 살 때 아버지를 따라 각 '부두'를 돌아보고 나서는 이상한 이론들을 더욱더 많이 들어서 토제 보살의 존엄이 내 머릿속에서 사라지게 되었다. 이후 붉은 얼굴에 검은 머리를 한 토제 신상을 보아도 삼가고 숭배하는 마음이 우러나지 않는다. 그래서 백모님들은 나를 멍청이라고 불렀다. 왜냐하면 서양식 학당 선생의 믿을 수 없는 말만 듣고, 정말 좀 바보같이 되었기 때문이라는 것이다.

이 바보 같은 모습은 마치 요정처럼 내게 달라붙어 떨어지지 않았고, 줄곧 지금까지 나는 여전히 토제 보살을 믿지 않는다. 비록 나는 아직도 "사람은 재난에서 벗어나고, 재난은 몸에서 떨어져, 모든 재난이 티끌로 변하게 하소서. 고통을 구제하고 재난을 구제하는 관세음보살이시여"[4]라는 경전 구절을 기억하고 있지만 말이다. 소문을 들어 보면 이런 태도는 전혀 희귀하지 않고, 또 이제는 귀신을 믿지 않는 사람이 대단히 많다고 한다. 이렇게 마음대로 말하더라도, 모든 분들이 의심하지 않으리라고 생각하지만.——자세히 따져 보면 우상을 숭배하지 않는 사람이 결코 많지 않다고 느껴진다.

양복을 입고 양키 티를 내는 사람들도 엄연히 "머리 들어 세 자 높은 곳 신명을 바라보며"擡頭三尺有神明 교주 예수가 앉으나 누우나 가만히 있으나 움직이나 그들을 지켜 주고 있다는 사실을 경건하고 성실하게 믿고 있다. 그러므로 마고자와 긴 도포를 입은 선생들께서 동선사[5]의 교주를 신봉하는 건 더 말할 필요조차 없다.

다윈이 제창한 진화론이 중국에서도 서양과 마찬가지로 널리 통용되고 있다. 민국 이래로 "세상의 도道가 나날이 타락하고, 민심도 옛날 같지 않아서" 우상도 꼭 토제 보살을 내세우지 않을 정도로 진화했다. 시대를 걱정하는 지사들이 이에 대해 장탄식을 내뱉고 있을 뿐 아니라, 나 자신도 사설邪說이 사람을 중독시킴을 깨닫고 자못 도도한 한탄을 쏟아 내고 있다. 나는 결코 "옛 법도를 지키는 선비"처럼 국수國粹가 사라지고 서양 종교가 흥성함을 탄식하지는 않는다. 나는 지금 우상이 너무 많고 또 이에 따라 그것을 숭배하는 사람이 지나치게 많아짐을 근심하고 있다. 맑게 깨어 있는 사람은 더욱 드물어지고 있다. 이제 여기에서 먼저 우상을 분류해 보기로 하겠다.

영국인 양키[6] 베이컨(F. Bacon, 1561~1626)은 우상을 네 가지로 분류했다.

1. 종족의 우상 Idoles of the Tribe

2. 동굴의 우상 Idoles of the Cave

3. 시장의 우상 Idoles of the Market Place

4. 극장의 우상 Idoles of the Theater

무릇 양키의 학설에는 대개 명확한 정의와 상세한 토론이 포함되어 있다. 그러나 동성파[7]의 문장은 주로 간명하고 질박하고 힘차고 굳셈을 추구하기 때문에 나는 나머지 세 가지는 모두 생략하고 세번째 우상만 가지고 이야기를 해보고자 한다. 소위 '시장의 우상'을 많은 서양 서적에서는 다음과 같이 정의한다.

시세의 흐름을 맹종하는 자들이다. 사람들이 떠들면 나도 떠들고, 사람들이 동의하면 나도 동의한다. 일을 추진할 때 애초부터 변별하고 분석할 능력이 없어서, 오직 가담항설만 진귀한 보배로 삼고, 유명인의 말을 만세의 경전으로 떠받든다. 또 그것을 천하에 퍼뜨려 모두 표준으로 삼게 하고 자세하게 시비를 가리지 않는 사람은 모두 시장의 우상을 신봉하는 무리다.

데모크라시Democracy와 돌턴[8]의 법칙······ 등과 같은 공허한 학설과 신앙을 믿는 신도들은 그래도 시장의 우상 신도 중에서 상위의 상위에 속한다. 그 아래에 속하는 사람들은 오직 어떤 사람을 숭배할 뿐이다. 이에 흙으로 만든 우상은 일변하여 살과 뼈로 채워진 저속한 교주가 된다. "그를 미워하면 그가 죽기를 바라고, 그를 사랑하면 그가 살기를 바란다." 무릇 자신의 가슴속에 어떤 사람에 대한 선입관이 생기면 바로 명확한 인식을 하기 어렵게 된다. 대체로 『열자』列子를 읽어 본 사람은 이웃집 아들이 도끼를 훔쳤다고 의심하는 단락[9]을 기억할 것인데, 바로 이런 측면의 의미를 상상할 수 있다. 내성심리학자內省心理學者[10] 중에서 심리의 내면 보고를 실험하는 사람은 반드시 양호한 훈련을 통과해야 한다.──이 때문에 이와 같이 하려는 사람은 내면의 우상을 제거하면서 성찰을 통해 진리 상실을 방지하려 하지 않을 수 없다. 그러나 주관적 선입관에서 벗어나기란 진실로 지극히 어렵고 이는 거의 불가능한 일이기도 하다. 하지만 이것은 이 글의 제목을 벗어나는 주제이므로 아래에서 이야기하지 않겠다. 내가 기괴하게 생각하며 한 마디 언급을 하지 않을 수 없는 것은 스스로는 '새로운' 사람으로 자처하며 남들에게 우상 관념을 갖지 말라고 하면서도 자신은 유독 시장의 우상의 하등下等 신도가 되어 있는 경우다.

토제 보살을 숭배하면서 남들에게 멍청하다고 비웃음을 당하는 경우도 물론 희귀한 일이 아니다. 왜냐하면 토제 보살은 전혀 고명하지 않기 때문이다. 그런데도 왜 고개를 숙이고 그런 물건의 신도가 되려 하는가? 그러나 나는 심리분석학자와 사회심리학자의 보상(Compensation)설이 떠오른다. 어리석은 남녀는 현실세계에서 총명한 사람들이 지위나 금전을 얻는 것처럼 할 수 없으므로 단지 백일몽(day dreaming)을 꾸며 어리석은 소망 속에서 신령의 보우를 바랄 수 있을 뿐이다. 스스로 환상에 만족한다 해도 정말 가련하고 근심스럽다. 이런 무지한 약자들에게 우리는 깊은 동정심을 보내야 한다. 또한 당신이 만약 사회의 광명운동에 종사하는 사람이라면 "선각자로서 후배를 깨우치는 자세로" 그들을 각성시킬 필요가 있다.──그러나 지식계급 중 어떤 사람이 사회의 광명운동에 종사하면서도 스스로 백일몽을 꾸며 멍청하게 우상을 받들고 공손하게 경배를 드린다면 어찌 탄식하지 않을 수 있으며 어찌 슬퍼하지 않을 수 있겠는가?

근래에 꽤 많은 사람들이 국민성을 이야기하는데 나는 그것을 의심하며 이렇게 생각하고 있다. '이미 피차 똑같은 중화민국 국민이 되었으므로 모두의 국민성도 동일할 터이고, 그럼 저들의 우상 숭배도 아마 어떤 특성에 근거한 것이리라. 비록 그 대상(우상)이 결코 같지 않을 지라도.' 이렇게 의심하게 되자 바로 모든 일이 수상쩍어 보였다.──왜냐하면 대상이 다른 것은 정도나 고하의 상이함에 그칠 뿐이지 성질의 상이함은 아니기 때문이다. 프로이트의 성욕설(Freud's concept of libido)이 진실한 학설이라면 승화(Sublimation)의 이치가 그 사이에서 어찌 일찍부터 응용되지 않을 수 있었겠는가? 이제 잠시 멍청이가 되어 이런 특성을 좀 찾아보도록 하겠다. 물론 나의 연구 성과가 아주 정확하다고 감히 말할 수는 없지만 그래도 진실에 가깝다면 독자들 앞에 내놓고 함께 토론해 보는 것도 무방하리라 생각한다.

F. H. Allport[11]는 『사회심리학』*Social Psychology* 제5장 「인격론」의 '자기 표현'(Self expression) 단락에서 '인간'을 자존형과 자비형(Ascendance and Submission), 또 외향형과 내향형(Extroversion and Introversion) 두 종류로 나눴다. 그는 다음과 같이 말했다.

> 가장 내향적인 사람은 환상 속에서 만족을 추구한다. …… 은폐된 욕망은 낮꿈이나 밤꿈을 통해 보상받는다. 그 결과 마침내 이 거짓 이미지는 현실 생활의 실제 이미지와 혼잡하게 연결된다. 진실한 현상을 모두 환상을 이용하여 곡해하고 그것과 자신의 욕망이 합치되기를 바란다. 이에 사물의 진정한 가치는 모두 하나의 기괴한 표준 위에 세워진다. …… 백치나 광인이 사소한 일을 지나치게 과장하는 것이 바로 이러한 사례다. 나약하거나 몸에 장애가 있으면 더러 어린 시절에 자기보다 나이 많은 아이들과 어울리기도 한다. 만약 환상 속에서 만족하지 못하면 항상 스스로 비하하는 습성을 가지기도 한다. 가혹한 부모, 스승, 어른들에게 굴복하거나 아첨하며 스스로를 비하하는 노예가 된다. 다른 사람에게 자신의 의견을 감히 말하지 못하고 …… 다른 사람을 만날 때면 흔히 그 사람의 비범함, 위대함, 숭고함을 보고 스스로 그 사람의 발아래 순종하며 굴복한다.

여기까지 번역하고 나서 나는 우리나라 옛날 성현들의 교훈이 모두 사람들에게 '스스로 비하하는' 도덕을 가르쳤다고 생각하게 되었다. 역대로 겸양과 공손을 미덕으로 삼아 온 중국인은 시골에서 '소를 치는 사람'도 "차라리 손해를 보는 것이 편하다"라는 격언을 알고 있다. 노예가 되는 것이 올바른 이치라는 것이다!——믿지 못하겠다면 『시공안』,[12] 『팽공안』[13]과 같은 '부류'의 민간 통용 이야기를 살펴보기 바란다. 황제를 마주 대하는 관리들이 스스로 '노예'奴才라고 부르지 않던가? 이것은 정말 중국인 스스로 자신의 국민성을 가장 철저하게 표현한 지점이다. 그러므로 지금 우리는 우상을 숭배하는 신도들을 가혹하게 질책할 필요가 없다. 왜냐하면 중국인의 국민성은 태어나면서부터 이처럼 넉넉한 노예성을 갖고 있기 때문이다.

이렇게 말하고 보니 중국 국민은 정말 가련하다. 거의 타고난 노예라 할 수 있다. 신인들의 우상 숭배는 물론 아주 좋은 사례다. 5·30참사는 국치가 아니라고 하며 닝보의 학생들이 5·30참사에 항의하여 수업을 거부한 것은 징쯔위안經子淵 씨의 범법 사건이라 한다. 그리고 몇 마디 의연한 말조차 감히 하지 못하고 제국주의 열강인 영국, 일본, 프랑스, 미국 등의 나라에 죄를 지을까 봐 두려워하는 국가주의자들 …… 이러한 논란과 사실이 어찌 노예적 국민성의 표현이 아니란 말인가?

만약 당신이 이러한 현상을 분명하게 보았다면 슬픔에 젖어 탄식하지 않을 수 있겠는가? 그러나 지금 국내에서는 탄식하고 신음하는 것조차 금지되어 있다! 명망이 있는 사람이 정의로운 말을 하면 '유언비어'가 섞여 있다고 한다. 젊은 사람들이 정의로운 말을 하면 더더욱 인륜을 끊고, 성인의 도를 배반하고, 효를 비난하고, 아내 공유를 주장하고, 적화를 추진하는 인물로 취급된다. 이런 일을 마주하고도 기꺼이 노예가 되려는 사람들에 대해서 정말 무슨 방법을 쓸 수 있을까? 『요재지이』[14]에 실린 이야기가 진실이라면 나는 정말 저 노예들의 두뇌를 바꿔 버리고 싶다. 이밖에도 다른 나라 사회당원의 세력을 빌려서 중국을 도와 노예의 위치에서 벗어나게 하고 싶은 마음 간절하다. 이 어찌 다른 사람은 높게 보고 자신은 비하하며 백일몽 속에서 만족을 추구하는 노예 사상이 아니겠는가? 자신은 일어날 생각을 하지 않고 다른 사람이 당겨 주기만을 바라는 것, 이것이 바로 노예의 본질이다. 그리고 불행히도 이것이 바로 국내 지식계급 사이에 유행하고 있는 현실이다.

요컨대 자비형과 내향형은 우리 국민의 열등성이다. 이 열등성을 하루빨리 뿌리 뽑지 않으면 우리는 단 하루도 노예 상태에서 벗어날 수 없을 것이다.

이런 노예 상태에서 벗어난 가장 좋은 모범 국가가 독일이다. 여기에서 전 독일 황제 빌헬름 2세의 말을 인용하여 결론으로 삼겠다.

독일의 옛 지위를 회복하려면 절대로 외부에서 원조를 구해서는 안 된다. 대체로 구한다고 해도 반드시 그렇게 되는 것도 아니다. 그렇게 된다면 틀림없이 노예의 지위에서 스스로 은폐되고 말 것이다. ……
다른 사람에 의지하지 말고 자립해야 한다. 이것이 국민에게 반드시 필요한 의식이다. 만약 국민 전 계급이 각성하면 향상하려는 마음이 저절로 생길 것이다. …… 만약 독일인이 전체적으로 국민의식을 가지면 동포들이 서로 돕는 정신과 조국이 존엄하다는 자각이 …… 함께 몰려올 것이고, …… 전쟁(제1차 세계대전을 가리킴) 전 국민의 기개를 다시 발휘하는 것이 어렵지 않을 것이다.……

보내온 편지

루쉰 선생님 :

　이전에 우리 몇이서 『대풍』大風이란 일종의 반월간 잡지를 발행한 적이 있습니다. 그러나 각자의 사정이 너무 바쁘고 가난으로 생활이 어려워서 몇 호 내지도 못하고 바로 정간하고 말았습니다. 지금은 혁명을 거치면서 많은 친구들의 밥벌이 방법도 바뀌었습니다. 그러나 글을 쓸 수 있는 기회와 또 때때로 함께 모일 수 있는 기회도 생겼습니다. 이 때문에 다시 흥취가 생겨서 『대풍』을 재발간하려 했습니다. 닝보에서 저와 인쇄소 관계자가 상의를 하는 과정에서 그곳 사장이 이 『대풍』이란 두 글자를 보더니 깜짝 놀랐습니다. 이에 다시 상의한 후 샤몐쭌[15] 선생에게 잡지 제목을 써 달라고 부탁하고 『산우』山雨로 개칭했습니다. 우리 모두는 마음속으로 근래에 말을 하기가 쉽지 않고, 한 마디라도 잘못하면 사람들에게 모함을 당해 목이 잘릴 수 있다는 사실을 분명하게 알고 있었습니다. 따라서 글을 쓸 때 시시비비에 대해 조심하고 또 삼가고 두려워하며 감옥에 갈 일을 걱정해야 했습니다. ——실제로 우리들 가운데는 이미 여러 명이 감옥 맛을 본 적이 있고, 저 자신도 바로 그중 한 사람에 속합니다. 우리는 재차 억울한 일을 당하고 싶지 않았기 때문에 글을 쓰고 원고를 선택할 때 매우 주의를 기울였으며, 많은 사람들이 자기 '검열'을 했습니다. 그렇게 하여 아무 하자가 없다고 느낀 원고를 제가 인쇄소로 보냈고 지난 토요일에 교정지를 보러 가기로 약속했습니다. 인쇄에 들어가기 전에 우리는 이미 상하이의 카이밍서점開明書店, 현대서국, 신학회사新學會社 및 항저우杭州, 한커우漢口……등지의 서점 몇 곳과 대리 판매 계약을 맺었습니다. 이 때문에 토요일 이전에 우리는 모두 안심하고 간행물이 출간되기를 기다렸습니다. 이 건 비록 작은 장난에 불과했지만 우리 스스로 잡지를 꾸린 것이기에 마음 가득 진귀하게 생각했습니다. 따라서 그것의 출간을 바라는 심정은 자못 간절했습니다.

지난 토요일 오후에 제가 교정을 보러 갔을 때 인쇄소 주인은 원고를 반환했습니다. 저는 장례에 달려간 셈이 되었고, 『산우』라는 잡지도 이로써 목숨을 다하게 된 것입니다. 전체 원고에 껄끄러운 글자가 조금도 없었지 만 끝내 이 지경에 이른 것은 시대상황과 큰 관계가 있습니다. 인쇄소 주인 은 원고를 반환할 때 진실하게 사과하며 용서를 구한 이외에도 아울러 다 음과 같은 입장을 밝혔습니다. "선생님! 우리도 장사를 안 할 도리는 없지 만 기실 풍랑의 위협을 견딜 수 없습니다. 이 간행물이 문예성 또는 무슨 성 이 얼마나 풍부하든지 막론하고 우리 모두는 결국 이를 다시 인쇄하지 않 을 겁니다. 선생님께서도 잘 아시다시피 작년에 선생님 친구 분이 원고를 갖고 와서 우리에게 인쇄를 맡겼다가 결과적으로 영어囹圄의 신세가 되어 꼬박 한 달 동안 감옥에 갇힌 채 묶여 가서 목이 잘릴까 봐 날마다 근심했 습니다. 상점 쪽에서도 저 때문에 600~700위안을 내어 준 것은 계산하지 않더라도 며칠간 문을 닫아야 했습니다. 시골에 사는 연로한 부모님께서 애처롭게도 시내로 달려오셔서 울면서 다른 사람에게 사정을 이야기했습 니다. 군벌 시대에는 시골 유지들에게 아직 팔아먹을 체면이 남아 있었지 만, 당시에 입을 열면 지방 토호의 혐의를 받아야 했습니다. 선생님, 저도 많이 놀랐습니다. 저는 연로하신 우리 부모님을 다시 놀라게 하고 싶지 않 습니다. 이제 더 이상 그런 간행물을 인쇄할 마음이 없습니다. 선생님의 원 고를 받았던 건 본래 다른 사람의 혼동 때문이었습니다. 선생님, 저도 선생님의 글에 무슨 문제가 있다고는 말씀드리기 어렵습니다. 다만 선생님의 용서와 은혜를 빕니다. 다시는 저희의 장사를 돌아보지 말아 주십시오."

제게 반환한 원고를 살펴보니 이미 검은색 손도장이 찍혀 있었습니다. 그들이 이미 판형을 짰으므로 식자공에게 임금을 얼마간 지급했음을 알 수 있습니다. 이런 말을 듣고도 그들을 핍박하며 억지로 인쇄할 마음을 낼 수 있겠습니까? 이에 여기에 이르러 『산우』는 목숨이 다하고 말았습니다.

루쉰 선생님, 우리 청년들의 능력이 단지 말만 할 수 있을 정도로 떨어졌다면 그건 이미 가련할 정도로 쇠약해졌다는 뜻입니다. 그러나 더욱 가련한 것은 다른 사람이 책임져야 할 것을 감히 인쇄하지 못한다는 것입니다. 동시에 우리도 매우 가련한 양이 되었습니다. 이에 우리는 소리도 없이 도살을 기다리는 약한 양이 되고 말았습니다. 만약 어떤 사람이 우리를 포박해 가서 도살하면 아마 닭이나 돼지처럼 슬피 우는 소리조차도 한 마디 내지 못할 것입니다. 아, 이 얼마나 경악할 만한 침묵인가요! 설마 이것이 바로 각 지역이 지금 침묵하고 있는 진상인가요?

결국 우리는 바로 이렇게 『산우』를 저승으로 보냈습니다. 이건 절대 꼭 우리의 비겁함 때문만은 아니고 절반은 우리 마음속 퇴폐적 감정이 우리를 주재하여 우리로 하여금 일을 번거롭게 벌이지 않는 것이 좋다고 이끈 탓입니다. 하지만 아직 적막하고 슬프고 쓰라린 감정이 얼마간 남아 있어서 선생님께 이 편지를 씁니다. 『위쓰』 잡지에 제게 빌려줄 공간이 남아 있다면 이 편지를 실어 주시기 바랍니다. 우리는 이 기회를 빌려 중간에 우선 감사를 드립니다. 또 우리 잡지의 대리 판매를 허락해 준 각 서점의 호의에도 감사를 표합니다.

인쇄소 주인의 말에 의하면 『산우』에서 가장 '껄끄러운' 글은 바로 이

「우상과 노예」 한 편이라고 합니다. 이 글은 제가 썼습니다. 3년 전에 저는 난징에 있었고, 혁명군은 아직 광둥에 있었으며, 국부위원[16] 징쯔위안 선생은 아직 닝보제4중학에서 교장으로 재직하고 있었습니다. ──하지만 소문에 의하면 지금까지도 꺼리는 문자가 있다고 합니다. 그러나 이미 혁명이 일어났습니다! 이 편지에 위의 글도 함께 받들어 올립니다. 실어 주실 수 있으면 널리 공표하시어 국민들에게 글쓰기가 정말 쉽지 않다는 사실을 알려 주십시오. 만약 읽어 보시고 문장 같지 않다고 여기시면 반환해 주시기 바랍니다. 제 스스로 이 글을 보존하여 『산우』 사후 ── 요절 ── 의 기념물로 삼을 생각이기 때문입니다.

　　선생님의 노력을 축원합니다!

　　　　　　　　　　　　　　　　　　3월 28일 밤, 장멍원 올림

주)──────

1) 원제는 「通信(復張孟聞)」. 이 글은 1928년 4월 23일 『위쓰』 주간 제4권 제17기 「우상과 노예」(偶像與奴才)와 장멍원의 편지 뒤에 처음 실렸다.
　　장멍원(張孟聞, 1903~1993)은 저장성 인현(鄞縣) 사람으로 필명은 시핑(西屛)이다. 당시에 닝보(寧波)에 있는 저장성립제4중학(浙江省立第四中學)과 이팅사립춘후이중학(驛亭私立春暉中學) 교사로 재직했다.
2) 『산우』(山雨)는 반월간으로 발간된 문학잡지다. 1928년 8월 16일 상하이에서 창간하여 같은 해 12월 16일까지 모두 9기를 내고 정간했다. 이 간행물이 닝보에서 발간된 적은 없다.
3) 원제는 「偶像與奴才(白露之什第六)」.
4) 중국 민간에 전해지는 『해재비법대전』(解災秘法大全) 주문의 하나다. 『루쉰전집』 원본에는 "災離難, 難離身, 一切災難化灰塵, 救苦救難觀世音."으로 되어 있다. 그러나 첫째 구절 '災離難'은 '人離難'이 되어야 한다.
5) 동선사(同善社)는 지금의 충칭시(重慶市) 다쭈현(大足縣) 룽수이진(龍水鎭) 사람 펑루쥔

(彭汝尊, 1873~1950)이 1912년에 창시한 민간종교다. 유교, 불교, 도교의 융합을 주장하면서 공자, 석가모니, 노자의 상을 모신다. 이 종교를 믿으면 재난을 피해 바로 천당에 갈 수 있다고 주장했다. 1917년 베이징 정부의 비호하에 정식으로 총사(總祠)를 설립했다. 그러나 교세를 확장하고 신도를 늘리는 과정에서 사기로 재산을 갈취하여 사회적 문제를 야기했다.

6) 원문은 '洋鬼子'. 편의상 양키로 번역한다.

7) 동성파(桐城派)는 청 중기 이후에서 말기까지 고문(古文) 창작을 대표하는 문파다. 이 문파의 대표자 방포(方苞), 유대괴(劉大櫆), 요내(姚鼐)가 모두 통청(桐城) 사람이기 때문에 동성파라고 부른다. 동성파의 문장은 내용에 있어서 성리학 전통을, 형식에 있어서는 고문의법(古文義法)을 주장했다.

8) 돌턴(John Dalton, 1766~1844)은 영국의 화학자다. 어려서부터 기상 관측에 흥미를 가지면서 과학자의 길을 걸었다. 그의 과학 업적으로는 돌턴의 분압 법칙, 배수 비례의 법칙, 원자설 등이 있다.

9) 『열자』 「설부」(說符)에 나온다. 어떤 사람이 도끼를 잃어버리고 이웃집 아들이 훔쳐간 걸로 의심했다. 그래서 그의 걷는 모습을 보고, 표정을 보고, 하는 말을 들어 보니 분명 도끼를 훔쳐간 것 같았다. 그러다가 다른 곳에서 도끼를 찾았다. 그 후 이웃집 아들을 보았더니 전혀 도끼를 훔친 사람 같지 않고 평상시와 똑같았다.

10) 내성심리학자는 의식 현상을 내관(內觀)이나 자기 관찰의 방법으로 연구하는 주관적 심리학자를 가리킨다.

11) 올포트(F. H. Allport, 1890~1979)는 미국의 사회심리학자다. 노스캐롤라이나 대학 등지에서 교수를 역임했다.

12) 『시공안』(施公案)은 저자 미상의 중국 민간 통속소설의 하나다. 공안이란 사건을 말한다. 따라서 공안소설은 사건 해결을 중심으로 공정하고 정의로운 판결을 이끌어 내는 내용을 담고 있다. 『시공안』은 청나라 강희(康熙) 연간에 조운총독(漕運總督)을 지낸 시세륜(施世倫)의 행적을 묘사한 공안소설이다.

13) 『팽공안』(彭公案)은 식몽도인(食夢道人)이 지은 것으로 알려진 공안소설이다. 강희 연간에 허난순무(河南巡撫)를 지낸 팽붕(彭鵬)의 행적을 묘사했다.

14) 『요재지이』(聊齋志異)는 청나라 포송령(蒲松齡)이 쓴 문언소설집이다. 490여 편의 이야기가 실려 있다. 귀신과 여우 이야기가 많아서 『귀호전』(鬼狐傳)으로도 불린다.

15) 샤몐쥔(夏丏尊, 1886~1946)은 현대 문학가, 어문학자, 출판가, 번역가다. 저장성 사오싱 사람으로 본명은 주(鑄), 자는 몐잔(勉旃), 호는 먼안(悶庵)이다. 나중에 자를 몐쭌(丏尊)으로 고쳤다. 저서로 『문예론ABC』(文藝論ABC), 『현대 세계문학 대강』(現代世界文學大綱) 등이 있다.

16) 국부(國府)는 중화민국 국민정부의 간칭이다.

'이번이 세번째'에 대한 평어[1]

루쉰 논평 : 5~6년 전에 나는 중국인들의 '권법 붐'을 확실히 반대한 적이 있다.[2] 그건 사람들이 총포를 망각한 채 주먹과 발로 나라를 구할 수 있다고 여기다가 나중에 끝내 낭패를 당할까 두려웠기 때문이다. 그러나 지금 나의 의견은 좀 달라졌다. 나는 권법으로 외국인을 공격하는 일을 사람들이 이미 생각하지 않는다고 느낀다. 따라서 좀 배워도 무방하다. 첫째, 손을 쓰는 것이 말을 하는 것에 비해 위험하지 않기 때문이다. 둘째, 상이한 계급 간의 전쟁은 많은 사람들이 반대하고 있어서 장차 실현되지 않겠지만 동일한 계급 간의 전쟁은 아마도 피할 수 없기 때문이다. '문예 분야'[3]를 예로 들어 보자. 내가 추측하기엔 만약 저들의 비판, 헛소문, 중상모략이 모두 효과가 없고, 당신이 저들의 몇몇 수법을 이해하지 못하면 사람을 보내 당신을 몇 대 칠지도 알 수 없다. 따라서 당신이 하는 일이 문화文化든 무화武化든 상관없이, 생존을 위하여 권법을 할 수 있어야 한다.

이번이 세번째

원후이文輝

국수國粹는 두 가지로 나눌 수 있다. 하나는 문文에 관한 것이고, 다른 하나는 무武에 관한 것이다. 지금 문에 관한 것은 잠시 내버려 두고 무에 관한 것만 말하겠다.

루쉰 선생의 말에 의하면 '권법' 제창이 이미 두 차례 있었다고 한다. 첫 번째는 청나라 말기에 있었고, 두번째는 중화민국 시작 무렵에 있었으므로 이번은 세번째로 쳐야 한다. 앞서 두 차례 명목은 '신무술'新武術을 한다는 것이었고, 이번에는 '국기'國技로 이름이 바뀌었다. 앞서 두 차례 제창한 사람들 중 한 부류는 '왕공대신'王公大臣이었고, 다른 한 부류는 '교육자'였지만 이번에는 '국부國府 요인'들이 나섰다.

근래에 '수도 지역'에서 매우 다채로운 행사가 열리고 있는데, 그중 이번 '국기國技 공연'[4]을 첫 손가락에 꼽을 수 있다. 그 요인의 말을 요약하면 이렇다. "이것은 국수國粹이므로 응당 보호하고 잘 발전시켜야 한다." 그렇지 않으면 "이전 시대의 고인들에게 부끄러울 것이고, 또 이후로 후인들에게 무슨 말을 할 수 있겠는가? 양심의 가책이 더욱 심해질 것이다." 다행히 이 '더욱 고귀한' 권법(국기)을 좋아하는 전통이 아직 단절되지 않고 "국기 대가 제군들이 흔쾌하게 달려오고" 있으므로, 이로부터 기풍이 넓게 열려 사람들이 모두 용감하게 변할 것이다. 이에 군벌은 타도할 것도 없고, 제국주의자는 축출할 것도 없이 대동 세계가 저절로 실현될 것이다. "국민 모두 떨쳐 일어나 배워서" 혁명을 완수하기 바란다.

우리 같은 나이 어린 후생은 국수의 고귀함이 이런 경지에 이르렀음을 모르고 있다. 아직 눈요기를 충분히 하고 있지 못하다고는 해도 찬탄과 기쁨을 이길 수 없다. 그러나 아무개 장군은 '일대일 대련'을 주장했지만 나는 진지한 마음으로 그것이 불가하다고 여긴다. 왜냐하면 대련을 하다가 만일 코를 망가뜨린다든가 바지를 찢게 되면 상황이 좋지 않게 되기 때문이다. 심한 경우 대련 중에 더욱 총력을 기울이다가 마침내 서로 진지해지게 되면 우리 같은 제삼자도 어쩔 수 없이 손해를 보게 된다. 그때가 되면 군벌이 아직 타도되지도 않은 상황에서 백성들이 먼저 "집과 사람 모두가 망가지게 될 것이다". 그러나 이런 생각은 전부 지나친 걱정일 것이다. 왜냐하면 중국 삼대[하·은·주]의 겸양 기풍이 일찍부터 여러 군자의 마음에 깊이 스며들어 있기 때문이다. 하물며 요인들은 이미 "용기를 좋아하고 사납게 싸우는 일과 법을 어지럽히고 금기를 범하는 일을" 허락하고 있지 않음에랴! 따라서 절대로 후환이 발생하지 않을 것이므로 우리는 완전히 마음 놓고 요란한 권법 붐을 구경할 수 있다.

주)_____

1) 원제는 「這回是第三次 '按語」. 이 글은 1928년 4월 30일 『위쓰』 주간 제4권 제18기 「이번이 세번째」 글 뒤에 처음 실렸다.

2) 루쉰은 1918년 11월 발표한 「수감록 37」(『열풍』에 수록)과 1919년 2월 발표한 「'권법과 권비'에 관하여」(『집외집유보편』에 수록)에서 '권법 붐'(打拳熱)을 비판했다.

3) 창조사 동인인 청팡우(成仿吾)는 1928년 2월 『문화비판』(文化批判) 제2호에 발표한 「그들을 두드려 패서 몰아내자」(打發他們去)라는 글에서 이렇게 말했다. "문예 분야에서 우리의 사회의식을 마비시키는 모든 마취약과 우리의 적을 찬양하는 모든 가사를 완벽하게 조사하여 그 작가들에게 돌려주고 그들을 두드려 패서 몰아내야 한다."

4) 1928년 3월 3일 국민당 정부가 난징에서 개최한 '국기 학예회'(國技遊藝大會)를 가리킨다. 본문의 인용문은 이 대회에서 리례쥔(李烈鈞)이 행한 '격려사'(獎詞)에 나온다. 이 격려사는 1928년 3월 5일 『선바오』(申報)에 실렸다.

샤오전과 캉쓰췬에게 답함[1]

1. 10개 조 죄상

샤오전 선생 :

나는 남을 공격하는 전단에 열거된 죄상이 왕왕 열 가지임을 늘 보아 왔기 때문에 위의 제목처럼 말했습니다. 법률에 정해진 것도 아니고 또 제가 정한 것도 아닙니다. 열 가지가 무엇인지는 전단에서 공격하는 사람이 서로 상이하기 때문에 더더욱 구체적으로 말할 수 없습니다.

7월 20일, 루쉰

2. 사랑 반대

쓰췬 선생 :

참으로 미안합니다. 지금 편지를 보내 정정할 계획입니다. 그러나 잘못 인쇄된 그 구절을 신비한 시문을 좋아하는 신비가의 관점으로 바라보면 진실로 좋게 보일 겁니다.

7월 21일, 상하이를 여행하는 어떤 기자

[참고]

편지 개요

루쉰 선생님:

『위쓰』 4권 17기에 실린 Y군에게 답하는 편지[2]에는 다음과 같은 구절이 있습니다. "……먼저 문책이 결정되어 있고, 거기에 맞추어 죄상(보통 10개 조에 달하는데)이 이후에 수집되는 법이오." 이 구절의 Parenthesis[3] 안에 있는 '보통 10개 조'라는 말 중에서 '10개 조'는 무엇입니까? ──선생님이 정하신 겁니까? 아니면 소위 법률에 있는 것입니까? 『위쓰』에 빈 곳이 있으면 해설을 실어서 제게 좀 들려주십시오. (하략)

6월 25일, 샤오전 올림

기자 선생:

제4권 27기에 게재된 저의 시 중에 지나치게 신비화된 오류가 있습니다. 고쳐 주시기를 부탁드립니다. 42쪽 둘째 줄에서 "우리는 그래도 제때 사랑한다"를 식자공이 "우리는 그래도 제때 사랑에 반대한다"로 글자를 배열했습니다. 실로 ×××의 시보다 더욱 신비하게 되었습니다! (하략)

7월 12일, 상하이에서 캉쓰췬

1) 원제는「復曉眞, 康嗣群」. 여기에 실린 두 편의 글은 1928년 7월 30일 『위쓰』 주간 제4권 제31기 '편지 개요'(信件摘要) 코너의 각 편지 뒤에 처음 실렸다.

   샤오전(曉眞)은 자세한 경력이 미상이다.

   캉쓰췬(康嗣群, 1910~1969)은 당시 푸단대학(復旦大學) 학생으로 청년 작가였다.

2) 『삼한집』 「통신」에 실려 있다.

3) Parenthesis는 원문 그대로이다. 괄호라는 뜻이다.

'신문 스크랩 한 조각' 습유[1]

루산盧山의 가시덤불 속에서 뜻밖에도 어떤 동지가 광고를 스크랩해서 보냈는데 정말 환호작약의 심정을 이길 수 없다. 무슨 이유인가? 나도 광고 보는 걸 좋아하기 때문이다. 그러나 잉양盈昻 동지가 수집 발표한 자료에는 한 가지 결점이 있다. 그것은 바로 그가 스크랩한 신문 이름을 주석으로 밝히지 않은 점이다. 물론 광고 스크랩 전문가는 중요한 광고가 대개 『선바오』申報와 『신문보』新聞報 두 신문에 실린다는 사실을 안다. 그러나 초학자는 그런 사실을 두루 알 수 없다.

이 글이 발표되어 내가 스크랩한 자료는 적지 않게 버릴 수 있게 되었다. 오직 1편만 차마 매몰시킬 수 없어서 뒤에 부록으로 붙여 '습유'로 삼았다.──

현상 수배

6월 12일 오후 8시 반, 기녀 1명이 도망침. 이름은 천메이잉陳梅英으로 충밍崇明 사람이다. 올해 18세로 체격은 중간 정도이며 머리는 단발이고 상하이 말을 쓴다. 몸에는 인화印花 벨트를 맨 황마黃麻 상의를 입었고, 하의는 검은색 인도 비단 치마를 입었으며, 또 발에는 황색 하이힐과 흰색 양말을 신었다. 도망친 후 종적을 알 수 없다. 만약 풍문을 알려 주거나 소식을 전해 주는 사람에게는 보상금으로 양은洋銀 50위안元을 지급하겠다. 잡아 오는 사람에겐 양은 100위안을 사례금으로 드리겠다. 절대로 식언하지 않고 양은을 준비한 채 기다리겠다. 주소, 프랑스조계 황허로黃河路 이룬리益潤里 제1가家 1호.

주인 삼가 알림

위의 광고는 중화민국 17년[1928] 8월 1일 『신문보』 제3장 '중요사항' 緊要分類 가운데 '청구류'徵求類에 실렸다. 기생집 주인도 사람을 현상 수배할 수 있으니 적어도 우리가 살고 있는 곳이 어떤 나라인지 알 수 있게 하고, 혹은 어떤 나라인지 알 수 없게 한다.

8월 20일, 상하이 중화 구역 유성기의
전통극 소리와 마작 치는 소리가 들리는 유리창 아래,
사오싱주紹興酒 술 단지 뒤에서 쓰다[2]

[참고]

신문 스크랩 한 조각

잉양盈昜

신문에 게재되는 글은 다양하다. 동방통신 루터우路透 기자의 시사 평론 주요 보도, 경제와 교육, 국내와 국외 기사 및 「자유담」自由談이나 「쾌활림」快活林의 기사——신문 독자들은 모두 이 기사들을 미처 다 볼 수 없으며 그 좋은 내용도 이루 다 헤아릴 수 없다. 애초에 나는 물론 신문을 보지 않았지만 나중에는 신문 보는 걸 알게 되었고, 지금은「자유담」을 즐겨 본다. 많은 사람들이 말하기를 특파원 특별 송고 기사와 뉴스를 많이 보면 '나라 형편'을 좀더 많이 알게 된다고 한다. 그러나 사람의 배알이 비정상적인지 어떤지 알 수 없지만 나는 이 시대와 관련된 '나라 형편'을 보고 나면 죽어도 더 이상 보고 싶은 마음이 나지 않는다. 오히려 광고를 즐겨 보기 시작했다. 광고를 즐겨 보는 건 말할 것도 없고 또 광고를 스크랩까지 하게 되었다. 잘라 낸 광고를 시도 때도 없이 뒤적이다 보면 볼수록 더욱 흥미진진해진다. '천하위공'天下爲公이란 말처럼 이것을 감히 나 홀로 사사롭게 즐길 수는 없고, 삼가 본래 광고 스크랩을 첨부하여 『위쓰』의 몇 쪽을 빌리고 다시 인쇄하여 독자 여러분의 감상거리로 제공하고자 한다.

독서의 편의를 위해 몇 마디 말을 덧붙이고 억지로 분류해 보았다.

분류가 이도저도 아니게 된 것은 나의 학식이 수준 이하이기 때문이므로 대학자들께서 바로잡아 주시기 바란다.

이번 문장은 대체로 다시 인쇄하는 것이므로 판권을 훔치는 혐의가 있다. 그러나 국민정부의 국법에 광고도 판권을 부여하는지 모르겠다. 만약 아니라면 정말 다행이겠다.

한담은 그만두고 이제 본론으로 들어가겠다. 아래는 신문 스크랩이다.

1. 변호사 직업

(갑) 우마이吳邁 변호사가 장시성 룽후산龍虎山 장張 천사天師[3]의 상임 법률 고문 직을 수락하다

얼마 전 장시 룽후산 장 천사에게서 편지를 받았다. 펼쳐 보니 이런 내용

이었다. "말씀 올립니다. 언푸恩溥는 평소에 귀 변호사의 법학 지식이 심오하고 경험이 풍부함을 숭앙하고 있었습니다. 또 도덕을 숭상하고 평화를 애호하는 모습도 이 미천한 사람에게 흠모의 대상이 되었습니다. 이에 지금 특별히 서신을 보내 귀하를 상임고문으로 초빙하고자 합니다. 이후로 모든 법률 사건에 관해서 지시를 내려 주시고 아울러 보호해 주시면 감사하겠습니다. 한漢나라부터 이어진 63대 천사 장언푸 인印." 이에 준하여 그 변호사는 초빙을 수락하고 자문에 응하기로 한 것 이외에도 초빙자에게 불법을 저지르는 침범자에 대해서는 의법 처리하고 초빙자를 극력 보호할 책임을 지기로 했다. 또 천사는 현재 상하이에 머물고 있으므로 각처에서 만나 뵙고 상의할 일이 있으면 본 사무소에 연락하여 처리해 주시기 바란다. 이에 알린다.

사무소 : 영국 조계 퉁푸로同孚路 다중리大中里 436호

전화 : 서西 6256

(을) 류스팡劉世芳 변호사가 창조사 및 창조사출판부를 대표하여 알리는 중요한 공고

본 의뢰자 창조사 및 출판부가 표명한 바에 의하면 본사는 순전히 신문예 모임이고, 본 출판부도 순수하게 문예 서적과 잡지를 발행하는 기관으로 지금까지 어떤 정치단체와 그 어떤 관계를 맺은 적도 없다. 정치운동에 종사한 적이 있는 옛 동인 궈모뤄郭沫若 등은 본사와 관계를 끊은 지 오래되었다. 이 사실은 일찍이 거듭 세상에 알린 바 있다(지난해 11월 19일 『선바오』 및 같은 날짜 『민국일보』를 보라). 사회에서는 이미 잘 알고 있으리라 생각한다. 이제 청천백일기[4] 아래에서 활동하는 문예단체는 법을 어기는 근

심이 없어야 한다. 이는 문예사업에 종사하는 우리 동지들이 극단적으로 믿는 바다. 그런데 나날이 유언비어가 난무하여 마침내 모종의 간행물이 여론을 날조하고 사람들의 이목을 혼란시키고 있다. 결과적으로 이런 상황이 오래 지속되면 진실로 와전이 많아지고 오해가 증폭될까 두렵다. 편지로 정정을 요청한 외에도 특별히 다시 신문에 등재하여 정중히 선언한다. 이후에 만약 본사 및 본 출판부를 헐뜯는 자가 있으면 단호하게 법에 따라 기소하여 법률의 정당한 제재를 받게 하겠다. 위촉된 대표로서 통고한다. 이후 만약 본사의 명예를 훼손하는 자가 있으면 본 변호사가 법에 따라 본사 보호의 책무를 다할 것이다.

사무소 : 베이징로北京路 100호

소문을 들으니 변호사 직업은 의사와 마찬가지로 돈을 많이 번다고 한다. 사람이 아프면 의사를 찾아 약을 먹지 않으면 안 된다. 송사를 벌일 때도 변호사를 찾지 않으면 안 된다. 송사가 일어나지 않으면 그만이지만 송사를 예방하기 위해서 변호사를 찾아 법률 대표 업무를 맡기고 신문에 공고를 등재하는 일이 오늘날 성행하고 있다. 장 천사는 하늘에서 명령을 받았고, 그 지위가 전해진 지가 벌써 63대가 되었다고 한다. 지금까지 편안하게 장시성 룽후산에 거주한 지도 63대에 이른다. 몸은 천사이지만 하늘이 번개불로 그를 불태우는 일이 어찌 두렵지 않겠는가? 그러나 시대는 이미 달라졌고, 세상의 기풍도 나날이 나빠져서 혁명이 일어났으며, 혁명군이 장시에까지 쳐들어갔다. 저승사자 같은 혁명당원들이 마침내 대담하게도 천사의 행위에 간섭했다. 소문에 의하면 천사의 지위를 취소하려는 논의가 있었다는데, 이와 같은 불법 침범이 오래 지속되는 걸 어찌 용납할 수 있겠는가? 변호사를 찾아 상임고문을 맡기고 법에 따라 보호를 받아야 평안을 찾을 수 있을 것이다.

순수한 신문학 단체로서 어떤 정치 단체와도 전혀 관계를 맺은 적이 없는 창조사가 거듭 변호사를 초빙하여 법률 대표를 맡기고 공고를 낸 것은 아마도 변호사 생업으로는 좋지 않은 사례일 뿐이다. 너도 알고 나도 알고 있으므로 여러 말을 할 필요는 없겠다.

2. 각계의 분분한 보살핌과 사회 인사들의 환영을 받다

(갑) 상하이에 거주하는 부호와 거상巨商들에게 알림

본 상점에서 판매하는 안전철갑조끼와 방탄유리 등은 일찍부터 원근으로 명성이 알려져 각계의 분분한 보살핌을 입었으므로 대단히 감사드린다. 이제 본 상점에서는 상하이 거주 부호와 거상의 안전을 위해 특별히 거금을 들여 제1차 세계대전 시기의 저명한 기사로 국가 영예 증서를 소지한 사람을 상하이로 초빙하여 전문적으로 아무 걱정 없는 안전자동차를 만들고 아울러 군부를 대신하여 군용기차까지 마련했다. 만약 런지로仁記路 25호의 본 상점으로 왕림하는 은혜를 베풀어 주시면 만나서 상의할 수 있다.

마오펑양행茂豊洋行 알림

(을) 『마전화 애사』[5)를 조건 없이 증정하다

본사는 『마전화 애사』를 출판한 이래 사회 인사들로부터 꽤 큰 환영을 받았다. 독자들도 모두 편지를 보내 편집이 적절하고, 인쇄가 정밀하고, 내용이 풍부하여 다른 출판사의 편집에 비해 훨씬 완벽하다고 칭찬했다. 이에 본사에서는 특별히 독자들을 우대하기 위해 다시 1만 부를 한도로 재판을 찍었다. 상하이 부두 안팎을 막론하고 6편分에 해당하는 우표를 아래 증정권에 붙여서 바로 본사 총대리판매점인 상하이 시사신보관時事新報館으로 우송해 주시면 다양大洋 2자오角 가치에 해당하는 『마전화 애사』1부를 받으실 수 있다. 이 증정권의 유효기간은 이 광고가 신문에 게재된 날부터 15일 이내다. 기간이 지나면 무효로 처리한다.

총발행소 : 상하이 싼유도서공사

贈	우표 6편어치를 부쳐드리니 『마전화 애사』1부를 보내주십시오.
(新)	성명
卷	주소

맹자는 성선설을 말했고, 톨스토이는 평화를 이야기했다. 마오평양행이 상하이 거주 부호와 거상의 안전을 위해 특별히 거금을 들여 제1차 세계대전 시기의 저명한 기사를 상하이로 초빙하여 전문적으로 아무 걱정 없는 안전자동차를 만들었다. 양인洋人 선생은 수만 리 밖에 앉아서도 마음속으로 중국 상하이의 부호와 거상이 얼마나 위험에 처해 있는지를 생각하고, 다른 사람이 위험에 처한 상황을 참지 못하여 그들 대신 안전자동차를 만들었으니 그가 바로 톨스토이다.

기억하건대 옌루이성閻瑞生이 왕롄잉王蓮英을 계획 살해했고,[6] 지금도 리지루이李吉瑞의 「옌루이성」이란 경극이 남아 있다. 올해 상하이에서 마전화 투신 자살 사건이 발생하자 대세계大世界 극장과 소세계小世界 극장에서는 모두 「마전화」란 신극이 상연되었고, 모 영화사에서는 영화도 찍었는데 사회에서 꽤 큰 환영을 받았음은 더 말할 필요도 없다. 『마전화 애사』도 이런 붐을 타고 출간되었고, 아울러 재판 1만 부를 무조건 증정하면서 우표 6편어치만 요구했다. 중국인은 장례 구경을 좋아하고, 목이 잘리고 살이 발라지는 일도 구경하기를 좋아하며 슬픈 이야기 관람도 물론 좋아한다. 『마전화 애사』도 출간된 이래 사회에서 꽤 큰 환영을 받았음은 물론이다.

3. 성어(成語) 한 구절

구 교장을 환송하고 신 교장을 환영하는 학예회

후장대학福江大學 및 그 부속중학 전체 학생이 전 교장 웨이푸란[7] 박사의 귀국을 환송하고 중국인 교장 류잔언[8] 박사의 취임을 경축하는 학예회를 오늘 밤(2월 25일) 6시 반에 양수푸楊樹浦 본교에서 거행한다. 각계 인사들께서 왕림하여 관람해 주시면 환영의 마음 이기지 못하겠다.

후장대학 및 부속중학 자치회 알림

옛것을 보내면 새것이 온다. 독군督軍이 오니 독판督辦이 떠나고, 독판이 떠나니 독리督理가 온다.[9] 일찍이 이런 일이 몇 번 있었음을 사람들이 모두 기억하고 있는데 어찌 여러 말을 할 필요가 있으랴? 회교도는 죽으면 몸의 털을 깎아야 한다. 청정하게 태어나서 청정하게 가기 위함이다. 장쭤린張作林은 이번에 폭탄을 맞기 전에 베이징을 나갈 때 올 때처럼 길에 황토를 깔았다. 그는 "황제가 왔다가 황제가 간다"라고 말했다(황제는 응당 황토를 밟아야 하는데 이는 황제 철학의 한 가지다).

후장대학에서 구 서양 교장을 환송하고 내친김에 신 중국 교장을 환영한 것은 그야말로 일석이조一箭雙雕다. "왕림하여 관람해 주시면 환영의 마음을 이기지 못하겠다"고 했으므로 더 나아가 일거삼득一擧三得이 된다.

4. 특별 공고

난양형제연초공사南陽兄弟煙草公司 특별 공고

　본사에서 제조한 10개들이 다롄주大連珠 담배 종이 갑을 보면, 상우인 서관에서 인쇄한 것은 내면 종이에 C.P.라는 두 글자를 새겨놓았고, 중화 서국中華書局에서 인쇄한 것은 C.H.라는 두 글자를 새겨놓았다. 이 글자들 은 모두 인쇄 담당 회사가 자신들의 상업 기호를 표시한 것이다. C.P.는 Commercial Press의 약자로 상우인서관 이름이고, C.H.는 Chung Hwa 의 약자로 중화서국의 이름이다. 이외에 별다른 뜻은 없다.[10] 항간에는 담 배 갑에 이런 글자를 인쇄한 것은 사은품으로 바꾸기 위한 것이라는 말이 돌고 있는데, 이것은 기실 억측에 불과하다. 또 이 종류의 담배 갑은 이미 다 썼기 때문에 인쇄 담당 회사에 더 이상 이런 기호를 넣을 필요가 없다고 부탁했다. 오해를 피하기 위함이다. 이에 특별히 신문에 광고를 실어 분명 하게 밝히는 바이다.

　모든 일을 할 수 있지만 공산당이 되어서는 안 된다. 공산당을 타도하는 것이 바로 혁명의 성공이다. 공산당만 아니면 모든 것을 할 수 있다. 신 국 가주의자도 좋고, 구 국가주의자도 좋고, 시산파주의자[11]도 좋고, 무정부 주의자도 좋다. 오늘날의 중국은 삼라만상을 모두 포괄하지만 C.P. Being the Exception[공산당은 제외]이므로 C.P.를 입에 올리지 말라. 죽어야 할 자 들이다. C.P. 자체가 바로 폭탄이어서 위험하고도 위험하다. 따라서 상우 인서관도 위험하다. 난양형제연초공사도 위험하다. 담배 갑 내면 종이에 C.P.란 두 글자를 인쇄했다니 얼마나 위험한 일인가! 신문에 광고를 실어 성명을 발표한 건 오해를 피하기 위해서다. 진실로 더 이상 늦춰서는 안 되는 일이다. 좀더 서둘지 않으면 단두대가 머리 위로 닥쳐올 것이다.

5. 오묘한 글 한 편

전서前序 : 이것은 덧붙이는 말이다. "아래 문장은 아주 재미있을 것이므로" 더 이상 양념을 보탤 필요는 없겠다. 하지만 외국인은 보지 말기 바란다. 외국인은 받지 않을 것이기 때문이다. 그러나 나는 즐겁다. 이 사람이 이처럼 애국하고 있으니, 이것은 진실로 대견한 일이다.

구혼求婚을 위한 오묘한 글(진상)

양저우揚州 성안에 문득 성은 주朱, 이름은 □□라는 사람이 나타났다. 담소는 자유로웠고, 용모는 속되지 않았다. 말은 미친 것 같았고 모습은 명사名士와 같았다. 근래에 갑자기 『양저우일보』揚州日報 1면에 '주 아무개 구혼 광고'朱某求婚廣告 한 편을 게재했다. 문장이 아주 재미있어서 독자들이 입을 벌리고 웃지 않은 사람이 없다. 이에 원문을 베껴서 「쾌활림」에 우송하여 독자 여러분에게 우스갯거리로 제공하고자 한다.

(원문) 알립니다. 이 비천한 사람은 본래 아내가 있었으나 정묘년 가을에 병사했습니다. 홀아비가 되고 나서 자못 괴롭게 살았습니다. 사람 몸의 구조를 조사해 본즉 사람은 각각 한 조각인지라 남녀가 몸을 합쳐야 원만한 형체를 이룹니다. 이 때문에 남녀 부부가 몸을 합치면 즐겁게 되고, 떨어지면 괴롭게 됩니다. 이것은 자연의 추세입니다. 저는 스물한 살에 독서를 시작했고, 스물여섯 살에 일찍이 캉문康門에서 가르침을 받았습니다. 10년 사이에 위로는 『대학』의 정통을 계승하여 제자백가의 전기까지 두루 엿보았습니다. 세로로는 삼계三界를 탐색했고, 가로로는 천지를 꿰뚫었습

니다. 종교학, 운명학, 도덕학, 정치학, 법률학, 병법학에 대해 안으로는 심성의 오묘함을 깨달았고, 밖으로는 천지의 큰 이치를 알게 되었습니다. 그 사이의 곤충과 초목, 사람과 조수鳥獸에 대해서 기원을 연구하고 그 끝을 탐구하여 한계가 없는 경지에 도달했습니다. 앞으로 나아갈수록 더욱 정밀해졌고, 정밀해질수록 더욱 기발해졌습니다. 남과 나, 하늘과 땅의 차이를 거의 모른다 해도 그러나 최상의 경지는 정을 잊는 것인데, 누가 이것을 해소할 수 있겠습니까? 이 모자라는 사람은 호색한이라 마음속으로 남몰래 여인을 사모합니다. 무릇 향기로운 규방의 아리따운 여인이나, 학계의 재주 있는 여인이나, 이제 바른 길로 들어선 기녀는 모두 뜻을 잃은 영웅의 적당한 짝이 될 수 있습니다. 아래의 주소에 따라 반신 사진과 의견서 한 통을 덧붙여 우편으로 보내 주시기 바랍니다. 제가 검사한 후 그에 상응하는 답장을 드리겠습니다. 또 인연이 있는 자매가 있으면 제게 말씀해 주십시오. 다만 외국인은 받지 않습니다. 이에 알립니다.

1928. 8. 4.

루산의 가시덤불 속 장미로薔薇路에서 씀

주)_____

1) 원제는 「剪報一班」拾遺. 이 글은 1928년 9월 10일 『위쓰』 주간 제4권 제37기 「신문 스크랩 조각」 제6절 '습유'(拾遺) 뒤에 처음 실렸다. 서명은 없다.

2) 예링펑(葉靈鳳)은 1928년 5월 『고비』(戈壁) 제2기에 발표한 만화 설명에서 루쉰을 가리켜 이렇게 조롱했다. 루쉰은 "이중인격을 가진 노인으로 이미 지나간 전과를 내걸고 술항아리 뒤에 숨어 있다." 또 펑나이차오(馮乃超)는 1928년 4월 『문화비판』 제4호에 발표된 「인도주의자는 어떻게 자신을 방어하나?」(人道主義者怎樣地防衛著自己?)라는 글에서 루쉰을 이렇게 조롱했다. "사오싱주 술독 속으로 숨어들어 가 '여전히 취미를 이야기 하고 있다.'" 루쉰은 이들의 조롱을 패러디하여 이와 같이 썼다.

3) 천사(天師)는 도교 일파인 오두미교(五斗米教; 정일교正一教 또는 천사교天師敎라고도 함)의 최고위직이다. 이 종교의 창시자인 후한 말 장릉(張陵)의 자손을 천사(天師)라고 부른다. 이들의 근거지가 장시성 룽후산에 있다. 여기서는 중화민국 시기의 장언푸(張恩溥, 1904~1969)를 가리킨다.

4) 청천백일기(青天白日旗)는 중화민국 국기다. 지금도 타이완에서 사용하고 있다.

5) 『마전화 애사』(馬振華哀史)는 1927~1928년에 상하이에서 발생한 마전화(1897~1928)와 왕스창(汪世昌)의 연애 비극을 다룬 실화 스토리다. 상하이 처녀 마전화는 1927년 11월부터 당시 군인이었던 왕스창과 자유연애를 했고, 1928년 3월에 약혼을 했다. 약혼 후에 두 사람은 성관계를 맺었는데, 성관계 직후 왕스창은 마전화의 처녀성을 의심했다. 그러자 마전화는 자신의 결백을 증명하기 위해 1928년 3월 26일 황푸강(黄浦江)에 몸을 던져 자살했다. 이 사건은 당시 상하이를 뒤흔들었고 이후 각 신문과 잡지, 단행본 등으로 발간되면서 많은 사람들의 관심을 증폭시켰다. 『마전화 애사』도 이를 소재로 당시 상하이 싼유도서공사(三友圖書公司)에서 출간한 책이다.

6) 1920년 6월 상하이 외국회사 직원 옌루이성이 도박 자금을 마련하기 위해 당시 화류계의 총리(花國總理)로 불리던 기녀 왕롄잉을 유인하여 살해하고, 그녀의 돈과 장신구를 강탈한 사건이다. 유명 기녀가 관련된 이 사건은 당시에 상하이에서 많은 사람의 흥미를 불러일으켜 다양한 문예 작품의 소재가 되었다. 르포와 소설류 작품으로는 『롄잉참사』(蓮英慘事), 『롄잉통사』(蓮英痛史) 등이 있고, 영화로는 「옌루이성」이 있으며, 신극으로는 「롄잉피해기」(蓮英被難記), 경극으로는 「롄잉 재난」(蓮英劫), 「옌루이성이 롄잉을 모살하다」(閻瑞生謀害蓮英), 「옌루이성 총살」(槍斃閻瑞生) 등이 있다.

7) 웨이푸란(魏馥蘭)은 미국 목사 화이트(Francis John White, 1870~1959)의 중국식 이름이다. 1901년부터 중국에서 선교활동을 시작했으며 이후 상하이 후장대학 교장을 20여 년간 역임했다.

8) 류잔언(劉湛恩, 1895~1938)은 미국 컬럼비아대학에서 철학박사 학위를 받고 귀국하여 1922년부터 난징 둥난대학, 상하이 다샤대학(大夏大學)과 광화대학(光華大學) 교수를 역임했다. 1928년부터는 상하이 후장대학 교장을 지냈으며 1931년부터 항일활동에 적극적으로 참가하다가 1938년 4월 7일 일본 특무에게 암살되었다.

9) 독군, 독판, 독리는 중화민국 시기 중국 각 성(省)의 군사 일을 총괄하던 책임자다. 대체로 여기에 나열된 순서대로 명칭이 바뀌었지만 성에 따라 이 순서와 다른 경우도 있다.

10) 이런 광고를 낸 본래의 이유는 C.P.라는 말이 Communist Party(공산당)의 약자라는 오해를 피하기 위해서다.

11) 시산파(西山派)는 1925년 11월 베이징 서쪽 비윈사(碧雲寺)에서 열린 국민당 우파 회의에 참가한 사람들을 가리키는 말이다. 이들은 국민당 좌파의 급진적인 혁명 노선에 반대하였고, 타협적이고 온건한 태도를 보였다.

'나도 푸단대학에 대해 말한다' 문장 뒤의 부기[1]

『위쓰』는 본래 어떤 학교 한 곳을 위해서 긴 편폭을 할애하지 않는다. 그러나 이미 '말'을 시작했으므로 '말'을 계속하는 것도 무방하다고 생각한다. 이 글은 앞서 실린 문장[2]의 변호에 가까울 뿐 아니라 그 어투를 살펴보면 필자[3]가 푸단대학과 밀접한 관련을 맺고 있고, 또 그 학교를 위해 뭔가 일을 하려는 사람임을 알 수 있다. 이 때문에 조금도 생략하지 않고 이곳에 등재하여 독자들께서 모두 살펴볼 수 있도록 하겠다.

8월 28일, 기자 부기

[참고]

나도 푸단대학에 대해 말한다

판추지潘楚基

본문으로 들어가기 전에 나는 두 가지 점을 분명하게 밝히고자 한다.

첫째, 나도 이미 푸단을 떠난 학생이다. 내가 이 글을 쓰는 것은 주관적인 견해로 푸단을 위해 아무 의미도 없이 큰소리치려는 것이 절대 아니다.

둘째, 펑야오馮珧 군의 이름을 동창 명부에서 모두 찾아봤지만 찾을 수 없었다. 그러나 나는 필자가 본명을 쓰지 않았다고 해서 그의 말을 절대 경시하지 않는다.

펑야오 군은 본간 제32기에 「푸단대学에 대해 말한다」談談復旦大學란 글을 썼다. 이 글에서 그는 푸단대학이 부패한 사실을 열거하며 그것을 총괄하여 다음과 같이 정리했다.

① 학교의 물질적 시설이 잘 갖춰지지 못했다. 예를 들면 좁아터진 주거 공간 및 열람실, 더러운 식당, 불충분한 참고도서 등이 그것이다.

② 교수의 실력이 형편없다. 예를 들면 걸음을 잘 걷지 못할 정도로 뚱뚱한 모 교수, 중국 시골 사투리 어투가 섞인 영어, 상하이어 어조의 베이징어를 쓰는 모 교수, 수업과 시험을 대강대강 해치우는 모 교수가 그들이다.

③ 학교가 학생들을 지나치게 착취한다. 도서비 이중 징수, 새 기숙사 주거비 과다 징수, 식비 은행 징수, 학점 취득을 위한 추가 시험 때 돈을 받고 합격시키는 일 등이 그것이다.

④ 학생들이 공부를 하려 하지 않는다. 강의 시간에 모두 소설 한 권, 잡지 한 권, 소형 신문 한 장을 들고 있다. 성적 취득 리포트를 쓸 때 다른 사람에게 대신 써 달라고 부탁한다. 시험 칠 때 시험지 페이지 수를 줄여 달라 요구하고 또 몰래 책을 보는 등 부정행위를 한다.

⑤ 학생들의 횡포. 우수한 교수의 '10대 죄악'을 열거한 뒤, "이러한 도적을 몰아내겠다고 맹세한다".

⑥ 학생들의 낭만. 예를 들면 "왼쪽에서는 '선제께서 난양으로 내려간다'[4]는 창을 하고", "오른쪽에서는 '소녀여! 나는 너를 사랑해'[5]라는 노래

를 한다." "2층 마루에서 춤을 추고", "대부분 학생들은 얼굴에 하얀 크림白
玉霜을 바른다." "제복의 치수를 재려고 사흘이나 휴강한다."

⑦ 학생들의 나약함. 학생들은 매점의 착취에 대해서 어린 양처럼 저항을 하지 못한다.

위의 이 몇 가지 때문에 평군(?)은 다음과 같은 결론을 내렸다. "푸단대학은 이미 천 길 낭떠러지로 떨어졌다!" 또 "이 학교가 이렇게 쉽게 노쇠하고 타락할 줄은 생각지도 못했다!"라고 했다.

나는 평군이 말한 것의 일부는 사실이라고 생각한다. 그러나 "폭군 주왕紂王의 사악함은 그렇게 심하지 않았다!" 게다가 전체 중국의 교육이 결코 정상 궤도에 오르지 못한 상황에서, 만약 우리가 몇십 년 전의 영광스런 탄생 역사를 갖고 있고 현재에도 구제가 가능한 푸단에 대해 그 우수한 점을 완전히 말살하고, 겨우 한두 가지 사실을 들어 문장의 자극성을 도모하고 그것을 확대하여 전체 죄상으로 확정한 뒤, 그 학교에 영원하고 맹렬한 상처를 안긴다면 이제 싹이 트는 중국 교육의 한 부분에 간접적으로 치명적인 타격을 가하는 일이 될 것이다. 나는 이것이 평군의 본뜻은 아니라고 생각한다. 이 때문에 나는 내가 알고 있는 푸단대학을 완전히 객관적인 사실에 근거하여 좀 이야기해 보고자 한다.

물질적인 시설에 대해 말하자면, 푸단은 부채가 10여만이라 최근 몇 년 동안 학교에서는 전력을 다해 이자를 줄이고 묵은 빚을 상환하고 있기 때문에(현재 매년 3만씩 갚을 수 있음) 완전한 시설은 기실 학생 숫자의 발전과 증가 추세를 따라갈 수 없다. 그러나 이 점에 주의하지 않는 건 결코 아니다. 올해 여름방학에 열람실을 늘린 일과 거의 200명을 수용할 수 있는 새 기숙사를 더 지은 일이 바로 부정할 수 없는 사실이다. 나는 금후 학우들이 더 이상 시골의 작은 방에 머물거나 온종일 비바람이 불고 뜨거운 태양이 내리쬐는 사막 속을 치달리지 않아도 된다고 생각한다. 식사 문제에 대해 이야기하자면 나는 한편으로 학교와 학생회가 교내 식당을 정돈하는 데 진력할 수 있기를 바라고, 다른 한편으로는 학우들이 더 이상 학교의 힘이 미치지 않는 교외의 오염된 식당으로 가서 가격이 비교적 비싼 밥을 먹지 말기를 바란다.

다음은 밥벌레 교수 문제다. 몇십 명의 교수 중에서 확실히 몇 명은 평군이 말한 바와 같다. 나는 학우들의 비평을 들었기 때문에 작년 방학 때 학교 당국에 철저하게 저들의 체면을 봐주지 말 것을 재삼 요청했다. 즉 그런 무능력하거나 무책임한 교수를 축출하는 한편, 확실한 학문 능력을 가진 학자를 더 초빙할 것을 요청했다. 그러나 학교 당국에서는 이렇게 대답했다. "교수를 바꾸고 초빙하는 일은 1년 단위로 하는데 임기가 아직 종료되지 않았고 다수 학생들이 아직 분명한 축출 의사 표시를 하지 않은 상황에서는 교수를 해고할 수 없다. 연봉이 특히 비싼 저명 학자를 더 초빙하는 일은 최근 학교의 경제 상황 하에서 사실 실행하기가 어렵다." 다음 기에 새로 초빙하는 교수가 어떤지 나는 알 수 없다. 그러나 평군이 열거한 유명 밥벌레 교수 몇 명은 그가 그 문장을 발표하기 전에 이미 사퇴를 결정했다. 이것은 사실이다.

다음은 학교가 학생을 착취하는 문제에 대해 말하겠다. 학생들은 총 도서비 외에도 각 학과에 별도의 도서실이 개설되어 있기 때문에 그에 따른 별도의 도서비를 내야 하는 것이 사실이다. 그러나 나는 문과에서 도서비 1위안元만 낸 것으로 기억한다. 나는 1위안을 희생하여 꽤 많은 책을 볼 수 있다면 이 희생은 가치 있는 일이라고 생각한다. 이 때문에 내가 주의하는 것은 도서비 자체가 아니라 도서비의 처리가 타당한지 여부다. 내가 작년에 학우들에게 도서위원회를 조직하라고 주장한 것이 바로 이런 뜻이다(본래 학교에 교수와 학생이 함께 구성한 도서위원회가 있음). 또 새 기숙사 주거비를 3위안 더 받는 문제에 대해 이야기하자면 소문을 들건대 그곳의 시설이 다른 기숙사보다 특별히 좋아서 학교가 그 경제적 손실을 보충하려고 하기 때문이라고 한다. 그리고 식비를 반드시 은행에 내야 하는 문제다. 이것은 학교가 은행과 차관 협약을 맺을 때 협약서에 '학교 경비 전체 납부'나 '초과대출' 등의 조건을 명기했기 때문이다. 만약 3년 내로 학교가 은행 차관을 깨끗이 상환하면 이 불평등조약을 당연히 취소할 수 있다. 또 학점 취득을 위한 추가시험 때 돈을 받고 합격시키는 문제는 이렇다. 첫째, 추가시험은 결코 교수에게 맡기지 않는다. 둘째, 추가시험을 친다고 꼭 합격할 수 있는 것도 아니다. 내가 알고 있는 한 친구도 재수강을 하고 있다. 셋째, 학교에서 매 방학마다 평균 몇십 명의 성적 불량 학생을 제적하려고 한다. 이를 통해서도 학교가 결코 이익만 추구하지 않는다는 사실을 증명할 수 있다. 향우회는 자유롭게 가입할 수 있는 기관이므로 결코 모금처라는 이름이 존재하지 않는다.

다음은 학생들이 공부를 하지 않으려는 문제에 대해 말하겠다. 강의 시간에 모든 학생이 소설이나 소형 신문을 본다는 건 전혀 사실이 아니다. 푸단은 교통 편 때문에 소형 신문 판매가 지극히 드물다. 내가 푸단에 다닐 때 강의실에서는 소형 신문을 가져오는 사람을 전혀 본 적이 없다. 소설이나 잡지를 가져오는 사람도 매우 드물었다. 쉐디쯔[6]나 홍메이구이[7] 같은 명칭을 나는 아직까지도 들어 본 적이 없다. 평균은 '모든 학생'이 소설과 잡지 혹은 소형 신문을 본다고 했는데, 무슨 근거로 그렇게 말하는지 모르겠다. 나는 푸단의 학우들을 대신해서 억울하다고 외치고 싶다. 성적 취득 리포트를 다른 사람에게 대신 써 달라고 하는 행위는 각 학교에서 모두 그럴 가능성이 있는 일이다. 그러나 나는 남에게 대신 써 달라고 하는 학생이 매우 드물다고 믿는다. 왜냐하면 이는 모두들 자신의 시험 준비에도 바쁜 상황에서 전적으로 자신을 희생하여 다른 사람의 도구가 되려는 일인데, 세계에서 이렇게 멍청한 바보는 있을 수 없기 때문이다. 시험 칠 때 시험지 페이지 수를 줄여 달라고 하거나 부정행위를 하며 책을 보는 일은 소수의 밥벌레 교수 면전에서는 쉽게 할 수 있는 일이지만 책임감 있는 다수의 교수 면전에서는 절대 불가능한 일이라고 생각한다. 이것은 내가 오랫동안 관찰한 사실이어서 스스로에게 물어봐도 큰 착오가 없다(나는 작년에 강의실의 자리를 고정적으로 배치하자고 건의했는데 어쩌면 오래지 않아 시행할 수 있을 것 같다). 또 내가 관찰한 바에 의하면 푸단에서 공부가 목적이 아닌 공자소子나 도련님들을 함부로 받아들이긴 했지만 부지런히 공부하는 학우가 나날이 많아지고 있음을 느낀다. 또 과거에는 하나의 열람실도 넉넉하게 이용할 수 있었지만, 지금은 7~8개 열람실도 미어터진다. 그리고 과거에는 성적이 B 이상인 학생이 수십 명에 불과했지만 지금은 성적이 B 이상인 학생이 200명을 초과한다는 사실을 보더라도 앞의 진술을 증명할 수 있다.

다음은 학생들의 횡포 문제에 대해 말하겠다. 어떤 교수에 대해서 학생들 마음대로 10대 죄악을 나열하고 이런 도적을 몰아내겠다고 맹세하는 일은 내가 관찰한 바에 의하면 기실 그 반대다. 나는 푸단대학 학우들이 강의가 끝난 후 어떤 교수를 소극적으로, 단편적으로, 잡담식으로 비평할 뿐이지, 학교당국을 향해 자신의 태도를 적극적으로, 구체적으로, 조리 있게 표시하는 일은 없다고 생각한다. 기억하건대 내가 작년 겨울 학우들의 여론을 근거로 학교 당국에 그 밥벌레 교수 몇 명을 축출해 달라고 요구했을 때, 주위에 있던 학우들이 나에게 호응해 주지 않아서 당국이 결국 내가 그들 교수에게 사사로운 감정이 있다고 의심한 적이 있다. 결과적으로 당국은 나의 말을 믿지 않았다. 여기에서도 학우들이 책임감 있게 교수들에게 '10대 죄악'을 나열하고 이런 도적을 몰아내겠다고 맹세하는 건 거의 있을 수 없는 일이다!

다음은 학생들의 낭만 문제에 대해 말하겠다. '선제께서 난양으로 내려간다'라는 창과 '소녀여! 나는 너를 사랑해'라는 노래는 전 상하이에 두루 퍼져 있는 저속한 음악이다. 매일 밤 7시 자습 이전에는 푸단에서도 도처에서 들을 수 있다. 그러나 "2층 마루에서 춤을 춘다"거나 "대부분 학생들이 얼굴에 하얀 크림을 바르는" 일은 사실이 아니다. 휴일이 너무 많다는 문제는 나도 확실히 봄철에 휴일이 너무 많다고 느낀다. 그러나 평군이 말한 것처럼 "제복의 치수를 재려고 사흘이나 휴강하는" 일은 꼭 그렇다고 할 수 없다. 왜냐하면 그것은 5·3참사[8] 이후 상하이 전체 각급 학교가 시위와 가두 강연 등을 위해 일치된 행동을 한 것이지, 푸단대학 단독으로 제복의 치수를 재기 위해 행동한 것이 아니기 때문이다.

다음은 휴일에 학생들이 매점의 핍박을 받으며 어린 양처럼 나약하게 처신하는 문제에 대해 말하겠다. 이 일은 나도 정말 못마땅하게 보고 있다. 하지만 만약 외상을 금지하면 학우들이 불편하게 느낄 것이고, 외상값 독촉을 금지하면 매점이 또 우리의 횡포를 매도할 것이라고 생각한다. 이 때문에 나는 확실히 아직 좋은 방법을 생각하지 못했다.

다음은 푸단이 왜 아직도 존재할 수 있느냐의 문제에 대해 말하겠다. 평군은 푸단에서 이미 유명한 상인 몇 명을 배출했고, 또 학교를 위해 많은 광고를 했으며, 황금색으로 반짝이는 학교 연감年鑑을 발행해 왔기 때문이라고 여겼다. 나는 이것도 다 그렇다고 생각하지 않는다. 나도 큰 거리 상인과 같은 모습이 보기 싫어서 상과商科에서 문과로 옮긴 사람이다. 그러나 나는 또 오늘날 중국에서는 어떤 것이든 모두 사람들이 공부해야 하고, 또 상하이는 전국 상업의 중심이므로 상과도 물론 특별한 발전을 했다. 그러나 푸단의 존재가 전적으로 몇몇 상인에 의지하고 있다는 건 사실이 아니다. 광고와 연감에 대해 말하자면 내가 아는 푸단의 광고가 기타 각 학교와 달리 특별한 흡인력을 가진 것은 결코 아니다. 연감은 이미 발간을 중지한 지 2년이 되었으므로 더더욱 사람을 현혹하기엔 부족하다. 나는 푸단이 존재할 수 있을 뿐 아니라 근래에 학생이 갑자기 증가한 것은 아래의 몇 가지 원인이 있다고 생각한다.

① 푸단은 중국에서 첫번째로 종교 교육에 반항한 학교다. 푸단의 탄생에는 혁명의 의미가 풍부하게 깃들어 있다. 이 때문에 시대의 조류 속에서 이 영광스런 역사가 청년들의 숭배 대상이 되고 있다.

② 푸단에는 여섯 학과가 있다. 여섯 학과에 개설된 과목은 모두 200 강좌를 넘는다. 내가 알기로 이처럼 많은 과목을 개설한 학교는 상하이에 더 이상 없다. 나는 S교회대학에서 푸단으로 전학했다. 나는 어떤 사람이 피동적으로 극소수 과목 ─ 예를 들어 영어, 성경 ─ 의 엄격한 훈련(intensive reading)만 받으려 한다면 S대학에 가는 편이 더 낫다고 말한 적이 있다. 만약 그가 자유의지로 다양한 과목을 선택하여 extensive reading[9]을 해볼 생각이라면 푸단에 가는 편이 좋다고 생각한다. 나는 또 판에 박힌 듯이 책 몇 권만 읽도록 하지 않는 학풍도 학생들이 푸단으로 진

학하는 원인이라고 생각한다.

③ 푸단은 정치적인 분파 색깔이 존재하는 관립학교와 다르고, 특수한 사명을 갖고 있는 교회학교와도 다르다. 이들 학교는 개인이 설립하지 않아서 학벌을 조성할 가능성이 있다. 이 때문에 학생들은 푸단에 다니며 사상, 언론, 행동 부문에서 비교적 폭넓은 자유를 누릴 수 있다. 나는 초등학교와 중고등학교에서 엄격한 훈련을 시행하고 있으므로 대학에서는 학생들에게 좀 자유를 누리게 해도 무방하다고 생각한다. 이곳에 다니고 있는 많은 학우들의 심리도 이와 같을 것이다.

④ 기왕의 발전 과정에서 푸단은 상인 몇 명을 배출했을 뿐 아니라 각 학과에서도 모두 자기 분야의 사업을 이룬 학우가 있고, 그들은 사회적으로 상당한 신임을 받고 있다.

⑤ 재학생의 사회적 활동 능력도 사회의 주목을 받고 있다(예를 들면 정치활동 참여자와 전문적인 활동가가 그들이다. 나는 남들 앞에서 우쭐대는 특수한 사람들의 행동에 결코 찬성하지 않지만 이 또한 보편적 현상이라고 생각한다. 푸단만 그런 게 아니다).

⑥ 과거의 푸단과 현재의 푸단 모두 정부의 보조금, 교회의 예산, 자본가의 출연금을 받지 못해서 심각한 경제적 압박을 받고 있기 때문에 발전이 매우 더디다. 그러나 이러한 압박은 나날이 줄어들고 있다. 모든 구성원이 조금만 더 노력하면 푸단은 밝고 위대한 발전을 이룰 것이고, 이 때문에 가까운 장래에 수많은 청년들이 여전히 푸단에 진학하여 함께 노력하기를 희망할 것이다.

이상의 서술은 평균이 푸단에 대해 행한 비판을 조금 정정한 것이다. 그러나 나는 결코 푸단에 만족하는 사람이 아니다. 나도 푸단 전체에 대해서 다음과 같이 비판하고자 한다.

첫째, 정신적 부문에서 학교 당국은 교육에 대해 아무런 이념도 표방하지 않고 있다. 그들의 목적은 오로지 학생들에게 책 속의 지식을 전수하기 위한 것뿐이고, 수많은 학생들이 이 학교에 진학하는 것도 서둘러 졸업장을 따기 위한 것뿐이다. 그러나 돈과 졸업장을 교환하는 일은 기실 오늘날 중국 전체 교육의 근본적인 문제 가운데 하나이지 푸단만의 현상이 아니다. 따라서 나는 푸단의 미국화와 상업화 추세를 바로잡으려면 전체 중국의 교육 방침을 굳게 확립하는 것이 가장 중요하다고 생각한다.

둘째, 물질적 부문에서 학교 시설이 너무나 부족하다. 학교의 빚을 갚으려면 학생을 많이 받지 않을 수 없다(내가 아는 바에 의하면 올 가을 학생 모집은 작년에 비해 훨씬 엄격하다고 한다). 이로써 학생은 증가했지만 주거 시설과 도서 등은 이에 비례하여 증가하지 않았다. 다른 학교에서 안락한 주거 시설에 익숙했거나 충분한 도서에 익숙했던 학우들은 지극한 고통을 느끼는 게 당연하다. 하지만 빚이 너무 많아 학교의 기운이 크게 손상된 후이니만큼 학교 당국은 한 걸음 한 걸음 개량을 하며 전진해야지 갑자기 용맹하게 뛰쳐나가서는 안 된다. 이 또한 학교의 고충이다.

요컨대 푸단의 20여 년 역사를 살펴보면서 나는 푸단이 여전히 진화하고 있음을 느낀다. 하지만 이런 진화는 비교적 완만하여 푸단이 응당 진화해야 할 수준에 전혀 도달하지 못했다. 만약 학교 당국과 학생들이 한 마음 한 뜻으로 함께 책임을 지고 죽어라 노력하면 푸단의 발전이 틀림없이 이런 수준에 멈추지 않을 것이라고 믿는다. 펑쥔은 "푸단대학은 이미 천 길 낭떠러지로 떨어졌고" 또 "이 학교가 이렇게 쉽게 노쇠하고 타락할 줄은 생각지도 못했다"라고 말했지만 나는 근본적으로 과거의 언제가 푸단의 황금시대였는지 그리고 또 언제가 푸단의 청춘 시기였는지 찾아낼 수 없다. 평군은 푸단의 진정한 역사 밖에서 하나의 이상 시대를 억지로 날조하고 있다. 여기에는 좀 주관적인 색채가 묻어 있음을 부정할 수 없다. 평군은 어떻게 생각하는지 묻고 싶다.

마지막으로 나는 여전히 다음과 같은 한 마디 말을 하고 싶다. 푸단은 여전히 곡선처럼 진화하고 있다. 만약 학교당국과 학생들이 특별한 책임의식을 갖고 두 배의 노력을 기울인다면 그 진화가 틀림없이 이런 수준에 멈추지 않을 것이다. 푸단 당국과 학생들은 주의를 기울이기 바란다. 더욱이 평군의 글에 담긴 분개한 말을 인용하여 이후 혁신의 귀감으로 삼기를 바라는 사람들은 나의 이 말이 귀에 거슬리는 충언임을 알아야 한다.

주)_____

1) 원제는 「我也來談談復旦大學」文後附白」. 이 글은 1928년 9월 10일 『위쓰』 주간 제4권 제37기에 처음 발표되었다.
2) 1928년 8월 6일 『위쓰』 제4권 제32기에 실린 평야오(馮珧)의 「푸단대학에 대해 말한다」(談談復旦大學)를 가리킨다. 평야오(1909~2000)는 쉬스취안(徐詩荃)의 필명이다. 후난 성 창사 사람으로 당시 푸단대학 학생이었다.
3) 본문의 원문을 쓴 판추지(潘楚基)를 말한다.
4) 원문은 '先帝爺下南陽'. 『삼국지연의』(三國志演義)를 소재로 한 경극 「공성계」(空城計)에 나오는 가사다.
5) 원문은 '妹妹我愛你'. 1920~30년대 중국 신시와 유행가에 흔히 나오는 구절이다. 자유연애를 상징하는 말로 인식되었다.
6) 쉐디쯔(血滴子)는 명말(明末) 청초(淸初) 통속소설에 나오는 무기다. 회전하는 삿갓 모양의 암기(暗器)로 멀리서 던져서 적의 수급을 취한다.
7) 훙메이구이(紅玫瑰)는 1920~30년대 중국 민간 통속 연예에 등장하는 비련의 여주인공이다. 이후 1950년대에 영화로 제작되기도 했다. 유흥장 여가수 훙메이구이가 소학교 교사와 사랑을 하다가 군벌의 방해로 헤어지고 결국 우여곡절 끝에 모두 비극적인 죽

음을 맞는다는 내용이다.

8) 5·3참사는 1928년 5월 3일 일본군이 장제스의 국민혁명군의 북벌을 방해하기 위해 산 둥성 지난(濟南)으로 난입하여 민간인 1만 7천여 명을 도살한 사건이다.

9) 광범위하게 두루두루 공부하는 경향을 가리킨다.

통신(장다성에게 답함)[1]

다성 선생 : 보내 주신 편지를 읽고 가르침을 받아서 매우 감격하고 있습니다. 그러나 우리 『위쓰』는 발간 이래 편집부가 줄곧 '유한계급'[2]으로 활동해서 "너무 바쁜 듯하다"는 경지에 전혀 도달하지 못했습니다. 그러나 비록 바쁘지는 않지만 명인의 원고를 끌어오지는 않습니다. 따라서 "몇 마디 반항적인 어투가 있는 원고를 보기만 하면 바로 오체투지로 절을 하고 서둘러 게재하는" 일을 할 리도 없습니다. 이 점은 선생께서 안심하셔도 좋습니다.

귀교의 학우들이 우리 『위쓰』를 가져가서 교장에게 보여 주는 일은 또 다른 문제입니다. 문장은 종류가 갖가지이고, 학우도 부류가 갖가지입니다. 이런 문장을 실으면 이런 학우들이 가져가고, 저런 문장을 실으면 저런 학우가 가져가므로 우리 잡지 기자들은 사실 그들의 행동에 많이 관여할 수 없습니다. 기실 이 또한 무슨 경천동지할 만한 일로 칠 수도 없습니다. 교장이 『위쓰』를 보고 "좋아, 좋아!"라고 말하는지 여부는 장래의 어떤 상세한 세계사에도 한 점의 흔적도 남기지 못할 것입니다. 하지만 현재 어떤 사람은 "(음모의 수단을) 빌려 자기와 다른 사람을 배척하겠지만"
──그러나 선생께선 투고가 바로 음모이므로 '빌리는' 것이 아니라고 여
길 것입니다. 그러나 다음 문장에서 또 "아무개 군은 이 글로 농담 몇 마디
를 한 것에 불과하지만, 이미 나쁜 후과의 씨를 뿌린 사실은 모르고 있다"
라고 했습니다. 그러므로 이 말은 전혀 음모가 아닌 것처럼 보입니다. 결
국 이런 것들은 여기에서 잠시 거론하지 않기로 하겠습니다.──그건 전
혀 우리 기자의 초심이 아니기 때문에 지금 한 편을 뽑아[3] 등재하여 잠시
과오를 보완하려는 것입니다. 이 글은 귀교의 교장에 대해 불만을 표시하
는 것이므로 나는 귀교의 "모 학과를 반대하는 학우들"이 이번에는 더 이
상 이 글을 가져다가 교장에게 보일 수 없을 거라고 생각합니다.

본 기자에겐 푸단대학의 동창회 명부가 없기에 이번에 그 필자가 진
짜 성명을 썼는지 알 수 없습니다. 그러나 추측해 보면 아마 가짜 이름을
쓴 듯합니다. 왜냐하면 이 글이 지적하고 비판하는 내용에 편중되어 있기
때문입니다. 본 기자가 알고 있는 바에 의하면 결점을 지적한 원고는 늘
별명을 많이 씁니다. 감히 진짜 성명을 쓰고 진짜 주소를 쓰면서 선생처
럼 책임을 지려는 사람조차 "지금 분명하게 밝히기가 불편합니다. 그렇지
않으면 심한 의심을 받기 때문입니다"라고 하는 상황입니다. 상황이 이와
같이 어려우므로 정말 애석하기 그지없습니다.

열심히 애쓰시길 축원합니다.

9월 1일 상하이에서, 기자 삼가 드림

[참고]

보내온 편지

기자 선생 :

최근 귀 간행물에서 아무개 군이 푸단대학을 공격하는 잡감문雜感文[4]을 읽었습니다. 나는 그 글 속에 사실과 다른 부분이 많고, 또 아무개 군이 글을 쓴 동기가 너무 불순하다고 생각합니다. 따라서 저는 푸단대학 학생 자격으로 이 편지를 선생께 보냅니다. 부디 기자 선생들께서 공명정대한 시각으로 바라보시고, 제3자의 태도로(아무개 군의 태도를 비호하는 것이 아니라) 이 글을 권말卷末에 발표해 주시기 바랍니다.

푸단대학에는 1,000여 명의 학우가 있으므로 엄연히 작은 사회입니다. 따라서 그 안에서 벌어지는 당파의 복잡함과 의견의 다양함은 피할 수 없는 일입니다. 목전에는 서로를 비방하는 암흑의 흐름이 무르익어서 일촉즉발의 형세를 이루고 있습니다. 그러나 우리 조상 때부터 전해 내려온 수단에 의거하여 적들에게 공격의 북을 당당하게 울리지도 못하고, 또 정당한 깃발을 내걸지도 못한 채, 오히려 음모의 수단을 빌려 이질적인 사람을 배척할 것입니다. 이번에 귀 잡지에 투고하는 글이 바로 이러한 수단의 표현입니다(지금 벌써 증거가 나타남). 이 때문에 이 글이 등재되고 나면 모 학과를 반대하는 학우들은 이 글을 가져가서 교장에게 보이며 학교가 이처럼 나빠진 게 전부 모 학과가 학교를 망친 탓이라고 이야기할 것입니다. 우리는 방법을 생각해야 하지만 교장은 예예, 하고 대답만 할 뿐입니다. 아무개 군은 이 글로 농담 몇 마디를 한 것에 불과하지만, 이미 나쁜 후과의 씨를 뿌린 사실은 모르고 있습니다. 또 귀 잡지의 지면을 이용하는 한편,

이를 자신의 공격 무기로 삼고 있으니 정말 일거양득이라고 할 수 있을 정도입니다. 목전의 잡지 편집자는 아마도 너무 바쁜 듯, 명인의 원고조차도 잠시 손에 넣지 못한 것 같습니다. 그 대신 몇 마디 반항적인 어투가 있는 원고를 보기만 하면 바로 오체투지를 하고 서둘러 게재합니다. 일반적인 폐단이라면 타인의 결점을 말한 것은 좋은 글이라 말하고, 이와 같이 찬미한 글은 오히려 좋지 않다고 하는 것입니다. 왜냐하면 찬미의 글을 게재하면 마치 '아부'하는 것 같으므로, 다소 그렇게 해서는 안 될 것 같은 느낌이 있고, 또 투고자에게 이용당하게 될 것 같은 근심도 있습니다. 그러나 지금의 투고자는 벌써 매우 총명하다는 사실을 누가 알겠습니까? 그들은 잡지 편집자와 잡지 애독자의 심리를 잘 알고 바로 책략을 바꿔서, 사실을 날조하여 남을 공격하는 글을 지어 편집자를 이용합니다. 푸단은 그 내막이 어떤지 나는 지금 분명하게 밝히기가 불편합니다. 그렇지 않으면 심한 의심을 받기 때문입니다. 응당 사회의 다수인이 푸단을 비판해야 할 것입니다. 아무개 군은 자신의 글에서 상하이의 모든 대학이 좋지 않다고 하면서 이번 기회를 빌려 푸단을 개량해야 한다고 말했습니다. 이를 통해 아무개 군이 이 대학에 입학하기 전에 이미 심오한 학문을 닦았음을 알 수 있습니다. 이 때문에 일체의 사물이 눈에 차지 않아서 모든 대학을 한 덩어리로 뭉뚱그려 매도하고 있습니다. 만약 아무개 군이 이 대학의 진보를 촉진하려 한다면, 어쨌든 강의실에서 교수와 토론을 벌이며 질문을 하는 편이 더 좋고, 교수가 질문에 대답하지 못하면 그때 꺼지라고 요청하는 편이 더 좋다고 나는 생각합니다. 그러면서 다른 한편으로 학교 당국을 향해 자기가 마음속으로 교수 자격이 있다고 인정하는 사람을 추천하면 학교 당국이 어찌 감히 따르지 않을 수 있겠으며, 어찌 더욱 직접적으로 학교의 개혁을 촉진하지 않을 수 있겠습니까? 가령 학교의 시설이 미비하면 아무개 군은 이미 학교의 한 구성원이므로 학교 당국을 향해 시설을 늘려 달라고 건의할 권리가 있습니다. 그런데 어찌하여 아무개 군은 이런 곳에서 학교 개혁을 촉진하지 않습니까? 하물며 푸단대학의 모든 행정(예를 들어 교수 초빙과 학교 시설 등등)은 전부 학교 각 학과의 학과장, 교장, 학생대표가 토론하여 진행하지 결코 한두 사람이 좌우하지 못하는데 더 무슨 말이 필요하겠습니까? 아무개 군은 학교 개혁을 촉진할 수 있는 기회가 아주 많았을 텐데도 거기에는 참여할 가치가 없다고 여기고, 오히려 글을 써서 공격하고 있습니다. 나는 이런 태도가 아주 불량하다고 생각합니다.

편지가 너무 길어졌습니다. 그러나 나는 푸단대학의 학생 자격으로 이 편지를 쓰지 않을 수 없었습니다. 나는 아무개 군의 태도가 좀 바뀌었으면 좋겠다는 희망을 갖고 있습니다. 또 나는 이 편지를 진짜 성명으로 발표하여 완전한 책임을 질 것입니다. 만약 아무개 군도 답변할 것이 있으면 진짜 성명을 써 주기 바랍니다. 이것은 별다른 뜻은 없고 아무개 군도 책임지겠다는 의사를 표명해야 한다는 것입니다.

기자 선생들의 평안을 축원합니다!

푸단대학 제1기숙사에서

8월 20일, 장다성

주)_____

1) 원제는 「通信(復章達生)」. 이 글은 1928년 9월 17일 『위쓰』 주간 제4권 제38기 '통신' 코너 장다성의 편지 뒤에 처음 실렸다.

2) 유한계급(有閑階級)은 한가로운 계급이란 의미다. 1928년 2월 리추리(李初梨)는 『문화

비판』제2호에 「혁명문학을 어떻게 건설할 것인가」(怎樣地建設革命文學)라는 글을 발표
했다. 그는 이 글에서 청팡우가 『위쓰』 기고자들을 다음과 같이 비판한 대목을 인용했
다. "그들이 자랑스러워하는 것은 한가, 한가, 제3의 한가이다." 그리고 이렇게 말했다.
"우리는 현대 자본주의 사회에서 유한계급이 비로 유전계급(有錢階級)임을 알고 있다."
3) 1928년 9월 17일 『위쓰』 주간 제4권 제38기에 실린 홍편(宏芬)의 「나도 푸단대학에 대
해 말한다」를 가리킨다.
4) 펑야오의 「푸단대학에 대해 말한다」를 가리킨다.

'덜렁이'에 관하여[1]

기자 선생:

『다장월간』 창간호에서 벌어진 '덜렁이'粗人 토론[2]에 관해 이 비루하고 재주 없는 사람도 망령되나마 말단의 의견을 가지고 좀 참가해 보고자 합니다.

1. 천陳 선생[3]은 「백혜」伯兮를 가리켜 '덜렁이를 묘사한 시'(寫粗人)라고 했습니다. 이 '粗' 자가 의미상 통하는지 안 통하는지는 아무 관계가 없습니다. 피부나 의복에 대해 시에서는 마구잡이로 입었는지 그렇지 않은지 분명하게 말하지 않았기 때문에 우리는 그것이 '마구잡이인지' 추측할 방법이 없고, 또 그것이 '세심한지'도 단정할 수 없습니다. 이것은 잠시 토론 밖으로 내버려 두겠습니다.

2. '寫' 자가 좀 의미가 통하지 않습니다. 응당 '덜렁이가 묘사한 시'(粗人寫)로 고쳐야 하고, 이렇게 해야 어순이 순조롭습니다. 한번 보십시오. 시에서는 남편을 '백'伯이라 부르고 자신을 '아'我라 부르고 있습니다. 분명히 이 부인太太(거친지 꼼꼼한지 불문하고 잠시 이 호칭을 쓰겠음)이 스

스로를 서술한 시인데 어떻게 '덜렁이를 묘사했겠습니까?' 아마도 시인이 그 부인을 대신해서 시를 지은 것으로 보입니다. 그러나 대신 지었다 해도 '덜렁이가 묘사한' 것이므로 주어와 목적어를 '혼란스럽게' 말할 수 없습니다.

3. 천 선생은 또 '덜렁이 미인'粗疏的美人이라고 고쳤습니다. 그러나 이는 말을 더듬는 것처럼 문맥이 통하지 않습니다. 왜냐하면 이 부인은 전혀 '덜렁이'가 아니기 때문입니다. 그녀는 본래 '기름으로 머리를 감아서' 머리칼에 윤기가 납니다. 다만 남편이 원정을 가야 하기 때문에 머리를 감고 빗는 일에 게을러져서 되는대로 살고 있습니다. 그러나 그녀 자신은 이런 사실을 알고서 아마 장차 어떤 학자가 그녀를 '덜렁이'라고 말하리라 예상했기 때문에 다음 구절에서 이렇게 물었습니다. "누구를 위해 단장할까?"誰適爲容 보십시오. 이 얼마나 세심합니까? 그런데도 결국 '덜렁이'로 지적당하면서, 뜻풀이에 대한 인쇄 실수를 1,000여 가지나 저지른 식자공과 같은 대열에 서게 되었으니 어찌 원통하고 억울하지 않겠습니까?

훌륭하신 군자들께서는 어떻게 생각하시는지 모르겠습니다. 이에 알립니다. 부디 편안하시길 빕니다.

11월 1일, 평위[4] 삼가 올림

주)_____

1) 원제는 「關於'粗人'」. 이 글은 1928년 11월 15일 상하이 『다장월간』(大江月刊) 제2기 '통신' 코너에 처음 발표되었다.

2) 1928년 10월 상하이의 『다장월간』 창간호에서 『시경』 「위풍(衛風) · 백혜(伯兮)」를 둘러싸고 벌어진 논쟁. 천중판(陳鍾凡)이 『중국운문통론』(中國韻文通論)에서 「백혜」 시를 '덜

렁이'(粗人)를 묘사했다고 한 견해에 대해 장톄민(章鐵民)과 왕징즈(汪靜之)가 비판하고 천중판 자신이 반박한 논쟁이다. 이 논쟁은 본래 상하이 『지난주간』(暨南週刊) 1928년 제3권 제1기, 제2기, 제3기, 제10기까지 진행되던 것을 『다장월간』으로 옮겨 온 것이다. 『다장월간』 창간호에서는 또 장톄민의 「'백혜' 문제 10강」('伯兮'問題十講)을 게재하여 이 논쟁의 경과를 소개하는 동시에 천중판의 잘못된 관점과 태도를 비판했다.

3) 천중판(陳鍾凡, 1888~1982)이다. 당시 상하이 지난대학 문과대학 학장(文學院院長) 겸 중국문학과 학과장이었다. 그는 장톄민에게 보낸 편지에서 "'덜렁이'란 어휘는 본래 '덜렁이 미인'"이라고 해명했다.

4) 펑위(封餘)는 '封建餘孽'(봉건잔재)를 줄여서 쓴 필명이다. 1928년 8월 두취안(杜荃; 궈모뤄郭沫若)은 『창조월간』 제2권 제1기에 발표한 「문예전선상의 봉건잔재」(文藝戰線上的封建餘孽)라는 글에서 루쉰을 이렇게 비난했다. 루쉰은 "자본주의 이전의 봉건잔재다. 자본주의는 사회주의에 대해서 반혁명이고, 봉건잔재는 사회주의에 대해서 이중의 반혁명이다." 루쉰은 이를 패러디하여 두취안의 비난을 비꼬았다.

'도쿄통신' 평어[1]

이 편지를 받은 후 사실 소생은 다소 주저했다. 게재할 것인가 말 것인가? 그 필치의 뛰어남과 재미(또 재미를 이야기했다. 창조사 프롤레타리아 문학가들[2]에게 잠시 용서를 빈다), 또 해외 유학계 상황을 대략 알 수 있다는 측면을 보자면 게재해야 마땅하다. 하지만 게재하면 장차 어떻게 될 것인가? 『위쓰』가 남쪽으로 내려온 이후 난관에 봉착한 경우가 여러 번 있었다. 청팡우는 장차 '구타'를 가하려 하고,[3] 저장성은 벌써 '금지'를 선사했다.[4] 정인正人[5]은 이미 욕설을 미워하고, 혁가革家(혁명가다. 앞 구절과 대구를 맞추기 위해 한 글자를 생략했다)는 또 '낙오자'[6]라 배척한다. 게다가 내가 마침 어떤 간행물을 보니, '아무개 여사'[7]가 어느 나라 유학생의 나쁜 점을 이야기한 탓에 여러 공公들께서 단체의 위대한 명의로 『위쓰』의 죄를 성토하고 있었다. 이 편지에 묘사된 사람이 누구인지 모르지만, 이후 전국 국민의 대표가 일어나 토벌하지 않는다고 보장할 수 있을까? 시선은 멀리 50년까지 내다봐야 하므로 지금 대략 내가 주저하는 상황을 탓할 수는 없는 일이다. 그러나 다시 한번 읽어 보니 묘사가 살아 숨쉬는 듯 생생하게 느껴졌다. 이에 '취미'가 마침내 이해관계에서 승리해서 이번 호에 편집해 넣었다. 다만 몇 글자를 고친 건 필자의 양해를 빈다. 이 글에서 언급한 사람이 대체로 '낙오자'가 결코 아니고, 위쓰사도 거물 변호사[8]를 초빙하지 않았기에 일처리가 정말 어렵다. 글자를 고친 점, 양해를 바란다. 어쩔 수 없는 일이었다. 용서하지 않으시면 즉……, 즉 무엇일까? 즉 나도 어찌할 수가 없다.

중화민국 17년 11월 8일 등불 아래에서

편집자

[참고]

도쿄통신

기자 선생 :

확실히 감사해야 할 일입니다. 이번에 마침내 격앙된 어조로 '중화민국'이란 네 글자를 썼습니다. 이것은 정말 너무나 신선해서 웃음이 나올 것 같습니다. 그저께 아침 『아사히신문』朝日新聞 제7면 아래 오른쪽 구석에 「중화민국 쌍십절 강연회」라는 제목 아래 이런 글 한 단락이 실려 있었습니다.

10월 10일은 쌍십절이라 불리는데 이는 중화민국 혁명기념일이다. 금년에 국민혁명이 성공하여 통일 대업이 완성되어, 도쿄와 요코하마에 거주하는 중화민국 사람들이 성대한 경축 행사를 거행하려 한다. 지나 공사관 유학생감독처 및 이곳에 거주하는 중화민국 유력 인사 주최로

오늘 오후 1시부터 아오야마회관靑山會館에서 축하 강연회를 열고 저녁
에는 기념 연극회를 거행한다.

사전에 각 학교에서는 이미 감독처의 통지를 받았고, 학생들도 모두 하
루 휴무를 얻었습니다. 이미 혁명 성공과 전국 통일을 달성했으므로 자연
히 금년 쌍십절을 경축하지 않을 수 없습니다. 게다가 이들 명인과 유력 인
사는 이미 우리를 대신해서 완전하게 준비를 마쳤습니다. 당연한 이야기
지만, 더 이상 편리할 수 없고 무조건 향유해야 할 권리를 포기해서는 안
됩니다.

전차를 족히 한 시간이나 탄 이후에야 이 찬란하고 당당한 모임 장소를
보았습니다! 벽에는 빨강색과 초록색 색종이로 표어가 가득 붙어 있었습
니다. 정말 휘황찬란하게 보였습니다. 한번 보시죠.……만세,……만세,
도처에 만세라고 쓰여 있었습니다. 다시 한번 보시죠. 오직 저 구석, 모든
관중 뒤편 벽에는 수많은 만세 사이에 다음과 같은 구절이 섞여 있었습니
다. "쌍십절을 경축하고 혁명을 방해한 제국주의를 잊지 말자." 어휘가 얼
마나 은근하고 교묘합니까? 어쩐지 중국 사정을 토론한 모든 일본 책에는
그것이 호의든 악의든 상관없이 지나인은 외교의 천재라고 대서특필하고
있지 않습니까? 아, 외교의 천재! 그렇습니다. 솔직하게 "제국주의를 타도
하자"라고 말하는 것은 외교적 언사의 본색을 잃는 일일 뿐 아니라 이로
인해 우방의 감정을 상하게 할 수 있습니다. 그러므로 좀 애매하게 말을 바
꿔 "잊지 말자"라고 하는 것이 당연합니다. 제국주의를 타도하려고 혁명을
하는 건지 혹은 혁명이 막히는 상황이므로 암암리에 '제국주의' 네 글자를
쓴 건지에 대해서는 물론 물을 필요가 없습니다.──또한 우리처럼 이름도

없고 힘도 없는 청년들이 물어서는 안 되는 것입니다. 아마도.

연설한 사람은 아마도 저들 명인과 유력 인사들일 것입니다. 한 사람 한 사람씩,……대표,……대표, 각자가 모두 그들의 위대한 논리를 펼쳤습니다.——그러나 들리지 않는 것도 있었고, 목소리는 들렸지만 그가 도대체 무슨 말을 하는지 알 수 없는 것도 있었습니다. 예복, 양복, 군복 그리고 학생복이 번갈아 무대에 출현했습니다. 아니 진열되었습니다. 명인이 탁자를 주먹으로 내려치자 의장은 기민하게 대중을 선도하여 폭죽 같은 박수로 이에 보답했습니다. 또 명인이 발을 구르자 대중은 이것이 통절한 말을 할 때 명인이 응당 행하는 '동작'으로 추측하고, 더 이상 의장의 지시도 없이 일제히 박수를 쳤습니다.——대중운동이 이미 자동적으로 선지자나 선각자의 지도를 필요로 하지 않는 것은 당연히 매우 기뻐해야 할 일입니다. 이에 우리의 명인은 흡족하게 단상을 내려갔습니다.

나는 대회장 뒤편에서 겹겹으로 덮인 담배 연기를 뚫고 운무 속에 있는 것과 같은 연단을 애를 써서 바라봤습니다. 명인과 유력 인사들은 마치 신선처럼 무대 위에서 훨훨 떠다니는 것 같았고, 신선의 제자와 자제들도 그를 따라 무대 위에서 훨훨 떠다니는 것 같았습니다. 나는 정말 죄인입니다. 왜냐하면 나는 이들 신선을 바라보면서 결국 고향에 있을 때 즐겨 봤던 나무인형극을 떠올리지 않을 수 없었기 때문입니다. 인형들은 정말 영혼이 있는 것처럼 매우 활발하게 무대 위에서 머리를 긁으며 동작을 펼쳐 보였습니다. 나무인형을 조종하는 사람은 무대 아래의 장막 속에서 피리를 불었는데, 화음에도 맞지 않는 온갖 소리를 만들어 냈습니다. 터무니없는 것 같은 이 기억 때문에 나는 저들의 연설과 흥겹게 움직이는 명인과 유력 인사들에게 다소 호감이 생겨서 나도 모르게 박수를 치며 성원을 보냈습니다.

전체 대중의 성원 속에서 연설이 진행되었고, 또 구호를 외쳤고, 그리고 강연회를 마쳤습니다. 강연회를 마치기 전에 명인 한 사람이 다음과 같이 보고했습니다. "학예회는 5시에 시작될 것입니다. 여러 여사들께서 우리를 위해 춤을 출 것입니다!" 여사들이 춤을 춘다, "우리를 위해서". 대중이 큰 기쁨을 표현했음은 물론입니다. 그들은 자기도 모르게 "백성과 함께 즐기는"與民同樂 이 명인에게 마음속에서 우러나오는 감사를 표시했습니다.

5시! 대중은 더욱더 환호작약하며 대회에 참가했습니다. 오래지 않아 무대 옆 내빈 휴게실은 입술이 붉고 이빨이 하얀 미소년과 화려하게 차려입은 여사들로 붐볐습니다. 대회가 시작되었을 때도 그 명인은 여전히 무대에서 점잖게 걸으며 그가 학예부장으로 선출된 경과와 오늘 밤 학예회 준비 경과를 보고했습니다. 이번에는 대중도 오후에 비해 더욱 활발하고 기민하게 끊임없이 박수를 치며 그분의 넓은 은혜에 보답했습니다.

명인의 발걸음이 멈추자 학예회가 시작되었습니다. 우리나라 수천 년 문화를 표현하기 위해 첫째 마당에서는 피황희[9] 창을 공연했는데, 이때 그 명인이 보고 도중 특별히 강조한 '여사'도 무대에 올랐습니다. 카페트 위에서 비스듬한 자세를 하고, 90도로 벌어진 검은 가죽 구두와 하얀 비단 양말을 신은 다리가 반짝이는 검은색 치파오旗袍 속에서 좌우로 요동치는 가녀린 몸매를 지탱하고 있었습니다.

백색 스카프를 두른 목 위로는 하얀 얼굴과 반짝이는 무수한 다이아몬드로 장식된 흑발이 드러나 있었고, 신체의 요동에 따라 상하 좌우로 반짝이는 시선을 던지고 있었습니다. ── 결국 주위는 모두 환한 빛으로 가득

했습니다. 이는 마치 문학가들이 소설에서 묘사하고 있는 빛나는 여주인 공과 흡사했습니다. 대중 가운데 학생들은 흡사 자신들의 눈알이 튀어나올 정도인 모습인데도 전혀 아랑곳하지 않고 그 여사를 주시했고, 노동자들도 서로를 쳐다보며 미소 짓고 있었습니다. 전체 대회장은 강연회가 시작되기 3분 전에 비해 더욱 정적에 싸였고, 오직 양복 입은 그 소년의 무릎에 놓인 호금胡琴만이 빛나는 여사의 목소리 뒤를 따라 한 가닥 가느다란 소리를 뽑아내고 있었습니다. 그녀가 창 한 대목을 끝내고 호금이 잠깐 숨을 뱉어 낼 때마다 대중은 열렬하게 경천동지의 갈채를 보냈습니다. 창이 끝난 후에도 대중은 여전히 힘껏 박수를 보내며 앙코르를 요청했습니다. 마치 모든 사람의 두 손에서 눈송이를 날리며 "여사가 다시 나오지 않으면 천하의 창생은 어찌해야 합니까?"라고 급한 전보를 치는 것 같았습니다. 명인은 백성의 뜻은 존중해야 하고, 백성의 기운은 거스를 수 없음을 알고 특별히 그 여사 스스로 피아노를 치며 「서궁사」西宮詞를 부르도록 부탁했습니다.──이에 대중은 비로소 그 여사의 다재다능을 진정으로 알게 되었습니다.

그 다음은 소위 골계희[10]라는 것으로 남자들 공연이었습니다. 그게 뭔지 잘 몰랐지만 앞뒤로 모두 서너 번 공연했습니다. 나는 『사원』辭源을 뒤적이며 가장 비열한 글자를 찾아 소위 골계희의 내용을 묘사한 듯하여 진실로 부끄러웠습니다. 나는 마치 귀신들이 그곳에서 어지럽게 춤추는 걸 보는 것 같았습니다. 무대 곁에 단정히 앉아 있던 미야자키 류스케宮崎龍介[11] 등 혁명 선배들은 참을 수 없는 쓴웃음을 새롭게 각성한 저들 혁명 청년에게 보내고 있었습니다. 중국 유학생과 노동자들은 모두 만족하여 미친 듯 웃어 댔습니다. 출입문과 창 밖에서 바라보던 일본 대중도 모두 깜짝 놀란 눈빛으로 인간의 감상력을 뛰어넘는 이 위대한 지나의 예술을 감상했습니다. 단도를 찬 순경도 한쪽 곁에 앉아서 짧은 콧수염 아래 입술로 냉소를 보내고 있었습니다.

그러나 이것에 골계극이라고 이름을 붙인 까닭은 대개 이와 별도로 소위 정극正劇이란 것이 있기 때문입니다. 이 정극의 내용은 내가 여기에서 보고할 겨를이 없지만, 그들은 가장 득의만만한 마지막 일막을 말살할 수 없었던 것 같습니다. 그들은 그 가장 마지막 일막에서 국민대회를 열어 어떤 군벌을 처단한 내용을 공연하려 했습니다. 여기에서 우리는 그들이 얼마나 총명한지 추측할 수 있습니다. 그들은 놀랍게도 이런 기회에 몇 단락을 크게 넣어 공연할 생각을 했습니다. 보십시오! 저 공연자들의 위풍당당함을! 주먹질, 발 구르기, 갑자기 몸을 쪼그렸다가 갑자기 용수철처럼 뛰어오르며 길게 소리 지르기. 차렷 자세를 했다가 박수소리가 끝나기를 기다려 또 몸을 쪼그렸다가 길게 소리 지르며 뛰어오릅니다. 이에 몸을 쪼그렸다가, 소리 지르고, 뛰어오르고, 박수소리를 듣고, 다시 뛰어오르고, 또 박수소리를 듣습니다.──관중들의 손은 공연자들의 몸짓을 따라 탄력이 풍부한 용수철로 변합니다.

마지막에는 바로 점잖게 걷던 그 학예부장이 특별히 강조한 두번째 '무용'이 펼쳐졌습니다. 과연 그 무용은 대중의 열렬한 환영을 받았습니다. 학예부장은 무대 세트 뒤에서 매우 만족해했습니다. "백성과 함께 즐기는" 그의 위대한 계획이 이미 완성되었기 때문입니다.

11시에 대회가 끝났습니다. 관중들은 이렇게 생각할 겁니다. "여사가 우리를 위해 춤을 췄다. 다이아몬드, 노랫소리, 요동치던 육체와 눈빛, 소리를 지르던 용수철 인간……." 그리하여 결론은 지나의 문화가 이로 인해 해외에서 크게 기세를 떨쳤다는 것입니다. 명인과 유력 인사들의 은혜가 정말 드넓습니다. …… 성황에 성황을 이뤘습니다!

동쪽 바다를 건너온 지 벌써 1년이 되어 가지만 보내 드릴 선물이 아무 것도 없습니다. 이 기회에 기자 선생의 평안을 기원합니다.

민국 17년 1월 12일, 어쥔墨君

주)_____

1) 원제는 「『東京通信』按語」. 이 글은 1928년 11월 19일 『위쓰』 주간 제4권 제45기 「도쿄통신」 뒤에 처음 실렸다.

2) 창조사는 중국 신문학 초기에 문학연구회와 쌍벽을 이룬 문학사단이다. 1921년 6월에 창립되어 낭만주의 문학을 추구했다. 초기 동인은 궈모뤄, 청팡우, 위다푸(郁達夫), 정보치(鄭伯奇) 등이다. 이후 1927년 일본에서 귀국한 평나이차오(馮乃超), 리추리(李初梨), 펑캉(彭康), 주징워(朱鏡我) 등이 프롤레타리아 혁명문학을 기치로 내걸고 창조사에 가입하여 루쉰을 비난했다.

3) 청팡우는 1928년 2월 『문화비판』 제2호에서 「그들을 두드려 패서 몰아내자」라는 글을 발표하여 "문예 분야에서 우리의 사회의식을 마취시키는 환각제와 우리의 적을 찬양하는 가사를 분명하게 찾아내어 그들 작가들을 한바탕 두드려 패자"라고 했다.

4) 1928년 9월 국민당 저장성 당무지도위원회가 "언론이 황당무계하고, 심보가 반동적이다" 등의 죄목으로 『위쓰』 등 15종의 간행물을 유통 금지시킨 일을 가리킨다.

5) 『현대평론』과 신월파 작가로 활약하던 천위안(陳源), 천헝저(陳衡哲), 딩시린(丁西林), 양전성(楊振聲) 등을 가리킨다. 이들은 당시에 『위쓰』 작가들과 대립하며 정인군자(正人君子)를 자처했다.

6) 1928년 1월 평나이차오는 『문화비판』 창간호에 실린 「예술과 사회생활」(藝術與社會生活)이란 글에서 루쉰을 이렇게 비난했다. "루쉰의 작품이 반영하고 있는 것은 사회변혁기 낙오자의 비애다. 그는 무료하게도 그의 아우와 함께 인도주의라는 아름다운 말 몇 마디를 지걸이고 있다."

7) '아무개 여사'는 당시 젊은 작가였던 천쉐자오(陳學昭, 1906~1991)를 가리킨다. 1927년 프랑스 유학을 갔고, 이 해 10월, 11월 및 다음 해 1월 상하이의 『신여성』(新女性) 잡지에 「프랑스 여행 통신」(旅法通信)이란 글을 계속 발표하여, 파리 등지에 거주하는 일부

중국 유학생들의 부패 행위를 폭로했다.

8) 당시 창조사가 변호사를 초빙하여 법률 문제를 맡긴 일을 풍자한 것이다.

9) 피황희(皮黃戱)는 중국의 대표적인 전통극인 경극(京劇)의 선행 형태다.

10) 골계희(滑稽戱)는 중국 현대에 상하이, 장쑤성, 저장성 등지에서 새롭게 유행한 신흥 전통극의 일종이다. 이 지역 사투리로 공연하면서 신극의 표현 양식을 섞어 주로 골계, 유머, 해학을 추구했다.

11) 원문 '宮琦龍介'는 '宮崎龍介'의 오류다. 미야자키 류스케(宮崎龍介, 1892~1971)는 일본 현대의 사회운동가, 변호사, 정치가다. 쑨원(孫文)의 맹우였던 미야자키 도텐(宮崎滔天)의 아들이다. 다이쇼(大正) 데모크라시의 영향으로 신인회(新人會)를 창설한 이래 사회운동에 헌신했다. 사회민중당 중앙위원을 지냈다. 1927년 중국을 방문하여 장제스(蔣介石)와 만나 중국국민당과 우호 관계를 맺었다. 이후 우익 정치 단체 '동방회'(東方會)에서 활동했다.

근하신년[1]

"폭죽 일성으로 묵은해를 보내고, 춘련[2] 붙은 만호萬戶는 새해를 맞이하네." 하룻밤이 지나면 또 새해다. 사람이 갑자기 새 사람으로 변하고, 문장도 갑자기 새 문장으로 진화한다. 소문을 들으니 여러 간행물이 크게 개혁을 단행하고, 환하게 면모를 일신하고, 내용을 풍부하게 하고, 외관도 더욱 아름답게 하여 보살펴 주신 독자들의 훌륭한 뜻에 보답한다고 한다. 우리의 뜻은 멀리 후방에 뒤떨어져서 여전히 구태를 고수한 채 본 간행물의 내용 모두를 평소처럼 유지하는 것이다. 비록 갑자기 날아가겠다고 말할 수는 있지만 기실 전혀 자신이 없다. 해명하자면 묵은해보다 게으르지 않을 자신만 있다고 말할 수 있을 뿐이다. 이 때문에 새해에도 떨쳐 일어날 방법은 없다. 만약 독자 여러분께서 그래도 불가하다고 생각하지 않고 여전히 이 간행물을 좀 읽어 보려 하신다면 우리는 매우 만족스럽게 생각할 것이다. 이에 이제 ── 근하신년이란 새해 인사를 올린다!

분류사[3] 동인

주)_____

1) 원제는 「敬賀新禧」. 이 글은 1928년 12월 30일 상하이 『분류』(奔流) 월간 제1권 제7기에 처음 실렸다.

2) 춘련(春聯)의 원문은 '桃符'. '도부'(桃符)는 복숭아나무 판대기에 문을 지키는 신의 모습이나 이름을 새겨서 대문에 걸어 두고 악귀를 쫓는 부적이다. 이 때문에 흔히 설날이나 입춘에 대문에 써서 붙이는 춘련(春聯)을 가리키기도 한다.

3) 분류사(奔流社)는 『분류』월간사다. 『분류』는 루쉰, 위다푸가 편집을 담당한 문예잡지다. 1928년 6월 20일 상하이에서 창간하여 베이신서국(北新書局)에서 발간했다. 1929년 12월 제2권 제5기를 내고 정간했다.

『근대미술사조론』 독자 여러분께 드리는 글[1]

『근대미술사조론』 독자 여러분께 :

　　현재 중국에서 문학과 예술은 여전히 소위 문예가가 먹고 자는 둥지입니다. 이 또한 부득이한 상황에서 이루어진 일입니다. 나는 여태까지 장난꾸러기 아이들처럼 가는 대나무 장대를 들고 고목 위 숭고한 둥지를 들쑤시려고 생각한 적이 전혀 없습니다.

　　그림에 대해서 나는 본래 문외한입니다. 이론과 유파를 알기는 좀 알지만 문외한이란 칭호를 제거하기에는 절대 부족합니다. 내가 알고 있는 것이 결코 많지 않기 때문입니다. 내가 이 책을 번역한 이유는 1년여 전에 리샤오펑[2] 군이 『베이신월간』[3]의 도판 모은 것을 보았기 때문입니다. 이에 신예술 분야에 아무 뿌리도 없는 나라에 엉성한 소개로는 일말의 도움도 되지 않을 것이므로 체계적으로 소개하는 것이 가장 좋겠다고 생각했습니다. 그때 마침 『근대미술사조론』이 출간되었습니다. 도판도 많았는데 대체로 미술사의 대표작을 뽑은 것이었습니다. 나는 이것을 도판으로 넣고, 나 스스로 사론史論을 번역하여 그림의 설명으로 삼으면 독자들께서 좀 체계를 잡을 수 있을 것이라고 주장했습니다. 이밖에 의식적으로 다른 부문에 대한 무슨 악의는 전혀 품지 않았습니다.

나의 이 의견은 마침내 실행되었습니다. 글이 게재된 후 '혁명문학가'의 탈을 쓰고 선의를 가장한 자의 경고를 받았습니다. 그는 엽서 한 통을 보내서[4] 내게 그래도 창작을 하는 것이 더 낫지, 일본 책을 함부로 번역해서는 안 된다고 말했습니다. 나는 이전에 창조사가 구분한 "창작은 처녀이고, 번역은 중매쟁이"[5]라는 학설을 본 적이 있습니다. 그러나 서로의 의견은 같을 수 없으므로 늘 처녀가 중매쟁이가 되어도 무방하지만——나중에 그들은 뜻밖에도 이 두 가지를 겸했습니다——, 만약 일개 중매쟁이에 불과하다면 억지로 처녀를 칭해서는 안 된다고 생각했습니다. 나는 절대 번역을 경시하지 않습니다. 이 책으로 말하자면 물론 불후의 저작은 결코 아닙니다. 그러나 나름대로 체계를 갖췄고 말에 조리가 있어서 지금 그 존재를 말살할 수 없습니다. 나는 책을 선택할 때 이런 정도면 만족합니다. 나는 비록 위대한 괴테, 니체, 맑스를 절대 모르지는 않지만 나의 재주와 힘을 스스로 살펴보건대 아직 이들의 책을 번역할 능력은 없습니다. 이 때문에 그들의 책에 빌붙어 세상에 명성을 전할 큰 뜻은 품고 있지 않습니다.

이처럼 작은 계획을 가지고 이처럼 작은 책을 번역했고, 이제 마침내 연재를 마쳤습니다. 하지만 돌이켜 보니 실망스런 점도 있었다고 느껴집니다. 세상 일은 서로 관련되어 있습니다. 그건 마치 번역문이 좋지 못한 것처럼 중국에서는 교정과 제판도 모두 만족할 수 없는 수준입니다. 예를 들어 그림 인쇄의 경우 중국판과 일본판, 일본판과 영국·독일판을 비교해 보면 나라마다 그 수준이 다름을 바로 알 수 있습니다. 삼색판은 중국에서도 인쇄할 수 있지만 이 또한 두세 군데 출판사에 불과합니다. 독보적인 인쇄소에서 제작한 컬러 그림은 한 장만 봐도 확실히 보기 좋습니다. 그러나 만약 같은 그림을 몇십 장 살펴보면 동일한 컬러에도 농담이 각 장마다 조금씩 다르다는 사실을 발견할 수 있습니다. 인쇄한 그림을 통해 원본 그림을 알아보기는 본래 어려우며, 다만 비슷하게 그릴 수 있을 뿐입니다. 그러나 저렇게 인쇄한 그림에 어찌 '비슷한 모습'을 구현할 수 있겠습니까? 책도 드물고 인쇄도 졸렬한 이 같은 환경에서 문예의 미묘함을 깨닫는 건 정말 지난한 일로 느껴집니다. 유럽 대륙 화랑을 두루 관람할 능력이 있는 사람은 말할 필요도 없고, 만약 중국에서 꼭 해외 문예에 유의하려는 사람은 반드시 외국에서 인쇄한 그림을 봐야 하고 그렇게 하면 느끼고 깨닫는 바가 틀림없이 '국내 인쇄품'에 정체되어 있을 때보다 훨씬 많을 것이라고 생각합니다.──이 말은 여전히 내가 몇 년 동안 사람들에게 욕을 먹은 "중국 책을 적게 읽으라"[6]는 타령과 같다고 여기겠지만, 나는 감히 이 주장에 깊은 확신을 갖고 있습니다.

한 번 비교해 보기만 하면 수많은 일의 상황을 분명히 알 수 있듯이 책과 그림을 보는 일도 동일한 이치입니다.

만약 독자가 잠시 좋은 책을 구하지 못하여 나의 이 작은 번역본을 소장해야 한다면 번역문을 떼내어 '도판 목차'에서 지정한 페이지에 따라 도판으로 가서(시냐크[7]의 「범선」은 본문에서는 전혀 언급하지 않았지만 '점묘파 화가'에서는 언급되었습니다. 이것이 한 가지 사례입니다) 장정하면 한 권의 책이 됩니다. 그 차례는 다음과 같습니다.

　(1) 전체 책 제1쪽　(2) 서언　　(3) 본문 목차
　(4) 도판 목차　　(5) 본문 제1쪽　(6) 본문

또 오자가 좀 있으므로 독자 여러분께서 직접 고쳐 주시기 바랍니다.
지금 그 중요한 부분을 아래에 기록합니다.

갑. 문자

쪽	줄	오誤	정正
XX	五	樵探	樵采
11	十二	造創	創造
14	一	幷永居	而永居
23	八	Autonio	Antonio
28	二	模樣	這樣
32	七	在魯	在盧
61	一	前體	前面
63	三	河內	珂內
66	八	Nagarener	Nazarener
74	四	他熱化	白熱化
82	八	回此	因此
86	七	質地開始	科白開場
92	五	秦祀	奉祀
95	五	間開勤	洵開勒
95	九	一統	一流
109	十二	證明	澄明
114	三	煎煎	熊熊
115	十二	o Slrie	Sélrie

116	三	說解	誤解
125	二	恐佈	恐怖
130	四	冷潮	冷嘲
135	二	言要	要將
138	四	豐姿	豐姿
139	六	覺者	觀者
145	四	去怎	又怎
146	十	正座	玉座
146	十二	多人物	許多人物
147	一	臺庫	臺座
151	一	比外	此外
152	一	證明	澄明
158	十一	希勅	希勒
159	八	auf	auf-
161	九	穩約	隱約
171	十	圖桂	圓柱
177	六	Vineent	Vincent
197	一	Romanntigue	Romantique
197	四	Se,	se
197	四	part	á part
197	六	Iln ous	Il nous
197	六	aw	au
197	九	quon	qu'on

198	五	Copie,	Copié
198	六	il n'élait	il n'etait
198	十	jái	J'ai
198	十二	dén	d'eu
200	八	Sout	Sont
200	九	exect	exact
200	九	réculte	résulte
200	九	sout	sont
200	十一	dovarat	devrait
201	一	le	la
201	四	Voila	Voilà

을. 삽화 제목

오誤	정正
薩昆尼的女人	薩毗尼的女人
托羅藹庸庸	托羅藹雍
康斯召不勒	康斯臺不勒
穆納 : 盧安大寺	盧安大寺
盧安大寺	穆納 : 盧安大寺
凱爾	凱爾波
羅蘭珊 : 女	萊什 : 朝餐
萊什 : 朝餐	羅蘭珊 : 女

정오표를 베끼고 나니 두뇌는 멍해지고 눈은 어지러워 더 이상 쓸데 없는 말은 하고 싶지 않고, 여기에서 '멈춥니다'.

부디 모두의 건필을 빕니다.

2월 25일, 루쉰

주)─────

1) 원제는 「致『近代美術思潮論』的讀者諸君」. 이 글은 1929년 3월 1일 상하이 『베이신』 (北新) 반월간 제3권 제5호 '통신' 코너에 처음 실렸다. 원래 제목이 없었다. 『근대미술 사조론』은 일본 미술평론가 이타가키 다카오(板垣鷹穂, 1894~1966)의 저작을 루쉰이 번역한 책이다. 이 책은 유럽 근대미술발전사를 소개하면서 140폭의 도판을 곁들였 다. 이 책의 번역은 1928년 1월 『베이신』 반월간 제2권 제5호로부터 연재를 시작하여 1928년 10월 제22호에 연재를 마쳤다. 나중에 베이신서국에서 단행본으로 출간했다.
2) 리샤오펑(李小峰, 1897~1971)은 장쑤성 장인(江陰) 사람으로 베이징대학 철학과를 졸 업하고 당시에 신조사(新潮社)와 위쓰사(語絲社) 동인으로 활동했다. 상하이 베이신서 국 주관자였다.
3) 『베이신월간』은 『베이신』 반월간의 오류다. 1926년 8월 상하이에서 창간되었다. 처음 에는 주간지로 발행하다가 1927년 11월부터 반월간으로 바꼈다. 1930년 12월 제4권 제24기를 끝으로 정간했다.
4) 1928년 1월 31일 창조사출판부 천사오쑹(陳紹宋)이 보낸 엽서다.
5) 원문은 "創作是處女, 飜譯是媒婆". 1921년 2월 궈모뤄가 『민탁』(民鐸) 월간 제2권 제5호 에 게재한 리스천(李石岑)에게 보낸 편지에 나오는 구절이다.
6) 원문은 "少看中國書". 『화개집』 「청년필독서」를 참고하라.
7) 시냐크(Paul Signac, 1863~1935)는 프랑스 점묘파 주요 화가다. 점묘파는 1880년대 프 랑스에서 일어난 신인상파다. 각종 색과 점으로 화면을 구성하는 특징을 보인다.

'공자가 남자를 만나다'에 관하여[1]

1. 산둥 성립 제2사범학교 학생회 공개 전보

각급 당黨 기관, 각급 정부, 각 민중단체, 각급 학교, 각 신문사 일람 :

본교 캠퍼스는 취푸曲阜에 설립되어 공묘와 연성공부[2] 가운데에 위치해 있습니다. 본 학생회는 성립 이래 늘 봉건세력의 압박을 느꼈지만 주위 환경을 돌아보며 일을 만날 때마다 신중을 기했습니다. 모든 행동을 취푸 현당부曲阜縣黨部 지도 아래에 두고, 업무에 힘쓰며 일찍이 성인의 후예와 마찰을 빚지 않았습니다.

뜻밖에도 올해 6월 8일 본 학생회는 학예회를 거행했으며 이에 따라 본교 대강당에서 「공자가 남자를 만나다」란 연극을 공연해서 결국 쿵씨 孔氏 가문에 죄를 짓게 되었습니다. 본교 교장 쑹환우宋還吾 선생이 이 일에 연루되었는데, 쿵씨 일족 쿵촨위孔傳堉 등에 의해 단계를 건너뛰어 국민당 정부 교육부에 넘겨진 후 공자 모욕죄로 고소되었습니다. 얼마 지나지 않아 교육부는 또 주바오친朱葆勤 참사參事를 파견하여 취푸에서 벌어진 일을 처리하게 했습니다. 그 보고서가 어떤지는 본 학생회가 알 수 없습니다. 다만 쿵씨 일족에게 본교 교장을 일러바친 각 항목은 아무 의미가 없다고 생각합니다. 죄명이 성립하는지 판단할 때 공론이 존재한다면 진상을 숨길 수 없습니다. 그런데 각계에서 진상을 분명하게 알지 못하고 은폐된 내용만 받아들여 쿵씨 대신 선전한다면 반동 세력의 기세가 나날이 사나워져서 장차 사태를 수습할 수 없을까 봐 심히 두렵습니다.

본 학생회 동인들은 지금 바야흐로 청년 시절을 보내고 있으므로 이 부패한 봉건세력에게 절대로 고개를 숙이고 항복하지 않을 것입니다. 또 국민혁명의 성공 여부, 우리 이념의 실행 여부와 봉건세력의 존재 여부는 밀접한 관계가 있습니다. 이것은 실로 전국 각급 당 기관, 민중단체, 언론 기관이 공동으로 책임져야 할 임무이지 본 학생회 동인만의 임무에만 그치지 않습니다. 이제 교육부훈령, 첨부된 원고 고소장 및 본교 교장 답변서를 따로 올려드리는 이외에도 특별히 이 전보를 열람해 주시기 바랍니다. 지도를 베풀어 주시고 아울러 도움을 주시기를 기원합니다.

산둥성 제2사범학교 학생회 올림. 전興

2. 교육부훈령 제855호 6월 26일 산둥교육청에 명령함

쿵씨 60문중 일족인 쿵촨위 등이 산둥 성립 제2사범학교 교장 쑹환우가 그들의 조상 공자를 모욕했으므로 조사·처리해 달라고 고소한 문건이 접수되었다. 조사를 해보니 공자 탄신일에 전국 학교에서는 각각 수업을 하지 말고 공자의 사적을 강연하며 그날을 기념해야 했다. 또 이 기념일은 행정원 제8차 회의 의결을 거쳐 현행 양력 8월 27일로 결정되었다. 또 학교가 학사력과 학기 및 휴일에 관한 규정을 제정할 때, 이 결정에 따라 기념일을 학사력에 편입하고 전후로 명령을 내려 각 안건을 준수해야 한다. 원고의 고소장에 기술된 각 항목이 만약 사실이라면 특히 행정원과 교육부에서 공자를 기념하는 본뜻과 크게 상반된다. 고소장에 기술된 지난 사정에 근거하여 내린 지시 즉 "고소장을 접수했다. 원고의 고소장에 기술된 각 항목의 사실 여부는 산둥교육청에 명령을 내려 진상을 밝히고, 조사하고, 보고하기 바란다"는 등의 지시 이외에도 원고의 고소장을 모두 베껴 송부하니 해당 교육청장이 진상을 밝히고, 조사하고, 보고하기 바란다. 이에 명령한다.

원고 고소장 초본 1건

공공연히 우리 조상 공자를 모욕하는지라, 사람들이 불평을 품고 있으므로, 진상을 조사하기 위한 밝은 명령을 내려 주십시오. 이 일을 고소합니다. 몰래 생각건대 산둥성 제2사범학교 교장 쑹환우는 산둥성 차오저우曹州 사람으로 베이징대학을 졸업했습니다. 성격이 괴벽하고 학문이 불순합니다. 이 때문에 몰래 서로 끌어주는 패거리가 있으며, 이 학교 교장 직을 함부로 수행했습니다. 교장 직을 맡은 이래 말과 행동이 모두 과격해서 국민당 본색을 전혀 보이지 않았습니다. 이는 일찍부터 식견 있는 사람이라면 모두 목격한 바입니다. 더더욱 올바른 도를 배반하고 우리 일족을 견딜 수 없게 한 것은 이 학교에서 늘 붙이는 표어 및 시위할 때 외치는 구호입니다. 예를 들어 공구孔丘는 중국 제일의 죄인이다, 공씨 집 둘째아들을 타도하자, 구도덕을 타도하자, 구예교를 타파하자, "백성은 따라오게 하면

되지, 알게 하면 안 된다"라는 우민정책을 타파하자, 연성공부에서 출자하여 설립한 명덕학교明德學校를 타도하자 등이 그것입니다. 아울러 분필로 공림[3]과 공묘 곳곳에 마구 쓴 낙서도 때때로 발견되지만 방지하려 해도 방지할 수 없고, 지우려 해도 모두 지울 수 없습니다. 저들은 사람도 많고 세력도 강하므로 저들이 행하는 폭력은 정말 우려할 만합니다. 귀 부처는 전국의 교육을 관장하는 기관으로 올바른 방침을 가지고 통일된 시행령을 반포했지만 공자에 대해서 모욕하는 공문을 발표한 적은 아직 없었습니다. 저처럼 함부로 행동하는 학교 교장은 도대체 어떤 교육 방침을 따르고 있으며, 어떤 지시를 받들고 있습니까? 아니면 별도로 새로운 방침을 시행하면서 별도의 이념을 품고 있습니까? 찬위 등은 쿵씨 집안 소속으로, 옛 제도를 헤아릴 때 조상을 감히 잊을 수 없는지라, 저들에게 권고를 하면서도 면박만 당하며 은인자중 지금에 이르렀는데, 그런 상황이 이미 습관이 될 정도로 흔하게 되었습니다. 그리고 뜻밖에도 올해 6월 8일이 학교에서는 연극을 공연한다고 하며 표를 마구 풀고 사람들을 불러 구경하게 했습니다. 마침내 「공자가 남자를 만나다」라는 공연이 시작되자 학생이 함부로 공자로 분장하여 추악하게 그 배역을 연기했고, 여자 교원이 남자南子로 분장하여 요염한 모습을 빼어나게 연기했습니다. 자로子路로 분장한 사람은 강호 녹림綠林의 기상을 넉넉히 갖췄습니다. 남자가 창을 한 가사는 『시경』「용풍鄘風·상중桑中」편인데, 온갖 추태를 드러냈고, 갖은 외설을 보여 줬습니다. 비록 구극의 「거대한 항아리」[4]와 「젊은 과부가 남편 무덤에 가다」[5]도 이보다 지나치지는 않을 것입니다. 피와 기氣를 가진 사람이라면 누가 조상이 없겠습니까? 우리 일족 남북 종친 60문중 중에서 취푸에 거주하는 사람이 많습니다. 이들이 이 연극을 눈으로 보고 귀로 들었으니 더 이상 참기 어렵게 되었습니다. 게다가 일본 손님 이누카이 쓰요시犬養毅 등도 어제 취푸에 와서 공림과 공묘에서 노제를 지냈는데, 공자를 모욕하는 표어를 결국 보게 되었습니다. 다행히 동시에 그를 수행했던 장지張繼 선생이 즉시 취푸현 정부에 그것을 떼라고 재촉했고, 아울러 그 학교로 가서 강연을 하며 그들의 잘못을 지적했습니다. 그러자 그 학교 훈육주임 리찬례李燦埓는 크게 화를 내며 그날 바로 학생들을 불러 모아 이누카이 쓰요시는 제국주의의 대표자이고, 장지 선생은 시산회의파 부패분자이고, 공자는 고금 중외의 죄인이라고 말했습니다. 이처럼 지극히 황당한 이론으로 마음대로 사람을 매도하고 있는데, 선비를 죽일 수는 있지만 욕되게 할 수는 없습니다. 공자께서 지금도 살아 있으면 저들을 어떻게 처리하시겠습니까? 이것은 전국의 중대한 문제이고, 귀 교육부 스스로 처리 권한을 갖고 있을 터이니 촨위 등은 감히 따져 묻지는 않겠습니다. 다만 이 불법 모욕 행위에 대해서는 전체 60문중의 생명을 걸고 불경不敬의 죄를 무릅쓰고자 합니다. 부디 신속하게 그 학교 교장 쑹환우를 분명하게 조사하고 엄격하게 처리하여 대중들에게 훤히 드러내 주시길 바랍니다. 그럼 귀 부의 성덕盛德에 감사하는 사람이 우리 일족에 그치지 않을 것입니다. 격분하여 말씀을 올리자니 황송하게 명령을 기다리는 마음 이길 수 없습니다. 별도로 장蔣 주석 및 내무부에 이 글을 올리는 외에도 삼가

국민정부 교육부 장蔣 부장[장관]에게도 올립니다.

신청인 쿵씨 60문중 일족 쿵촨위孔傳堉　쿵지쉬안孔繼選　쿵광리孔廣璃

쿵셴퉁孔憲桐　쿵지룬孔繼倫　쿵지전孔繼珍

쿵촨쥔孔傳均　쿵광쉰孔廣珣　쿵자오룽孔昭蓉

쿵촨스孔傳詩 쿵자오칭孔昭清 쿵자오쿤孔昭坤
쿵칭린孔慶霖 쿵판룽孔繁蓉 쿵광메이孔廣梅
쿵자오창孔昭昶 쿵셴젠孔憲劍 쿵광청孔廣成
쿵자오둥孔昭棟 쿵자오황孔昭鍠 쿵셴란孔憲蘭

3. 산둥 성립 제2사범학교 교장 쑹환우 답변서

쿵씨 60문중 일족 쿵촨위 등이 산둥 성립 제2사범학교 교장 쑹환우가 공자를 모욕한 사건을 고소했고, 이에 교육부에서 주바오친 참사를 파견하고 또 산둥교육청에서 장위광張蔚光 독학督學을 취푸로 파견하여 조사를 진행하게 했습니다. 고소한 각 항목의 사실 여부는 해당 관리들이 스스로 그것에 맞는 보고를 올릴 것입니다. 다만 이 일의 진상에 대해서는 저 환우도 부득이 말을 해야 하기에 특별히 가닥을 잡아 진술하고자 합니다.

원고의 고소장에는 "이 학교에서 항상 붙이는 표어 및 시위할 때 외치는 구호"가 있다는 등의 말이 있습니다. 각 기념일 군중대회를 조사해 보면 모두 취푸현 당 기관에서 모집했고, 표어와 구호도 대부분 당 기관에서 발급했습니다. 예를 들어 "공구는 중국 제일의 죄인이다", "공씨 집 둘째아들을 타도하자" 등의 표어가 그것입니다. 기타 민중단체에서 붙인 것도 간혹 있지만 본교와는 무관합니다. "백성은 따라오게 하면 되지, 알게 하면 안 된다라는 우민정책"은 물론 본교 학생회에서 붙인 표어입니다. 학생회가 당 기관의 지휘 아래 있다는 건 잠시 논하지 않더라도 저는 학생회에 함부로 간섭할 수 없습니다. 설령 제가 간섭할 수 있다 해도 쿵씨 가문을 모욕한다는 이유로 강제로 표어를 붙이지 말라고 말할 수는 없습니다. 또 "연성공부에서 출자하여 설립한 명덕중학을 타도하자"라고 한 말은 더더욱 아무 근거가 없습니다. 그는 또 원고 고소장에서 "분필로 공림孔林과 공묘 곳곳에 마구 쓴 낙서도 때때로 발견되지만 방지하려 해도 방지할 수 없고, 지우려 해도 모두 지울 수 없습니다"라는 등의 말을 했습니다. 분필 등의 물건이 어느 곳에 없겠습니까? 그런데 과연 무슨 근거로 본교를 고소했습니까? 그는 계속해서 "사람도 많고 세력도 강하므로 저들이 행하는 폭력은 정말 우려할 만합니다"라고 했는데 이는 더욱 실제로 가리키는 대상이 없습니다. 본교에 설령 학생이 많다 해도 공씨 집안 60 문중에 비하면 그 차이가 어찌 100배 적음에 그치겠습니까? 또 적수공권인 학생들이 어찌 강하다 할 수 있으며, 또 공부하는 학생들을 더더욱 폭력배라 칭하기는 어렵습니다. 본교 학생들은 평소에 사회의 민중들과 전혀 갈등을 빚지 않았는데 또 어찌 우려할 만한 말을 했겠습니까?

본교에서 「공자가 남자를 만나다」라는 연극을 공연했다고 한 것은 진실로 그런 일이 있었습니다. '공자가 남자를 만난' 일을 조사해 보면 『논어』에 기록이 보입니다.[6] 『논어』란 공자의 70제자와 그 후학들이 기록한 것인데 사람들에 의해 성인의 경전으로 받들어지며 역대로 원전을 삭제한 적이 없습니다. 기록한 사람이 죄가 없는데, 연출한 사람은 고소를 당했으니 너무나 억울한 일이 아니겠습니까? 또 원래 극본은 베이신서국의 『분류』 월간 제1권 제6호에 보이고, 린위탕이 개편한 작품입니다. 매우 광범위하게 퍼져 나가 사람들이 모두 봤을 것입니다. 본교에서 이 연극을 공연한 까닭은 관객들로 하여금 예교와 예술의 충돌을 분명히 알게 하여 예술 속에서 인생의 진정한 의미를 인식하게 하려는 의도 때문이었습니다. 공연 때는 진실에 가깝게 하려고 공자로 분장한 사람에게 심의深衣를 입고 면류관을 쓰게 하여 그 모습을 지극히 장엄하게 했습니다. 또 남자로 분장한 사람에게는 수려한 옛 복장을 입게 하고 행동거지도 예법에 맞추도록 했습니다. 그리고 자로로 분장한 사람에게는 높다란 관을 쓰고 칼을 차게 하여 자못 용기를 좋아하는 모습을 드러내게 했습니다. 원고의 고소장에서는 또 "학생이 함부로 공자로 분장하여, 추악하게 그 배역을 연기했고, 여자 교원이 남자南子로 분장하여 요염한 모습을 빼어나게 연기했으며, 자로로 분장한 사람은 강호 녹림의 기상을 넉넉히 갖췄습니다"라고 말했는데 이는 정말 입에서 나오는 대로 헛소리를 한 것입니다. 대저 창에 쓰인 가사는 모두 『시경』의 옛 문장이고 또 원작 극본에도 있습니다. 예를 들어 「상중」편의 가사가 성인의 밝은 행적을 모독했다지만, 『시경』 각 판본에서는 모두 삭제하지 않고 보존해 두어 성인의 뜰에서 전수받을 수 있게 했고,[7] 마루 위에서 읊조릴 수 있게 했습니다. 그런데 유독 큰 공연장의 많은 민중들 가운데서 높은 목소리로 노래 부를 수 없단 말입니까? 원고의 고소장에서는 「상중」편을 「젊은 과부가 남편 무덤에 가다」 및 「거대한 항아리」에 비견했는데, 그것이 쿵씨 가문 가르침의 진정한 뜻인지, 타성인 저로서는 알 수 없습니다.

또 원고의 고소장에 의하면 이누카이 쓰요시와 장지가 본교에 와서 한 차례 강연을 한 것은 본교가 그를 환영해서 온 것이지 그가 쿵씨 집안의 지시를 받고 본교에 와서 잘못을 질책한 것이 전혀 아닙니다. 본교의 훈육주임이 학생들을 모아 놓고 훈화를 한 것은 교내에서 흔히 거행되는 행사이지 우연히 일어난 일이 결코 아닙니다. 이누카이 쓰요시가 중국에 온 의미를 학생들에게 설명해야 했습니다. "장지 선생은 시산회의파 부패분자"라는 발언은 장씨가 강연을 할 때 자기 스스로 한 말입니다. 또 "공자는 고금 중외의 죄인"이라고도 했다는데 이런 황당무계한 발언은 논리에도 맞지 않는 말입니다. 본교 직원의 학식이 천박하다 해도 이와 같은 불통의 지경에 빠지지는 않았을 겁니다. 게다가 본교 훈육주임 리찬례는 본 국민당의 충실한 동지입니다. 그는 난징특별시 당 훈련부 지도과 주임, 쑤이위안성綏遠省[8] 당무지도위원회 선전부 비서를 역임하면서 지금까지 줄곧 본 국민당의 입장에 서서 발언을 신중하게 했기 때문에 비난받을 만한 일을 하지 않았습니다. 산둥교육청 훈령 제693호에는 이런 언급이 있습니다. "훈육주임 리찬례는 당의 이론에 대해 심오하고 절실한 연구를 했고, 업무에도 풍부한 경험을 갖고 있다. 평소에 학생들과 가까이하면서 학생 지도에도 타당한 방법을 터득하여 학생들의 사상을 융화시켜 당 이론 교육의 정상 궤도로 귀의하게 할 수 있을 터이니 훈육 분야에 적임자를 얻었다고 할 수 있다." 저 쿵씨 등이 제 마음대로 업신여기는 말을 어찌 마음에 담아 둘 수 있겠습니까? 조사해 본 바에 의하면 이누카이 쓰요시와 장지는 취푸에 와서 연성공부에 기거하면서 출입할 때 늘 여덟 사람이 매는 큰 가마를 타고 다닌다고 하며, 학교 관계자의 전언에 의하면 매번 식사비용이 26위안에 달한다고 합니다. 또 골동품과 옥기 등을 모든 사람에게 10여 종 선물했다고 합니다. 장지 선생 일행이 취푸를 떠난 다음 날 저를 고소하는 문서가 벌써 우송되었습니다. 그러니 이 일의 실마리를 깊이 음미할 만합니다.

원고의 고소장을 종합해서 살펴보면 온통 거짓말투성이어서 진실한 증거는 아무것도 없습니다. 또 "공자를 모욕"했다고 떠벌리는데, 죄를 덮어씌우려면 어찌 꼬투리가 없을까 걱정하겠습니까? 설령 고소한 내용이 사실이라 하더라도 언론과 사상의 범위를 벗어나지 말고 가능한 한 공개적으로 토론해야지 하찮은 일을 크게 떠벌릴 필요는 없습니다. 또 "인민에게 집회, 결사, 언론, 출판, 거주, 신앙의 완전한 자유권이 있음을 확정한다"라고 당규에 기재되어 있는데 누가 감히 이것을 위반하고 있습니까? 저 쿵촨위 등은 거짓말을 날조하여 사람을 무고한 후 정상적인 단계를 건너뛰어 고소장을 올렸는데도 죗값을 치르지도 않았습니다. 오히려 교육부에서는 마침내 참사를 취푸로 파견하여 조사를 하게 했으니 이는 민주정치 하에서는 있을 수 없는 현상입니다.

또 원고의 고소장에서 일컫는 바에 의하면 쿵씨 전체가 60문중이라고 운운합니다. 조사에 의하면 60문중이란 기실 쿵씨 일가의 특수한 봉건 조직입니다. 쿵씨 일족은 크게 60문중으로 나눠지고 매 문중마다 호수戶首가 있으며 호수 위에는 가장家長[가문의 장]이 있습니다. 가장과 호수가 각 문중의 소송을 처리할 때는 매번 당堂에 올라가 관례대로 검은색과 붉은색 오리부리 몽둥이9)를 벌려 세웁니다. 소송하는 사람은 무릎을 꿇고 사유를 진술하면서 입으로는 가장과 호수를 다라오예大老爺라고 부르며, 또 육형肉刑을 받기도 하는데 이는 엄연히 전제시대의 작은 조정입니다. 소송을 듣고 처리할 때는 정情을 따르지 리理[법리]를 따르지 않습니다. 소위 정情이란 대개 금전으로 판결을 거래하는 것입니다. 안건에 판결이 내려지면 지극히 억울하다 해도 감히 관공서에 고소하지 못합니다. 취푸현 원님도 쿵씨 문중 및 거기에 소속된 소송에 대해서는 여태껏 감히 따지지 못했습니다. 가장과 호수는 또 기부금을 강제로 정하여 공명을 얻을 수 있습니다. 예를 들어 공묘의 직원을 임용하면서 기부금을 받는데 직원마다 3만~5만 원文을 요구하는 등 강제로 기부금을 받는 일이 끊임없이 계속되고 있습니다. 각 문중 아래 소속된 쿵씨는 원통함을 품고 억울함을 참으며 하늘의 해를 보지 못한 지가 이미 오래되었습니다. 연성공부에도 백호百戶라는 관직이 있습니다. 타성 평민이라도 일단 백호가 되면 사람을 죽인 흉악한 범인도 법망 밖에서 노닐 수 있습니다. 이에 보통의 토호열신土豪劣紳도 다투어 거금을 내고 이 관직을 얻으려 합니다. 이웃 현이나 이웃 성이라 해도 기꺼이 기부금을 내려는 자가 드물지 않습니다. 연성공부에는 또 호상호號喪戶와 조추호條帚戶 등의 관직 명칭도 있으니 더욱 기괴합니다. 이들 관리는 대부분 여우가 호랑이의 위세를 빌린다는 격으로 양민을 속이며 탄압합니다. 그 피해가 쿵씨 문중 아래 백성에게 미칠 뿐 아니라 곧바로 타성 민중에게까지 미치고 있습니다. 또 그 피해가 취푸 현에 미칠 뿐 아니라 이웃 현에까지 미치고 있습니다. 쿵씨 문중 일족은 재앙을 당하면 그래도 말은 할 수 있지만, 타성 민중만 유독 무슨 잘못이 있습니까? 청천백일기 아래에 아직도 이런 제도를 용납할 수 있습니까?

본교는 취푸에 설립되어 있어서 역대 교장들이 모두 어려움을 느꼈습니다. 전 교장 쿵샹퉁孔祥桐은 동족에게 죄를 지어서 고소를 당해 직장을 떠났습니다. 한을 품고 멀리까지 떠났다가 병이 나서 죽었습니다. 그 후임 교장 판빙천范炳辰은 재임 1년 초까지 10여 차례나 고소를 당했습니다. 본성 교육청 설계위원회가 본교를 지닝濟寧으로 옮겨 봉건세력을 멀리 피하자고 주장한 것도 까닭이 없지 않습니다. 또 제가 본교에 도착한 이래로도 쿵씨 일족에게 공손하게 대하지 않은 적이 없습니다. 그리고 저는 일찍이 쿵씨 가문에 전해 내려온 책, 예를 들면 『미파사총서』微波樹叢書 및 『의정당집』儀鄭堂集 등을 다시 인쇄하자고 제창했습니다. 선철先哲을 표창하자는 제 생각에 증거가 없는 것이 아닙니다. 본교 학생 300여 명 중에서 취푸현에 소속된 사람은 2/10에 달합니다. 본교 부속소학 400여 명 중에서는 외부 현 출신 10~20명을 제외하면 나머지는 모두 취푸현에 본적을 두고 있습니다. 민중학교 여성부는 완전히 취푸현 학생으로 구성되어 있습니다. 소위 취푸현 소속 학생들 중 쿵씨 문중 자녀는 거의 절반에 이릅니다. 올해는 경비 조달이 매우 어려웠고, 취푸현 교육국에서 사숙私塾을 단속했기 때문에 학생들은 취학할 곳이 없었습니다. 본교 부속소학은 본래 7개 반의 경비로 운영되는데, 특별히 2개 반을 더 개설하고 자금을 들여 학생을 받았습니다. 지방사회 및 공자의 후예에 대해서 후한 대접을 하지 않았다고 할 수 없습니다. 본교의 한 해 일상 경비 5~6만 위안 중에서 봉급으로 절반을 지출하는 것 이외에 나머지는 모두 취푸현 안에서 소비됩니다. 모든 학생은 매년 각각 70~80위안을 소비합니다. 취푸현의 상업이 오늘과 같을 수 있는 연유를 보면 본교가 힘이 없지 않은 셈입니다. 이번에 저를 고소하는 일에 서명한 사람들은 모두 60문중의 호수가 결코 아니고, 대부분 시골에 거주하는 사람입니다. 따라서 고소한 각 항목에 대해서 그 사정을 반드시 알고 있지 못합니다. 다른 사람의 이름을 사칭하거나 빌리는 등의 일이 있는지도 확정하기 어렵습니다. 또 토호열신도 그들 속에 섞여 있습니다. 제가 탐문한 바에 의하면 쿵씨 중에서 사리에 좀 밝은 사람은 이번 일에 참가하지 않았습니다. 또 쿵촨위 등의 이번 행동은 진실로 식견이 있는 사람들에게 비웃음을 당하고 있다 합니다. 설령 저들의 뜻과 같이 모든 일을 처리하고 교장을 분명하게 조사·엄단하여 대중에게 밝게 드러낸다 해도 그 뒤로 부임하는 사람은 장차 일을 계속하기 어려울 것이며, 본교를 지닝이나 옌저우兖州로 옮기지 않고는 학교 업무를 처리할 방법이 없을 것입니다. 그렇게 되면 본교 부속소학 400명의 학생들은 그로 인해 배움을 잃을 것이고, 취푸의 상업은 그로 인해 몰락하게 될 것입니다. 앞서 진푸철로津浦路를 개설할 때 본래는 취푸현에 기차역을 만들기로 의견을 모았으나 연성공부가 풍수를 맹신하며 극력 반대한 나머지 결국 취푸현 성에서 18리나 떨어진 야오춘姚村 경유로 노선이 바뀌어, 상인이나 여행객 모두 불편을 감수하게 되었습니다. 그렇게 길들여진 취푸현 성안 사회는 여전히 중고시대를 유지하며 아직 진화하지 못하고 있습니다. 현재 상태에서 옛날을 되돌아봐도 사태가 완전히 동일합니다. 취푸의 민중은 쿵촨위 등에게 무슨 빚을 졌기에 언제나 반개화 상태에 머물며 근대문명을 수용할 수 없단 말입니까? 쿵씨 집안 자제들도 무슨 즐거움으로 이렇게 살아야 합니까? 쿵씨 60문중에도 개명한 인사가 적지 않을 것이니 저 쿵촨위 등의 불법 비행을 좌시해서도 안 되고, 눈감아 줘서도 안 될 것입니다.

한 걸음 더 나아가 말씀 올리겠습니다. 저는 또 국민당에 가입한 이래, 총리[10]께서 남기신 가르침을 신봉하며 여태껏 당의 기율을 위반한 적이 없습니다. 우한武漢에 있을 때 공산당에 체포되어 2개월여 하옥된 적이 있고, 국공합작이 깨진 후 비로소 석방되었습니다. 원고의 고소장에 "말과 행동이 모두 과격해서 국민당 본색을 전혀 보이지 않았다"라고 했는데 과연 무슨 근거로 이렇게 말했는지 모르겠습니다. 저 쿵촨위 등이야말로 결코 국민당의 동지가 아닌데 소위 과격과 본색의 의미를 아마도 깊이 알지 못하는 것 같습니다. 이제 마침내 본당의 동지를 헐뜯고 있으므로 본당에서는 응당 처치해야 할 법률이 있을 것입니다. 그렇지 않으면 이런 비행을 따라하는 자가 꼬리를 물고 일어나 이로부터 많은 사고가 생기지 않겠습니까? 저는 베이징대학을 졸업한 이후로 교육에 종사하며 여러 해를 보냈습니다. 1926년 가을에는 또 광저우에 있는 중국국민당학술원에 들어가서 5개월 동안 엄격한 훈련을 받았습니다. 이번에 교장 직에 임명되고 나서는 삼민주의 교육의 종지宗旨를 품고 상급기관의 법령을 준수하며 모든 정례 휴일까지 한결같이 집행하지 않은 적이 없고, 행정원과 교육부의 명령도 지금까지 위배한 적이 없습니다. 또 북벌이 성공한 이후 중앙에서 교육 행정 담당 장관을 맡은 분은 이전에 차이제민蔡孑民 선생이 계셨고, 지금은 장멍린蔣夢麟 선생이 계시며, 또 산둥성에는 허셴차何仙槎 교육청장이 계십니다. 이분들은 모두 10년 전에 린친난林琴南이 "공자와 맹자를 뒤엎고 윤리강상을 깎아 없앤다"고 간주하던 분들입니다. 차이 선생이 린친난에게 보낸 답장은 아직 그분의 『언행록』에 실려 있고, 장 선생은 『신교육』 잡지를 주관했으며, 허 청장은 『신조』新潮에 글을 쓰셨습니다. 저는 당시에 이분들을 우러러 탄복함이 실로 깊어서 10년 동안 그 뒤를 따르며 옛 뜻이 변치 않고 오늘에 이르렀습니다. 이에 저는 행정원과 교육부의 근본 취지도 조금이라도 어기기를 바라지 않습니다. 원고의 고발장에는 또 이런 말이 있습니다. "귀 부처는 전국의 교육을 관장하는 기관으로 올바른 방침을 가지고 통일된 시행령을 반포했지만 공자에 대해서 모욕하는 공문을 발표한 적은 아직 없었습니다. 저처럼 함부로 행동하는 저 학교 교장은 도대체 어떤 교육 방침을 따르고 있으며, 어떤 지시를 받들고 있습니까? 아니면 별도로 새로운 방침을 시행하면서 별도의 이념을 품고 있습니까?" 이는 분명히 고의로 사람을 모함하는 일인데, 저들이 온갖 극악무도한 수단을 다 동원하고 있음을 알 수 있습니다.

저는 공교회孔敎會 대문으로 출입한 적이 없고, 또 연성공부로 가서 정성을 다해 배알한 적도 없으므로 성격이 괴벽하다고 할 수 있습니다. 또 날마다 경전을 읽은 적이 없으므로 당연히 학문이 불순합니다. 그러나 본성 교육청훈령 693호를 펼쳐 보면 이런 언급이 있습니다. "교장 쑹환우는 태도가 온화하여 교직원 및 학생들과 정신적으로 잘 융합한다. 업무도 자못 열성을 다하면서 교무 안배도 모두 매우 타당하게 처리한다. 또 교원 초빙 분야에서는 더더욱 전심전력을 다한다." 뜻밖의 칭찬이 마침내 이 미약한 사람에게 미쳤지만, 청정한 한밤중에 스스로 생각해 보니 진실로 제 임무를 감당하지 못하겠습니다. 저는 본적이 산둥성 옛 차오저우부曹州府 청우현城武縣이고, 확실히 베이징대학을 졸업했으므로 본 성 교육청 허何 청장과 동향同鄕 동문의 혐의가 없지 않습니다. 소위 "몰래 서로 끌어 주는 패거리가 있다"는 언급이 아마 이것을 가리키는 듯합니다. 그러나 청장과 동향 동문의 혐의가 있다고 해서 교장에 임명될 수 없다는 말은 어떤 법전에 근거했는지 모르겠습니다. 행정원과 교육부에 명문 규정이 있습니까? 교장 직을 함부로 수행했는지 여부는 관청에서 조사하면 될 것이고, 사회에서도 공론이 있을 것이니 제가 여러 말을 할 필요도 없을 것입니다. 저는 형편없이 직무를 수행하여 큰집에 가득 찰 만큼 죄를 지었습니다. 이에 쿵촨위 등은 권세가에 빌붙어 단계를 건너뛴 채 고소장을 올려 법규 질서를 어지럽게 했습니다. 교육을 진행할 방법이 없게 되었고, 이로 인해 학생들도 방황하고 있습니다. 한밤중까지 괴로워해 봐도 갈 길을 알지 못하겠습니다. 본래 제 스스로 위의 처분을 기다리며 아무 말 없이 침묵해야 마땅하지만 사회가 진상을 명확히 알지 못한 채 평판을 근거 없이 내릴까 두려워서 사태의 대강을 요약해서 서술해 드립니다. 이 나라의 군자들께서는 모두 살펴 주십시오.

7월 8일

4. 교육부 주 참사 및 산둥교육청 합동 처리 보고서

합동으로 처리한 답변 문건을 보고합니다. 귀 부처의 훈령을 살펴보니 쿵씨 60문중 일족 쿵찬위 등이 산둥 성립 제2사범학교 교장 쑹환우가 그들의 선조 공자를 모욕했다고 그 진상을 조사해 달라는 등의 고소장을 올렸으며, 이에 교육청에 명령을 내려 분명하게 조사·처리하게 하고, 아울러 바오친을 산둥성으로 파견하여 교육청과 합동으로 조사·처리하여 결과를 모두 보고하게 한 일이 있습니다. 이를 받들어 본 교육청에서는 산둥성 독학督學 장위광張郁光을 보내 바오친을 수행하여 취푸로 가서 현지 조사를 실시하게 했습니다. 이에 본 사건의 경과와 상황을 대강 알게 되었습니다. 원고 고소장에서 고소한 각 항목은 모두 세 가지로 집계됩니다.

첫째, 공자를 모욕한 표어 및 구호를 공표한 일. 둘째, 「공자가 남자를 만나다」라는 연극을 공연한 일. 셋째, 이 학교 훈육주임 리찬례가 학생들을 소집하여 훈화하면서 이누카이 쓰요시와 장지를 매도한 일. 첫째 항목으로 말하자면 "백성은 따라오게 하면 되지, 알게 하면 안 된다라는 우민정책을 타파하자"라는 표어를 이 학교 학생회에서 확실히 붙인 것 이외에는 기타 "공구〔공자〕는 중국 제일의 죄인이다", "공씨 집 둘째 아들을 타도하자" 등의 표어는 모두 조사 결과 실제 증거가 없었습니다. 둘째 항목으로 말하자면 「공자가 남자를 만나다」라는 연극은 공연한 게 확실하지만 조사 결과 이 연극 대본은 이 학교에서 만든 것이 전혀 아니고, 완전히 『분류』 월간 제1권 제6호에 실린 린위탕 제작 극본에 근거하여 편성한 것이었습니다. 공자로 분장한 각색도 의관이 단정하여 전혀 추악한 꼴이 아니었습니다. 또 조사 결과 학생들이 연극을 공연할 때 이 학교 교장 쑹환우는 공무로 성^省에 가 있었습니다. 셋째 항목으로 말하자면 학생들 측으로부터 조사한 결과 이 학교에서는 관례상 아침저녁으로 한 차례씩 훈화를 하는데, 당일 이누카이 쓰요시와 장지 두 선생을 환영하는 대회가 끝난 후 이 학교 훈육주임이 훈화할 때 이누카이 쓰요시의 사람됨 및 중국에 온 임무를 언급한 적은 있지만 장씨를 매도한 일은 전혀 없고, 더더욱 공자가 고금 중외의 죄인이라는 말을 하지 않았습니다. 다시 원고의 고소장에 서명한 사람들은 조사에 의하면 대부분 시골 거주민들이고 공씨 일족 중 시내에 거주하는 사람은 고소한 각 항목에 대해 대부분 냉담한 눈으로 바라보고 있었습니다. 조사로 얻은 상황을 종합해 보면 이 학교 교직원과 학생들은 아마도 고의로 공자를 모욕한 사실은 없는 듯합니다. 다만 췌리闕里[11]에 거주하면서 수천 년 동안 감히 공자를 존경하고 숭배하지 않은 사람은 일찍이 없었습니다. 따라서 공자를 일단 연극에 편입하여 용모와 목소리를 흉내 내면 질타와 격분이 쏟아진다 해도 이상할 게 없습니다. 다만 이 학교 교장 쑹환우에 대해서 결국 어떤 처분을 내려야 하느냐 하는 점은 본 직원 등이 감히 마음대로 의견을 올릴 수 없습니다. 삼가 원고 고소장에서 고소한 각 항목을 근거로 조사해서 얻은 상황을 「공자가 남자를 만나다」 극본과 함께 연명해서 답장을 올리오니 부디 귀 교육부가 잘 살펴 지시해 주시면 이를 삼가 따르겠습니다. 이렇게 하면 진실로 공익에 편리할 것입니다. 교육부 부장[장관] 장蔣 공에게 올립니다. 『분류』월간 한 권도 첨부합니다.

참사 주바오친, 산둥교육청 청장 허쓰위안何思源

5. 지난통신(濟南通信)

취푸 제2사범학교가 이전에 「공자가 남자를 만나다」란 신극을 공연하여 취푸 쿵씨 일족의 반대를 야기했고, 이에 쿵씨 일족이 교육부에 이 학교 교장 쑹환우를 고소했다. 공상부 장관 쿵샹시孔祥熙도 엄격한 처리를 주장하자 교육부에서 참사 주바오친을 지난濟南으로 보내 교육청에서 파견한 독학 장위광과 합동으로 취푸로 가서 조사를 진행한 결과 전혀 근거가 없는 것으로 밝혀져서 교육청이 이미 주바오친과 합동으로 교육부에 보고서를 올려 상세하게 처리하게 했다. 11일 쿵샹시는 장蔣 주석을 수행하여 지난에 들렸을 때 여전히 이 일에 대해 엄격하게 추궁해야 한다고 주장했다. 교육부장 장멍린과 감찰원장 차이위안페이蔡元培는 일전에 칭다오青島로 가는 길에 지난에 들렸을 때, 신극 공연에서 공자를 모욕한 일이 전혀 없으므로 쿵씨 일족은 하찮은 일을 크게 벌려서는 안 된다고 비공식적으로 의견을 표시했다. 과연 결과가 어떻게 될지는 교육부의 처리를 기다려야 한다.

8월 16일 『신문보』新聞報

6. 「공자가 남자를 만나다」 사건 내막

▲연성공부가 요인을 모시고 큰 소란을 일으키다
▲무뢰배 소송 거간꾼들이 조상을 위해 영광을 다투다

어제 산둥 제2사범학교 학생회에서 보낸 편지를 받았다. 그들은 「공자가 남자를 만나다」 연극 소송 사건 내막을 보고했다. 비록 편파적인 언사에서 벗어나지 못했으나 이 사건 문제점의 핵심은 충분히 살펴볼 수 있었다. 이 때문에 여기에 베껴서 게재한다.

취푸에서 소위 쿵씨 일족이라고 하는 쿵촨위 등 21명이 제2사범학교 교장 쑹환우가 '공자'를 모욕했다고 고소했다. 교육부가 직원을 파견하여 일을 조사·처리한 후 각 신문에 그 소식이 게재되었으나 대부분 언어가 상세하지 않았다. 당시에는 이 일이 있은 후 모두들 아무런 움직임도 보이지 않았다. 6월 18일에 이르러 국내외 명인 이누카이 쓰요시와 장지가 연이어 취푸로 왔고 연성공부에서 그들에게 성대한 잔치를 베풀었다. 명인이 떠나간 후 나흘 만에 갑자기 쑹 교장이 고소를 당하는 일이 발생했다. 이 속에 희미한 흔적이 숨어 있지만 진실로 그 자취를 찾을 수 있다. 원고 21명 등은 60호 문중의 호수가 결코 아니므로 아마도 쿵씨를 대표하기에는 부족한 듯하다. 대체로 저들은 무뢰배 소송 거간꾼 부류에 불과하고 또 저들 모두가 반드시 사정을 알고 있는 것도 아니다. 소문에 의하면 이 사건의 막후는 쿵샹짜오孔祥藻이고, 또 쿵판푸孔繁樸 등이 사주했는데, 이 때문에 이 사건이 비로소 확대되었다고 한다. 쿵샹짜오는 취푸에서 유명한 무뢰한이고, 쿵판푸는 공교회 회장이다. 살펴보건대 쿵판푸는 일찍이 땅과 재산을 늘리려고 형을 핍박하여 아편을 삼키고 죽게 했으니 그 인품을 알 만하다. 그리고 소위 공교회라는 것도 그 한 사람의 일인극에 불과한 것이다. 그는 공교회 세력을 확장하려고 했으므로 제2사범학교를 다른 곳으로 옮기지 않고는 다른 좋은 방법을 찾을 수 없었다. 그러므로 이번에 기회를 틈타 일을 일으킨 것은 스스로 피할 수 없는 일이었다. 이 때문에 이 사건은 진실로 제2사범학교와 공교회의 싸움이라고 할 수 있다. 게다가 소송 거간꾼을 끌어들인 것은 자기 세력을 과시하려는 시도에 불과하다. 현재 취푸의 각 기관, 각 민중단체는 모두 불만을 품고 있다. 건설국, 재정국, 교육국, 농민협회, 여성협회, 상회, 제2사범 학생회 제2사범 부속 소학 학생회 등은 모두 선언문을 발표하고, 관련 문건을 보내고, 연합하여 쿵촨위 등을 반박했다. 특히 현縣의 당기관이 봉건세력의 분란에 대해서 가장 심하게 분노를 드러내고 있다. 쿵촨위 등도 반동적인 힘을 크게 갖고 있지 못하므로 이 사건은 오래지 않아 일단락을 고할 것이다.

7월 18일 『다이아몬드』金鋼鑽

7. 하찮은 일을 크게 떠벌리다

스티얼史梯耳

취푸 제2사범학교가 「공자가 남자를 만나다」를 공연하여 야기한 풍파

지성선사至聖先師 공자는 우리 중국 '사상계의 권위자'로 수천 년 동안 민심을 지배했을 뿐 아니라 여태껏 세력을 잃은 적이 없다. 이 때문에 이와 같은 구예교와 봉건사상을 우리에게 남겨 놓았다!

역사는 우리에게 이런 사실을 알려 준다. 한나라 유방劉邦은 본래 정장亭長으로 일개 무뢰한이었지만 일단 "고귀한 천자가 되자" 공자를 존중했다. 명나라 주원장朱元璋은 일개 소 치는 목동에다 수도승에 불과했지만 어느 날 "용상에 높이 앉자" 공자를 존중했다. 청나라 누르하치도 중원으로 들어와 주인 노릇을 하게 되자 또 "한족 풍속을 존속시키고 유가(공자) 학술을 존중하려 했다". 이들 '만세 황제'들은 왜 이처럼 같은 마음을 먹었을까? 이는 공자 사상이 일반 '백성'들로 하여금 감히 반항하지 못하게 하고, 윗사람을 침범하여 혼란을 일으키는 걸 좋아하지 않게 훈련시킬 수 있

기 때문이다. 우리는 이전의 문인 학자들이 '팔고문'을 '백점 만점'으로 지을 줄 알았지만 거기에 '활기'가 조금도 들어 있지 않았음을 이상하게 생각할 것도 없다!

쑨중산孫中山의 철학은 '사리를 알기는 어렵지만 그것을 실천하기는 쉽다'知難行易이므로, '사리를 아는 것'에 편중되어 있다. 또 '민중을 불러일으켜야 한다'는 유언을 남겨 일반 민중도 모두 '사리를 알아야' 한다고 했다. 그러나 지성선사 공자는 오히려 백성으로 하여금 '따라오게'만 하면 되지, '알게 하면' 안 된다라고 주장했다. 그가 말한 "民可使由之, 不可使知之"가 바로 이 뜻인데 쑨중산의 이념과 서로 어긋나지 않는가? 지금 같은 혁명시대에 반동 봉건사상이 여전히 잔류하도록 허용해야 하는가?

산둥성 취푸 제2사범학교는 「공자가 남자를 만나다」란 연극을 공연하여 '성인의 후예'인 쿵촨위 등에게 죄를 지었다. 이들은 국민당 정부 교육부에 이 학교 교장이 '자신들의 선조 공자를 모욕했다'는 죄명으로 우편 고소장을 접수하여 국민당 정부를 깜짝 놀라게 했고, 이에 정부에서는 직원을 파견하여 사건을 조사·처리하게 했다. 나는 아직까지 『분류』에 실린 원본 극본을 보지 못해서 이 연극이 공자를 모욕했는지 비판할 방법이 없다. 그러나 제2사범학교 교장은 다음과 같이 언급했다. "본교에서 이 연극을 공연한 까닭은 관객들로 하여금 예교와 예술의 충돌을 분명히 알게 하여 예술 속에서 인생의 진정한 의미를 인식하게 하려는 의도 때문이었습니다." 이와 같다면 무슨 지나친 모욕은 없었다고 할 수 있다. 다만 구예교에 대해 불만을 표시했을 뿐이다. 구예교에 대해 말하자면 이는 수천 년 동안 적폐가 쌓여 완성된 것이지 공자가 손수 만든 것은 결코 아니다. 따라서 구예교를 반대하는 것이 공자를 모욕하는 것이라고 인정할 수 없다.

게다가 인성을 가두고 사상을 억압하는 구예교의 죄악에 대해 우리는 반대하지 않을 수 없다! 만약 우리가 지금 시대에 공자를 존중해야 하는지, 봉건사상을 제거해야 하는지, 예술을 생산해야 하는지에 대해 명확하게 인식하고 있다면 이번 취푸 제2사범학교 풍파가 사상과 예술에 관계된 문제이고, 봉건세력이 사상계와 예술계를 향해 퍼붓는 공격임을 자연스럽게 알 수 있을 것이다.

하지만 국민당 정부에서는 이 하찮은 연극 때문에 직원을 파견하여 사건을 조사하게 하고 또 훈령을 내려 답변서를 올리라고 했으니 '하찮은 일을 크게 떠벌렸다'는 혐의에서 벗어날 수 없다. 나는 이렇게 생각한다.

1929. 7. 18, 고도古都에서

(7월 16일 『화베이일보』華北日報 부간에 게재)

8. '공자 모욕 문제'로 『다궁바오』 기자에게 답하다

쑹환우

금년 7월 23일 『다궁바오』 사설에 「근래 취푸의 공자 모욕 문제」近日曲阜之辱孔問題라는 글이 실렸는데, 어제야 내 친구가 그 글을 찾아 내게 보여 줬습니다. 나는 그 글을 읽고 나서 매우 기뻤습니다. 이 문제로 인해 산둥성의 각 신문에서도 토론이 벌어졌지만 두세 차례 토론이 진행된 후 다른 원인 때문에 잦아들고 말았습니다. 그런데 『다궁바오』 기자가 뜻밖에도 이것이 문제라고 인식했을 뿐 아니라 사설을 써서 우리를 비평했습니다. 우리는 탄복의 느낌을 받은 이외에도 이 사건에 대해 진실에 걸맞은 성명을 발표하는 동시에 기자 선생이 비평한 몇 가지 점에 대해 간단히 답변을 하고자 합니다.

우리는 공자가 남자를 만난 일이 사실이라고 인식하고 있습니다. 이유는 다음과 같습니다. 첫째, '공자가 남자를 만난 일'이 『논어』에 나옵니다. 『논어』는 가짜 책이 아니고 70제자와 그 후학들이 기록한 것이므로 당연히 공자에 대해 유언비어를 날조하지 않았을 것입니다. 둘째, 공자가 열국을 주유한 의도는 벼슬을 얻어 자신의 도道를 펼치기 위함이었습니다. "사흘 동안 섬길 임금이 없으면 위로를 한다"[12]라든가 "3개월 동안 섬길 임금이 없으면 허둥대며 불안해한다"[13]라는 옛 뜻에 비춰 보면 공자가 남자를 만난 일은 사실로서 성립 가능합니다.

「공자가 남자를 만나다」는 단막 희비극입니다. 연극은 예술의 일종입니다. 예술의 정의로 가장 간단한 것은 인생의 표현이나 재현이란 말입니다. 그러나 발견하지 못한 사람은 아무것도 표현할 수 없고, 생활 경험이 없는 사람도 아무것도 표현할 수 없습니다. 발견한 이후에 그가 발견한 것을 의식화해야 그것을 작품 속에 표현할 수 있습니다. 「공자가 남자를 만나다」는 작가가 자신이 발견한 남자의 예禮와 공자의 예가 상이함을 표현한 것입니다. 그리고 주공주의周公主義와 남자주의南子主義의 충돌을 표현한 것입니다. 그가 발견한 것에 깊이가 있는가 없는가? 또 표현한 것에 좋은 점이 있는가 나쁜 점이 있는가는 우리가 비평할 수 있는 것입니다. 그런데 만약 공자를 극본 속 각색으로 분장해서는 안 된다라든가, '공자가 남자를 만난' 일을 극본으로 편성해서는 안 된다라든가, 또 취푸에서 이런 단막 희비극을 공연해서는 안 된다라고 말한다면 이것은 우리가 토론해야 할 사안이 됩니다.

『다궁바오』 기자는 이렇게 말했습니다. "비평은 타당한 태도가 있어야 한다. 충실해야 하고 신중해야 하며 이론과 사실에서 벗어날 수 없다."
이것은 논리를 세우기 위한 공식이지 연극을 연출하기 위한 공식은 아니
며, 또 우리 연극인들이 복종해야 할 공식은 아닙니다.

또 이렇게 말했습니다. "공자가 남자를 만난 것은 '만난 것'에 불과한
데 어떻게 예술이 되고, 무슨 인생의 참된 의의가 있겠으며, 또 예교와의
충돌을 어느 지점에서 발견해야 할까?"(여기서 나는 부차적으로 공언하고
자 합니다. 나의 답변서의 원문은 "예교와 예술 사이에서 인생의 참된 의의
를 인식하는 것입니다"로 되어 있었습니다. 그런데 이것을 손으로 베끼는 과
정에서 오류가 생겼습니다. 하지만 이런 것은 전체적인 취지와는 아무 관련
이 없습니다.) "만난 것에 불과했다!" 하지만 당시에 자로가 벌써 불쾌하
게 생각했음은 물론입니다. 공자도 예에 어긋나는 짓을 하지 않았다고 맹
세했습니다. 이른바 '만났다'見는 말에 어찌 문장의 의미가 크게 담겨 있는
것이 아니겠습니까? 또 남자는 일찍이 "위衛나라에 와서 우리 군주를 만
나시려면, 반드시 저를 만나야 합니다"라고 선언한 적이 있습니다. 공자
는 또 남자를 수행하여 외출할 때 참승參乘이 되어 시장을 지나간 적이 있
습니다. 다시 그것을 남자의 수많은 고사와 연결하고 그것을 한데 편집하
여 공연하면 어찌 예술이 될 수 없겠습니까? 예술의 표현에는 작가 자신
이 그 속에 포함된다는 측면에서 역사 서술과는 다릅니다! 공자에게는 공
자의 인생관이 있고, 남자에게도 그녀의 인생관이 있습니다. 이런 두 가지
상이한 인생관을 단막극 속에 표현하여 관객들로 하여금 스스로 인식하
게 했는데 어찌 인생의 참된 의의를 발견할 수 없겠습니까? 원극에서 표
현하고 있는 남자는 자아를 존중하고 향락주의에 기운 사람입니다. 그러
나 공자는 예법을 준수하며 벼슬을 얻어 도를 펼치려는 사람입니다. 이 두

사람은 근본적인 태도가 상이합니다. 그러니 어찌 충돌하지 않을 수 있겠습니까? 심지어 "일반적으로 정의하는 이른바 공교孔敎는 송나라 유학 이후의 일이지 원시 공교는 아니다"라고 말하기도 합니다. 나는 묻고자 합니다. 원시 예교는 도대체 어떤 모양입니까? 위진魏晉 사이에 늘 언급되는 '예법지사'禮法之士는 유가 부류를 가리키는 것이 아닙니까?

또 이렇게 말했습니다. "예를 들어 「공자가 남자를 만나다」라는 연극을 공연하면 예술과 인생을 밝힐 수 있다고 하는데, 나는 소위 예술과 인생이 어떤 것인지 모르겠다!" 위의 글에서 예술은 인생의 표현이라고 말했습니다. 작가가 인생을 표현하면 관객은 그것을 보고 나서 각각 자신이 느낄 수 있는 정도에 따라 현실 인생에 대해 나름대로 관점을 가질 것입니다. 또 어떤 사람은 전문적으로 극장으로 달려가서 인류를 관찰할 것입니다. 소위 예술과 인생이란 바로 이와 같습니다. 여기에 무슨 기이함이 있겠습니까? 소위 예술과 인생이 모두 공교의 범주 속으로 들어가야 한다는 말은 아니겠지요?

기자 선생은 또 공자 학문의 자체적 측면으로 관찰했다고 하면서 이렇게 말했습니다. "한나라 이래로 공자는 제왕에게 함부로 이용되어 마침내 우상화되고 형식화되었지만 공자는 그 책임을 지지 않아도 된다. ——진리가 제시해 주는 바와 같이 2000년 전의 철인哲人은 애초에 2000년 후의 정치적 책임을 지지 않는다." 그러나 나는 그렇지 않다고 생각합니다. 한나라 이래로 역대 제왕들이 왜 공자만 이용하려 했을까요? 공자를 가장 숭배한 몇몇 군주는 모두 어떤 사람이었습니까? 그들이 공자를 숭배한 의미는 무엇이었습니까? 만약 공자에게 그와 같은 일련의 사상이 없었다면 후세 제왕들이 무엇을 이용할 수 있었을까요? 그들은 왜 장자나 순자를 이용하지 않았을까요? 일반적으로 농사를 짓지 않고도 밥을 먹고, 직물을 짜지 않고도 옷을 입는 사람이 떠돌이 계급인 '사'士가 됩니다. 이들은 모두 공교를 숭배하자는 구호 아래에서 탄생한 사람들이 아닙니까? 역대로 정치적 권력자들이 부양한 사士는 모두가 공자를 원조로 떠받들지 않았습니까? 그들이 원조로 떠받든 공자학설은 모두가 근거도 없이 날조된 것으로 봐야 하지 않습니까? 맹자는 이렇게 말했습니다. "백성이 귀하고, 사직은 그 다음이며, 군주는 가볍다."[14] 이 말 때문에 맹자는 명 태조 주원장에 의해 거의 문묘文廟에서 쫓겨날 뻔했습니다. 장쭝창[15]은 공자를 존중하면 민심을 수습할 수 있기 때문에 쿵더청[16]을 '인질'仁侄[17]이라고 인정한 외에도 『십삼경』十三經을 출간했습니다. 봉건세력은 공자의 학설을 호신부로 삼는 데 뛰어납니다. 그런데 책임을 공자가 지지 않으면 누가 지겠습니까?

또 이렇게 말했습니다. "공자 학문의 진정한 가치는 애초에 정치세력의 힘을 빌리지 않고 그 학설을 보존했다는 것인데, 오히려 제왕이 그것을 이용함으로써 가르침의 의미가 밝게 드러나지 못했다." 그럼 기자 선생은 이번에 내가 고발당한 일에 대해 어떤 감상을 가져야 합니까?

또 기자 선생은 우리의 연구가 철저하지 못하고 태도도 근엄하지 못하다고 말했습니다. 기자 선생은 우리가 연극을 공연할 때 역사 사실을 암기만 하지 않았으며, 또 우리가 학예회를 열었지 논문을 낭송하지 않았다는 사실을 망각하고 있습니다. 그리고 "궁극적인 의미에서 말을 하자면" 연기자가 진실한 인생을 연기할 때는 그에게 좀 근엄해야 한다고 요구할 필요도 없이 자연스럽게 근엄해집니다. 왜냐하면 진실한 인생은 엄숙하기 때문에 연기자가 진실한 인생을 대하면 저절로 엄숙하게 됩니다. 동시에 연구가 불철저하면 그는 절대 연기를 잘 할 수 없습니다. 「공자가 남자를 만나다」 공연을 준비할 때 나는 학생들에게 공묘로 가서 공자 및 자로의 조상造像을 살펴보라고 했을 뿐 아니라 아주 자세하게 관찰하라고 요구했습니다. 또 『논어』 특히 「향당」 편을 착실하게 연구하라고 요청했습니다. 단순히 연극을 공연하더라도 "溫[온화], 良[선량], 恭[공손], 儉[검소], 讓[겸양]" 다섯 글자의 의미를 자세하게 토론하도록 했습니다. 우리의 연구는 물론 그렇게 철저하다고 할 수 없지만 최선의 노력은 다 기울였습니다. 그런데 기자 선생은 우리가 너무 경솔했다고 여기십니까? 그럼 우리가 10년간 독서를 한 이후 다시 「공자가 남자를 만나다」를 공연해야 할까요? 그럴 필요는 없습니다! 기자 선생은 또 "「공자가 남자를 만나다」라는 극본을 우리는 아직 보지 못했고, 취푸 제2사범학교에서 이 연극을 어떻게 공연했는지는 더욱 알지 못한다"라고 말했습니다. 그런데도 우리의 연구가 철저하지 못했고, 태도도 근엄하지 못했다고 할 수 있습니까? 어찌하여 『분류』 월간 제1권 제6호를 사서 좀 읽어 보거나, 취푸로 가서 현지 조사를 한 후 다시 말하지 않습니까? 이렇게 해야 연구도 더욱 철저하고 태도도 더욱 근엄하지 않겠습니까? 취푸의 사회 상황은 어떠합니까? 일반 민중의 요구는 어떻습니까? 기자 선생도 아마 "더욱 무지한 상태"겠지요? 그럼 근거로 삼은 역사 사실은 무엇입니까? 기자 선생은 공자 학문 자체에 대해 논술한 적은 없겠지요? 무엇이 예교입니까? 무엇이 예술입니까? 이에 대해 자세한 의견을 표명한 적은 더욱 드물겠지요? 그런데도 저 개인에 대해서 자못 질타하는 말을 했고, 또 우리가 공연한 「공자가 남자를 만나다」에 대해 더욱 많은 불만을 표시했습니다. 그런데 근거하고 있는 것이 무슨 이론인지 모르겠습니다.

소위 '공자 학문 본체'와 '공자 학문의 진정한 가치'는 도대체 무엇입니까? 부탁드리건대 『다궁바오』 기자께서 구체적으로 진술해 주십시오. 우리는 중화민국 18년[1929]의 입장에 서서 기자 선생을 모시고 다시 생각해 보고 싶습니다.

1929. 7. 28, 지난濟南 객사에서

9. 교육부훈령 제952호 산둥교육청에 명령함

이 성 성립 제2사범학교 교장 쑹환우가 공자를 모욕했다고 고소된 사건은 이미 해당 교육청에 조사·처리하라고 명령을 내렸고, 아울러 본 교육부 참사 주바오친을 파견하여 해당 교육청과 합동으로 각 사안을 엄중히 조사·처리하게 했다. 이에 해당 참사와 교육청장 등은 조사하여 밝힌 각 상황에 근거하여 합동으로 답변서를 보내왔다. 조사에 의하면 이 학교 교장 쑹환우는 해당 참사와 교육청장 등이 합동으로 조사하여 밝힌 사실에 근거해 볼 때 공자를 모욕한 일은 아직 없다고 하므로 인사 전형을 면하게 해야 한다. 다만 이 학교 교장은 이후에 학생들을 엄격하게 훈계하고 공자에 대해서 지극한 숭배의 마음을 갖게 하여, 공자를 기념하고 존중하는 정부의 본뜻에 부합하게 해야 할 것이다. 정황에 근거함과 아울러 본 교육부의 처리 상황을 행정원에 보고하여 심사를 요청 드리고, 또 명령을 내려 주시길 바란다. 합동으로 해당 교육청에 통지하고 아울러 이 학교 교장에게 명령을 전달하여 이 명령을 준수하기를 바란다. 이에 명령한다.

10. 취푸 제2사범학교 교장이 산둥교육청에 올리는 글

글을 올려 요청합니다. 살펴보건대 산둥의 『민국일보』民國日報, 『산둥당보』山東黨報 28일자에 교육부훈령 952호가 실렸는데 이 훈령 속에 '운운'云云하는 부분이 있습니다. 저는 조사를 받은 이래 잘못을 인정하고 죄를 기다렸습니다. 그 후 20여 일 만에 마침내 교육부가 저의 사정을 밝게 살펴 인사전형을 면해 준다는 처분을 받았습니다. 저는 감격한 나머지 삼가 그 은혜에 보답할 생각을 하고 있습니다. 다만 학생 훈계와 공자 숭배 두 가지에 관해서는 아직 상세하게 규정된 명문이 없습니다. 이에 공자를 기념하고 숭배하는 정부의 본뜻에 부합하지 못하여 다시 중대한 죄를 지을까 두렵습니다. 또 8월 27일 공자 탄신 기념일이 이미 박두했기 때문에, 교육청의 훈령이 학교에 도착할 때까지 기다리지 못하고 기일에 앞서 글을 올려 요청합니다. 공자 철학의 출발점을 조사해 보면 대략 『역경』易經 한 부에 불과하다고 말할 수 있습니다. "상괘가 천天, 하괘가 택澤이 리괘履卦다. 군자는 이로써 상하를 분별하고 백성의 뜻을 정한다."[18] 이처럼 하늘과 땅이 자리를 잡으면 귀천이 펼쳐져 임금과 신하의 대의가 밝게 드러나고 만세토록 이어질 변함없는 우주관이 세워집니다. 얼마나 가지런합니까? 중화민국이 세워진 이래로 군주 전제의 정체政體가 일변하여 민주 민치의 제도가 되었습니다. 공자 철학의 관점으로 논해 보면 실로 하늘과 연못의 위치를 뒤집는 데 그치지 않고, 신발을 머리 위에 얹은 꼴이니, 상하 질서를 분별하지 못하고, 백성의 뜻을 정하지 못하게 되어, 하늘과 땅이 허물어지고 음과 양이 혼란스러워집니다. 따라서 "하늘과 땅이 허물어지면 '역'易을 볼 수 없고, '역'을 볼 수 없으면 하늘과 땅이 거의 운행을 멈춘다"[19]고

했습니다. 이와 같이 되면 공자의 전체 철학은 어디에 근거를 둘 수 있겠습니까? 이후 교장이 학생들에게 훈계를 한다 해도 만약 군주를 존중하는 공자의 뜻을 분명하게 밝히지 못하면 훈계가 근엄하지 못하여 교육부의 훈령을 어기는 죄에서 벗어나기 어려울 것입니다. 또 만약 군주를 존중하는 공자의 뜻을 분명하게 밝히면 국가의 민주 정체에 저촉되기 때문에 장차 형법 제103조 및 제160조를 범하게 됩니다. 저는 우한에서 공산당에 체포되어 감옥에 갇힌 지 80여 일 동안 철창의 쓴맛을 만끽했습니다. 지금도 그때 생각을 하면 마음이 으스스해집니다. 그런데 어찌 감히 다시 법망에 저촉되어 영어의 몸이 되고 싶겠습니까? 교장은 당과 국가에 힘을 다바쳐야 합니다. 만약 죄가 있으면 응당 밝은 명령에 따라 처분받기를 바랍니다. 만약 죄가 없다면 무슨 까닭으로 진퇴양난의 곤경에 빠지게 할 수 있겠습니까? 저는 교장으로서 형벌을 생각하며 법을 두려워하지만 다만 이 점에 대해서는 이미 제 스스로도 어쩔 수가 없습니다. 몰래 생각하옵건대 응당 교육부와 행정원에서 형법 제103조 및 제160조를 삭제하거나, 밝은 명령을 내려 군주를 존중하는 공자의 뜻이 국가의 민주 정체에 저촉되지 않는다고 해석해 주시기를 문서로 요청합니다. 이렇게 되면 교장이 장차 준수할 근거가 있게 되어 죄를 짓지 않을 수 있을 것입니다. 또 조사에 의하면 공자 숭배가 가장 뚜렷한 사례로는 공자 제사 전례典禮보다 더 지나친 것이 없습니다. 중화민국 성립 이래로 공자 제사 때는 모두 허리를 굽히는 국궁례鞠躬禮를 행했습니다. 그런데 위안스카이가 황제제도를 준비할 때 제천복祭天服을 입고 무릎을 꿇고 절하는 궤배례跪拜禮를 행하도록 정했습니다. 장쭝창이 산둥에 있을 때도 궤배례를 이용했습니다. 취푸의 공자 후예들이 공림과 공묘에서 제사를 지낼 때 위안스카이 이래로 지금까지 모두 제천복을 입고 궤배례를 행하며 조금도 고치지 않고 있습니다. 본교는 취푸에 설립된 까닭에 수년 전에 전교 교수와 학생이 공묘로 가서 공자 제사 전례에 참가했습니다. 그때 궤배례를 따르지 않았기 때문에 공자 후예의 질책을 크게 들으며 몇 번 충돌을 일으켰습니다. 지금은 시간이 현행력 8월 27일 공자 탄신일에서 1개월도 남지 않았습니다. 만약 제천복을 준비하여 궤배례를 행하도록 정하지 못해서, 공자 숭배에 예를 다하지 않는다고 공자 후예들에게 고소를 당하면 교장의 죄가 가중될 터인데 무슨 말로 스스로 해명할 수 있겠습니까? 제천복을 준비하려 해도 예산에 제한을 받아서 자금을 댈 방법이 없습니다. 그리고 궤배례를 행하려 해도 행정원과 교육부에 아직 관련 법령이 없습니다. 무턱대고 궤배례를 따르면 현행 예절을 어기게 되어 당연히 죄를 짓게 됩니다. 또 조사에 의하면 취푸 연성공부에서 자금을 보내 명덕중학을 설립했다고 합니다. 이 학교는 지금까지도 줄곧 서양식 요일을 쓰지 않고 구력舊曆 경일庚日마다 하루 휴식하며 이를 순휴旬休라고 부릅니다. 또 구력 초하룻날과 보름날 관례에 따라 공자상을 배알해야 하고 그때마다 삼궤구고례三跪九叩禮를 행합니다. 그리고 공자 제례를 행할 때마다 사람들이 공묘 안에 모두 모이고 양쪽 계단에서 팔일무八佾舞를 춥니다. 본교 학생이 이를 따르지 않으면 공자 숭배에 예를 다할 수 없게 됩니다. 만약 이를 따르면 행정원과 교육부의 관련 법령을 어기는 것이 아닙니까? 이런 갖가지 사례를 모두 귀 교육청에 알려 드리오니 행정원과 교육부에 전달해 주시고 밝은 명령을 제시하여 따를 수 있게 해주십시오. 이 문서를 쓰고 나니 절박하게 명령을 기다리는 마음 이길 수 없습니다. 삼가 산둥성 정부 교육청장 허何 공에게 올립니다.

7월 28일, 산둥 성립 제2사범학교 교장 쑹환우

11. 산둥교육청 훈령 제1204호

8월 1일

성립 제2사범학교 교장 쑹환우를 교육청으로 옮겨 따로 임용하도록 하고, 그 결원된 자리는 장둔나張敦訥로 보충한다. 이에 명령한다.

12. 결어

이상의 11편 공문서과 사문서를 보면 이미 더 이상 설명을 할 필요도 없이 산둥성 취푸 제2사범학교에서 「공자가 남자를 만나다」 연극을 공연한 사건의 내막을 분명하게 알 수 있다. 앞에 실린 보고서 몇 편(2~3)에 기대 우리는 '성인의 후예'가 고소를 남발하는 수단과 성인의 땅에서 그들이 벌이는 위세를 알 수 있다. 중간의 합동 보고서(4)는 고소의 황당무계함을 증명하고 있다. 그 다음의 두 가지 기사(5~6)는 이 사건의 내막 및 기사와 관련된 요인의 주장을 폭로하고 있다. 교육부 훈령(9)이 하달된 이후에는 표면적으로 이미 일이 무마된 듯 보이지만, 쑹 교장은 한사코 완강한 태도로 여러 가지 문제(10)를 제기하고 있다. 이에 교육청으로 옮겨 따로 임용을 기다릴 수밖에 없게 되었으니(11), 이는 기실 면직에 해당한다. 이것은 이른바 "임시방편으로 분쟁을 그치게 하는" 조처이고 또 '강대한 가문'의 완전한 승리라 할 수 있다.

1929년 8월 21일 밤, 루쉰이 편집을 끝내고 삼가 기록하다

주)_____

1) 원제는 「關於'子見南子'」. 이 글은 1929년 8월 19일 『위쓰』 주간 제5권 제24기에 처음 발표되었다.

　「공자가 남자를 만나다」(子見南子)는 현대 단막극이다. 린위탕(林語堂)이 공자가 위(衛) 영공(靈公)의 부인 남자를 만난 역사 기록에 근거하여 개편한 연극 대본이다. 1928년 11월 『분류』 제1권 제6호에 처음 발표되었다.

2) 공묘(孔廟)는 공자를 제사 지내는 사당이고, 연성공부(衍聖公府)는 공자의 종손이 대대로 거주해 온 저택이다. 흔히 공부(孔府)라고 부른다. 연성공(衍聖公)은 역대로 공자의 종손이 세습하던 작위다. 송(宋)나라 인종(仁宗) 때부터 연성공 작위를 내려서 이후 원, 명, 청까지 이어졌다.

3) 공림(孔林)은 산둥성 취푸의 공자 묘소와 그 주위의 숲을 함께 일컫는 말이다.

4) 「거대한 항아리」(大缸缸)는 중국 전통극의 하나다. 가뭄 귀신이 된 왕다냥(王大娘)이 관세음보살의 진압에 맞서 오물이 가득 든 거대한 항아리로 저항하지만 결국 관세음보살에 의해 제거된다는 내용이다.

5) 「젊은 과부가 남편 무덤에 가다」(小寡婦上墳)는 상하이와 장쑤성 북부 일대에서 공연되는 중국 전통극이다. 청명절에 젊은 과부가 어린 아들을 안고 남편 무덤에 가서 제사를 올린다는 내용이다.

6) 『논어』 「옹야」(雍也)에 나온다.

7) 『논어』 「계씨」(季氏)에 다음과 같은 기록이 있다. "진항이 공자의 아들 백어에게 물었다. '그대는 다른 가르침을 들었습니까?' 백어가 말했다. '아닙니다. 일찍이 아버지께서 혼자 서 계셨는데, 제가 빠른 걸음으로 뜰을 지나갔습니다. 그러자 물으시기를 "시를 배웠느냐"라고 하셨습니다. 그래서 대답하기를 "아직 배우지 않았습니다"라고 했습니다. 그러자 "시를 배우지 않으면 말을 할 수가 없느니라"라고 하셨습니다. 이에 저는 물러나와 시를 배웠습니다.'" 성인의 뜰에서 시를 전수받는다는 건 자기 가정에서 가학(家學)을 전수받는다는 의미다.

8) 쑤이위안성(綏遠省)은 1928년 중국 국민당 정부가 몽골족을 다스리기 위해 설치한 행정구역이다. 대체로 지금의 네이멍구자치구(內蒙古自治區)에 해당한다.

9) 오리부리 몽둥이(鴨嘴棍)는 일종의 형구(刑具)다. 한쪽 끝은 손잡이이며 다른 한쪽 끝은 두 갈래로 갈라진 몽둥이다. 두 갈래로 갈라진 모양이 오리부리 같아서 이런 이름이 붙었다.

10) 총리는 신해혁명을 주도하고 중화민국을 건국한 쑨원(孫文)을 가리킨다.

11) 공자의 거주지다. 흔히 우리말로 궐리(闕里)로 알려져 있다. 지금 공부(孔府)가 있는 곳이다.

12) 『맹자』 「등문공」 하에 "三月無君則弔"로 나온다. 여기에서는 '三月'을 '三日'로 고쳤다.

13) 『맹자』 「등문공」 하에 나온다. "三月無君則遑遑如也."

14) 『맹자』 「진심」(盡心) 하에 나온다. "民爲貴, 社稷次之, 君爲輕."

15) 장쭝창(張宗昌, 1881~1932)은 펑톈(奉天) 군벌 두목의 하나다. 산둥성 예현(掖縣) 출신으로 자는 샤오쿤(效坤)이다. 1925년 칭다오(青島)의 일본인 방적공장 노동자 파업을 잔혹하게 진압하여 악명을 떨쳤다. 펑톈 군벌의 주요 장령으로 활동하다가 1932년 지난(濟南) 역에서 정지청(鄭繼成)에게 총살되었다.

16) 쿵더청(孔德成, 1920~2008)은 공자의 77대 종손이며 31대 연성공(衍聖公)이다. 자는 위루(玉汝), 호는 다성(達生)이다. 장제스(蔣介石) 정부를 따라 타이완으로 이주하여 타이완대학(臺灣大學), 타이완사범대학, 푸런대학(輔仁大學) 등지의 교수직을 역임했고, 중화민국 정부의 고시원장 직을 지냈다. 『예기석의』(禮記釋義), 『금문선독』(金文選讀) 등 저서를 남겼다.

17) 인질(仁侄)은 장쭝창이 공자의 사상을 계승한다는 취지에서 공자의 종손 쿵더청을 공자의 주요 사상인 인(仁)에 근거하여 그를 조카(侄)라고 부른 것이다.

18) 『주역』 「리괘」(履卦) 「상전」(象傳)에 나온다. "上天下澤, 履. 君子以辯上下, 定民志."

19) 『주역』 「계사상전」(繫辭上傳)에 나온다. "乾坤毀, 則無以見易, 易不可見, 則乾坤或幾乎息矣."

류우지가 보내온 편지에 대한 의견[1]

루쉰이 삼가 의견을 드립니다.——

　제『중국소설사략』은 강의를 하던 시절 호구지책을 마련해야 해서 계속 편집한 책입니다. 당시에는 경제 능력이 한정되어 있어서 수집한 서적이 모두 좋은 판본이 아니었습니다. 이에 어떤 책은 글자가 바뀐 것도 있었고, 어떤 책은 서문이나 발문이 빠진 것도 있었습니다. 『옥교리』[2]도 제가 본 것은 번각본으로 작가와 저작 연대를 모두 조사해 볼 방법이 없었습니다. 그때 저는 명나라 때 판각한 원본을 구할 수 있으면[3] 판식板式, 인장, 서문 등을 통해 어쩌면 저작 연대와 작가의 진짜 성명을 추정해 볼 수 있겠다고 생각했지만 이 희망은 지금까지도 달성하지 못하고 있습니다.

　근래 3년 동안은 더 이상 강의를 하지 않고 있어서 소설사와 관련된 자료에도 마음을 쓰지 않고 있습니다. 이 때문에 무슨 새로운 자료는 전혀 갖고 있지 않습니다. 그러나 현재 소설사를 연구하는 사람이 이미 많아졌고, 아울러 각종 새로운 부문도 개척되었기에 지금 바로 류우지 선생의 편지를 『위쓰』의 지면을 빌려 공개하겠습니다. 이를 보고 『옥교리』에 관한 자료를 갖고 있는 독자들께서 유익한 글을 보내 주시기를 희망합니다. 이는 아마도 『위쓰』에서도 발표를 바랄 것입니다.

1930년 2월 19일

[참고]

보내온 편지

루쉰 선생님 :

평소에 서로 알지 못하는 사이인데 무례하게 편지를 드리는 죄를 용서해 주시기 바랍니다.

제가 드릴 말씀은 중국 소설에 관한 한 가지 일입니다. 선생님의 『소설사략』에는 명대明代의 언정소설言情小說 『옥교리』가 언급되어 있습니다. 진정으로 선생님께서 말씀하신 바와 같이 이 책이 중국에서는 그리 널리 알려지지 못했지만, 유럽에서는 한때를 풍미하는 운명을 누렸습니다. 한 달전에 예일대학교 독문과 학과장을 방문하여 괴테에 관한 이야기를 나눈적이 있습니다. 그는 이렇게 말했습니다. "괴테가 일찍이 중국 소설 한 부를 비평하며 상당히 칭찬한 적이 있습니다." 그리고 그는 교내 '괴테 장서실'의 불어와 독어 번역본 『옥교리』를 제게 보여 줬습니다. 나중에 저는 또별도로 예일대학교 도서관에서 영역본 한 권을 찾아냈습니다.

학술 부문에서 구미 작가들은 괴테에 대해서 거의 빠짐없이 고증을 진행했습니다.──그러나 유독 이 분야 즉 『옥교리』를 언급한 글은 아직도 미비한 실정입니다. 이 때문에 저는 만약 우리나라 사람이 이 책을 언급한 모든 자료를 수집하고 정리하여 괴테를 연구하는 구미 학자들에게 공개할 수 있으면 그것이 아주 미미한 것이라 해도 아마도 저들을 위해 작은 공헌을 하는 것이라 칠 수 있을 것입니다. 그러나 괴롭게도 학문이 부족하고 또 이곳에는 사용할 만한 참고서가 없어서 끝내 손을 댈 방법이 없습니다. 따라서 선생님께서는 중국 소설에 대해 연구의 소양을 갖췄으므로 제게 자료를 좀 제공해 주실 수 있는지 모르겠습니다. 즉 원전의 확실한 연대, 작가의 성명 및 생활, 이 책에 대한 후세 사람들의 기록 및 비평 등을 조사하는 데 도움을 주실 수 있겠습니까?

이 편지는 샤오펑[4] 선생을 통해 전달해 드릴 생각입니다. 만약 공개할 수 있으면 대중의 흥미를 불러일으킬 수 있을 터이니 이 또한 '미덕'이 될 것입니다.

학운學運을 빕니다.

1930년 1월 21일, 류우지 올림

주)_____

1) 원제는 「柳無忌來信按語」. 이 글은 1930년 1월 20일 『위쓰』 주간 제5권 제45기 '통신' 코너 류우지의 편지 뒤에 처음 실렸다.
류우지(1907~2002)는 장쑤성 우장(吳江) 사람으로 당시에 미국 예일대학 학생이었다.

2) 『옥교리』(玉嬌梨)는 5권 20회 장회소설로, 작가가 누구이며 언제 사람인지 알려지지 않았다. 그러나 근래의 연구에 의하여 청대 소설로 추정되지만 작가는 여전히 명확하지 않다. 몇몇 학자는 이 소설의 작가가 청대 장균(張勻)이라고 주장하지만 근거가 분명하지 않다. 이 소설은 1826년 프랑스의 중국학자 아벨-레뮈자(Jean Pierre Abel-Rémusat, 1788~1832)에 의해 프랑스어로 번역되었고, 다음 해 영국 런던에서 영어 번역본이 출간되었으며, 독일 슈투트가르트(Stuttgart)에서는 독일어 번역본이 출간되었다. 에커만(Johann Peter Eckermann, 1792~1854)이 쓴 『괴테와의 대화』(Gespräche

mit Goethe in den letzten Jahren seines Lebens) 1827년 1월 31일자 기록에 따르면 괴테가 칭찬한 중국 소설은 기실 『옥교리』가 아니라 청대 인정소설 『호구전』(好逑傳)이라고 한다. 따라서 류우지가 아래 편지에서 언급한 내용은 오류다. 『호구전』은 『협의풍월전』(俠義風月傳)이라고 하는데 모두 4권 18회이고 명교중인(名敎中人)이 편집했다고 알려져 있다.

3) 루쉰이 이 글을 쓸 때까지도 『옥교리』는 명대 소설로 알려졌으나, 그 이후 연구에 의해 청대 소설로 밝혀졌다.

4) 샤오펑(小峰)은 리샤오펑(李小峰, 1897~1971)이다. 장쑤성 장인(江陰) 사람이다. 베이징 대학을 졸업하고 1924년 루쉰, 쑨푸위안(孫伏園) 등과 위쓰사(語絲社)를 창설했다. 나중에는 주로 번역가로 활동했다.

『문예연구』 범례[1]

1. 『문예연구』는 문학과 예술 연구에 관한 글을 전문적으로 게재한다. 번역과 저작을 따지지 않으며 아울러 문예 작품 및 작가 소개와 비평에까지 영역을 확대한다.

2. 『문예연구』는 이미 문예에 종사하고 있는 독자들의 독서물로 제공하고자 한다. 따라서 글의 내용은 비교적 충실하기를 힘써 구하고, 글의 생명은 비교적 길게 가기를 힘써 구한다. 무릇 공리공담을 일삼거나 계몽을 추구하는 글 중에서 진부한 말이 있으면 모두 뽑지 않는다.

3. 『문예연구』는 오로지 지금 사람들의 작품만 게재하지 않는다. 무릇 선인들의 옛 작품 가운데서도 문예사와 중대한 관련을 맺고 있거나 한 시대의 획을 그은 작품은 소개의 대열에 넣는다.

4. 『문예연구』의 경향은 문예와 사회의 관계를 규명하는 데 둔다. 따라서 사회과학 논문 중에서도 만약 문예와 관련된 부분이 좀 있으면 이따금씩 소개의 대열에 넣는다.

5. 『문예연구』는 중국에서 새로 출간한 문예 및 사회과학 서적에 관해 간

명한 소개와 비평을 하여 독자들에게 독서 편의를 제공하기를 매우 바란다. 그러나 동인들의 식견이 한정되어 있어서 힘이 마음을 따라갈 수 없다. 전문가들께서 원고를 보내 도와주시면 큰 다행으로 여길 것이다.

6. 『문예연구』는 또 문학과 예술이 상호 소통하기를 매우 바란다. 이런 미미한 뜻을 갖고 있기 때문에 여기에 또 삽화 넣기를 시도할 것이고, 아울러 가능한 범위 내에서 조상造像과 조각 작품 사진도 많이 게재할 것이다.

7. 『문예연구』는 매년 2월, 5월, 8월, 11월 각 15일에 각 1권을 출간하고 4권을 1세트로 삼는다. 매 권은 대략 200여 쪽 10만 자에서 12만 자 정도로 구성한다. 만약 마땅히 배포해야 할 글을 많이 얻으면 수시로 페이지를 늘린다.

8. 『문예연구』에 게재한 글은 이후 더 이상 단행본으로 출간하지 않는다. 따라서 이 잡지는 단편 요론要論을 모은 총서가 되어 언제나 독자들의 참고도서로 제공될 수 있을 것이다.

주)_____

1) 원제는 「『文藝硏究』例言」. 이 글은 1930년 상하이 『문예연구』 창간호에 처음 발표되었다. 원래 제목은 「범례」(例言)다. 서명은 없다. 1930년 2월 8일 루쉰 일기에 다음 구절이 있다. "오후에 천왕다오(陳望道)에게 편지를 부쳤고, 또 「『문예연구』 범례」 초고 8개 항목을 부쳤다."
『문예연구』는 계간잡지로 루쉰이 편집을 담당했으며 상하이 다장서포(大江書鋪)에서 간행했다. 판권지에는 1930년 2월 15일에 출간한 것으로 되어 있으나 실제로는 대략 4월 말이나 5월 초에 출간한 것으로 보인다. 1기만 출간하고 정간했다.

루쉰 자서전[1]

나는 1881년 저장성浙江省 사오싱부紹興府 성안 저우周씨 가문에서 태어났다. 아버지는 선비이고, 어머니는 성이 루魯씨로 시골 사람인데 독학으로 책을 읽을 수 있는 학력에 도달했다. 사람들의 말을 들어 보면 내가 어렸을 때 집안에 아직 40~50무畝의 논이 있어서 전혀 생계 걱정을 하지 않았다고 한다. 그러나 내가 열세 살이 되었을 때 우리 집은 갑자기 큰 변고를 만나 거의 모든 것이 사라졌다. 나는 한 친척 집에 빌붙어 살아서 때때로 거지로 불리기도 했다. 이에 마음을 굳게 먹고 집으로 돌아갔으나 아버지께서 중병에 걸려 대략 3년여 만에 돌아가셨다. 나는 점차 정말 얼마 되지 않는 학비조차 생각할 방법이 없는 지경에 빠져들었다. 어머니께서는 나를 위해 여비를 좀 마련해 주시고, 나더러 학비가 필요 없는 학교를 찾아가 보라고 하셨다. 왜냐하면 나는 막료幕僚나 상인이 될 생각이 아예 없었기 때문이다.──이것은 우리 고향에서 몰락한 선비 집안 자제들이 흔히 걷는 두 가지 길이었다.

그때 나는 열여덟 살이었는데, 바로 난징으로 여행하여 수사학당水師

學堂에 합격한 후 기관과機關科에 배정되었다. 대략 반 년이 지나 나는 또 그곳을 떠나 광로학당礦路學堂으로 들어가 광산 개발을 배웠다. 졸업한 후 바로 일본으로 파견되어 유학을 했다. 그러나 도쿄의 예비학교를 졸업할 때 나는 이미 의학을 배우기로 마음먹었다. 그 원인의 하나는 새로운 의학이 일본의 유신에 커다란 도움이 되었음을 내가 확실하게 알았기 때문이다. 그래서 나는 센다이(Sendai) 의학전문학교에 진학하여 2년간 공부했다. 이 당시는 바야흐로 러일전쟁이 한창이었는데, 나는 우연히 영화에서 스파이노릇을 했다는 이유로 목이 잘리는 어떤 중국인을 보았다. 이 때문에 또 중국에서는 사람 몇 명을 치료해 봐야 아무 소용이 없으며, 비교적 광대한 운동이 있어야 한다는 사실을 깨닫고 …… 먼저 신문예를 제창했다. 나는 학적을 포기하고 다시 도쿄로 가서 친구 몇 명과 몇 가지 작은 계획을 세웠지만 계속해서 모두 실패하고 말았다. 나는 또 독일로 가려 했으나 역시 실패했다. 결국 우리 어머니와 다른 사람 몇 명이 내가 경제적으로 도와주기를 바라고 있었기 때문에 나는 곧 중국으로 돌아왔다. 그때 내 나이 스물아홉이었다.

나는 귀국하자마자 저장성 항저우杭州의 양급사범학당兩級師範學堂에서 화학과 생리학 교사를 지냈다. 이듬해 그곳을 떠나 사오싱중학당紹興中學堂으로 가서 교무장으로 일했다. 삼 년째 되는 해 또 그곳을 나왔지만 갈 만한 곳이 없어서 어떤 서점에서 편집자 겸 번역가 역할을 해보고 싶었으나 끝내 거절당하고 말았다. 그런데 혁명이 발생하여 사오싱이 광복된 후 나는 사범학교 교장이 되었다. 혁명정부가 난징에 들어서자 교육부 장관이 나를 교육부 직원으로 불렀고, 이후 베이징으로 옮겨 갔다. 나중에 또 베이징대학, 사범대학, 여자사범대학 국문과 강사를 겸임했다. 1926년 몇

몇 학자가 돤치루이段祺瑞 정부에 나를 불순분자라 밀고하고 체포해야 한 다고 했다. 나는 즉시 친구 린위탕林語堂의 도움으로 샤먼廈門으로 도피하 여 샤먼대학 교수로 재직했다. 12월에 또 그곳을 떠나 광둥으로 가서 중 산대학中山大學 교수가 되었다. 4월에 사직하고 9월에 광둥을 떠나 지금은 줄곧 상하이에 살고 있다.

나는 유학할 때 잡지에 변변치 못한 글 몇 편을 실은 적이 있을 뿐이 다. 처음 소설을 쓴 것은 1918년이다. 친구 첸쉬안퉁錢玄同의 권유로 소설 을 써서 『신청년』에 실어야 했기 때문이다. 그때 비로소 '루쉰'魯迅이란 필 명(Pen-name)을 사용했다. 또 항상 다른 이름으로 짧은 글을 좀 짓기도 했다. 현재 글을 모아 인쇄하여 책으로 만든 것으로는 단편소설집 두 권 즉 『외침』과 『방황』, 논문집 1권, 회고록 1권, 산문시 1권, 짧은 평론집 4권 이 있다. 이밖에 번역을 제외하고도 인쇄한 것으로는 『중국소설사략』 1권 이 있고, 또 내가 편집한 『당송전기집』唐宋傳奇集 1권이 있다.

주)_____

1) 원제는 「魯迅自傳」. 이 글은 루쉰의 자필 원고에 근거하여 편집해 넣었다. 루쉰이 1925 년에 쓴 「러시아 역본 「아Q정전」 서언 및 저자의 자술 약전」(俄文譯本『阿Q正傳』序及著 者自敍傳略; 『집외집』에 수록)의 기록을 바탕으로 그것을 증보하고 수정하여 완성했다.

펑후이시에게 제사를 써주다[1]

사람을 죽이는 일에 장군들이 나서는데,
사람을 구하려 의학을 배운다.[2]
민중들 태반을 살해하는 때에,
한두 명 남은 사람 구하려 한다.
작은 도움이 될 수 있을까?
오호라 아아아 허허허허!

1930년 9월 1일, 상하이

루쉰

주)_____

1) 원제는 「題贈馮蕙憙」. 이 글은 루쉰의 친필 글씨에 근거하여 편집해 넣었다. 본래 제목
이 없었다. 이 사언시는 1962년 중국 우스창(吳世昌) 교수가 처음 발굴하여 『톈진만보』
(天津晚報)에 「루쉰 집외의 사언시」(魯迅集外的四言詩)란 제목으로 발표되었다. 이후 홍

콩에 거주하던 펑후이시(馮惠熹)가 이 시의 친필 사진을 제공하여 사실을 확인해 줬다. 펑후이시는 루쉰의 부인 쉬광핑의 고종 여동생으로 당시 베이징 협화의학원(協和醫學院) 학생이었다. 1930년 여름 방학 때 루쉰의 집을 방문하여 기념 글씨를 요청하자 쉬광핑은 '친여수족'(親如手足)이란 구절을 써줬고, 루쉰은 이 사언시를 써줬다고 한다. 루쉰 지음, 김영문 옮김, 『루쉰, 시를 쓰다. 루쉰시전집』(역락, 2010)을 참고했다.

2) 루쉰의 잡문 「나폴레옹과 제녀」(拿破倫與隋那; 루쉰전집 8권 『차개정잡문』 수록)에도 "사람을 죽이는 자는 세계를 파괴하고, 사람을 구하는 이는 세계를 보수한다"(殺人者毀壞世界, 救人者在修補它)라는 구절이 있다.

『철갑열차 Nr. 14-69』 번역본 후기[1]

작가의 사적은 그의 자서전에 보인다. 이 책에 대한 비평은 Kogan[2] 교수가 쓴 『위대한 10년의 문학』에 보인다. 중국에도 이미 번역본이 있으므로 여기에서 많은 말을 할 필요는 없겠다.

파르티잔에 관한 소설은 이바노프[3]가 지은 이 한 편만 있는 것은 아니지만 이 소설이 걸작으로 일컬어지고 있다. 파르티잔이란 본래 불어에서 나온 말로 '당원'이란 뜻이다. 나폴레옹이 러시아를 침략했을 때 농민들이 단체를 조직하여 자위에 나섰다.——이 명칭은 아마도 프랑스 사람들이 붙인 것으로 보인다.

지금은 더러 유격대로 번역하기도 하고 습격대로 번역하기도 한다. 서구의 신문기자들이 그들의 피어린 펜으로 선연하게 묘사하자 독자들은 마치 파르티잔이 피에 굶주린 야수처럼 느껴졌을 것이다. 이 소설로 모든 풍문을 씻고, 그들이 단순하고 평범한 농민일 뿐이며,——기실 노동자와 농민 자위단에 불과하다는 사실을 알 수 있을 것이다.

이 번역본의 저본은 일본 구로다 다쓰오[4]의 번역본, 그중에서 두번째 개역본改譯本이다. 그는 스스로 "확실히 면목이 완전히 새로워져서 완전함에 능히 가까워졌다고 믿는다"라고 말했다. 그러나 Eduard Shienmann의 독일어 번역본을 참고해 보니 다른 점이 적지 않았다. 소설의 줄거리에 근거하여 추측해 봐도 서로 장단점이 있는 것 같다. 이 때문에 이 번역본도 항상 독일어 번역본을 참조했다. 대체로 작가가 편력한 곳이 아주 많아서 방언이 마구 뒤섞여 있다. 따라서 이 소설에는 시베리아 방언과 중국어도 자주 등장한다. 필치가 자못 특별하기에 완전한 번역본은 출현하기 어려울 것이다. 우리의 번역본도 직접적인 완역본이 나오기 전까지 존재할 권리가 있다고 주장할 수 있을 뿐이다.

1930년 12월 30일, 편자

주)_____

1) 원제는 「『鐵甲列車 Nr.14-69』譯本後記」. 이 글은 상하이 신주국광사(神州國光社)에서 출간한 중국어 번역본 『철갑열차 Nr.14-69』에 처음 실렸다. 본래의 제목은 「후기」(後記)다.

『철갑열차 Nr.14-69』는 소련 이바노프(Всеволод Вячеславович Иванов, 1895~1963)가 지은 중편소설이다. 소련 국내 전쟁 시기에 시베리아의 노동자와 농민이 파르티잔(유격대)을 조직하여 일본과 미국 간섭자들이 지지하는 코사크 비적과 투쟁을 벌이는 이야기다. 스헝(侍桁)이 번역하고 루쉰이 교열했다. 루쉰이 편집한 '현대문예총서'의 하나로 편입되었다. Nr.은 번호란 뜻으로 독일어 Nummer의 축약어다.

2) Kogan, 즉 코간(Пётр Семёнович Коган, 1872~1932)은 소련의 문학사가다. 『서구문학사개론』 등의 저서를 남겼다.

『위대한 10년의 문학』은 10월혁명 전후에서 1927년까지 소련문학 발전 개황을 논술한 저작이다. 이 저작은 선돤셴(沈端先; 샤옌夏衍)이 번역하여 1930년 9월 상하이 난창서국(南昌書局)에서 출판했다.

3) 이바노프는 소련 작가로 중편 『철갑열차 14-69』(Бронепоезд 14-69), 『파르티잔 이야기』(Сопки. Партизанские повести), 장편 『파르코멘코』(Александр Пархоменко) 등의 작

품을 남겼다.

4) 구로다 다쓰오(黑田辰男, 1902~1992)는 일본의 러시아문학 연구가 겸 번역가로 와세다 대학교 러시아문학과 교수를 지냈다. 그가 개역한 『철갑열차 Nr.14-69』 판본은 1930 년 3월 10일 도쿄 고이시카와(小石川)의 맑스서방에서 출판했다. 같은 해 2월에 쓴 서 문에서 그는 이렇게 말했다. "『철갑열차』 졸역은 3년 전에 이미 출판한 적이 있다. 이번 재판에서는 옛날 원고를 모두 버리고 완전히 새롭게 개역했다. 새 번역본 『철갑열차』 는 확실히 면목이 완전히 새로워져서 완전함에 능히 가까워졌다고 믿는다."

『타오위안칭 출품 도록』에 부쳐[1]

이것은 쉬안칭[2]이 당시에 손수 장정하여 내게 증정한 책이다. 벌써 3년을 훌쩍 넘겼고, 작가도 오래도록 호숫가에서 영면하고 있다. 풀잎에 맺힌 이슬은 쉽게 마르는 법이라,[3] 이 글씨를 남겨 기념하고자 한다. 오호라!

1931년 8월 14일 밤, 루쉰이 상하이에서 쓰다

주)＿＿＿＿

1) 원제는 「題『陶元慶的出品』」. 이 글은 루쉰의 친필 글씨에 근거하여 편집해 넣었다. 본래 루쉰 소장 화집(畵集) 『타오위안칭 출품작』 속표지에 쓴 글씨인데, 제목과 표점이 없었다.
『타오위안칭 출품 도록』은 타오위안칭이 상하이 리다학원(立達學園) 미술원(美術院) 서양화과(西畵系) 제2회 회화전시회에 출품한 작품을 모은 것으로 모두 8폭의 그림이 들어 있다. 1928년 5월 베이신서국에서 인쇄했다. 이 도록 속에 루쉰의 「타오위안칭 군의 회화전시회 때―내가 말하려는 몇 마디 말」(當陶元慶君的繪畵展覽時―我所要說的幾句話; 나중에 『이이집』에 수록)이 실려 있다. 같은 해 5월 7일 타오위안칭이 이 도록을 루쉰에게 증정했다.

2) 쉬안칭(璿卿)은 타오위안칭(陶元慶, 1893~1929)의 자다. 저장성 사오싱 사람으로 미술가다. 상하이 리다학원(立達學院), 항저우 미술전과학교(美術專科學校) 등지의 교수직을 역임했다. 루쉰이 출간한 『무덤』, 『방황』, 『아침 꽃 저녁에 줍다』, 『고민의 상징』 등 서적의 표지 그림을 그렸다. 1929년 병사하자 루쉰이 돈을 내서 항저우 시후(西湖) 가에 무덤을 마련하고 장례를 치렀다.

3) 원본은 '草露易晞'. 한나라 악부시 상화곡(相和曲) 「해로곡」(薤露曲)에 "부추 잎 위의 이슬은 어찌 그리 쉽게 마르나"(薤上露, 何易晞)라는 구절이 있다. 부추 잎 위의 이슬이 쉽게 마르는 것처럼 인생도 잠깐 사이에 늙어서 죽는다는 사실을 비유한 것이다. 한나라 때 장송곡 가사로 알려져 있다.

케테 콜비츠의 목판화「희생」설명[1]

케테 콜비츠(Käthe Kollwitz)는 1867년 동프로이센의 쾨니히스베르크[2]에서 태어났다. 고향, 베를린, 뮌헨에서 그림을 배웠고, 뒤에 의사인 Kollwitz와 결혼했다. 남편이 빈민가에 살며 항상 빈민들의 병을 치료해줬기 때문에 K. Kollwitz의 판화 소재에도 가난한 사람들의 질병과 고통이 많이 들어 있다.

가장 유명한 것은 네 가지 연작 판화다.[3]「희생」은 목판화『전쟁』7폭 중 하나다. 한 어머니가 슬픔을 머금고 자신의 아들을 아무 의무도 없는 희생물로 바치는 일을 새겼다. 그때가 바로 제1차 세계대전 기간이었고, 그녀의 두 어린 아들은 모두 전선에서 죽었다.[4]

그러나 그녀의 그림은 '비애'와 '분노'에 그치지 않는다. 만년에 이르러서는 이미 비극적이고 영웅적이고 암담한 형식화에서 벗어났다.

이 때문에 오토 나겔[5]은 그녀를 이렇게 비평했다. "K. Kollwitz가 우리에게 이렇게 가까워진 까닭은 강하고 포용적인 그녀의 모성애 때문이다. 그녀의 예술 작품 위에 떠도는 이것은 마치 선善의 징조와 같다. 이것은 우리로 하여금 인간 세상을 떠나고 싶게 한다. 그러나 이것은 또한 더욱 새롭고 더욱 좋은 '미래'에 대한 독촉과 신앙이기도 하다.

주)_____

1) 원제는 「凱綏·珂勒惠支木刻'犧牲'說明」. 이 글은 1931년 9월 20일 상하이 『북두』(北斗) 월간 창간호에 처음 발표되었다. 본래 제목은 「희생—독일 콜비츠 목판화 『전쟁』 중 하나」(犧牲—德國珂勒惠支木刻'戰爭'中之一)로 서명은 없다. 루쉰이 「희생」을 선택하여 실은 의미는 『남강북조집』(루쉰전집 6권) 「망각을 위한 기념」을 참고하라.
케테 콜비츠(Käthe Kollwitz, 1867~1945)는 독일 판화가다. 루쉰은 1936년 『케테 콜비츠 판화 선집』을 편집하여 인쇄하면서 「머리말 및 목록」(序目)을 쓴 적이 있다(『차개정 잡문 말편』에 수록).
2) 쾨니히스베르크(Königsberg)는 제2차 세계대전 이후 러시아로 할양되어 지금은 칼리닌그라드(Kaliningrad, Калининград)로 불린다. 러시아연방 서쪽 끝 항구도시다.
3) 『직공들의 반란』, 『농민전쟁』, 『전쟁』, 『프롤레타리아트』를 가리킨다. 「희생」은 『전쟁』 중 한 편으로 중국에 소개된 콜비츠의 첫 판화 작품이다.
4) 콜비츠의 둘째 아들 페테르가 1914년 10월 23일 전사했다. 따라서 본문에서 두 아들이 죽었다라고 언급한 것은 오류다.
5) 오토 나겔(Otto Nagel, 1894~1967)은 독일의 화가 겸 미술비평가다.

『용사 야노시』 교열 후기[1]

이 책 번역 원고가 내 손에 도착한 것은 이미 족히 1년 반이나 되었다. 나는 본래 지금까지 Petöfi Sándor[2]의 사람됨과 그의 시를 아주 좋아해 온데다, 또 번역문이 착실하면서도 유창함을 보고 마치 기이한 보배를 얻은 것 같았다. 이에 단행본 출간 계획이 성공하지 못하면 계속 『분류』에 게재하여 중국에 소개할 생각이었다. 또 한편으로 그에게 편지를 보내 아름다운 삽화를 찾을 수 있는지 물었다.

역자는 바로 작가의 본국 즉 원역자原譯者 K. de Kalocsay[3] 선생이 있는 곳으로 편지를 보냈고, 작년 겨울 마침내 아주 좋은 그림 12폭을 받았다. 그것은 Sándor Bélátol(구미식으로 표기하면 Béla Sándor)[4] 교수가 그린 벽화로 오색찬란한 축소 인쇄품이었다. 또 그는 편지에서 이렇게 말했다. "이전에 나는 이 작품의 그림을 수집한 적이 있지만 오랫동안 찾을 수 없어서 절망하고 있었습니다. 그런데 마침내 저의 한 친구에게서 그림을 찾을 수 있었습니다." 그럼 이 『용사 야노시』 그림은 헝가리 본국에서도 절대 자주 볼 수 있는 작품이 아니다.

그러나 그때 『분류』가 영문을 알 수 없는 이유 때문에 이미 정간한 상태였다. 나는 이런 연유로 이 번역이 묻혀 버린다면 너무나 애석하다고 생각했다. 나 스스로 출판할 힘이 없어서 소설월보사에 소개했지만 내줄 듯 말 듯 망설이는지라 다시 학생잡지사로 보냈다. 그러나 단칼에 낼 생각이 없다고 해서 운수가 사납다 여기고 낙담하여 돌아왔다. 그리하여 이 원고는 나를 수행하며 말라 가고, 나와 함께 떠돌며 지금에 이르렀다. 하지만 어떤 난관을 만나더라도 이 시와 그림은 여전히 훌륭하다. 그것은 작가가 코사크 병사의 창 끝에 죽었지만 의연히 시인이며 영웅인 것과 같다.

작가의 개략적인 사적은 역자가 이미 앞쪽에서 서술한 이외에도 오스트리아의 Alfred Teniers[5]가 지은 전기도 있다. 이것을 바이망白莽이 번역하여 『분류』 마지막 호인 제2권 제5호에 게재한 바 있는데, 내용이 비교적 상세하다. 그의 장기는 물론 서정시다. 그러나 이 민간고사에 기반한 시는 사적은 간단하고 소박하지만 어린이의 천진함이 가득하다. 따라서 설령 당신이 이미 90 연세를 넘었다 해도 '어린이의 마음'만 갖고 있다면 아주 즐겁게 이 책을 끝까지 읽을 수 있을 것이다. 독일에서는 1878년에 이미 I. Schnitzer[6]가 번역본을 내면서 헝가리 동화시라고 칭했다.

동화에 대해서 근래에 문무 관리들까지 높은 식견을 보이고 있다. 어떤 사람은 고양이와 개가 말을 하거나 또 그것들을 선생이라고 부르는 것은 인류의 체통을 잃는 일이라고 말한다.[7] 또 어떤 사람은 이야기에서 왕을 만들고 황제를 꾸며내 공화의 정신을 위배해서는 안 된다고 말한다. 그러나 나는 이런 것이 거의 '기杞나라 사람이 하늘 무너질까 걱정하는 일'처럼 여겨지는데 기실은 전혀 중요한 일이 아니다. 아이들의 마음은 문무 관리들과 달리 진화할 수 있으므로 절대 어떤 한 지점에 영원히 머물며 수

염이 길게 자라서도 여전히 거인을 타고 신선이 사는 섬으로 가서 황제가 될 생각을 하지 않는다.[8] 만약 계속 그런 생각을 한다면 그건 타고난 저능아이므로 설령 평생토록 동화 한 편을 읽지 않더라도 대수로울 게 전혀 없는 것이다.

그러나 지금 만약 신작 동화가 있다면 꼭 왕을 봉하고 재상을 임명하는 이야기는 아닐 것이라고 나는 생각한다. 하지만 이 작품은 1844년에 지어졌을 뿐 아니라 민간 전설에서 소재를 취한 분명한 동화이기 때문에 전혀 기이할 게 없다. 당시에 시인은 아마도 하느님을 믿었다. 이에 어떤 사람은 시인이 사후에 하느님의 우대를 받아 하느님 곁에 앉아서 사탕을 먹고 있을 것이라고 생각했다.[9] 그러나 지금 우리는 그 말을 듣는다고 해서 서둘러 시작詩作을 배워 장래에 사탕을 먹어야겠다고 희망하지는 않는다. 엄청나게 사탕을 좋아하는 사람이라 해도 그런 지경에 빠지지는 않는다.

위에서 서술한 몇 가지는 해롭지 않고 유익하기 때문에 마침내 나의 미력이나마 다 바쳐 중국 독자들께 헌정하려는 것이다. 노인과 성인까지 이 책에 기대 한가하게 시간을 보내거나 문학을 연구하려는 사람은 모두 독자에 포함되며, 오로지 어린이들에게만 국한되지 않는다. 에스페란토 번역본에는 본래 작은 삽화 세 폭이 포함되어 있는데, 이 번역본에는 두 폭만 실었다. 가장 애석한 것은 경제적인 문제 때문에, 그 구하기 어려운 12폭 벽화 대부분을 단색 동판으로만 인쇄하여 원본의 정채로움을 적지 않게 잃어버렸다는 점이다. 하지만 이 자리를 빌려 헝가리 명작과 화가 두 명을 벌써 소개한 것으로 간주할 수 있겠다.

1931년 4월 1일, 루쉰

주)_____

1) 원제는 「『勇敢的約翰』校後記」. 이 글은 1931년 10월 상하이 후평서점(湖風書店)에서 출판한 중국어 번역본 『용사 야노시』에 들어 있었다.

『용사 야노시』(*János Vitéz*)는 페퇴피의 대표작으로 전설적인 국민 영웅에 대한 장편 동화 서사시다. 쑨융(孫用, 1902~1983)이 에스페란토 번역본에 근거하여 중국어로 번역했다. 쑨융은 저장성 항저우 사람으로 본명이 부청중(卜成中)이다. 1929년 11월 초에 『용사 야노시』 중국어 번역 원고를 루쉰에게 우송했다.

2) 페퇴피 샨도르(Petőfi Sándor, 1823~1849)는 헝가리의 낭만적 애국 시인이다. 중학 졸업 후 군인, 여행 가이드 등 다양한 일을 하며 민중들의 생활을 직접 겪었다. 1844년 민간 전설을 기반으로 국민적 영웅을 노래한 장편 동화 서사시 『용사 야노시』를 발표하여 명성을 날렸다. 1848~1849년 혁명 때는 「일어나라, 마자르인이여」라는 시를 발표하여 애국, 정열, 환희의 시정을 마음껏 발산했다. 1849년 26세의 젊은 나이로 독립전쟁에서 전사했다. 루쉰은 일찍부터 페퇴피의 문학에 심취했다.

3) K. de Kalocsay는 컬로처이 칼만(Kalocsay Kálmán, 1891~1976)으로 헝가리 시인 겸 번역가다. 『용사 야노시』를 에스페란토로 번역했다. 쑨융이 이 번역본을 대본으로 하여 중국어 번역본을 완성했다.

4) 샨도르 빌라톨(Sándor Bélátol, 1872~1949)은 헝가리 화가다.

5) 알프레드 테니어스(Alfred Teniers, 1839~1921)는 오스트리아 작가다.

바이망(白莽, 1909~1931)의 본명은 쉬바이팅(徐柏庭) 또는 쉬쭈화(徐祖華), 필명이 바이망 또는 인푸(殷夫)다. 그는 페퇴피의 전기를 소개한 테니어스의 문장을 번역하여 「페퇴피 샨도르 행장」(彼得斐·山陀爾行狀)이란 제목을 달았다. 중국좌익작가연맹 구성원으로 활동 중 1931년 2월 7일 러우스(柔石), 후예핀(胡也頻), 리웨이썬(李偉森), 펑겅(馮鏗)과 함께 국민당 당국에 체포되어 살해되었다. 이 다섯 사람을 흔히 '좌련오열사'라고 부른다.

6) 슈니처(Ignaz Schnitzer, 1839~1921)는 헝가리 기자, 시인, 번역가다.

7) 1931일 3월 5일자 『선바오』(申報) 기사에 따르면 후난 군벌 허젠(何鍵)이 1931년 2월 국민당정부 교육부에 보낸 글에 이런 이야기를 했다고 한다.

8) 『용사 야노시』 마지막 부분에 나오는 이야기다.

9) 독일 시인 하이네(Heinrich Heine, 1797~1856)의 『노래의 책』(*Buch der Lieder*) 「귀향 시편」(Die Heimkehr)에 나온다.

리베라의 벽화「빈민의 밤」설명[1]

리베라(Diego Rivera)는 1886년 멕시코에서 태어났지만 오랫동안 서구에서 그림을 배웠다. 그는 20세 이후 프랑스, 스페인 그리고 이탈리아를 왕래하며 인상파와 입체파 및 르네상스 전기 벽화 화가의 영향을 깊이 받았다. 이후 귀국하여 노동자·농민 운동에 느낀 바가 있어서 마침내 "민중과 함께하겠다"는 선언을 하고 유명한 프레스코 벽화 화가가 되었다. 프레스코(Fresco)란 소석회 분말이 마르는 동안 바로 붓으로 채색을 하는 기법인데 매우 쉽지 않은 방법이다.

그의 벽화는 세 곳에 있다.[2] 첫째, 교육부 안에 있는 노동원勞動院이다. 둘째, 제사원祭祀院이다. 셋째, 차핑고(Chapingo) 농업학교다. 이번에 소개하는 이 한 폭은 제사원 안에 있는 것이다.

리베라는 벽화를 사회적 책임을 다할 수 있는 양식으로 생각했다. 왜냐하면 이것은 귀족의 저택에 소장된 그림과 달리 공공건축의 벽에 그린 것이어서 대중에 속한 것이기 때문이다. 이 때문에 만약 아직도 살롱(Salon) 회화에 기울어 있다면 그것은 바로 현대예술 중에서 가장 나쁜 경향에 치우쳐 있는 것이다.

주)_____

1) 원제는 「理惠拉壁畵『貧人之夜』說明」. 이 글은 1931년 10월 20일 『북두』 월간 제1권 제2
   기에 처음 발표되었다. 본래 제목은 「빈민의 밤」(貧人之夜)으로 되어 있고, 서명은 없다.
   리베라(Diego Rivera, 1866~1957)는 멕시코 화가다. 스페인 정복 이전의 아스테카 문
   화와 현대 회화를 이어주는 역할을 담당했다. 멕시코의 고대 신화와 역사를 바탕으로
   초현실주의, 다다이즘, 인상주의, 입체주의 등 현대적 회화 기법을 결합하여 가장 멕시
   코다운 그림을 그린 것으로 인정된다. 지금도 멕시코의 영웅으로 일컬어진다. 특히 벽
   화운동에 매진했다.
2) 루쉰이 이 글을 쓸 때는 리베라의 벽화가 세 곳에만 있었으나 그 이후에도 리베라는 대
   통령궁, 예술의 전당, 미국의 여러 곳 등 다양한 곳에 벽화를 그렸다.

'일본 연구'의 바깥[1]

일본이 랴오닝성遼寧省과 지린성吉林省을 점령한 이래 출판계에 새로운 현상이 나타났다. 수많은 신문과 잡지에 모두 일본 연구 논문이 게재되고 있고, 여러 출판사에서도 일본 연구 소책자를 출간하려 한다. 이밖에도 광고에 의하면 무슨 망국사亡國史가 순식간에 매진되어 판을 거듭 찍고 있다고 한다.

어떻게 이처럼 다양한 일본 연구 전문가가 갑자기 탄생할 수 있는가? 상황을 보자. 『선바오』 「자유담」自由談에 실린 무슨 "일본을 도적의 나라로 불러야 한다"日本應稱爲賊邦, "일본의 옛 명칭은 왜노다"日本古稱倭奴, "친구에게 들으니 일본은 징병제를 시행한다고 한다"聞之友人, 日本乃施行徵兵之制 따위의 저능아 같은 담론을 제외하고, 비교적 내용이 충실한 것 중 어떤 것이라 해도 상하이의 일본 서점에서 사온 일본 책과 관계가 없지 않다. 그것은 중국인의 일본 연구가 아니라 일본인의 일본 연구다. 일본을 연구한 일본인의 문장을 중국인이 크게 훔쳐 온 것이다.

일본인이 자신들의 본국 및 만주와 몽골에 관한 책을 쓰지 않았다면 우리 중국 출판계는 이처럼 뜨겁게 달아오르지 않았을 것이다.

이 같은 일본 배척 목소리 가운데서, 나는 감히 단호하게 중국 청년들에게 다음과 같이 충고하고자 한다. 일본인에게는 우리가 본받을 만한 점이 있다. 예를 들어 그들은 본국과 우리 동삼성[2]에 관해 평소에도 많은 책을 쓴다.──그러나 목전에 투기를 목적으로 출간하는 책은 제외해야 한다.──외국에 관한 것은 물론 더 말할 필요가 없다. 우리 자신에게는 무엇이 있는가? 묵자는 비행기를 만든 원조이고,[3] 중국은 4000년 고국古國이라는 따위의 변변치 않은 잠꼬대를 제외하고 무엇이 있는가?

우리는 물론 일본을 연구해야 하지만 다른 나라도 연구해야 한다. 티베트를 잃고 나서 잉글랜드를 연구하거나(전례에 비춰 보면 그때는 '영국오랑캐'英夷로 불렀다), 윈난이 위급해지고 나서야 다시 프랑스를 연구하는 경향에서 벗어나기 위해서 말이다. 또 지금 우리와 아무 관계도 없는 것 같은 독일, 오스트리아, 헝가리, 벨기에…… 등등과 특히 우리 자신을 연구해야 한다. 우리의 정치는 어떤가? 경제는 어떤가? 문화는 어떤가? 사회는 어떤가? 해마다 이어지는 내전과 '정법'正法을 겪고도 도대체 아직도 4억 인구가 남아 있을 수 있는가?

우리는 더 이상 무슨 망국사를 읽어서는 안 된다. 왜냐하면 이러한 책은 기껏해야 당신에게 망국노가 되는 길을 가르쳐서, 현재의 고통보다 더한 고통을 안겨 줄 수 있을 뿐이기 때문이다. 뒷날 상황에 따라 마음이 변하면 겉으로 봐도 이미 망국에 빠진 인민들보다 상황이 더 낫다고 생각하고 이를 행운으로 여기며, 여전히 기쁨에 젖어 다시 또 멸망이 더욱 가까이 다가오기를 기다릴 수도 있다. 이것은 '망국사' 첫 페이지 이전의 페이지이므로 '망국사'의 필자가 분명하게 써낼 수 없는 것이다.

우리는 현대의 흥국사興國史를 읽어야 한다. 현대 신흥 국가의 역사 속에서 드러나는 것은 전투의 함성과 생생한 활로이지 망국노의 비탄과 절규가 아니다!

주)_____

1) 원제는 「'日本研究'之外」. 이 글은 1931년 11월 30일 『문예신문』(文藝新聞) 제38호에 처음 발표되었다. 서명은 러번(樂賁)이다.
2) 동삼성(東三省)은 중국 만주 지역의 세 성, 즉 랴오닝성, 지린성, 헤이룽장성(黑龍江省)을 가리킨다.
3) 『한비자』「외저설」(外儲說)에 다음과 같은 기록이 있다. "묵자는 나무로 연을 만들면서 3년을 들여 완성했지만 하루를 날고는 떨어졌다."

독일 작가 판화전 소개[1]

세계에서 판화가 가장 일찍 출현한 나라는 중국이다. 돌에 새겨 사람들이 손으로 만져 볼 수 있게 하기도 했고 목판에 새겨 세상에 두루 배포하기도 했다. 나중에 그 쓰임을 확장하여 서적의 수상繡像[2]이나 낱장의 꽃종이花紙에 새겨 그림을 좋아하는 사람들이 더욱 쉽게 볼 수 있게 되었다. 그렇게 계속 전해지다가 새로운 인쇄술이 중국으로 전입되자 비로소 점점 쇠망의 길로 들어섰다.

　유럽의 판화도 애초에는 삽화로 이용되거나 낱장으로 인쇄되었으므로 이는 중국의 경우와 동일하다. 모두들 판화를 빌려 눈과 마음의 오락물로 삼으면서도 전혀 예술로 간주하지 않았던 점도 중국과 같다. 그러나 19세기 말에 이르자 풍조가 바뀌어서 수많은 유명 예술가들이 모두 직접 칼로 붓을 대신하여 스스로 밑그림을 그리고 스스로 판화를 새기고, 스스로 그것을 찍어 냈다. 그러자 판화가 확실하게 일종의 예술품이 되었다. 그리고 사람들의 감상품으로 제공되는 양도 한 장으로 예술적 성취를 이룰 수 있는 유화 종류에 비해 훨씬 많다. 이런 예술을 지금 사람들은 '창작 판화'

라 부르고, 옛날 목각과 구별하여 어떤 사람은 그것을 '조각칼 예술'이라 부르기도 한다.

그러나 중국에서 이 예술에 주의를 기울인 사람은 여태까지 아주 드물었다. 작년에 작은 전시회가 열린 적이 있지만[3] 지금까지도 후속 움직임이 전혀 없다. 근래에 소문을 들으니 독일의 미술 애호가들이 '창작 판화 전시회'를 준비하고 있다고 한다. [전시하려는] 판화의 종류로는 목판, 석판, 동판이 있으며 작가들은 모두 현대 독일인이거나 독일에 거주하고 있는 각국의 명인인데, 이미 미술사로 진입한 사람도 많이 있다고 한다. 예를 들면 아르키펭코(Archipenko), 코코슈카(O. Kokoschka), 파이닝거 (L. Feininger), 페히슈타인(M. Pechstein)은 모두 현대예술을 조금만 알고 있는 사람이라면 아주 잘 알고 있는 인물이다. 이밖에도 표현주의 문학운동이 전개될 때 문학가들과 함께 협력한 호프만(L. von Hofmann)과 마이트너(L. Meidner)의 작품도 있다. 신진 전투적 작가, 예를 들면 콜비츠(K. Kollwitz), 그로스(G. Grosz), 메페르트(C. Meffert) 같은 작가는 문학에 주의를 기울여 온 사람이라면 바로 알 수 있으므로 더욱더 많은 말을 할 필요가 없다.

이 전시회에는 위에서 소개한 각 작가 및 다른 작가의 판화까지 모두 100여 폭이 전시되고, 큰 것은 두 세 자[尺]에 이르며, 모든 작품에 작가의 친필 사인이 있다고 한다. 이것은 복제한 그림과는 정말 하늘과 땅만큼의 차이가 있으므로 미술 전공 학생과 미술 애호가들은 직접 보고 연구할 만한 가치가 있다.

주)_____

1) 원제는 「介紹德國作家版畫展」. 이 글은 1931년 12월 7일 『문예신문』 제39호에 처음 발표되었다. 서명은 러번이다. 독일 작가 판화전은 상하이의 잉환도서공사(瀛寰圖書公司)의 독일인 사장 이레네(Irene)가 1931년에 준비하여 1932년 6월에 전시했다. 이 전시회는 당시 상하이에 거주하던 함부르거(Ursula Hamburger) 여사와 루쉰의 큰 지지를 받았다. 루쉰은 이 전시회를 위해 일부 전시품과 액자를 제공했고, 이 글과 바로 다음 글을 써서 전시회를 널리 소개했다.

2) 수상(繡像)은 명대와 청대 이래 통속 장회소설 앞부분에 작중 주요 인물들을 판화로 새겨서 첨부하는 것이다.

3) 루쉰과 일본인 우치야마 간조(內山完造, 1885~1959)가 1930년 10월 상하이에서 공동으로 개최한 판화 전시회다. 소련과 독일 등지의 판화 작품 70여 폭을 전시했다.

독일 작가 판화전 거행 연기 진상[1]

이번 판화 전시회는 본래 이달 7일에 거행하기로 결정되었다. 소문을 들으니 수집한 원판 판화도 적지 않고, 대체로 큰 것은 1자[尺] 넘는 것도 있다고 한다. 예를 들면 그로스의 석판화 「쉴러의 극본 『강도』에 나오는 경구 그림」Neun Lithographien zu Sentenzen aus Schillers Räuber 열 장,[2] 콜비츠 부인이 제작한 동판화 『농민도』 일곱 장이 그것인데 큰 것은 2자 이상이라고 한다. 이 때문에 마침내 액자에 문제가 생겼다. 미술에 뜻을 둔 사람도 구입할 힘이 없어서 일시적으로 다른 방법으로 해결하기도 어렵다. 지금 전시회를 준비하는 사람이 사방으로 친구들을 향해 돈을 빌리려고 상담하고 있는데, 일단 빌리는 일이 잘 해결되면 바로 전시회를 열 수 있을 것이다.

또 소문에 러시아 목판화 명인 피스카레프[3]가 「철의 흐름 그림」鐵流圖 소품 4폭을 갖고 있었는데, 스스로 엄동설한에 원판으로 찍어 내서, 소설 『철의 흐름』 중국어 번역자[4]에게 증정했고, 그것을 번역자가 어제 이미 상하이로 우송했다. 이것은 동아시아 유일의 원판 판화다. 전해 오는 말에 의하면 삼한서옥三閑書屋에서 판을 찍어 인쇄한다고 한다. 이 작품도 함께 이 전시회에 먼저 전시하여 미술 애호가들의 감상에 제공하고자 한다.

주)_____

1) 원제는 「德國作家版畫展延期擧行眞像」. 이 글은 1931년 12월 14일 『문예신문』 제40호에 처음 발표되었다. 본래 제목은 「철의 흐름 그림·판화전 거행 연기의 진상」(鐵流圖·版畫展 延期擧行眞像)이다. 서명은 없다.
2) 중국어판 『루쉰전집』 주석에는 이 작품이 모두 9폭이고 1922년에 완성되었다고 한다. 루쉰의 기억에 오류가 있는 것으로 보인다.
3) 피스카레프(Николай Пискарев, 1892~1959)는 소련의 판화가 겸 삽화가다. 『철의 흐름』(Железном потоке)과 『안나 카레니나』(Анна Каренина) 등 소설의 삽화를 그렸다. 『집외집습유』「『철의 흐름』 편집교정 후기」 참조.
4) 『철의 흐름』 중국어 번역자는 차오징화(曹靖華, 1897~1987)다. 그는 허난성 루스(盧氏) 사람으로 본명이 롄야(聯亞)다. 웨이밍사(未名社) 동인으로 활동하며 번역에 종사했다. 그는 1931년 11월 소련 작가 세라피모비치(Александр Серафимович Серафимович, 1863~1949)의 장편소설 『철의 흐름』을 중국어로 번역하여 삼한서옥에서 출판했다. 같은 해 12월 8일 루쉰은 그가 우송해 준 피스카레프의 원판 판화 『철의 흐름』 삽화 4폭을 단독으로 인쇄하여 출간하려 했으나 뜻을 이루지 못했다. 나중에 『인옥집』(引玉集)에 수록되었다.

수재가 바로 '건국'이다[1]

『건국월간』[2] 제6권 제2기가 출판되어 상하이 각 주요 신문에 광고를 게재했다. 첫머리에 실린 것이 휘황찬란한 「본지의 발행목적」이었다.

(1) 삼민주의의 이론과 실제를 선양한다.

(2) 본 당의 영광스러운 혁명 역사를 정리한다.

(3) 실제 건설 문제를 토론한다.

(4) 우리나라 학술을 정리하고 세계 학술사조를 소개한다.

너무나 훌륭하다. 내용을 보자. 가장 먼저 실린 것이 휘황찬란한 '화보'다. 그 제목은 '수재 촬영'(4폭)[3]이다!

너무나 훌륭하다…… 이것이야말로 한 마디로 '건국'의 본색을 다 말한 것이다.

주)_____

1) 원제는 「水災卽'建國'」. 이 글은 1932년 1월 5일 상하이 『십자가두』(十字街頭) 순간 제3기에 처음 발표되었다. 서명은 샤관(遐觀)이다.

2) 『건국월간』(建國月刊)은 정치 종합 잡지로 당시 국민당 중앙집행위원이었던 사오위안충(邵元沖)이 주간을 맡았다. 1928년 4월 상하이에서 창간되었다. 본래 주간지였으나 1929년 5월부터 월간으로 바뀌었다. 1931년 2월에는 난징으로 옮겨서 출판했고, 1937년 12월에 정간되었다. 이 잡지 제6권 제2기는 발행날짜가 표기되어 있지 않지만 대체로 1931년 말에 출간된 것으로 보인다.

3) 1931년 여름에 창장 강(長江)과 화이허 강(淮河) 유역 8개 성에서 심각한 수재가 발생하여 1억 명에 가까운 수재민이 발생했다. 당시 『건국월간』 제6권 제2기에 이 지역 4곳의 수재 사진이 실렸다.

『외투』에 부쳐[1]

이 책은 쑤위안이 병이 깊었을 때 특별히 장정하여 내게 보내 준 것이다.
이 어찌 스스로 이 세상을 떠날 것임을 생각한 것이 아니겠는가? 슬프다!
2년이 지나 책 상자를 열다가 이 책을 발견하고 추모하며 이 글을 쓴다.

1932년 4월 30일, 쉰迅

주)_____

1) 원제는 「題『外套』」. 이 글은 루쉰의 자필 글씨에 근거하여 편집해 넣었다. 본래 제목이
   없었다.
   『외투』는 러시아 작가 고골의 중편소설이다. 웨이쑤위안(韋素園)이 중국어로 번역하
   여 1926년 9월 웨이밍사(未名社)에서 출판했다. 1929년 재판을 발행하며 '웨이밍총
   간'에 편입했다. 1929년 7월 웨이쑤위안은 루쉰에게 모직물 정장본(布面 精裝本, cloth
   binding) 1권을 기증했다.

『문신』에 대한 나의 의견[1]

『문예신문』은 Journalism을 표방하고 있으므로 다소 잡다함을 면치 못하는 것이 당연하다. 그러나 Journalism이란 입장에서 말하자면 지난 50기를 내는 과정에서 더러 지나치게 잡다한 때도 있었던 것 같다. 예를 들어 플라톤의 『국가론』, 텐[2]의 『예술 철학』은 모두 '문예론' 종류가 아니므로 기실 기괴하기 이를 데 없다. 갑과 을은 병이 아닌데 저런 말을 해서 무엇 하겠는가?

또 「매일필기」[3]에 영향력이 없는 말이 너무 많다. 예를 들어 누가 장시를 읊었고, 누가 걸작을 썼다는 따위의 기사는 지금까지도 대개 그 뒷이야기가 실리지 않고 있다. 나는 이후에 결과가 나온 이후에는 관련 기사를 게재하는 것이 옳다고 생각한다. 누가 피서를 하고, 누가 땀범벅이 되었는지와 같은 기사는 정말 게재하지 않는 것이 옳다.

각 성, 특히 궁벽한 곳의 문예사건에 관한 통신은 아주 중요하지만 애석하게 이런 소식도 왕왕 일회성으로 그치는 경우가 많아서 나중에 어떻게 되었는지 모른다. 하지만 항상 소식이 이어지는 것이 좋다.

논문을 읽어 보면 너무 판에 박은 듯하므로 좀더 특색 있게 쓸 필요가 있다.

각국 문예계 소식은 많이 실어야 하지만 간략하게 개괄해야 한다. 예를 들어 「소련 문학통신」[4]과 같은 것은 아주 좋은 기사라고 생각한다. 하지만 루이스가 뺨을 얻어맞았다[5]와 같은 기사는 싣지 않아도 된다.

이밖에도 무엇이라고 생각은 나지 않지만 매우 잡다하다. 내 의견이 옳은지 그른지 참작해 주시기 바란다.

5월 4일, 루쉰

주)_____

1) 원제는 「我對於『文新』的意見」. 이 글은 1932년 5월 16일 『문예신문』 제55호에 처음 실렸다. 『문신』은 바로 『문예신문』이다. 중국좌익작가연맹 주도로 발간한 주간지로 위안수(袁殊; 위안쉐이袁學易)가 주필을 담당했다. 1931년 3월 16일 상하이에서 창간하여 1932년 6월 20일 국민당 당국에 의해 폐간되었다. 이 잡지 창간 1주년 때 널리 독자 의견을 모집했는데, 루쉰도 이 모집에 호응하여 이 글을 썼다.

2) 텐(Hippolyte Taine, 1828~1893)은 프랑스 비평가, 철학자, 문예이론가다. 19세기 프랑스 실증주의 학자 중에서 가장 유명하다. 『라퐁텐 우화론』(Essai sur les fables de La Fontaine), 『영문학사』(Histoire de la Littérature Anglaise), 『예술 철학』(Philosophie de l'Art), 『근대 프랑스의 기원』(Les Origines de la France Contemporaine) 등을 남겼다.

3) 「매일필기」(每日筆記)는 『문예신문』에 개설된 전문 코너다. 주로 문예계 인사의 동정을 실었다. 1931년 3월 30일 『문예신문』 제3호에 "예링펑(葉靈鳳)이 시후로 가서 장편 저작을 쓰고 있다"라는 소식과 "장이핑(章衣萍)이 시후로 가서 시를 읊었다"라는 소식이 실렸다.

4) 「소련 문학통신」은 『문예신문』 1932년 4월 11일(제50호)과 18일(제51호)에 연재된 레이단린(雷丹林)의 글이다.

5) 1931년 6월 1일 『문예신문』 제12호에 실린 해외 문단 소식이다. 제목은 「뺨따귀 한 방! 드라이저(T. Dreiser)가 루이스(S. Lewis)의 귀싸대기를 때리다」(一巴掌! 德蘭散打魯意絲的耳光)이다. 두 사람 모두 미국 소설가다.

제기 1편[1]

원시인들은 군거 생활을 할 때 대개 몸짓과 목소리로 겨우 자신의 마음을 표현했을 뿐이다. 목소리가 복잡하게 변하면서 점차 언어가 되었고, 언어가 아름답게 조화를 이뤄 노래가 탄생했다. 그러나 말이란 바람이나 물결과 같아서 출렁이다가 그치면 남은 흔적이 아득히 사라지고 오직 입과 귀의 전승에만 의지하게 되므로 특히 먼 곳이나 후세에 전할 수 없다. 이 때문에 월越나라 노래[2]도 옛날 책에 단 한 번만 보이고, 장송곡[3]도 시집에는 채집되지 않았다. 다행히 문자에 의지하여, 흩어진 것을 모아 종이와 먹으로 기록함으로써 수명이 오래가게 되었다. 이런 문자 기록이 풍부해지자 그것에 대한 비평이 마침내 생겨나서 동쪽에는 유언화[4]의 『문심조룡』文心雕龍이 있게 되었고, 서쪽에는 아리스토텔레스의 『시학』이 있게 되었다. 문학의 정신을 분석하며 드넓고 자세한 내용을 포괄하고, 비평의 원류를 열어 대대로 모범이 되었다. 그러나 애석하게도 지역적인 제한과 시대적인 한계가 있었다. 후대 현인들이 그 부족함을 보충하고 신선하고 특이한 재능을 다투어 드러내며 거작을 지어 서고에 쌓았다. 아! 백발이 되어도 추측하기 어렵나니, 만약 요약 정리한 비평집이 없다면 어느 누가 그 우수한 작품을 알 수 있겠는가? 작가는 젊은 나이에 학문에 힘써서 새로운 저작을 지었다. 종으로 옛날과 지금을 살펴보고, 횡으로 유럽과 아시아를 열람하면서, 중화의 옛말을 발췌하고, 영미의 새 학설을 취했다. 그리하여 그 뿌리와 근원을 탐색하고 그 종류를 밝히면서 혼란함을 풀고 요령을 잡았으니 그 찬란한 모습이 참으로 볼만하다. 대체로 작은 병의 얼음을 보고도 추운 겨울이 왔음을 알고, 떨어진 오동잎을 보고도 가을이 왔음을 깨닫는 것과 같다. 이후에 시학詩學을 연구하는 사람은 아마도 이 책에 근거하여 탐색의 노고를 줄일 수 있을 것이다.

> 1932년 7월 3일, 루쉰이 책을 다 읽고 나서 삼가 기록하다

주)＿＿＿＿

1) 원제는 「題記一篇」. 이 글은 루쉰의 자필 원고에 근거하여 편입해 넣었다. 어떤 청년 작가의 시학 논저에 쓴 제기다. 본래 구두점도 없고 제목도 없다.
2) 원문은 '越吟'. 한나라 유향(劉向)의 『설원』(說苑) 「선설」(善說)에 춘추시대 월나라에 「월인가」(越人歌) 1편이 있었다고 기록되어 있다.
3) 원문은 '緋謳'. 중국 고대의 장송곡이다. 한나라 악부시 「상화곡」(相和曲)에 포함되어 있는 「해로곡」(薤露曲)과 「호리곡」(蒿里曲) 등을 말한다.
4) 유언화(劉彦和)는 남북조시대 남조 양(梁)나라 문학비평가 유협(劉勰, 465?~532?)이다. 그의 자가 언화(彦和)다. 그의 문학평론 저작 『문심조룡』(文心雕龍) 10권은 매우 체계적인 문학이론서다.

문학노점상 비결 10조[1]

1. 서방[2] 주인에게 극력 아부하며 자신의 성질을 죽여야 한다.

2. 후스즈[3]와 같은 부류를 많이 언급해야 하지만, 이름 앞에 '나의 친구'란 네 글자를 붙여야 한다. 그러나 그를 비웃는 말 몇 마디도 덧붙여야 한다.

3. 방법을 강구하여 작은 신문이나 잡지를 발간하여 힘을 다해 자신의 작품을 첫번째로 게재하고, 목차는 2호 활자를 써야 한다.

4. 방법을 강구하여 자신의 사진을 잡지에 게재해야 하지만, 사진 속에 유리 책상자가 보이게 하여 그 속에 모두 양장본 책을 넣어 두고, 자신은 책상에 엎드려 책을 보거나 명상에 몰두하는 모습을 연출한다.

5. 방법을 강구하여 묵적[4]은 검은 꿩임을 증명하거나 양주[5]는 오스트레일리아 사람임을 증명해야 하고,[6] 아울러 이에 관한 '특집호'를 낸다.

6. 『세계 문학가 사전』 1부를 편집하여 자신과 마누라와 아들을 모두 상세하게 기록해야 한다.

7. 『사기』와 『한서』의 문장 한두 편을 취하여 자구를 조금 고친 후 자신의 이름으로 출간하는 동시에 또 『세계 사학가 사전』을 편집해야 한다. 방법

은 위와 같다.

8. 항상 자신의 눈앞에는 아무것도 없다는 어투를 넌지시 드러내야 한다.

9. 항상 유럽 여행과 미국 여행 소식을 넌지시 드러내야 한다.

10. 만약 어떤 사람이 글을 지어 공격하면, 그 사람이 일찍이 투고를 한 적이 있는데 게재를 허락하지 않아서 그걸 빌미로 보복을 하는 것이라고 설명할 수 있어야 한다.

주)_____

1) 원제는 「文攤秘訣十條」. 이 글은 1933년 3월 20일 상하이 『선바오』 「자유담」에 처음 발표되었다. 서명은 루뉴(孺牛)다. '文攤'은 루쉰이 당시 문단을 비하하여 부른 말이다. '攤'은 길거리 노점 또는 난전의 뜻이므로 '문학노점상'으로 번역했다.

2) 서방(書坊)은 옛날에 책을 인쇄하고 팔던 곳이다.

3) 후스즈(胡適之)는 중국 현대 문학혁명의 제창자 후스(胡適, 1891~1962)의 자(字)다. 후스는 1917년 「문학개량에 관한 변변찮은 나의 견해」(文學改良芻議)를 발표하여 언문일치를 주장했다. 당시에 일부 사람들은 그를 언급할 때 흔히 "나의 친구(我的朋友) 후스즈"라고 했다.

4) 묵적(墨翟, B.C. 468~376)은 춘추전국시대 노(魯)나라 사람으로 묵가학파의 창시자다.

5) 양주(楊朱)는 전국시대 위(魏)나라 사람으로 자신을 중시하고 생명을 귀하게 여길 것을 주장했다. 그의 주장은 초기 도가(道家)에 가깝다.

6) 후화이천(胡懷琛, 1886~1938)은 『동방잡지』 제25권 제8호(1928년 4월)와 제16호(동년 8월)에 「묵적이 인도인임을 변론함」(墨翟爲印度人辨)과 「묵적속변」(墨翟續辨)을 발표하여 '墨'은 본래 '黑'의 뜻이고, '翟'은 또 '狄'과 음이 같으므로 묵적은 인도인이라고 단언했다. 이 글에서 루쉰이 "묵적은 검은 꿩이고", "양주는 오스트레일리아 사람"이라는 예를 든 것도 이러한 '고증학'에 대한 풍자의 의미가 있다.

고바야시 동지의 사망 소식을 듣고[1]

[번역문][2]

고바야시 동지의 사망 소식을 듣고

일본과 중국의 대중은 본래 형제다. 부르주아가 대중을 기만하고 그들의 피를 이용하여 경계선을 그었고, 아직도 계속 경계선을 긋고 있다.

그러나 프롤레타리아와 그들의 선구자들은 바로 피로써 경계선을 지우고 있다.

고바야시 동지의 죽음이 바로 그 하나의 진실한 증거다.

우리는 알고 있고, 우리는 잊을 수 없다.

우리는 단호하게 고바야시 동지의 길을 따라 손을 잡고 전진할 것이다.

루쉰

1) 원제는 「聞小林同志之死」. 이 글은 1933년 5월 1일 일본의 『프롤레타리아 문학』(プロレタリア文學) 제2권 제4호에 처음 발표되었다(시일이 지연되어 출판). 본래 일본어로 쓴 것이다.

고바야시는 고바야시 다키지(小林多喜二, 1903~1933). 그는 일본 프롤레타리아 문학을 대표하는 작가다. 1931년 일본공산당에 가입하여 일본 프롤레타리아작가동맹 중앙위원 겸 서기장을 맡았다. 1933년 2월 20일 일본 당국에 체포되어 심한 구타를 당한 후 사망했다. 대표작으로 『게공선』(蟹工船), 『부재지주』(在外地主) 등이 있다.

2) 원문은 다음과 같다.

同志小林の死を聞いて

日本と支那と大衆はもとより兄弟ごある. 資産階級は大衆をだまして其の血で界をゑがいた, 又ゑがきつつある.

併し無産階級と其の先驅達は血ごそれを洗つて居る.

同志小林の死は其の實證の一だ.

我々は知つて居る、我々は忘れない.

我々は堅く同志小林の血路に沿つて前進し握手するのだ.

魯迅

통신(웨이밍커에게 답함)[1]

멍커 선생 :

3일 부치신 편지 잘 받았습니다. 마침 글 빚을 한 무더기 청산해야 하기에 이제 몇 글자 쓰고자 합니다.

아마도 우리의 연령, 환경······ 등등이 상이한 까닭에 우리는 아직 너무 소원합니다. 예를 들면 기실 답장 쓰는 일도 늘 시기를 놓치곤 합니다. 즉 답장할 필요가 없다고 여기기도 하고, 주소를 잃어버리기도 하고, 우연히 내버려 두었다가 결국 잊어버리기도 하고, 질문에 대해서 본래 한 번 조사해 보고 다시 답장을 쓰려다가 다른 일 때문에 옆길로 새서 펜을 들지 못하기도 합니다. 편지를 보낸 분들은 아마 내가 '대문학가'로 자처하며 당신의 의견과 완전히 다르다고 뻐기는 것으로 여기시는 듯합니다.

당신은 버나드 쇼[2]에게 다소 허위적인 부분이 있다고 의심하는데 나도 이의가 없습니다. 그러나 나도 중국과 외국 고금의 명인 중에서 전혀 허위가 없는 사람을 발견하지 못했습니다. 이 때문에 인간에 대해서 나는 때에 따라 그의 한 단락과 한 부분만을 취할 수 있다고 생각합니다. 이

번에 내가 버나드 쇼를 위해 변호한 것은[3] 그 사정이 결코 멀리 있는 것이 아니라 매우 명백한 것입니다. 그것은 바로 그가 홍콩대학에서 행한 강연[4]에서 비롯된 것입니다. 이 학교는 노예식 교육에 충실한 학교입니다. 그러나 여태까지 폭탄 하나도 던진 사람이 없었습니다. 그곳에 가서 폭탄을 던진 사람은 그 한 사람뿐입니다. 하지만 상하이의 신문 매체에서는 이 때문에 그를 좀 증오하고 있습니다. 따라서 나는 반드시 그를 지지할 것입니다. 왜냐하면 이런 때 버나드 쇼를 공격하는 것은 바로 노예교육을 도와주는 것이기 때문입니다. 가령 우리가 '배고프면 어떻게 할 것인가'라는 제목을 만들어 옛사람을 끌어와 질문을 하게 한다고 가정해 봅시다. 만약 '배가 고프면 밥을 먹기 위해 싸워야 한다'라고 말한다면 설령 그가 간신 진회秦檜[1090~1155]라 하더라도, 나는 그의 의견에 찬성할 것입니다. 만약 그렇게 말하는 사람의 '뺨을 때려야 한다'라고 말한다면, 그가 충신 악비岳飛[1103~1142]라 하더라도 나는 그의 의견에 반대할 것입니다. 제갈량諸葛亮[181~234]을 불러내 설명을 해보고자 합니다. 그가 만약 "밥 먹는 건 열기를 발생시키기 위한 것에 불과하고, 지금 뺨을 때리면 마찰로 인해 역시 열이 발생하므로 그것은 밥 먹는 것과 동일하다"라고 말한다면 우리는 그 가짜 과학자의 가면을 벗겨 내야 할 것입니다. 이전의 품행이 어떠했든 그를 대단하게 쳐줄 필요가 없습니다.

따라서 쇼에 대한 언론은 그 사람 개인을 모욕했느냐 여부는 문제가 되지 않습니다. 주의해야 할 것은 사회를 위한 전투에서 우리와 관련된 이해관계입니다.

다음은 고리키[5]에 관한 것입니다. 많은 청년들은 당신과 마찬가지로 세계의 각종 명인들로부터 각종 장점을 찾아내어 그것을 본보기로 삼아 따라 배우려 합니다. 그러나 그건 어려운 일입니다. 한 사람이 어떻게 그렇게 훌륭한 경지에 도달할 수 있겠습니까? 게다가 당신도 나와 그가 다르다는 걸 잘 알고 있습니다. 바로 당신이 거론하고 있는 그 장점들이 비록 기록에 근거하고 있다 해도 나는 좀 의심스럽습니다. 한 사람의 역량에 비춰 시간과 업무를 비교해 보면 한 사람이 그렇게 많은 일을 할 수 없습니다. 이 때문에 나는 그에게 서기나 조수 몇 명이 있었던 것으로 의심하고 있습니다. 나는 나 자신 한 사람뿐입니다. 이 편지를 쓰는 일도 한밤중에 이르고 있습니다.

그 삽화[6]에 대해 말하자면 정말 일목요연하게 표현했습니다. 그 두 글자는 다른 문학가의 필적인데 기실 그 삽화와 잘 어울려서 나는 본래의 뜻을 해치지 않는다고 느꼈습니다. 나는 그가 내 몸을 너무 뚱뚱하게 그렸고 또 키를 너무 크게 그렸다고 생각합니다. 내가 어찌 고리키의 절반에라도 미치겠습니까? 문예가를 비교하는 건 지극히 쉬운 일입니다. 작품이 바로 철석같은 증거가 되므로 그 우열을 뒤흔들 방법이 없기 때문입니다.

당신은 내가 "지위 때문에 유치한 단체의 전투에 참가하기가 불편하다"고 말씀하시는데 그건 부정확한 관찰입니다. 나는 청년들과 여러 번 힘을 합쳤습니다. 비록 좋은 결과를 얻지는 못했지만 사실 청년들의 일에 참가한 적이 있습니다. 하지만 그것은 모두 문학단체였는데, 내가 그 분야에 대해 비교적 경험이 많기 때문입니다. 미술 간행물에는 글을 투고한 적이 없습니다. 다만 때때로 친구가 급박하게 원해서 짧은 서문 따위를 몇 편 써준 적은 있습니다. 그것이 망령된 글쓰기인지 몰랐지만 지금 생각해 보면 좀 마음이 불편합니다.

나는 물론 목석이 아니므로 어떤 사람이 내게 주먹질을 한 번 하면 나도 더러는 그에게 발길질을 한 번 하기도 합니다. 그러나 내가 "다시 입을 열지"[7] 않는 것은 결코 당신의 글 때문이 아닙니다. 나는 다른 사람이 나를 위해 올려놓은 명실상부하지 않은 '백과전서'의 허위 광고를 찢어 버리고 싶습니다.

그러나 자세히 분석해 보면 아마 당신의 대작에 관해서도 좀 그런 점이 있는 것 같습니다. 이것도 나의 '지위' 때문이라고 여기실 듯하나, 부디 오해하지 마십시오. 설령 고양이나 개 따위라 하더라도 당신이 때리고 나면 그놈들도 당신을 좀 피하게 될 것입니다. 나도 항상 청년들을 대할 때마다 좀 조용한 곳으로 피하고 싶은 마음이 듭니다.

예술의 중요성에 대해 나도 결코 잊지 않고 있지만 그 업무는 서로 분담해야 합니다. 이 때문에 나는 여러분의 간행물이 조속히 나오길 축원하고, 또 나는 전투적인 청년들의 전투를 먼저 보기를 지극하게 소원합니다.

이에 답장을 드림과 아울러 항상

평안하시길 기원합니다.

6월 5일 밤, 루쉰 올림

[참고]

보내온 편지

루쉰 선생님:

선생님께서 기꺼이 써주신 답장에 대해 우리 청년들은 정말 감격해할 만합니다. 대부분의 중국 대문학가는 보통의 무명 졸개가 무슨 질문이나 무슨 요구를 하는 편지에 대해 여태까지 '대꾸조차 하지 않았기' 때문입니다.

선생님께서는 미술가는 아니지만 미술 이론과 오늘날 세계의 미술 추세에 대해 아주 분명하게 알고 계시므로 겸양하실 필요는 없습니다. 하지만 제가 버나드 쇼를 언급한 그 글을 선생님께서 보신 탓에 "다시 입을 열지" 않으신다면 저는 매우 죄송스럽습니다.

쇼에 대해서 나이 어린 저로서는 늘 거짓된 점이 좀 있다고 의심해 왔고, 지금까지도 여전히 그렇게 생각합니다. 풍자나 소위 유머는 적과 대적하는 무기겠지요? 노동자와 프롤레타리아 청년의 열정적인 환영은 성심으로 받아들여야 하지 않겠습니까? 저는 선생님께서 쇼 대신 쓴 변호의 글을 읽고 나서 일시적인 충동으로 그 글을 썼는데 아마도 모욕적인 글로 인식될 수도 있을 것 같습니다. 나중에 『현대』 잡지에서 선생님의 글 「쇼와 '쇼를 보러 온 사람들' 인상기」[8]를 읽고 나서야 저는 선생님께서 쇼를 좋아하는 것이 "그저 어디선가 그의 몇몇 경구를 본 적이 있기" 때문일 뿐임을 알았습니다.

선생님께서 중국 문단의 대선배로 줄곧 시대를 따라 전진한 일은 우리로 하여금 러시아의 고리키를 상기하게 합니다. 우리가 무례하게 감히 편지를 보내 선생님께 우리를 지도하는 답장을 좀 써 달라고 부탁하는 것도 고리키가 아주 즐겁게 청년들과 서신 왕래를 하고 글을 써 주고 원고를 고쳐 준 일이 생각났기 때문입니다. 문자 교육 운동이 아직 널리 보급되지 않은 중국에서는 미술의 역량이 아마 문자보다 훨씬 클 것입니다. 오늘날 중국의 예술계가 이렇게 타락한 상황에 대해 미술을 배운 그리고 미술을 이해하는 사람들이 그 잘못을 교정할 책임을 지지 않을 수 있겠습니까? 물론 선생님의 위치에서는 유치한 단체의 전투에 참가하기가 불편하시겠지만 우리는 선생님께서 '문학을 이야기하는 일' 이외에도 미술의 중요성을 잊지 말아 주시기를 희망합니다.

『논어』 제18기에 멍커의 「루쉰과 고리키」라는 삽화가 실렸습니다. 이 삽화는 본래 『대중예술』[9]에 넣을 생각이었는데, 이후 『논어』와 관련이 있는 어떤 분이 가져가 발표하면서 아무 까닭도 없이 '엄연'이란 두 글자를 보탰습니다. 그러나 이것은 작가의 원래 의도와 상반된 것입니다. 책임 문제 때문에 이 자리에서 사실을 밝혀 둬야겠습니다.

선생님께서 공사다망한 중에 1~2분의 시간이라도 내서 이 편지를 읽어 주시면서 저를 '꼴 보기 싫은 놈'이라고 생각하지는 않으시겠지요?

순조로운 집필을 축원합니다!

6월 3일, 선생님께서 모르시는 청년 웨이멍커 올림

주)_____

1) 원제는 「通信(復魏猛克)」. 이 글은 1933년 6월 16일 상하이 『논어』(論語) 반월간 제19기 웨이멍커(魏猛克)의 「보내온 편지」(來信) 뒤에 처음 실렸고, 전체 제목은 본래 「편지 두 통」(兩封通信)이었다.

2) 버나드 쇼(George Bernard Shaw, 1856~1950)는 영국의 극작가 겸 비평가로 1925년 노벨문학상을 수상했다. 1933년 중국을 방문하여 문인들과 교류했다.

3) 루쉰은 1933년 2월 17일 『선바오』 「자유담」에 「버나드 쇼 송가」(蕭伯納頌)를 발표했다. 이 글은 나중에 「쇼에 대한 송가」(頌蕭)로 제목이 바뀌어 『거짓자유서』에 수록되었다.

4) 버나드 쇼는 1933년 2월 13일 홍콩대학에서 강연을 했다.

5) 고리키(Максим Горький, 1868~1936)는 러시아 사회주의 혁명가이자 문학가다. 장편소설 『어머니』(Мать)와 자전적 삼부작인 『어린 시절』(Детство), 『세상에서』(В людях), 『나의 대학』(Мои университеты) 등이 있다.

6) 웨이멍커의 만평 「루쉰과 고리키」(魯迅與高爾基)를 가리킨다. 그림 속에서 루쉰은 왜소

한 모습으로 몸집이 큰 고리키 곁에 서 있다. 그 그림은 리칭야(李青崖)가 '엄연'(儼然)이 란 두 글자를 제목으로 달아 1933년 6월 『논어』 반월간 제18기에 발표했다.

7) 루쉰이 「버나드 쇼 송가」를 발표하자 웨이멍커가 루쉰을 조소하며 '무덤'에서 기어 나 와 버나드 쇼를 찬양하는 글을 지었다고 했다. 나중에 웨이멍커 등은 미술전시회를 개 최하며 루쉰에게 편지를 보내 지지를 요청했다. 루쉰은 5월 13일 웨이멍커에 보낸 답 신(이미 상실됨)에서 자신은 미술 공부를 한 사람이 아니므로 만약 "다시 입을 열면" "무덤"에서 기어 나오는 것보다 더 가소로울 것이라고 했다.

8) 원제는 「看蕭和'看蕭的人們'記」. 『남강북조집』(루쉰전집 6권)을 참고하라.

9) 『대중예술』(大衆藝術)은 웨이멍커 등이 내려고 했던 잡지인데 끝내 출간하지 못했다.

나의 우두 접종[1]

상하이는 아마 진정으로 중국에서 '가장 문명화'된 곳인 듯하다. 전봇대와 담벼락에 여름이면 항상 천연 얼음을 먹지 말라는 경고문이 붙어 있고, 봄이면 부모에게 자녀를 위해 조속히 우두牛痘를 접종하라고 알리는 쪽지가 붙어 있으며 그 위에는 빨간 적삼을 입은 어린아이가 그려져 있다. 나는 그 그림을 볼 때마다 내가 이전에 어떻게 천연두에 걸리지 않았는지 기이하게 생각되곤 한다. 오호라 슬프다! 그리하여 나는 내 목숨을 길에서 주운 것 같아서 전혀 귀하게 여겨지지도 않고, 살해 대상을 적은 '블랙리스트'[2]에 내 성명이 올라 있는데도 그렇게 경악하지도 않는다. 그러나 물론 다소간은 어쩔 수 없는 일이기도 하다.

소문에 의하면 현재 상하이의 아이들은 생후 6개월에 우두 접종을 하는 것이 가장 안전하다고 한다. 우두접종국施種牛痘局 문 앞을 지나가다 보면 중산계급이나 무산계급 어머니들이 아이를 안고 기다리는 모습을 볼 수 있다. 대개 한 살 안팎의 아이들이다. 현재 지식인 계층에 속하지 않은 사람들도 모두 이 일을 알고 있다는 것이 명확하게 드러나는 광경이다. 나의 우두 접종은 매우 늦었다. 이후 내가 기억하고 있는 사실이 분명하기 때문에 적어도 두세 살 때였던 것으로 보인다. 내가 살던 곳이 궁벽한 곳이고 다른 지방과 교통이 드물어서 지금보다 전염병을 수입할 기회가 적기는 했지만, 천연두는 해마다 유행했고, 이 때문에 사망자 소식도 늘 들리곤 했다. 내가 뜻밖에도 이 난관에서 벗어난 것은 정말 하늘에 닿을 만한 홍복이므로 매년 한 차례씩 경축회를 연다 해도 지나친 일이라 할 수 없다. 그렇지 않았다면 죽어도 그만이었을 터이고 만일 죽지 않았다 해도 얼굴에 곰보 자국이 좀 남았을 것이다. 그럼 지금 연로했다는 죄목을 제외하고도 또 한 가지 큰 죄목을 보태게 되어 젊고도 얼굴이 반반한 문예비평가들의 비웃음을 더욱 크게 당했을 것이다. 다행히 결코 그런 일은 없었으니 이건 정말 크나큰 은혜인 셈이다.

그 시절 아이들을 위해 천연두를 예방하는 방법에는 세 가지가 있었다. 그 한 가지는 막연하게 잊어버리고 있는 것이다. 천연두 귀신이 마음대로 활개를 치게 하여, 그것이 아이의 몸 도처에 발진을 일으키게 한 후에 의원을 초청하거나 보살님께 기도하는 것이다. 그럼 사망자가 많겠지만 생존자도 있게 된다. 생존자에겐 대개 곰보 자국이 남지만 곰보 자국이 남지 않는 사람을 꼭 찾을 수 없는 것도 아니다. 다른 한 가지는 중국의 옛날 방법으로 천연두를 예방하는 것이다. 천연두 곰보딱지를 분말로 갈아서 아이들의 콧구멍으로 불어넣는다. 발진하는 곳이 일정하지는 않지만 그 숫자가 적기 때문에 위험하지 않다. 사람들의 말에 의하면 이 방법은 명나라 말기에 발명되었다고 하지만 나는 그것이 확실한지 모르겠다.[3]

세번째 방법이 바로 이른바 '우두'다. 이 방법은 서양에서 왔기 때문에 이전에는 '양두'洋痘라고 불렸다. 처음에는 물론 중화인들이 믿지 않아서 한바탕 선전과 해명의 노력을 기울여야 했다. 이런 방법을 전하는 고귀한 문헌이 지금도 『혐방신편』[4]에 남아 있다. 이 책에서 이 방법을 입이 아프도록 권고하는 마음은 매우 감동적이지만 그 이치를 설명하는 대목은 매우 기괴하다. 예를 들면 종두법으로 면역하는 이치를 이렇게 말하고 있다.

"천연두는 어린아이의 큰 병이다. 천연두가 유행할 때는 멀리 피할 것을 생각해야 하는데 지금은 까닭 없이 아이에게 병을 투여한다. 가당한 일인가?" "그렇지 않다. 도둑 잡는 일에 비유하자면, 그 패거리가 만들어지기 전에 잡으면 아주 쉬운 것과 같다. 또 잡초를 제거하는 일에 비유하자면 그 넝쿨이 아직 뻗어 나가기 전에 베어서 없애면 아주 쉬운 것과 같다.……"

그러나 더욱 기괴한 것은 '양두'가 중국으로 전입된 원인을 설명하는 대목이다.

내가 옛날 의서醫書의 기록을 살펴보니 아이가 태어나면 수일 만에 팔뚝을 칼로 째서 오염된 피를 빼내어 평생 천연두에서 벗어날 수 있게 했다. 이후 여섯 가지 도법刀法이 모두 실전되었는데, 오늘날 우두법이 혹시 그때 잃어버린 방법인지도 모르겠다. 대저 만전지법萬全之法이 실전된 지 이미 오래되었다가 오늘날 다시 유행하는 것은 대체로 이전에는 액운이 아직 가득 차지 않았기 때문인 듯하다. 그러나 오늘날 아편洋煙이 중국으로 수입되어, 그 피해를 입은 사람이 이루 헤아릴 수 없을 만큼 많다. 이 때문에 이 우두법을 서양에서 들여와서 영아의 수명을 보전할 수 있게 되었다. 만약 이 방법을 굳게 믿으며 따르지 않는다면 그것은 하늘의 뜻을 어기고 스스로 생생불식生生不息의 이치 밖으로 벗어나는 일이 된다!
……

내가 접종한 것이 바로 이 아편의 해악을 줄이기 위해 들여온 우두다. 지금부터 50년 전에 우리 아버지는 신학문을 배운 사람이 아니었는데도 의연하고 단호하게 나에게 '양두'를 접종했다. 이는 아마도 위의 학설에 영향을 받은 탓인 듯하다. 왜냐하면 내가 나중에 우리집 장서를 조사해 본 결과 '자부子部 의가류醫家類'에 속한 것은 언급하기에도 정말 부끄럽지만,──기실 『달생편』5)과 저 고귀한 『험방신편』만 있었기 때문이다.

당시에 우두를 접종하는 사람은 물론 드물었지만 우두 접종을 받는 일도 어려워서 반드시 때가 오기를 기다려야 했다. 즉 성안에 임시로 우두접종국이 설치되어야 우두 접종의 기회가 생겼다. 내가 우두를 접종할 때는 의원을 우리 집으로 초청해 왔다. 이는 그 의원을 특별히 정중하게 대한다는 뜻이다. 그 시기는 완전히 잊어버렸지만 추측해 보면 결국 봄이어야 상황이 맞다. 이날 종두種痘 의식을 거행했다. 대청 중앙에 네모난 탁자를 놓고 붉은 상보를 늘어뜨렸으며 향을 피우고 촛불을 켰다. 아버지께서 직접 나를 안고 탁자 곁에 앉았다. 그것이 정면인지 측면인지는 지금 전혀 기억할 수 없다. 나는 이런 의식의 출전을 아직까지도 찾아내지 못하고 있다.

이때 나는 의관醫官을 보았다. 입은 것이 무슨 복장이었는지는 기억의 그림자가 전혀 남아 있지 않다. 기억나는 것은 그의 얼굴뿐이다. 통통하고 둥글었으며 붉은색이었고 검은색 큰 안경을 쓰고 있었다. 더욱 특이한 것은 내가 조금도 알아들을 수 없었던 그의 말이었다. 무릇 알아듣기 어려운 그런 말을 하는 사람은 우리 고향에서 벼슬아치 나리들을 제외하면 전당포와 찻잎 가게를 운영하는 안후이安徽 사람, 대나무 공예품을 만드는 둥양東陽 사람, 마술을 하는 장베이江北 사람뿐이었다. 관청에서 쓰는 말을 '관화'官話라고 하는데 그가 말하는 것이 '관화'였음을 알 수 있었다. 관화가 나의 고막을 두드린 것은 그때가 처음이었다.

우두 접종의 순서를 말하자면, 그는 도착하자마자 칼을 움직여 접종액을 넣었을 것이다. 그러나 나는 정말 기억이 모호해서 조금도 생각이 나지 않는다. 그 이후로 죽 20년이 지나고 나서 스스로 팔뚝 위의 상처 자국을 보고서야 여섯 군데에 접종을 했고, 그중 네 군데에 발진이 있었음을 알았다. 그러나 나는 그때 전혀 아프지 않았고, 울지도 않았음을 확실하게 기억하고 있다. 그 의관도 웃음을 머금은 채 내 정수리를 쓰다듬으며 이렇게 말했다.

"아이구, 착하다! 착해!"

무엇을 "착하다! 착해!"라고 말했는지 나는 이해할 수 없었다. 나중에 아버지께서 내게 통역해 주시며 그것은 그가 나를 칭찬하는 뜻이라고 했다. 그러나 나는 전혀 기쁘지 않았던 듯하다. 내가 기뻤던 건 아버지께서 내게 마음에 드는 장난감 두 가지를 사 주셨을 때다. 지금 생각해 보니 나는 대략 두세 살 무렵에 벌써 실리주의자였음을 알 수 있다. 그 나쁜 습성은 늙어서도 변함이 없어서 지금도 여전히 원고를 팔 때나 인세를 받을 때가 비평가들의 '관화'를 들을 때보다 훨씬 즐겁다.

그중 한 가지 장난감은 주희朱熹가 "그 자루를 잡고 흔들면, 두 귀가 다시 자신을 친다"[6]고 말한 작은북轖鼓이다. 나에게는 귀한 물건으로 칠 수도 있었지만 아마 이전에 갖고 놀아 본 적이 있었던 듯, 희귀한 것으로 느껴지지는 않았다. 내 마음에 가장 쏙 들었던 다른 한 가지는 '만화경'萬華鏡이라 부르는 장난감이다. 이것은 작고 긴 원통이었는데, 바깥에는 꽃종이를 발랐고 양쪽 끝에는 유리를 박아 넣었다. 구멍이 작은 쪽에서 밝은 곳을 향해 들여다보면 정말로 아름답도다라는 경관이 보인다. 원통 안쪽에 오색찬란하고 기이한 꽃송이가 다양하게 펼쳐진다. 꽃송이 모양은 모두 매우 가지런하면서도 기묘하여 실제의 꽃무더기 속에서는 볼 수 없는 것들이다. 게다가 기적은 아직 끝나지 않았다. 만약 싫증이 나면 손으로 원통을 한 번 흔들어 보라. 그 속의 꽃이 바로 또 다른 꽃 모양으로 변한다. 흔들 때마다 변하면서도 모양이 비슷하지 않다. 속담에서 "신기함이 꼬리에 꼬리를 문다"[7]는 말이 아마도 바로 "이런 경지를 이르는 것"이리라.

그러나 나도 다른 모든 아이들과——천재는 이 대열에 서지 않는다——마찬가지로 이 기이한 경지를 탐험하고 싶었다. 그리하여 나는 우리 집 어른을 배신하고 외진 곳에서 원통 바깥의 꽃종이를 벗겨 내고 보기 흉한 맨 종이판이 드러나게 했다. 또 양쪽 끝의 유리를 떼어 내자 오색 셀룰로이드 줄기들과 그 부스러기가 쏟아졌다. 마지막으로 원통을 찢자 세 조각 거울을 합쳐서 만든 속이 빈 삼각형 유리 대롱이 나왔다. 꽃도 없었고 아무것도 없었다. 그것을 다시 복원하려 해보았지만 성공하지 못했다. 그것으로 끝이었다. 나는 정말 몇 해 동안 아까워했는지 모른다. 그렇게 50세 생일이 지나고 나서도 그것을 하나 구해서 놀아 볼 생각을 했지만 끝내 아이 때와 같은 용기가 나지 않아서 결국 특별히 그것을 사러 행차하지 못했다. 그렇지 않았다면 각종 깃발을 내건 '문학가들'이 나를 보고 또 하나의 죄목을 만들어 냈을 것임에 틀림없다.

지금의 방법에 의하면, 예컨대 아이가 6개월이나 한 살 때 접종을 한 경우, 더 안전하게 하려면 네다섯 살 때 반드시 한 번 더 접종을 해야 한다. 그러나 나는 지난 세기의 사람이라 이렇게 주도면밀하게 하지 못했다. 두 번째와 세번째 접종은 이미 스무 살이 넘어서 일본 도쿄에 있을 때 했다. 두번째는 좀 붉어졌으나 세번째는 아무 영향도 없었다.

최후의 우두 접종은 10년 전 베이징에서 어슬렁거릴 때였다. 그때 에스페란토전문학교[8]에서 몇 시간 강의를 했는데, 마침 천연두가 유행했다. 내가 강의하는 시간에 학교 의사[9]가 와서 우두를 접종하라고 했다. 나는 계속 사람들에게 우두 접종을 선동해 왔던 터라 이 학교 학생들을 보고 정말 깜짝 놀라고 말았다. 모두가 스무 살 안팎이었지만 물어본 결과 아직 천연두를 앓은 적이 없는 데다 우두 접종도 하지 않은 학생이 매우 많았다. 게다가 그 전 해에 생생한 사례가 발생한 적도 있다. 당시에 꽤 예쁜 아무개 여사가 두 달을 결석한 후 다시 학교에 왔을 때 면모가 완전히 변해 있었다. 얼굴이 붓고 얽어서 거의 알아볼 수 없었다. 또 매우 의심이 많고 쉽게 화를 내는 성격으로 변해 있었다. 그녀와 이야기할 때는 정말 미소를 짓는 것조차 금기 사항이었다. 왜냐하면 그녀가 당신이 몰래 자신을 비웃는다고 의심하기 때문이었다. 그래서 나는 언제나 매우 조심하면서 근엄하고 신중하게 행동했다. 물론 이런 상황 때문에 모종의 사람들은 나를 비판하며 내가 차가운 방법으로 여학생을 공격한다고 말할 수도 있을 것이다. 그러나 그렇지는 않다. 솔직하게 말해서 그녀가 본래 내 애인이었다 해도 그때 나는 진실로 '진퇴양난'의 지경에 빠졌을 것이다. 왜냐하면 나는 플라톤식의 정신적 사랑을 볼 수 있고 말할 수는 있지만 실천할 수 없기 때문이다.

그렇더라도 어떤 좋은 사람이 분명히 타당한 방법이 있다고 하면서 한사코 세균을 자신의 몸에 집어넣어 번식시키고자 하는 것이 나는 기실 너무 집착에 가까운 것으로 여겨졌다. 하지만 모두를 예쁘게 만들기 위해 내가 차갑게 공격할 수 있다고 생각한 것도 아니었다. 결국 나는 강의실에서 힘을 다해 선동했지만 아주 큰 어려움에 봉착했다. 모두들 우두 접종은 아프다고 말했기 때문이다. 재삼 상의한 결과 마침내 모두가 공론으로 나를 추천하면서 먼저 접종을 하여 청년의 모범이 돼라고 말했다. 이에 나는 군중에 의해 추대된 영수가 되어 청년군을 거느리고 호호탕탕하게 학교 의무실을 향해 달려갔다.

비록 봄날이었지만 베이징의 날씨는 아직 따뜻하지 않았다. 그러나 나는 옷을 벗고 접종액을 네 군데 주입했다. 다시 서둘러 옷을 입었지만 시간이 꽤 흐르고 말았다. 내가 한편으로 단추를 꿰면서 한편으로 얼굴을 돌렸을 때 나의 청년군은 이미 한 사람도 남지 않고 내뺀 뒤였다.

물론 우두는 내 몸에서 한 군데도 흔적을 남기지 않았다.

그러나 내가 우두에 이미 아무 반응이 없게 되었다고 단정할 수 없다. 왜냐하면 이 학교 의사와 그의 접종액이 진실로 의심스러웠기 때문이다. 그는 무정부주의자에 박애주의자였지만 그에게 병 치료를 맡긴 것은 그리 타당하게 볼 수 없었기 때문이다. 또 이 해에 내가 학교에서 강의를 할 때 몸에 열이 있음을 느끼고 그에게 진찰을 부탁했다. 진찰을 한 후 그는 친절하게 말했다.

"늑막염입니다. 어서 귀가하여 누우세요. 제가 약을 보내 드리겠습니다."

나는 이 병이 금방 낫기 어려워 생계에 큰 장애가 된다는 사실을 알고 매우 걱정이 되었다. 그래서 얼른 귀가하여 누운 채 약을 기다렸다. 밤이 되어도 오지 않았다. 다음 날 또 초조하게 온종일 기다렸지만 여전히 소식이 없었다. 밤 열 시가 되어서야 그가 내 거처로 와서 공손하게 예를 행했다.

"미안합니다. 미안해요. 제가 어제 약을 잊어먹어서 지금 특별히 와서 사죄드립니다."

"그건 괜찮습니다. 지금이라도 먹어야지요."

"아이구 이거! 약을 갖고 오지 않았네요.……"

그가 떠난 후 나는 혼자 누워서 생각했다. 이런 치료법으로 보건대 절대 늑막염일 수 없다. 다음 날 오전에 나는 단호하게 외국 의원[10]으로 달려가서 그곳 의사에게 상세한 진찰을 받았다. 그는 마침내 내 병이 절대 늑막염이 아니며 감기에 불과하다고 단정했다. 그제야 나는 안심하고 집으로 돌아와 더 이상 눕지 않았다. 이 때문에 나는 그의 접종액이 정말 효험이 있는 것인지 의심하게 되었다. 그러나 나와 우두의 관계는 그때가 마지막이었다고 할 수 있다.

그 후 1932년 1월 중에야 나는 또 우두 접종의 기회를 맞았다. 그때 나는 자베이閘北 전선으로부터 영국 조계지의 구식 양옥으로 도피해 있었다.[11] 계단과 복도에 모두 사람으로 붐볐지만 사방에는 여전히 호금胡琴 소리와 마작하는 소리가 들려와서 정말 지옥에서 천당으로 올라온 것 같았다. 며칠이 지나 두 분의 대인大人께서 조사를 하러 와서 우리의 숫자를 분명하게 묻고 그것을 장부에다 적어서 오만하게 떠났다. 나는 그가 난민 수목표難民數目表를 만들어 상사에게 보고하러 간다고 생각했다. 지금은 아마 일이 끝나서 무슨 기관의 공식문서로 들어가 있을 것이다. 나중에 또 공무원 한 사람이 왔는데 서양 대인이었다. 그는 매우 유창한 중국 표준어를 구사하며 시골에서 도피해 온 우리에게 조속히 우두 접종을 해야 한다고 권했다.

이처럼 돈이 들지 않는 접종은 손을 내뻗어서라도 그 편의를 차지해도 무방하지만 나는 여전히 바닥에 누워 있었다. 또 날씨가 추워서 게으르게 일어나 몇 마디 설명을 덧붙이며 그의 제의를 거절했다. 그는 좀 생각하더니 바로 나에 대한 접종을 그만뒀다. 그리고 머리를 숙인 채 바닥을 바라보며 나를 칭찬했다.

"나는 당신의 말을 믿습니다. 내가 보기에 당신은 지식이 있는 사람입니다."

나도 기뻤다. 왜냐하면 내가 내 명예를 살펴보건대 고금중외의 의관의 입에 올랐다는 것이 매우 좋아보였기 때문이다.

하지만 '난민'이 된 기회를 빌려 나는 또 큰길을 두루 돌아보는 기회에 뜻밖에도 만화경을 목도하게 되었다. 말을 들어 보니 여전히 아무개 대기업에서 만든 제품이라고 했다. 우리 아이는 생후 6개월에 바로 우두 접종을 했는데 당시에는 그 모습이 마치 번데기와 같아서 장난감이라는 뇌물을 쓸 필요가 없었다. 지금은 좀 자라서 조공품을 받을 자격을 갖추고 있는지라, 나는 즉시 만화경을 사서 선물했다. 그러나 참 기괴하게도 나는 이것이 내가 갖고 놀던 그것에 훨씬 미치지 못한다고 느껴졌다. 왜냐하면 속을 들여다보니 온통 어두침침하여 꽃송이조차도 선명하지 않았을 뿐 아니라 아름다운 모양도 전혀 보이지 않았다.

나는 때때로 어린 시절 먹던 음식이 문득 생각나곤 한다. 매우 맛있었던 것 같은데 환경이 달라져서 뒷날 영원히 먹을 수 없게 된 것들이 그것이다. 그런데 더러 기회가 생겨서 예기치 않게 먹을 수 있게 된 것도 있다. 하지만 기이한 것은 그 맛이 내 기억 속의 좋은 맛과 전혀 다르다는 사실이다. 그것은 다시 만난 이후 오히려 아름다운 꿈이 깨어져 버려서, 영원히 그리워하는 것보다 못하게 된 경우와 같다. 나는 그럴 때마다 항상 먹거리의 맛은 퇴보할 리가 없지만 내가 늙었으므로 신체 조직도 쇠퇴하지 않을 수 없으니 미각도 물론 예외가 될 수 없고, 미각의 둔화가 오히려 내 실망의 원인이라고 생각하곤 했다.

이 만화경에 대한 실망도 나는 이와 똑같이 해석했다.

다행히 우리 아이도 나와 성격이 같아서——그러나 나는 그 애가 자란 이후 성격이 바뀌기를 바란다——그 기이한 경지를 탐험하려고 했다. 먼저 바깥의 꽃종이를 찢자 여전히 19세기의 것처럼 보기 흉한 종이판이 드러났고, 한쪽 유리를 떼어 내자 떨어진 것은 오색 셀룰로이드 줄기가 아니라 오색 유리 조각이었다. 삼각형 대롱으로 만든 유리판 세 개도 양식이 바뀌어서 뒷면에 주석을 바르지 않았고 검은색만 칠했을 뿐이었다.

이때가 되어서야 나는 내 자책이 잘못된 것임을 분명하게 알게 되었다. 검은색 유리도 빛을 반사할 수 있지만 거울 유리보다 강하지 못하다. 셀룰로이드는 가벼워서 쉽게 겹쳐지며 거대한 꽃송이를 만들어 낸다. 그런데 지금은 유리 조각으로 바뀌었으므로 아무리 흔들어도 모래나 자갈처럼 한 구석으로 모일 뿐이다. 이런 만화경이 사람의 눈을 즐겁게 할 수 있겠는가?

옹근 50년을 지구의 나이로 계산해 보면 정말 미미하기 그지없다. 그러나 인류의 역사로 말해 보면 이미 반세기에 해당한다. 러우스와 딩링[12]

은 그렇게 오래 살지 못했다. 나는 뜻밖에도 행운에 힘입어 이 50년을 거쳐 왔다. 이렇게 거쳐 오는 과정에서 우두 접종의 보급이 아마도 19세기보다 다소 진보했음을 알 수 있었다. 하지만 만화경의 제조법은 크게 퇴보했음이 분명하다.

6월 30일

주)_____

1) 원제는「我的種痘」. 이 글은 1933년 8월 1일 상하이『문학』월간 제1권 제2호에 처음 발표되었다.

2) 원제는 '黑冊子'. 1933년 6월 국민당 특무조직인 남의사(藍衣社)는 혁명적이고 진보적인 인사와 국민당 내 반(反)장제스 인사를 암살하려는 명단을 만들었다. 「구명단」(鉤命單)이라고도 한다. 여기에 쑹칭링(宋慶齡), 차이위안페이(蔡元培), 양싱포(楊杏佛), 루쉰(魯迅), 마오둔(茅盾) 등 56명이 포함되어 있었다.

3) 중국 고대 종두법은 송나라 때 시작된 것으로 전해진다. 명대 목종(穆宗) 융경(隆慶) 연간에 이미 두진전과(痘疹專科)가 설립되어 있었다. 청대 유무곤(俞茂鯤)이 쓴『두과금경부집해』(痘科金鏡賦集解)에 기록이 있다.

4)『험방신편』(驗方新編)은 청대 포상오(鮑相璈)가 편찬한 총 8권의 의학 서적이다. 위의 내용은 이 책 권5 '두증'(痘症)에 나온다. 루쉰이 아래 인용한 문장에서 '여섯 가지'(六道)로 쓴 어휘는 원문에 '혈도'(穴道)로 되어 있고, '오늘날'(今日)은 '금지'(今之)로 되어 있다.

5)『달생편』(達生篇)은 청대 극재거사(亟齋居士) 왕기(王琦)가 쓴 산부인과 전문 의학서적이다. 모두 1권이다.

6) 송나라 주희의『논어집주』(論語集註)「미자」(微子)에 나온다. "持其柄而搖之, 則旁耳還自擊." 루쉰이 쓴 본문에는 '旁耳'가 '兩耳'로 잘못 인용되어 있다.

7) 원문은 "層出不窮". 당나라 한유(韓愈)의「정요선생묘지명」(貞曜先生墓誌銘)에 "귀신이 베푼 것이 그 사이에 끊임없이 출현한다"(神施鬼設, 間見層出)라는 말이 나온다.

8) 1923년 베이징에서 개교한 '세계어전문학교'(世界語專門學校)다. 루쉰은 1923년 9월에서 1925년 3월까지 이 학교에서 강의했다.

9) 이 학교 의사의 이름은 덩멍셴(鄧夢仙)으로 알려져 있다.

10) 일본인이 운영하는 야마모토의원(山本醫院)이다.

11) 1932년 일본이 상하이를 침략하여 '1·28사변'을 일으키자 루쉰 일가는 1월 30일 우치야마서점(內山書店)으로 피했다가, 2월 6일 다시 영국 조계지에 있는 우치야마서점 지점으로 옮겼으며, 이후 3월 중순에 귀가했다.

12) 러우스(柔石, 1902~1931)는 저장성 닝하이(寧海) 사람으로 본명은 자오핑푸(趙平復)이다. 중국좌익작가연맹 구성원으로 활동했다. 1931년 2월 7일 인푸(殷夫), 후예핀(胡也頻), 리웨이썬(李偉森), 펑겅(馮鏗)과 함께 국민당 당국에 체포되어 살해되었다. 이들을 '좌련오열사'라고 부른다.

딩링(丁玲, 1904~1986)은 후난성 린리(臨澧) 사람으로 본명은 장빙즈(蔣氷之)다. 유명한 여류작가로 좌련 구성원으로 활동했다. 1933년 5월 14일 상하이에서 체포되었다. 당시에 딩링이 난징에서 피살되었다는 소문이 널리 퍼져 있었다. 이후 석방된 후 옌안(延安)으로 이주하여 마오쩌둥 휘하의 중국혁명에 참가했다. 루쉰도 딩링이 피살되었다는 소문을 듣고 이 글을 썼다.

'문인무행'을 변론하다[1]

올해 발표된 여러 사람의 글을 살펴보니, 자신의 입술을 핥는 행위에서 유언비어를 날조하거나 친구를 파는 행위에 이르기까지, 문인들의 모든 것을 '문인무행'이란 성어成語에 포함시켰다.[2] 그러나 종래의 관습에 따르면 이 말의 함의는 이렇게 광범하지 않다. 머리를 긁고 입술을 핥는(물론 자신의 입술이어야 함) 행위는 아직 '문인무행'의 범위에 드는 것으로 칠 수 없지만, 유언비어를 날조하고 친구를 파는 행위는 이미 '문인무행'의 범위 밖으로 벗어난 것이다. 왜냐하면 이런 행위는 이미 비열하고 음험해서 옛사람이 말한 "사람의 머리를 달고 짐승 소리를 내는"[3] 짓이기 때문이다. 그러나 이 성어는 지금 사용하기에 적합하지 않다. 과학이 일찍이 증명한 바에 의하면 인류 이외의 동물은 결코 이렇지 않다.

경박하게 행동하고, 방정을 떨면서, 술주정을 하고, 기생집 찾다가 시끄러운 일을 야기하거나 여자를 유혹하다가 사람을 해치는 일에 이르는 행동, 이런 것들이 옛날부터 내려오는 소위 '문인무행'이다. 그러나 저 '무행無行의 문인들은 스스로 책임을 지려 하면서 자신이 먹은 과일로 인해

'한평생 초라하게 살아간다'. 그는 자신이 기생집을 찾던 행위를 말할 수는 없지만 애국심은 절실하기 때문에 이를 빌려 사람들에게 압박받던 웅심雄心을 푼다. 여자를 유혹한 이후 소란을 야기하고도 여자가 먼저 그를 유혹했다고 말하지 않는다. 왜냐하면 그녀는 본래 기녀였기 때문이다. 가장 대단한 그들의 변명은 문인들을 특별히 관대하게 용서하자는 것뿐이다.

지금의 소위 문인들은 그렇게 변변치 못한 사람들이 아니다. 시대의 전진에 따라 사람들도 총명해지기 시작했다. 만약 그가 간행물 편집을 담당하다가 다른 이의 지적을 받으면 이번에 지적질하는 사람은 앞서 원고를 보냈다가 등재되지 못하여 지금 사사롭게 복수를 한다고 말할 것이다.[4] 더욱 심한 자는 심지어 음으로 양으로 그 사람이 무슨 당파나, 무슨 향우회에 속해 있다고 밝히면서 그의 생명을 요구하기까지 한다.

이러한 비열하고 음험한 행위의 근원은 기실 결코 '문인무행'에 있지 않고 '문인무문'[5]에 있다. 근래 10년 동안 문학가들의 거리는 이미 명예와 이익을 함께 얻을 수 있는 보증수표가 되었다. 명예와 어부지리를 좋아하는 무리 중에는 이 분야로부터 손을 댄 자들이 꽤 있다. 게다가 확실히 꽤 여러 명이 성공했다. 이에 점포를 연 자도 있고, 양옥을 지은 자도 있다. 하지만 수음手淫을 부추기는 소설은 쉽게 식상하고, '니미럴'로 범벅이 된 소설도 발전하기 어렵다. 그래서 오직 모략을 이용하고, 사기술을 시행하여, 적이나 아무 관계도 없는 사람을 음해하면서 자신의 '문학적 가치'를 높일 수밖에 없다. 해마다 이어지는 수재도 그들에게 교훈을 준다. 그들은 제방이 터지고 오곡이 잠겨야 초근목피의 가치가 높아진다고 여긴다.

기실 현재 시장에 이미 이러한 것들이 출현하고 있다.

이러한 '작가'를 '문인무행' 부류에 넣는 건 사기를 치는 것이다. 그들은 '문인'이란 깃발의 엄호 아래에서 남을 해치고 자신을 살찌우는 사업 건설에 매진하는 '상인과 도적'[6]의 혼혈아일 뿐이다.

주)_____

1) 원제는 「辯'文人無行'」. 이 글은 1933년 8월 1일 『문학』 월간 제1권 제2호에 처음 발표되었다. '文人無行'은 문인들의 품행이 나쁘다는 뜻이다.
2) 1933년 3월 9일 장뤄구(張若谷)는 『다완바오』(大晩報)의 「고추와 감람」(辣椒與橄欖) 코너에 「악취미」(惡癖)란 글을 발표하여 입술을 핥고 머리를 긁는 일부 작가의 악습을 모두 '문인무행'이라고 말했다(『거짓자유서』 「문인무문」 '비고'를 참조). 또 구춘판(谷春帆)은 같은 해 7월 5일 『선바오』 「자유담」에 「'문인무행'을 말하다」(談'文人無行')를 발표하여 유언비어를 날조하고 친구를 파는 등의 비열한 행위도 '문인무행'이라고 말했다(『거짓자유서』 「후기」에 인용되어 있다).
3) 원문은 '人頭畜鳴'. 『사기』 「진시황본기」 뒤에 반고(班固)가 쓴 진이세(秦二世) 호해(胡亥)에 대한 논평에 나온다.
4) 장쯔핑(張資平)의 소행을 말한다. 『거짓자유서』 「후기」를 참조.
5) 원문은 '文人無文'이다. 문인이 문인다운 글을 쓰지 못한다는 뜻이다. 『거짓자유서』 「문인무문」을 참조.
6) 원문은 '商人與賊'. 쩡진커(曾今可)의 중편소설 『어떤 상인과 도적』(一個商人與賊)을 패러디했다.

아녀자들도 안 된다[1]

린위탕 선생은 『논어』에만 탄복했을 뿐 맹자는 숭배하지 않았기 때문에 아녀자들로 하여금 나라를 한번 다스리게 해보자[2]고 요구했다. 기실 맹자께서도 이렇게 말씀하신 적이 있다. "산 사람을 부양하는 건 큰일이라 할 수 없고, 죽은 사람을 장송하는 게 큰일이라 할 수 있다."[3] 아녀자들은 "산 사람을 부양할 수 있을 뿐"이고, "죽은 사람을 장송할 줄" 모른다. 그런데 어떻게 그녀들로 하여금 천하를 다스리게 할 수 있겠는가?

"부양해야 할 산 사람"이 너무 많아지니 사람이 가득 차 버리는 근심이 있다. 이에 뺏고 뺏기는 가운데 천하가 크게 어지러워진다. 어떤 사람을 구해서 장송 정책을 실행하며 사람들로 하여금 남들을 무더기로 장송하게 하고 오직 그들 자신만 남겨 놓게 하지 않으면 안 된다. 이것은 사내대장부만 할 수 있다. 이 때문에 문관과 무장을 모두 남자가 독차지했으므로 이건 결코 아무 공로도 없이 녹봉을 받은 것이 아니다. 물론 남자 전체는 아니다. 예를 들어 린위탕 선생이 거론한 로맹 롤랑 등등은 이 속에 포함되지 않는다.[4]

이러한 이치를 이해해야만 비로소 군축회의, 세계경제회의, 내전폐지동맹 등등이 모두 사내들이 아녀자들을 속이기 위한 장난일 뿐임을 분명하게 알 수 있다. 그들 자신도 마음속으로 눈빛처럼 환하게 알고 있다. '장송'만이 나라를 다스리고 천하를 태평하게 할 수 있다는 걸.──장송이란 장차 자신의 죽음을 위해 장례로 남을 전송하는 일을 이른다.

말하자면 대다수의 '남'은 죽고 싶어 하지 않는다. 이 때문에 자애로운 모성을 지닌 아녀자들을 초청하여 나라를 다스리려 하지만 그것도 안 될 일이다. 임대옥[5]은 이렇게 말했다. "동풍이 서풍을 압도하지 않으면, 서풍이 동풍을 압도한다."[6] 이것은 바로 여자 세계의 '내전'도 영원히 끝나지 않는다는 뜻이다. 아녀자들이 싸울 때는 기관총을 사용하지 않는다고 말할 수 있지만 걸핏하면 손톱으로 상대의 얼굴을 후벼 파는데 상상을 초월할 정도다. 하물며 '동풍'과 '서풍' 사이에는 또 다른 여인도 있음에랴. 그 여자들은 전문적으로 도발하고 교사하면서 분란을 부추긴다. 결국 언쟁과 싸움 또한 여치주의女治主義 국가의 국수國粹이고, 더 격렬한 모습을 보인다. 따라서 가령 아녀자들이 통치한다 해도 천하는 여전히 태평해질 수 없음은 물론이고 우리의 귀뿌리는 더더욱 한순간도 조용해질 수 없을 것이다.

사람들은 천하의 혼란이 남자들의 싸움 때문에 야기되었다고 여기지만 기실 그렇지 않다. 그 원인은 싸움을 철저히 하지 못해서, 싸우는 사람과 진정한 원수가 누구인지 분명하게 인식하지 못했기 때문이다. 만약 원수를 분명하게 인식했다면 아녀자들처럼 부질없이 소리만 지르지 않고 견실하게 격전을 치를 수 있었을 것이며, 그럼 아마도 싸움을 좋아하는 남녀 인종은 모두 멸종되었을 것이다. 아녀자들은 대부분 제삼자처럼 행동한다. 동풍이 불어오면 서쪽을 향해 쓰러지고, 서풍이 불어오면 동쪽을 향해 쓰러지면서 순환 보복이나 일삼으며 결판을 내지 못하는 나날을 보내고 있다. 동시에 매번 싸울 때마다 여자들은 너무 빨리 쓰러지는 탓에 늘 철저하게 싸울 수 없다. 또 여자들은 대부분 특히 원수를 분명하게 인식하지 못하기 때문에 영원히 원수와 뒤엉겨서 깨끗하게 결판을 짓지 못한다. 통치하고 있는 사내들은 기실 여자들에게 감사해야 한다.

따라서 현재 세계가 엉망이 된 것은 통치자가 남자라는 데 이유가 있는 것이 아니라, 남자가 여자처럼 통치하면서 처첩지도妻妾之道로 천하를 다스리는 데 이유가 있다. 천하가 어찌 엉망이 되지 않겠는가?

반 쪼가리 예를 들어 보겠다. 명나라 위충현[7]은 환관 즉 반쪽 여인이다. 그가 천하를 다스릴 때 백성은 편안하게 생활하지 못했다. 그는 도처에서 수많은 양아들과 양손자를 '부양'하면서 인간의 혈육과 염치를 만두처럼 집어삼켰다. 그리고 여우 같고 개 같은 그의 파당은 또 그를 공자 사당에 배향하여 도통을 계승하게 했다. 반쪽 여인의 통치도 이처럼 가공할 만한데 하물며 온전한 진짜 여인의 통치야 말해 무엇하랴!

주)_____

1) 원제는 「娘兒們也不行」. 이 글은 1933년 8월 21일 『선바오』 「자유담」에 처음 발표되었다. 서명은 위밍(虞明)이다.

2) 원문은 "所以他要讓娘兒們來干一下". 린위탕은 1933년 8월 18일 『선바오』 「자유담」에 「아녀자들에게도 한번 해보게 하자!」(讓娘兒們干一下吧!)라는 글을 발표했다. 이 글 가운데 다음과 같은 대목이 있다. "세상사는 중국이든 외국이든 지금 남자들이 통치하는 이 상황보다 더 나빠질 수 없다. 따라서 아씨들이 우리를 향해 '우리 아녀자들도 한 번 해보자'라고 요구한다. 나는 우리 사내들이 실패를 솔직하게 인정하고 세계의 정권을

아녀자들에게 넘겨줄 수밖에 없다고 생각한다."

3) 『맹자』 「이루」(離婁) 하에 나온다. "養生者, 不足以當大事, 唯送死, 可以當大事."

4) 린위탕은 「아녀자들에게도 한번 해보게 하자!」라는 글에서 "지금의 현자 러셀, 아인슈타인, 롤랑 등을 초청하여" "천하를 다스리게 하자"라고 했다.

5) 임대옥(林黛玉)은 청나라 유명한 소설 『홍루몽』의 여자 주인공.

6) 『홍루몽』 제82회에 나온다. "不是東風壓倒西風, 就是西風壓倒東風."

7) 위충현(魏忠賢, 1568~1627)은 명대 천계(天啓) 연간에 조정을 좌지우지한 환관이다.

자서전[1]

루쉰, 1881년 저장성의 사오싱 시내 저우周씨 성을 가진 대가족 가문에서
태어났다. 아버지는 수재[2]였고, 어머니는 성이 루魯씨로,[3] 시골 사람이었
으나 혼자 독학하여 문학작품을 볼 수 있을 정도의 수준에 이르렀다. 집안
에는 원래 조상에게서 물려받은 땅이 40~50무畝 정도 있었지만, 아버지
가 돌아가시기 전에 이미 다 팔아 버렸다. 이때 나는 대략 열서너 살 무렵
이었고 중국 책들을 억지로 3~4년가량 공부하고 있었다.

돈이 없었기 때문에 학비가 들지 않는 학교를 찾아 난징으로 가서 반
년을 살다가 수사학당水師學堂에 합격했다. 오래지 않아 기관사 반[기관과]
에 배치되었는데, 배의 갑판에 오를 생각이 없었으므로 곧 거기에서 나와
다시 광로학당[4]에 입학해 그 학교를 졸업하고 일본으로 유학을 떠났다.
하지만 나는 또 계획을 바꾸어 2년 남짓 의학을 공부하다 또다시 계획을
바꾸어 문학을 했다. 이에 문학 서적을 몇 권 읽고, 번역도 하는 한편 논문
도 몇 편 써서 잡지 등에 발표했다. 1910년이 되자 어머니가 생계를 꾸려
가기 힘들게 되어 귀국해서 항저우사범학교에서 교사 노릇을 하다 그 이

듬해에 사오싱중학에서 교무주임을 맡아보았다. 1912년 혁명이 일어난 뒤에는 사오싱사범학교 교장에 임명되었다.

하지만 사오싱 혁명군의 우두머리는 강도 출신으로[5] 나는 그의 행위에 불만을 품었다. 그가 나를 죽이려 한다고 말했기에 나는 난징으로 가서 교육부에서 일했다. 여기서 베이징으로 가서 사회교육부의 제2과 과장이 되었다. 1918년 '문학혁명' 운동이 일어난 뒤, 나는 처음으로 '루쉰'이라는 필명으로 소설을 써서 『신청년』에 실었다. 그 뒤 때때로 소설과 짧은 평론을 쓰는 한편, 베이징대학과 사범대학, 여자사범대학의 강사 노릇을 했다. 내가 쓴 평론 때문에 적이 많아졌는데, 베이징대학 교수 천위안[6]이 처음으로 그 '루쉰'이 바로 나라는 사실을 밝혀냈다. 이로 말미암아 돤치루이段祺瑞가 나를 사직시키고 체포하려 했다. 나는 이내 베이징을 떠나 샤먼대학廈門大學에 가서 교수 노릇을 반년 정도 하다 그 학교 총장 및 다른 교수들 몇 명과 부딪혀 광저우廣州로 가서 중산대학中山大學에서 교무주임과 문과 교수를 지냈다.

다시 약 반년 뒤에 국민당의 북벌이 아주 순조롭게 이루어질 것이 명백해지자, 샤먼의 몇몇 교수들 역시 광저우로 왔으나, 오래지 않아 공산당원과 국민당 좌파분자들에 대한 '청당'淸黨[7] 운동이 벌어졌다. 나는 평생 이렇게 사람을 죽이는 것을 본 적이 없어서 곧 사직을 하고 상하이로 돌아가 번역 일로 생계를 도모하고자 했다. 하지만 자유대동맹에 가입한 일로 인해 국민당이 나를 체포하려 한다는 소식을 듣고 피신했다. 그 뒤 다시 좌익작가연맹[8]과 민권동맹[9]에 가입했다. 올해까지 내가 1926년 이후 출판한 번역 작품들은 거의 모두 국민당에 의해 금지되었다.

나는 번역이나 편집 작업 외에, 단편소설집 두 권, 산문시 한 권, 회고록 한 권, 논문집 한 권, 짧은 평론집 8권과 『중국소설사략』 한 권을 창작했다.

주)_____

1) 원제는 「自傳」. 이 글은 루쉰의 자필 원고에 근거하여 편집해 넣었다. 본래 제목이 없었다. 1934년 3~4월 사이에 쓴 것으로 봐야 한다. 당시에 루쉰은 마오둔(茅盾) 등과 함께 미국인 아이작스(Harold R. Isaacs, 1910~1986)의 부탁을 받고 『짚신』(草鞋脚)이란 제목으로 중국 현대 단편소설집을 편집하고 있었다. 이 책에 들어갈 작가 소개용으로 이 자서전을 썼다.

2) 수재(秀才)는 명·청시대 향시(鄕試)에 합격한 사람이다. 생원이라고도 부른다. 루쉰의 부친 성명은 주봉의(周鳳儀, 1861~1896)로 자는 백의(伯宜)다.

3) 루쉰의 어머니 성명은 루루이(魯瑞, 1858~1943)이다.

4) 광무철로학당(礦務鐵路學堂)이다.

5) 왕진파(王金髮, 1882~1915)를 가리킨다. 그는 1911년 11월 사오싱군정분부(紹興軍政分府) 도독에 임명되었다. '제2차혁명' 실패 후 1915년 6월 저장독군(浙江督軍) 주루이(朱瑞)에 의해 항저우에서 피살되었다. 1912년 루쉰이 지지하던 『웨둬일보』가 군정분부의 폐단을 비판하자 왕진파가 사람을 보내 루쉰을 암살하려 한다는 소문이 돌았다. 『아침 꽃 저녁에 줍다』 「판아이눙」 참조.

6) 천위안(陳源, 1896~1970)은 장쑤성 우시(無錫) 사람으로 자는 퉁보(通伯), 필명은 시잉(西瀅)이다. 서구 유학생이 중심이 된 '현대평론파'의 주요 구성원이다. 정치적 입장은 서구 자유민주주의를 신봉하는 개량적 경향을 보였다. 이 때문에 루쉰이 중심이 된 '위쓰파'와 대립했다. 베이징여사대 사태 때 루쉰을 공격했고, 1926년 1월 20일 『천바오부간』에 「즈모에게」(致志摩)라는 편지를 써서 루쉰이 바로 교육부 첨사(僉事) 저우수런(周樹人)이라고 폭로했다.

7) 1927년 4월 12일 국민당 우파 장제스가 국민당 좌파 및 공산당원을 축출한 사건이다.

8) 좌익작가연맹은 흔히 좌련(左聯)이라 부른다. 국민당의 독재정치와 언론탄압에 항의하여 루쉰, 샤옌(夏衍), 펑쉐펑(馮雪峰), 저우양(周揚) 등을 중심으로 1930년 3월 상하이에서 결성되었다. 1935년 국방문학 논쟁 과정에서 자진 해산했다.

9) 민권동맹은 중국민권보장동맹의 약칭이다. 1932년 12월 쑹칭링, 차이위안페이, 양취안(楊銓; 양싱포楊杏佛), 루쉰 등이 발기한 진보 단체다. 1933년 6월 18일 총간사 양취안이 암살된 후 활동이 정지되었다.

『루화』에 관하여¹⁾

『루화』(월간)는 샤먼에서 출판했다. 1933년 12월 15일 창간호를 냈다. 1928년 이미 『루화』라는 잡지가 어떤 일보에서 부간으로 나오다가 오래지 않아 정간했다.²⁾ 이번이 세번째 부활인데 내용도 옛날과 달라져서 좌경화되었다. 작품은 소설과 시가 많고 평론 및 번역도 있다.

주)_____

1) 원제는 「關於『鷺華』」. 이 글은 루쉰의 자필 원고에 근거하여 편집해 넣었다. 1934년 4월 하순에 쓴 글이다. 본래 제목이 없었다. 루쉰은 미국인 아이작스를 도와 『짚신』을 편역하는 과정에서 마오둔과 함께 연명으로 하면서도 마오둔이 집필한 『중국 좌익문예 정기간행물 편목』(中國左翼文藝定期刊編目)을 번역자에게 제공했다. 루쉰은 마지막으로 이 『편목』을 심사할 때 위의 글을 썼다. 『루화』는 샤먼(廈門) 루화문예사(鷺華文藝社)에서 발간한 월간 잡지다. 1934년 6월에서 제1권 제4기까지 내고 정간했다.

2) 『루화』 월간의 전신은 샤먼의 지메이중학(集美中學)과 샤먼대학의 일부 진보학생이 간행한 『루화』 주간이다. 1928년 부평문예사(浮萍文藝社)가 이 잡지를 창간하여 그곳 『민국일보』 부간으로 발행하다가 오래지 않아 정간했다. 그러다가 1929년 가을 루화문예사로 이름을 바꾼 후 같은 해 12월에 복간하여 『쓰밍일보』(思明日報) 부간으로 발행했으며 이후 다시 『민국일보』 부간으로 발행하다가 1930년 2월 정간했다. 같은 해 8월 23일 『민국일보』 부간으로 다시 복간했다가 다음 해 '9·18사변'이 발생한 후 정간했다.

『무명목각집』 서[1]

조각칼 몇 자루와 목판 한 장으로 수많은 예술품을 제작하여 대중 속으로 유포하는 것이 현대의 목각이다.

목각은 중국에 본래부터 있었지만 지하에 매몰된 지 오래되었다. 현재 옛것을 다시 부흥시키지만 오히려 새로운 생명이 충만하다.

새로운 목각은 강건하고 분명하다. 새로운 청년 예술이며 훌륭한 대중예술이다.

여기에 실은 작품은 물론 작은 맹아에 불과하다. 그러나 울창한 삼림과 아름다운 꽃이 존재하게 하려면 먼저 이런 맹아가 없이는 불가능하다.

이것은 지극히 기념할 만한 일이다.

1934년 3월 14일, 루쉰

주)_____

1) 원제는 「『無名木刻集』序」. 이 글은 1934년 4월 상하이에서 출판된 『무명목각집』에 인

쇄되어 있다. 류셴(劉峴)이 루쉰의 친필을 그대로 영인하여 인쇄했다. 본래 제목은 없었다.

『무명목각집』은 '무명목각사'(無名木刻社) 회원들의 작품 선집으로 모두 7폭의 목판화를 원판 그대로 찍어서 실었다. 무명목각사는 1933년 겨울 상하이 미술전문학교 학생들이 창립한 목판화 단체다. 나중에 웨이밍목각사(未名木刻社)로 이름을 바꿨다. 류셴, 황신보(黃新波), 야오자오(姚兆) 등이 주요 구성원이었다.

'현무호 괴인' 해설[1]

중터우^{中頭}[2]가 살핀다. 이 통신에서 말하는 '세 가지 괴인^{怪人}' 중에서 두 사람은 분명히 기형인데, 사오싱에서 말하는 '배냇병신'^{胎裏疾}이다. '대갈 장군'^{大頭漢}은 환자인데, 그 병은 뇌수종이다. 그것을 동물원에 안치하고, 또 '동물 중에서 특별한 것이다'라고 말한 것은 정말 아주 특별하기는 하지만 사람을 참담하게 만든다.

[참고]

현무호 괴인

난징 통신 : 수도[3] 현무문^{玄武門} 밖 현무호는 평소에 역사적 명성을 누리고 있다. 시 정부가 오대주공원^{五洲公園}을 건설하면서 인공으로 수리한 이후 이곳의 호수 빛과 산 색은 더욱 그윽하고 우아하게 사람의 마음을 흡족하게 한다. 풍경은 자연에서 오는데 봄과 여름 햇볕이 따뜻한 가운데 빨간색

꽃과 자줏빛 꽃이 마구 흐드러지고 유람객들 모습도 수를 놓은 듯하다. 연예인 친칭썬秦慶森 군은 유람객의 흥취를 돋우기 위해 거금을 아끼지 않고 특별히 오대주동물원을 만들고 작년 겨울 친구에게 부탁하여 남양군도南洋群島 및 윈난성, 구이저우성 등 각지에서 기이한 동물을 아주 많이 사왔다. 이로써 이 공원의 풍광이 더욱 빛나게 되었다. 이에 동물 중 특별한 것을 아래에 나누어 기록하고자 한다. 모두 세 가지 괴인이 있다. ①샤오터우小頭. 성이 쉬徐여서 별명이 쉬샤오터우徐小頭다. 하이저우海州 출생으로 키는 3척尺이고 머리가 주먹만 하다. 나이를 물어보니 이미 36세라고 했다. ②다터우한大頭漢. 성은 탕唐이고 별명은 다터우大頭다. 또 다른 이름은 라이파來髮다. 저장성 사오싱 출생으로 머리 크기가 광주리만 해서 그 모습이 마치 수성壽星[4]과 같다. 실제 나이는 겨우 12세. ③절반 미인. 나이는 24세로 양저우揚州 출생이다. 얼굴과 두발은 보통 미녀와 다름이 없다. 다만 다리가 없고 살점 발가락 두 개만 달려 있을 뿐이다. 이 때문에 절반 미인이라고 부른다.

(중터우가 5월 14일자 『다메이완바오』大美晚報에서 스크랩하다)

주)_____

1) 원제는 「'玄武湖怪人'按語」. 이 글은 1934년 6월 16일 『논어』 반월간 제43기 '고향재'(古香齋) 코너 「현무호 괴인」 글 뒤에 처음 발표되었다. 본래 루쉰이 1934년 5월 16일 「현무호 괴인」 스크랩을 『논어』 편집자 타오캉더(陶亢德)에게 부쳐 줄 때 해설하는 말을 덧붙인 편지를 보냈다. 나중에 타오캉더가 루쉰의 동의를 얻어 이 편지의 주요 부분을 해설로 삼아 스크랩 기사와 함께 실었다. 괴인(怪人)은 선천적으로나 병을 앓아서 기괴한 모습으로 바뀐 사람이다.

2) 중터우(中頭)는 루쉰 필명의 하나다. 1934년 5월 16일 루쉰은 타오캉더에게 보낸 편지

에서 이렇게 말했다. "'잘못을 지적한' 보잘것없는 글을 '고향재' 말미에 실어 주는 일은 괜찮기는 합니다만 서명은 '중터우'로 고쳐 주시기 바랍니다. 너무 장난스럽다면 '준'(準)으로 써도 좋습니다.『논어』는 선생께서 편집하시지만 어쨌든 성씨(盛氏) 가문에 빌붙어 있는 그 사위의 상품이니까요. 이 때문에 저는 특히 그와 심한 갈등을 빚기를 바라지 않습니다." 성씨 집안의 사위는『논어』동인이며 청말 매판관료 성쉬안화이(盛宣懷)의 손녀 사위 사오쉰메이(邵洵美)를 가리킨다. 당시에『논어』반월간은 그가 운영하던 시대도서인쇄공사에서 발행했다.

3) 당시 중화민국의 수도가 난징(南京)이었다.

4) 수성(壽星)은 중국 도교에서 존중하는 장수의 신이다. 남극노인성(南極老人星)이라고도 한다. 이마가 강조된 커다란 대머리에 하얀 수염을 달고 있다.

'『어머니』 목판화 14폭' 서[1]

고리키의 소설 『어머니』가 출판되자 혁명가들은 이것이 "시대에 가장 부합하는 책"[2]이라고 말했다. 그때뿐만 아니라 지금도 그러하다. 나는 특히 중국의 현재와 미래까지 선퇀셴[3] 군의 이 번역본이 증거가 되리라는 것은 더 많은 말을 할 필요가 없다고 생각한다. 저쪽[러시아]에서는 이미 이런 상황을 볼 수 없고, 진부한 흔적으로 변했다.

이 14폭의 목판화는 근래의 새로운 인쇄 판본으로 장정되었다. 판화가 알렉세예프[4]는 이제 막 30세가 된 청년이다. 비록 기법은 아직 충분히 성숙되었다 할 수 없지만 생동감 있고 역량을 갖추고 있어서 전체 책의 정신을 생생하게 드러내고 있다. 소설을 읽지 않은 사람들도 여기에서 암흑의 정치와 분투하는 대중을 볼 수 있지 않겠는가?

1934년 7월 27일, 루쉰 씀

주)_____

1) 원제는 「『母親』木刻十四幅'序」. 이 글은 1934년 8월 청사진 영인본 『어머니』 목판화 14폭' 화첩에 처음 인쇄되었다. 본래 제목이 없었다.

'『어머니』 목판화 14폭'은 한바이뤄(韓白羅)가 청사진 감광법으로 인쇄한 판화집이다. 루쉰이 원본 삽화를 제공하고 이 서문을 썼다(루쉰이 1934년 7월 27일 한바이뤄에게 보낸 편지 참조).

2) 고리키의 회고록 『레닌』에 나오는 말이다. 고리키가 레닌의 말을 인용했다.

3) 선돤셴(沈端先, 1900~1995)은 저장성 항저우 사람으로 필명이 샤옌(夏衍)이다. 극작가로 활동했으며, 좌련 지도자의 한 사람이기도 하다. 그는 고리키의 『어머니』를 상·하권으로 번역하여 다장서포(大江書鋪)에서 각각 1929년 10월과 1930년 8월에 출판했다.

4) 알렉세예프(Николай Васильевич Алексеев, 1894~1934)는 소련의 화가다. 고리키의 『어머니』, 도스토예프스키(Фёдор Михайлович Достоевский)의 『노름꾼』(Игрок), 페딘(Константин Александрович Федин)의 『도시와 세월』(Города и годы)의 삽화를 그렸다.

『송은만록』에 부쳐[1]

『송은만록』12권

본래 상하이 『점석재화보』[2] 부록으로 인쇄·발행했고, 나중에 합정본 合訂本으로 내면서 『후요재지이』[3]라고 개칭했다. 이 판본은 호사가가 『점석재화보』에서 떼낸 것이기에 쉽게 눈에 띄지 않는 것이다. 술년戌年[4] 한 여름에 또 계속 잔본殘本 두 권을 구해 한 부로 합하여 소장하고 있다.

9월 3일, 남쪽 창가에서 쓰다

주)_____

1) 원제는 「題『淞隱漫錄』」. 이 글은 루쉰의 자필 원고에 근거하여 편집해 넣었다. 본래 『송은만록』 재장정본 첫째 권 속표지에 쓴 제사(題詞)다. 제목이나 표점은 없고, 글 말미에 '旅隼'이란 인장이 찍혀 있다.

『송은만록』은 청대 왕도(王韜)가 지은 필기소설로 모두 12권이다. 왕도에 대해서는 이 책의 「'모 신문 스크랩 주석' 평어」 주 2) 참조. 귀신 이야기, 명기(名妓) 이야기 등이 많이 들어 있다. 광서 13년(1887) 가을에 『점석재화보』(點石齋畫報) 부록으로 인쇄할 때 오우여(吳友如)와 전자림(田子琳)이 그린 삽화를 넣었다. 루쉰이 구입한 판본은 재장정본 6책이다.

2) 『점석재화보』(點石齋畵報)는 청나라 말기에 석인(石印)으로 발간하던 순간(旬刊) 화보다. 오우여가 그림을 그리고 펴냈다. 1884년 상하이에서 창간되었고, 상하이 선바오관(申報館) 부설 점석재석인서국에서 출판했다. 1898년 8월에 정간했다.

3) 『요재지이』(聊齋志異)는 청대 포송령(蒲松齡)이 편집한 문언소설집이다. 내용이 요괴와 귀신 이야기 위주이기 때문에 이 같은 명칭이 붙었다. 『송은만록』도 내용과 주제가 『요재지이』와 비슷하기 때문에 『후요재지이』(後聊齋志異)로 개칭한 것이다.

4) 1934년 갑술년(甲戌年)이다. 아래의 술년도 모두 같다.

『송은속록』 잔본에 부쳐[1]

『송은속록』 잔본

자서自序에 의하면 모두 12권이라고 한다. 그러나 4권 이후로는 권수를 표시하지 않았다. 아마 끝내 온전하게 발간하지 못한 듯하다. 광서 계사년癸巳年 배인본排印本 『송빈쇄화』淞濱瑣話도 모두 12권이고, 또 정해년[2] 중원절[3] 뒤 사흘 만에 서문을 쓴 것으로 되어 있고, 이 서문과 겨우 몇 글자만 다르며, 내용은 대체로 같다. 다만 17번째 이야기만 이 판본에 없으므로 기실 한가지 책일 따름이다.

9월 3일, 상하이 아파트에서 쓰다

주)_____

1) 원제는 「題『淞隱續錄』殘本」. 이 글은 루쉰의 자필 원고에 근거하여 편집해 넣었다. 본래 『송은속록』 재장정본 첫째 권 속표지에 쓴 제사(題詞)다. 제목이나 표점은 없고, 글 말미에 '旅隼'이란 인장이 찍혀 있다.
 『송은속록』은 청대 왕도가 지은 필기소설이다. 본래 『점석재화보』 부록으로 간행했다.

앞 네 권은 매 권 열 가지 이야기로 되어 있고, 나머지는 열한 가지 이야기로 되어 있지만 분권(分卷)하지 않았다. 장지영(張志瀛)이 그림을 그렸다. 루쉰이 구입한 화보본은 2책 재장정본이다. 합정본은 제목을 『송빈쇄화』로 고쳤으며 모두 열두 권에 68가지 이야기가 들어 있다. 광서 계사년(1893) 가을 9월 송은려(淞隱廬)에서 출판했다.

2) 정해년(丁亥年)는 1887년이다.

3) 중원절(中元節)은 음력 7월 15일이다.

『만유수록도기』 잔본에 부쳐[1]

『만유수록도기』 잔본

　　이 또한 『점석재화보』 부록이다. 서문에 의하면 그림이 80폭이라고 했다. 그러나 이 판본에는 50폭뿐이다. 이 판본 뒤에 속작續作이 있는 것인지 여기에서 중지했는지 미상이다. 그림 속 이역 풍경은 모두 화가가 억측으로 그린 것이라 실제와 거리가 너무 멀어서 믿을 수 없다.

　　　　　　　개의 해[2] 6월에 손에 넣어서 9월에 재장정하고 기록하다

주)_____

1) 원제는 「題『漫遊隨錄圖記』殘本」. 이 글은 루쉰의 자필 원고에 근거하여 편집해 넣었다. 본래 『만유수록도기』 재장정본 속표지에 쓴 제사(題詞)다. 제목이나 표점은 없고, 글 말미에 '루쉰'(魯迅)이란 인장이 찍혀 있다.
　『만유수록도기』는 청대 왕도의 저작이다. 내용은 대부분 작가가 서구, 일본 및 중국 국내를 여행하면서 본 명승고적과 풍토 인정에 관한 것이다. 본래 『점석재화보』 부록으로 간행했고, 장지영이 그림을 그렸다. 루쉰이 구매한 화보본은 재장정본 1책이다. 여행기(遊記) 50가지와 삽화 50폭이 들어 있다.
2) 개의 해는 1934년(甲戌年)이다.

『풍쟁오』에 부쳐[1]

이입옹[2]의『풍쟁오』

이 또한『점석재화보』의 부록이다. 대체로『입옹십종곡』[3]을 그리려 했으나 끝내 다 그리지 못한 것 같고, 나 또한 겨우 이것만 입수했다. 지금은 천남둔수[4] 저작 끝에 부록으로 붙어 있다. 화가 김계金桂는 자가 섬향蟾香으로 오우여[5]와 동시대 사람이어서 화법畵法도 비슷하다. 당시에 석인石印으로 인쇄한 수상소설[6]이나 전도소설[7]이 매우 많았는데, 그 기풍은 대체로 이와 같다.

술년 9월, 장정을 하며 기록하다

주)_____

1) 원제는「題『風箏誤』」. 이 글은 루쉰의 자필 원고에 근거하여 편집해 넣었다. 본래『풍쟁오』재장정본 속표지에 쓴 제사(題詞)다. 제목이나 표점은 없고, 글 말미에 '루쉰'(魯迅)이란 인장이 찍혀 있다.
  『풍쟁오』는 청대 이어(李漁)가 지은 전기(傳奇) 극본이다. 내용은 한세훈(韓世勳)과 담

숙연(詹淑娟)의 혼인 이야기다. 루쉰이 구입한 화보본은 재장정본 1책으로 삽화가 29폭 들어 있다.

2) 이입옹(李笠翁)은 명말 청초의 희곡 작가 이어(李漁, 1611~1680)다. 저장성 란시(蘭溪) 사람으로 자는 입홍(笠鴻), 호는 입옹(笠翁)이다. 『입옹십종곡』(笠翁十種曲) 등 다양한 극본을 남겼다.

3) 『입옹십종곡』(笠翁十種曲)은 이어의 전기 극본 대표작 10종을 가리킨다. 『내하천』(奈何天), 『비목어』(比目魚), 『신중루』(蜃中樓), 『연향반』(憐香伴), 『풍쟁오』(風箏誤), 『신난교』(愼鸞交), 『황구봉』(鳳九鳳), 『교단원』(巧團圓), 『옥소두』(玉搔頭), 『의중연』(意中緣)이 그것이다.

4) 천남둔수(天南遯叟)는 왕도(王韜)다. 이 책 「'모 신문 스크랩 주석' 평어」의 주 2) 참조.

5) 오우여(吳友如, ?~1893?)는 장쑤성 우현(吳縣) 사람으로 본명은 유(猷) 또는 가유(嘉猷)다. 우여(友如)는 그의 자다. 청나라 말기에 활약한 화가다. 1884년부터 상하이에서 『점석재화보』를 그렸고, 나중에 직접 『비영각화보』(飛影閣畵報)를 간행했다. 작품집으로 『오우여화보』(吳友如畵寶)가 있다.

6) 수상소설(繡像小說)은 중국 전통 장회소설의 주요 등장인물을 각각 한 명씩 한 장에 그려서 소설 앞 부분에 첨부하는 양식이다.

7) 전도소설(全圖小說)은 중국 전통 장회소설의 주요 장면을 매 회 1폭 또는 2폭으로 그려서 소설 앞 부분에 첨부하는 양식이다.

『역문』 창간호 전언[1]

독자 여러분 : 여러분도 아마 상상할 수 있으리라. 어떤 사람이 우연하게 여가를 좀 얻어, 우연하게 외국 작품을 좀 읽다가, 우연하게 번역을 시작하여, 우연하게 다른 사람과 한 곳에서 만나 즐겁게 이야기하다가, 우연하게 '잡지 풍년인 해'에 그 열기를 좀 보탤 생각으로, 마침내 우연하고도 우연하게 몇몇 동지를 만나고, 인쇄를 허락하는 서점을 찾아서 이 소소한 『역문』 잡지를 내게 되었다.

원본 재료에는 제한이 없다. 가장 오래된 것에서 가장 가까운 것까지 모두 포함한다. 장르도 고정하지 않고 소설, 희곡, 시, 논문, 수필 모두 조금씩 싣고자 한다. 원문에서 직접 번역하거나 간접적으로 중역重譯을 하는 것 모두 가능하다고 생각하지만 하나의 조건이 있다. 그것은 전부 '번역문'이어야 한다는 것이다.

본문 글 이외에도 그림을 많이 넣고자 한다. 본문 글과 관계 있는 그림은 재미를 보태는 데 뜻을 두고, 본문 글과 관계없는 그림은 우리가 독자에게 제공하는 작은 선물로 삼고자 한다. 복제된 그림은 언제나 복제한 글에 비해 원본의 맛을 좀더 많이 보존해야 한다.

감히 번역이 정확하다고 스스로 과장하지는 않을 것이다. 다만 본래 먹은 마음이 소홀해지는 지경에는 빠지지 않을 것이라고 자신할 수 있다. 또 '번역사업을 크게 일으키자'는 큰 깃발을 내걸 생각도 없다.── 높은 곳에 올라 소리를 지르려는 야심은 없지만 이런 몇몇 동호인들과 서로 연구하며 번역문을 인쇄하여 번역 작품 읽기를 좋아하는 사람들에게 참고자료로 제공하고자 할 뿐이다. 만약 본의를 왜곡하여 죄를 덮어씌우는 데 습관이 된 사람들이 우리더러 이 무슨 생각으로 이미 '몰락'한 법문을 구하려고 하는가라고 여긴다면 우리는 웃으며 이렇게 말할 수밖에 없다. "가르침을 받들겠습니다! 가르침을 받들겠습니다! 여러분의 마음을 우리는 분명하게 알고 있습니다!"

주)＿＿＿

1) 원제는 「『譯文』創刊號前記」. 이 글은 1934년 9월 16일 상하이 『역문』 월간 창간호에 처음 발표되었다. 본래 제목은 「전기」(前記)다. 서명은 없다.
   『역문』은 1934년 9월 상하이에서 창간되어, 외국문학을 전문적으로 번역·소개하던 월간 잡지다. 루쉰이 전반기 3기 편집을 담당하다가 뒤에 황위안(黃源)에게 물려줬다. 상하이 생활서점에서 출판하다가 1935년 9월 정간했다. 1936년 3월에 복간되어 상하이 잡지공사(上海雜誌公司)에서 출판했다. 1937년 6월 새로 3권 제4기를 내고 정간했다. 모두 29기를 냈다.

'잡문' 짓기도 쉽지 않다[1]

"중국에서는 왜 위대한 문학이 탄생하지 못하는가?"[2]라는 문제가 반 년 전에 제기되어 모두들 한바탕 설왕설래했지만 결론을 내지 못했다. 이 문제는 물론 아직도 살아 있다. 가을이 되어 날씨가 시원해지자 정말 '등화가친'[3]의 계절을 맞아 두뇌가 냉정해진 듯 몇몇 작가분들께서 바로 이 위대한 문제를 다시 기억해 냈다.

8월 30일 『선바오』 「자유담」을 통해 훈런渾人 선생께서 우리에게 알려주셨다. "위대한 작품은 휴지통 속에 있다!"[4]

무슨 이유인가? 훈런 선생께서는 이렇게 해석했다. "각 간행물 편집 담당 선생님들은 모두 먼로주의[5]를 마음에 품고 있는지라 …… 투고해 온 원고에서 그들과 관계없는 사람의 성명을 발견하면 잠시 읽어 볼 틈도 없이 바로 휴지통에 쑤셔넣어 버린다."

위대한 작품은 탄생하지만 발표할 수 없음은, 그 죄과의 원인이 전부 편집 담당 선생에게 있다는 것이다. 하지만 휴지통을 만약 조사하기 어렵다면 "일의 발생에는 원인이 있지만 조사해 봐도 확실한 증거가 없는" 의

심스러운 사안이 되고 말 것이다. 비교적 재미있고, 비교적 영향력이 있는 글로는 『현대』⁶⁾ 9월호 권두 '문예독백' 코너에 게재된 린시쥔⁷⁾ 선생의 대작 「잡문과 잡문가」雜文和雜文家가 있다. 그는 결코 편집 담당 선생들에게 허물을 돌리지 않고 다만 중국에 위대한 저작이 탄생하지 않는 원인이 최근——비록 일찍부터 있었던 것이지만—— '쉽게 붓을 들고' 쉽게 명성을 얻는 '잡문' 때문이라고 했다. 따라서 만약 "작가가 스스로 재주가 없음을 인정하고 자신의 임무를 포기하지 않는다면 작가는 결국 자신을 파괴하며 기회를 틈타 욕심을 채우는 수단으로 문예가의 엄숙한 업무를 대체하게 된다"는 것이다.

그렇다. 저 드높은 천문대에 비교해 보면 '잡문'은 때때로 확실히 현미경으로 수행하는 아주 하찮은 일과 유사하다. 오염된 물을 비춰 보기도 하고, 곪아터진 고름을 들여다보기도 한다. 때로는 임질 균을 연구하기도 하고 때로는 파리를 해부하기도 한다. 출중한 학자의 입장에서 보면 사소하고 더럽고 심지어 혐오스럽게 느껴질 수도 있다. 그러나 열심히 이런 일을 하는 사람 자신에게는 '엄숙한 업무'이고, 인생과 관련이 있으며, 그리 쉽게 할 수 있는 일도 결코 아니다. 지금 린 선생 자신의 문장으로 예를 들어 보고자 한다. 그 글 첫머리에 이런 내용이 있다.

근래 몇몇 잡지와 신문지상에 산문이면서도 산문이 아니고, 소품문이면서도 소품문이 아닌 수감록식의 단문短文이 유행처럼 다투어 게재되고 있다. 이런 글의 형식은 전혀 일정한 모양이 없어서 어떤 문학창작 체재의 속박도 받지 않는다. 내용도 할 이야기 못할 이야기를 다 해버리며, 범위도 거의 제한이 없다. 이와 같기 때문에 어떤 문학작품의 칭호를 붙이기 어려우므로 여기에서 잠시 잡문이라고 이름 붙이고자 한다.

"침묵은 금이다." 그러나 일부 사람은 흔히 "입을 열면 바로 자기 심장까지 다 보여 준다". 린 선생도 이런 사례에서 벗어나지 못한다. '산문'에 대한 그의 정의는 중국에서 옛날에 말하던 '변문과 산문'騈散이나 '정제된 구절과 산만한 구절'整散의 '산'散이 아니다. 또한 현대문학에서 말하는 '운문'과 상대되는 그리고 운율에 구속이 없는 '산문'(Prose)의 뜻도 아니다. 그러나 그가 말하는 '엄숙한 업무'는 그 의미가 명백하다. 형식에 있어서는 일정한 틀을 갖추고 문학창작 체재의 속박을 받아야 한다는 것이다. 내용에 있어서는 말 못할 것이 있어야 하고 범위에 있어서는 한계가 있어야 한다는 것이다. 이런 '엄숙한 업무'가 무엇일까? 바로 '제예'[8]인데 보통 '팔고'[9]라고 부른다.

이러한 문장을 지으며 이러한 '문학관'을 품고 있는 린시쥔 선생이 '잡문'을 반대하리란 건 더 많은 말을 할 필요가 없다. '잡문'은 짓기 어려울 뿐 아니라, 그 임무가 중요하다는 사실은 분명하다. 잡지와 신문지상에 '잡문'은 빠질 수 없게 되었고, '잡문가'도 그런 지면을 내버려 두지 않고 있다. 이런 점을 보더라도 기회를 틈타 욕심을 채우지 않는 행동도 '객관적'으로 매우 필요함을 알 수 있다.

게다가 『현대』 9월호 권두의 대작 3편[10]은 '문예독백'이란 이름을 달고 있지만 린 선생의 관점으로 판단하면 "산문이면서도 산문이 아니고, 소품문이면서도 소품문이 아니므로" 기실 그것은 바로 잡문이다. 그러나 이건 결코 모순이 아니다. '잡문'으로 '잡문'을 공격하는 건 '살생으로 살생을 그치게 하는 것'과 같다. 앞서 신월사[11] 선언에서도 그들은 관용을 주장했지만 관용을 베풀지 않는 사람에겐 그들도 관용을 베풀지 않겠다 했는데 이것이 바로 그 뜻이다. 당시에 어떤 '잡문가'는 그들을 비판하면서 "그가 바로 사형수의 목을 베는 망나니다. 그는 살인자가 아니지만 그가 우연히 사람을 죽이는 건 세상에 살인자가 있기 때문이다"[12]라고 했다. 그러나 이것은 아무래도 "할 이야기 못할 이야기를 다 해버리는" 경향인데 너무나 '엄숙'하지 않은 모습이라 할 수 있다.

린 선생은 글의 말미에서 중국 작가들에게 이렇게 묻고 있다. "러시아에서는 왜 『전쟁과 평화』와 같은 위대한 작품이 탄생할 수 있었을까? …… 그런데 우리 작가들은 어째서 잡문 나부랭이나 끄적이면서도 막대한 만족감에 젖어 있을까?" 우리가 이 임시 '잡문가' 때문에 근심하는 것도 바로 이 점에 기인한 것이다. 현재 어쨌든 힘들여 "소재를 채취하는 면에서는 글쓰기의 재료가 더욱더 곳곳에 널렸으므로 갖은 애를 다 써서 채취한 '잡문'을 사용할 필요가 없다". 그러니 "러시아에서는 왜 『전쟁과 평화』와 같은 위대한 작품이 탄생할 수 있었을까?"라는 문제에 대한 연구를 망각할 정도에 이르지 않았겠는가?

그러나 이것은 다만 우리의 '기우'일 뿐이기를 바란다. 그의 '잡문'은 아마도 "전혀 필요한 곳이 없을 뿐만 아니라, 일종의 저열한 경향"에 치우칠 리도 없을 것이기 때문이다.

주)_____

1) 원제는 「做'雜文'也不易」. 이 글은 1934년 10월 1일 『문학』 월간 제3권 제4호 '문학논단' 코너에 처음 발표되었다. 서명은 '즈'(直)이다.

2) 이 문제는 1934년 3월 정보치(鄭伯奇)가 『춘광』(春光) 월간 창간호에 발표한 「위대한 작

품의 요구」(偉大的作品底要求)에 나온다. 그는 또 같은 간행물 제3기에도 「중국에서는 목전에 왜 위대한 작품이 탄생하지 못하는가」(中國目前爲甚麼沒有偉大的作品産生)라는 글을 써서 같은 문제를 제기했다.

3) 원문은 '燈火倍可親'. 등불과 두 배 친할 수 있다는 뜻으로 시원한 가을에 독서를 장려하는 말로 흔히 쓰인다. 이 구절은 당대 한유(韓愈)의 「아들 부가 성남에서 독서하다」(符讀書城南)라는 시에 '燈火稍可親'으로 나온다.

4) 이 글의 제목은 「위대한 작품은 어디에 있는가?」(偉大的作品在哪裏?)이다.

5) 먼로주의(Monroe Doctrine)는 미국 제5대 대통령 제임스 먼로(James Monroe, 1758~1831)가 1823년 12월 의회에 제출한 외교방침이다. 미국은 외국에 간섭하지 않을 것이며 외국도 미국이나 미주 대륙에 간섭하지 말라는 일종의 외교적 고립주의다. 그러나 겉으로 드러난 모습과는 달리 이 먼로주의는 미국이 미주 대륙에서 배타적 지배권을 강화하기 위한 원칙으로 작용했다.

6) 『현대』(現代) 월간은 1932년 5월 상하이에서 창간된 문학잡지다. 스저춘(施蟄存), 두헝(杜衡) 등이 편집을 담당했다. 모더니즘 계열의 문학작품이 많이 실렸다. 1935년 5월에 제6권 제4기를 내고 정간했다.

7) 린시쥔(林希雋)은 광둥성 차오안(潮安) 사람으로 당시 상하이 다샤대학(大夏大學) 학생이었다.

8) 제예(制藝)는 명·청 시대에 과거시험 답안 작성에 쓰인 문체로 팔고문(八股文)을 가리킨다.

9) 팔고(八股)는 매우 형식적인 문체다. 과거시험 답안지를 작성할 때 "파제(破題), 승제(承題), 기강(起講), 입수(入手), 기고(起股), 중고(中股), 후고(後股), 속고(束股)" 등 여덟 부분의 형식에 맞춰서 써야 했기 때문에 흔히 팔고문이라 부른다.

10) 스저춘의 「나와 문언문」(我與文言文), 리쥔량(黎君亮)의 「문학은 정국과 관계가 있는가?」(文學與政局有關?), 린시쥔의 「잡문과 잡문가」가 그것이다.

11) 신월사(新月社)는 1923년 베이징에서 성립된 정치적 성향의 단체다. 후스(胡適), 천위안(陳源), 쉬즈모(徐志摩), 원이둬(聞一多), 뤄룽지(羅隆基) 등 서구 유학생이 중심을 이뤘다. 정치적으로는 영국식 민주주의를 신봉하며 좌익문예운동에 반대했다. 특히 쉬즈모, 원이둬 등이 낭만적 경향의 격률시를 제창하여 신시 부흥에 큰 영향을 끼쳤다.

12) 루쉰은 「신월사 비평가의 임무」에서 "예를 들어 사람을 죽이는 것은 부당한 일이다. 그러나 '살인범'을 죽인 사람도 역시 사람을 죽인 것이지만 어느 누가 그를 그르다고 하겠는가?"라고 했다. 『삼한집』(루쉰전집 5권) 참조.

『개자원화보 3집』에 제사를 써서 쉬광핑에게 주다[1]

이 책은 상하이 유정서국有正書局 번각본飜刻本이다. 이 책 광고에 이르기를 목각 연구 10여 년 만에 처음으로 이 책을 목판으로 새겼다. 그러나 기실 목판, 석판, 유리판 및 인공 착색을 함께 썼는데 이는 일본에서 완성된 방법이다. 책 전체가 목각은 아니다. 광고는 과장되었지만 원본 판각을 구하기 어렵고, 그 뒤에 나온 번각본도 이 판본보다 낫지 않다. 그리하여 한 부를 구해 광핑에게 증정한다. 시를 지어 증거로 삼는다.

십 년 동안 손을 잡고 어려움을 함께하며,[2]
거품으로 서로 적셔도 슬픔의 세월이었다.[3]
잠시나마 그림에 기대 피로한 눈에 기쁨 일고,
이 가운데 단맛 쓴맛 우리 둘은 알고 있다.

술년 겨울 12월 9일 밤, 루쉰 씀

주)_____

1) 원제는 「題『芥子園畵報三集』贈許廣平」. 이 글은 루쉰의 친필 원고에 근거하여 편집해 넣었다. 본래 쉬광핑에게 증정한 『개자원화보 3집』 제1책 속표지에 쓴 제사(題詞)다. 본래 제목과 표점이 없었다. 이 글 서명 뒤에 '魯迅'과 '旅隼'이라는 인장이 찍혀 있다. 이 제사는 쉬광핑이 1964년 10월 장서를 정리하는 과정에서 새로 발견되었다가, 다시 1968년 쉬광핑이 세상을 떠난 후 다시 발견되어 그 해 베이징대학 『문화비판』 제2기에 처음 발표되었다. 『개자원화보』은 청나라 초기 왕개(王槪), 왕시(王蓍), 왕얼(王臬) 형제가 편찬한 중국화 기법 도해(圖解) 서적이다. 제1집은 산수화류, 제2집은 사군자류, 제3집은 화훼초충류다. 이어의 별장 개자원(芥子園)에서 판각했으므로 이런 명칭이 붙었다. 루쉰 지음, 김영문 옮김, 『루쉰, 시를 쓰다』(역락, 2010) 참조.

2) 원문은 '十年攜手共艱危'. 1925년 쉬광핑은 베이징여사대 학생이었고, 루쉰은 이 학교 강사였다. 당시 베이징여사대 교장 퇴진 운동 과정에서 두 사람은 편지 왕래를 시작했다. 따라서 이 시가 지어진 1934년까지 대략 10년의 세월이 경과했다.

3) 원문은 '以沫相濡亦可愛'. 『장자』 「대종사」(大宗師)에 다음과 같은 기록이 있다. "샘물이 마르면, 물고기들은 땅 위에서 서로 함께하게 되는데, 입으로 습기를 서로 불어주고, 작은 물거품으로 서로 몸을 적셔준다."(泉涸, 魚相與處於陸, 相呴以濕, 相濡以沫) 따라서 '이 말상유'(以沫相濡)는 고난 속에서 서로 의지하며 돕고 위로하는 행위를 비유한다.

형세는 반드시 그렇게 되고,
이치는 본래부터 그러했다[1]

때때로 자신의 그림자를 돌아보고 슬퍼하며 떠듬거리는 문장을 발표해 온 페이밍*廢名*[2] 선생이 이번 호『인간세』에 문학은 선전이 아니라는 그의 문학관을 선전했다.

　이것은 우리가 이미 고막이 시끄러울 정도로 많이 들은 논리다. 누군가 문자로 "문학은 선전이 아니다"라고 말한다면 그것도 바로 선전이다. ──이 또한 우리가 이미 고막이 시끄러울 정도로 많이 들은 논리다.

　글을 쓰면서 스스로 사회에 아무 영향을 끼치지 않는다고 여기는 건, 자신이 '페이밍'*廢名*이라는 이름으로 불리면 정말 자신의 이름*名*이 폐지*廢* 되는 것으로 여기는 것과 같다. 만약 사회에 아무 영향을 끼치지 않으려면 어떤 글도 쓰지 말아야 한다. 정말 이름을 폐지하려면 '페이밍'이란 필명 조차도 쓰지 말아야 한다.

　가령 문자에 정말 아무런 힘이 없다면 그 문인은 정말 폐물이거나 기생충이다. 따라서 그의 문학관은 바로 폐물이나 기생충의 문학관이다.

　그러나 문인들은 또 그런 문인이 되기를 바라지 않는다. 이에 그는 지금 벌써 문인의 간판을 내렸다고 말할 수밖에 없다. 그러나 간판을 내리면 문학관도 근거가 없어져서 의지할 산을 잃어버린다.

그러나 문인들은 또 의지한 산이 사라지는 걸 원치 않는다. 이에 그는 "문文을 버리고 무武를 따르겠다"[3]고 말할 수밖에 없다. 이는 '문학을 위한 문학'을 주장하던 자가 나중에 반드시 걸어가야 할 길을 분명하게 드러낸 것이다.──사실이 이와 같고, 전례도 이와 같다. 정확한 문학관은 사람을 속이지 않고, 스스로 지적하는 모든 것을 그들 스스로 증명한다.

주)_____

1) 원제는 「勢所必至, 理有固然」. 이 글은 루쉰의 친필 원고에 근거하여 편집해 넣었다. 서명은 즈루(直入)다. 대략 1935년 1월에 쓴 것으로 보인다. 본래 1981년판 『루쉰전집』에는 이 글이 1934년에 들어 있었으나 2005년판에서는 1935년으로 옮겼다. 제목 '勢所必至, 理有固然'은 송나라 사람이 소순(蘇洵)의 이름으로 가탁한 「변간론」(辯奸論)의 '事有必至, 理有固然' 구절을 조금 변형한 것이다.

2) 페이밍(廢名, 1901~1967)은 펑원빙(馮文炳)의 필명이다. 그는 후베이성 황메이(黃梅) 사람이다. 소설가로 활동하며 베이징대학 교수를 지냈다. "문학은 선전이 아니다"란 언급은 그가 1934년 10월 『인간세』(人間世) 제13기에 발표한 글 「즈탕선생」(知堂先生)에 나온다.

3) 원문은 '棄文就武'. 즈탕(知堂; 저우쭤런周作人)은 1935년 1월 6일 『독립평론』(獨立評論) 제134기에 「문을 버리고 무를 따르다」(棄文就武)라는 글을 발표했다.

『중국신문학대계』소설 2집 편찬 감상[1]

이것은 새로운 소설의 시작이다. 기교는 현재의 뛰어난 작가와 비교할 수 없지만 시대를 마음에 새기고 있으므로 당시에 건성으로 작품을 쓰는 작가가 드물었음을 알 수 있다. 내용은 물론 현재와 다르지만 기괴한 것은 20년 후 현재의 몇몇 작품은 여전히 당시 수준에 미치지 못한다는 사실이다.

나중에 소설의 지위도 높아졌고, 작품도 크게 진보했다. 다만 이와 동시에 또 하나의 형제가 태어났으니 그의 이름은 '남작'濫作이다.

주)_____

1) 원제는「『中國新文學大系』小說二集編選感想」. 1935년 2월 상하이 량유도서인쇄공사(良友圖書印刷公司)에서 『중국신문학대계』를 발간할 때 루쉰의 이 글 친필을 그대로 인쇄해 넣었다. 본래 제목은「소설 2집 편찬 감상」(小說二集編選感想)이다. 『중국신문학대계』는 1917년 신문학운동 시작부터 1926년까지 10년간의 문학창작과 이론을 모은 선집이다. 모두 10권이다. 제1권 건설이론, 제2권 문학논쟁, 제3권 소설1집, 제4권 소설2집, 제5권 소설3집, 제6권 산문1집, 제7권 산문2집, 제8권 시가, 제9권 희곡, 제10권 사료와 색인으로 구성되어 있다. 주편(主編)은 자오자비(趙家璧)다. 소설 2집은 루쉰이 소설 선정과 편집 책임을 맡아서 소설가 33명의 소설 59편을 뽑았다. 1935년 7월에 출판했다.

"달을 속이다"[1]

두형[2] 선생은 2월 14일 『횃불』[3]에서 우리에게 가르침을 내렸다. 중국인이 "월식을 만나 폭죽을 터뜨리는 건 결코 미신에서 나온 것이 아니라", "속임수에서 나온 것이다. 한편으로는 자신을 속이지만 더욱 중요한 점은 달을 속이는 것이다." "이 속임수를 빌려 대강 자신의 체면치레를 해서 장래에 다시 달을 만났을 때 그 난처함을 피하려고 하는 것이다."

　여기에서도 민중을 믿을 수 없음을 알 수 있다. 그것은 마치 셰익스피어가 『줄리어스 시저』에서 폭로한 것처럼 그들은 자신을 속일 뿐 아니라 달을 속이려 하는 것이다.──그러나 다른 사람을 속일 수 있을지는 모르겠다.

　게다가 두형 선생의 지적을 거치지 않은 한 가지가 있다. 그것은 어리석음愚이다. 그들은 장래에 달을 만났을 때 폭죽을 터뜨려 달을 성원할 생각만 할 뿐, 친구[4]를 만날 가능성이 있음은 생각하지 않는다. 아울러 설령 지금은 결코 성원하지 않더라도 장래에 만약 달을 만났을 때, 임기응변으로 한바탕 그럴듯한 논리를 내세워, 과거를 얼버무릴 수 있음을 모른다.

나는 이렇게 생각한다. 만약 그들이 이 두 가지를 안다면 그 태도가 틀림없이 '초연'할 수 있을 것이므로 우리가 속임수의 흔적을 발견하기는 어려울 것이다.

주)_____

1) 원제는 「"騙月亮"」. 이 글은 1935년 3월 5일 상하이 『태백』(太白) 반월간 제1권 제12기 '사소한 일에 매달리다'(掂斤簸兩) 코너에 처음 발표되었다. 서명은 허간(何幹)이다.
2) 두형(杜衡, 1907~1964)은 저장성 항현(杭縣) 사람으로 본명은 다이커충(戴克崇)이다. 쑤원(蘇汶), 두형 등의 필명을 썼다. 1930년대에 '제3종인'으로 자처하며 좌익문예운동을 배척했다.
3) 『횃불』(火炬)은 상하이 『다완바오』(大晚報)의 문예부간으로 추이완추(崔萬秋)가 주간이었다. 두형이 이 간행물에 「월식으로 생각나는 말」(月蝕引起的話)이라는 글을 썼다.
4) 천구(天狗)는 중국 전설에 나온다. 월식이 일어날 때 달을 삼키는 하늘의 개다.

'모'(某) 자의 네번째 뜻[1]

모 간행물의 모 작가는 『태백』[2]에서 모 간행물의 이름을 지적하지 않은 것에 세 가지 의미가 있다고 말했다.[3] 그는 거의 세번째 뜻에 대해서만 생각하려 한 듯하다. 그 의도는 모 간행물에 대한 전체 독자의 신임을 고려하여 '모' 자를 사용했다는 데 놓여 있다. 그러나 그 작가는 "여기까지 쓰자 시장 상황을 잘 아는 어떤 친구가 왔다"고 하면서, 그는 그렇지 않다고 했고, 만약 문장에서 이름을 분명하게 밝히면 어찌 저들 대신 광고를 해주는 것이 아니겠는가라고 말했다.

하지만 모 작가 자신은 또 믿지 못하겠다고 했다. 왜냐하면 어떤 작가가 자신의 글을 쓸 때, 갑자기 서점주인 대신 상업 경쟁의 이해관계를 따진다는 것도 너무 '거시기'那個함을 면치 못하기 때문이라는 것이다.

이 작가의 너그러움을 살펴보면 시장 상황을 잘 아는 그 친구의 사상이 더욱 옹졸하다는 사실은 분명하게 드러나지만 친구를 잃지는 않고 있다. 또 그럴수록 이 작가의 너그러움은 더욱더 분명하게 드러나고 있다. 다만 무의식중에 이 '친구' 대신 '시장 상황'을 발표한 이외에도 그의 체면을 깎고 있을 뿐이다. 이에 『태백』에서 말한 '모' 자에 네번째 뜻이 포함되었다. 그것은 바로 어떤 사람의 생각이 옹졸하다는 사실을 폭로하는 것이다.

주)_____

1) 원제는 「'某'字的第四義」. 이 글은 1935년 4월 20일 『태백』 반월간 제2권 제3기 '사소한 일에 매달리다' 코너에 처음 발표되었다. 서명은 '즈루'다.
2) 『태백』(太白)은 1934년 9월 상하이에서 창간된 소품문 전문 잡지다. 천왕다오(陳望道)가 주간이었고, 다음 해 9월에 정간했다.
3) 1935년 2월에 상하이에서 『문반소품』(文飯小品)과 『태백』 사이에 논쟁이 벌어졌고, 1935년 3월 『문반소품』 제2기에 유성(酉生)이라는 사람의 「모 간행물」(某刊物)이란 글이 실렸다. 그중에 다음과 같은 대목이 있다. "'모 간행물' '모' 자의 뜻을 조사해 보면 세 가지로 해석할 수 있다. 첫째는 정말 해당 간행물의 이름을 몰라서 임시로 '모' 자로 대체한 경우다. 둘째는 비밀과 관계된 일이라 진짜 이름을 밝히기 불편해서 '모' 자로 대체한 경우다. 셋째는 신문지상에서 소위 '잠시 그 이름을 숨기겠다'(姑隱其名)는 방법인데, 이 간행물의 진짜 이름을 말해서 그 체면을 깎지 않으려고 필자가 관대한 마음을 가지고 '모' 자로 대체한 경우다." 이어서 유성은 『태백』에서 모 간행물이라 한 것은 세번째 뜻일 거라고 했다.

"타고난 야만성"[1]

─'장쑤성과 저장성 사람들'은 이해하지 못하는 것

구훙밍[2] 선생은 작은 발을 찬양했고,

정샤오쉬[3] 선생은 왕도를 강구했고,

린위탕 선생은 성령을 이야기했네.[4]

주)──────

1) 원제는 「"天生蠻性"」. 이 글은 1935년 4월 20일 『태백』 반월간 제2권 제3기 '사소한 일에 매달리다' 코너에 처음 발표되었다. 서명은 웨산(越山)이다. "타고난 야만성"(天生蠻性)은 린위탕이 한 말이다. 린위탕은 당시에 『인간세』 등의 잡지에 글을 써서 자신은 민(閩; 지금의 푸젠성) 땅 사람이라 타고난 오랑캐 근성을 갖고 있는데, 이를 저장성이나 장쑤성 사람들은 잘 이해하지 못한다고 했다. 린위탕이 이런 말을 한 이유는 당시에 그가 '대중어'에 반대하다가 좌익작가들에게 심한 비판을 받았기 때문이다. 본래 저장성 사오싱 출신인 루쉰은 이 글에서 푸젠성 출신 세 사람의 자가당착적인 모습을 신랄하게 비꼬고 있다.

2) 구훙밍(辜鴻銘, 1857~1928)의 본명은 탕성(湯生)이고 자가 훙밍으로, 푸젠성 퉁안(同安) 사람이다. 신해혁명 후 베이징대학 교수에 임명되어 공자와 유학을 존중하며 혁명에 반대했다. 당시에 그가 전족한 여인의 작은 발과 그 발 냄새를 좋아했다는 소문이 널리 퍼져 있었다.

3) 정샤오쉬(鄭孝胥, 1860~1938)는 푸젠성 민허우(閩侯) 사람으로 자는 쑤칸(蘇戡)이다. 청나라 말기에 광둥성안찰사, 후난포정사(湖南布政司) 등의 직을 역임했다. 1931년 9월 18일 일본이 만주를 침략하고 청나라 마지막 황제 푸이(溥儀)를 만주국 황제로 옹립하자 정샤오쉬는 만주국 국무총리를 맡았다. 이후 일본 제국주의에 협력하며 거짓 왕도 정치를 고취했다.

4) 1930년대에 린위탕은 자신이 주간으로 일하던 『논어』와 『인간세』 등의 잡지를 통해 '성령파 문학'(性靈派文學)을 제창했다. 그에 의하면 성령이란 부모나 아내도 모르는 개인적인 심령이라고 한다.

사지[1]

일본에 전해지는 우스갯소리 한 가지가 있다. 어떤 공자孔子와 어부의 문답이다.

"당신 부친은 어디서 돌아가셨습니까?" 공자가 물었다.

"바다에서 돌아가셨습니다."

"그런데 아직 두려움도 없이 바다로 나가십니까?"

"당신 부친은 어디서 돌아가셨습니까?" 어부가 물었다.

"집에서 돌아가셨습니다."

"그런데 아직 두려움도 없이 집에 앉아 있습니까?"

올해 베이핑의 마롄[2] 교수가 강의를 하다가 갑자기 중풍에 걸려 교실에서 세상을 떠났다. 의고쉬안퉁疑古玄同[3] 교수는 바로 그때부터 강의를 하지 않았다. 마롄 교수의 뒤를 따를까 봐 두려웠기 때문이다.

그러나 강의실에서 죽은 교수는 기실 집에서 죽은 교수보다 확실히 적다.

"그런데 아직 두려움도 없이 집에 앉아 있습니까?"

주)_____

1) 원제는 「死所」. 이 글은 1935년 5월 20일 『태백』 반월간 제2권 제5기 '사소한 일에 매달 리다' 코너에 처음 발표되었다. 서명은 아오저(敖者)다.

2) 마롄(馬廉, 1893~1935)은 당시 베이핑사범대학(北平師範大學)과 베이징대학에서 강의 를 했다. 1935년 2월 19일 베이징대학에서 강의 도중 뇌일혈로 세상을 떠났다.

3) 첸쉬안퉁(錢玄同, 1887~1939)의 별명이다. 첸쉬안퉁은 젊은 시절 신문화운동의 근거지 였던 『신청년』 동인으로 활동하며 진보적인 경향을 보였다. 당시 루쉰에게 소설 쓰기 를 권고하여, 중국 최초의 현대소설 「광인일기」가 탄생했다. 그러나 점차 사상이 퇴보 하여 학생들이 진보 사상에 접하는 것을 막기 위해, "내 머리는 자를 수 있지만, 변증법 과목은 개설할 수 없다"(頭可斷, 辯證法不可開課)라는 말을 하기도 했다. 나중에 역사 의 고주의에 빠져 의고쉬안퉁(疑古玄同)이란 별명이 붙었으며, 루쉰이 이 글을 쓸 때는 베 이핑사범대학 국문과 학과장으로 재직하고 있었다.

중국의 과학 자료[1]
—신문기자 선생이 제공한 것

독사가 자라로 변하다——"특별히 기록하여 생물학자의 연구에 대비한
다."[2]

촌 아낙네가 뱀을 낳다——"내친김에 써두어 생물학자의 참고자료로 제
공한다."

원귀가 원수의 목숨을 노리다——"임시로 기재하여 영혼학자의 가르침
을 기다린다."

주)_____

1) 원제는 「中國的科學資料」. 이 글은 1935년 5월 20일 『태백』 반월간 제2권 제5기 '사소
한 일에 매달리다' 코너에 처음 발표되었다. 서명은 웨산이다.
2) 당시에 신문기자들은 "독사가 자라로 변하다"(毒蛇化鱉)따위의 소문을 취재하여 늘 보
도했다. 여기에 기록한 세 가지도 당시에 흔히 볼 수 있는 신문 기사다.

'유불위재'[1]

공자는 말했다. "중도를 실천하는 사람을 얻어서 함께할 수 없다고, 반드시 과격한 사람이나 고집 센 사람과 함께해야 할까? 과격한 사람은 진취적이고, 고집 센 사람은 하지 않는 바가 있다!"[2]

이에 일부 사람들은 다투어 '유불위'有不爲를 서재 이름으로 짓고[3] 공자의 문도로 자처하면서 '고집 센 사람'狷者으로 자부한다.

그러나 감히 묻겠다.——

'하지 않는 바가 있음'有所不爲이 비루하고 불결한 일인가? 아니면 비루하고 불결한 일이 아닌가?

'과격한 사람'狂者의 정의에는 '고집 센 사람'의 모호함이 포함되어 있지 않다. 이 때문에 '진취'進取를 서재 이름으로 삼는 사람이 지금까지도 없었다.

주)_____

1) 원제는 「有不爲齋」. 이 글은 1935년 5월 20일 『태백』 반월간 제2권 제5기 '사소한 일에 매달리다' 코너에 처음 발표되었다. 서명은 즈루다.

2) 『논어』 「자로」(子路)에 나온다. "不得中行而與之, 必也狂狷乎, 狂者進取, 狷者有所不爲也."

3) 청대 부구연(傅九淵), 이한화(李翰華), 광율원(光律元) 등이 모두 '유불위'(有不爲)를 서재 이름으로 삼았다. 린위탕도 1932년에서 1934년까지 『논어』와 『인간세』 잡지에 「유불위재 수필」(有不爲齋隨筆)이란 제목으로 글을 연재한 적이 있다.

"황제 자손" 두 부류[1]

린위탕 선생은 "현대 중국인이 높이지 말아야 할 사람을 높이고, 버리지 말아야 할 것을 버리면서, …… 기실 물질문명의 의식주를 향유하는 것도 여전히 우리 황제 자손의 장기다"라고 생각했다.[2]

그러나 "우리 황제 자손"에는 두 부류가 있는 듯하다. 그 한 부류는 "태어나면서 야만성을 가진 사람"이고 다른 한 부류는 태어나면서 야만성이 없거나 이미 소멸한 사람이다.

"물질문명"에도 최소한 두 부류가 있다. 그 한 부류는 기름지고 달콤한 음식을 먹고, 가볍고 따뜻한 옷을 입으며, 양옥에 거주하는 사람이다. 다른 한 부류는 초근목피를 먹고, 헤진 삼베 옷을 입으며, 짚 덤불 우리에 거주하는 사람이다.——먹지 말아야 할 것을 먹고, 입지 말아야 할 것을 입으며, 살지 말아야 할 곳에 산다.

"우리 황제 자손"이 '야만성'을 모두 갖기 어려운 것처럼 "기실 물질문명의 의식주를 향유하는 것"도 결코 모든 이의 '장기'가 아니다.

하하, "농담이오, 농담입니다!"[3]

1) 원제는 「兩種 "黃帝子孫"」. 이 글은 1935년 6월 20일 『태백』 반월간 제2권 제7기 '사소한 일에 매달리다' 코너에 처음 발표되었다. 서명은 즈루다.

2) 1935년 4월 『인간세』 반월간 제26기에 실린 린위탕의 「중국과 서양 문화를 이야기하다」(談中西文化)에 나온다.

3) 린위탕은 1934년 12월 27일 지난대학(暨南大學)에서 행한 「글짓기와 사람 되기」(做文與做人)라는 강연에서 "글짓기는 차를 마시고 밥을 먹은 이후의 일이므로 꼭 성실하게 할 필요는 없습니다. …… 농담이오, 농담입니다!"라고 했다.

'진귀함'을 모으다[1]

장징루[2] 선생은 「나는 왜 본 총서를 간행하는가」라는 글에서 이렇게 말했다. "본 총서 간행 과정에서 저우쭤런, 선치우沈啓無 두 선생의 도서목록 추천과 선본 소개를 받았다. 그 후의에 깊이 감사드린다. …… 스저춘[3] 선생은 모든 일을 주재하면서 원만한 교섭에 힘을 쏟았다.……"

스저춘 선생은 「중국문학진본총서 편찬 취지」[4]라는 글에서 이렇게 말했다. "나는 고관과 귀인, 교수와 학자를 위해 우마주牛馬走[5] 역할을 할 수 없으니, 어떻게 초가삼간의 한미한 유학자나 외로운 등불 아래 이름 없는 선비가 되어 아들과 손자를 가르치는 복을 누릴 수 있겠는가?"

여기에서 '주'走 자와 '교수와 학자'라는 말은 남보다 훨씬 뛰어난 표현이니 이 또한 모두 '진본'珍本이다.

주)＿＿＿＿＿

1) 원제는 「聚珍」. 이 글은 1935년 9월 5일 『태백』 반월간 제2권 제12기 '사소한 일에 매

달리다' 코너에 처음 발표되었다. 서명은 즈루다.

2) 장징루(張靜廬, 1898~1969)는 출판인으로 저장성 츠시(慈溪) 사람이다. 「나는 왜 본 총서를 간행하는가」(我爲甚麼刊行本叢書)는 1935년 8월 『독서생활』 제2권 제8기에 발표되었다.

3) 스저춘(施蟄存, 1905~2003)은 현대 작가로 저장성 항저우 사람이다. 『현대』, 『문예풍경』 잡지의 주간을 역임했다.

4) 「중국문학진본총서 편찬 취지」(編印中國文學珍本叢書緣起)는 스저춘이 1935년 8월 『독서생활』 제2권 제8기에 발표한 글이다. '중국문학진본총서'는 스저춘이 편집을 담당하여 1935년 9월 상하이잡지공사(上海雜誌公司)에서 간행하기 시작했고, 모두 50종을 펴냈다.

5) 우마주(牛馬走)는 중국 한나라 사마천의 「임소경에게 답하는 글」(報任少卿書)에 나오는 어휘다. 글쓴이가 자신을 겸손하게 일컫는 말이다. 소나 말처럼 부림을 당하는 종이란 뜻이다.

『머나먼 나라』해설[1]

『머나먼 나라』는 소설집 『내 친구』 3편 중 하나다. 작가 가이다르(Arkadii Gaidar)[2]와 삽화가 예르몰라예프(A. Ermolaev)[3]는 모두 소련 문단에 새로 나타난 사람이다.

　이 소설은 시골 마을 개혁 과정에서 일어난 갈등, 그중에서도 특히 호기심, 향상심과 같은 아동 심리를 묘사했지만 간혹 다소 진부한 점도 드러난다. 파데예프[4]는 일찍이 이 작품을 소년 독서물 명편이라고 칭찬했다.

　이것은 원문에서 직접 번역한 판본이고, 삽화도 원작 그대로 인쇄해 넣었다. '어린이의 해'[5]가 제정된 이래 이 소설은 아마도 『시계』[6] 이후 우리가 어린이 독자들에게 바치는 두번째 훌륭한 공헌이 될 것이다.

3월 11일 밤, 편집자

주)_____

1) 원제는 「『遠方』按語」. 이 글은 1936년 3월 16일 『역문』(譯文) 월간 신1권 제1기 『머나먼 나라』(遠方) 번역문 앞에 처음 발표되었다. 『머나먼 나라』(Дальние страны)는 소련 작가 가이다르의 중편소설이다. 중국에서는 차오징화가 번역하고 루쉰이 교열했다. 1938년 6월 상하이 문화생활출판사에서 단행본을 출간했다.

2) 가이다르(Аркадий Петрович Гайдар, 1904~1941)는 소련의 아동문학가다. 중편소설 『머나먼 나라』, 『티무르와 그의 동료들』(Тимур и его команда) 등의 작품을 남겼다.

3) 예르몰라예프(А. Ермолаев)는 소련의 화가다.

4) 파데예프(Александр Александрович Фадеев, 1901~1956)는 소련의 소설가다. 오랫동안 소련 작가동맹 지도자로 활약했으나 스탈린 비판 후 우울증이 발작하여 자살했다. 『궤멸』(Разгром; 혹은 훼멸毀滅), 『젊은 근위대』(Молодая гвардия) 등의 장편소설을 남겼다.

5) 1933년 말 국민당 상하이시 정부는 상하이시 어린이행복위원회의 요청에 근거하여 1934년을 상하이시 '어린이의 해'로 정했다. 또 1935년 5월 국민당정부는 중화모자협회(中華慈幼協會)의 요청에 근거하여 1935년 8월에서 1936년 7월까지를 전국 '어린이의 해'로 정했다.

6) 『시계』(Часы)는 소련 작가 판텔레예프(Леонид Иванович Пантелеев, 1908~1987)의 중편소설로 루쉰이 번역했다. 중국어 번역 제목은 『表』다. 『역문서발집』 「『시계』 역자의 말」 참조.

차오바이의 목각상에 부쳐[1]

차오바이가 조각했다. 1935년 여름 전국목각전시회[2]가 상하이에서 개최될 때 전시 작품을 먼저 시당市黨에서 검사했다. '높으신 나리'께서 이 목각을 가리키며 "이건 안 돼!"라고 하여 축출되었다.

주)_____

1) 원제는 「題曹白所刻像」. 이 글은 루쉰의 자필 원고에 근거하여 편집해 넣었다. 원래 제목이 없었다. 대략 1936년 3월에 쓴 것으로 보인다.
   차오바이는 장쑤성 우진(武進) 사람으로 본명은 류핑뤄(劉苹若)이고 필명이 차오바이다. 목각예술가로 활동하며 1935년 「루쉰상」(魯迅像)과 「루쉰이 샹린댁을 만나다」(魯迅遇見祥林嫂)란 제목의 목각상을 전국목각연합전시회(全國木刻聯合展覽會)에 출품했다. 그런데 「루쉰상」은 국민당 상하이시당부 검사관에 의해 전시가 금지되었다. 다음 해 3월 그는 이 목각상을 루쉰에게 기증했고, 루쉰은 이 목각상 왼쪽 여백에다 위의 글을 썼다.
2) 전국목각전시회는 전국목각연합전시회를 가리킨다. 탕커(唐珂), 진자오예(金肇野) 등이 펑진목각연구회(平津木刻研究會) 이름으로 주최했다. 1935년 1월 1일부터 베이징, 지난, 상하이 등지를 돌며 순회 전시를 했다.

'중국걸작소설' 소인[1]

[번역문][2]

중국의 신문학은 시작부터 지금까지 거쳐 온 세월이 길다고 할 수 없다. 애초에는 발칸반도 여러 나라처럼 대체로 작가와 번역가가 문학혁신운동 전투자의 배역으로 분장했고, 오늘날에 이르러서야 좀 구별이 생겼다. 그러나 이 때문에 소위 일부 작가들이 아무렇게나 문학에 종사하는 일이 늘어났다. 이 점으로 보면 자못 불행한 일이다.

　일반적으로 말해서 목전의 작가는 창작상에서의 부자유는 잠시 논하지 않더라도 처지까지도 매우 어렵다. 첫째, 신문학은 외국문학 조류의 추동 하에 발생했고, 중국 고대문학 부문에서는 거의 조금도 유산을 섭취하지 않았다. 둘째, 외국문학에 대한 번역도 지극히 제한적이어서 전집이나 걸작조차 번역되지 않았으므로 소위 '타산지석'의 재료로 삼을 만한 작품이 너무나 부족하다.

　그러나 창작 가운데서 단편소설은 비교적 좋은 성과를 내고 있다. 물론 이런 작품을 무슨 걸작이라고 아직 일컬을 수 없지만 만약 최근에 유행하고 있는 외국인 창작에 비교해 보면 중국 사정을 제재로 한 작품이 결코 더 열등한 모습을 드러내지는 않는다. 진실이란 점에서 살펴보면 아주 우수하다고 말해야 한다. 외국 독자들이 볼 때는 아마도 진실하지 않은 점이 포함되어 있다고 느낄 수도 있겠지만 실제로는 대개 진실한 내용이 대부분이다. 지금 나 자신의 천학비재를 헤아리지도 못하고 최근에 나온 몇몇 작가의 단편소설을 뽑아 일본에 소개하고자 한다.── 만약 아무 부질없이 무익한 일을 한 게 아니라면 그건 정말 크나큰 행운이라 할 만하다.

1936년 4월 30일, 루쉰

주)_____

1) 원제는 「『中國傑作小說』小引」. 이 글은 1936년 6월 1일 일본 『가이조』(改造) 월간 제18권 제6호에 처음 발표되었다. 본래 일본어로 썼고, 제목은 없었다. 1936년 봄에 루쉰은 일본 가이조샤 사장 야마모토 사네히코(山本實彥, 1885~1952)의 요청에 응하여 중국 젊은 작가 단편소설 10편을 선정하고, 『가이조』 월간에 '중국걸작소설'이란 제목으로 계속 발표했다(기실 6편 발표에 그쳤음).

2) 원문은 다음과 같다.

支那に於ける新文學の始から今までの間の年月はまださう永くなかつた。始の時には矢張バルカウン諸國に於けるが如く大抵創作者も飜譯者や文學革新運動戰鬪者の役を勤めて居たが今になつこ稍々分れこ來た。併しその一部分の所謂作者の呑氣さを增長した點から雲へば頗る不幸な事である。

一般に雲ふと現今の作者は書く事の不自由の點を別としても實に困難た境遇に置かれて居る。第一、新文學は外國の文學潮流に動かされて發生したのだから自國の古い文學から遺産として取るべきものは殆んど無かつた。第二、外國文學の飜譯物も少々あるけれども全集や傑作なく所謂"他山の石"となれるものは實に貧乏なものごあつた。

併し就中篇小說の成績は割合に良い方に屬して居る。無論傑作と雲ふ程のものはないけれども此頃流行して居る外國人の書いた支那の事を取扱ふ處の創作よりは必ず劣つて居るとも言へない。その眞實の點に至つては寧ろすぐれて居るのである。外國の讀者から見れば本當でないらしい處か隨分あるかも知れないが、併しそれは大抵眞實である。今度、自分の淺陋をも顧みないで最近的作者の短篇小說を選出して日本へ紹介するてとになつたが──若し無駄な仕事に終らなかつたならば誠に莫大な幸である。

一九三六年四月三十日 魯迅

『케테 콜비츠 판화 선집』에 제사를 써서 지푸에게 증정하다[1]

이 책을 인쇄한 것은 작년에서 올해까지, 병이 나기 전에서 병이 난 이후까지다. 내가 직접 계획하여 겨우 완성했다. 이 책 한 권을

지푸에게 증정하여 기념으로 삼는다.

1936년 7월 27일

뤼준

상하이

주)————

1) 원제는 「題『凱綏·珂勒惠之版畵選集』贈季市」. 이 글은 루쉰의 친필 글씨를 근거로 편집해 넣었다. 본래 제목이 없었다. 『케테 콜비츠 판화 선집』은 루쉰이 편찬하여 삼한서옥(三閑書屋)에서 출판했다. 독일 판화가 케테 콜비츠의 작품 21폭을 수록했다. 이 책 앞에 미국 여류작가 스메들리의 서문 및 루쉰의 서문이 붙어 있다.
지푸(季市)는 지푸(季弗), 지푸(季黻)라고도 쓴다. 쉬서우창(許壽裳, 1883~1948)의 자다. 호는 상쑤이(上遂)이며 루쉰과 동향인 저장성 사오싱(紹興) 사람이다. 루쉰과 일본 유학 생활을 함께했고, 함께 귀국하여 저장양급사범학당(浙江兩級師範學堂) 교사 생활도 함께했으며, 교육부 공무원 생활도 줄곧 함께했다.

세계사에 보내는 답신[1]

세계사의 여러 선생께 :

13일에 부치신 편지 잘 받았습니다. 그 앞 한 통도 아마 받은 듯한데 오래 아파서 답장 드리지 못했습니다.

문의하신 일은 몇 마디 빈말로 책임을 면하고자 합니다. 진실로 방법이 없기 때문입니다. 제 병은 사실 완치될 수 없습니다. 요 며칠간 각혈을 하고 있습니다. 의사는 말도 하지 말라고 합니다. 일을 좀 하려 해도 머리가 어지럽지만 아직 죽을병은 아닌 듯합니다.

이에 답장 드립니다. 부디

더위에 평안하시길 빕니다.

15일, 루쉰

문의에 답함

저는 제가 에스페란토[2]에 찬성한다고 확신합니다. 처음 찬성한 시기도 아주 일러서 아마 20년이나 된 것 같습니다.[3] 하지만 이유는 간단합니다. 회고해 보면 이렇습니다. 첫째, 이를 통해 세계의 모든 사람——특히 피압박 계층을 연결할 수 있기 때문입니다. 둘째, 나 자신의 본업을 위해서입니다. 세계어는 서로 간에 문학을 소개해 줄 수 있습니다. 셋째, 세계어 전문가 몇 사람을 보았기 때문입니다. 그들은 모두 겉과 속이 다른 이기주의자를 훨씬 초월한 사람들이었습니다.

그 뒤 깊이 생각해 보지 않아서 지금의 의견은 이것에 불과합니다. 저는 항상 이와 같습니다. 저는 그것이 좋다라고 말하기는 하지만 그것이 좋은 까닭을 크게 떠벌려 말하지는 못합니다. 그러나 확실히 이와 같으므로 결국 제 판단이 결코 틀리지 않았음을 증명할 수 있습니다.

8월 15일

주)_____

1) 원제는 「答世界社信」. 이 글은 1936년 10월 상하이 『세계』 월간 제4권 제9~10기 합간호에 처음 발표되었다. 이 잡지에서는 루쉰의 답장 필적을 그대로 인쇄하여 실었다. 「문의에 답함」은 '에스페란토에 대한 중국 작가의 의견'(中國作家對世界語的意見) 코너에 게재되었다. 모두 제목이 없었다. '세계사'는 상하이 에스페란티스트협회(上海世界語者協會) 소속 『세계』 월간사의 약칭이다. 1936년에 국제혁명 에스페란토 작가협회에서 상하이 세계사에 편지를 보내 에스페란토에 대한 중국 작가의 의견을 알고 싶다고 하자, 세계사가 루쉰에게 문의했고, 루쉰이 이에 답하는 편지를 보냈다.

2) 에스페란토(Esperanto)는 흔히 세계어로 번역된다. 1887년 폴란드의 안과 의사 자멘호프(Lazaro Ludoviko Zamenhof, 1859~1917)가 창안한 국제 공용어다.

3) 루쉰이 최초로 에스페란토에 찬성한 글은 1918년 11월 『신청년』에 발표한 「강 건너기와 길안내」(渡河與引路)다. 나중에 『집외집』(루쉰전집 9권)에 수록되었다.

쉬사오디·예쑤중·황핑쑨에 관하여[1]

내가 자유대동맹에 가입할 때 저장성 타이저우台州 사람 쉬사오디, 원저우溫州 사람 예쑤중이 가장 먼저 당국에 아부하며 난징정부에 수배령을 내려 달라고 문서로 요청했다. 두 사람은 과연 점차 승진하여 쉬는 벼슬이 저장성 교육청장에 이르렀고, 예는 공기업 정중서국正中書局의 뜨르르한 간부가 되었다.

또 황핑쑨이란 자는 쉬와 예의 사주를 받아 작은 신문을 꾸리면서 대략 매달 두 번씩 반드시 나를 헐뜯어 매달 봉급 30위안을 받았다. 황은 마침내 이를 바탕으로 집안을 일으켰고, 교육청의 작은 관리가 되어 『웨펑』越風 잡지의 편집을 맡았다. 그리하여 편지로 '명인'에게 원고를 청탁하고 충신열사의 일화와 저명인사의 에피소드를 논하면서 자신의 본래 면목을 망각했다. "콰이지會稽[2]는 본래 복수와 설치雪恥의 고장이지만"[3] 저 주구들을 만나면 막다른 골목으로 몰려 버린다!

1) 원제는 「關於許紹棣葉溯中黃萍蓀」. 이 글은 루쉰의 자필 원고에 근거하여 편집해 넣었다. 대략 1936년에 쓴 것으로 보인다. 본래 제목이 없었다.

쉬사오디(許紹棣, 1898~1980)는 국민당 저장성 당부(黨部) 위원, 항저우 『민국일보』 사장, 저장성 교육청장을 역임했다.

예쑤중(葉溯中, 1902~1964)은 국민당 중앙감찰위원회 후보위원, 국민당정부 운영 정중서국(正中書局) 부사장을 역임했다.

황핑쑨(黃萍蓀, 1908~1993)은 저장성 교육청 보조 편집자, 『중앙일보』 주항저우 특파원을 역임했고, 『웨펑』(越風)과 『자왈』(子曰)의 주간을 지냈다.

2) 콰이지(會稽)는 루쉰의 고향으로 지금의 저장성 사오싱이다. 춘추시대 월(越)나라 수도였다.

3) 춘추시대 월왕(越王) 구천(勾踐)이 와신상담(臥薪嘗膽) 끝에 오왕 부차(夫差)를 죽이고 복수에 성공했으므로 흔히 사오싱을 복수설치(復讎雪恥) 고장이라 부른다.

부록
1

『중국광산지』자료 모집 광고[1]

중국에서는 광산이 없음을 근심하지 않고 광산 연구자가 없음을 근심하
거나, 광산 연구자가 없음을 근심하지 않고 광산이 있는 땅을 확실하게 알
지 못함을 근심한다. 근래에 우리나라는 광산 사업에 대해서 [불평등] 조
약을 다투고, [외국과의] 계약서를 폐지하고, 자본을 모으고, 회사를 세우
는 등의 방법으로 이 명맥을 보존하려 한다. 그러나 명맥이 어찌 어둡고
아득한 가운데 억지 학설에서 얻어지겠는가? 지층과 지질에 관계된 것에
는 반드시 진실하고 확실한 증거의 소재가 있다. 진실하고 확실한 증거를
얻은 후에 보존 방법을 시행하면 손쓸 방법을 얻게 되어 일을 잘 처리할
수 있다. 우리는 이 분야에 느낀 바 있어 동서의 비급秘笈 수십 종을 수집하
고, 명사名師의 강의를 얼마간 채택하여, 그중 고갱이를 모으고 잡다함을
제거하여 이 책을 완성했다. 어찌 다른 이유가 있겠는가? 우리 국민으로
하여금 자기 성省과 자기 땅의 광산을 알게 하려는 의도일 따름이다. 그러
나 우리는 다른 나라에서 공부를 하며 이역에서 떠돌았기 때문에 중국 내
지를 두루 다니며 널리 조사할 수 없었다. 따라서 누락되고 불충분한 점을

아마도 면치 못할 것이다. 이에 이 책을 뒤적여 보는 분들은 우리나라의 보배 같은 매장물이 장차 사라진다는 사실을 생각하고, 우리들의 재주와 역량이 모자람을 가련하게 생각하여 원조의 손길을 뻗어 도와주시기를 바란다. 무릇 모某 성과 모 땅의 광산 소재지를 아는 사람은 보고서나 편지로 우리에게 알려 주시면 고맙겠다. 이 일에 찬성하는 건 우리들의 사사로운 행운에 그치지 않고 우리나라의 큰 행운이 될 것이다. 이미 채굴을 시작한 사람은 현재 사용 중인 자본이 얼마인지? 현재 데리고 있는 광부는 몇 명인지? 매일 평균 생산액은 얼마인지? 판로는 좋은지? 진로는 괜찮은지를 상세하게 기록해 주시기 바란다. 이는 한편으로 우리 국민에게 지난 경험의 자료를 제공하는 것이며, 다른 한편으로는 우리 국민의 미래 개척에 도움을 주고자 하는 것이다. 아직 채굴에 들어가지 않은 사람은 현재 외국인이 군침을 흘리고 있는지? 생산 상황은 어떤지? 각 향토에서 아는 바를 상세하게 기록해 주시기 바란다. 만약 답장을 내려 주시려면 상하이 3마로三馬路 저우진리書錦里 본서 발행소 보급서국普及書局으로 부쳐 주시기 바란다. 간절한 희망을 금치 못하겠다.

병오년 12월,[2] 편찬자 삼가 알림

주)_____

1) 원제는 「『中國礦山志』徵求資料廣告」. 이 글은 1907년 2월 27일 『중국광산지』 증보3판 뒷표지에 처음 실렸다. 본래 제목은 「본서 자료 모집 광고」(本書徵求資料廣告)이고, 구두점이 있다. 『중국광산지』는 중국 초기 지질·광산 저작 중 하나다. 1906년 7월에 초판이 나왔다. 일본 이키활판소(井木活版所)에서 인쇄하고 상하이 보급서국에서 간행했다. 표지에 "장닝 구랑과 콰이지 저우수런이 함께 편찬함"(江寧顧琅會稽周樹人合纂)이라고 서명되어 있다.
2) 1907년 1월이다.

『역외소설집』 제1책[1]

이 소설집에 수록된 작품은 모두 근래 유명 작가들의 단편이다. 구조가 치밀하고 사상이 깊이 있다. 각국에서 앞다투어 뽑아 번역하며 그 찬란한 모습을 문학의 새로운 종장으로 삼고 있지만 우리나라만 유독 빠져 있다. 이 때문에 삼가 번역한다. 의미 전달에는 진실함을 도모했고, 어휘 선택에는 유창함을 추구했다. 먼저 제1책을 끝냈는데, 무릇 폴란드 1편,[2] 미국 1편,[3] 러시아 5편[4]이다. 신기원의 문학 물결을 중화의 땅에 끌어들였으니 이것이 남상濫觴이 될 것이다. 장정이 새롭고 기이하며, 종이의 질도 정교하고 섬세한데, 이것 역시 근래 소설에서는 아직 눈에 띄지 않는 것이다. 매 책 일본 엔화로 3엔이다. 현금으로 사는 경우 10책을 한꺼번에 사면 10%를 할인해 주고, 50책을 사면 20%를 할인해 준다. 총 판매 연락처 : 상하이 영국조계 허우마로後馬路 첸지눙乾記弄 광창룽처우좡廣昌隆綢莊

꽈이지 저우수런 알림

주)_____

1) 원제는 「『域外小說集』第一册」. 이 글은 1909년 4월 17일 상하이 『시보』(時報) 제1판에 처음 게재되었다. 본래 표점이 없었다.

　『역외소설집』은 루쉰과 그의 아우 저우쭤런이 함께 번역한 외국 단편소설 선집으로 모두 2책이다. 제1책은 1909년 3월, 제2책은 같은 해 7월에 일본 도쿄 간다인쇄소(神田印刷所)에서 인쇄했다. 이후 도쿄의 췬이서점(群益書店)과 상하이의 광창룽처우좡(廣昌隆綢莊)에서 판매했다.

2) 폴란드 시엔키에비치(Henryk Sienkiewicz, 1846~1916)의 소설 「음악가 양코」(Janko Muzykant, 樂人揚珂)다.

3) 미국은 영국이 되어야 한다. 영국 작가 오스카 와일드(Oscar Wilde)의 「행복한 왕자」(The Happy Prince, 安樂王子)를 가리킨다.

4) 체호프(Антон Павлович Чехов, 1860~1904)의 「두꺼비」(В усадьбе, 戚施), 「변새 밖」(В ссылке, 塞外), 가르신(Всеволод Михайлович Гаршин, 1855~1888)의 「해후」(Встреча, 邂逅), 안드레예프(Леонид Андреев, 1871~1919)의 「거짓말」(Ложь, 謾), 「침묵」(Молчание, 默)이다.

『질긴 풀』 번역본 서문(잔고)[1]

원고는,[2] 원저와 비교해 보면 어휘 선택과 의미 전달이 『예측불허의 위세』[3]와 완전히 다르다. 유럽인들은 번역을 신중하게 생각해서 왕왕 같은 책을 여러 판본으로 중역한다. 우리나라의 예를 들어 보면 『로빈슨 크루소』[4]와 『존 소전』[5]은 모두 두 가지 번역본이 유통되고 있지만 서로 방해가 되지 않는다. 이에 기존 판본을 교정하여 더욱 진실함과 유창함에 가깝게 했다. 톨스토이 저술의 참된 뜻을 분명하게 드러낼 수 있게 되었다. 성실함을 추구하는 역자의 뜻도 아마 조금은 달성된 듯하다. 원서의 제목은 『세레브랴니 공작』인데 한자로는 은씨銀氏[6]로 번역하는 것이 마땅하다. 또 마로스프[7]라고 부르는 사람은 서리의 뜻을 갖고 있다. 굳세고 깨끗한 지조를 지니고 혼탁한 세상에 꺾이지 않으므로 제목을 『질긴 풀』로 번역했다고 한다.

저자 톨스토이는 이름이 알렉세이다. 레프 톨스토이(Lyof Tolstoi)[8]와는 다른 인물이다. 레프는 그의 사촌동생인데 저술이 지극히 풍부하고 만년에 종교로 귀의해서 별도의 이치를 세워 19세기의 선지자로 일컬어진다. 우리나라에서는 흔히 모두 한 사람으로 논하고 있으므로 특별히 여기에서 서로 다른 사람임을 분별해 둔다.

기유己酉 3월, 역자가 또 기록하다

주)＿＿＿＿

1) 원제는 「『勁草』譯本序(殘稿)」. 이 글은 루쉰의 친필 원고에 근거하여 편집해 넣었다. 1909년 루쉰이 저우쭤런을 대신해서 『질긴 풀』에 써준 서문의 잔고다. 본래 제목은 없고 구두점은 있다.
   『질긴 풀』은 러시아 알렉세이 톨스토이(Алексей Константинович Толстой, 1817~1875)의 역사소설이다. 러시아어 본래 제목은 『Князь Серебряный』인데, 지금은 『세레브랴니 공작』으로 번역한다. 16세기 러시아 사람들이 차르 통치를 반대하며 투쟁에 나선 이야기를 다루고 있다. 저우쭤런의 이 번역본은 간행되지 못했다.
2) 이 글 앞 부분이 탈락되었으므로 제목에 잔고라 한 것이다.
3) 『예측불허의 위세』(不測之威)는 『세레브랴니 공작』의 또 다른 중국어 번역본이다. 영어 번역본에서 중역한 것으로 1908년 상하이 상우인서관에서 출판했다.
4) 『로빈슨 크루소』(The life and Strange Surprising Adventures of Robinson Crusoe)는 영국 작가 대니얼 디포(Daniel Defoe, 1660~1731)의 소설이다. 당시에 선쭈펀(沈祖芬)과 린수(林紓)의 번역본이 함께 유통되었다.
5) 『존 소전』(迦因小傳)은 영국 소설가 해거드(Sir Rider Haggard, 1856~1925)의 장편소설 『존 헤이스트』(Joan Haste)다. 당시에 판시쯔(蟠溪子)가 이 소설 후반부를 번역한 판본과 린수의 번역본이 함께 유통되었다.
6) 러시아 성씨 'Серебряный'가 은(銀)을 뜻하기 때문이다.
7) 러시아어 'Мороз'의 의미는 서리다. 마로스프는 이 소설 주인공이다.
8) 지금은 영어로 흔히 'Lev Tolstoy'로 표기한다.

1912년

저우위차이 알림[1]

나는 이미 산콰이사범학교[2] 교장 직을 사퇴했습니다. 교내 제반 업무는 이달 13일 학무과學務科에서 파견한 주유시[3] 군이 학교로 왔을 때 분명하게 인계했습니다. 무릇 이 학교와 관련된 업무는 이후로 모두 민사서民事署 학무과로 가서 상의하기 바랍니다. 나는 더 이상 책임을 지지 않습니다. 이에 알립니다.

주)_____

1) 원제는 「周豫才告白」. 이 글은 1912년 2월 19일 『웨둬일보』(越鐸日報) 광고란에 처음 실렸다. 본래 표점이 없었다.

2) 산콰이사범학교(山會師範學校)의 본명은 산콰이초급사범학당(山會初級師範學堂)이다. 1909년에 개교했다. 루쉰은 1911년 11~12월 사이에 이 학당 감독(監督)으로 재직했다. 산콰이(山會)는 산인(山陰)과 콰이지(會稽)를 합쳐서 부르는 말이다. 지금의 저장성 사오싱이다.

3) 주유시(朱幼溪, 1882~1936)는 저장성 사오싱 사람으로 본명은 젠난(澗南)이고 자가 유시다. 사오싱부중학당(紹興府中學堂) 교사를 지냈고, 신해혁명 후에는 사오싱 군정분부(軍政分府) 학무과 직원에 임명되었다.

무슨 말?[1]

린촨자[2]가 쓴 「중화민국 도성 이름은 경화京華로 해야 함을 논함」[3]이란 글에 이런 말이 있다. "대저 우리나라는 중화中華 두 글자를 국명으로 삼았다. 중中이란 중도中道이고 화華란 중화족이다. 오색을 중화의 상징으로 삼고, 국기를 표지로 삼아, 한족, 몽골족, 회족, 티베트족을 합하여 대일통을 이룬다. 중화민국 수도는 '경화'라는 이름을 붙여야 한다. 두보杜甫의 '매번 북두에 의지하여 경화를 바라본다'는 뜻을 취했다. 아름답고 전아한 의미가 북경이나 남경과 같이 한쪽으로 치우친 이름과는 다르다. 또 중경中京, 대도大都, 경사京師와 같은 명칭과 비교해 봐도 더욱 명확하고 적절하다. 대체로 도성 이름이 나라 이름과 일치하므로 비록 해외에 거주하는 화교華僑, 화공華工, 화상華商들도 목을 빼고 조국을 바라보지 않는 사람이 없을 것이다."

린촨자가 쓴 「푸젠 고을 이야기」[4]에 또 다음과 같은 말이 있다. "푸젠성의 린씨林氏는 거족巨族이다. 그 연원은 비간比干[5]의 아들 견堅이 장림長林으로 도망가서 성씨를 얻은 데 있다. 명대에 린씨는 일본으로 도피하여 역시 일본의 대성大姓이 되었다. 예를 들어 하야시 다다스[6]와 하야시 곤스케[7] 공훈, 하야시 다이라[8]와 하야시 쓰루이치[9]의 학문이 그러한데, 이 또한 우리 민족이 동아시아에서 흥성하고 있음을 증명하기에 족하다."

또 이렇게 말했다. "일본의 유신은 기실 후쿠자와 유키치[10]의 소설에 힘입었다. 우리나라의 유신도 그 공을 린친난[11]의 웨이루소설[12]에 돌려야 한다. 누가 타당하지 않다고 말하겠는가?"

린수가 소설 『효우경』[13]을 번역하고 그 「역여소지」譯餘小識에서 이렇게 말했다. "이 책은 서양인을 위해 그 억울함을 변론하는 내용이다. 중국인 중에서 서양에서 학습한 사람들은 흔히 다음과 같이 말한다. '남자가 21세 이상이 되면 반드시 자립해야 한다. 부모가 힘으로 간섭하거나 구속해서는 안 된다. 형제가 각각 자기 가정을 마련하면 서로 돕지 않는다. 이것을 사회주의라 이름한다. 국가는 이 때문에 강성해진다.' 그러나 근년에 살펴본 바에 의하면 이러한 가정 혁명이 일어나 부모를 거스르는 자식과 형제를 배반하는 아우가 발걸음을 잇고 있지만 나라가 어찌하여 강성해지지 않는 것인가? 이것이 과연 진정으로 서양인의 규범을 받든 것인가? 흉악한 마음이 폐부에 가득하여 그것으로 하고 싶은 짓을 마음대로 하는 것이 서양 풍속과 무슨 관계가 있는가? 이 책에서 …… 아버지는 우애를 전하고, 딸은 효도를 전하고 있으니 인류의 귀감이 될 만하다. 『효우경』이라 이름 붙인 것도 우리 중국인이 남을 헐뜯으며 망령된 말을 하지 말라고 일깨우려는 것이다."

탕승[14]이 지은 『국수화원류』[15]에는 이런 말이 있다. "…… 유럽과 아시아 열강이 바야흐로 명인들을 널리 모집하고 날마다 우리나라 옛날 그림을 수집하여 대중이 널리 관람할 수 있도록 제공하고, 또 상하 백성으로

하여금 마음을 다해 그것을 창작에 참고하여 그 예술이 더욱 정교해지도록 할 줄 그 누가 알았겠는가? 그러나 비록 유럽인 중에서 중국 문자와 언어에 능통한 사람은 있지만 아직 중국 화법畵法에 능통한 사람은 없다. 진실로 이러한 방법으로 진화하여 오랫동안 신령의 조화가 모여야 하는 것이지, 사실 그걸 그냥 준다 해서 배울 수 있는 것이 아니다. 이것은 자부심을 가질 만하다."

주)_____

1) 원제는 「甚麼話?」. 이 글은 1919년 2월 15일 『신청년』 월간 제6권 제2호 '무슨 말'(甚麼話) 코너에 처음 발표되었다. 이 글 끝에 '루쉰이 집록함'(魯迅輯)이란 서명이 있다. '무슨 말'은 1918년 10월 『신청년』 제5권 제4호부터 개설된 코너로 황당무계한 언론을 전문적으로 소개했다.

2) 린촨자(林傳甲)은 푸젠성 민허우(閩侯) 사람으로 경사대학당(京師大學堂) 문과 정교수와 헤이룽장성(黑龍江省) 교육과장을 역임했다.

3) 「중화민국 도성 이름은 경화로 해야 함을 논함」(中華民國都城宜正名京華議)은 린촨자가 1916년 9월 『지학잡지』(地學雜誌) 제7년 제8기 '논총'(論叢) 코너에 발표했다.

4) 「푸젠 고을 이야기」(福建鄕談)는 1917년 2월 『지학잡지』 제8년 제2기 '설부'(說郛) 코너에 발표되었다. 전체 문장은 모두 21항목으로 되어 있다.

5) 중국 은(殷)나라 마지막 임금 주왕(紂王)의 숙부다. 주왕의 폭정을 바로잡기 위해 간언을 올리다가 심장을 해부당하는 형벌을 받고 살해되었다. 흔히 미자(微子), 기자(箕子)와 함께 은말 삼인(三仁)으로 불린다.

6) 하야시 다다스(林董, 1850~1913)는 일본 외무성 장관을 지냈다.

7) 하야시 곤스케(林權助, 1860~1939)는 중국 주재 일본공사를 지냈다.

8) 하야시 다이라(林衡, 1768~1841)는 일본의 교육가로 학제 개혁에 크게 기여했다.

9) 하야시 쓰루이치(林鶴一, 1873~1935)는 일본의 저명한 수학자다.

10) 후쿠자와 유키치(福澤諭吉, 1835~1901)는 일본 메이지유신 시기의 계몽사상가이자 교육자다.

11) 린친난(林琴南)은 청나라 말기와 민국 초기에 활동한 번역가 린수(林紓)다. 그의 호는 웨이루(畏廬)이고, 그의 자가 친난이다. 이 책 「삼가 유로에게 고함」의 해당 각주 참조.

12) 린수의 호를 따서 그의 번역 소설을 웨이루소설(畏盧小說)이라고 부른다. 린수의 소설이 중국 유신의 근거가 되었다고 주장하는 건 억측에 불과하다.

13) 『효우경』(孝友鏡)은 린수가 번역한 장편소설이다. 원작은 벨기에 작가 헨드릭 콘시엔스(Hendrik Conscience, 1812~1883)의 『가난한 신사』(Le Gentilhomme Pauvre)다.

14) 탕슝(唐熊, 1892~?)은 안후이성 시현(歙縣) 사람으로 자는 지성(吉生)이다. 상하이 도화미술학교(圖畵美術學校) 기술사범과(技術師範科) 교수를 지냈다.

15) 『국수화원류』(國粹畵源流)는 1918년 11월 상하이 『미술』 잡지 제1기에 발표되었다.

「악동」부기[1]

이 번역 소설은 본래 코텔리안스키(S. Koteliansky)와 머리(I. M. Murray)의 영어 번역본을 저본으로 삼았다. 나중에 내가 크로세크(T. Kroczek)의 독일어 번역본에 따라 몇 곳을 개정했다. 이 때문에 본래 번역본과 좀 다르다.

10월 16일, 루쉰 부기

주)_____

1) 원제는 「'壞孩子'附記」. 이 글은 1921년 10월 27일 『천바오 부간』에 실린 궁주신(宮竹心, 1899~1966) 번역 「악동」 뒤에 처음 발표되었다. 본래 제목이 없었다.
  「악동」(Злой Мальчик)은 러시아 작가 체호프의 초기 단편소설이다. 역자 궁주신은 산둥성 둥아(東阿) 사람으로 필명은 바이위(白羽)다. 당시에 베이징우체국 직원이었다.

『고민의 상징』광고[1]

이 책은 기실 문예론인데 모두 4장으로 나뉘어 있다. 지금 나는 관례대로 졸렬하고 난삽한 문장으로 번역했고, 삭제한 부분은 전혀 없으며, 심한 오역에는 이르지 않았을 것이다. 한 권으로 인쇄하여 삽화 다섯 폭을 넣었다. 실제 가격은 5자오角이지만 초판을 출판하고 2주 동안은 특별 가격으로 3자오 5펀分을 받는다. 그러나 이 기간 동안 잠시 도매로 판매하지 않는다. 베이징대학 신조사新潮社에서 대리 판매한다.

루쉰 알림

주)_____

1) 원제는 「『苦悶的象徵』廣告」. 이 글은 1925년 3월 10일 『징바오 부간』(京報副刊)에 처음 발표되었다.
  『고민의 상징』은 일본 구리야가와 하쿠손(廚川白村, 1880~1923)의 문예이론집이다. 루쉰은 1924년 12월 '웨이밍총간'(未名叢刊)의 하나로 이 책을 번역 출판했다.

'웨이밍총간'은 무엇이고, 어떻게 하려 하나?(1)[1]

소위 '웨이밍총간'이란 이름 없는(未名) 총서라는 뜻은 결코 아니고, 이름을 아직 정하고 싶지 않다는 뜻이다. 그러나 이렇게 이름을 붙여 놓으면 더 이상 좋은 이름을 생각하느라 괴로워하지 않아도 된다.

이것은 또한 학자들이 정선한 보배로운 책이 아니라 모든 국민이 보지 않으면 안 되는 책이다. 원고가 있고 인쇄비만 있으면 바로 인쇄하여 쓸쓸한 독자, 작가, 역자로 하여금 모두 좀 떠들썩한 분위기를 느끼게 하려 한다. 내용은 물론 잡다하다. 잡다함 속에서도 대략 일치된 모습을 볼 수 있으므로 일괄적으로 서로 비슷한 형식으로 만들어 '웨이밍총간'이라고 이름 붙였다.

큰 뜻은 전혀 없다. 바라는 건 모두 다음과 같다. ① 나 자신의 입장에서는 인쇄한 책이 조속히 매진되어 돈을 회수한 뒤 다시 두번째 책을 찍을 수 있기를 희망한다. ② 독자에 대해서는 이 총서를 읽고 나서 심하게 속았다는 느낌에 이르지 않기를 희망한다.

현재 이미 인쇄한 한 종류[2]를 제외하고 나 자신과 다른 사람의 원고

중에서 계속 인쇄하려는 건 다음과 같다.

1. 『소련의 문예논전』蘇俄的文藝論戰. 러시아 추자크Николай Федорович Чужак 등의 논문 3편, 런궈전[3] 옮김.

2. 『별을 향해』往星中. 러시아 안드레예프의 4막 희곡. 리지예[4] 옮김.

3. 『작은 요하네스』小約翰. 네덜란드 반 에덴의 신비하고 사실적인 동화시. 루쉰 옮김.[5]

주)——

1) 원제는 「『未名叢刊』是甚麼, 要怎樣?(一)」. 이 글은 1925년 3월 웨이밍사에서 출판한 『고민의 상징』 뒤표지에 처음 인쇄되었다. 제목 아래에 루쉰이란 서명이 있다.

2) 『고민의 상징』이다.

3) 런궈전(任國楨, 1898~1931)은 중국 현대 번역가 겸 혁명가다. 루쉰의 지원 하에 『소련의 문예논전』을 번역하여 '웨이밍총간'의 하나로 출판했다. 산시(山西)에서 혁명활동을 하던 중 군벌 옌시산(閻錫山) 일당에 체포되어 피살되었다.

4) 리지예(李霽野, 1904~1997)는 중국 현대 작가 겸 번역가다. 특히 러시아와 동유럽 피압박민족 작품을 많이 번역했다. 루쉰의 지원으로 웨이쑤위안(韋素園), 차오징화(曹靖華), 웨이충우(韋叢蕪), 타이징눙(臺靜農) 등과 웨이밍사 동인으로 활동했다. 안드레예프의 『별을 향해』, 트로츠키의 『문예와 혁명』, 네크라소프(Некрасов Николай Алексеевич)의 『스탈린그라드』 등 다양한 러시아 문학작품 및 문예이론을 번역했다.

5) 『역문서발집』의 『작은 요하네스』 부분 참조.

알림[1]

본 간행물[2]은 '내'가 교열한다고 말했지만 지금까지 내 강의를 들은 학생과 내가 잘 아는 친구들의 작품에 한해서 때때로 상의하고 검토한 곳이 있다. 나머지는 필기 오류나 다른 원인 때문에 간혹 한두 글자를 고쳤을 뿐이다. 지금은 또 이런 거동도 번거롭게 느껴져서 더 이상 통독하지 않고 있으며 또 더더욱 내가 '교열'의 전체 책임을 지지도 않을 것이다. 이에 특별히 밝혀 둔다!

3월 22일, 루쉰

주)_____

1) 원제는 「白事」. 이 글은 1925년 3월 24일 베이징 『민중문예주간』(民衆文藝週刊) 제14기에 처음 실렸다.
2) 『민중문예주간』이다. 이 간행물은 『징바오』 부간의 하나로 1924년 12월 9일 베이징에서 창간되었다.

루쉰 공고[1]

『민중문예』 원고 중 일부분을 내가 살펴본 적이 있다고 이미 제14기에 밝힌 바 있다. 지금은 나 자신의 일이 바빠 자세히 읽을 여가가 없으므로 일부분의 '교열'도 이미 중지했다. 제17기부터는 어떤 책임도 지지 않는다.

4월 14일

주)_____

1) 원제는 「魯迅啓事」. 이 글은 1925년 4월 17일 『징바오 부간』에 처음 실렸다.

『망위안』출판 예고[1]

본보[2]에서 본래 간행하던 『도화주간』[3](제5종)이 현재 주관 단체가 해산되어 계속 출판할 수 없기 때문에 다른 종류를 간행하게 되었는데 그것이 바로 『망위안』이다. 소식을 들으니 그 내용은 대체로 사상 및 문예 종류이고, 문장은 저술이거나 번역이거나 상업성 글이거나 스크랩 등일 텐데 내일의 일은 미리 알 수 없다. 그러나 총체적인 기약은 각자 본성대로 말하고, 마음대로 논의하면서 현세에 충실하고 저 미래를 바라보는 것이라고 한다. 루쉰 선생이 편집을 담당하여 이번 주 금요일에 출판한다. 이후 매주 금요일마다 『징바오』에 덧붙여서 보내 드린다. 바로 『징바오』의 제5종 주간이다.

주)_____

1) 원제는 「『莽原』出版預告」. 이 글은 1925년 4월 21일 『징바오』 광고란에 처음 실렸다. 1925년 4월 20일 『징바오』에 다음과 같이 『망위안』을 광고하는 글이 실렸다. "사상계의 중요한 소식 : 청년의 사상을 어떻게 개조할 것입니까? 루쉰 선생이 주필을 담당하

는 『□□』 주간 잡지를 주 금요일부터 읽으시기 바랍니다. 상세한 상황은 내일 분명하게 발표하겠습니다. 본사에서 특별히 알립니다." 루쉰은 이 광고가 "가소로울 정도로 과장된 것이라 보고"(『먼곳에서 온 편지』 15) 이 출판 예고를 다시 썼다.

2) 『징바오』(京報)이다. 사오퍄오핑(邵飄萍)이 창간한 신문이다. 1918년 10월 베이징에서 창간하여 1926년 4월 펑톈(奉天) 군벌 장쭤린(張作霖)에 의해 폐간되었다. 비교적 진보적인 신문이었다.

3) 『도화주간』(圖畵週刊)은 『징바오』 부간의 하나다. 펑우웨(馮武越)가 책임자였으며 1924년 12월에 창간하여 매주 금요일에 발행했다. 편집 주체는 도화세계사(圖畵世界社)였다. 1925년 4월까지 모두 11기를 냈다.

베이징여자사범대학 사태 선언문[1]

본교의 불안한 상황을 거슬러 올라가 보면 이미 반년도 넘는 세월이 흘렀다. 때로는 잠복하기도 하고 때로는 드러나기도 하면서 지금에 이르렀다. 이 과정에서도 학교 당국은 반성하며 정성을 다해 일을 처리하여 사태를 진정시키려는 노력은 보이지 않았다. 5월 7일 교내 강연 때 학생들이 교장 양인위楊蔭楡의 사퇴를 권고했지만 양 선생은 큰 식당에서 교수를 소집하여 약간의 연회를 베풀고 이어서 평의부[2] 명의로 학생자치회 임원 6명(문과 예과 4명, 이과 예과 1명, 국문과 1명)을 제적하여 공지했다. 이 때문에 전교가 술렁이며, 양 선생의 교장직 수행 사변事變에 단호하게 반대했다. 그러자 양 선생도 마침내 소감感言[3]을 전국에 두루 전송했고, 또 학생들 가족에게도 편지를 보냈다. 그 문장이 매우 번잡하지만 이미 공표된 것만 살펴보면 대개 간절하게 '품학'品學[4] 두 글자로 논리를 세워, 이 일의 시말을 모르는 자가 이 글을 보고 마치 이 사태를 교장이 학내 기풍을 바로잡으려다 야기한 일로 여기게 만들었다. 그러나 그 학생들의 품성과 학업은 모두 문제가 없음을 증명할 수 있다. 여섯 명은 모두 학업이 불량하지 않으며 품성이라는 측면에서도 평소에 징계를 받거나 과오를 저지른 흔적이 전혀 없다. 그런데도 이런 일과 제적을 함께 거론하며 애매모호한 태도를 보이는 건 특히 흑백을 뒤섞는다는 혐의에서 벗어날 수 없다. 게다가 여섯 명은 모두 자치회 임원이다. 뛰어난 재능이 없다면 학생 대중이 무슨 까닭에 이들을 자치회 임원으로 뽑았겠는가? 교장에 불만을 품은 것이 공공 의견이 아니라면 이들이 제적당한 후에 전교 분위기가 어찌 술렁이게 되었는가? 처벌이 과연 그 죄에 합당하다면 본 학과의 두 학과장[5]이 어찌하여 사전에 전혀 소식을 듣지 못했다고 연이어 사퇴하게 되었는가? 이로써 일의 공론은 아직 민심에 놓여 있고, 일의 곡직은 일찍부터 분명하게 드러났음을 알 수 있다. 편벽되고 어그러진 거동을 허황한 말과 왜곡된 논리로 은폐하거나 분식할 수는 없다. 우리 일동은 외람되게도 교수의 말석을 차지하고 있지만 일의 대강을 알기 때문에 점잖게 침묵하고 있다가 이제 감히 구구한 내막을 알린다. 교육에 관심이 있는 분은 잘 살펴주시길 바란다.

마위짜오,[6] 선인모,[7] 저우수런, 리타이펀,[8] 첸쉬안퉁,

선젠스,[9] 저우쭤런

주)＿＿＿＿

1) 원제는 「對於北京女子師範大學風潮宣言」. 이 글은 1925년 5월 27일 『징바오』에 처음 발표되었다. 루쉰의 부인 쉬광핑은 자신이 보관하고 있던 이 글 유인물 곁에 다음과 같은 설명을 붙여 놓았다. "루쉰이 원고를 썼다. 양인위(楊蔭楡)의 「감언」(感言)을 정의에 입각하여 날카롭게 비판하고 있다. 아울러 마위짜오(馬裕藻) 선생에게 다른 선생들도 연명 선언에 참여해 달라고 요청하고 있다."

2) 평의부(評議部)는 베이징여자사범대학 교장(총장), 교무주임, 총무주임 및 공개 선출된

10명의 교수가 구성원이고 교장이 주재한다. 학교의 주요 업무와 시급한 현안을 논의한다.

3) 양인위가 발표한 「폭력 학생에 대한 소감」(對於暴烈學生之感言)이다. 1925년 5월 20일 『천바오』에 「'교육의 전도가 가시밭길이다!' 양인위의 선언」('敎育之前途棘矣!'楊蔭楡之宣言)이라는 제목으로 발표된 바 있다.

4) 품성과 학업이라는 뜻이다. 학생들은 데모를 하지 말고 품행과 학업에 정진해야 한다는 기성 논리다.

5) 베이징여사범대학 국문과 학과장 마위짜오와 대리 학과장 리진시(黎錦熙)가 연이어 사퇴한 일을 가리킨다.

6) 마위짜오(馬裕藻, 1878~1945)는 당시 베이징대학 국문과 교수에 베이징여자사범대학 강사 겸 국문과 학과장을 겸직하고 있었다.

7) 선인모(沈尹默, 1883~1971)는 당시에 베이징대학 국문과 교수 겸 베이징여자사범대학 국문과 강사였다.

8) 리타이펀(李泰棻, 1890~1972)은 당시 베이징대학 교수 겸 베이징여자사범대학 역사지리학과 주임이었다.

9) 선젠스(沈兼士, 1885~1947)는 선인모의 아우다. 당시 베이징대학 연구소 국학부문 주임 겸 베이징여자사범대학 국문과 강사였다.

편집자 부기[1]

『망위안』에서 토론하려는 것은 기실 결코 이런 문제에 중점이 놓여 있지 않다. 앞 회에서 그 두 편의 글[2]을 게재한 까닭은 달리 게재할 곳이 없었기 때문에 두 사람에게 게재할 지면을 할애한 것이다. 그러나 이 때문에 이와 상관있는 천 선생의 편지[3]를 함께 실어 일의 결말을 짓지 않을 수 없었다. 이번 회에 실은 두 편은 필자가 『현대평론』의 답장[4]만 보고 『망위안』의 단신短信은 아직 보지 않은 상태에서 집필한 것이다. 상하이에서 베이징으로 부친 글이 도착했을 때는 천 선생의 편지가 발표된 이후였다. 그러니 기실 아직 토론이 마무리되기 전의 어투다. 따라서 나는 장 선생과 저우 선생에게 양해를 요청하고, 어휘와 문장의 편의를 위해 몇 글자 바꾸고 각 편의 '부기'는 제거했다. 아마 두 분[5]이 단신을 본 이후 내가 너무 독단적이라고 여기지는 않을 것이다.

주)_____

1) 원제는 「編者附白」. 이 글은 1925년 6월 5일 베이징 『망위안』 주간 제7기에 처음 발표되었다. 이 간행물에 실린 장시탄(章錫琛, 1889~1969)의 「천바이녠 교수와 꿈을 이야기하다」(與陳百年敎授談夢)와 저우젠런(周建人, 1888~1984)의 「다시 천바이녠 선생에게 답장을 보내 일부다처제를 토론하다」(再答陳百年先生論一夫多妻)라는 두 가지 글에 대한 설명이다. 서명은 없다. 1925년 1월 장시탄, 저우젠런은 『부녀잡지』 제11권 제1호에 성(性)도덕에 관한 글을 발표했다. 그러자 천바이녠이 『현대평론』에서 그것을 반박하고 비난했다. 이후 장과 저우가 『현대평론』에 부친 답변 글은 그 간행물의 탄압을 받아 게재되지 못했다. 이 때문에 루쉰은 『망위안』 제4기, 제6기, 제7기에 이 문제를 토론하기 위한 지면을 제공했다. 장시탄은 당시 상우인서관에서 간행하던 『부녀잡지』의 주간이었다. 저우젠런은 생물학자로 루쉰 3형제 중 셋째다. 당시에 상우인서관에서 편집 일을 하고 있었다. 천바이녠(1887~1983)은 심리학자로 당시 베이징대학 교수였다.

2) 두 편의 글은 저우젠런이 1925년 5월 15일 『망위안』 주간 제4기에 발표한 「'일부다처의 새로운 기호'에 답변함」(答'一夫多妻的新符號')과 장시탄이 같은 호에 발표한 「천바이녠 교수의 '일부다처의 새로운 기호'를 반박함」(駁陳百年敎授'一夫多妻的新符號')을 가리킨다. 본래 천바이녠은 「일부다처의 새로운 기호」를 1925년 3월 14일 『현대평론』 제14기에 발표하여 장시탄과 저우젠런을 비난했다. 그 이후 저우젠런은 천바이녠의 글을 반박하는 「연애자유와 일부다처」(戀愛自由與一夫多妻)라는 글을, 장시탄은 「새로운 성도덕과 다처」(新性道德與多妻)라는 글을 써서 『현대평론』에 투고했지만 게재되지 못했다. 두 사람은 이 때문에 위의 두 글을 써서 『망위안』에 투고했다.

3) 1925년 5월 29일 『망위안』 주간에 게재된 천바이녠의 「저우와 장 두 선생에게 드리는 단신」(給周章二先生的一封短信)이다. 천바이녠은 이 편지를 통해 『현대평론』에서 두 사람의 글을 미루며 게재하지 않은 사실에 대해 해명하고 논전의 중지를 요청했다.

4) 1925년 5월 9일 『현대평론』 제22기에 게재된 천바이녠의 「장, 저우 두 선생에게 답장을 보내 일부다처제를 토론하다」(答章周二先生論一夫多妻)를 가리킨다. 이 간행물 '통신'(通訊) 코너에 저우젠런의 「연애자유와 일부다처」와 장시탄의 「새로운 성도덕과 다처」가 함께 실렸다.

5) 장시탄과 저우젠런이다.

「민첩한 역자」부기[1]

루쉰 부기:

　'웨이지뤄'微吉羅는 Virgilius이고, '허레이취'訶累錯는 Horatius다.[2]

　'우리 집안'의 아우 옌彦[3]이 Esperanto로부터 번역했다. 이 때문에 이름의 뒷부분 's'를 없앤 발음이 원본과 다르다. 이에 특별히 밝혀서 사전을 찾는 사람들에게 참고자료로 제공한다.

주)_____

1) 원제는 「敏捷的譯者附記」. 이 글은 1925년 6월 12일 『망위안』 주간 제8기에 게재된 루옌(魯彦)의 번역 소품 「민첩한 역자」 뒤에 처음 발표되었다. 「민첩한 역자」는 저자 미상으로 140자 정도의 유머 소품이다.

2) 베르길리우스(B.C.70~B.C.19)는 에스페란토로 Virgilo로 음역되고 영어로는 Vergilius로 쓴다. 고대 로마의 시인이다. 호라티우스(B.C.65~B.C.8)는 에스페란토로 Horatio로 음역되고, 영어로는 Horatius로 쓴다. 고대 로마의 시인이다.

3) 소설가 루옌(魯彦, 1901~1944)을 가리킨다. 루옌은 왕형(王衡)의 필명이다. 그는 1925년 6월 5일 『망위안』 주간 제7기에 발표한 「시험 이전」(考試之前)에서 루쉰을 큰형(大哥)으로 불렀다. 루쉰(魯迅)의 본명은 저우수런(周樹人)이고, 루옌(魯彦)의 본명은 왕형(王衡)이지만, 필명의 첫 글자가 같다고 이렇게 부르며 친근감을 표시한 것이다. 루쉰도 루옌의 이런 호칭에 호응하여 '우리 집안'의 아우 옌(彦)이라고 불렀다. 일종의 유머다.

오류 교정[1]

제10기 『망위안』에 오자가 꽤 많아서 실로 독자 여러분께 미안하다. 지금 그중 비교적 중요한 것을 선택하여 오류를 교정하고자 한다. 오류는 앞에 쓰고 그것을 정정한 내용은 괄호 안에 넣어 지면을 절약했다.[2] 하지만 원고는 이미 편집자의 손에 있지 않다. 따라서 정정한 부분도 어쩌면 원고와 같지 않을 수도 있다. 이 또한 작가에게 미안하다. 뜻이 통하는 오자와 구두점은 생략할 수밖에 없었다. 제11기에도 오류가 좀 있다. 내친김에 뒤편에 덧붙인다.

7월 3일 편집자

第十期

「弦上」:

詩了	(詩人了)
爲聰明人將要	(爲聰明人, 聰明人將要)
基旁	(道旁)

「鐵柵之外」:

生觀	(人生觀)
像是	(就是)
刺刀	(刺刀)
什麼? 感化	(什麼感化?)
窺了了	(窺見了)
完得	(覺得)
卽將	(卽時)
集!	(集合)

「長夜」:

豬蓄	(潴蓄)

「死女人的秘密」:

那過	(那邊)
奶乾草	(乾草)
狂飈過是	(狂飈過去)
那麼愛道	(那麼愛過)
那些住	(那些信)
正老家庭的書棹單, 出的	(正如老家庭的書棹裏拿出的)
如帶一封	(如一封)
尢儒	(木偶)

「去年六月的閑話」:

六日, 日記	(六月的日記)

「補白」:

早怯	(卑怯)
有戰	(有箭)
很牙	(狼牙)
打人腦袋	(打人腦袋的)
不覺事	(不覺得)
「正誤」:	
刃割	(割刃)

第十一期

「內幕之一部」:

中人的	(中國人的)
槍死鬼	(搶死鬼)

「短信」:

近於流	(近於硫)
下爲	(爲)
爲崇	(爲崇)

주)_____

1) 원제는「正誤」. 이 글은 1925년 7월 10일 『망위안』 주간 제12기에 실렸다.
2) 본래 정정한 부분은 줄을 바꾸어 써야 하지만, 여기에서는 줄을 바꾸지 않고 같은 줄의 괄호 안에 넣음으로써 지면을 줄였다는 뜻이다.

'웨이밍총간'은 무엇이고, 어떻게 하려 하나?(2)[1]

소위 '웨이밍총간'이란 이름 없는無名 총서라는 뜻은 결코 아니고, 이름을 아직 정하고 싶지 않다는 뜻이다. 그러나 이렇게 이름을 붙여 놓으면 더 이상 이름에 대해 고심하지 않아도 된다.

이것은 또한 학자들이 정선한 보배로운 책이어서 모든 국민이 보지 않으면 안 되는 것도 결코 아니다. 원고가 있고 인쇄비만 있으면 바로 인쇄하여 쓸쓸한 독자, 작가, 역자로 하여금 모두 좀 떠들썩한 분위기를 느끼게 하려 할 뿐이다. 내용은 물론 잡다하다. 잡다함 속에서도 대략 일치된 모습을 볼 수 있기를 바라기에 일괄적으로 서로 비슷한 형식으로 만들어 '웨이밍총간'이라고 이름을 붙였다.

큰 뜻은 전혀 없다. 바라는 건 모두 다음과 같다. ①나 자신의 입장에서는 인쇄한 책이 조속히 매진되어 돈을 회수한 뒤 다시 두번째 책을 찍을 수 있기를 희망한다. ②독자에 대해서는 이 총서를 읽고 나서 심하게 속았다는 느낌에 이르지 않기를 희망한다.

이상은 1924년 12월 즈음에 한 말이다.[2]

이제 이것을 두 부분으로 나누었다. 여기에는 오로지 번역본만 수록하고, 창작을 모아 간행한 것은 '오합총서'烏合叢書라 부른다.

창작은 누구나 존중해야 한다는 걸 알지만 어떤 사람은 번역만 할 수 있을 뿐이거나 한사코 번역만 좋아하기도 하며 또한 몇몇 번역은 몇몇 창작보다 더 낫다고 깊이 믿기도 한다. 이 때문에 여전히 단호하게 번역을 장려하며 이 '웨이밍총간'에 인쇄해 넣었다.

직접 해본 결과, 번역이 때때로 창작보다 더 번거롭다는 사실을 알 수 있었다. 즉 이 작은 일도 반드시 앞으로 지속해 나갈 수 있다고 감히 말할 수 없다. 그러나 번역자는 언제나 자신의 심신을 다 기울여야 한다. 끝내 앞으로 지속해 나갈 수 없다면 그건 대체로 번역자의 무능 때문이다. 감히 우리는 인세를 속이지 않을 것이다.

인세로는 현재 저작자를 먹여 살릴 수 없다. 하물며 '웨이밍총간'에 수록된 작품이야 말해 무엇하랴? 왜냐하면 이 책의 종이, 잉크, 장정은 품질이 우수하지만 인쇄 부수가 적고 정가도 비싸지 않기 때문이다.

그러나 어려운 점은 본전을 까먹는 것이다. 다만 본 간행물을 좋아하는 분들께서 현금으로 직접 구매해 주시기를 희망한다. 그럼 '웨이밍총간'을 끊임없이 계속 출간할 수 있을 것이고, 우리도 끊임없이 감사를 드릴 것이다.

이미 간행한 책과 아직 간행하지 않은 책 목록은 다음과 같다.

1.『고민의 상징』. 구리야가와 하쿠손 지음, 루쉰 옮김. 가격 5자오角. 재판再版 중임.

2.『소련의 문예논전』. 러시아 추자크 등 지음. 런궈전 옮김. 가격 3.5 자오.

———위의 두 종은 베이신서국 간행

3. 『상아탑을 나서며』. 실제 가격 7자오, 번인翻印을 불허함.

———베이징 둥청東城 사탄沙灘 신카이로新開路 제5호

웨이밍사 간행물 판매처 간행

4. 『별의 향해』. 러시아 안드레예프가 지은 희곡. 리지예 옮김.

5. 『가난한 사람들』窮人. 도스토예프스키가 지은 소설. 웨이충우韋叢蕪 옮김.

6. 『작은 요하네스』. 네덜란드 반 에덴이 쓴 상징적이고 사실적인 동화시. 루쉰 옮김.

7. 『열둘』十二個. 러시아 블로크가 쓴 장시. 후샤오胡斅 옮김.

———이상 4종은 현재 교정 중

본사 간행물 판매처 간행

주)_____

1) 원제는 「『未名叢刊』是甚麼, 要怎樣?(二)」. 이 글은 1925년 12월 웨이밍사에서 출판한 『상아탑을 나서며』판권지 뒤에 실렸다. 서명은 없다.

2) 이상의 언급은 이 책 「'웨이밍총간'은 무엇이고, 어떻게 하려 하는가?(1)」을 참조.

'웨이밍총간'과 '오합총서'로 간행한 서적[1]

오합총서

외침吶喊(4판) 실제 가격 7자오

루쉰의 단편소설집, 1918년에서 1922년까지의 작품이 들어 있다. 모두 15편이고 맨 앞에 「자서」가 있다.

고향故鄕 실제 가격 8자오

쉬친원[2]의 단편소설집. 창훙[3]과 루쉰이 그의 최초 작품에서 1925년까지의 작품을 엄격하게 선택하여 그중 22편을 남겼다. 작가는 뜨거운 마음과 냉정한 얼굴로 시골, 가정, 현대 청년의 내면생활 특징을 표현해 왔는데, 이 책 속에 특별히 뛰어난 점이 잘 드러나 있다. 타오위안칭陶元慶이 표지를 그렸다.

마음의 탐험心的探險 실제 가격 6자오

창훙의 산문 및 시집. 그는 허무를 실제로 삼고, 또 이 실제에 반항하는 야무진 전투의 함성을 남김없이 토로했다. 루쉰이 작품을 뽑고 표지를 그렸다.

희미한 꿈 및 기타飄渺的夢及其他 5자오

샹페이량[4]의 단편소설집. 루쉰이 작품 선정을 하여 최초 작품에서 현재까지의 작품 중에서 겨우 14편만 남겼다. 혁신과 수구, 전진과 회고가 모두 들어 있다. 그는 밍보러푸明波樂夫의 다음과 같은 말을 인용하고 있다. "모순, 모순, 모순, 이것은 우리의 생활이고 또 바로 우리의 진리다." 쓰투차오[5]가 표지를 그렸다.

방황彷徨 교정 중

루쉰의 두번째 단편소설집. 1924년에서 1925년까지의 작품이 들어 있다. 모두 11편이다. 타오위안칭이 표지를 그렸다.

이상 5종은 베이징 둥청 추이화후퉁翠花胡同 12호

베이신서국 간행.

웨이밍총간

고민의 상징 실제 가격 5자오

일본 구리야가와 하쿠손이 지은 문예론 4편, 루쉰 옮김. 삽화 4폭, 작가 사진 1폭. 타오위안칭이 표지를 그렸다. 재판.

소련의 문예논전 3.5자오

추자크 등의 논문 4편, 런궈전이 모아서 번역. 새로운 러시아 문단의 논전 일반을 볼 수 있다. 부록 1편은 경제를 문예에 적용한 학설이다.

이상 2종은 베이신서국 간행.

상아탑을 나서며 7자오

일본 구리야가와 하쿠손의 문예 관련 논문 및 연설 12편, 청년들의 정신과 지혜를 깊이 계발시켜 줄 수 있는 책. 루쉰 옮김. 삽화 4폭과 작가 사진 1폭. 타오위안칭이 표지를 그렸다.

별을 향해 실제 가격 4.5자오

러시아 안드레예프가 지은 희곡, 리지예 옮김. 한 시대를 반영한 명편名篇으로 1905년 러시아혁명 실패 후 사회적으로 야기된 모순과 혼란의 정서를 표현했다. 웨이쑤위안[6] 서문. 권두에 작가의 초상이 있다. 타오위안칭이 표지를 그렸다.

가난한 사람들 실제 가격 6.5자오

러시아 도스토예프스키 지음, 웨이충우 옮김. 이것은 작가의 첫번째 작품이고 또 그를 즉시 대가로 만들어 준 서간체 소설이다. 인생의 곤경과 기쁨, 숭고와 비열 및 미련과 결별을 모두 한 소녀와 노인의 서신을 통해 묘사했다. 옮긴이는 여러 가지 번역본을 대조했고, 아울러 웨이쑤위안이 원문을 이용하여 교정했다. 이런 과정을 거치고 나서야 간행했으니 그 정확성을 짐작할 만하다. 루쉰이 서문을 썼다. 앞부분에 작가의 초상이 한 폭 있고, 또 작가가 쓴 친필 사인 및 프랑스 사람 펠릭스 발로통[7]이 새긴 판화 초상으로 표지를 구성했다.

외투 교정 중

러시아 고골 지음, 웨이쑤위안 옮김. 이것은 지극히 유명한 풍자소설이지만 해학 속에 은근한 아픔이 숨어 있고, 차가운 말 속에 그래도 동정심이 포함되어 있음을 세계문학에 관심 있는 사람들은 모두 알고 있다. 다른 나라 번역본에는 생략된 곳이 있지만 지금은 원본에서 바로 번역했으므로 가장 완전한 판본이다. 맨 앞에 작가에 관한 논술 및 초상이 있다. 쓰투차오가 표지를 그렸다.

열둘 조만간 인쇄함

러시아 블로크가 쓴 장시, 후샤오 옮김. 작가는 원래 유명한 도시 시인인데, 이 작품에서는 혁명시대의 변화와 동요를 묘사했다. 특히 일생일대의 걸작으로 일컬어진다. 원본에서 바로 번역했고, 또 여러 차례 교정을 거쳤으므로 중역본과는 상당히 다르다. 앞부분은 트로츠키의 「블로크론」[8]이다. 루쉰이 후기를 쓰고 해설을 덧붙였다. 또 러시아 삽화 명인 마슈틴[9]의 목판화 4폭을 축소하여 인쇄해 넣었다. 권두에 작가의 초상이 있다.

작은 요하네스 조만간 인쇄함

네덜란드 반 에덴 지음, 루쉰 옮김. 상징을 이용하여 현실을 묘사한 동화체 산문시다. 요하네스는 본래 대자연의 친구다. 지식을 얻으려고 마침내 그가 증오하는 인류가 되었다. 앞부분은 근세 네덜란드의 대학에 대한 대략적인 소개, 작가의 평론 및 사진이다.

이밖에도 계속 출간 예정인 책은 다음과 같다.

백차白茶 차오징화 옮김

러시아 현대 단막극집

죄와 벌 웨이충우 옮김

러시아 도스토예프스키 소설

걸리버 여행기 웨이충우 옮김

영국 스위프트[10] 소설(전역全譯)

베이징 둥청 사탄 신카이로 5호

웨이밍사 간행물 판매처 간행.

주)_____

1) 원제는 「『未名叢刊』與『烏合叢書』印行書籍」. 이 글은 1926년 7월 웨이밍사에서 출판한 타이징눙(臺靜農) 편, 『루쉰 및 그 저작에 관하여』(關於魯迅及其著作) 판권 페이지 뒤에 실렸다. 본래 제목 「'웨이밍총간'과 '오합총서'」 아래에 '루쉰 편'(魯迅編)으로 서명되어 있다. 이 광고 첫머리에 본래 두 총서의 편집 취지를 개괄적으로 설명하는 글이 들어 있다. 이 글은 이미 『집외집습유』 부록으로 수록되었다.

2) 쉬친원(許欽文, 1897~1984)은 본명이 쉬성야오(許繩堯)로 저장성 산인(山陰) 사람이다. 『천바오 부간』에 소설과 잡문을 발표하면서 작품 활동을 했다. 1926년 루쉰의 도움으로 단편소설집 『고향』을 출판했다. 『고향』, 『나비』(蝴蝶) 등 단편소설집 10여 권과 『자오 선생의 번뇌』(趙先生的煩惱) 등 장편소설 3권, 그리고 다수의 문예이론집과 산문집을 남겼다.

3) 가오창훙(高長虹, 1898~1954)이다. 문예단체 광풍사(狂飇社), 망위안사(莽原社)의 주요 동인으로 활동했다. 시, 소설, 수필 등의 부문에 다양한 작품을 남겼다. 시집으로 『정신과 사랑의 여신』(精神與愛的女神), 『―에게』(給―), 소설집으로 『실생활』(實生活), 『청백』(靑白), 수필집으로 『출판계로 가면서』(走到出版界) 등을 남겼다.

4) 샹페이량(向培良, 1905~1959)은 중국 현대의 저명한 극작가다. 광풍사와 망위안사 주요 동인으로 활동했다. 위에 소개된 소설집 외에 희곡집으로 『광명의 희곡』(光明的戲劇), 『침묵의 희곡』(沈黙的戲劇), 『희곡 장정집』(戲劇長征集) 등이 있고, 소설로 『나는 네거리를 떠난다』(我離開十字架頭), 『제방에서』(在堤上) 등이 있다.

5) 쓰투차오(司徒喬, 1902~1958)는 본명이 쓰투차오싱(司徒喬興)으로 유화, 수채화, 소묘에 뛰어난 중국 현대 화가다. 프랑스와 미국 등지로 유학하며 그림을 공부했다. 1926년부터 루쉰과 친밀하게 교류했다. 루쉰 사후 추도회에 걸린 루쉰 초상도 그가 직접 그렸다. 『쓰투차오 화집』(司徒喬畫集)이 전한다.

6) 웨이쑤위안(韋素園, 1902~1932)은 러시아문학 번역가다. 루쉰의 지원 하에 웨이밍사 동인으로 활동하며 러시아 문학작품 번역에 매진하다가 불행하게도 31세에 세상을 떠났다. 묘비문을 루쉰이 지었다. 러시아 고골의 소설 『외투』, 러시아단편소설집 『최후의 빛』(最後的光芒) 등 번역 작품을 남겼다.

7) 펠릭스 발로통(Félix E. Vallotton, 1865~1925)은 스위스에서 출생하여 프랑스에서 작품 활동을 한 판화가다.

8) 트로츠키의 『문예와 혁명』(Литература и революция) 제3장을 번역한 것이다. 루쉰은 일본인 시게모리 다다시(茂森唯士)의 번역본에서 중역하여 『열둘』 전반부에 실었다.

9) 원문에는 '마슈겅'(瑪修庚)으로 되어 있으나 『집외집습유』 『『열둘』 후기』에 언급되어 있는 '마슈틴'(瑪修丁, V. Masiutin, 1884~1955)과 동일인으로 보인다. 'Masiutin'은 'Masjutin'으로 써야 한다. 마슈틴의 러시아어 원어명은 'Василий Николаевич

Масютин'이다. 러시아 판화가로 활동하다가 1920년 독일로 망명했다.

10) 스위프트(Jonathan Swift, 1667~1745)는 영국의 풍자작가, 성직자, 정치평론가다. 대표작으로 『걸리버 여행기』(*Gulliver's Travels*), 『책들의 전쟁』(*The Battle of the Books*), 『통 이야기』(*A Tale of a Tub*) 등이 있다.

본간 단신[1]

구두이[2] 선생 : 보내온 원고 「간자거례에서 고친 대학 경문 문자에 관한 토론」關於簡字擧例所改大學經文中文字的討論은 천광야오陳光堯 선생의 「간자거례」簡字擧例에 대한 유일한 반응이라 본래는 매우 게재하고 싶었지만 글 속에 포함된 다수의 간체자 글자가 현재 납활자에는 없습니다. 지금 여러 번 새겨 보아도 상태가 좋지 않습니다. 이 때문에 포기할 수밖에 없었습니다. 대단히 미안합니다.

멘즈 선생 : 보내온 원고 「소치는 노래」[3]는 본래 바로 게재하려 했으나 첨부한 「춘우도」春牛圖의 바탕이 붉은 종이여서 사진으로 판을 제작할 수 없었습니다. 일광퇴색법[4]을 써볼 생각으로 기자 곁의 유리창에 붙여 놓고 연이어 7일 동안 햇볕을 쬐었으나 아무 효과도 얻을 수 없었습니다. 지금은 물로 씻으면 어떻게 되는지 좀 살펴볼 결심을 하고 있습니다. 만일 종이까지 씻겨서 문드러져 버리면 게재할 수 없습니다. 혹시 흰 종이에 인쇄한 것이 있으면 한 장 보내 주시기 바랍니다. 그러나 아마도 있을 것 같지 않군요.

3월 21일, 상하이를 떠도는 기자가 삼가 알림

주)_____

1) 원제는 「本刊小信」. 이 글은 1924년 4월 2일 『위쓰』 주간 제4권 제14기에 처음 발표되었다.

2) 구두이(古兌)는 천광야오(陳光堯, 1906~1972)의 필명이다. 천광야오는 언어문자 연구자다. 그는 자신이 만든 한자 간체자로 『대학』 경문을 새로 쓰고 설명을 붙여서 『간자거례』(簡字擧例)를 지었다. 그는 1927년 7월 16일 「간자 논의안 및 그 연구의 반포를 요청함」(請頒行簡字議案及其硏究) 중 일부를 『위쓰』 주간 제140기에 발표했다. 또 1928년 초에도 자신의 본명을 숨기고 구두이란 필명으로 『위쓰』에 글을 투고하여 자신의 주장을 선전했다. 쉽게 말해서 자신의 글에 자신이 또 글을 써서 찬성 의견을 표시한 것이다.

3) 「소치는 노래」(牛歌)는 광둥성 광저우 부근 농촌에 전해지는 민요로 자오몐즈(招勉之)가 수집했다. 이후 1928년 4월 30일 『위쓰』 제4권 제18기에 발표되었다. 이것은 「목동의 자술」(牧童的自述)과 「소의 저주와 하소연」(牛的咀呪和訴苦) 두 부분으로 구성되어 있고, 부록에 「계우도목동가」(戒牛圖牧童歌) 그림 한 폭이 들어 있다. 이 「계우도목동가」가 바로 「춘우도」다.

4) 일광퇴색법(日光褪色法)은 색채 사진 기술의 일종이다. 햇볕에 쬐어 색소를 퇴색시켜 원하는 색채를 얻는 방법이다.

『근대미술사조론』 삽입 도판에 관하여¹⁾

「키오스섬의 학살」希阿的屠殺²⁾은 들라크루아³⁾의 작품인데 그림 설명이 잘 못되었습니다. 「기사」騎士⁴⁾는 제리코⁵⁾가 그린 것입니다.

그 네 사람의 성명 원어는 Aristide Maillol,⁶⁾ Charles Barry,⁷⁾ Joseff Poelaert,⁸⁾ Charles Garnier⁹⁾입니다. 본문에서 그들을 언급할 때 모두 주석으로 원어를 밝혀야 했습니다.

4월 11일, 루쉰

[참고]

보내온 편지

편집자 선생 :

아래는 귀 잡지 삽입 도판에 관한 질문입니다. 답변해 주시기 바랍니다.

(1) 제2권 제10기 『근대미술사조론』의 그림 한 폭——「키오스섬의 학살」은 그림 설명에 제리코가 그렸다고 되어 있지만 본문 글에는 들라크루

아의 작품이라고 되어 있습니다. 아마도 그림 설명이 잘못된 것 같습니다. 그 곁의 그림 한 폭 「기사」도 제리코의 것으로 되어 있는데 틀리지 않았습니까?

(2) 제5기의 삽입 도판 「여인」女의 조각가 마욜, 제6기 삽입 도판 「런던 의사당」倫敦議事堂, 제9기의 「브뤼셀 법원」과 「파리 오페라 하우스」를 설계한 세 건축가는 보리伯黎, 피레일조畢爾, 컬녜喀爾涅인데 이들의 서양 문자 이름은 무엇인지요?

주)_____

1) 원제는 「關於『近代美術思潮論』揷圖」. 이 글은 1928년 5월 1일 『베이신』 반월간 제2권 제12호 '자유문답' 코너의 천더밍(陳德明)이 보낸 편지 뒤에 처음 발표되었다. 본래 제목이 없었다.
2) 원명은 「The Massacre at Chios」.
3) 들라크루아(Eugène Delacroix, 1798~1863)는 프랑스 낭만주의 회화의 대표 화가다. 작품 경향은 초기 고전주의에서 중후기 낭만주의를 모두 포괄한다. 대표작으로 「민중을 이끄는 자유의 여신」, 「단테의 배」, 「키오스섬의 학살」, 「호랑이 사냥」 등이 있다.
4) 원명은 「Officier de chasseurs à cheval de la garde impériale chargeant」. 우리나라에서는 흔히 「공격 중인 사냥병 친위대 장교」로 번역한다.
5) 제리코(Théodore Géricault, 1791~1824)는 프랑스 화가 겸 조각가다. 고전주의 양식과 바로크 양식을 섞어서 극단적인 사실주의를 지향했다. 대표작으로 「메두사호의 뗏목」, 「미친 여인」, 「암사자의 머리」 등이 있다.
6) Aristide Maillol(아리스티드 마욜, 1861~1944)은 프랑스 조각가 겸 화가다. 대표작으로 「님프」, 「밤」, 「강」 등이 있다.
7) Charles Barry(찰스 배리, 1795~1860)는 영국의 건축가다. 고딕 양식과 클래식 양식을 결합했다. 런던 의사당을 설계·건축했다.
8) Joseff Poelaert는 조세프 폴라르트(Joseph Poelaert, 1817~1879). 벨기에 건축가다. 브뤼셀 법원, 의회의 기둥 등을 설계·건축했다.
9) Charles Garnier(샤를 가르니에, 1825~1898)는 프랑스 건축가다. 몬테 카를로의 카지노, 샹 젤리제의 파노라마 마리니, 파리 오페라 하우스 등을 설계·건축했다.

편집자 부기[1]

부기 : 본간 지난 호 삽입 도판 4종[2]의 제목이 모두 틀렸습니다. 해당 글과 관련 있는 여러분께 정말 미안합니다. 지금 개정하고 다시 인쇄하여 이번 호 권말에 덧붙였습니다. 독자 여러분께서는 지난 호 도판 차례에서 가리키는 페이지에 근거하여 스스로 바꿔 주시면 다행이겠습니다.

편집자

주)_____

1) 원제는 「編者附白」. 이 글은 1928년 10월 30일 『분류』 월간 제1권 제5기 목록 뒤에 처음 실렸다. 본래 제목이 없었다.

2) 1928년 9월 『분류』 제1권 제4기에 실린 도판들이다. 구체적으로는 진밍뤄(金溟若)가 번역한 일본 작가 아라시마 다케오(有島武郎)의 「반역자(로댕에 관한 고찰)」에 부가된 그림을 가리킨다. 이 글에는 「생각하는 사람」(思想者), 「코뼈가 부러진 남자」(塌鼻男子), 「성 요한」(聖約翰), 「아담」(亞當) 네 폭의 도판이 들어 있다. 이것은 모두 로댕의 작품이다. 그런데 이 간행물에서는 도판을 설명하면서 「아담」을 「생각하는 사람」으로, 「생각하는 사람」을 「코뼈가 부러진 남자」로, 「코뼈가 부러진 남자」를 「성 요한」으로, 「성 요한」을 「아담」으로 제목을 잘못 달았다.

삼가 알림[1]

독자 여러분께 :

『베이신』[2] 제3권 제2호의 삽입 도판은 『미술사조론』의 도판인데 '로랑생[3]'의 「샤넬 여인의 초상화」女' 및 '레제[4]'의 「아침식사」朝餐'는 그림과 제목이 서로 오류가 났으므로 스스로 바로잡아 주시기 바랍니다. 아마도 마음으로 이해해 주시리라 믿습니다.

내친김에 몇몇 선생들께 알립니다 : 저작 「낙오」의 번역 오류는 나의 책임입니다. 그 외에 페이지 누락, 간행물 구입신청 완료 후 주소 변경, 우편구매 간행물 반송 수량과 구매 대장의 차이, 모모某某는 정말 가증스럽다는 따위의 일이나 언급은 내가 모두 관여할 권한이 없습니다. 서점과 직접 교섭해 주시면 감사하겠습니다.

1월 28일, 루쉰

주)_____

1) 원제는 「謹啓」. 이 글은 1929년 2월 16일 『베이신』(北新) 반월간 제3권 제4호에 처음 발표되었다.

2) 『베이신』(北新)은 1926년 8월 상하이에서 창간된 교양 종합 잡지다. 본래 주간지였으나 나중에 반월간 잡지로 바뀌었다. 주간지일 때는 쑨푸시(孫福熙)가 편집장이었고, 반월간일 때는 판쯔녠(潘梓年)이 편집장이었다. 1930년 12월 제4권 제24기를 내고 정간했다.

3) 로랑생(Marie Laurencin, 1883~1956)은 현대 프랑스 화가다. 감각적이고 여성적인 화풍으로 독특한 개성을 표현했다. 대표작으로 「샤넬 여인의 초상」, 「발레 뤼스의 장치」 등이 있다.

4) 레제(Fernand Lèger, 1881~1955)는 현대 프랑스 화가다. 기계문명의 역동성과 명확성을 입체파의 화풍으로 처리했다. 대표작으로 「건설자들」, 「여인들이 있는 실내」 등이 있다.

쉬스잉에게 주는 도서목록[1]

계유공計有功 송인宋人 『당시기사』唐詩紀事 사부총간본四部叢刊本, 단행본도 있다.

신문방辛文房 원인元人 『당재자전』唐才子傳 현재 목활자 단행본이 있다.

엄가균嚴可均　　　『전상고……수문』全上古……隋文[2] 현재 통용되는 석인

본은 지리멸렬하고 불완전한 문장이 너무 많아서 사람들이 보지 않는다.

정복보丁福保　　　『전상고……수시』全上古……隋詩[3] 조판인쇄본.

오영광吳榮光　　　『역대명인연보』歷代名人年譜 명인의 일생에 발생한 사회

적 대사건을 알 수 있다. 이 책이 표 형식으로 되어 있기 때문이다. 애석한

것은 작가가 알고 있는 역사의 대사건이 정말 '대사건'이 아닌 것도 있다

는 점이다. 일본 산세이도三省堂에서 출판한 『모범 최신 세계 연표』模範最新

世界年表를 참고하는 것이 가장 좋다.

호응린胡應麟 명인明人 『소실산방필총』少室山房筆叢 광야서국본廣雅書局本. 또 석

인본도 있다.

『사고전서간명목록』四庫全書簡明目錄 사실 현존하는 비교적 좋은 서적에 대한 비

평이지만 그 비평이 '황제가 정한 것'임에 주의해야 한다.

『세설신어』世說新語　　유의경劉義慶 진晉나라 사람들이 청담淸談하는 모습이다.

『당척언』唐摭言　　오대五代 왕정보王定保『아우당총서』雅雨堂叢書에 포함되

어 있다. 당나라 문인들이 과거 급제를 통해 이름을 얻는 상황을 묘사했다.

『포박자 외편』抱朴子外篇 갈홍 단행본이 있다. 진晉나라 말기 사회 상황을 토론하

고 있다.

『논형』論衡　　왕충王充 한나라 말기의 풍속과 미신 등을 알 수 있다.

『금세설』今世說　　왕탁王晫 명말 청초 명사들의 기풍을 묘사했다.

주)_____

1) 원제는「開給許世瑛的書單」. 이 글은 루쉰의 친필 원고에 근거하여 편집해 넣었다. 1947
   년 쉬서우창(許壽裳)이 쓴 『망우 루쉰 인상기』(亡友魯迅印象記)에도 수록되었으나 문자
   가 좀 다르다. 본래 제목이 없었다.
   쉬스잉(許世瑛, 1910~1972)은 쉬서우창의 맏아들이다. 본래 1930년 칭화대학(淸華大
   學) 화학과에 입학했으나 얼마 뒤 중국문학과로 전과했다. 이 무렵 루쉰이 쉬스잉에게
   위의 도서목록을 써 주었을 것으로 짐작된다.
2) 전체 제목은『전상고삼대진한삼국육조문』(全上古三代秦漢三國六朝文)이다.
3) 약간의 오류다.『전한삼국진남북조시』(全漢三國晉南北朝詩)로 써야 한다.

루쉰 공고[1]

얼마 전 10월 18일 『선바오』에 루쉰 등이 번역하여 현대서국에서 간행한 『과수원』[2] 광고가 실렸다. 그 말미에 이런 말이 있다. "루쉰 선생이 수많은 근대 세계 명작 중에서 특별히 이 6편을 선정하여 제1집으로 간행했고, 장차 제2집도 간행하려 한다." 「과수원」은 지난해 위다푸 선생이 『대중문예』[3]를 편집할 때 내가 번역하여 게재한 작품인데, 또 다른 작품으로 「농부」[4]도 있다. 이밖에 나는 현대서국과 아무 관계가 없다. 더더욱 그들을 위해 소설을 선집한 적이 없을 뿐 아니라 '수많은 세계 명작'을 본 적도 없다. 그 책은 다른 사람이 선집한 것이다. 이에 특별히 성명을 발표하여 다른 사람의 공적을 빼앗는 일에서 벗어나고자 한다.

주)_____

1) 원제는 「魯迅啓事」. 이 글은 1931년 10월 26일 상하이 『문예신문』 제33호 '광고'란에 처음 실렸다.

2) 『과수원』(果樹園)은 현대서국에서 간행한 소련 작가 단편소설 선집이다. 루쉰이 번역한

페딘의 「과수원」 1편 외에 다른 사람이 번역한 단편소설 5편을 수록했다. 그런데 표지와 속표지에 '루쉰 등 번역'이라고 표시했지만 각 편에는 역자 성명을 밝히지 않았다.

3) 『대중문예』(大衆文藝)는 위다푸 등이 편집을 담당한 문예 월간이다. 1928년 9월 상하이에서 창간했다. 1930년 6월 국민당 당국에 의해 정간되었다. 루쉰이 번역한 『과수원』은 1928년 12월 이 간행물 제1권 제4기에 게재되었다.

4) 「농부」(農夫)는 러시아 작가 야코블레프(Александр Степанович Яковлев, 1886~1953)의 단편소설이다. 루쉰이 번역하여 1928년 11월 『대중문예』 제1권 제3기에 게재되었다.

『훼멸』과 『철의 흐름』 출판 예고[1]

훼멸　파데예프의 명작을 루쉰이 번역했다. 본문을 제외하고 또 작가의 자서전, 구라하라 고레히토藏原惟人와 프리체Владимир М. Фриче의 서문, 번역자의 발문 및 삽화 6폭, 3색 작가 초상 1폭이 포함되어 있다. 판매 가격은 1위안 2자오, 11월 30일에 출판한다.

철의 흐름　세라피모비치의 명작으로 비평가들은 '사시'史詩라고 일컫는다. 차오징화가 번역했다. 본문을 제외하고 또 지극히 상세하고 정확한 서문, 주석, 지도 및 작가 사진과 3색 판화 초상 각 1폭, 친필 사인 1폭, 작품의 주인공 사진 2폭, 3색판 「철의 흐름 삽화」 1폭이 포함되어 있다. 판매 가격은 1위안 4자오, 12월 10일에 출판한다.

　　외지 독자　이상의 두 권을 구입할 때 각 권 모두 등기우편료 1자오를 더 받는다. 우편환으로 돈을 부칠 방법이 없는 사람은 우표로 대신할 수 있지만 할인은 절대 하지 않는다. 다만 가격 1자오 이하 우표를 보내 주시기 바란다.

　　특별우대권　이상의 두 권에 대해 각각 '특별우대권' 400매를 특별히 인쇄했다. 이것은 돈이 없는 독자들을 위한 것이지 영업 판매를 촉진하기 위한 것이 절대 아니다. 따라서 우리는 이 우대권을 모두 돈이 없는 독자들께서 획득하길 희망한다. 『훼멸』은 특별 가격 6자오, 『철의 흐름』은 특별 가격 8자오다. 외지에서는 각 권 모두 등기우편료 1자오를 더 받지만 동시에 두 권을 함께 구입하면 우편료를 모두 1자오 5편分으로 해드리겠다.

   대리판매처 상하이 베이쓰촨로北四川路 끝 우치야마서점內山書店

   상하이 4마로四馬路 512호 문예신문사 대리부

   (이 대리판매처 두 곳에서는 모두 특별우대권을 쓸 수 있다.)

   상하이 삼한서옥 삼가 알림

주)_____

1) 원제는 「『毀滅』和『鐵流』的出版預告」. 이 글은 1931년 11월 23일 『문예신문』 제37호에 실렸다. 『훼멸』과 『철의 흐름』은 본래 루쉰이 상하이 신주국광사에서 편집한 '현대문예총서'로 간행될 예정이었으나 국민당 당국의 탄압으로 인쇄가 허락되지 않았다. 나중에 『훼멸』은 다장서포(大江書鋪)에서 출판했다. 그러나 '루쉰'이란 이름을 쓰지 못한 채 '쑤이뤄원'(隋洛文)으로 이름을 바꾸고 본래의 서발(序跋)도 삭제했다. 이 때문에 루쉰은 다른 곳에서 출판하기로 결정하고 나서 다장서포의 판형을 그대로 쓰고 루쉰이란 필명도 밝혔으며 삭제된 서발도 보충해 넣었다. 그리고 『철의 흐름』과 함께 '삼한서옥'(三閒書屋)의 명의를 써서 자비로 간행했다.

삼한서옥에서 교정 인쇄한 서적[1]

현재 겨우 세 종뿐이지만 본 서옥은 1,000위안의 현금[2]으로 세 개의 한가함[3]을 갖고 있으므로 마음을 비우고 성실한 번역 작품을 소개하려고, 거금과 예의를 갖추어 교정의 고수를 초빙했다. 차라리 본전을 까먹다가 문을 닫을지언정 결코 노임을 떼먹거나 깎지는 않을 것이다. 따라서 독자에게도 무슨 상금은 주지 못하지만 절대 속임수는 쓰지 않겠다. 『철의 흐름』 외에 두 종류는 다음과 같다.

　　　훼멸　　　작가 파데예프는 일찍부터 좋은 평판을 얻은 소설가다. 본서는 일찍이 루쉰이 일본어판에서 번역하여 월간지에 게재했고,[4] 독자들도 가작이라 칭찬했다. 애석하게도 월간지가 중도에 정간되어 이 책도 게재를 완료하지 못했다. 현재 또 독일어와 영어 두 가지 번역본을 참고하여 책 전체를 완역하면서 전반부를 개정했다. 또 구라하라 고레히토와 프리체의 서문도 번역해 넣었고, 원서의 삽화 6폭, 3색판 작가 초상 1장도 덧붙여 넣었다. 이를 통해 새로운 예술을 대략 엿볼 수 있다. 묘사된 농민과 광부 및 지식인이 모두 살아 움직이는 듯 생생할 뿐 아니라 격언도 아주 많아서 끝도 없이 길어올릴 수 있으니 진실로 우리 신문학의 큰 횃불이다. 전서 360여 쪽에 실제 가격은 다양大洋 1위안 2자오다.

[시멘트 그림]　이『시멘트』는 글랏코프[5]의 대작으로 중국에서도 일찍이 번역본이 나왔다. 독일의 유명한 청년 목각 판화가 칼 메페르트[6]가 일찍이 삽화 10폭을 그렸는데, 기상이 웅대하여 구예술가들 중에서 이에 비견할 만한 사람은 아무도 없다. 이제 중국에 수입된 유일한 원판 인쇄본을 근거로 유리판으로 복제하여 중국의 겹화선지로 250부를 영인했다. 크기는 1자尺를 넘고 색깔도 원본과 틀림이 없다. 출판 이후 벌써 100부만 남아 있다. 거의 전부 독일과 일본 두 나라 사람들이 구매했고, 중국 독자는 겨우 20여 명에 불과하다. 본 출판자는 중국에서도 조속히 구매하기를 희망한다. 매진된 후에는 절대 재판을 찍지 않을 것이다. 정가도 저렴하여 원판 그림과 비교하면 100배는 싼 편이다. 그림 10폭에 서문과 목록이 2쪽이고, 중국식 장정에 실제 가격이 다양 1위안 5자오다.

　　대리판매처 : 우치야마서점

　　　　　(상하이 베이쓰촨로 끝, 스가오타로施高塔路 입구)

주)＿＿＿＿

1) 원제는「三閑書屋校印書籍」. 이 글은 1931년 11월 '삼한서옥'에서 출판한『철의 흐름』판권지 페이지 뒤에 실렸다. 삼한서옥은 루쉰이 자비로 서적을 간행할 때 쓰던 서점 명칭이다.

2) 천위안(陳源) 등이『현대평론』을 창간할 때 돤치루이(段祺瑞) 정부의 보조금 1,000위안을 받은 것을 비꼰 말이다. 루쉰이 참여한『위쓰』잡지는 이를 폭로했고, 천위안은『현대평론』에서 루쉰을 공격했다.『이이집』「'공리'의 소재」참조.

3) 청팡우(成仿吾)는 1927년 창조사에서 혁명문학론을 제창하면서「우리들의 혁명문학을

완성하자」는 글을 지어 루쉰이 유한계급의 한가한 취미를 바탕으로 문학활동을 하고 있다고 비판했다. 특히 청팡우는 이 글에서 한가하다는 말을 세 번 반복하며 루쉰을 비난했다. 루쉰은 청팡우의 이런 비난을 비꼬면서 청팡우야말로 현실에서 동떨어진 관념 속 과격함에 매몰되어 있다고 반격했다. 루쉰은 이후 청팡우가 자신을 가리켜 세 번 한가하다고 한 말을 오히려 잡문집 『삼한집』의 제목으로 삼았고, 스스로 운영한 출판사에도 삼한서옥이란 이름을 붙였다. 자신은 결코 한가하게 살지 않았다는 걸 '삼한'이란 역설로 강조한 것이다. 『삼한집』「서언」 참조.

4) 루쉰은 『훼멸』을 번역하여 1930년 1월에서 6월까지 『맹아』(萌芽) 월간에 게재했다.

5) 글랏코프(Фёдор Васильевич Гладков, 1883~1958)는 소련의 소설가다. 1925년 장편소설 『시멘트』(Цемент)를 발표하여 소련 국민경제 회복기 인민들의 투쟁적인 삶을 묘사했다.

6) 메페르트(Joseph Carl Meffert, 1903~1988)는 독일 현대 목판화 작가다.

삼한서옥에서 교정 인쇄한 문예서적[1]

우리 서옥은 현재 출판계의 타락과 간사함에 대해 다소 불만을 갖고 있기 때문에 세 개의 한가함과 1,000위안의 자본금에 기대 성실한 번역 작품, 유익한 그림을 진지하게 소개하겠다. 품질도 믿을 만하게 하고 가격도 공정하게 하여 어린아이나 노인이라도 속이지 않을 것이다. 차라리 본전을 까먹다가 문을 닫을지언정 결코 노임을 떼먹거나 깎지는 않을 것이다. 살 사람은 돈을 갖고 와서 책을 갖고 가면 된다. 뜻밖의 상품도 없고 특별한 술책도 없다. 그렇지만 독자들을 근본적으로 속이지는 않을 것이다. 편집자는 결코 명인의 이름을 내걸지 않을 것이지만 교정과 인쇄에는 고수를 초빙하여 일을 하도록 하겠다. 왜냐하면 우리 서옥은 실질만 강구하고 장난은 치지 않을 것이기 때문이다. 지금 벌써 출간한 책은 다음과 같다.

훼멸 A. 파데예프 지음. 일종의 낭만소설로 유격대원 150명을 묘사했다. 그중에는 농민, 목자(牧者), 광부, 지식인도 있다. 이들은 시베리아에서 콜차크[2] 군대 및 일본 군대와 전투를 벌인다. 끝까지 살아남은 사람은 겨우 19명뿐이다. 전쟁의 장렬함, 대삼림의 풍경을 묘사한 미증유의 작품이다. 루쉰이 일찍이 일본어판에서 번역하여 월간지에 절반 정도만 게재했는데도 독자들이 이미 가작이라 칭찬했다. 이제 다시 독일어와 영어 두 가지 번역본을 근거로 개정하고 책 전체를 완역했다. 여기에 작가 자서전과 서문을 완전하게 번역해 넣었고, 말미에 후기를 덧붙였다. 또 삽화 6폭, 3색판 작가 초상 1장도 포함시켰다. 고급 인쇄 용지로 인쇄했고 대략 300쪽에 이른다. 실제 가격은 다양 1위안 2자오다.

철의 흐름　　A. 세라피모비치 지음. 철의 흐름과 같은 민병民軍이 고산준령을 통과하여 주력군과 연합하는 과정을 서술했다. 길 위에서 만난 것은 강적, 기아, 폭풍우, 죽음이었다. 그러나 그 모든 고난을 통과했다. 의식이 분명하고 필력이 날카롭다. 기념비적인 작품이라 비평가들 대부분이 '사시'史詩라고 칭찬한다. 지금 차오징화가 러시아어 원문에서 번역했다. 책 앞뒤로 작가 자서전, 논문, 네라도프[3]의 장편 서문과 상세한 주석이 들어 있다. 앞머리에는 3색판 작가 초상 1폭, 중간에 작가 사진 및 사인 각 1폭, 작품 주인공 사진 2폭, 지도 1폭, 프렌츠[4]가 그린 '철의 흐름 그림' 3색판 1폭이 포함되어 있다. 고급 인쇄 용지로 정교하게 인쇄했고, 전체 340쪽이다. 실제 가격은 다양 1위안 4자오다.

시멘트 그림　　글랏코프의 소설 『시멘트』는 중국에서 일찍이 번역본이 나왔으므로 여러 말을 할 필요가 없다. 독일 청년 예술가 메페르트가 이 소설 이야기에서 소재를 취하여 목판화 10폭 대작으로 완성했다. 흑백 색깔이 서로 비추는 모습이 살아 숨 쉬는 듯 생생할 뿐 아니라 단순하고 소박하면서도 힘차다. 이는 겉모습만 모방하는 미술가들이 절대 뒤따를 수 없는 경지다. 지금 중국을 통틀어 한 세트뿐인 원판 인쇄본을 유리판으로 250매 복제했다. 판의 크기는 1피트가 넘는데 그것을 겹화선지로 인쇄하여 중국식으로 장정했다. 출판 이래 일본 및 독일에서 모두 호평을 했다. 지금 겨우 30부만 남아 있다. 매 권 실제 가격은 다양 2위안이다.

　　　대리판매처 : 우치야마서점
　　　　　　(상하이 베이쓰촨로 끝, 스가오타로 입구)

주)_____

1) 원제는「三閑書屋印行文藝書籍」. 이 글은 낱장 광고인데 집필 시간은 미상이다.
2) 콜차크(Александр Васильевич Колчак, 1873~1920)는 소련 내전 시기 반혁명군 사령관이다. 혁명 후 체포되어 처형되었다.
3) 네라도프(Георгий Нерадов)는『세라피모비치 전집』(Собрание сочинений, 전10권) 편집자다.
4) 프렌츠(Рудольф Рудольфович Френц, 1888~1956)는 소련 화가로 군사를 제재로 한 그림에 뛰어났다.

『'철의 흐름' 그림』 특가 알림[1]

이 책을 이미 장정할 때 비로소 번역자의 편지와 목판화 『철의 흐름』 그림 원판 인쇄본을 받았다. 마침내 판화대가 Piskarev[2]를 찾았다는 것이었다. 아울러 작가가 호의를 베풀며 그림 값을 받지 않고 대신 중국 종이를 좀 얻어 목판화 인쇄용으로 사용하고 싶다고 했다고 한다. 애석하게도 그림을 좀 늦게 받아서 책 속에 인쇄해 넣지 못했다. 이제 납판으로 낱장씩 복제하여 모두 소품 4폭(그중 한 폭은 이미 단행본에서 볼 수 있지만 여기에 따로 또 인쇄하겠다)을 한 세트로 내년 정월 말에 출판할 예정이다. 이 책(『철의 흐름』)을 구입한 분들에게는 인쇄비 및 종이값에 해당하는 다양 1자오만 받겠다. 이 삽화를 함께 보려는 독자들은 예정된 기간 내에 특별우대권을 가지고 대리판매처로 가서 구입하기 바란다. 우대권이 없는 사람에게는 이 그림 1부에 2자오 2펀을 받겠다. 또 전문적으로 미술을 연구하는 사람들에게 유리판으로 250부를 인쇄할 예정이다. 가격은 아직 정하지 않았다.

1931년 12월 8일, 삼한서옥 삼가 알림

주)_____

1) 원제는 「『'鐵流'圖』特價告白」. 이 글은 목판화 『'철의 흐름' 그림』 '특가권' 뒤표지에 처음 실렸다. 본래 제목은 「알림」(告白)이다. 『'철의 흐름' 그림』은 상우인서관에서 판형을 제작한 후 아직 인쇄하지 못한 상태에서 1932년 '1·28' 전쟁 때 훼손되었다. 그 후 1933년 7월 『문학』 월간 창간호에 게재되었다가 다음해 『인옥집』에 수록되었다.
2) 피스카레프이다. 이 책의 「독일 작가 판화전 거행 연기 진상」 해당 각주 참조.

정정[1]

편집자 선생 :

　21일 「자유담」의 「비평가의 비평가」^{批評家的批評家} 세번째 단락 마지막 줄 '他沒有一定的圈子'[그는 일정한 권역이 없다]는 '他須有一定的圈子'[그는 일정한 권역을 가져야 한다]의 잘못입니다. 정정해 주시기 바랍니다.

니쒀^{倪朔} 알림

주)_____

1) 원제는 「更正」. 이 글은 1934년 1월 24일 『선바오』 「자유담」에 처음 실렸다.

『상하이에 온 버나드 쇼』[1]

버나드 쇼는 홍콩에 도착하자마자 중국에 큰 충격을 줬다. 상하이에 도착한 후에는 더욱 심해져서 정기출판물 거의 모두가 기사나 비평을 실었다. 칭찬도 있고 조소와 매도도 있다. 편집자가 가위와 필묵을 사용하여 이것들을 모두 선택하고 모았다. 또 일일이 해부하고 비교하여 쇼는 하나의 평면거울에 비춰 봐야 할 인물인데도 지금까지 줄곧 오목거울이나 볼록거울 속에서 반듯한 모습으로 비친 인물임을 설명했다. 즉 이번에 그들이 왜곡한 얼굴을 폭로했다. 일찍이 전례가 없었던 책이다. 편집자는 러윈樂雯이고 루쉰이 서문을 썼다.

　　매 권 실제 가격은 다양 5자오다.

주)＿＿＿＿

1) 원제는 『『蕭伯納在上海』』. 이 글은 1934년 상하이 롄화서국(聯華書局)에서 간행한 『해방된 돈키호테』(解放了的董吉訶德) 책 끝에 처음 실렸다. 『상하이에 온 버나드 쇼』는 '러윈(樂雯) 편역(編譯)'이라고 서명되어 있지만 실제로는 루쉰과 취추바이(瞿秋白)가 함께 편집했다. 1933년 3월 들풀서옥(野草書屋) 명의로 출판했다.

『인옥집』 광고[1]

최신 목판화	한정판 250권
원본 정교 인쇄	매 권 실제가격 1위안 5자오

　우리 서옥에서 현대 판화를 수집한 지는 이미 여러 해가 지났다. 서구의 고가 명작은 손에 넣는 데 한계가 있다. 그러나 새로운 러시아의 독립된 낱장 판화 및 서적 삽화 목판화는 100여 폭에 이를 정도로 많이 모았다. 이것들은 모두 중국의 백지와 맞바꾼 것이어서 비용도 얼마 들지 않았다. 또 전부가 작가의 원판에서 직접 찍어 낸 것이라 책 속에 인쇄했거나 납판으로 번각한 것과는 하늘과 땅만큼 차이가 있다. 이제 작가의 깊은 정에 보답하고 중국 청년 예술가들에게 참고 자료로 제공하기 위해 특별히 59폭을 뽑아 제판 명인에게 부탁하여 유리판으로 정교하게 인쇄했다. 색깔이 화려하여 거의 진본을 어지럽게 할 정도다. 아울러 서문과 발문을 넣어 1책으로 장정했다. 정가가 저렴하여 손해 보는 장사에 가깝다. 아마도 근래 중국 출판계의 최초 시도일 것이다. 그러나 출판한 책수가 많지 않고

재판도 찍지 않을 것이므로 조속히 구입해야만 빈손으로 돌아가는 일이 없을 것이다. 상하이 베이쓰촨로 끝, 스가오타로 11호 우치야마서점 대리 판매. 우편 구매는 우편료 1자오 4편을 추가해야 한다.

삼한서옥 삼가 알림

주)_____

1) 원제는 「『引玉集』廣告」. 이 글은 1934년 6월 1일 『문학』 월간 제2권 제6호 '광고'란에 처음 실렸다. 본래 제목은 '『인옥집』'('『引玉集』')이다.
   『인옥집』은 소련 목판화 선집으로 루쉰이 선정하여 편집했다. 1934년 3월 '삼한서옥' 명의로 자비를 들여 출간했다.

『목판화가 걸어온 길』 알림[1]

1. 본 판화집은 부정기 간행물로 1년에 두 권을 내거나 혹은 몇 해에 한 권을 내거나 혹은 이 한 권뿐일 수도 있다.

2. 본 판화집은 전부 국내 목각가의 협조에 의지한다. 작가들께서 원판에 찍어 낸 작품을 부쳐 주시면 그중에서 뽑아 인쇄할 것을 본사에서 통지하고 판화 원판을 빌려 쓰고자 한다. 판화의 크기는 이 판화집 지면에 수용할 수 있는 것으로 한정한다. 컬러 판화 및 이미 원본대로 다른 곳에 발표한 것은 수록하지 않는다.

3. 본 판화집에 선정된 작품이라도 보수는 전혀 없다. 다만 한 폭당 각각 본 판화집 1책을 증정한다.

4. 본 판화집은 자금의 제한으로 120권만 찍어서 작가 및 작품 선정자에게 증정하는 부수를 제외하고 80부만 판매한다. 매 권 실제 가격은 다양 1위안이다.

5. 대리판매처 및 대리수신처 : 상하이 베이쓰촨로 끝 우치야마서점.

쇠나무예술사 삼가 알림

1) 원제는 「『木刻紀程』告白」. 이 글은 1934년 루쉰이 쇠나무예술사(鐵木藝術社) 명의로 자비로 간행한 『목판화가 걸어온 길』 부록 페이지에 처음 실렸다. 본래 제목은 「알림」(告白)이었다. 『목판화가 걸어온 길』은 루쉰이 선정하여 편집한 목판화 선집으로 청년 목각 예술가 8명의 작품 24폭을 수록했다. 표지에 '1934년 6월'이란 글씨가 있다. 루쉰 일기에 의하면 같은 해 8월 14일에 편집을 마치고 인쇄에 들어간 것으로 되어 있다.

주간 『극』 편집자에게 보내는 정정 편지[1]

편집자 선생 :

「아Q정전 그림」의 목판화 작가는 이름이 톄경鐵耕[2]인데 오늘 『극』 주간을 보니 '첸경'錢耕으로 잘못 인쇄되어 있었습니다. 다음번에는 그 작가를 위해 바로잡아 주시면 감사하겠습니다. 오로지 이것을 알립니다.

안녕히 계십시오.

루쉰 올림

주)_____

1) 원제는 「給『戱』週刊編者的訂正信」. 이 글은 1934년 12월 23일 상하이 『중화일보』의 『극』(戱) 제19기에 처음 실렸다. 본래 제목이 없었다.
　주간 『극』은 1934년 8월 19일에 상하이 『중화일보』 부간의 하나로 창간된 간행물로 위안메이(袁梅; 위안무즈袁牧之)가 주간을 담당했다. 창간호부터 위안메이가 개편한 『아Q정전』 극본을 연재했다. 아울러 제16기부터 루쉰이 부쳐 준 천톄경(陳鐵耕) 목판화 「아Q정전 그림」(阿Q正傳圖)을 계속 연재했다.
2) 천톄경(陳鐵耕, 1906~1970)이다. 광둥성 싱닝(興寧) 사람으로 본명은 야오탕(耀唐)이다. 목판화 화가로 활동했다.

『십죽재전보』패기[1]

중화민국 23년 12월 판화총간회에서 퉁현通縣 왕샤오츠[2] 선생의 소장본을 빌려 번각 간행했다. 편자는 루쉰과 시디西諦[3]다. 화가는 왕영린王榮麟, 판각자는 좌만천左萬川, 인쇄자는 최육생崔毓生과 악해정岳海亭이다. 출판을 담당한 곳은 베이핑 룽바오재榮寶齋다. 종이와 먹이 양호하고 판각이 정교하다. 근래에 보기 드문 판본임을 감별에 밝은 사람은 알 것이다.

주)_____

1) 원제는 「『十竹齋箋譜』牌記」. 이 글은 1934년 12월 번각 인쇄한 『십죽재전보』 제1권 속표지 뒤에 처음 실렸다. 본래 제목과 표점이 없었다. 1981년판 『루쉰전집』에는 이 글의 제목이 「『十竹齋箋譜』翻印說明」으로 되어 있다. '패기'(牌記)는 목기(木記), 서패(書牌), 패자(牌子)라고도 하는데 현대 도서의 판권지에 해당한다. 흔히 책 이름, 작가, 판각자, 소장자, 판각 연대, 판각 지점 등을 표시한다.
『십죽재전보』는 목판으로 채색 인쇄한 중국 전통의 시작(詩作) 원고지다. 흔히 바탕에 다양한 무늬를 넣는다. 명나라 말기 호정언(胡正言)이 편찬했고, 모두 4권이며, 그림 280여 폭을 넣었다. 명 숭정(崇禎) 17년(1644)에 간행했다. 1934년 12월 루쉰은 정전둬(鄭振鐸)와 함께 '판화총간회'(版畵叢刊會) 명의로 이 책을 번각했다. 루쉰 생전에는 1권만 나왔고, 사후인 1941년 7월에야 전체가 모두 간행되었다.
2) 왕샤오츠(王孝慈, 1883~1936)는 허베이성 퉁현(通縣) 사람으로 본명은 리청(立誠), 자가 샤오츠다. 고적 수집 소장가다.
3) 시디(西諦)는 정전둬의 필명이다.

『러시아 동화』[1]

고리키는 대개 소설과 희곡을 썼기 때문에 아무도 그를 결코 동화 작가라고 하지 않는다. 그러나 그는 고집스럽게 동화를 쓰려고 했다. 그는 자신이 쓴 동화에서 사람들에게 반복해서 그것이 동화임을 잊지 말아야 한다고 하지만 그건 또 아무리 해도 그다지 동화 같아 보이지 않는다. 성인 독서용 동화로 지은 것이라고 말하는 것도 물론 가능하지만 한스러운 건 그가 지은 동화가 너무 특색 있고, 너무 악랄하다는 점이다.

　작가는 지하 땅굴 속에서 일군의 사람을 보았고, 다시 머리를 뻗어 땅위에서 일군의 사람을 보았으며, 또다시 살롱 속으로 머리를 들이밀고 일군의 사람을 보았다. 익숙하게 보고 나서는 그들을 모두 계속된 창작 속에 수록했다. 이런 동화에 묘사된 사람은 전혀 진짜 사람이 아닌 것 같다. 이 때문에 내용도 사실이 아닌 것 같지만 이것은 호흡이고, 땀띠이고, 부스럼이다. 이 모두는 누구나 갖고 있거나 가질 수 있는 것이다.

　이 짧은 16편은 만화적인 필법으로 전통 러시아인의 생태와 병폐를 묘사했다. 그러나 또한 전통 러시아인만 묘사한 것이 아니기 때문에 이 작품은 세계적이다. 즉 우리 중국인이 읽어 봐도 왕왕 그가 우리 주위의 인물을 이야기하는 것처럼 느껴지거나 정말 우리의 정수리에 굵은 침을 꽂는 것같이 느껴진다.

하지만 완치를 바라는 환자는 뜨겁고 고통스러운 침구鍼灸를 사양하지 않고, 향상을 바라는 독자도 결코 악랄한 책을 겁내지 않는다.

주)_____

1) 원제는 「『俄羅斯的童話』」. 이 글은 1935년 8월 상하이 문화생활출판사에서 출판한 『러시아 동화』 판권지 뒤에 처음 실렸다. 서명은 없다. 루쉰이 1935년 8월 16일 황위안(黃源)에게 보낸 편지에서 "『동화』 광고 첨부해 드립니다"라고 한 것이 바로 이 글을 가리킨다.
『러시아 동화』는 고리키가 쓴 동화다. 모두 16편이 수록되어 있다. 러시아어 원본은 1918년에 출판되었다. 루쉰은 다카하시 반세이(高橋晩成)가 번역한 일본어판을 근거로 중국어로 번역하여 문화생활출판사의 '문화생활총간' 제3종으로 출판했다.

『역문』편집자에게 보내는 정정 편지[1]

편집자 선생 :

오역과 오식誤植에 관한 부분이 좀 있으므로 정정해 주시기 바랍니다.

1. 『역문』제2권 제1기의 『시계』에서 나는 Gannove를 '괴물'로 번역했는데, 나중에 타당하지 못하다는 느낌이 들어 단행본을 낼 때 일본어판에 근거하여 '두목'頭兒으로 고쳤습니다. 그런데 지금에 와서야 그것이 모두 옳지 못하다는 사실을 알았습니다. 어떤 친구가 나를 위해 조사해 준 바에 의하면 이것은 본래 유태어에서 나온 말이라고 합니다. 그 뜻은 바로 '도둑'偸兒인데 상하이 통용어인 '도적놈'賊骨頭으로 번역해도 될 듯합니다.

2. 제6기 「연가」戀歌[2]에 나오는 "雖是我的寶貝"[누가 나의 보배인가]라는 문장의 '雖'[비록]는 '誰'[누구]의 잘못입니다.

3. 같은 소설에 나오는 모든 '欛'[겨우살이] 자는 '槲'[떡갈나무]의 잘못입니다. 어떤 사람은 '橡'[상수리]으로 번역했습니다. 나는 이렇게 번역하면 발음이 고무를 만드는 '橡皮樹'[고무나무]와 쉽게 혼동되기 때문에 그것을 피하고 쓰지 않았는데, 뜻밖에도 글자의 형체가 비슷해서 '欛' 자와 혼동

되고 말았습니다.

9월 8일, 루쉰

주)_____

1) 원제는 「給『譯文』編者訂正的信」. 이 글은 1935년 9월 16일 『역문』 월간 종간호(총 제13
  호)에 처음 발표되었다. 본래 제목은 「정정」(訂正)이다.
2) 「연가」(Cântecul de dragoste). 루마니아 소설가 미하일 사도베아누(Mihail Sadoveanu,
  1880~1961)의 단편소설이다. 『역문서발집』「「연가」 역자 부기」 참조.

'30년집' 편집 목차 두 종류[1]

1.

인해잡언
人海雜言

1. 무덤300 　들풀100 　외침250

260,000[2]

2. 방황250 　새로 쓴 옛날이야기130 아침 꽃 저녁에 줍다140
열풍120

255,000

3. 화개집190 　화개집속편263 　이이집215

250,000

형천총초
荊天叢草

4. 삼한집210 　이심집304 　남강북조집251

280,000

5. 거짓자유서218 풍월이야기265 　집외집160

240,000

6. 꽃테문학 　차개거잡문且介居雜文[3] 이집二集

설림우득
說林偶得
{
7. 중국소설사략372　　　고소설구침 상上

8. 고소설구침 하下

9. 당송전기집400　　　소설구문초160
}

220,000

10. 먼 곳에서 온 편지

2.

1. 무덤300　　　　　　외침250

2. 방황250　　　　　　들풀100　　　　아침 꽃 저녁에 줍다140

　새로 쓴 옛날이야기130

3. 열풍120　　　　　　화개집190　　　화개집속편260

4. 이이집215　　　　　삼한집210　　　이심집304

5. 남강북조집251　　　거짓자유서218　　풍월이야기265

6. 꽃테문학　　　　　　차개거잡문　　　차개정잡문 2집

7. 먼 곳에서 온 편지　집외집　　　　집외집습유

8. 중국소설사략400　　소설구문초160

9. 고소설구침

10. 기신삼서[4]　　　　당송전기집

1) 원제는 「『三十年集』編目二種」. 이 글은 루쉰의 친필 원고에 근거하여 편집해 넣었다. 본래 제목이 없었다. 이것은 루쉰이 자신의 30년 저술을 모아서 인쇄하기 위해 만든 목록 초안이다. 그는 1936년 2월 10일 차오징화에게 보낸 편지에서 이렇게 말했다. "『무덤』의 첫번째 글을 회고해 보니 1907년에 쓴 것입니다. 지금까지 꽉 찬 30년이 흐른 셈입니다. 번역을 계산하지 않더라도 저작만 모두 200만 자입니다. 그것을 집성하여 한 부(약 10권)로 만들고 몇백 부 정도 인쇄하여 기념으로 삼을 생각을 하고 있습니다. 또 원본을 얻고 싶어 하는 사람에게도 편리함을 제공할 수 있을 것입니다." 그러나 이 계획은 루쉰의 생전에 실현되지 못했다. 1941년에 쉬광핑이 이 두 가지 목록을 바탕으로 조정하고 보충하여 『루쉰 30년집』 30책을 편집하여 루쉰전집출판사 명의로 간행했다. 『루쉰 30년집』 목록은 다음과 같다. 1. 『콰이지군고서잡집』(會稽郡故書雜集), 2. 『무덤』(墳), 3. 『집외집습유』(集外集拾遺), 4. 『열풍』(熱風), 5. 『혜강집』(嵆康集), 6. 『고소설구침』(古小說鉤沉) 상책(上冊), 7. 『고소설구침』 하책, 8. 『외침』(吶喊), 9. 『중국소설사략』(中國小說史略), 10. 『들풀』(野草), 11. 『화개집』(華蓋集), 12. 『화개집속편』(華蓋集續編), 13. 『방황』(彷徨), 14. 『소설구문초』(小說舊聞鈔), 15. 『새로 쓴 옛날이야기』(故事新編), 16. 『아침꽃 저녁에 줍다』(朝華夕拾), 17. 『이이집』(而已集), 18. 『삼한집』(三閑集), 19. 『당송전기집』(唐宋傳奇集), 20. 『한문학사강요』(漢文學史綱要), 21. 『이심집』(二心集), 22. 『집외집』(集外集), 23. 『남강북조집』(南腔北調集), 24. 『거짓자유서』(僞自由書), 25. 『풍월이야기』(准風月談), 26. 『먼 곳에서 온 편지』(兩地書), 27. 『꽃테문학』(花邊文學), 28. 『차개정잡문』(且介亭雜文), 29. 『차개정잡문 2집』(且介亭雜文二集), 30. 『차개정잡문 말편』(且介亭雜文末編). 1938년 상하이푸사(上海復社)에서 출간한 20권본과 다른 판본이다.

2) 각 제목 뒤의 아라비아 숫자는 페이지 숫자이고, 맨 마지막 아라비아 숫자는 총 글자수이다.

3) 지금은 '차개정잡문'이지만 루쉰이 처음 지은 제목은 '차개거잡문'(且介居雜文)이었음을 알 수 있다.

4) '기신삼거'(起信三書)가 무엇인지는 불명확하다. 1941년 쉬광핑은 『루쉰 30년집』을 편집하고 나서 '기신삼서'가 무엇인지 불명확하다고 하면서, 혹시 루쉰이 교감한 『혜강집』(嵆康集), 사승(謝承)의 『후한서』(後漢書), 『영표록이』(嶺表錄異)가 아닌지 모르겠다고 했다.

『죽은 혼 백 가지 그림』[1]

평장　1위안 2자오
정장　2위안 4자오

　　고골의 『죽은 혼』은 이른 시기에 이미 세계문학의 전형이 되어 각국에서 모두 번역본이 나왔다. 중국어로도 번역본이 나오자 독서계가 그로 인해 크게 진동했고 잠깐 사이에 유행하게 되었다. 이로써 이 작품의 커다란 매력을 알 수 있다. 이 책은 본래 관련 삽화 세 종류가 있다. 아긴[2]이 그린 『죽은 혼 백 가지 그림』이 가장 유명하다. 과장을 숭상하지 않고 한결같이 사실적으로 그렸기 때문에 비평가들이 찬사를 보낸다. 애석하게도 오래전에 이미 절판되어 러시아 소장가가 보더라도 이미 쉽게 손에 넣을 수 없는 진귀한 서적이 되었다. 삼한서옥에서 작년에 한 부를 손에 넣었지만 혼자 비밀로 간직하려 하지 않고 문화생활출판사에 도움을 요청하여 전체 그림을 평면복제판으로 정교하게 인쇄했으므로 종이와 잉크가 모두 양호하다. 아울러 소콜로프[3]가 그린 삽화 12폭도 권말에 부록으로 넣어서 『죽은 혼』과 관련된 그림이 집대성되도록 했다. 독자들께서 번역본을 읽을 때 이 책을 함께 넘겨 보면 고골 시대 러시아 중류사회 상황을 생생하게 눈앞에 그려 볼 수 있을 것이다. 명작 및 이처럼 다수의 삽화를 소개하는 일은 중국에서 진실로 전에 없던 일이다. 다만 1,000권만 인쇄했고 재판을 찍기도 어렵다. 우리의 뜻은 이익 추구에 있지 않으므로 정가를 저렴하게 하는 데 힘을 쏟았다. 정장본에 사용된 종이는 지극히 아름답기 때문에 두 배로 비싸다. 다만 정장본은 판매를 위해 155권만 찍어서, 특히 도서관과 좋은 판본 애호자의 소장에 제공하려고 한다. 따라서 예약 주문을 더욱 서둘러야 할 듯하다.

주)_____

1) 원제는 「『死魂靈百圖』」. 이 글은 1936년 3월 『역문』 월간 신1권 제1기에 처음 실렸다. 서명은 없다.
   『죽은 혼 백 가지 그림』은 러시아 화가 아긴(Александр Алексеевич Агин, 1817~1875)이 그렸고 베르나르드스키(Евстафий Ефимович Бернардский, 1819~1889)가 목판화로 새겼다. 루쉰은 1936년 4월에 '삼한서옥' 명의로 번각하여 간행했다. 권말에 소콜로프가 그린 삽화 12폭도 부록으로 들어 있다.
2) 아긴은 러시아 화가, 판화가, 삽화가다.
3) 소콜로프(Пётр Петрович Соколов, 1821~1899)는 러시아 화가다. 서민적인 풍경을 많이 그렸다.

『케테 콜비츠 판화 선집』 패기[1]

1935년 9월 삼한서옥은 이번에 판화 원탁본 및 예술호위사[2] 인쇄 화첩을 근거로 중국 화선지를 골라 베이핑에서 콜로타이프[3]로 각 103폭을 인쇄했고, 다시 1936년 5월 상하이에서 문자를 보충하고 장정하여 책을 만들었다. 그중 40권은 팔지 않은 증정본이다. 30권은 외국으로 나갔고, 33권만 중국에서 판매한다. 각 권의 실제 가격은 통용 지폐로 3위안 2자오다.

> 상하이 베이쓰촨로 끝 스가오타로 11호 우치야마서점 대리 판매.
>
> 제   권.
>
> 번각 인쇄하는 사람은 공덕이 한량없을 것이다

주)_____

1) 원제는 「『凱綏·珂勒惠之版畫選集』牌記」. 이 글은 1936년 5월 '삼한서옥'판 『케테 콜비츠 판화 선집』 속표지 뒤에 처음 실렸다. 본래 제목이 없었다. 1981년판 『루쉰전집』에는 이 글의 제목이 「『凱綏·珂勒惠之版畫選集』出版說明」으로 되어 있다.
2) 예술호위사의 독일어 명칭은 미상이다. 독일 예술단체로 부설 출판사가 있었다. 1927년에 『케테 콜비츠 화첩』을 출판했다.
3) 콜로타이프(collotype)는 평판인쇄의 한 종류다. 두꺼운 유리판 표면에 젤라틴(gelatine) 및 감광제를 바르고 빛의 강약과 감광 차이를 이용해 인쇄하는 방법이다.

『해상술림』 상권 삽화 오류 교정[1]

본서 상권 삽화 오류 교정—

58쪽 뒤편 '普列哈諾夫'[플레하노프]는 '拉法格'[라파르그][2]의 오류다.

96쪽 뒤편 '我們的路'[우리의 길][3]은 '普列哈諾夫'[플레하노프]의 오류다.

134쪽 뒤편 '拉法格'[라파르그]는 '我們的路'[우리의 길]의 오류다.

이에 특별히 정정함과 아울러 미안함을 표한다.

주)_____

1) 원제는 「『海上述林』上卷揷圖正誤」. 이 글은 1936년 10월 출판한 『해상술림』 하권 권말에 처음 실렸다. 본래 제목이 없었다.
『해상술림』은 루쉰이 편집한 취추바이의 번역집이다. 상하 두 권으로 나뉘어 각각 1936년 5월과 10월에 제하회상사(諸夏懷霜社) 명의로 출판되었다.
2) 라파르그(Paul Lafargue, 1842~1911)는 파리코뮌시대에 활동한 프랑스 사회주의 운동가다. 주요 저서로 『역사에 있어서의 관념론과 유물론』(*Idéalisme et matérialisme dans la conception de l'histoire*)이 있다.
3) 『우리의 길』은 러시아 페테르부르크 금속노동자협회 기관지 이름이다. 반월간으로 1910년에 창간한 잡지다.

부록
2

자젠성 잡기[1]

비낀 햇살 지려 할 때 나그네 되니, 어스름 저녁 빛이 사람을 짓누른다. 사
방을 둘러봐도 모두 고향 사람이 아니고, 귀에 들리는 건 모두 타향 사투
리다. 생각은 만 리 너머 고향으로 달려간다. 늙으신 부모님과 어린 아우
들은 필시 이따금씩 이야기를 나누며, 내가 지금 어느 어느 곳에 도착했을
것이라고 추측하고 있을 것이다. 이때는 진정 애간장이 끊어지며 눈물이
흘러내려 고개를 들 수 없다. 이에 시구가 떠올랐다. "날은 저물어 나그네
는 우수에 젖는데, 저녁연기 짙은 곳에 타향 사투리 왁자하다." 이것은 모
두 내가 몸소 겪은 것이지 거짓으로 지어낸 말이 아니다.

산 농어와 새 멥쌀을 푹 삶아 물고기는 작은 네모꼴로 자르고 뼈를 제
거한 후 간장을 친다. 이것을 농어밥鱸魚飯이라고 한다. 맛이 매우 신선하
고 이름도 지극히 전아典雅하여 임홍林洪의 『산가청공』[2]에 넣을 만하다.

서양 오랑캐는 차茶를 티梯[3]라고 부르는데 이는 민어[4]다. 민 땅의 사

람들이 차를 판매하러 오랑캐 땅에까지 갔기 때문에 그들이 민어를 모방한 것이다.

소주를 맛보는 방법은 이렇다. 항아리 하나를 준비하여 그 속에 술을 세차게 붓고 그 위에 뜨는 거품을 본다. 순식간에 거품이 터지며 깨끗이 사라지는 건 살아 있는 술活酒인데 맛이 좋다. 거품이 물 위에서 움직이지 않는 건 죽은 술死酒이어서 맛이 떨어진다.

주)_____

1) 원제는 「戛劍生雜記」. 이 글은 저우쭤런 일기의 부록인 「감주청려필기」(柑酒聽鸝筆記)에서 발췌했다. 본래 구두점이 있다. 저우쭤런이 문장 뒤에 이렇게 적었다. "오른쪽에 기록된 자젠성 잡기 네 항목은 무술일록(戊戌日錄)에서 베낀 것이다." 루쉰이 1898년에 쓴 것으로 봐야 한다. 자젠성(戛劍生)은 루쉰의 초기 필명이다.

2) 『산가청공』(山家淸供)은 남송 임홍(林洪)이 지은 음식 전문 저서다. 모두 2권 102절로 되어 있으며 주로 푸젠(福建) 지역 음식이 소개되어 있다.
   임홍은 남송 때 문인으로 자는 용발(龍發), 호는 가산(可山)이다. 시문, 서예, 그림에 모두 뛰어났다. 『서호의발집』(西湖衣鉢集), 『문방도찬』(文房圖贊), 『산가청공』(山家淸供), 『산가청사』(山家淸事) 등의 저작을 남겼다.

3) tea를 중국어에서 발음이 비슷한 '梯'(ti)로 음역한 것이다.

4) '민'(閩)은 푸젠성(福建省)을 가리킨다. 따라서 '민어'(閩語)는 푸젠성 방언이다.

시화잡지[1]

만향옥晚香玉은 본래 이름이 투비뤄쓰[2]다. 변방 밖에서 자라고 잎이 커서 마치 길상초[3]와 비슷하다. 각 이삭마다 4~5개의 동그란 꽃봉오리가 맺히고, 각 꽃봉오리마다 4~5개의 꽃이 핀다. 색깔은 희고 밤이 되면 더욱 향기가 짙다. 모양은 나팔과 같고, 길이는 한 치寸 조금 넘는다. 꽃받침은 5, 6, 7로 동일하지 않다. 도시에서 가장 많이 재배한다. 옛날에 성조 인황제仁皇帝[4]가 그 이름이 저속하다고 하여 지금의 이름을 하사했다고 한다.

리디무쓰[5]는 이끼 종류다. 그 즙을 취하여 용액을 만들면 푸른 색종이를 만들 수 있다. 산성 물을 만나면 붉은색으로 변하고, 다시 알칼리성 물을 만나면 푸른색이 된다. 그 색의 변화가 고정되어 있지 않아서 서양 사람들은 늘 이것으로 화학 실험을 한다.

주)_____

1) 원제는 「蒔花雜志」. 이 글은 저우쭤런 일기의 부록인 「감주청려필기」에서 발췌했다. 본래 구두점이 있다. 대체로 1898년에 지은 것으로 보인다. 시화(蒔花)는 화초 재배라는 뜻이다.
2) 투비뤄쓰(土毖贏斯)는 영어 tuberose를 음역한 말이다. 속칭 만향옥이라고도 한다. 본래 멕시코 원산이지만 중국 각지에서 재배한다.
3) 길상초(吉祥草)는 송수란(松壽蘭) 또는 관음초(觀音草)라고도 한다.
4) 성조(聖祖) 인황제(仁皇帝)는 청나라 강희제(康熙帝)다. 성조는 묘호(廟號)고, 인황제는 시호다.
5) 리디무쓰(裏低母斯)는 영어 litmus를 음역한 말이다.

아우들과 이별하고[1]

살기 위해 어쩔 수 없이 날마다 치달리느라,
아우들과 억지로 헤어져 살아야 한다.
사람의 마음을 가장 슬프게 하는 이곳,
외로운 등불 긴긴 밤에 궂은비가 내린다.

돌아온 지 오래지 않아 또다시 집 떠나니,
해저물녘 새 근심이 더욱더 깊어진다.
길 양편 수양버들[2]만 그루나 이어지는데,
눈길 속에 그 모두가 단장화[3]로 변한다.

한 번 이별하면 또 한 해를 보내야 하는데,
만 리 길 세찬 바람이 객선을 전송한다.
내가 해주는 말 한 마디 기억해 두기를,
글쓰기의 좋고 나쁨은 하늘에 달린 게 아닌 것을.

주)_____

1) 원제는 「別諸弟」. 이 칠언절구 3수는 저우쭤런의 일기에서 발췌했다. 루쉰이 아우들에게 써준 시를 저우쭤런이 일기에 기록한 것이다. 저우쭤런의 일기 경자년 3월 15일(1900년 4월 14일)에 관련 기록이 있다. 1981년판『루쉰전집』에는 이 시의 제목이 「別諸弟三首庚子二月」로 되어 있다. 루쉰의 아우는 바로 저우쭤런(周作人)과 저우젠런(周建人)이다. 이 시와 아래 모든 시의 번역, 해제, 주석은 루쉰 지음, 김영문 옮김,『루쉰, 시를 쓰다. 루쉰시전집』(역락, 2010)을 참고했다.

2) 원문은 '楊柳'. 옛사람들은 이별할 때 흔히 버드나무(柳)로 자신의 아쉬운 마음을 드러냈다. '류'(柳, liǔ)의 발음이 '류'(留, liú)와 거의 같아서 떠나는 사람을 머물게 하고 싶다는 의미를 담고 있다.

3) 원문은 '斷腸花'. 추해당(秋海棠) 또는 베고니아라고도 한다. 사람을 그리워하는 정이 지극할 때 흔히 단장화로 비유한다. 애간장이 끊어진다는 꽃 이름의 의미를 따온 것이다.

연밥[1]

마름 치마에 연꽃 띠 메고 선향仙鄕에서 살아가니,

바람은 멈추어도 벽옥 향기 실려 온다.

해오라기도 오지 않아 가을은 쓸쓸한데,

갈대꽃과 함께 잘 때 이슬방울 촉촉하다.

분가루 닦아내고 꼿꼿한 기상 드러내고,

붉은 치마 내던지고 담담한 화장 배운다.

그대 모습 깨끗하다고 염계[2] 선생께 칭찬할 테니,

시든 낙엽 따라서 찬 연못에 떨어지지 말기를.

주)＿＿＿＿

1) 원제는 「蓮蓬人」. 이 칠언율시 1수는 저우쭤런 일기의 부록인 「감주청려필기」에서 발췌했다. 본래 구두점이 있다. 서명은 자젠성이다. 연봉(蓮蓬)은 연밥이다. 연방(蓮房)이라고도 한다. 연밥이 익어 갈 때 연밥의 약한 줄기가 바람에 흔들리는 모습이 노인이 비틀거리는 모습과 같다고 하여 '연봉인'(蓮蓬人)이라고 한다.

2) 염계(濂溪)는 북송 성리학의 선구자 주돈이(周敦頤, 1017~1073)의 호다. 루쉰의 조부 개부공(介孚公)은 항상 주돈이의 후예임을 자처하며 여남(汝南) 주씨(周氏)를 칭했다. 주돈이에게는 연꽃을 칭송하는 명문 「애련설」(愛蓮說)이 있다.

경자년 조왕신을 보내며 지은 즉흥시[1]

닭 한 마리와 조청[2]으로 제수를 마련하고,

옷까지 전당 잡혀 촛불 피워 올린다.

집안에 별달리 좋은 물건[3]도 없는데,

어찌하여 유독 황양[4]만이 없겠는가?

1) 원제는 「庚子送竈卽事」. 이 오언절구 1수는 저우쭤런 일기의 부록인 「감주청려필기」에
   서 발췌했다. 저우쭤런이 루쉰의 시를 자신의 일기에 적어 놓은 것이다. 본래 구두점이
   있다. 서명은 자젠성이다. 고대 중국에서는 음력 12월 23일 조왕신(竈王神)에게 제사를
   지냈다. 일반적으로 양머리를 제수로 썼지만 양머리가 없으면 닭을 쓰기도 하고, 닭이
   없으면 가래떡으로 닭 모양을 만들어 썼다. 루쉰 집안은 이 당시 몰락하여 흔히 집 안의
   가구나 옷을 전당포에 잡혀 돈을 마련했다. 본래 조왕신에게 제사를 지내는 것은 가정
   의 행복과 부귀를 기원하는 것인데, 오히려 그 조왕신이 집안의 행복은 지켜 주지 못할
   망정 옷을 잡히게 해서 제사 음식을 받아먹는 것은 조왕신의 탐욕이라 풍자한 것이다.
2) 원문은 '膠牙糖'. 엿기름으로 만든 물엿(조청)이다.
3) 원문은 '長物'. 불교 용어다. 여러 가지 물건을 가리킨다.
4) 원문은 '黃羊'. 그믐날 조왕신에게 제사를 드릴 때 쓰는 양이다.

책의 신에게 올리는 제문[1]

때는 경자년庚子年이라, 가도賈島가 자신의 시詩에 제사 지낸[2] 제야除夜[3]에, 콰이지의 자젠성 등은 삼가 냉수 한 그릇과 국화꽃을 차려, 서신書神 장은長恩님께 제祭를 올리며, 비루한 글을 엮어 아뢰옵니다.

오늘 저녁은 한해 마지막 밤,

향불 향내 가득하고 촛불은 붉게 타오릅니다.

돈의 신은 취했고 돈의 노예들은 종종거리는데,

신령님께서는 어찌 홀로 너덜대는 책만 지키시옵니까?

화려한 주연 베풀어져 주향酒香은 짙게 퍼지고,

깊은 밤을 알리는 북소리 울리며 밤은 길게 이어집니다.

사람들은 왁자지껄 취향醉鄕으로 접어들면서도,

그 누가 신령님께 술 한 잔을 올리나이까?

돈과는 절교했어도 집안에 너덜거리는 책은 남아 있어,

술잔을 잡고 크게 부르오니 우리 집안으로 강림하소서.

담황색 책보자기 깃발 삼고 향초 책상자 수레 삼아,

맥망[4]을 이끌고 책벌레에 수레 멍에 메소서.

냉수 한 사발과 국화 꽃잎을 제수로 삼아,

미친 듯 「이소」[5]를 낭송하며 신령님께 기쁨을 드리고자 하오니,

신령님 어서 오소서, 주저하지 마시옵소서.

신령님의 친구인 칠비漆妃[먹]와 관성후管城侯[붓]께서는,

필해筆海[벼루]를 향해 거드름을 피우고,

문총文塚[종이]에 기대 주저하고 있나이다.

맥망을 이끌어 신선이 되게 하시고,

책벌레는 데리고 와 즐겁게 노시옵소서.

저속한 촌놈들은 신령님의 원수이니,

문턱을 넘어와 신령님에게 치욕을 주지 말게 하소서.

저들이 말을 듣지 않는다면 예리한 검劍으로 제지하시고,

옛 서적을 펼쳐 저들의 목구멍을 막으소서.

또한 관성후도 붓두껍에서 나오게 하여,

저들로 하여금 근심에 젖어 덜덜 떨게 하소서.

차라리 독서광을 부르고 시인들을 오게 하여,

저를 위해 책을 지켜 주시면 그 기쁨이 끝이 없을 것입니다.

뒷날 학궁에서 공부하고 과거에 급제하여,

진귀한 책을 사서 신령님께 보답하겠사옵니다.

주)_____

1) 원제는 「祭書神文」. 이 초사체 제문 1수는 저우쭤런 일기의 부록인 「감주청려필기」에서 발췌했다. 저우쭤런이 루쉰이 쓴 글을 일기에 적어 놓은 것이다. 본래 구두점이 있다. 서명은 자젠성이다.

2) 원문은 '賈子祭詩之夕'. '가자'(賈子)는 중국 당나라 시인 가도(賈島, 779~843)다. 가도는 시구를 정성스럽게 갈고 다듬기로 유명하여 고음(苦吟) 시인으로 불렸다. 원대 신문방(辛文房)이 지은 『당재자전』(唐才子傳)에 의하면 가도는 섣달 그믐날 일 년 동안 지은 시를 모아 놓고, 술을 마련하여 제사를 지내며 자신의 고단한 정신을 위로했다고 한다.

3) 음력 경자년(庚子年) 제야는 양력 1901년 2월 18일이다.

4) 원문은 '脈望'. 중국 전설에 의하면 책벌레가 고서 속의 '신선'(神仙)이란 글자를 세 번 갉아먹으면 신선과 같은 영물(靈物)이 된다고 하는데, 이를 맥망(脈望)이라고 한다.

5) 「이소」(離騷)는 중국 전국시대 초나라 시인 굴원(屈原)의 작품으로 전해지는 초사체(楚辭體) 문장의 대표작. 간신들의 참소로 추방된 굴원이 강호를 방랑하며 가슴속 울분을 환상적으로 표현했다고 한다.

중제의 송별시 원운에 화답하다(발문도 함께 쓰다)¹⁾

꿈길마다 나의 영혼 고향 길로 치달릴 때,
인간세상 쓰린 이별 비로소 알게 되었다.
한밤중 침대에 기대 아우들 생각 간절한데,
등불은 꺼져 가고 달빛만 휘영청 밝다.

해 저물녘 객선이 농가 곁에 멈출 무렵,
가시 울을 두른 집에 나뭇가지도 우거졌다.
고향집 즐거운 삶 슬프게 떠오르는데,
어느 때 물동이 안고 함께 꽃을 길러 보나?

춘풍은 쉽사리도 화려한 시절 쓸어가고,
안개 덮인 파도 위를 밤배가 달려간다.
무슨 일로 할미새는 한사코 삐쳐 대며,²⁾
돛대 위를 따라 날며 넓은 하늘을 건너는가?

중제仲弟가 내가 지난 봄에 써준 이별시의 원운原韻에 차운次韻 시를 지어 송별하며 나에게 화답시를 요청했다. 그러나 붓을 잡을 때마다 바로 마음이 암담해져서 시 쓰기를 멈추곤 했다. 10여 일을 넘기고 객창에서 우연히 틈이 나, 거칠게 시구를 완성하여 동생들에게 우송했다. 아! 누각에 올라 눈물을 흘린다 했으니,[3] 영웅도 꼭 집을 잊는 것은 아니다. 작별의 손을 잡자 넋이 다 나갈 지경이었는데, 형제들은 결국 다른 곳에 거처를 두게 되었다. 깊은 가을 밝은 달이 나그네를 비추며 더욱 밝아지고, 추운 밤 애원哀怨의 피리소리는 나그네를 만나 그 애원을 더한다. 이런 심정과 이런 정경은 모두 시름겨운 슬픔이 아닌 것이 없다.

신축년辛丑年[1901] 중춘仲春 자젠성 미정고[4]

주)_____

1) 원제는 「和仲弟送別元韻幷跋」. 이 칠언절구 3수는 저우쮜런의 일기에서 발췌했다. 저우 쮜런이 루쉰의 시를 자신의 일기에 적어 놓은 것이다. 본래 제목이 없었다. 1901년 4월 초에 지은 시다. 1981년판 『루쉰전집』에는 이 시의 제목이 「別諸弟三首辛丑二月」로 되어 있다. 중제(仲弟)는 형제 서열 중에서 둘째에 해당하는 아우라는 뜻이다.

2) 원문은 '何事脊令偏傲我'. 척령(脊令)은 '척령'(鶺鴒)이라고도 쓴다. 할미새다. 할미새는 형제간의 깊은 우애를 상징한다. 『시경』 「소아·당체(常棣)」 참조. 여기서 루쉰은 형제 간에 헤어져 서로 돕지 못하는 것이 할미새의 우애보다 못함을 비유했다.

3) 원문은 '登樓隕涕'. 후한 왕찬(王粲)의 「등루부」(登樓賦)에 "고향 가는 길이 막혀 있음에 슬퍼서, 눈물이 마구 흘러내려 멈추지 않는구나"(悲舊鄉之壅隔兮, 涕橫墮而弗禁)라는 구절이 있다.

4) 미정고(未定稿)의 원문은 '擬刪草'. 아직 더 생각하며 깎고 다듬어야 한다는 뜻이다.

꽃을 아까워하며 율시 4수
— 상저우 창춘위안 주인의 시 원운을 그대로 따라 짓다[1]

새소리와 방울 소리[2] 꿈속으로 얽혀드는 때,

꽃그늘에 조용히 서서 개는 날씨 바라본다.

놀랍게도 붉은 꽃잎 나비 따라 펄펄 날고,

마음에 들게도 푸른 새싹 섬돌 둘러 자라난다.

하늘은 모란꽃[3]을 지나치게 시기하나,

작약꽃[4]이 피어날 땐 깊은 정이 배가된다.

사람 마음의 수심이 가장 풀리지 않는 것은,

사방 처마에 가랑비가 가을 소리 전하기 때문.[5]

버들 솜[6] 좇아 떠도는 몸 너무나 가련한데,

황금 집에 어느 시절 고운임을 모셔 보나?

이슬비 오실 때에 가시나무로 바자울 막자,[7]

훈풍은 마음 깊어 꽃가지도 안 울린다.

석양 속에서 젓대 가락 재촉하지 마시고,[8]

차라리 봄볕 속에 다리 밟기나 하시기를.[9]

가을 되어 변방 기러기 날아올까 두려워서,

목란木蘭[10] 배에 술을 싣고 경쾌하게 노 젓는다.

쌀쌀한 2월에 가랑비 오시는 때,

홍두[11]가 아니어도 그리운 임 생각난다.

금침 위나 나막신 아래 떨어진 꽃 애달퍼서,[12]

대나무로 울을 엮어 꽃나무를 보살핀다.

마음을 달래주는 소심素心[13] 향기 소매에 젖고,

흥취 돋우는 작약[14] 피어 잔 넘치게 술 따른다.

어찌하여 무정하게 봄바람은 불어와서,

깊은 정원 도미꽃[15]이 가지 가득 꽃피우나?

온갖 꽃들 들판 둘러 화사함을 다투는 때,

꽃잎 아래 한가롭게 호랑나비 잠들었다.

집 밖에서 나만 홀로 꽃밭을 가꾸는데,

올해는 다행히도 꽃 기르기 좋은 날씨다.[16]

고운 새도 나와 함께 봄이 감을 슬퍼하나,

수려한 들판 지나다가 불타는 꽃을 마주한다.

당唐나라 궁궐 꽃밭의 방울 달기 본받아서,

붉은 난간 가에다 금방울을 매달아 본다.

주)_____

1) 원제는 「惜花四律步湘州藏春園主人元韻」. 이 칠언율시 4수는 저우쭤런 일기의 부록인 「감주청려필기」에서 발췌했다. 저우쭤런이 루쉰의 시를 자신의 일기에 적어 놓은 것이다. 1901년 초여름에 지었다.

상저우(湘州) 창춘위안(藏春園) 주인은 후난성 창사(長沙) 사람 린부칭(林步青, 1860~1917)이다. 당시 상하이에 거주하며 『상하이문사일록』(上海文祉日錄)에 「석화사율」(惜花四律)을 발표하여 창화시(唱和詩)를 모집한다고 하였다. 루쉰은 바로 린부칭의 「석화사율」 시의 원운(原韻)에 의거하여 자신의 심정을 읊었다.

2) 원문은 '鈴語'. 당나라 궁궐에서는 꽃을 오래 보려고, 꽃나무 가지에 줄을 매고 방울을 달아 새가 날아오면 줄을 당겨서 방울 소리로 새를 쫓아냈다고 한다. 왕인유(王仁裕)의 『개원천보유사』(開元天寶遺事) 권상(卷上) 참조.

3) 원문은 '絕代'. 두 가지 의미가 담겨 있다. 첫째, '모란'(牧丹)을 가리킨다. 모란은 부귀를 상징하며 백화(百花)의 으뜸이라고 하여 '화왕'(花王)이라고 불린다. 둘째, 절세가인(絕世佳人)으로 청년 루쉰이 그리는 아름다운 여성을 가리킨다.

4) 원문은 '將離'. 역시 두 가지 의미가 담겨 있다. 첫째, 작약(芍藥)을 가리킨다. 작약의 별칭이 '장리'(將離)다. 둘째, 장차 헤어져야 하는 사람을 가리킨다. 따라서 중국 고대에는 헤어질 때 작약꽃을 꺾어서 서로 주고받는 풍습이 있었다고 한다.

5) 봄날에 벌써 가을 소리를 듣는 것은 덧없이 흘러가는 세월을 슬퍼하는 것이다.

6) 원문은 '柳綿'. 유서(柳絮) 즉 버들솜이다. 중국 전설에 의하면 버들솜이 떠돌다가 물에 떨어지면 부평초가 된다고 한다. 고향을 떠나 정처없이 떠도는 신세를 비유한다.

7) 원문은 '微雨欲來勤挿棘'. 가랑비에 혹시 꽃이 빨리 떨어질까 두려워서 울타리를 보완하는 것이다. 꽃을 보호하려는 행동이다.

8) 원문은 '莫教夕照催笛'. 당나라 한유(韓愈)의 「장사군과 이별하며」(留別張使君) 시에 "피리 가락 급해지며 지는 해를 재촉하네"(鳴笛急吹催落日)라는 구절이 있다. 루쉰은 이 구절의 의미를 뒤집어서 사용하고 있다.

9) 원문은 '且踏春陽過板橋'. 당나라 유우석(劉禹錫)의 「죽지사」(竹枝詞)에 "영안궁 밖에서 답청하고 왔다네"(永安宮外踏靑來)라는 구절이 있다. 신록을 밟으며 봄을 즐기는 것을 '답청'(踏靑)이라고 한다.

10) 원문은 '蘭艭'. '난'(蘭)은 목란(木蘭)으로 향기로운 나무다. 『술이기』(述異記)에 의하면 옛날 중국에서는 목란 나무로 놀이용 배를 만들었다고 한다. 루쉰의 고향인 사오싱에서는 봄나들이를 나갈 때 흔히 남녀 각 한 대씩 배를 타고 춘흥을 즐겼다고 한다. '쌍'(艭)은 작은 배다.

11) 원문은 '紅豆'. '상사자'(想思子)라고도 한다. 원산지는 아프리카이지만 열대지방과 중국 남방에 많이 자란다. 열매는 타원형으로 윗부분은 밝은 홍색이며 아랫부분으로 갈

수록 검다. 중국 시에서 흔히 그리움을 나타내는 상징으로 많이 쓰였다.

12) 원문은 '墮茵印屐增惆悵'. 떨어진 꽃잎이 날려 고귀한 집의 비단 이불에도 떨어지고, 유람하는 사람들의 신발 아래에도 떨어진다는 뜻으로, 인생무상 또는 인간의 불가항력적인 운명을 비유한다.

13) 소심(素心)에는 두 가지 의미가 들어 있다. 첫째, '평소의 뜻'을 가리킨다. 둘째, 난초의 일종인 '소심'(素心)을 가리킨다.

14) 원문은 '藍尾'. 역시 두 가지 의미가 있다. 첫째, 남미춘(藍尾春)으로 작약꽃을 가리킨다. 작약은 늦봄에 가장 마지막으로 피는 꽃이므로 '남미'(藍尾)는 최후(最後) 또는 최말(最末)이라고도 한다. 따라서 주연(酒宴)에서 나이가 어린 순서대로 술을 마실 때 가장 나이 많은 사람이 맨 마지막에 술을 마시는데 이 술을 '남미주'(藍尾酒)라고 한다. 둘째, 이 '남미주'(藍尾酒)를 가리킨다. 루쉰은 3형제 중에 장남이므로 '남미주'를 마시게 된다.

15) 원문은 '荼蘼'. '도미'(荼蘼) 또는 '도미'(酴醾)라고도 쓴다. 학명은 'Rubus rosifolius'이다. 장미과에 속하는 낙엽 관목으로 모든 봄꽃이 다 진 늦봄과 초여름에 흰색 꽃이 핀다. 따라서 "도미꽃이 피면 봄꽃은 끝난다"라는 속담이 있다. 송나라 소식(蘇軾)도 「도미화」(荼蘼花)에서 "도미꽃은 봄을 다투지 않고, 쓸쓸하게 가장 늦게 핀다"라고 읊었다.

16) 원문은 '養花天'. 송나라 승려 중수(仲殊)의 「화품서」(花品序)에 "웨(越) 땅에 모란꽃이 필 때는, …… 대부분 가벼운 구름이 끼고 가랑비가 내리는데, 이를 일러 꽃을 기르는 날씨라고 한다"는 구절이 있다.

정요경을 애도하며[1]

남아는 죽었으나, 씩씩한 뜻 이루지 못해서 한스러우니, 언제 정령위처럼 화표로 날아올까?[2]

영혼은 돌아가나, 무덤에서 눈감기 어려움을 알겠나니, 깊은 밤 어두운 넋이 어머니를 감도네.

주)_____

1) 원제는 「挽丁耀卿」. 이 만사(輓詞)는 저우쭤런의 일기에서 발췌했다. 1902년 1월 12일에 썼다. 서명은 '위차이 저우수런'(豫才周樹人). 본래 제목은 없고 구두점은 있다. 정요경(丁耀卿)은 루쉰의 난징 광무철로학당 시절 학우다. 1902년 1월 5일 폐병으로 죽었다.

2) 원문은 '何日令威來華表'. 『수신후기』(搜神後記)에 다음과 같은 전설이 실려 있다. 중국 한나라 때 랴오둥(遼東) 사람 정령위(丁令威)는 링쉬산(靈虛山)에서 도를 닦아 신선이 되었다. 그 뒤 천 년 만에 다시 학이 되어 고향으로 돌아와 성문 화표(華表) 위에 앉아 있었는데, 한 소년이 지나가다가 화살로 정령위를 겨누었다. 학이 된 정령위는 화살을 피해 하늘 위를 선회하면서 시 한 수를 읊었다. "새야 새야 정령위야, 집 떠난 지 천 년 만에 지금에야 돌아왔네. 성곽은 의구한데 사람은 아니구나, 신선술을 어찌 안 배워 무덤만 총총하나?" 이후 '정령위'는 흔히 죽은 사람이 다시 돌아오기를 바라는 의미로 제문이나 만사에 많이 쓰였다. '화표'(華表)는 중국 고대에 궁전, 교량, 성곽, 묘지 등의 전면에 세워 놓은 거대한 기둥이다. 장식이나 표지를 위한 용도다.

사진에 제사를 써서 중제에게 주다[1]

콰이지산 아래의 평민, 일본에서 유학하는 나그네가, 고분학원[2]의 제복을 입고 스즈키 신이치鈴木眞一에게서 사진을 찍다. 20여 세 된 청년이 4월 중순의 길일에 5천여 리의 우편에 부쳐 싱뱌오[3] 아우의 밝은 눈으로 살펴보게 하다.

형 수런이 머리를 조아리다[4]

주)_____

1) 원제는 「題照贈仲弟」. 이 글은 저우쭤런의 일기에서 발췌했다. 이 제사는 루쉰이 1902년 6월 일본에서 저우쭤런에게 부쳐 준 사진에 씌어 있었다. 본래 제목은 없고 구두점은 있다.
2) 고분학원(弘文學院)은 루쉰이 도쿄에서 일본어를 배우기 위해 1902년에서 1904년까지 재학했던 학교다.
3) 싱뱌오(星杓)는 루쉰의 아우 저우쭤런의 자(字).
4) 원문은 '頓首'. 고문 편지에 흔히 쓰는 상투어다. 고문 편지투를 흉내 낸 희화적인 표현이다.

『집외집습유보편』에 대하여

『집외집습유보편』에 대하여

1.

『집외집습유보편』集外集拾遺補編이란 명칭은 『집외집습유』를 보충하여 편집했다는 뜻이다. 『집외집습유』는 『집외집』에서 빠진 것을 주워 모았다는 뜻이다. 그럼 『집외집』은 무엇인가? 말 그대로 어떤 사람의 '문집'이나 '전집'에 수록되지 못한 글, 즉 '문집'이나 '전집' 밖의 글을 모았다는 의미다. 『루쉰전집』에는 이런 종류의 글모음이 『집외집』, 『집외집습유』, 『집외집습유보편』이라는 세 가지 이름으로 존재한다. 이 중 『집외집』과 『집외집습유』의 편집 과정은 이 번역 시리즈 『루쉰전집 9』 「부록」에 자세하게 소개되어 있으므로 여기에서는 중복을 피하기 위해 『집외집습유보편』 편집 과정과 그 내용만 대략 설명하고자 한다.

지금까지 중국에서 출간된 『루쉰전집』의 대표적인 판본은 대체로 다섯 가지를 들 수 있다. 최초의 『루쉰전집』은 루쉰 사후 2년 만인 1938년 그의 부인 쉬광핑許廣平 주도로 총 20권으로 편집·출간되었다(上海復社).

두번째 판본은 1958년 런민문학출판사에서 총 10권으로 출간했다. 루쉰의 창작물과 문학사 저작만 뽑아서 처음으로 주석을 단 전집이다. 세번째 판본은 1973년 런민문학출판사에서 루쉰의 번역 작품까지 포함하여 총 20권으로 출간했다. 1938년본을 저본으로 하여 몇 부분에 증감을 가한 판본이다. 네번째 판본은 1981년 런민문학출판사에서 총 16권으로 출간했다. 1958년 10권본을 저본으로 삼아『집외집습유보편』,『고적서발집』古籍序跋集,『역문서발집』譯文序跋集,『서신』書信,『일기』日記까지 포함했다. 다섯번째 판본은 2005년 런민문학출판사에서 총 18권으로 출간했다. 이 판본에는 새로 발견된 루쉰의 글 24편, 루쉰의 편지 18통,『먼 곳에서 온 편지』兩地書 원본 편지 68통, 일본인 마스다 와타루增田涉와 주고받은 편지 약 10만 자, 주석 보충 1,000여 곳이 포함되었다.

이 다섯 가지『루쉰전집』중에서『집외집습유보편』이 최초로 들어간 판본은 1981년본이다. 그 이후 출간된 2005년본에도『집외집습유보편』이 포함되어 있다. 따라서『집외집습유보편』에는 1973년까지의 판본에 포함되지 않았거나 그 이후 지금까지 발견된 루쉰의 글이 수록되어 있다. 그 분량도 기왕에 간행된 루쉰의 단행본 작품집 어떤 것보다 방대하다. 1981년본『집외집습유보편』만 해도 무려 467쪽인데, 2005년본은 그보다 분량이 더 늘어나 총 542쪽에 달한다.

2005년본『집외집습유보편』에 새로 보태진 글은 모두 18편이다. 그 제목을 연도별로 나열해 보면 다음과 같다.

1901 :「재정정『서하객유기』목록 및 발문」
1912 :「군부 통언」

1913 : 「국무원에 올리는 국가 휘장 도안 설명서」, 「스스로 그린 명기 약도 설명」

1916 : 『구미 명가 단편소설 총간』 평어」

1918 : 『미술』 잡지 제1기」

1919 : 「수감록 3칙」

1923 : 「이씨 소장본 『충의수호전서』 새 판각 제요」, 「『중국소설사략』에 제사를 써서 촨다오에게 증정하다」, 「시미즈 야스조에게 부쳐」

1924 : 「대척여인 100회본 『충의수호전』 장회 제목 교감기」

1934 : 『루화』에 관하여」

부록 1

1907 : 『중국광산지』 자료 모집 광고」

1909 : 『역외소설집』 제1책」

1925 : 「'웨이밍총간'은 무엇이고, 어떻게 하려 하나?(2)」

1926 : 「'웨이밍총간'과 '오합총서'로 간행한 서적」

1934 : 『상하이에 온 버나드 쇼』」

부록 2

1902 : 「정요경을 애도하며」

1981년본에 실렸던 다음 글 1편은 삭제되었다.

부록 1

1914 : 「생리 실험술 요략」

2005년본 「출판 설명」出版說明에 의하면 「생리 실험술 요략」은 자연과학과 관련된 글이어서, 「중국광산지」中國礦山志, 「인생상」人生象 등과 함께 이후 따로 출간할 『루쉰의 자연과학 논저집』魯迅自然科學論著集에 수록하기 위해 삭제했다고 한다. 실제로 2014년 런민문학출판사에서 출간한 『루쉰의 자연과학 논저집』魯迅自然科學論著集을 살펴보면 맨 마지막 부록에 「생리 실험술 요략」이 실려 있다.

또 집필 연도가 조정된 글이 1편 있는데 본래 1981년본 1934년 부분에 수록되었던 「형세는 반드시 그렇게 되고, 이치는 본래부터 그러했다」라는 글은 1935년 1월에 쓴 것으로 고증되어 2005년본에는 1935년 맨 앞에 수록되었다.

그리고 제목이 바뀐 글이 5편 있다. 제목 전체를 바꾼 것이 아니라, 본래의 제목을 원본에 따라 좀더 정확하게 수정했다.

1919

「권법과 권비」拳術與拳匪 → 「'권법과 권비'에 관하여」關於'拳術與拳匪'

부록 1

1934

「『십죽재전보』 번각 설명」『十竹齋箋譜』飜印說明 → 「『십죽재전보』 패기」『十竹齋箋譜』牌記

1936

「『케테 콜비츠 판화 선집』 출판 설명」『凱綏·珂勒惠之版畵選集』出版說明 → 「『케테 콜비츠 판화 선집』 패기」『凱綏·珂勒惠之版畵選集』牌記

부록 2

1900

「아우들과 이별하고 3수」別諸弟三首(경자년 2월) → 「아우들과 이별하고」
別諸弟

「아우들과 이별하고 3수」別諸弟三首(신축년 2월) → 「중제의 송별시 원운
에 화답하다」(발문도 함께 쓰다)和仲弟送別元韻幷跋

이처럼 1981년본과 2005년본에 들어 있는『집외집습유보편』을 비교
해 보면 2005년본에 루쉰의 일문佚文이 훨씬 많이 실려 있고, 연도와 제목
도 매우 정밀하게 수정되었음을 확인할 수 있다. 또한 앞으로도 루쉰의 글
이 계속 발견되면 이『집외집습유보편』에 수록되리라 미루어 짐작할 수
있다.

2.

이『집외집습유보편』은 루쉰의 글 중에서 기존 전집에서 빠진 글을 모은
문집이긴 하지만 루쉰의 생애·사상·문학 연구에 없어서는 안 될 귀중한
자료가 포함되어 있다. 특히 루쉰의 생애 초기 글은 기존 문집에 거의 포
함되어 있지 않다. 예컨대『집외집』의 글 수록 연도는 1903년에서 1933년
이고,『집외집습유』는 1912년에서 1936년까지인데, 이중에서 루쉰의 25
세 이전 청소년 시기 글은『집외집』에 실린「스파르타의 혼」과「라듐에 관
하여」(모두 1903년 만 22세에 집필) 두 편뿐이다. 이에 비해『집외집습유보
편』의 수록 연도는 1898년에서 1936년까지다. 루쉰이 1881년생이므로

1898년은 루쉰이 만 17세가 되던 해다. 그가 만 17세에 쓴 「자젠성 잡기」와 「시화잡지」는 지금까지 발견된 루쉰의 글 중에서 가장 이른 시기의 것이다. 또 만 19세에 쓴 「아우들과 이별하며」, 「연밥」, 만 20세에 쓴 「경자년 조왕신을 보내며 지은 즉흥시」, 「책의 신에게 올리는 제문」, 「중제의 송별시 원운에 화답하다」, 「꽃을 아까워하며」 등 전통 한시와, 만 21세에 쓴 만사輓詞 「정요경을 애도하며」와 제기題記 「사진에 제사를 써서 중제에게 주다」 등의 글은 루쉰의 청소년 시기의 심경과 지향을 엿볼 수 있는 희귀한 자료다. 또한 루쉰이 1903년 만 22세에 쓴 「중국지질약론」은 『집외집』에 실린 같은 연도의 글 두 편과 동일한 성격을 보여 준다. 이밖에도 이런 글과 같은 방향에서 집필된 「『중국광산지』 자료 모집 광고」(1907)와 「파악성론」(1908)도 루쉰의 초기 사상 이해에 매우 중요한 자료라 할 수 있다. 특히 「파악성론」은 미완이지만 서구 근대에 대한 루쉰의 비판적 인식이 담겨 있고 또 중국 국민의 정신적 각성을 촉구하고 있다는 점에서 이후 루쉰 사상의 바탕을 잘 보여 주는 아주 중요한 글이다.

또 루쉰이 1918년 「광인일기」를 창작하며 본격적으로 문학 창작 활동을 시작하기 이전 글도 다수 포함되어 있다. 여기에는 루쉰이 신해혁명 실패 후 현실에 절망감을 느끼고 베이징 골방에 틀어박혀 베긴 비석 탁본 및 고대 문집 교감기도 들어 있다. 「콰이지우묘폄석고」, 「'□꾕묘지'고」, 「『묵경정문』 재교열 후기」, 「『포명원집』 교감기」 등 10여 편의 글은 1917년과 1918년에 집중적으로 쓰어졌다. 이 글 대부분의 원본이 사자의 무덤에서 파낸 묘지명이고, 또 루쉰이 그 고증기考證記를 당시 문학혁명론자들에 의해 죽은 문자死文字로 비난받던 고문으로 기록한 점을 보면 루쉰의 절망감이 어느 정도였는지 짐작할 수 있다. 『외침』 「자서」에도 언급된 이 종류의 글에는 당시 '적막'한 현실 뒤편에 드리운 죽음 같은 어둠이 깃들어 있다. 이는 당시 현실에 대한 역설적인 상징처럼 보인다. 루쉰이 『외침』 「자서」에서 비유한 '철의 방'鐵屋子에도 어쩌면 이 같은 칙칙한 어둠이 가득 차 있었을 것으로 짐작된다. 흥미로운 점은 이런 어두운 문장 속에도 대상을 철저하게 의심하고 정확하게 파악하려는 루쉰의 정신이 한 줄기 빛살처럼 반짝인다는 사실이다. 이처럼 이 글들은 루쉰의 일생이라는 총체적 텍스트 속에서 읽어야만 그 심각한 의미가 제대로 드러난다. 루쉰의 삶을 입체적이고도 생생하게 드러내 주는 매우 유용한 자료라고 할 만하다.

우리에게 잘 알려져 있다시피 루쉰은 1918년부터 당시 중국 진보적 매체의 중심이었던 『신청년』 필진으로 참여했고, 바로 이 해에 중국 최초의 현대소설 「광인일기」를 발표했다. 이후 발표된 루쉰의 소설은 『외침』, 『방황』, 『새로 쓴 옛날이야기』 속에 모두 수록되어 있다. 따라서 『집외집습유보편』에는 루쉰의 소설이 한 편도 들어 있지 않다. 그러나 루쉰 문학의 또 다른 한 축인 잡문은 『집외집습유보편』에도 상당수 포함되어 있다. 이 잡문들은 형식과 내용으로 판단해 볼 때, 각 시기마다 편집·출판된 루쉰의 기존 잡문집에 넣어도 무방한 작품이 대부분이다. 가령 1918년에 쓴 「수감록」, 1919년에 쓴 「'권법과 권비'에 관하여」 외 2편, 1921년에 쓴 「"살아서는 항복해도 죽어서는 항복하지 않는다"」 외 3편, 1923년에 쓴 「『소설세계』에 관하여」, 1924년에 쓴 「'우스갯소리'에 대한 우스갯소리」 외 2~3편은 모두 루쉰의 잡문집 『열풍』이나 『무덤』에 넣어도 전혀 손색이 없는 작품이다. 또 1927년에 쓴 「상하이와 난징 수복 경축 저편」, 「지식계급에 관하여」는 『이이집』이나 『삼한집』에 넣어도 좋은 작품이다. 특히 이 두 편은 당시 중국 현실에 대한 루쉰의 치열한 인식이 반영되어 있어서 루쉰을 연구하는 학자들은 반드시 주의해야 할 글이다. 또 1931년에 쓴 「'일본 연구'의 바깥」은 『이심집』에, 1932년에 쓴 「수재가 바로 '건국'이다」는 『남강북조집』, 1933년에 쓴 「통신(웨이멍커에게 답함)」, 「'문인무행'을 변론하다」, 「아녀자들도 안 된다」는 『거짓자유서』나 『풍월이야기』에, 1934년에 쓴 「'잡문' 짓기도 쉽지 않다」는 『꽃테문학』이나 『차개정잡문』에, 1935년에 쓴 「형세는 반드시 그렇게 되고, 이치는 본래부터 그러했다」 외 4~5편은 『차개정잡문 2집』에 수록해야 할 작품이다. 이런 잡문이 왜 각 시기 잡문집에서 빠졌는지는 아직 명확하게 규명되어 있지 않다. 루쉰이 이 잡문들을 발표한 사실을 망각했거나, 발표한 잡지를 찾기가 쉽지 않았거나, 내용이 마음에 들지 않았거나, 분량의 불균형 때문이거나, 글을 써 두고 발표하지 않았거나 등등 여러 가지 이유가 있을 수 있다.

또 하나 우리가 주목해야 할 점은 루쉰이 집중적으로 잡문을 쓰는 기간 동안인 1919년에 산문시와 유사한 글 「혼잣말」을 발표했으며, 1933년에는 과거 회상 수필 「나의 우두 접종」을 발표했다는 사실이다. 이중 「혼잣말」은 1927년 출판된 루쉰의 산문시집 『들풀』의 선행 형태를 보여 준다는 점에서 매우 흥미로운 작품이다. 「혼잣말」이란 제목 아래 「서」, 「불의 얼음」, 「옛 성」, 「게」, 「보얼」, 「우리 아버지」, 「나의 형제」 총 7편이 들어 있다. 『들풀』에 실린 작품이 대체로 1925년과 1926년에 걸쳐 창작되었음을 감안해 보면 그보다 거의 6년 전부터 루쉰은 산문시와 유사한 작품 습작에 공을 들이고 있었음을 알 수 있다. 또 「나의 우두 접종」은 루쉰의 회고 수필집 『아침 꽃 저녁에 줍다』에 넣어도 좋을 만큼 문학적 필치가 뛰어난 글이다. 두 편 모두 루쉰의 문학 연구 심화에 적지 않은 영감을 제시해 줄 것으로 생각된다.

그러나 『집외집습유보편』의 특징을 가장 잘 보여 주는 글은 위와 같은 글이 아니다. 기존 문집의 성격에 맞지 않아서 실을 수 없었던 글이 바로 『집외집습유보편』의 특징을 잘 보여 준다. 이런 글은 루쉰 자신이나 이후 『루쉰전집』 편집자들도 모두 쓰레기처럼 취급하며 거의 관심을 기울이지 않았다. 서적이나 잡지의 발간사, 각종 설명서와 의견서, 제기題記 또는 제사題辭, 각종 서발序跋, 서적 교감 또는 교정기, 서신에 대한 답장, 몇 가지 도서목록, 독서차기讀書劄記, 각종 안어按語와 평어評語, 각종 광고와 알림 글, 간략한 자서전, 추모문, 증시贈詩 등등이 이에 해당한다. 이것들이 『집외집습유보편』의 대종을 이룬다. 말하자면 '습유보편'拾遺補編 즉 '빠진 것을 주워 모아 보충했다'는 의미에 부합하는 글이 바로 이런 종류다. 이런 글은 다소 지리멸렬한 혐의는 있지만 루쉰의 소설이나 잡문이 보여 주지 못하는 생활인 루쉰의 모습을 생생하게 드러낸다. 교육부 공무원 루쉰의 삶을 추적하려면 「국무원에 올리는 국가 휘장 도안 설명서」와 「미술보급에 관한 의견서」를 읽어야 하고, 교육자 루쉰의 활동을 추적하려면 「중산대학 개교 치사」를 참고해야 한다. 또 서적이나 잡지 편집자 루쉰의 분투를 엿보려면 「『역문』 창간호 전언」, 「'웨이밍총간'은 무엇이고, 어떻게 해야 하나(1)(2)」 등을 정독해야 하고, 교정자 루쉰의 꼼꼼함을 살피려면 「루쉰 공고」, 「오류 교정」, 「삼가 알림」 등을 검토해야 한다. 그리고 목판화 고취자의 모습을 보여 주는 「『목판화가 걸어온 길』 알림」, 「케테 콜비츠의 목판화 「희생」 설명」, 「독일 작가 판화전 거행 연기 진상」 등의 글도 있고, 삽화 애호가의 실상을 드러내는 「『머나먼 나라』 해설」, 「『인옥집』 광고」, 「『죽은 혼 백 가지 그림』」 등의 글도 있다. 아울러 상하이에 정착한 이후 번역과 집필로 생계를 꾸려야 했던 출판사 운영자 겸 책 광고자로서 루쉰의 눈물겨운 삶을 살펴보려면 특히 「부록 1」에 실린 「『훼멸』과 『철의 흐름』 출판 예고」, 「삼한서옥에서 교정 인쇄한 서적」 등의 광고를 읽어야 한다. 이밖에도 독서인으로서의 메모와 감상을 적은 「서원절지」 시리즈도 있고, 소설 연구가로서의 치밀함을 보여 주는 「『당인설회』 진상 폭로」, 「소설목록 두 가지에 관하여」, 「『송은만록』에 부쳐」 등등의 글도 있다. 실로 『집외집습유보편』은 루쉰의 일상생활과 관련된 디테일을 가장 생생하게 보여 주는 보고라 할 수 있다.

3.

『집외집습유보편』을 가장 쉽게 표현하자면 『루쉰전집』 찌꺼기의 찌꺼기의 찌꺼기다. 그것은 고대인들의 조개무지貝塚와 같다. 우리는 거대한 고인돌이나 잘 다듬어진 석검만으로 선사시대 사람들의 생활상을 자세하게 알 수 없다. 우리가 그들의 살아 있는 삶에 다가가려면 당시 쓰레기더미인 조개무지를 정밀하게 살펴봐야 한다. 루쉰의 삶도 마찬가지다. 그의 빛나는 소설집, 수필집, 시집, 잡문집만으로는 먹고살기 위해 고민하고 분투한 그의 삶을 복원할 수 없다. 사상가·혁명가·문학가로서 삼위일체의 신이 된 루쉰이 아니라, 생계를 해결하기 위해 고통받고, 편집·출판·번역을 위해 노심초사하고, 책을 읽으며 꼼꼼하게 메모하는 생활인 루쉰을 복원하기 위해서는 이 『집외집습유보편』을 읽지 않을 수 없다. 이 점이 우리가 『집외집습유보편』을 소홀하게 취급할 수 없는 이유다.

옮긴이 김영문

지은이 **루쉰**(魯迅, 1881.9.25~1936.10.19)

본명은 저우수런(周樹人), 자는 위차이(豫才)이며, 루쉰은 탕쓰(唐俟), 링페이(令飛), 펑즈위(豊之餘), 허자간(何家幹) 등 수많은 필명 중 하나이다.

저장성(浙江省) 사오싱(紹興)의 명문가에서 태어나 어린 시절 조부의 하옥(下獄), 아버지의 병사(病死) 등 잇따른 불행을 경험했고 청나라의 몰락과 함께 몰락해 가는 집안의 풍경을 목도했다. 1898년부터 난징의 강남수사학당(江南水師學堂)과 광무철로학당(礦務鐵路學堂)에서 서양의 신학문을 공부했고, 1902년 국비유학생 자격으로 일본으로 건너갔다. 고분학원(弘文學院)에서 일본어를 공부하고 센다이 의학전문학교(仙臺醫學專門學校)에서 의학을 공부했으나, 의학으로는 망해 가는 중국을 구할 수 없음을 깨닫고 문학으로 중국의 국민성을 개조하겠다는 뜻을 세우고 의대를 중퇴, 도쿄로 가 잡지 창간, 외국소설 번역 등의 일을 하다가 1909년 귀국했다. 귀국 이후 고향 등지에서 교원 생활을 하던 그는 신해혁명 직후 교육부 장관 차이위안페이(蔡元培)의 요청으로 난징 중화민국 임시정부의 교육부 관리를 지냈다. 그러나 불철저한 혁명과 여전히 낙후된 중국 정치·사회 상황에 절망하여 이후 10년 가까이 침묵의 시간을 보냈다.

1918년 「광인일기」를 발표하면서 본격적인 작품 활동을 시작한 그는 「아Q정전」, 「쿵이지」, 「고향」 등의 소설과 산문시집 『들풀』, 『아침 꽃 저녁에 줍다』 등의 산문집, 그리고 시평을 비롯한 숱한 잡문(雜文)을 발표했다. 또한 러시아의 예로센코, 네덜란드의 반 에덴 등 수많은 외국 작가들의 작품을 번역하고, 웨이밍사(未名社), 위쓰사(語絲社) 등의 문학단체를 조직, 문학운동과 문학청년 지도에도 앞장섰다. 1926년 3·18 참사 이후 반정부 지식인에게 내린 국민당의 수배령을 피해 도피생활을 시작한 그는 샤먼(廈門), 광저우(廣州)를 거쳐 1927년 상하이에 정착했다. 이곳에서 잡문을 통한 논쟁과 강연 활동, 중국좌익작가연맹 참여와 판화운동 전개 등 왕성한 활동을 펼쳤으며, 55세를 일기로 세상을 등질 때까지 중국의 현실과 필사적인 싸움을 벌였다.

옮긴이 **김영문**

서울대학교 대학원에서 석·박사 학위를 받았고, 현재는 인문학 연구서재 청청재(靑靑齋) 대표로 지식인의 사회적 역할과 관련한 인문학 서적을 저술·번역하고 있다. 지은 책으로는 『노신의 문학과 사상』(공저), 『근현대 대구·경북 지역 중국어문학 수용사』 등이 있고, 옮긴 책으로는 『루쉰과 저우쭤런』(2005), 『문선역주』(전10권, 공역, 2010), 『루쉰, 시를 쓰다』(2010), 『내 정신의 자서전』(2012), 『아Q 생명의 여섯 순간』(2015), 『동주열국지』(전6권, 2015), 『정관정요』(2016), 『자치통감을 읽다』(2016), 『이렇게 읽을 거면 읽지 마라』(2017) 등이 있다.

세상을 움직이는 책

...을 위한 과거로의 산책

에게 드립니다

Oriental classics – Chinese Idiom Stories

一峰 박일봉 편저

고사성어

재개정판

육문사
Yukmoonsa

Oriental classics-Chinese Idiom Stories

세상을 움직이는 책

일봉 고사성어(故事成語)(재개정판)

초판 1쇄 ┃ 2019년 4월 15일 발행

편저자 ┃ 박일봉
편집교정 ┃ 이정민
디자인 ┃ 인지숙
펴낸이 ┃ 이경자
펴낸곳 ┃ 육문사

주소 ┃ 경기도 고양시 일산동구 산두로 128. 909동 202호
전화 ┃ 031-902-9948
팩시밀리 ┃ 031-903-4315
출판등록 ┃ 제313-2011-2호 (1974. 5. 29)

ISBN 978-89-8203-205-9 (04150)
　　　 978-89-8203-000-0 (세트)

이 도서의 국립중앙도서관 출판예정도서목록(CIP)은 서지정보유통지원시스템 홈페이지(http://seoji.nl.go.kr)와 국가자료종합목록시스템(http://www.nl.go.kr/kolisnet)에서 이용하실 수 있습니다. (CIP제어번호 : CIP2019011477)

故事成語

序文

중국의 사서오경(四書五經)과 제자백과서(諸子百家書) 및 여러 책들에는 고사성어(故事成語)가 많다. 중국은 유구한 역사를 지닌 나라다. 중국의 역사는 전설시대라고 일러지는 삼황(三皇)과 오제(五帝) 시대에 시작되어, 하(夏)·은(殷)·주(周) 삼대를 지나, 춘추시대와 전국시대 그리고 진(秦)·한(漢)·삼국시대(三國時代)와 진(晉)·남북조시대(南北朝時代)를 거쳐 당(唐)·송(宋)에 이르기까지, 수천 년 동안 수많은 왕조가 일어났다가 사라져 갔다.

우리 민족은 예로부터 중국의 고사성어를 많이 사용해 왔다. 원래는 중국의 고사성어들이지만 거의 대부분 우리나라의 국어사전이나 한한사전(漢韓辭典)에도 실려 있다. 즉 우리 민족의 고사성어라고도 할 수 있는 것이다. 고사성어란 고사에서 유래된 한자(漢字) 관용어를 말한다. '고사'란 유래가 있는 역사적인 일을 가리키고, '성어'는 옛사람들이 만들어낸 관용어를 가리킨다. 고사성어는 여러 책들에서 유래된 교훈이나 경구를 함축된 글자로 표현하여, 사람의 심리와 감정을 비유적인 내용을 담아 묘사하였다. 4글자로 된 것이 많기 때문에 사자성어(四字成語)라고 부르기도 한다.

오늘날 인생을 살아가는 데 이와 같은 고사성어를 많이 알아 두는 것이 필요하며, 이러한 고사성어를 그 원전까지 거슬러 올라감으로써 의미를 올바로 이해하기를 바라는 것이, 이 책을 엮게 된 첫째 의도이다. 고사성어는 원래 한문으로 되어 있을 뿐 아니라, 그 지니고 있는 뜻이 또한 심오하여, 서양의 고전들처럼 우리말로 번역된 것만 읽고서는 그 속뜻까지 이해하기 어렵다. 현행 고등학교 한문 교과서에 고사성어를 실은 의의(意義)도 여기에 있다 하겠다. 그래서 고등학교 학생 정도의 한문 실력만 있으면 한자 공부에서 문장 해석과 문법에 이르기까지, 고사성어를 원문으로 읽을 수 있도록 자세히 설명했다.

예를 들어 〈국어사전〉에서 일거양득(一擧兩得)을 찾아보면 다음과 같이 나온다.

일거양득(一擧兩得):한 가지 일을 하여 두 가지 이익을 거둠. 일석이조(一石二鳥)와 같음.

또 〈한한사전(漢韓辭典)〉에서 찾아보면,

一擧兩得(일거양득):한 가지 일로 두 가지 이익을 봄.

또 〈국어사전〉에서 천재일우(千載一遇)를 찾아보면,

천재일우(千載一遇):좀처럼 만나기 어려운 기회.

또 〈한한사전(漢韓辭典)〉에서 찾아보면,

千載一遇(천재일우):천년에 한 번 만남. 좀처럼 만나기 어려운 기회.

라고 실려 있다.

이상의 두 가지 설명은 얼핏 보기에는 큰 차이가 없는 것처럼 보이지만, 사실은 큰 차이가 있는 것이다. 그래서 설명을 길게 인용하였으며 그때그때 원문을 실어 놓았다. 독자들은 이 책으로 선현들의 통찰과 지혜가 담긴 고사성어(故事成語)의 뜻을 완전히 이해하고, 그 고사성어의 역사적 배경을 분명히 이해하기 바란다. 유구한 세월을 지나 오늘날까지 전해지는 수천 년의 지혜가 담긴 중국 고전에 나오는 고사성어의 역사적 배경과 원전(原典)의 충실한 해석으로, 인생의 많은 지혜를 배우도록 힘을 기울여 주기 바랄 뿐이다.

편저자 朴一峰

차 례 / 고사성어(故事成語)

아

가

佳人薄命

가 인 박 명

미인은 대체로 불행하거나 명이 짧다는 뜻으로, 재주가 많고 출중한 사람의 운명이 평탄치 않을 때 쓰는 말이다.

아름다울 **가** 사람 **인** 엷을 **박** 목숨 **명**

소식(蘇軾, 1036~1101)은 북송(北宋) 후기의 대문장가이며 학자이다. 관계(官界)에 들어가서는 일생의 거의 전부를 정적(政敵)과 항쟁으로 보내어 관리로서는 몹시 불행하였다. 이곳저곳의 지방 관리를 역임했으나 만년에는 특히 불운하여 해남도(海南島)에 귀양 가 지내다 겨우 사면을 받고 돌아오는 도중 강소성(江蘇省) 상주(常州)에서 병으로 죽으니 나이 66세였다.

극도의 역경 속에서 살았지만 그의 인품이나 문학은 자유활달하고 기량이 풍부했다. 유학자이면서 때로는 노장적(老莊的)이기도 하고 불가적(佛家的)이기도 하여 호장(豪壯)하고 때로는 섬세하며 고답적이면서도 아랫사람들의 인정을 잘 살피는, 모순을 안에 지닌 큰 영걸(英傑)이었다.

이 시는 〈전적벽부(前赤壁賦)〉를 지은 사람의 작품이라는 것을 생각하면 더욱 흥미를 갖게 된다.

이 시는 1086~8년 사이에 지은 것이다. 〈가인박명(佳人薄命)〉은 어린 승려를 노래한 칠언율시(七言律詩)로 되어 있다.

雙頰凝酥髮抹漆 眼光入廉珠的皪

故將白練作仙衣 不許紅膏汗天質
吳音嬌軟帶兒癡 無限閒愁總未知
自古佳人多命薄 閉門春盡楊花落

두 볼은 엉긴 우유와 같고 머리는 옻칠을 한 것처럼 새까맣고,
눈빛이 발에 들어오니 주옥과 같이 빛난다.
본디 흰 비단으로 선녀의 옷을 지으며,
입술연지는 천연의 바탕을 더럽힌다 하여 바르지 않았네.
오나라 사투리의 애교 소리는 어린아이를 닮았는데,
무한한 그 사이의 근심 다 알 수 없네.
예로부터 아름다운 여인의 운명 박함이 많아,
문을 닫고 봄이 다하니 버들꽃 떨어지네.

苛政猛於虎
가 정 맹 어 호

가혹한 정치는 호랑이보다 더 사납다는 뜻으로, 가렴주구(세금을 가혹하게 거두어들임)의 폐해를 비유하는 말.

가혹할 **가** 정사 **정** 사나울 **맹** 어조사 **어** 범 **호**

이 이야기는 ≪예기≫ 단궁(檀弓) 하편(下篇)에 나오는 공자의 설화 한 토막이다.

공자가 제자들을 데리고 태산(泰山:산동성)의 길을 가고 있을 때의 일이다. 한 부인이 길가에 있는 무덤 앞에 앉아서 울고 있었는데 몹시 슬프게 들렸다. 그래서 공자는 수레의 앞채에 몸을 기대고 그 울음소리에 귀를 기울였다. 이윽고 제자인 자로(子路)에게 명하여 묻게 했다.

"부인의 우는 소리를 들으니 거듭하여 슬픈 지경을 당하신 것으로 생각되는데 도대체 무슨 일이 있었습니까?"

그러자 부인은 이렇게 대답했다.

"네, 말씀하신 그대로입니다. 옛날에 저의 시아버님 되시는 분이 호랑이에게 잡아먹혔는데 얼마 전에는 저의 남편이 호랑이에게 잡아먹혀서 죽었고 이번에는 자식이 또 호랑이에게 잡혀 죽었습니다."

공자가 이 말을 듣고 물었다.

"이렇게 무서운 곳이라면 왜 다른 곳으로 이사 가지 않는 거요?"

그러자 부인이 대답했다.

"이곳에서 살면 무거운 세금을 내지 않아도 되기 때문입니다."

이 말을 듣고 공자는 제자들에게 이렇게 가르쳐 일깨웠다.

"너희들도 가슴에 잘 새겨 두어라. 가혹한 정치가 사람을 잡아먹는 호랑이보다도 더욱 두렵다는 것을."

가혹한 정치, 그것은 일반 백성들에게는 무엇보다도 가렴주구(苛斂誅求:세금을 가혹하게 거두어들임)를 의미하는 것이다. 공자는 죄 없는 한 부인에게서 '가혹한 정치가 없기 때문'이라는 한마디 말을 듣고 세금을 무겁게 거두어들이는 정치의 두려움을 깊이 느꼈던 것이다.

또 당송팔대문장가(唐宋八大文章家)로 널리 알려져 있는 당나라의 유종원(柳宗元)은 이 이야기를 근거로 〈포사자설(捕蛇者說:뱀 잡는 사람의 이야기)〉을 써서, '아아, 세금을 많이 거두는 독이 이 뱀보다 심함을 누가 알랴(嗚呼 熟知賦斂之毒 有甚是蛇者乎)' 라고 했다.

肝膽相照
간 담 상 조

간과 쓸개를 서로에게 내보인다는 뜻으로, 진심으로 마음을 터놓는
절친한 사이를 비유함.

간 **간** 쓸개 **담** 서로 **상** 비출 **조**

당(唐)나라 중기의 유종원(柳宗元, 773~819)은 당송팔대가(唐宋八大
家)의 한 사람으로, 그의 고문(古文)은 '한유(韓柳)'라고 불릴 만큼 한유
(韓愈)와 더불어 일컬어지고 있으며, 두 사람은 평생 좋은 친구였다.

유종원은 순종(順宗)이 태자 시절에 왕숙부(王叔父)들과 함께 환관의
횡포를 억제할 수 있도록 혁신 관료의 그룹을 만들었다. 10대 순종의 즉
위와 함께 새로운 정책을 폈지만 보수파와 환관들과 충돌하여 예부(禮
部)의 속관(屬官)에서 유주 자사(柳州刺史)로 좌천되었다.

11대 왕인 헌종(憲宗) 때 중앙의 조정으로 부름을 받았으나 또다시 유
주 자사로 좌천되었다. 이때 그의 동료인 유몽득(劉夢得)도 변경인 귀주
(貴州)로 좌천되었는데 그것을 늙은 어머니에게 말하지 못하고 있다는
소식을 듣고 유종원은 대신 말씀드리겠다고 눈물을 흘리며 동정했다.

한유는 그 우정에 감동되어 뒤에 유종원을 위하여 쓴 〈유자후묘지명
(柳子厚墓誌銘)〉에서 이렇게 기록하고 있다.

"아아, 선비는 궁지에 몰렸을 때야말로 그 절의(節義)가 나타나는 법이다. 세상 사람들은 마음에도 없이 서로 담소하며 손을 마주잡고, '간과 쓸개를 내놓아 서로 보이고', 태양을 가리키며 눈물을 흘리고, 살아 있는 동안이나 죽은 뒤에도 배신하지 않겠다고 맹세를 한다.

그야말로 성실한 모습이지만 일단 털끝 같은 작은 이해에 당면하면 전혀 낯선 사람같이 행동하며, 상대방이 함정에 빠졌을 때 손을 내밀어 구원할 생각을 하지 않고 도리어 함정에 밀어 넣고 돌을 집어 던지려는 자들뿐이다."

'간담상조(肝膽相照)'란 앞에 있는 글의 '간과 쓸개를 내놓아 서로 보인다.'에서 나온 말이다. 즉 '서로 상대방의 가슴속까지 이해하는 친한 친구.'를 말하는 것이다.

干將莫耶
간 장 막 야

천하에 둘도 없는 명검이나 보검. 출중한 사람이라도 교육을 받아야 크게 된다는 뜻.

막을 **간** 장수 **장** 깎을 **막** 어조사 **야**

수천 년이나 되는 옛날 고사성어의 세계가 다시 눈으로 확인할 수 있는 현실이 되어 나타난다. 발굴된 유물은 이와 같은 기적을 가능하게 만든다. 1955년에 중국에서 발굴한 유물 중에 호북성(湖北省) 강릉(江陵)에 있는 망산(望山) 1호 묘에서 출토된 월왕(越王) 구천(勾踐)의 동검(銅劍)이 있다. 검신(劍身)에 온통 마름모꼴의 무늬가 새겨져 있고 '월왕구천 자작자용검(越王鳩淺(勾踐) 自作自用劍)'의 아홉 글자가 새 모양의 전서(篆書)로 새겨져 있으며 칼날 양면에는 남색 유리와 녹송석(綠松石:터키석)이 박혀 있다.

이 칼의 제작 연대와 거의 같은 시대의 ≪오월춘추(吳越春秋)≫의 오왕(吳王) 〈합려내전(闔閭內傳)〉에 의하면, 합려는 월나라에서 바친 칼 세 자루를 보물로 삼고 있었다.

오(吳)나라에서는 구야자(歐冶子)와 같은 대장간의 명장(名匠)인 간장(干將)에게 명검(名劍) 두 자루를 주조할 것을 명령했다. 간장은 정선(精選)한 청동(靑銅)을 모아 주조하기 시작했는데 3년이 지나도 구리는 녹지 않았다. 그리하여 아내인 막야(莫耶)는 머리칼과 손톱을 잘라 노(爐)에 던져 넣고 동녀(童女) 300명이 풍구를 불어 겨우 구리를 녹여 주조에 성공하여, 칼 하나에는 간장(干將), 또 하나에는 막야(莫耶)라는 이름을 붙였다는 故事가 보인다.

당시 철은 악금(惡金)이라 불렀고 청동(靑銅)은 미금(美金)이라고 불렀으며, 무기를 만드는 데 사용했다고 한다. 같은 ≪오월춘추≫에 구야자(歐冶子)가 만든 명검(名劍)을 형용한 글이 있거니와, 그 형용사는 출토(出土)된 구천(勾踐)의 구리칼을 방불케 한다고 한다.

≪순자≫ 성악편(性惡篇)에 다음과 같은 글이 실려 있다.

환공(桓公)의 총(葱), 태공의 궐(闕), 문왕의 녹(錄), 장군(莊君)의 홀(曶), 합려(闔閭)의 간장(干將)과 막야(莫耶)와 거궐(鉅闕)과 벽려(辟閭)

는 모두 옛날의 좋은 칼이다. 그러나 숫돌에 갈지 않으면 날카롭지 아니하니, 사람의 힘을 얻지 못하면 자르지 못한다.

桓公之葱 太公之闕 文王之錄 莊君之曶
闔閭之干將莫耶 鉅闕辟閭 此皆 古之良劍也.
然而不加砥礪 則不能利 不得人力 則不能斷.

환공은 제환공(齊桓公)이고, 태공은 주(周)나라 무왕(武王)의 스승인 강태공(姜太公)이며, 문왕은 주문왕(周文王)이고, 장군은 초장왕(楚莊王)이며, 합려는 오왕(吳王) 합려(闔閭)이다. 각각 임금이 가지고 있던 명검의 이름을 들어 비록 명검이라도 숫돌에 갈지 않으면 날카롭지 못하고, 사람의 힘을 얻지 못하면 물건을 자를 수 없다고 했다. 즉 인위적인 것을 가해야만 비로소 명검이 될 수 있다고 하여 순자(荀子)는, '사람의 성품은 악한 것이니, 그 선하다는 것은 거짓(僞)이다.' 라고 말하며 그의 성악설(性惡說)을 증명하고 있다.

乾坤一擲

건 곤 일 척

흥하든 망하든 하늘에 운명을 맡기고 한판 승부를 결행한다는 뜻으로, 하늘과 땅을 걸고 한 번 주사위를 던진다는 말.

하늘 **건** 땅 **곤** 한 **일** 던질 **척**

이 시는 한유(韓愈:자는 퇴지(退之), 호는 창유(昌黎), 768~824)의 〈과홍구(過鴻溝:홍구를 지남)〉라는 칠언절구(七言絶句)에 나오는 말이다.

홍구(鴻溝)는 현재 중국 하남성(河南省) 개봉(開封) 서쪽을 흐르는 강으로 고로하(賈魯河)라고 부른다.

용은 지치고 호랑이는 피곤하여 이 강을 가르니,
억만 창생들은 성명(性命)이 있다.
누가 군왕을 권하여 말 머리를 돌릴 수 있을까?
건곤(乾坤)을 걸고 진정 한 번 던진다.

龍疲虎困割川原 億萬蒼生性命存
誰勸君王回馬首 眞成一擲賭乾坤

이 시는 한(漢)나라와 초(楚)나라 싸움의 한 토막을 읊은 것이다.

한(漢)나라의 유방(劉邦, B.C. 247~195)과 초(楚)나라의 항우(項羽, B.C. 232~202)는 서로 협력하여 진(秦)나라 왕조를 쓰러뜨렸는데, 그 뒤에 두 사람은 천하의 맹주(盟主)가 되기 위하여 격렬한 전쟁을 전개했지만 좀처럼 승부가 나지 않았다.

시에서 말한 '용은 지치고 호랑이는 피곤한 상태'에 빠져 결국 두 사람은 '천하를 둘로 나누어 영토로 삼자'고 약속했다. 그 경계선은 홍구(鴻溝)로, 홍구에서 서쪽은 유방(劉邦)의 한(漢)나라가 차지하고 홍구에서 동쪽은 항우(項羽)의 초(楚)나라가 차지하기로 결정을 보았다. 이 시는 한유(韓愈)가 홍구를 지나갈 때 감회를 읊은 것이다.

천하를 이분(二分)함으로써 전쟁은 끝나고 억만 백성들의 생명은 보존할 수 있었다. 그러나 유방(劉邦)의 막하인 장량(張良)과 진평(陳平)이 유방(劉邦)에게 권했다.

"지금 초(楚)나라 군대는 지쳐 있고 식량도 없습니다. 더구나 제후들은 한(漢)나라에 마음을 두고 있습니다. 지금이야말로 초(楚)나라를 멸망시킬 하늘의 때입니다."

이리하여 서쪽으로 돌아가려던 유방의 말 머리를 동쪽으로 돌리게 한 것이다. 유방도 이제는 됐다고, 항우와의 약속을 어기고서 동쪽으로 가 있는 항우와의 일전(一戰)에 천지를 걸고 해하(垓下)에서 포위하기에 이른 것이다.

건곤(乾坤)이란 원래 ≪역경(易經)≫의 두 괘명(卦名)으로 ☰과 ☷이며, 이것은 또 천지를 의미하기도 한다. 천지를 걸고 이기느냐 지느냐의 큰 승부에 주사위를 던져, 유방은 항우를 추격하여 해하(垓下)에서 그를 대패시키고 영광스러운 한 왕조(漢王朝)를 세우게 된다.

한편 항우는 해하(垓下)에서 애희(愛姬) 우미인(虞美人)에게 스스로 목숨을 끊게 하고, 자신도 양자강(揚子江)가 오강(烏江)에서 목숨을 잃는다.

'건곤일척(乾坤一擲)'이란 천하를 얻느냐 잃느냐, 하는 승부를 걸고 모험을 할 때 쓰이는 말이다.

乞骸骨
걸   해   골

임금에게 바친 심신이지만 자신의 몸을 해치지 말라는 뜻이며, 신하들이 주군에게 사퇴할 때 청원하는 말.

빌 **걸** 뼈 **해** 뼈 골

한(漢)의 3년(B.C. 204)에 초(楚)나라 군대 때문에 형양(滎陽)으로 쫓겨 가 있던 한왕(漢王) 유방(劉邦)은 식량이 부족하여, 길의 양쪽에 담을 쳐서 황하(黃河)로 연결 후 오창(敖倉)에서 식량을 운반해 왔다.

그런데 항우(項羽)가 자주 이 길을 습격하기 때문에 길이 끊어지기 쉬웠다. 한왕은 강화를 청하여, 형양으로부터 서쪽 땅만을 한(漢)나라의 영토로 하겠다고 요청했다. 항우(項羽)가 허락하려 했으나 지모(智謀)의 신하인 역양후(歷陽侯) 범증(范增)이 반대하고 나섰다.

"지금의 한(漢)나라는 쳐부수기 쉬운 상대입니다. 이때 형양(滎陽) 서쪽의 땅을 뺏지 않으면 반드시 후회할 것이오."

항우는 이 제안에 따라 범증과 함께 급히 형양을 포위했다. 궁해진 한왕은 형양 서쪽의 땅을 할양(割讓)할 것을 제안하여 화의(和議)를 청했지만 항우는 허락하지 않았다.

극도로 곤궁해진 한왕은 이 사실을 진평(陳平)에게 말하고 그 방책을 물었다. 그러자 진평은 이렇게 대답했다.

"항우의 강직한 신하는 아보(亞父:항우가 범증을 존경하여 아버지의 다음가는 사람이란 뜻으로 아보라고 불렀다)와 종리매(鍾離昧) 등 몇 명에 지나지 않습니다. 왕께서 만일 대금을 흐트려 반간(反間)을 행하여 군신(君臣) 사이를 이간시키신다면 항우는 원래 의심이 강하여 참소하는 말을 잘 믿는 성격이기 때문에 초(楚)나라는 내부로부터 붕괴될 것입니다."

한왕은 이 말에 찬성하여 황금 사만 금을 주어 진평으로 하여금 계획을 실행하게 했다. 진평은 황금을 뿌려 초(楚)나라 군대로 많은 반간(反間)을 보내며 말하게 했다.

"종리매(鍾離昧) 등의 장군은 공적이 큰데도 왕에게 봉(封)함을 받지 못하여, 항우를 미워하며 한(漢)나라에 내통하려 하고 있다."

항우는 과연 종리매(鍾離昧) 등을 신임하지 않게 되었다. 항우는 이와 같이 의심을 품고는 있었지만 아직 범증에 대한 신뢰는 잃지 않고 있었다.

이 무렵 항우는 어떤 사정이 있어 한왕에게로 사자를 보냈다. 한왕은 진평의 지혜로, 최고급 요리를 갖추어 사자를 맞이하며 사자의 말을 듣고 깜짝 놀라는 시늉을 했다.

"나는 아보(亞父)님의 사자인 줄로 알고 있었더니 뭐라고? 항우가 보낸 사자였나?"

하더니 그 요리를 물리고 거친 요리로 바꾸게 했다. 사자는 돌아가 이 사실을 항우에게 자세히 보고했다.

이로 인하여 항우는 범증(范增)도 의심하게 되어 그의 권한을 축소했다. 범증은 항우의 마음속을 알자 크게 노하며 말했다.

"천하의 일은 대충 정해졌습니다. 뒷일은 군왕이 스스로 행하시오. 원컨대 나는 해골을 빌어 졸오(卒伍)로 돌아가려 하오."

天下事大定矣. 君王自爲之. 願賜骸骨歸卒伍.

이상은 ≪사기≫ 항우본기(項羽本紀)에 실려 있는 글로, 이와 똑같은 글이 〈진승상세가(陳丞相世家)〉에도 기재되어 있다. 이 글에서 마지막 부분은 '원컨대 해골을 청하여 돌아가려 하오.'로 되어 있다. '해골을 청한다.'는 말은 '자기의 한 몸을 임금에게 바친 것으로, 돌려달라.'는 뜻이다.

그리고 나서 범증은 항우의 곁을 떠나 팽성으로 돌아가려 했는데 도중에 등창이 나서 죽었다.

格 物 致 知
격 물 치 지

사물의 본질과 이치에 대하여 깊이 연구하여 자기의 잘못을 바로잡고 지식을 명확하게 함.

바로잡을 격 만물 물 이를 치 알 지

≪대학≫은 원래 오경(五經)의 하나인 ≪예기≫ 가운데 한 편이었는데 송학(宋學)의 대성자(大成者)로 알려진 남송(南宋)의 주자(朱子)가 ≪예기≫ 가운데 한 편이었던 ≪중용≫과 함께 떼내어 ≪논어≫, ≪맹자≫와

아울러 '사서(四書)'라고 이름 붙여, 처음 학문하는 사람이 반드시 읽어야 할 경전(經典)으로 삼았다.

'격물치지(格物致知)'란 ≪대학≫에 실려 있는 말로서 제1장에서 풀이한 바는 '대학(大學)의 도(道)는 밝은 덕을 밝히는 데 있으며, 백성들을 새롭게 하는 데 있으며, 지극한 선함에 멈추는 데 있다(大學之道 在明明德 在親民 在止於至善).'는 소위 세 강령(綱領)과, '사물에 이르러 앎을 이루고, 뜻을 성실히 하여 마음을 바르게 하고, 몸을 닦고 집안을 정돈하며, 나라를 다스리고 천하를 평화롭게 한다(格物致知 誠意正心 修身齊家 治國平天下).'는 소위 여덟 가지 조목을 이루는 데 있다.

전십장(傳十章)은 이 세 가지 강령과 여덟 가지 조목을 다시 풀이한 것이며, '격물치지(格物致知)'란 '사물의 이치를 근거로 지식을 명확히 한다'는 뜻이다.

結草報恩
결 초 보 은

은혜를 입은 사람이 죽어서도 잊지 않고 은혜를 갚는다는 뜻으로, 풀포기를 묶어 놓아 적이 걸려 넘어지게 해서 은인을 구해 주었다는 고사에서 유래된 말.

맺을 **결** 풀 **초** 갚을 **보** 은혜 **은**

중국 춘추시대에 진(晋)나라 위무자(魏武子) 첩의 부모가 위무자의 아들 과(顆)에게 은혜를 갚은 이야기이다.

가을 7월(음력)에 진(秦)나라 환공(桓公)은 진(晉)나라를 공격하여 보씨(輔氏)라는 곳에 군대를 머물게 했다.

이때 진왕(晉王)은 직(稷)이라는 곳에서 군대를 총동원하여 오랑캐의 땅을 침략, 여왕(黎王)을 사로잡아 앞세우고 돌아왔다. 그런데 낙수(洛水)까지 오자 위과(魏顆:진(晉)의 경대부(卿大夫))가 진(秦)나라의 군대에게 보씨(輔氏)에서 패하여 두회(杜回)를 적군에게 사로잡히게 했다. 진(秦)나라 군대는 그 기세가 놀라운 용사들로 편성되어 있었던 것이다.

이보다 앞서 위무자(魏武子)에게는 사랑하는 첩이 있었는데 그녀에게는 아들이 없었다. 위무자는 병이 위독했다. 그래서 그는 본처의 아들인 과(顆)에게 말했다.

"나의 사랑하는 첩을 반드시 개가(改嫁)하게 하라."

병이 더 위독해지자 위무자는 아들인 과에게 다시 말했다.

"나의 사랑하는 첩을 반드시 순사(殉死)하게 하라."

위무자가 죽자 아들 과는 그 첩을 개가하게 하고서, 이렇게 말했다.

"사람은 병환이 위독해지면 마음이 혼란해집니다. 저는 아버님의 올바른 정신으로 하신 말씀에 따르기로 하겠습니다."

보씨(輔氏)의 싸움에서, 과는 어떤 노인이 풀을 엮어 두회(杜回)를 가리고 있는 것을 보았다. 두회는 무릎을 꿇고 쓰러졌으며 이리하여 사로잡히게 되었던 것이다.

그날 밤 과는 꿈에서 그 노인을 보았다. 그 노인은 이렇게 말했다.

"나는 개가한 첩의 아버지입니다. 당신 아버님이 옳은 정신으로 하신 말씀에 따라 주어서 그 은혜에 보답하고자 한 것입니다."

이후 '결초보은(結草報恩)'이란 죽어서 혼령이 되어도 은혜를 잊지 않고 갚는다는 뜻으로 쓰이고 있다.

秋七月 秦桓公伐晋 次于輔氏. 壬午 晋侯治兵于稷 以略狄土 立黎侯而
還. 及洛魏顆敗 秦師于輔氏 獲杜回 秦之力人也.

初魏武子有嬖妾無子. 武子疾 命顆曰 必嫁是. 疾病則曰 必以爲殉及卒.
顆嫁之曰 疾病則亂 吾從其治也.

及輔氏之役 顆見老人結草 以亢杜回 杜回躓而顚 故獲之. 夜夢之曰 余而
所嫁婦人之父也. 爾用先人之治命 余是以報.(≪좌전≫ 선공(宣公) 15年)

傾國之色
경 국 지 색

임금이 혹하여 국정을 게을리 할 만큼 뛰어나게 아름다운 미인을 일
컫는 말.

기울 **경** 나라 **국** 갈 **지** 빛 **색**

경국(傾國)이란 원래 '나라를 위태롭게 한다'는 뜻으로 ≪사기≫의 항
우본기(項羽本紀)에 있다.

즉 한왕 유방(劉邦:뒤의 한고조(漢高祖))과 초(楚)나라 패왕(覇王) 항우
(項羽)가 천하를 다투고 있을 때 유방의 부모와 처자가 항우의 포로가 된
적이 있었는데, 후공(侯公)이라는 유세가가 항우를 설득하여 화의를 성
립시켜 그 부모와 처자를 유방에게로 돌아오게 했다.

그때 세상 사람들이 후공(侯公)을 가리켜,

"그는 천하의 변사이다. 그가 있는 곳에서는 변설로 나라를 기울게 한다."

此天下辯士 所居傾國.

라고 평했기 때문에, 유방은 후공(侯公)의 공을 상 줄 때 '경국(傾國)'이라는 말을 대신하여 '평국군(平國君)'이라는 칭호를 주었다고 한다.

그런데 '경국(傾國)'이 '경성(傾城)'과 아울러 미인(美人)을 일컫는 말로 쓰이게 된 것은 이연년(李延年)의 다음과 같은 시에서 유래한다.

북방에 아름다운 사람이 있어,
세상을 끊고 홀로 서 있네.
한 번 돌아보면 사람의 성을 기울이고,
두 번 돌아보면 사람의 나라를 기울게 하네.
어찌 성을 기울이고 나라를 기울임을 알지 못하랴.
아름다운 사람은 두 번 얻기 어렵네.

北方有佳人 絕世而獨立
一顧傾人城 再顧傾人國
寧不知傾城與傾國 佳人難再得

이연년(李延年)은 한무제(漢武帝, B.C. 141~87) 때의 협률도위(協律都尉:음악을 맡은 관리)로 음악적 재능이 풍부한 사람이었다.

그에게는 누이동생이 있었는데 그야말로 절세미인(絕世美人)이었다.

앞의 시는 그의 누이동생의 아름다움을 한무제 앞에서 노래한 것이라고
한다.

한무제는 이때 이미 50 고개를 넘고 있었으며 애인도 없는 쓸쓸한 생
활을 보내고 있어 곧 그녀를 불렀다. 그리고 아름답고 춤을 잘 추는 그녀
에게 한무제는 바로 매혹되었다. 이연년(李延年)의 이 누이동생이 바로
한무제 만년에 총애를 한 몸에 받은 이부인(李夫人)이었다.

鷄口牛後
계 구 우 후

소의 꼬리가 되기보다는 닭의 부리가 되라는 뜻으로, 큰 것의 꼴찌
가 되는 것보다 작은 것의 우두머리가 낫다는 말이다.

닭 **계** 입 **구** 소 **우** 뒤 **후**

소진(蘇秦)은 동주(東周)의 낙양(洛陽) 사람이었다. 제(齊)나라의 귀곡
선생(鬼谷先生)에게서 학문을 배웠다. 자기 나라를 떠나 몇 해 동안 유세
(遊說)하다가 완전히 곤궁해져 집으로 돌아왔다. 그의 형제와 형수와 누
이동생까지 비웃으며 말했다.

"땅에서 일도 하지 않고 입으로 논의에 열중하고 있었으니 곤궁하게
되는 것은 당연하지."

소진(蘇秦)은 반박할 말이 없어 자기 방에 틀어박혀 장서(藏書)를 꺼내
놓고 깡그리 읽어 갔다. 그런데 갑자기,

"사나이로 태어나서 학문을 해도 출세하지 못한다면 책을 아무리 읽더라도 무슨 소용이 있겠는가?"

라는 생각이 들었다. 그래서 ≪음부(陰符)≫라는 병서(兵書)를 꺼내 놓고 1년 동안 열심히 읽어 인생의 의미를 미루어 생각하는 재주를 익히고는,

"이것이라면 지금 세상의 군주들에게 유세(遊說)할 수 있다."

고 생각한 다음, 우선 주(周)나라 현왕(顯王)을 유세하려 했다. 그러나 소진에 대한 일을 이미 알고 있었기 때문에 상대해 주지 않았다. 이어서 진(秦)나라로 가서 혜왕(惠王)을 유세하려 했지만 상앙(商鞅) 사건이 겨우 수습되었기 때문에 유세하는 선비를 미워하는 풍조가 강했으므로 여기에서도 채용되지 못하였다. 방향을 바꾸어 조(趙)나라로 갔지만 재상인 봉양군(奉陽君)이 떫은 얼굴로 맞이했다.

그래서 이번에는 연(燕)나라로 가서 문후(文侯)에게 유세했다.

"연(燕)나라로서 다급한 문제는 강대하나 멀리 떨어진 진(秦)나라보다 국경을 접하고 있는 조(趙)나라와의 관계입니다. 그래서 우선 조(趙)나라와 맹약(盟約)을 맺고 이것을 다른 제후들에게도 알려서 진(秦)나라를 상대하는 것이 상책이라는, 소위 합종(合縱)의 계획입니다."

문후(文侯)는 기분이 좋아져 수레와 말과 금과 비단을 내려 주고 소진을 조(趙)나라로 보냈다. 조(趙)나라에서는 봉양군(奉陽君)이 죽고 없었으므로 숙후(肅侯)에게 알현(謁見)했다. 소진이 강물 흐르는 듯 유세하자 숙후(肅侯)는 마음에 들어 수레 100대, 황금 1,000일(鎰), 고리로 된 구슬 100쌍, 비단 1,000필을 주고 소진을 사절로 삼아 여러 나라에 파견하기로 했다.

소진이 다음에 간 것은 한(韓)나라였다. 선혜왕(宣惠王)을 알현하자 소진은 이렇게 유세했다.

"한(韓)나라는 토지가 견고하고 뛰어난 무기를 생산하며 사졸들은 용

감합니다. 이 유리한 조건과 대왕의 현명함을 가지고서도 진(秦)나라를 섬긴다면 천하의 웃음거리가 될 뿐입니다. 진(秦)나라에 호의를 보이면 진(秦)나라는 틀림없이 토지의 할양을 요구할 것입니다. 금년에 토지를 주면 내년에는 더욱 많은 토지를 요구할 것입니다.

한계가 있는 토지를 가지고 부득이 요구에 응한다는 것은 소위 '원망을 사고 재앙을 불러들이는 결과'가 될 것이며 싸우지 않고서 국토를 베어 주는 결과가 될 것입니다. 제가 들은 바에 의하면, '차라리 닭의 머리가 될지언정 소의 꼬리는 되지 말라.'고 하였습니다. 지금 서면(西面)을 하고 두 손을 마주잡아 진(秦)나라를 섬기는 것은 소의 꼬리가 되는 것과 마찬가지입니다. 현명한 대왕께서 한(韓)나라의 강병(强兵)을 옹호하면서 소의 꼬리라는 이름을 듣는 것은 대왕을 위하여 제가 부끄러워하는 바입니다."

以有眞之地 而逆無已之求 此所謂市怨結禍者也. 不戰而地已削矣. 臣聞鄙諺曰 寧爲鷄口 無爲牛後. 今西面交臂而臣事秦 何異於牛後乎. 夫以大王之賢挾彊韓之兵 而有牛後之名 臣竊爲大王羞之.

선혜왕(宣惠王)도 소진의 변설에 놀라 합종(合縱)의 맹약에 가담했다.

소진은 다시 위(魏)나라, 제(齊)나라, 초(楚)나라로 유세를 하고 돌아다니며 그 나라의 군왕을 설복했다. 이리하여 여섯 나라는 합종(合縱)의 맹약을 굳게 맺고 힘을 합치게 되었다. 소진은 그 맹약의 장(長)이 되어 여섯 나라의 재상을 겸임하게 되었다.

조왕(趙王)에게 보고하기 위하여 북쪽으로 향하던 소진은 도중에 낙양(洛陽)을 통과했다. 주(周)나라의 현왕(顯王)은 길을 깨끗이 쓸고 교외까지 사자를 보내어 소진을 맞이했다.

소진의 형제와 형수와 아내들은 정면으로 얼굴을 들지 못하고 머리를 숙인 채로 식사 심부름을 하였다. 소진이 웃으면서 형수를 향해 말했다.

"전에는 그처럼 뽐내시더니 이번에는 아주 고개조차 드시지 못하는 것은 웬일입니까?"

그러자 형수는 몸을 굽히고 얼굴을 마룻바닥에 대며 사과했다.

"당신은 벼슬이 높고 돈도 많이 가지고 있기 때문입니다."

'닭의 입이 될지언정 소의 꼬리가 되지 말라.'는 것은 큰 것에 따르기보다 설사 작더라도 머리가 되라는 의미이다.

鷄 肋
계   륵

닭의 갈비는 먹을거리가 못 되나 그냥 버리기에는 아깝다는 말로, 큰 이익은 없으나 버리기는 아까워 이러지도 저러지도 못하는 상황을 뜻한다.

닭 **계** 갈비 **륵**

후한(後漢) 마지막 황제인 헌제(獻帝, 189~230)가 즉위할 때부터 이미 천하는 소란했으나 그 말기가 되자 위(魏)·오(吳)·촉한(蜀漢)의 '삼국정립(三國鼎立)'의 형세가 굳어져 가고 있었다.

건안(建安) 21년(216)에는 위(魏)의 조조(曹操)가 스스로 왕위에 올라 위왕(魏王)이라고 자칭하였다. 그리고 3년 뒤인 건안(建安) 24년에는 유비(劉備:촉한의 소열황제)와 한중(漢中)의 땅을 다투었다.

이때 유비는 익주(益州)를 근거지로 점령하고 있어 한중(漢中)은 일단 평정되어 있었다. 따라서 군대 배치는 이미 끝나 있었고 병참(兵站)도 확보되어 있었다.

그러나 조조는 그만한 준비가 없었기 때문에 전투를 진행시킴에 있어 고전에 빠져, 진군을 시켜도 전진하지 못하고 수비에도 곤란한 상황에 직면하고 있었다.

그때 조조는 막료(幕僚)들에게 '계륵(鷄肋)'이라는 명령을 내렸다. 막료들은 그것이 무슨 뜻인지 모르고 있었지만 주부(主簿) 벼슬을 하는 양수(楊修)만이 이것을 정확하게 해석했다.

양수가 혼자 말했다.

"대저 닭의 갈비는 먹을 것이 없지만 버리자면 아까운 생각이 든다. 왕께서는 이곳을 버리고 돌아가시기로 결정한 것이다."

修獨日 夫鷄肋 食之則無所得 棄之則如可惜. 公歸計決矣.

이때 조조는 이익이 없다고 후퇴하여 한중(漢中)을 확보한 유비는 스스로 한중왕(漢中王)이 되었다. 그러나 위(魏)나라는 결국 촉한(蜀漢)과 오(吳)나라를 멸망시키고 천하를 통일하기에 이른 것이다.

이 이야기는 ≪후한서≫ 양수전(楊修傳)에 실려 있으며, '닭의 갈비(鷄肋)'는 그다지 쓸모 있는 것은 아니지만 버리기는 아까운 일이라는 비유로 쓰이고 있거니와, 이와 같은 의미와는 별도로 몸이 작고 약한 비유로 사용되는 예가 ≪진서(晋書)≫ 유령전(劉怜傳)에 실려 있다.

즉 '죽림칠현(竹林七賢)' 중에서도 술을 잘 마시기로 유명한 유령(劉

怜)이 어느 때 술에 취하여 속된 사람과 싸움을 했다. 상대방이 옷소매를 뿌리치며 주먹을 휘둘러 덤벼들자 유령(劉怜)은 천천히 이렇게 말했다.

"닭의 갈비와 같은 내가 어찌 그대의 주먹을 맞고 족히 편안할 수 있겠는가?"

怜徐曰 鷄肋 安足以安尊拳.

이 말을 들은 상대방은 싸움을 그쳤다고 한다.

鷄鳴狗盜
계 명 구 도

닭 울음소리와 개 흉내를 잘 내는 좀도둑으로, 천한 재주를 가진 사람도 때로는 요긴하게 쓸모가 있다는 뜻.

닭 **계** 울 **명** 개 **구** 훔칠 **도**

맹상군(孟嘗君) 전문(田文)은 제선왕(齊宣王) 때 재상을 지낸 전영(田嬰)의 아들이었다. 전영에게는 40명이 넘는 아들들이 있었다.

전문은 천한 첩의 아들이었는데 길하지 못한 5월 5일에 태어났기 때문에 곧 내다 버리게 된 것을 그 어머니가 몰래 키웠다.

그런데 자랄수록 현명하다고 알려지게 되어, 제후가 사자를 보내 전문을 맏아들로 삼도록 요청했기 때문에 전영이 승낙했던 것이다. 전영이 죽자 전문은 그 뒤를 이어 설(薛)의 영주가 되었다.

맹상군 전문이 집안을 계승하자 재산을 털어 빈객들을 초대하여 예절로 대우했기 때문에 인재들이 운집(雲集)하고 식객(食客)들이 수천 명이나 되었다. 죄를 범하여 도피 중에 있는 사람이라도 일기일예(一技一藝)를 지니고 있으면 기꺼이 빈객으로 삼았다.

진소왕(秦昭王)이 맹상군의 현명함을 듣고 그를 초빙하였다. 진소왕은 맹상군을 재상으로 삼으려 했지만, 제(齊)나라 왕족인 맹상군이 진심으로 진(秦)나라를 위하여 도모할 이유가 없다고 하며 말리는 사람이 있었기에 진소왕(秦昭王)도 마음을 달리하게 되었다.

그러나 이렇게 되어 맹상군을 제(齊)나라로 돌려보내면 진소왕의 계략을 원망하여 진(秦)나라에 대적할 것이 틀림없기 때문에 맹상군을 죽이는 편이 낫다는 결론에 이르게 되었다.

맹상군은 형세가 이상하게 돌아가자 진소왕이 총애하는 첩에게 사정을 부탁했다. 그러자 총애하는 첩이 이렇게 말했다.

"나에게 호백구(狐白裘:여우 가죽으로 만든 옷)를 주신다면 잘 수습해 보겠습니다."

맹상군이 진(秦)나라에 왔을 때, 천 금이나 하는 값비싼 호백구(狐白裘)를 진소왕(秦昭王)에게 바쳤다. 그와 똑같은 것을 갖고 싶다는 것이었다. 그런데 맹상군에게는 호백구가 한 벌밖에 없었다.

궁지에 빠진 맹상군은 그 일을 식객들과 상의했다. 그러나 아무도 대답하는 사람이 없었다. 그때 가장 말석에 앉아 있던 개 도둑질을 잘하는 사람이 이렇게 말하는 것이었다.

"신이 능히 호백구를 얻어 오겠습니다."

이리하여 그날 밤 개처럼 진(秦)나라 궁궐의 창고 속으로 잠입하여 먼저 바친 호백구를 용케 훔쳐 왔다.

맹상군이 이를 걱정하여 모든 식객들에게 물었지만 능히 대답하는 사람이 없었다. 그때 가장 아랫자리에 개 도둑질을 잘하는 사람이 있다가 말했다. '신이 능히 호백구를 얻어 오겠습니다.' 그날 밤 그는 개가 되어 진(秦)나라 궁중의 창고로 들어가 먼저 바친 호백구를 가지고 왔다.

孟嘗君患之 徧問客 莫能對. 最下坐有能爲狗盜者曰 臣能得狐白裘. 乃夜爲狗 以入秦宮藏中 取所獻狐白裘至.(≪사기≫ 맹상군열전(孟嘗君列傳))

이 호백구를 진소왕의 총애하는 첩에게 바쳤던 바, 그녀가 소왕에게 잘 무마하여 소왕은 맹상군을 석방했다.

맹상군은 급히 진(秦)나라 서울을 빠져나가 국경으로 향하여, 한밤중이 지난 다음 함곡관(函谷關)까지 왔다. 그런데 함곡관의 규칙으로 첫닭이 울기 전에는 나그네들을 통과시키지 않도록 되어 있었다.

맹상군은 쫓아오는 사람이 있을까 근심이 되었다. 그러자 말석에 있던 식객 중 닭의 울음소리를 잘 내는 사람이 있었다. 그가 닭의 울음소리를 흉내 내자 그곳에 있던 닭들이 일제히 소리 내어 울었기 때문에 겨우 문서를 보이고 함곡관을 빠져나올 수 있게 되었다.

맹상군은 추격해 오는 사람이 이를 것을 두려워했다. 식객의 아랫자리에 있던 사람 중 능히 닭의 울음소리를 내는 자가 있어 모든 닭이 다 울자 드디어 문서를 보이고 나갔다.

孟嘗君恐追至. 客之居下坐者 有能爲鷄鳴 而鷄盡鳴 遂發傳出.(≪사기≫ 맹상군열전(孟嘗君列傳))

진(秦)나라에서 추격해 온 사람이 함곡관에 도착한 것은 한참 뒤의 일이었다.

　처음 맹상군이 이 두 사람을 식객으로 받았을 때 다른 식객들은 한자리에 있는 것을 부끄럽게 생각했지만 이 일이 있은 뒤부터는 누구나 맹상군의 방식에 승복했다.

　그렇지만 '계명구도(鷄鳴狗盜)'라고 하면 역시 경멸의 뜻으로 사용되고 '군자가 배워서는 안 될 천한 재주를 가진 사람.'의 뜻이 된다.

　왕안석(王安石)의 〈독맹상군전(讀孟嘗君傳)〉에도 '맹상군이야말로 계명구도(鷄鳴狗盜)의 영웅일 뿐이다.'라고 쓰여 있다.

鼓腹擊壤
고　복　격　양

배를 두드리고 발을 구르며 흙덩이를 친다. 배불리 먹고 흥겨워하는 매우 살기 좋은 시절을 뜻함.

북**고** 배**복** 칠**격** 흙**양**

　유가(儒家)의 글에 '옛날의 성왕(聖王)'이라고 하면 요(堯)임금과 순(舜)임금으로부터 시작되어, 이어서 하 왕조(夏王朝)의 시조인 우(禹)임금, 은 왕조(殷王朝)의 시조인 탕(湯)임금, 주 왕조(周王朝)의 시조인 문왕(文王)과 무왕(武王)을 손꼽는 것이 통례이지만 이 이야기는 이들 성왕

(聖王)의 첫머리에 있는 요(堯)임금의 덕을 찬양한 것이다.

요임금의 성은 이기(伊祁)이고 이름은 방운(放勛)이며 황제(黃帝)의 증손인 곡(嚳)임금의 아들이다. ≪사기≫ 오제본기(五帝本紀)에 보면 '어진 덕은 하늘과 같고 지혜는 신과 같아서, 가까이 가면 태양과 같이 따뜻하고 우러러 보면 구름과 같이 사랑에 넘친다.' 고 기록되어 있다.

후세 사람들은 요임금이 절약과 검소한 생활을 감수하자 '지붕을 이은 띠와 남가새를 자르지 않고 서까래의 끝을 자르지 않았다(茅茨不剪 采椽不斲).' 라든가, '흙계단이 세 단뿐이다(土階三等)' 라고 형용하여 요임금이 얼마나 검소한 생활을 하였는가를 잘 표현하였다.

그 요임금이 50년 동안 천하를 다스렸는데 잘 다스려지고 있는지, 백성들이 자기를 천자로 받들기를 원하고 있는지 어떤지에 대하여 확신을 가질 수 없었다. 측근자에게 물어도 알지 못하고, 관리들에게 물어도 알지 못하고, 백성들에게 물어도 알지 못하였다.

요임금이 허름한 옷차림으로 거리로 나가 보니 어린이들이 동요를 부르고 있었다.

우리 백성들이 이렇게 지내는 것은
그대가 왕위에 계시기 때문입니다.
우리들은 근심도 모르고 걱정도 모르면서,
임금이신 당신의 다스림에 따르고 있습니다.

立我烝民 莫匪爾極
不識不知 順帝之則

'우리 백성들이 근심 걱정 없이 살아갈 수 있는 것은 당신의 어지신 덕의 덕분입니다. 당신이 인간의 본성에 위배되는 일을 하시지 않기 때문에 우리들은 근심과 걱정 없이 당신의 다스림에 따를 뿐입니다.' 하는 뜻이다.

요임금은 어린이들이 이와 같은 동요를 부른다는 것에 가슴이 설레었다. 그런데 노인들의 생활이 마음에 걸렸다. 그러자 저쪽 땅바닥에 아무렇게나 다리를 놓고 앉아 있는 노인들이 있었다. 가까이 다가가 보니 입에 든 음식을 우물거리면서 고복격양(鼓腹擊壤)의 노래를 부르고 있는 것이었다. 고복(鼓腹)이란 배를 내놓고 두드리는 일이며, 격양(擊壤)이란 땅을 치는 일로, 노인들이 배를 두드리고 땅을 쳐 박자를 맞추면서 노래를 흥겹게 부르고 있는 것이었다. 요임금이 귀를 기울여 들어 보니 이렇게 노래하는 것이었다.

해 뜨면 나가 일하고, 해 지면 들어와 쉬네.
우물을 파서 마시고, 밭 갈아서 먹으니,
임금의 힘이 어찌 나에게 있으랴!

日出而作 日入而息.
鑿井而飲 耕田而食
帝力何有於我哉 (≪십팔사략≫ 권1)

해가 뜨면 들에 나가 일하고, 해가 지면 들어와 쉬네. 우물을 파서 물을 마시고, 들에 나가 밭 갈아 먹는다. 임금의 힘이 어찌 나에게 관계가 있으랴, 하는 뜻이다.

이야말로 요임금이 목표로 삼은 정치였던 것이다.

만물이 스스로 대자연의 법칙에 따라 그 기능을 발휘하여 만물이 공존하는 조화를 실현시키는 것처럼, 민중이 스스로 인간 본래의 성품에 따라 그 기능을 발휘하여 백성들이 공존공영(共存共榮)하는 조화를 실현하고 있는 것이다. 요임금이 생각하고 있던 정치는 그와 같은 것이었다.

노인들이 부른 노래를 〈고복격양가(鼓腹擊壤歌)〉라고 말하며, '고복격양'은 백성들이 태평연월(太平烟月)을 즐긴다는 의미의 비유로 사용되고 있다.

孤 城 落 日
고 성 낙 일

해가 지는 외딴 성에 적군에게 고립된다, 남의 도움을 받지 못하는 사정이나 형편을 뜻함.

외로울 **고** 성 **성** 떨어질 **락** 날 **일**

원군이 오지 않는 고립된 성과 기울어지는 낙조, 즉 세력이 쇠퇴하여 도와주는 사람도 없고 홀로 마음이 가녀린 상태에 빠져 있는 것을 비유로 사용하는 말이다.

이 시는 왕유(王維, 699~759)의 칠언절구(七言絶句)인 〈送韋評事(위평사를 보냄)〉에서 읊은 것이다.

장군을 따라서 우현(右賢)을 취하고자 하니,
모래밭으로 말을 달려 거연(居延)으로 향하네.

멀리 한나라 사자가 소관(蕭關) 밖에 온 것을 아니,
근심스러워 보이는구나, 고성낙일(孤城落日)의 물가여.

欲逐將軍取右賢 沙場走馬向居延
遙知漢使蕭關外 愁見孤城落日邊

왕유(王維)는 이백(李白) 두보(杜甫)와 아울러 일컬어지는 성당시대(盛唐時代)의 대표적인 시인으로, 동양화 같은 고요함과 그윽한 자연시(自然詩)를 수립한 사람이다.

여기에서는 요새 밖의 땅을 배경으로 한 이국정서(異國情緖)가 이 시를 재미있게 꾸며 주고 있다.

시 제목의 '평사(評事)'란 재판을 맡아 다스리는 관직으로, 위평사(韋評事)가 장군을 따라 변방 밖으로 나가는 것을 보내는 내용이다.

한(漢)나라 때 흉노족에는 좌우에 현왕(賢王)이 있었는데 한 번은 우현왕(右賢王)이 한(漢)나라 군대에게 포위되었다가 간신히 도망친 일이 있었는데, 우현(右賢)을 사로잡는다는 역사적 사건을 노래하며 마치 장군을 따라 변방에 나아가 적의 대장을 사로잡은 것처럼 의기 충천하게 사막으로 말을 달리는 듯한 모습을 그리고 있다.

이 시에 나오는 소관(蕭關)은 하서 지방(河西地方)을 말하는 것으로 지금의 감숙성(甘肅省)에 해당된다. 당(唐)나라 초기에는 왕조의 세력이 신강성(新疆省) 근처에까지 뻗어 있었지만 서쪽과 남쪽과 북쪽으로부터 다른 민족의 압박 때문에 그 세력이 항상 완전히 유지되지는 못하고 있었다.

그런데 서쪽의 수비는 소위 '실크 로드'를 확보하기 위해 중요하였으며, 서역(西域)과 중국 본토에 이어지는 가늘고 긴 하서(河西) 지방에 점점이 늘어선 여러 도시에는 당나라 군대가 배치되어 있었다. 신강성에 인접한 서북쪽 끝에 옥문관(玉門關) 돈황(敦煌)이 있고, 다시 동남쪽으로 내려와 주천(酒泉)·장액(張掖)·무위(武威) 등이 줄지어 있고, 소관(蕭關)은 중국 본토 방면에서 나오는 출입구에 해당된다.

거연(居延)이란 주천(酒泉) 땅을 말하고 그 남쪽에는 해발 5,564미터나 되는 기련산(祈連山)이 우뚝 솟아 있으며 북쪽에는 만리장성의 서쪽 끝을 넘어서 사막지대로 이어져 있다.

시(詩)로 다시 돌아가면, 우현왕(右賢王)을 잡기 위하여 의기양양하게 사막을 달려 거연(居延)의 요새로 향했을 것이다. 그러나 멀리 저쪽의 소관(蕭關) 밖에는 한(漢)나라의 사자인 당신이 나와 무엇을 볼 수 있을 것인가? 사막에 우뚝 선 외로운 성과 그 근처에 떨어지는 저녁 해, 당신은 근심에 잠겨 그것을 바로 보지 않을 수 없을 것이다. 나는 요원하게 먼 그곳에서 풀 길 없는 당신의 마음을 이 장안(長安)에서 생각한다.

이 시는 직접적으로 세력이 쇠퇴하여 도움도 기대도 할 수 없는 불안한 상태에 있음을 비유하여 '고성낙일(孤城落日)'이라 부른 것이 아니다. 어디까지나 요새 밖의 쓸쓸한 풍경을 노래한 것이며, 그곳에 간 친구의 안타까움을 상상하며 위로하는 기분으로 읊은 것이다.

요새 밖의 안타까움을 '고성(孤城)'과 '낙일(落日)'이라는 사물에 집약시킨 왕유(王維)의 필치도 멋지지만, 홀로 쓸쓸하게 썩어버릴 일에 마음이 안 놓이는 것을 상징으로 이것을 인용하는 후세 사람의 말의 사용법 또한 묘미가 있다.

도와줄 수도 없고 풀이 죽어 지쳐 있는 사람을 '고성낙일(孤城落日)의 느낌'이라고 말할 때, 유머러스하기도 하고 손을 빌려 주고 싶게 된다.

曲 學 阿 世
곡　학　아　세

자신이 배운 것을 올바르게 펴지 못하고 세속에 아부하여 인기를 얻으려는 태도나 행동을 가리키는 말.

굽을 **곡** 배울 **학** 아첨할 **아** 세상 **세**

원고생(轅固生)은 제(齊)나라 사람으로 전한(前漢)의 4대 황제인 경제(景帝) 때의 학자였는데 《시경》을 밝게 안다고 해서 박사(博士)가 되었다. 그는 강직한 사람으로서 자기가 옳다고 생각한 것은 어떤 사람이라도 두려워하지 않고 곧바로 말했다.

경제(景帝)의 어머니인 두태후(竇太后)는 노자를 몹시 좋아했다. 어느 날 그녀가 원고생(轅固生)을 불러 노자의 책에 대하여 물었다. 그러자 원고생은 이렇게 말했다.

"그런 책은 종들의 말에 불과합니다."

두태후는 화가 나서 원고생을 사육장으로 보내 돼지를 잡도록 명령했다. 경제는 원고생이 바른말을 했을 뿐 죄가 없다는 것을 알고 있었기 때문에 남몰래 날카로운 칼을 그에게 주었다. 원고생은 그 칼로 어려움 없이 돼지를 죽일 수 있었다.

그로부터 얼마 후 경제는 원고생을 청렴결백한 선비라고 하여 청하왕(淸河王)의 태부(太傅)로 임명했다. 그리하여 원고생은 오래도록 태부의 소임을 끝낸 다음 병으로 사퇴했다.

경제 다음으로 무제(武帝)가 즉위하자 현량한 선비라는 이유로 다시 원고생을 불러냈다. 그러나 아부 잘하는 유학자들이 원고생을 꺼려하여 이렇게 말했다.

"원고생은 이미 늙었습니다."

이리하여 무제는 그를 파면시켜 돌려보냈다. 그때 원고생은 이미 90여 세가 되어 있었다.

원고생이 부름을 받았을 때 설(薛)나라 사람인 공손홍(公孫弘)도 역시 부름을 받았다. 원고생은 공손홍을 꺼려하며 흘기는 눈길로 그를 보았다. 그리고 이렇게 말했다.

"공손군, 올바른 학문에 힘써 말을 하게. 학문을 굽혀 세상에 아부해서는 안 되네."

固之徵也 薛人公孫弘亦徵 側目而視固. 固日 公孫子 務正學以言. 無曲學以阿世.(≪사기≫ 유림열전(儒林列傳))

空谷跫音
공 곡 공 음

빈 골짜기의 발자국 소리. 적적할 때 반가운 소식을 가지고 찾아오는 사람을 뜻하는 말.

빌 **공** 골 **곡** 발자국소리 **공** 소리 **음**

은자(隱者)인 서무귀(徐無鬼)가 위(魏)나라의 중신(重臣)인 여상(女商)

과 이웃해서 살았기 때문에 위(魏)나라의 무후(武侯)를 배알했다.

이윽고 서무귀가 물러나오자 여상이 이렇게 물었다.

"나는 무후에게 시서예악(詩書禮樂)과 병법에 대하여 얘기하여 도움을
준 것이 이루 헤아릴 수 없을 만큼 많지만 무후는 이제까지 이를 드러내
고 웃은 적이 없었다. 도대체 무엇을 얘기했는가?"

서무귀는 개나 말의 감정법에 대하여 얘기했을 뿐이라고 대답했지만
여상이 그것만 얘기했느냐고 거듭 묻자 서무귀는 이렇게 대답했다.

"대체로 인가에서 떨어져 인기척이 없는 빈 골짜기(空谷)나 명아주 같
은 잡초가 막고 있어 족제비나 다니는 길에서 길을 잃었을 때에는 사람
들의 발자국 소리만 들어도 기뻐하게 됩니다. 하물며 형제나 친척이 옆
에서 말하고 웃고 하는 소리를 들으면 더욱 기쁠 것입니다. 임금이신 무
후는 참다운 사람의 말을 오래도록 듣지 않았기 때문에 내 이야기를 듣
고 몹시 기뻐하신 것입니다."

'참다운 사람(眞人)'이란 모두를 자연에 맡기고 무위(無爲)를 일로 삼아
이해득실을 벗어나 도(道)에 통달한 사람을 말한다. 작은 지혜를 버리고
자연과 융화하면 마음의 안정을 얻을 수 있다는 것을 설명했던 것이다.

'공곡공음(空谷跫音:먼 골짜기의 발자국 소리)'은 여기에서 유래되어,
인적이 없는 빈 골짜기에서 뜻밖에 사람의 발자국 소리를 듣는다는 뜻에
서 '몹시 신기한 일', '뜻밖의 기쁨', '반가운 소식을 듣는 일' 등에 비유
되고 있다.

空中樓閣
공 중 누 각

공중에 떠 있는 누각. 기초가 튼튼하지 못해 허무하게 무너지는 것을 말한다.

빌 **공** 가운데 **중** 다락 **루** 누각 **각**

송(宋)나라 시대의 과학자인 심괄(沈括:호는 몽계옹)이 지은 일종의 박물지(博物誌)인 ≪몽계필담(夢溪筆談)≫에 다음과 같은 기사가 실려 있다.

등주(登州)는 사면이 바다에 임하여 봄과 여름이면 멀리 하늘가에 성시누대(城市樓臺)의 모습이 있음을 본다. 이 고장 사람들은 이것을 해시(海市)라고 말한다.

登州四面臨海 春夏時 遙見空際城市樓臺之狀. 土人謂之海市.

뒤에 청(淸)나라의 적호(翟灝)는 그의 편저(編著)인 ≪통속편(通俗編)≫에서 이 문장을 실은 다음, 이렇게 말했다.

지금 언행(言行)이 허구(虛構)인 사람을 일컬어 공중누각(空中樓閣)이라고 하는 것은 이 일을 말하는 것이다.

今稱言行虛構者 曰空中樓閣 用此事.

진실성이 없는, 혹은 비현실적인 이야기나 문장을 '공중누각(空中樓閣)과 같다'고 말하거니와, 청(淸)나라 시대에 이미 쓰이고 있었음을 이것으로 알 수 있다.

그런데 심괄(沈括)이 '해시(海市)'라고 한 것은 말할 것도 없이 '신기루(蜃氣樓)'를 일컫는 것으로, 신기루에 대해서는 더 옛날부터 일러져 오고 있다. ≪사기≫의 천관서(天官書)에도 다음과 같이 실려 있다.

신기(蜃氣)는 누대(樓臺)를 본뜬다. 넓은 들판의 기운이 궁궐을 이룬다.

蜃氣象樓臺 廣野氣成宮闕.

신(蜃)은 큰 대합(大蛤)이나 혹은 교룡(蛟龍)의 일종으로 해석되고 있으며 그들이 뿜어내는 기운이 누대(樓臺)나 성곽(城郭)의 형상을 나타낸다고 한다. 이것이 바로 신기루(蜃氣樓)인 것이다.

過而不改
과 이 불 개

잘못을 하고도 고치려 하지 않는 것은 더 큰 잘못이라는 뜻.

지날 **과** 말이을 **이** 아닐 **불** 고칠 **개**

≪논어≫ 위령공편(衛靈公篇)에 다음과 같이 기록되어 있다.

공자께서 말씀하셨다.
"잘못하고서 고치지 않는 것, 이것을 잘못이라고 말한다."

子曰 過而不改 是謂過矣.

≪논어≫의 위정편(爲政篇)에는 '아는 것은 안다고 하고 모르는 것을 모른다고 하는 것, 이것이 아는 것이다.' 라고 했다.

≪논어≫는 이밖에도 '잘못'에 대하여 몇 곳에서 말한 바가 있거니와 공자와 그의 제자들은 '잘못'에 대하여 관심을 기울이고 있다.

완전무결하고 이상적 인간인 성인의 경지에 있는 사람들은 별개로 하고 사람은 누구나 말과 행실에 잘못을 저지르기 쉽다. 다시 말하면 잘못을 저지르지 않는 사람은 거의 없을 것이다. 문제는 잘못을 저지르느냐 않느냐가 아니라 저지른 잘못에 대하여 어떻게 대처하느냐 하는 것이다.

그러므로 잘못을 저질렀을 경우, 그 잘못을 고친다면 이미 그 잘못은 없어져 버리는 것이다. 앞에서 말한 것이 바로 '잘못하고서 고치지 않는 것, 이것을 잘못이라고 말한다.' 인 것이다.

따라서 소위 군자와 소인의 갈림길이 바로 이 점에 있다 하겠다. 자장편(子張篇)에 나오는 자공(子貢)이 한 말에, '군자가 잘못하면 일식과 월식 같다. 잘못하면 사람들이 다 이를 보고, 고치면 사람들이 다 이를 우러른다.' 고 하는 말과, 자하(子夏)가 '소인은 잘못하면 반드시 꾸민다.' 고 하는 말을 생각해 보면 분명해진다 하겠다.

요컨대 성인이 아닌 이상 인간이 잘못을 저지르는 일은 피할 수 없다. 문제는 그것이 잘못인 줄 알았으면 선뜻 잘못을 고쳐야 하며 같은 잘못을 두 번 다시 저지르지 말아야 한다.

다음은 ≪논어≫ 옹야편(雍也篇)에 실린 것이다.

애공(哀公)이 물었다.

"제자 중에서 누가 학문을 좋아하는가?"

공자가 대답했다.

"안회(顔回)라는 사람이 있어, 학문을 좋아하고 노여움을 옮기지 않으며 잘못을 두 번 저지르지 않더니 불행하게도 일찍 죽었습니다.

瓜田不納履 李下不正冠
과 전 불 납 리 이 하 부 정 관

외밭에서 신을 고쳐 신고 오얏나무 밑에서 관을 고쳐 쓰면 의심받으니 삼가라는 뜻.

오이 **과** 밭 **전** 아닐 **불** 들일 **납** 신 **리** 오얏나무 **리** 아래 **하** 아닐 **불** 정돈할 **정** 갓 **관**

이 시는 ≪문선(文選)≫의 악부고사(樂府古辭) 중에 있는 〈군자행(君子行)〉에 실려 있다.

군자는 그렇게 되기 전에 막아, 혐의를 받을 사이에 처하지 않는다.
외밭에서 신을 고쳐 신지 말고, 오얏나무 아래에서 갓을 바로잡지 말아야 한다.

君子防未然 不處嫌疑間
瓜田不納履 李下不正冠

군자는 재앙이 일어나지 않도록 일을 미연에 방지해야 하며, 혐의를 받을 상황에는 몸을 두지 말아야 한다. 외밭 가에서 신을 고쳐 신으면 멀리에서 보는 사람은 외를 훔치는 줄 알고 의심을 받으며, 오얏나무 아래에서 갓을 바로잡아 쓴다면 오얏을 훔치는 줄 알고 의심을 받을 것이니 절대로 그와 같은 일을 해서는 안 된다는 말이다.

過則勿憚改
과 즉 물 탄 개

허물이 있으면 고치기를 주저하지 말고 잘못했거든 즉시 고쳐야 한다는 뜻.

허물 **과** 곧 **즉** 말 **물** 꺼릴 **탄** 고칠 **개**

사람은 누구나 잘못을 저지를 수 있다. 잘못을 즉시 고친다는 것은 몹시 중요한 일이다.

이 말은 ≪논어≫ 자한편(子罕篇)에 실려 있는 말이다.

공자께서 말씀하셨다.

"성실과 신의를 위주로 삼고, 나만 못한 사람과는 벗하지 말라. 잘못을 하면 고치는 데 거리끼지 말라."

子曰 主忠信 無友不如己者 過則勿憚改.

≪논어≫ 학이편(學而篇)에는 다음과 같이 실려 있다.

공자께서 말씀하셨다.

"군자가 무게가 없으면 위엄이 없으니 학문을 하여도 굳어지지 않는다. 성실과 신의를 위주로 하고, 나만 못한 사람을 벗하지 말고, 잘못이 있으면 거리끼지 말고 고치라."

子曰 君子不重則不威 學則不固 主忠信 無友不如己者 過則勿憚改.

군자란 재주와 덕을 겸비한 사람을 뜻하고 있다. 군자는 첫째, 말과 행동에 무게가 있지 않으면 위엄이 없다. 둘째, 학문을 열심히 하여 학문을 굳게 뿌리박아야 한다. 셋째, 사람들과 응대할 때는 성실과 신의를 위주로 삼아야 한다. 넷째, 나만 못한 사람과는 사귀지 말라. 다섯째, 잘못이 있을 때는 거리낌 없이 고치라.

사람은 역시 잘못을 저지르게 된다. 그런데 잘못이 있으면 거리끼지 말고 곧 고쳐야 하는 것이다. 잘못이 있는데 고치기를 주저해서는 안 된다. 또한 같은 잘못을 두 번 저질러서는 안 된다.

管 鮑 之 交
관 포 지 교

관중과 포숙의 사귐. 친구 사이의 우정이 깊음을 이르는 말.

피리 **관** 절인어물 **포** 갈 **지** 사귈 **교**

관포(管鮑)란 제(齊)나라의 관중(管仲)과 포숙아(鮑叔牙)를 말한다. 두 사람은 죽마고우(竹馬故友)로 가까운 친구였다. 관중은 소홀(召忽)과 함께 양공(襄公)의 공자(公子)인 규(糾)의 측근자가 되었고, 포숙아는 규의 동생인 소백(小白)의 측근자가 되었다.

양공(襄公)은 바탕이 가라앉지 않은 사람이어서 결국 종제인 공손무지

(公孫無知)의 반란으로 나라가 어지러워지자 죽임을 당했다. 관중과 소홀은 규를 받들고 노(魯)나라로 망명했고, 포숙아는 소백을 받들고 거(莒)로 망명했다.

그런데 공손무지가 반대파에 의하여 죽임을 당했기 때문에 제(齊)나라의 왕위는 비어 있었다. 규와 소백은 형제이긴 했지만 먼저 제(齊)나라로 돌아온 쪽이 왕위에 오를 수 있어 정적이 되었다.

규는 서둘러 귀국하려 했지만 격식이 높은 노(魯)나라에서는 행동이 제한되어 생각대로 되지 않는 반면에, 소백은 작은 나라인 거(莒)에 있었기 때문에 그와 같은 제약이 없이 신속하게 행동하여 곧바로 제(齊)나라를 향하여 출발했다.

이와 같은 정보를 얻은 관중은 규를 왕위에 앉히기 위해서는 소백을 죽이는 도리밖에 없다고 생각하여, 도중에 매복하였다가 암살을 꾀했지만 화살이 조금 빗나가 실패로 끝나고 말았다.

소백은 제(齊)나라 도읍으로 들어와 포숙아와 대부(大夫)인 고혜(高傒)의 도움으로 왕위에 올랐다. 그가 곧 제환공(齊桓公, B.C. 685~643)이다. 환공은 왕위에 오르자 군대를 이끌고 노(魯)나라로 가서 규와 관중, 소홀을 인도할 것을 요구했다. 노(魯)나라에서는 두려운 나머지 그 요구에 따랐다. 이리하여 규는 그 자리에서 죽이고, 소홀은 호송될 때 스스로 목숨을 끊어 주군(主君)의 뒤를 따르고, 관중만이 제(齊)나라 군대에 인도되었다. 환공은 자기의 목숨을 노린 관중의 목을 자를 계획이었지만 포숙아가 말리며 말했다.

"왕의 뜻이 제(齊)나라 하나만을 다스리신다면 고혜와 제가 있으니 충분하겠지만 천하의 패자가 되시기를 바라신다면 관중을 살려 주시는 것이 좋을 것 같습니다."

환공은 그 말에 따라 관중을 대부(大夫)에 임명하여 국정을 다스리게 했다. 과연 관중은 대재상으로서 수완을 유감없이 발휘하여 환공을 춘추 시대 제일의 패자 지위에 올려놓았다.

환공이 패자가 된 데는 관중의 힘이 컸지만 원망을 잊어버리고 관중을 크게 임용하여 마음껏 수완을 발휘하게 한 환공의 도량과 식견도 높이 평가하지 않으면 안 될 것이다.

그렇지만 관중이라는 인물을 누구보다도 잘 이해하여 환공에게 강력히 추천한, 평생 동안 변함없는 우정을 지속한 포숙아가 아니고서는 불가능했다는 사실을 잊어서는 안 된다. 이 일은 관중 자신이 누구보다도 잘 알고 있는 터였다.

≪사기≫ 관안열전(管晏列傳)에 보면 다음과 같은 이야기가 실려 있다.

"나는 전에 포숙아와 함께 장사를 할 때, 내 몫을 많이 취하였지만 포숙아는 나를 욕심쟁이라고 말하지 않았다. 그는 내가 가난하다는 사실을 알고 있었기 때문이다. 또 나는 포숙아를 위하여 어떤 일을 도모하다 도리어 곤궁하게 되었다. 그러나 포숙아는 나를 바보라고 말하지 않았다. 때로는 이익이 되기도 하고 불리한 일도 있다는 것을 알아주었기 때문이다. 또 나는 일찍이 임금에게 세 번씩이나 쫓겨났다. 그러나 포숙아는 나를 보고 못났다고 말하지 않았다. 내가 아직 때를 만나지 못한 것을 그는 알고 있었기 때문이었다. 또 나는 세 번 싸워서 세 번 도망친 일이 있었다. 그러나 포숙아는 나를 비겁한 사람이라고 말하지 않았다. 나에게 늙으신 어머님이 계신 것을 알고 있었기 때문이었다. 공자(公子) 규가 패했을 때 소홀은 죽었는데도 나는 사로잡혀 욕을 당했다. 그러나 포숙아는 나에게 부끄러움을 모른다고 말하지 않았다. 내가 작은 절개를 지키지 않는 것을 부끄러워하지 않고, 천하에 공명을 나타내는 것을 부끄러워한다는 사실을 알고 있었기 때문이었다. 나를 낳아 주신 분은 부모님이지만 나를 알아준 사람은 포숙아였다.”

光風霽月
광 풍 제 월

비 갠 뒤의 빛나는 바람과 맑은 달처럼, 마음이 맑고 깨끗한 인품을 지닌 사람을 뜻함.

빛**광** 바람**풍** 비갤**제** 달**월**

유교는 북송(北宋) 중기에 주돈이(周敦頤, 1017~1073)가 나와 ≪태극도설(太極圖說)≫과 ≪통서(通書)≫를 저술했고, 그 뒤에 정호(程顥)와 정이(程頤) 형제가 사서(四書:논어·맹자·대학·중용)를 정하여 성도(聖道)를 밝혔으며, 주자(朱子)가 이것을 집대성하여 형이상학으로서 경학(經學)을 수립하여 소위 송학(宋學)을 대성(大成)시켰다고 일러진다.

주돈이는 옛사람의 풍도가 있으며 정사를 베풂에는 도리를 다 밝힌 사람이라고 한다. ‘연꽃은 군자다운 것이다.’ 라는 구절이 있는 ≪애련설(愛蓮說)≫의 한 편은 도학(道學)의 향기가 없는 것은 아니지만 그의 인격을 잘 나타내고 있다.

소식(蘇軾)과 함께 북송시대의 시(詩)를 대표하는 황정견(黃庭堅, 1045~1105)은 주돈이에 대하여 깊은 경의를 나타내고 있으며, 그의 인간성에 대하여, ‘춘릉(春陵)의 주무숙(周茂叔)은 인품이 높고 담박솔직하여 광풍제월(光風霽月:갠 날의 빛나는 바람이나 비 개인 하늘의 상쾌한 달)과 같다.'고 평하고 있다.(≪송서(宋書)≫ 주돈이전(周敦頤傳))

'광풍제월(光風霽月)'이란 앞에서 말한 뜻이거니와 '깨끗하게 가슴속이 맑고 고결한 것, 또는 그런 사람'에 비유하여 사용되고 있다. 또 '세상이 잘 다스려진 일'을 말하기도 한다.

掛冠
괘　　관

관직에 있는 자가 갓을 벗는다는 뜻으로, 관직을 버리고 사퇴하는 것을 말함.

걸 **괘** 갓 **관**

후한(後漢) 사람 봉맹(蓬萌)은 집이 가난하여 도둑을 잡는 정장(亭長)이 되었지만 그 일에 싫증내지 않고 장안(長安)에 나아가 ≪춘추≫에 정통했다.

우연히 전한(前漢)의 12대왕인 애제(哀帝)가 죽고 왕망(王莽)이 대사마(大司馬)가 되어 평제(平帝)를 세웠지만, 왕망은 평제의 어머니인 위희(衛姬)와 그 집안 식구가 도읍으로 들어오는 것을 허락하지 않았다. 그는 또 이 일을 간한 장남인 왕우(王宇) 내외를 죽였다.

그러자 봉맹은 친구에게,

'삼강(三綱:군신(君臣)·부부(夫婦)·부자(父子)의 윤리)은 이미 끊어졌다. 지금 떠나지 않는다면 우리들에게도 재앙이 미칠 것이야.'라고 말하고, 그 자리에서 갓을 벗어 장안의 북문인 동도문(東都門)에 걸고 집으로 돌아가 가족들을 이끌고 바다를 건너 요동(遼東)에서 숨어 지냈다.

봉맹은 왕망이 실각할 것을 미리 알고, 얼마 후 머리에 기와로 만든 분을 올려놓고 시장거리에서 큰 소리로 울면서, '아아, 신(新)나라여, 신나라여.(왕망이 전한을 멸망시키고 세운 나라)'라고 한 후 몸을 숨겼다.

왕망이 멸망하고 후한(後漢)의 광무제(光武帝)가 즉위하자, 북해군(北海郡)의 태수(太守)가 칙령을 내려 그를 억지로 조정에 들어오게 하려 했으나 응하지 않았다.(≪후한서≫ 봉맹전(蓬萌傳))

'괘관(掛冠)'이란 '관리가 갓을 벗어 건다.'라는 뜻으로, 관직을 버리고 사퇴하는 것을 말한다.

膠漆之心
교 칠 지 심

아교와 옻칠 같은 마음. 두터운 우정과 친밀한 사귐을 뜻하는 말.

아교 **교** 옻 **칠** 어조사 **지** 마음 **심**

백낙천(白樂天:이름은 거이, 자는 낙천. 772~846)은 당(唐)나라 헌종(憲宗) 원화(元和) 12년 봄에, 여산(廬山) 향로봉(香爐峰) 기슭에 홀로 암자를 세웠다. 이것은 좌찬선대부(左贊善大夫)라는 천자 측근의 시종직(侍從職)이 심양(潯陽)을 정치의 중심지로 삼고 있던 당시에 강주(江州)의 사마(司馬), 즉 실권이 없는 부지사(副知事)로 좌천되었을 때의 일이다.

그해 여름 4월에 백낙천은 홀로 만든 이 암자에서 음악을 아는 사이였던 원미지(元微之) 앞으로 보내는 편지를 썼다. 원미지도 통주(通州)의 사마(司馬)로 좌천되어 있었다.

백낙천과 원미지는 교서랑(校書郎) 시절의 동료로서 가까이 지냈으며 순종(順宗)의 영정(永貞) 원년에 벼슬에서 물러나 화양관(華陽觀)에 머물면서, '제과(制科)'라는 임시로 인재를 발탁하는 천자 친재(親裁)의 등용시험 준비를 열심히 하여 다음해인 헌종(憲宗) 원화(元和) 원년에 함께 과거에 급제하였다.

백낙천은 장안의 서쪽 주질현(盩屋縣) 위(尉:검찰관)로, 원미지는 문하성(門下省)의 간관(諫官)인 좌습유(左拾遺)로 발령을 받았다. 두 사람은 고생에 찌든 백성들을 구제하려는 뜻을 품고서 그 첫발을 내딛었던 것이다.

이것만 가지고도 두 사람이 동지로서 친밀하게 지낸 것은 충분하거니와 시(詩)의 혁신에 대해서도 뜻을 같이하고 있었다. 백낙천이 중심이 되어 완성한 새로운 시체(詩體)를 신악부(新樂府)라고 하는데 이것은 한(漢)나라 시대의 민요를 토대로 만들어진 악부(樂府)라는 가요의 혁신에, 시대의 폐단인 백성들의 분노와 고통과 번뇌를 담은 것으로 여기에는 유교적 관료 정신인 민본사상(民本思想)이 맥박치고 있다. 이리하여 두 사람은 시를 통하여 마음을 하나로 한 사이였던 것이다.

그러나 이것이 말썽이 되어 원미지는 불과 83일 만에 하남(河南)의 위

(尉)로 떨어지고, 그 이후 일진일퇴하여 원화(元和) 9년에는 통주(通州)의 사마(司馬)로 좌천되어 있었다. 그리고 백낙천은 다음해인 원화 10년에 강주(江州)의 사마(司馬)로 좌천되었다.

이 서한은 〈여미지서(與微之書)〉로서 원미지가 엮은 ≪백씨문집(白氏文集)≫ 50권 안에 실려 있으며, 드물게 보는 두터운 우정을 담은 고금의 명문이라고 일러지고 있다.

4월 10일 밤, 낙천 아룀.

미지여, 미지여. 그대의 얼굴을 보지 못한 지도 이미 3년이 지났네. 그대의 편지를 못 받은 지도 2년이 되려고 하네.

인생이란 길지 않은 걸세. 그런데도 이렇게 떨어져 있어야 하다니. 하물며 아교와 옻칠과 같은 마음으로써 북쪽 오랑캐 땅에 몸을 두고 있으니 말일세. 나아가도 서로 만나지 못하고 물러서도 서로 잊을 수가 없네. 서로 그리워하면서도 떨어져 있으며 이제 각자 흰머리가 되려고 하네.

미지여, 미지여. 어찌하리오, 어찌하리오. 실로 하늘이 하신 것이라면 이것을 어찌하랴!

四月 十日夜 樂天白

微之 微之. 不見足下面 已三年矣 不得足下書 欲二年矣. 人生幾何 離闊如此. 況以膠漆之心 置於胡越之身. 進不得相合 退不得相忘. 牽攣乖隔 各欲白首. 微之 微之. 如何 如何. 天實爲之 謂之奈何.

狡兔死良狗烹
교 토 사 양 구 팽

교활한 토끼를 잡으면 충실히 쓰던 사냥개도 쓸모가 없어져 잡아먹는다는 뜻으로, 필요할 때는 쓰다가 필요 없을 때는 버린다는 말이다.

교활할 **교** 토끼 **토** 죽을 **사** 좋을 **양** 개 구 삶을 **팽**

유방(劉邦)과 항우(項羽)의 소위 한초(漢楚)의 쟁패전(爭覇戰)에서 가장 눈부신 활약을 한 것은 한신(韓信)으로, 한(漢)나라가 천하를 평정하자 초왕(楚王)에 봉해졌다.

원래 항우의 장군이었던 종리매(鍾離昧)는 전부터 친하게 지냈던 한신에게 와서 몸을 의탁하고 있었다. 일찍이 전투에서 종리매에게 괴로움을 당한 유방은 그를 미워하고 있었기 때문에 초(楚)나라에 있다는 것을 알자 초(楚)나라에 종리매를 체포하라는 명령을 내렸다. 그러나 한신은 옛 친구를 차마 체포하지 못했다.

그러자 한신이 반역을 도모하고 있다고 유방에게 거짓으로 상소한 사람이 있었다. 유방은 그 일을 여러 장군들에게 상의하며, 싸움을 걸어 한신을 체포하자고 말했다. 유방이 진평(陳平)에게 상의하자 진평은 이렇게 말했다.

"초(楚)나라의 군대는 정예부대이며 한신은 따라갈 사람이 없는 명장입니다. 섣불리 손을 써서는 안 됩니다. 폐하께서는 운몽(雲夢:연못의 이름)으로 행차하시기로 하고, 제후들은 수행을 위하여 초(楚)나라 서쪽 경계인 진(陳)나라로 집합하도록 명령하시는 것이 좋을 것 같습니다. 그러면 한신도 나올 것이므로 그때 체포하는 것이 자연스러울 것입니다."

한신은 명령을 받고 필시 아무 일은 아니라는 생각에 군대를 출동시켜 반란을 일으킬까 했으나, 죄도 저지르지 않았으므로 유방을 배알하는 편이 좋을 것이라는 생각도 들어 마음이 정해지지 않았다. 그러자 이렇게 권하는 사람이 있었다.

"종리매의 목을 베고 폐하를 배알하신다면 반드시 기뻐하실 것이며 근심도 없어질 것입니다."

한신이 이 이야기를 종리매에게 하자 종리매는 이렇게 말했다.

"한(漢)나라가 초(楚)나라를 습격하지 않는 것은 내가 자네한테 있기 때문이네. 자네가 나를 붙잡아서 한(漢)나라의 비위를 맞추려 한다면 지금 당장이라도 죽어 주겠네. 그러나 이에 따라 자네도 망할 것일세."

그러고는 한신을 꾸짖으며,

"자네는 현명한 사람이 못 되는군."

이렇게 말하고는 스스로 목을 잘라 죽었다. 한신은 그 목을 가지고 유방을 배알했다. 유방은 병사들에게 명하여 한신을 묶게 하고 수레에 실었다.

한신은 말했다.

"과연 사람들의 말과 같도다. '민첩한 토끼가 죽으면 좋은 개도 삶아지고, 높이 나는 새를 다 잡으면 좋은 활도 간직되며, 적국이 타파되면 지혜 있는 신하는 망하게 된다.' 천하가 이미 평정되었으니 나는 삶아 죽임을 당하는 것이 당연하다."

果若人言. 狡兔死 良狗烹 高鳥盡 良弓藏 敵國破 謀臣亡. 天下已定 我固當烹.(≪사기≫ 회음후열전(淮陰侯列傳))

유방이 말했다.

"그대가 반란하였다고 고한 사람이 있다."

한신은 낙양(洛陽)으로 붙잡혀 갔지만 죄는 용서되고 초왕(楚王)인 그를 회음후(淮陰侯)로 좌천시켰다.

九死一生
구 사 일 생

아홉 번 죽다가 한 번 살아난다. 죽을 고비를 여러 번 넘기고 목숨을 건진다는 뜻.

아홉 **구** 죽을 **사** 한 **일** 날 **생**

사마천(司馬遷)의 ≪사기≫ 굴원가생열전(屈原賈生列傳)에 다음과 같은 기록이 있다.

"굴평(屈平:평은 굴원의 이름)은 임금이 신하의 말을 듣고 분간하지 못하고, 참언(讒言)과 아첨하는 말이 왕의 밝은 지혜를 가리며, 간사하고 비뚤어진 말이 임금의 공명정대함을 상처 내어 마음과 행실이 방정한 선비들이 용납되지 않는 것을 미워했다. 그리하여 근심스러운 생각을 속에 담아 〈이소(離騷)〉 한 편을 지었다."

이 이소(離騷)의 제6단에 다음과 같은 1절이 있다.

'길게 한숨 쉬고 눈물을 닦으며 인생의 어려움 많음을 슬퍼한다.……
그러나 자기 마음에 선하다고 믿고 있기 때문에 비록 아홉 번 죽을지라
도 오히려 후회하는 일은 하지 않으리라(雖九死 猶未其悔).'

이 '구사(九死)'에 대하여 ≪문선≫을 편찬한 유량주(劉良注)는 이렇
게 말했다.

"아홉은 수의 끝이다. 충성과 신의와 곧음과 깨끗함(忠信貞潔)이 내 마
음의 선하고자 하는 바이니 이 해를 만남으로써 아홉 번 죽어 한 번을 살
아나지 못한다 할지라도 후회하고 원한을 품기에는 족하지 못하다."

'구사일생(九死一生)'은 유량주가 말한 '아홉 번 죽어서 한 번 살지 못
한다.'에서 나온 것으로, 열 번 중에서 아홉 번까지는 별로 도움을 주지
못한다는 뜻이기도 하며, 죽을 고비를 여러 차례 넘기고 간신히 살아난
다는 뜻이기도 하다.

九牛一毛
구 우 일 모

아홉 마리 소 가운데 뽑힌 한 가닥의 털로, 무수히 많은 것 중에서
극히 적은 일부분이라는 뜻.

아홉 **구** 소 **우** 한 **일** 털 **모**

≪사기≫의 저자 사마천(司馬遷)은 〈보임안서(報任安書)〉의 전반에서 이릉(李陵)을 변호한 이유로 관청의 형벌을 받게 된 경과를 말하고, 다시 임안(任安), 이릉(李陵)과 함께 투옥의 쓰라림을 맛보면서 더구나 자기는 거세의 형벌을 받아 천하의 웃음거리가 되었지만 하소연할 수 없는 괴로움은 세상 속인들에게는 말할 수 없는 슬픈 일이라고 쓰고 있다.

그 끝부분은 몹시 자조적(自嘲的)이다.

"나의 아버님은 부부단서(剖符丹書)를 받을 만한 공적도 없는 문사성력(文史星曆)의 계원에, 점쟁이 부류에 속하는 사람으로서 원래 천자가 희롱하여 노니는 것을 상대하여 천한 배우와 같이 양성되어 세상 사람들이 가볍게 여기는 사람이었다. 설사 내가 법에 복종하여 죽임을 받을지라도 아홉 마리의 소에서 한 개의 터럭을 잃는 것 같으니 벌레가 죽는 것과 무엇이 다르겠는가?"(≪문선≫ 한서(漢書))

괴로움이 충만한 이 자조적(自嘲的)인 사건에는 가슴을 울리는 무엇이 있다. 그 그늘에는 당대의 사회적 불만과 속세의 분노가 깃들어 있다.

'구우일모(九牛一毛)'란 '아홉 마리 소에서 한 개의 터럭'이란 의미로, '많은 것들 중에서 극히 적은 것'을 형용하는 말로 사용된다.

口有蜜腹有劍

구　유　밀　복　유　검

입술에는 꿀을 바르고 뱃속에는 칼을 품는다. 겉으로는 꿀처럼 친한 척하지만 마음속으로는 해칠 생각을 하고 있다는 뜻이다.

입 **구** 있을 **유** 꿀 **밀** 배 **복** 있을 **유** 칼 **검**

이 말은 겉으로는 상냥한 체 위하면서 돌아서면 은근히 남을 끌어내릴 때 쓰는 말이다.

후궁(後宮)들을 중심으로 세상이 돌아가는 중국의 역대 왕조에서 이와 같이 뱃속이 검고 책략에 뛰어난 궁중의 정치가들은 이루 헤아릴 수 없이 많지만, 그중에서도 널리 알려져 있는 것은 당(唐)나라의 이임보(李林甫)였다.

이임보는 환관에게 뇌물을 바치고, 그것이 인연이 되어 당현종(唐玄宗)의 총애하는 왕비에 들러붙어 출세의 실마리를 잡은 사람이다. 그는 처음부터 전형적인 궁중 정치가였던 것이다.

개원(開元) 22년(733)에 부재상을 24년 동안이나 지내고 천보(天寶) 11년(752)에 재상이 되어 죽을 때까지 19년 동안 항상 현종의 측근에서 인사권을 손 안에 쥐고 국정을 마음대로 하여, 결국에는 당(唐)나라를 한때 망국(亡國)의 위기에 몰아넣었던 안록산(安祿山)의 난을 불러들이게 되었다.

이임보는 질투심이 강한 사나이로, 자기보다 나은 사람을 보면 그가 자기의 지위를 위협하는 것은 아닌가 하고 두려워하여 조정에서 추방해

버렸다. 그것도 권위를 어깨에 걸친 강인한 수법으로는 절대로 하지 않았다. 충성스러운 얼굴로 현종에게 천거하여 올려놓고 떨어뜨리는 수법을 사용했던 것이다.

예를 들면 천보 원년에, 현종은 갑자기 생각이 나 이임보에게 물은 적이 있었다.

"엄정지(嚴挺之)는 지금 어디에 있지? 그 사나이에게 일을 시키는 것이 어떤가?"

엄정지는 강직한 사람으로서 이임보의 전임자였던 장구령(張九齡)에 발탁되어 요직을 맡고 있었는데, 이임보의 시대가 되자 그 재능을 미워하여 지방으로 추방되어 항군(絳郡)의 태수(太守)로 있었다.

이임보는 그날 자기 숙소로 돌아오자 도읍에 있는 엄정지의 아우 손지(損之)를 불러서 떠들썩하게 말했다.

"임금께서는 자네의 형님을 몹시 칭찬하고 계시네. 임금님께 한번 배알하는 것이 어떨까? 틀림없이 관직을 받을 수 있을 거야. 그래서 일단 병을 치료하기 위하여 도읍에 돌아왔다는 상소문을 올리는 것이 좋다고 생각하는데, 어떤가?"

엄손지는 이임보의 호의에 감사하며 그것을 형님인 엄정지에게 연락을 취했음은 더 말할 여지가 없다. 엄정지는 지시대로 상소문을 제출했다. 이것을 받은 이임보는 현종에게 말했다.

"전날 말씀하신 엄정지입니다만, 이번에 이와 같은 상소문이 올라왔습니다. 그런데 워낙 노인이고 병이 깊어 관직을 맡길 수 없다고 생각합니다. 도읍으로 불러서 한직(閑職)에나 붙여 주는 것이 좋다고 생각됩니다."

"그런가? 유감스럽지만 하는 수 없지."

엄정지는 이임보가 계획한 대로 도읍으로 불려왔지만 화가 나서 정말로 병이 들어 죽고 말았다.

당(唐)나라 왕조를 중흥한 현종이 어찌 이와 같이 음흉한 이임보 같은 사람에게 말려들었는지 모르겠다.

'현종이 왕위에 오른 지 오래되니 점점 사치와 욕심이 커졌다. 이임보는 드디어 나라의 정사를 마음대로 할 수 있었다.'라고 《십팔사략》에는 기록되어 있다.

이임보는 현명한 사람을 미워하고 능력 있는 사람을 질투하며 자기보다 나은 사람은 배척하고 억누르는, 성격이 음험한 사람이다. 사람들이 그를 보고 '입에는 꿀이 있고 배에는 칼이 있다.'라고 말했다. 밤에 언월당(偃月堂)에 앉아 깊이 생각하는 일이 있으면 다음날 반드시 주살(誅殺)이 있었으며 가끔 큰 옥사를 일으켰다. 태자로부터 이하의 모든 사람들이 이를 두려워했다. 재상 지위에 있는 19년 동안 천하의 난리를 키워냈으나 현종은 깨닫지 못했다. 안록산(安祿山)도 이임보의 술수를 두려워했으므로 그의 세상이 끝날 때까지는 감히 반란을 일으키지 못했다.

李林甫 妬賢嫉能 排抑勝己 性陰險. 人以爲 口有蜜腹有劍. 每夜獨坐偃月堂 有所深思 明日必有誅殺 屢起大獄. 自太子以下皆畏之. 在相位十九年 養成天下之亂 而上不悟. 然祿山畏林甫術數. 故終其世末敢反.(《십팔사략》)

언월당(偃月堂)이란 이임보의 집에 있는 서재 이름이다. 그가 밤 깊도록 서재에서 깊은 생각에 잠겨 있으면 그 다음날 반드시 누군가 죄를 뒤집어쓰고 처형되었다고 한다. 안록산도 하북(河北)에 있으면서 그의 말에 한편 기뻐하고 한편 근심했다고 하니 그를 몹시 두려워하고 있었던 것이다.

이임보가 죽자 양귀비(楊貴妃)의 집안사람인 양국충(楊國忠)이 재상이
되었다. 양국충은 그의 아픈 곳을 마구 찔러, 재상이 되자마자 그의 죄목
을 하나하나 들어 현종에게 고하자 화가 난 현종이 그의 생전의 관직을
모두 박탈하고 한 선민으로서 거친 관에 옮겨 매장하였다.

안록산이 반란을 일으킨 것은 천보(天寶) 14년, 이임보가 죽은 지 3년
째 되던 해였다.

九仞功虧一簣
구   인   공   휴   일   궤

아홉 길이나 되는 높은 산을 쌓는데 마지막 한 삼태기를 얹지 못해
실패한다는 뜻으로, 조금만 더하면 목적을 달성할 수 있는데 중단해
서 지금까지 애쓴 일이 모두 허사가 된다는 뜻.

아홉 **구** 길 **인** 공 **공** 이지러질 **휴** 한 **일** 삼태기 **궤**

이제 한 걸음만 더 나아가면 될 곳에서 손을 빼기 때문에 일이 실패로
돌아가는 것을 비유로 하는 말이다.

1인(仞)은 주(周)나라 제도에서 8척을 말하니 그 9배나 되는 몹시 높고
긴 것을 말한다. 1궤(簣)는 한 삼태기를 말하는 것이다.

그 출전은 ≪서경≫ 여오편(旅獒篇)으로서 다음과 같이 실려 있다.

아아, 아침 일찍부터 밤늦게까지 조금도 부지런함이 없어서는 안 됩니

다. 자디잔 행동을 삼가지 않으면 마침내 큰 덕에 누를 끼치게 됩니다. 아홉 길 산을 만듦에 한 삼태기의 흙이 모자라 공이 이지러지게 됩니다.

嗚呼 夙罔或不勤 不矜細行 終累大德. 爲山九仞 功虧一簣.

여오편(旅獒篇) 내용은, 주무왕(周武王)이 은(殷)나라의 주왕(紂王)을 멸망시키고 새로운 주 왕조(周王朝)를 열어 그 위엄 있는 명령이 사방의 오랑캐에까지 미쳤을 때 서쪽의 오랑캐 족속인 여국(旅國)으로부터 오(獒)라는 짐승이 상납되었다. 오(獒)란 높이가 넉 자나 되는 큰 개로, 사람의 뜻을 능히 이해하고 잘 따르기 때문에 무왕(武王)이 크게 기뻐하여 이 개를 진귀한 동물로 여기자, 그의 아우인 소공(召公) 석(奭)이 이와 같은 진기한 물건에 무왕이 마음을 빼앗기는 것을 경계한 글이다.

앞에서 인용한 글은, '아아, 임금이 된 사람은 아침 일찍부터 밤늦게까지 천하의 정치를 힘써 행하지 않으면 안 된다. 만일 작은 행위에서 신중함을 결여한다면 마침내는 큰 덕을 손상시키기에 이를 것이다. 예를 들면 흙을 쌓아 산을 만들 때 한 삼태기의 흙을 보태면 아홉 길에 이르게 되지만, 마지막 한 삼태기의 흙을 운반하는 것을 게을리 한다면 지금까지의 수고는 수포로 돌아가고 말 것이다.' 라는 뜻이다.

口禍之門
구 화 지 문

입은 재앙을 불러들인다. 재앙은 입으로부터 시작되므로 말을 삼가
야 한다는 뜻이다.

입 **구** 재앙 **화** 어조사 **지** 문 **문**

입이 재앙을 불러들이는 문이 된다는 것은 누구나 다 알고 있는 바와
같다. 이것은 풍도(馮道, 882~954)의 시로 그의 〈설시(舌詩)〉라는 시에,

입은 곧 재앙의 몸이요, 혀는 곧 몸을 자르는 칼이다.
입을 닫고 혀를 깊이 감추면 가는 곳마다 몸이 편안하다.

口是禍之門 舌是斬身刀
閉口深藏舌 安身處處牢

풍도(馮道)는 당(唐)나라 말기에 태어나 당(唐)나라가 망한 뒤에도 진
(晋)나라와 거란(契丹)과 한(漢)나라의 여러 왕조에서 벼슬한 사람으로,
이 동란의 시기에 73세라는 장수를 누린 사람이다. 이 시는 ≪전당시(全
唐詩)≫에 수록되어 있다.

國士無雙

국 사 무 쌍

나라 안에 견줄 만한 사람이 없다는 뜻으로, 세상에 둘도 없는 가장 뛰어난 인재를 말함.

나라 국 선비 사 없을 무 쌍 雙

한신(韓信)은 회음(淮陰:강소성) 사람이었다. 젊은 시절에는 방탕하여 관리 노릇도 하지 못하고 장사도 못하여 사람들에게 귀찮은 존재로 기식(寄食)하고 있었으므로 다른 사람들에게 지탄을 받는 바가 되어 먹고 살기에 급급하였다.

어느 날 한신이 개울에서 낚시질을 하고 있는데 노파들이 무명을 빨고 있다가 그중 한 사람이 굶주리고 있는 한신의 모습을 보고 밥을 베풀어 주었다. 한신은 이때 수십 일을 굶다시피 하였으므로,

"언젠가는 꼭 보답을 하겠습니다."

라고 말하자 노파는 화가 나서 퉁명스럽게 쏘아붙였다.

"착한 사나이가 밥도 먹지 못한 것 같아서 딱하게 생각했을 뿐이야. 답례 같은 것을 바라고 한 짓이 아니야."

회음의 젊은 사람들 중에 한신을 바보로 취급하는 사람이 있었다.

"지체가 높은 체 칼을 늘어뜨리고 있지만 속은 정말로 비겁한 놈이야. 죽는 것이 두렵지 않거든 나를 찔러 봐라. 그게 싫거든 내 다리 밑을 빠져나가고."

한신은 여러 사람들이 보는 가운데 모욕을 당했다. 한신은 상대방을

노려보다가 엉금엉금 기어서 그 사람의 다리 밑으로 빠져나갔다. 시장에 있던 사람들은 모두 한신을 비겁한 사나이라고 비웃었다.

한신은 처음에 항우(項羽)에게 봉사했지만 의견을 받아들여 주지 않아 도망하여 한(漢)나라 군대에 들어갔다. 이윽고 그는 부장(部將)인 하후영(夏侯嬰)에게 인정을 받아 군대의 식량을 관리하는 치속도위(治粟都尉)에 임명되었다. 그리고 승상인 소하(蕭何)에게도 인정을 받았다.

한(漢)나라 왕 유방(劉邦)이 봉지(封地)인 남정(南鄭)으로 가게 되었는데 도중에 도망하는 병사들이 많이 나오고 장군들도 도망친 사람이 수십 명이나 되었다. 한신도 소하가 몇 차례나 추천해 주었는데도 유방이 써 주지 않는 데 대한 원한을 품고 도망쳤다. 소하는 한신이 도망쳤다는 말을 듣자 보고도 하지 않고서 한신의 뒤를 쫓아갔다.

"소하 승상이 도망쳤습니다."

하고 말하는 사람이 있었다. 유방은 누구보다도 믿고 있던 소하가 도망쳤다는 말을 듣자 좌우의 손을 잃은 것처럼 낙담했다. 그로부터 이틀 뒤에 소하는 돌아왔다. 유방은 기뻐하면서,

"왜 도망을 쳤느냐?"

"저는 도망친 것이 아닙니다. 도망친 사람을 쫓아갔던 것입니다."

"누구를 쫓아갔단 말이냐?"

"한신입니다."

"거짓말 마라. 장군들이 수십 명이나 도망쳤는데도 승상은 쫓아가지 않았다. 그러니 한신을 쫓아갈 필요는 없지 않았느냐?"

그러자 소하가 대답했다.

"다른 장군들이라면 쉬 얻을 수 있습니다. 그러나 한신과 같은 사람이라면 국사무쌍(國士無雙:온 나라에서 가장 뛰어난 인물)입니다. 왕께서 언제까지나 한중(漢中)의 왕이라면 한신에게 일을 맡기지 않으셔도 될

것입니다. 그러나 천하를 다투고자 하신다면 한신이 아니고서는 더불어 일을 도모할 사람이 없습니다. 이것은 왕의 생각이 어느 쪽으로 결정되느냐에 달린 문제일 뿐입니다.”

諸將易得已. 至如信者 國士無雙. 王必欲長王漢中 無所事信. 必欲爭天下 非信無所與計事者. 顧王策安所決已.(≪사기≫ 회음후열전(淮陰侯列傳))

그 결과 한신은 장군에 임명되어 수완을 발휘하기 시작했던 것이다.

한신은 뒤에 초왕(楚王)이 되어, 밥을 준 노파를 찾아내어 천금을 하사했으며 가랑이를 벌리고 그 밑으로 자기를 기어 들어가게 했던 사람을 불러 초(楚)나라의 수도를 경비하는 관리로 삼았다고 한다.

國 破 山 河 在
국　　파　　산　　하　　재

나라는 파괴되도 산과 물은 여전하다. 나라는 망했지만 오직 산과 강만은 예전 그대로 남아 있다는 뜻.

나라 **국** 깨트릴 **파** 뫼 **산** 강이름 **하** 있을 **재**

당(唐)나라 현종(玄宗)의 천보(天寶) 15년(756) 6월에, 나라의 도읍 장안(長安)이 안록산(安祿山)이 이끄는 반란군에 의해 함락되었다.

두보(杜甫, 712~770)는 그전 달에 장안에서 고향인 봉선현(奉先縣)으로 돌아가 가족들과 함께 부주(鄜州)에서 난리를 피했다. 그리고 태자인 형(亨)이 7월에 영무(靈武)에서 즉위했다는 소식을 듣자 단신으로 새 임금에게 달려가 배알하려고 했다.

여태 10년 동안이나 벼슬길을 구하느라 고관들이나 정상배들에게 비굴할 정도로 허리를 굽히면서도 제대로 뜻을 이루지 못해 벼슬도 변변히 못한 두보가, 만리장성이 눈앞에 보이는 변두리 지역에서 왕위에 오른 새 임금의 막하로 들어가려 한 것은 왜일까? 두보 자신과 처자를 포함한 백성들과 이민족인 안록산의 말굽 아래 무너지고 있는 민족의 미래를 거기밖에 의탁할 수 없었던 때문이 아닐까?

그러나 두보는 가는 도중에 반란군에게 체포되어 장안(長安)으로 보내어져서 포로의 몸이 되었다.

두보에게 사숙(私淑)하고 있던 파초(芭蕉)가 〈오세도(奧細道)〉의 일절에, '나라는 파괴되었어도 산과 내는 있고, 성에는 봄이 찾아와 풀이 푸르네.' 라는 구절을 첫머리로 한 오언율시(五言律詩)인 〈춘망(春望)〉을 두보가 읊은 것은 다음해인 지덕(至德) 2년의 봄이다. 두보가 장안성(長安城)에서 포로의 몸이 된 것을 원망하면서 부른 노래이다.

나라는 파괴되었어도 산과 내는 있고, 성에 봄이 오니 풀과 나무가 무성하다.

때때로 꽃을 보아도 느끼어 눈물이 흐르니, 이별을 한하여 새에도 마음 놀라네.

횃불은 석 달 동안 이어지고, 집에서 오는 편지는 만금에 해당되네.

흰 머리 긁으면 더욱 짧아지니, 비녀도 찌르지 못하겠네.

國破山河在 城春草木深
感時花濺淚 恨別鳥驚心
烽火連三月 家書抵萬金
白頭搔更短 渾欲不勝簪

두보는 이 시를 읊은 후, 머지않아 같은 해 여름 4월에 장안을 탈출하여 봉상(鳳翔)에 와 있던 숙종(肅宗)의 행차를 만나고, 그 이듬해 5월에 좌습유(左拾遺:왕에게 간하는 벼슬)에 임명되었다. 소원이 이루어져 처음으로 벼슬길에 나섰던 것이다.

群盲評象
군   맹   평   상

여러 맹인이 코끼리를 만져 보고 제각기 말한다는 뜻으로, 어리석은 사람은 좁은 소견과 주관에 치우쳐 큰일을 그릇되게 판단하거나 일부밖에 파악하지 못한다는 말.

무리 **군** 소경 **맹** 평할 **평** 코끼리 **상**

≪북송열반경(北宋涅槃經)≫의 〈사자후보살품(獅子吼菩薩品)〉 속에 다음과 같은 이야기가 수록되어 있다.

어느 나라에 왕이 있었다. 왕은 대신에게,
"코끼리를 끌어내어 맹인들에게 보여 주어라."

하고 명령했다. 그러자 대신은 많은 맹인들을 모아 놓고 그들 앞에 코끼리를 끌어냈다. 맹인들은 각자 손으로 코끼리를 만져 보았다. 대신이,

"명령대로 하였습니다."

하고 보고하자 왕은 그 맹인들을 불러서 물었다.

"너희들은 코끼리를 알겠느냐?"

그러자 맹인들은 입을 모아 대답했다.

"네, 알았습니다."

그래서 왕은 다시 물었다.

"코끼리는 무엇과 같다고 생각하는가?"

그러자 상아를 만져 본 맹인은 대답했다.

"코끼리의 모양은 무와 같습니다."

귀를 만져 본 맹인은 말하였다.

"코끼리는 키와 같습니다."

머리를 만져 본 맹인은 말하였다.

"코끼리는 돌과 같습니다."

코를 만져 본 맹인은 말하였다.

"코끼리는 방앗공이와 같습니다."

다리를 만져 본 맹인은 말하였다.

"코끼리는 나무토막과 같습니다."

등을 만져 본 맹인은 말하였다.

"코끼리는 널빤지와 같습니다."

배를 만져 본 맹인은 말하였다.

"코끼리는 독과 같습니다."

그리고 꼬리를 만져 본 맹인은 말하였다.

"코끼리는 새끼줄과 같습니다."

이 맹인들은 코끼리의 몸을 말하고 있지는 않지만, 그러나 코끼리를 말하고 있지 않은 것도 아니다. 그들이 말한 코끼리의 여러 가지 모습은 코끼리 그 자체는 아니지만 이것을 떠나 코끼리가 별도로 있는 것은 아니다.

이 이야기에 등장하는 코끼리는 부처님을 비유한 것이며, 맹인들은 밝지 못한 중생을 비유한 것이다. 이 이야기는 중생들이 부처님을 부분적으로 이해할 수 있는 것, 즉 중생들에게는 부처님이 따로 계시다는 것을 보여 주고 있는 것이다.

'여러 맹인이 코끼리를 평한다.' 는 말은 이 이야기에서 나온 것으로 많은 맹인들이 코끼리를 손으로 만져 보고 각자가 만진 부분만을 평한 것처럼, 보통사람이 위대한 성인이나 사업을 비판할지라도 단순히 그 일부분만을 알고 비평하는 것이며 전체의 관찰은 하지 못한다는 뜻으로 사용되고 있다.

君子遠庖廚
군 자 원 포 주

군자는 푸줏간과 부엌을 멀리한다. 심성이 어질고 바르게 하기 위해서는 무섭거나 잔인한 일을 해서도 안 되며, 봐서도 안 된다는 뜻.

임금 **군** 아들 **자** 멀 **원** 푸줏간 **포** 부엌 **주**

군자는 어질고 사랑하는 마음이 풍부하기 때문에 새나 짐승이 죽임을 당하는 것을 차마 보지 못하고, 그 죽을 때의 소리를 듣고는 차마 그 고기를 먹지 못한다. 그러므로 군자는 푸줏간과 부엌을 멀리하는 것이다.

이 이야기는 ≪예기≫의 옥조편(玉藻篇)과 ≪맹자≫의 양혜왕편(梁惠王篇) 상(上)에 기록되어 있다. 맹자와 제선왕(齊宣王, B.C. 319~301)의 문답에서 나온다.

맹자는 제선왕과 왕도정치를 이야기하면서 사람은 누구나 차마 하지 못하는 마음, 즉 인자하고 자비로운 마음이 왕도정치를 하는 발판임을 강조하고, 그런 점에서는 제선왕도 왕도정치를 할 자질을 갖추고 있다고 설득하였는데, 그 이야기를 이끌어내는 방법이 몹시 교묘하고도 명쾌하게 전개된다.

제선왕:덕이 어떠해야 왕 노릇을 할 수 있습니까?

맹자:백성들을 편안히 살게 해 주는 왕 노릇을 한다면 아무도 이를 막아낼 수 없을 것입니다.

제선왕:나 같은 사람도 백성들을 편안히 살게 해 줄 수 있을까요?

맹자:하실 수 있습니다.

제선왕:무엇으로 내가 할 수 있음을 아십니까?

맹자:제가 호흘(胡齕)에게서 이런 이야기를 들었습니다.

왕께서 당 위에 앉아 계실 때, 당 아래로 소를 끌고 가는 사람이 있자 이를 보시고, '소를 어디로 끌고 가는가?' 하시니 그 사람이, '종에 피를 바르려 합니다.' 라고 대답했습니다. '놓아주어라. 나는 그 소가 부들부들 떨면서 아무 죄도 없이 사지로 끌려가는 꼴을 차마 보지 못하겠구나!' 라고 말씀하셨습니다. 그 사람이 '그러면 종에 피 바르는 일을 그만두어도 되겠습니까?' 하고 여쭙자 왕께서, '어찌 그만둘 수 있겠느냐?

양으로 바꿔서 하라.'고 말씀하셨다 합니다. 저로서는 잘 모르겠거니와 그런 일이 있었습니까?

제선왕:그런 일이 있었습니다.

맹자:그러한 마음이면 넉넉히 왕 노릇을 하실 수 있습니다. 백성들은 모두 왕께서 소를 아껴서 하신 것이라고 말하고 있습니다만 저는 진실로 왕께서 그 꼴을 차마 보실 수 없어서 하신 것임을 알고 있습니다.

제선왕:그렇습니다. 정말 그렇게 말하는 백성들도 있습니다만 제(齊)나라가 아무리 작다고 한들 내 어찌 한 마리의 소를 아까워하겠습니까? 그 소가 부들부들 떨면서 죄도 없이 사지로 끌려가는 꼴을 차마 볼 수 없었기 때문에 양으로 바꾸라고 말한 것입니다.

맹자:왕께서는 백성들이 소를 아껴서 그런 것이라고 이르는 말을 이상히 생각지 마옵소서. 작은 것으로써 큰 것과 바꾸게 하셨으니 그들이 어찌 왕의 마음을 알 수 있겠습니까? 왕께서 만일 아무 죄도 없이 사지로 끌려가는 것을 불쌍히 생각하셨다면 어찌 소와 양의 구별이 있겠습니까?

그러자 왕이 웃으면서 말했다.

제선왕:그것은 정말 무슨 마음으로 그랬던가? 그 재물을 아끼느라고 양으로 바꾸라고 한 것이 아니건마는 백성들이 나에게 인색해서 그랬다고 말하는 것도 무리가 아니겠군요.

맹자:왕께서는 조금도 괴로워하실 것이 없습니다. 이것이 바로 인(仁)의 방법이니, 그것은 소는 보셨고 양은 보시지 않았기 때문입니다. 군자가 새나 짐승을 대할 때 살아 있는 모습을 보고서는 그들의 죽는 꼴을 차마 보지 못하며, 그 죽는 소리를 듣고서는 그 고기를 차마 먹지 못합니다. 그래서 군자는 푸줏간과 부엌을 멀리하는 것입니다.

曰 德何如則 可以王矣. 曰 保民而王 莫之能禦也. 曰 若寡人者 可以保民

乎哉. 曰 可. 曰 何由 知吾可也. 曰 臣聞之胡齕 曰 王坐於堂上 有牽牛而
過堂下者. 王見之 曰 牛何之. 對曰 將以釁鍾. 王曰 舍之吾不忍其觳觫若
無罪而就死地. 對曰 然則 廢釁鍾與. 曰 何可廢也 以羊易之. 不識 有諸.
曰 有之. 曰 是心足以王矣. 百姓皆以王爲愛也 臣固知王之不忍也. 王曰 然
誠有百姓者 齊國雖褊小 吾何愛一牛 卽不忍其觳觫若無罪而就死地 故以
羊易之也. 曰 王無異於百姓之以王爲愛也 以小易大 彼惡知之. 王若隱其
無罪而就死地則 牛羊何擇焉. 王笑曰 是誠何心哉 我非愛其財而易之以羊
也 宜乎百姓之謂我愛也. 曰 無傷也 是乃仁術也 見牛不見羊也. 君子之於
禽獸也 見其生 不忍見其死聞其聲 不忍食其肉 是以君子 遠庖廚也.

이리하여 맹자는 '차마 하지 못하는 마음'이 인자한 마음이고, 이와
같은 어진 마음을 백성들에게까지 미치게 하는 것이 왕도정치이며, 이런
점에서 제(齊)나라 선왕(宣王)은 왕자(王者)가 될 자질을 지니고 있으나
'왕이 왕 노릇을 하지 않는 것은 하지 않기 때문이다. 능하지 못한 것이
아니다.' 라는 논의로 이야기는 계속되는 것이다.

君 子 豹 變
군 자 표 변

군자가 표범처럼 변한다. 표범의 털가죽이 아름답게 변하는 것처럼,
군자가 자기 잘못을 깨달으면 곧바로 고치는 것을 뜻함.

임금 군 아들 자 표범 표 변할 변

이 말은 지금은 나쁜 의미로 사용되고 있지만 본래의 뜻은 그렇지 않다. ≪역경≫에 나오는 훌륭한 도덕적 교훈인 것이다.

≪역경≫ 64괘의 하나에 혁(革: ☰☱)이라는 괘가 있다. 그 괘사(卦辭)에는 '혁괘(革卦)는 물과 불이 서로 꺼지며, 두 여자가 함께 있어도 그 뜻을 얻지 못하는 것을 혁(革)이라고 말한다. 기일(己日)에 성실하다는 것은 개혁하여 믿게 하는 것이다. 문명(文明)함으로써 기쁘게 하고 크게 형통함으로써 바로잡으니 혁명이 당연할 때 그 뉘우침이 곧 없어진다. 하늘과 땅은 혁명하여 네 계절이 이루어지며, 은(殷)나라 탕왕(湯王)과 주(周)나라 무왕(武王)이 혁명하여 하늘에 순종하고 사람에게 응하니, 혁명의 때가 크도다!' 라고 있다.

革 水火相息 二女同居 其志不相得 曰革. 己日乃孚 革而信之. 文明以說 大亨以正 革而當 其悔乃亡. 天地革而四時成 湯武革命 順乎天而應乎人 革之時大矣哉.

≪역경≫에서는 64괘를 구성하는 음(陰)과 양(陽)의 효(爻)에 대하여 설명과 점의 판단을 걸고 있거니와 이것을 효사(爻辭)라 말하며, 혁괘(革卦)의 제5, 육효(六爻)에 대해서 다음과 같은 효사가 걸려 있다.

구오(九五). 군왕은 호랑이로 변한다. 점치지 않고서 올바름이 있다.
상육(上六). 군자는 표범으로 변하고, 소인은 얼굴을 혁신한다. 가면 흉하고, 있으면 곧아서 길하다.

九五. 大人虎變 未占有孚.
上六. 君子豹變 小人革面. 征凶 居貞吉.

위에 말한 효사(爻辭)는 대략 다음과 같은 뜻이다. 구오(九五)는 양강중정(陽剛中正)이니 천하를 혁신하여 큰 사업을 성취하는 군주의 기상이다. 그러므로 이와 같은 군주는 호랑이가 여름에서 가을에 걸쳐 털을 갈고 변하는 것처럼 그 가죽의 아름다움을 더하는 것에 비유할 수 있다. 이미 새삼스럽게 점칠 것도 없이 사람들로부터 올바르다는 평을 받을 것이다.

또 상육(上六)은 유순하게 있으면 옳게 되고 혁명을 성취할 것이므로 그 사업에 참여한 덕 있는 군자의 공은 표범의 털이 가을에 아름답게 변하는 것처럼 빛난다. 또 만일 덕이 없는 소인이라면 얼굴을 혁신하고 새로운 군주를 따르도록 마음을 써야 한다. 단지 혁명의 사업이 중대한 것이므로 강행하여 백성들의 삶을 피로하게 만드는 것은 흉하며, 꾹 참고서 그 성과를 받아들이면 올바르게 되어 길하다는 뜻이다.

이것이 '대인호변(大人虎變)'과 '군자표변(君子豹變)'의 원뜻이거니와 '군자표변(君子豹變)'은 이것을 윤리적으로 해석하여, 군자가 잘못을 고치는데 표범의 털가죽이 선명하고 아름다운 것처럼 뚜렷한 태도로써 선으로 옮겨야 한다고 해석할 수 있다.

君子和而不同

군 자 화 이 부 동

군자는 남과 조화를 잘 이루지만 무턱대고 어울리지는 않는다는 뜻으로, 남들과 화목하게 지내지만 부화뇌동하지 않고 중심과 원칙을 잃지 않는다는 말.

군자 **군** 선생 **자** 화할 **화** 말이을 **이** 아니 **부** 같을 **동**

이 글은 ≪논어≫ 자로편(子路篇)에 있는 것이다. ≪논어≫에는 덕이 있는 군자에 대해 말한 곳이 많다. 실로 117조항에 이르며 그 대부분은 군자와 소인을 아울러 논하고 있다. 이 글도 그중의 하나이다.

공자께서 말씀하셨다.

"군자는 도리에 화합하고 부화뇌동(附和雷同)하지 않으며, 소인은 부화뇌동하고 도리에 화합하지 아니한다."

子曰 君子和而不同 小人同而不和.

그러면 '화(和)'와 '동(同)'은 어떻게 다른가? '화(和)'는 조화를 이루어 도리에 화합하여 어긋나지 않는 일이고, '동(同)'은 자기에게 일정한 견해 없이 부화뇌동하여 단지 상대방에게 따르며 아첨하는 것이 그 차이라고 말할 수 있다.

이에 대해 ≪좌전≫ 소공(昭公) 20년(B.C. 522)에 실린 글이 참고가 될 것이다.

제(齊)나라 경공(景公)이 사냥에서 돌아왔을 때 재상 안영(晏嬰)이 천대(邅臺)에서 기다리고 있자 간사한 신하 양구거(梁丘據)도 수레를 달려 찾아왔다. 경공이 그를 보자 이렇게 말했다.

"나는 오직 양구거와 마음이 맞는 거야."

그러자 안영이 대답했다.

"양구거도 똑같을 것입니다. 그러나 그것을 어찌 조화를 이루었다 할 수 있겠습니까?"

경공이 다시 물었다.

"화(和)와 동(同)은 어떻게 다른가?"

그러자 안영은 그 차이를 이렇게 설명했다.

"다른 것입니다. '화(和)'란 국과 같습니다. 물과 불과 고기와 소금과 양념을 넣고 삶습니다. 이것을 삶는 데 섶나무로써 하고, 요리사가 이것을 화합시키고, 이것을 갖추는 데 맛으로써 하며, 미치지 못하는 것을 소금으로써 하고, 지나친 것을 물로써 맞춥니다. 군자가 이것을 먹으면 마음이 편안하게 됩니다.

임금과 신하의 관계도 또한 이와 같습니다. 임금이 옳다고 말하는 바에 잘못이 있으면 신하가 그 잘못을 간하여 그것을 옳게 이루어야 합니다. 임금이 그른 것을 옳다고 말하면 신하는 옳음을 간하여 그릇됨을 없게 해야 합니다. 이로써 정치가 평화로워져 범하지 않고, 백성들에게 다투는 마음이 없는 것입니다.

그런데 양구거는 그렇지 않습니다. 임금이 옳다고 말씀하시면 양구거도 옳다고 하고, 임금이 그르다고 말씀하시면 양구거도 그르다고 합니다. 이것은 물에 물을 탄 것과 같으니 누가 이것을 능히 먹겠습니까? 거문고와 비파가 어울리는 것 같으니 누가 능히 이것을 듣겠습니까? 뇌화부동의 옳지 않음이 이와 같습니다."

이상의 설명으로써 '화(和)'와 '동(同)'의 다른 점을 알 수 있을 것이다. 이 이야기는 ≪안자춘추(晏子春秋)≫ 권4 외편(外篇)에도 실려 있다.

勸善懲惡
권 선 징 악

착한 행실을 권장하고 악한 행실을 징계한다는 뜻이다.

권할 **권** 착할 **선** 징계할 **징** 악할 **악**

≪춘추좌씨전≫의 노(魯)나라 성공(成公) 14년에 다음과 같은 기록이 있다.

"9월에 제(齊)나라로 공녀(公女)를 맞이하러 갔던 교여(僑如:宣伯)가 부인 강씨(姜氏)를 데리고 제(齊)나라에서 돌아왔다. 교여라고 높여서 부른 것은 부인을 안심시켜 슬며시 끌고 오기 위해서였다. 이보다 앞서 선백(宣伯)이 제(齊)나라로 공녀를 맞이하러 갔을 때는 선백을 '숙손(叔孫)'이라고 불러 군주의 사자로서 높여 부르는 방법을 사용했다.

그러므로 군자는 이렇게 말한다. '춘추시대의 호칭은 알기 어려운 것 같으면서도 알기 쉽고, 쉬운 것 같으면서도 뜻이 깊고, 빙글빙글 도는 것 같으면서도 정돈되어 있고, 노골적인 표현을 쓰지만 품위가 없지 않으며, 악행을 징계하고 선행을 권한다(懲惡而勸善). 성인이 아니고서야 누가 이렇게 지을 수 있겠는가?'"

'악함을 징계하고 선함을 권한다' 는 것은 악한 사람을 책망하고 선한 사람을 권장한다는 뜻으로 풀이할 수 있거니와 '권선징악(勸善懲惡)' 은 여기에서 나온 말이다.

捲土重來
권　토　중　래

흙먼지를 날리며 다시 온다는 뜻으로, 어떤 일에 실패한 뒤 다시 그 일에 착수하는 것을 말함.

말 **권** 흙 **토** 거듭할 **중** 올 **래**

　이 말은 '한 번 싸움에 패한 사람이 다시 힘을 내어 흙을 말아 올릴 정도의 기세로 공격해 들어온다.' 는 뜻으로 사용되고 있다. 물론 오늘날에는 전쟁에 한한 것이 아니라 '한 번 실패하고서 다시 그 일에 도전한다' 는 뜻으로 널리 사용된다.

　이 말은 만당(晚唐)의 대표적인 시인이었던 두목(杜牧, 803~843)의 칠언절구(七言絕句)인 〈제오강정시(題烏江亭詩)〉에서 나온 것이다.

　승패는 병가(兵家)도 기약할 수 없으니 부끄러움을 안고 부끄러움을 참는 것, 이것이 남아다.

　강동(江東)의 자제(子弟)들 중에는 호걸들이 많으니 흙을 말아 올려 거듭 쳐들어오는지 아직은 알 수 없네.

勝敗兵家不可期 包羞忍恥是男兒

江東子弟多豪傑 卷土重來未可知

오강(烏江)은 안휘성(安徽省) 화현(和縣)의 동북쪽에 위치해 있으며 양자강(揚子江) 오른쪽 기슭에 있다.

이 시는 이 고장을 여행하던 두목(杜牧)이 옛날 스스로 목숨을 끊은 초왕(楚王) 항우(項羽, B.C. 232~202)를 그리워하며 읊은 시이며 오강묘시(烏江廟詩)〉라고도 한다. 항우를 제사지내는 사당이 서 있던 것으로 생각된다.

항우는 해하(垓下)에서 유방(劉邦)과 싸움을 하다가 패전하여 이곳으로 도망쳐 왔다. 오강의 정장(亭長)은 배를 기슭에 준비해 놓고 항우를 기다리고 있었다. 정장이란 당시 지방에서 도둑을 체포하는 일을 맡은 하급관리이다. 항우가 달려오자 정장이 말했다.

"왕이여, 강동(江東)은 비록 작은 땅이지만 그래도 수십만 명이 살고 있으며, 왕 노릇은 충분히 할 수 있는 고장입니다. 자, 급히 배에 오르십시오. 제가 건너다 드리겠습니다."

강동이란 양자강 하류의 땅으로 강남(江南)이라고도 한다. 항우가 군대를 일으킨 것은 이 지방이며, 따라서 정장은 항우에게 그곳으로 돌아가라고 권했던 것이다. 그러나 항우는 이렇게 말했다.

"옛날에 나는 강동의 젊은이들 팔천 명과 강을 건너 서쪽으로 갔는데 지금 나에게는 함께 돌아갈 수 있는 병사가 한 사람도 없네. 내가 무슨 면목으로 강동에 계신 부형(父兄)을 뵐 수 있겠는가?"

하며 싸움터에서 타고 온 말에서 내리더니 이 말을 차마 죽일 수 없어 정장에게 주었다. 그후 추격해 온 한(漢)나라의 군대와 싸우다 스스로 목숨을 끊어 죽었다. 이때 항우의 나이는 불과 30세였다. 보기 드문 영웅의 최후가 너무나 비참하였다.

두목(杜牧)은 이 시에서 무상함을 읊었다.

항우여, 당신은 확실히 싸움에서 한 번 지고 말았지만 도대체 승부란 병가(兵家)들조차 예기할 수 없는 것이니 한때의 수치를 참아내는 것이야말로 남아가 아니겠는가?

더구나 강동의 젊은이들은 호걸들이 많다. 왜 강동으로 건너가서 힘을 길러 '권토중래(捲土重來)' 하여 유방을 쳐부수지 못하였는가? 충분히 할 수 있었을지도 모르는데.

克己復禮
극   기   복   례

지나친 욕심을 버리고 본래 사람이 지녀야 할 예의와 법도를 따른다는 뜻.

이길 **극** 자기 **기** 돌아올 **복** 예도 **례**

≪논어≫ 가운데는 '인(仁)'에 관한 논의가 몹시 많다. 환언하면 공자께서는 '인(仁)'을 근본사상으로 삼고 있다. 여기에서 주제로 하는 '극기복례(克己復禮)'도 그런 의미에서 '인(仁)'에 대한 정의라고 볼 수 있다.

안연(顔淵)이 인(仁)에 대하여 여쭈었다.

공자께서 말씀하셨다.

"나를 이기고 예로 돌아감이 인(仁)이 된다. 하루 동안 나를 이기고 예로 돌아가면 천하가 인(仁)으로 돌아간다. 인(仁)을 행한다는 것은 자기를 말미암은 것이니, 다른 사람에게 말미암겠는가?"

안연이 여쭈었다.

"청컨대 그 조목을 여쭙겠습니다."

공자께서 말씀하셨다.

"예가 아닌 것은 보지 말고, 예가 아닌 것은 듣지 말고, 예가 아닌 것은 말하지 말고, 예가 아닌 것은 움직이지 말라."

안연이 여쭈었다.

"회(回)가 비록 불민(不敏)하나 청컨대 이 말을 받들겠습니다."

顔淵問仁. 子曰 克己復禮爲仁. 一日克己復禮 天下歸仁焉. 爲仁由己而由人乎哉. 顔淵曰 請問其目. 子曰 非禮勿視 非禮勿聽 非禮勿言 非禮勿動. 顔淵曰 回雖不敏 請事斯語矣.(≪논어≫ 안연편(顔淵篇))

이것은 공자와 그의 수제자인 안연(顔淵)과의 문답 형식으로 되어 있다. ≪논어≫ 본문에서는 '자기를 이기고 예로 돌아감(克己復禮)'으로 '인(仁)'을 정의한 다음, '하루 동안 자기를 이기고 예로 돌아가면 천하는 인(仁)으로 돌아간다. 인(仁)을 행한다는 것은 자기에게 말미암은 것이지, 어찌 다른 사람에게 말미암겠느냐?'고 말씀하시고, 예가 아닌 것은 보지도 말고, 듣지도 말고, 말하지도 말고, 움직이지도 말라고 말씀하셨다.

안연도 이를 승복하여, '회(回)가 비록 우둔하기는 하지만 청컨대 이 말씀을 받들겠습니다.' 라고 대답하고 있다.

槿花一日自爲榮
근 화 일 일 자 위 영

아침에 피었다가 저녁때 시드는 무궁화 꽃과 같이 사람의 영화는 덧없는 것으로, 인생은 환상 이외의 아무것도 아니므로 슬퍼하고 기뻐하지 말라는 뜻이다.

무궁화나무 **근** 꽃 **화** 한 **일** 해 **일** 스스로 **자** 할 **위** 꽃 **영**

'근화(槿花:무궁화)' 란 높이가 3미터 가량 되는 낙엽관목(落葉灌木)으로, 초여름부터 가을에 걸쳐 흰 꽃과 보라색 꽃과 붉은 꽃이 핀다. 중국의 사전에 의하면 꽃은 아침에 피었다가 저녁에 시든다고 되어 있다.

'근화일일자위영(槿花一日自爲榮)' 이란 '아침에 피었다가 저녁때 시드는 무궁화 꽃과 같이 사람의 영화는 덧없다.' 라는 뜻으로 사용되고 있다. 출전은 백낙천(白樂天, 772~846)의 칠언율시(七言律詩) 〈방언(放言)〉 5수 중 첫 수에 실려 있다.

태산(泰山)은 털끝의 속임을 필요로 하지 않으니, 안자(顔子)는 팽조(彭祖)를 부러워하는 마음이 없다.

소나무는 천년을 살아도 마침내는 썩고, 무궁화 꽃은 하루를 피어도 스스로 영화가 된다.

어찌 세상을 그리워하여 항상 죽음을 근심하랴. 또한 몸을 싫어하여 함부로 삶을 싫어하랴.

삶이 가고 죽음이 오는 것은 모두가 환상이니, 환상의 인간이 슬픔과 즐거움을 어찌 정에 이으랴!

泰山不要欺毫末 顏子無心羨老彭

松樹千年終是朽 槿花一日自爲榮

何須戀世常憂死 亦莫嫌身漫厭生

生去死來都是幻 幻人哀樂繫何情

〈방언(放言)〉 5수에 있는 서문에 의하면, 백낙천은 44세 때 조정의 분노를 사서 강주(江州) 사마(司馬)로 좌천되어 가는 도중에 배 안에서 전에 원진(元稹, 779~831)으로부터 〈방언〉이란 시를 보내준 데 대해 같은 제목으로 화답하여 지은 것이다. 원진은 백낙천과 둘도 없는 친구이며 그때 백낙천과 같이 강릉(江陵)으로 좌천되어 슬픔에 싸여 있었다. '방언(放言)'이란 마음 내키는 대로 읊는다는 뜻이며 이 시의 대의를 말하면 다음과 같다.

"태산(泰山)과 같은 천하의 큰 산은 털끝 같은 작은 것들을 모멸할 필요가 없으며, 공자의 제자인 안자(顔子)는 불과 32세의 젊은 나이로 죽었지만 팔백 년이나 살았다는 팽조(彭祖)를 부러워하는 마음이 조금도 없다. 소나무는 천년을 살지만 마침내는 썩어서 문드러지고, 무궁화 꽃은 단지 하루를 피었다 지지만 아름다운 광영을 누린다.

그러므로 세상에 집착하여 죽음을 근심할 필요는 없으며, 또 덧없는 자기의 육체나 생명을 싫어할 필요도 없다. 삶이 자기로부터 떨어져 나가면 죽음이 오니 이것은 모두가 환상에 지나지 않는다. 인생은 환상이니 슬픔과 즐거움을 어찌 정으로 이어가려 하겠는가?"

백낙천은 사람의 영화는 무궁화 꽃과 같이 하루 동안 피었다 지는 것이라고 해서 하루 동안의 영광을 한탄하지 않았다. 도대체가 인생은 환상 이외의 아무것도 아니므로 슬퍼하고 기뻐하는 자체가 어리석다고 말하는 것이다.

金蘭之交
금 란 지 교

단단하기가 황금 같고 아름답기가 난초 향기와 같은 사귐. 둘이 합심하면 아무리 어려운 일이라도 헤쳐 나갈 수 있는 우의가 두터운 친구 사이를 뜻함.

쇠 **금** 난초 **란** 어조사 **지** 사귈 **교**

이 말은 '친구 사이가 매우 친밀하여 그 사귐이 쇠보다도 굳고 그 향기가 난초와 같다.' 는 뜻으로 사용되고 있다.

사람들은 한가지로 먼저는 울부짖고 뒤에는 웃는다. 공자께서 말씀하셨다. 군자의 도(道)는 혹은 나가 벼슬하고 혹은 물러나 집에 있으며, 혹은 침묵을 지키거나 혹은 크게 말한다. 두 사람이 마음을 하나로 하면 그 날카로움이 쇠를 끊고, 마음을 하나로 말하면 그 향기가 난초와 같다.

同人 先號咷而後笑 子曰 君子之道 或出或處 或默或語. 二人同心 其利斷金 同心之言 其臭如蘭.

몹시 친밀한 사이를 '금란지교(金蘭之交)' 라고 말하는 것은 여기에서 나온 것이며, 친구 사이의 사귐이 굳은 것을 '금란지계(金蘭之契)' 라고 하는 말은 백낙천(白樂天)의 시구에 나온다.

대홍정(戴洪正)이라는 자는 친구를 얻을 때마다 장부에 기록했는데, 향을 피우고 조상에게 고하여 '금란부(金蘭簿)' 라고 이름을 붙였다. 후세에 친구의 주소와 성명을 기록한 장부를 '금란부'라고 부르게 되었다.

錦上添花
금 상 첨 화

비단옷 위에 꽃을 더한다는 뜻으로, 좋은 일에 더 좋은 일이 더해짐을 뜻함.

비단**금** 위**상** 더할**첨** 꽃**화**

왕안석(王安石, 1021~1086)은 북송(北宋) 중기 군사비 팽창에 의한 경제적 파탄을 구하려고 획기적인 신법(新法)을 실시한 정치 귀재(鬼才)일 뿐 아니라 송나라 시대의 시풍(詩風)을 대표하는 시인이기도 하다.

다음의 시는 그가 만년에 남경(南京)에서 은둔 생활을 할 무렵의 작품인 것 같다. 〈즉사(卽事)〉란 세상 물정에 직면하여 그 자리에서 지은 즉흥시를 말한다.

강물은 남원(南苑)으로 흘러 언덕 서쪽으로 기울어지는데,
바람에 수정 빛이 있고 이슬에 꽃다움이 있네.
문앞의 버드나무는 고인이 된 도령(陶令)의 집이고,
우물가의 오동나무는 예전 총지(總持)의 집일세.
좋은 초대를 받아 술잔에 술을 거듭하니,
아름답게 노래 불러 비단 위에 꽃을 더하네.

문득 무릉도원(武陵桃源)에 술통과 고기의 손님이 되니,
시내 근처에는 아직 붉은 노을이 적네.

河流南苑岸西斜 風有晶光露有華
門柳故人陶令宅 井桐前日總持家
嘉招欲覆盃中淥 麗唱仍添錦上花
便作武陵樽俎客 川源應未少紅霞

"강물은 남원(南苑)으로 흐르고 서쪽으로 언덕이 기울어졌는데 배로 그 흐름을 거슬러 올라간다. 아침이라 바람이 맑고 이슬이 영롱하다. 문 앞에 버들이 있는 곳은 친구인 도연명(陶淵明)의 집이고, 우물가에 오동 나무가 있는 곳은 예전 총지(總持)의 집이다. 좋은 초대를 받아 술잔에 술을 얼마나 마셨는지 모른다. 아름다운 노래 소리가 비단 위에 꽃을 놓은 것같이 아름답다. 나는 무릉도원(武陵桃源)에서 노닐다 술과 맛있는 음식을 마음껏 먹은 어부처럼 돌아가는 것을 잊어버릴 것 같다. 강 근처에는 아직 저녁노을이 붉게 남아 있다."

아직 돌아갈 시간은 충분할 것이다. 붉은 노을은 저녁노을을 의미하고 있으며 동시에 도원경(桃源境)의 복숭아꽃을 말하고 있는 것 같다. '비단'은 잔치의 자리와 주변의 풍경을 말한 것이고 '꽃'은 아름다운 노랫소리를 뜻한 것이다.

金城湯池

금 성 탕 지

끓는 물에 둘러싸인 성이란 뜻으로, 방비가 빈틈없이 견고하게 되어 있다는 뜻이다.

쇠 **金** 성 **城** 끓을 **湯** 못 **池**

진(秦)나라 2세 황제 원년에 진승(陳勝) 등이 진나라에 반란하여 봉기(峰起)한 것을 신호로, 각지에서 차례차례 군대를 일으켰으며 조(趙)나라의 옛 영토에서도 무신이라는 사람이 군대를 일으키고 스스로 무신군(武信君)이라고 불렀다.

이때 범양(范陽)에 있던 괴통(蒯通)이라는 변설가가 현령(縣令)인 서공(徐公)에게 자기가 무신군을 만나,

"만일 범양을 공격하여 항복을 받고 현령을 섣불리 취급한다면 여러 나라의 현령들은 그 항복이 헛수고임을 알고 반드시 성을 굳게 지키려 할 것이니, 모두가 금성탕지(金城湯池:몹시 견고하고 끓는 물의 연못이 있어 가까이 가지 못하는 성)를 굳게 지켜 공격할 수 없겠지만(皆爲金城湯池 不可攻也), 범양의 현령을 후하게 맞이하고 여러 방면으로 사자를 보내는 것을 보면 싸우지 않고 항복할 것이다."

라고 설복하겠다고 말했다. 그러면 무신군도 깨닫는 바가 있을 것이라는 것이었다.

서공은 그 방법에 따르기로 했다. 과연 괴통이 말한 대로 일이 잘 되어 범양 사람들은 서공에게 덕이 있다고 말하고 30여 개의 성은 싸우지 않

고 무신군에게 항복했다.(≪한서≫ 괴통전(蒯通傳))

'금성(金城)'은 몹시 견고한 성이라는 의미를 나타내며, ≪관자≫나 ≪한비자≫ 등에도 보이거니와 '금성탕지(金城湯池)'라는 말은 여기에서 나온 것이다.

琴瑟相和
금 슬 상 화

거문고와 비파의 조화로운 화음처럼, 부부 사이가 화목하고 금슬이 좋다는 뜻.

비파 **琴** 큰거문고 **瑟** 서로 **相** 화할 **和**

≪시경≫ 소아(小雅)에 실려 있는 〈상체(常棣:아가위나무)〉는 한 집안과 형제간의 우애를 노래한 것으로, 모두 8절로 이루어져 있다. 그중 제7절에서 다음과 같이 노래하고 있다.

아내와 아들이 화합하는 것이 마치 비파와 거문고를 울림과 같도다.
형제가 이미 화합하니 화락하고 또 즐기는도다.

妻子好合 如鼓琴瑟
兄弟旣翕 和樂且湛

또 《시경》 국풍(國風)의 5절로 이루어진 〈관저(關雎)〉 제4절에서도 이렇게 읊고 있다.

들쭉날쭉한 물쑥을 좌우로 헤치며 따는도다.
아름다운 아가씨는 거문고와 비파처럼 즐기는도다.

參差荇菜 左右采之
窈窕淑女 琴瑟友之

위의 〈상체(常棣)〉라는 시는 아내와 아들이 잘 조화되는 것은 마치 거문고와 비파가 잘 어울리는 것과 같고, 형제들의 우애가 화락하면서도 즐겁게 조화를 이룬다는 뜻으로, 한 집안의 처자와 형제간의 화락함을 찬양한 것이며 주로 잔치 때 부르는 노래이다.

또 〈관저(關雎)〉라는 시는 들쭉날쭉한 물쑥을 골라서 따는 것처럼 아리따운 아가씨를 아내로 맞이하여 거문고와 비파가 조화를 잘 이루듯이 사이좋게 즐기고 싶다는 뜻의 연가(戀歌)이다.

이 두 시구(詩句)에서 취하여 부부간에 화락하게 지내는 모습을 비유하여 '금슬상화(琴瑟相和)' 라고 말한다.

錦衣夜行
금 의 야 행

비단옷을 입고 밤길을 다닌다는 뜻으로, 아무 보람도 없는 일을 한다는 말.

비단 **금** 옷 **의** 밤 **야** 다닐 **행**

홍문연(鴻門宴)이 있은 지 며칠 뒤에 항우(項羽)는 군대를 이끌고 서쪽으로 향하여 진(秦)나라의 도읍인 함양(咸陽)을 쳐들어갔다. 그러나 함양은 유방(劉邦)이 먼저 점령하고 있었기 때문에 항우는 그냥 입성했을 뿐이었다.

그러나 항우는 함양에 입성하자마자 유방에게 거짓으로 투항(投降)하여 관리의 감시하에 있던 진(秦)나라 왕자 영(嬰)을 죽이고, 유방이 손대지 않고 있던 진(秦)나라 궁궐에 불을 질렀다. 그 불은 사흘 동안이나 타올랐다. 그리고 항우는 재보와 여자들을 손에 넣고 동쪽으로 돌아가려 했다.

그때 항우에게 이렇게 설득하는 사람이 있었다.

"함양(咸陽)은 산과 강이 험하여 사방을 막고 있고 땅이 기름지므로 여기를 도읍으로 삼으면 천하의 패자(覇者)가 될 수 있습니다."

그러나 항우는 진(秦)나라의 궁궐이 불타 파괴되는 것을 보고, 또 고향이 그리워졌기 때문에 동쪽으로 돌아가고 싶어 이렇게 대답했다.

"아무리 부귀해질지라도 고향으로 돌아가지 않으면 비단옷을 입고 밤

길을 가는 것과 같다. 누가 이것을 알겠는가?"

富貴不歸故鄕 如衣繡夜行. 誰知之者.(≪사기≫ 항우본기)

≪한서≫에는 이 '수(繡)' 자가 '금(錦)' 자로 되어 있다. 여기에서 '비단옷을 입고 고향으로 돌아간다.'는 말이 나온 것이다.

이 일화는 항우가 얼마나 시골 사람과 같은 소박한 감정을 지니고 있는가를 잘 표현해 주고 있다. 그것은 항우에게 함양을 도읍으로 삼으라고 설득했던 자도 느꼈던 일이다. 그는 항우의 대답을 듣자 뒤에 있는 사람들에게 이렇게 말했다.

"세상 사람들이 '초(楚)나라 사람은 원숭이가 갓을 쓴 것 같을 뿐이다.'라고 말하더니 과연 그러하다."

당시에 초(楚)나라 사람들은 시골 사람이라는 놀림이 있었다고 생각된다. 항우는 초(楚)나라 사람이었다. 이 말이 항우의 귀에 들어가자 크게 노하여 이 사나이를 삶아 죽였다고 한다.

起死回生
기 사 회 생

죽을 목숨을 다시 살려낸다는 뜻으로, 위기에 처한 상황에서 구원하여 사태를 호전시킨다는 말.

일어날 **기** 죽을 **사** 돌 **회** 날 **생**

춘추시대 후기인 노(魯)나라 애공(哀公) 원년, 오왕(吳王) 부차(夫差)는 3년 전에 월(越)나라에 패하여 다리에 중상을 입고 죽은 아버지 합려(闔閭)의 원수를 갚아 월왕(越王) 구천(勾踐)을 격파했다.

월(越)나라의 대부(大夫)인 종(種)은 구천에게 화평을 구하는 방책을 드리고 구천은 이것을 승낙했다. 이리하여 대부 제계령(諸稽郢)에게 명하여 오(吳)나라에게 화평을 신청하게 했다.

이보다 앞서 월(越)나라가 오왕 합려에게 부상을 입혔음에도 불구하고 부차가 용서하고 은혜를 베푼 다음, '군왕의 월(越)나라에서는 죽은 사람을 일으켜서(起死人) 백골에 살을 붙인 것과 같다. 과인은 감히 하늘의 재앙을 잊지 못하고, 감히 군왕의 은혜를 잊을 수가 없다.' 라고 했다.

오왕 부차는 월(越)나라에 대하여 죽은 사람을 되살려 백골에 살을 붙인 것과 같은 큰 은혜를 베풀었다.

또 《여씨춘추》의 별류편(別類篇)에 이와 같은 이야기가 있다.

"노(魯)나라 사람으로 공손작(公孫綽)이란 자가 있어, '나는 죽은 사람을 되살릴 수 있다.' 고 사람들에게 말했다. 그 이유를 물어보니 이렇게 대답했다. '나는 반신불수를 고칠 수 있다. 반신불수를 고치는 약을 배로 늘리면 그것으로 죽은 사람을 되살릴 수도 있다.(起死回生)'"

'회생(回生)'이란 말은 만당(晩唐)의 시인 이상은(李商隱)의 〈우회시(寓懷詩)〉에, '풀은 회생(回生)하는 씨가 되어, 향기와 푸르름이 도리어 죽어서 향기롭다.'라고 읊은 것이 있다.

'기사회생(起死回生)'이란 죽은 목숨을 다시 살려내는 것처럼 큰 은혜를 베푸는 것을 뜻하지만, 지금은 '죽음에 임박한 환자를 되살린다'는 뜻으로 사용되고 있고, '위기에 처한 것을 구원하여 사태를 호전시킨다.'는 뜻으로도 사용된다.

杞憂
기   우

하늘이 무너질까 걱정하는 것으로, 쓸데없는 근심을 한다는 뜻.

나라이름 **기** 근심할 **우**

≪열자≫ 천서편(天瑞篇)에 다음과 같은 이야기가 있다.

기(杞)나라 사람 중 하늘과 땅이 무너져 내려앉으면 몸 붙일 곳이 없을까 근심하여 먹고 자는 것을 그만둔 사람이 있었다. 또 그의 근심하는 것을 근심하는 사람이 있어 그에게 이것을 깨우쳐 말했다.

"하늘은 기운이 쌓인 것뿐이니 어디든 기운이 없는 곳이 없네. 몸을 굽히고 펴고 호흡함과 같은 것은 종일토록 하늘 가운데 있어서 행함을 그치는 일이 없네. 어찌 하늘이 무너져 내려앉을 것을 근심하는가?"

그 사람이 말했다.

"하늘이 과연 기운이 쌓인 것이라면 해와 달과 별들이 마땅히 떨어지지 않겠는가?"

깨우쳐 주려는 사람이 말했다.

"해와 달과 별들도 또한 기운이 쌓인 가운데 빛남이 있는 것일세. 만일 떨어지게 할지라도 또한 능히 맞추어 상처 낼 곳이 있지 아니하네."

그 사람이 말했다.

"땅이 무너진다면 어떻게 하나?"

깨우쳐 주려는 사람이 말했다.

"땅은 덩어리가 쌓였을 뿐이니 사방의 허한 곳을 채우고 막아서 어느 곳이나 덩어리가 없는 곳이 없네. 걸음을 걷고 땅을 밟고 하는 것은 종일을 땅 위에서 행하여 그치지 않는 것일세. 어찌 땅이 무너질 것을 근심하겠는가?"

그러자 그 사람이 마음을 놓고 크게 기뻐했다. 깨우쳐 주려는 사람 또한 마음을 놓고 크게 기뻐했다.

杞國有人憂天地崩墜 身亡所寄 廢寢食者. 又有憂彼之所憂者. 因往曉之 曰 天積氣耳 亡處亡氣 若屈伸呼吸 終日在天中行止. 奈何憂崩墜乎. 其人曰 天果積氣 日月星宿不當墜邪. 曉之者曰 日月星宿亦積氣中有光耀者. 只使墜 亦不能有所中傷. 其人曰 奈地壞何. 曉者曰 地積塊耳 充塞四虛 亡處亡塊. 若蹈步跐蹈 終日在地上行止. 奈何憂其壞. 其人舍然大喜. 曉之者亦舍然大喜.

기(杞)나라는 주무왕(周武王)이 은(殷)나라를 멸망시켰을 때 우(憂)나라 우왕(禹王)의 자손인 동루공(東樓公)을 봉하여 우왕의 제사를 받들게 한 작은 나라로, 지금의 하남성(河南省) 기현(杞縣)이 그 옛 도읍이다.

그곳에 만일 하늘이 떨어지고 땅이 무너지면 몸 둘 곳이 없음을 근심하여 밤에도 잠을 못 자고 식사도 못하는 사나이가 있었다. 그러자 이 사나이가 근심하고 있는 것을 다시 근심하는 사나이가 있어 그에게 가서 이렇게 말했다.

"하늘이란 기운이 거듭 쌓여서 이루어진 것에 불과하다. 기운은 어디에나 있는 것이다. 사람이 몸을 굽히거나 펴거나 숨을 들이마시고 내마시고 하는 것은 온종일 하늘 속에서 행하는 일이다. 어찌 하늘이 떨어질 것을 근심하고 있는 것인가?"

"하늘이 정말로 기운이 쌓여 이루어진 것이라면 해와 달과 별들이 떨어져 내려올 것이 아닌가?"

"해와 달과 별들도 역시 기운이 쌓여 이루어진 것이며 그 가운데 빛나는 것을 가졌음에 불과한 것이다. 그러므로 설사 떨어져 내려온다 할지라도 사람에게 맞아서 부상을 입히거나 하는 것은 아니라네."

"땅이 무너지면 어떻게 하지?"

"땅이란 흙이 쌓여서 이루어진 것에 불과하다. 흙은 사방을 채우고 막고 있어 어디에나 있는 것이다. 사람들이 걸어다니고 밟고 하는 것은 온종일 땅 위에서 행하고 있는 일이다. 어째서 땅이 무너질 것을 근심하는 것인가?"

근심하고 있던 사나이는 마음을 풀고 크게 기뻐했다. 그것을 본 충고하던 사나이도 마음을 풀고 크게 기뻐했다.

이 이야기 다음에, 장려자(長盧子)라는 현명한 사람이 그 이야기를 듣고 이렇게 말했다.

"하늘과 땅이 무너지지나 않을까 하고 근심한 것은 먼저의 근심을 지나치게 하는 것이라고 말할 수밖에 없지만 무너지지 않는다고 단언하는 것도 올바른 일은 아니다."

라고 말한 다음 열자(列子)의 말을 빌어,

"하늘과 땅이 무너지거나 무너지지 않거나 그런 것에는 마음을 혼란시키지 않는, 마음 없는 경지가 중요한 것이다."

라고 끝맺고 있다.

이 이야기에서 보는 바와 같이 '쓸데없는 근심을 하는 것'을 '기우(杞憂)' 라고 말한다.

騎 虎 之 勢
기　　　호　　　지　　　세

호랑이를 타고 달리다가 중간에 내리려고 하면 호랑이에게 먹히기 때문에, 호랑이가 지쳐 멈출 때까지 계속 달려야 하듯, 일을 중도에 그만둘 수 없는 처지를 말함.

말탈 **기** 범 **호** 어조사 **지** 기세 **세**

일단 호랑이의 등에 타고 앉으면 호랑이가 달리다 지쳐 머물 때까지는 내려올 수 없다. 중간에서 내리면 호랑이에게 잡혀 먹히기 때문이다.

이 말은 중국에서도 잘 사용되고 있거니와, 그중에서도 수(隋)나라의 문제(文帝) 양견(楊堅)의 황후인 독고씨(獨孤氏)가 남편을 격려할 때 사용한 예로 널리 알려져 있다.

독고씨는 북주(北周)의 대사마(大司馬)인 하내공(河內公) 신(信)의 일곱째 딸로, 큰언니는 북주 명제(明帝)의 황후였다. 아버지 신이 양견에게 시집보냈을 때 그녀의 나이는 14세였다. 그녀는 현명하여 양견이 수(隋)나라를 세운 뒤에도 환관을 통하여 양견의 정무(政務)를 도와 조정에 두 천자가 있다고 일렀다.

한편 그녀는 결혼한 당초에 양견에게 서자를 받아들이지 않겠다고 맹세한 일이 있었다고 하거니와 질투심이 강하여, 양견은 항상 후궁에게 눈빛을 빛내면서도 그녀가 50세로 죽을 때까지 끝내 서자를 한 사람도 갖지 못하게 하였다. 오직 한 번 양견이 후궁인 미녀에게 손댄 일이 있었다. 이것을 안 독고씨는 양견이 조정에 나가 있는 틈에 그녀를 죽여버렸다.

화가 난 양견이 말을 타고 궁중을 빠져나가며 뒤따라온 신하에게,

"나는 천자인데도 좋아하는 일을 할 수 없는 것인가?"

하며 울었다고 한다. 이런 일이 있었기 때문인지 독고부인이 죽자 양견은 후궁인 진씨(陳氏)와 채씨(蔡氏)에게 열중하여 그 때문에 목숨을 단축하는 결과가 되었다.

북주의 선제(宣帝)가 죽자 양견이 어린 정제(靜帝)를 보좌하여 국정을 맡아 다스리게 되었을 때 독고씨는 환관에게 명령하여 양견에게 전하게 하였다.

주(周)나라의 선제(宣帝)가 돌아가심을 당하여, 고조(高祖)인 문제(文帝)가 조정에 들어가서 백 가지 일을 총괄하고 있었다. 독고 황후는 사람을 시켜 고조에 일러 말하기를, '대사는 이미 그러하며 호랑이를 탄 형세로서 내려올 수 없으니 이것에 힘쓰라.'

當周宣帝崩 高祖入居禁中 總百揆. 后使人謂高祖曰 大事已然 騎虎之勢 不得下 勉之.

'일이 여기에 이르렀으므로 힘써서 해 주십시오. 호랑이를 탄 형세이니 중간에서 내릴 수는 없는 노릇입니다.'

그녀가 이 시점에서 북주(北周)를 쓰러뜨릴 것을 결심한 것은 이에 의해서도 명백한 사실이다.

奇貨可居
기 화 가 거

진기한 물건을 잘 간직해 둔다는 뜻으로, 당장은 쓸모가 없어도 훗날 때를 기다리면 큰 이득을 남길 수 있다는 말.

기이할 **기** 재화 **화** 옳을 **가** 있을 **거**

여불위(呂不韋)는 한(韓)나라 도읍인 양적(陽翟)의 거상(巨商)이었다. 여러 나라로 돌아다니며 싼 값으로 물건을 사서 비싼 값으로 팔아 집에 천금의 재산을 쌓아 두고 있었다.

진(秦)나라 소왕(昭王) 40년에 태자가 죽었다. 그래서 42년에 소왕은 차남인 안국군(安國君)을 태자로 세웠다. 안국군에게는 20여 명의 아들이 있었다. 또 안국군에게는 몹시 총애하는 첩이 있어 그녀를 정부인(正夫人)으로 세워 화양부인(華陽夫人)이라고 불렀다. 이 화양부인에게는 아들이 없었다.

그런데 안국군의 아들 중에 자초(子楚)라는 아들이 있었으며, 그 어머니는 하희(夏姬)라고 불렀는데 안국군의 총애를 별로 받지 못하고 있었다. 자초는 진(秦)나라를 위하여 조(趙)나라에 볼모로 가 있었는데 진나라가 자주 조나라를 공격했기 때문에 조나라에서는 자초를 예로 대우하지 않고 있었다.

또한 자초는 진(秦)나라의 많은 첩들의 아들 중 한 사람으로 제후 나라에 볼모로 있었기 때문에 수레나 말이나 재물도 넉넉하지 못하였으며 일상생활에서도 부족한 것이 많아 뜻과 같지 못한 상태에 있었다.

그때 여불위가 조(趙)나라의 도읍인 한단(邯鄲)에 장사 차 와서 자초가 처해 있는 사실을 알고 불쌍하게 생각하며 말했다.

"이것은 진기한 재물이니 사 두기로 하자."

다음은 ≪사기≫ 여불위열전(呂不韋列傳)의 첫머리 부분이다.

여불위(呂不韋)는 양적(陽翟)의 큰 장사치이다. 여러 나라로 왕래하며 싼 값으로 사서 비싼 값으로 팔아 집에 천금을 쌓아 두었다. 진(秦)나라 소왕(昭王) 40년에 태자가 죽었다. 그 42년에 그의 차남인 안국군(安國君)으로써 태자를 삼았다. 안국군에게는 아들이 20여 명이나 있었다. 안국군에게는 몹시 사랑하는 첩이 있어 그녀를 세워 정부인(正夫人)으로 삼으니 이름 하여 화양부인(華陽夫人)이라고 불렀다. 화양부인에게는 아들이 없었다. 안국군의 아들 가운데 자초(子楚)가 있었다. 자초의 어머니는 하희(夏姬)라고 하였는데 사랑을 받지 못했다. 자초는 진(秦)나라를 위하여 조(趙)나라에 볼모로 가 있었는데, 진(秦)나라가 자주 조(趙)나라를 공격하여 조(趙)나라에서는 자초를 예로 대우하지 않았다. 자초는 진(秦)나라의 많은 서손으로서 제후에게 볼모로 와 있어서 수레를 타는 것도 넉넉하지 못하고 거처도 곤궁하여 뜻을 얻지 못하고 있었다. 여불위는 장사 차 한단(邯鄲)에 갔다가 이것을 보고 불쌍하게 생각하여 말했다.
'이것은 진기한 재물이로군, 사 두어야겠다.'

呂不韋者 陽翟大賈人也. 往來販賤賣貴 家累千金. 秦昭王四十年 太子死. 其四十二年 以其次子安國君爲太子. 安國君有子二十餘人. 安國君有所甚愛姬 立以爲正夫人 號曰華陽夫人. 華陽夫人無子. 安國君中男名子楚. 子楚母曰夏姬 毋愛. 子楚爲秦質子於趙. 秦數攻趙 趙不甚禮子楚. 子楚秦諸庶孽孫 質於諸侯. 車乘進用不饒 居處困 不得意. 呂不韋賈邯鄲 見而憐之曰 此奇貨可居.

이것이 '기화가거(奇貨可居)'의 출전이거니와, 이 '기화(奇貨)'란 말은 '사람의 불행을 기화(奇貨)로 삼아', '다행스럽게도', '의외로 다행하게도'의 뜻으로 사용되고 있다.

여불위는 자초를 안국군 다음의 왕으로 삼아, 이로 인하여 여불위 자신도 막대한 이익을 얻으려는 비결을 자초에게 말했다. 현재의 상태로는 전혀 희망이 없는 자초이고 보면 그것은 고마운 얘기이기 때문에 자초는 여불위의 제안에 모두 찬성하면서,
"만일 당신의 계획대로 된다면 진(秦)나라를 당신과 나누어 가져야지요."
하고 약속했다.
여불위는 우선 오백 금을 자초에게 주어 빈객들과 접촉하는 비용으로 쓰게 하고, 나머지 오백 금으로 값진 물건을 산 후 진(秦)나라로 가서 화양부인에게 보내며, 자초가 화양부인을 마음으로부터 그리워하고 있다

고 말했다. 화양부인이 그 말을 듣고 마음이 동하는 것을 보자 여불위는 화양부인의 언니를 시켜 화양부인을 설득했다.

"얼굴이 예뻐서 총애를 받았던 사람은 얼굴의 모습이 쇠퇴하면 그 지위를 잃게 됩니다. 그것을 유지하는 길은 아들뿐입니다. 지금 당신을 그리워하고 있는 자초를 아들로 삼아 다음 왕위에 오르게 한다면 당신의 지위는 끝까지 태평할 것입니다."

화양부인은 좋은 생각이라고 말하고 안국군에게 자초를 다음 왕위에 오르게 하자고 졸라댔다. 이리하여 안국군은 허락했다. 여불위의 계획은 보기 좋게 성공했던 것이다.

한편 여불위는 한단에서 손에 넣은 무희(舞姫)가 있었다. 자태가 절묘했기 때문에 여불위도 마음에 들었지만 자초가 첫눈에 반하여 그녀를 소원하고 있었다.

여불위도 그 무희가 몹시 아름다워 아깝기는 했지만 모처럼 낚아 올린 '기화(奇貨)'를 여인 한 사람 때문에 잃는 것은 안 된다고 생각하여 승낙했다. 그 무희는 아이 밴 것을 숨기고 자초에게 시집가 10개월이 차자 사내아이를 낳아 정부인(正夫人)이 되었다. 이 아이가 뒤에 진시황(秦始皇)이 된 것이다.

나

落魄
낙 백

권세나 재물이 줄어 뜻을 펼치지 못한다는 뜻.

떨어질 **락** 혼백 **백**

역생이기(酈生食其)는 진류현(陳留縣)의 고양(高陽) 사람이었다. 독서하기를 좋아했지만 집이 가난하고 영락(零落)하여 의식(衣食)의 직업이 없었다.

역생이기는 진류의 고양 사람이다. 글 읽기를 좋아했지만 집이 가난하고 영락하여 의식으로 삼을 직업이 없었다.

酈生食其者 陳留高陽人也. 好讀書 家貧落魄 無以爲衣食業.

이것은 ≪사기≫의 역생육가열전(酈生陸賈列傳)의 첫머리에 있는 글이다. '낙백(落魄)'이란 '영락하다', 또는 '뜻을 얻지 못하다'의 뜻으로 사용되고 있다.

이와 같은 처지였으므로 역생이기는 마을의 문지기를 하고 있었는데 아무도 부리는 사람이 없고, 진류현에서는 그를 '미친 선생'이라고 부르고 있었다.

진(秦)나라 말기에 세상이 어지러워지자 그는 연줄에 부탁하여 한(漢)나라 패공(沛公) 유방(劉邦)에게 봉사했다. 이때 그는 중간에 있는 사람에게 이렇게 말했다.

"패공은 거만하고 사람을 바보 취급하지만 책략에 몹시 뛰어나. 이런 사람에게 한번 봉사해 보고 싶군."

역생도 평범한 사람은 아니었다. 그러므로 중간에 있는 사람이,

"패공은 선비를 싫어해서 갓을 쓰고 오는 선비가 있으면 갓을 벗겨서 거기에 오줌을 눌 정도라구. 선비로서 패공을 설득하려 해서는 안 된다네."

라고 말해도 역생은 태평한 얼굴로,

"상관 없으니까 만나도록 해 주게."

하고 부탁했다. 드디어 패공을 알현하게 되니 패공은 의자에 앉아 다리를 아무렇게나 하고서 두 여인으로 하여금 발을 씻게 하고 있었으며 의자에서 일어나지도 않았다. 역생도 고개만 끄덕하고는 말했다.

"당신은 진(秦)나라를 도와서 제후를 공격하려 하는 것인가, 아니면 제후들을 이끌고 진(秦)나라를 공격하려 하는 것인가?"

"이 조그만 선비 놈아, 제후들을 이끌고 진(秦)나라를 공격하려는 것을 모르느냐?"

"의병을 모아 무도하게 진(秦)나라를 치고자 한다면 다리를 내리고서 어른을 만나야 할 것이 아닌가?"

패공은 태도를 고치고 역생을 상좌에 앉히고서 얘기를 들었다.

이 이후로 역생은 패공의 세객(說客)이 되어 제후들 사이를 뛰어다니며 활약하게 된다.

한(漢)나라 3년, 한왕(漢王) 유방은 항우와 싸우며 형양(滎陽)과 성고(成皐)에서 고전을 계속하고 있었다. 팽월(彭越)은 양(梁)나라의 땅으로, 한신(韓信)은 조(趙)나라를 평정하고 제(齊)나라로 향하려 하는데 항우는 도리어 양(梁)나라와 제(齊)나라를 도우려 하고 있었다. 기가 꺾인 한왕

유방은 성고(成皐) 이동의 땅을 포기하고 전선을 서쪽으로 축소하려고 생각했다.

역생은 그 소극 정책이 옳지 않음을 역설하고 자기가 제(齊)나라 왕을 설득하여 한(漢)나라 편을 들도록 하겠다고 제안했다. 한왕이 찬성했으므로 역생은 곧 제(齊)나라로 갔다.

역생은 힘을 다하여 한(漢)나라에 붙는 것이 유리하다는 사실을 제왕(齊王)에게 설득시켰다. 제왕이 이를 납득하고 한신의 군대에 대한 대비를 풀었다. 그러나 한신은 역생이 입끝으로만 제(齊)나라를 평정했다는 것을 알고 곧 제(齊)나라로 진군했다. 제왕은 한(漢)나라 군대가 공격해 들어왔다는 소식을 듣자 역생이 자기를 함정에 빠뜨렸다고 생각하고 꾸짖어 말했다.

"네가 한(漢)나라 군대를 제지한다면 모르지만 그렇지 않으면 너를 삶아 죽이겠다."

역생은 이미 돌이킬 수 없는 상황이 되어 버렸다는 것을 알고 있었다.

"큰일을 행하는 사람은 작은 법에 구애되지 않고 성한 덕이 있는 사람은 작은 예절로 괴롭히지 않는 법이다. 너를 위하여 앞에서 했던 말을 번복하는 짓은 하지 않을 테다."

제왕은 결국 역생을 삶아 죽였다.

洛陽紙貴
낙 양 지 귀

낙양의 종이가 귀하다. 작품이 유명해지거나 많이 팔리는 것을 뜻함.

강이름 낙 볕 양 종이 지 귀할 귀

진(晋)나라의 좌사(左思:자는 태충(太沖))는 제(齊)나라 임치(臨淄) 사람이었다. 그는 선비 집안에서 태어났으며, 아버지인 좌옹(左雍)도 하급 관리에서 몸을 일으켜 그의 학문이 팔려 전중시어사(殿中侍御史:검찰총장)로 발탁된 사람이다.

좌사는 젊은 무렵부터 글과 북과 거문고 등을 익혔는데 도무지 숙달되지 않았다. 그런데 어느 때 아버지가 아는 사람에게,

"내가 젊었을 무렵에는 이렇지 않았다."

라고 말하는 것을 듣고 분발하여 학문에 정진함과 동시에 음양의 기술까지 습득했다. 그는 뛰어난 문재(文才)를 지니고 있었지만 용모가 추할 뿐 아니라 태어나면서부터 말을 더듬었기 때문에 사람들과 접촉을 싫어하고 집에 틀어박혀 창작에 열중하며 매일을 보내고 있었다.

이렇게 하여 1년에 걸쳐 제(齊)나라의 도읍이었던 임치의 모습을 운문(韻文)으로 엮은 〈제도지부(齊都之賦)〉를 쓰고, 이어서 삼국시대 촉한(蜀漢)의 도읍인 성도(成都)와 오(吳)나라의 도읍인 건업(建業)과 위(魏)나라의 도읍인 업(鄴)을 노래한 〈삼도지부(三都之賦)〉를 지으려고 생각하였다.

우연히 매부가 금리(禁裡)에 벼슬하게 되었기 때문에 그의 집안은 도읍으로 이사했다. 그는 곧 저작랑(著作郞)인 장재(張載)를 방문하고 촉한

의 사정을 듣기도 했다. 장재는 그의 아버지가 촉군(蜀郡)의 태수(太守)가 되었을 때 촉(蜀)나라로 동행하여 뒤에 그곳의 사정을 많이 쓴 사람이었다.

이와 같이 해서 그 구상을 10년간이나 단련했다. 그동안 뜰은 물론이고 문에서 담에 이르기까지 도처에 종이와 붓을 놓아 두고서 좋은 구절이 떠오르면 그 자리에서 써넣었다. 또 지식이 좁은 것을 깨닫고 자기가 희망하여 비서랑(秘書郎)의 관직을 갖기도 했다. 비서랑이란 국사를 편찬하는 관리로, 많은 자료들을 볼 수 있었기 때문이었다.

이렇게 완성한 것이 〈삼도지부(三都之賦)〉로 그 평판이 대단한 것은 아니었다.

"나의 작품은 반고(班固)의 〈이도지부(二都之賦)〉나 장형(張衡)의 〈이경지부(二京之賦)〉에 비하여 결코 월등한 것은 아니다."

이렇게 생각한 그는 자기의 작품을 끌어안고 황보밀(皇甫謐)의 평가를 받기 위해 문을 두드렸다. 황보밀은 무제(武帝)의 부름에도 응하지 않고 농사를 지으며 수많은 작품들을 발표하던 재야의 석학으로서 현안 선생(玄晏先生)이라고 널리 알려진 사람이었다.

황보밀은 그 글을 한 번 읽고 '멋진 글이군!' 하며 그 자리에서 서문을 써 주었다. 또 장재(張載)가 〈위도지부(魏都之賦)〉에, 중서랑(中書郎)인 유달(劉達)이 〈오도지부(吳都之賦)〉와 〈촉도지부(蜀都之賦)〉에 주를 달고, 위관(衛瓘)이 약해(略解)를 짓는 등 사람들로부터 그 진가를 인정받게 되었거니와, 그 이름을 결정하게 된 것은 사공(司空:재상직) 벼슬에 있는 장화(張華)가 절찬한 말이다.

"이 작품은 정말로 반고(班固)나 장형(張衡)의 작품과 어깨를 겨룰 만하다. 다 읽고 나면 독자로 하여금 여운(餘韻)이 요요(嫋嫋)하고, 날이 갈수록 감명을 새롭게 하여 깨닫는 바가 있다."

이 말을 전해 들은 도읍의 고관들은 앞을 다투어 이 글을 베껴 갔다. 낙양(洛陽)에서는 갑자기 종이 값이 오를 정도였다.

사공(司空)인 장화(張華)가 한 번 보자 감탄하여, '이것은 반고(班固)와 장형(張衡)의 작품과 같다. 이것을 읽는 사람으로 하여금 다하고도 남음이 있어 오래 되어도 다시 새롭게 함이 있다.' 라고 말했다. 이에 부호하고 귀한 집안에서 다투어 서로 전사(傳寫)하여 이 때문에 낙양에서 종이 값이 올라갔다.

司空張華見而歎曰 班張之流也. 使讀之者 盡而有餘 久而更新. 於是豪貴之家 競相傳寫 洛陽爲之紙貴.(≪진서(晋書)≫ 문원전(文苑傳))

暖衣飽食
난 의 포 식

따뜻하게 입고 배불리 먹는다는 뜻으로, 걱정이 없는 편안한 생활을 말함.

따뜻할 **난** 옷 **의** 배부를 **포** 먹을 **식**

맹자는 60세가 지나서 등문공(滕文公)에게 초빙되어, 공동 경작에 의한 주(周)나라의 정전법(井田法) 제도를 공동체의 이상적인 사회로서 문공(文公)에게 설득했다.

이때 묵자(墨子)의 영향을 받은 중농주의자 허행(許行)이 송(宋)나라에서 와서 등(滕)나라 문공으로부터 살 집을 얻어 자기가 짠 거친 옷을 입고 직접 경작하여 지은 양식을 먹고 사는 주의를 실천하고 있었다.

유교의 학문을 버리고 그의 제자가 된 진상(陳相)이란 사람이 맹자에게, 문공도 백성들과 마찬가지로 손수 농사지어서 먹어야 한다고 설득했다. 맹자는 허행이 사용하는 농기구와 질그릇이 자기가 지은 농작물과 물물교환한 것이란 사실을 확인한 다음 분업론(分業論)을 전개했다.

요(堯)임금은 혼자서 근심하다가 순(舜)임금에게 천하를 다스리게 했다. 순임금은 익(益)에게 불을 다스리게 하고, 우(禹)에게 물을 다스리게 했다. 우(禹)는 8년 동안 아홉 강을 막아 다스리느라 세 차례나 자기 집 문앞을 지나면서도 집에 들어가지 않았다. 그리고 후직(后稷)을 시켜 백성들에게 농사짓는 법을 가르치게 했다. 이리하여 오곡(五穀)이 다 익어 백성들은 배불리 먹고 살게 되었던 것이다.

후직(后稷)을 시켜 백성들에게 심고 거두는 법을 가르쳐 오곡을 심고 가꾸게 하니 오곡이 익어 백성들이 잘 살게 되었다. 그러나 사람들에게 도(道)가 있으니 배불리 먹고 따뜻하게 입어 편안히 살지라도 가르침이 없으면 새와 짐승에 가까워지게 된다. 성인(聖人)이 이것을 근심하여 설(契)로 하여금 사도(司徒)를 삼아 인륜(人倫)으로써 가르치니 아버지와 아들 사이에는 친함이 있고(父子有親), 임금과 신하 사이에는 의(義)가 있고(君臣有義), 남편과 아내 사이에는 분별이 있고(夫婦有別), 어른과 어린이 사이에는 차례가 있고(長幼有序), 벗 사이에는 신의가 있어야(朋友有信) 한다.

后稷敎民稼穡 樹藝五穀 五穀熟而人民育. 人之有道也 飽食煖衣 逸居而

無敎 則近於禽獸. 聖人有憂之 使契爲司徒 敎以人倫 父子有親 君臣有義 夫婦有別 長幼有序 朋友有信.

'난의포식(煖衣飽食)'은 따뜻한 옷을 입고 음식을 배불리 먹어 의식(衣食)에 부자유함이 없는 상황을 말하고 있다.

難兄難弟
난 형 난 제

형과 아우가 우열을 가리기 어렵다는 뜻으로, 양자 중에 누가 더 낫다고 판단할 수 없다는 말.

어려울 **난** 맏 **형** 어려울 **난** 아우 **제**

'양상군자(梁上君子)'로 유명한 후한 말의 진식(陳寔, 104~187)은 태구(太丘)의 현령(縣令)이라는 적은 녹봉을 받고 있으면서도 그의 아들 진기(陳紀), 진심(陳諶)과 아울러 '세 군자'라고 불리며 그 덕망의 소문이 상당히 높았다.

어느 날 손님이 진식의 집에서 머문 적이 있었다. 진식은 진기와 진심 형제에게 밥을 지으라고 하고서 손님과 토론에 열중하고 있었다. 형제는 밥을 짓기 시작했는데 아버지와 손님의 토론에 귀를 기울이느라 찌는 바구니 밑에 채롱을 까는 것을 잊어버려서 쌀이 솥 안에 모두 떨어지고 말았다.

아버지가 '밥은 다 되었느냐?' 라고 묻는데 죽이 되어 있어 당황하였다. 형제가 무릎을 꿇고 사실대로 말하니 아버지가, '그래서 너희들은 우리들이 얘기하고 있던 것을 조금이라도 기억하느냐?' 하고 묻자, '네, 대체로 알고 있습니다.' 하고 이야기를 시작하는데 놀랍게도 그 요점을 모두 말하는 것이었다. 진식은 빙그레 웃으면서, '확실하구나. 그렇다면 죽이라도 좋으니 사과할 필요는 없다.' 고 했다.

이 이야기는 ≪세설신어(世說新語)≫의 숙혜편(夙惠篇)에 수록되어 있거니와, 방정편(方正篇)에도 진기가 일곱 살 때의 이야기가 실려 있다.

진식이 친구와 함께 떠나기로 약속한 일이 있었다. 정오에 떠나자고 약속했는데 시간이 되어도 친구가 나타나지 않아 진식이 먼저 출발했다. 그 뒤에 친구가 찾아와 문밖에서 놀고 있는 진기에게 아버지를 물었다.

진기가 '아버지는 오랫동안 당신을 기다리다가 오시지 않아 먼저 떠나셨습니다.' 라고 말하자 친구는 화가 나서, '약속을 해 놓고서 혼자 떠나버리다니, 어쩐 일인가?' 라고 하자 진기가 말했다. '아버지와 정오에 만나자고 약속하신 것이죠? 그런데도 정오에 오시지 않은 것은 신의에 관계되는 일이 아닙니까? 또 아들에게 아버지의 욕을 하는 것은 예의에 어긋나는 일이 아닙니까?'

친구는 진기가 다그치는 바람에 몹시 부끄럽게 생각하여 수레에서 내려 사과하려고 했지만 진기는 상대도 하지 않고서 대문 안으로 들어가 버렸다.

이것을 '그 아버지에 그 아들' 이라고 하거니와 이 진기의 아들인 진군(陳群) 역시 수재로, 뒤에 위문제(魏文帝) 조비(曹丕)에게 벼슬하여 사공(司空)과 재상이 되어 구품관인법(九品官人法)을 입법한 일이 널리 알려져 있다.

진군이 어릴 때의 이야기이다. 어느 날 숙부인 진심의 아들 진충(陳忠)과 서로 아버지의 공적과 덕행을 논하여 우열을 다투었는데 도무지 결말이 나지 않아 할아버지인 진식에게 결정을 구하였다. 그러자 진식이 말했다. '원래 형이라고 하기도 어렵고 동생이라고 하기도 어렵구나.'

진원방(陳元方)의 아들은 뛰어난 재주가 있었다. 동생의 아들 효선(孝先)과 각각 그 아버지의 공덕을 논하여 다투되 결정하지 못했다. 그래서 태구(太丘)에게 물었다. 그러자 태구가 말했다. '원래 형이 되기도 어렵고 아우가 되기도 어렵다.'

陳元方子長文有英才. 與季方子孝先 各論其父功德 爭之不能決 咨於太丘 太丘曰 元方難爲兄 季方難爲弟.

'난형난제(難兄難弟)' 란 형제가 모두 우열을 결정하기 어렵다는 뜻에서 나와, 두 가지 사물이 그 우열을 결정할 수 없을 때의 뜻으로 사용된다.

南 柯 一 夢
남　가　일　몽

남쪽 나뭇가지의 꿈. 한때의 헛된 부귀영화나 허황된 꿈을 뜻함.

남녘 **南** 나뭇가지 **가** 한 **일** 꿈 **몽**

당(唐)나라의 9대왕 덕종(德宗, 779~805) 때 강남(江南) 양주(揚州) 교외에 순우분(淳于棼)이라는 사나이가 있었다. 그는 이름이 알려진 협객으로 원래 술을 좋아하며, 한때는 그 수완이 팔려 회남군(淮南軍)의 부장(副將)을 지낸 일도 있었지만 술로 인하여 실패한 이후로 친구들을 모아 술 마시는 것으로 생활하고 있었다.

그의 집 남쪽에는 큰 느티나무가 있어 나무 그늘이 수십 평에 이르러 여름철에 술을 마시기에는 제격이었다. 정원(貞元) 7년(791)의 가을철 어느 날 그는 밖에서 술이 취하여 두 친구들이 집으로 데려왔다. 그는 추녀 끝에서 잠이 들어,

"여기에서 잠시 쉬라구. 우리들은 당신의 기분이 좋아질 때까지 말이나 돌보면서 기다리고 있을 테니."

하는 소리가 들릴락말락할 때 잠에 곯아떨어졌는데 갑자기 정신을 차려 보니 마당 끝에 두 사람의 관리가 엎드려 있었다.

"저희들은 괴안국왕(槐安國王)이 보내서 마중 나온 사람입니다."

그들이 시키는 대로 문을 나서자 거기에는 네 필의 말이 끄는 마차와 마부가 기다리고 있었다. 그가 타자 마차는 큰 느티나무 뿌리 쪽에 있는 굴속으로 달려갔다.

본 적도 없는 경치 속을 수십 리 달리자 번화한 도읍에 도착했다. 왕궁의 성문에는 금 글자로 '대괴안국(大槐安國)'이라고 씌어 있었다.

국왕을 접견 후 어물어물하는 사이에 그는 국왕의 사위가 되어 있었다. 그의 아버지는 북쪽 변방의 국경수비대의 장교로 근무하다 그가 어린 시절에 행방불명이 되었는데, 국왕의 말에 따르면 이 인연은 그의 아버지와 함께 결정한 것이라고 하는 것이었다.

왕궁 안에서 살도록 되어 있었으며 세 사람의 집사가 있는데 그들 중의 한 사람은 전부터 얼굴을 아는 전자화(田子華)였다. 또 왕이 접견할

때 백관(百官)의 행렬 속에서 술 친구인 주변(周弁)을 발견하여 전자화에게 물어보니 지금은 출세하여 대신이 되어 있다는 것이었다.

이윽고 그는 남가군(南柯郡)의 태수(太守)로 임명되어 전자화와 주변을 보좌관으로 받았다. 그로부터 20년, 전자화와 주변이 그를 잘 보좌하여 영내(領內)는 잘 다스려졌으며 백성들은 그를 신과 같이 우러러보게 되었다. 부인과 사이에는 5남 2녀가 있었으며 아들들은 각자의 공적으로 높은 벼슬을 하고 있었고, 딸들은 왕족에게로 출가하여 집안의 세력은 국내에서도 견줄 만한 사람이 없게 되었다.

그해에 단라국(檀羅國)의 군대가 남가군을 침략해 들어왔다. 주변이 삼만의 대군을 이끌고 이를 저지하려 했지만 크게 패하고 말았다. 가까스로 목숨을 부지하고 도망온 주변은 그 뒤 등에 종기가 나서 죽었다.

그리고 얼마 있다가 부인이 급한 병으로 죽었다. 그는 관직을 사퇴하고 도읍으로 돌아왔는데 그의 명성을 사모하여 출입하는 귀족이나 유력자들이 끊이지 않아 국왕도 그의 세력에 불안을 느끼게 되었다.

그때 마침 '나라에 어려움이 닥쳐올 불길한 전조가 나타나고 있다.'는 상소문이 제출되자 신하들로부터 이것은 순우분이 잠입한 것이 원인이라는 의견이 차례로 나왔으므로 국왕은 그에게 칩거 생활을 명령했다.

그는 이 20여 년 동안 국가에 공헌하며 아무런 잘못을 저지르지 않았는데도 이런 상태가 되어 완전히 칩거 생활로 들어갔다. 이것을 안 국왕 내외는 순우분에게 충고했다.

"자네도 고향을 떠나온 지 오래 되므로 한번 돌아가 보는 것이 어떤가? 손자들은 내가 맡고 3년이 지나면 환영해 주겠네."

그가 말했다.

"저의 집은 여기입니다. 돌아가지 않겠습니다."

그러자 국왕은,

"자네는 원래 속세의 사람이네. 여기는 자네 집이 아닐세."

하고 웃었다. 그는 이 말에 깜짝 놀라 전에 있었던 일을 기억해 내고 돌아가기로 했다.

이곳에 왔을 때 맞이해 준 관리가 데려다 주어 집에 돌아오니 자기가 추녀 끝에서 자고 있는 모습이 보였다. 깜짝 놀라서 그 자리에 못 박혀 있으니 관리들이 큰 소리로 그의 이름을 불렀다. 눈을 뜨자 밖에서 업혀 들어왔을 때와 변함이 없이 기울어진 차양 속에서 하인이 청소를 하고 있고 두 친구들은 발을 씻고 있었다.

그가 친구들과 함께 큰 느티나무의 뿌리 쪽에 있는 굴을 파서 살펴보니 성 모양을 한 개미 집이 있고, 빨간 머리를 한 두 마리의 큰 개미 둘레를 수십 마리의 개미들이 지키고 있었다. 이곳이 '대괴안국'의 왕궁이었던 것이다. 다시 구멍을 따라 남쪽으로 뻗은 가지(南柯)를 네 길쯤 위로 올라가니 네모진 빈 동굴은 성 모양의 개미집이었다. 이곳이 그가 있던 남가군성(南柯郡城)이었다.

그는 감개가 무량하여 그 굴을 원래대로 고쳐 놓았지만 그날 밤에 갑자기 태풍이 불어서 다음날 아침에 들여다보니 개미들의 모습은 하나도 보이지 않았다.

남가군에서 만났던 주변 등과는 열흘 동안이나 만나지 않았기 때문에 하인을 보내어 알아보니, 주변은 급한 병으로 죽고 전자화는 병으로 누워 있었다.

그는 '남가일몽(南柯一夢)'의 덧없음을 느끼고 인간세상의 변천하기 쉬움을 깨달아 주색을 당장에 끊어 버리고 도술(道術)에 전념하게 되었다. 그로부터 3년이 지난 정축(丁丑)년에 집에서 죽었다. 그때 그의 나이는 47세였다. 남가국에서 한 약속의 기한이 그해였던 것이다.

생(生)은 남가(南柯)의 허무함을 느끼고 인생의 덧없음을 깨달아 드디어 주색을 끊어 버리고 마음을 도문(道門)에 살게 하였다. 3년이 지나 해가 정축(丁丑)년에 집에서 죽었다. 나이 47세였다. 장차 숙계(宿契)의 연한과 일치한다.

生感南柯之浮虛 悟人生之倏忍 逐棲心道門 絶棄酒色. 後三年 歲在丁丑 亦終於家 時年四十七 將符宿契之限矣.

후세에 〈남가태수전(南柯太守傳)〉으로 알려지게 된 이 이야기의 작가는 당(唐)나라 정원·원화 연간 때의 사람 이공좌(李公佐)로, 별도로 《사소아전(謝小娥傳)》과 《여강빙온전(廬江馮媼傳)》 등의 작품이 있는 전기작가(傳奇作家)이다.

인생의 덧없음을 꿈에 가탁한 이 이야기는 같은 시대에 살던 심기제(沈旣濟)의 《침중기(枕中記)》와 비슷하지만, 개미의 나라라는 기발한 착상을 기뻐한 때문인지 명(明)나라의 탕현조(湯顯祖)에 의하여 〈남가기南柯記〉로 연극화되어 민중들 사이에도 널리 보급되어 있다.

濫觴

술잔이 넘친다는 뜻으로, 모든 사물의 시작과 출발점이란 말.

넘칠 **남** 술잔 **상**

　도도하게 흐르는 양자강의 강물도 그 물의 근원은 술잔에 넘칠 정도의 적은 물에 불과하여 '남상(濫觴:술잔에 넘친다)' 한다는 뜻이다. 모든 사물의 시작과 출발점이란 뜻으로 사용되고 있다.

　출전은 ≪순자≫ 자도편(子道篇)에 실려 있는 공자의 말씀이다. ≪공자가어≫의 삼서편(三恕篇)에도 거의 비슷한 글이 실려 있거니와 여기에서는 ≪순자≫ 자도편(子道篇)의 글을 소개하겠다.

　자로(子路)가 옷을 잘 차려입고 공자님을 뵈었다. 그러자 공자께서 이렇게 말씀하셨다.

　"유(由)야, 이 옷자락은 무엇이냐? 옛날에 강은 민산(岷山)으로부터 흘러나왔다. 처음의 근원은 가히 술잔에 넘칠 만하였다. 그러나 그 강의 나루에 이르러서는 배를 늘어놓지 못하고 바람을 피하지 못하여 건너지 못하였다. 오직 하류에 물이 많음이 아니겠느냐? 지금 너도 의복을 성하게 차려입고 얼굴빛이 충만되었구나. 장차 천하에 누가 너에게 즐겨 간하랴!"

　子路盛服見孔子. 孔子曰 由 是裾裾何也. 昔者江出於岷山 其始出也 其

源可以濫觴. 乃其至江津 不放舟不避風 則不可涉也 非唯下流水多邪. 今汝衣服既盛 顔色充盈 天下且孰肯諫女矣.

물론 이 이야기는 여기에서 끝나는 것이 아니다. 뒤에 자로(子路)가 옷을 갈아입고 들어왔다. 공자는 말씀하셨다.

"유(由)야, 여기에 뜻을 두라. 내 너에게 말하리라. 말을 자랑하는 사람은 화려하고, 행동을 자랑하는 사람은 뽐내고, 앎을 얼굴에 나타내어 유능한 체하는 사람은 소인이다. 그러므로 군자는 아는 것을 안다고 말하고 모르는 것을 모른다고 말한다."

濫吹
남 취

무능한 사람이 유능한 척한다는 뜻으로, 실력 없는 사람이 높은 자리를 차지한다는 말.

함부로 **남** 불 **취**

이것은 ≪한비자≫ 내저설상 칠술편(內儲說上 七術篇)에 있는 글로, 임금이 신하를 다스리는 데 사용하는 일곱 가지 술법을 설명한 편(篇)이다.

"일곱 가지 술법이란 첫째, 여러 가지 일의 발단을 참고하여 볼 것, 둘째, 잘못된 일은 반드시 처벌하여 위엄을 밝힐 것, 셋째, 잘한 일은 상을 주어 능력을 다하게 할 것, 넷째, 일일이 신하들의 말을 들어볼 것, 다섯째, 의심나는 명령을 내려 보고 거짓으로 잘못을 시켜 볼 것, 여섯째, 아는 것을 감추고서 물어볼 것, 일곱째, 말을 거꾸로 하여 반대되는 일을 해 볼 것, 이 일곱 가지는 임금이 사용해야 할 것들이다."
고 말하고 있다. 그 예로 든 이야기에 이런 것이 있다.

제(齊)나라 선왕(宣王)이 사람으로 하여금 우(竽)를 불게 할 때는 반드시 삼백 명이 함께 불게 하였다. 남곽처사(南郭處士)가 청하여 왕을 위하여 우(竽)를 불었다. 선왕이 이것을 기뻐하여 수백 명 분의 곡식을 주었다. 선왕이 죽고 민왕(湣王)이 즉위하자 한 사람 한 사람이 부는 것을 듣기를 좋아했다. 처사는 도망쳤다.

齊宣王使人吹竽 必三百人. 南郭處士 請爲王吹竽 宣王說之 廩食以數百人. 宣王死 湣王立 好一一聽之. 處士逃.

남취(濫吹)란 이 이야기에서 나온 말로, '무능한 사람이 유능한 체하는 것'을 비유하여 말할 때 사용한다.

南風不競

남 풍 불 경

남방의 바람은 미약하다. 남쪽 나라의 세력이 크게 떨치지 못한다는 뜻.

남녘 **南** 바람 **풍** 아닐 **불** 굳셀 **경**

노(魯)나라 양공(襄公) 18년, 진(晋)나라를 맹주(盟主)로 하는 노(魯)나라 · 위(衛)나라 · 정(鄭)나라의 연합군은 제(齊)나라를 공격했다. 정(鄭)나라에서는 정백(鄭伯)이 대부(大夫)인 자교(子蟜)와 백유(伯有)와 자장(子張) 등을 거느리고 출정하고, 자공(子孔)과 자전(子展)과 자서(子西) 등의 대부들이 국내를 지키고 있었다.

그런데 자공은 주력부대가 원정하고 있는 사이에 제(齊)나라 정벌에 가담하지 않은 남쪽의 초(楚)나라 군대를 끌어들여, 다른 대부들을 내쫓고 권력을 장악하려고 했다. 자공은 즉시 초(楚)나라의 재상인 자경(子庚)에게 사자를 보내 이 일을 고했지만 자경은 찬성하지 않았다. 그런데 이 말을 들은 초강왕(楚康王)은 마음이 내켜서 사자를 보내,

"나는 즉위한 지 5년이 되지만 군대를 외국으로 파견한 일이 없다. 이래서는 내가 안일을 탐내어 조상들의 공적을 잊고 있다고 사람들은 생각할 것이다. 이것을 고려해 다오."

라고 말했다. 이 말을 들은 자경은 한탄했지만 임금의 말이라 함부로 물리칠 수도 없었다. 그리하여 하는 수 없이 사자에게 말했다.

"그러면 시험 삼아 해 보기로 하지. 일이 잘되면 임금이 따라가도 될 것이고, 일이 잘못되면 군대를 후퇴시키도록 하지. 그러면 손해도 없고

임금의 불명예도 되지 않을 것이다."

자경은 군대를 이끌고 정(鄭)나라로 공격해 들어갔다. 그러나 정(鄭)나라의 자경과 자서는 자공의 야심을 알고 미리 수비를 강화하고 있었기 때문에 예상한 전과는 얻지 못했다. 자공도 어리석게 초(楚)나라 군대에 응할 수는 없었다.

자경은 정(鄭)나라의 도읍인 순문(純門)을 공격했지만 뺏을 수 없었고 이틀 뒤에는 후퇴시켜야 했을 뿐 아니라 마침 겨울철에 비를 맞아 많은 동사자(凍死者)를 내게 되었다.

초(楚)나라 군대의 출동 보고는 진(晋)나라에도 전해졌다. 그러자 악관(樂官)인 사광(師曠)이 말했다.

사광은 말했다. '해가 되지는 않는다. 나는 자주 북풍을 노래하고 또 남풍을 노래했지만 남풍은 다투지 않아 죽음의 소리가 많다. 초(楚)나라는 필시 공이 없을 것이다.'

역수가(曆數家)인 동숙(董叔)이 말했다. '하늘의 도(道)는 서북쪽에 많이 있으며 남쪽의 초(楚)나라 군대는 때를 얻지 못하고 있으니 반드시 공이 없을 것이다.'

정치가인 숙향(叔向)이 말했다. '임금의 덕에 달려 있다.'

師曠曰 不害. 吾驟歌北風 又歌南風 南風不競 多死聲 楚必無功. 董叔曰 天道多在西北 南師不時 必無功. 叔向曰 在其君之德也.

'남풍불경(南風不競)'이란, '남쪽 나라의 세력이 떨치지 못한다.'는 뜻으로 사용되고 있으며, 비단 남쪽 나라뿐만 아니라 일반적으로, '세력이 떨치지 못한다.'는 뜻으로 사용된다.

囊中之錐
낭 중 지 추

주머니 속에 송곳. 재능이 뛰어난 사람은 가만히 있어도 남의 눈에 띈다는 뜻.

주머니 **낭** 가운데 **중** 어조사 **지** 송곳 **추**

평원군(平原君) 조승(趙勝)은 조(趙)나라 혜문왕(惠文王)의 동생이며 공자(公子)의 한 사람이다. 그는 손님들을 좋아하여 그에게로 몰려온 식객이 수천 명에 달했다고 한다. 당시는 제(齊)나라에 맹상군(孟嘗君), 위(魏)나라에 신릉군(信陵君), 초(楚)나라에 춘신군(春申君)과 같이 서로 경쟁하듯 선비들을 초대하여 후하게 대우하던 시대였다.

진(秦)나라 군대가 조(趙)나라의 도읍 한단(邯鄲)을 포위했다. 조(趙)나라에서는 평원군을 파견하여 초(楚)나라와 동맹을 맺으려고 했다. 평원군은 식객 중에서 용기 있고 문무의 덕을 겸비한 사람 20명과 동행하려 했는데, 19명까지는 선발했지만 나머지 한 사람이 부족했다. 그러자 식객 중에 모수(毛遂)라는 사람이 나서서 가담하겠다고 말했다. 그래서 평원군이 물었다.

"선생은 우리 집에 와서 몇 해나 되었습니까?"

"이제 3년이 됩니다."

"대저 현명한 사람이 세상에 있으면 마치 송곳이 주머니 속에 있는 것처럼 그 끝이 나타나게 됩니다. 그런데 선생은 우리 집에 와서 3년이나 되었는데도 선생의 뛰어난 점을 들은 적이 없습니다. 결국 선생에게는 능력이 없는 것입니다."

그러자 모수가 이렇게 말했다.

"저는 오늘 처음으로 주머니 속에 넣어 달라고 원하는 것입니다. 만일 일찍부터 주머니 속에 넣어 주셨더라면 송곳의 끝은 고사하고 송곳자루까지 나와 있었을 것입니다."

이리하여 모수는 20명 중에 포함되어 함께 초(楚)나라로 갔는데, 교섭은 난항을 거듭했지만 모수의 용기와 설득력으로 마침내 합종(合縱)을 결정하게 되었다고 한다.(≪사기≫ 평원군열전(平原君列傳))

평원군의 '낭중지추'란 말도 비유를 잘했지만 모수의 대답도 그 기운이 상당히 날카롭다 하겠다. 특히 송곳 끝은 고사하고 자루까지 드러나는 상태를 말하였다. 따라서 '낭중지추'란 말은 재주가 밖으로 나타나는 일을 비유로 사용하고 있다.

內憂外患
내 우 외 환

나라 안의 근심과 나라 밖의 환난이라는 뜻으로, 안팎으로 어려운 상태를 말함.

안 **내** 근심 **우** 밖 **외** 근심 **환**

춘추시대 중엽에 세력이 강대한 초(楚)나라와 진(晉)나라가 대립한 시

대가 있었다. 진(晉)나라 여공(厲公)이 B.C. 579년에 송(宋)나라와 동맹
을 맺음으로써 일단 평화가 유지되었지만 오래 계속되지 못하고, B.C.
576년에 초(楚)나라 공왕(共王)이 정(鄭)나라와 위(衛)나라를 침략함으로
써 평화는 깨졌으며, 다음해 진(晉)나라와 초(楚)나라 두 군대는 언릉(鄢
陵)에서 마주쳤다.

당시에 진(晉)나라의 내부에서는 극씨(郤氏)와 낙씨(欒氏)와 범씨(范
氏) 등의 대부들이 정치를 좌우할 만큼 세력을 가지고 있었다. 이보다 앞
서 낙서(欒書)는 진(晉)나라에 항거한 정(鄭)나라를 치기 위하여 동원령
을 내려 스스로 중군(中軍)의 장군이 되고 범문자(范文子)는 그 부장군이
되었지만, 진(晉)나라와 초(楚)나라의 군대가 충돌하자 낙씨는 초(楚)나
라와 싸울 것을 주장했다.

범문자는 이에 반대하여, 제후가 반란하면 토벌해야 하고 공격을 당하
면 이를 구원하느라 나라는 혼란해지니 제후는 어려움의 근본이라고 지
적하였다.

"그 위에 성인이라면 안으로부터 근심도, 밖으로부터 재난도 겪지 않
고 견디지만(唯聖人耳 能無外患 又無內憂) 우리들은 밖으로부터 재난이
없으면 반드시 안으로부터 일어나는 근심이 있다. 초(楚)나라와 정(鄭)나
라는 잠시 놓아두어 밖으로부터의 근심을 내버려 두지 않겠는가?"(≪국
어(國語)≫ 진어(晋語) 6)

內助之功
내 조 지 공

안에서 공을 돕는다는 뜻으로, 아내가 널리 집안일을 잘 다스려 남편을 돕는다는 말.

안 **內** 도울 **助** 어조사 **之** 공 **功**

위(魏)나라의 초기 문제(文帝) 조비(曹丕)의 왕후인 곽씨는 원래 군(郡) 장관(長官)인 곽영(郭永)의 딸로, 그녀는 태어나면서부터 남들과 다른 점이 있어 곽영이, '나의 딸은 여자 중의 왕이다.' 라고 말하며 '여왕(女王)'이라고 불렀다고 한다.

조조(曹操)가 위(魏)나라 왕이 되었을 때 그는 동궁(東宮)으로 들어갔다. 지략이 뛰어난 그는 항상 생각하기를, 조비가 황태자가 되려면 어떤 책략이 필요했던 것이다. 조비가 즉위하자 참언하여 조예(曹叡:뒤의 3대 명제)를 낳은 원후(甄后)에게 죽음을 내렸다. 〈위략(魏略)〉에 의하면, 원후는 머리로 얼굴을 덮고 겨로 입을 틀어막힌 채로 매장되었다고 한다.

이보다 앞서 중랑(中郞)인 잔잠(棧潛)이 곽황후(郭皇后)를 세우는 일에 이의를 부르짖으며 문제(文帝)에게 상소하기를,

"옛날 제왕의 정치에는 겉으로 정치를 돕는 사람들뿐만 아니라 내조의 공도 있습니다."

라고 말하며 경계해야 할 전례로 ≪역경≫이나 ≪춘추좌씨전≫에 기록된 것을 들어 신분이 천한 사람을 귀한 자리에 앉히는 위험을 알렸지만 문제는 듣지 않고 결국 곽황후를 세웠다. (≪삼국지≫ 위서(魏書) 후비전

(后妃傳))

　‘내조(內助)’ 란 안에서 돕는다는 뜻으로, 지금은 ‘내조지공(內助之功)’이라고 말하면 ‘널리 아내가 집안일을 잘 다스려 남편을 돕는다.’ 는 뜻으로 사용되고 있다.

老 馬 之 智
노　마　지　지

늙은 말의 지혜. 하찮은 것일지라도 장점을 지니고 있다는 말.

늙을 노　말 마　어조사 지　지혜 지

　≪한비자≫ 설림편(說林篇) 상(上)에 이런 이야기가 있다.
　“제(齊)나라의 명재상인 관중(管仲)과 습붕(濕朋) 두 사람이 제환공(齊桓公)을 따라 고죽국(孤竹國)이라는 작은 나라를 정벌했다. 그런데 갈 때는 봄이었지만 돌아올 때는 겨울이 되어 길을 잃고 말았다. 그때 관중이 ‘이럴 때는 늙은 말의 지혜가 도움이 된다.’ 고 하며 늙은 말을 풀어놓고 그 뒤를 따라가니 이윽고 길을 찾게 되었다.
　또 산중을 진군하고 있을 때 물이 없어 목이 말랐다. 그러자 습붕이, ‘개미는 겨울이면 산 남쪽에서 살고 여름이면 산 북쪽에서 살며, 개미집의 높이가 한 치라면 그 지하 여덟 자를 파면 물이 있다.’ 고 하여 개미집을 찾아 그 아래를 팠더니 과연 물을 구할 수 있었다.”

한비자는 이 이야기를 인용한 뒤에 이렇게 말하고 있다.

"관중 같은 현인이나 습붕 같은 지혜 있는 사람도 모르는 일이 있으면 주저하지 않고 늙은 말이나 개미의 지혜를 배우고 있다. 그런데 지금 사람들은 그 어리석은 마음을 반성하며 성현의 지혜를 배울 줄 모르니 매우 잘못된 것이 아닌가!"

'늙은 말의 지혜(老馬之智)' 는 이 고사에서 나온 것이거니와, 그 뜻이 변하여 지금은 '경험이 풍부하고 숙달된 지혜' 라는 뜻으로 사용된다.

綠 林
녹　　림

푸른 숲. 도둑의 소굴을 말함.

푸를 **녹** 수풀 **림**

왕망(王莽, B.C. 45~A.D. 23)은 한(漢)나라의 천하를 뺏어 황제에 즉위한 후 국호를 '신(新)' 이라고 고쳤다. 그리고 관제와 토지제도와 화폐 등을 개혁하여 새로운 정책을 수립하였지만 왕망 자신에게는 그것을 단행할 만한 실력도 없었고, 또 개혁이 너무나 급격했기 때문에 모두 실패로 돌아갔다.

그외에 대외정책에도 실패하여 변경에서는 흉노족을 비롯하여 여러 민족의 병란이 그칠 사이가 없었다. 이와 같은 실정(失政) 때문에 백성들의 생활은 고난에 찼고, 왕망은 민중으로부터나 지방의 호족(豪族)들로부터 미움을 받아 각지에서 소란과 반란이 일어났다. 천봉(天鳳) 4년에 왕광(王匡) 등이 형주(荊州) 녹림산(綠林山)으로 몰린 것도 그 움직임이었다.

이때 남군(南郡)의 장패(張覇), 강하(江夏)의 양목(羊牧), 왕광(王匡) 등이 운두(雲杜) 녹림(綠林)에서 일어나 이름하여 하강(下江)의 군대라고 말했다.

是時 南郡張覇 江夏羊牧王匡等 起雲杜綠林 號曰下江兵.

이것은 ≪후한서≫ 유현전(劉玄傳)에 기록되어 있다.

왕망의 말년에는 남쪽에서 기근이 일어나 사람들은 들이나 연못으로 떼를 이루어 부자(鳧茈:들풀의 한 가지)를 파내어 먹었는데 그것을 손에 넣으려고 서로 쟁탈전이 벌어졌다.

신시(新市) 출신인 왕광(王匡)과 왕봉(王鳳)은 이 틈에 사람들로부터 추대되어 수령으로서 수백 명의 부하들을 거느리는 몸이 되었다. 그러자 관병(官兵)에게 쫓기어 도망다니던 마무(馬武)와 왕상(王常)과 성단(成丹) 등이 왕광과 왕봉 등에게로 들어와 함께 이향취(離鄕聚)를 공격하고 녹림산(綠林山) 속으로 들어왔다. 이리하여 불과 수개월 사이에 칠팔천 명에 이르게 되었다.

그 뒤에 왕광 등은 형주(荊州)의 지방장관이 이끄는 이만 명의 관군에게 공격을 받았지만 운두(雲杜)에서 맞서 싸워 크게 격파했다. 그리고 각지에서 소란을 일으키고 강도질을 하며 부녀자들을 이끌고 녹림산으로 돌아왔는데 그때는 이미 오만 명의 큰 세력이 되어 있었다. 이윽고 유수

(劉秀:후한(後漢)의 광무제(光武帝))와 유현(劉玄)이 군대를 일으키자 왕광 등이 이에 합류하여 왕망을 반대하는 큰 세력이 되었다.

'녹림(綠林)'이란 앞의 이야기에서 밝혀진 바와 같이 원래는 형주(荊州)에 있는 산 이름이다. 이곳에 왕광 등이 가난한 백성들을 이끌고 들어와서 도둑이 되었기 때문에 '녹림'이란 말은 도둑을 일컫는 말로 쓰이게 되었다.

論功行賞
논 공 행 상

공적을 따져 상을 준다는 뜻으로, 공로의 크고 작음을 조사하여 상을 준다는 말.

논할 **론** 공 **公** 행할 **行** 상줄 **賞**

삼국시대의 위(魏)나라 문제(文帝) 조비(曹丕)는 황초(黃初) 7년 5월에 병으로 죽었는데, 죽기 며칠 전 조예(曹叡)를 황태자로 정하고 그 집안의 맹장인 조진(曹眞)과 조휴(曹休), 그리고 유교와 법에 정통한 진군(陳群)과 원로인 사마의(司馬懿) 네 사람에게 뒷일을 부탁했다.

조예는 즉위하여 2대 명제(明帝)가 되는데 문제(文帝)의 죽음은 오(吳)와 촉(蜀) 두 나라가 위(魏)나라를 공격하는 기회를 주었다. 그로부터 3개월 뒤인 8월에는 오(吳)나라의 손권(孫權)이 손수 군대를 이끌고 강하군(江夏郡)을 공격했다.

　태수인 문빙(文聘)이 공격을 막았다. 조정의 여론은 군대를 출격하여 이를 구원하려 했지만 명제(明帝)는, '오(吳)나라는 원래 수전(水戰)에 뛰어나다. 그런데도 그들이 배를 버리고 육상의 싸움에 도전하는 것은 우리 쪽의 무방비를 겨냥한 것이리라. 더구나 현재 강하의 태수 문빙(文聘)과 대치 중에 있으니 공수(攻守)의 세력이 바뀌는 것은 순식간이다.' 라고 말하였다.

　과연 손권은 후퇴를 했다. 그리고 강하의 공격에 호응하여 오(吳)나라의 제갈근(諸葛謹)과 장패(張覇) 등이 양양(襄陽)으로 침략했지만 무군대장(撫軍大將) 사마의(司馬懿)가 이것을 격파하여 장패(張覇)를 목 베고, 정동대장(征東大將) 조휴(曹休)도 심양(尋陽)에서 오(吳)나라의 별장(別將)을 격파했다.

　그후 공적을 조사하여 각각 그 지위에 따라 상을 주었다.(≪삼국지≫ 위지(魏誌) 명제기(明帝紀))

　'논공(論功)'이란 공로의 크고 작음을 조사하는 것으로 지금도 행하고 있으니 이것은 '논공행상'이란 말을 대표하는 것이다.

壟斷
농 단

둔덕을 깎아 세운 높은 곳. 이익을 위한 간교한 수단이라는 뜻.

언덕 농 끊을 단

농단(壟斷)이란 시장에서 제일 높은 곳에 올라 좌우를 둘러보고 가장 유리한 위치를 차지하여 이익을 독점하는 것을 말한다. ≪맹자≫ 원문에는 '龍斷'으로 되어 있지만 '龍'은 '壟'과 상통되는 글자이다.

이것은 ≪맹자≫ 공손추편(公孫丑篇) 하(下)에 나오는 이야기이다.

맹자가 제(齊)나라에서 신하 노릇하던 것을 그만두고 고향으로 돌아가게 되자 선왕(宣王)이 나와 맹자에게 말했다.

"전에는 만나 뵙기를 원해도 뵐 수 없다가 조정에 모실 수 있어서 몹시 기뻤습니다. 이제 다시 과인을 버리고 돌아가시니 이후 다시 뵐 수 있을는지 모르겠습니다."

맹자가 대답해 말했다.

"감히 청할 수 없을 뿐, 진실로 바라는 바입니다(不敢請耳 固所願也)."

후일에 선왕이 시자(時子)를 보고 말했다.

"맹자에게 나라 한복판에 집을 마련해 주고 만종(萬鍾)의 녹을 주어, 제자들을 길러내게 하여 여러 대부와 사람들로 하여금 공경하고 본받을 수 있게 하고 싶은데 그대가 나를 위하여 말을 전해 주지 않겠는가?"

시자가 진자(陳子)를 통하여 이 말을 맹자에게 고하게 했다. 진자가 전하자 맹자가 말했다.

"그런가? 시자야, 대저 할 수 없다는 것을 어떻게 알랴! 만일 내가 부자가 되고자 한다면 십만 종(鍾)의 녹을 사양하고 만 종의 녹을 받는 것, 이것이 부자가 되기를 바라는 것이 될 수 있겠는가? 계손(季孫)이 말했다. '이상도 하다, 자숙의(子叔疑)여. 정치를 하다가 받아들여지지 않으면 그만둘 뿐이지, 자기 제자로 하여금 경(卿)을 시키다니? 남들인들 부귀를 바라지 않겠는가? 그런데 부귀 가운데 홀로 우뚝한 곳을 차지하는 자가 있구나!' 라고 말했다"

그러고는 '농단(壟斷)'에 대한 이야기를 들려주었다.

"옛날의 시장이란 자기가 가진 것을 가지고 와 자기에게 없는 것과 바꾸는 곳으로, 관리는 그것을 살필 뿐이었다. 그런데 한 사나이가 반드시 우뚝한 곳을 구하여 그곳에 올라가 좌우를 바라봄으로써 시장의 이익을 휩쓸어 가니, 사람들이 다 천하게 생각했으므로 그와 같은 행위에 세금을 거두게 되었다. 상인으로부터 세금을 거둔 것은 이 천한 사나이로부터 시작된 것이다."

古之爲市者 以其所有 易其所無者 有司者治之耳. 有賤丈夫焉 必求龍斷 而登之 以左右望而罔市利 人皆以爲賤 故從而征之 征商 自此賤丈夫始矣.

能書擇筆

능 서 택 필

글씨를 잘 쓰려고 붓을 고른다는 뜻으로, 자기 수준에 맞는 방법으로 재능을 발휘해야 성공할 수 있다는 말.

능할**능** 쓸**서** 가릴**택** 붓**필**

초당(初唐)의 3대 서예가인 구양순(歐陽詢)과 우세남(虞世南)과 저수량(褚遂良)은 해서(楷書)의 완성자들로서, 오늘날도 그들의 글씨는 배우는 사람들이 최고의 규범으로 삼고 있다.

세 사람은 함께 진(晉)나라의 대서예가인 왕희지(王羲之)의 글씨를 배웠는데 구양순의 엄정함과 우세남의 온화함과 저수량의 곱고 아름다움은 각자 독자적인 경지를 개척하여 왕희지의 글씨를 사랑하는 서도의 스승이 되었다.

세 사람 중에서 가장 나이가 젊은 저수량은 '정관지치(貞觀之治)'에 공헌한 건국 공신 위징(魏徵)의 추천으로 우세남의 후계자가 되었는데 그가 어느 날 우세남에게 물었다.

"제 글씨는 지영 선생(智英先生)과 비교하면 어떤가요?"

지영 선생이란 우세남이 글씨를 배운 선생 중 한 명이다.

"지영 선생의 글씨는 한 글자에 오만 냥을 내도 좋다는 사람이 있다. 자네는 아무래도 안 될 거야."

"그러면 구양순 선생과는 어떨까요?"

"그는 어떤 종이에 어떤 붓을 사용하거나 자기 마음대로 글씨를 쓴다고 한다. 자네는 아무래도 안 될 거야."

"그러면 저는 어떻게 해야 하나요?"

"자네가 붓을 사용하는 데는 아직 딱딱한 부분이 남아 있네. 그것을 없애면 대성할 것일세."

褚遂良 嘗問虞世南曰 吾書何如智英. 答曰 吾聞彼一字直五萬 君豈得此. 遂良曰 孰與詢. 曰吾聞詢不擇紙筆 皆得如志 君豈得此. 遂良曰 然則何如. 世南曰 君若手和筆調 固可貴尙.(≪당서(唐書)≫ 권198)

이것이 저수량의 아담한 필치가 완성된 뒤에 생긴 이야기인지는 알 수 없으나 그는 살쾡이의 털을 심으로 박고 토끼의 털을 씌운 붓과 상아나 물소의 뿔을 붓대로 하지 않으면 결코 글씨를 쓰지 않았다고 한다. 구양 순과는 반대로 글씨를 잘 쓰려면 붓을 고른다는 얘기가 되겠다.

泥醉
니   취

술에 취해 진흙처럼 흐느적거린다는 뜻으로, 술에 질탕하게 취했다는 말.

진흙 **니** 술취할 **취**

일생을 중국 각지의 여행으로 소비한 성당(盛唐) 시인 이백(李白)은

40대가 되어서야 장안(長安)의 궁정시인(宮廷詩人)이 되었거니와, 그 전 20대 후반부터 30대 대부분의 시기는 호북성(湖北省)을 중심으로 유람하고 있었다.

그 무렵에 양양(襄陽) 부근의 명소고적(名所古蹟)을 읊은 시 〈양양가(襄陽歌)〉에서는 다음과 같이 노래하고 있다.

떨어지는 해 현산(峴山)의 서쪽으로 넘어가려 하는데
거꾸로 흰 모자를 쓰고 꽃 아래를 방황하네.
양양의 어린이들은 일제히 손뼉을 치고
거리를 가로질러 다투어 백동제(白銅鞮)를 노래하네.
곁에 있는 사람에게 묻기를 무슨 일로 웃는가?
산공(山公)이 술에 만취하여 진흙과 같음을 웃는다네.

落日欲沒峴山西 倒著接羅花下迷
襄陽小兒齊拍手 攔街爭唱白銅鞮
傍人借問笑何事 笑殺山公醉如泥

'니취(泥醉)'란 일설에는 '니(泥)'라는 벌레가 뼈가 없어 물속에서는 활발히 움직이지만 물이 없어지면 진흙과 같이 된다는 설에서 나온 말이라고 하나, 역시 술에 몹시 취하여 흐느적거리는 모양을 형용한 것이다.

이백(李白)이 장안(長安)에 있을 때 이틀 동안이나 술에 취하여 자고 있었는데, 심향정(沈香亭)에서 모란꽃 구경을 하고 있던 현종(玄宗)과 양귀비(楊貴妃)에게 호출되어 술과 음악을 갖춘 시 한 편을 지은 후, 들려 나갈 때 '니취(泥醉)'하여 환관(宦官)인 고역사(高力士)의 눈앞에 다리를 내밀고 신발을 벗기게 하는 등 방약무인한 행동을 했다고 전해진다.

다

多岐亡羊

다 기 망 양

갈림길이 많아 뒤쫓아간 양을 찾지 못한다는 뜻으로, 다방면에 걸쳐
섭렵하기만 하고 성취하지는 못한다는 말.

많을 **다** 갈림길 **기** 잃을 **망** 양 **양**

도망간 양을 뒤쫓아간 사람이 길이 몇 갈래로 갈린 곳까지 가서 끝내
양을 놓쳐 버렸다는 이야기에서, 학문의 길에 들어서되 다방면에 걸쳐
지나치게 하거나 지엽적인 면에 구애되면 아무것도 얻을 수 없다는 것을
일컬어 '다기망양(多岐亡羊)'이라고 한다.

≪열자≫의 설부편(說符篇)에 이와 같은 이야기가 실려 있다.

양자(楊子)의 이웃 사람이 양을 잃었다. 양의 주인이 마을 사람들을 이
끌고 양자에게 동복(童僕)을 청하여 양을 쫓아가려 하자 양자가 말했다.

"아니, 양 한 마리를 잃었는데 어찌 쫓아가는 사람이 많은가?"

이웃 사람이 말했다.

"갈림길이 많습니다."

그들이 돌아왔다. 양자가 물었다.

"양을 붙잡았는가?"

이웃 사람이 말했다.

"양을 잃어버렸습니다."

양자가 말했다.

"어찌 양을 잃어버렸는가?"

이웃 사람이 말했다.

"갈림길 속에 또 갈림길이 있어 양이 간 곳을 모르니 그냥 돌아오는 길입니다."

양자는 이 말을 듣자 매우 울적해하며 아무 말도 하지 않고 그날 하루 종일 얼굴에 웃음도 나타내지 않았다.

楊子之隣人亡羊. 旣率其黨 又請楊子之豎追之. 楊子曰 嘻亡一羊 何追者衆. 隣人曰 多岐路. 旣反. 問 獲羊乎. 曰 亡之矣. 曰 奚亡之. 曰 岐路之中又有岐焉 吾不知所之 所以反也. 楊子戚然變容 不言者移時 不笑者竟日.

이야기는 다시 계속된다. 양자의 모습을 본 제자들이 이상하게 생각하여,

"양은 대단치 않은 가축입니다. 더구나 선생님 것도 아닌데 왜 말씀도 아니하시고 웃으시지도 않습니까?"

하고 물어보았지만 양자가 잠자코 있어서 제자들은 그 이유를 모르고 있었다.

양자의 제자 중 한 사람인 맹손양(孟孫陽)이 그 자리에서 물러나서 이 이야기를 선배인 심도자(心都子)에게 전했다. 그 뒤 어느 날 심도자는 맹손양과 함께 양자 앞으로 나아가 물었다.

"옛날에 삼형제가 있었습니다. 제(齊)나라와 노(魯)나라 지방에 유학하여 같은 선생님 밑에서 배워 인의(仁義)의 도(道)를 배워 가지고 돌아왔습니다. 그 아버지가 '인의의 도는 어떤 것이냐?' 하고 묻자 맏아들은, '내 몸을 소중히 하여 후세에 명성을 남기는 일입니다.' 라고 대답하고,

둘째아들은 '내 몸을 죽여서 명성을 얻는 것입니다.' 라고 대답하고, 셋째아들은 '몸과 명성을 함께 얻는 것입니다.' 라고 대답했습니다. 이 세 가지의 답은 각각 다르지만 같은 유학(儒學)에서 나온 것입니다. 어느 것이 옳고 어느 것이 틀린 것입니까?"

그러자 양자는 이렇게 대답했다.

"한 사나이가 황하 가에서 살고 있었다. 물에 익숙하여 헤엄을 잘 쳤기 때문에 배를 부려 사람을 건네주고 거기에서 나온 돈으로 많은 식구들을 부양하고 있었다. 그래서 식량을 가지고 와서 제자 노릇을 하는 사람들이 많았는데 반에 가까운 사람들이 물에 빠져 죽었다고 한다. 그들은 원래 수영을 배우러 온 것으로, 빠져 죽는 것을 배우러 온 것이 아닌데 돈을 버는 사람과 목숨을 잃는 사람과는 그 득실(得失)이 아주 다르다. 너희들은 어느 쪽이 좋고 어느 쪽이 나쁘다고 생각하는가?"

심도자는 이 말을 듣자 잠자코 밖으로 나갔다. 그래서 맹손양이 심도자에게,

"당신은 빙 돌려서 질문을 하고 선생님의 대답은 명료하지 않아 나는 무엇이 무엇인지 모르겠군요."

하자 심도자는 이렇게 말했다.

"큰 길은 갈림길이 많음으로써 양을 잃어버리고, 학자는 다방면을 배움으로써 삶을 잃는다. 학문도 원래 그 근본이 다른 것이 아니라 하나인데도 그 끝은 이와 같이 다르다. 오직 한가지로 다시 돌아가면 얻고 잃음이 없다고 한다. 자네는 선생님의 문에서 자라고 선생님의 도(道)를 익히면서도 선생님의 경지에 이르지 못하니 슬픈 일이로군."

大道以多岐亡羊 學者以多方喪生. 學非本不同 非本不一 而末異若是. 唯

歸同反一 爲亡得喪. 子長先生之門 習先生之道 而不達先生之況也 哀哉.

'다기망양(多岐亡羊)' 이란 학문의 길이 너무 여러 갈래라 진리를 얻기 어려움을 뜻한다. 여기에서 변하여, 골라야 할 대상이 여러 가지가 있어 어떤 길을 취할 것인가, 어떤 방법을 따라야 할 것인가 등 선택이 어려운 경우에도 사용되고 있다.

多多益善
다 다 익 선

많으면 많을수록 더 좋다는 뜻.

많을 **다** 더할 **익** 좋을 **선**

이 이야기는 한(漢)나라 고조(高祖)가 천하를 통일한 다음의 일이다. 당시 초왕(楚王)이었던 한신(韓信)에게 반란의 기미가 있다고 보고, 붙잡아서 왕위를 박탈하여 회음후(淮陰侯)로 좌천시켜 도읍에 있게 하였다.

그러던 어느 날 고조는 틈을 내어 여러 장군의 능력에 대하여 한신과 이야기한 일이 있었는데 그때 고조가 한신에게,

"나는 어느 정도의 군대를 이끄는 장군이 될 수 있을까?"

하고 물었다. 그러자 한신이 대답했다.

"폐하께서는 그저 십만 정도의 군대면 됩니다."

그러자 고조가 물었다.

"그러면 그대는 어떠한가?"

"저는 다다익선(多多益善)입니다."

라고 한신은 대답했다. 이 말을 들은 고조가 웃으면서,

"그 '다다익선'이란 사람이 어째서 십만의 장군에 불과한 나에게 포로가 되었는가?"

하고 묻자 한신은 이렇게 대답했다.

"아닙니다. 그것은 다른 문제입니다. 폐하께서는 군대의 장군 노릇은 별로 잘하시지 못하지만 장군다운 점에서는 훌륭하십니다. 이것이 제가 폐하에게 포로가 된 이유입니다. 더구나 폐하의 능력은 소위 하늘이 주신 재능이므로 도저히 사람의 힘으로는 말씀드릴 수 없는 것입니다."

이 이야기는 ≪한서≫의 〈한신전(韓信傳)〉에 기록되어 있다. 그런데 이 〈한신전〉의 기록은 ≪사기≫의 회음후열전(淮陰侯列傳)의 기록에 의거하여 쓰인 것으로, 회음후열전에서는 '다다익선이(多多益善耳)'가 아니라 '다다익변이(多多益辨耳)'로 기록되어 있다. '다다익변(多多益辨)'에서 '辨'은 처리할 수 있다는 뜻이다.

多士濟濟
다 사 제 제

선비가 많고 뛰어나다. 인재가 풍부하다는 뜻.

많을 **다** 선비 **사** 많을 **제**

인재가 풍부하다는 것을 비유로 '다사제제(多士濟濟)'라고 말한다.

≪시경≫ 대아(大雅)에 〈문왕(文王)〉이라는 시가 있다. 주(周)나라를 개국한 문왕의 덕을 찬양한 것으로 모두 7절로 되어 있는 노래인데 그 시는 다음과 같다.

문왕이 위에 계시어 하늘이 밝게 빛나니,
주나라는 비록 오래된 나라이나 그 수명이 오직 새롭도다.
주나라가 나타나지 않을 때가 있으나 하늘의 명령 때가 아니다.
문왕이 하늘에 오르내리니 하느님이 좌우에 계시니라.

문왕이 매우 부지런하시어 좋은 칭송이 끊이지 않고
주나라에 많은 복 펴시어 문왕의 자손들 누리시니,
문왕의 자손들이 백 대(代)토록 번성하시며,
무릇 주나라의 선비들 또한 대대로 드러나지 않으리라!

세상에 드러나지 아니하되 공경스럽게 보필하리로다.
왕을 떠받드는 많은 선비들이 이 왕국에 나타나도다.

왕국에 능히 태어났으니 오직 주나라의 기둥이로다.

훌륭한 선비들이여, 문왕이 그대들로써 편안하시겠도다.

文王在上 於昭于天 周雖舊邦 其命維新 有周不顯 帝命不時 文王陟降 在帝左右.

亹亹文王 令聞不已 陳錫哉周 侯文王孫子 文王孫子 本支百世 凡周之士 不顯亦世.

世之不顯 厥猶翼翼 思皇多士 生此王國 王國克生 維周之楨 濟濟多士 文王以寧.

斷機之敎
단 기 지 교

배우는 것을 그만둔다. 학업을 중도에서 그만두면 쓸모가 없다는 뜻.

끊을 **단** 베틀 **기** 어조사 **지** 가르침 **교**

맹자는 전국시대 중엽에 태어난 사람이다. 남송(南宋)의 주자(朱子)에게 재평가되어 아성(亞聖)으로 불리게 된 맹자는 부국강병에 광분하며 백성들을 혹사하는 권력주의적인 제후들에게 인간 본위의 덕치(德治) 정치를 설득한 위대한 사상가이거니와, 이처럼 큰 나무를 길러낸 그늘에는 맹자의 어머니를 들지 않을 수 없다.

이 아름다운 이야기는 한(漢)나라의 유향(劉向)이 엮은 〈열녀전(列女

傳》에 의하여 전해지고 있다. 그 유명한 '맹모삼천지교(孟母三遷之敎)'와 아울러 이 '단기지교(斷機之敎)'도 그 가운데 실려 있다.

맹자는 가난한 선비 집안에서 태어나 아버지는 일찍 돌아가시고 어머니 손에 의해 자라났다. 맹자의 집은 처음에 공동묘지 근처에 있었다. 어린 맹자는 매장하러 오는 사람들의 일을 보고 배워, 소리 내어 곡을 하고 관을 묻는 인부들의 흉내를 내며 놀게 되었다. 맹자의 어머니는,

"이곳은 아들을 기를 곳이 못 된다."

하고 이사하여 시장 근처에서 살았다. 그러자 어린 맹자는 곧 그곳의 풍습을 보고 배워, 장사꾼들이 소리치며 물건을 파는 흉내를 내며 놀게 되었다. 맹자의 어머니는,

"이곳도 아들을 기를 만한 곳이 못 된다."

하고 다시 이사하여 이번에는 학당 근처에 와 살게 되었다. 맹자는 학당의 학생들이 공부하는 것을 보고, 제단을 만들어 제물을 차려 놓고 예절에 맞추어 읍하는 흉내를 내면서 놀게 되었다. 맹자의 어머니는,

"여기야말로 아들을 가르칠 만한 곳이로구나."

하고 그곳에서 살게 되었다. 이것이 유명한 '맹모삼천지교'라고 일러지는 일화이다.

맹자는 공자의 손자인 자사(子思)의 제자가 되어 가르침을 받았다고 하는데, 이보다 앞서 소년시절에 유학 가 있던 맹자가 어느 날 갑자기 집으로 돌아왔다. 어머니는 그때 베를 짜고 있었다.

"네 공부는 어느 정도 나아갔느냐?"

"아직은 변한 것이 없습니다."

그러자 어머니는 짜고 있던 베를 옆에 있는 칼로 끊어버렸다. 맹자가 섬찍하여 물었다.

"어머니, 그 베는 왜 끊어버리십니까?"

그러자 어머니는 대답했다.

"네가 학문을 그만둔다는 것은 짜던 베를 끊어 버리는 것과 마찬가지이다. 군자란 모름지기 학문을 배워 이름을 날리고, 모르는 것은 물어서 앎을 넓혀야 하느니라. 그리하여 평소에 마음과 몸을 편안히 하고 세상에 나아가서도 위험을 저지르지 않는다.

너는 지금 학문을 그만두었다. 너는 다른 사람의 심부름꾼으로 뛰어다니느라 재앙을 피할 길이 없을 것이다. 그러니 생계를 위하여 베를 짜다가 중간에 그만두는 것과 무엇이 다르겠느냐? 그 부자(夫子)에게 옷은 해 입힐지라도 오래도록 양식이 부족하지 않겠느냐? 여자가 생계의 방편인 베 짜기를 그만두고 남자가 덕을 닦는 것에서 떨어지면 도둑이나 심부름꾼이 될 뿐이다."

맹자가 두려워하며 아침저녁으로 쉬지 않고 배움에 힘쓰되 자사를 스승으로 섬겨 드디어 천하의 명유(名儒)가 되었다.

이것이 소위 '단기지교' 라고 일러지는 일화이다.

斷腸
단 장

창자가 끊어진다. 슬픔이 더할 수 없이 애가 탄다는 말.

끊을 **단** 창자 **장**

슬픔이 더할 수 없이 극치에 이른 것을 '창자가 끊어지는 것 같다.'고 말한다. ≪세설신어(世說新語)≫의 출면편(黜免篇)에 다음과 같은 이야기가 실려 있다.

"환온(桓溫)이 촉(蜀)나라로 가는 도중 배를 타고 삼협(三峽)을 지나갈 때 대오 중의 한 사람이 원숭이의 새끼를 붙잡았다. 그러자 그 어미 원숭이가 새끼를 그리워하여 언덕을 따라 슬피 울부짖으며 달리기를 백여 리나 하되 가지 않고 마침내 배 위로 뛰어 들어오더니, 그대로 곧 숨이 끊어졌다. 그 뱃속을 가르고 보니 창자가 다 마디마디 끊어져 있었다. 이 말을 들은 환온은 화가 나서 그 붙잡은 사람을 내쫓았다."

桓公入蜀 至三峽中 部伍中有得猨子者. 其母緣岸哀號 行百餘里不去 遂跳上船 至便絕. 破視其腹中 腸皆寸寸斷. 公聞之怒 命黜其人.

환온(桓溫)은 동진(東晋)의 무인(武人)이며, 삼협(三峽)은 양자강이 촉(蜀)나라의 고지를 빠져나가는 도중에 있던 험난한 곳이다.

이 삼협에는 원숭이들이 상당히 많았던 것 같으며, 이 고장의 원숭이 소리를 슬프게 노래한 시도 많다. 성당(盛唐)의 시인인 왕창령(王昌齡)의 〈송별위삼(送別魏三)〉의 마지막 구절에 여행을 떠나는 친구를 생각하고 지은 구절이 있다.

슬프게 들리는구나, 원숭이의 맑은 소리가 꿈속에 길다.

愁聽淸猿夢裏長

삼협에서 밝은 달을 바라보면서 슬픈 원숭이의 소리를 들으면 그대도 필시 슬픔을 참지 못할 것이라고, 친구를 떠나보내면서 읊은 시이다.

螳螂拒轍
당 랑 거 철

사마귀가 수레바퀴를 막는다는 뜻으로, 제 힘은 헤아리지 않고 강자에게 반항한다는 말.

사마귀 **당** 사마귀 **랑** 막을 **거** 바큇자국 **철**

제(齊)나라 장공(莊公)이 사냥을 나갔을 때 한 마리의 벌레가 다리를 쳐들고 수레의 바퀴를 향하여 왔다. 장공이 말몰이꾼에게 '저것이 무슨 벌레냐?' 하고 묻자 말몰이꾼이 대답했다.

"저것은 사마귀라는 벌레입니다. 이 벌레는 나아갈 줄만 알고 물러설 줄 모릅니다. 이 벌레는 제 힘은 생각지 않고서 적을 가볍게 압니다."

그러자 장공이 말했다.

"이 벌레가 사람이라면 반드시 천하에서 날랜 사나이가 될 것이다."

하고 수레를 돌려 피해 가게 했다.

齊莊公出獵. 有一虫 擧足將搏其輪. 問其御曰 此何虫也. 對曰 此所謂 螳螂者也 其爲虫也 知進而不知却 不量力而輕敵. 莊公曰 此爲人而必天 下勇武矣. 廻車而避之.

여기에는 '당랑거철(螳螂拒轍)'이란 말이 사용되고 있지 않지만 말몰이꾼의 '이것은 사마귀라는 벌레입니다.'라는 대답에서 사람들은 '당랑거철'이라는 뜻으로 사용하고 있다.

≪문선≫에 실려 있는 진림(陳琳)의 〈위원소격예주(爲袁紹檄豫州)〉에는 장공의 수레를 향하여 다가오는 사마귀의 모습을 생각하여, '당랑지부(螳螂之斧)', '당랑거철(螳螂拒轍)'이란 말을 사용하고 있거니와, ≪장자≫의 천지편(天地篇)에도 다음과 같은 기록이 있다.

장사(將士)의 말과 같은 것을 제왕의 덕에 비하면, 오히려 사마귀가 성이 나서 팔뚝을 곤두세우고 수레바퀴에 대드는 것과 같다.

若夫子之言 於帝王之德 猶螳螂之怒臂以當車轍.

당랑거철이란 사마귀가 팔을 벌리고 수레바퀴를 막는다는 뜻으로, 제 분수도 모르고 강자(强者)에게 반항하는 것을 빗대어 표현한 말이다.

大器晚成
대　　기　　만　　성

큰 그릇은 늦게 이루어진다. 큰 인물이 될 사람은 늦게 성공한다는 말.

큰 **대** 릇 **기** 늦을 **만** 이룰 **성**

≪노자≫ 제41장에 다음과 같이 말했다.

상등의 선비는 도(道)를 들으면 힘써 행하고, 중등의 선비는 도(道)를 들으면 있는 것 같기도 하고 없는 것 같기도 하며, 하등의 선비는 도(道)를 들으면 크게 웃는다. 웃지 아니하면 가히 도(道)가 되지 못한다. 그러므로 옛사람이 세운 말에 있다.

'밝은 도(道)는 어두운 것 같고, 나아가는 도(道)는 물러서는 것 같고, 평탄한 도(道)는 험한 것 같다. 최상의 덕(德)은 골짜기와 같고, 너무 흰 것은 더러운 것 같고, 넓은 덕(德)은 부족한 것 같고, 세운 덕(德)은 변하는 것 같고, 변함없는 덕(德)은 변하는 것 같고, 큰 네모에는 구석이 없다. 큰 그릇은 늦게 이루어지고(大器晚成), 큰 소리는 소리가 없고, 큰 형상은 형상이 없다. 도(道)는 숨겨져 이름이 없다. 대저 오직 도(道)는 잘 빌려 주어 또 이룬다.'

上士聞道 勤而行之 中士聞道 若存若亡 下士聞道 大笑之. 不笑不足以爲道. 故建言有之 明道若昧 進道若退 夷道若纇. 上德若谷 太白若辱 廣德若不足 建德若偸 質眞若渝 大方無隅. 大器晚成 大音希聲 大象無形. 道

隱無名 夫唯道善貸且成.

　도(道)는 우리들의 인식을 초월한 존재이어서 원래 이름이 없는 것이다. 그와 같은 도(道)야말로 이 세상의 만물에게 힘을 빌려 주어, 태어나고 자라나게 하고 발전시키는 것이다.

　여기에서 말한 '대기만성(大器晩成)'의 만성(晩成)이란 '아직 이루어지지 않았다.'는 뜻이다. 그러므로 '큰 인물은 쉽게 이루어지는 것이 아니다.'라는 뜻이 되며, '큰 인물은 늦게 이루어진다.'는 뜻으로 사용되고 있다.

大道廢有仁義
대 도 폐 유 인 의

큰 도가 무너지면 인의가 생긴다. 도덕과 윤리에 얽매어 사고나 행동이 유연하지 못하다는 말.

큰 **대** 길 **도** 폐할 **폐** 있을 **유** 어질 **인** 옳을 **의**

　≪노자≫는 제1장에서 이렇게 말하고 있다.

　'도(道)라고 일러지는 도(道)는 참다운 도(道)가 아니고, 이름으로 불러지는 이름은 변함없는 이름이 아니다. 이름조차 없음은 하늘과 땅의 시

작이고, 이름이 있음은 만물의 어머니이다.'

道可道非常道 名可名非常名. 無名天地之始 有名萬物之母.

≪노자≫는 또 제18장에서 이렇게 말하고 있다.

'위대한 도(道)가 무너지면서 인(仁)과 의(義)가 생겨나게 되었고, 지혜가 생기면서 큰 거짓이 생겨나게 되었고, 육친(六親)이 화목하지 못하면서 효도와 사랑이 생겨나게 되었고, 나라가 혼란해지면서 충신이 생겨나게 되었다.'

大道廢有仁義 智慧出有大僞 六親不和有孝慈 國家昏亂有忠臣.

이 뜻은 대략 이러하다.
'사람들에게서 무위자연(無爲自然)의 위대한 도(道)가 무너지면서 인(仁)과 의(義)가 생겨나 강요되었고, 잔 지혜가 생겨나면서 큰 거짓이 생겨나 도둑질과 사기 치는 일이 일어나게 되었으며, 부자와 형제와 부부의 애정이 허물어지면서 효자와 사랑이 권해지게 되었고, 자연(自然)에 반대되는 국가의 정치가 혼란해지고부터 나라에 충성하는 충신이 생겨나게 되었다.'

大同小異
대 동 소 이

크게 보면 같고 작게 보면 다르다는 뜻으로, 조금씩 차이는 나지만 크게 보면 비슷하다는 말.

큰 대 같을 동 작을 소 다를 이

장자(莊子)는 ≪장자≫ 천하편(天下篇)에서 묵가(墨家)와 법가(法家) 등의 학설의 논점을 비판하여 도가사상(道家思想)을 선양한 다음, 그의 친구인 혜시(惠施)의 말을 인용하여 이를 비판하는데 혜시의 말 가운데 이런 것이 있다.

하늘은 땅보다 낮고 산은 연못보다 평평하다. 해는 장차 중천에 뜨지만 장차 기울어지고, 만물은 장차 태어나지만 장차 죽는다. 크게 보면 한 가지이지만 작게 보면 각각 다르니 이것을 소동이라고 말한다. 만물은 크게 보면 각각 한 가지이지만 각각 다르니 이것을 대동이라고 말한다.

天與地卑 山與澤平. 日方中方睨 物方生方死. 大同而與小同異 此之謂小同異 萬物畢同畢異 此之謂大同異.

당(唐)나라의 〈노동(盧同)과 마이(馬異)가 사귐을 맺은 시(詩)〉에 '어제의 같음은 같음이 아니고, 다름은 다름이 아니다. 이것을 크게는 같고 작게는 다르다고 말한다.' 라고 하고 있고, 주자(朱子)도 ≪중용장구

(中庸章句)≫를 쓰면서 '뜻은 대동소이하다.' 는 표현을 쓰고 있다.

大義滅親
대 의 멸 친

대의를 위해서 친족도 버린다는 뜻으로, 큰일을 위해서는 혈육의 사
사로운 정을 끊어야 한다는 말.

큰 대 옳을 의 멸할 멸 친할 친

노(魯)나라 은공(隱公) 4년(B.C. 719)에 위(衛)나라의 공자(公子) 주우
(州吁)가 임금인 환공(桓公)을 죽이고 왕위에 올랐다. 원래 환공과 주우
는 배다른 형제간이었다. 주우는 천첩의 소생으로 무위를 뽐내는 것을
좋아하는 성격이었다. 그러나 아버지인 장공(莊公)은 주우를 몹시 사랑
하여 그가 하는 대로 내버려두었다. 대부(大夫)인 석작(石碏)이 이를 근
심하여,

"주우를 태자로 세우시려면 빨리 손을 쓰셔야 할 것입니다. 만일 이대
로 내버려두신다면 재앙을 불러일으킬 것입니다."

하고 간하였지만 장공은 받아들이지 않았다. 그것은 장공의 애처인 장
강(莊姜)이 주우를 싫어하고 있었기 때문이다. 장강은 뛰어난 미인이었
지만 아들이 없어 다른 여자에게서 태어난 환공을 자기의 아들로 삼았
다. 장공은 결국 아내가 사랑하는 아들 환공을 후계자로 삼았던 것이다.

석작은 아들인 후(厚)가 주우를 따르는 것을 말렸지만 아들 후는 이를

듣지 않았다. 석작은 환공의 시대가 되자 은퇴했다. 그러다 석작이 근심했던 주우가 임금을 죽이는 변이 발생한 것이다.

주우는 백성들의 인기를 얻을 필요가 있었다. 여러 가지로 생각한 끝에 아버지인 장공 때부터 사이가 나쁜 정(鄭)나라를 쳐서 이름을 올리는 도리밖에 없다고 보았다. 그리하여 정(鄭)나라와 사이가 나쁜 송(宋)나라에 교섭하고, 위(衛)나라와 사이가 좋은 진(陳)나라와 채(蔡)나라를 이끌어 네 나라의 연합군을 조직하여 정(鄭)나라를 공격했다.

이것은 어느 정도 성과를 올렸다. 그러나 주우의 인기는 여전히 올라가지 않았다. 근심하고 있던 석후는 어떻게 하면 주우의 왕위를 굳힐 수 있을까 하여 아버지인 석작에게 방책을 묻자 이렇게 말했다.

"천자(天子)를 배알하는 것이 좋을 것이다."

"어떻게 하면 천자를 배알할 수 있을까요?"

"진(陳)나라의 환공께서는 천자의 감명이 깊었던 어른이다. 지금 진(陳)나라와 위(衛)나라는 사이가 좋으니 진(陳)나라에 가서 소원해 보는 것이 좋을 것이다."

그리하여 석후는 주우와 함께 진(陳)나라로 떠났다. 한편 석작은 급히 사자를 진(陳)나라로 보내어 이렇게 말했다.

"위(衛)나라는 국력이 약하여 나 같은 늙은이도 어찌할 바를 모르고 있습니다. 두 사람은 임금을 죽인 사람이므로 잘 부탁드리는 바입니다."

진(陳)나라에서는 두 사람을 붙잡자 위(衛)나라에 입회할 사람을 파견해 줄 것을 청하여 드디어 두 사람을 죽였다.

이상은 《춘추좌씨전》 은공(隱公) 3년과 4년에 기록되어 있는 위(衛)나라 주우 사건의 전말이다. 그리고 《춘추좌씨전》에는 석작을 군자(君子)의 말로서 다음과 같이 평가하고 있다.

군자가 말하기를 '석작은 두 마음이 없는 충신이다. 주우와 그를 따르는 자기의 아들 후를 미워하여, 군신(君臣)의 대의(大義)를 다하기 위하여 육친의 사사로운 정을 버린다(大義滅親).' 하였으니 바로 이것을 말한 것이다.

大丈夫當雄飛
대 장 부 당 웅 비

대장부는 수컷답게 힘차게 날아야 한다는 뜻으로, 남자답게 힘차고 씩씩해야 된다는 말.

큰 대 어른 장 지아비 부 당할 당 수컷 웅 날 비

조전(趙典)은 후한(後漢) 말기 사람으로 촉(蜀)나라의 성도(成都) 출신이다. 그는 젊은 시절부터 성실한 행동으로 알려져 있었으며, 또 경서(經書)에 통달하여 먼 곳에서 제자로 들어온 사람들이 많았다.

그는 환제(桓帝)의 건화 연간(建和年間)에 관리가 되었다. 그가 시중(侍中)이었을 때 환제가 궁궐 안에 연못을 훌륭하게 만들려 하자 그는, '임금 된 사람은 한 몸의 생활을 검소하게 하여 백성들을 이롭게 해야 하며, 연못 등을 훌륭하게 만들지 말아야 한다.' 고 간하였다.

또 그가 외홍려(外鴻臚:외국의 빈객들을 접대하는 관리)였을 때 환제는 제후들에게 은혜를 베풀어 공로가 없는 사람들까지 봉지(封地)를 주려고 했다. 여러 신하들은 이에 대하여 불만을 품고 있었지만 감히 간하는 사람이 없었다. 그때 조전이 홀로, '공로가 없는 사람에게 상을 주면 진정으로 국가의 일에 몸을 바치는 사람은 의욕을 잃고 세상은 어지러워져서 길하지 못한 일이 일어난다.'고 간하였다. 그 뒤로 태상(太常:종묘의 제사를 맡은 관리)으로 옮겼지만 일이 있을 때마다 경서(經書)에 입각하여 올바른 말로 간하였다.

이상과 같이 조전은 기개가 있는 정직한 사람이었는데, 그의 형님의 아들인 조온(趙溫)도 그와 같은 기질을 많이 이어받고 있었다. 조온이 처음에는 경조(京兆)의 승(丞)이었는데,

대장부는 마땅히 크게 활약해야 한다. 어찌 능히 암컷처럼 엎드려 있겠는가?

大丈夫當雄飛 安能雌伏.

라고 말한 후 사직했다. 어느 해 심한 기근으로 사람들이 고통을 겪자 조온은 집안을 위해 저축해 놓았던 식량을 방출하여 일만 명 이상의 사람들을 아사(餓死)로부터 구원했다. 그 뒤 헌제(獻帝)가 낙양(洛陽)으로부터 서쪽에 있는 장안(長安)으로 도읍을 옮겼을 때 시중(侍中)으로 동행하여 강남정후(江南亭侯)에 봉해졌다.

이 이야기는 〈후한서〉 조전전(趙典傳)에 실려 있다. '대장부당웅비(大丈夫當雄飛)'는 사나이다운 의기를 나타낸 것이다.

盜 糧
도　　　량

곡식을 훔친다. 자신을 위해 하려던 일이 도리어 상대를 돕게 되어 큰 손해를 본다는 뜻.

훔칠 **도**　양식 **량**

범수(范睢)는 위(魏)나라를 탈출하여 진(秦)나라로 가서 소왕(昭王)을 배알하고, '진(秦)나라는 위태하기가 달걀을 쌓아 놓은 것 같다.'고 설득하였지만 소왕은 별로 마음에 두지 않고서 그를 숙사에 머무르게 하되 1년이 넘도록 배알하지 못했다.

이 무렵 진나라에서는 소왕의 어머니인 선태후(宣太后)가 권력을 마음대로 휘둘렀으며, 태후의 동생인 양공(穰公)이 재상이 되어 정치를 하고 있어서 소왕은 이름만의 존재에 불과했다.

범수는 상소하여 배알을 청했다. 그는 상소문에, 밝은 임금인지 아닌지는 재능이 있는 인사들을 쓸 수 있느냐 아니냐에 달려 있다는 것과, 재능에 대하여 자신이 있다는 것을 은근히 암시한 내용도 써 넣었다.

소왕은 범수에게 배알을 허락했다. 소왕을 배알하는 날 범수는 일부러 다른 방으로 들어갔다. 환관이 화가 나서,

"왕께서는 나가셨습니다."

하고 말하자 범수는 말했다.

"이 진(秦)나라에도 임금 같은 것이 있는가? 태후와 양공이 있을 뿐 아닌가?"

실권을 갖지 못한 소왕은 마음속의 불만이 격발하여 범수의 책략을 듣고 싶은 강한 의욕을 갖게 되었다. 진(秦)나라는 사방이 요새로 둘러싸여 있어 수비하기도 좋고 공격하기도 좋으며, 백성들은 용감하여 제후를 평정하기에 족한 요인을 갖추고 있었다. 그런데도 진(秦)나라가 적극적으로 나서지 못하는 것은 양공이 한(韓)과 위(魏)나라를 넘어 제(齊)나라를 공격하는 원공근교(遠攻近交)의 책략에 잘못이 있었다.

원교근공(遠交近攻)의 책략을 취하여 멀리 있는 나라와는 우호적으로 통하고 가까이 있는 나라를 공격하여 십 리를 점령하면 그 십 리가 자기 나라 땅이 되는 것이다. 이와는 반대로 먼 나라에 군대를 출동시켜 넓은 땅을 점령할지라도 유지하기 어렵고 국력을 헛되이 낭비하여 피폐를 불러 이웃 나라의 멸시를 받는 결과가 될 뿐이다.

옛날에 제(齊)나라 민왕(湣王)은 멀리 있는 초(楚)나라를 쳐서 승리를 거두었지만 한 자의 땅도 손에 넣지 못하였다. 그것은 욕망이 없어서가 아니라 확보할 수 없었기 때문이었다. 더구나 제(齊)나라가 피폐하여 임금과 신하의 사이가 불화한 것을 보고 제후들은 군대를 크게 일으켜 제(齊)나라를 공격하여 심한 꼴을 당한 적이 있었다.

그래서 제(齊)나라 사람들은 '누가 이런 방책을 세웠는가?' 하고 임금을 비난했다. 임금이 '그것은 맹상군(孟嘗君)이다.' 라고 대답하자 대신들이 난리를 일으켜 맹상군은 쫓겨나지 않을 수 없었다.

그러므로 제(齊)나라가 크게 패한 까닭은 초(楚)나라를 정벌함으로써 한(韓)나라와 위(魏)나라를 살찌게 했기 때문이다. 이것은 소위 적의 군대를 빌어 도둑에게 식량을 가져다 준 것이다.

故齊所以大破者 以其伐楚而肥韓魏也. 此所謂借賊兵 齎盜糧者也.(≪사

道不拾遺
도 불 습 유

길에 물건이 떨어져 있어도 줍지 않는다는 뜻으로, 법을 잘 지켜 나라가 태평하다는 말.

길 **도** 아닐 **불** 주울 **습** 잃을 **유**

'도불습유(道不拾遺)'란 '길에 물건이 떨어져 있어도 주워 가지 않는다.'는 뜻이다.

B.C. 536년, 정(鄭)나라의 자산(子産)이 형법을 궁중에 있는 가마솥에 쪄서 공표했다. 이것이 중국 최초의 성문법(成文法)이다.

자산은 농지 분배의 평등화와 생산 노동의 합리화를 도모하여 실물지조제(實物地租制)를 전면화하는 한편, 귀족의 특권을 삭감하여 군주에 의한 통일 통치에 접근시키고, 신분의 차별을 필요한 한도 내에서 그치게 하고 적재적소의 관리 임용을 도모했다.

그리고 이 서정 쇄신(庶政刷新)에 반대하는 사람에 대해서는 '형불상대부 예불하서민(刑不上大夫 禮不下庶民:특권 귀족에게는 서민에게 강제하는 형벌을 적용하지 않고, 서민에게는 귀족 계급에게 강제하는 예절을 적용하지 않는다.)'이라는 종래의 관례를 폐지하고, 임금 이하 서민에 이르기까지 준수해야 할 '법(法)'에 따라야 함을 밝힌 것이다.

≪한비자≫ 외저설좌상편(外儲說左上篇)에 자산의 집정 성과를 말한 이야기가 있다.

정(鄭)나라 간공(簡公)이 재상인 자산에게 말했다.

"술을 마실지라도 좌석이 어지러우면 즐겁지 않다. 종과 북과 피리와 비파가 연주할 것이 없어 울리지 않는다면 예악(禮樂)의 가르침이 미치지 못한 것이니 이것은 나의 실수다. 국가가 안정되지 못하고 백성들이 다스려지지 않아 밭을 갈거나 전투를 함에 화목하지 못한 것은 너의 죄이다. 너에게도 직분이 있고 나에게도 직분이 있다. 각각 자기의 직분을 지키도록 하자."

자산이 물러나와 5년 동안 정사를 다스리니 나라에 도둑이 없고, 길에 물건이 떨어져 있어도 주워 가지 않으며, 복숭아와 대추가 거리를 덮어도 따는 사람이 없고, 송곳과 칼이 땅에 떨어져 있어도 사흘 뒤에 돌아오게 되며, 이를 3년 동안 변함없이 하니 굶주리는 백성들이 없게 되었다.

子産退而爲政五年 國無盜賊 道不拾遺 桃棗蔭於街者 莫有援也 錐刀遺道 三日可反 三年不變 民無飢也.

여기에서 '도불습유' 라는 말이 나와, '나라가 잘 다스려져 태평하고 풍부한 세상' 을 형용하는 말로 사용하게 되었다.

桃園結義

도 원 결 의

복숭아밭에서 맺은 의로운 약속이라는 뜻으로, 뜻이 통하는 사람끼리 의기투합한다는 말.

복숭아 **도** 동산 **원** 맺을 **결** 옳을 **의**

전한(前漢)은 외척에 의하여 멸망하고 후한(後漢)은 환관에 의하여 멸망하였다고 흔히 말하거니와, 그 환관의 횡포에 의하여 나라의 정사가 혼란해지고 때마침 흉년으로 백성들의 피폐가 극에 달했을 때 한 왕조(漢王朝)의 타도를 기치(旗幟)로 내걸고 궐기한 것이 태평도(太平道)의 교조(教祖)인 장각(張角)이 이끄는 황건적(黃巾賊)의 무리였다.

표지로 노란 천을 머리에 맨 백성들은 중평(中平) 원년 봄, 전국 각지에서 일제히 봉기하여 곧 40~50만의 대군으로 부풀어 관군을 물리치기 위해 조수와 같이 도읍인 낙양(洛陽)으로 향했다. 이것이 전후 400년 동안 중국 대륙을 지배한 대한제국(大漢帝國) 붕괴의 계기가 된 이른바 '황건적의 난리'였던 것이다.

당황한 조정에서는 각지의 장관에게 지시하여 의용병을 모집해 이를 막기로 했다. 그리하여 유주(幽州)의 탁현(涿縣)에 고례(高禮)가 섰을 때의 일이다.

어깨까지 늘어진 큰 귀, 무릎까지 이를 듯한 긴 팔의 특징이 있는 잘생긴 얼굴의 청년이 잠시 그 고례를 바라보더니 후우, 하고 한숨을 내쉬며 떠나려는 참이었다. 그때 그의 등 뒤로 거칠게 꾸짖는 소리가 날아왔다.

"뭐야, 이 졸장부야! 나라의 큰일에 힘을 내려 하지도 않고서 한숨부터 내쉬다니."

그 사나이는 키가 여덟 자에 구레나룻이 용기 있는 사나이로 보여 이름을 물어보니 이렇게 대답했다.

"나의 성은 장(張)이고 이름은 비(飛), 자를 익덕(翼德)이라고 하며, 이 지방에서 대대로 돼지를 잡고 술집을 운영하며 천하의 호걸들과 접촉하고 있는 사람이오."

"나는 한(漢)나라 황실의 피가 섞인 사람으로 성은 유(劉)요, 이름은 비(備), 자를 현덕(玄德)이라 합니다. 황건적을 무찔러 백성들의 괴로움을 구원해 주고 싶은 뜻은 있지만 힘이 부족하니 생각잖게 한숨이 나온 것입니다."

"오오, 그렇다면 나에게 얼마간의 저축이 있소. 그것을 털어 이 고장의 젊은이들을 모아 함께 거사를 해 보지 않겠소?"

의기가 상합하여 가까이에 있는 술집으로 들어가 이야기를 하고 있는 차에 술집 앞에 수레가 멈추더니 어정어정 걸어 들어오는 거한이 있었다. 키는 아홉 자나 되고 두 자 남짓한 구레나룻을 기른 붉은 얼굴에 위풍이 늠름한 용사였다. 그는 침상에 털썩 앉더니 깨진 종소리 같은 목소리로 점원에게 명령했다.

"자, 술을 가져오게. 의용군에 참가하려는 것이니 빨리 다오."

위풍당당한 모습을 보고 현덕이 자기들의 자리로 이끌어 이름을 물어보자 이렇게 대답했다.

"나는 성이 관(關)이고 이름은 우(羽)요, 자를 운장(雲長)이라 하는 사람이오. 고향에서 한 관리가 분에 넘치는 행동을 하는 것을 보다 못하여 베어 버린 뒤 오륙 년 각지로 돌아다니고 있소."

유비가 자기들의 뜻을 털어놓자 관우도 기꺼이 참가할 것을 희망했기 때문에 세 사람은 장비의 집으로 자리를 옮겨 거병할 것을 상의하고 있는데 장비가 '그렇지!' 하고 손뼉을 쳤다.

"우리 집 뒤에 복숭아밭이 있는데 지금 한창 꽃이 피고 있습니다. 내일 그 복숭아밭에서 천지신명에게 제사를 지내 우리 세 사람이 의형제를 맺어 힘을 합치고 마음을 하나로 할 것을 맹세하고서 군대를 일으키기로 합시다."

"그것 참 좋은 생각이오."

유비와 관우가 말했다. 다음날 복숭아밭에서 검은 소와 흰 말과 지전 등을 준비한 후 세 사람은 향을 사르고 재배하며 맹세하는 말을 했다.

생각건대 유비와 관우와 장비는 비록 성은 다르다 할지라도 이미 형제를 맺으려고 하니, 곧 마음을 한가지로 하고 힘을 합쳐 곤란함을 구원하고 위태함을 도와, 위로는 국가에 보답하고 아래로는 만민을 편안하게 하리라. 같은 해 같은 달 같은 날에 태어남을 구하지 않더라도 단지 원하는 것은 같은 해 같은 달 같은 날에 죽으려 한다. 황천(皇天)과 후토(后土)는 진실로 이 마음을 보시고, 의(義)에 배반하고 은혜를 잊는다면 하늘과 사람이 함께 죽일 것이다.

念劉備關羽張飛 雖然異姓 旣結爲兄弟 則同心協力 救困扶危 上報國家 下安黎庶. 不求同年同月同日生 但願同年同月同日死. 皇天后土 實鑑此心 背義忘恩 天人共戮.

이후 세 사람은 그 고장의 젊은이들 삼백여 명을 이끌고 황건적 토벌에 참가하여 위(魏)나라의 조조(曹操), 오(吳)나라의 손권(孫權)과 함께 천하에 이름이 알려지게 된 것이다.

이 이야기는 명(明)나라 시대의 장편소설 ≪삼국지연의(三國誌演義)≫의 첫머리에 나타나는 유명한 장면이며, 물론 이것은 꾸며낸 이야기이다. 그러나 꾸며낸 이야기나 전설이 해를 거듭함에 따라 실재한 것처럼 사람들의 마음속에 전해지는 것은 흔히 있는 일로서, 중국의 민중 사이에서는 이 '도원결의(桃園結義)'가 의형제를 서약할 때의 모범이 되기에 이르렀다.

민중들 사이에서뿐만 아니라 정치적으로도 사용되고 있다. 예를 들면 청(淸)나라의 세조(世祖)인 순치제(順治帝)는 명(明)나라를 침공(대륙을 정복하기에 앞서 내몽고를 정복하여 후일의 우환을 끊어버림)했는데, 이 때 그들은 배반당할 것을 두려워하여 만주와 몽고 사이에 형제의 동맹을 맺었다. 이 '도원결의'의 고사에서 배워 만주를 형 유비(劉備), 몽고를 아우 관우(關羽)로 하여 동생동사(同生同死)할 것을 맹세한 것이다.

'도원결의'의 그림을 앞에 펴놓고 동생동사를 맹세하는 의식은 오늘날에도 화교(華僑) 사회에 남아 있다.

桃源境
도 원 경

복숭아꽃 피는 평화로운 곳. 속세가 아니라 인간이 찾을 수 없는 별천지라는 뜻.

복숭아 **도** · 근원 **원** · 지경 **경**

‘도원경(桃源境)’이란 평화스러운 이상향을 말하는 것이다. ‘무릉도원 (武陵桃源)’도 같은 뜻이다. 그 유래는 도연명(陶淵明, 365~427)의 ≪도 화원시병기(桃花源詩 並記)≫에 있으며, 그 대략은 다음과 같다.

진(晉)나라 태원 연간(太元年間)에 무릉(武陵)에 있는 한 어부가 골짜 기의 시내를 거슬러 올라가는 도중 양쪽 언덕에 펼쳐진 복숭아나무 숲으 로 들어갔다. 복숭아꽃이 한창이라 어부는 작은 배를 저어가면서 그 복 숭아꽃에 반하고 말았다. 가도 가도 복숭아 나무 숲은 사라지지 않았다. 복숭아 꽃잎이 파란 잔디밭 위에 펄펄 춤추며 내려앉고 있었다.

여기가 어디쯤일까, 도대체 이 숲은 어디까지 계속된 것일까 하며 올 라가는데 시내의 근원에서 숲은 끝나고 있었다. 그 앞에는 산이 있고, 산 에는 작은 굴이 있었는데 마치 무엇이 빛나고 있는 것 같았다.

그 굴은 한 사람이 겨우 빠져나갈 만하였다. 어부가 배를 버리고 굴로 들어가니 이윽고 넓은 땅이 펼쳐졌다. 정연하게 늘어선 집들, 아름답게 가꾸어진 밭들, 그곳에는 남자와 여자들이 즐거운 듯이 밭갈이를 하고 있었다.

방문한 사람이나 맞이하는 사람이나 놀라서, 서로 이유를 물었다. 이 마을 사람들은 옛날 진(秦)나라의 난리를 피하여 아내와 자녀를 이끌고 이 절경으로 도망온 후로는 세상에 나가지 않고 바깥세상과는 완전히 교 섭을 끊어버렸다. 지금은 도대체 어떤 세상입니까, 하고 마을 사람들은 물었다.

어부는 마을 사람들에게 환대를 받으며 그곳에 며칠 동안 묵은 다음 들어온 길목에 표지를 붙여 놓으면서 돌아왔다. 돌아온 후 그 일을 태수 (太守)에게 보고하자 사람을 시켜 그곳을 찾아보게 하였지만 찾을 수가 없었다. 유자기(劉子驥)라는 높은 선비도 이 말을 듣고 기뻐하며 그곳을 찾아가 보았지만 병으로 쓰러져 목적을 이루지 못하였다. 이후로 도원경의 길을 찾아가는 사람은 아무도 없었다.

도연명의 이름은 잠(潛)이고 자(字)는 연명(淵明)이라고 하였다. 도연명이 태어난 시대는 불안정한 조정과, 그것을 둘러싼 호족과 귀족과 군인들의 음울한 야망이나 투쟁들, 그리고 지방 군벌의 반란과, 이민족들과 한민족과의 혼란한 싸움, 거기에 남방 민족에 대한 침략과 혼란이 계속된 시대였다. 따라서 서민의 생활고는 이루 말할 수 없었다.

'도원경' 의 배경에는 그와 같은 퇴폐적인 난세의 모습이 당연히 있었다. '도원경' 은 도연명이 그리워하던 이상향인 것은 틀림없거니와, 그 이상으로 민중의 간절한 이상향이었다고 말할 수 있을 것이다.

陶朱猗頓之富
도 주 의 돈 지 부

막대한 재산이 있는 부자. 세상에서 제일가는 갑부라는 뜻.

질그릇 **도** 붉을 **주** 아름다울 **의** 조아릴 **돈** 어조사 **지** 부자 **부**

월왕(越王) 구천(勾踐)은 범려(范蠡)가 간하는 것을 듣지 않고 오(吳)나라와 싸워 대패하여 회계산(會稽山)에서 오(吳)나라 군대에게 포위되었다. 이번에는 범려의 진언에 따라 굴욕적인 강화를 체결하여 명맥을 유지했다.

구천은 귀국한 후 군사에는 범려, 내정에는 대부(大夫)인 종(種)을, 그리고 경제에는 계연(計然)을 등용하고 스스로 솔선수범하여 국력의 회복에 노력했다. 이와 같이 노력한 보람이 있어 20년 뒤에 구천은 오(吳)나라를 멸망시키고 패자(覇者)가 되었다.

상장군이 되어 귀국한 범려는, '나는 새가 없어지면 좋은 활이 필요치 않고, 민첩한 토끼가 죽으면 좋은 개도 필요치 않아 삶아 먹게 된다.'고 비유를 하면서, 구천의 인품은 어려움을 함께 넘길 수는 있지만 즐거움은 함께할 수 없다고 생각하고, 진귀한 보배와 주옥(珠玉)들을 꾸려서 가족을 이끌고 배로 월(越)나라를 탈출하여 제(齊)나라로 건너갔다.

제(齊)나라에 도착한 범려는 성명을 치이자피(鴟夷子皮)라고 바꾸고, '계연(計然)의 정책에 7개조가 있지만 그중 다섯 가지를 사용하여 월(越)나라를 부국으로 만들었다. 나는 나머지 두 가지를 집안을 위해 사용하겠다.' 하고 축재(蓄財)에 힘쓴 지 얼마 지나지 않아 그의 재산은 수천만이 되었다. 제(齊)나라 사람들은 범려가 보통사람이 아닌 것을 알고 재상으로 삼았다. 그러나 범려는,

"집에서 천금의 부를 쌓고 벼슬에서 재상이 된다는 것은 사람으로서 극치이다. 그러나 오래도록 높은 이름을 받는 것은 불길하다."

라고 말하며 재상의 도장을 반환하고, 많은 재산을 친구와 고을 사람들에게 나누어 주고 자기는 값비싼 보물만 가지고 살며시 떠나 도(陶)로 집을 옮겼다. 그리고 스스로 주공(朱公)이라고 이름을 불렀다.

주공은 천하의 중앙에 위치한 도(陶)가 사방으로 제후의 나라들과 통하여 물건들이 교역(交易)되는 곳이라고 생각했다. 여기에서 주공은 때

를 놓치지 않고 매매로 이익을 올려 산업을 닦고 재산을 쌓되 사람들을
쥐어짜는 일은 하지 않았다. 생업을 경영하는 사람은 교묘하게 사람들을
잘 이용하여 때에 응할 수 있다는 것이다.

이리하여 19년 동안 세 차례나 천금의 재산을 만들어, 그중 두 번은 가
난한 친구들이나 멀리 사는 가난한 사람들에게 그 재산을 나누어 주었
다. 이것이 소위 부자가 되면 기꺼이 그 덕을 실천하는 사람이라는 것이
다.

늙어서 기운이 쇠퇴한 뒤에는 자손들에게 맡겨 두었는데 자손들도 집
안일에 힘써 재산을 늘려 드디어는 만대에 손꼽을 수 있는 정도가 되었
다. 그러므로 부에 대하여 말하는 사람들은 모두 도주공(陶朱公)을 칭찬
하게 되었다.

朱公以爲 陶天下中 諸侯四通 貨物所交易也. 乃治産積居 與時逐而不責
於人. 故善治生者 能擇人而任時. 十九年之中 三致千金 再分散與貧交疏
昆弟. 此所謂富好行其德者也. 後年衰老而聽子孫. 子孫修業而息之 遂至
巨萬. 故言富者 皆稱陶朱公.(≪사기≫ 화식열전(貨殖列傳))

의돈(猗頓)에 대해서는 ≪사기≫ 화식열전에 간단히 기록되어 있을
뿐이다.

의돈(猗頓)은 염전으로 일어나고, 한단(邯鄲)의 곽종(郭縱)은 철을 다
스려 사업을 이루어 임금과 부를 같이 하였다.

猗頓用鹽鹽起 而邯鄲郭縱以鐵治成業 與王者埒富.

여기에서 큰 부자가 된 사람을 '도주의돈지부(陶朱猗頓之富)'라고 부르게 되었다.

道聽塗說
도 청 도 설

길거리에 떠돌아다니는 소문. 남에게 들은 말을 다른 사람에게 다시 전한다는 뜻.

길 **도** 들을 **청** 길 **도** 말씀 **설**

이 말은 ≪논어≫ 양화편(陽貨篇)에서 공자가 말씀하신 것에 기인한다.

공자께서 말씀하셨다.
"길에서 듣고 길에서 말하는 것은 덕을 버리는 것이다."

子曰 道聽而塗說 德之棄也.

이 말은 '그 자리에서 들은 말을 금방 다른 사람에게 전하는 것은 덕을 버리는 일이다.' 라는 뜻이다.
원래 사람이 선한 말을 들으면 마음속에 간직하여 깊이 생각하고, 다시 그 말을 몸소 실천함으로써 자기의 것으로 삼아야 한다. 그런데 길거리에서 들은 말을 깊이 생각해 보지도 않고 실천도 하지 않고서, 무책임하게 사람들에게 말한다는 것은 덕을 버리는 처사라고 평해도 별 수 없는 것이다. 더구나 다른 사람의 나쁜 말을 듣고 함부로 떠들어대는 것은 덕을 버리는 처사가 되는 것이다.

≪순자≫ 권학편(勸學篇)에는 같은 뜻으로, '소인(小人)의 학문은 귀로 들어와서 입으로 말한다. 귀와 입의 사이는 4촌일 뿐이니 이로써 어찌 일곱 자의 몸을 아름답게 할 수 있으랴!' 라는 말로 표현하고 있다.

후한(後漢)시대 반고(班固)의 ≪한서예문지(漢書藝文志)≫ 제자략(諸子略)에는 소설가를 평하여, '길거리에서 들은 말을 길거리에서 만들어내는 사람이다.' 라고 기록되어 있다.

塗炭之苦
도 탄 지 고

진창에 빠지고 숯불에 타는 고통이라는 뜻으로, 혹독한 정치로 백성들이 고통스럽다는 말.

진흙 **도** 숯 **탄** 어조사 **지** 괴로울 **고**

도(塗)는 진창을 말하고 탄(炭)은 숯불을 말하니 결국 진창 속이나 숯불 속에 빠지는 것 같은 심한 괴로움을 '도탄지고(塗炭之苦)' 라고 말한다. 이것은 ≪서경≫ 상서(商書)의 〈중훼(仲虺)의 고(誥)함〉이란 글에 나온 말이다.

중훼는 은(殷)나라 탕왕(湯王)에게 벼슬하여 좌상(左相)이 된 어진 신하이다. 탕왕은 하(夏)나라의 걸왕(桀王)을 무력으로써 공격하여 혁명에 성공하였지만, 전에 요(堯)임금은 순(舜)임금에게 제왕의 자리를 양보하고, 순임금은 우(禹)임금에게 제왕의 자리를 양보하였으니, 이것을 선양(禪讓)이라고 말한다. 즉 덕 있는 사람이 왕위를 덕 있는 사람에게 양보하는 형식으로 천자의 자리를 물려줌에 반해, 탕왕은 무력 혁명에 의하여 왕위를 얻은 것을 부끄럽게 생각하여 이렇게 말했다.

"후세 사람들이 내가 한 행동으로 구실을 삼을 것이 두렵도다."

중훼가 이 말을 듣고 탕왕에게 고하는 말을 지어 위로했다. 이것이 〈중훼지고(仲虺之誥)〉이거니와 그 글 가운데서 그는 이렇게 말했다.

아아, 이 하늘이 백성들을 내실 때 하고자 함이 있으니 임금이 없으면 곧 어지러워집니다. 오직 하늘이 총명함을 내시어 이에 다스리게 하신 것입니다. 하(夏)나라가 있었으나 덕이 어두워 백성들이 도탄(塗炭)에 떨어졌습니다. 하늘이 곧 왕에게 용기와 지혜를 주시어 만방에 올바름을 나타내시어 우왕(禹王)의 옛 옷을 짜게 하시니, 여기에 그 떳떳함을 따르시고 하늘의 명을 받들어 따라야 합니다.

嗚呼 惟天生民 有欲無主乃亂. 惟天生聰明時乂. 有夏昏德 民墜塗炭
天乃錫王勇智 表正萬邦 纘禹舊服. 玆率厥典 奉若天命.

중훼는 탕왕의 무력 행사에 의한 혁명을 긍정하고, 걸왕 밑에서 신음하던 백성들을 도탄의 괴로움에서 구원하는 것이 천자에 오른 사람의 책임이고 의무라고 말하여 탕왕을 격려했던 것이다.

讀書亡羊
독 서 망 양

책을 읽다가 양을 잃어버린다. 다른 일에 정신을 빼앗겨 낭패를 본다는 뜻.

읽을 **독** 글 **서** 잃을 **망** 양 **양**

≪장자≫ 외편(外篇) 변모편(駢拇篇)에 다음과 같은 이야기가 실려 있다.

장(臧)과 곡(穀) 두 사람이 함께 양을 치고 있었는데 모두 양을 잃어버렸다. 장에게 '어떤 일을 하고 있었느냐?'고 묻자, '댓가지를 옆에 끼고 글을 읽고 있었다.'고 대답했다. 곡에게 '어떤 일을 하고 있었느냐?'고 묻자, '주사위 놀이를 하고 있었다.'고 대답했다. 두 사람의 일은 같지 않았지만 그 양을 잃어버린 것은 똑같다.

臧與穀二人 相與牧羊 而俱亡其羊. 問臧奚事 則挾筴讀書. 問穀奚事 則博賽以遊. 二人者事業不同 其於亡羊均也.

장(臧)은 하인이고 곡(穀)은 하녀를 가리킨다. 이 이야기에서 '독서망양(讀書亡羊:글을 읽다가 양을 잃어버림)'이라는 말이 나왔거니와, '마음이 밖에 있어 도리를 잃어버리는 것'이나 '다른 일에 정신을 빼겨 중요한 일을 소홀하게 하는 것'을 비유로 사용하는 말이다.

獨眼龍

독 안 룡

애꾸눈의 용. 한쪽 눈만 가지고도 용맹하고 덕이 많은 사람이라는 말.

홀로 **독** 눈 **안** 용 **룡**

'독안룡(獨眼龍)'이란 당(唐)나라 말기 황소(黃巢)의 난을 평정하는 데 가장 큰 공을 세운 이민족 출신의 장군 이극용(李克用, 후당(後唐)의 태조(太祖))을 이르는 다른 이름이다.

산동(山東) 지방에서 소금 밀매업을 하던 황소가 875년에 일으킨 난을 평정할 때까지 십 년이 걸렸다. 이 십 년 동안 수십만의 농민들은 사천성(四川省)을 제외한 중국의 거의 모든 지역을 종횡으로 달렸다. 마지막 3년 동안에는 조정을 사천성으로 쫓아내고 도읍인 장안(長安)에 본거지를 정해 대제국(大齊國)이라고 불렀다.

이 황소의 난은 지금까지 과중한 세금을 거두어들여 간신히 목숨을 이어가던, 또 그렇기 때문에 항상 백성들의 반란이 끊이지 않던 당나라 제국에 종지부를 찍은 것이었다. 황소의 난이 평정되고 불과 23년 만에 당나라는 쓰러졌다. 황소의 난을 평정하는 과정에서 이극용과 함께 활약하며 강대한 군벌로 화한 주전충(朱全忠:후양(後梁)의 태조(太祖))에게 임금의 자리를 빼앗겼던 것이다.

이극용은 6세기경부터 중국의 북부 몽고 고원으로부터 알타이 지방을 지배한 돌궐족(突厥族)의 한 부족인 사타족(沙陀族) 출신이다. 할아버지인 주사집의(朱邪執宜) 때 당나라에 신하로 복종할 것을 맹세했고, 아버지인 주사적심(朱邪赤心)이 방운(龐勛)의 난을 평정한 공으로 의종(懿宗)으로부터 이국창(李國昌)이란 이름을 하사받은 이후 성을 이(李)씨로 부르게 되었다.

이극용은 방운의 난을 평정할 때 당시 15세로 종군하여 항상 앞장서서 활약하였으며 병사들로부터 '비호자(飛虎子)'라고 불렸다. 하늘을 나는 두 마리의 솔개를 한 화살로 맞춰 떨어뜨렸다는 이야기도 이 무렵의 일이었다.

건부(乾符) 3년에 운주(雲州)의 장관이 장병들의 식량을 떼어먹은 일이 있어 화가 난 장병들이 이극용을 운주로 추방하고 이극용을 대신할 장관을 갈아 달라고 조정에 요청하였다. 그러나 이것은 조정에 대한 반란이라고 단정되었다.

황소가 이끄는 군대는 그 사이 광명(廣明) 원년 12월에 장안에 입성하고, 조정은 사천으로 도망하여 있었다. 중화(中和) 2년 10월에 달단족(韃靼族)의 군대 삼만 오천을 거느린 이극용은 동관(潼關) 북쪽의 하중(河中)까지 남하 진군했다.

황소의 군대는 원래 가난한 농민들을 각지에서 흡수하면서 발전된 것이므로 한 곳에 정착하는 일이 없이 관군을 격파하는 이동 전술로 공을 거두고 있었다. 그 수십만의 대군이 도읍으로 들어온 것은 자멸의 길을 택한 것과 같았다. 관군이 장안을 포위하는 태세로 들어가자 황소의 군대는 식량까지 떨어지게 되어 농민들은 계속 탈주하여 유랑민으로 전락해 갔다.

이와 같이 점점 약화되는 황소의 군대이긴 했지만 전투력에서는 관군을 압도하고 있어 장안 주변으로 모여든 관군은 쉽게 손을 쓰지 못하고 있었다. 그런 중에서도 오직 한 사람, 과감한 전투로 황소의 군대를 두렵게 한 것은 이극용이 이끄는 달단의 기마부대였다. 그들은 모두 검은 옷을 입고 있었기 때문에 황소군의 장병들로부터 '아아군(鴉兒軍:까마귀 부대)'이라고 불리며 그들 앞에서는 싸우지도 않고 도망치는 형편이었다.

이리하여 중화 3년 2월에 황하 남쪽 기슭에서 동진한 이극용은 하중(河中)과 이중(易中)과 충무(忠武)의 각 절도사 휘하에 있던 관군과 연합하여, 그 선두에 서서 양산파(梁山坡)에서 황소군의 부수령 상양(尙讓)이 이끄는 십오만의 군대를 격파했다. 그리고 다음해 3월에는 동진하여 영구(零口)에서 다시 대승을 거두어 안문절도사(雁門節度使)에서 상서좌복야(尙書左僕射)의 벼슬을 더하게 됐다.

4월에 이극용의 맹렬한 공격에 황소가 장안을 포기하자 이극용이 첫 번째로 장안에 들어갔으니, 이때의 일이 ≪자치통감(資治通鑑)≫에 다음과 같이 기록되어 있다.

갑진년에 이극용 등은 광태문(光泰門)으로부터 장안에 들어갔다. 황소는 힘써 싸웠지만 이기지 못하여 궁실에 불을 지르고 도망쳤다. 적군이 죽거나 항복하는 사람이 몹시 많았다. 관군의 사나운 약탈은 적군에게 이상이 없었다. 장안의 집들과 백성들이 존재하는 바가 거의 없었다.

甲辰 克用等 自光泰門入京師. 黃巢力戰不勝 焚宮室遁去. 賊死及降者甚衆. 官軍暴掠 無異於賊. 長安室屋 及民所存無幾.

≪자치통감≫에는 다시 이렇게 계속하고 있다.

그때 이극용의 나이는 28세, 여러 장군 중 가장 젊은데 황소를 격파하고 장안을 되찾았으니 공로는 제일이다. 군대 세력이 가장 강하여 모든 장군들이 다 그를 두려워했다. 이극용은 한쪽 눈이 아주 작아 거의 감겨 있었다. 당시 사람들이 이를 '독안룡(獨眼龍)'이라고 불렀다.

克用時年二十八 於諸將最少 而破黃巢 復長安 功第一. 兵勢最彊 諸將 皆畏之. 克用一目微眇 時人謂之獨眼龍.

'독안(獨眼)'은 원래 '애꾸눈'을 뜻하는데, 한쪽 눈이 감기다시피 찌그 러진 이극용의 눈을, 당시 사람들이 '독안룡(獨眼龍)'이라고 불렀다.

同工異曲
동 공 이 곡

같은 악공끼리도 곡조가 다르다는 뜻으로, 방법은 같아도 결과는 차 이가 난다는 말.

같을 **동** 장인 **공** 다를 **이** 가락 **곡**

시문(詩文)을 지을 때 '같은 것 같기도 하면서 흥취가 다른 것', 또는 '행동한 것이나 지은 것이 다른 것 같기도 하면서 처리하는 방법이 매 우 똑같은 것'을 말한다.

이것은 한유(韓愈, 768~824)의 ≪진학해(進學解)≫에 있는 말이다. 한유는 복고문(復古文)을 부르짖은 중당(中唐)의 대문호로, 그의 글은 ≪고문진보(古文眞寶)≫나 ≪당송팔가문(唐宋八家文)≫ 등에 수록되어 있다. 한유는 34살 때 국자사문박사(國子四門博士)에 임명되었지만, 그 뒤 9년간 여러 관직으로 옮겨진 뒤 다시 사문박사에 임명되어 마음이 몹시 편치 않았으며, 이 문장을 지어 스스로를 위로하고 또한 경계로 삼았다고 한다.

국자 선생인 한유는 아침 일찍 대학(大學)에 나가 학생들에게 훈계를 했다. 설사 세상에서 벼슬자리를 얻지 못하더라도 관직의 불공평을 말하는 것은 좋지 않으며, 자신의 학업을 닦지 못한 부족함을 책망하고 한층 노력하는 일이야말로 중요하다고 말했다.

그러자 한 학생이 웃으면서,

"모든 학문을 닦으신 선생님은 글을 지으셔도 옛날의 대문장가에 필적하며 인격에서도 아무런 부족함이 없으신데도, 공적으로는 사람들에게 신임을 받지 못하시고 사적으로는 친구분들의 도움이 없으며 자칫하면 죄를 받는 형편이니, 언젠가는 파멸을 초래하여 아들은 추위에 떨고 아내는 굶주림에 울며 선생님은 머리가 벗겨지고 이가 빠져 죽음에 이를 것입니다. 그런데도 저희들에게 처세의 도리를 설명하십니까?"

하고 헐뜯어 말했다.

한유는 대답했다.

"공자나 맹자께서도 세상에 받아들여지지 않고서 불행한 생애를 보냈다. 나 같은 사람은 이런 대성인에 비하면 아무것도 아니다. 그런데도 벼슬을 살아 녹봉을 받고 아내와 아들들을 안온하게 부양하며 벌을 받는 일도 없이 이렇게 편안하게 살고 있다. 그러므로 사람들로부터 헐뜯음을 받고 악한 이름을 받는 것도 이상할 것이 없으며, 박사라는 한가한 벼슬에 붙어 있는 것만도 과분한 일이라고 할 수 있다."

이상이 ≪진학해≫의 요지이다. 선생과 학생의 대화는 한유가 빌어 쓴 형식이며 실제로는 한유 스스로 묻고 대답하는 것이다.

'동공이곡(同工異曲)'이라는 말은 학생이 한유의 문장을 칭찬하는 대목으로 다음과 같이 나와 있다.

시(詩)가 올바르고 빛나는 것은 아래로 장자(莊子)와 굴원(屈原)의 이소(離騷)에 미치고, 태사(太史)에 기록되어 있는 바로는 양웅(揚雄:자는 자운)과 사마상여(司馬相如)의 공정은 같되 곡(曲)을 달리한다(同工異曲). 선생의 글은 그 가운데를 덮고 그 밖을 마음대로 한다고 이를 만하다.

이상의 원문에 나오는 '동공이곡(同工異曲)'은 글을 짓는 방법의 교묘함에서는 옛날의 문장과 완전히 같은데 그 흥취는 달라, 칭찬한다는 뜻으로 해석해야 할 것이다.

그러나 오늘날에는 칭찬하는 말로 사용되지 않으며, 표면은 다른데 내용이 똑같다는 뜻으로 경멸하여 사용하는 경우가 많은 것 같다.

同病相憐
동 병 상 련

같은 병을 앓고 있는 사람끼리 가엾게 여긴다는 뜻으로, 어려운 처지에 있는 사람끼리 서로 동정하고 도움을 준다는 말.

같을 **동** 병 **병** 서로 **상** 불쌍히 여길 **련**

B.C. 515년에 오(吳)나라의 태자 광(光)은 자객 전저(專諸)를 보내 종제(從弟)인 오왕(吳王) 요(僚)를 죽이고 자신이 왕위에 올랐는데 이 사람이 합려(闔廬)다. 자객 전저를 합려에게 천거한 사람은 초(楚)나라에서 망명해 온 오자서(伍子胥)로, 오자서는 그 공로에 의해 대부(大夫)로 임명되었다.

오자서는 초(楚)나라 평왕(平王)의 태자 건(建)의 태부(太傅)인 오사(伍奢)의 아들이었는데, 태자의 소부(少傅)인 비무기(費無忌)의 참언으로 아버지인 오사, 형인 오상(伍尙)이 죽임을 당하자 복수의 화신이 되어 오(吳)나라로 망명해 왔다. 그가 오왕(吳王) 합려인 태자 광(光)에게 전저를 천거한 것도 그를 유능한 인물로 보고 그의 힘을 빌어 초(楚)나라에 대한 복수를 하려는 데 있었다.

태자 광이 오왕에 즉위하자 오자서는 대부로서 그의 측근에서 벼슬하게 되었는데, 초(楚)나라로부터 또 한 사람의 망명객이 찾아왔다. 초나라의 좌윤(左尹)인 백주려(伯州黎)의 아들 백희(伯喜)였다. 그도 역시 아버지가 비무기의 참언으로 죽임을 당하자 오자서에게 의지하여 오(吳)나라로 망명해 온 것이었다.

오자서는 그를 위하여 추천의 수고를 아끼지 않아 그는 대부(大夫)에 임명되어 오자서와 함께 오(吳)나라의 정치를 해 나가게 되었다.

이때의 일이다. 오자서는 같은 대부인 피리(被離)에게 물었다.

"당신은 어째서 백희를 한번 만나 보고 신용하지 않는 것입니까?"

"그와 내가 같은 원한을 지니고 있기 때문입니다. 개울 위에서 부르는 노래(河上歌)가 있지 않습니까?"

같은 병에는 서로 불쌍히 여겨 한가지로 근심하고 서로 구하네.
놀라서 날아오르는 새는 서로 따르면서 날고

살살 흐르는 아래의 물은 인하여 다시 함께 흐르네.

同病相憐 同憂相救
驚翔之鳥 相隨而飛
瀨下之水 因復俱流

"호마(胡馬)는 북풍을 향하여 서는 것이고 월나라의 제비는 햇빛을 구하여 노니는 것이니, 육친을 사랑하여 슬퍼하지 않는 사람이 있을까요?"

"과연 이유는 정말로 그것뿐입니까? 그 이외에 믿음이 부족한 것은 아닙니까?"

"그런 일은 없습니다."

그는 이어서 말했다.

"그러면 말씀드리지요. 내가 보는 바로 그의 눈길은 매와 같고 그의 걸음걸이는 호랑이와 같으니 살인을 할 관상입니다. 결코 마음을 허락해서는 안 될 것입니다."

"설마 그와 같은 일이야 없겠지요."

오자서는 피리의 충고를 받아들이지 않고 동료로서 함께 합려에게 봉사했다.

이것은 후한(後漢)의 조엽(趙曄)이 편찬한 ≪오월춘추≫ 권4 여합내전(闔閭內傳)에 실려 있는 이야기이며, 피리의 충고를 듣지 않았던 오자서가 나중에 월(越)나라에 매수된 백희의 참언으로 분사(憤死)하게 된 것은 잘 알려진 사실이다.

피리가 백희를 평한 '응시호보(鷹視虎步)'란 매와 같이 눈길이 날카롭고 걸음걸이가 용맹스러운 호랑이 같은 모습에서 난폭하고 도리에 어긋나는 관상을 뜻한다. 이와 같은 사람은 자신이 괴로울 때는 상대방을 중용(重用)할지라도 일단 성공하면 그 성과를 독점해버리는 호랑이처럼 비정한 사나이이므로 접근하지 않도록 하는 것이 상책이다.

董狐之筆
동 호 지 필

동호의 붓. 권세를 두려워하지 않고 역사를 정직하게 기록한다는 뜻.

바로잡을 **동** 여우 **호** 어조사 **지** 붓 **필**

춘추시대 진(晋)나라의 영공(靈公)은 제후의 덕이 부족한 사람이었다. 백성들에게 세금을 과중하게 거두어 사치한 생활을 하는 한편, 물견대(物見臺) 위에서 탄환을 날려 보내어 사람들이 도망치며 갈팡질팡하는 것을 보고 흥겨워했다. 또 어느 때에는 곰의 발바닥을 잘못 삶았다 하여 요리하는 사나이를 죽여 시체를 바구니에 넣어 여관(女官)들이 짊어지고 조정 가운데에서 걷게 했다. 조순(趙盾)과 사계(士季)가 바구니에서 손이 나와 있는 것을 보고 영공에게 간하였지만 변함이 없었다.

영공은 자주 간하던 조순을 번거롭게 생각하여 자객을 시켜 그를 죽이려 했다. 자객이 아침 일찍 조순의 집에 잠입하니 이미 방문이 열려 있었는데, 조순은 예복을 갖추어 궁궐로 들어갈 준비를 끝낸 후 집을 나설 때까지 틈이 있어 그대로 누워 있었다. 자객은 그 존엄함에 압도되어 죽일 의사를 잃었거니와 이대로 돌아가면 임금의 명령에 배반하는 것이 되니 조순의 집에 있는 느티나무에 머리를 찧고 자살했다.

영공은 또 조순을 술자리로 부른 후 병사들을 숨겨 놓고서 죽이려 했다. 호위관인 제미명(提弥明)이 그것을 알아차리고 조순의 손을 끌어 도망치려 하자 영공은 큰 개 두 마리로 하여금 뒤쫓게 하였다. 제미명은 개들을 때려죽이고 또 습격하는 병사들을 베어 죽였다. 또한 조순이 전에 목숨을 구해 준 일이 있는 영첩(靈輒)이란 사람이 병사들 중에 있다가 창으로 병사들을 막아 조순을 도망치게 해 주었다.

조순이 나라 밖으로 가기 위해 국경의 산에 당도하였을 때 조천(趙穿)이 영공을 죽였다는 보고를 받고는 산을 넘지 않은 채로 되돌아왔다.

그러자 태사(太史)인 동호(董狐)가 궁정 기록에, '조순이 임금을 죽였다.'고 써서 조정에 고시했다. 선자(宣子)가, '그것은 틀리다.'라고 말하자 동호가 말했다.

"당신은 정경(正卿)이면서 도망치다 국경을 넘지 않고 되돌아온 하수인을 처치하려 하지 않으니 이 책임자는 당신이 아니고 누구겠소?"

이 말을 듣고 선자가 한탄하여 말했다.

"아아, 시(詩)에 '나의 생각이 스스로 이 근심을 남겼다.'라고 했는데, 그것은 나를 두고 이른 말이다."

뒤에 공자가 이렇게 말했다.

"동호는 훌륭한 사관이었다. 법(法)을 굽히지 않고 곧게 썼다. 조선자(趙宣子)는 훌륭한 대부였다. 법을 위하여 잠자코 악명을 받았다. 아깝도다, 국경을 넘어갔더라면 이 악명을 면했을 터인데."

太史書曰 趙盾弑其君 以示於朝. 宣子曰 不然. 對曰 子爲正卿 亡不
越境 反不討賊 非子而誰. 宣子曰 嗚呼 詩曰 我之懷矣 自詒伊慼 其

我之謂矣. 孔子曰 董狐古之良史也 書法不隱. 趙宣子古之良大夫也 爲法受惡. 惜也 越境乃免.(≪춘추좌씨전≫ 선공(宣公) 2년)

이 이야기에서 '동호지필(董狐之筆)'이란 말은 권세를 두려워하지 않고 사실 그대로 쓰는 것을 말하게 되었다.

得魚忘筌
득　어　망　전

물고기를 잡으면 통발을 잊는다는 뜻으로, 목적을 달성하고 나면 도움이 되었던 것을 잊어버린다는 말.

얻을 득 물고기 어 잊을 망 통발 전

전(筌)이란 물고기를 잡는 통발을 말한다. '물고기를 잡으면 통발을 잊어 버린다.'는 말은 통발로 물고기를 잡고 나면 그것이 통발의 덕분이라는 사실을 잊어버린다는 뜻이며, 목적을 달성하고 나면 그 목적을 위하여 사용한 사물을 잊어버린다는 비유로 쓰는 말이다.

≪장자≫ 외물편(外物篇)의 끝에 이렇게 기록되어 있다.

전(筌)은 물고기를 잡는 통발인데, 물고기를 잡고 나면 통발은 잊어버리고 만다. 제(蹄)는 토끼를 잡는 덫인데, 토끼를 잡고 나면 덫을 잊어버리고 만다. 말은 마음에 있는 것을 전하는 것인데, 뜻을 얻으면 말을 잊어버리고 만다. 내 어찌 말을 잊어버리는 사람을 얻어 그와 더불어 말할 것인가!

筌者所以在魚 得魚而忘筌 蹄者所以在兎 得兎而忘蹄 言者所以在意 得意而忘言. 吾安得夫忘言之人 而與之言哉.

장자가 말하는 '말을 잊어버리는 사람' 이란 말에 구애되지 않는 사람을 뜻한다. 옳고 그름과, 선하고 악함과, 아름다움과 추함 등의 상대적인 논의에 구애되지 않는다는 말이다. 상대를 초월하여 이 세상의 만물은 한 몸이라고 생각하는 절대적인 경지에 서면 옳은 것도 없고 그른 것도 없으며, 선함도 없고 악함도 없으며, 아름다운 것도 없고 추한 것도 없다는 것이 장자의 주장이었다.

'물고기를 잡으면 통발을 잊어버린다.' 는 말도 장자에게는 '뜻을 얻으면 말을 잊어버린다.' 와 같은 뜻으로 사용되고 있다.

登龍門
등 용 문

용이 하늘로 올라간다는 뜻으로, 출세하기 어려운 관문을 통과한다는 말.

오를 등 용 용 문 문

후한(後漢) 말 무렵 환제(桓帝)의 시대는 환관들의 횡포가 극심했는데, 일부 정의파 관료들이 환관들의 사악한 횡포에 심하게 항쟁하여 마침내 '당고지화(黨錮之禍)'를 불러일으켰다.

정의파 관료들의 영수라고 지목되는 사람은 이응(李膺)이었다. 이응은 기강이 퇴폐된 거친 궁궐 안에서 혼자서 이름 있는 가르침을 지키며, 항상 고결하게 몸을 유지했다. 그리하여 그의 명성은 점점 올라가 '천하의 모범은 이응(자는 원례)'이라고 칭송을 받았으며, 특히 청년 관료들이 그를 존경하여 그가 알아주는 것을 '등용문(登龍門)'이라 일컬어 큰 명예로 생각했다.

이때 조정은 날로 어지러워지고 기강이 퇴폐하였다. 이응이 홀로 바람과 같은 재기를 지녀 명성이 저절로 올라갔다. 선비들은 그의 얼굴을 접하는 사람이 있으면 이름하여 '등용문(登龍門)'이라고 하였다.

是時朝廷日亂 綱紀䜋阤. 膺獨持風裁 以聲名自高. 士有被其容接者 名爲登龍門.

이 이야기는 ≪후한서≫ 이응전(李膺傳)에 실려 있다. '등용문(登龍門)'이란 '용문(龍門)에 올라간다.'는 뜻이다. 여기에 인용한 이응전(李膺傳) 주에 따르면 용문이란 황하 상류에 있는 골짜기 이름으로, 이 근처는 심한 급류라 보통 물고기는 올라가지 못하며, 큰 강이나 바다의 물고기들도 이 용문 아래서 수천 마리나 떼 지어 다니지만 여간해서는 올라가지 못한다고 한다. 그런데 만일 올라가기만 하면 물고기는 순식간에 변하여 용이 된다고 하니, 결국 '등용문'이란 심한 난관을 극복하고 비약의 기회를 잡는 것을 뜻한다.

마

馬耳東風
마 이 동 풍

말의 귀에 동풍이라는 뜻으로, 남의 말을 귀담아 듣지 않고 흘려버린다는 말.

말 **마** 귀 **이** 동녘 **동** 바람 **풍**

'마이동풍(馬耳東風)'이란 '다른 사람이 하는 말을 귀담아 듣지 않는다.'는 뜻이다. 이것은 이백(李白)의 〈답왕십이한야독작유회(答王十二寒夜獨酌有懷)〉라는 장편의 시 가운데 있는 말이다.

그런데 왕십이(王十二)에 대해서나 이 시의 제작 상황에 대해서는 전혀 알 수가 없다. 그렇지만 왕요(王瑤)는 그의 저서 ≪이백(李白)≫에서 '당시의 정치 현실에 대하여 심각한 비판을 제시하며, 분개를 표명함과 동시에 자신의 경우와 태도를 설명하고 있다.'며 이 시를 들고 있다.

왕십이(王十二)라는 아는 사람이 〈한야독작유회(寒夜獨酌有懷)〉라는 시를 보내온 것 같다. 시재(詩才)를 지니고 있으면서도 명예와 이익에 급급한 관료들의 세계에서 결국 인정받지 못하고 있는 애석함을 읊은 것이다.

이 시에 대하여 이백(李白)이 이렇게 대답한다.

"간밤에 오(吳)나라에 눈이 내렸다. 당시 진(晋)나라의 왕자유(王子猷: 서예가 왕희지의 아들)가 밤에 눈을 뜨니 큰 눈이 와서 방문을 열어놓고 술을 마시고 있었네. 갑자기 대안도(戴安道)를 만나고 싶어 견딜 수 없어

배로 출발하였지만 거의 도착할 때쯤 그냥 되돌아오고 말았네. 그 이유를 물으니, '흥을 타고 갔다가 흥이 다하여 돌아왔을 뿐 꼭 안도(安道)를 만나야 했던 것은 아니다.' 라고 했네."

자신도 그와 같은 흥이 일어났기 때문에 이 시를 쓴다고 했다.

"푸른 산을 둘러싼 뜬구름이 하염없이 이어져 있고,

그 하늘 가운데 외로운 달이 흐르고 있다.

외로운 달은 추위에 못 이겨 빛나고,

맑은 은하수와 북두칠성이 흩어져 많은 별들이 밝게 빛난다.

나는 술을 마시면서 밤 그늘의 하얀 서리를 생각하고,

자네 집 우물 난간의 구슬 같은 얼음 모양을 생각하고,

얼어붙은 자네의 마음을 생각했다네.

인생은 아차, 하는 사이에 백 년도 채우지 못한다.

자, 술이나 마시고 한없는 생각을 떨쳐 버리게.

자네는 요즈음 유행인 닭싸움을 배워 비책(秘策)을 생각하나,

임금 마음에 들기 위해 어깨를 으스대며 거리를 활보하는 흉내는 내지 못하네.

그렇다고 밤에 칼을 차고 오랑캐의 보루 석보성(石堡城)을 무찔러 큰 국난을 구원한 청해 지방(靑海地方)을 거니는 가서한(哥舒翰) 장군을 배워,

임금 측근의 요직을 가로채는 일도 흉내 내지 못하네.

우리들이 할 수 있는 일이란 햇볕이 쪼이지 않는 북쪽 창문 안에서 시를 읊거나 부(賦)를 짓는 정도의 일일세.

일만 마디를 지어도 고작 술 한 잔의 가치도 없네."

그러고 나서 이백은 이렇게 읊고 있다.

세상 사람들이 이것을 들으면 다 머리를 흔들 걸세.

동풍(東風)이 말의 귀를 쏘는 것 같네.

世人聞此皆掉頭 有如東風射馬耳

세상 사람들은 우리들의 시(詩)나 부(賦)를 들으면 다 머리를 흔드네. 한가한 동풍(東風)이 말의 귀를 쏘는 것과 같아서 아프지도 가렵지도 않을 걸세.

이어서 이백(李白)은 보답을 받는 일이 박했던 옛사람들의 예를 열거하며 현재 처해 있는 처지를 적극적으로 긍정하고 영화 따위는 억지로 바라지 않는 것이 좋지 않겠는가, 하고 끝맺고 있다.

藐 姑 射 山
막 고 야 산

전설의 신선이 사는 산이라는 뜻으로, 자연 법칙에 따라 평화롭게 사는 곳이라는 말.

아득할 **막** 시어미 **고** 벼슬이름 **야** 뫼 **산**

'막고야산(藐姑射山)'은 상황(上皇)의 어소(御所)를 가리키는 말인데 ≪장자≫ 소요유편(逍遙遊篇)에 실려 있는 한 이야기에 나온다.

≪열자≫ 황제편(黃帝篇)에 다음과 같이 실려 있다.

열고야산(列姑射山)은 해하주(海河洲) 가운데 있으며 산 위에는 신인(神人)이 있다.

그는 바람을 마시고 이슬을 먹되 오곡(五穀)은 먹지 않는다.

그의 마음은 깊은 샘물과 같고 형상은 처녀와 같다.

列姑射山 在海河洲中 山上有神人焉. 吸風飲露 不食五穀. 心如淵泉 形如處女.

≪장자≫에 있는 막고야산(藐姑射山)은 ≪열자≫에 실려 있는 열고야산(列姑射山)과 같은 뜻이며, 열자(列子)는 장자(莊子)에게서 취하여 이상적인 인간상인 '신인(神人)'이 사는 곳이라고 하였다.

≪장자≫에 실려 있는 이야기에는 막고야산의 신인(神人)을 다음과 같이 설명하고 있다.

견오(肩吾)가 연숙(連叔)에게 말했다.

"접여(接輿)에게서 말을 들으니 너무 커서 종잡을 수 없으며 가서 돌아오지를 않습니다. 나는 그의 말에 놀라고 두려워서 오히려 은하수의 끝이 없는 것 같았습니다. 현격한 차이가 있어 인정에는 가깝지 않습니다."

연숙이 말했다.

"그의 말이 무엇을 이른 것이지요?"

견오가 말했다.

"막고야산에 신인(神人)이 살고 있다는데, 그 살결은 얼음이나 눈과 같고, 부드럽고 약하기가 처녀와 같다고 합니다. 오곡을 먹지 않고 바람을 마시고 이슬을 먹으며, 구름의 기운을 타고 용을 부리며 날아 사해(四海)

밖에 노닌다고 합니다. 그 정신을 집결하면 만물이 병들지 않으며 해마다 곡식이 잘 익는다고 합니다. 이로써 허황하여 나는 믿지 않기로 하였습니다."

연숙이 말했다.

"그렇기도 하겠소. 눈먼 사람은 무늬를 볼 수 없고, 귀먹은 사람은 종과 북의 소리를 듣지 못한다고 했소. 어찌 오직 형체에만 귀먹고 눈먼 것이 있으리오. 대저 앎에도 또한 그런 것이 있으니 그야말로 그대와 같은 경우를 이름이오.

이 신인(神人)은 그 덕으로 장차 만물을 섞어 이로써 하나로 만들려는 것이오. 세상이 잘 다스려지는 것으로 돌아갈지라도 누가 괴롭게 부지런히 일하리오. 이 사람은 사물에 상처 내는 일은 하지 않소. 하늘까지 크게 물이 침범해도 그는 빠지지 않고, 크게 가물어 쇠와 돌이 흐르고 흙산이 타도 그는 타지 않소. 이것은 그에게 붙은 티끌과 때나 여물지 않은 곡식의 겨도 장차 의지하여 요임금과 순임금 같은 사람을 만들어 낼 수 있는 사람이오. 누가 감히 사물로써 일을 하겠소?"

肩吾問於連叔曰 吾聞言於接輿 大而無當 往而不返 吾驚怖其言 猶河漢而無極也. 大有逕庭 不近人情焉. 連叔曰 其言謂何哉. 曰 藐姑射山 有神人居焉 肌膚若氷雪 淖約若處子 不食五穀 吸風飮露 乘雲氣 御飛龍 而遊乎四海之外. 其神凝 使物不疵癘 而年穀熟. 吾以是狂而不信也. 連叔曰 然 瞽者無以與乎文章之觀 聾者無以與乎鍾鼓之聲. 豈唯形骸有聾盲哉 夫知亦有之 是其言也 猶時女也. 之人也 之德也 將旁礴萬物 以爲一. 世蘄乎亂 孰弊弊焉以天下爲事. 之人也 物莫之傷. 大浸稽天而不溺 大旱金石流土山焦而不熱. 是其塵垢粃穅 將猶陶鑄堯舜者也. 孰肯以物爲事.

이것은 견오와 연숙의 문답 형식을 빌어 장자(莊子)가 이상상(理想像)인 신인(神人)을 막고야산에 살게 한 것이니, 무위(無爲)로 천하를 다스려 만인이 그곳을 얻게 하는 것이 신인이라고 설명한 문장이다.

莫逆之友
막 역 지 우

거리낌 없는 친구로, 허물이 없는 아주 친한 친구라는 뜻.

없을 **막** 거스를 **역** 어조사 **지** 벗 **우**

≪장자≫의 대종사편(大宗師篇)에 같은 형식으로 이야기한 두 가지 이야기가 실려 있다.

자사(子祀)와 자여(子輿)와 자리(子犂)와 자래(子來), 네 사람이 서로 말하기를, '누가 능히 무(無)로써 머리를 삼으며, 삶으로써 등을 삼고, 죽음으로써 엉덩이를 삼을까? 누가 사생존망(死生存亡)이 한 몸인 것을 알랴! 우리는 더불어 벗이 되자.' 네 사람은 서로 마주 보며 웃었다. 마음에 거슬림이 없고 드디어 서로 벗이 되었다.

子祀 子輿 子犂 子來 四人相與語曰 孰能以無爲首 以生爲背 以死爲尻. 孰知死生存亡之一體者. 吾與之友矣. 四人相視而笑 莫逆於心 遂相與爲友.

자상호(子桑戶)와 맹자반(孟子反)과 자금장(子琴張) 세 사람이 서로 더
불어 말하기를, '누가 능히 서로 더불어 함이 없는데 서로 더불어 하며,
서로 도움이 없는데 서로 도우랴. 누가 능히 하늘에 올라가 안개와 놀며,
끝이 없음에 날아 올라가며, 서로 잊음을 삶으로써 하고 마침내 다하는
바가 없으랴.' 고 말했다. 세 사람은 서로 보고 웃으며, 서로 마음에 거슬
림이 없고, 드디어 서로 더불어 벗이 되었다.

　子桑戶 孟子反 子琴張 三人相與語曰 孰能相與於無相與 相爲於無相爲.
孰能登天遊霧 撓撓無極 相忘以生 無所終窮. 三人相視而笑 莫逆於心 遂
相與友.

　이 '막역어심 수상여(위)우(莫逆於心 遂相與(爲)友)' 에서 친한 벗을 의
미하는 것으로서 '막역지우(莫逆之友)' 란 말이 생겨났다.

挽 歌
만　　가

수레를 끌 때 부르는 노래. 죽은 사람을 애도하는 노래라는 뜻.

끌 **만** 노래 **가**

　유방(劉邦)은 B.C. 202년에 천하를 통일하고 즉위하여 한고조(漢高
祖)가 되었다.

이보다 앞서, 마음에 들지 않는다고 유방의 사자를 죽인 제(齊)나라 임금 전횡(田橫)은 고조가 즉위하자 부하 500여 명과 함께 바다 가운데 있는 섬으로 도망쳤다.

고조는 전횡이 뒤에 소란을 일으킬 것을 두려워하여 그 죄를 용서하고 불렀다. 그러나 전횡은 낙양(洛陽) 가까이 왔을 때 고조를 섬기는 것을 부끄럽게 생각하여 스스로 목숨을 끊으니, 그의 머리를 고조에게 바친 두 사람의 사자도, 바다 가운데 섬에 있던 사람들도 전횡의 높은 절개를 그리워하며 모두가 자결하고 말았다.

그때 전횡의 제자들이 해로(薤露)와 호리(蒿里), 이장(二章)의 상가(喪歌)를 만들어 전횡의 죽음을 애도하며 노래했다.

한(漢)나라 무제(武帝) 때 국민음악원(國民音樂院)을 만들고 음악가인 이연년(李延年)이 총재(總裁)가 되었다. 이연년은 앞의 이장(二章)을 나누어 두 곡으로 만들어 앞의 곡은 공경대부(公卿大夫)를, 뒤의 곡은 선비와 백성들을 장송(葬送)하여 영구(靈柩)를 끄는 사람들에게 노래하게 했다. 사람들은 그것을 '만가(挽歌)' 라고 부르게 되었다. 죽음을 슬퍼하는 가사를 '만(挽)' 이라고 하는 것은 이에 뿌리를 둔다.

≪진서(晋書)≫의 예지(禮志)에 의하면 '만가(挽歌)' 는 원래 무제(武帝) 때 노동자들이 부른 노래였는데, 노랫소리가 슬프고 간절하며 가슴을 치는 것이 있어 죽은 사람을 장송(葬送)하는 의식에 사용하게 되었다고 한다.

萬事休

만 사 휴

모든 일이 끝났다는 뜻으로, 어떻게 해 볼 도리가 없다는 뜻.

일만 **만** 일 **사** 쉴 **휴**

10세기 전반에 당(唐)나라가 멸망한 뒤에는, 당(唐)나라 때 절도사(節度使)의 후신인 군벌에 의한 군웅할거시대(群雄割據時代), 소위 오대(五代)의 세상이 되었다.

그 사이에 각지에 있는 절도사의 후예들은 지방에서 세력을 잡아, 계속 일어나는 제국(帝國)에 교묘하게 추종하면서 독립된 왕국의 체제를 갖추게 되었다.

형남(荊南)에 있는 고씨(高氏) 집안도 그중의 하나로, 시조인 고계흥(高季興)이 당(唐)나라 말기에 형남절도사(荊南節度使)가 된 이후 그의 아들 종회(從誨), 종회의 장남 보융(保融), 열 번째 아들 보욱(保勗), 보융의 아들 계중(繼仲), 이렇게 4대(代) 5주(主) 57년에 걸쳐 형남의 땅을 보유한 다음 송(宋)나라 태조(太祖)에게 귀순했다.

이 형남에 사는 4대째 고보욱은 어릴 때부터 장애가 있어 자란 뒤에도 수척했는데, 극도로 음란하여 매일같이 기생들을 모아놓고 병사들 중에서 건장한 사람을 골라 혼교(混交)를 시키고, 그것을 처첩들과 함께 발 뒤에서 바라보며 즐거워했다고 한다.

이 고보욱이 어린 아기였을 때는 수많은 아들들 중에서 아버지 종회의 사랑을 한 몸에 받고 있었다. 그리하여 그것을 질투하여 흘겨보는 사람이 있어도 반드시 기뻐하면서 웃기 때문에 사람들은 '만사휴(萬事休:어떻게 할 수가 없다)'라고 말하며 한숨을 내쉬었다.

初保勗在保抱 從誨獨鍾愛. 故或盛怒見之 必釋然而笑 荊人目爲萬事休.(≪송사(宋史)≫ 형남고씨세가(荊南高氏世家))

萬全之策
만 전 지 책

아주 완전한 계책이라는 뜻으로, 안전하고 조금의 허술함도 없는 완벽한 대책이라는 뜻.

일만 **만** 온전할 **전** 어조사 **지** 꾀 **책**

후한(後漢) 헌제(獻帝) 건안(建安) 5년 10월, 위(魏)나라의 조조(曹操)가 북방 최대 군벌인 원소(袁紹)의 군대를 격파한 관도(官渡) 싸움은 조조가 북방 통일의 기초를 확고하게 한 중요한 결전이었다.

양쪽 군대는 전해 9월부터 관도(官渡)에서 대치하고 있었는데, 건안 5년 4월에 조조는 백마(白馬)의 싸움에서 원소의 명장인 안량(顔良)과 문추(文丑)를 격파하여 죽게 해 원소에게 적잖은 타격을 주었다. 그러나 원소의 군대는 10만여나 되는 데 반하여 조조의 군대는 불과 3만여밖에 되지 않아, 관도에서 대치하는 동안 조조는 한때 도읍인 허창(許昌)으로 후퇴하려는 생각까지 했을 정도였다.

　당시 형주(荊州)의 목사였던 유표(劉表)는 원소가 원조를 청하자 이를
승낙하되 아무 일도 하지 않으며 또 조조를 도우려 하지도 않고 그 고을
을 유지하면서 천하의 대세를 관망하고 있었다.
　이때 막하에 있던 한숭(韓嵩)과 유선(劉先)이,
　"10만의 대군을 옹호하면서 아무것도 하지 않고 관망만 하고 있으면
양쪽의 원한을 받게 됩니다. 조조는 반드시 원소의 군대를 격파한 다음
이곳을 공격해 올 것이며 필시 방어하지 못하므로 조조에게 따르는 것이
좋을 것 같습니다. 그러면 조조는 유표님을 덕으로 삼아 길이 복을 줄 것
이니 대대로 전할 수 있습니다. 이것이 '만전지책(萬全之策)' 입니다."
　하고 설득했지만 의심이 많은 유표는 결정하지 못하다가 뒤에 화근을
당하게 되었다.(≪후한서≫ 유표전(劉表傳))

　'만전(萬全)' 이란 말은 ≪한비자≫에도 보이지만 '만전지책' 이란 말은
여기에서 나온 것이다. '가장 안전한 방책', 즉 조금의 실수도 없는 계책
이란 뜻이다.

亡國之音
망 국 지 음

나라를 망하게 하는 음악이라는 뜻으로, 슬픈 곡조의 노래.

망할 **망** 나라 국 어조사 **지** 소리 **음**

≪예기≫ 가운데 악기(樂記), 즉 음악의 의의를 설명한 일편(一篇)이 있다. 여기에 음악은 마음의 자연적인 발로이며, 따라서 음악을 들음으로써 그 음악이 행해지고 있는 나라의 정치적인 정세와 인심의 소재까지도 살펴서 알 수 있다는 내용이 설명되어 있다.

무릇 음악은 사람의 마음에서 생겨나는 것이다. 감정이 안에서 움직이므로 소리가 나타난다. 소리는 글을 이루니 이것을 음악이라고 말한다. 이런 까닭으로 치세(治世)의 음악은 편안하고 즐거우니 그 정치가 화하기 때문이다. 난세(亂世)의 음악은 원망하고 성내니 그 정치가 어긋나기 때문이다. 망국(亡國)의 음악은 슬픔을 생각하게 하니 그 백성이 곤궁하기 때문이다.

凡音者生人心者也. 情動於中 故形於聲. 聲成文 謂之音. 是故治世之音 安以樂 其政和. 亂世之音 怨以怒 其政乖. 亡國之音 哀以思 其民困.

'망국지음(亡國之音)' 이란 말은 여기에서 나온 것이다. 악기(樂記)에서는 치세(治世)와 난세(亂世)와 망국(亡國)의 음악을 열거하고 있거니와

'망국지음'이란 정치가 혼란하고, 백성들의 마음이 게으름으로 흐르며, 상하가 함께 기강과 풍기가 문란하여 이윽고 멸망하는 나라의 음악을 말한다.

《한비자》의 십과편(十過篇)에는 매우 흥미 있는 이야기가 실려 있다. 원래 십과편은 임금이 몸을 망치고 나라를 멸망시키는 데 이르는 열 가지 과실의 원인을 지적하고 있다. 제4에 '다스림 듣는 것을 힘쓰지 않고 5음을 좋아해 마지않는 것은 곧 몸을 궁하게 만드는 일이다.'라고 했고, '무엇을 음을 좋아한다고 이르는가?' 하는 물음에 대한 대답이 다음과 같은 설화로 제시되고 있다.

옛날 춘추시대에 위(衛)나라 영공(靈公)이 진(晋)나라로 가는 도중 복수(濮水) 부근에 머물렀을 때, 밤중에 묘한 음악 소리를 듣고 곧 악사장(樂師長) 사연(師涓)에게 명하여 거문고에 맞추어 그 곡을 취하게 했다.

이윽고 진(晋)나라에 도착한 영공은 평공(平公)이 초대한 잔치에서 '새로운 곡을 하나 소개하겠습니다.' 하고서, 사연에게 명하여 그 곡을 타기 시작했는데 옆에 있던 진(晋)나라 악사장인 사광(師曠)이 그의 손을 잡고서,

"이것은 망국의 음악입니다. 끝까지 타면 안 됩니다."
라고 말했다. 그리고 의아하게 생각하는 평공에게,

"이것은 은(殷)나라의 악사장 사연(師延)이 주왕(紂王)을 위하여 만든 사치한 음악입니다. 주(周)나라의 무왕이 주왕을 정벌했을 때 사연은 동쪽으로 도망하여 복수까지 와서 몸을 던졌습니다. 그러니 이 곡을 듣는다면 그 나라는 반드시 망합니다. 끝까지 타면 안 된다고 말씀드린 것은 이 때문입니다."
라고 대답했다. 그러나 평공은 그 곡에 귀를 기울이며,

"나는 음악을 좋아하니 끝까지 타도록 하라."

라고 명하며 그것이 청상(淸商:청아한 상(商)나라의 음곡)이란 말을 듣자 더욱 슬픈 음조의 곡이 아니냐고 시기하여 사광에게 더욱 청아한 곡을 연주하게 했다.

그런데 사광이 청아한 곡을 연주하기 시작하자 서북쪽으로부터 검은 구름이 피어오르고, 연주를 계속하니 큰 바람이 불고 비가 쏟아져 장막을 찢고 음식상을 부수며 지붕의 기와가 떨어졌기 때문에, 그 자리에 있던 사람들은 도망하여 흩어졌으며 평공은 두려운 나머지 복도 구석에 엎드리고 말았다.

이후로 진(晋)나라에는 심한 한발이 3년 동안이나 계속되고, 평공은 심한 종기로 괴로움을 당하게 되었다. 그리하여 '다스림을 듣는 것을 힘쓰지 아니하고 5음을 좋아해 마지않으면 곧 몸을 궁하게 만드는 일'이라고 말하게 되었다.

麥秀之嘆
맥 수 지 탄

무성히 자란 보리 이삭을 탄식한다는 뜻으로, 옛날의 풍요롭던 조국이 망한 것을 한탄한다는 말.

보리 **맥** 뛰어날 **수** 어조사 **지** 탄식할 **탄**

은(殷)나라의 주왕(紂王)은 하(夏)나라의 걸왕(桀王)과 함께 폭군의 대표적인 인물이지만 그 신하 가운데는 훌륭한 사람도 있었다.

≪논어≫ 미자편(微子篇)에 '미자는 떠나고, 기자(箕子)는 종이 되며, 비간(比干)은 간하다가 죽었다고 공자께서 말씀하셨다. 은(殷)나라에 세 어진 사람이 있었다.'고 기록되어 있다.

미자(微子)는 주왕의 이복형이었는데, 주왕의 포학을 자주 간해도 듣 지 않자 이대로 가면 은(殷)나라의 앞날도 멀지 않았다고 생각하고, 나라 가 망할 때 자기가 함께 죽으면 조상의 제사가 끊어질 것을 염려하여 이 웃 나라로 도망가서 사는 편이 좋겠다고 결심하고서 망명했다.

기자(箕子)는 주왕의 친척이었는데, 주왕이 술과 여자에게 빠져 방탕 한 생활만을 일삼고 정치를 돌보지 않아 주왕에게 간하였지만 역시 들어 주지 않았다. 그러나 망명하여 임금의 부끄러움을 드러내서는 안 된다고 생각해 갓도 쓰지 않고 머리를 풀어헤치며 미친 사람 노릇을 하고 종이 되어 세상에서 숨어버렸다.

비간(比干)도 주왕의 친척이었는데, 그는 임금의 잘못을 끝까지 간하 지 않는다면 그 재앙이 아무런 죄도 없는 백성들에게 미친다고 생각하여 주왕에게 솔직하게 간했다. 주왕은 화가 나서,

"성인의 심장은 일곱 개의 구멍이 있다고 들었는데 과연 그러한지 조 사해 보겠다."

라고 말한 다음 비간을 죽여 가슴을 헤치고 그 심장을 보았다고 한다.

이윽고 주(周)나라의 무왕(武王)이 은(殷)나라를 멸망시켜 천하는 주 (周)나라의 것이 되었다.

미자가 자수하고 나오자 무왕은 그를 용서하여 송(宋)나라에 봉했다. 기자는 정치와 결별했으나 무왕은 그의 뛰어난 인격을 보고 감명하여 신 하로 삼지 않고 조선의 왕으로 봉하였다.

그로부터 몇 해 뒤 기자는 주(周)나라를 찾아갔는데 도중에 은(殷)나라

도읍을 지나갔다. 그렇게 번화하던 도읍이었지만 흔적도 없어지고, 궁전이 있던 자리에는 벼와 기장이 우거져 있었다. 기자는 밀려오는 감회를 금할 길이 없으나 목소리를 놓아 통곡하는 것은 꺼림칙하고, 속으로 흐느껴 우는 것은 기개가 없는 처사라고 생각했다. 그래서 〈맥수의 시(麥秀의 詩)〉를 지어 노래했다.

보리는 패어 점점 자라고 벼와 기장도 무성하네.
저 사나운 아이 주왕이 나의 말을 듣지 않았기 때문이다.

麥秀漸漸兮 禾黍油油
彼狡僮兮 不與我好兮

옛날 궁궐이 있던 자리에는 보리가 무럭무럭 자라고 벼와 기장의 잎도 무성하게 자라 있다. 화려하던 도읍이 이 모양으로 된 것은 저 포악한 주왕이 내 말을 듣지 않았기 때문이다.

'맥수지탄(麥秀之嘆)' 이란 망한 나라를 탄식한다는 뜻이다.

明鏡止水

명 경 지 수

밝은 거울과 고요한 물. 잡념이 없는 고요하고 깨끗한 마음이라는 뜻.

밝을 명 거울 경 그칠 지 물 수

'명경(明鏡)'이란 밝은 거울, 즉 한 점의 흐림도 없는 거울을 말하며, '지수(止水)'란 고요히 머물러 있는 물을 말하는 것으로, '명경지수(明鏡止水)'라 함은 '고요하게 맑은 심경(心境)'을 비유한 것이다.

≪장자≫ 덕충부편(德充符篇)에 다음과 같은 이야기가 실려 있다.

신도가(申徒嘉)는 형벌로 발이 잘린 사람이다. 그는 정자산(鄭子産)과 함께 백혼무인(伯昏無人)을 스승으로 삼은 사람이다. 자산이 신도가에게 일러 말했다.

"내가 먼저 나가면 자네가 머물고, 자네가 먼저 나가면 내가 머물겠네."

그 다음날 또 당에서 만나 동석하였다. 자산이 신도가에게 일러 말했다.

"내가 먼저 나가면 자네가 머물고, 자네가 먼저 나가면 내가 머물겠네. 이제 내가 나가고자 하니 자네가 남아 주겠나, 남아 주지 않겠나? 또한 자네는 집정(執政)인 나를 보고 피하지 않으니 자네는 집정인 나와 같은 가?"

그러자 신도가가 말하였다.

"선생님 문하에 자네 같은 집정이 있는 것은 언제부터인가? 자네는 자네의 집정을 기뻐하여 사람을 뒤로 하는 자일세. 이런 말을 들었는가? '거울이 밝으면 티끌과 먼지가 앉지 않으며, 티끌과 먼지가 앉으면 밝지 못하다. 오래도록 현자(賢者)와 함께 있으면 허물이 없다.'

이제 자네가 큰 것을 취하는 이유는 선생님이다. 그런데도 오히려 말을 이와 같이 하니 또한 허물 아니겠는가?"

申徒嘉兀者也 而與鄭子産同師於伯昏無人. 子産謂申徒嘉曰 我先出則子止 子先出則我止. 其明日又與合堂同席而坐. 子産謂申徒嘉曰 我先出則子止 子先出則我止 今將我出 子可以止乎 其未邪. 且子見執政而不違 子齊執政乎. 申徒嘉曰 先生之門 固有執政焉如此哉. 子而說子之執政 而後人者也. 聞之曰 鑑明則塵垢不止 止則不明也 久與賢者處則無過. 今子之所取大者先生也 而猶出言若是 不亦過乎.

덕충부편(德充符篇)에는 형벌로 다리를 잘린 왕태(王駘)라는 사람의 일이 공자와 그의 제자인 상계(常季)의 문답 형식으로 나와 있다. 왕태 문하에서 배우는 사람들이 공자 문하에서 배우는 사람 수와 필적할 만큼 많았기 때문에 상계는 내심 불만스럽게 생각하여 공자에게 그 까닭을 여쭈어 보는 것이다.

상계가 말하였다.
"왕태는 자기 몸을 닦아 자신의 지혜로써 자신의 마음을 얻고, 자신의 마음으로써 마음의 본체를 깨달은 것입니다. 그리고 그것은 어디까지나 자기 수양을 위한 것이지 다른 사람이나 세상을 위한 것이 아닙니다. 그런데 어찌하여 많은 사람들이 그에게로 모여드는 것입니까?"

공자가 대답했다.

"사람들은 흐르는 물을 거울로 삼지 않고 고요한 물을 거울로 삼아 자기의 모습을 비춰 보는 것이다. 오직 왕태의 마음이 고요한 물과 같기 때문에 많은 사람들이 모여드는 것이다."

'명경지수(明鏡止水)'란 말은 ≪장자≫ 덕충부편(德充符篇)의 두 이야기에서 나온 말인데, 송대(宋代)의 유가(儒家)나 선가(禪家)들이 즐겨 사용했기 때문에 '명경(明鏡)'과 '지수(止水)'가 지닌 허무(虛無)의 의미가 사라지고 오직 '고요하여 깨끗한 마음'을 비유하여 사용하게 되었다.

明眸皓齒
명 모 호 치

밝은 눈동자와 하얀 이라는 말로, 외모가 아름다운 미인을 뜻함.

밝을 **명** 눈동자 **모** 흴 **호** 이 **치**

이 말은 눈동자가 밝고 이가 하얀 미인을 형용하는 것으로 두보(杜甫, 712~770)의 시 〈애강두(哀江頭)〉에 나온다.

안록산(安祿山)이 난리를 일으켜 낙양(洛陽)이 함락된 것이 755년, 두보의 나이 마흔네 살 때의 일이다. 두보는 그해에 처음으로 벼슬길에 올랐다. 그것을 처자에게 알리기 위해 당시 소개(疏開)되어 있던 장안(長

安) 근처의 봉선(奉先)으로 갔다.

안록산이 난리를 일으킨 것은 두보가 출발한 직후였다. 낙양의 함락으로 장안과 그 근처도 위험했기 때문에 두보는 가족들을 안전한 곳으로 피신시켜야 할 상황에 쫓기어 북쪽에 있는 부주(鄜州)로 도피하였다. 이미 장안으로 돌아갈 형편이 아니었다.

장안은 다음해에 도적들의 손에 함락되어 현종(玄宗)은 양귀비(楊貴妃)를 데리고 촉(蜀)으로 가고, 태자는 북쪽에 있는 영무(靈武)에서 천자에 즉위하였다. 이 소식을 들은 두보는 소개지를 떠나 영무로 출발하지만 곧 도적들에게 체포되어 장안으로 끌려가게 된다. 이때가 두보의 나이 마흔다섯 살 때였고 다음해 봄에 이 시를 짓게 된다.

도적들에게 체포된 몸이긴 하지만 하급관리였던 두보는 비교적 몸이 자유로웠던 것 같다. 제목에 나오는 '강두(江頭)'는 장안의 동남쪽에 있는 곡강지(曲江池)로, 당시 왕후(王侯)나 귀족들이 유람하는 명승지였으며 현종도 양귀비와 함께 여기에 와서 놀았던 곳이다.

도적들의 수중에 있는 장안에서 봄을 맞이한 두보는 남몰래 강두를 찾아가 옛날의 영화를 그리워하고 슬퍼하며 목소리를 삼키고 울면서 이 시를 지었던 것이다.

밝은 눈동자 흰 이의 미인은 지금 어디 있는가?
피로 더러워진 떠도는 혼은 돌아가지 못하네.
맑은 위수는 동쪽으로 흐르고 검각은 깊은데
촉(蜀)나라로 끌려가 사니 피차간 소식이 없네.
인생은 정이 있어 눈물로 가슴을 적시며
강물에는 강꽃이 피니 어찌 마침내 다함이 있으랴.
황혼에 오랑캐 기마들은 티끌로 성을 채우는데,

성 남쪽으로 가고자 하여 성 북쪽을 바라보네.

明眸皓齒今何在 血汙遊塊歸不得
淸渭東流劍閣深 去住彼此無消息
人生有情淚沾臆 江水江花豈終極
黃昏胡騎塵滿城 欲往城南望城北

여기에서 '명모호치(明眸皓齒)' 라고 한 것은 양귀비의 모습을 그린 것
이다.

明哲保身
명 철 보 신

사리가 밝아 자기 몸을 잘 지킨다. 이치에 맞게 일을 처리하여 자신
을 안전하게 보전한다는 뜻.

밝을 명 밝을 철 지킬 보 몸 신

≪시경≫ 대아편(大雅篇)의 〈증민(蒸民)〉이라는 시는 주(周)나라 11대
선왕(宣王)을 도운 재상 중산보(仲山甫)의 덕을 찬양한 것으로, 중산보가
왕의 명을 받들고 출발하는 것을 보내면서 이렇게 노래하고 있다.

엄숙하신 임금의 명을 중산보가 받들어 행하며,

가는 나라들의 선하고 악함을 중산보가 밝히는도다.
이미 밝히고 또 살펴서 그 몸을 보전하며,
아침 일찍부터 밤늦도록 게으르지 않고 천자를 섬기는도다.

肅肅王命 仲山甫將之
邦國若否 仲山甫明之
旣明且哲 以保其身
夙夜匪解 以事一人

'명철보신(明哲保身)'이란 이 시에서 취한 것으로 '명철(明哲)'과 '보신(保身)'에서 생겨난 말이다. '명철(明哲)'이란 ≪서경≫ 열명편(說命篇) 상(上)에, 은(殷)나라 무정(武丁)의 성덕을 찬양하여 여러 신하들이 간하기를, '천하의 사리에 통하고 무리들에 앞서 아는 사람은 명철(明哲)하다.'고 한 데서 비롯되었다. '보신(保身)'이란 사리에 따라 나옴과 물러남을 어긋나지 않게 하는 일이다.

'명철보신'이란 말은 이상과 같은 뜻이거니와, 후세 사람들은 '명철한 사람'을 난세에 안전함을 제일로 삼아 요령 있게 처세하는 사람을 뜻하는 말로 쓰고 있다.

矛 盾
모　순

창과 방패. 말과 행동이 서로 맞지 않는다는 뜻.

창 **矛** 방패 **盾**

초(楚)나라 사람 중에 방패와 창을 파는 사람이 있었다. 그런데 그가 방패를 팔 때는,

"나의 방패는 몹시 튼튼하여 어떤 창이라도 뚫지 못합니다."

하고 또 창을 팔 때는,

"나의 창의 날카롭기는 어떤 물건이라도 꿰뚫지 않는 것이 없습니다."

라고 말하였다. 그래서 어떤 사람이,

"너의 창으로 너의 방패를 꿰뚫는다면 어떻게 되겠는가?"

하고 묻자 그 사나이는 대답이 궁해졌다.

초(楚)나라 사람으로 방패와 창을 파는 사람이 있었다. 방패를 칭찬할 때는, '내 방패의 견고함은 능히 꿰뚫는 것이 없다.'고 말하고, 또 창을 칭찬할 때는, '내 창의 날카로움은 물건을 꿰뚫지 않음이 없다.'고 말했다. 어떤 사람이 말하기를, '자네의 창으로써 자네의 방패를 꿰뚫으면 어떻게 되겠는가?' 하자 그 사람이 능히 응답하지 못하였다.

楚人有鬻楯與矛者. 譽之曰 吾楯之堅 莫能陷也. 又譽其矛曰 吾矛之利 於物無不陷也. 或曰 以子之矛 陷子之楯何如. 其人弗能應也.

때를 같이할 때 양립할 수 없는 것을 '모순(矛盾)'이라고 말하는 것은 이 이야기에서 나온 것이다. 인용한 것은 ≪한비자≫ 난일편(難一篇)에 실려 있는 것인데 여기에 다소 색채를 바꾼 이야기가 실려 있다.

역산(歷山)의 농부들이 밭이랑을 침범하는 경우가 있었는데, 순(舜)임금이 가서 밭을 갈자 1년 만에 밭 사이의 두렁과 밭이랑이 올바르게 다스려졌다.

황하(黃河) 가에 어부들이 어장을 다투고 있었는데, 순임금이 가서 낚시질을 하자 1년 만에 연장자에게 양보하게 되었다.

동방 이민족의 도공들이 만드는 그릇은 일그러졌는데, 순임금이 가서 질그릇을 만들자 1년 만에 품질이 견고하게 되었다.

공자께서 탄식하며 말씀하셨다.

"밭가는 일도, 낚시질하는 일도, 질그릇을 만드는 일도 순임금이 하실 일은 아니다. 그런데도 순임금이 하신 것은 피폐한 풍습을 바로잡기 위한 것이다. 순임금이야말로 진실로 어진 분이었다. 그리하여 몸소 친히 가서 고생하셨으므로 백성들이 거기에 따른 것이다. 그러므로 '성인은 덕으로 교화하는 것이다.' 라고 일러진다."

이때 한 사람이 유자(儒者)에게 물었다.

"그 당시 요(堯)임금은 무엇이었습니까?"

"요임금은 천자였습니다."

"그렇다면 공자께서 요임금을 성인이라고 하신 것은 어떤 뜻일까요? 성인이 밝은 지혜로써 통찰하면서 천자의 지위에 있는 것은 천하에서 간사함을 없애기 위한 것입니다. 만일 농부들이나 어부들이 다투지 않고 질그릇을 일그러지게 만들지 않았다면 순임금은 무슨 덕을 베풀어 교화할 여지가 있었을까요?

순임금이 피폐한 풍속을 바로잡았다는 것은 요임금에게 실정(失政)이 있었다는 것입니다. 요임금을 현인이라고 하기 위해서는 순임금의 밝게 살핌을 부정하지 않으면 안 되고, 요임금을 성인이라고 하기 위해서는 순임금의 덕화를 부정하지 않으면 안 되니 이것을 양립시킬 수는 없습니다.”

　이렇게 말하고서 창과 방패의 이야기를 인용하였다.

　“도대체 꿰뚫을 수 없는 방패와 무엇이나 꿰뚫을 수 있는 창은 때를 같이하여 양립될 수 없습니다. 지금 요임금과 순임금이 함께 칭찬을 받는 것은 창과 방패의 이치와 마찬가지입니다.”

라고 말하여 유학자들이 주장하는 성인의 덕치주의(德治主義)에 화살을 한 대 날렸다. ‘한 사람’이란 물론 한비자로, 그가 논하는 바는 드물게 나타나지만 수명에 한정이 있는 성인에게 덕치를 기대하기보다는 평범한 임금에게 가능한 법치(法治)를 기대하는 편이 현실적이라는 주장을 했던 것이다.

木鐸
목　탁

나무로 만든 방울. 세상 사람들을 가르치고 어떤 사실을 널리 알린다는 뜻.

나무 **목** 요령 **탁**

　공자가 태어난 나라인 노(魯)나라를 떠나 몇 사람의 제자들과 함께 여러 나라를 편력(遍歷)하던 오십오, 육 세 때의 일이다. 위(衛)나라의 국경에 가까운 의(儀)라는 마을에 도착하자 그곳의 관문을 지키는 관리가 공자에게 면회를 청하였다.

의(儀)의 봉인(封人)이 뵙기를 청하여 말했다.
"군자(君子)가 이곳에 오시면 내 일찍이 뵙지 못한 적이 없었습니다."
제자들이 공자를 뵙게 하였더니 그는 나와서 말했다.
"여러분, 어찌 잃은 것을 근심하십니까? 천하에 도(道)가 없어진 지 오래되었습니다. 하늘이 장차 여러분의 선생님을 목탁으로 삼으시려는 것입니다."

儀封人 請見曰 君子之至於斯也 吾未嘗不得見也. 從者見之 出曰 二三子何患於喪乎. 天下之無道也久矣 天將以夫子爲木鐸.

그 관리는 공자가 노(魯)나라의 명사(名士)로서 최근에 벼슬을 내놓고 은퇴한 인물이란 사실을 듣고 면회를 청하였던 것이다.
"훌륭하신 분이 이곳에 오시면 저는 반드시 뵙기로 하고 있습니다."
이리하여 제자들은 상의 끝에 그를 공자에게 뵙게 한 것이다. 회견을 끝내고 나오자 그는 제자들에게 말했다.
"여러분, 당신들의 선생님이 벼슬을 내놓고 은퇴하신 것을 걱정할 필요가 없습니다. 천하에는 도(道)가 행해지지 않은 지 이미 오래되었습니다. 하늘은 장차 틀림없이 당신들의 선생님을 사회의 목탁으로 삼으실 것입니다."

'목탁(木鐸)' 이란 나무로 만든 방울로, 쇠로 만든 방울보다 소리가 부드럽다. 무사(武事)에 관한 명령을 내릴 때는 쇠방울을 울렸고, 문교(文敎)에 관한 명령을 내릴 때는 목탁을 울렸다. 따라서 '하늘이 장차 당신들의 선생님을 목탁으로 삼으실 것입니다.' 라고 한 말의 뜻은 '하늘이 장차 공자로 하여금 문교의 목탁으로 삼으실 것입니다.' 라는 뜻으로 생각된다.

그 관수(關守)가 어떤 인물이며, 공자와 어떤 문답을 교환했는지는 알 수 없지만 공자의 문교와 도덕의 고취에 대한 보통 이상의 정열과 기백을 느꼈기 때문에 이와 같은 말을 했음에 틀림이 없다.

최근에는 별로 사용되고 있지 않지만 사회적 의식이 강한 신문기자나 문필가들이 즐겨 '사회의 목탁' 으로서 자부하고 있는 것은 널리 알려진 사실이다.

巫山之夢
무 산 지 몽

무산의 꿈. 남녀 간의 은밀히 나누는 사랑을 뜻함.

무당 **무** 뫼 **산** 어조사 **지** 꿈 **몽**

송옥(宋玉)은 전국시대 초(楚)나라의 대부(大夫)로서 굴원(屈原)의 제자이다.

《문선》에 실려 있는 송옥의 〈고당부병서(高唐賦並序)〉의 서문에서 다음과 같이 말하고 있다.

〈고당부(高唐賦)〉의 서문은 초(楚)나라 회왕(懷王)이 운몽(雲夢:초나라 일곱 연못의 하나)의 고당지관(高唐之館)에 갔을 때 꿈속에서 무산(巫山)의 여신과 혼인을 맺었다는 고사(故事)를 서술한 것이다.

옛날에 초양왕(楚襄王)이 송옥을 데리고 운몽의 누각에서 놀았던 적이 있었다. 그때 고당지관(高唐之館)을 바라보니 그 위에 구름이 걸려 있었는데, 그 구름이 하늘로 높이 솟아오르는가 싶더니 곧 형태를 바꾸어 순식간에 여러 가지 모양으로 변했다. 양왕이 송옥에게 그 구름을 보고,

"저것은 무슨 구름인가?"

하고 물었다. 송옥이 대답했다.

"저것은 조운(朝雲:남녀의 정교(情交)를 뜻함)이라 하옵니다."

양왕은 다시 물었다.

"조운(朝雲)이란 무엇을 말하는가?"

그래서 송옥은 다음과 같은 이야기를 했다.

"옛날에 선왕(先王)이신 회왕께서 고당지관에 노니셨을 때, 피곤하셔서 잠시 낮잠을 주무셨습니다. 그러자 꿈속에 한 여인이 나타나서 이렇게 말했습니다.

'나는 무산의 여신입니다. 이 고당에 놀러 와 보니 당신이 오셨다는 말씀을 듣고 찾아왔습니다. 제발 베개를 함께 베게 해 주십시오.'

그래서 회왕께서는 그 여자와 정을 통하게 되신 것입니다. 이윽고 회왕께서 돌아갈 때 그 여자는 이별을 고하면서 이렇게 말했습니다.

'저는 무산 남쪽의 험한 벼랑에서 살고 있습니다. 아침에는 구름이 되고 저녁때는 비가 되어 양대(陽臺) 아래에서 아침저녁으로 당신을 그리워하겠습니다.'

다음날 아침 회왕께서 무산의 남쪽을 바라보시자 과연 여자의 말대로 그곳에는 아침 구름이 일어나고 있었습니다. 그래서 회왕께서는 그 여자를 그리워하며 사당을 세우고 '조운(朝雲)'이라고 이름 붙이신 것입니다."

昔者楚襄王 與宋玉遊於雲夢之臺 望高唐之館 其上獨有雲氣 崒兮直上 忽兮改容 須臾之間 變化無窮. 王問玉曰 此何氣也. 玉對曰 所謂朝雲者也. 王曰 何謂朝雲. 玉曰 昔者先王嘗遊高唐 怠而晝寢 夢見一婦人曰 妾巫山之女也 爲高唐之客 聞君遊高唐 願薦枕席. 王因幸之. 去而辭曰 妾在巫山之陽 高丘之岨 旦爲朝雲 暮爲行雨 朝朝暮暮 陽臺之下. 旦朝視之如言. 故爲立廟 號曰朝雲.

여기에서 말하는 '양대(陽臺)'는 무산(巫山) 남쪽에 있으므로 해가 잘 비치는 대(臺)라는 뜻도 있겠지만 동시에 정교(情交)의 뜻도 포함되어 있다. 남녀가 남몰래 정교하는 것을 '양대(陽臺)'라고 말하며, 한 번 정교를 맺고 다시는 만나지 못하는 것을 '양대불귀지운(陽臺不歸之雲)'이라고 말한다.

또한 남녀가 정교하는 것을 '무산지몽(巫山之夢)'이라고 말한다.

無用之用
무 용 지 용

아무 데도 쓸모없는 물건. 쓸모없는 것이 가장 쓸모 있다는 뜻.

없을 **무** 쓸 **용** 어조사 **지** 쓸 **용**

'무용지용(無用之用)'이란 세속적인 안목으로는 별로 도움이 되지 않을 것같이 보이는 사물이야말로 오히려 진정한 도움을 주는 것이라는 도가적(道家的)인 주장이다.

≪장자≫ 인간세편(人間世篇)에 다음과 같은 글이 실려 있다.

산의 나무는 스스로를 해치고, 등불은 스스로를 불태운다. 계수나무는 먹을 수 있기 때문에 베어지고, 옻나무는 칠을 쓸 수 있기 때문에 베어진다. 사람들은 다 쓸모 있음의 쓰임을 알되, 쓸모 없음의 쓰임을 알지 못한다.

山木自寇也 膏火自煎也. 桂可食 故伐之 漆可用 故割之. 人皆知有用之用 而莫知無用之用也.(≪장자≫ 인간세편(人間世篇))

산의 나무는 땔감으로 필요하기 때문에 사람들에게 베어져서 제 몸을 불사르게 되고, 등불의 기름은 불을 밝히면 밝아지기 때문에 스스로의 몸을 불사르는 것이다. 계수나무는 향기가 있어 양념으로 쓰기 때문에 베어지고, 옻나무는 도료가 되기 때문에 베어지는 것이다. 그들이 몸을 멸망시키는 것은 다 유용하기 때문이다. 사람들은 다 쓸모 있는 것의 쓰임은 알고 있지만 쓸모없는 것의 쓰임은 알지 못하고 있다.

혜자(惠子)가 장자(莊子)에게 일러 말했다.
"그대의 말은 쓸 것이 없다."
장자가 말했다.
"쓸 것이 없음을 알면 비로소 더불어 씀을 말하는 것입니다. 대저 땅은 넓고 또한 크지 않은 것이 아니지만 사람들이 쓰는 곳은 발을 놓으면 족할 뿐입니다. 그렇다고 해서 발을 재어 파 내려가 황천에 이른다면 사람들에게 쓸모가 있겠습니까?"
혜자가 말했다.
"쓸모가 없다."
장자가 말했다.
"그러면 쓸모없는 것이 쓸모 있게 된다는 것 또한 분명한 일입니다."

惠子謂莊子曰 子言無用. 莊子曰 知無用而始可與言用矣. 夫地非不廣且大也 人之所用容足耳. 然則廁足而墊之 致黃泉 人尚有用乎. 惠子曰 無用. 莊子曰 然則無用之爲用也 亦明矣. (≪장자≫ 외물편(外物篇))

장자는 이 이야기에 덧붙여 무위자연(無爲自然)의 도(道)로 즐겨야 함을 설명하고 있다. 인재와 인재가 아닌 것, 쓸모 있음과 쓸모가 없음을 초월해야만 비로소 자연(自然)을 완전히 할 수 있다고 설명한다.

따라서 장자가 말하는 '무용지용(無用之用)'이란 쓸모 있는 것에 얽매이는 세속 사람들에 대해 경계하는 말이며, 또 무위자연(無爲自然)을 설명하기 위한 한 단계이다.

無爲而民自化
무 위 이 민 자 화

스스로 아무것도 하지 않아도 교화된다는 뜻으로, 자연의 법칙에 따른 정치를 해야 백성들이 잘 따르게 된다는 말.

없을 **무** 할 **위** 말 이을 **이** 백성 **민** 스스로 **자** 될 **화**

이 말은 ≪노자≫ 제57장에 다음과 같이 기록되어 있다.

올바름으로써 나라를 다스리고, 기계(奇計)로써 군대를 쓰고, 일 없음으로써 천하를 취한다. 내 무엇으로 그것을 알겠는가? 이것으로써 안다. 천하에 꺼리는 일이 많으면 백성들이 점점 가난해지고, 백성들에게 이로운 그릇이 많으면 나라는 점점 혼란해지고, 사람들에게 잔재주가 많으면 기이한 물건이 점점 일어나고, 법령이 점점 엄해지면 도둑들이 많아지게된다.

그러므로 성인이 이르기를, 내가 함이 없으면 백성들 스스로 교화되고, 내가 고요함을 좋아하면 백성들 스스로 올바르게 되고, 내가 일이 없으면 백성들 스스로 부자가 되고, 내가 욕심이 없으면 백성들 스스로 순박해진다.

以正治國 以奇用兵 以無事取天下. 吾何以知其然哉. 以此. 天下多忌諱 而民彌貧 民多利器 國家滋昏 人多伎巧 奇物滋起 法令滋彰 盜賊多有. 故聖人云 我無爲而民自化 我好靜而民自正 我無事而民自富 我無欲

而民自樸.

여기에서 문제가 되는 것은 '무위이민자화(無爲而民自化:함이 없으면 백성들 스스로 교화된다)'로서, 그리하여 백성들은 어떻게 되느냐 하는 것이다. 노자의 경우 '스스로 교화된다.'는 말은 무위자연(無爲自然)에 따라 사는 것, 인위적인 잔꾀를 부리지 않고 자연의 소박함으로 돌아간다는 뜻이다.

'무위이민자화(無爲而民自化)'라는 말의 본뜻은 그러하지만 '위정자가 덕을 지니고 있다면 함이 없을지라도 백성들은 그 덕에 교화된다.'라는 뜻으로 해석하는 사람들도 적지 않다.

예를 들면 《논어》에 다음과 같은 글이 실려 있다.

공자께서 말씀하셨다.
"함이 없이 다스린 분은 바로 순(舜)임금이로다. 대저 무엇을 했는가? 스스로를 공경스럽게 하고 바르게 남면(南面)하고 있을 뿐이었다."

子曰 無爲而治者 其舜也與. 夫何爲哉. 恭己正南面而已矣.(《논어》 위령공편(衛靈公篇))

공자께서 말씀하셨다.
"나라를 다스림에 덕으로써 하면, 비유컨대 북극성이 그 자리에 있고 여러 별들이 그를 향하는 것과 같다."

子曰 爲政以德 譬如北辰居其所而衆星共之.(《논어》 위정편(爲政篇))

無何有之鄉
무　하　유　지　향

있다는 것이 아무것도 없다는 세상이라는 뜻으로, 세상의 번거로움이 없는 자연 그대로의 허무의 세계.

없을 **무** 어찌 **하** 있을 **유** 어조사 **지** 시골 **향**

'무하유지향(無何有之鄉)'은 《장자》의 소요유편(逍遙遊篇)과 응제왕편(應帝王篇)과 지북유편(知北遊篇)에 나오는 이상향으로서, 가(邊)와 끝이 없고 인위적인 데가 없는 자연 그대로의 허무(虛無)의 세계를 말한다.

혜자가 장자에게 일러 말했다.

"나에게 큰 나무가 있는데 사람들은 그것을 북나무라 하오. 그 큰 줄기는 부풀어 올라 먹줄을 치지 못하고, 작은 가지는 뒤틀리고 굽어서 그림쇠가 맞지 않으며, 길가에 서 있으나 목수가 돌아보지 아니하오. 이제 그대의 말은 크기는 하되 쓸모가 없으니 누구나 한가지로 버리는 바이오."

장자가 말했다.

"그대는 홀로 있는 살쾡이나 족제비를 보지 못하였는가? 몸을 낮추고 엎드려 노니는 놈을 기다린다. 동서로 뛰어오르며 높고 낮음을 피하지 않다가 덫에 걸리고 그물에 죽는다. 지금 저 외뿔소는 크기가 하늘에 드리운 구름과 같다. 이것이 능히 크기는 하지만 쥐를 잡지는 못한다. 지금 그대에게 큰 나무가 있어 그 쓰임 없음을 근심한다. 어찌 무하유지향(無何有之鄉)을 광막한 들에 심어서, 방황하면서 그 곁에서 하는 일 없이 소요하며 그 아래에 드러눕지 아니하는가? 도끼로 일찍 베이지 아니하고 사물이 해하는 자가 없으니 써야 할 바가 없어도 어찌 곤하고 괴로운 바가 있으리오."

惠子謂莊子曰 吾有大樹 人謂之樗 其大本擁腫而不中繩墨 其小枝卷曲而不中規矩 立之塗 匠者不顧. 今子之言 大而無用 衆所同去也. 莊子曰 子獨不見狸狌乎. 卑身而伏 以候敖者 東西跳梁 不避高下 中於機辟 死於罔罟. 今夫斄牛 其大若垂天之雲 此能大矣 而不能執鼠. 今子有大樹 患其無用. 何不樹之於無何有之鄕 廣莫之野 彷徨乎無爲其側逍遙乎寢臥其下. 不夭斤斧 物無害者 無所可用 安所困苦哉.

이 무하유지향(無何有之鄕)은 ≪장자≫ 응제왕편(應帝王篇)과 지북유편(知北遊篇)에도 다음과 같이 실려 있다.

무명인(無名人)이 말하였다.
"가라. 너는 천한 사람이다. 어찌 불쾌한 질문을 하는 것인가? 나는 바야흐로 장차 조물주와 친구가 되어 이 세상이 싫어지면 저 하늘을 마음대로 나는 새의 등에 타고서 우주 밖으로 나가 무하유지향(無何有之鄕)에 노닐고 광막한 들에서 살리라. 너는 또 어찌 천하를 다스리는 일로써 나의 마음을 흔들어 놓으려 하는가?"

無名人曰 去. 汝鄙人也 何問之不豫也. 子方將與造物者爲人 厭則又乘夫莽眇之鳥 以出六極之外 而遊無何有之鄕 以處壙埌之野汝. 又何帛以治天下 感子之心爲.(≪장자≫ 응제왕편(應帝王篇))

시험 삼아 함께 무하유지궁(無何有之宮)에 노닐어 끝없는 도(道)에 대하여 논하여 볼까? 시험 삼아 함께 무위(無爲)를 행하여 볼까? 그러면 마음이 담박해지고 고요해지리라. 마음이 비어 맑아지리라. 조화를 이루어 사이가 없어지리라.

嘗相與遊乎無何有之宮 同合而論無所終窮乎. 嘗相與無爲乎. 澹而靜乎. 漠而淸乎. 調而閒乎.(≪장자≫ 지북유편(知北遊篇))

모두 허무하고 광막한 세계인 '무하유지향(無何有之鄕)'의 내용이 엿보이는 문장이다.

墨守
묵 수

스스로 좋아하는 것을 지킨다는 뜻으로, 다른 사람에게 양보하지 않고 자기의 의견이나 소신을 끝까지 고수한다는 뜻.

먹 **묵** 지킬 **수**

'묵수(墨守)'란 묵적(墨翟)이 성을 잘 지켰던 고사(故事)에서 나온 말로, 옛 풍습이나 스스로 좋아하는 것을 지켜 다른 사람에게 양보하지 않는 것을 말한다. 같은 고사에서 '묵적지수(墨翟之守)'라는 말도 나왔는데 이것은 성을 견고하게 지킴을 비유로 말하는 것이다.

≪후한서≫ 정현전(鄭玄傳)에 이렇게 실려 있다.

임성(任城)의 하휴(何休)는 공양학(公羊學)을 좋아하여 드디어 ≪공양묵수≫와 ≪좌씨고황(左氏膏肓)≫과 ≪곡량폐질(穀梁廢疾)≫을 지었다. 정현(鄭玄)은 묵수(墨守)를 타파하고, 고황에 침을 놓아 고치며, 불치의 병을 일으켰다.

時任城何休 好公羊學 遂著公羊墨守 左氏膏肓 穀梁廢疾. 玄乃發墨守鍼 膏肓 起廢疾.

이것이 '묵수(墨守)'라는 말이 나오는 가장 오래된 예일 것이다.

'묵적지수(墨翟之守)'란 ≪전국책≫ 제책(齊策)에, '다음해가 되어도 풀지 못하니 이것이 묵적의 성을 지킴이다(朞年不解 是墨翟之守也).'라고 있는데 이것이 가장 오래된 용례일 것이다. '기년(朞年)'이란 만 1년을 말한다.

≪사기≫ 노중련추양열전(魯仲連鄒陽列傳)에는 이렇게 기록되었다.

이제 공(公)이 또 폐료(敝聊)의 백성으로써 모든 제(齊)나라의 군대를 막으니 이것이 묵적의 지킴이다.

今公又以敝聊之民 距全齊之兵 是墨翟之守也.

노중련(魯仲連)이 피폐한 요성(聊城)의 백성들로 하여금 1년 이상이나 그 성을 지키게 하여 제(齊)나라의 모든 군대를 막으니 이를 '묵적의 지킴'이라고 한다.

묵적(墨翟)은 B.C. 5세기(춘추시대 말기에서 전국시대 초기)의 사람이며, '묵(墨)'은 성이 아니라 목수가 사용하는 먹줄 '묵(墨)'에서 온 호칭이라고 한다.

봉건적인 신분제도 사회에서 최하층에 속한 그들은 신분의 차별에 고통을 받고 있었다. 묵자(묵적)의 '겸애교리(兼愛交利:모든 사람을 차별 없이 사랑하고 서로 협조하여 이익을 도모함)'의 학설은 여기에서 유래한 것이다. 귀족계급들이 행하는 전쟁과 패전(敗戰)의 재앙은 서민들에게로 밀어닥친다. 묵자의 '비공(非攻:침략 전쟁은 그르다)'의 학설은 여기에서 유래한 것이다.

묵자가 이끄는 집단은 기능인들이었기 때문에 방위 기구나 방위 장비를 창안해 낼 수 있었다. 묵자는 서민들을 전쟁의 재앙에서 보호하기 위하여 침략당할 것 같은 나라의 임금과 계약을 체결하여 기능인 집단이 방위를 담당하게 되었다.

그렇게 되면 그 의무를 완수하기 위하여 침략을 계획하는 나라로 가서 그 그릇을 설득하지 않으면 안 되었다. 특히 천한 기능 계급 출신이고 보면 그 변론에 각별한 연구를 필요로 하게 된다. 이것이 '묵변(墨辯)'이라는 괄목할 만한 논리학이 고대에 생겨나게 된 까닭이라 하겠다.

묵자는 '비공설(非攻說)'을 가지고 설득의 유세에 뛰어다녔다. '공석불난 묵돌불검(孔席不煖 墨突不黔:공자의 자리는 따뜻해지지 못하고, 묵자의 굴뚝은 검어지지 않는다)'라는 말이 있다. 공자는 덕치주의(德治主義)의 도(道)를 유세하기 위하여 여러 나라로 돌아다니기를 10여 년, 그 사이에 자리가 따뜻해질 틈이 없었고, 묵자도 동분서주하느라 그 집의 굴뚝이 연기로 검어질 틈이 없었다는 뜻이다.

≪묵자≫ 공수편(公輸篇)에 다음과 같은 이야기가 실려 있다.

공수반(公輸盤)이 초(楚)나라를 위하여 구름까지 닿을 만한 운제(雲梯)라는 사다리를 만들어 그것이 완성되자 가까이에 있는 송(宋)나라를 공격하려 했다. 이것을 들은 묵자는 모국의 위급함을 구하기 위하여 제(齊)나라에서 밤낮으로 길을 걸어 초(楚)나라에 있는 공수반을 만났다. 공수반이,

"선생님은 무엇을 지시하려고 온 것입니까?"

하고 묻자 묵자는 대답했다.

"북쪽에 나를 모욕하는 사람이 있습니다. 제발 그를 죽이는 데 힘을 빌려 주십시오."

"나는 사람을 죽이지 않는 주의(主義)를 가지고 있습니다."

그러자 묵자는 일어나서 두 번 절하고 말하였다.

"나는 북쪽의 선생께서 사다리를 완성하여 가까운 시일 안에 송(宋)나라를 공격한다는 말을 들었습니다. 송(宋)나라에 무슨 죄가 있는 것입니까? 초(楚)나라의 땅은 남아돌고 백성들은 부족합니다. 부족한 백성들을 죽여 가면서까지 남의 땅을 빼앗는다면 도리에 밝지 못하다고 하겠습니다.

송(宋)나라에 죄가 없는데도 공격한다면 어진 덕이 있다고는 말하지 못할 것입니다. 그런 줄 알면서도 임금님께 간하지 않는 것은 충절(忠節)이라고 말할 수 없습니다. 간해도 받아들여지지 않는 것은 그 간함이 강력하지 못하기 때문입니다. 주의로써 적은 수의 사람을 죽이지 않되 많은 사람들을 죽인다는 것은 도리에 어긋난다고 하겠습니다."

이렇게 공수반을 설복시켰지만 '초(楚)나라 임금께 대책을 보고하였으니 작전을 중지시킬 수 없다.'고 하여 묵자는 공수반의 주선으로 초왕(楚王)을 배알하고, '가지고 있는 나라가 가지고 있지 못한 나라를 침략하는 것은 비단옷을 가지고 있으면서 이웃집의 누더기를 훔치려는 것과 같은 일이다.'라고 왕을 설복시켰다.

설복당한 초왕(楚王)이,

"그렇지만 공수반이 운제(雲梯)를 만들어 반드시 송(宋)나라를 차지해 보이겠다고 말하고 있기 때문에 어쩔 수가 없다."

고 말하자 묵자는 공수반과 송(宋)나라 공반전을 모의전(模擬戰)으로 해보였다. 묵자가 띠를 풀어 성읍의 형상을 만들고 작은 나무패를 성루에 세웠다.

공수반이 있는 힘을 다하여 임기응변의 책략으로 성읍을 공격했지만 묵자는 그때마다 막아냈다. 공수반이 모든 책략을 다 썼는데도 묵자는 여유가 만만했다. 결국 공수반이 하는 수 없이 말했다.

"선생의 책략을 막는 방법은 알고 있지만 말하지 않겠소."

그러자 묵자도 말했다.

"내 책략을 막는 방법을 알고 있다 해도 막을 수 없을 것이오."

초왕(楚王)이 이유를 묻자 묵자는 말했다.

"공수반 선생의 생각은 나를 죽여 버리려는 것입니다. 나를 죽여 없애 버리면 송(宋)나라를 공격할 수 있기 때문입니다. 그러나 나의 제자인 금활리(禽滑釐) 등 삼백 명이 송(宋)나라 도읍의 안팎에 있어 초(楚)나라 군대가 공격해 들어오기를 기다리고 있습니다. 나를 죽인다고 해도 방해되는 것을 끊어버릴 수는 없습니다."

이렇게 하여 초왕(楚王)은 결국 송(宋)나라의 침공을 단념했다.

刎頸之交
문 경 지 교

목을 내어 줄 수 있을 정도의 사귐. 목이 잘리는 한이 있어도 생사를 함께 할 수 있는 친한 사이라는 뜻.

목 벨 **문** 목 **경** 어조사 **지** 사귈 **교**

조(趙)나라의 혜문왕(惠文王)이 화씨지벽(和氏之璧)이라는 진귀한 보물을 손안에 넣었을 때, 진(秦)나라의 소왕(昭王)은 그 구슬과 15개의 성을 교환하고 싶다고 청했다.

강한 진(秦)나라의 요청을 거절할 수는 없었으며, 그렇다고 진(秦)나라에서 15개의 성을 준다고도 생각할 수 없었다. 이 어려운 교섭에 사자로 보내진 것이 인상여(藺相如)였다.

그는 환관의 영(令)인 무현(繆賢)의 식객에 불과했지만 그의 인물이 뛰어나다는 것을 알고 왕에게 추천했던 것이다.

진(秦)나라 왕은 인상여에게 사자의 예를 다하지 않고, 구슬을 받자 기쁜 듯이 시종과 궁녀들에게 내보이며 이제 자기의 것이 되었다고 좋아했다. 도저히 15개의 성과 교환하려는 기색이 없다고 간파한 인상여는,

"그 구슬에 흠이 있으므로 가르쳐 드리겠습니다."

하고 구슬을 되돌려 받자 기둥에 등을 대고 우뚝 서서 진(秦)나라 왕의 불신을 꾸짖으며 말했다.

"왕께서 구슬을 뺏으신다면 이 구슬은 제 머리와 함께 이 기둥에서 부서질 것입니다."

결국 이 교섭은 진(秦)나라의 성의가 없어 그대로 끝났거니와, 조(趙)나라는 상여의 활동으로 구슬을 진(秦)나라에 빼앗기지 않고 욕을 받지도 않고 지날 수 있었던 것이다. 조왕(趙王)은 기뻐하며 상여를 상대부(上大夫)에 임명하였다.

　　그 뒤 진(秦)나라는 조(趙)나라를 쳐서 석성(石城)을 빼앗고, 그 이듬해 다시 조(趙)나라를 공격하여 이만 명을 죽이고 사자를 보내 면지(澠池)에서 조왕(趙王)과 현견하여 평화 교섭을 하고 싶다고 통고해 왔다. 조왕은 두려워서 가려고 하지 않았지만 장군인 염파(廉頗)와 인상여가,

　　"왕께서 가시지 않으면 조(趙)나라가 약하고 비겁하다는 것을 보여 주는 것이 됩니다."

라고 간하였기 때문에 왕도 부득이 갈 결심을 했다. 상여가 수행하고 염파는 나라 안에 있게 되었다. 염파는 국경까지 왕을 전송하면서 이렇게 말했다.

　　"길을 계산해 보니 왕복 30일이 걸리지 않습니다. 30일이 지나도 돌아오시지 않으면 태자를 왕위에 즉위시켜, 진(秦)나라가 태자를 인질로 삼는 것을 막을 것입니다."

　　왕이 허락했다. 모두 필사의 각오였던 것이다.

　　회견이 진행되고 잔치가 벌어졌을 때, 진왕(秦王)은 조왕(趙王)에게 비파를 청했다. 조왕(趙王)이 비파를 연주하자 진(秦)나라의 어사(御史)가 나와서,

　　"모년 모월 모일에 진왕이 조왕과 술을 마시고 조왕으로 하여금 비파를 연주하게 했다."

라고 기록했다. 그러자 인상여가 나아가서,

　　"이번에는 진왕께서 진(秦)나라의 사정을 연주해 주셨으면 합니다."

라고 말했다. 진왕은 화를 내며 승낙하지 않았다. 상여는 질그릇으로 된

악기를 진왕 앞에 내밀면서 무릎을 꿇고 다시 간청했다. 그래도 진왕은 응하지 않았다. 상여는 말했다.

"지금 대왕과 저와의 거리는 다섯 발짝에 불과합니다. 대왕은 인상여의 수중에 계신 것입니다."

왕의 시종들이 상여를 베려고 했다. 상여는 눈으로 성내면서 꾸짖었다. 시종들은 모두 정신을 잃고 당황했다. 진왕은 억지로 악기를 쳐서 한 곡조를 연주했다. 상여는 조(趙)나라의 어사를 불러 기록케 했다.

"모년 모월 모일에 진왕이 조왕을 위하여 악기를 연주했다."

진(秦)나라의 여러 신하들이 말했다.

"제발 조(趙)나라의 15개의 성을 바쳐 진왕의 수를 축하하게 해 주십시오."

그러자 상여가 말했다.

"제발 진(秦)나라의 함양(咸陽)을 바쳐 조왕의 수를 축하합시다."

진왕은 결국 주연이 끝날 때까지 조(趙)나라를 굴복시키지 못했다.

이 회의가 계속되는 동안에 조(趙)나라 본국에서는 열심히 군비를 갖추어 진(秦)나라에 대비했다. 그리하여 진(秦)나라는 행동을 일으킬 수 없었다.

귀국하자 조왕은 상여의 공이 크다 하여 경대부에 임명했다. 상여는 염파보다도 벼슬이 높아진 것이다. 염파는 말했다.

"나는 조(趙)나라 장군으로서 성을 공격하고 야전에서 큰 공이 있었다. 그런데 상여는 입과 혀만 움직였을 뿐인데 나보다 벼슬이 위다. 더구나 상여는 천한 출신이다. 이런 사람의 아랫자리에 있을 수 있겠는가?"

그리하여 염파는 '이번에 상여를 만나면 틀림없이 수치를 퍼부어 주어야지.' 하고 선언했다. 상여는 이 말을 듣자 염파와 마주치지 않으려고 노력하였으며, 조정에 들어갈 때도 항상 병을 일컬어 염파와 서열 다툼

이 일어나지 않도록 했다.

어느 날 상여가 외출하니 멀리 염파의 모습이 보였다. 그러자 상여는 수레를 옆길로 넣고서 숨었다. 상여의 부하들이 말했다.

"우리들이 어른께 봉사하는 것은 어른의 높은 의리를 사모하기 때문입니다. 그런데 이와 같이 염장군을 두려워하여 도망치신다면 어리석은 저희가 부끄러워하는 바입니다. 저희들은 잠시 쉬겠습니다."

상여는 말했다.

"자네들은 염장군과 진왕(秦王) 중 어느 쪽이 위라고 생각하는가?"

"염장군이 진왕에 미치지 못합니다."

상여는 이어서 말했다.

"그 진왕의 위력도 아무렇지 않게 여겨 나는 진왕을 꾸짖고 여러 신하들에게 수치를 주었다. 내가 우둔하다고는 하지만 어찌 염장군을 두려워하겠는가? 돌이켜 보면 저 강국인 진(秦)나라가 감히 군대를 일으켜 조(趙)나라를 공격하지 않는 이유를 한마디로 말하면 염장군과 내가 있기 때문이다. 지금 이 두 마리의 호랑이가 서로 싸운다면 그 형세는 함께 죽음에 이를 뿐이다. 내가 도망쳐 피하는 이유는 국가의 위급을 앞세우고 우리들의 원망은 뒤로 돌리기 위해서이다."

여기에서 두 영웅과 두 강국이 싸우는 것을 '용호상박(龍虎相搏)'이라고 말한다.

염파는 이 말을 듣고 크게 부끄러워 벌거벗고 태형(笞刑)에 사용하는 가시를 짊어지고 인상여의 집으로 가서 죄를 용서해 달라고 말했다.

"대단치 못한 나에게 장군께서 이렇게까지 관대한 것을 알지 못했습니다."

이리하여 두 사람은 화해를 하고 생사를 함께 하여 목에 칼을 들이대더라도 마음이 변하지 않을 정도로 친하게 사귀었다고 한다.

염파가 이 말을 듣고 맨몸으로 가시를 지고 빈객들로 인하여 인상여의 문에 이르러 죄를 사하여 말했다. '비천한 사람에게 장군의 관대함이 여기에 이를 줄은 몰랐습니다.' 드디어 두 사람은 서로 더불어 즐거워하며 목에 칼을 들이대도 변하지 않는 사귐을 이루었다.

廉頗聞之 肉袒負荊 因賓客至藺相如門 謝罪曰 鄙賤之人 不知將軍寬之至此也. 卒相與驩 爲刎頸之交.(≪사기≫ 염파인상여열전(廉頗藺相如列傳))

門外可說雀羅
문 외 가 설 작 라

문 앞에 새 그물을 친다. 권세가 약해지면 방문객들의 발길이 끊어진다는 뜻.

문 **門** 바깥 **外** 가할 **可** 베풀 **說** 참새 **雀** 새그물 **羅**

급암(汲黯)과 정당시(鄭當時)는 함께 한(漢)나라 무제(武帝)에게 벼슬한 사람이었다. 그들은 각각 개성이 강하고 탁월한 인물이었지만, 또 다 같이 현직에 임명되었다가 좌천을 당하여 험난한 생애를 보냈다. 그런데 두 사람이 현직에 있을 때는 많은 손님들이 모여들더니 좌천되자 손님의 방문이 끊어졌다.

≪사기≫에는 이 두 사람을 나란히 기록하여 급정열전(汲鄭列傳)이라 하여 실었는데 그들을 칭찬하는 글에서 저자인 사마천(司馬遷)은,

"급암과 정당시의 현명함으로도 세력이 있으면 손님은 열 배로 늘어나고 세력이 없어지면 그렇지 않았다. 더구나 보통사람들에게서야 더욱더 그러하다."
라고 한탄한 후 다음과 같은 적공(翟公:한무제(漢武帝) 때 사람)의 이야기를 덧붙이고 있다.

처음에 적공(翟公)이 정위(廷尉)가 되니 손님들이 문에 가득 찼다가 면직을 당하자 문밖에 새 그물을 쳐 놓을 만큼 사람들의 출입이 줄었다.
적공이 다시 정위가 되니 손님들이 오려고 했다. 적공이 이에 문에 큰 글씨로 써 놓기를, '한 번 죽고 한 번 삶에 곧 사귐의 정을 알고, 한 번 가난하고 한 번 부유함에 곧 사귐의 태도를 알고, 한 번 귀하게 되고 한 번 천하게 됨에 곧 사귐의 정을 볼 수 있다.'

始翟公爲廷尉 賓客闐門. 及廢 門外可設雀羅. 翟公復爲廷尉 賓客欲往. 翟公乃大署其門曰 一死一生 乃知交情 一貧一富 乃知交態 一貴一賤 交情乃見.

'문외가설작라(門外可設雀羅)' 란 이 이야기에서 나온 것이다. '문전성시(門前成市)' 와는 반대로, 문밖에 새 그물을 쳐 놓을 만큼 손님들의 발길이 끊어짐을 말한 것이다.
뒤에 당(唐)나라의 백낙천이 〈우의시(寓意詩)〉 중에 이렇게 읊고 있다.

손님들은 이미 흩어지고, 문 앞에 새 그물을 친다.

賓客亦已散 門前雀羅張

이 이후로 '문전작라장(門前雀羅張)' 이 일반적으로 쓰이게 되었다.

文章經國之大業
문 장 경 국 지 대 업

문장은 나라를 다스리는 큰 사업이라는 뜻으로, 문학은 나라를 경영
하는데 반드시 필요하다는 뜻.

글월**문** 글**장** 다스릴**경** 나라**국** 갈**지** 큰**대** 업**업**

후한(後漢) 말기의 장군으로서 위(魏)나라의 기초를 쌓은 조조(曹操)는
탁월한 정치가였을 뿐만 아니라 풍부한 감수성을 지닌 시인(詩人)이기도
하였다. 그는 뛰어난 시인이었던 둘째아들 조비(曹丕), 넷째아들 조식(曹
植)과 함께 신변에 많은 문인들을 모아 당시의 연호였던 건안(建安)에 인
연하여 중국 문학 사상 '건안시대(建安時代)의 문학' 이라고 일컫는 획기
적인 문학의 융성 시대를 만들었다.

'건안시대의 문학' 의 특징을 개괄한 말에 '건안의 풍골(風骨)' 이란 말
이 있다. '풍(風)' 이란 작품의 충실한 내용을 가리키며, '골(骨)' 이란 뛰
어나고 강력한 표현을 가리킨다. 후한 말기의 군벌 혼란시대에 자신도
생사의 경지를 방황하고, 또 전쟁과 기근에 쫓기어 벌레처럼 죽어 가는
비참한 백성들의 모습을 보아 온 그들은 유교사상에 구속된 괴로운 한대
(漢代)의 문학 조류에 싫증내지 않고, ≪시경≫이나 ≪초사(楚辭)≫ 등
선대의 문학 작품과 '악부(樂府)' 라고 불리는 한대(漢代) 민가(民歌)에서

모범을 구하여 그 형식을 빌어 강건한 작품이나 혹은 아름다운 작품을 끊임없이 만들어 냈다.

이것을 시의 방면에서 말하면 질박하고 강건함을 대표하는 사람이 조조이고, 섬세하고 화려함을 대표하는 사람이 조식이다. 조식은 건안시대 제일의 시인으로서 오늘날도 그 독자가 많다.

그들은 당시의 일류 문인들을 신변에 모아 군신 관계에 구애되지 않는 우정을 맺고 있었다. 그중에서도 공융(孔融)·진림(陳琳)·왕찬(王粲)·서간(徐幹)·완우(阮瑀)·응창(應瑒)·유정(劉楨) 등 일곱 사람은 후세에 '건안(建安)의 칠자(七子)'라고 불리며, 조조 부자와 함께 건안시대를 대표하는 문인들이 되었다.

이 '건안의 칠자'를 드러내어 후세에 기록으로 남겨 놓은 사람이 조비이다. 조비는 이 일곱 사람의 유고집(遺稿集)을 정리하였는데 그 감상을 서술한 것이 ≪논문(論文)≫이며, 아울러 중요한 ≪여오질서(與吳質書)≫이다.

대개 문장은 나라를 다스리는 큰 사업이요, 썩지 않는 성한 일이다.
인생의 수는 때가 있어 다하지만 영화와 즐거움은 그 몸에 멈춘다.

蓋文章經國之大業 不朽之盛事. 年壽有時而盡 榮樂止乎其身.

조비는 226년에 왕위에 오른 지 7년 만에 죽었다. 불과 40세의 젊은 나이였지만 그의 작품은 오늘날까지 남아 있다. 문학은 확실히 썩지 않는 사업이었던 것이다. 여기에서 '경국지대업(經國之大業)'이란 말은 나중에 문장이나 문학을 가리키는 말이 되었다.

門前成市

문 전 성 시

대문 앞에 시장이 선 것 같다는 뜻으로, 권세가 있어 찾아오는 사람이 매우 많다는 뜻.

문 **문** 앞 **전** 이룰 **성** 저자 **시**

한(漢)나라 애제(哀帝) 때 이미 한 왕조(漢王朝)는 소멸 직전에 있었다. 애제는 20세로 즉위했지만 정치의 실권은 외척의 수중에 있어 헛되이 황제의 빈자리만 지키다가 몇 해 후 원수(元壽) 2년에 급사했다.

그렇지만 그와 같은 애제에게도 어질고 기골 찬 신하가 없었던 것은 아니다. 정숭(鄭崇)도 그중 한 사람이다. 정숭은 명문 출신으로 그 집안은 대대로 왕가와 인척 관계에 있었다.

처음에 정숭은 애제에게 발탁되어 상서복야(尚書僕射)로 있었는데, 그 무렵에는 외척들의 횡포에 분개하여 애제에게 자주 간했다. 애제도 정숭이 간하는 말에 귀를 기울였지만 결국 외척들의 힘에 저항하지 못하고 차차 정숭을 냉대하게 되었다.

그 이후로 애제는 점점 자포자기하여 오로지 미소년인 동현(董賢)에 대한 사랑에 빠져 날을 보내고 있었다. 그 총애가 너무 지나쳐 정숭은 보다 못해 애제에게 간하였지만 그 때문에 애제의 흥취를 깨뜨려 도리어 꾸중을 듣는 형편이었다. 정숭은 마음이 편치 않아 목에 종기가 났다는 핑계로 사직하고 싶었지만 억지로 참고 있었다.

이와 같은 정숭의 괴로운 처지를 보고 미소를 지은 것은 상서령(尚書

슈)인 조창(趙昌)이었다. 조창은 아첨하기를 좋아하는 인물로서 평소 정승을 미워하고 있었는데 정승의 간함이 애제에게 받아들여지지 않는 것을 알자,

"정승은 왕실의 사람들과 통하고 있으며 좋지 못한 일을 꾸미고 있는 혐의가 농후합니다. 제발 조사해 보십시오."

하고 애제에게 상소했다. 그리하여 애제는 정승을 문책했다.

"그대의 집에는 언제나 많은 손님들이 모여 상의를 하고 있는데 도대체 무엇 때문에 짐(朕)에게 구실을 붙이려는 것인가?"

그러자 정승은 대답했다.

"저희 집에는 시장처럼 많은 손님들이 모여들지만 제 마음은 언제나 물과 같이 맑습니다. 제발 다시 한 번 조사해 보십시오."

이 말을 들은 애제는 화가 나서 정승을 용서하지 않고 하옥시켰다. 정승은 옥중에서 죽었다.

상서령 조창(趙昌)은 아첨하기를 좋아하며 본디부터 정승을 미워했다. 그의 상소가 받아들여지지 않는 것을 알자, 인하여 정승을 상소했다. '종족과 더불어 통하며 의심컨대 간사함이 있습니다. 청하오니 다스려 주옵소서.' 하고 말했다. 애제가 정승을 꾸짖어 말하였다. '그대의 대문 앞에는 저자의 사람들과 같다. 무엇으로써 주상을 금하여 끊으려 하는가?' 정승이 대답해서 말했다. '신의 대문 앞이 저자와 같을지라도 신의 마음은 물과 같습니다. 원컨대 생각이 바뀌기를 바랍니다.' 애제가 화가 나서 정승을 하옥시키고 궁하게 다스렸다. 정승은 옥중에서 죽었다.

尙書令趙昌佞諂 素害崇. 知其見疏 因奏崇. 與宗族通 疑有姦 請治. 上責崇曰 君門如市人 何以欲禁切主上. 崇對曰 臣門如市 臣心如水. 願得考

覆. 上怒下崇獄窮治 死獄中.

이 이야기는 ≪한서≫ 정숭전(鄭崇傳)에 실려 있다. '문전성시(門前成市)'는 '신문여시(臣門如市)'에서 나온 말로, 출입하는 사람이 많은 것을 비유로 사용하는 말이다.

物 議
물   의

물의를 일으킨다. 남에게 피해를 주는 말이나 행동으로 비난을 받는다는 뜻.

만물 **물** 의논할 **의**

사기경(謝幾卿)은 산수문학(山水文學)을 대표한 도연명(陶淵明)과 더불어 일컬어지는 사영운(謝靈運)의 증손으로서 남조(南朝)의 제2, 제3 왕조였던 제(齊)나라와 양(梁)나라에서 벼슬했다.

그는 어릴 때 신동(神童)이라는 칭찬을 받았으며, 8세 때는 아버지가 물에 빠져 위태롭게 된 것을 구하기도 했다.

그는 양(梁)나라 초대 무제(武帝)의 천감 연간(天監年間)에 낭관(郞官)에서 서시어사(書侍御史)로 전임되자 실망하여 관청의 일을 관계하려 하지 않았다. 상서좌승(尙書左丞)으로 승진되었어도 천성이 대범하여 조정의 규정 같은 것에는 마음을 쓰지 않았다.

그는 잔치에서 취하지 않은 채 돌아오다가, 도중에 길가 술집에 수레를 세워 놓고 함께 간 세 사람과 술을 마셨다. 수많은 구경꾼들이 담을 칠 정도였지만 태연하게 굴었다.

술 때문에 그의 무질서한 행동이 두드러지자 무제(武帝)의 보통(普通) 6년에 지방의 토벌에 보내졌으며, 패한 죄로 면관(免官)이 되어 돌아왔다. 그런데도 교제하기 좋아하는 조관(朝官)들이 집에 술을 가지고 와서 붐비는 형편이었다.

우연히 좌승(左丞) 유중용(庾仲容)도 파면되어 돌아와 두 사람은 의기상합하여 마음대로 행동하였으며, 때로는 뚜껑 없는 수레를 타고 들판을 산책하다 취하면 큰 방울을 손에 잡고서 조가(弔歌)를 부르기도 하는 등 세상의 물의(物議)는 마음에 두지 않았다고 한다.(≪한서≫ 사기경전(謝幾卿傳))

물의(物議)란 세상 사람들의 평판을 말한다.

未亡人
미 망 인

아직 죽지 않은 사람. 남편이 부인보다 먼저 죽었을 때 부인을 지칭하는 말.

아닐 **미** 죽을 **망** 사람 **인**

≪춘추좌씨전≫ 장공(莊公) 28년에 다음과 같은 이야기가 있다.

초(楚)나라의 영윤(令尹:재상)인 자원(子元)이 문부인(文夫人:초나라 문왕(文王)의 부인)을 유혹하려고 부인의 궁궐 곁에 저택을 짓고 그곳에서 만의 춤(은나라 탕왕이 시작했다는 춤)을 추게 했다. 문부인이 그 음악 소리를 듣고 울면서 말했다.

"돌아가신 왕께서는 군대를 훈련하시는 데 이 무악을 사용하셨다. 지금 영윤은 이것을 원수를 치는 데 사용하지 않고 이 미망인(未亡人)의 곁에서 하고 있다. 이 또한 이상하지 아니한가?"

先君以是舞也 習戎備也. 今令尹不尋諸仇讎 而於未亡人之側. 不亦異乎.

'미망인(未亡人)'이란 남편과 함께 죽어야 할 것을 아직 죽지 못하고 있는 사람이란 뜻으로, 과부가 스스로를 일컫는 말이다. ≪춘추좌씨전≫에는 위에 있는 예를 비롯하여 두세 개의 예가 더 있지만 어떤 것이나 과부가 스스로를 일컫는 말로 사용된다. 말의 뜻으로 보아 다른 사람을 일컫는 말로는 사용되지 않았던 것이다.

彌 縫
미 봉

꿰매어 맞춘다는 뜻으로, 위험이나 어려움을 일시적으로 모면한다
는 말.

기울 **미** 꿰맬 **봉**

주(周)나라 환왕(桓王) 13년, 왕은 정(鄭)나라를 정벌할 것을 결정했다.
이보다 앞서 환공이 정(鄭)나라의 장공(莊公)으로부터 조정의 위사(衛士)
로서 권력을 뺏자, 여기에 화가 난 장공은 조공(朝貢)을 중지하고 있었다.

환공은 이것을 명목으로 해가 솟아오르는 듯한 기세의 장공을 정벌하
여, 쇠미해 가는 주 왕조(周王朝)의 권위를 다시 일으켜 보려는 속셈이었
다.

환왕의 명을 받고서 괵(虢)나라와 채(蔡)나라, 진(陳)나라, 위(衛)나라
에서 군대를 내놓았다. 환왕은 스스로 출격하여 여러 군대를 이끌기로
되었다. 한편 정(鄭)나라의 장공도 일이 이쯤 되고 보니 앉아서 정벌을
당할 수만은 없는 노릇이었다. 전쟁 준비를 갖추고 왕의 군대를 맞이하
여 공격하기로 했다.

환왕은 중군에 진을 치고, 괵공(虢公) 임보(林父)가 우익군(右翼軍)을
맡아 채(蔡)나라와 위(衛)나라의 군대를 휘하에 두고, 주공(周公) 흑견(黑

肩)이 좌익군을 맡아 진(陳)나라 군대를 휘하에 두었다.

이에 대하여 정(鄭)나라 군대에서는 공자(公子) 원(元)이 좌익군이 되어 채(蔡)나라와 위(衛)나라의 군대를 맡고, 우익군이 진(陳)나라 군대를 맡게 하려고 장공에게 진언했다.

"진(陳)나라에는 내란이 있었으므로 사기가 떨어져 있습니다. 먼저 이 진(陳)나라 군대를 치면 반드시 도망칠 것입니다. 왕이 지휘하는 군대도 여기에 정신을 쏟게 되면 틀림없이 혼란이 일어날 것입니다. 이렇게 되면 채(蔡)나라와 위(衛)나라의 군대도 버티지 못하고 틀림없이 도망치게 됩니다. 이때 왕의 군대에 집중 공격을 감행하면 승리는 우리의 것이 될 것입니다."

장공은 이 의견을 채택했다.

그래서 만백(曼伯)이 우익군이 되고, 채중족(蔡仲足)이 좌익군이 되고, 원번(原繁)과 고거미(高渠彌)가 중군을 이끌어 장공을 모시고 어려지진(魚麗之陣:물고기가 늘어서는 것처럼 수레와 사람들이 늘어서는 진)을 썼다. 즉 전차부대(戰車部隊)를 앞세우고 보병이 여기에 뒤따르며 전차의 틈을 연결시키는 전법이었다.

曼伯爲右拒 蔡仲足爲左拒 原繁高渠彌以中軍奉公 爲魚麗之陣 先偏後伍 伍承渠彌縫. (≪춘추좌씨전≫ 환공(桓公) 5년)

이 싸움은 정(鄭)나라의 수갈(繻葛)에서 행해졌기 때문에 '수갈의 싸움'이라고 말하거니와, 공자 원(元)의 작전이 계획대로 들어맞아 정(鄭)나라 군대의 큰 승리로 끝났다.

장공은 추격해서 왕의 군대를 격멸하려는 축담(祝聃)을 억제시키면서,

"군자란 사람을 함부로 업신여겨서는 안 되는 법이다. 하물며 천자를 업신여겨서야 되겠는가? 나라가 무사하게 되면 그것으로도 좋은 것이다."

라고 말하고, 그날 밤 채중족을 사자로 보내 부상을 당한 환왕을 위문하는 여유를 보였다.

이 수갈의 싸움으로 주 왕실(周王室)의 권위는 결정적으로 하락하게 되었으며, 반대로 장공의 명성은 드날리고 천하에 중진을 이루었다. 장공이야말로 후에 패자(覇者)의 선구자가 되었던 것이다.

'미봉(彌縫)'의 '미(彌)'는 꿰맨다는 뜻이다. 결국 꿰매어 맞추는 일이다. '미봉책(彌縫策)'이라고 말하면 실패와 결점을 일시적인 눈가림으로 넘기는 방책이란 말이 된다.

尾生之信
미 생 지 신

미생의 믿음. 우직하게 약속을 지키지만 융통성이 없다는 뜻.

꼬리 **미** 날 **생** 어조사 **지** 믿을 **신**

'미생지신(尾生之信)'이란 말은 신의가 두터운 것을 비유로 쓰기도 하고, 또 우직한 것을 말하기도 한다.

미생(尾生)은 믿음으로써 여자와 더불어 다리 아래에서 만나기로 기약하였으나 여자가 오지 않자 물이 밀려와도 떠나지 않아 기둥을 끌어안고서 죽었다.

信如尾生 與女子期於梁下 女子不來 水至不去 抱柱而死.(≪사기≫ 소진열전(蘇秦列傳))

이 말은 전국시대에 소진(蘇秦)이 연(燕)나라 왕에게 말하는 중에 사용한 이야기이다.

미생(尾生)의 이름은 고(高)이며 노(魯)나라 사람으로서, ≪논어≫에 나오는 미생고(微生高)와 같은 인물이라고 일러진다.

이 이야기는 당시에 이미 널리 알려졌던 것으로 ≪전국책≫과 ≪장자≫, ≪회남자≫에도 기록되어 있다. ≪전국책≫ 연책(燕策)에는 '믿는 것이 미생고(尾生高)와 같다면 사람을 속이지 않음에 불과할 뿐.' 이라고 기록되어 있으며, ≪장자≫ 도척편(盜跖篇)에는 '믿음은 근심이다.' 라고 기록되어 있고, ≪회남자≫ 설림훈편(說林訓篇)에는 '미생(尾生)의 믿음은 소를 따라가는 거짓만도 못하다.' 라고 실려 있다.

'소를 따라가는 거짓' 이란 정(鄭)나라 상인 현고(弦高)가 서쪽으로 소를 팔러 가는 도중에 진(秦)나라 군대를 만나 위태롭게 되자 정백(鄭伯)의 명령이라고 거짓말을 하고 소 12마리를 주어 진(秦)나라 군대를 후퇴시켰다는 고사(故事)로, 이 이야기는 ≪춘추좌씨전≫ 희공(僖公) 33년 항목에 실려 있다.

未然防

미 연 방

일이 잘못되기 전에 미리 막는다는 뜻으로, 멀리 앞을 내다보고 사전에 대비한다는 뜻.

아직 **미** 그러할 **연** 막을 **방**

육사형(陸士衡, 216~303)은 오(吳)나라 사람으로, 젊어서부터 재주가 있었고 뛰어난 문장으로 명성을 얻었다. 오(吳)나라가 멸망하자 문을 닫고 10년 동안 독서를 하여 〈변망론(辯亡論)〉 두 편을 지었다.

그는 태강(太康) 말년에 동생인 육운(陸雲)과 함께 낙양으로 가서 오(吳)나라를 정벌한 두 준재(俊才)가 되었다고 일러지며, 가필(賈謐)이 주재하는 문학 집단에 들어가 이십사우(二十四友) 중 두 사람이 되었다.

≪문선≫에 수록된 그의 〈악부십칠수(樂府十七首)〉 가운데 오언(五言)으로 된 〈군자행(君子行)〉이 있다. 이것은 한대(漢代)의 고사(古辭)인 악부사수(樂府四首) 중 〈군자행〉에 나오는 '군자는 미연(未然)에 막고, 혐의 사이에 몸을 두지 않는다.'에서 취하여 군자가 자중해야 할 것을 서술한 것이다. 그 끝 구절에,

"정에 가깝기 때문에 스스로를 믿는 것에 괴로워하고, 군자는 미연에 막는다.(소인은 정에 이끌려 자신을 믿는 데 괴로워하고, 군자는 멀리 앞을 생각하여 사전에 막기 때문에 복을 받는다.)"

라고 있다. '미연에 막는다.'라는 말은 일이 그렇게 되기 전에 막는다는 뜻이다.

바

槃根錯節

반 근 착 절

구부러진 뿌리와 뒤틀린 마디라는 뜻으로, 해결하기 어려운 일로 몹시 고통을 받는다는 뜻.

서릴 **반** 뿌리 **근** 섞일 **착** 마디 **절**

우후(虞詡)는 후한(後漢) 안제(安帝) 때 사람이다. 어릴 때 부모를 잃었지만 갸륵한 효도로 할머니를 모신 사람이다. 또 수재인 그는 12살 때 이미 ≪상서≫에 정통해 있었다. 그리하여 그를 찬양하는 사람이 천거하여 관리를 삼으려 했지만 자기 이외에는 늙은 할머니를 봉양할 사람이 없다고 하여 사퇴했다.

그 뒤에 할머니가 돌아가시자 태위(太尉)인 이수(李修)가 그를 낭중(郎中)에 천거했다.

영초(永初) 4년에 강족(羌族)과 흉노족(匈奴族)의 군대가 병주(并州)와 양주(涼州)를 침략했다. 이때 대장군인 등질(鄧騭)은 공경대신들과 회의를 열어, 국가의 비용이 늘어나니 양주를 포기하고 북쪽 변방을 지키는 것이 가장 좋은 책략이라고 주장했다. 공경대신들은 등질의 의견에 모두 찬성했다. 등질은 안제의 모태후(母太后) 오빠로서 외척의 권세를 마음대로 휘둘렀던 것이다.

이 말을 들은 우후는 이수에게 반대 의견을 말했다. 이수는 그 의견을 받아들여 공경대신들을 설득해 등질의 주장을 뒤엎었다. 이 일로 등질은 우후를 미워했다.

우연히 이해에 조가현(朝歌縣)에 수천 명의 폭도가 일어나 맹위를 떨치고 군의 장관과 경비병들을 살해했다. 그러자 등질은 갑자기 우후를 조가현 장관으로 임명했다. 물론 양주의 사건을 보복하기 위한 것이었다.

친구들이 그의 불운을 위로하기 위하여 모이자, 우후는 웃으면서 말했다.

"뜻은 편안함을 구하지 않고, 일은 어려움을 피하지 않는 것이 신하된 사람의 직분이다. 구부러진 뿌리와 뒤틀린 마디를 만나지 않는다면 어찌 날카로운 칼날을 발휘할 수 있겠는가?"

志不求易 事不避難 臣之職也. 不遇盤根錯節 何以別利器乎.

조가현에 부임한 우후는 지혜와 용기를 짜내어 폭도들을 평정했다. 그리고 그 뒤에도 외척이나 환관들을 비롯하여 모든 방해하는 힘에 거슬러 통하였다.

이 이야기는 ≪후한서≫ 우후전(虞詡傳)에 실려 있다. '반근착절(盤根錯節)'이란 몹시 어려움을 겪는 것을 말한다.

伴食宰相
반 식 재 상

곁에서 재상과 함께 밥을 먹는다. 무능한 사람이 유능한 사람 옆에 붙어서 자리만 차지하고 있다는 뜻.

짝 **반** 먹을 **식** 재상 **재** 정승 **상**

당(唐)나라의 중종(中宗) 경룡(景龍) 4년, 26세인 임치왕(臨淄王) 이융기(李隆基)는 황후인 위씨(韋氏)가 측천무후(則天武后)를 본받아 찬탈을 기획하여, 중종을 독살하고 온왕(溫王) 이중무(李重茂)를 세운 데 반대하여, 군대를 일으켜 위씨 일파를 쓰러뜨리고 일찍이 측천무후 때문에 왕위에서 쫓겨난 왕의 아버지 예종(睿宗)을 복위시켰다.

이로부터 2년 뒤에 예종으로부터 왕위를 물려받은 이융기, 즉 현종(玄宗)은 다음해에 예종 복위에 공헌한 세력을 확장해 정권 탈취의 음모를 꾸미고 있던 태평공주(太平公主:측천무후의 딸)와 그 일당을 숙청한 뒤, 연호를 개원(開元)으로 고쳤다. 개원이란 만사의 시작을 뜻하는 말이다.

29세의 청년 황제 현종은 사치를 금지시키고 부역을 피하려 승적(僧籍)을 취득했던 사람들을 환속(還俗)시키고 관리들을 정리하는 등 차례차례로 혁신적인 정책을 수립하며, 대외적으로는 변방에 10명의 절도사(節度使)를 배치하여 이민족의 침입에 대비했다.

현종을 보좌하여 이 '개원지치(開元之治)'를 실현시켜 기초를 견고하게 한 사람은 늙은 신하인 요숭(姚崇)과 송경(宋璟)이었다.

송경이 요숭을 대신하여 재상이 된 것은 개원 4년이었는데 그전 1년 동안 자미령(紫微令)의 요숭과 함께 재상직에 있었던 것은 노회신(盧懷愼)이었다.

노회신은 원래 조심성이 많고 청렴결백하며 검약을 좋아하는 사람이었다. 그는 재상직에 있으면서도 재산을 만들 생각은 하지 않고 천자에게서 받은 녹봉을 아는 사람이나 친척들에게 아낌없이 나누어 주었다. 이로 인하여 처자들은 헐벗고 굶주리는 형편이었으며, 병으로 재상직을 물러난 뒤에도 그의 집은 비바람이 칠 때마다 자리를 들고 막아야 할 정도였다.

그가 요숭과 함께 재상직에 있을 때, 요숭이 10여 일 휴가를 취한 적이 있었다. 그동안 노회신 혼자서 정사를 보았는데 도저히 처리할 수 없어 현안 문제가 산처럼 쌓였다. 그런데 요숭이 나와 그 일들을 결재한 후 심복의 시종인 제한(齊澣)을 돌아보며 물었다.

"어떤가? 나는 재상으로서 합격인가?"

"정말로 세상을 구원하는 재상이라 하겠습니다."

이 이후로 노회신은 자기의 재능이 요숭에게 미치지 못한다는 것을 자각하고, 무슨 일이나 요숭을 앞세우고 자기는 한 걸음 뒤로 물러섰다. 그리하여 당시 사람들이 노회신을 '반식재상(伴食宰相)'이라고 불렀다.

姚崇嘗謁告十餘日 政事委積. 懷愼不能決. 崇出 須臾裁決盡. 顧謂齊澣曰 我爲相如何. 澣曰 可謂救時之相. 懷愼知才不及 每事推崇. 時謂之伴食宰相.(≪십팔사략≫ 당현종(唐玄宗) 3년)

'반식재상(伴食宰相)'이란 재능도 없으면서 유능한 재상 옆에 붙어 정사를 처리하는 재상을 말한다.

원래 노회신은 무능한 사람이 전혀 아니었다. 회신이 동암에 있을 때 이미 평범하지 않아 아버지의 친구인 감찰어사 한사언(韓思彦)이 감탄하며 말했다.

"이 아이의 기량(器量)은 보통사람이 아니다."

≪당서(唐書)≫ 노회신전(盧懷愼傳)에 기록되어 있는 것처럼 그는 준재(俊才)였던 것이다.

拔 本 塞 源
발　본　색　원

나무의 뿌리를 뽑아 제거하고 물길을 차단한다. 일을 바르게 처리하기 위해 폐단을 없앤다는 뜻.

뺄 **발**　근본 **본**　막을 **색**　근원 **원**

'발본색원(拔本塞源)'이란 '나무의 뿌리를 뽑아 제거하고 물의 근원을 틀어막음'을 말한다. 즉 사물의 근원에서 선뜻 처치한다는 뜻이다.

이 말은 ≪춘추좌씨전≫ 소공(昭公) 9년 조항에 보이는 주왕(周王)의 말에서 나온 것이다.

나에게 큰아버지가 계신 것은 마치 의복에 갓과 면류관이 있고, 나무와 물에 근원이 있고, 백성들에게 지혜로운 임금이 있는 것과 같다.

큰아버지께서 만일 갓을 짜개고 면류관을 부수고 근본을 뽑아 근원을 틀어막고(拔本塞源), 오로지 지혜로운 임금을 버리신다면 비록 오랑캐라 할지라도 그 남음이 어찌 한 사람에 있으리오.

我在伯父 猶衣服之有冠冕 木水之有本源 民人之有謀主. 伯父若裂冠毀冕 拔本塞源 專棄謀主 雖戎狄其何有餘一人.

여기에서는 이보다 새로운 출전(出典)으로서, 명(明)나라 시대의 철학자 왕양명(王陽明)의 〈발본색원론(拔本塞源論)〉을 소개해 두겠다.

왕양명의 대표적인 저술에 제자들의 손으로 수집된 학문을 논한 어록(語錄)과 서한문으로 된 ≪전습록(傳習錄)≫ 3권이 있는데 〈발본색원론〉은 그 중권 처음에 실린 장편의 논문으로, 사상적으로 원숙한 시기인 왕양명의 나이 55세 때 쓰인 작품이다.

왕양명은 그 첫머리에서 이렇게 기술하고 있다.

'이 발본색원론이 천하에 밝혀지지 않는다면 곧 천하의 성인을 흉내 내는 사람들이 날로 번성하고 세상이 날로 어려움을 당하여, 이들로 인해 사람들이 금수나 오랑캐와 다름없이 되어 스스로 성인의 학문을 이루려 하지 않을 것이다.'

이어서 그는 이상 사회의 전형적인 모습을 요임금 · 순임금 · 우임금 등의 전설적인 성인과 천자에 의해 대표되는 중국 고대사회에서 구하여, 그 통일 원리를 소위 '성인의 마음'에서 찾아내려 했다. 즉 '성인의 마음'이란 천지만물을 일체로 보는 인애(仁愛)의 정신이며, 그들이 안과 밖의 원근 간격 없이 살려는 삶에 대하여 자기의 형제나 자식들을 대하는 것처럼 애정을 쏟아 그들을 편안하게 교육하는 것을 이념으로 삼고 있었다.

물론 보통사람들의 마음도 원래는 성인과 결코 다른 것이 없지만 그들의 경우에는 자기 중심적인 사사로운 정과 물욕의 장애로 말미암아 광대해야 할 마음이 움츠러들어, 다른 사람들과 서로 통하는 마음이 막히고 각자가 사사로운 마음을 품게 되어 드디어는 부모와 자식과 형제들을 원수처럼 생각하는 사람까지 나오게 되었다.

즉 이 글을 읽으면 왕양명의 소위 '발본색원'을 논하는 것이 그가 평소에 제창하는 '하늘의 이치를 지니고 사람들은 욕심을 버리라.'는 취지와 같게 되어, 사사로운 탐욕은 근본부터 뽑아버리고 그 근원을 틀어막음에 있다는 것을 알 수 있다.

跋扈
발　호

통발을 뛰어넘는다. 아랫사람이 윗사람을 우습게 보고 제멋대로 하극상을 저지른다는 뜻.

뛰어넘을 **발** 뒤따를 **호**

후한(後漢)은 외척과 환관 때문에 멸망했다고 하는데, 외척 중에서 가장 폐해를 끼친 사람은 10대 순제(順帝)의 황후의 형 양기(梁冀)로서, 3대 20년간에 걸쳐 실권을 장악하고서 상당한 지위에 있는 신하들에게 횡포를 부렸다.

순제가 죽자 두 살짜리 조카를 충제(沖帝)에 즉위시켰으며 그가 세 살에 죽자 여덟 살짜리를 9대 질제(質帝)에 즉위시켰다. 질제는 어릴 때부터 총명하여 어린 마음에도 양기의 횡포와 교만한 행동이 눈에 거슬리는 바가 있었다.

어느 날 여러 신하들을 배알한 자리에서 질제는 양기에게 눈을 멈추고,

"이는 발호 장군(跋扈將軍)이로군."

하고 말했다. 양기는 이 말을 듣고 절제를 몹시 미워하여 측근자에게 명하여 짐새의 독(독이 있는 짐새의 날개를 술에 담그면 독주가 된다고 함)을 떡에 넣어 질제를 죽였다. 질제는 즉위했던 당시 나이인 여덟 살에 죽었다.(≪후한서≫ 양기전(梁冀傳))

'발호(跋扈)'의 '발(跋)'은 뛰어넘는다는 뜻이고, '호(扈)'는 대나무로 엮은 통발을 말한다. 작은 물고기들은 통발에 남지만 큰 물고기들은 그것을 뛰어넘어 도망쳐 버리므로 '마음대로 행동하는 것'을 '발호(跋扈)'라고 한다. 여기에서는 신하가 마음대로 권위를 휘둘러 윗사람을 침범하는 것을 말하였다.

수(隋)나라 양제(煬帝)가 배 위에서 폭풍을 만나 당황하여 '이 바람은 발호장군이라고 이를 만하다.'고 한 말에서 '장군' 두 글자를 붙여 폭풍을 뜻하기도 한다.

傍若無人
방 약 무 인

곁에 사람이 없는 것처럼 여긴다는 뜻으로, 주변에 있는 다른 사람을 아무 거리낌 없이 제멋대로 행동한다는 뜻.

곁 **방** 같을 **약** 없을 **무** 사람 **인**

B.C. 44년 시저의 암살보다 더 거슬러 올라간 육백여 년 전, 중국에서는 '선비는 자기를 알아주는 사람을 위하여 죽는다.'고 하여 자객(刺客)들이 여러 방면으로 활약하였다.

사마천(司馬遷)의 ≪사기≫ 자객열전(刺客列傳)에 등장하는 한 사람인 전국시대 말기의 형가(荊軻)는 위(衛)나라 사람으로 칼을 좋아하고 글을 좋아했으며 또한 술을 좋아했다.

그는 위(衛)나라에서 등용되지 않아 여러 나라를 두루 돌아다니다가 연(燕)나라로 가서 처사(處士)인 전광(田光)을 알게 되었다. 전광은 형가의 비범함을 꿰뚫어 보았던 것이다. 형가는 침착하고 생각이 깊어 돌아다닌 나라에서 현인 호걸들과 덕 있는 사람들을 사귀었다.

연(燕)나라로 간 그는 개를 잡는 사람들과 거리에서 술을 마셨으며 축(筑:대나무로 만든 거문고 비슷한 악기)의 명수인 고점리(高漸離)를 몹시 좋아했다. 술에 취하면 고점리가 축을 연주하고 형가는 노래로 화답하여 즐기며 이윽고는 서로 붙잡고 울어 가까이 사람이 없는 듯하였다.

그가 진(秦)나라 왕 정(政:뒤의 진시황)을 암살하려고 한 것은 얼마 뒤의 일이다. 형가는 진(秦)나라로부터 치욕을 받은 연(燕)나라 태자 단(丹)

의 청탁을 받고, 진왕(秦王) 정(政)을 암살하기 위하여 진(秦)나라로 떠나게 되었다. 이 암살 계획에는 이미 전광(田光)과 번어기(樊於期)의 죽음을 걸고 있었다.

형가가 출발하는 날, 태자와 빈객들은 상복을 입고 역수(易水) 물가에서 전송했다. 형가와 친한 고점리가 축을 연주하고 형가는 이에 화답하여 비장한 목소리로 노래를 불렀다.

바람은 쓸쓸하고 역수는 찬데
장사 한번 가면 다시 돌아오지 않는다.

風蕭蕭兮易水寒
壯士一去復不還

사람들은 그 노래를 듣고 눈물을 흘렸으며, 또 포악한 진(秦)나라를 증오하여 눈물로 분노를 나타냈다.

진(秦)나라로 들어간 형가는 진왕이 요구하는 번어기의 머리와 연(燕)나라 옥토의 지도를 가지고 진왕을 배알한 후, 지도에 감추었던 비수로 찔렀지만 진왕의 두꺼운 예복을 뚫었을 뿐 암살은 실패로 돌아갔다.

형가는 기둥에 기댄 채로 웃으면서 다리를 내던지고,

"내가 실패한 원인은 진왕을 살려 두고서 연(燕)나라 땅을 반환 받는 것을 태자 단(丹)에게 보고하고 싶었기 때문이다."

이렇게 꾸짖고 나서 진왕의 측근자에게 죽임을 당했다.

杯盤狼藉

배 반 낭 자

술잔과 그릇이 어지럽게 널려 있다는 뜻으로, 계획했던 일이 생각대로 되지 않고 잘못된 결과로 된다는 말.

잔 **배** 소반 **반** 어지러울 **낭** 어지러울 **자**

'배반(杯盤)'은 술잔과 그릇들이고 '낭자(狼藉)'는 어지러이 흩어진 모양이다. 이 말은 ≪사기≫의 골계열전(骨稽列傳) 순우곤전(淳于髡傳)에 실려 있는 말이다. 순우곤은 우스갯소리로 임금에게 간한 것으로 유명하다.

제(齊)나라 위왕(威王) 8년, 초(楚)나라가 대군을 이끌고 제(齊)나라를 공격했다. 위왕은 선물로 황금 백 근과 네 마리가 끄는 마차 10쌍을 준비하여 순우곤을 조(趙)나라에 보내 구원군을 청하게 했다. 그러자 순우곤은 하늘을 우러르고 갓의 끈이 끊어질 정도로 크게 웃었다. 왕이 물었다.

"선생은 이것이 적다고 생각하는가?"

"천만의 말씀입니다."

"그렇지만 웃는 데에는 이유가 있지 않겠는가?"

"실은 제가 여기로 오는 도중에 풍년을 빌고 있는 사람을 보았습니다. 돼지의 발톱 한 개와 술 한 잔을 갖추고 '좁은 밭에서는 바구니로 가득, 낮은 밭에서는 수레로 가득, 오곡이 잘 익어 집안에 가득하게 해 주소서.' 하며 빌었는데 차려 놓은 제물에 비하여 그 소원이 너무 커서 웃은 것입니다."

제왕(齊王)은 선물로 다시 황금 천 일(鎰), 흰 구슬 열 쌍, 사두마차 백 쌍으로 했다. 조(趙)나라 왕이 정병(精兵) 십만, 전차 천 대를 빌려 주었다. 이 정보가 전해지자 초(楚)나라 군대는 어두운 밤을 틈타 철수해 버렸다.

위왕은 크게 기뻐하며 후궁에서 주연을 베풀어 순우곤을 불렀다. 그 자리에서 왕이 물었다.

"선생은 어느 정도 마시면 취하는가?"

"한 말에도 취하고 한 섬에도 취합니다."

"한 말에 취하는 사람이 한 섬을 마실 수는 없다. 그것은 무슨 뜻인가?"

"왕 앞에서 술을 마시면 사법관들이 옆에 있고 검찰관들이 뒤에 버티고 있으니 그 가운데서 두려워하며 마시면 한 말도 마시기 전에 취해 버립니다.

또 친척집에 큰일이 있어 손님들을 접대할 때 황공하여 술을 받아먹거나 일어서서 장수를 빌면서 마시면 두 말도 마시기 전에 완전히 취해 버립니다.

그런데 친구와 오랫만에 만나서 이야기를 주고받으며 마시면 대여섯 말에 취해 버리고 맙니다.

또한 같은 고장 사람들과 만나 남자와 여자들이 뒤섞여 앉아 술잔을 주고받으며 놀이를 하거나 내기를 하면서 술을 마실 때, 저기에는 귀걸이가 떨어지고 여기에는 비녀가 떨어지게 되면 마음속으로 은근히 기뻐해 여덟 말쯤 마시면 취해 버립니다."

순우곤은 다시 계속해서 말했다.

"해가 넘어가고 술도 거의 떨어지게 되면 술통을 모으고 자리를 함께

하는데, 신발은 뒤섞이고 술잔과 그릇들이 어지러이 흩어져, 당 위의 촛불을 끄고 주인이 손님을 보내되 저만 머물게 하니 비단 적삼 옷깃이 풀어지고 희미하게 향내가 풍겨옵니다. 이런 때를 당하면 저는 마음이 가장 기뻐 능히 한 섬을 마십니다. 그러므로 '술이 지극하면 어지러워지고, 즐거움이 지극하면 슬퍼진다.'고 하는 것입니다. 만사는 다 그와 같습니다."

日暮酒闌 合尊促坐 男女同席 履舃交錯 杯盤狼藉 堂上獨滅 主人留髡 而送客 羅襦襟解 微聞薌澤. 當此之時 髡心最歡 能飮一石. 故日 酒極則亂 樂極則悲 萬事盡然.

이 말은 사물을 극진히 하면 곧 쇠퇴함을 풍자로 간한 것이다. 위왕은 이 말을 듣고 그후로는 밤새워 연회하는 것을 중지하였으며, 순우곤을 제후의 접대자로 삼고 왕의 연회에도 항상 순우곤을 곁에 있게 했다고 한다.

背水之陣
배 수 지 진

물을 등지고 진을 친다. 물러설 곳이 없어 결사적으로 싸움에 임한다는 뜻.

등질 **배** 물 **수** 어조사 **지** 진칠 **진**

한(漢)나라 2년, 팽성(彭城)에서 초(楚)나라 군대에게 패하자 여러 나라들은 점차로 한(漢)나라를 떠나 초(楚)나라를 가까이했다. 우선 제(齊)나라와 조(趙)나라가 초(楚)나라와 화해하려는 움직임을 보이고 위(魏)나라가 이에 뒤따랐다.

한(漢)나라 왕 유방(劉邦)은 한신(韓信)에게 명하여 이들 나라들을 치게 했다. 한신이 위(魏)나라를 진정시키고 나서 조(趙)나라 정벌에 나섰다. 그런데 조(趙)나라를 공격하려면 정경(井陘)의 좁은 길을 빠져나가야만 했다.

조(趙)나라에서는 이십만의 병력을 정경에 집결시켰다. 조수일(趙隨一)이란 명장이 있고, 광무군(廣武君) 이좌거(李左車)가 함안군(咸安君) 진여(陳餘)를 설득했다.

"승세를 탄 한신의 군대는 그 세력이 만만치 않습니다. 그러나 군대의 식량을 천 리나 되는 본국에서 실어와야 하므로 여기에 적군의 약점이 있습니다. 그런데 정경의 길은 좁아 수레나 말이 나란히 늘어서서 지나갈 수 없기 때문에 대열은 길게 뻗게 되어 식량을 운반하는 치중부대(輜重部隊)는 저 뒤쪽에 처지게 됩니다.

나는 기습부대 삼만을 이끌고 사잇길에서 한(漢)나라 군대의 치중부대를 끊어 놓을 것입니다. 당신은 진을 굳게 지키고 적군과 싸우지 않도록 해 주십시오. 그러면 적군은 진격해도 싸울 수 없고 후퇴하려 해도 길이 끊기며, 식량이 도착하지 않아 자멸해 버릴 것입니다. 열흘 안에 한신의 목을 잘라 보이겠습니다."

그러나 함안군은 선비라 '정의의 군대'를 호칭하고, 기계(奇計)를 사도(邪道)라 하여 광무군의 설득을 물리쳤다.

"한신의 군대는 수만이라고 하지만 실제는 수천에 불과하다. 그 군대는 천 리의 먼 길을 와서 이미 지쳐 있다. 그와 같은 적조차 피하여 싸우지 않는다면 뒤에 대군이 공격해 들어왔을 때는 어떻게 할 것인가? 그렇게 되면 제후를 비겁한 사람이라고 생각하여 마음 편히 공격해 들어오게 될 것이다."

비밀히 보낸 밀사에게서 이 소식을 들은 한신은 크게 기뻐하며 군대를 이끌고 정경의 좁은 길을 내려갔다. 그리하여 정경에서 30리 떨어진 곳에서 야영을 했다. 그날 밤 전부대에게 작전을 지시했다. 우선 경기병 이천을 골라 그들에게 빨간 기를 들게 하여 사잇길로 가서 산에 숨어 조(趙)나라 성을 엿보도록 명령했다.

"우리 본부대는 후퇴를 한다. 그것을 보면 적군은 성을 비우고 추격해 올 것이다. 그러면 제군들은 재빨리 조(趙)나라의 성으로 들어가 조(趙)나라의 기를 뽑고 한(漢)나라의 빨간 기를 꽂아야 한다."

그리고 부장(副將)에게 가벼운 식사를 명하며,

"오늘 조(趙)나라를 격파하고 회식을 하자."

고 모든 장군에게 전하였다. 여러 장군은 '네, 알겠습니다.' 하고 대답은 했지만 누구 하나 진심으로 받아들이지 않고 있었다. 그런데도 불구하고 한신은 군리(軍吏)에게 말했다.

"조(趙)나라 군대는 유리한 지세를 차지하여 성에 의지하고 있으므로 싸움은 서둘지 않을 것이다. 그리고 적군은 우리 군대 대장의 기와 북을 보기 전에는 공격해 오지 않을 것이다."

이리하여 한신은 일만의 군대로 하여금 먼저 가게 하고 정경의 입구에서 나와 강을 등지고 진을 치게 했다. 이것을 바라본 조(趙)나라 군대는 병법을 모르는 자라고 크게 비웃었다.

信乃使萬人先行 出背水陳. 趙軍望見而大笑.(≪사기≫ 회음후열전(淮

陰侯列傳))

날이 밝자 한신은 대장의 기를 앞세우고 정경의 입구에서 나왔다. 조(趙)나라 군대는 성문을 열고 이를 공격하여 잠시 격전을 전개하였지만 한신의 군대는 패배를 가장하여 기를 버리고 후퇴하여 강가에 있는 군대와 합류했다. 이것을 본 조(趙)나라 군대는 성을 비우고 한신의 군대를 추격했다. 그러나 한신의 군대가 있는 힘을 다해 싸웠기 때문에 격파할 수 없었다.

이 사이에 한신이 산간에 매복시켜 놓았던 이천의 경기병이 조(趙)나라의 성으로 들어가 조(趙)나라 기를 뽑고 한(漢)나라 기를 세웠다. 조(趙)나라 군대가 한신의 군대를 격파하지 못하고 성으로 돌아가려 하니 한(漢)나라의 빨간 기들이 줄 지어 늘어서 있었다.

정도를 잃고 당황하고 있을 때 한(漢)나라 군대가 반격을 가해 오자 단번에 무너져 함안군(咸安君) 진여(陳餘)는 잘리어 죽고 조(趙)나라 왕 헐(歇)은 포로가 되었다.

한신은 이좌거를 죽여서는 안 되며 포로로 잡는 사람에게는 천금의 상을 주겠다고 포고했다. 이윽고 이좌거가 포로로 잡혀 왔다. 경계를 푼 한신은 이좌거를 동쪽으로 향하여 앉히고 자기는 서쪽을 향하여 이좌거를 스승으로서 대우했다.

장군들이 승전의 축하를 한 다음 한신에게 물었다.

"병법에는 '산의 언덕을 오른쪽으로 등지고, 강물을 앞의 왼쪽으로 한다.'고 있는데 장군께서는 우리들에게, '강물을 등지고 진을 쳐서 조(趙)나라를 격파하고 회식을 하자.'고 말씀하셨습니다. 우리들로서는 수긍이 가지 않았지만 싸움에서 이겼습니다. 이것은 무슨 전법입니까?"

한신이 대답했다.

"병법에 있지만 여러 장군들이 깨닫지 못하였을 뿐이다. 병법에 '군대를 죽음의 땅에 빠뜨려야 사는 길이 있다. 군대를 반드시 패망할 땅에 빠뜨림으로써 살아날 길이 있는 것이다.' 라고 말하지 않았는가? 더구나 나는 장군의 자격이 충분하지 못하다. 즉 오합지중(烏合之衆)을 이끌고 싸워야 했던 것이다. 그러려면 군대를 사지에 몰아넣어 필사적으로 싸우게 할 수밖에 없었던 것이다."

여러 장군들은 모두 탄복했다. 이것이 바로 한신의 '背水之陣' 의 전법인 것이다.

한신은 이좌거에게 물었다.

"저는 지금부터 북쪽의 연(燕)나라를 공격하고 동쪽의 제(齊)나라를 정벌하려 하는데 어떻게 하면 성공할 수 있겠습니까?"

그러자 이좌거는 물러나서 말했다.

"나는 '싸움에 패한 장군은 무용(武勇)에 대해 말할 것이 못 된다. 나라를 멸망시킨 대신은 국가를 보전하는 방책을 말하지 않는다.' 고 들었습니다. 지금 나는 싸움에 지고 나라를 멸망시킨 포로입니다. 어찌 큰일을 도모할 자격이 있겠습니까?"

廣武君辭謝曰 臣聞 敗軍之將 不可以言勇 亡國之大夫 不可以圖存. 今臣敗亡之虜. 何足以權大事乎.(≪사기≫ 회음후열전(淮陰侯列傳))

이것이 소위 '싸움에 진 장군은 군대를 말하지 않는다.' 란 것이다. 이좌거는 사양했지만 한신은 그래도 단념하지 않았다.

"요컨대 현인(賢人)의 의견에 따르느냐 따르지 않느냐 하는 문제입니다. 옛날에 백리해(百里奚)라는 현인이 있었는데 우(虞)나라는 그를 등용하지 못했기 때문에 멸망했고, 진(秦)나라는 백리해를 등용했기 때문에 패자(覇者)가 되었다고 들었습니다.

이번 싸움에서도 함안군(咸安君)이 선생님의 작전을 채용했더라면 내가 선생님의 포로가 되었을 것입니다. 나는 전적으로 선생님을 믿고 그 책략에 따를 작정입니다. 제발 염려하지 마십시오.”

이리하여 광무군 이좌거가 말했다.

“나는 ‘지혜 있는 사람이라도 천 가지 생각에는 반드시 한 가지 실패가 있으며, 어리석은 사람이라도 천 가지 생각에는 반드시 한 가지 이득이 있다.’고 들었습니다. 그러므로 ‘미친 사나이의 말도 성인이 이를 선택한다.’라고 일러지고 있습니다. 돌아보건대 내 계획이 반드시 만족할 만한 것은 아니지만 원컨대 어리석은 충성을 다하겠다고 약속합니다.”

臣聞 智者千慮必有一失 愚者千慮必有一得. 故曰 狂夫之言 聖人擇焉. 顧恐臣計未必足用 願效愚忠.(≪사기≫ 회음후열전(淮陰侯列傳))

이렇게 말한 다음, 이좌거는 계략을 말했다.

그것은 지금 한신의 지쳐 있는 군대로는 무력으로 연(燕)나라와 제(齊)나라를 정복하려 해도 실패로 끝날 것임에 틀림이 없다. 그보다는 군대를 쉬게 한 다음 점령한 땅의 정치에 힘쓰고, 연(燕)나라에 유세가를 보내어 한(漢)나라 군대에 유리하도록 설득하면 반드시 따라올 것이다. 그리고 마찬가지로 유세가를 제(齊)나라로 보내어 설득하면 반드시 복종할 것임에 틀림이 없다는 것이었다.

한신은 이 계략을 사용하여 연(燕)나라에게 항복을 받고 또 제(齊)나라도 평정하게 된다.

여기에서 말하는 '지혜 있는 사람도 천 가지 생각에 반드시 한 가지 실패가 있다(智者千慮必有一失).' 라는 말은 '어리석은 사람도 천 가지 생각에 반드시 한 가지 이득이 있다(愚者千慮必有一得).' 라는 말과 짝을 이루는 말이다.

杯中蛇影
배 중 사 영

술잔 속의 뱀 그림자. 아무 일도 아닌 것에 지나치게 근심을 한다는 뜻.

잔 **杯** 가운데 **中** 뱀 **蛇** 그림자 **影**

'배중사영(杯中蛇影)' 이란 후한(後漢) 말기의 학자 응소(應邵)가 저술한 ≪풍속통(風俗通)≫에 나오는 고사성어이다.

응소는 영제(靈帝) 초년에 숙현(蕭縣)의 현령이 된 것을 시작으로 이후 주로 군사 관계의 관리를 역임하여 '황건적(黃巾賊)의 난' 에서는 큰 공을 세웠거니와, 한편으로 고전(古典)에도 정통하여 ≪한서≫의 주를 달기도 했다.

그가 지은 ≪풍속통≫은 후한 말기의 혼란한 가운데 여러 가지 사물에 대한 그릇된 해석이나 미신이 정착되어 버릴 것을 근심하여 저술한 것이다. ≪풍속통≫이 왕충(王充, 27~96)의 ≪논형(論衡)≫과 아울러 사상적으로 높이 평가되는 까닭은 다음의 단편적인 이야기를 보아서도 충분히 수긍이 간다.

세상에는 해괴한 것을 보고 놀라 자기 스스로 병이 되는 사람이 많다. 나의 조부이신 응빈(應彬)께서 급현(汲縣) 현령이 되셨을 때의 일이다. 하지(夏至) 날에 주부(主簿)인 두선(杜宣)이 찾아 뵙자 술을 주셨다. 방의 북쪽 벽에 붉은 활이 걸려 있었는데 그것이 술잔에 비추어 마치 뱀의 형상을 하고 있었다. 두선은 움찔했지만 상사 앞이라 억지로 술을 마셨다.

그러나 그날 가슴과 배가 몹시 아파 음식이 목구멍을 넘어가지 않고 설사를 했다. 이후 백방으로 치료를 했지만 잘 낫지 않았다. 후에 조부께서 두선의 집에 들러 그것을 보시고 변고를 물으셨다. 그러자 그가 이렇게 말했다.

"뱀이 두렵습니다. 뱀이 뱃속으로 들어간 것입니다."

조부께서는 돌아오셔서 두선에게 들은 말을 잠시 생각하시다가 벽에 걸려 있는 활을 돌아보시고,

"이것 때문임에 틀림이 없다."

하시고 하급 관리에게 공용(公用)의 표시로 방울을 주시고 두선을 가마에 태워 조용히 실어오게 하셨다. 그리고 자리를 베풀고 술을 따라 전과 같이 뱀의 그림자를 뜨게 하신 다음, 그에게 말씀하셨다.

"보아라, 이것은 벽에 걸린 활이 비친 것이다. 달리 괴이하게 생각할 것이 없느니라."

드디어 두선의 고민이 풀려 몹시 기뻐하며 병이 곧 나았다.

世間多有怪驚怖以自傷者.

予之祖父彬爲汲令. 以夏至日 謁見主簿杜宣賜酒. 時北壁上有懸赤弩照於杯 形如蛇. 宣畏惡之 然不敢不飮 其日便得胸腹痛切 妨損飮食丈用羸露攻治萬端 不爲愈. 後彬因事 過至宣家闚視 問其變故. 云 畏此蛇 蛇入腹中. 彬還 聽事 思惟良久 顧見懸弩 必是也. 則使門下吏將鈴下侍 徐扶輦載

宣 放故處設酒 杯中故復有蛇. 因謂宣 此壁上弩影耳 非有他怪. 宣遂解 甚
夷懌 繇是瘳平.

이 웅빈의 고사와 똑같은 이야기가 진(晉)나라 악광(樂廣)의 고사로서
≪진서(晉書)≫ 악광전에도 실려 있다.

白駒之過郤
백 구 지 과 극

흰 말이 지나가는 것을 문틈으로 본다는 뜻으로, 세월이 눈 깜박할
사이에 지나간다는 뜻.

흰 **백** 망아지 **구** 어조사 **지** 지날 **과** 틈 **극**

인생이 지나가는 빠르기가, 문틈으로 흰 말이 달려 지나가는 것을 보
는 것과 같다는 말이다.
≪장자≫ 지북유편(知北遊篇)에 다음과 같이 실려 있다.

사람이 하늘과 땅 사이에서 사는 것은 흰 말이 달려 지나가는 것을 문
틈으로 보는 것처럼 순간일 뿐이다. 모든 사물들은 물이 솟아나듯이 문
득 생겨났다가 물이 흐르듯 아득하게 사라져 가는 것이다. 변화로써 태
어났다가 또한 변화로써 죽을 뿐이다. 생물들은 이를 슬퍼하고 사람들도
이를 슬퍼한다. 죽음이란 화살이 살통을 빠져나가고 칼이 칼집을 빠져나

가는 것과 같이, 혼백이 육신에서 빠져나가고 이에 따라 몸이 무(無)로 돌아가는 것을 말함이니 이야말로 위대한 복귀가 아닌가!

人生天地之間 若白駒之過郤 忽然而已. 注然勃然 莫不出焉 油然漻然 莫不入焉. 已化而生 又化而死. 生物哀之 人類悲之. 解其天弢 墮其天袠 紛乎宛乎 魂魄將往 乃身從之 乃大歸乎.

'백구지과극(白駒之過郤)'이 '백구과극(白駒過隙)'으로 실려 있는 예도 있으니, ≪사기≫의 유후세가(留侯世家)에 여태후(呂太后)가 유후(留侯:장량)에게 한 말이 다음과 같이 실려 있다.

인생의 한세상 사이는 흰 말이 틈을 지나는 것과 같다. 어찌 스스로 괴로워하기가 이와 같음에 이르겠는가?

人生一世間 如白駒過隙. 何至自苦如此乎.

百年河淸
백 년 하 청

백 년을 기다려도 강물이 맑지 않다. 오랜 시일이 지나도 실현될 가망이 없다는 뜻.

일백 **백** 해 **년** 강 **하** 맑을 **청**

주(周)나라 영왕(靈王) 7년, 정(鄭)나라의 경대부(卿大夫)인 자국(子國)과 자이(子耳)가 채(蔡)나라를 정벌하여 사마(司馬)인 공자섭(公子燮)을 사로잡았다. 채나라는 초(楚)나라의 속국이었기 때문에 그해 겨울에 초(楚)나라의 영윤(令尹)인 자낭(子囊)이 군대를 내보내어 정(鄭)나라를 공격했다.

정(鄭)나라에서는 여섯 사람의 경대부들이 회의를 열고 대책을 협의했다. 자사(子駟)와 자국(子國)과 자이(子耳)는 초(楚)나라에 항복하자고 말하고, 자공(子孔)과 자교(子蟜)와 자전(子展)은 동맹국인 진(晋)나라에 구원을 청하자고 주장했다. 그러자 자사가 말했다.

"주(周)나라 시에, '황하의 흐린 물이 맑아지기를 기다리기에는 사람의 수명이 족하지 않다. 점을 쳐서 들어보는 것이 많으면 어수선하여 그물에 걸려 움직일 수 없게 된다.' 라고 하는 바와 같이, 협의할 때마다 대책을 세우는 사람이 많고 백성의 어긋남이 많으면 일은 점점 이루지 못하게 된다.

백성들은 위급하다. 잠시 초(楚)나라를 따라 우리 백성들을 늦추도록 하자. 진(晋)나라의 군대가 이르면 우리들은 이에 따르기로 하자. 공경하여 폐백을 갖추고 오는 사람을 기다리는 것은 작은 나라의 도리이다. 희생물과 비단을 갖추어 초(楚)나라와 진(晋)나라의 국경에서 기다렸다가 강한 쪽에 붙어 백성들을 지키자. 적이 해로운 일을 하지 않고 백성들이 괴로움을 당하지 않는다면 또한 좋지 아니한가."(≪춘추좌씨전≫ 양왕(襄王) 8년)

여기에서 '황하 물이 맑아지기를 기다린다.' 는 것은 진(晋)나라 구원병이 올 것이 어긋난다는 말로, 작은 나라가 큰 나라에 대처하는 괴로운 마음이 잘 나타나 있는 이야기라 하겠다.

白面書生
백 면 서 생

흰 얼굴에 글만 읽는 사람이란 뜻으로, 세상 일에는 경험이 없고 말로만 떠든다는 뜻.

흰**백** 얼굴 **면** 쓸 **서** 날 **생**

남북조시대(南北朝時代) 남조(南朝)의 제1왕조인 송(宋)나라의 3대 문제(文帝)와, 북조(北朝)의 제1왕조인 북위(北魏)의 3대 태무제(太武帝)는 각각 18세와 17세의 젊은 나이로 즉위한 이후, 강남(江南)의 사진(四鎭)의 쟁탈을 둘러싸고 때로는 싸우고 때로는 화의하면서 대립을 계속했다.

439년에 북위의 태무제가 드디어 북쪽을 통일하자 유연(柔然)에 대비하기 위하여 서역제국(西域諸國)과 수호(修好)를 맺은 다음 서북 땅을 침략했다. 한편 송(宋)나라의 문제도 446년에는 남쪽의 임읍(林邑)을 평정했다. 목적은 두 나라가 함께 결전에 대비하여 뒤의 근심을 없애기 위해서였다.

원가(元嘉) 26년(449)에 북위(北魏)는 대군을 일으켜 유연(柔然)을 공격했다. 다음해에 송(宋)나라의 문제(文帝)는 북위를 토벌할 절호의 기회라고 보고 귀족들의 찬동을 얻어 군대를 일으키려 했다. 이때 책을 손에 든 적이 없으며 글자도 읽을 줄 모르는, 태자에게 딸린 교위(校尉) 심경지(沈慶之)가 그 자리에 모인 귀족들을 꾸짖으며 문제(文帝)에게 바른말을 했다.

"밭일은 종들에게 물어보고 베짜는 일은 하녀들에게 물어야 합니다. 지금 폐하께서 적국을 치려 하시는데 백면서생(白面書生)들에게 일을 도모하게 한다면 어찌 성공하겠습니까?"(≪송서(宋書)≫ 심경지전(沈慶之傳))

무인의 피를 이어받은 문제는 백면서생이 되어버린 귀족들과, 긍지에 가득 찬 무인의 사기의 대비(對比)가 재미있었는지 가가대소(呵呵大笑)하였지만 결국 군대를 일으켰다.

이때는 태무제가 황하에 얼음이 얼어붙을 때까지 기다리느라 결전은 없었지만, 이윽고 북위의 대군이 황하와 회수(淮水)를 넘어서 양자강 근처까지 쳐들어와 송(宋)나라 도읍인 건강(建康:남경)은 혼란에 빠졌다.

이때 문제는 북쪽을 바라보며,

'아아, 만일 단도제(檀道濟)가 살아 있었다면 오랑캐의 말이 여기까지 밀고 들어오지는 못했을 텐데.'

하고 탄식했다고 한다.

'백면서생' 이란 얼굴이 창백한 젊은이, 젊고 경험이 없는 서생을 뜻하는 말이다.

白眉

백미

흰 눈썹. 여러 사람 중에서 가장 뛰어나다는 뜻.

흰 **백** 눈썹 **미**

삼국시대에 촉한(蜀漢)의 유비(劉備)에게서 벼슬한 마량(馬良)은 문무겸비(文武兼備)한 뛰어난 인물로, 뒤에 제갈량(諸葛亮)이 유비의 진영으로 오자 곧 그와 '문경지교(刎頸之交)'를 맺을 정도였다.

마량은 양양군(襄陽郡)의 의성(宜城) 사람으로서, 형제 다섯 명이 모두 자(字)에 상(常) 자가 붙어 있어 사람들이 '마씨의 오상(馬氏의 五常)'이라고 불렀다. 다섯 사람 모두 재능이 뛰어났지만 그중에서도 마량이 가장 뛰어났기 때문에 의성 사람들은,

"마씨의 오상(馬氏의 五常)들은 모두가 수재이나 그중에서도 저 백미(白眉)가 제일이다."

라고 칭찬하였다. 마량은 어릴 때부터 눈썹에 흰 털이 섞여 있었기 때문에 사람들이 백미라고 불렀던 것이다.

마량의 자(字)는 계상(季常)이니, 양양의 의성 사람이다. 형제가 다섯 명 있었는데 모두가 재명(才名)이 있었다. 고향 사람들이 이를 위하여 속담으로 말하기를, '馬氏의 五常 중에서도 백미(白眉)가 가장 좋다.' 마량은 눈썹 가운데 흰 털이 있어, 그러므로 그를 가리킨 것이다.

馬良字季常 襄陽宜城人也. 兄弟五人並有才名. 鄕里爲之諺曰 馬氏五常白眉最良. 良眉中有白毛 故以稱之.

이 이야기는 ≪삼국지≫ 촉지(蜀志) 마량전(馬良傳)에 실려 있다. '백미(白眉)'는 이 이야기에서 나온 말로, 형제 중에서 가장 뛰어난 사람이란 뜻에서 바뀌어 여러 사람들 중에서 홀로 우뚝 뛰어난 사람을 이르는 말로 사용되었다.

百發百中
백 발 백 중

백 번 쏘아 백 번 다 맞힌다는 뜻으로, 계획했던 일이 순조롭게 잘 된다는 뜻.

일백 **백** 쏠 **발** 일백 **백** 맞을 **중**

주(周)나라 난왕(赧王) 34년의 일이다. 종횡가(縱橫家)로서 유명한 소진(蘇秦)의 동생 소려(蘇厲)가 난왕에게 설득한 말이다. 다음이 그 이야기의 내용이거니와, 그중에 '백발백중(百發百中)'이란 말이 사용되고 있다.

무릇 진(秦)나라가 한(韓)나라와 위(魏)나라를 격파하여, 위(魏)나라의 장군 사무(師武)를 죽이고, 북쪽의 인(藺)과 이석(離石)을 빼앗은 것은 진

(秦)나라 장군 백기(白起)의 공로였다.

이것은 모두 백기장군의 용병이 교묘했고 또 하늘의 도움이 있었기 때문이었다. 그 백기장군이 지금 다시 군대를 이끌고 이궐(伊闕)의 요새를 나와 양(梁:위(魏)나라의 도읍)을 공격하려 하고 있거니와, 양(梁)이 패배하면 주(周)나라가 위태롭게 된다.

그래서 난왕은 사람을 보내어, 다음과 같이 백기장군을 설득시켜 보면 어떻게 될 것인가 하고 생각했다.

초(楚)나라에 양유기(養由基)라는 사람이 활을 잘 쏘았다. 그는 백 보 떨어진 곳에서 버들잎을 쏘아도 백발백중이었기 때문에 좌우에 있는 관중 수천 명이 말하기를 '활을 잘 쏜다.'라고 하였다. 한 사나이가 그의 곁에 서서 말하기를, '잘한다, 활을 가르쳐 줄 만하다.'라고 하였다.

楚有養由基者 善射者也. 去柳葉百步而射之 百發而百中之. 左右觀者數千人 皆曰 善射. 有一夫 立其傍曰 善可教射矣.

이 비꼬는 말을 듣자 양유기는 화를 내면서 칼을 잡았다.

"당신이 어떻게 해서 나에게 활을 가르칠 수 있는가?"

그러자 그 사나이가 말했다.

"나는 실지로 활의 기술을 가르쳐 준다고 한 것이 아니다. 백 보 떨어진 곳에서 버들잎을 쏘아 백발백중이었다고 할지라도 잘한다고 하기 전에 그만두지 않는다면, 그 사이에 기력이 떨어지고 팔의 힘이 지쳐서 활은 기울어지고 화살도 비뚤어지게 되어 화살이 맞지 않으면 지금까지 백발백중이던 것이 아무것도 아니게 될 것이다."

이와 같은 이야기는 백기장군에게도 들어맞는다.

"한(韓)나라와 위(魏)나라를 격파하여, 사무를 죽이고, 북쪽 조(趙)나라의 인과 이석을 뺏은 것은 큰 공훈이다. 그러나 지금 다시 군대를 이끌고 이궐의 요새를 나와 한(韓)나라를 등지고 양을 공격하려 하고 있는데, 단번에 뺏을 수 없다면 지금까지의 공훈은 전부 파산이 되어버리고 말 것이다. 당신으로서는 병을 핑계로 출전하지 않는 것이 상책이다."

이 말은 ≪사기≫의 주기(周紀)에 실려 있는 이야기이다. 주(周)나라의 난왕이 소려의 권장에 따랐는지 아닌지는 분명치 않다.

白髮三千丈
백　　발　　삼　　천　　장

흰 머리카락의 길이가 삼천 길이란 뜻으로, 몸이 늙어가는 것을 한탄하는 말.

흰 **백** 머리 **발** 석 **삼** 일천 **천** 길이 **장**

쌓이는 근심 때문에 흰 머리가 이렇게 길어졌다고 탄식하는 말이다.

이것은 이백(李白)의 〈추포가(秋浦歌)〉 17수 중 15수에 해당되는 부분으로 '추포(秋浦)'란 안휘성(安徽省) 귀지현(貴池縣) 서남쪽에 있는 호수이다. 〈추포가〉는 이백의 시에서 보기 드물게 고독의 쓸쓸함과 늙어 가는 슬픔을 고요히 읊고 있거니와, 낙천적인 이백다운 희롱의 정신이 곁들어 있다.

흰 머리털이 삼천 길, 근심으로 인하여 이같이 길어졌네.
밝은 거울 속을 알지 못해라, 어디에서 가을 서리를 얻었는가?

白髮三千丈 緣愁似箇長
不知明鏡裏 何處得秋霜

'삼천 장(三千丈)' 이란 말은 흰 머리털의 길이를 형용한다기보다는 근심이 이어져 끊임없음을 형용한 말이다. 머리털은 근심을 영양분으로 삼아 자라는 것이다. 삼천 길이나 자랐다고 하는 것은 그 영양분인 근심의 깊이가 무한하다는 말이 되겠다.

伯牙絶絃
백   아   절   현

백아가 거문고 줄을 끊었다는 뜻으로, 친한 벗의 죽음을 슬퍼한다는 말.

맏 **백** 어금니 **아** 끊을 **절** 악기줄 **현**

전국시대에 거문고의 명수로 이름이 높은 백아(伯牙)가 거문고를 타면 종자기(鍾子期)는 그 소리 듣기를 좋아했다.

백아가 거문고를 타며 높은 산을 그려 내려 하자 종자기는 그 소리를 알아듣고 이렇게 말했다.

"훌륭하네. 산이 높이 솟아 있어 마치 태산(泰山)과 같군."

이윽고 강물이 흐르는 소리를 그려 내려 하자 종자가는 그 소리를 듣고 이렇게 말했다.

"훌륭하군. 마치 큰 강물이 도도하게 흐르는 것 같네."

그러다가 종자기가 죽었다. 백아는 거문고를 부수고 줄을 끊어 평생 동안 다시는 거문고를 타지 않았다.(≪여씨춘추≫ 본미편(本味篇))

거문고의 명수인 백아의 이야기는 ≪순자≫ 권학편(勸學篇)에도 실려 있거니와, 거의 비슷한 이야기가 ≪열자≫ 탕문편(湯問篇)에도 실려 있다. 여기에서는 ≪순자≫의 권학편에 실려 있는 것을 소개하겠다.

옛날에 호파(瓠巴)가 비파를 타면 물속에 있던 물고기가 나와 들었고, 백아(伯牙)가 거문고를 타면 수레 끄는 여섯 필의 말이 고개를 들고서 풀을 뜯어먹었다. 그러므로 소리는 작더라도 들리지 않는 것이 없고, 행동은 숨겨도 나타나지 않는 것이 없다.

옥이 산에 있으면 풀과 나무가 윤택하고, 연못에 진주가 생기면 언덕이 마르지 않는다. 선을 행하고 악함을 쌓지 않는다면 어찌 명성이 들리지 않겠는가!

昔者 瓠巴鼓瑟 而流魚出聽 伯牙鼓琴 而六馬仰秣. 故聲無小而不聞 行無隱而不形. 玉在山而草木潤 淵生珠而崖不枯. 爲善不積邪 安有不聞者乎.

이것은 전국시대 때부터 널리 알려진 이야기이다. 자기의 거문고 소리를 알아주는 종자기의 죽음을 슬퍼하여 백아가 거문고 줄을 끊어버린 것을 '백아절현(伯牙絶絃)'이라고 하며, 친우가 죽었을 때 이 표현을 쓴다.

白眼視
백 안 시

눈을 하얗게 뜨고 본다. 남을 업신여기거나 무시한다는 뜻.

흰**백** 눈**안** 볼**시**

죽림칠현(竹林七賢)의 한 사람인 완적(阮籍, 210~263)은 이름 있는 집안에서 태어났다. 그는 여러 가지 책들을 널리 읽고 노자와 장자를 좋아 했으며, 술을 좋아하고 거문고를 교묘하게 탈 수 있었다.

그는 원래 사마씨(司馬氏)에게 벼슬했지만 위(魏)나라의 제왕방(齊王芳) 가평(嘉平) 원년(249)에 사마중달(司馬仲達)이 쿠데타를 일으켜 위(魏)나라 황실의 조상(曹爽) 일파가 모두 죽임을 당해, 나라의 실권이 사마씨에게로 옮겨지자 죽림칠현으로서 노자와 장자의 사상에 묻혀 살았다고 한다.

그는 어머니의 장례식 때 조문객들이 와도 머리를 풀어헤치고 침상에 책상다리를 하고 앉아 손님들을 물끄러미 응시하며 조문객에 대한 예절인 곡도 하지 않았다. 그는 기쁨과 성냄을 얼굴에 나타내지 않았지만 까만 눈동자와 흰자위로 외면하였다. 통속적인 예절을 지키는 선비를 만나면 흰 눈으로 흘겨보았다.

죽림칠현의 한 사람이었던 혜강(嵇康)의 동생인 혜희(嵇喜)가 오자 역시 흰 눈으로 흘겨보았다. 혜희는 속물 취급을 당하고 섬뜩하여 돌아왔다. 이 소식을 혜강이 듣고 술과 거문고를 들고 찾아가자 완적은 크게 기뻐하며 검은 눈동자를 보이면서 환영했다.

완적이 흰 눈으로 흘겨보았던, 예절에 얽매인 그 선비들은 마치 원수를 대하는 것처럼 완적을 미워했다고 한다.(≪진서(晋書)≫ 완적전(阮籍傳))

'백안(白眼)'이란 눈의 흰 부분을 말하거니와, 완적의 고사(故事) 이후로 '사람을 싫어하여 흘겨보는 것'이나 '냉정한 눈길로 바라보는 것'을 '백안시(白眼視)'라고 말하게 되었다.

柏舟之操
백 주 지 조

잣나무로 만든 배의 지조. 죽은 남편에 대한 절개를 지키며 산다는 뜻.

잣나무 **백** 배 **주** 어조사 **지** 절개 **조**

'백주(柏舟)'란 잣나무로 만든 배이다. 배의 재료로서는 잣나무가 가장 좋은 품질이라고 한다.

≪시경≫ 용풍(鄘風)에 〈백주(柏舟)〉라는 2절로 된 시가 실려 있다.

두둥실 저 잣나무 배여, 저 황하 가운데 있도다.
늘어진 다발 머리, 실로 나의 배필이었으니
죽어도 허튼 마음은 갖지 않으리라.
어머님은 하늘이시니, 어이 몰라주십니까!

두둥실 잣나무 배가 저 황하 물가에 떠 있도다.
늘어진 다발 머리, 실로 나의 남편이었으니
죽어도 못된 마음 갖지 않으리이다.
어머님은 하늘이시니, 어이 저를 몰라주십니까!

汎彼柏舟 在彼中河
髧彼兩髦 實維我特
之死 矢靡他
母也天只 不諒人只

汎彼柏舟 在彼河側
髧彼兩髦 實維我特
之死 矢靡慝
母也天只 不諒人只

〈백주(柏舟)〉는 공강(共姜)이 스스로 맹세한 시이다. 위(衛)나라 희후(僖侯)의 적자인 공백(共伯)이 젊어서 죽었는데 그의 아내 공강은 아내로서 절개를 지키고 있었다. 공강의 부모는 딸을 집으로 데려와 다른 곳으로 재가(再嫁)시키려 했지만 공강은 끝까지 승낙하지 않았다. 그리고 이 시를 지어 부모의 뜻을 거절했던 것이다.

이로 인하여 남편이 일찍 죽은 아내가 절개를 지키는 것을 '백주지조(柏舟之操)'라고 말하게 되었다.

伯仲之間
백 중 지 간

장남과 차남의 차이가 없다는 뜻으로, 서로 비슷해서 우열을 가리기 힘들다는 뜻.

맏 **백** 버금 **중** 어조사 **지** 틈 **간**

같은 부모의 형과 누님을 백부와 백모라 하고, 동생과 누이동생을 숙부와 숙모라고 부르는 것은 옛날부터 중국의 습관에 따른 것이다. 중국에서는 형제의 순서를 다시 백·중·숙·계(伯·仲·叔·季)로 세분하였다.

≪예기≫ 단궁(檀弓) 상편(上篇)에 다음과 같이 기록되어 있다.

'어려서 이름을 짓고, 관례(冠禮)를 하면 자(字)를 붙이고, 50에 백중(伯仲)으로써 하고, 죽으면 시호를 내리는 것은 주(周)나라의 도리이다.'

아이가 태어나면 3개월 만에 이름을 짓고, 20세가 되면 손님들을 초대하여 관을 씌우고 자(字)를 짓는다. 50세가 되면 자 위에 백·중(伯·仲) 등 형제의 순서를 나타내고, 죽으면 시호를 내린다. 이것이 주(周)나라의 관습이었던 것이다.

예를 들어 공자의 경우를 보면 ≪사기≫ 공자세가(孔子世家)에 이렇게 기록되어 있다.

공자는 노(魯)나라 창평향(昌平鄉)의 취읍(陬邑)에서 태어났다. 그 선조는 송(宋)나라 사람이다. 공방숙(孔防叔)은 백하(伯夏)와 숙량흘(叔梁

紇)을 낳았다. 양흘이 안씨(顏氏) 여자와 야합하여 공자를 낳았다. 이구 (尼丘)에 기도하여 공자를 얻으니, 노(魯)나라 양공(襄公) 22년에 공자가 태어났다. 머리 위에 움푹 들어간 곳이 있었으므로 이름하여 구(丘)라고 지었다. 자는 중니(仲尼)이고 성은 공(孔)씨이다.

'백중(伯仲)'이란 형제의 순서를 나타내는 말에서 나온 것으로, 형제는 비슷하게 닮았기 때문에 비교 평가하여 서로 우열을 가릴 수 없을 때 '그들은 백중지간(伯仲之間)이다.'라고 한다.

그런데 '백중지간'이란 말을 처음 쓴 것은 위(魏)나라 문제(文帝) 조비 (曹丕)였다.

문인(文人)들이 서로 가볍게 여기는 것은 옛날부터 그러했다. 부의(傅儀)와 반고(班固)에서는 백중지간(伯仲之間)일 뿐이다.

文人相輕 自古而然. 傅儀之於班固 伯仲之間耳.

法三章
법 삼 장

세 가지의 법 조목. 살인, 상해, 절도의 단 세 가지 죄만을 정한 법이라는 뜻.

법 **법** 석 **삼** 글 **장**

한(漢)나라 원년 10월, 유방(劉邦)은 진(秦)나라의 군대를 격파하고 스스로 패왕(霸王)이 되었다. 그때 진(秦)나라 왕 자영(子嬰)은 지도정(軹道亭)으로 유방을 맞이하여, 황제의 옥새와 절부(節符)를 상자에 넣어 바치고 항복했다. 장군들 중에는 진(秦)나라 왕을 죽여 버리라고 말하는 사람도 있었지만 유방은,

"이미 항복한 사람을 죽여서는 안 된다."

하고 자영을 관리로 좌천시켜 그 감시하에 두었다.

유방은 다시 서쪽의 함양(咸陽)에 입성하여 진(秦)나라 궁궐로 들어갔다. 궁궐은 으리으리하고 후궁(後宮)의 여자들은 천 명이나 될 정도였다. 유방은 움직일 생각이 없어졌다. 번쾌(樊噲)가,

"밖에 나가서 야영(野營)을 하도록 하시지요."

하고 간했지만 받아들여지지 않았다. 그래서 장량(張良)이 말했다.

"지금 왕께서 이곳까지 올 수 있었던 것은 진(秦)나라가 무도했기 때문입니다. 진(秦)나라에 들어와서 진(秦)나라와 똑같은 즐거움을 누린다는 것은 백성들을 위하여 포악함을 제거한다는 뜻이 사라집니다. 또한 충고하는 말은 귀에 거슬리지만 행동에 이롭고, 약은 입에는 쓰지만 병에 좋다고 합니다. 제발 번쾌의 말에 따라 주십시오."

유방은 그 말을 받아들이고 패상(霸上)으로 돌아가 야영을 했다. 그리고 여러 현의 노인들과 호걸들을 불러 말했다.

"노인들이 진(秦)나라의 가혹한 법에 시달리는 일이 이미 오래되었소. 진(秦)나라 법을 비방하는 사람은 집안이 다 죽임을 당하고, 화제에 올린 사람까지 시체가 되었소. 나는 관문(關門)에 먼저 들어온 사람이 왕이 된다고 약속했소. 그러므로 나는 관중(關中)의 왕이 될 것이오. 나는 노인들과 호걸들에게 약속하겠소. 법은 세 가지만으로 하겠소. 사람을 죽인

자는 사형에 처하고, 사람을 중상한 자와 도둑질을 한 자는 벌을 내리겠소. 그밖에 진(秦)나라의 법은 모두 취소하겠소. 여러 관리와 백성들은 지금까지와 마찬가지로 침착하게 생활을 하는 것이 좋겠소. 대저 내가 여기에 온 까닭은 노인들과 호걸들을 위하여 해를 제거하려는 것이지 괴롭히려 하는 것이 아니오. 아무것도 두려워할 일은 없소. 또 내가 패상으로 돌아가 진을 치는 것은 제후가 이르기를 기다려 약속을 청하려고 생각하기 때문이오."

父老苦秦苛法久矣. 誹謗者族 偶語者棄市. 吾與諸侯約 先入關者王之. 吾當王關中 與父老約. 法三章耳. 殺人者死 傷人及盜抵罪. 余悉除去秦法. 諸吏人皆案堵如故. 凡吾所以來 爲父老除害 非有所侵暴 無恐. 且吾所以 還軍覇上 待諸侯至而定約束耳.(≪사기≫ 고조본기(高祖本記))

여기에서 '법삼장(法三章)'이란 말이 나오게 되었다.

사람들은 모두 기뻐하며 유방이 진(秦)나라의 왕이 되는 것을 바랐다고 한다. 진(秦)나라 궁궐을 불사르고 후궁(後宮)과 부녀자와 보물을 빼앗아간 항우(項羽)와는 대조적이었다.

兵死地也
병 사 지 야

전쟁터에서는 목숨을 걸고 싸워야 한다는 뜻으로, 병사들이 죽음을 각오하고 전쟁에 임해야 이길 수 있다는 말.

병사 **병** 죽을 **사** 땅 **지** 어조사 **야**

염파(廉頗)와 인상여(藺相如)가 협력하여 조(趙)나라의 지위를 지키고 있을 때, 조(趙)나라에 조사(趙奢)라는 장군이 새로 나와 알여(閼與)에서 진(秦)나라 군대를 격파했다.

조사는 원래 밭의 세금을 거두는 관리였는데, 평원군(平原君)의 집에서 세금 내는 것을 거절하자 그 집의 집사(執事) 아홉 명을 죽였다. 평원군이 화가 나서 조사를 죽이려 하니 조사가 말했다.

"당신은 조(趙)나라의 공자(公子)이십니다. 지금 나라를 보면 법이 손상되고 있습니다. 법이 손상되면 나라는 약해지고, 나라가 약해지면 외국의 여러 나라들이 침범하고, 외국의 여러 나라들이 침범하면 조나라는 존재할 수 없게 되며, 당신의 부유함도 유지할 수 없게 됩니다.

이와는 반대로 당신과 같이 신분이 높은 분이 법을 지키신다면 상하가 모두 불평이 없어지고, 상하에 불평이 없어지면 조나라는 강해지고, 나라가 강해지면 조나라는 흔들림이 없게 되고, 그렇게 되면 조나라 귀족인 당신도 천하에서 중요한 지위를 차지하지 않겠습니까?"

평원군은 조사를 현명한 사람이라고 보고 혜문왕(惠文王)에게 천거했다. 왕은 조사를 발탁하여 나라의 세금을 맡아 다스리게 했다. 세금은 공평하게 행해져 조나라 백성들은 부유해지고 국고는 풍부해졌다.

이윽고 진(秦)나라에서 한(韓)나라를 정벌하려고 하여, 조(趙)나라 알여에 군대를 진군시켰다. 조나라 왕이 염파를 불러서 물었다.

"구원할 수 있을까?"

"길은 멀고 더구나 험하고 좁은 곳이기 때문에 어려울 것입니다."

악승(樂乘)을 불러서 물어봐도 대답은 같았다. 그래서 조사를 불러서 물어보았다. 그러자 조사는,

"길은 멀고 험하고 좁은 곳이지만 비유해서 말씀드리면 두 마리의 쥐가 굴 안에서 싸우는 것 같아서 용기 있는 대장 쪽이 이길 것입니다."

하는 것이었다. 그래서 왕은 조사를 장군으로 삼아 구원군으로 내보냈다. 조사는 이 기대에 부응하여 알여(閼與)에서 진(秦)나라의 군대를 보기 좋게 대패시켰던 것이다. 조(趙)나라 왕은 조사에게 마복군(馬服君)이라는 칭호를 내렸다. 조사의 지위는 염파나 인상여와 같게 되었다.

조사에게는 괄(括)이라는 아들이 있었다. 머리가 좋은 그는 소년 시절부터 병법을 배워 병법에 있는 말을 즐겨 썼다. 그리고 천하에서 나를 따를 사람이 없다고 자부하고 있었다. 어느 날 아버지인 조사와 병법을 이야기하는데, 조사조차도 한마디의 반론을 펼칠 여지가 없었다.

그런데도 조사는 괄을 칭찬하지 않았다. 곁에서 듣고 있던 괄의 어머니가 남편에게 그 이유를 묻자 조사는 대답했다.

"싸움은 목숨을 걸고 하는 거야. 괄은 안이한 기분으로 말하고 있어. 조나라가 괄을 장군으로 삼지 않는다면 좋겠지만, 만일 장군이 된다면 조나라의 군대를 패배하게 만드는 것은 틀림없이 괄일 것이네."

군대는 죽음의 땅이다. 그런데도 괄은 쉽게 말하고 있다. 조나라가 괄을 장군으로 삼지 않는다면 그뿐이지만, 만일 장군으로 삼는다면 조나라

의 군대를 패배시킬 사람은 반드시 괄일 것이다.

兵死地也. 而括易言之. 使趙不將括卽已 若必將之 破趙軍者必括也.

혜문왕이 죽자 조(趙)나라에서는 그의 아들 효성왕(孝成王)을 즉위시
켰다. 효성왕 4년에 진(秦)나라 군대가 침입해 들어오자 조(趙)나라에서
는 염파를 장군으로 삼아 장평(長平)에서 진(秦)나라 군대와 대치시켰다.
염파는 싸움에 응하되 성을 굳게 지키며 적극적으로 싸우려 하지 않았기
때문에 진(秦)나라 군대가 타격을 줄 수 없었다.

진(秦)나라의 장군 백기(白起)가 간첩을 보내 말하게 했다.

"진(秦)나라가 두려워하는 것은 조괄이 장군이 되는 일이다."

효성왕이 이 말을 믿고 염파를 조괄로 대치시켰다. 병상에 누워 있던
인상여가 조괄을 장군으로 삼지 말도록 상소했다. 그러나 왕은 듣지 않
았다.

출전할 날이 가까워지자 조괄의 어머니가 조괄을 장군으로 삼아서는
안 된다고 상소했다. 왕이 그 이유를 묻자,

"남편은 하사품이 있으면 전부 부하들에게 나누어 주고, 싸움터에 나
갈 때는 집안의 일을 전혀 묻지 않았습니다. 그런데 괄은 하사품을 자기
집에 간수하고, 땅이나 집 등을 사고 있습니다. 아버지와 아들은 마음가
짐이 다릅니다. 제발 아들을 장군으로 삼지 말아 주십시오."

왕은 그 말도 듣지 않았다.

장평의 싸움에서 조(趙)나라 군대는 후퇴할 길이 끊겨 장군인 조괄은
전사하고 전군이 무너졌으며, 살아남은 병사들은 진(秦)나라에 항복했지
만 모두 구덩이에 매몰되었다. 이렇게 조(趙)나라는 사십오만의 군대를
잃었던 것이다.

病入膏肓

병 입 고 황

병이 고황까지 들었다는 말로, 나쁜 생각과 습관이 몸속 깊이 배어 고치기 어렵다는 뜻.

병 **병** 들 **입** 염통 밑 **고** 명치끝 **황**

주(周)나라 간왕(簡王) 5년, 진(晋)나라의 경공(景公)이 병상에 누워 있었는데 어느 날 밤에 꿈을 꾸었다. 땅에 늘어질 만큼 머리를 길게 풀어헤친 귀신이 가슴을 두드리고 뛰어오르며,

"내 자손을 잘도 죽였군. 하느님의 허락을 받았으니 너를 죽여 버릴 거야."

라고 소리치면서 대문을 부수고 이어 중문을 부수면서 들어왔다. 경공은 깜짝 놀라서 방으로 도망쳤다. 그러자 귀신은 지게문을 부수면서 쫓아들어왔다.

경공은 즉위했을 때 도안고(屠岸賈)를 사구(司寇:사법대신)에 임명했다. 그런데 그는 뱃속이 검은 사나이로서 눈 위의 혹과 같은 대부(大夫) 조가(趙家)에게 죄를 씌워 한 집안을 깡그리 죽여 버렸다. 조가 조상의 영혼이 10여 년 뒤에 경공에게 들러붙었던 것이다.

경공은 꿈에서 깨어나자 상전(桑田)에 있는 무당을 불러 점을 치게 했다. 무당은 경공에게서 이야기를 듣기도 전에 이렇게 말했다.

"조씨 집안 조상 혼령의 탈입니다."

"어떻게 하면 좋겠는가?"

경공이 묻자 무당이 대답했다.

"유감스럽게도 이미 늦었습니다. 왕께서는 금년의 햇보리를 잡수시지 못할 것입니다."

결국 경공의 병은 깊어졌다. 경공은 진(秦)나라에 사자를 보내 명의인 고완(高緩)에게 진찰을 의뢰했다. 진(秦)나라의 환공(桓公)으로부터 승낙의 통지가 왔는데, 고완이 도착하기 전에 경공은 또 꿈을 꾸었다.

병(病)이 두 사람의 어린이가 되어 이야기하고 있었다.

"그는 명의라구. 이거 우리가 다치겠는걸. 어디로 도망칠까?"

그러자 한 어린이가 말했다.

"명치의 위, 심장 아래에 있으면 어떻게도 하지 못한다구."

이윽고 고완이 와서 말했다.

"왕의 병을 치료할 수 없습니다. 병환이 명치의 위, 심장 아래에 있으므로 치료할 수 없으며, 침을 놓아도 닿지 않고 약을 잡수셔도 들어가지 못합니다. 어떻게 손쓸 수가 없습니다.

疾爲二豎子曰 彼良醫也 懼傷我 焉逃之. 其一曰 居肓之上 膏之下 若我何. 醫至曰 疾不可爲也 在肓之上 膏之下. 攻之不可 達之不及 藥不至焉. 不可爲也.(≪춘추좌씨전≫ 성공(成公) 10년)

위의 이야기로부터 병이 위중하여 치료할 수 없는 것, 나을 수 없는 중병을 '병입고황(病入膏肓)'이라고 한다.

경공은 명의라고 여겨 상으로 후하게 예물을 주어 고완을 돌아가게 했다. 그러나 경공이 곧 죽은 것은 아니었다. 이윽고 6월이 되어 햇보리가 나왔기 때문에 경공은 요리사에게 명하여 보리밥을 짓게 한 후 상전에

있는 무당을 불러다가,

"너는 내가 햇보리를 먹지 못할 것이라고 했지?"

하며 무당의 목을 자르게 했다. 그런데 경공이 수저를 들려고 하니 배가 팽팽해져서 변소에 갔다가 그곳에 떨어져 죽어 버리고 말았다고 한다.

報怨以德
보 원 이 덕

원한을 덕으로 갚는다. 원한이 있는 사람이라도 복수하지 말라는 뜻.

갚을 **보** 원망할 **원** 써 **이** 덕 **덕**

'보원이덕(報怨以德)' 이란 말은 '원수 갚기를 덕으로써 하라.' 는 뜻이다. 이 말은 ≪노자≫ 제63장에 나오는 말이다.

노자는 제1장에서 이렇게 말하고 있다.

도(道)라고 일러지는 도(道)는 참다운 도(道)가 아니요, 이름으로 불리는 이름은 변함없는 이름이 아니다. 이름이 없음은 하늘과 땅의 시작이요, 이름이 있음은 만물의 어머니이다.

道可者非常道 名可名非常名. 無名天地之始 有名萬物之母.

노자는 허무(虛無)와 자연(自然)을 숭배하였으며, 또 그는 암컷과 어린

이와 골짜기와 낮은 곳으로 흐르는 물과 소박한 통나무를 좋아했다.

노자는 그의 ≪도덕경≫ 제63장에서 이렇게 말하고 있다.

하지 않음을 행하고, 일 없음을 일하고, 맛이 없음을 맛본다. 작은 것을 크게 알고 적은 것을 많게 알며, 원수 갚기를 덕으로써 하라. 어려운 일은 쉬울 때 도모하고, 큰 일은 작을 때 하라. 천하의 어려운 일은 반드시 쉬움에서 이루어지고, 천하의 큰 일은 반드시 작음에서 이루어진다. 그러므로 성인은 큰 것을 하지 않기 때문에 마침내 능히 큰 것을 이루어 낸다.

爲無爲 事無事 味無味. 大小多少 報怨以德. 圖難於其易 爲大於其細. 天下難事 必作於易 天下大事 必作於細. 是以聖人終不爲大 故能成其大.

여기에서 '보원이덕(報怨以德)', 즉 원수 갚기를 덕으로써 하라는 말이 나온 것이다.

覆水不返盆
복　수　불　반　분

엎지른 물은 다시 담을 수 없다는 뜻으로, 한번 저지른 일은 다시 되돌릴 수 없다는 말.

엎을 **복**　물 **수**　아니 **불**　돌이킬 **반**　동이 **분**

≪사기≫ 제태공세가(齊太公世家)에는 다음과 같이 씌어 있다.

'태공망(太公望) 여상(呂尙)은 동해 가의 사람이다.'

여상(呂尙) 강태공(姜太公)은 늙을 때까지 가난한 생활을 하고 있었는데 '낚시질로써 주(周)나라의 서백(西伯)을 구하였다.'는 기록이 이어지고 있다.

여상은 동해 가에서 학문을 하는 한편, 낚시질을 했는지도 모른다. 또그의 낚시질 기술로 주문왕(周文王)에게 벼슬한 것인지도 모른다.

어느 날 주문왕이 사냥을 나가려고 그 길흉을 점쳤던 바, '얻는 것은 용도 아니고 이무기도 아니고, 호랑이도 아니고 불곰도 아니다. 얻는 것은 패왕에게 도움이 될 사람이다.' 라고 나왔다.

주문왕이 사냥을 나가서 과연 위수(渭水) 북쪽 기슭에서 낚시질을 하고있는 여상을 만났다. 이야기를 해 보니 그의 높은 식견이 마음에 들어,

"나는 아버지 태공(太公)으로부터 '주(周)나라에 성인이 올 것이다. 주나라는 그 사람의 덕으로 크게 번창할 것이다.' 라는 말을 들은 적이 있습니다만, 당신이야말로 바로 그 사람입니다. 아버지 태공(太公)께서는예전부터 당신을 기다리고 있었습니다."

라고 말하면서 수레에 태워 모시고 돌아와 스승으로 삼았다. 여상은 태공(太公)이 바라던 사람이라는 뜻에서 '태공망(太公望)' 이라고 불리게되었다.

이것은 사마천(司馬遷)이 기록한 태공망 설화의 한 토막이거니와, ≪습유기(拾遺記)≫에 나오는 이야기는 그가 출세하기 전후의 일을 기록하고있다.

태공(太公:여상)의 아내는 마씨(馬氏)였는데, 마씨는 여상이 학문만하고 도무지 일을 하지 않기 때문에 이혼하고서 친정집으로 돌아가 버

렸다.

뒤에 주(周)나라가 천하를 통일하게 되어 태공이 제(齊)나라에 봉하여지자, 마씨는 다시 함께 살자고 애원했다. 태공은 물이 가득 담긴 물동이를 가져오게 한 다음, 그 물을 마당에 붓고서 마씨에게 물동이에 물을 다시 담아 보라고 말했다. 마씨는 필사적으로 물을 담으려고 했지만 진흙밖에 취할 수 없었다. 이것을 본 태공이 말했다.

"당신이 재혼하고 싶은 생각이 있어도 일단 엎질러진 물은 두 번 다시 되찾을 수 없는 것이네."

太公初娶馬氏 讀書不事産 馬求去. 太公封齊 馬求再合. 太公取水一盆 傾于地 令婦收水 惟得其泥. 太公曰 若能離更合 覆水定難收.

'복수불반분(覆水不返盆)'이란 '엎지른 물은 다시는 동이로 돌이키지 못한다.'는 뜻으로, 한번 헤어진 부부는 다시 돌이킬 수 없다는 뜻으로 사용되며, 일단 해 버린 일은 돌이킬 수 없다는 뜻으로 사용되기도 한다.

駙 馬
부　　마

예비로 준비해 둔 말이라는 뜻으로, 임금의 사위나 공주의 남편을 말함.

곁말 **부** 말 **마**

농서(隴西)에 사는 신도탁(辛道度)이 유학 가는 길에 진(秦)나라 도읍 옹(雍)까지 왔을 때의 일이다. 가는 도중 큰 저택의 문 앞에 시중드는 소녀가 보였다. 소녀는 안으로 사라지더니 곧 돌아와서, '어서 오십시오.' 하고 불러들였다.

집 안에는 여주인이 있어 인사를 마치자 요리를 내주었는데 잠시 후에 그녀가 말했다.

"나는 진(秦)나라 민왕(閔王)의 딸로서 조(曹)나라로 시집을 가게 되어 있었는데 불행하게도 그전에 죽지 않으면 안 되게 되어, 그로부터 23년 동안이나 여기에서 혼자 살고 있습니다. 오늘 여기를 지나신 것은 어떤 인연이오니 앞으로 사흘 밤만 부부로 지내 주십시오."

그후 사흘째 되는 날 이렇게 말했다.

"당신은 살아 있는 사람이고 나는 죽은 사람입니다. 이승에서 인연을 맺을 수는 있었지만 사흘 밤뿐으로 이 이상 계속하면 무슨 일이 일어날지 모릅니다. 그러니 이제는 헤어져야 하겠습니다. 이별하기는 서운하니 추억될 물건이라도⋯⋯."

하며 소녀에게 침대 밑에 있는 화장 상자를 꺼내게 하더니 황금으로 만든 베개를 꺼내어 신도탁에게 주었다. 그리고 눈물을 흘리면서 소녀에게 명하여 그를 전송시켰다.

신도탁이 문을 나와 몇 발짝 걷다가 돌아보니 저택은 흔적도 없고 산소가 하나 있을 뿐이었다. 머리털이 쭈뼛하여 도망친 후, 품안에 있는 황금 베개를 확인해 보니 그대로 있었다.

그 뒤 진(秦)나라 도읍인 옹(雍) 거리에서 황금 베개를 돈으로 바꾸려고 하자 우연히 진(秦)나라 왕비의 수레가 지나다가 그것을 보고 이상하게 생각하며 황금 베개를 샀다. 살펴보니 왕비의 딸 소지품임을 확인하고 신도탁에게 그것을 어디에서 손에 넣었느냐고 물었다.

그가 있는 그대로를 이야기하자 비탄에 빠진 왕비는 그가 거짓말을 하는 것이 아닌가 하여 사람들을 시켜서 무덤을 파헤쳤다. 관의 안은 파묻을 때 그대로였는데 황금 베개만이 보이지 않았다. 수의를 풀고 몸을 살펴보니 정교(情交)한 흔적이 그대로 남아 있었다.

왕비는 비로소 그의 말을 믿고,

"죽은 지 23년이나 되었는데 산 사람과 정교를 하다니, 딸은 틀림없이 신이 된 것이오. 당신이야말로 나의 진짜 사위요."

하고 탄식하면서 그를 부마도위(駙馬都尉)에 임명한 후 금과 비단과 수레를 주어 고향으로 돌아가게 했다.

이 이후로 후세 사람들은 왕의 사위를 '부마(駙馬)'라고 부르게 되었다. 지금도 왕의 사위는 '부마'라고 불리고 있다.

乃遣人發家 啓柩視之 原葬悉在 唯不見枕. 解體看之 交情宛若. 秦妃始信之 歎曰 我女大聖 死經二十三年 猶能與生人交往 此是我眞女婿也. 遂封度爲駙馬都尉 賜金帛車馬 令還本國. 因此以來 後人命女婿爲駙馬. 今之國婿 亦爲駙馬矣.

이 이야기는 진(晋)나라의 간보(干寶)가 지은 ≪수신기(搜神記)≫ 권16에 실려 있는 '부마'에 관한 인연의 이야기이다.

'부마(駙馬)'는 원래 천자의 부거(副車)에 붙이는 말 이름이다. 이 말을 맡은 관리가 부마도위(駙馬都尉)로, 한(漢)나라 무제(武帝)의 총애하는 신하 금일선(金日磾)이 임명된 것이 처음이다. 금일선은 흉노(匈奴) 휴도왕(休屠王)의 태자로, 휴도왕이 죽은 뒤 한(漢)나라에 항복하여 궁중의 마부가 된 다음, 무제에게 인정되어 부마도위(駙馬都尉), 광록대부(光

祿大夫)를 역임했다.

俯不怍於人
부 부 작 어 인

구부려도 사람들에게 부끄럽지 않다는 뜻으로, 양심에 거리낌이 없다는 말.

굽어볼 **부** 아닐 **부** 부끄러울 **작** 어조사 **어** 사람 **인**

이 말은 《맹자》 진심편(盡心篇) 상(上), '군자에게는 세 가지 즐거움이 있다(君子有三樂).'에서 나온 말이다.

맹자가 말했다.

"군자에게는 세 가지 즐거움이 있다. 천하의 왕 노릇하는 것은 여기에 들지 않는다. 부모님이 함께 생존하시고 형제들이 무고한 것이 첫째 즐거움이요, 하늘에 우러러 부끄럽지 아니하고 구부려도 사람들에게 부끄럽지 않은 것이 둘째 즐거움이요, 천하의 영재(英才)를 얻어 교육하는 것이 셋째 즐거움이다. 군자에게 세 가지 즐거움이 있지만 천하의 왕 노릇하는 것은 여기에 들지 않는다."

孟子日 君子有三樂 而王天下 不與存焉. 父母俱存 兄弟無故 一樂也. 仰不愧於天 俯不怍於人 二樂也. 得天下英才 而敎育之 三樂也. 君子有三樂

而王天下 不與存焉.

　군자에게는 세 가지 즐거움이 있으나 왕으로서 천하를 다스리는 일은 여기에 들지 못한다고 두 번 되풀이해서 말하고 있다.

　첫째, 부모님이 함께 살아 계시고 형제간에 별 탈이 없는 것이 즐거움의 하나다.

　둘째, 하늘에 우러러 부끄러울 것이 없고 구부려도 사람들에게 부끄러울 것이 없는 것이 즐거움의 하나다.

　셋째, 천하의 영재를 얻어 학문을 가르치는 것이 즐거움의 하나다.

釜中之魚
부　중　지　어

솥 안의 물고기. 눈앞에 위험이 있어 목숨이 얼마 남지 않았다는 뜻.

솥 **부** 가운데 **중** 어조사 **지** 물고기 **어**

　후한(後漢) 8대 순제(順帝)로부터 11대 환제(桓帝) 전반까지 20여 년에 걸쳐 횡포를 부리며 영화를 누린 양익(梁翼)이 대장군이 되고 그 아우인 불의(不疑)가 하남(下南) 태수가 되었을 때, 8명의 사자로 하여금 주군(州郡)의 순찰을 명하였다.

　8명 중의 한 사람인 장강(張綱)은 수레의 바퀴를 낙양(洛陽) 숙소의 흙 속에 묻고서,

"들개나 이리 같은 양익의 형제가 요직에 올라 있는데 여우나 살쾡이 같은 지방 관리를 조사하며 돌아다닐 수 있겠는가?"

하고 떠들며 양익 형제를 탄핵하는 15개 조항의 상소문을 제출했다. 이로 인하여 양익에게 원망을 받게 되어, 양주(楊州)와 서주(徐州)를 십여 년 동안 휩쓸고 돌아다닌 장영(張嬰)이라는 두목이 이끄는 도적떼의 근거지인 광릉군(廣陵郡) 태수로 임명되었다.

그러자 장강은 단신으로 도적의 산채로 수레를 몰고 가 장영을 만나 사물의 도리를 설득하여 들려주었다. 장영이 그의 말을 듣고 깊은 감명을 받아,

"저희들이 이와 같이 서로 취하여 목숨을 보존할지라도 그것은 물고기가 솥 안에서 헤엄치는 것과 마찬가지입니다. 결코 오래 계속되지 못할 것입니다."

라고 말하며 만여 명의 도적떼가 항복했다. 장강은 산채에서 도적들과 잔치를 베풀고 도적들을 석방해 주었다.(≪자치통감≫ 한기(漢紀))

'부중지어(釜中之魚)'란 여기에서 나온 말로, 장차 삶아질 것도 모르고 솥 안에서 헤엄치는 물고기를 뜻한다.

附和雷同
부 화 뇌 동

우레 소리에 함께한다는 뜻으로, 소신 없이 남이 하는 대로 덩달아 따라 한다는 뜻.

붙을 **부** 화할 **화** 우레 **뇌** 같이할 **동**

≪예기≫ 곡례편(曲禮篇) 상(上)에는 손윗사람에 대한 예절을 이렇게 설명했다.

"동설(動說)하지 말고, 뇌동(雷同)하지 말며, 반드시 옛날을 본받고, 선왕을 일컬으라.(다른 사람의 말을 자기의 말처럼 말하지 말고, 함부로 다른 사람의 의견에 동조하지 말며, 반드시 옛날의 성현을 모범으로 삼도록 하고, 선왕의 가르침에 따라 이야기를 진행시키도록 하라.)"

'뇌동(雷同)'이란 우레가 울리면 만물이 이에 응하여 울리는 것처럼, 다른 사람이 말하는 것을 듣고 그것이 옳고 그른지를 생각해 보지도 않은 채 경솔하게 부화공명(附和共鳴)하는 것을 말한다. '부화뇌동(附和雷同)'이란 '뇌동(雷同)한다'는 뜻으로 '부화(附和)'는 뒤에 첨가된 것이다.

≪논어≫ 자로편(子路篇)에 '군자는 화합하고 부화뇌동하지 않지만, 소인은 부화뇌동하고 화합하지 않는다(君子和合而不同 小人同而不和)'라고 있으며, 이 '동(同)'자에 이미 부화뇌동의 뜻을 지닌다고 보아야 할 것이다.

焚書坑儒
분 서 갱 유

책을 불태우고 선비를 매장한다는 뜻으로, 학자들의 비평을 금하기 위한 가혹한 정치.

불사를 분 글 서 구덩이 갱 선비 유

진시황(秦始皇) 즉위 34년에 함양궁(咸陽宮)에서 잔치를 베풀었다. 박사들 70명이 앞으로 나와서 장수를 빌었다. 복야(僕射)인 주청신(周靑臣)이 앞으로 나아가 황제의 위덕을 칭찬하여,

"폐하께서 천하를 통일하시고 제후들의 땅을 군과 현으로 하셨기 때문에 백성들은 모두 즐거움에 편안하고 전쟁 걱정이 없으며 그 덕을 만세에 전하게 되었습니다. 예로부터 폐하의 위덕을 따를 사람이 없습니다."

라고 말했다. 진시황은 기분이 좋았다. 그러자 박사인 제(齊)나라 사람 순우월(淳于越)이 앞으로 나아가,

"신이 들은 바에 의하면 은(殷)나라와 주(周)나라가 왕하기를 천여 년, 자제와 공신을 봉하여 번병(藩屛)으로 삼았다고 합니다. 그런데 폐하께서 천하를 통일하셨으면서도 자제들은 아무 벼슬도 없는 필부(匹夫)에 불과합니다. 만일 제(齊)나라의 전상(田常)이나 진(晉)나라의 육경(六卿)처럼 갑자기 왕실을 빼앗는 역신(逆臣)이 나타날 경우, 황실을 보좌할 제후가 없으면 어떻게 구원할 수 있겠습니까? 옛날을 스승으로 삼지 않고서는 능히 오래도록 보존해 나간 사람이 있다는 것을 듣지 못했습니다. 지금 청신(靑臣)이 앞으로 나와 폐하의 잘못을 거듭하게 하려고 합니다.

이런 자는 충신이라고는 말할 수 없습니다."

진시황은 순우월의 주장을 신하들에게 토의시켰다. 승상인 이사(李斯)가 논하였다.

"옛날의 오제(五帝)라고 불리는 사람들과 하·은·주 3대의 정치는 어느 것이나 전대의 제도를 답습한 것이 아니라 각자 독자적인 시책으로써 치적을 올린 것이다. 그것은 정치의 도(道)가 상반되어 그런 것이 아니라 시대가 변했기 때문이다. 지금 폐하께서는 대업을 일으키시어 만대에 전할 만큼 공을 세우셨지만 이런 일은 처음부터 어리석은 선비가 미치지 못하는 바이다.

순우월의 말은 하·은·주 3대를 이야기한 것으로, 법도가 되기에는 부족하다. 과거에 제후들이 서로 다툴 때는 유세하는 선비를 초빙했다. 지금은 이와는 달리 천하는 이미 정해졌고 법령은 하나로 나오고 있다.

백성들은 집에서 농사에 힘쓰고, 선비들은 법령을 배워 금하는 법령에 저촉되지 않도록 힘쓰고 있다. 그런데 학자들은 지금을 스승으로 삼지 않고 옛날을 배워, 이로써 현재 정치를 비방하여 백성들을 당황시키고 있다.

옛날에는 천하가 혼란해져도 능히 이를 통일하는 사람이 없었기 때문에 제후들이 아울러 일어나 말은 옛날을 빌려 지금을 배척하고, 거짓말을 꾸며 진실을 어지럽히고, 사람들은 각자 배운 것만을 선으로 삼고, 위에서 정한 것을 배척했다. 이와는 달리 지금은 황제께서 천하를 통일하시고 흑백을 분명히 밝히시어 존중해야 할 법도를 오직 하나로 정하셨다.

그런데 지금 자기가 배운 것으로써 서로 모여 법령을 배척하는 자들은, 법령이 내려오면 각자 학문의 입장에서 이를 토론하고 조정에 들어와서 입으로는 말하지 않지만 마음속으로 이를 비난하거니와, 밖에 나와 거리에서는 이를 비판한다. 임금을 받드는 일을 자랑으로 삼고, 의를 부르짖는 것을 고상하다고 하여 제자들을 이끌어 비방케 한다.

이와 같은 일을 금하지 않는다면 위로는 임금의 권위와 세력을 저하시키고 아래로는 그들이 세력을 이루게 되는 것이다. 이것을 금하는 일이야말로 몹시 중요하다."

이사의 논의는 점점 구체적으로 들어갔다.

"신이 청컨대 진나라 기록이 아닌 것은 사관은 전부 불사르라. 박사가 직무상 취급하는 것 이외에 천하에서 감히 시경과 서경과 백가(百家)의 책을 간직하는 사람이 있을 때는 군의 수위에게 제출하여 모두 불사를 것. 감히 시서를 말하는 자가 있으면 시서를 저자에 버릴 것. 예로써 지금을 그르다 하는 자는 집안 모두 사형에 처할 것. 이상에서 말한 금지 사항을 침범하는 자를 알면서도 검거하지 않는 관리도 죄는 같다. 명령이 내리고 30일 이내에 불사르지 않는 자는 이마에 문신을 새기고 매일 새벽에 일어나 성을 쌓는 형벌에 처한다. 버리지 않는 것은 의약과 점술과 농업의 책이다. 만일 법령을 배우고자 하는 자가 있으면 관리로써 스승으로 삼는다."

臣請 史官非秦記皆燒之. 非博士官所職 天下敢有藏詩書百家語者 悉詣守尉雜燒之. 有敢偶語詩書棄市. 以古非今者族. 吏見知不擧者與同罪. 令下三十日不燒 黥爲城旦. 所不去者 醫藥卜筮種樹之書. 若有學法令 以吏爲師.(≪사기≫ 진시황본기(秦始皇本紀))

진시황이 이를 채택하여 행한 것을 분서(焚書)라고 한다.

한편 '갱유(坑儒)'는 다음해인 35년의 일이다. 진시황은 불로장생을 원하여 신선의 재주를 익힌 방사(方士)를 사랑했다. 그 무렵 특히 눈을 끌어 후대한 것은 후생(侯生)과 노생(盧生)이었다. 그러나 재주의 효험이 나타날 경우 대접이 대단한 만큼, 그렇지 못할 경우의 위험도 컸다. 두 사람은 받을 것을 받은 후 진시황의 부덕을 마구 말하더니 자취를 감춰 버렸다.

지금까지 한중(韓衆)이나 서발(徐市) 같은 방사(方士)에게 큰 돈을 썼던 진시황은 이번에 다시 노생 등이 은혜를 원수로 갚는 데 격노했다. 때마침 함양(咸陽)의 시중에 내보낸 첩자로부터 괴상한 언행으로 사람들을 현혹시키는 학자들이 있다는 보고가 들어왔다. 화가 난 진시황은 어사(御史)에게 명하여 학자들을 남김없이 심문케 했다.

학자들은 서로 죄를 전가시켜 다른 사람을 고발하고 자기 자신을 도우려 했다. 그 결과 금령을 범한 사람이 460여 명 있어 이들을 모두 함양(咸陽)에 구덩이를 파고 묻어버렸다. 널리 천하에 알리기 위한 징벌로 한 것이었다.

諸生傳相告引乃自除. 犯禁者四百六十餘人 皆阬之咸陽. 使天下知之以懲後.(≪사기≫ 진시황본기(秦始皇本記))

不俱戴天之讎
불 구 대 천 지 수

같은 하늘을 이고 살 수 없는 원수라는 뜻으로, 꼭 복수해야 할 원수라는 말.

아니 **불** 함께 **구** 일 **대** 하늘 **천** 어조사 **지** 원수 **수**

'불구대천지수(不俱戴天之讎)' 란 함께 하늘을 이고 살 수 없는 원수란 뜻으로, 원래는 아버지의 원수를 말한다.

≪예기≫ 곡례편(曲禮篇) 상(上)에 다음과 같이 기록되어 있다.

아버지의 원수와 함께 하늘을 이지 않고, 형제의 원수는 병기를 돌이키지 않고, 친구의 원수는 나라를 함께하지 않는다.

父之讎 弗與共戴天 兄弟之讎 不反兵 交遊之讎 不同國.

아버지의 원수란 함께 하늘을 이고 살 수 없을 만큼 깊은 원수로서 반드시 그 원수를 갚아야 하는, 타협이 허락되지 않는 원수인 것이다.

형제의 원수도 그 원한의 깊이에서는 아버지의 경우에 뒤떨어지지 않겠지만 이에 대하여 '불반병(不反兵)' 이라고 설명되어 있다. 형제의 원수를 만나면 집으로 무기를 가지러 갈 여유가 없다는 뜻이다. 만일 그렇게 한다면 상대방이 도망할 틈을 얻게 된다. 그러니 평소에 무기를 지니고 다니다가 형제의 원수를 만나면 그 원수를 갚도록 하라는 말이다.

친구 간의 원수란 부모나 형제에 비교하면 훨씬 원한이 얕다 하겠다. 물론 서로 마음을 주던 가까운 친구 사이였다면 적어도 나라를 함께하고 살아서는 안 된다는 말이다. 상대방을 다른 나라로 쫓거나 자기가 다른 나라로 떠나거나, 친구의 정의 깊고 얕음에 따라 여러 가지 경우가 있을 것이다.

그러나 ≪맹자≫나 ≪중용≫에서는 인륜의 중요한 것으로 오륜(五倫: 부자(父子)·군신(君臣)·부부(夫歸)·장유(長幼)·붕우(朋友))을 가르치고 있거니와, ≪곡례(曲禮)≫에서 복수론은 아버지와 형제와 친구, 셋으로 한정시키고 있다.

不入虎穴不得虎子
불 입 호 혈 부 득 호 자

호랑이 굴로 들어가야 호랑이 새끼를 잡을 수 있다는 뜻으로, 큰일을 하기 위해서는 모험을 해야 한다는 뜻.

아닐 **불** 들 **입** 호랑이 **호** 구멍 **혈** 아닐 **부** 얻을 **득** 호랑이 **호** 자식 **자**

반초(班超)는 후한(後漢) 초기 사람으로, 형인 반고(班固)는 ≪한서≫의 저자이고, 아버지 반표(班彪)나 누이동생 반소(班昭)도 뛰어난 문장가였다. 반초는 그런 문필이 능한 집안에서 자라나 그 자신도 말을 잘하고 책을 읽은 양도 상당했으며, 원래 용기 넘치는 큰 스케일을 가지고 있어 서역(西域)에서 크게 활약을 하여 역사에 이름을 남기게 되었다.

서역의 활약이란 명제(明帝) 영평(永平) 16년에 도고(竇固)를 따라 북흉노(北匈奴)를 정벌하여 그 재능을 인정받은 것으로 시작되어 그로부터 30년이나 계속되었다. 그 사이에 공로를 세워 정원후(定遠侯)에 봉해지기도 했다.

그런데 반초가 36명의 장사들을 이끌고 선선국(鄯善國)에 사신으로 갔을 때의 일이다. 선선왕인 광(廣)은 처음에 반초의 일행을 몹시 후대하였으나 그 뒤 갑자기 냉대하는 것이었다. 흉노의 사자가 왔기 때문이었다.

선선은 천산남로(天山南路)와 북로의 분기점에 있는 교통의 요충 지대였기 때문에 흉노족도 큰 관심을 가지고 지배하였으며, 광왕(廣王)은 그 흉노족을 한(漢)나라 이상으로 두려워했던 것이다.

반초는 정세의 변화를 민감하게 파악하고 광왕의 시종에게 물었다.

"흉노의 사자가 도착한 지 며칠 되었다고 하던데 그들은 지금 어디에 있는가?"

두려워하는 시종이 사실을 실토하자 그를 가두어 놓고, 곧 부하 전원을 모아 주연을 베풀었다. 그리고 잔치가 한창일 무렵 그들을 격분시키려고 이렇게 말했다.

"당신들과 나는 고국에서 멀리 떨어진 이역에서 큰 공을 세우고 부귀한 몸이 되기를 원하고 있다. 그런데 지금 흉노의 사자가 이곳에 도착하니 불과 며칠 사이에 이 나라의 왕은 우리들을 냉대한다. 만일 이 나라가 우리들을 사로잡아 흉노의 땅으로 보내게 된다면 우리들은 표범이나 이리의 먹이가 될 것이다. 그렇게 되지 않기 위한 방책이 있는가?"

부하들이 말했다.

"지금 우리들은 몹시 위급한 사태에 놓여 있습니다. 죽거나 살거나 대장님의 명령에 따르겠습니다."

그러자 반초는 단호하게 말했다.

"호랑이 굴에 들어가지 않으면 호랑이 새끼를 얻지 못한다. 지금 생각할 수 있는 가장 좋은 방책은 밤을 타 불로써 오랑캐들을 공격하는 것이다. 우리 군대의 수를 놈들이 알지 못하면 놈들은 반드시 크게 떨며 두려워할 것이다. 이것이 결정적인 요소이다. 이 오랑캐들이 멸망하면 곧 선선국의 담을 터뜨려 공이 이루어지고 일이 달성될 것이다."

超曰 不入虎穴不得虎子. 當今之計 獨有因夜以火攻虜 使彼不知我多少 必大震怖 可殄盡也. 滅此虜 則鄯善破膽 功成事立矣.(≪후한서≫ 반초전(班超傳))

이렇게 하여 36명의 장사들은 반초의 지령에 따라 각 부서에 나아가 흉노의 사자 숙사에 불을 지름과 동시에 급습하여 몇 배나 되는 적을 다 죽였다. 물론 선선국은 한(漢)나라에 항복했다.

이 이야기와 같이 '불입호혈부득호자(不入虎穴不得虎子:호랑이 굴에 들어가지 않으면 호랑이 새끼를 얻지 못한다.)' 는 반초의 말이다. 모험을 저지르지 않으면 큰 이득은 얻을 수 없다는 뜻이다.

不肖
불　초

닮지 않았다. 어리석고 현명하지 못하다는 뜻과, 부모에게 자식을 지칭하는 말.

아니 **불** 닮을 **초**

≪맹자≫ 만장편(萬章篇) 상(上)에 다음과 같이 실려 있다.

'요임금의 아들 단주(丹朱)는 불초(不肖)하였고, 순임금의 아들 또한 불초하였다. 순임금이 요임금을 도운 것과 우임금이 순임금을 도운 것은 해가 지나기를 많이 하였고 백성들에게 은택을 오래 베풀었다.'

丹朱之不肖 舜之子亦不肖. 舜之相堯 禹之相舜也 歷年多 施澤於民久.

'불초(不肖)' 란 닮지 않았다는 뜻으로, 아버지를 닮지 않아 어리석다는 뜻으로 사용되고 있으며, ≪중용≫ · ≪관자≫ · ≪순자≫ · ≪사기≫ · ≪한서≫ 등에도 나온다.

不 惑
불　혹

미혹하지 않는다. 나이 마흔 살을 뜻함.

아닐 **불** 미혹할 **혹**

이 말은 《논어》 위정편(爲政篇)에 실려 있는 말이다.

공자께서 만년에 자신의 과거를 돌아보시고 그 정신적인 성장 과정을 말씀하신, 짤막하면서도 일종의 자서전적인 요소를 포함한 술회(述懷)라고 보아야 하거니와, 그중 사용된 어구가 그대로 연령을 나타내는 말로 후세에도 사용되고 있다.

공자께서 말씀하셨다.

"나는 열다섯 살에 학문에 뜻을 두고, 서른 살에 서고, 마흔 살에 미혹되지 않고, 쉰 살에 하늘의 명을 알고, 예순 살에 귀에 따랐고, 일흔 살에 마음이 하고자 하는 바를 따라도 법도를 넘지 않았다."

子曰 吾十有五而志于學 三十而立 四十而不惑 五十而知天命 六十而耳順 七十而從心所欲 不踰矩.

공자께서 열다섯 살에 학문에 뜻을 두셨다는 말은 목적이 뚜렷한 의미의 학문, 자신의 향상을 위하고 나아가서는 인류 문화의 발전에 공헌하기 위한 학문을 마음속에 그리고 뜻을 세우신 것임에 틀림이 없다. '삼십이립(三十而立)', '사십이불혹(四十而不惑)' 이란 말은 일단 학문에 대해 세우신 뜻이 점점 그 방향으로 확고부동하게 되어 가는 과정인 것이다.

바꾸어 말하면 학문이 도덕에 의해 세워져 학문에 흔들림 없는 신념이 부여되는 것을 말한 것이다. 그래서 마흔 살을 '불혹(不惑)' 의 나이라고 일컫는 것이다.

보통사람들 같으면 자기가 설정한 방향에 대해서도 자주 자신감을 상실하여 흔들림을 금치 못하는 경우도 있다. '마흔 살에 미혹되지 않는 것' 이 아니라 '마흔 살에 점점 더 당황하게 되는 경우' 가 얼마든지 있게 마련이다. 여기에서 벗어나 비로소 '쉰 살에 하늘이 명하여 준 것을 아시고', '예순 살에 귀에 따르는' 경지에 이르신 것이다. 하늘이 명하여 준 것을 자각한다는 것은 '불혹(不惑)' 의 극치이다.

≪논어≫ 자한편(子罕篇)에 이렇게 실려 있다.

공자께서 광(匡)에서 어려움을 당하셨을 때 말씀하셨다.

"문왕(文王)이 이미 돌아가셨지만 그 글이 여기에 있지 아니한가? 하늘이 장차 이 글을 없애려 하신다면 뒤에 죽는 사람들이 이 글을 모르고 말겠거니와, 하늘이 아직 이 글을 없애려 아니하신다면 광의 사람들이 나를 어찌하겠는가?"

子畏於匡日 文王旣沒 文不在慈乎. 天之將喪斯文也 後死者 不得與於斯文也 天之未喪斯文也 匡人其如子何.

여기에는 당신이 하늘로부터 위탁받은 사명의 중대성에 대한 한없는 감격과 그것을 완성으로 이끌려는 흔들림 없는 자신감이 엿보인다. 그러나 한편, 하늘이 명하여 준 것에 대한 자각이란 공자님 능력의 한계에 대한 자각과도 통한다. 바꾸어 말하면 거기에는 이상과 현실의 어긋남에 대한 인식과 거기에 따르는 일종의 체념이 생기게 된다.

공자께서 '사람들이 몰라주어도 성내지 않는다면 또한 군자가 아닌가?' 라고 말씀하시고 또, '하늘을 원망하지 않고 사람들을 허물하지 않고서 아래로부터 배워 위로 통달한다. 나를 알아주는 것은 그 하늘인가?' 하고 말씀하셨을 때의 의식이 바로 그것이다.

좌우간 오늘날에는 '마흔 살에 미혹되지 않는다.' 라고 말씀하신 것과, '쉰 살에 천명을 안다.' 라고 하신 것과, '예순 살에 귀를 따른다.' 라고 하신 것과, '일흔 살에 마음이 하고자 하는 바에 따라도 법도를 넘지 않는다.' 라고 말씀하신 것에 각각 연령을 나타내는 이칭(異稱)으로 사용되고 있다.

鵬程萬里
붕 정 만 리

붕새가 날아갈 길이 만 리라는 뜻으로, 큰 뜻을 품는다는 말.

붕새 **붕** 길 **정** 일만 **만** 거리 **리**

이 말은 '큰 계획을 세우거나' 혹은 '큰 사업을 계획하는 것' 을 이르는 것이다. 이 말은 ≪장자≫ 소요유편(逍遙遊篇) 첫머리의 이야기에서 나온 것이다.

북쪽 바다에 고기가 있으니 그 이름을 곤이라 한다. 큰 곤은 몇천 리나 되는지 알지 못한다. 화하여 새가 되니 그 이름을 붕새라 한다. 붕새의 등은 몇천 리인지 알지 못한다. 성내어 날면 그 날개는 하늘에 드리운 구름 같다. 이 새는 바다의 기운으로 장차 남쪽 바다로 옮기는데, 남쪽 바다는 하늘의 연못이다.

제해(齊諧)라는 사람이 다음과 같은 괴이한 이야기를 기록한 것이 있다.

'붕새가 남쪽 바다로 옮길 때는 물을 치기를 삼천 리나 하고, 거기서 일어나는 선풍을 타고 위로 올라가기를 구만 리나 하며, 6개월이나 걸려 남쪽 바다에 가서 쉰다.'

아지랑이와 티끌과 먼지는 생물들이 뿜어내건만 하늘은 푸르고 푸르니 그 올바른 색깔인가? 멀어서 끝 간 데가 없는 까닭인가? 내려다보는 것 또한 이와 같을 뿐이다. 대저 물의 쌓임이 두텁지 않으면 큰 배를 띄움에 힘이 없고, 뜰의 파인 곳에 술잔의 물을 부으면 지푸라기는 배가 되어 뜨지만 잔을 놓으면 엎어진다. 물은 얕은데 배는 크기 때문이다. 바람의 쌓임이 두텁지 못하면 그 큰 날개를 띄움에 힘이 없다. 그러므로 구만 리면 바람이 그 아래에 있다. 뒤에 곧 바람을 타고 푸른 하늘을 등지고서 아무것도 걸리는 것이 없다. 이리하여 지금 비로소 붕새는 남쪽으로 날아가려는 것이다.

北冥有魚 其名爲鯤. 鯤之大 不知其幾千里也. 化而爲鳥 其名爲鵬. 鵬之背 不知其幾千里也. 怒而飛 其翼若垂天之雲. 是鳥也 海運則徙南冥 南冥者天池也.

齊諧者 志怪者也. 諧之言日 鵬之徙於南冥也 水擊三千里 搏扶搖而上者 九萬里 去以六月息者也. 野馬也 塵埃也 生物之以息相吹也. 天之蒼蒼 其 正色邪. 其遠而無所至極邪. 其視下也 亦若是則已矣. 且夫水之積也不厚 則其負大舟也無力 覆杯水於坳堂之上 則芥爲之舟 置杯焉則膠水淺而舟 大也. 風之積也不厚 則其負大翼也無力. 故九萬里 則風斯在下矣. 而後乃 今培風 背負青天 而莫之夭閼者. 而後乃今將圖南.

'붕정만리(鵬程萬里)'는 이 이야기에서 나온 말이다.

髀肉之嘆
비 육 지 탄

넓적다리 살을 탄식한다는 뜻으로, 능력 발휘를 못하고 허송세월을 보낸다는 뜻.

넓적다리 **비** 고기 **육** 어조사 **지** 탄식할 **탄**

후한(後漢) 말기에 하북(河北)에서 봉기하여 한때 천하를 큰 혼란으로 몰아넣었던 황건적(黃巾賊)의 난은 불과 1년도 못 되어 평정되기는 하였 지만, 전후 사백 년 동안 중국 대륙에 군림해 온 대한제국(大漢帝國)의 권위를 땅에 떨어뜨렸다.

난세는 영웅을 만들어 내거니와, 뒤의 촉한(蜀漢) 유비(劉備)도 그중 한 사람이다.

유비는 황건적의 난리를 맞이하여 한(漢)나라 왕실의 후예를 자칭하고 의군(義軍)을 일으켜, 각지로 돌아다니는 사이에 그 명성이 차차로 올라 갔다.

유비는 198년에 조조(曹操)와 협력하여, 한 마리 이리와 같은 용장 여포(呂布)를 하비(下邳)에서 격파한 다음, 임시 수도 허창(許昌)으로 올라가 조조가 주선하여 헌제(獻帝)에게 배알하고 좌장군에 임명되었다. 그렇지만 조조의 휘하에 있는 것을 꺼려 허창을 탈출한 후 각지로 전전한 끝에 황족의 일족인 형주(荊州)의 유표(劉表)에게 의지했다.

그곳에서 신야(新野)라는 작은 성을 받아 4년 동안을 지냈거니와, 그 사이에 하북에서는 조조와 원소(袁紹)가 격돌하여 싸움을 되풀이하였기 때문에 황하 이남의 땅에서는 소강 상태가 계속되었다.

그러던 어느 날 유표에게 초대되었다가 변소에 가게 된 유비는 넓적다리에 살이 많이 붙은 것을 깨닫고 깜짝 놀라 눈물을 흘렸다. 자리로 돌아오니 유표가 눈물의 흔적을 보고 그 까닭을 물어 유비가 대답했다.

"나는 지금까지 항상 말을 타고 돌아다녀서 넓적다리에 살이 붙은 적이 없었습니다. 그런데 요즈음 너무 말을 타지 않았기 때문에 살이 들러붙었습니다. 세월 가는 것이 빨라 늙음이 이르는데도 아직 공업(功業)을 세우지 못하였으니 슬플 뿐입니다."

備住荊州數年 嘗於表坐起至厠 見髀裏肉生 慨然流涕. 還坐 表怪問備. 備曰 吾常身不離鞍 髀肉皆消. 今不復騎 髀裏肉生. 日月若馳 老將至矣 而功業不建 是以悲耳.(≪촉지(蜀志)≫ 선주전(先主傳))

'비육지탄(髀肉之嘆)' 이란 장수가 전쟁에 나가지 못하여 넓적다리에 살이 피둥피둥 찌는 것을 한탄한다는 뜻으로, 사람이 뜻을 펴 보지 못한 채 허송세월하는 것을 한탄하는 말이다.

貧者之一燈
빈 자 지 일 등

가난한 사람이 밝힌 등불 하나. 많은 물질보다 가난한 사람의 정성이 소중하다는 뜻.

가난할 놈 **자** 어조사 **지** 한 **일** 등불 **등**

석가모니(釋迦牟尼)가 사위국(舍衛國)의 어느 정사(精舍)에 계실 때의 일이다. 그 나라에 난타(難陀)라는 여자가 있었는데 의지할 곳도 없고 가난했기 때문에 거지 노릇을 하며 생활하고 있었다.

그런데 국왕을 비롯하여 온 나라 사람들이 각자 신분에 어울리게 석가모니와 제자들에게 공양하는 것을 보고,

"나는 저 세상에서 저지른 죄 때문에 가난한 몸으로 태어나서 모처럼 고마운 중들을 봐도 아무 공양도 할 수가 없다."

하고 슬퍼하면서 부끄러움을 느끼고 어떻게 하든지 공양하는 흉내라도 내야겠다고 생각했다.

그리하여 난타는 하루 종일 쉬지 않고 걸어다니며 사람들에게서 자비를 받아 겨우 1전을 얻었다. 그 1전을 가지고 기름집에 가서 기름을 사려

하자,

"단지 1전으로 기름을 사도 조금밖에 쓰지 못할 거야. 도대체 어디에 쓰려는 것이지?"

난타는 마음속에 있는 생각을 말했다. 그러자 기름집의 주인은 불쌍히 생각하여 배 이상이나 많은 기름을 주었다. 그만큼의 기름이라면 한 등을 밝힐 수 있었다. 난타는 크게 기뻐하며 등 하나에 불을 붙이고 정사로 가서 석가모니에게 바쳐 불단 앞에 있는 많은 등불 사이에 놓았다.

便行乞匈 以俟微供. 竟日不休 唯得一錢. 持詣油家 欲用買油. 油家問日 一錢買油 少無所逮 用作何等. 難陀以所懷語之. 油主憐愍 增倍與油. 得已 歡喜 足作一燈. 担向精舍 奉上世尊 置於佛前衆燈之中.

난타의 성심에 의하여 바쳐진 한 개의 등불은 한밤중에도 계속 빛나, 먼동이 트고 다른 모든 등불들이 꺼진 뒤에도 오직 하나만 빛나고 있었다. 손을 휘저어 바람을 보내고 옷을 흔들어 바람을 보내도 끌 수 없었다고 한다. 나중에 석가모니는 난타의 정성스러운 마음을 인정하고 그녀를 비구니(比丘尼)로 삼았다.

이 이야기는 ≪현우경(賢愚經)≫의 빈녀난타품(貧女難陀品)에 실려 있다. 여기에서 '빈자지일등(貧者之一燈:가난한 사람의 한 등불)'이란 말이 나왔다. 가난한 생활에 쪼들리면서도 정성을 기울여 부처님에게 한 개의 등불을 바친다는 뜻이다.

氷炭不相容

빙 탄 불 상 용

얼음과 숯은 서로 용납할 수 없다는 뜻으로, 군자와 소인은 타협하기 어렵다는 말.

얼음 **빙** 숯 **탄** 아닐 **불** 서로 **상** 용납할 **용**

그 성질이 전혀 반대여서 아무래도 타협하기 어려운 사이를 말한다. 이것은 ≪초사(楚辭)≫ 칠간(七諫)에 실려 있는 구절이다. '칠간(七諫)'이란 한(漢)나라 사람인 동방삭(東方朔)이 굴원(屈原)을 추모하여 지은 글이다. 이 글에 굴원이 고향을 떠나 고민하는 모습을 노래하고 있다.

사람 일의 불행을 슬퍼하여, 태명(太命)을 붙여 함지(咸池:하늘의 신)에게 맡긴다.
몸은 병을 얻어 쉬지 못하고
마음은 탕(湯)임금과 같이 끓어오르네.

얼음과 숯은 가히 써 서로 함께하지 못하니
내 본디부터 목숨이 길지 못함을 알겠구나.
홀로 괴롭게 죽어 즐거움이 없음을 슬퍼하며
나는 나이가 아직 다하지 않음을 슬퍼한다.

氷炭不可以相並兮

吾固知乎命之不長
哀獨苦死之無樂兮
惜余年之未央.

'불상용(不相容)'이 여기에서는 '불가이상병혜(不可以相並兮)'로 되어 있으나 뜻은 마찬가지이다.

고향에서 굴원을 쫓아낸 사람과 자기는 얼음과 숯과 같은 사이라 고향으로 돌아가고 싶은 생각은 그치기 어렵지만 그들이 있는 고향으로 돌아갈 수는 없다. 나는 결코 천수를 타고났다고는 생각지 않지만 그렇다고 지금 죽는 것은 비명(非命)이라고 말할 수밖에 없다. 돌아가는 것도 용납되지 않고 여기에서 죽는다는 것도 견딜 수 없다.

다음에 계속되는 구절은 '빙탄불상용(氷炭不相容)'과 관계는 없지만 재미있는 비유가 되므로 들어 두겠다.

내가 있는 곳으로 돌아가지 않음을 슬퍼하여
나의 고향을 떠나는 것을 한한다.
새와 짐승도 놀라서 무리를 잃고
오히려 높이 날며 슬피 우네.
여우도 죽을 때는 반드시 언덕으로 머리를 두는데
무릇 누가 능히 진정으로 돌아가지 않겠는가!

여우가 죽을 때는 언덕 쪽으로 머리를 향한다 하니, 여우의 고향은 언덕 위에 있는 굴인 것이다. 망향의 그리움을 그치기 어려움을 표현하고 있다.

사

四面楚歌

사 면 초 가

사방에서 들리는 초나라의 노래라는 뜻으로, 적에게 고립되어 궁지
에 빠진 상황을 말함.

넉 **사** 대할 **면** 초나라 **초** 노래 **가**

초(楚)나라 왕 항우(項羽)와 한(漢)나라 왕 유방(劉邦)과의 쟁패전(爭覇
戰)도 거의 결말에 가까워지고 있었다. 형세는 이미 항우에게 불리하게
되었다. 그래서 유방은 항우의 강화를 받아들여 천하를 이분(二分)하여
홍구(鴻溝)의 서쪽을 한(漢)나라, 동쪽을 초(楚)나라로 결정했다.

강화가 성립되자 항우는 군대를 이끌고 동쪽으로 돌아갔다. 유방도 서
쪽으로 돌아가려 하자 장량(張良)과 진평(陳平)이 말했다.

"이제야말로 한(漢)나라와 초(楚)나라 세력의 우열은 분명합니다. 이
기회를 잃어서는 안 됩니다."

이리하여 백마를 돌이켜 항우를 추격했다. 한신은 제(齊)나라로부터,
그리고 팽월(彭越)은 양(梁)나라로부터, 그밖의 장군들도 각각 군대를 이
끌고 달려와 해하(垓下)에서 만나 항우의 군대를 추격했다.

항우의 군대는 해하에 성벽을 쌓고 그곳에 틀어박혔다. 군대는 적고
식량도 떨어져 있었다. 한(漢)나라 군대와 제후의 군대는 몇 겹으로 성벽
을 포위했다. 항우는 밤에 사방에서 한(漢)나라 군대가 초(楚)나라 노래
를 부르는 것을 듣고 크게 놀라면서 말했다.

"한(漢)나라 군대가 초(楚)나라 땅을 이미 얻은 것인가? 어찌 초(楚)나라 사람이 이렇게 많은 것일까?"

項王軍壁垓下 兵少食盡. 漢軍及諸侯兵圍之數重. 夜聞漢軍四面皆楚歌 項王乃大驚曰 漢皆旣得楚乎. 是何楚人之多也.(≪사기≫ 항우본기(項羽本紀))

여기에서 '사면초가(四面楚歌)'란 주변에 적군뿐이며 항우 혼자임을 뜻하고 있는 것이다. ≪사기≫는 이어서 항우의 마지막 밤을 다음과 같이 묘사하고 있다.

밤이 되자 항우는 스스로 앞에 나서서 이별의 주연을 베풀었다. 항우에게는 미인이 있었는데 이름을 우미인(虞美人)이라고 하며 항상 총애하고 있었다. 그리고 준마가 있었는데 이름을 추(騅)라고 하며 항상 탈 준비가 되어 있었다. 여기에서 항우는 비분강개하여 스스로 시를 지었다.

나의 힘은 산을 빼고 기운은 세상을 덮는다.
때는 나에게 불리하여 추(騅)가 가지 않으니,
추는 가지 않으니 어찌할 것인가?
우미인아, 우미인아, 그대를 어찌할 것인가?

力拔山兮氣蓋世
時不利兮騅不逝
騅不逝兮可奈何
虞兮虞兮奈若何

이 노래를 되풀이하니 우미인이 이에 화답했다. 항우의 뺨에는 몇 줄기 눈물이 흐르고, 좌우에 있는 사람들도 모두 울어 감히 바라보지 못했다.

四分五裂
사 분 오 열

여러 갈래로 나눠지고 찢어진다는 뜻으로, 질서 없이 어지럽게 분열 되거나 흩어진다는 말.

넉 **사** 나눌 **분** 다섯 **오** 찢을 **렬**

전국시대 중기에는 진(秦)나라의 동진(東進)에 대하여, 위(魏)나라 이하 여섯 나라가 연합하여 진(秦)나라에 대항하는 합종설(合縱說)과, 진(秦)나라와 협동하는 연횡설(連衡說)로 화려한 외교전이 전개되었다.

이때 소진(蘇秦)은 합종설을, 장의(張儀)는 연횡설을 추진하는 사람으로 혀 하나로 각국을 설득하며 돌아다녔다.

≪전국책≫은 당시의 변설을 모은 책이라 해도 지나친 말이 아니거니와, 그 〈위책(魏策)〉에 소진이 진(秦)나라 혜왕(惠王)을 위하여 위(魏)나라 애왕(哀王)에게 연횡책(連衡策)을 설득한 변설이 실려 있다.

"위(魏)나라 땅은 사방 천 리도 되지 않고 군대도 불과 삼십만입니다. 더구나 사방이 편편하여 길은 갈라지는 가지나 수레바퀴 살처럼 통해 있으며, 제후들이 사방에서 쳐들어오는데도 명산과 큰 산의 요충도 없습니다. ……더구나 남쪽에는 초(楚)나라, 서쪽에는 한(韓)나라, 북쪽에는 조(趙)나라, 동쪽에는 제(齊)나라와 국경을 접하고 있어……, 위(魏)나라 지세는 원래가 전쟁터입니다.

위(魏)나라가 남쪽의 초(楚)나라와 연합하고 제(齊)나라와 연합하지 않으면 제(齊)나라가 위(魏)나라 동쪽을 공격할 것이며, 동쪽의 제(齊)나라와 연합하고 조(趙)나라와 연합하지 않으면 조(趙)나라가 북쪽을 공격할 것이며, 한(韓)나라와 연합하지 않으면 한(韓)나라가 서쪽을 공격할 것이며, 초(楚)나라와 가까이하지 않으면 초(楚)나라가 남쪽을 공격해 올 것입니다. 이것을 소위 사분오열(四分五裂)의 도(道)라고 하는 것입니다.”

'사분오열' 이란 넷으로 나뉘고 다섯으로 분열된다는 뜻이다.

私 淑
사　　숙

직접 배우지 못했지만 존경하는 사람의 학문을 따르고 익힌다는 뜻.

사사로울 **사** 맑을 **숙**

맹자는 제(齊)나라의 남쪽 작은 나라인 노(魯)나라 부근에서 태어나 공자 손자인 자사(子思)의 제자가 되어 유학(儒學)을 배웠다. 맹자는 공자를 그리워하며 이렇게 말했다.

맹자가 말했다.

"군자가 끼친 은덕은 다섯 세대로 끊어지고, 소인이 끼친 은덕도 다섯 세대에서 끊어진다. 나는 공자님의 제자가 되는 것은 얻지 못하였지만 사람들을 통하여 사숙(私淑)하였다."

孟子曰 君子之澤 五世而斬 小人之澤 五世而斬. 子未得爲孔子徒也 子私淑諸人也.(≪맹자≫ 이루편(離婁篇) 하(下))

한 세대를 30년이라고 치면 5세대는 150년인데 군자나 소인이나 그 끼친 은덕은 150년으로 끝난다고 한다. 공자께서 돌아가신 지 약 90년 뒤에 맹자가 태어났으므로 직접 공자님의 제자가 되지는 못하였지만, 공자께서 끼치신 덕을 많은 사람들이 알고 있기 때문에 공자의 도(道)를 듣고 은근히 자신의 몸을 닦을 수 있었던 것이다.

'사숙(私淑)'이란 여기에서 나온 말로, 옛사람이나 멀리 있는 사람의 덕을 사모하여, 직접 가르침을 받지는 못했지만 그 사람을 표본으로 삼아 자기의 인격을 수양해 나가는 것을 말한다.

似而非者

사 이 비 자

겉과 속이 다른 사람이라는 뜻으로, 겉보기에는 옳은 것 같지만 속은 전혀 다르다는 말.

같을 **사** 말 이을 **이** 아닐 **비** 사람 **자**

'사이비자(似而非者)' 란 겉으로는 옳은 것 같으면서도 사실은 그른 사람을 말하는 것이다.

≪맹자≫ 진심편(盡心篇) 하(下)에 실려 있는, 맹자와 그의 제자 만장(萬章)과의 문답에서 만장이 소위 '향원(鄕原)' 의 뜻에 대하여 질문하거니와, 특히 그 후반에서는 '세속에 아첨하는 자는 덕을 해친다(子曰 鄕原 德之賊也)(≪논어≫ 양화편(陽貨篇)).' 라는 공자의 말씀에 집중된다.

'향원(鄕原)' 이란 말은 사이비(似而非)의 거짓된 군자라는 뜻이다. 공자께서는 이런 사람들을 덕을 해치는 자라고 말씀하신 것이다.

만장이 여쭈어 보았다.

"한 고을 사람들이 다 그를 훌륭한 사람이라고 칭찬한다면 어디를 가거나 훌륭한 사람이 아닐 수 없을 터인데, 공자께서 그런 사람을 '덕을 해치는 사람' 이라고 말씀하신 것은 무엇 때문입니까?"

맹자가 말했다.

"그를 비난하려 해도 들어서 비난할 것이 없고 그를 공격하려 해도 공격할 구실이 없으나, 세상 풍속에 동조하고 더러운 세상에 합류하여 집에 있으면 마치 성실하고 신의가 있는 것 같고 나아가 행하면 마치 청렴하고 결백한 것 같아 사람들이 다 그를 좋아하고 스스로도 옳다고 생각하지만 그런 사람과는 함께 요순의 올바른 도(道)에 들어갈 수 없기 때문에 '덕을 해치는 사람'이라고 말씀하신 것이다.

공자께서 말씀하시기를, '나는 사이비(似而非)한 것을 미워한다. 강아지풀을 미워하는 것은 그것이 곡식의 싹을 혼란시킬까 두려워서이고, 말하는 것을 미워하는 것은 그것이 정의를 혼란시킬까 두려워서이고, 말 많은 것을 미워하는 것은 그것이 신의를 혼란시킬까 두려워서이고, 정(鄭)나라 음악을 미워하는 것은 그것이 아악(雅樂)을 혼란시킬까 두려워서이고, 보라색을 미워하는 것은 그것이 붉은 색깔을 혼란시킬까 두려워서이고, 향원(鄕原)을 미워하는 것은 그들이 덕을 혼란시킬까 두려워서이다.'라고 말씀하셨다.

군자는 법도로 돌아갈 따름이니, 법도가 바로잡히면 일반 백성들에게도 착한 기풍이 일어나고, 백성들에게서 착한 기풍이 일어나면 간사한 것은 곧 없어지는 법이다."

萬章曰 一鄕皆稱原人焉 無所往而不爲原人 孔子以爲德之賊 何哉. 曰非之無擧也 刺之無刺也 同乎流俗 合乎汙世 居之似忠信 行之似廉潔衆皆悅之 自以爲是 而不可與入堯舜之道 故曰 德之賊也.

孔子曰 惡似而非者 惡莠 恐其亂苗也 惡佞 恐其亂義也 惡利口 恐其亂信也 惡鄭聲 恐其亂樂也 惡紫 恐其亂朱也 惡鄕原 恐其亂德也.

君子反經而已矣 經正則庶民興 庶民興 斯無邪慝矣.

원래 '향원(鄕原)'이란 점잖게 행동하여 고을에서 누구에게나 훌륭한 선비라는 평을 듣는 사람이다. 그러나 그는 마음의 본성까지 인의(仁義)

에 뿌리박고 있지 못하기 때문에 처세술에 능한 사이비 군자일 뿐이다. 그러므로 덕을 해치는 자인 것이다.

≪논어≫ 양화편(陽貨篇)에도 다음과 같은 글이 실려 있다.

공자께서 말씀하셨다.
"향원(鄕原)은 덕을 해치는 사람이다."

子曰 鄕原 德之賊也.

射人先射馬
사 인 선 사 마

말을 타고 가는 사람을 쏠 때는 먼저 말을 쏘아야 한다는 뜻으로, 상대방을 굴복시키려면 그 사람의 힘이 되는 것을 먼저 쓰러뜨려야 된다는 말.

쏠 **사** 사람 **인** 먼저 **선** 쏠 **사** 말 **마**

'사인선사마(射人先射馬)'란 상대방을 쓰러뜨리고 굴복시키려면 그 사람이 의지하고 있는 것을 쓰러뜨리는 것이 성공의 길이란 뜻이다.

이것은 두보(杜甫)의 〈전출색(前出塞)〉에서 나온 말이다.

활을 쏘려면 마땅히 강한 것을 쏘고, 화살을 쓰려면 마땅히 긴 것을 쓰라.

사람을 쏘려면 먼저 말을 쏘고, 적을 사로잡으려면 왕을 먼저 사로잡
으라.

사람을 죽이는 데도 또한 한계가 있으니, 나라를 세우면 스스로 국경
이 있네.

진실로 침범하는 것을 능히 억제하면 어찌 살상할 것이 많으랴.

挽弓當挽强 用箭當用長
射人先射馬 擒敵先擒王
殺人亦有限 立國自有疆
苟能制侵陵 豈在多殺傷

마지막 두 구절이 이 시의 중요한 내용이다. 적을 많이 살상하는 것이
전쟁의 목적은 아니다. '침능(侵陵)'이란 적군의 침략을 억제할 수 있다
면 목적은 충분히 달성되었다는 뜻이다.

당(唐)나라 현종(玄宗)이 영토 확장을 위해 변방에 군대를 파견한 것에
대하여 당시 병사들의 마음을 읊은 것이다. 곧 이어서 안록산(安祿山)이
난리를 일으키기 직전의 형편을 노래했다.

활을 쏘려면 마땅히 강한 활로 쏘고, 화살을 쓰려면 마땅히 긴 화살을
써야 한다. 사람을 쏘려면 먼저 그가 탄 말을 쏘고, 적을 사로잡으려면
그 왕을 먼저 사로잡아야 한다고 말한다. 사람을 죽이는 데 또한 한계가
있어 많은 사람들을 죽이지 못하며, 나라의 영토로 다른 나라와의 국경
을 없앨 수 없다는 뜻이다.

이 시가 의도하는 바는 침략 전쟁을 부정함에 있다. 끊임없이 병사들
을 죽이는 영토 확장은 빨리 그치는 것이 좋다는 말이다. 능히 적군의 침

략을 막을 수 있다면 어찌 많은 병사들을 죽일 필요가 있겠느냐는 뜻이 되겠다.

'사인선사마(射人先射馬)' 란 사람을 쏘려거든 먼저 그가 탄 말을 쏘라는 뜻으로, 어떤 목적을 달성하려면 그와 가장 관계가 깊은 사람이나 사물을 손에 넣으라, 그러면 길은 저절로 열린다는 뜻이다.

獅子身中蟲
사 자 신 중 충

사자 몸속에 있는 벌레라는 뜻으로, 은혜를 베푼 사람에게 원한으로 갚는다는 뜻.

사자 **사** 아들 **자** 몸 **신** 가운데 **중** 벌레 **충**

사자가 죽어서 시체로 되더라도 다른 짐승들은 두려워 가까이 가지 못하고 그 시체를 먹이로 하지 못한다. 그런데 시체 속에서 저절로 생긴 벌레들에게 먹혀 시체는 흔적도 없이 사라져버리고 만다.

불교에서는 이것을 예로 들어, 불법의 파멸에 대하여 불제자들을 경계하고 있다. 즉 ≪범망경(梵網經)≫에 이렇게 실려 있다.

사자 몸속의 벌레는 스스로 사자의 고기를 먹지, 몸 밖의 벌레가 먹지 않는 것과 같다. 이와 같이 불자들은 스스로 불법을 깨친다.

바깥의 도(道)나 천마(天魔)가 능히 파괴함과 같지 않다.

如獅子身中蟲 自食獅子肉 非餘外蟲. 如是佛者自破佛法 非外道天魔能破壞.

즉 부처님의 정법(正法)이 파괴된다면 그것은 법(法) 가운데 있는 불제자 중에서 악한 사람이 파괴하는 것이며, 외부의 도(道)나 마귀가 밖으로부터 파괴하는 것이 아니다. 마치 사자의 시체가 꺼져버리는 것은 그 몸 가운데에서 생긴 벌레가 먹어버리기 때문이며, 외부의 다른 짐승들이 먹는 것이 아닌 것과 같다.

이 ≪범망경(梵網經)≫의 경문(經文)에서 '사자의 몸 가운데 벌레가 사자의 고기를 먹는다.' 라는 말이 생겨나, 불교의 신도이면서 불교에 해를 끼치는 사람이란 비유로 사용되며, 나아가 '자기편에 해를 끼치는 사람', '내부에서 재앙을 가져오는 사람', '은혜를 받은 상대방에게 원한으로 갚는 사람' 이란 뜻으로 사용되고 있다.

獅子吼
사　자　후

사자의 울부짖음. 청중에게 크게 열변을 토한다는 뜻.

사자 **사** 아들 **자** 울 **후**

'사자후(獅子吼)' 본래의 뜻은 사자가 울부짖는다는 것이다. 그것은 위엄에 넘치는 무서운 소리로, 그 소리를 들으면 모든 짐승들이 두려워하여 피해버린다. 그러므로 ≪본초강목(本草綱目)≫에는,

서역(西域)의 여러 나라에서 나온 사자는 눈빛이 번개와 같고 소리의 울부짖음이 우레와 같다. 한 번 짖을 때마다 곧 모든 짐승들이 피하여 도망친다.

獅子出西域諸國 目光如電 聲吼如雷 每一吼則百獸辟易.

이 '사자후(獅子吼)'를 부처님이신 석가모니(釋迦牟尼)께서 설법(說法)의 뜻으로 전용(轉用)한 것이다.

석가모니께서는 태어나자마자 '천상천하유아독존(天上天下唯我獨尊: 하늘 위와 하늘 아래에서 오직 내가 홀로 높다.)'라고 선언했다는 전설이 있다. 이것을 ≪전등록(傳燈錄)≫에서는,

석가모니 부처님께서 처음으로 태어나 한 손은 하늘을 가리키고 한

손은 땅을 가리켜, 돌아다니시기를 일곱 발짝 하시고 눈으로 사방을 돌아보며 말씀하시기를, '천상천하유아독존(天上天下唯我獨尊)'이라고 하셨다.

釋迦牟尼佛初生 一手指天 一手指地 周行七步 目顧四方日 天上天下唯我獨尊.

라고 기록하고 있으며 다시 그 '천상천하유아독존'이라는 선언을 '사자후(獅子吼)'로 풀어서,

석가모니 부처님께서 도솔천(兜率天)에 태어나시어, 손을 나누어 하늘과 땅을 가리키시며 사자후 소리를 내셨다.

牟尼佛生兜率天 分手指天地 作獅子吼聲.

라고 기록하고 있다.

석가모니의 설법은 불법을 해설하는 것이기 때문에 이치와 위엄 그것이었으며, 이에 의하여 보살(菩薩)과 나한(羅漢)은 다시 정진하여 외도나 악마들이 항복하였다. 그 상태는 사자가 한 번 울부짖으면 모든 짐승들이 두려워하여 복종하는 것과 유사하다. 이것을 ≪유마경(維摩經)≫에서는 석가모니의 설법은 당당하여 사자가 짖는 것과 같으며, 해설하시는 것은 우레가 울려퍼지는 것처럼 청중들의 마음을 사로잡았다고 말한다.

死諸葛走生仲達
사 제 갈 주 생 중 달

죽은 제갈공명이 사마중달을 도망치게 했다는 뜻으로, 훌륭한 사람은 죽어서도 이름값을 한다는 말.

죽을 **사** 모두 **제** 칡 **갈** 달아날 **주** 살 **생** 버금 **중** 통달할 **달**

촉한(蜀漢)의 건흥(建興) 12년, 제갈공명(諸葛孔明)은 위(魏)나라와 결전에 임했다. 후주(後主) 유선(劉禪)에게 〈출사표(出師表)〉를 받들고서 최초의 출정을 시도하기를 8년, 여섯 번째의 출정이다.

이제까지 전투에서 위(魏)나라를 격파하지 못했던 제갈공명이 이번에는 약 3년에 걸쳐 한중(漢中) 땅에서 휴양시키고, 식량을 저축하며, 운반용 수레들을 정비시켰다. 특히 험준한 진령산맥(秦嶺山脈)의 횡단은 피할 수 없는 조건이며, 이제까지는 그 때문에 병참(兵站)의 수송이 불충분했던 점을 반성하여 목우(木牛)와 유마(流馬) 등을 고안, 수레의 정비에 힘썼다.

이렇게 하여 십만의 대군을 이끌고 사곡구(斜谷口)를 경유하여 오장원(五丈原)에 본진을 설치함과 동시에 군대를 나누어 위수(渭水) 유역에서 둔전(屯田)을 시켰다.

위(魏)나라는 사마중달(司馬仲達)을 대장군으로 삼고 촉한의 군대를 맞이했다. 제갈공명은 빨리 승패를 결정하려 했지만, 그의 뛰어난 군략을 알고 있던 사마중달은 오히려 지구전의 책략을 강구하여 멀리에서 온 촉한의 군대가 피로하기를 기다렸다. 제갈공명이 여인의 두건과 목걸이와 의복 등을 보내 사마중달의 사내답지 못한 전투를 풍자했으나 역시 전투에 응하지 않았다.

이리하여 가을도 깊어졌을 때 제갈공명은 병에 걸려 중태에 빠졌다. 어느 날 밤 제갈공명의 진중 위에 큰 별이 붉은 빛을 끌면서 머문 후 얼마 있지 않아 제갈공명은 죽었다.

총수를 잃은 촉군의 군대는 철수할 것을 결의하고 장사(長史:벼슬 이름)인 양의(楊儀)의 지휘 아래 귀환 길에 올랐다. 백성들 중에 사마중달에게 그 까닭을 보고하는 사람이 있어 사마중달은 군대를 이끌고 뒤를 추격했다.

그러자 제갈공명의 신임이 두터웠던 강유(姜維)라는 장군이 촉한의 군기(軍旗)로 방향 전환을 시키고 큰북을 울리면서 반격하는 자세를 취했다. 이것을 본 사마중달은 혹시 제갈공명이 아직 살아 있는 것이 아닌가 하는 두려움에 사로잡혀 갑자기 군대를 거두어 후퇴했다.

백성들이 이것을 보고,

"죽은 제갈공명이 살아 있는 사마중달을 도망치게 했다."

하며 그의 겁이 많음을 말하자 사마중달은 쓴웃음을 지으며 말했다.

"살아 있는 사람의 책략이라면 간파할 수도 있지만 죽은 사람의 책략은 간파할 수 없지 않은가?"

亮病篤 有大星亦而芒 墜亮營中 未幾亮卒. 長史楊儀整軍還. 百姓奔告懿 懿追之. 姜維令儀反旗鳴鼓 若將向懿. 懿不敢逼 百姓爲之顔曰 死諸葛走生仲達. 懿笑曰 吾能料生 不能料死.

이 이야기는 ≪삼국지≫ 촉지(蜀誌)의 제갈량전과 ≪십팔사략≫과 ≪통감강목≫에 실려 있다. 원문은 ≪십팔사략≫에서 인용한 것이다.

蛇足
사　　　족

뱀의 다리. 하지 않아도 될 일을 공연스레 한다는 뜻.

뱀 **사** 다리 **족**

'사족(蛇足)'으로 유명한 초(楚)나라의 소양(昭陽)은 당시 영윤(令尹: 재상)이었다. 다음은 ≪전국책≫ 제책(齊策) 2에 실려 있는 고사이다.

소양이 위(魏)나라의 군대를 무너뜨려 장군을 죽이고 여덟 개의 성을 빼앗자 이번에는 선봉부대를 돌려 제(齊)나라를 공격했다.

진진(陳軫)이라는 세객(說客)이 제(齊)나라 위왕(威王)을 위하여 사자로 나서, 소양을 만나 재배하고 전쟁에 이긴 것을 축하한 후 몸을 일으켜 물었다.

"초(楚)나라 법에서는 군대를 무너뜨리고 장군을 죽였을 경우, 벼슬이 어떻게 됩니까?"

소양이 말했다.

"최고의 공로에 해당하는 벼슬과 최고의 작위를 얻을 것입니다."

진진이 다시 물었다.

"그보다도 귀한 벼슬은 무엇일까요?"

소양이 대답했다.

"오직 영윤일 뿐입니다."

그러자 진진이 말했다.

"영윤은 귀한 벼슬입니다. 그러므로 왕께서는 영윤을 두 사람 두지 않습니다. 당신을 위하여 은밀히 비유로 이야기하겠습니다. 좋겠습니까?

초(楚)나라에 사자(祠者:제사를 맡은 사람)가 근시(近侍:임금을 가까이 모시는 시종)들에게 술을 큰 잔에 가득 담아서 주었습니다. 그 시종들은, '몇 사람이 마시면 모자라겠지만 한 사람이 마실 만큼은 여유가 있다. 땅에 뱀을 그리되 제일 먼저 그린 사람이 마시기로 하자.'고 얘기했습니다. 한 사람이 우선 뱀을 그리고 술을 마시려 하자 다른 한 사람이 왼손에 술잔을 들고 오른손으로 뱀을 그리면서, '나는 발까지 그릴 수 있다구.' 하고 말했습니다. 그러나 그가 발을 그리고 있는 동안에 또 한 사람이 뱀을 다 그리고서 술잔을 뺏으며, '원래 뱀에게는 발이 없다구. 발을 그리면 안 된다.' 하면서 그 술을 마셔버렸습니다. 뱀의 발을 그리던 사람은 결국 술을 마시지 못했습니다.

楚有祠者 賜其舍人巵酒. 舍人相謂曰 數人飮之不足 一人飮之有餘. 請畫地爲蛇 先成者飮酒. 一人蛇先成 引酒且飮之 乃左手持巵 右手畫蛇曰 吾能爲之足. 未成 一人蛇成 奪其巵曰 蛇固無足 子安能爲之足. 遂飮其酒. 爲蛇足者終亡其酒.

그런데 당신은 초(楚)나라 재상이 되어 위(魏)나라를 공격해서 군대를 쳐부수고 장군을 죽이고 여덟 개의 성을 뺏은 다음, 그 여세를 몰아 제(齊)나라를 공격하려 하십니다. 제(齊)나라에서는 그야말로 당신을 두려워하고 있습니다. 당신의 명성을 드날리는 것은 이것만으로도 충분합니다.

당신의 벼슬에 더 거듭할 벼슬은 없습니다. 전투에서 패하는 일도 없고 더구나 그칠 줄 모르는 사람은 조만간 그 몸이 죽고 나면 벼슬은 후임자의 것이 될 것입니다. 뱀의 발을 그리는 것과 똑같은 일입니다."

소양은 과연 그렇다고 생각하여 군대를 후퇴시켰다.

여기에서 유익하지 않은 것, 혹은 유익함이 없고 쓸데없는 언행을 덧붙임으로써 오히려 일을 그르치는 것을 '사족'이라고 말하게 되었다.

四海兄弟
사   해   형   제

세상 사람들은 모두 형제라는 뜻으로, 세상의 모든 사람들이 형제처럼 가깝게 지내야 한다는 말.

넉 **四** 바다 **海** 맏 **兄** 아우 **弟**

공자의 제자에 사마우(司馬牛)라는 사람이 있었다. ≪논어≫의 정현(鄭玄) 주에 의하면 사마우의 형 환퇴(桓魋)는 악한 사람으로, 송(宋)나라에서 반란을 계획하다가 실패하여 국외로 도망쳤다고 한다.

사마우는 형이 언젠가는 죽을 것이라고 괴로워하며,

"사람들은 다 형제가 있는데 나만 없다."

고 하자 공자의 유명한 제자인 자하(子夏)가 이를 위로했다.

"내가 듣기로 사람의 생사는 명에 있고 부귀는 하늘에 있으며, 군자가 공경하여 실수가 없고 사람들과 사귐에 공손하여 예절이 있으면 천하 사람이 다 형제라고 하거니와, 군자가 어찌 형제 없음을 근심하겠소."

司馬牛憂曰 人皆有兄弟 我獨亡. 子夏曰 商聞之矣 死生有命 富貴在天 君子敬而無失 與人恭而有禮 四海之內 皆兄弟也 君子何患乎無兄弟也.

사마우가 과연 환퇴의 동생인지는 확실하지 않지만 자하(子夏)는 공자로부터 이런 말을 들었다고 하며, '사해형제(四海兄弟)'라는 말은 여기에서 나왔다. '천하의 사람들은 다 형제와 같이 친하게 지내야 한다.'라는 뜻으로 사용된다.

소설 ≪수호지(水滸誌)≫에서는 천하의 영웅들이 '사해형제'를 표어로 내걸고 양산박(梁山泊)으로 모였다.

殺身成仁
살 신 성 인

인의를 위하여 목숨을 바친다는 뜻으로, 자기를 희생하여 이웃에 봉사하거나 옳은 일을 한다는 뜻.

죽일 **살** 몸 **신** 이룰 **성** 어질 **인**

'지사인인(志士仁人)의 장(章)'이라고 일컬어지는 ≪논어≫ 위령공편(衛靈公篇)에 실려 있는 글 중에 '살신성인(殺身成仁)'이란 말이 나온다.

공자께서 말씀하셨다.

"뜻있는 선비와 어진 사람은 삶을 구하여 인(仁)을 해치는 일이 없고, 몸을 죽여서 인(仁)을 이루는 일은 있다."

子曰 志士仁人 無求生以害仁 有殺身以成仁.

'지사(志士)' 란 도의에 뜻을 둔 사람이고, '인인(仁人)' 이란 어진 덕을 갖춘 사람이다. 또 '지사(志士)' 라는 말에 대하여 ≪맹자≫ 등문공편(滕文公篇) 하(下)에 다음과 같이 실려 있다.

맹자가 말했다.

"옛날에 제(齊)나라 경공(景公)이 사냥을 할 때 깃발로 동산지기를 불렀는데 오지 않으니 장차 그를 죽이려 했다. 공자께서 '정의에 뜻을 둔 선비는 구렁텅이에 버려질 것을 잊지 않고, 용사는 자기 몫 잃을 것을 잊지 않는다.' 라고 말씀하셨거니와, 공자께서는 무엇을 취하신 것인가?"

昔齊景公田 招虞人以旌 不至 將殺之. 志士 不忘在溝壑 勇士 不忘喪其元 孔子 奚取焉.

그런데 앞에서 든 ≪논어≫ 문장은 '정의에 뜻을 둔 사람과 어진 덕을 갖춘 사람은 삶이 소중하다고 하여 그것 때문에 인(仁)을 잃거나 하는 일은 절대로 하지 않는다. 오히려 때로는 자기의 목숨을 버리고서 인(仁)을 이루기에 힘쓴다.' 라는 뜻이다.

'살신성인(殺身成仁)' 이란 표현은 경우에 따라서는 비상사태를 가정하는 것으로서, 몸을 죽이는 것이 인(仁)을 달성하는 데 절대적인 조건이 되어야 한다는 말이다.

三顧之禮
삼 고 지 례

세 번 찾아가 예를 지킨다는 뜻으로, 인재를 얻기 위해서는 인내심과 안목이 있어야 된다는 뜻.

석 **삼** 돌아볼 **고** 어조사 **지** 예도 **례**

조조(曹操)에게 쫓겨 형주(荊州)에 있는 유표(劉表)에게 몸을 의지했던 유비(劉備)는 그 뒤 군대를 이끌고 신야(新野)에 주둔하고 있었다.

어느 날 유비에게로 서서(徐庶)가 찾아왔다. 그는 융중(隆中)에 숨어 살며 밭 갈고 있는 제갈공명(諸葛孔明)의 친구 중 한 사람이었다. 유비는 서서가 보통사람이 아님을 인정하고, 좋은 이야기 상대를 얻었다고 기뻐하며 여러 가지 이야기를 주고받았다. 그러는 동안 서서가 말했다.

"제갈공명은 대단한 인물입니다. 지금은 한가하게 지내고 있습니다만 와룡(臥龍:누운 용)이라고 할 만한 사람입니다. 장군께서는 그를 만나고 싶은 생각이 없으십니까?"

유비가 말했다.

"당신이 데려다 주지 않겠는가?"

그러자 서서는 대답했다.

"장군께서 가신다면 만날 수 있습니다만, 불러들일 수는 없을 것입니다. 제발 저와 함께 가 주십시오."

이리하여 유비는 드디어 제갈공명을 찾아가게 된다. 그것도 세 번이나 찾아가서 겨우 만났다.

時先主屯新野. 徐庶見先主 先主器之. 謂先主曰 諸葛孔明者臥龍也. 將軍豈願見之乎. 先主曰 君與俱來. 庶曰 此人可就見 不可屈致也. 將軍宜枉駕顧之. 由是先主遂詣亮 凡三往乃見.

그 결과 제갈공명은 유비를 돕기로 결심하고, 형주(荊州)와 익주(益州)를 근거지로 삼아 한 왕실을 부흥할 것을 설득했던 것이다.

이것이 ≪삼국지≫ 촉지(蜀志) 제갈량전(諸葛亮傳)에 실려 있는 '삼고지례(三顧之禮)'의 유래이다. '삼고(三顧)'란 세 번 찾아간다는 뜻이며 '삼고지례(三顧之禮)'는 세 번 찾아가서 예절을 다한다는 뜻이다.

단 먼저 인용한 원문에는 '삼왕(三往)'으로 실려 있으며 '삼고(三顧)'로 기록되어 있지는 않다. '삼고'라고 기록되어 있는 것은 〈출사표(出師表)〉의 유래에 대하여 술회(述懷)하고 있는 부분이다.

"신은 원래 서민이어서 남양(南陽)에서 몸소 밭 갈고 있었습니다. 진실로 저 난세 중에서도 목숨을 온전히 하고자 하며 제후에게 이름이 알려지기를 구하지 않았습니다. 선제께서는 신이 비천한 신분임을 싫어하지 않으시고 외람되이 몸을 굽히시어 신의 초가집을 세 번이나 찾아 주시어 신에게 당세의 일을 하문하셨습니다. 이로 말미암아 감격하여 드디어 선제에게 열심히 봉사할 것을 맹세하였습니다."

臣本布衣 躬耕於南陽. 苟全性命於亂世 不求聞達於諸侯. 先帝不以臣卑陋 猥自枉屈 三顧臣於草廬之中 諮臣以當世之事. 由是感激 遂許先帝以驅馳.

三十六計走爲上策
삼 십 육 계 주 위 상 책

서른여섯 가지 계책 중에 피하는 것이 상책이란 뜻으로, 상황이 불리할 때는 도망가는 것이 상책이라는 뜻.

석**삼** 열**십** 여섯**육** 꾀할**계** 달아날**주** 할**위** 위상 꾀**책**

'원컨대 뒤의 몸은 대대로 임금의 집안에 태어나지 않기를.'

이것은 골육상쟁으로 참극을 빚은 끝에 스스로 멸망한 남송(南宋) 최후의 황제 순제(順帝)가 제(齊)나라 왕 소도성(蕭道成)에게 황제의 자리를 강탈당하고 황궁에서 쫓겨났을 때 눈물을 흘리며 한 말이다. 순제를 황궁에서 끌어낸 것은 소도성의 친위대 장군 왕경칙(王敬則)이었다.

제(齊)나라를 세운 고제(高帝) 소도성은 송(宋)나라 황실인 유씨(劉氏) 집안의 비극을 눈으로 직접 보아온 만큼, 두 번 다시 그와 같은 어리석은 행동을 하지 않도록 유언하고 죽었지만 제(齊)나라 역시 송(宋)나라 황실의 전철을 밟아 불과 30년 만에 멸망하고 말았다.

제(齊)나라 명제(明帝) 소란(蕭鸞)은 고제(高帝) 형의 아들이다. 소란은 제2대 황제인 무제(武帝)가 죽은 뒤 신하들의 반대를 물리치고 어리석은 태자 소업(昭業)을 즉위시킨 후, 소업이 천자라는 지위를 악용하여 끊임없이 자행하는 난행을 가만히 지켜보다가, 그 난행을 책 잡아 불과 7개월 만에 죽여 버렸다. 그 뒤 소업의 동생 소문(昭文)을 천자에 세웠지만 허수아비로 3개월 만에 천자의 지위를 뺏고 독살시켰다. 소문이 천자의 자리에 있던 것은 B.C. 498년 7월부터 10월 사이였다.

소란은 자기에게 반대하는 형제와 조카들을 14명이나 죽였다. 천자의 자리를 빼앗기 위하여 한 집안을 피로 물들였던 것이다. 그러나 소란이 천자의 자리에 있었던 것은 불과 3년 남짓했다. 영태(永泰) 원년 정월에 그는 갑작스런 일로 병상에 눕게 되었다.

태자는 둘째아들인 보권(寶卷)이었는데 그는 뒤에 한(漢)나라 무제(武帝)의 손자로 몹시 음란하여 폐위된 창읍왕(昌邑王) 하(賀)가 '해혼후(海昏侯)'가 되었던 것을 그대로 답습하여 '동혼후(東昏侯)'라고 일러질 정도의 사람이었다.

한편 제(齊)나라에는 소란의 마수에서 벗어난 고제(高帝) 소도성의 핏줄이 아직도 10명이나 남아 있었다. 병상에 있던 소란은 이것이 불안하여 견딜 수가 없었다. 그들을 그대로 살려 둔다면 모처럼 손안에 넣은 천자의 자리도 언제 다시 빼앗길지 알 수 없는 노릇이다. 이리하여 그는 심복들에게 명하여 10명을 한꺼번에 다 죽여 버렸다.

이와 같은 움직임에 불안을 느낀 것은 고제(高帝) 이후의 옛 신하들이었다. 고제의 찬탈에 큰 공을 세운 노장 왕경칙은 그때 나이가 70여 세로 제(齊)나라 건국 이후 대사마(大司馬)와 회계(會稽)의 태수로 우대받고 있었지만 명제인 소란의 마수가 자기 몸에 언제 미칠지 불안했다.

그것은 소란도 마찬가지여서 왕경칙이 반기를 들지도 몰라 광록대부(光祿大夫)인 장괴(張壞)라는 자를 평동장군(平東將軍)에 임명하여 회계와 경계선을 접한 오군(吳郡)에 파견했다.

"동쪽에는 지금 누군가 있다. 이는 단지 나를 평정하기를 바랄 뿐이다."

왕경칙은 화가 났다. 4월에 그는 군대를 일으켰다. 세력은 불과 만여 명에 불과했지만 진군하는 동안 호미와 괭이 등을 든 농민들이 참가하여 순식간에 10만여로 늘어났다. 회계를 떠난 반란군은 10여 일 만에 무진

(武進)을 넘어 흥성(興盛)에 육박했다. 회계에서 도읍인 건강(建康:남경)까지 3분의 2 지점을 지난 곳이었다.

한편 왕경칙이 군대를 일으켰다는 보고에 조정은 큰 두려움에 빠졌다. 태자인 보권은 당황하여 측근자를 누상(樓上)으로 올라가게 했다. 그때 우연히 도성 북쪽에 있는 정로정(征虜亭)이 방화로 연기를 뿜어내고 있었기 때문에 구경하러 달려갔던 사람이 와서 말했다.

"왕경칙은 이미 정로정까지 와 있습니다."

이 말을 들은 보권은 도망칠 궁리만 하고 있었다. 그 소식을 들은 왕경칙은 기분이 좋아 웃었다.

"단공(檀公)의 36가지 계책은 도망가는 것을 상책으로 한다. 헤아리건대 그대들 부자는 오직 도망가는 것이 있을 뿐이다."

檀公三十六策 走爲上策. 計汝父子唯有走耳.(≪자치통감≫ 권141)

단공(檀公)이란 남조(南朝) 송(宋)나라 초기의 명장 단도제(檀道濟)를 이르는 말로, 그가 북위(北魏)와 싸울 때 잘 도망쳤기 때문에 '단공삼십육책(檀公三十六策)'이라고 말한 것이다.

왕경칙의 득의만만은 오래 계속되지 못하고 흥성성(興盛城)을 포위했을 때 뒤로부터 관군의 습격을 받아, 만족스러운 무기를 갖지 못한 농민군은 곧 대혼란에 빠지고 왕경칙도 혼란한 틈에서 목을 잘렸다.

'삼십육계주위상책(三十六計走爲上策)'은 '삼십육계불여둔(三十六計不如遁)'을 번역한 것으로, '도망가야 할 때 무리를 하지 말고 도망치는 것이 상책'이란 뜻이다.

三人言市有虎
삼 인 언 시 유 호

세 사람이 말하면 호랑이도 만들어 낸다는 뜻으로, 근거 없는 말이라도 여러 사람이 말하면 믿어 버린다는 뜻.

석 **삼** 사람 **인** 말씀 **언** 저자 **시** 있을 **유** 호랑이 **호**

위(魏)나라 신하 방총(龐蔥)이 태자와 함께 인질로서 조(趙)나라 도읍 한단(邯鄲)으로 가게 되었다. 방총이 위(魏)나라 혜왕(惠王)에게 말했다.

"지금 누군가 '저자에 호랑이가 왔다.'고 말씀드리면 왕께서는 그 말을 믿으시겠습니까?"

왕이 말했다.

"아니다."

"두 번째 사람이 '저자에 호랑이가 있다.'고 말씀드리면 왕께서는 믿으시겠습니까?"

왕이 말했다.

"반신반의할 것이다."

"세 번째 사람이 '저자에 호랑이가 있다.'고 말씀드리면 왕께서는 믿으시겠습니까?"

왕은 말했다.

"믿을 것이다."

그래서 방총이 말했다.

"도대체 저자에 호랑이가 없다는 것은 명백한 사실입니다. 그런데 세 사람이 말씀드린다면 호랑이가 있게 됩니다. 지금 한단은 대량(大梁)을 떠나는 것이 저자보다 멀고, 신을 논하는 사람들은 세 사람만이 아닙니다. 제발 왕께서는 살펴 주시옵소서.”

왕이 말했다.

“내가 직접 확인해 보기로 하지.”

이리하여 작별 인사를 하고 출발했지만 아직 도착하기도 전에 참언이 들어왔다. 뒤에 태자가 인질에서 풀려나 귀국했을 때 과연 방총은 볼 수 없었다.

謂魏王曰 今一人言市有虎 王信之乎. 王曰 否. 二人言市有虎 王信之乎. 王曰 寡人疑之矣. 三人言市有虎 王信之乎. 王曰 寡人信之矣.

龐葱曰 夫市之無虎明矣. 然而三人言而成虎.(≪전국책≫ 위(魏) 2)

오늘날 ‘세 사람이 말하면 호랑이를 이룬다.’는 말은 근거 없는 소문이라도 많은 사람들이 말하면 듣는 사람이 믿어 버린다는 비유로 사용되고 있다.

喪家之狗
상 가 지 구

초상집의 개. 초라한 행색 때문에 대접을 받지 못한다는 뜻.

죽을 **상** 집 **가** 어조사 **지** 개 **구**

춘추시대 말기의 뛰어난 사상가이자 교육자였던 공자님도 정치가로서는 반드시 다행한 사람은 아니었다.

즉 노(魯)나라 정공(定公) 13년(공자 55세 때)에 (≪사기≫의 공자세가(孔子世家)에 의하면 그 이듬해) 노나라 조정의 대사구(大司寇)로서 재상의 직무를 대행하고 있던 공자께서는 국정 개혁에 실패하여 실각한 다음, 위(衛)나라로 간 이후 애공(哀公) 11년에 다시 노(魯)나라로 돌아올 때까지 대략 13, 4년 동안 이상으로 삼는 도덕정치의 실현에 집념을 불태우면서 여러 나라 편력의 여행을 헛되이 계속하지 않을 수 없었다.

'상가지구(喪家之狗)' 란 공자 자신이 인정하는 바와 같이, 정말로 실의에 빠진 정치가로서 공자의 모습을 상징하는 데 적합한 말이었다고 할 수 있을 것이다.

아마 공자의 나이 56세 때, 편력의 여행을 시작했을 무렵 공자가 위(衛)나라에서 조(曹)나라, 송(宋)나라를 거쳐 정(鄭)나라로 가셨을 때의 일이다. 정(鄭)나라에서의 이야기로 ≪공자세가≫에는 다음과 같이 기록되어 있다.

공자께서 정(鄭)나라에 도착했을 때 제자들과 서로 헤어졌다. 공자께서 홀로 곽동문(郭東門)에 서 계셨다. 정(鄭)나라 사람이 자공(子貢)에게 일렀다.

"동문(東門)에 사람이 있는데 그 이마는 요(堯)와 같고, 그 목은 고요(皐陶)와 같고, 그 어깨는 자산(子産)과 같다. 그러나 허리 아래로는 우(禹)에 미치지 못하기를 세 치, 그 지친 모습은 '상가의 개'와 같다."

자공(子貢)이 들은 대로 공자에게 고하자 공자께서는 웃으며 말했다.

"모습의 형용은 훌륭한 사람들에게 미치지 못하지만 상갓집의 개와 같다는 말은 과연 그러했을 것이다."

孔子適鄭 與弟子相失. 孔子獨立郭東門. 鄭人或謂子貢曰 東門有人.
其顙似堯 其項類皐陶 其肩類子産. 然自要以下 不及禹三寸 纍纍若喪家之狗. 子貢以實告孔子. 孔子欣然笑曰 形狀未也. 而謂似喪家之狗 然哉然哉.

'상가지구(喪家之狗)'를 평성(平聲)으로 읽으면 '상갓집의 개'라는 뜻이 되고, 거성(去聲)으로 읽으면 '집을 잃어버린 개'라는 뜻이 된다. 편력과 방랑으로 지친 공자의 모습을 형용한 것으로는 어떤 것이나 통용된다고 생각된다.

塞翁之馬
새 옹 지 마

변방에 사는 노인의 말. 세상 일은 복이 될지 화가 될지 예측할 수 없다는 뜻.

변방 **새** 늙은이 **옹** 어조사 **지** 말 **마**

≪회남자≫ 인간훈편(人間訓篇)에 다음과 같은 이야기가 실려 있다.

국경의 요새 가까운 곳에 점을 잘 치는 사람이 살고 있었다. 어느 날 그의 말이 까닭도 없이 도망하여 오랑캐 땅으로 들어갔다. 사람들이 이를 위로하자 그의 아버지가 말했다.

"이것이 어찌 복이 되지 않겠는가?"

몇 달이 지나 그 말이 오랑캐의 준마를 이끌고 돌아왔다. 사람들이 이를 축하했다. 그 아버지가 말했다.

"이것이 어찌 재앙이 되지 않겠는가?"

집에는 좋은 말이 늘어났다. 그 아들이 말타기를 좋아하다 말에서 떨어져 다리뼈가 부러졌다. 사람들이 위로하자 그 아버지가 말했다.

"이것이 어찌 복이 되지 않겠는가?"

1년이 지난 후 오랑캐 사람들이 요새로 공격해 들어왔다. 장정들이 모두 활을 당겨 싸웠으나 요새 가까이에 사는 사람들 10명 중 9명은 죽었다. 그렇지만 아들은 다리뼈가 낫지 않았기 때문에 부자 모두 무사했다.

그러므로 복이 재앙이 되기도 하고 재앙이 복이 되기도 하여, 변함이 그 끝을 알 수 없으니 깊이 헤아릴 수가 없다.

近塞上之人 有善術者. 馬無故亡而入胡 人皆弔之. 其父曰 此何遽不爲福乎. 居數月 其馬將胡駿馬而歸 人皆賀之. 其父曰 此何遽不爲禍乎. 家富良馬 其子好騎 墮而折其髀 人皆弔之. 其父曰 此何遽不爲福乎. 居一年胡人大入塞. 丁壯者引弦而戰. 近塞之人 死者十九. 此獨以跛之故 父子相保. 故福之爲禍 禍之爲福 化不可極 深不可測也.

'새옹지마(塞翁之馬)' 란 말은 이 이야기에서 나온 것으로, 사람의 길흉화복(吉凶禍福)이란 일정한 것이 아니며 그 변화는 예측할 수 없다는 데서 재앙도 슬퍼할 것이 못 되고 복도 기뻐할 것이 못 된다는 뜻으로 사용된다.

'인간만사 새옹지마(人間萬事塞翁之馬)' 란 말은 원(元)나라 승려 희회기(熙晦機)의 다음과 같은 시에서 유래한 것이다.

인간의 만사는 새옹의 말이니
베개를 밀치고 집 안에서 빗소리를 들으며 자네.

人間萬事塞翁馬
推枕軒中聽雨眠

'인간만사 새옹마(人間萬事塞翁馬)', 세상 사람들의 길흉화복은 알 수 없는 것이다.

席卷

석 권

멍석을 말다. 무서운 기세로 세력을 떨쳐 으뜸이 된다는 뜻.

자리 석 말 권

한(漢)나라와 초(楚)나라가 천하를 다투었을 무렵, 원래 위(魏)나라 공자(公子)의 한 사람인 위표(魏豹)는 위(魏)나라를 평정하여 항우(項羽)로부터 위왕(魏王)에 봉해졌다. 한왕(漢王) 원년에 항우는 위표를 평양(平陽)으로 옮겨 서위왕(西魏王)으로 삼았다.

한왕(漢王) 유방(劉邦)이 한중(漢中)으로부터 동쪽으로 진군하여 황하를 건너자, 위표는 한(漢)나라에 귀속하여 팽성(彭城)에서 초(楚)나라를 토벌하였지만, 한왕이 패하자 이번에는 한(漢)나라를 배반했다. 한왕 유방은 한신(韓信)으로 하여금 이를 토벌케 하여 포로로 하여금 형양(滎陽)을 지키게 하다 주가(周苛)에게 명하여 죽이게 했다.

또 팽월(彭越)은 한왕 3년에 한(漢)나라의 부대가 되어 양(梁)나라 땅에서 항우의 초(楚)나라 군대를 괴롭혔다. 한왕 5년에 한왕 유방은 팽월을 양왕(梁王)으로 삼아 출병케 하여 드디어 해하(垓下)에서 항우를 격파할 수 있었다.

한왕 유방은 한(漢)나라의 고조(高祖)가 되었으며, 한왕 10년에 진희(陳豨)의 반란을 평정하기 위하여 친히 정벌한 한 고조의 출병 요청에 출두하지 않은 팽월이 반란의 흔적이 있다는 여후(呂后)의 진언으로 체포하여 죽였다.

사마천(司馬遷)은 ≪사기≫의 위표팽월열전에서,

"위표와 팽월은 비천한 집안의 출신으로, 천리의 땅을 석권(席卷)하였는데…… 그 명성이 날로 높아졌지만, 반란의 뜻을 품었으나 패하자 자결하지 않고 포로가 된 후 죽임을 당한 것은 무엇 때문인가?"

그 이유는 지략에 뛰어난 두 사람은 몸이 무사하면 다시 큰일을 완수할 수 있는 기회가 있다고 기대하여 포로가 되는 것도 사양하지 않았다고 쓰고 있다.

'위(魏)나라 땅은 넓이가 천리'라고 있다. '석권(席卷)'이란 멍석을 마는 것처럼 한쪽으로부터 토지를 공격하여 취한다는 뜻이다. 뜻이 변하여 자기의 세력 범위 안으로 완전히 들어오는 것을 말한다.

先入主
선 입 주

먼저 들은 말이라는 뜻으로, 자신의 생각이나 판단이 고정관념으로 새로운 의견을 받아들이지 않는다는 뜻.

먼저 **선** 들 **입** 주인 **주**

전한(前漢)의 11대왕 애제(哀帝)는 할머니인 부씨(傅氏)와 어머니인 정씨(丁氏) 두 외척에게 정치를 맡기고, 젊은 동현(董賢)을 깊이 사랑하여 22세의 그에게 군대와 정치의 대권을 장악할 수 있는 대사마(大司馬) 벼슬에 임명하는 등 방종한 군주였다.

당시 애제 황후의 아버지와 동향 사람 식부궁(息夫躬)이라는 변사(辯士)가 흉노족의 침입을 예언하며 국경 지대에 군대를 집결시켜야 한다고 상소했다. 애제는 이 말을 승상 왕가(王嘉)에게 자문(諮問)했다. 왕가는 망령된 말이니 쓸데없는 변설에 귀를 기울이지 말라고 간하면서, 진(秦)나라 목공(穆公)은 중신들이 간하는 것을 듣지 않고 정(鄭)나라에 원정군을 보냈다가 진(晉)나라 군대에게 크게 패했거니와, 그 그름을 고치고 경험자의 상소를 받아들여 명성을 남긴 예를 인용,

"먼저 들은 말(식부궁의 말)이라 하여 중히 여기시면 안 됩니다."

하고 간했다. 그의 말은 받아들여지지 않았으나 식부궁의 말은 뒤에 사실무근의 망령된 말로 판명되어 스스로 죽음을 재촉하는 결과를 초래했다.(≪한서≫ 식부궁전(息夫躬傳))

'선입주(先入主)'란 여기에서 나와 지금은 '선입관(先入觀)'이라는 말로 사용되고 있다.

先 則 制 人
선 즉 제 인

선수를 치면 상대를 제압할 수 있다는 뜻으로, 상대편이 준비하기 전에 먼저 시작하면 유리하다는 뜻.

먼저 **선** 곧 **즉** 억제할 **제** 사람 **인**

항우(項羽)는 하상(下相)사람으로, 이름은 적(籍)이고 자는 우(羽)이다. 항씨(項氏)는 대대로 초(楚)나라의 장군으로서 항우의 숙부 항량(項梁)의 아버지 역시 초나라의 장군 항연(項燕)이라는 사람인데 진(秦)나라 장군 왕전(王翦)에게 죽임을 당했다.

항우는 젊었을 때 글을 배웠지만 잘 알지 못하였고, 나중에는 칼을 배웠지만 그것도 안 되었다. 숙부인 항량이 화를 내자 항우는,

"글이란 성명을 쓰면 충분하고, 칼은 한 사람을 상대하는 데 불과합니다. 저는 만 명을 상대하는 재주를 배우고 싶습니다."

이리하여 항량이 병법을 가르치니 항우는 몹시 기뻐했지만, 대체의 일을 알게 되니 더 깊이 배우려고 하지 않았다.

어느 날 항량이 사람을 죽이고 오(吳)나라에 있는 항우에게로 몸을 피하였다. 오(吳)나라 사대부들은 항량에게 한몫 쳐 주었다. 오(吳)나라에서 큰 토목 공사나 장례식이 있을 때에는 언제나 병법을 이용한 항량이 각각 사람들의 재능을 알아내어 지휘하였기 때문이다.

진(秦)나라의 시황제(始皇帝)가 회계(會稽)를 순시하고 전당강(錢塘江)을 통과할 때, 항량이 항우를 데리고 구경을 갔다. 그때 항우가 진시황을 보더니,

"저 사람의 자리를 빼앗아 내가 대신해야지."
라고 말했다. 항량은 항우의 입을 틀어막으며,

"엉뚱한 말 하지 마라. 한 집안이 모두 죽임을 당할 거야."

하고 타일렀지만 이 일이 있은 후 항량은 항우가 보통사람이 아니라는 사실을 알게 되었다.

항우는 신장이 여덟 자가 넘고 힘은 가마솥을 가벼이 들며 재주와 기개가 남들보다 뛰어났기 때문에 오(吳)나라의 젊은이들이 항우를 염려했을 정도였다.

이윽고 이세(二世)의 세상이 되자 진승(陳勝)이 반란을 일으키고, 각지에서 이에 응하는 사람들이 속출했다. 회계의 태수 은통(殷通)이 항량에게 말했다.

강서(江西)에서 모두가 반란을 일으키고 있다. 이것 역시 하늘이 진(秦)나라를 멸망시킬 때이다. 내가 듣건대, '먼저 하면 사람을 제압하고 뒤지면 사람에게 곧 제압을 받는 바가 된다.'고 한다. 나는 군대를 일으키고 공과 환초(桓楚)를 장군으로 삼으려 한다.

江西皆反 此亦天亡秦時也. 吾聞 先則制人 後則爲人所制. 吾欲發兵使公及桓楚將.(≪사기≫ 항우본기(項羽本紀))

이때 환초(桓楚)는 이웃 나라로 도망하고 있었다. 항량은 말했다.
"환초가 있는 곳을 아무도 모르거니와, 적(籍)만은 알고 있을 것입니다. 조금만 기다려 주십시오."
항량은 방에서 나오자 항우에게 무엇인가 말하며 칼을 가지고 그곳에 대기하라고 시킨 다음, 자리로 돌아가 은통(殷通)과 마주하여 말했다.
"적(籍)에게 명하여 환초를 불러오게 하겠습니다."
은통이 승낙하자 항량은 항우를 불러들였다. 이윽고 항량은 눈짓으로 '치라'고 했다.
항우는 칼을 뽑아들고 은통의 목을 내리쳤다. 이렇게 하여 항량이 먼저 은통을 제압하고 스스로 반기를 들었던 것이다.

城下之盟
성 하 지 맹

성 아래에서 맹세한다. 굴욕적인 강화나 항복을 하며 맺는 조약을 뜻함.

성 성 아래 하 어조사 지 맹세할 맹

≪춘추좌씨전≫ 환공(桓公) 12년에 다음과 같이 실려 있다.

초(楚)나라가 교(絞)를 정벌하고 그 남문(南門)에 진을 쳤다. 막오(莫敖:초나라의 벼슬 이름)인 굴하(屈瑕)가 말했다.

"교(絞) 사람들은 편협하고 경솔합니다. 경솔하면 도모함이 적으니 청컨대 땔나무를 취하는 인부에게 호위를 붙여 내놓아, 이로써 그들을 유인하면 어떨까요?"

이리하여 그 계교를 따르니 교(絞) 사람들이 초(楚)나라 인부 30명을 사로잡았다. 다음날에는 교 사람들이 다투어 나서서 초나라 인부들을 쫓아 산속으로 달려갔다. 초나라 사람들이 그 북문을 지키고 산 아래에 매복하였으므로 크게 패하여 성 아래에서 맹세하고 돌아갔다.

楚伐絞 軍其南門. 莫敖屈瑕曰 絞小而輕 輕則寡謀 請無扞采樵者以誘之. 從之 絞人獲三十人. 明日絞人爭出 驅楚役徒於山中. 楚人坐其北門 而覆諸山下 大敗之 爲城下之盟而還.

초나라 군대는 적의 성 아래에서 강화의 맹세를 행하였으므로 압도적인 승리를 했으며 교(絞)로서는 굴욕적인 패배였다. '성하지맹(城下之盟)'을 당하는 것과 시키는 것은 크게 다르다.

≪춘추좌씨전≫에는 이밖에도 선공(宣公) 15년 조항에, 초(楚)나라가 송(宋)나라를 공격했는데 항복하지 않자 신숙시(申叔時)의 계교를 써서, 숙사를 세우고 밭을 갈아 장기전 태세를 갖추는 것을 보더니 놀란 송(宋)나라가 사자를 보내어, '나라가 멸망한다 해도 성하지맹(城下之盟)은 맺고 싶지 않지만 30리만 군대를 후퇴시켜 준다면 어떤 조건이라도 받아들이겠다.'고 말했다고 한다.

歲月不待人
세 월 부 대 인

세월은 사람을 기다려 주지 않는다는 뜻으로, 한번 지나가면 세월은 다시 돌아오지 않으니 젊었을 때 학문에 전념해야 한다는 말.

해 **세** 달 **월** 아닐 **부** 기다릴 **대** 사람 **인**

'세월은 사람을 기다려 주지 않는다.'는 말은 시간이란 쉬지 않고 지나가 버리므로 일각인들 소홀히 해서는 안 된다는 뜻이다. 도연명(陶淵明)의 잡시(雜詩)에서 나온 말이다.

인생은 뿌리가 없어, 길 위의 나부끼는 티끌과 같다.

티끌이 나뉘고 흩어져 바람을 따라 구르니, 이것은 이미 떳떳한 몸이 아니다.

땅에 떨어져 형제가 되어도, 어찌 반드시 골육의 친함이 있으랴!

기쁨을 얻어 마땅히 즐거움을 지으라. 한 말의 술이 이웃 사람들을 모은다.

원기 왕성한 나이는 거듭 오지 않고, 하루에는 두 번의 새벽이 없다.

때에 이르면 마땅히 힘쓰라, 세월은 사람을 기다리지 않는다.

人生無根蔕 飄如陌上塵

分散逐風轉 此已非常身

落地爲兄弟 何必骨肉親

得歡當作樂 斗酒聚比隣

盛年不重來 一日難再晨

及時當勉勵 歲月不待人

이 시는 필시 잔치를 축하하기 위한 시일 것이다. 술은 적더라도 오늘 하룻밤 크게 기뻐하자. 원래 서로는 남남이지만 이렇게 모여 술을 마시면 형제간 이상으로 후회 없이 사이좋게 지내지 않겠는가?

또한 '마땅히 힘쓰라'는 말도 세월은 사람을 기다려 주지 않으므로 힘써 학문에 전념해야 한다고 도연명은 노래했던 것이다. '왕성한 나이는 거듭 오지 않는다' 이하의 구절은 젊은 사람들에게 대하여 '젊었을 때 학문에 노력하라'는 교훈으로 읽어야 할 경향이 강하다.

世有伯樂然後 有千里馬

세 유 백 락 연 후 유 천 리 마

세상에 백락이 있어야 천리마도 있다는 뜻으로, 뛰어난 재능이 있어도 그 재능을 꿰뚫어보는 사람이 없다면 쓰지 못한다는 말.

세상 **세** 있을 **유** 맏 **백** 즐거울 **락** 그럴 **연** 뒤 **후** 있을 **유** 일천 **천** 마을 **리** 말 **마**

하루에 천리를 달릴 수 있는 뛰어난 말도 백락(伯樂)이 없다면 뛰어난 말이 되지 못하고 평범하게 끝나고 말 것이다. 아무리 재능이 있는 사람이라도 그것을 꿰뚫어보는 사람이 없다면 재능은 세상에 나타나지 않고 그대로 썩어 버린다는 비유로 쓰는 말이다.

'백락(伯樂)'이란 본래 하늘에서 말을 돌보는 역할을 하는 별 이름으로, 세상에서는 말의 좋고 그름을 분간하는 사람을 말하게 되었다.

진(秦)나라 목공(穆公) 때 손양(孫陽)이란 사람이 말의 감정을 잘 하여 세상 사람들이 별의 이름을 따서 그를 백락(伯樂)이라고 부르게 되었다.

어느 때 손양이 기(驥)라는 곳에서 말에게 소금을 실은 수레를 끌게 하고 산에 올라갔는데 비탈길을 오르던 말은 완전히 기진맥진하여 길마를 등에 얹은 채 땅바닥에 엎드렸다. 그리고 손양을 올려다보면서 울었다. 수레에서 내린 손양은 너에게 이런 일을 시켰다고 말하며 함께 울었다. 말은 구부리고서 탄식하고 우러러보고서 울어 그 소리가 하늘까지 들렸다.

손양의 이야기는 ≪전국책(戰國策)≫이나 다른 한(漢)나라 초기의 문장에 보인다. 손양의 이야기는 '소금 수레를 끄는 원한'이라고 하며, 재능이 있는 것을 대우하지 못하는 것을 말하고 있다. 백락과 천리마의 이야기는 상당히 옛날부터 있던 이야기이거니와, 가장 잘 알려진 것은 한유(韓愈)의 잡설(雜說) 하(下)에 나온다. 그 첫머리에서 이렇게 말하고 있다.

세상에 백락(伯樂)이 있고 그런 뒤에 천리마가 있다. 천리마는 항상 있지만 백락은 항상 있지 않다. 그러므로 비록 명마(名馬)라도 단지 노예의 손에 부끄러움을 당하고 마구간 사이에서 그대로 죽어 천리마로써 일컬어지지 않는다.

世有伯樂 然後有千里馬. 千里馬常有 而伯樂不常有. 故雖有名馬 祗辱於奴隷人之手 騈死於槽櫪之間 不以千里稱也.

'천리마(千里馬)는 항상 있다.'고 말한 점으로 이제까지의 이야기가 백락(伯樂)의 명인다움에 역점을 두는 것은 상당히 다른 문제를 제기하는 것이 된다. 백락을 바라는 강한 호소가 번득이고 있는 글이라 하겠다. 백락의 존재가 드물기 때문에 천리마는 천한 사람의 손에 매질을 당하다 마구간에서 죽어 간다. 이것은 세상에 천리마가 없는 것과 마찬가지이다.

앞에서 말한 바와 같이 한유(韓愈)는 백락의 명인다움을 칭찬한 것이 아니라, 백락이 없음으로 인하여 천리마가 무참히 썩어 가는 것을 호소하고 있다. 다만 다른 점은 한유에게 당면한 문제는 현명한 군주의 출현과 불우한 신하인 자기로, 백락과 천리마의 관계가 한정되어 있다는 점이다.

小國寡民
소 국 과 민

나라는 작고 백성이 적다는 뜻으로, 이웃과 화목하게 지내기 위해서는 욕심을 버려야 한다는 뜻.

작을 **소** 나라 **국** 적을 **과** 백성 **민**

'소국과민(小國寡民)'이란 노자가 그린 이상적인 사회로, 소위 노자의 이상향이라 하겠다.

≪노자≫ 제80장에 다음과 같이 실려 있다.

나라는 작고 백성이 적어서, 다른 사람의 열 배나 백 배의 재주가 있는 사람이 있어도 쓰지 못하게 한다. 백성들로 하여금 죽음을 중히 여기게 하고, 멀리 이사 가지 못하게 해야 한다. 비록 배와 수레가 있어도 타고 갈 곳이 없고, 비록 갑옷과 군대가 있어도 진 칠 곳이 없게 해야 한다. 백성들로 하여금 다시 옛날로 돌아가 새끼를 묶어 문자로 사용하게 하며, 음식을 달게 여기고 옷을 아름답게 여기며, 거처를 편안하게 여기고 풍속을 즐겁게 여기게 해야 한다. 이웃 나라가 서로 보이며 닭과 개의 소리가 서로 들려도 백성들이 늙어 죽을 때까지 왕래하지 못하게 해야 한다.

小國寡民 使有什伯之器而不用. 使民重死而不遠徙. 雖有舟輿 無所乘之 雖有甲兵 無所陳之. 使民復結繩而用之 甘其食 美其服 安其居 樂其俗. 隣國相望 鷄狗之聲相聞 民至老死 不相往來.

노자는 부드럽고 약한 것을 존중하며, 무위(無爲)이고 욕심이 없어야 한다고 주장한다. 노자가 이상적인 사회를 그린 것이 바로 이 '소국과민(小國寡民)'이다. 노자가 '소국과민'을 보증하는 다음과 같은 글도 있다.

문을 나가지 않고서 천하를 알고, 창문을 엿보지 않고서 하늘의 도리를 본다. 나가는 것이 점점 멀면 아는 것이 점점 적어진다.

不出戶知天下 不闚牖見天道. 其出彌遠 其知彌少.(≪노자≫ 제47장)

배움을 날로 더하면 도(道)는 날로 줄어든다. 줄고 또 줄면 이로써 무위(無爲)에 이르게 된다. 무위(無爲)이고서야 하지 못함이 없게 된다.

爲學日益 爲道日損. 損之又損 以至於無爲. 無爲而無不爲.(≪노자≫ 제48장)

小心翼翼
소 심 익 익

세심하고 겸손하다는 뜻으로, 조심스럽게 마음을 써서 행동을 하라는 뜻.

작을 小 마음 心 삼갈 翼 삼갈 翼

'소심익익(小心翼翼)'이란 세심하게 마음을 써서 행동을 삼가는 것을 말한다.

≪시경≫ 대아(大雅)에 〈증민(烝民)〉이란 시가 실려 있다.

하늘이 여러 백성들을 낳으시니, 사물이 있으면 법칙이 있도다.
백성들이 일정한 법도를 지니어, 이 아름다운 덕을 좋아하도다.
하늘이 주(周)나라를 둘러보시어, 밝은 세상으로 내려오시고,
이 천자를 보호하시어, 중산보(仲山甫)를 낳게 하셨도다.

중산보의 덕이란, 부드럽고 아름다운 법도로써,
훌륭한 거동과 훌륭한 낯빛으로, 마음을 작게 하여 공경하며,
옛날의 교훈을 잘 본받고, 위엄 있는 거동에 바로 힘쓴다.
천자가 이와 같이 따르니, 밝은 명령을 펴는도다.

天生烝民 有物有則
民之秉彝 好是懿德
天監有周 昭假于下
保茲天子 生仲山甫

仲山甫之德 柔嘉維則
令儀令色 小心翼翼
古訓是式 威儀是力
天子是若 明命使賦

이 시는 주(周)나라 선왕(宣王)을 보좌한 재상 중산보(仲山甫)의 덕을

칭찬한 시이다.

중산보의 덕은 온순하면서도 절도가 있었다. 얼굴의 모습은 아름답고 마음을 작게 하여 조심하며, 옛날 성현의 가르침을 본받아 위엄 있는 태도를 흐트리지 않았다. 천자도 이에 따라 세상에 훌륭한 정치를 폈다고 한다.

小人閒居爲不善
소 인 한 거 위 불 선

소인은 한가하면 악을 저지르게 된다는 뜻으로, 남이 보지 않아도 행동거지를 함부로 하지 말라는 말.

작을 **소** 사람 **인** 한가할 **한** 머물 **거** 할 **위** 아니 **불** 착할 **선**

≪대학≫ 8조목 중 '성의(誠意)' 를 해설한 말이다.

이 장에서는 우선 '성의(誠意)' 의 방법 중 가장 먼저 익혀야 할 이른바 '홀로 있을 때 삼가는 것' 을 말하고 있다.

소위 그 마음을 진실되게 한다는 것은 스스로를 속이지 않는 것이다.

악한 냄새를 싫어하는 것같이, 좋은 낯빛을 좋아하는 것같이 함, 이것을 스스로 겸손하다고 말한다. 그러므로 군자는 반드시 홀로 있을 때를 삼가야 한다.

所謂誠其意者 毋自欺也. 如惡惡臭 如好好色 此之謂自謙. 故君子·必愼
其獨也.

≪대학≫에서 '그 마음을 진실되게 한다.'는 말은 악을 버리고 선을
행하는 것이 마음의 본래 작용임을 자각하고, 자기의 마음을 속이지 않
도록 하는 것이다.

즉 악(惡) 미워하기를 악한 냄새를 싫어하는 것같이 하고, 선(善) 좋아
하기를 좋은 낯빛을 좋아하는 것같이 해야 한다. 이를 일러 스스로 겸손
하다고 말한다. 그러므로 군자는 홀로 있을 때 특히 삼가고 조심해야 한
다. 홀로 있을 때 마음을 올바르게 하는 일이 진실한 마음을 갖는 일이
되는 것이다.

그러나 소인, 즉 쓸모없는 인간의 경우 스스로 자제하는 정신이 없기
때문에 홀로 있을 때 마음을 올바르게 지니지 못한다. 이리하여 '소인은
한가하면 악을 저지르게 된다.'는 것이다.

소인은 한가히 지내면 악함을 행하여 이르지 않는 곳이 없다. 군자를
본 뒤에 싫증이 나서 그 악함을 덮어 선함을 나타내려 해도 사람들이 자
기를 보기를 폐와 간 보는 것같이 하니 어찌 유익하리오. 이것을 진실된
마음이 밖으로 나타난다고 말한다. 그러므로 군자는 홀로 있을 때 반드
시 삼가는 것이다.

小人閒居爲不善 無所不至. 見君子而後厭然 揜其不善而著其善 人之視
己 如見其肺肝然 則何益矣. 此謂誠於中 形於外. 故君子·必愼其獨也.

宋襄之仁
송 양 지 인

송나라 양공의 인정. 쓸데없는 아량이나 인정을 베푼다는 뜻.

송나라 **송** 도울 **양** 어조사 **지** 어질 **인**

춘추시대 말기인 B.C. 643년에 제일의 패자가 된 제(齊)나라 환공(桓公)이 죽자 첩에게서 난 공자(公子) 다섯 명이 서로 후계자가 되려는 싸움을 벌였다. 환공으로부터 사후 일을 부탁받은 송(宋)나라 양공(襄公)이 여러 나라의 군대를 이끌고 제(齊)나라로 진격하여 효공(孝公)을 즉위시켰다.

송나라는 폭군으로 유명한 은(殷)나라 주왕(紂王)의 서자인 미자(微子)를 봉한 나라로, 오랫동안 송나라 사람들은 망한 나라의 자손이라고 천대를 받았다.

송나라 환공(桓公)의 병이 깊어지자 태자 자보(玆父)가 말했다.

"목이(目夷)가 저보다 연장자이고 몹시 어진 사람이니 그를 태자로 세우도록 하소서."

목이는 첩의 아들이었다.

"나라를 양보하려 하시는 것은 매우 어진 사람으로서 나 같은 사람은 도저히 미치지 못합니다. 더구나 내가 즉위할 순서도 아닙니다."

하고 목이가 굳이 사양했기 때문에 태자인 자보(玆父)가 즉위하여 양공이 되었다.

여기까지의 이야기로는 양공이 몹시 어진 사람이었거니와, 즉위한 지

7년째 되는 해에 송나라에 다섯 개의 운석(隕石)이 떨어지고 익(鷁)이라는 물새가 자취도 없이 날아왔다고 한다. 운석이 떨어진 것은 별로 진기한 일이 아니지만 익이라는 물새가 날아온 것으로 보아 바람이 상당히 강했던 모양이다.

"이것은 길한가, 흉한가?"

양공의 질문에 대하여 주(周)나라에서 온 내사(內史) 숙흥(叔興)은 양공을 거스르지 않기 위하여 적당히 대답했다.

"금년에는 노(魯)나라에 슬픈 일이 있고 내년에는 제(齊)나라에 난리가 일어나, 양공께서는 제후들에게 명령할 지위를 얻을 수 있을 것입니다."

이 말을 진정으로 받아들여 양공은 야망을 왕성하게 했다. 제(齊)나라 환공이 죽은 뒤로 그 난리를 틈타 제(齊)나라를 공격했다. 또 제후들을 모아 맹약할 것을 기획했다.

"약한 나라가 맹주(盟主)가 된다는 것은 재앙의 근본이다."

사마(司馬) 벼슬에 있던 목이가 이렇게 비판했지만 듣지 않았다. 과연 초(楚)나라가 양공을 사로잡고 송(宋)나라를 공격하는 사건이 일어났지만 다행히 용서되어 돌아왔다.

그러나 양공은 짓궂게 정(鄭)나라를 정벌하였다. 초(楚)나라가 정(鄭)나라를 구하려 하자, 역시 목이의 경고를 듣지 않고서 드디어 희공(僖公) 22년 11월에 초(楚)나라 군대와 홍수(泓水) 물가에서 전투를 벌였다. 송(宋)나라 군대는 진지를 구축하고 있었지만 초(楚)나라 군대는 아직 강을 건너지 못하고 있었기 때문에 사마인 목이가,

"적군은 많고 아군은 적습니다. 강을 건너오기 전에 칩시다."

라고 말했지만 양공은 움직이지 않았다. 그러는 동안 초(楚)나라 군대는 강을 건너고 진지를 구축하기 시작했다.

"적군이 진지를 구축하기 전에 공격합시다."

다시 목이가 권했으나 양공은 받아들이지 않고서, 초(楚)나라 군대가 진지를 구축하기를 기다렸다가 공격하여 송(宋)나라 군대는 크게 패하고 양공은 부상을 당하였으며, 그를 따르는 군대는 거의가 죽었다. 그래도 양공은 이렇게 말했다고 한다.

"군자는 부상자를 해치지 않고 노인을 사로잡지 않으며, 처지가 좋지 못한 적군을 괴롭히지 않는다고 한다. 나도 진지를 구축하지 못한 적군을 공격하지 않는다."

이로 인하여 결국 좋은 기회를 놓치고 초(楚)나라 군대에게 큰 패배를 맛보았던 것이다. 세상 사람들이 이것을 조소하여 '송(宋)나라 양공의 어짊' 이라고 말했다.

宋子姓. 商紂庶兄微子啓之所封也. 後世至春秋 有襄公茲父者 欲覇諸侯與楚戰. 公子目夷請及其未陣擊之 公曰 君子不困於阨. 遂爲楚所敗. 世笑以爲宋襄之仁. (≪십팔사략≫ 춘추전국(春秋戰國))

정정당당히 싸워서 이길 자신이 있으면 좋지만 송(宋)나라 양공에게는 그것이 없었다. 전국시대에 패자가 되려면 그야말로 피도 눈물도 없지 않으면 성공하지 못했을 것이다. 송(宋)나라 양공이 어진 사람이라기보다는 어진 사람의 기분을 냈을 뿐이다. 그러므로 처음에 어진 사람인 양목이에게 왕위를 양보하려 한 것도 일종의 기분풀이였을 것이다.

首鼠兩端
수 서 양 단

쥐가 구멍에서 머리를 내밀고 나갈까 말까 망설인다는 뜻으로, 어떤 일을 결정하지 못하고 망설인다는 뜻.

머리 **수** 쥐 **서** 두 **양** 끝 **단**

위기후(魏其侯) 두영(竇嬰)은 전한(前漢)의 3대왕 문제(文帝)의 황후 사촌언니의 아들로, 오(吳)나라의 승상을 지내다 병 때문에 면관(免官)되었으며, 다음의 경제(景帝) 때 첨사(詹事)가 되었지만 바른말로 두태후(竇太后)의 기분을 상하게 하여 파면되었다.

그러다 경제 3년에 오초칠국(吳楚七國)이 난을 일으키자 황제의 지명에 따라 대장군이 되었다. 난을 평정하자 위기후(魏其侯)에 봉해져 조정의 중신이 되었던 것이다.

한편 무안후(武安侯) 전분(田蚡)은 경제의 황후 동생으로, 젊었을 때 대장군 두영의 집에 출입하고 있었는데 경제의 만년부터 점차로 두각을 나타내기 시작했다. 이윽고 경제가 죽고 무제(武帝)가 즉위하니 왕태후(王太后)의 섭정(攝政)이 되었기에 전분도 무안후(武安侯)에 봉해졌다. 기운이 날카로운 전분이 노리는 것은 승상의 지위였다.

건원(建元) 원년에 승상과 태위(太尉)가 벼슬에서 물러났다. 그러자 적복(籍福)이라는 사나이가 전분에게 말했다.

"폐하로부터 말씀이 계시거든 위기후를 승상으로 추천하십시오."

신진인 전분은 명망이 높기로는 아직 두영을 따르지 못하였다. 승상이나 태위나 벼슬 높이에서는 마찬가지였으므로 전분은 이 말에 따르기로 했다.

건원(建元) 6년에 두태후가 죽자 전분은 승상이 되어 황제를 능가할 만큼 권세를 휘둘렀기 때문에 두 사람의 차이는 현격하게 되었다.

두영은 세상 사람들로부터 소홀해져 가까이 가는 사람이 없는 형편이었다. 이런 가운데 장군인 관부(灌夫)만이 두영을 버리지 않고 옛정을 유지했다. 장군 관부는 천한 집안의 출생이었지만 칠국(七國)의 난리 때 발군의 실력을 발휘하여 천하에 이름을 날리게 되었다.

원광(元光) 4년 여름, 승상인 전분이 연(燕)나라 왕의 딸에게 장가를 가서 축하연이 베풀어졌다. 전분이 돌아다니며 축배를 권하자 모두 자리에서 일어나 황공스럽게 술잔을 받았다. 그런데 이어서 두영이 돌아다니자 아무도 자리에서 일어나지 않고 앉아서 술잔을 받았다.

장군 관부가 이것을 보고는 흥을 잃었다. 그렇지만 일어나 전분에게 가서 술을 따랐다. 그러자 전분은,

"그렇게 술잔에 가득 따르면 마실 수가 없다."

하며 받으려 하지 않았다. 원래 주벽이 있던 관부는 화가 나서 다른 사람에게 덤볐으나 전분이 그를 변호하자 이번에는 전분에게 달려들었다. 이렇게 되어 그 자리에 있던 사람들이 돌아가게 되니 축하연은 엉망이 되었다.

승상인 전분이 화가 나서 관부를 감옥에 넣었지만 완강하게 버티며 사죄하려 하지 않았다. 이리하여 황제는 조신들에게 누가 옳으냐고 묻게 되었다. 어사대부(御史大夫) 한안국(韓安國)이 말했다.

"두영과 관부는 발군의 공에 의하여 천하에 이름을 떨친 장사로, 이번 일은 술자리에서 저지른 실수에 불과합니다. 또 전분이 관부의 도당을 몰아쳐 황족과 마찰을 일으키려는 것은 위험하며 그대로 방치할 수 없습

니다. 현명하신 황제의 판단을 원하는 바입니다."

주작도위(主爵都尉)인 급암(汲黯)은 두영이 옳다고 했다. 내사(內史)인 정당시(鄭當時)도 처음에는 두영이 옳다고 말했지만 나중에는 애매한 대답을 했다. 다른 사람들은 나아가 대답하려 하지 않았다. 무제는 조정 신하들의 태도가 분명치 못함에 화를 내고 평정(評定)을 중지해 버렸다.

전분이 조정에서 퇴출(退出)하여 지거문(止車門) 있는 데까지 오다가 어사대부 한안국(韓安國)을 만나 수레에 태운 후 화를 내며 물었다.

"그대와 함께 대머리 벗겨진 늙은이를 해치우려 했는데 어찌하여 애매한 태도를 취했는가?"

與長孺共一老禿翁 何爲首鼠兩端.(≪사기≫ 위기무안후열전(魏其武安侯列傳))

장유(長孺)는 한안국(韓安國)의 자(字)이며, '수서양단(首鼠兩端)'이란 쥐가 구멍에 머리를 내놓고서 나올까 말까 하는 태도를 표현한 것으로, 형세를 보아 어느 쪽으로든 취할 수 있는 애매한 태도를 말한다.

이후 형세는 두영이 그르다 하였다. 관부에 대한 변호가 사실과 맞지 않아 엉터리라고 하며 두영은 감옥에 하옥되었다. 결국 이 싸움은 관부의 일족을 사형에 처하고 두영도 감옥에서 죽어 전분의 승리로 끝났다.

그렇지만 전분은 그 이듬해에 병이 든 후 자기의 잘못을 깨닫고 계속 '내가 나빴다.'고 외쳐 사과하는 태도를 보였다. 전분은 환상으로 두영과 관부가 자기를 쫓아다니며 죽이려 하는 모습을 보았다. 결국 전분도 두 사람 뒤를 따랐다.

水魚之交
수 어 지 교

물과 물고기의 만남. 서로 떨어질 수 없는 아주 친밀한 사이라는 뜻.

물 **수** 고기 **어** 어조사 **지** 사귈 **교**

한 군대를 이끌고 신야(新野)에 주둔한 유비(劉備)는 '삼고지례(三顧之禮)'를 다한 보람이 있어 제갈공명(諸葛孔明)을 휘하에 보낼 수 있었다.

당시 위(魏)나라 조조(曹操)는 강북(江北) 땅을 평정하고 오(吳)나라 손권(孫權)은 강동(江東)의 땅에서 세력을 얻어, 위(魏)나라와 오(吳)나라는 점점 근거지를 굳히고 있었지만 유비에게는 아직도 근거할 만한 땅이 없었다.

또 유비에게는 관우(關羽)와 장비(張飛) 같은 용장이 있었지만 천하의 계교를 세울 만한 지략이 뛰어난 선비가 없었다. 이러한 때 제갈공명과 같은 사람을 얻었으므로 유비의 기쁨은 몹시 컸다.

제갈공명은 금후에 취해야 할 방침으로서 형주(荊州)와 익주(益州)를 눌러서 그곳을 근거지로 할 것과, 서쪽과 남쪽의 이민족을 어루만져 뒤의 근심을 끊을 것과, 내정을 다스려 부국강병의 실리를 올릴 것과, 손권과 결탁하여 조조를 고립시킨 후 시기를 보아 조조를 토벌할 것 등을 말하자 유비는 전적으로 찬성하여 그 실현에 온 힘을 다하게 되었다.

이리하여 유비는 제갈공명에게 절대적인 신뢰를 두고 두 사람의 교분은 날이 갈수록 친밀해졌다. 그러자 관우나 장비 등이 불만을 품었다. 새로 참여한 젊은 사람(제갈공명이 유비의 휘하로 들어온 것은 28세였다.)
인 제갈공명만 중하게 여기고 자기들은 가볍게 취급되는 것으로 생각했
기 때문이다. 유비는 관우와 장비 등을 위로하여 말했다.

"내가 제갈공명을 얻은 것은 마치 물고기가 물을 얻은 것과 같다. 즉
나와 제갈공명은 물고기와 물 같은 사이이다. 아무 말도 하지 말기 바란
다."

이렇게 말하자 관우와 장비 등은 불만을 표시하지 않게 되었다.

於是與亮情好日密. 關羽張飛等不悅. 先主解之曰 孤之有孔明 猶魚之有
水也 願諸君勿復言. 羽飛乃止.

이 이야기는 ≪삼국지≫ 촉지(蜀志)의 제갈전(諸葛傳)에 실려 있다.
'수어지교(水魚之交)'는 '고(孤)에게 제갈공명이 있는 것은 마치 물고기
에게 물이 있는 것과 같다.'에서 나온 말이다. 물고기가 물과 떨어질 수
없듯이 군신(君臣)의 친밀한 관계를 비유로 표현한 말이거니와, 지금은
일반적인 친교를 표현하는 말로 사용되고 있다.

壽則多辱

수 즉 다 욕

오래 살면 욕된 일이 많다는 뜻으로, 나이를 먹으면 욕심이 많이 생기므로 행동을 조심하라는 뜻.

목숨 **수** 곧 **즉** 많을 **다** 욕될 **욕**

도가(道家)의 사상을 집대성한 전국시대 장주(莊周)가 엮은 ≪장자≫ 천지편(天地篇)에 이런 이야기가 실려 있다.

성천자인 요(堯)가 화산(華山) 땅을 보러 갔을 때의 이야기이다.

화산의 국경을 지키는 하급 관리(封人)가 말했다.

"아아, 성인이시여. 청컨대 성인을 축하합니다. 성인으로 하여금 수(壽)하게 하소서."

요임금이 말했다.

"사양하겠소."

"성인으로 하여금 부자가 되소서."

요임금이 말했다.

"사양하겠소."

"그러면 성인으로 하여금 아들을 많이 두소서."

요임금이 말했다.

"그것도 사양하겠소."

봉인(封人)이 말했다.

"수하고 부하고 아들이 많은 것은 사람들이 바라는 바인데 성인께서 홀로 바라지 않으시니 어쩐 일입니까?"

요임금이 말했다.

"아들이 많으면 두려움이 많고, 부유하면 일이 많고, 장수하면 욕됨이 많다. 이 세 가지는 내가 덕을 기르는 까닭이 아니다. 그러므로 사양하는 것이다."

堯觀乎華. 華封人曰 嘻聖人 請祝聖人 使聖人壽. 堯曰辭. 使聖人富.

堯曰辭. 使聖人多男子. 堯曰辭. 封人曰 壽富多男子 人之所欲也 女獨不欲何邪. 堯曰 多男子則多懼 富則多事 壽則多辱. 是三者 非所以養德也. 故辭.

이 한 편은 장자(莊子)가 성인 요임금을 매체로, 인위적인 행위와 잔꾀를 부리지 말고 자연의 원리에 따라 자유로운 경지에서 살라는, 도가(道家) 사상을 묘사한 이야기이다.

사람이 오래 수하되 욕됨이 많은 인생으로부터 도망하지 말라는 장자의 말에는 되씹어 볼 만한 교훈이 들어 있다 하겠다.

水至淸則無魚
수 지 청 즉 무 어

물이 맑으면 물고기가 없다는 뜻으로, 너무 똑똑하고 청렴하면 사람들이 따르지 않는다는 뜻.

물 **수** 이를 **지** 맑을 **청** 곧 **즉** 없을 **무** 물고기 **어**

'물이 너무 맑으면 물고기가 없다.' 라는 말은 전한(前漢) 문인 동방삭(東方朔)의 문집 〈동방대중집(東方大中集)〉 안의 〈답객난(答客難)〉이라는 문장과, 이것을 인용한 ≪전한서≫ 동방삭전(東方朔傳)에 실려 있다.

그러므로 말하기를, '물이 너무 맑으면 물고기가 없다.' 사람에 이르러서 너무 살피면 동지가 없다. 면류관을 앞으로 쓰는 것은 밝음을 가리기 위한 까닭이다. 주황(黈纊)을 귀에 채우는 것은 총명함을 막기 위한 까닭이다. 밝음도 보이지 않는 곳이 있고, 총명함도 듣지 못하는 곳이 있다. 큰 덕을 들어 작은 잘못을 용서하는 것은, 한 사람에게서 갖추어짐을 구할 수 없다는 뜻이다.

故曰 水至淸則無魚. 人至察則無徒. 冕而前旒 所以蔽明 黈纊充耳 所以塞聰. 明有所不見 聰有所不聞. 擧大德 赦小過 無求備於一人之義也.

'물이 맑으면 큰 물고기가 없다.' 는 ≪후한서≫ 반초전(班超傳)에서, 반초가 서역도호(西域都護)의 벼슬을 그만둘 때 후임으로 온 임상(任尙)

을 경계한 말이다.

그대의 성격은 엄격하고 급하다. 물이 맑으면 큰 물고기가 없다. 방탕하고 절제가 없으니 마땅히 간단하고 쉽게 하라.

君性嚴急. 水淸無大魚. 宜蕩佚簡易.

반초가 두려워했던 대로 임상은 엄격하고 급한 성격을 내버려두어 세밀하고 가혹한 정치를 행하였기 때문에 서역의 평화를 잃었다고 한다.

唇亡齒寒
순 망 치 한

입술이 없으면 이가 시리다는 뜻으로, 서로 도우며 없어서는 안 되는 밀접한 관계라는 말.

입술 순 망할 망 이 치 찰 한

주(周)나라 혜왕(惠王) 22년, 진(晋)나라 헌공(獻公)은 괵(虢)나라를 정벌하기 위하여 우(虞)나라에게 길을 빌려 달라고 청원했다.

진(晋)나라에서 괵나라로 가려면 우나라를 통과하지 않으면 안 되었기 때문에 전에도 진(晋)나라가 괵나라를 정벌할 때 우공(虞公)에게 선물을 많이 보내고 통과하였던 것이다. 헌공이 이번에는 괵나라를 멸망시키려고 하였다.

우나라의 궁지기(宮之奇)가 우공에게 간했다.

괵나라는 우나라의 표면입니다. 괵나라가 망하면 우나라도 반드시 따라 망할 것입니다. 진나라를 인도해서는 안 됩니다. 도적은 가지고 놀아서는 안 됩니다. 전의 한 번으로도 심한데 그것을 두 번 되풀이해서는 안 됩니다. 속담에 소위 '수레의 짐받이 판자와 수레바퀴는 서로 의지하고, 입술이 망하면 이가 차가워진다.' 한 것은 곧 우나라와 괵나라를 두고 말한 것입니다.

虢虞之表也. 虢亡 虞必從之. 晋不可啓 寇不可翫. 一之爲甚 其可再乎. 諺所謂輔車相依 脣亡齒寒者 其虞虢之謂也.

그러나 진(晋)나라의 뇌물을 받은 우공은 궁지기의 말을 따르지 않았다. 궁지기는 재앙이 미칠 것을 두려워하여 가족을 이끌고 우나라에서 도망했다. 그때,

"우나라는 해를 넘기지 못할 것이다."

라고 말했다. 그해 8월에 진(晋)나라는 괵나라를 공격하여 12월에 멸망시키고, 돌아오는 길에 우나라를 공격하여 멸망시켜 버렸다. 과연 우나라와 괵나라는 서로 끊으려야 끊을 수 없는 관계였던 것이다.

우나라와 괵나라의 관계와 같이 한쪽이 멸망하면 다른 한쪽도 위태롭게 되는 관계를 '입술이 없으면 이가 차갑다(脣亡齒寒).' 라고 한다.

食 言
식   언

입 밖으로 나온 말을 다시 입 속으로 넣는다는 뜻으로, 약속한 말을 지키지 않는다는 말.

먹을 **식** 말씀 **언**

'식언(食言)'이란 거짓말을 말한다.

가장 오래된 것으로는 ≪서경≫의 〈탕서(湯誓)〉에 이 말이 실려 있다. 〈탕서(湯誓)〉는 은(殷)나라 탕왕(湯王)이 하(夏)나라 걸왕(桀王)의 포학무도함을 보다 못하여 군대를 일으켰을 때 영지인 박(亳)의 백성들에게 맹세한 말인데, 그 끝에 다음과 같이 선언하고 있다.

그대들은 바라건대 나 한 사람을 도와 하늘의 벌을 이루도록 하라.
나는 그대들에게 큰 상을 주리라. 그대들은 믿지 않음이 없게 하라.
나는 거짓말을 하지 않는다. 그대들이 맹세하는 말에 따르지 않는다면 나는 곧 그대들을 죽여 용서하는 바가 없으리라.

爾尚輔子一人 致天之罰. 子其大賚汝. 爾無不信 朕不食言. 爾不從誓言 子則孥戮汝 岡有攸赦.

이밖에 '식언(食言)'이란 말은 ≪좌전≫에 몇 군데 나오는데 그중에서도 흥미 있는 것은 애공(哀公) 25년의 다음과 같은 기록이다.

6월에 애공(哀公)이 월(越)나라로부터 돌아왔을 때 대부(大夫)인 계강자(季康子)와 맹무백(孟武伯)이 오오(五梧)라는 곳까지 마중을 나갔으며, 그곳에서 축하연이 벌어졌다. 애공의 수레를 끄는 곽중(郭重)이라는 사나이가 두 사람을 만난 뒤 애공에게 말했다.

"저 두 사람은 자꾸 애공의 욕을 하고 있었습니다. 구애하지 말고 거침없이 말씀해 주십시오."

축하연 자리에서 맹무백이 축배를 들고 곽중을 비웃으며,

"상당히 살이 쪘군 그래."

하고 말하자 옆에서 애공이 그들을 빈정거렸다.

"저 사람이야 말을 많이 먹으니(食言) 어찌 살찌지 않겠는가?"

이것은 곽중을 내세워 두 사람의 대부가 거짓말을 많이 하는 것을 비꼬아 말한 것이다. 축하연은 엉망이 되어 버리고 그후 애공과 대부들 사이는 점점 멀어졌다고 한다.

'말을 먹는다', 즉 '식언(食言)'이란 말은 한번 입에서 나온 말을 다시 입으로 들여보낸다는 뜻이다. 한번 말한 것을 실행하지 않는다는 뜻으로 사용되고 있다.

食指動
식   지   동

손가락이 움직인다. 먹을 거나 일에 대한 야심을 품는다는 뜻.

먹을 **식** 손가락 **지** 움직일 **동**

≪춘추좌씨전≫의 선공(宣公) 4년에 다음과 같은 이야기가 실려 있다.

초(楚)나라 사람이 정(鄭)나라 영공(靈公)에게 큰 자라를 바쳤다. 공자 (公子)인 송(宋:字는 子公)과 자가(子家)가 함께 들어와 배알하려 했다. 그때 자공(子公)의 둘째 손가락이 움직였다. 자공은 자가에게 그 손가락 을 보이면서 말했다.

"전에는 이와 같은 일이 있으면 반드시 별식(別食)을 맛보았다."

楚人獻黿於鄭靈公. 公子宋與子家將入見. 子公之食指動. 以示子家曰 他日我如此 必嘗異味.

들어가 보니 과연 요리사가 자라를 요리하고 있어서 두 사람은 얼굴을 마주보며 웃었다.

영공이 묻자 자가(子家)가 그 이유를 얘기했다. 그래서 영공은 장난기 가 일어났던 모양이다. 대부들과 함께 자라 요리를 들 단계가 되니 자공 (子公)도 동석시켰으면서 먹지 못하게 했던 것이다. 자공은 화가 나서 자 라를 끓이는 솥에 손가락을 집어넣고 그 손가락을 빨면서 물러갔다.

이와 같은 태도를 보이자 영공도 화가 나 죽이려고 했다. 자공도 미리 알고 선수를 치려고 자가에게 상의했다. 그러자 자가는,

"가축이라 할지라도 늙은 것을 죽이면 마음이 괴로운 것이다. 더구나 임금을 죽일 때는 더욱 그렇다."

하며 반대했다.

자공은 자가가 한 말을 영공에게 고하려 했기 때문에 자가는 두려워 자공과 공모할 것을 승낙했다. 그해 여름에 영공은 죽임을 당했다. 더욱 두려운 것은 음식물에 대한 원한 때문이었다.

'둘째 손가락이 움직인다' 는 말은 여기에서 나와, 사물을 구하려는 마음이 일어나는 것을 말하게 되었고, '야심을 가진다' 는 뜻으로 사용되고 있다.

神出鬼沒
신 출 귀 몰

귀신처럼 나타났다가 귀신처럼 사라진다는 뜻으로, 자유자재로 출몰해 소재를 예측할 수 없다는 뜻.

귀신 **신** 날 **출** 귀신 **귀** 숨을 **몰**

전한(前漢) 회남왕(淮南王) 유안(劉安)이 엮은 ≪회남자≫의 병략훈(兵略訓)은 도가 사상(道家思想)을 기본 이론으로 한 전략론(戰略論)에 대하

여 말하고 있다.

그중에서도 아군의 계략, 진 치는 일, 군대의 세력, 병기가 겉으로 보아 적군이 대책을 세울 수 있는 것이라면 교묘한 용병이 못 된다고 말한다.

'교묘한 자의 행동은 신이 나타나고 귀신이 돌아다니는 것처럼 별과 같이 빛나고 하늘과 같이 운행하는 것이다. 그 나아가고 물러남과 굽히고 펴는 것은 아무런 전조도 없고 형태도 나타나지 않는다.' 라고 말하였다.

'신출귀몰(神出鬼行)' 이란 '신이 나타나고 귀신이 돌아다닌다.' 는 뜻으로, 귀신과 같이 나오고 들어감이 자유자재라 예측할 수 없는 것을 말하는데, 같은 말이 병서인 ≪삼략≫에도 실려 있다.

이 병서는 황석공(黃石公)이 이상(圯上)에서 유방(劉邦)의 공신인 장량(張良)에게 준 것으로, 청(淸)나라의 적호(翟灝)가 지은 〈통속편(通俗篇)〉 귀신지부의 '신출귀몰(神出鬼沒)'에서 나온 말로, 이 ≪삼략≫의 '신출귀행(神出鬼行)' 의 말을 들고 있다.

'신출귀몰(神出鬼沒)' 이 직접 나온 것은 ≪당희장어(唐戲場語)≫의 '두 머리 세 얼굴의 귀신이 나타나고 사라진다(兩頭三面 神出鬼沒)' 구절인데, 이것은 ≪회남자≫나 ≪삼략≫에서 유래한 것으로 볼 수도 있다.

實事求是

실　사　구　시

사실에 의거하여 진리를 구한다는 뜻으로, 객관적인 사실을 토대로 진리를 탐구한다는 뜻.

사실 **실** 일 **사** 구할 **구** 옳을 **시**

이 말은 ≪한서≫의 하간헌왕덕전(河間獻王德傳)에 실려 있는, '학문을 닦아 예를 좋아하고, 일을 참답게 하여 옳음을 구함(修學好古 實事求是)'에서 나온 말이다.

19세기 초기, 즉 청(淸)나라 말기에서부터 중화민국 초기에 걸쳐 계몽사상가로 활약한 양계초(梁啓超)는 〈청대학술개론(淸代學術槪論)〉을 써서 청대(淸代) 학술의 개론을 시도하고 있다.

양계초는 또 능정감(陵廷堪)이 대진(戴震)을 위하여 지은 〈사략장(事略狀)〉 중에서,

"옛날 하간(河間)의 헌왕(獻王)은 실사(實事)에 대하여 옳음을 구하였다. 도대체 실사(實事) 앞에 있으면서 내가 옳다고 하는 것도 사람들은 억지로 말하여 이것을 그르다고 하지 못하고, 내가 그르다고 하는 것도 사람들은 억지로 말하여 이것을 옳다고 하지 못한다."(≪교례당집(校禮堂集)≫ 35권)

라는 논평을 인용하여 대진의 실사구시(實事求是) 정신을 드러내 밝히고 있다.

더구나 '실사구시'를 학문의 표적으로서 존중한 것은 대진 혼자만이

아니다. 그보다 후배에 해당하는 청(淸)나라 왕조의 학자들 중에는 주대
소(朱大韶)나 왕정진(王廷珍)과 같이 스스로를 '실사구시재(實事求是
齋)'라고 아호를 붙인 사람들도 있었다.

'실사구시'란 사실을 토대로 진리를 탐구하는 것을 말하며, 청조(淸
朝)의 고증학파가 공론(空論)만 일삼는 양명학(陽明學)에 대한 반동으로
내세운 표어이다. 그들은 정확한 고증(考證)을 존중하여 과학적이며 객
관적인 학문 연구의 입장을 취했다.

아

阿堵物

아 도 물

이 물건이라는 말로, 돈도 장애물이라는 뜻.

언덕 **아** 담장 **도** 만물 **물**

서진(西晉) 말기 귀족 사회에 유행한 청담(淸談)의 중심 인물 왕연(王衍)은 죽림칠현(竹林七賢)의 한 사람인 왕융(王戎)의 사촌이었다. 그는 용모와 태도가 단정했는데, 어릴 때 아버지를 따라 죽림칠현의 우두머리인 산도(山濤)를 방문했었다. 산도는 그의 재주와 지혜와 용모에 감탄하여 인사하고 돌아가는 그를 전송하면서 한숨을 쉬며 말했다.

도대체 어떤 어머니에게서 이렇게 훌륭한 소년이 태어났을까? 그러나 천하의 창생들을 그르치는 것은 반드시 이 사람이 아닐까?

何物老嫗生寧馨兒. 然誤天下蒼生者 未必非此人也.(≪진서(晉書)≫ 왕연전(王衍傳))

성인이 된 왕연은 요직(要職)을 역임하고 나중에는 태위(太尉 : 군정 장관)까지 진급했지만 그동안 정무는 거의 돌보지 않고 후진들을 모아 오로지 청담(淸談)만을 일삼았다. 그런데도 그를 중심으로 한 서진(西晉) 말기의 관료 사회에서는 청담이 입신출세의 실마리가 된 느낌이 있어 그의 문전에 젊은이들이 모여든 것도 그 때문이었다고 할 수 있을 것이다.

그러나 그들이 노장(老莊)의 현묘한 철리에 심취해 있을 때 서진(西晋) 제국을 둘러싼 국제 정세는 시시각각 급격함을 더해 가고 있었다.

당시 서진의 가장 큰 위협은 산서(山西)에 할거한 흉노족이었는데, 왕연 등 서진의 지도자층은 아무런 대책도 없는 채 멸망을 눈앞에 둔 초조함을 청담이라는 지적(知的) 놀이로 감추고 있었다.

그리하여 영가(永嘉) 5년에 석륵(石勒)과 유요(劉曜)가 이끄는 흉노족 대군이 도읍인 낙양(洛陽)을 공격해 들어왔을 때 방위군의 원수가 된 왕연은 새파랗게 질리고 당황하여,

"나는 처음부터 관리가 되기에는 성격이 맞지 않았는데 점점 높이 올라가 하는 수 없이 태위까지 오른 것이다. 그러나 오늘의 사태는 정말로 중대하여 나 같은 사람으로서는 도저히 감당할 수 없다."

라고 울면서 말했다. 그는 석륵과의 싸움에서 패하여 사로잡혀 죽임을 당했다. 불행하게도 산도의 예언이 적중한 것이다.

좌우간 왕연은 나라가 망해 가는 위기도 제쳐 놓고 청담에서 사는 보람을 찾는 풍류인이었기 때문에 돈에 대해 말하는 사람을 속된 무리라고 싫어했다. 그런데 그의 부인 곽씨(郭氏)는 이와 반대로 돈과 권력이라면 사족을 못 쓰는 여자였다. 그녀는 당시 최고 권력가인 가후(賈后)와 인연을 맺었으며, 머리는 나쁘면서도 아름다운 말만 늘어놓는 왕연이 마음에 들지 않았다.

어느 날 그녀는 노비에게 명하여 왕연의 침대 주위에 돈을 가득 처넣게 했다. 왕연이 아침에 잠에서 깨어났는데 침대 주위가 돈으로 가득 차 걸을 수 없자 노비를 불러 명령했다.

"이것들을 모두 치우도록 하라."

왕이보(王夷甫)는 본래 현묘하고 먼 것을 숭상하면서, 항상 아내의 탐욕을 미워하여 일찍이 돈이라는 말을 입에 올리지 않았다. 아내는 그를 시험해 보기로 하고 노비를 시켜 돈으로 침상을 에워싸 나갈 수 없게 하였다. 왕이보가 아침에 일어나 나가는 길을 돈들이 가로막는 것을 보고 노비를 불러 말하였다.

'이것을 모두 치우도록 하라.'

王夷甫雅尙玄遠 常嫉其婦貪濁 口未嘗言錢字. 婦欲試之 令婢以錢繞牀不得行. 夷甫晨起 見錢閣行 呼婢曰 擧却阿堵物.(≪세설신어(世說新語)≫ 규잠편(規箴篇))

'아도(阿堵)'는 당시의 속어(俗語)로 '이것'의 뜻이다. 그는 돈이라는 말을 입이 썩어도 하고 싶지 않았기 때문에 '아도물(阿堵物)'이라고 한 것인데, 그 이후로 돈을 일컫는 이명(異名)으로 사용되었다.

安堵
안　　도

담장 안이 편안하다는 뜻으로, 집 안에서 걱정 없이 편안하게 산다는 뜻.

편안할 **안** 담장 **도**

전국시대 후기의 초반인 B.C. 284년에 연(燕)나라 소왕(昭王)의 명재상 악의(樂毅)는 진(秦)·초(楚)·연(燕)·한(韓)·조(趙)·위(衛)의 연합군을 이끌고 제(齊)나라를 공격하여 5년 동안 제(齊)나라의 70여 성을 항복받고, 제(齊)나라 민왕(潛王)을 망명시켰지만, 즉묵(卽墨)과 거(莒) 두 성만은 항복하지 않고 있었다.

즉묵을 지키던 전단(田單)은 연(燕)나라 소왕이 죽고 혜왕(惠王)이 즉위하자 간첩을 보내 혜왕과 악의를 이간시키는 데 성공하는 한편, 연(燕)나라 군대에 거짓 정보를 유포시켜 교묘하게 즉묵의 제(齊)나라 군대의 사기를 높이고, 스스로 사졸들의 일을 분담하며 자신의 처첩을 군대에 편입시켜 사졸들에게 음식물을 대접하게 했다.

그리고 무장병들을 숨겨 놓고 노인과 어린이와 여자들을 성벽으로 올라가게 한 후 사자를 보내 연(燕)나라에게 항복할 것을 말하며, 성안의 백성들로부터 돈을 거두어 연(燕)나라 장군들에게 보내 '즉묵이 항복한다면 우리 집안과 처첩에게는 손대지 말고서 안심하고 잘 수 있도록 해달라(安堵).' 라고 말하게 했다.

이 말을 들은 연(燕)나라 군대가 더욱 안심하고 있을 때, 전단은 그 유명한 '화우지계(火牛之計)' 를 써서 일거에 쾌승을 거두고 제(齊)나라의 여러 성을 모두 회복하여, 초(楚)나라 군대에게 죽임을 당한 민왕(潛王)의 아들 양왕(襄王)을 거(莒)에서 도읍인 임치(臨淄)로 맞이했다.(≪사기≫ 전단열전(田單列傳))

사마천(司馬遷)은 전단의 병법을 '처음에는 처녀와 같고 뒤에는 벗어난 토끼와 같다.' 고 평하고 있는데, '안도(安堵)'의 '도(堵)' 란 '담'이라는 뜻으로 사람들이 각자 담 안에서 편안히 살 수 있다는 뜻이다.

이것이 바뀌어 '근심이 없는 것', '편안하게 안정시킴', '안심하는 것'
을 말하게 되었다. 지금도 금문도(金門島)에는 장개석(蔣介石)의 필적으
로 '거(莒)에 있는 것을 잊지 말라.'고 새겨진 비석이 서 있거니와, 이것
은 그때의 제(齊)나라가 대륙반공(大陸反攻)의 꿈인 국토를 회복한 고사
(故事)에서 의탁한 것이다.

暗中摸索
암 중 모 색

어둠 속에서 더듬어 찾는다는 뜻으로, 확실한 방법을 몰라 어림짐작
으로 알려고 한다는 말.

어두울 **암** 가운데 **중** 더듬을 **모** 찾을 **색**

당(唐)나라 3대 고종(高宗)이 황후인 왕씨(王氏)를 폐하고 무씨(武氏,
측천무후)를 황후로 맞이하였을 때, 왕씨를 지지하던 장손무기(長孫無
忌) 등의 중신들을 압도한 무씨 옹립파의 중심 인물은 뒤에 재상이 된 허
경종(許敬宗)이라는 문장의 명수로, 대대로 남조(南朝)에 벼슬한 가문이
었다.

그는 경솔하여 사람을 만나도 대체로 그 얼굴을 잊어버리는 버릇이 있
었다. 어떤 사람이 그를 보고 기억력이 나쁜 사람이라고 험담하자 이 말
을 전해들은 허경종은 이렇게 말했다.

"그대 같은 사람의 얼굴이야 기억하기 어렵지만 하(何) · 유(劉) · 심

(沈)·사(謝) 같은 사람을 만난다면 어둠 속에서 손으로 더듬어도(暗中摸索) 기억할 수 있다구."(≪수당가화(隋唐佳話)≫)

남북조시대 남조(南朝)의 제3왕조인 양(梁)나라 초대 임금 무제(武帝)는 문인천자(文人天子)로서 남조 유일의 문학 황금시대를 출현시켰다. 하손(何遜)과 유효작(劉孝綽)은 문장가로서 하유(何劉)라 불리고, 심약(沈約)과 사조(謝朓)는 무제가 전 왕조의 제(齊)나라 공자(公子)였을 무렵 문학 그룹의 친구로서 무제가 즉위함과 동시에 재상으로 발탁되어 문화 국가 건설에 참여한 교양 있는 문인이었다.

'암중모색(暗中摸索)' 이란 말은 허경종의 위 고사(故事)에서 생겨났으며, '어둠 속에서 손으로 더듬어 물건을 찾는다.' 는 것을 뜻하는데 이것이 '손 붙일 곳이 없는 사물을 찾아 구한다.' 는 뜻으로 변하여 사용된다.

弱冠
약 관

미약한 어른이라는 뜻으로, 스무 살이 되는 남자를 말함.

약할 **약** 갓 **관**

'약관(弱冠)' 이란 20세의 성년에 이른 남자를 일컫는 말이다. '약(弱)' 의 뜻은 부드럽고 약함, 즉 아직 기골이 장대한 장부라고는 말할 수 없지만 한 사람 구실을 하는 젊은이가 된 것을 뜻한다. '관(冠)'이란 갓을 쓰는 것으로 어른에 들어섰음을 축하하는 의식이다.

이 '약관(弱冠)'이라는 말은 오경(五經)의 하나인 ≪예기≫ 곡례편(曲禮篇) 상(上)에 실려 있다.

사람이 태어나서 10년은 어리다고 말하며, 배워야 한다. 20살을 약(弱)이라 하며, 갓을 쓴다. 30살을 장(壯)이라 하며, 아내를 두어야 한다. 40살을 강(强)이라 하며, 벼슬해야 한다. 50살을 애(艾)라 하며, 관청과 정사에 참여한다. 60세를 기(耆)라 하며, 일을 시킨다. 70세를 늙었다 하며, 집안일을 전수한다. 80세, 90세를 모(耄)라 한다. 7세를 도(悼)라 하며, 7세와 늙은이는 비록 죄가 있어도 형벌을 가하지 않는다. 100세를 기(期)라 하며, 봉양을 받아야 한다.

人生十年日幼 學. 二十日弱 冠. 三十日壯 有室. 四十日强 而仕. 五十日 艾 服官政. 六十日耆 指使. 七十日老 而傳. 八十九十日耄 七年日悼 悼 與耄 雖有罪 不加刑焉. 百年日期 頤.

이와 같은 호칭은 현대인의 연령 감각으로 말해도 진정으로 받아들일 만하며 상당히 흥미 있는 일이다.

10살까지를 어린이라고 부르며 공부를 시작할 시기이다. 20살이 되면 약(弱)이라고 부르며 갓을 써야 할 시기이다. 30살이 되면 장(壯)이라고 부르며 아내를 가지는 결혼적령기이다. 40세가 되면 강(强)이라고 부르며 벼슬살이를 할 시기이다. 50세가 되면 애(艾)라고 부르며 중요한 관직에 나아갈 시기이다. 애(艾)는 머리가 희어진다는 뜻이다. 60세가 되면 기(耆)라고 부르며 자기의 일을 다른 사람들에게 명령하여 시킬 자격이 있다. 70세는 노(老)라고 부르며 집안일을 자손에게 맡기고 유유자적하는 시기이다. 80세, 90세가 되면 모(耄)라고 부르며 7세는 도(悼)라고 부르는데, 7세와 늙은이에게는 비록 죄가 있어도 형벌을 가하지 않는 나이이다. 100세가 되면 기(期)라고 부르며 봉양을 받을 나이이다.

羊頭狗肉
양 두 구 육

양의 머리를 걸어 놓고 개고기를 판다는 뜻으로, 겉은 그럴듯해 보이나 속은 변변치 못하다는 뜻.

양 **양** 머리 **두** 개 **구** 고기 **육**

'양의 머리를 걸어 놓고 개고기를 판다.' 는 말은 《항언록(恒言錄)》에 실려 있는 말이다. 여기에서 바꿔어 '좋은 품질을 간판으로 내걸고 나쁜 품질의 물건을 판다.' 는 뜻으로 사용된다.

이 말과 비슷한 말이 많다. 《무문관(無門關)》에는 '양의 머리를 걸어 놓고 말고기를 판다(懸羊頭賣馬肉).' 라고 있고, 《안자춘추(晏子春秋)》에는 '소의 머리를 문에 걸어 놓고 안에서는 말고기를 판다(懸牛首于門而賣馬關於內)' 라고 있으며, 《설원(說苑)》에는 '소의 뼈를 문에 걸어 놓고 안에서는 말고기를 판다(懸牛骨于門而賣馬肉於內)' 라고 실려 있다.

뜻은 모두 같지만 이야기로서는 《안자춘추》에 실려 있는 것이 재미

있으므로 그것을 들어 두겠다.

춘추시대의 일이다. 제(齊)나라 영공(靈公)은 좀 색다른 취미를 가지고
있었다. 즉 미인에게 남장을 시켜 관상하는 일로, 궁중에 있는 미인들을
붙잡아 남장을 시키며 기쁨을 맛보았다. 영공의 이런 기호는 곧 나라 전
체에 전파되어 제(齊)나라에는 남장을 한 미인들이 늘어났다.

그러자 궁중 밖에서는 여인이 남장을 못하도록 영공이 영을 내렸다.
그러나 금령(禁令)의 효과는 없었다. 영공으로서는 그 금령이 지켜지지
않는 이유를 모르고 있다가 우연히 벼슬하는 안자(晏子)에게 하문하자
그가 대답했다.

"임금께서는 궁중에서 미인이 남장하는 것을 용서하면서 궁중 밖에서
는 금지하는 명령을 내렸습니다. 이것은 마치 소의 머리를 문에 걸어 놓
고 안에서는 말고기를 파는 것과 같은 것입니다. 왜 궁중에서는 미인에
게 남장시키는 것을 금하지 않는 것입니까? 궁중에서 금한다면 궁중 밖
에서도 감히 남장하는 사람이 없게 될 것입니다."

君使服之於內 而禁之於外. 猶懸牛首于門 而賣馬肉於內也. 公何以不使
內勿服 則外莫敢爲也.

이 말을 들은 영공은 궁중에서 미인을 남장시키는 것을 금하였다. 그
러자 하루가 지나기도 전에 제(齊)나라 전국에 걸쳐 남장을 하는 미인이
사라졌다고 한다.

梁上君子
양 상 군 자

대들보 위에 군자라는 뜻으로, 집 안에 들어온 도둑을 말함.

들보 **양** 위 **상** 군자 **군** 아들 **자**

후한(後漢) 말기의 일이다. 태구현(太丘縣) 장관은 진식(陳寔)이었다. 진식은 학문을 좋아하는 선비로 현의 하급 관리였던 청년 시절에는 앉으나 서나 독서에 열중하여 그 당시의 장관에게 인정을 받아 태학(太學)에서 공부하게 되었다.

또 마음이 공정하고 관대한 사람으로서 일찍이 살인 혐의를 받아 붙잡힌 적이 있었는데 살인 혐의가 풀려 석방된 뒤에 자기를 붙잡았던 사람의 일을 열심히 하므로 그 사람이 자진하여 그의 부하가 되었다고 한다.

또한 진식은 태구현의 장관이 된 뒤에도 덕을 잘 닦아 청렴하고 온화한 마음으로 현정(縣政)에 이바지했기 때문에 그 현의 사람들은 안락하게 생활할 수 있었다.

그러다 어느 해에 심한 흉년이 들자 사람들은 양식이 부족하여 괴로움을 당했다. 그러던 어느 날 밤에 도둑이 진식의 집에 들어와 대들보 위에 숨었다. 진식은 그것을 은근히 보았지만 위엄을 갖추고 아들과 손자를 불러들인 다음, 그들에게 훈계하였다.

"모름지기 사람은 스스로 힘써야만 한다. 악을 행하는 사람도 반드시 본래는 악한 사람이 아니나 평소에 뒤틀린 습관이 성격이 되어 결국 악으로 내달리게 된다. 여기에 있는 이 '양상군자(梁上君子)'도 이와 같은 사람이다."

이 말을 듣던 도둑은 크게 놀라 대들보에서 뛰어내려와 이마를 마루에 대고 그 죄를 자백했다. 진식은 서서히 깨우쳐 주었다.

"너의 얼굴 모습을 잘 보니 악한 사람 같지는 않다. 깊이 반성하여 사사로운 마음을 이기면 착한 사람이 될 수 있을 것이다. 가난하기 때문에 이와 같은 마음이 일어난 것이리라."

이리하여 그 도둑은 비단 두 필을 바치고 용서를 받았다. 이 일이 알려지자 태구현에는 도둑질을 하는 사람이 없어졌다고 한다.

時勢荒民儉. 有盜夜入其室 止於梁上. 寔陰見乃起自整拂 呼命子孫 正色訓之曰 夫人不可不自勉. 不善之人未必本惡. 習以性成 遂至於此 梁上君子者是矣. 盜大驚自投於地 稽顙歸罪. 寔徐譬之曰 視君狀貌不似惡人. 宜深剋己反善. 然此當由貧困. 令遺絹二匹. 自是一縣無復盜竊.

이 이야기는 ≪후한서≫ 진식전(陳寔傳)에 실려 있다. '양상군자(梁上君子)'는 진식의 말에서 나온 것으로 '도둑'이나 '쥐'를 일컫는다.

良藥苦於口
양 약 고 어 구

좋은 약은 입에 쓰다는 뜻으로, 남이 충고하는 말을 잘 받아들이라는 뜻.

좋을 **양** 약 **약** 쓸 **고** 어조사 **어** 입 **구**

이것은 공자의 말씀으로서 ≪공자가어≫ 육본편(六本篇)과 ≪설원(說苑)≫의 정간편(正諫篇)에 실려 있다. 효과 있는 좋은 약은 입에 넣을 때 쓰고, 사람들에게 듣는 충고는 좋은 말일수록 귀에 거슬린다는 뜻이다.

공자께서 말씀하셨다.

"좋은 약은 입에는 쓰지만 병에는 이롭고, 충고하는 말은 귀에는 거슬리지만 행실에 이롭다. 은(殷)나라 탕왕(湯王)은 직언을 하는 충신이 있었기 때문에 번창했고, 하(夏)나라 걸왕(桀王)과 은(殷)나라 주왕(紂王)은 무조건 따르는 신하들만 있었기 때문에 멸망했다. 임금에게 다투는 신하가 없고, 아버지에게 다투는 아들이 없고, 형에게 다투는 동생이 없고, 선비에게 다투는 친구가 없다면 잘못을 저지르지 않는 사람이 없을 것이다. 그러므로 말하기를 임금이 잘못을 저지르면 신하가 간해야 하고, 아버지가 잘못을 저지르면 아들이 간해야 하고, 형이 잘못을 저지르면 동생이 간해야 하고, 자신이 잘못을 저지르면 친구가 간해야 한다. 이렇게 한다면 나라에 위태하고 망하는 징조가 없고, 집안에 패란(悖亂)의 악행이 없으며, 부자와 형제에게 잘못이 없고, 친구와의 사귐도 끊임이 없을 것이다.”

孔子曰 良藥苦於口而利於病 忠言逆於耳而利於行. 湯武以諤諤而昌 桀
紂以唯唯而亡. 君無爭臣 父無爭子 兄無爭弟 士無爭友 無其過者 未之有
也. 故曰 君失之 臣得之 父失之 子得之 兄失之 弟得之 己失之 友得之. 是
以國無危亡之兆 家無悖亂之惡 父子兄弟無失 而交遊無絶也.

또 사마천(司馬遷)의 ≪사기≫ 유후세가(留侯世家) 장량전(張良傳)에
는 유방(劉邦)에게 간한 장량(張良)의 말로서, ‘충고하는 말은 귀에 거슬
리지만 행실에는 이롭고, 독한 약은 입에 쓰지만 병에는 이롭다(忠言逆
耳 利於行 毒藥苦口 利於病).’ 라고 실려 있다.

楊布之狗
양 포 지 구

양포의 개. 달라진 겉모습을 보고 속까지 변했다고 생각하는 사람이
라는 말.

버들 양 베 포 어조사 지 개 구

겉모습이 변한 것을 보고 속까지 변해버렸다고 판단하는 사람을 ‘양포
지구(楊布之狗)’ 라고 말한다.
이 말은 한비자(韓非子)가 자기의 말을 설명하기 위하여 이용한 이야

기에서 나온 것이다.

양주(楊朱)의 동생 양포(楊布)가 흰 옷을 입고 외출하였는데, 비가 내리니 흰 옷을 벗고 검은 옷을 입고 돌아왔다. 그러자 집에서 기르는 개가 분간하지 못하고 짖어대 양포는 화가 나서 개를 때리려 했다. 양주가 이것을 보고 말했다.

"개를 때리지 마라. 너 역시 이와 같을 것이야. 너의 개가 흰 옷을 입고 갔다가 검은 옷을 입고 돌아오면 너 역시 어찌 괴상하게 생각지 않을 수 있으랴!"

楊朱之弟楊布 衣素衣而出. 天雨 解素衣 衣緇衣而反. 其狗不知而吠之. 楊布怒將擊之. 楊朱曰 子毋擊 子亦猶是. 曩者使女狗白而往 黑而來 子豈能毋怪哉.(≪한비자≫ 설림(說林) 하(下))

양주는 전국시대 중엽의 사상가로, ≪맹자≫ 진심편(盡心篇) 하(下)에 '양자는 나를 위하여 취한다. 한 터럭을 뽑아 천하를 이롭게 한다 해도 행하지 않는다.' 라는 비판을 받고 있다. 그는 극단적인 이기주의자로 간주되어 그의 학설은 '위아설(爲我說)' 이라고 일컬어진다.

그러나 양주는 소아(小我)를 초월하고 자연과 융합하여 일체가 되는 경지를 이상으로 삼고 있다. 있는 그대로를 긍정하는 일, '양포지구(楊布之狗)' 를 긍정하는 양주의 관용은 여기에서 유래한 것이다.

漁夫之利
어 부 지 리

어부가 이익을 본다는 뜻으로, 두 사람이 다투는 사이에 다른 사람이 이득을 챙긴다는 뜻.

고기잡을 **어** 아비 **부** 어조사 **지** 이로울 **리**

전국시대에 벼슬 없는 지식인이 영달을 꾀하기 위하여 권세 있는 사람의 식객이 된 후 그의 추천으로 국왕에게 자기가 품은 부국강병책이나 외교정책 내지 전략을 설득하여 벼슬에 채용되는 것이 정상적인 길로, 이들을 세객(說客)이나 책사(策士)라고 하였다. 그중에서도 소진(蘇秦)과 장의(張儀)는 그 대표적인 인물이라고 일러지고 있다.

소진의 동생 소대(蘇代)도 형에게서 배워 주로 연(燕)나라와 제(齊)나라에서 세객으로 활약했다. 기지(機智)나 변설에서는 아직 소진을 따라가지 못하지만 착상(着想)의 규모나 크기는 반대로 형이 따르지 못하였다.

그런데 책사의 모략담(謀略譚)을 오백 편이나 모은 전한(前漢) 유향(劉向)이 엮은 ≪전국책≫에서는 그 재주의 비상함이 크게 돋보인다. '어부지리(漁夫之利)'라는 고사성어도 그중 한 편에 실려 있다.

조(趙)나라가 연(燕)나라를 치려 했다. 소대가 연(燕)나라를 위하여 조(趙)나라 혜왕(惠王)에게 말했다.

"이번에 제가 이리로 오면서 역수(易水)를 건너는데 큰 조개가 살을 드러내고 햇볕을 쪼이고 있었습니다. 물총새가 그 살을 쪼자 조개는 껍질을 닫으며 물총새의 부리를 물었습니다. 물총새가 '오늘도 비가 오지 않고 내일도 비가 오지 않는다면 너는 죽은 조개가 될 것이다.' 라고 말하니, 조개는 물총새에게 '오늘도 나오지 않고 내일도 나오지 않는다면 너는 죽은 물총새가 될 것이다.' 라고 하여 어느 쪽도 양보하려 하지 않았습니다. 그러자 어부가 양쪽 모두 천천히 잡았습니다. 지금 조(趙)나라는 연(燕)나라를 치려 하고 있습니다만 연(燕)나라와 조(趙)나라가 서로 버티어 백성들을 피폐하게 한다면 어부는 강한 진(秦)나라가 되지 않을까 하고 위태롭게 생각합니다. 왕께서는 깊이 생각하시어 처리해야 할 것입니다."

혜왕은 '과연 옳은 말이다.' 하고 이에 중지했다.

趙且伐燕. 蘇代爲燕謂惠王曰 今者臣來過易水. 蚌方出曝 而鷸啄其肉蚌合而拑其喙. 鷸曰 今日不雨 明日不雨 卽有死蚌. 蚌亦謂鷸曰 今日不出 明日不出 卽有死鷸. 兩者不肯相舍 漁者得而并禽之. 今趙且伐燕 燕趙久相支 以弊大衆 臣恐强秦之爲漁夫也. 故願王之熟計之也. 惠王曰 善乃止.

여기에서 '방휼지세(蚌鷸之勢)'와 '어부지리(漁夫之利)'라는 경계하는 구절이 생겨났는데, 제3자들이 서로 싸우는 것을 '방휼지세'라 하고, 싸움을 틈타 이득을 얻는 것을 '어부지리'라고 하게 되었다.

餘桃之罪

여 도 지 죄

먹다 남은 복숭아를 준 죄란 뜻으로, 같은 행동이라도 좋을 때와 싫을 때가 있다는 말.

남을 **여** 복숭아 **도** 어조사 **지** 허물 **죄**

옛날에 미자하(彌子瑕)라는 사람이 위(衛)나라 군주에게 총애를 받고 있었다. 위(衛)나라 법에서는 임금의 수레를 몰래 타는 사람은 다리를 자르는 형벌을 받도록 되어 있었다.

미자하의 어머니가 병이 나자 한 사람이 이 사실을 미자하에게 고하였다. 미자하는 허락을 얻었다고 거짓말을 하고서 임금의 수레를 타고 나갔다. 그러자 위(衛)나라 임금이 이 말을 듣고 어진 선비라고 하였다.

"효자로다! 어머니를 위하는 까닭으로 다리 잘리는 죄를 잊었도다."

또 어느 날 미자하가 위(衛)나라 임금과 과수원에서 놀았는데 복숭아를 먹다가 그 맛이 매우 달았으므로 먹던 반쪽을 임금에게 먹게 했다. 그러자 위(衛)나라 임금은 이렇게 말했다.

"얼마나 나를 사랑하는 것인가! 자기의 입맛을 잊고서 나에게 먹여 주는도다!"

이윽고 미자하의 아름다움이 쇠하니 총애를 잃고 결국 임금에게 죄를 얻었다. 위(衛)나라 임금은 말하였다.

"이 사람은 거짓말을 하고 내 수레를 탔으며, 일찍이 제가 먹다 남은 복숭아를 나에게 먹인 적이 있다."

昔者 彌子瑕有寵於衛君. 衛國之法 竊駕君車者 罪刖. 彌子瑕母病 人閒往夜告彌子 彌子矯駕君車以出 君聞而賢之曰 孝哉 爲母之故 忘其刖罪. 異日與君遊於果園 食桃而甘 不盡 以其半啗君. 君曰 愛我哉忘其口味以啗寡人. 及彌子色衰愛弛 得罪於君 君曰 是固嘗矯駕吾車 又嘗啗我以餘桃.

이 이야기는 《한비자》 설난편(說難篇)에 실려 있는 이야기로, 사람들에게 자기의 의견을 말하기가 얼마나 어려운가를 말해 주는 보기의 하나이다. 한비자(韓非子)는 이렇게 말했다.

'그렇다고 미자하의 행동이 처음과 변한 것은 없다. 그런데 먼저는 덕행이라고 하고 나중에는 벌을 받게 한 것은 사랑이 미움으로 변했기 때문이다. 따라서 임금에게 사랑을 받고 있으면 재주가 표적을 쏘아 친함이 더해 가고, 임금에게 미움을 받으면 재주는 표적을 벗어나 죄를 받음이 더하게 된다.'

'여도지죄(餘桃之罪)'라는 말은 이 이야기에서 나온 것으로, 사랑을 받는 것은 죄를 받게 되는 원인이 된다는 비유로 쓰이고 있다.

逆鱗
역 린

용의 목에 난 비늘. 상대방의 치명적인 약점을 건드려 큰 화를 당한 다는 뜻.

거스를 **역** 비늘 **린**

≪한비자≫의 설난편(說難篇)은 자기의 의견을 사람들에게 설득하는 것이 얼마나 어려운가를 풀이한 것이다.

한(韓)나라는 전국칠웅(戰國七雄) 중에서도 가장 약소국가로, 금방이라도 서쪽 이웃의 초강대국가 진(秦)나라에게 멸망하게 되었다. 그런데도 왕안(王安)은 조정의 무리들이 특권을 세습적으로 계승하여 자기 집안의 이익을 도모하면서 국가의 위급은 둘째로 삼는 행위를 방치하고 있었다.

한(韓)나라 공자(公子)인 한비자는 초조하지 않을 수 없었다. 그의 명석한 두뇌에는 신법(新法)을 단행하여 문벌의 특권을 일소하고, 군주 전제에서 부국강병으로 나아가야 할 청사진이 준비되어 있었기 때문이다.

그러나 왕안은 결코 그 방책을 채택하려 하지 않았다. 한비자는 왕안을 설득하느라 온갖 괴로움을 맛보고 있었다.

"상대방이 명예나 높은 절개를 그리워하여 움직이려 하는데 이를 후한 이익으로 설득하면 지조가 비열해져서 사람을 천하게 대우하는 것이라고 간주하여 이를 버리고 멀리할 것이다. 상대방이 후한 이익을 그리워하여 움직이려 하는데 명예나 높은 절개로써 이를 설득하면 욕심이 없이 맑되 세상일에 어둡다고 간주될 것임에 틀림이 없다. 상대방이 은근히 후한 이득을 도모하면서 겉으로만 명예나 높은 절개를 그리워하고 있는 데 명예와 높은 절개로 설득하면 겉으로는 이쪽의 의견을 받아들이되 속으로는 싫어하며, 후한 이득으로써 설득하면 속으로는 그 의견을 채택하되 겉으로는 이쪽의 의견을 버릴 것이다."

이것은 첫머리의 일절이다. '역린(逆鱗)'이란 말은 이 편을 끝맺는 부분이다.

대저 용이라는 동물은 부드럽게 길들이면 타고 다닐 수 있다. 그러나 그 목구멍 아래 직경이 한 자쯤 되는 곳에 거꾸로 박힌 비늘이 있어, 만일 이것을 건드리면 반드시 그 사람을 죽인다. 백성의 임금에게도 역시 거꾸로 박힌 비늘이 있다. 설득하는 사람이 능히 임금의 거꾸로 박힌 비늘을 건드리지 않는다면 희망이 있다고 할 수 있다."

夫龍之爲蟲也 柔可狎而騎也. 然其喉下有逆鱗徑尺 若人有嬰之者 則必殺人. 人主亦有逆鱗 說者能無嬰人主之逆鱗 則幾矣.

여기에 기록된 '역린(逆鱗)'은 '임금의 성냄'이라는 뜻이 되고, 임금의 성냄을 당하는 것을 '거꾸로 박힌 비늘에 닿는다'고 하게 되었다.

緣木求魚
연 목 구 어

나무에 올라가 물고기를 구한다는 뜻으로, 허황된 계책으로 성공이 불투명하다는 뜻.

좇을 **연** 나무 **목** 구할 **구** 고기 **어**

'연목구어(緣木求魚)'란 말은 나무에 올라가 고기를 잡는다는 뜻으로 목적과 수단이 일치하지 않는다, 성공이 불가능한 것을 비유로 사용하고 있다. 이 말은 《맹자》 중에 나오는 말이다.

맹자는 공자의 사상적 후계자로 자임(自任)하여 인의(仁義)와 도덕(道德)을 고취하며, 특히 정치론에서는 인(仁)과 의(義)를 중심으로 한 임금의 정치의 필요성, 소위 왕도정치(王道政治)를 부르짖었다. 그 왕도(王道)는 무력을 중심으로 하는 패자(覇者)의 정치로 성립된다.

다음은 《맹자》 공손추(公孫丑) 상(上)에 나오는 말이다.

'힘으로써 어진 정치를 가장하는 것은 패도(覇道)이니, 패도에는 반드시 큰 나라를 가져야 한다. 덕으로써 인(仁)을 행하는 사람은 왕도(王道)이니, 왕도를 실천하는데 반드시 나라가 커야 하는 것은 아니다. 탕(湯)임금은 70리 왕이 되었고, 문왕(文王)은 100리 왕이 되었다. 힘으로써 사람을 복종시키는 것은 마음으로부터 복종케 하는 것이 아니라 힘이 모자라서이다. 덕으로써 사람을 복종시키는 것은 마음속으로부터 기뻐서

진실로 복종하는 것이다.'

또 제(齊)나라 선왕(宣王)이 물었다.

"제(齊)나라 환공(桓公)과 진(晋)나라 문공(文公)의 일에 대하여 들려주십시오."

맹자가 대답했다.

"공자의 제자들 중에 환공과 문공의 일을 말한 사람이 없습니다. 그러니 후세에 전해진 것이 없으므로 신은 아직 그 일을 듣지 못했습니다. 싫지 않으시다면 왕 노릇하는 이야기나 하시지요."

"덕이 어떠해야 왕 노릇을 할 수 있습니까?"

"백성들을 편안히 살게 해 주고 왕 노릇을 한다면 아무도 이를 못하게 막아낼 수 없을 것입니다."

"나 같은 사람도 백성들을 편안히 살게 해 줄 수 있을까요?"

"하실 수 있습니다."

"하지 않는 것과 하지 못하는 것은 어떻게 다릅니까?"

"태산(泰山)을 옆에 끼고서 북해(北海)를 뛰어넘는 일을 '나는 못한다.'고 말한다면 이것은 진실로 하지 못하는 것입니다. 그러나 웃어른을 위하여 몸을 굽혀 절하는 일을 '나는 못한다.'고 말한다면 이것은 하지 않는 것이지 못하는 것이 아닙니다.

왕께서 왕 노릇을 하시는 것은 태산을 옆에 끼고 북해를 뛰어넘는 것에 비유되는 것이 아니라 바로 몸을 굽혀 절하는 것에 비유되는 것입니다."

"왕께서 가장 원하시는 것을 들려주실 수 있습니까?"

왕이 웃기만 할 뿐 말하지 않자 맹자가 물었다.

"살찐 고기와 맛있는 음식이 입에 부족하기 때문입니까? 가볍고 따뜻한 옷이 몸에 부족하기 때문입니까? 그렇지 않으면 아름다운 빛깔이 눈으로 보시기에 부족하기 때문입니까?"

"아닙니다. 그런 일들을 위해서 이러는 것은 아닙니다."

"그러시다면 왕께서 가장 바라시는 것을 알 수 있겠습니다. 영토를 크게 확장하여 진(秦)나라나 초(楚)나라 같은 큰 나라를 굴복시키고, 중국에 군림하여 사방의 오랑캐들을 쓰다듬어 주시려는 것입니다. 그러나 그런 전쟁의 방법으로 그런 큰 욕망을 달성하려 하시는 것은 마치 나무에 올라가 물고기를 잡으려는 것과 같습니다."

"그것이 그토록 터무니없는 일입니까?"

"아마 그보다도 더 터무니없을 것입니다. 나무에 올라가 물고기를 잡으려는 짓은 비록 물고기를 잡지 못할지라도 후환은 없습니다."

日 王之所大欲 可得聞與. 王笑而不言 曰 爲肥甘 不足於口與 輕煖不足於體與 抑爲采色 不足視於目與. 曰 否 吾不爲是也. 曰 然則 王之所大欲 可知已 欲辟土地 朝秦楚 莅中國而撫四夷也. 以若所爲 求若所欲 猶緣木而求魚也. 王曰 若是其甚與. 曰 殆有甚焉 緣木求魚 雖不得魚 無後災.

燕雀安知鴻鵠之志哉
연 작 안 지 홍 곡 지 지 재

제비나 참새는 기러기나 고니 같은 큰 새의 뜻을 모른다는 말로, 소인은 대인의 큰 뜻을 헤아리지 못한다는 말.

제비 연 참새 작 어찌 안 알 지 큰 기러기 홍 고니 곡 어조사 지 뜻 지 어조사 재

진승(陳勝)은 양성(陽城) 사람으로 자를 섭(涉)이라 한다. 이 진승이 젊었을 무렵 친구와 함께 어떤 사람에게 고용되어 농사일을 하고 있었다.

어느 날 그는 밭 가는 일을 멈추고 언덕 위로 올라가 불만 섞인 한숨을 쉬면서 친구에게 말했다.

"장래에 부귀한 몸이 되더라도 서로 잊지 않도록 해야 하네."

친구가 웃으면서 대답했다.

"너는 지금 날품팔이 노릇을 하고 있다구. 어떻게 해서 부귀하게 될 수 있겠는가?"

진승은 크게 탄식하며 말했다.

"아아, 제비나 참새와 같은 작은 새가 어찌 기러기나 백조와 같은 큰 새의 뜻을 알 수 있겠는가?"

이것은 ≪사기≫의 진승세가(陳勝世家) 첫머리로 본문은 다음과 같다.

陳勝者陽城人也 字涉. ……陳涉少時 嘗與人傭耕. 輟耕之壟上 悵恨久之日 苟富貴無相忘. 傭者笑而應日 若爲傭耕 何富貴也. 陳涉太息日 嗟乎燕雀安知鴻鵠之志哉.

이윽고 진(秦)나라의 시황제(始皇帝)가 죽고 2세의 세상이 되자 사방에서 반란이 일어나 마치 들불과 같이 번져 나갔다. 그 불지른 역할을 한 사람이 진승이었다.

2세 원년에 진승은 오광(吳廣)과 함께 징발(徵發)되어 총 구백 명의 수비병으로서 북쪽 변방에 가기로 되었다. 그러나 큰 비를 만나 홍수로 길이 막혀버렸다. 행군은 할 수 없고, 그렇다고 기한까지 지정된 지점까지 가지 않는다면 진(秦)나라의 엄격한 법률에 의하여 참형에 처해질 것이었다. 그리하여 진승은 오광과 도모하여 반란을 일으켰다.

"우리들은 이미 기한에 늦었다. 목적지에 뒤늦게 도착해도 기다리고 있는 것은 죽음이다. 설사 참죄를 면한다 할지라도 우리들 중 죽는 사람은 열 명 중에 6, 7명은 된다. 어차피 죽을 것이라면 한번 반기를 들어 후세에 이름을 남기지 않겠는가?"

이때 진승이 말했던 유명한 말은 '왕후장상(王侯將相)의 씨가 따로 있겠는가?(王侯將相寧有種乎)' 하는 말이다. 왕후나 장군이나 대신들도 똑같은 사람이다, 우리들도 할 수 있다는 뜻이다.

진승의 도박은 성공했다. 가는 데마다 성과 도시를 함락하여 진(陳)나라에 이르렀을 때는 수레가 육칠백 대, 말 탄 기병이 천여 명이나 되고 군대는 수만의 대군으로 늘어나 있었다.

진(陳)나라가 함락되자 이곳을 근거지로 정하고 왕위에 올라 국호를 장초(張楚)라고 하였다. 드디어 부귀를 실현했던 것이다. 각지의 호걸들이 진(秦)나라의 관리들을 죽이고 군대를 일으켜 진승에게 호응했다.

이와 같은 복잡한 정세 속에서 전쟁 미치광이가 된 진승은 시기와 의심에 사로잡히고 사람의 채용을 잘못하여 혼미한 가운데 누군가에게 죽임을 당하고 말았다. 그러나 그가 뿌린 씨앗은 진(秦)나라를 멸망시켰던 것이다.

五里霧中

오 리 무 중

오십 리 안개 속. 일의 상황을 알 수 없어 갈피를 잡기 어렵다는 뜻.

다섯 **오** 거리 **리** 안개 **무** 가운데 **중**

장해(張楷)는 후한(後漢) 중기 사람으로, ≪춘추≫나 ≪상서≫에 통달한 뛰어난 학자였다. 제자들도 많고 학자나 귀족들 중 그와의 교제를 바라는 사람이 많았지만 벼슬길에 나아가는 것을 싫어하여 산중에 은거해 버렸다.

장해의 아버지 장패(張霸)도 기골이 장대한 학자로서 한때는 안제(安帝)에 벼슬하여 시중(侍中)을 지냈다. 당시는 외척의 세력이 강하여 이미 무너진 화제(和帝)의 황후 오빠인 등질(鄧騭)이 정치의 실권을 장악하고 있었다. 그 등질이 장패의 명성을 듣고 교제를 청한 일이 있었으나 장패는 응답을 하지 않았다.

장해는 이와 같은 아버지의 기개를 이어받고 있었다. 장해가 산중에 은거한 뒤에 새로 즉위한 순제(順帝)가 이렇게 칭찬했다.

"장해는 덕행에서 원헌(原憲:공자의 제자)을 사모하고, 절개에서는 백이(伯夷)와 숙제(叔齊)를 목표로 했으며, 고귀한 것을 가벼이 알고 빈천을 즐겨 산속에 은거하고 있어도 그 고결한 뜻은 확실히 우리를 뛰어넘었다."

순제가 그에게 하남(河南) 장관(長官)으로 조서를 내려 벼슬하기를 설득했지만 장해는 병을 이유로 나아가지 않았다.

장해는 도술을 좋아하는 성격으로 능히 오십 리의 안개를 지을 수 있었다. 그때 관서(關書) 사람인 배우(裵優) 또한 능히 삼십 리의 안개를 일으킬 수 있었다. 그는 장해에 미치지 못한다고 생각하여 제자로 들어가 배우기를 바랐지만 장해는 모습을 숨기고 그를 보려 하지 않았다.

張楷 性好道術 能作五里霧. 時關書人裵優亦能爲三里霧 自以不如楷從學之. 楷避不肯見.

그후 배우는 안개를 일으켜 악한 일을 하다가 체포되자 장해로부터 재주를 배웠다고 진술했다. 그리하여 장해도 감옥에 투옥되었지만 결국 근거가 없다는 것을 알고 석방되어 일흔 살의 장수를 누렸다고 한다.

이 이야기는 ≪후한서≫의 장해전(張楷傳)에 실려 있다. 장해가 일으켰다는 오십 리의 안개에서 '오리무중(五里霧中)'이라는 말이 생겨났다. 오십 리(중국의 5리)나 되는 안개 속에 있어 나아갈 방향을 잃는다는 뜻이거니와, 이것이 변하여 '마음이 미혹되어 어찌할 바를 모른다.'는 뜻으로 사용되고 있다.

五十步百步

오 십 보 백 보

> 오십 보 백 보는 차이가 없다는 뜻으로, 조금 덜하고 더한 차이는 있지만 본질적으로는 마찬가지라는 뜻.

다섯 **오** 열 **십** 걸음 **보** 일백 **백** 걸음 **보**

전투가 벌어졌을 때 오십 보를 후퇴한 사람이 백 보 후퇴한 사람을 비겁한 사람이라고 조소한다면 이치에 맞지 않는 얘기가 되겠다.

맹자는 이 이야기를 그의 왕도정치론(王道政治論)을 고취하기 위하여 유세차 간 양(梁)나라 혜왕(惠王)과의 문답 속에서 끌어내고 있다. 이것은 ≪맹자≫ 양혜왕편(梁惠王篇) 상(上)에 실려 있다.

하루는 양혜왕이 맹자에게 말했다.

"나는 나라 일에 어지간히 마음을 다하고 있습니다. 하내(河內)에 흉년이 들면 그 백성들을 하동(河東)으로 옮기고, 하동의 쌀을 하내로 옮깁니다. 또 하동에 흉년이 들면 똑같은 방법을 쓰고 있습니다. 이웃 나라의 정치를 보면 나만큼 마음을 쓰는 사람이 없거니와, 그런데도 이웃 나라의 백성이 줄어들지 않고 나의 나라 백성들이 많아지지 않는 것은 무엇 때문일까요?"

맹자가 대답했다.

"왕께서 싸움을 좋아하시니 청컨대 싸움을 비유로 말씀드리겠습니다. 둥둥 하고 북이 울려 병사들이 이미 칼날을 접했습니다. 갑옷을 버리고 군대를 이끌고 도망가는데, 혹은 백 보를 도망하여 그치고 혹은 오십 보를 도망하여 그칩니다. 오십 보로써 백 보 도망간 사람을 비웃는다면 어떠하겠습니까?"

양혜왕이 말했다.

"백 보를 도망간 것은 아닐지라도 이 또한 도망간 것입니다."

맹자가 말했다.

"왕께서 이것을 아신다면 백성들이 이웃 나라보다 많기를 바라지 마옵소서."

梁惠王曰 寡人之於國也 盡心焉耳矣 河內凶則 移其民於河東 移其粟於河內 河東凶則 亦然. 察隣國之政 無如寡人之用心者 隣國之民 不加少 寡人之民 不加多 何也. 孟子對曰 王好戰 請以戰喩. 塡然鼓之 兵刃旣接 棄甲曳兵而走 或百步而後止 或五十步而後止 以五十步 笑百步則如何. 曰 不可 直不百步耳 是亦走也. 曰 王如知此則 無望民之 多於隣國也.

맹자는 이렇게 하여 양혜왕의 기분을 눌러놓은 다음, 왕도정치의 근본으로 우선 백성들의 경제생활의 안정에 있음을 역설하였다.

"농사철을 어기지 않는다면 곡식을 이루 다 먹지 못할 것이며, 웅덩이와 연못에 촘촘한 그물을 넣는다면 물고기와 자라를 이루 다 잡지 못할 것이며, 산과 숲에 도끼를 제때 넣는다면 재목을 이루 다 쓰지 못할 것입니다. 곡식과 물고기와 자라를 이루 다 먹지 못하고 재목을 이루 다 쓰지 못하면 이것은 백성으로 하여금 산 사람에게는 안정된 생활을 하고 죽은 사람에게는 후하게 장사 지내는 데 조금도 유감이 없게 하는 것이니, 이러한 정치야말로 임금 노릇을 하는 근본입니다."

吳越同舟

오 월 동 주

오나라와 월나라 사람이 같은 배를 탄다는 뜻으로, 원수라도 어려운 상황에서는 행동을 같이 한다는 말.

오나라 **오** 월나라 **월** 같을 **동** 배 **주**

오(吳)나라와 월(越)나라는 춘추시대에 원수지간이었다. 이 오(吳)나라의 군사(軍師)로서 후세에 이름을 남긴 병법가는 손자(孫子)이다.

≪손자병법(孫子兵法)≫은 손자 계통의 병법가들에 의해 전국시대에 정리된 것이다.

손자는 이렇게 말하고 있다.

유능한 지휘관은 병사들을 '솔연(率然)'처럼 부리고 있다. 솔연이란 상산(常山)에 사는 뱀으로서 그 머리를 치면 곧 꼬리로 반격하고, 꼬리를 치면 머리로 반격하고, 배를 치면 머리와 꼬리로 동시에 반격한다고 한다.

대저 오(吳)나라 사람과 월(越)나라 사람은 서로 미워하지만 같은 배를 타고서 건널 때 거센 바람을 만나게 되면 서로 구원하는 것이 마치 왼손과 오른손과 같다.

夫吳人與越人相惡也 當其同舟而濟遇風 其相救也 如左右手.

사이가 좋지 못한 사람끼리 함께 있는 것을 '오월동주(吳越同舟)'라고 하는 것은 여기에서 나온 말이다.

동시에 '상산(常山)의 뱀'이라는 고사성어가 나오는데 이것은 머리와 꼬리가 서로 호응하여 패함이 없는 진을 말한다. 어디라도 찌를 틈이 없는 만전의 태세를 뜻하는 데 사용되기도 한다.

烏合之衆
오 합 지 중

까마귀가 무리를 지어 있다는 뜻으로, 규율과 훈련이 부족한 군대를 말함.

까마귀 **오** 합할 **합** 어조사 **지** 무리 **중**

'오합지중(烏合之衆)'이란 말은 ≪사기≫의 역생육가열전(酈生陸賈列傳)과 깊은 관계가 있다. 즉 역생육가열전에 의하면, 한(漢)나라 고조(高祖)가 아직 패공(沛公)이었던 시절에 항우(項羽)와 함께 서쪽의 진(秦)나라를 공략하려고 했을 때 진류(陳留) 교외에 군대를 진군시킨 일이 있다. 이때 역이기(酈食其)라는 세객이,

"당신이 까마귀 떼 무리를 규합하여, 어수선한 군대를 모을지라도 만 명은 차지 않을 것입니다. 이것으로 강한 진(秦)나라를 공격하려는 것은 소위 호랑이 입을 더듬는 격입니다. 대저 진류(陳留)는 천하의 요충지대로 사통오달(四通五達)의 교외입니다. 게다가 그 성에는 많은 곡식이 쌓

여 있습니다. 나는 그 현령(縣令)과 친한 사이입니다. 청컨대 사자를 보내 항복하도록 하십시오."

足下起糾合之衆 收散亂之兵 不滿萬人. 欲以徑入强秦 此所謂探虎口者也. 夫陳留天下之衝 四通五達之郊也 今其城又多積粟. 臣善其令. 請得使之 令下足下.

라고 패공을 설득시켰던 것이다. '오합지중(烏合之衆)'이란 여기저기에서 모여든 훈련되지 않은 군대를 말하는 것이다.

그런데 '오합지중'이라고 명기(明記)되어 있는 책은 ≪후한서≫이다. 경엄전(耿弇傳)에 의하면, 경엄이 군대를 이끌고 용감히 유수(劉秀:후한의 광무제)에게 항복하러 가는 도중에, 군대 안에 왕랑(王郎:한나라 성제(成帝)의 태자를 사칭해 군대를 일으킨 사람)이야말로 한(漢)나라 정통파라고 믿는 자가 있어 유수의 휘하가 되는 것은 잘못이라고 주장했다. 그러자 경엄이 그를 꾸짖었는데 그 질책 중에 이런 말을 하였다.

우리가 돌격 기병대를 일으켜 가히 오합지중(烏合之衆)을 치는 것은 고목을 꺾고 썩은 것을 깎는 것과 같을 뿐이다.

發突騎以轔烏合之衆 如摧枯折腐耳.

또 ≪비동전(邳彤傳)≫에는 비동이 이렇게 말하고 있다.

점치는 사람 왕랑(王郎)은 거짓으로 태자의 이름을 사칭하여 세력을 확대하고 돌아다니며 오합지중을 모아, 드디어 연(燕)나라와 조(趙)나라의 땅을 진동시켰다.

卜 者王郎 假名因勢 驅集烏合之衆 遂震燕趙之地.

玉石俱焚
옥 석 구 분

옥과 돌이 함께 탄다. 착한 사람이나 악한 사람 구별 없이 함께 화를
당한다는 뜻.

구슬 **옥** 돌 **석** 함께 **구** 탈 **분**

좋은 것과 나쁜 것이 함께 망하는 것을 '옥석구분(玉石俱焚)'이라고
한다.

≪서경≫ 하서(夏書) 윤정편(胤征篇)에 다음과 같은 글이 실려 있다.

곤강(崑岡)에 불이 나면 옥과 돌이 함께 탄다. 임금이 덕을 놓치면 사
나운 불길보다도 격렬하다. 그 우두머리 괴수는 죽이되 협박에 못 이겨
복종한 사람들은 벌하지 말 일이다. 옛날에 물들어 더러워진 풍속은 모
두와 더불어 오직 새롭게 하리라.

火炎崑岡 玉石俱焚. 天吏逸德 烈于猛火. 殲厥渠魁 脅從罔治. 舊染汙
俗 咸與惟新.

〈윤정(胤征)〉은 윤후(胤侯)가 하(夏)나라 임금의 명령에 따라 희화(羲和)를 치러 나갈 때 한 선언으로, 희화를 치는 까닭을 설명한 것이다.

곤강(崑岡)은 옥을 생산하는 산의 이름이다. 만일 곤강이 불에 탄다면 옥과 돌이 함께 타버릴 것이다. 화재는 무서운 재앙을 가져오거니와, 임금이 덕을 잃는다면 그 피해는 사나운 불길보다도 더 심하다. 따라서 지금 그 수령을 쳐서 멸망시키는 것이지, 억지로 가담했던 사람들까지 모두 처벌하지는 않을 것이니 함께 마음을 새롭게 하여 착함으로 돌아가라는 뜻이다.

玉石混淆
옥 석 혼 효

구슬과 돌이 뒤섞여 있다는 뜻으로, 좋은 것과 나쁜 것이 함께 있어 구분하기가 힘들다는 뜻.

구슬 **옥** 돌 **석** 섞을 **혼** 뒤섞일 **효**

‘옥석혼효(玉石混淆)’ 란 옥과 돌이 뒤섞인 것으로, 좋은 것과 나쁜 것, 착한 사람과 악한 사람이 한데 뒤섞여 구별이 되지 않는 것을 말한다.

≪포박자(抱朴子)≫ 외편(外篇) 상박편(尙博篇)에, 세상 사람들이 천박한 시부(詩賦)를 사랑하여 뜻깊은 제자백가(諸子百家)의 글은 가볍게 여겨 몸을 위하는 지극한 말을 어리석다 하고, 공허하고 화려한 말은 기뻐하는 것을 한탄한 포박자의 말에,

참됨과 거짓됨이 전도되어 옥과 돌이 한데 뒤섞여 있다. 광악(廣樂)을 상동(桑同)과 한가지로 알고, 용의 무늬를 풀로 짠 옷과 한가지로 안다.

眞僞顚倒 玉石混淆. 同廣樂於桑同 鈞龍章於卉服.

라는 말 중에 '옥석혼효(玉石混淆)' 가 실려 있다.

참됨과 거짓됨을 뒤바꿔 생각하고, 옥과 돌이 한데 뒤섞여 있다. 이것은 마치 아악(雅樂)을 함부로 속악(俗樂)과 한가지로 간주하고, 아름다운 옷을 조잡한 옷과 한가지로 간주한다는 뜻이다.

溫故而知新
온 고 이 지 신

옛것을 익혀 새것을 안다는 뜻으로, 오래된 것을 배워 새로운 가치를 찾아야 한다는 뜻.

익힐 온 연고 고 말 이을 이 알 지 새 신

'온고이지신(溫故而知新)' 이란 '옛것을 익혀 새로운 것을 안다.' 는 뜻이다. 이 말은 ≪논어≫ 위정편(爲政篇)에 나오는 공자의 말씀이다.

공자께서 말씀하셨다.
"옛것을 익혀 새로운 것을 알면 가히 이로써 스승이 될 수 있다."

子曰 溫故而知新 可以爲師.

'온고이지신(溫故而知新)'이라는 말은 ≪중용≫에도 나오거니와, 한 (漢)나라 정현(鄭玄)은 ≪중용≫에 나오는 그 글에, '온(溫)은 읽어서 익힌다는 뜻이다. 처음 배운 것을 익힌 뒤에 때로 반복하여 익히는 것을 말하며 온고(溫故)라고 한다.'라고 주를 달았다.

물론 ≪논어≫의 옛날 주에서 '온(溫)은 찾는다. 옛것을 찾는 것이다.'라고 함에 따라 '옛것을 찾아'라고 읽어도 된다. 그리고 '지신(知新)'은 '새것을 안다.'라는 뜻이 된다.

과거의 역사적 사실에 대한 인식과 오늘날의 새로운 사태에 대한 인식은 함께 해야 할 필요 불가결한 사실이다. 오늘날의 사실만을 알고 옛것을 모르는 것을 소경이라고 말한다. '온고이지신(溫故而知新)'하여 가히써 스승이 될 수 있다고 했다. 옛것과 오늘날의 것을 알지 못한다면 어찌 스승이라 할 수 있겠는가?

臥薪嘗膽
와 신 상 담

섶(땔나무)에 누워 쓸개를 씹는다는 뜻으로, 원수를 갚으려고 온갖 고난을 참고 견딘다는 말.

누울 **와** 땔나무 **신** 맛볼 **상** 쓸개 **담**

주(周)나라 경왕(敬王) 24년, 오(吳)나라 왕 합려(闔閭)는 군대를 이끌고 월(越)나라를 공격했다. 월(越)나라 왕 구천(勾踐)은 수리(欈李)에서 이를 맞아 오(吳)나라 군대를 격파했다. 이 싸움에서 합려는 부상당하여 죽게 되었다. 임종에 이르러 합려는 태자 부차(夫差)를 불러서 말했다.

"너는 구천이 아버지를 죽였다는 사실을 잊어서는 안 된다."

"네, 결코 잊지 않겠습니다."

이 '와신(臥薪)'의 기사는 ≪십팔사략≫에 실려 있다.

부차는 나라로 돌아오자 복수할 것을 잊지 않기 위하여 땔나무 위에서 잠을 자며 방 입구에 사람을 세워 놓고서 출입할 때마다,

"부차여, 너는 월(越)나라 군대가 네 아버지를 죽인 것을 잊었는가?"
라고 외치게 했다.

夫差志復讐 朝夕臥薪中 出入使人呼曰 夫差而忘越人之殺而父邪.

월(越)나라 왕 구천은 부차가 복수를 위하여 밤낮으로 노력하고 있다는 사실을 듣자 범려(范蠡)가 말리는 것도 듣지 않고 선수를 쳐 오(吳)나라를 공격해 들어갔다. 오(吳)나라 왕 부차는 정병(精兵)을 출발시켜 부초(夫椒)에서 월(越)나라 군대를 격파했다. 구천은 나머지 군대 오천 명을 이끌고 회계산(會稽山)으로 피했다. 부차는 이를 추격하여 포위했다.

진퇴(進退)가 궁해진 구천은 범려의 말에 따라 오(吳)나라 재상 백비(伯嚭)에게 막대한 뇌물을 보내어, 모든 재물과 보배를 부차에게 바칠 것과 구천 부처(夫妻)는 부차의 노비가 될 것을 약속하여 화의를 청했다. 오(吳)나라 중신 오자서(伍子胥)는 이때 기운을 더 내어 월(越)나라를 멸망시켜 화근을 끊어버리기를 권했지만 부차는 백비가 조정하는 바에 따

라 구천의 화의를 받아들였다.

구천은 나라로 돌아오자 일부러 마음과 몸을 괴롭히기 위해 좌석 옆에 쓸개를 놓고서 앉을 때나 누울 때나 우러러 쓸개를 핥고, 또 음식을 마주 해도 쓸개를 핥아 그 쓴맛을 맛보며 스스로 이렇게 말했다.

"너는 회계(會稽)의 부끄러움을 잊었는가?"

쓸개를 맛보는 '상담(嘗膽)'의 기사는 ≪사기≫ 월세가(越世家)에 실려 있다.

월(越)나라 왕 구천은 나라로 돌아오자 몸을 괴롭힐 생각으로 애태워, 자리에 쓸개를 놓고 앉을 때나 누울 때 곧 쓸개를 우러러보았다. 음식을 먹을 때도 쓸개를 핥았다. 홀로 말하기를 '너는 회계의 부끄러움을 잊었는가?'

越王勾踐反國 乃苦身焦思 置膽於坐 坐臥卽仰膽. 飮食亦嘗膽也. 曰 女忘會稽之恥邪.

패전의 치욕을 맛보는 것을 '회계지치(會稽之恥)'라고 하는데 여기에서 나온 말이다.

월(越)나라 왕 구천이 오(吳)나라를 격파하여 오(吳)나라 왕 부차가 스스로 목숨을 끊은 것은 그로부터 20년 가까이 흐른 뒤의 일이다.

'와신상담(臥薪嘗膽)'이란 말은 오(吳)나라 왕 부차와 월(越)나라 왕 구천의 고사에서 나온 것으로, 원수를 잊지 않고 갚기 위하여 스스로 쓰라림을 맛보는 것을 말한다.

蝸牛角上之爭
와 우 각 상 지 쟁

달팽이 뿔 위에서 싸운다는 뜻으로, 아무런 이득도 없는 하찮은 일로 다툰다는 뜻.

달팽이 **와** 소 **우** 뿔 **각** 위 **상** 어조사 **지** 다툴 **쟁**

사소한 일로 다투는 것, 혹 쓸데없는 일로 다투는 것을 '와우각상지쟁(蝸牛角上之爭)' 이라고 한다.

위(魏)나라 혜왕(惠王:뒤에 양혜왕)은 제(齊)나라 위왕(威王)과 맹약을 맺었는데, 위왕이 배반했으므로 혜왕은 자객을 보내 죽이려 계획했다.

혜왕의 신하 공손연(公孫衍)이 그 계획을 알고는 당당히 군대를 일으켜 제(齊)나라를 공격해야 한다고 주장했다. 그러나 다른 신하 계자(季子)는 군대를 일으켜서 백성들을 괴롭히지 말아야 한다고 상소했다.

혜왕이 망설이고 있을 때 재상 혜시(惠施)가 대진인(戴晋人)이라는 사람을 왕과 만나게 했다.

대진인이 말했다.

"달팽이라고 있는데 임금은 아십니까?"

"안다."

"달팽이의 왼쪽 뿔에는 촉씨(觸氏)라는 자가, 오른쪽 뿔에는 만씨(蠻氏)라는 자가 나라를 세우고 있었습니다. 언젠가 서로 땅을 뺏으려고 싸워서 죽은 자가 수만이나 되고, 도망가는 적을 추격하여 15일 만에 돌아왔습니다."

"아아, 그것은 터무니없는 말이다."

"신이 청컨대 임금을 위하여 현실에 비유하여 보겠습니다. 임금께서 생각하시기에 우주의 사방과 상하에 끝이 있습니까?"

"끝이 없는 줄로 안다."

"그렇다면 마음을 그 끝없는 우주에 놀게 하는 사람에게는 실제로 왕래할 수 있는 나라가 있는 것도 같고 없는 것도 같습니다."

"그러하다."

"그 나라들 가운데 위나라가 있고, 위나라 가운데 양(梁)이라는 도읍이 있고, 양 가운데 왕이 있으니, 우주의 무궁에 비한다면 왕과 만씨 사이와 다름이 있습니까?"

"다름이 없다."

대진인이 물러가자 혜왕은 정신이 나간 사람처럼 하고 있었다.

戴晋人日 有所謂蝸者 君知之乎. 日 然. 有國於蝸之左角者 日觸氏有國於蝸之右角者 日蠻氏 時相與爭地而戰 伏屍數萬. 逐北旬有五日而後反. 君日 噫其虛言與. 日 臣請爲君實之 君以意在四方上下有窮乎. 君日 無窮. 日 知遊心於無窮 而反在通達之國 若存若亡乎. 君日 然. 日 通達之中有魏 於魏中有梁 於梁中有王 王與蠻氏有辯乎. 君日 無辯. 客出 而君惝然若有亡也.

이 이야기에서 '와각지쟁(蝸角之爭)'이라는 말이 나오게 되었다. '와우각상지쟁(蝸牛角上之爭)'이란 말도 그러하거니와, 이 말을 취한 백거이(白居易)는 시 〈대주(對酒)〉에서 이렇게 노래했다.

달팽이 뿔 위에서 무슨 일을 다투는가?
석화(石火)의 빛 가운데 이 몸을 의지한다.

蝸牛角上爭何事
石火光中寄此身

完璧
완 벽

흠이 없는 온전한 구슬. 완전무결하게 무사히 지킨다는 뜻.

완전할 **완** 둥근 옥 **벽**

조(趙)나라 혜문왕(惠文王)이 초(楚)나라 보배 '화씨(和氏)의 구슬'을 얻었다. 그러자 진(秦)나라 소양왕(昭襄王)이 15개 성읍과 바꾸자고 했다. 조(趙)나라도 약소국은 아니었지만 진(秦)나라의 적이 될 수는 없었다. 아버지 무령왕(武靈王) 때 위(魏)나라·한(韓)나라·초(楚)나라·연(燕)나라와 합종(合縱)하여 진(秦)나라를 공격한 일이 있지만 승리하지 못하고 돌아와, 이후 해마다 진(秦)나라의 공격을 받아 3개의 성읍(城邑)을 잃고 있었다.

혜문왕은 대장군 염파(廉頗)를 비롯한 대신들과 대책을 강구했다. 그렇지만 '화씨의 구슬'을 준다면 진(秦)나라에게 속임만 당하여 15개의 성읍은 취하지 못할 것 같고, 주지 않는다면 그것을 구실로 진(秦)나라 군대가 밀려올 것 같다는 생각에 좀체 결론이 나오지 않았다.

그때 환관(宦官)의 장관 목현(繆賢)이 말했다.

"저의 식객 인상여(藺相如)는 지혜와 용기를 겸비한 사람입니다. 그를 시켜 가장 적절한 조처를 취하도록 하십시오."

혜문왕이 그를 접견하고 상여의 계획을 들어보았다.

"조(趙)나라가 승낙하지 않는다면 그 허물은 조(趙)나라에 있고, 진(秦)나라가 속인다면 그 허물은 진(秦)나라에 있습니다. 어느 편이 더 나으냐 하면 승낙하여 그 허물을 진(秦)나라에게 지우는 편이 낫습니다."

그리하여 혜문왕이 물었다.

"사자로 누구를 보내는 것이 좋을까?"

"적당한 사람이 없다면 제가 구슬을 받들고 가겠습니다. 성읍을 주지 않는다면 구슬을 완전히 하여 돌아오겠습니다."

이리하여 혜문왕은 상여로 하여금 구슬을 받들고 진(秦)나라로 가게 했다.

소양왕은 상여를 맞이하자 좋아서 어찌할 바를 몰라 하며 상여가 바친 구슬을 궁녀와 측근들에게 차례차례 돌려 보게 했다. 소양왕에게는 성읍을 줄 생각이 없다는 것을 인상여가 깨닫고 앞으로 나아가,

"그 구슬에는 흠이 있습니다. 가르쳐 드리지요."

하고 말하여 소양왕으로부터 구슬을 받아든 후 후퇴하여 기둥에 등을 댄 채 하늘을 찌를 듯한 노한 소리로 왕에게 말했다.

"조(趙)나라에서는 구슬을 주지 말자는 여러 사람의 의견이 있었습니다. 그것을 제가 '서민의 사귐에서조차 속이는 것은 좋지 않습니다. 더구나 상대방은 큰 나라 아닙니까?'라고 말씀드렸기 때문에 조(趙)나라 왕이 진(秦)나라를 존경하고 두려워하여 5일간 재계한 다음 저를 파견한 것입니다. 그런데 지금 대왕께서는 저를 신하로 취급하여 예절을 갖추지

않으셨을 뿐 아니라, 구슬을 건네자 마음에 드시어 측근들에게 보이셨습니다. 그 모습은 성읍을 떼어 줄 마음이 없는 것으로 저는 받아들였습니다. 그래서 구슬을 도로 찾은 것입니다. 이 구슬을 뺏으시겠다면 저는 이자리에서 구슬과 함께 머리를 기둥에 부수겠습니다."

구슬이 깨지면 곤란하다고 생각한 소양왕은 예절을 결여한 것에 사과하고 꼭 그 구슬을 달라고 말하면서 손가락으로 지도를 가리키며 여기부터 저쪽까지 15개 성읍을 조(趙)나라에게 주겠다고 했다. 인상여는 거짓말이라고 생각하여 소양왕에게 말했다.

"조(趙)나라 왕께서는 구슬을 보낼 때 5일간 재계를 하셨습니다. 대왕께서도 5일간 재계를 하시고 천하의 극진한 보배에 적합한 의식을 행하십시오. 그러면 구슬을 드리겠습니다."

소양왕은 그것을 승낙했다.

숙소로 인도된 상여는 따라온 사람에게 허름한 옷을 입히고 구슬을 품게 하여 조(趙)나라로 돌아가게 했다.

소양왕은 5일간 재계를 하고 빈객을 맞이하는 최고의 의식인 '구빈지례(九賓之禮)'로 조(趙)나라 사자 인상여를 접견했다. 인상여는 허리를 굽히며 소양왕에게 말했다.

"조(趙)나라 목공(繆公) 이후로 20여 임금 사이에 약속을 지킨 적이 없습니다. 그래서 저는 비밀리에 따라온 사람을 시켜 구슬을 가지고 돌아가게 했습니다. 진(秦)나라는 강한 나라이고 조(趙)나라는 약한 나라이니 대왕께서 조(趙)나라로 사자를 보내신다면 조(趙)나라는 두려워 곧 명령에 따를 것입니다. 그런데 지금 즉시 강대한 진(秦)나라가 먼저 15개의 성읍을 조(趙)나라에 갈라 주신다면 조(趙)나라에서는 대왕께 구슬을 바칠 것입니다. 대왕을 속인 죄로 제가 죽임을 당할 것은 잘 알고 있습니다. 제발 솥에 물을 끓여 형벌을 주십시오."

소양왕은 화가 났으나 측근자들이 인상여를 끌어내려 하자 이렇게 말했다.

"여기에서 상여를 죽일지라도 결국 구슬은 얻지 못하고 진(秦)나라와 조(趙)나라의 우호만 끊어진다. 정중히 대우하여 조(趙)나라로 돌려보내는 것이 낫다."

이리하여 소양왕은 인상여를 국빈으로 대우하여 조(趙)나라로 돌아가게 했다.

조(趙)나라 혜문왕은 진(秦)나라에게 욕을 당하지 않은 것을 덕으로 생각하여 상여에게 절하고 상대부(上大夫)에 임명했다.(≪사기≫ 인상여열전(藺相如列傳))

'완벽(完璧)'이라는 말은 이 고사에서 나온 것이다. 오늘날에는 '완전한 구슬'이라고 읽어 완전무결하다는 뜻으로 사용하지만 원래는 '구슬을 완전히 한다.'는 뜻이다. 원문에는 '완벽(完璧)' 부분이 다음과 같이 씌어 있다.

왕이 말했다.
"누구를 사자로 보내야 하겠는가?"
인상여가 말했다.
"왕께서 보낼 사람이 없으면 원컨대 신이 구슬을 받들고 가겠습니다. 성이 조(趙)나라로 들어온다면 구슬은 진(秦)나라에 머물게 하겠습니다. 만일 성읍이 들어오지 않는다면 신이 구슬(璧)을 완전히(完) 하여 조(趙)나라로 돌아오겠습니다."

王曰 誰可使者. 相如曰 王必無人 臣願奉璧往. 使城入趙而璧留秦. 城不

入 臣請完璧歸趙.

이 고사에서 '벽(璧)'을 '연성지벽(連城之璧)'이라고 부르게 되었다.

要領不得
요 령 부 득

허리와 목을 얻을 수 없다는 뜻으로, 사물의 중요한 부분이나 핵심이 잡히지 않는다는 뜻.

허리 **요** 목 **령** 아닐 **부** 얻을 **득**

'요령부득(要領不得)'이라는 고사성어는 ≪사기≫ 대원전(大宛傳)에 실려 있다.

한(漢)나라 무제(武帝)는 즉위하자마자 대월지국(大月氏國)과 결탁하여 숙적 흉노를 공격할 것을 계획했다. 흉노의 세력권을 통과하여 대월지국으로 가는 결사대를 모집하였던 바, 한 낭관(郎官)이 응모했다. 한(漢)나라 출신 장견(張騫)이라는 사람이었다.

장견은 건원(建元) 2년 때 흉노족 출신의 감부(甘父)라는 사람을 안내자로 해서 백여 명의 시종을 거느리고 함께 출발했지만, 농서군(隴西郡)을 나와 흉노령에 들어간 지 얼마 안 되어 사로잡혀 선우(禪于)에게로 보내졌다. 그는 그곳에서 10년 이상이나 억류되어 흉노 여자와 혼인하여 아들까지 생겼지만 스스로의 사명을 잊지 않고서 흉노족의 감시가 소홀한 틈을 타 탈주하여 대원국(大宛國)에 이르렀다.

대원국왕은 당시 한(漢)나라와 물자 교류를 바라고 있었기 때문에 장견을 위하여 안내자를 내놓아 대월지국으로 보냈다.

그때 대월지국 왕이 흉노족에게 죽임을 당했기 때문에 태자를 왕으로 삼았다. 새 왕은 대하국(大夏國)을 따라서 그곳에 거주하고 있었는데 땅이 기름지고 적군도 적었기 때문에 만족하고 있었다. 또 한(漢)나라도 멀리 떨어져 있으니 새로이 우호관계를 맺을 기분이 없어져 흉노에 대한 복수심도 사라지고 있었다.

장견은 대월지국으로부터 대하국에 이르렀지만 결국 대월지국 왕의 요령을 얻을 수 없었다. 그 나라에 1년 이상 머무른 뒤 돌아왔다.

騫從月氏至大夏 竟不能得月氏要領. 留歲餘還.

그러나 그는 다시 흉노족에게 사로잡혀 1년 이상 억류당한 뒤에 우연히 선우의 죽음으로 일어난 흉노 왕족의 지도권 싸움의 혼란한 틈을 타 탈주하여 간신히 조국으로 돌아올 수 있었다.

도읍인 장안(長安)을 출발하여 13년째 되던 해, 출발할 때 백 명 이상 되던 따르는 사람들은 하나도 없이 흉노족에서 혼인한 아내와 호부(胡父)라는 사람과 단 세 사람뿐이었다. 그렇지만 대하국에 체재하는 동안 각지를 돌아다니며 견문을 넓혀, 소기의 목적은 '요령부득(要領不得)'으로 끝났으나 서역 문명(西域文明)의 소개자로서 청사(靑史)에 이름을 빛냈던 것이다.

燎原之火
요 원 지 화

들판을 태우는 불. 세력이 매우 대단해서 막을 새도 없이 무섭게 퍼져 나간다는 뜻.

불탈 **요** 벌판 **원** 어조사 **지** 불 **화**

≪서경≫ 상서(商書)의 반경(盤庚)에는 상중하 세 편이 있다. 이 세 편은 상(商:은(殷)나라) 탕왕(湯王)의 10세손에 해당되는 반경(盤庚)이 도읍을 옮기는 것에 대하여 왕위에 있는 사람과 서민들에게 알리기 위하여 쓴 문장으로, 그 상편에서 왕위에 있는 사람에게 권고하는 말 가운데,

너희가 어찌 짐에게 고하지 않고서 서로 움직이기를 들뜬 말로써 하여 무리를 두려움에 잠기게 하느냐? 불이 들판을 태우는 것 같아서 향하여 가까이 갈 수가 없는데 어찌 그것을 박멸할 수 있겠는가.
즉 오직 너희 무리가 스스로 편안하지 못함을 짓는 것이니, 나에게 허물이 있는 것이 아니다.

汝曷弗告朕 而胥動以浮言 恐沈于衆. 若火之燎于原 不可嚮邇. 其猶
可撲滅. 則惟爾衆 自作弗靖. 非予有咎.

라는 말이 있다. 즉 반경은 왕위에 있는 사람들을 향하여,
"너희들이 나에게 고하지도 않고서 뿌리도 잎도 없는 유언비어를 날려

백성들을 공포와 혼란으로 빠지게 하는 것은 무슨 일인가? 나쁜 말이 번지기 쉬운 것은 마치 불이 들판을 태우기 시작하면 아무도 불이 난 곳으로 접근할 수 없고, 더구나 그 불을 진화하는 것은 생각도 할 수 없는 것과 같다. 이것은 말하자면 너희들 스스로 불안한 상태를 빚어내는 것이며 나에게 허물이 있는 것이 아니다.”
라고 선언한 것이다.

‘요원지화(燎原之火)’라는 말은 이 ‘화지요우원(火之燎于原)’에서 생겨난 말이다. ‘요(燎)’란 불태운다는 뜻이므로 ‘요원지화(燎原之火)’는 ‘들판을 태우는 불’이라고 읽을 수 있다. 이것은 들판의 풀을 태우는 불처럼 세력이 대단해서 막을 수 없게 되는 것을 말한다.

실지로 은공(隱公) 6년에 쓰인 두예(杜預)의 주에 같은 기록이 있다.

“반경은 말했다. 악은 기르기 쉬워 불이 들판을 태우는 것과 같다.”

愚公移山
우 공 이 산

어리석은 사람이 산을 옮긴다는 뜻으로, 어떤 큰일이라도 꾸준하게 열심히 밀고 나가면 반드시 큰일을 이룰 수 있다는 말.

어리석을 **우** 귀인 **공** 옮길 **이** 뫼 **산**

≪열자≫의 탕문편(湯問篇)에 다음과 같은 이야기가 실려 있다.

태형산(太形山)과 왕옥산(王屋山)은 사방 칠백 리나 되고 높이도 일만 길이나 되는데, 본래는 기주(冀州) 남쪽과 하양(河陽) 북쪽에 있었다.

그런데 북산(北山)에 나이가 90세에 가까운 우공(愚公:어리석은 사람이라는 뜻)이 이 두 산을 마주 대하고 살고 있었는데, 북쪽 산이 길을 막고 있어서 출입할 때마다 멀리 돌아가는 것이 번거로워 가족들을 모아 놓고 상의를 하였다.

"나는 너희들과 함께 힘을 다하여 험한 산을 편편하게 해서, 예주(豫州)의 남쪽 길을 통하고 한수(漢水) 남쪽까지 갈 수 있도록 하고 싶은데 너희들은 괜찮겠느냐?"

가족들은 모두 찬성했는데 우공의 아내가 이의를 제기했다.

"당신 힘으로는 작은 언덕인 괴보산(魁父山)도 없앨 수가 없는데 태형산이나 왕옥산 같은 큰 산을 어떻게 하시겠습니까? 더구나 그 산의 흙이나 돌을 어디에 두겠습니까?"

여러 사람들이 말했다.

"그것은 동해가 있다는 발해(渤海) 구석이나 동북쪽에 있다는 은토(隱土)의 북쪽에 던져 버리지요."

그리하여 우공은 아들과 손자를 이끌고 산을 무너뜨리기 시작했다. 그들 셋이 일에 착수했는데 돌을 깨뜨리고 흙을 파서 그것을 키나 삼태기에 담아 발해의 구석으로 운반하였다. 우공 이웃집에 경성씨(京城氏)의 과부가 있었는데 유복자가 겨우 이를 갈 나이였는데도 달려가 이 일을 돕게 하였다. 그들은 추위와 더위의 기후가 바뀌어야 겨우 한 번 돌아오는 형편이었다.

그러자 하곡(河曲)의 지수(智叟)가 그것을 보고 웃으면서 말렸다.

"당신의 어리석음에는 정말이지 질렸습니다. 늙은 나이의 쇠잔한 힘을 가지고는 산의 나무 한 그루도 무너뜨리기 어렵거늘, 산의 흙과 돌을 어떻게 하겠다는 것입니까?"

그러자 북산에 사는 우공이 한숨을 쉬면서 말했다.

"당신처럼 좁은 소견의 사람은 어쩔 수 없습니다. 당신의 지혜는 저 과부의 어린 아들만도 못하군요. 내가 죽는다 할지라도 아이들은 남으며 그 아이들에게 손자가 생기고 손자는 또 어린애를 낳고 그 손자는 또 어린애를 낳아 자자손손 끝나는 일이 없을 것이오. 그러므로 반드시 편편해질 것입니다."

하북의 지수는 대답할 말이 없어 입을 다물어 버렸다.

양손에 뱀을 가진 신이 이 말을 듣고, 산을 무너뜨리는 일이 언제까지나 계속될 것을 두려워하여 천제(天帝)에게 호소했다. 그러자 천제는 우공의 진심에 감동하여 과아씨(夸娥氏)의 두 아들에게 명령하기를, 태형산과 왕옥산 두 산을 업어다가 하나는 삭북(朔北) 동쪽에 놓고 또 하나는 옹주(雍州) 남쪽으로 옮기게 하였다. 이후 기주 남쪽과 한수 북쪽에 걸쳐 있던 높은 산이 없어지게 되었다.

太形王屋二山 方七百里 高萬仞 本在冀州之南 河陽之北. 北山愚公者 年且九十 面山而居 懲山北之塞 出入之迂也. 聚室而謀曰 吾與汝畢力平險 指通子南 達于漢陰 可乎. 雜然相許. 其妻獻疑曰 以君之力 曾不能損魁父 之丘 如太形王屋何. 且焉置土石 雜曰 投諸渤海之尾 隱土之北. 遂率子孫 荷擔者三夫 叩石墾壤 箕畚運於渤海之尾. 隣人京城氏之孀妻有遺男 始齔 跳往助之 寒暑易節 始一反焉. 河曲知叟 笑而止之曰 甚矣 汝之不慧 以殘 年餘力 曾不能毀山之一毛 其如土石何. 北山愚公 長息曰 汝之心固 固不 可撤 曾不若孀妻弱子. 雖我之死 有子存焉 子又生孫 孫又生子 子又有子 子又有孫 子子孫孫 無窮匱也. 而山不可增 何若而不平. 河曲智叟亡以應. 操蛇之神聞之 懼其不已也 告之於帝. 帝感其誠 命夸娥氏二子 負二山

一厝朔東 一厝雍南. 自此冀之南 漢之陰 無隴斷焉.

이 일화로 '우공이산(愚公移山)'이란 힘써서 그치지 않는다면 큰일도 반드시 이루어낼 수 있다는 비유로 쓰이게 되었다.

羽化登仙
우　화　등　선

날개가 돋은 신선이 하늘로 올라간다는 뜻으로, 복잡한 일상에서 벗어나 기분이 좋은 상태라는 말.

깃 **우** 될 **화** 오를 **등** 신선 **선**

'우화등선(羽化登仙)'이란 송(宋)나라 소식(蘇軾)의 ≪전적벽부(前赤壁賦)≫에 나오는 말로서, 날개 돋친 신선이 되어 하늘로 올라간다는 뜻이다.

신종(神宗)의 원풍(元豊) 5년 임술(壬戌)년 가을 7월, 소식은 양자강의 명승지 적벽(赤壁)에 가서 놀았다. 3년 전 원풍 2년에 천자를 비방했다는 죄목으로 다음해 3년 1월에 당시의 황주(黃州)로 귀양왔었는데 바로 가까이에 적벽이 있었다.

이 사건은 중국 최초의 필화 사건이라고 한다. 신종은 왕안석(王安石)을 재상으로 기용하여 그가 지닌 '신법(新法)'을 감행케 했다. 장원(莊

園)이라는 특수 권익 위에 발판을 내려, 강한 체제를 형성하고 있던 대관료와 대지주의 특권을 삭감하고, 송(宋)나라 시대에 일어난 상공계급의 활동을 도모하여 이로 의하여 농민들의 부담을 경감시키고 부국강병(富國強兵)의 내실을 올리기 위한 정치혁신으로, 그 성과는 볼 만한 것이었다.

반면에 대관료와 지주계급으로 유지되어 오던 전통적인 유학정신(儒學精神)의 바탕인 신분계급에 의한 질서를 혼란시켰으며, 새로운 법제(法制)는 사리사욕을 도모하는 간사한 관리들에게 편리한 도구로써 법에 어두운 백성들은 관리들의 먹이가 되어 왔다.

이와 같은 원인으로 신법(新法)은 항상 비판되었고 조정은 신법당과 구법당으로 분열되어 참고 견디는 투쟁을 계속하고 있었다.

왕안석은 희령(熙寧) 9년에 재상직을 그만두었거니와, 정권은 여전히 신법당의 손에 있어 구법당에 가담하고 있던 소식은 이것을 시로써 풍자했다. 이로 인해 신법당이 죄를 심문하게 되었던 것이다. 소식은 관계(官界)에 들어간 지 18년 만에 호주(湖州)의 지사(知事)가 되었을 뿐, 그의 나이 44세 때였다.

예부시랑(禮部侍郎)으로 과거 시험관이었던 구양수(歐陽修)의 눈에 들어 소식과 아우 소철(蘇轍)은 함께 과거에 합격했다. 인종(仁宗) 가우(嘉祐) 2년, 그의 나이 22세 때였다. 관습에 따라 그들 형제는 구양수를 스승으로 받들게 되었다. 그 전해에 아버지 소순(蘇洵)이 지은 문장을 구양수에게 보여 격찬을 받았으니 결국 세 부자가 구양수에 의하여 발탁되었던 것이다.

구양수는 당(唐)나라 시대의 한유(韓愈)와 유종원(柳宗元)의 고문 부활운동(古文復活運動)을 이어받아 가락 본위의 아름다운 문장에서 내용 본위의 문장으로 산문(散文)의 혁신을 뜻하여, 세상에서 말하는 세 부자(父

子) '삼소(三蘇:소순 · 소식 · 소철)' 도 이를 지지했다.

〈전적벽부(前赤壁賦)〉가 송(宋)나라 시대 부(賦)의 뛰어난 작품이라고
칭찬받는 까닭은 사상적 깊이가 있기 때문이었다.

임술(壬戌)년 가을 7월 16일 밤에,
나는 손님들과 더불어 배를 타고 적벽 아래에서 놀았다.
맑은 바람이 서서히 불어와 물결의 파도는 일지 않는다.
술잔을 들어 손님들에게 권하며,
밝은 달의 시를 읊조리고 아리따운 아가씨의 장(章)을 노래 불렀다.
잠시 후 달이 동산 위에 떠올라 북두칠성과 견우성 사이를 배회하였다.
흰 이슬은 강 위에 가로 놓이고 물빛은 하늘에 접해 있다.
한 갈대가 가는 곳을 마음대로 돌아다니고,
만 이랑이나 되는 물결에 망연함을 찾는다.
넓고 넓은 허공에 떠서 바람을 몰아
그 그치는 바를 모르는 것 같으며,
바람에 나부끼어 세상일을 잊어버리고 홀로 서서
날개가 생겨 선계(仙界)에 오름과 같다.

壬戌之秋 七月既望 蘇子與客泛舟 遊於赤壁之下. 清風徐來 水波不興.
擊酒屬客 誦明月之詩 歌窈窕之章. 少焉 月出於東山之上 徘徊於斗牛之
間. 白露橫江 水光接天. 縱一葦之所如 凌萬頃之茫然. 浩浩乎如馮虛御風
而不知其所止 飄飄乎如遺世獨立 羽化而登仙.

遠水不救近火
원 수 불 구 근 화

먼 곳의 물로는 가까운 곳에 난 불을 끄지 못한다는 뜻으로, 현실적
으로 타당성이 없는 일에 너무 집착하지 말라는 뜻.

멀 **원** 물 **수** 아니 **불** 구원할 **구** 가까울 **근** 불 **화**

노(魯)나라 도읍 곡부(曲阜)는 그 이름과 같이 구부러진 언덕에 만들어
진 사방 3킬로미터쯤 되는 성읍이다. 북쪽으로는 제(齊)나라 도읍 임치
(臨淄)가 있는데 4킬로미터 사방으로 2배에 가까운 면적이다.

이것은 국력의 차이를 그대로 나타내고 있어 제(齊)나라는 초(楚)나
라 · 월(越)나라 · 조(趙)나라 다음가는 큰 지역을 차지하고 있었고, 이 네
나라에 진(秦)나라 · 연(燕)나라 · 위(魏)나라 · 한(韓)나라를 합하면 당시
의 팔대 강국의 하나였으며, 노(魯)나라는 북쪽과 동쪽으로부터 끊임없
이 제(齊)나라의 침략을 받고, 남쪽으로는 사수(泗水)를 넘어 진군해 오
는 월(越)나라에 위협을 받고, 다시 북쪽으로는 제(齊)나라와 대치하고
있는 초(楚)나라의 압박을 받아야 하는 약한 나라에 지나지 않았다.

B.C. 405년부터 다음해에 걸쳐 삼진(三晉)이 제(齊)나라를 공격하여 큰
승리를 거두었다. 삼진이란 춘추시대의 패자(霸者)로서 중원의 제후를 거
느리고 남쪽의 영웅인 초(楚)나라의 북상을 억제한 진(晉)나라를 셋으로
나누어 각각 독립한 조(趙)나라 · 위(魏)나라 · 한(韓)나라를 말한다.

이 승리로 삼진(三晉)은 주(周)나라의 천자 위열왕(威烈王)으로부터 제
후로서 승인을 받았다. 일반적으로 이로부터 진시황(秦始皇)이 천하를

통일한 B.C. 221년까지를 전국시대라고 일컫는다.

삼진(三晉)은 진(晉)나라를 대신하여 패자의 자리를 엿보는 제(齊)나라의 야망을 꺾자 B.C. 400년 이후로 진(晉)나라의 뒤를 밟는 초(楚)나라와 자주 싸웠다. 이 틈을 타서 제(齊)나라에서는 B.C. 386년에 상경대부(上卿大夫)인 전화(田和)가 임금인 강공(康公)을 몰아내고 제후가 되었다. 제(齊)나라는 국내의 통일이 이루어지자 또다시 호시탐탐 노(魯)나라를 침략할 기회를 엿보게 되었다.

노(魯)나라 목공(穆公)은 이에 대비하여 동쪽에서 제(齊)나라와 대치하고 있는 초(楚)나라와 제(齊)나라의 대두를 꺼리는 삼진(三晉)에 공자들을 보냈다. 그러자 이서(犁鉏)라는 사람이 간하였다.

"월(越)나라로부터 사람을 빌려 물에 빠진 아들을 구하려 하면 월(越)나라 사람이 아무리 헤엄을 잘 친다 할지라도 아들을 구할 수 없습니다. 화재가 나서 바다의 물을 떠 온다면 바닷물이 아무리 많아도 불을 끄지 못합니다. 멀리 있는 물은 가까운 불을 구원하지 못합니다. 지금 삼진(三晉)과 초(楚)나라가 아무리 강해도 제(齊)나라와 가깝습니다. 노(魯)나라의 재앙은 아마 구할 수 없을 것입니다."

假人於越而救溺子 越人雖善游 子必不生矣. 失火而取水於海 海水雖多火必不滅矣. 遠水不救近火也. 今晉與楚雖強 而齊近. 魯患其不救乎.

이것은 ≪한비자≫의 설림(說林) 상(上)에 실려 있는 이야기의 하나다.

불서(佛書)인 ≪명심보감(明心寶鑑)≫에는 '멀리 있는 물은 가까운 불을 구원하기 어렵고, 먼 친척은 가까운 이웃만 못하다(遠水難救近火 遠親不如近隣).' 라는 말이 실려 있다.

鴛鴦之契
원 앙 지 계

원앙새의 맺음. 부부 사이에 우애가 깊어 금슬이 좋다는 뜻.

원앙 **원** 원앙 **앙** 어조사 **지** 맺을 **계**

춘추시대의 큰 나라였던 송(宋)나라는 전국시대 말기의 강왕(康王) 때 제(齊)나라·위(魏)나라·초(楚)나라 등 3대국의 공격을 받고 멸망하여 세 나라에 분할되었다.

이때 강왕의 시종(侍從) 중에 한빙(韓憑)이라는 사람이 있었는데 그에게는 하씨(何氏) 아내가 있었다. 강왕은 여러 가문에서 아내를 맞이하였지만 하씨(何氏)가 뛰어난 미모임을 눈여겨본 그는 하씨를 취하여 첩으로 삼았다.

한빙은 왕의 처사에 원한을 품었다. 그러자 왕은 화가 나서 그를 사실이 아닌 죄에 빠뜨려 성단(城旦)의 형벌에 처했다. 성단의 형벌이란 낮에는 변경의 수비를 맡고 밤에는 만리장성을 쌓는 인부로 일하게 하는 무거운 형벌이다.

아내 하씨는 남편에게 몰래 편지를 보냈다. 일이 잘못되어 강왕의 손에 들어갈지도 모르기 때문에 남편만이 알 수 있는 말로 썼다.

송(宋)나라 강왕이 이 편지를 손에 넣고 측근자들에게 보였지만 아무도 해명하지 못하였다. 그러자 소하(蘇賀)라는 사람이 나서서 말했다.

"비가 구죽죽이 내린다는 말은 당신을 잊지 못하여 언제나 근심하고 있다는 뜻이고, 강은 크고 물은 깊다는 말은 당신에게 갈 수 없다는 뜻이

며, 해가 나와서 마음을 비춘다는 말은 살지 못함을 태양에 맹세한다는
뜻입니다."

이때 한빙이 자살했다는 보고가 들려왔다. 이 말을 들은 하씨는 자기
의 의복을 썩게 두었다가 강왕과 함께 성벽에 올라갔을 때 그곳에서 몸
을 던졌다. 측근자가 당황하여 옷소매를 잡았지만 낡은 옷소매만 손에
남고 하씨는 떨어져 죽었다. 하씨의 옷소매에는 유언이 씌어 있었다.

"왕께서는 살아 있는 제 몸을 자유로이 하셨지만 죽은 제 몸은 자유롭
게 놓아 주십시오. 제발 제 시체를 남편과 함께 묻어 주십시오."

화가 난 강왕은 이 소원을 무시하고 사람들에게 명하여 한빙의 무덤과
마주보게 묻게 하고,

"그대들 부부는 죽어서까지 서로 사랑하려는 것인가? 그렇다면 이 두
무덤을 하나로 합쳐 보라구. 나도 그것까지는 방해하지 않을 테니까."
라고 말했다. 그런데 며칠 후 두 개의 무덤 끝에서 한 그루씩 큰 가래나
무가 나오더니 열흘이 되자 한 아름이 되었다. 그리고 서로 줄기를 굽혀
가까워지니 흙 속에서는 뿌리가 뒤엉키고 땅 위에서는 가지들이 서로 뒤
엉켰다. 또 나무 위에서는 자웅 한 쌍의 원앙새가 집을 만들어 밤낮으로
그곳을 떠나지 않고 서로 목을 휘감으며 슬프게 울었다.

송(宋)나라 사람들은 두 사람의 일을 불쌍히 여겨 그 나무를 상사수(相
思樹)라고 이름 붙였다. 상사라는 말은 여기에서 나오게 된 것이다. 황하
남쪽의 사람들은 이 원앙새들이 한빙 부부가 새로 태어난 것이라고 말하
고 있다. 지금도 수양(睢陽)에는 한빙성(韓憑城)이 있고 두 사람의 노래
도 지금까지 전해지고 있다.

王怒弗聽 使里人埋之 塚相望也. 王曰 爾夫歸相愛不已 若能使塚合則

吾弗阻也. 宿昔之間 便有大梓木生於二塚之端 旬日而大盈抱. 屈體相就 根交於下 枝錯於上. 又有鴛鴦雌雄各一 栖棲樹上 晨夕不去 交頸悲鳴 音聲感入. 宋人哀之 遂號其木曰相思樹. 相思之名 起於此也. 南人謂此禽即 韓憑夫婦之精魂. 今睢陽有韓憑城 其歌謠至今猶存.

이상은 진(晉)나라 간보(干寶)의 ≪수신기(搜神記)≫에 실려 있는 한빙 부부의 슬픈 이야기로, 금슬이 좋은 부부 사이를 원앙지계(鴛鴦之契)라고 한다.

怨徹骨髓
원 철 골 수

원한이 골수에 사무친다는 뜻으로, 마음속 깊이 원한이 사무쳐 쉽게 잊을 수 없다는 뜻.

원망할 **원** 통할 **철** 뼈 **골** 골수 **수**

춘추시대가 되자 주(周)나라 왕실의 세력이 갑자기 쇠퇴하여 천하는 어지러워지고 제후들은 서로 공격을 되풀이했다. 이런 때 실력을 갖춘 제후가 맹주(盟主)가 되어, 천자를 보좌하여 질서 유지에 힘썼다. 이와 같은 제후의 맹주를 패자(霸者)라 한다.

춘추시대에는 패자가 다섯 사람이나 출현하여 춘추오패(春秋五霸)라고 부르거니와, 진(秦)나라 목공(繆公)도 그중 한 사람이었다. 목공은 백리해(百里奚)와 견숙(蹇叔) 등의 명신들을 중용하여 국력을 충실히하여 천하에 중진을 이루었다.

어느 날 정(鄭)나라 사람으로서 진(秦)나라에 조국을 팔아 사리사욕을 채우려는 자가 목공에게 상소했다.

"저는 정(鄭)나라의 성문을 관리하고 있습니다. 제가 진(秦)나라에 내응(內應)할 수 있으므로 정(鄭)나라를 습격하십시오."

목공은 기분이 좋아서 이 일을 백리해와 견숙에게 상의했다. 그러나 두 사람은 몇 나라를 통과하여 멀리 떨어진 정(鄭)나라를 공격하는 불리한 점과, 조국을 파는 사람의 말은 믿을 것이 못 된다는 등의 이유를 들어 이 출병에 반대했다. 그러나 목공의 뜻은 움직이지 않았다.

"경들은 잘 알지 못하는 거야."

이리하여 백리해의 아들 맹명시(孟明視)와 견숙의 아들 서걸술(西乞術)과 백을병(白乙丙), 세 사람을 장군으로 삼아 정(鄭)나라 정벌의 군대를 일으켰다.

진(秦)나라 군대는 진(晉)나라 땅을 통과하여 진(晉)의 속령(屬領)인 활(滑)나라에 이르렀다. 마침 그때 정(鄭)나라 상인 현고(弦高)라는 사람이 열두 마리의 소를 이끌고 주(周)나라로 팔러 가는 도중 활나라에 와 있었다. 그는 진(秦)나라 군대를 보고 놀라면서 붙잡히든가 죽임을 당할 것이 틀림없다고 생각하고 소를 내놓으며 말했다.

"들리는 바에 의하면 진(秦)나라 군대가 정(鄭)나라를 정벌하려 한다고 합니다. 정(鄭)나라의 임금님께서는 방위를 굳게 함과 동시에 저로 하여금 소를 바쳐 진(秦)나라의 군사들을 위로하라고 말씀하셨습니다."

진(秦)나라의 세 장군은 상의했다.

"불시에 정(鄭)나라를 찌르려 했는데 상대방에게 눈치를 채인다면 성공은 어림도 없는 얘기다."

이리하여 활나라를 멸망시켰다.

이때 진(晉)나라에서는 패자였던 문공(文公)이 죽어 태자 양공(襄公)이 아버지의 장례도 마치지 못한 상태였다. 양공은 화가 나서,

"진(秦)나라는 내가 외롭고 약한 것을 기화로, 게다가 내가 상중(喪中) 인 것을 이용하여 속령 활나라를 멸망시켰다."

라고 말하며 흰 상복을 검게 물들인 후 즉시 군대를 일으켰다. 효(殽)의 좁은 길을 막아 진(秦)나라 군대의 퇴로를 끊고 맹공을 가하여 한 명의 병사도 남기지 않고 격멸한 뒤 세 장군을 포로로 잡아서 돌아왔다.

문공(文公)의 부인은 진(秦)나라 목공의 딸이었다. 그래서 사로잡힌 진 (秦)나라 세 장군의 목숨을 구하기 위하여 빌며 말했다.

"목공은 이 세 사람을 골수에 차도록 원망하고 있습니다. 제발 이 세 사람을 진(秦)나라로 돌아가게 하여 내 아버지가 이들을 쪄 죽여 가슴이 깨끗해지도록 해 주십시오."

繆公之怨此三人 入於骨髓. 願令此三人歸 令我君得自快烹之.(≪사기≫ 진본기(秦本記))

양공은 이 청을 받아들여 세 사람을 진(秦)나라로 돌려보냈다. 목공은 교외까지 나와 그들을 맞이하여 울면서 말했다.

"내가 백리해와 견숙의 말을 듣지 않아 경들을 욕보였도다. 경들에게 무슨 죄가 있는가? 이 치욕을 씻을 수 있도록 열심히 노력해 주기를 바 란다."

月旦
월 단

그 달의 첫 아침. 매달 첫날 인물 비평을 한다는 말.

달 **월** 아침 **단**

후한(後漢) 말기 여남(汝南)에 허소(許劭)라는 사람이 있었다. 허소는 허정(許靖)의 사촌 형으로, 두 사람 모두 고향에서 명성이 알려져 있었다. 두 사람은 즐겨 고향 사람들을 비평하여 매월 비평의 제목을 바꾸었다. 그리하여 여남에는 '월단평(月旦評)'이라는 속어까지 생겨났다.

初劭與靖俱有高名. 好共覈論鄕黨人物 每月更其品題 故汝南俗有月旦評焉.

즉 두 사람이 인물평을 하고는 그것을 종류별로 나누어 매월 초하루에 발표했는데 그것이 매우 적절하고 재미있었기 때문에 평판이 높아졌다. 그 평판을 조조(曹操)가 들었다. 조조는 뒤에 《삼국지》의 대인물이 되었지만 그 무렵에는 야망에 불타는 난폭한 젊은이였다.

그는 곧 허소를 찾아가 자기가 어떤 인물인가 정중히 비평을 의뢰했다. 허소는 난폭한 조조를 싫어하여 좀처럼 의뢰에 응하지 않았다. 그러나 조조가 협박을 했기 때문에 허소는 하는 수 없이 말했다.

"그대는 태평한 세상이라면 간악한 도적의 무리가, 어지러운 세상이라면 영웅이 될 것입니다."

이 말을 듣자 조조는 크게 기뻐하며 일어나 돌아갔다고 한다.

이 이야기는 ≪후한서≫의 허소전(許劭傳)에 실려 있다. '월단평(月旦評)'은 나중에 '평(評)'이 생략되고 '월단(月旦)'으로만 쓰이게 되었다. 원래는 매월 초하루에 인물평을 한다는 뜻으로, 단지 인물평에만 사용되었다.

허소의 조조 인물평에서는 '그대는 태평세월에서는 간사한 도둑이고, 난세에서는 영웅이다(君淸平之姦賊 亂世之英雄).'라고 하였다.

月下氷人
월 하 빙 인

달빛 아래 노인이라는 뜻으로, 부부의 인연을 맺어 주는 중매쟁이라는 뜻.

달 **월** 아래 **하** 얼음 **빙** 사람 **인**

'월하옹(月下翁)'은 ≪태평광기(太平廣記)≫에 수록되어 있는 〈정혼점(定婚店)〉이라는 당대(唐代)의 설화에 등장하며, ≪진서(晉書)≫ 예술전(藝術傳)에 삭담(索統)이라는 돈황(敦煌) 출신의 이야기에도 등장한다.

〈정혼점(定婚店)〉의 이야기를 소개하겠다.

장안(長安) 교외의 두릉(杜陵) 사람 위고(韋固)가 여행 중에 송성(宋城)

의 남쪽 마을에 머물렀을 때 어떤 사람이 혼담을 꺼내, 다음날 동틀 무렵 마을의 서쪽에 있는 용흥사(龍興寺) 문 앞에서 상의하기로 했다. 일찍 부모를 잃고 아내를 맞이하고자 여기저기 혼처를 구하였으나 인연이 없었던지라 그는 다음날 아침 먼동이 트기도 전에 절에 갔다.

가보니 상대방은 아직 와 있지 않고 한 노인이 돌계단에 앉아 달빛에 의지하여 책을 읽고 있었다. 책을 얼핏 보니 범자(梵字)까지 알고 있는 박학(博學)한 그조차도 보지 못한 글자였기에,

"그것은 무슨 책입니까?"

하고 묻자 노인은 웃으면서 말했다.

"이것은 속세의 책이 아니라네."

"그러면 그 책은 어떤 책인가요?"

"명계(冥界)의 책이지."

"당신은 명계의 사람입니까? 그 책이 어떻게 여기에……."

"우리 명계의 사람들은 세상 사람들을 모두 관리하고 있지. 그러니 이 세상에 나오지 않으면 안 된다구. 지금 이 시간에 밖에 나와 걸어 다니는 사람들 절반은 명계의 사람이라네. 단지 분간할 수 없을 뿐이지."

"그러면 당신이 하는 일은?"

"내가 하는 일은 이 세상 사람들을 장가보내고 시집보내는 일이지."

"마침 잘 되었군요. 실은 어떤 아가씨와 혼담을 상의하려고 여기 왔는데 그것이 잘 될까요?"

"아니, 글렀어. 당신의 아내 될 사람은 지금 세 살이라네. 열일곱 살이 되면 당신에게 시집올 거야."

"그 주머니 속에 있는 것은 무엇이지요?"

"빨간 끈이야. 부부의 발을 묶기 위한 것이지. 사람이 태어나면 빨리 이 끈으로 묶어 놓는다네. 그러면 설사 상대방이 원수이건 신분이 다르

건 혹은 몇백 리, 몇천 리를 떨어져 있어도 도망칠 수 없다구. 당신도 먼 젓번 사람과 이미 묶여 있기 때문에 다른 처녀를 바라면 무리라구."

"그러면 나의 아내는 누구인지요?"

"이 마을 북쪽에서 야채를 팔고 있는 진(陳)이라는 할머니의 딸이지."

"만나 볼 수 있을까요?"

"언제나 할머니가 안고 시장에 나온다네. 따라오라구, 가르쳐 주지."

그러는 동안 날이 밝았지만 약속한 상대방은 오지 않았다. 노인이 일어나 주머니를 둘러메고 걸었기 때문에 당황하여 따라가니, 노인은 가난한 옷차림의 할머니에게 안겨 있는 세 살짜리 여자아이를 가리켰다.

"저 아이가 당신의 아내라네."

"저 아이를 죽여버리고 싶군요."

하고 그가 뜻밖의 말을 하자,

"죽일 수 없을 거야. 저 아이는 복을 받아서 아들 덕분에 영지(領地)까지 얻도록 되어 있다네."

노인은 이렇게 말하고 갑자기 사라져버렸다.

"도깨비 같은 것, 누가 저런 거지의 딸을 데려올 줄 아나?"

그는 비수를 풀어 하인에게 건네주며 말했다.

"저 아이를 죽이고 오면 일만 냥을 주지."

"네, 알았습니다."

다음날 소매에 비수를 감춘 하인은 채소 시장이 혼잡한 틈을 타서 아이를 찔렀다. 가슴을 찌르려고 했으나 빗나가서 미간을 찔렀다.

그로부터 14년 뒤 위고는 상주(相州)의 관리가 되었다. 얼마 후 그는 다시 장관에 추천되었고 군(郡) 태수의 딸에게 장가갔다. 색시는 16, 7세의 아름다운 얼굴이었지만 언제나 꽃 모양의 종이를 미간에 붙이고 있었으며 목욕할 때도 종이를 떼지 않았다.

1년이 지난 후 갑자기 옛날 일을 생각해 내고 물어보았더니 아내는 울면서 얘기했다.

"실은 저는 장관의 양녀입니다. 아버지는 송성(宋城)의 현지사를 하고 있을 때 돌아가시고, 그 뒤 어머니와 오빠가 죽어 진(陳)이라는 할머니에게서 자라났습니다. 할머니는 야채 장사를 하여 저를 길러 주셨는데 세 살 때 시장에서 폭한의 습격을 받아 상처가 남아 있기에 이렇게 감추고 있는 것입니다."

"그 할머니가 애꾸눈이 아니었던가?"

"그렇습니다. 그런데 그것을 어떻게……?"

"당신을 찌르라고 시킨 사람은 바로 나였어."

하고 그가 옛날 일을 사실대로 밝혔다. 이후로 점점 사이좋게 지내는 중에 아들이 태어났다. 아들이 자라 안문군(雁門郡)의 장관이 되어 어머니는 조정에서 태원군태부인(太原郡太夫人)이라는 칭호를 받았다.

이 이야기를 들은 송성(宋城)의 현지사는 그 마을을 '정혼점(定婚店)'이라고 이름 붙였다.

이상이 월하옹의 이야기이며, '월하빙인'은 남녀의 인연을 맺어 주는 사람을 뜻한다.

危如累卵

위 여 누 란

계란을 쌓아 놓은 것처럼 위태롭다는 뜻으로, 매우 위급한 상황을 말함.

위태로울 **위** 같을 **여** 포갤 **누** 계란 **란**

전국시대 난세에 변설로 제후를 설득하여 자기가 품은 생각을 정책으로 실현하려는 종횡가(縱橫家) 일파가 생겨났다.

범수(范雎)도 그 종횡가의 한 사람이었다. 위(魏)나라 사람으로서 위왕(魏王)에게 벼슬하려고 했지만 가난하고 돈도 없었기 때문에 우선 위(魏)나라의 중대부(中大夫)인 수가(須賈)에게 벼슬했다.

얼마 있다가 수가는 위(魏)나라의 사절로서 제(齊)나라로 가게 되어 이를 수행하게 되었다. 교섭이 어려워져 오래 끄는 사이에 갑작스럽게 범수가 위(魏)나라 비밀을 제(齊)나라에 누설하였다는 혐의를 받았다. 귀국한 후 수가가 재상인 위제(魏齊)에게 이 일을 고하자 위제는 화가 나서 범수에게 몹시 매질을 했다. 범수가 죽은 시늉을 하고 있자 대발로 감아 변소에 내던지고 사람을 시켜 오줌을 끼얹게 했다.

범수는 문지기에게 뇌물을 써서 도망하여 정안평(鄭安平)이라는 사람에게 몸을 의탁했다. 정안평은 범수를 감싸 주고 이름을 장록(張祿)으로 바꾸게 한 후 위(魏)나라에서 탈출할 기회를 기다리게 했다.

때마침 진(秦)나라 소양왕(昭襄王)의 사자 왕계(王稽)가 위(魏)나라에 와 있다가 귀국하면서 인재를 구한다는 사실을 안 정안평이 장록을 그에게 추천했다. 장록이 비범한 인물임을 안 왕계는 그를 데리고 진나라로 돌아갔다. 왕계는 왕을 알현하여 사자로서 보고를 마치고 이렇게 말했다.

"위나라에 장록 선생이라는 자가 있는데 뛰어난 변설가입니다. 그 사람이 '진왕의 나라는 알을 포개 놓은 것같이 위태하지만 자기를 쓰면 안전할 것이다. 그러나 서면으로는 그 내용을 충분히 전할 수 없다.' 라고 하여 수레를 태워 데려왔습니다."

魏有張祿先生 天下辯士也. 曰 秦王之國危如累卵 得臣則安 然不可以書傳也. 臣故載來.

이 이야기는 ≪사기≫의 범수채택열전(范雎蔡澤列傳)에 위와 같이 기록되어 있다.

'누란(累卵)' 이란 계란을 여러 개 쌓아 놓았다는 뜻이며, '위여누란(危如累卵)' 은 아주 불안정하고 위험한 상태를 표현할 때 쓴다.

韋編三絶
위   편   삼   절

가죽으로 엮은 끈이 세 번 끊어졌다는 뜻으로, 책을 여러 번 읽어 뜻을 잘 이해하려고 피나는 노력을 하라는 말.

가죽 **위** 엮을 **편** 석 **삼** 끊을 **절**

한 권의 책을 몇십 번이나 되풀이해 읽어서 책을 철한 쪽이 산산이 흩어져 다시 고쳐 매어 계속 읽는 것을 '위편삼절(韋編三絕)'이라고 한다.

고대 중국에서는 책이 죽간(竹簡)으로 이루어져 있었다. 즉 대나무를 불에 쪼여 푸른 기운을 빼버리고 그것을 대쪽으로 만들어 글자를 쓴 죽간 몇십 장을 끈으로 철하여 책을 만들었다. 그 끈이 몇 번이나 끊어지도록 계속하여 책 읽는 것을 '위편삼절(韋編三絕)'이라고 한다. '삼절(三絕)'이란 세 번에 한정된 수가 아니라 몇 번이나 되풀이하여 읽어 끊어진다는 뜻으로 해석해야 할 것이다.

이것은 고대 중국의 가장 위대한 역사가로 알려진 전한(前漢)의 사마천(司馬遷)이 쓴 ≪사기≫ 가운데 공자전(孔子傳), 즉 〈공자세가(孔子世家)〉에 실려 있는 말로, 공자가 만년에 역경(易經)을 애독하여 '위편삼절(韋編三絕)'에 이르렀다고 한다.

공자가 만년에 역경을 좋아하여 단(彖)·계(繫)·상(象)·설괘(說卦)·문언(文言)을 서하고 역경을 읽어 위편삼절하였다. 말하기를 '내가 몇 해를 빌어 이와 같이 하면 나는 역경에 곧 빛나게 될 것이다.'

孔子晚而喜易 序彖繫象說卦文言 讀易韋編三絕. 曰 假我數年 若是我於易則彬彬矣.

다음 ≪공자세가(孔子世家)≫의 문장 후반에 씌어 있는, 공자께서 홀로 하신 말씀은 '만일 하늘이 나에게 몇 해의 수명을 주시어 역경을 배울 수 있다면 역경의 이치를 거의 분명하게 얻을 수 있을 것이다.'라는 뜻으로 해석되거니와, 물론 이것은 ≪논어≫ 술이편(述而篇)에 있는,

공자께서 말씀하셨다.

"나에게 몇 년을 더하여 50세로써 역경을 배우면 가히 써 큰 잘못은 없을 것이다.(子曰 加我數年 五十以學易 可以無大過矣)"

라는 말을 바꾸어 쓴 것이리라.

그런데 공자 시대에 역경이 이미 존재하였다는 것은 도리어 믿을 수 있는 사실이며, 스스로 학문을 좋아하는 것을 믿은 공자께서 역경을 애독했다는 사실도 충분히 생각할 수 있다. 또 우리로서는 솔직하게 ≪공자세가(孔子世家)≫에 실려 있는 말을 신용하여 '위편삼절(韋編三絕)' 했다고 생각된다.

柔能制剛
유 능 제 강

부드러운 것이 강한 것을 이긴다는 뜻으로, 강압적으로 상대를 제압하는 것보다 마음을 움직여 복종하게 한다는 뜻.

부드러울 **유** 능할 **능** 누를 **제** 굳셀 **강**

병서(兵書)인 ≪삼략≫의 상략(上略)에 이렇게 실려 있다.

군참(軍讖)에서 말했다.
"부드러움은 능히 굳셈을 제어하고, 약한 것은 능히 강함을 제어한다.

부드러움은 덕이고 굳셈은 도둑이다. 약함은 사람을 돕는 것이고 강함은 사람을 공격하는 것이다."

軍讖曰 柔能制剛 弱能制强. 柔者德也 剛者賊也. 弱者人之所助 强者人之所攻.

≪군참(軍讖)≫이란 군대의 승패를 예언적으로 서술한 병법서의 이름이다. 이와 같은 말은 ≪노자≫에 많이 서술되어 있다. ≪노자≫ 제78장에는 다음과 같은 글이 있다.

천하에서 부드럽고 약하기로는 물보다 더한 것이 없다. 더구나 굳고 강한 것을 공격하는 데는 능히 이보다 나은 것이 없다. 그로써 능히 이를 깨치는 것이 없기 때문이다. 약한 것은 강한 것에 이기고 부드러운 것은 굳센 것에 이긴다는 것은 천하에 모르는 사람이 없건만 능히 행하지 못한다.

天下柔弱 莫過於水. 而攻堅强者 莫之无勝 其无以易之. 弱之勝强 柔之勝剛 天下莫不知 莫能行.

또 제76장에는 다음과 같은 기록이 있다.

사람도 태어남에는 부드럽고 약하나 그 죽음에 이르러서는 굳고 강해진다. 풀과 나무도 생겨남에는 부드럽고 연하지만 그 죽음에 이르러서는 마르고 굳어진다. 그러므로 굳고 강한 것은 죽음의 무리이고, 부드럽고 약한 것은 삶의 무리이다. 그러므로 군대가 강하면 멸망하고, 나무가 강하면 꺾인다. 강하고 큰 것은 아래에 처하고, 부드럽고 약한 것은 위에 처한다.

人之生也柔弱 其死也堅强 草木之生也柔脆 其死也枯槁. 故堅强者死之徒 柔弱者生之徒. 是以兵强則滅 木强則折 强大處下 柔弱處上.

有朋自遠方來
유 붕 자 원 방 래

벗이 먼 곳으로부터 찾아온다는 뜻으로, 친한 사람이 멀리서 찾아오면 반갑게 맞이한다는 말.

있을 유 벗 붕 부터 자 멀 원 방향 방 올 래

'벗이 있어 먼 곳으로부터 온다면'은 자연히 '또한 즐겁지 아니한가?'라고 이어지게 된다. 이것은 ≪논어≫ 첫머리의 제1장에 실려 있는 말이다. 이것을 정확하게 말한다면 다음과 같다.

공자께서 말씀하셨다.
"배우고 때로 익히면 또한 기쁘지 아니한가?
벗이 있어 먼 곳으로부터 온다면 또한 즐겁지 아니한가?
사람이 몰라주어도 성내지 않는다면 또한 군자가 아니겠는가?"

子曰 學而時習之 不亦說乎. 有朋自遠方來 不亦樂乎. 人不知而不慍 不亦君子乎.

그런데 이 장은 세 개의 '不亦……乎'로 구분되어 분명히 세 단으로 나누어지거니와 각 단마다 학문을 주제로 말하는 것으로 생각된다.

제1단에서는 학문하고 때로 익히는 기쁨에 대하여 가장 솔직하게 말하고 있다. 공자의 학문이란 반드시 근대적인 의미의 조직적이고 과학적인 학문 탐구를 가리키는 것이 아니다. '익힌다'는 말은 어린 새가 끊임없이 날갯짓을 되풀이하여 나는 것을 익힌다는 뜻이고, '기쁘다'는 말은 마음속에서 희열을 느끼는 일이다.

제2단은 '자기의 학문이 점차로 익어, 이것을 전해 들은 동문의 친구들이 멀리에서 찾아온다면 다시 익힐 수 있기에 얼마나 즐거운 일이겠는가?'라는 뜻으로 해석된다.

제3단에서는 '학문'이란 말이 직접적으로 나오지 않는다. 그러나 이미 학문을 몸에 붙이고 친구와의 익힘에 큰 즐거움을 맛본 사람은 자기의 학문과 그 성과에 흔들림 없는 안도감과 자신감을 갖게 된다. 그래서 '사람들이 그것을 알아주지 않을지라도 성내지 않는 심경에 도달한다면 그야말로 군자라고 말할 수 있지 않을까?'라는 결론이 나온다.

衣食足 則知榮辱
의 식 족 즉 지 영 욕

의식이 족해야 영욕을 안다는 뜻으로, 백성들이 입고 먹는 것이 넉
넉해야 도덕과 예절을 안다는 말.

옷 **의** 먹을 **식** 족할 **족** 곧 **즉** 알 **지** 영화 **영** 욕보일 **욕**

춘추시대에 주(周)나라 왕실이 쇠미해져 천하가 통제를 잃었을 때, 패
자(覇者)가 되어 제후들에게 호령하고 천자를 보좌한 것은 제(齊)나라 환
공(桓公)이었다. 그 환공으로 하여금 패자가 되게 한 것은 재상 관중(管
仲)이었다.

환공을 도와 질서를 유지하고, 오랑캐들의 침략을 막으며, 전통 문화를
지킨 관중의 공적을 공자께서는 높이 평가하여 다음과 같이 말하였다.

"관중(管仲)이 환공을 도와 제후들의 패자가 되게 하여 주(周)나라 왕
실을 받들고, 천하를 통일하여 바로잡았으므로 백성들은 오늘에 이르기
까지 그 혜택을 받고 있으니, 만일 관중이 아니었더라면 우리들은 머리
를 풀고 옷깃을 외로 여미는 오랑캐가 되었을 것이다. 어찌 필부필부(匹
夫匹婦)들이 사소한 신의를 지켜 스스로 목매어 시체가 개천에서 뒹굴어
도 알아주는 사람이 없는 것 같으랴!"

子曰 管仲相桓公覇諸侯 一匡天下 民到于今受其賜 微管仲 吾其被髮左
衽矣. 豈若匹夫匹婦之爲諒也 自經於溝瀆而莫之知也.(≪논어≫ 헌문편

관중과 그의 계열에 있던 학자들의 언론을 모은 것이 ≪관자≫이다. 실제적인 정치가였던 관중은 경제를 중시하여, 인간의 덕성과 예절과 염치 등은 경제적 기반이 확립되어야 비로소 가능하다고 보았다. 이 제목의 '의식이 족해야 영예와 욕됨을 안다.' 라고 한 것도 그런 뜻의 말이다.

≪관자≫ 첫머리 목민편(牧民篇)에 있는 이 한 구절의 대요는 대략 다음과 같다.

무릇 국토를 가지고 백성들을 다스리는 임금 된 사람은 항상 춘하추동 (春夏秋冬)의 농사철을 마음에 두어 백성들의 궁핍에 대비할 곡창(穀倉) 관리를 올바르게 행해야 한다. 나라의 재정이 풍부하여 물자가 넉넉하면 멀리 있는 다른 나라의 백성들도 그리로 모여들게 되고, 토지가 충분히 열려 농지가 풍부하면 백성들도 그 토지에 머물되 다른 토지로 떠나지 않는다. 창고에 곡식이 넉넉하면 사람들은 생활의 불안이 없기 때문에 예절을 마음에 둔 행동의 여유를 가지며, 의식이 넉넉하면 명예와 치욕을 알아 염치의 마음을 몸에 지니며, 위에 서는 사람이 법도에 의한 행실을 갖추게 되면 한 집안의 친족들도 화합하여 굳게 단결하며, 예의염치 (禮儀廉恥)의 사유(四維)가 확실히 행해지면 임금의 정령(政令)도 틀림없이 행해지게 된다.

凡有地牧民者 務在四時 守在倉廩. 國多財 則遠者來 地辟擧 則民留處 倉廩實 則知禮節 衣食足 則知榮辱 上服度 則六親固 四維張 則君令行.

경제가 기본이지만 다시 교육을 행하지 않으면 안 된다고 역설하고 있는 까닭은 소박하기는 하나 행동이 올바르지 않기 때문이다.

오늘날에는 보통 '의식이 넉넉해야 예절을 안다.' 라고 쓰인다.

二桃殺三士
이 도 살 삼 사

두 개의 복숭아로 세 명의 무사를 죽인다는 뜻으로, 교묘하게 꾀를 내어 상대방을 자멸하게 한다는 뜻.

두 이 복숭아 도 죽일 살 석 삼 무사 사

춘추시대의 제(齊)나라 재상 안영(晏嬰)은 싸우지 않고서 진(晉)나라의 야망을 물리친 이야기로 유명한데, 이것이 그의 외교 수완의 일단을 보여 준 이야기라고 한다면, '이도살삼사(二桃殺三士)' 로 알려진 이야기는 내정 면에서 사람의 마음을 조종하는 그의 교묘한 재주를 보여 준 것이라고 할 수 있을 것이다.

경공(景公) 때, 그의 신변을 호위하는 공손접(公孫接)과 전개강(田開疆)과 고야자(古冶子)라는 세 무사가 있었다. 그들은 몹시 날쌘 용사로, 사람들로부터 위엄과 공경의 눈길을 받아왔지만 그것이 지나쳐 자칫하면 법을 무시하는 행동을 마음대로 하게 되었다.

어느 날 재상 안영이 경공을 배알하기 위하여 그들 앞을 지나갔는데 세 사람은 모르는 체 얼굴을 돌리고 인사조차 하려 하지 않았다. 안영이 화가 나서 그들을 파면시키도록 경공에게 말했다.

경공도 동의하고 싶지만 그들이 불만으로 삼고 횡포를 부린다면 손쓸 수가 없다고 고개를 저었다. 그러자 안영이 말했다.

"저 세 사람은 자기의 힘을 믿고 서로 양보할 줄 모릅니다. 그러니 세 사람에게 복숭아 두 개를 하사하여 공로가 크다고 생각하는 사람부터 차례로 먹도록 명령하십시오."

경공이 그 말대로 하자 먼저 공손접이,

"역시 재상께서 이것으로 우리들의 공적을 비교하려는 것이다. 만일 이 복숭아를 거절하면 우리들은 비겁한 사람이 되어버릴 것이다. 세 사람에게 두 개이므로 자기의 공로를 세어 위에 있는 사람부터 먹기로 하자. 우선 내 자신으로 말하자면 자라나는 돼지를 때려잡은 일이 있으며 새끼를 거느린 호랑이를 때려잡았다. 당연히 복숭아를 받을 수 있다구."

라고 말하며 복숭아를 취하여 일어났다. 그러자 전개강이,

"나는 매복을 이용하여 두 번이나 적을 격파한 적이 있다. 나도 받을 만한 권리가 있어."

하고 복숭아를 집어 들었다.

"그대들은 무슨 소리를 하는 건가?"

남은 고야자가 분연히 일어나며 번쩍 하고 칼을 빼었다.

"내가 일찍이 전하를 모시고 황하를 건넜을 때 수레의 왼쪽 말이 중류로 도망친 적이 있었다. 그때 나는 헤엄을 칠 줄 몰랐는데도 강으로 뛰어들어 흐름에 거슬러 백 걸음이나 쫓아간 후 흐름을 따라 90리를 쫓아가 드디어 그 말을 베어 죽인 다음, 왼손으로 말의 엉덩이를 붙잡고 오른손으로 말의 목을 들어 언덕으로 올라간 사람이다. 나야말로 발군의 공로를 세웠다. 그 복숭아는 두 개 모두 가져오라구."

공손접과 전개강은 이 말을 듣자,

"우리들의 무용은 그대의 발끝에도 미치지 못한다. 그런데도 복숭아를 가지려 한 것은 우리들이 탐욕스러웠기 때문이다. 이렇게 보기 흉한 모습으로 계집처럼 살려는 것은 비겁자나 하는 짓이다."

이렇게 말하고 손에 쥔 복숭아를 내려놓고 스스로 목을 잘라 죽었다. 이를 본 고야자도,

"두 사람이 죽었는데 나 혼자 산다면 우정을 배반하는 것이 된다. 더구나 그런 말을 하여 두 사람을 부끄럽게 한 뒤 공로를 내세운 얼굴을 하다니, 도리에 어긋나는 짓이다. 이렇게 볼썽사나운 일을 하고서도 계집처럼 살려는 것은 비겁자나 하는 짓이다. 더구나 두 사람은 복숭아를 돌려주어 사나이다운 체면을 세웠다. 나도 돌려주어야겠다."

이렇게 말하고서 스스로 목을 잘라 죽었다.

이것은 ≪안자춘추≫ 제1권 간(諫)의 하편(下篇)에 나오는 이야기이며, '이도살삼사(二桃殺三士)'란 계략으로써 상대방을 자멸시키는 일을 뜻하게 되었다.

≪안자춘추≫는 안영의 기지(機智)에 대한 이야기로 채워져 있다. 그 중에서도 '이도살삼사'의 고사가 특히 세상에 알려지게 된 것은 삼국시대 서촉(西蜀)의 재상인 제갈공명(諸葛孔明)이 고체(古體)의 시 가운데 이 고사를 노래했기 때문이다.

이 시는 그가 애창했다고 전해지는 〈양보음(梁甫吟)〉이다.

걸어서 제(齊)나라의 성문을 나와 멀리 탕음(蕩陰) 마을을 바라본다.
마을 가운데 세 무덤이 있으니 겹겹이 쌓여 정히 서로 닮았다.
묻건대 누구의 무덤인가? 전개강과 고야자의 것이다.
힘은 능히 남산을 물리치고 글은 능히 땅의 기원을 끊는다.

하루아침에 참언을 입어, 두 복숭아가 세 용사를 죽였다.
누가 능히 이 꾀를 내었는가? 제(齊)나라의 재상 안자(晏子)였다.

步出齊城門 遙望蕩陰里
里中有三墳 纍纍正相似
問是誰家冢 田疆古冶子
力能排南山 文能絶地紀
一朝被讒言 二桃殺三士
誰能爲此謀 國相齊晏子

뒤에 당(唐)나라 이백(李白)도 같은 제목의 〈양보음(梁甫吟)〉을 지었다.

남산을 물리치는 힘의 세 장사를 죽이는 데
제(齊)나라 재상이 두 개의 복숭아를 썼다.

力排南山三壯士
齊相殺之費二桃

라고 노래하여 이 고사를 더욱 유명하게 했다.

以心傳心
이 심 전 심

마음으로써 마음에게 전한다는 뜻으로, 말로 설명하지 않더라도 서로 뜻이 통한다는 뜻.

써 **이** 마음 **심** 전할 **전** 마음 **심**

송(宋)나라의 승려 도언(道彦)이 석가모니 이후 조사(祖師)들의 법맥(法脈)을 계통지어 놓고 많은 법어(法語)들을 기록한 ≪전등록(傳燈錄)≫에, '부처님이 돌아가신 뒤에 법을 가섭(迦葉)에게 붙여, 마음으로써 마음에 전한다(佛滅後 附法於迦葉 以心傳心)'라고 했다.

즉 석가모니께서는 가섭존자(迦葉尊者:마하가섭)에게 불교의 진리를 전하였거니와 그것은 '이심전심(以心傳心)'으로 이루어졌다는 것이다. 무대는 영산(靈山)의 집회 장소로, 그 집회에 대하여 송(宋)나라 승려인 보제(普濟)의 〈오등회원(五燈會元)〉에는 다음과 같이 기록되어 있다.

어느 날 석가세존께서는 영산에 제자들을 모아 놓고 설교를 하셨다. 그때 석가께서는 손에 든 연꽃을 손가락으로 쥐면서 제자들에게 보이셨다. 다른 제자들은 그 뜻을 몰라 잠잠히 있었지만 가섭존자만은 그 뜻을 깨닫고 빙그레 미소지었다. 즉 석가께서 연꽃을 쥐는 것에 대하여 가섭존자가 미소하여, 여기에서 '염화미소(拈華微笑)'가 성립되었다. 그리하여 석가께서는 가섭존자를 인정하시고 이렇게 말씀하셨다.

"내게는 정법안장(正法眼藏:사람이 본래 갖추고 있는 마음의 묘한 덕)

과, 열반묘심(涅槃妙心:번뇌와 미망에서 벗어나 진리를 깨닫는 마음)과, 실상무상(實相無相:생멸계를 떠난 불변의 진리)과, 미묘법문(微妙法門: 진리를 깨닫는 마음)과, 불립문자(不立文字)와 교외별전(敎外別傳:둘 다 경전이나 언어 등에 의존하지 않고 이심전심으로 전함)이 있다. 나는 이 것을 가섭존자에게 부탁한다.”

世尊在靈山會上 拈華示衆 是時衆皆寂然. 惟迦葉尊者破顔微笑. 世尊云 吾有正法眼藏 涅槃妙心 實相無相 微妙法門 不立文字 敎外別傳. 付囑摩訶迦葉.

‘이심전심(以心傳心)’은 원래 불가의 말로 ‘심오한 이치는 말로 표현할 수 없는 것이므로 마음에서 마음으로 전하여 마음으로 깨닫게 한다.’는 뜻이며 ‘염화미소(拈華微笑)’는 그 상징이었다.

나중에는 한결 가벼운 뜻의 일반 용어가 되어 말 없는 가운데 마음이 서로 통한다, 혹은 잠잠한 가운데 서로 깨닫는다는 뜻으로 쓰이고 있다.

人生如朝露
인 생 여 조 로

인생은 아침 이슬과 같다. 인생이란 아침 이슬같이 짧고 허무하게 사라진다는 뜻.

사람 **인** 살 **생** 같을 **여** 아침 **조** 이슬 **로**

한(漢)나라 무제(武帝)의 천한(天漢) 원년, 흉노족 땅으로 간 소무(蘇武)가 흉노족의 내분(內紛)에 휩쓸려 그곳에 억류되었다. 죽음이냐, 항복이냐의 갈림길에서 위협당하면서도 모든 악조건을 참아내 드디어 한(漢)나라 사자로서 절조를 굽히지 않고 살아났다.

그 무렵 흉노족 땅에 막다른 인생을 보내고 있는 한(漢)나라 사람이 또 있었으니 바로 이릉(李陵)이었다. 이릉은 일찍이 소무와 함께 한(漢)나라 궁중의 시중(侍中) 벼슬을 하였으며 두 사람은 친구 사이였다.

그런데 소무가 한(漢)나라 사자로서 흉노족 땅에 있던 다음해 이릉은 흉노족에게 항복했다. 그때 이릉은 불과 오천의 보병부대를 이끌고 북쪽 땅을 깊숙이 공격해서 수십 배나 되는 흉노족의 주력부대를 만나 용감히 싸워 적의 간담을 서늘하게 했지만, 부대는 전멸하고 이릉 자신은 시석(矢石)에 맞아 실신한 것을 흉노족이 사로잡았던 것이다.

이렇게 이릉은 사람의 힘으로 어찌할 수 없는 형세에 놓여 흉노족 땅에서 살아가고 있었는데, 소무가 흉노족 땅에 있는 것을 알면서도 흉노족에게 항복한 자신을 부끄럽게 생각하여 소무를 찾아가지 않았다.

그런데 나중에 차제후(且鞮侯)인 선우(禪于)가 이릉을 북해(北海) 근처로 보내 소무를 위하여 주연을 베풀고 음악을 연주하게 했다. 이때 이릉은 슬퍼하며 소무에게 말했다.

"선우는 내가 자네와 친교가 있다는 말을 듣고 자네를 설득하도록 나에게 명령했네. 그런데 선우는 모든 과거를 잊고 마음속으로부터 자네를 후대하려는 것이야. 자네는 아무리 해도 한(漢)나라로 돌아갈 수는 없네. 아는 사람도 없는 이 땅에서 헛되이 자네 자신을 괴롭힐지라도 한(漢)나라 임금에 대한 신의를 누가 이해해 줄 것인가? (중략) 이별한 이후로 자네 가족들에게 여러 가지 일이 있었네. 내가 출전할 무렵 자네의 어머니가 돌아가셔서 나도 장례에 참석하여 양릉(陽陵)까지 전송을 했다네. 아직 젊었던 자네의 아내는 재혼을 했다고 하더군. 뒤에는 누이 두 사람과 두 딸과 아들이 남아 있을 뿐이지만 이미 10년이나 넘은 옛일이니 생사조차 모르네. '인생은 아침 이슬과 같다.'고 하더니 정말로 덧없는 것이야. 언제까지 이렇게 자기를 괴롭히고만 있어야 되겠는가?"

禪于聞陵與子卿素厚 故使陵來說足下. 虛心欲相待 終不得歸漢. 空自苦亡人之地 信義安所見乎. (中略) 來時大夫人已不幸 陵送葬至陽陵. 子卿婦年少 聞已更嫁矣. 獨有女弟二人 兩女一男 今復十餘年 存亡不可知. 人生如朝露 何久自苦如此.

그러나 소무는 끝내 이릉의 말을 받아들이지 않았다. 이릉도 소무의 지극한 정성을 알고 조용히 이별을 고하고 떠나버렸다.

이 이야기는 ≪한서≫의 소무전(蘇武專)에 실려 있다. '인생은 아침 이슬과 같다(인생은 떠오르는 아침 해와 함께 사라져 버리는 아침 이슬과 같이 덧없는 것이다.)'라는 이릉의 말에는 인간에 대한 간절한 생각이 깃들어 있다. 물론 그 진심은 소우에게도 통했을 것이다. 그러나 태도를 고치지는 않았다. 그는 자신의 인생을 그대로 관철하였기 때문이다.

人生七十古來稀
인 생 칠 십 고 래 희

옛부터 사람이 칠십까지 살기가 드물다는 뜻으로, 칠십 세의 나이 (고희)를 뜻함.

사람 **인** 살 **생** 일곱 **칠** 열 **십** 옛 **고** 올 **래** 드물 **희**

예전에는 사람이 70세를 살기란 드문 일이었다.

이것은 성당(盛唐) 시인인 두보(杜甫)의 〈인생칠십고래희(人生七十古來稀)〉의 시구에서 나온 말이다. 두보는 〈곡강이수(曲江二首)〉의 제2수에서 이렇게 읊고 있다.

조정에서 돌아오면 봄옷을 전당잡혀
날마다 강머리에서 취기가 다해야 돌아온다.
술 빚은 으레 가는 곳마다 있지만,
인생이 일흔을 살기란 예로부터 드물다.
꽃의 꿀을 빠는 나비들은 깊이깊이 보이고,
물에 적시는 잠자리들은 한가롭게 나네.
바람과 햇빛에 말을 전하여 함께 유전하면서,
잠시 서로 보고 즐거워하며 어긋나지 않게 하고 싶구나.

朝回日日典春衣 每日江頭盡醉歸
酒債尋常行處有 人生七十古來稀

穿花蛺蝶深深見 點水蜻蜓款款飛
傳語風光共流轉 暫時相賞莫相違

이 시는 두보의 47세 때 작품으로, 그 무렵 좌습유(左拾遺)라는 벼슬로 조정에 나아가고 있었는데 조정의 부패는 그를 실망시켜 번민의 나날을 보내게 되었다. 그의 근심과 번민을 없애 주는 것은 오직 술과 아름다운 경치뿐이었다.

곡강(曲江)은 도읍 장안(長安) 가운데 있는 연못 이름으로, 경치가 아름답기로 유명하며 특히 봄철이 되면 꽃을 구경하는 사람들로 붐볐다.

시의 대략의 뜻은 이러하다.

"요즈음 조정에서 나오면 봄옷을 저당 잡혀, 그 돈으로 매일같이 곡강 근처에서 술에 취하여 돌아오는 일과를 되풀이하고 있다. 덕분에 술값으로 생긴 빚은 이르는 곳마다 있지만 어차피 사람의 수명이란 70세까지 산다는 것은 예로부터 드문 일이다. 그러다 갑자기 눈을 뜨면 주변의 꽃 사이를 누비는 나비들이 꽃송이에 깊이 춤추는 것이 보이고, 잠자리들은 꼬리를 물에 적시면서 훨훨 날아가고 있다. 얼마나 한가한 봄의 경치인가? 나는 이 봄의 경치에게 청하여 함께 떠돌아다니는 몸이 되어, 잠시 서로 보고 즐거워하며 배반하는 일이 없도록 하고 싶구나."

'인생칠십고래희' 란 항간에 전해지는 속담이라고 할 수 있으나 두보의 이 시에 의하여 맛이 더해진다고 하겠다.

人之將死 其言也善
인 지 장 사 기 언 야 선

사람은 죽을 때가 되면 말이 선해진다는 뜻으로, 죽어가는 사람의
말은 진실되고 옳은 말이니 잘 새겨들으라는 뜻.

사람 **인** 어조사 **지** 장차 **장** 죽을 **사** 그 **기** 말씀 **언** 어조사 **야** 착할 **선**

≪논어≫ 태백편(泰伯篇)의 첫머리에 공자의 애제자 중 한 사람인 증
자(曾子) 이야기가 5장에 걸쳐 기록되어 있으며, 특히 2장은 증자가 임
종에 가까워졌을 때의 이야기이다.

≪사기≫의 중니제자열전(仲尼弟子列傳)에 의하면 증자는 남무성(南
武城) 사람으로, 자는 자여(子與)라 하고 공자보다 46세 연소하였으며
공자께서는 그가 효도에 능히 통해 있는 것을 인정하여 그에게 ≪효경≫
을 만들게 했다고 한다.

즉 증자는 공자의 제자 중에서 효도의 뛰어난 이론가이고 실천가였다
고 볼 수 있으며 그런 의미를 포함하여, 태백편(泰伯篇)의 증자에 관한
기사 중에는 최초의 1장, 즉 임종이 가까워진 증자가 제자들을 베갯머리
에 불러 모으고서, '나의 다리를 열고 나의 손을 열라. 지금 이후로 나는
면한 것을 알겠구나, 제자들아.' 라고 말한 일사(逸事)는, ≪효경≫의
'몸과 터럭과 살갗은 부모에게서 받은 것이다. 감히 헐어 상하지 아니함
이 효도의 시작이다.' 라고 말한 것과 아울러 생각한다면 가장 인상 깊어
진다.

그런데 이어 계속되는 제2장에서, 이것도 증자의 임종이 가까운 때에

병문안을 온 맹경지(孟敬之)에 대하여 말한 것이 실려 있다.

증자가 병이 있어 맹경지가 문안을 왔다. 증자가 말하였다.

"새는 장차 죽을 때 그 울음소리가 슬프고, 사람은 장차 죽으려 하면 그 말이 착하다. 군자가 도(道)를 귀하게 여기는 바는 세 가지이다. 용모를 움직여 이에 폭만(暴慢)함을 멀리한다. 얼굴빛을 바르게 하여 이에 믿음에 가깝게 한다. 말의 기운을 내어 불합리한 말을 멀리한다. 제기에 관한 일은 벼슬아치에게 맡기면 된다."

曾子有疾 孟敬之問之. 曾子言曰 鳥之將死 其鳴也哀 人之將死 其言也善. 君子所貴乎道者三 動容貌 斯遠暴慢矣. 正顏色 斯近信矣. 出辭氣 斯遠鄙倍矣. 籩豆之事 則有司存.

맹경지는 노(魯)나라 대부(大夫) 중손첩(仲孫捷)을 말한다. 그 맹경지가 증자의 위독함을 보고 문안했을 때, 증자가 고어(古語)를 인용하여 말한 것이다.

후단(後段)의 말은 제쳐 놓고, '새는 장차 죽을 때 그 우는 소리가 슬프고, 사람은 장차 죽을 때 그 말이 착하다.'고 했다. 죽어가는 사람의 말이 진실에 넘친다는 것은 비근한 일상적인 진리로서 우리들도 그것을 긍정할 수 있다고 본다.

一擧手一投足
일 거 수 일 투 족

손 한 번 들고 발 한 번 옮겨 놓는다. 아주 쉬운 일이라는 뜻.

한 일 들 거 손 수 한 일 던질 투 발 족

이 말이 현대에 와서는 '그 사람의 일거수일투족이 주목을 끄는 표적이 되어 있다.'고 할 때 '하나하나의 행위와 동작'이라는 뜻으로 쓰이고 있는 것이 일반적이다.

이 말은 한유(韓愈)의 〈과목에 응하면서, 관리에게 보내는 글(應科目時與人書)〉에서 나온 말이다. 한유는 말할 것도 없이 중당(中唐)에 나와서 고문 부흥(古文復興)을 제창한 당(唐)나라의 대표적 산문가이며, 이 말은 ≪문장궤범(文章軌範)≫이나 ≪당송팔가문(唐宋八家文)≫에 실려 있다. '과목(科目)'이란 관리 등용 시험으로서 그 시험을 보기 전에 한 고관에게 제출한 편지라고 한다.

당대(唐代)의 시험에는 여러 종류의 과목이 있어서, 한유가 보는 것은 '박학홍사과(博學鴻詞科)'였다. 시험은 2단계로 되어 있어서 처음에는 예부(禮部)에서 행해지고 여기에 합격하면 다음 이부(吏部)에서 시험을 보게 되어 있었다.

한유는 25세에 예부 시험에 합격했지만 이부 시험에는 몇 번을 응했으나 계속 실패했다. 위 문장은 두 번째 때의 일이라고 한다. 당대에는 서생(書生)들이 시험관에게 미리 시문(詩文)을 지어 증정하여 그 역량을 알아주기를 바라는 것이 관습이었으므로 이 편지도 시험관에게 보낸 것이라 해도 좋다.

편지의 주요 내용은, '나는 보통사람과는 다른 걸물이다. 그러나 아무리 걸물이라도 하늘에 오르려면 물이 있어야 하며, 물이 없으면 말라 죽어 보통사람들의 웃음거리가 될 뿐이므로, 마르지 않고 하늘에 올라 훌륭한 관리가 될 수 있도록 제발 이끌어 달라.'며 청하고 있다. 그 첫머리부터 이 문장이 나오는 곳까지 보면 원문은 다음과 같다.

월일. 한유가 재배합니다. 하늘 연못의 물과 큰 강의 물가에는 괴물이 있다고 합니다. 그런데 그것은 평범한 물고기나 조개 따위와는 한가지가 아닙니다. 물을 얻으면 그것은 바람과 비를 불러 하늘 위아래로 오르내리는 것이 결코 어려운 일이 아닙니다. 그러나 물에 이르지 못할 때에는 그 간격이 여섯 자나 그 두 배가 되며 한 자 한 치 정도의 길이에 불과하여, 그 사이에 높은 산이나 큰 언덕이나 긴 길이나 위험한 곳이 있는 것이 아니더라도 어쨌든 마른대로 내버려 두어 물이 있는 곳까지 가지 못한다면 십중팔구는 대개 힘있는 자에게 비웃음을 사는 결과로 끝나게 됩니다. 힘이 있는 분께서 이를 불쌍히 여겨 그 궁한 처지에서 옮겨 주어야 하지 않겠습니까. 그것은 손이나 발을 잠깐 움직이는 정도의 노력에 지나지 않습니다.

月日 愈再拜. 天池之浜 大江之濆 日有怪物焉. 蓋非常鱗凡介之品彙匹儔也. 其得水 變化風雨 上下於天 不難也 其不及水 蓋尋常尺寸之間耳. 無高山大陵 曠塗絶險爲之間隔也. 然其窮涸不能自致乎水 爲獱獺之笑者 蓋十八九矣. 如有力者哀 其窮而運轉之 蓋一擧手一投足之勞也.

윗글에서 보아 알 수 있듯이 일거수일투족(一擧手一投足)이라는 말은 원래 '손을 한 번 들어올리고 발을 한 번 옮기는 일.' 이라는 뜻으로 '아주 쉽게 할 수 있는 일.', '약간의 수고만으로도 할 수 있는 일.' 을 뜻한다. 그러나 오늘날에 와서는 '하나하나의 동작이나 행동' 을 뜻하는 말로 사용하는 것이 보통이다.

一擧兩得
일 거 양 득

한 가지 일을 하여 두 가지의 이득을 본다는 뜻으로, 어떤 일을 할 때 예기치 않게 또다른 이득을 본다는 뜻.

한 **일** 움직일 **거** 두 **량** 얻을 **득**

서진(西晋)의 무제(武帝)에게 벼슬한 속석(束晳)은 속관(屬官)에서 올라 좌저작랑(佐著作郞)이 되었으며, 《진서(晋書)》와 《제기십지(帝紀十志)》를 엮어 박사가 된 박학한 선비이다. 그는 당시에 발견된 죽간(竹簡)을 보고 한(漢)나라 명제(明帝)의 현절릉책문(顯節陵策文)이라고 단언했다. 조사해 본 결과 사실이었기 때문에 그의 박식함에 모두 놀랐다고 한다.

그가 좌저작랑(佐著作郞)이 되기 전의 상소문에서 하북(河北)의 돈구군(頓丘郡) 일대에 들어와 사는 사람들을 다시 서쪽의 개척민으로 이주시킬 계획을 진술한 적이 있다.

"10년의 세역 면제(稅役免除)를 내려 중천(重遷:두 번 이주시킴)의 정을 위로한다면 한 번 들어 두 가지 이득을 얻게 되어, 밖으로 실질적이고 안으로 너그러우며 궁한 사람들에게 일을 더하고 서쪽 교외의 밭을 넓히니 이 또한 농사의 큰 이익이 된다."(《진서(晋書)》 속석전(束晳傳))

'일거양득(一擧兩得)'은 여기에서 나온 것으로, '한 가지 일을 하여 두 가지 이득을 거두는 것.'을 말한다.

전한(前漢)의 유향(劉向)이 엮은 《전국책》 진책(秦策)에는 '일거양부(一擧兩附)'라고 있고, 같은 초책(楚策)에는 '일거양획(一擧兩獲)'이라고 있으며, 《위지(魏志)》 장홍전(臧洪傳)에는 '일격양득(一擊兩得)'이라고 되어 있는데 모두 뜻은 같은 것이다. 우리나라에는 '일석이조(一石二鳥)'란 말이 있으며, 이것은 〈북사(北史)〉의 '일전쌍조(一箭雙鵰:한 화살로 두 마리의 독수리를 쏜다)'에서 나온 말이다.

一簞食 一瓢飮
일 단 사 일 표 음

한 소쿠리의 밥과 한 표주박의 물. 가난한 살림이라 변변치 못한 음식이지만 즐거움을 잊지 말라는 뜻.

한 **일** 소쿠리 **단** 밥 **사** 한 **일** 바가지 **표** 마실 **음**

≪논어≫ 중에 공자의 대담자로서, 혹은 그 인물평의 대상으로서 등장하는 제자들은 수없이 많지만 그중 공자에게 가장 신뢰를 받은 것은 아마 안회(顔回)일 것이다.

≪사기≫의 중니제자열전(仲尼弟子列傳)에 의하면, '안회는 노(魯)나라 사람으로, 자는 자연(子淵)이고 공자보다 30세 연소하다.' 라고 씌어 있다. 두 사람은 아버지와 아들 정도의 나이 차이가 있었지만 공자께서는 다른 누구보다도 안회의 인간성과 배우기 좋아함을 사랑하였다.

≪사기≫의 중니제자열전에, '안회는 29세에 완전히 백발이 되어 젊어서 죽었다.' 라고 씌어 있는데, 그가 죽은 해에 대해서는 여러 설이 있다. ≪공자가어(孔子家語)≫의 통설로는 '안회는 32세에 죽었다.' 라고 되어 있지만, 유보남(劉寶楠)이 ≪논어정의(論語正義)≫에서 자세히 고증한 바에 의하면 안회는 41세, 즉 공자의 나이 71세 때 죽었다고 한다.

어찌 됐든 젊어서 죽은 안회에 대하여 공자께서는 자주 통석비탄(痛惜悲嘆)의 말을 되풀이하셨다. 선진편(先進篇)에서는 '안연(顔淵)이 죽었다.' 로 시작되는 글이 4장 계속해서 나오고 있다. '안연이 죽었다. 공자께서 말씀하시기를, 아아, 하늘이 나를 망쳐 놓으셨다. 하늘이 나를 망쳐 놓으셨도다.' 라고 있고, '안연이 죽었다. 공자께서 곡하여 애통하셨다.' 따라간 사람이 말씀드리기를, '선생님께서 애통해 하셨습니다.' 하자 공자께서 말씀하셨다. '그를 위해서 애통해 하지 않는다면 누구를 위해 애통해 하랴!'

이 말씀은 지극히 인상적이다. 공자께서 안연의 죽음을 이렇게까지 애통해 하신 까닭은 안연이 학문을 좋아하는 드물게 보는 청년이었기 때문이다.

다음에 싣는 공자의 안회론에서도 그것을 충분히 엿볼 수 있다.

공자께서 말씀하셨다.

"현명하구나, 회여. 한 도시락 밥과 한 표주박의 마실 것으로 사람들은 더러운 거리에 사는 그 근심을 견디지 못하거늘. 회는 그 즐거움을 고치지 아니하니, 현명하구나, 회여!"

子曰 賢哉回也. 一簞食 一瓢飮 在陋巷 人不堪其憂 回也不改其樂 賢哉回也.(≪논어≫ 옹야편(雍也篇))

'일단사 일표음(一簞食 一瓢飮)'이란 초라한 음식을 뜻하는데, 안빈낙도(安貧樂道)하는 청빈한 생활을 형용할 때 쓰는 표현이다. 안회가 세속 욕심이 없이 자기수양에만 몰두함을 공자께서 찬양하여 한 말씀이다.

一網打盡
일 망 타 진

한 그물을 던져 모두 잡는다. 한꺼번에 다 잡는다는 뜻.

한 **일** 그물 **망** 칠 **타** 다할 **진**

오대(五代)가 혼란한 후에 성립된 송(宋)나라는 태조(太祖) 조광윤(趙匡胤)의 유언에 따라 문관 통치를 국시(國是)로 했다. 그런데 건국 60여 년 만에 즉위한 제4대 인종(仁宗)은 나라를 다스린 40년 동안 태조 이후 힘을 들여 온 과거로 정계에 등장한 우수 인재를 배출시킨 것으로 유명하며, 인종 후반의 연호 경력(慶曆)을 따서 '경력의 다스림'이라고 불리어 당(唐)나라 태종(太宗)의 '정관(貞觀)의 다스림'과 아울러 일컬어지고 있다.

더구나 '경력의 다스림'이라고 불리는 태평성대가 출현하기에 이르기까지 조정 내에서 문관들의 격렬한 대립이 있었다. 조정의 구식 신하와 혁신적인 관료들의 대립이었다.

당시 인종의 총애는 상미인(尚美人)으로 옮겨져 있었는데, 어느 날 인종 옆에 있던 상미인이 황후를 모욕했다. 화가 난 황후가 상미인의 뺨을 때리려고 하는 것을 인종이 가로막자 황후의 손이 인종의 목을 때리게 되었다.

화가 난 인종이 곧 황후 폐지의 의지를 굳히고 재상 여이간(呂夷簡)에게 도모했던 바, 여이간은 인종의 뜻을 받아들이고 이에 동의하여 황후의 폐지가 결정되었다. 간관(諫官)인 범중엄(范仲淹) 등 10명은 황후에게 잘못이 없다고 하여 폐지에 반대하였지만 여이간에 의하여 좌천되었다. 여이간은 그들이 도당을 짜서 공손치 못함을 자행하는 자들이라 보고 그렇게 결정했던 것이다.

천성(天聖) 7년에서 경력(慶曆) 3년까지 전후 12년에 걸쳐 재상직에 있던 여이간이 은퇴하자, 인종은 같은 궁정 정치가 하송(夏竦)을 추밀사(樞密使)에 임명하고, 추밀부사(樞密副使)에 혁신파의 한기(韓琦), 참정지사(參政知事)에 범중엄을 임명했다. 그러자 새로 임관된 간관 구양수(歐陽脩) 등으로부터 이의가 나왔다.

"하송은 안무사(安撫使)로서 서하(西夏) 경략에 겁내고, 겸하여 성격이 간사하여 거짓을 품고 있습니다."

인종은 이 말을 듣자 하송을 파면시키고 청렴강직으로 소문이 난 두연(杜衍)을 기용했다. 혁신파의 관리들은 이 인사를 환영했다. 그중에서도 국자감(國子監) 직강(直講)인 석개(石介)는, '이것은 큰 성사(盛事)로다. 성사를 이룩하는 것이야말로 나의 역할이다.' 라고 말했다.

범중엄이 한기(韓琦)와 함께 서쪽 변방의 위수지(衛成地)에서 도읍으로 돌아오는 도중에 이 말을 듣고,

"이것은 재앙의 씨앗이다. 아마도 괴귀배(怪鬼輩:하송)로 인하여 재앙이 생길 것이다."

라고 탄식했다. 과연 하송은 두연 등을 '당인(黨人)' 이라고 공격했다. 이에 반대하여 간신(諫臣) 구양수가 상소했다.

"신이 듣건대 붕당(朋黨)의 설은 옛날부터 있어 왔으며, 오직 임금이 군자와 소인을 판단하는 것을 바랄 뿐입니다. 대개 군자와 군자는 도(道)를 함께 함으로써 벗을 이루고, 소인과 소인은 이득을 함께 함으로써 벗을 이룹니다. 이것이 자연의 이치입니다."

臣聞. 朋黨之說 自古有之. 惟幸人君辨其君子小人而已. 大凡君子與君子 以同道爲朋 小人與小人 以同利爲朋. 此自然之理也.

라고 쓴 것이 유명한 〈붕당론(朋黨論)〉이다.

이리하여 일단 하송은 들어갔지만, 범중엄과 두연 등 당인(黨人)들이 황제의 폐위를 도모하고 있다는 터무니없는 사건을 날조하여 그들을 함정에 빠뜨리려 했다. 인종은 상대도 하지 않았지만 두연은 뜻밖에 반당인파(反黨人派)로 몰려 함정에 빠졌다.

사건인즉 두연의 사위로서 진주원(進奏院) 감독으로 근무하는 소순흠(蘇舜欽)이 반고지(反故紙)를 판 돈(국고금)으로 신을 제사지내고, 관청의 손님들을 초대하여 기녀를 부르고 성대한 주연을 베풀었다는 것이다.

하송파의 어사중승(御史中丞)인 왕공진(王拱辰)은 그를 곧 탄핵하여 소순흠 일당을 모조리 하옥시키고,

"나는 한 그물로 한 사람도 남기지 않고 모두 제거했다."

吾一網打去盡矣.

하며 기뻐했다고 한다.

'일망타진(一網打盡)'이란 말은 여기에서 나온 말로, 두연은 이 사건으로 말미암아 불과 70여일 만에 사직해야 했고 당인(黨人)들도 이어서 벼슬에서 쫓겨났다.

一葉落知天下秋
일 엽 낙 지 천 하 추

낙엽 한 잎이 떨어지는 것을 보면 천하가 가을이라는 뜻으로, 작은 일을 미루어 보면 큰 일도 예측할 수 있다는 뜻.

한 **일** 잎 **엽** 떨어질 **낙** 알 **지** 하늘 **천** 아래 **하** 가을 **추**

≪회남자≫ 설산훈편(說山訓篇)에 다음과 같이 기록되어 있다.

한 산적의 고기를 맛보면 한 가마솥의 맛을 알고, 날개와 숯을 걸어 건

조하고 습한 기운을 알 수 있으니 작은 것으로써 큰 것을 밝히는 일이다.

한 잎이 떨어지는 것을 보면 앞으로 해가 저무는 것을 알고, 병 속의 얼음을 보면 천하의 추위를 알 수 있으니 가까운 것으로써 먼 것을 논하는 것이다.

嘗一臠肉 知一鑊之味 懸羽與炭 而知燥濕之氣 以小明大. 見一葉落而知歲之將暮 睹瓶中之氷 而知天下之寒 以近論遠.

한 점의 고기를 맛보면 가마솥 안의 고기 전부의 맛을 알 수 있고, 습기를 빨아들이지 않는 날개와 습기를 흡수하는 숯의 무게를 달아 보면 방 안이 건조한지 습기가 있는지 알 수 있으니, 이러한 것을 작은 것으로써 큰 것을 밝힌다고 말한다.

또 오동잎이 한 개 떨어지는 것을 보면 앞으로 해가 저무는 것을 알 수 있고, 병 속의 물이 얼음이 된 것을 보면 추운 계절이 되었음을 알 수 있으니, 이러한 것을 비근한 것에 의해 원대한 것을 추측한다 하는 것이다.

이로써 밝혀진 것처럼 '한 잎이 떨어지는 것을 보고 앞으로 해가 저무는 것을 안다.' 라고 한 말은 작은 일을 보면 대세를 살펴 알 수 있다는 뜻이다.

이자경(李子卿)의 ≪추충부(秋蟲賦)≫에는,

한 잎이 떨어지니 천지는 가을이다.

一葉落兮天地秋.

라고 있고, 또 ≪문록(文錄)≫에는,

당(唐)나라 사람이 시를 지어 말하기를, '산의 중이 갑자(甲子) 세는 것을 풀지 못하니, 한 잎이 떨어지면 천하의 가을을 안다.'

載唐人詩曰 山僧不解數甲子 一葉落知天下秋.

라고 했다. '갑자(甲子)'는 십간(十干) 십이지(十二支)를 말하며, 여기에서는 세월의 뜻이다.

위 말은 사물의 징조를 보고 대세를 살핀다는 뜻으로 사용되고 있다.

一衣帶水
일 의 대 수

한 가닥 옷의 띠와 같은 물이라는 뜻으로, 거리가 아주 가까이 인접하다는 뜻.

한 **일** 옷 **의** 띠 **대** 물 **수**

진(晋)나라의 동천(東遷) 이후 남북으로 분열되어 있던 중국을 이백 수십 년 만에 통일한 것은 수(隋)나라 문제(文帝) 양견(楊堅)이었다.

양견은 북조(北朝)에 벼슬한 한(漢)나라 사람으로, 아버지 양충(楊忠)은 북주(北周)의 유명한 장군이었다. 양견도 같은 무장으로서 북주에 벼슬했는데 딸이 선제(宣帝)의 황후가 되면서 조정의 실력자가 되었다. 선제가 불과 21세로 재위(在位) 2년 만에 아들 선(闡)에게 왕위를 양보하여 천원 황제(天元皇帝)라고 자칭하기에 이르니 양견이 아직 강보에 싸인 정제(靜帝)의 후견인이 되었다.

다음해에 천원 황제가 급사(急死)하자 양견은 수(隋)나라 왕의 칭호를 받으며 북주의 군정(軍政) 대권을 부탁받고 그 이듬해 선양(禪讓)의 형식을 밟았으나 나라를 빼앗아 수(隋)나라를 세웠다.

문제는 즉위했을 때부터 천하 통일이라는 웅대한 구상을 가슴에 품어 밖으로는 남조(南朝)의 진(陳)나라와 평화 공존의 정책을 취하는 한편, 북쪽의 돌궐족에 대한 방비를 굳히고, 안으로는 위진(魏晉) 이후의 구품(九品) 중 정제도(正制度)의 폐지와 중앙집권의 강화, 그리고 검약에 힘쓰는 등 국력의 충실을 도모했다.

한편 진(陳)나라에서는 수(隋)나라가 건국한 이듬해에 선제(宣帝)가 죽고 후주(後主) 진숙보(陳叔寶)가 즉위했다. 진숙보는 주색으로 날이 밝고 저물어 정치를 전혀 돌보지 않는 말기의 황제 중 한 사람이었다.

당연히 측근에서 벼슬하는 환관(宦官)이 실력자로서 자리를 굳혀 매관매직을 하는 것은 물론이고, 죄를 범해도 돈만 내놓으면 무사할 수 있으며, 대신들은 다투어 후주가 총애하는 왕비에게 환심을 사는 형편이므로 백성들의 원망 소리는 높아갈 뿐이었다.

587년 문제가 황제가 된 지 7년 만에 후량(後梁)의 후주 소종(蕭琮)을 장안(長安)으로 불렀다. 후량은 수(隋)나라의 남쪽, 오늘날 호북성(湖北省)에 위치하여 요충지인 강릉(江陵)을 도읍으로 하였으며, 수(隋)나라로 보면 진(陳)나라를 공격하기 위한 절호의 교두보(橋頭堡) 노릇을 하고 있었다.

이때 소종은 이백여 명의 신하들을 데리고 장안으로 왔으며, 문제는 진(陳)나라에게 허를 찔려 강릉을 빼앗길까 두려워하여 무향공(武鄕公) 최홍도(崔弘度)를 파견하였다.

강릉의 유수(留守)를 지키고 있던 소종의 숙부인 안평왕(安平王) 소암(蕭巖)과 동생인 형주 자사(荊州刺史) 소의흥(蕭義興) 등은 최홍도가 강릉을 뺏으러 온 줄로 여겨 백성 십만을 거느리고 양자강을 건너 진(陳)나라에게 항복했다. 이 일로 화가 난 문제는 후량을 병탄(倂呑)함과 동시에 진(晉)나라 공략 작전(攻略作戰)의 개시를 선언했다.

　　"나는 즉위한 후 오로지 진(陳)나라의 일을 구상하면서 마음을 써 왔는데 이제 진(陳)나라 임금은 방탕하고 의지할 곳 없어 백성은 도탄의 괴로움을 당하고 있다. 나는 백성의 부모로서 이를 무시할 수 없다. 양자강이 험한 것은 두려워할 것이 못 된다. 저런 강을 두려워하여 백성들을 죽이는 것을 보고 있을 수는 없지 아니한가?"

　　나는 백성들의 부모가 되어 어찌 한 줄기 옷의 띠와 같은 물을 한하여 이를 구원하지 않을 수 있겠는가?

　　我爲民父母 豈可限一衣帶水 不拯之乎.

　　'일의대수(一衣帶水)'란 옷의 띠만큼이나 좁은 강을 뜻하는 말이다. 양자강은 예부터 천연의 요충지대로 유명하며 삼국시대의 오(吳)나라가 북쪽 기슭의 건강(建康)을 도읍으로 한 이후 동진(東晉)과 남조의 송(宋)나라, 제(齊)나라, 양(梁)나라, 진(陳)나라도 모두 여기를 도읍으로 하여 양자강을 만리장성 삼아 북쪽의 이민족에게 대항해 왔다.

　　이 양자강을 그는 '한 줄기 옷의 띠와 같은 물'이라고 말한 것이다. 기우장대(氣宇壯大)한 말이지만 이것은 결코 그의 목욕탕이 아니었다.

　　이보다도 먼저 그는 이미 수년에 걸쳐 진(陳)나라 공략의 준비를 진행시켰다. 이리하여 589년에 문제는 차남인 진왕(晉王) 양광(楊廣)을 총지휘관으로 하여 수(隋)나라의 군대 오십일만 팔천 명을 양자강 북쪽 기슭 수천 리에 걸쳐 집결시켜 한꺼번에 도하하여 진(陳)나라를 습격했다.

진(陳)나라의 후주는 총애하는 왕비와 함께 궁중의 우물로 도망쳤다가 수(隋)나라 병사에게 사로잡혀 다섯 임금 33년 만에 멸망하였으며, 중국 전토에 걸친 대제국이 출현했던 것이다.

一以貫之
일 이 관 지

하나를 꿰뚫었다는 뜻으로, 처음부터 끝까지 하나의 원칙으로 정리 되어 있다는 뜻.

한 **일** 써 **이** 꿰뚫을 **관** 어조사 **지**

'일이관지(一以貫之)' 란 말은 《논어》 두 곳에서 나온다. 위령공편 (衛靈公篇)에 나오는 것부터 소개하겠다.

공자께서 말씀하셨다.

"사(賜)야, 너는 내가 많이 배우고 그것을 다 기억하는 사람이라고 생 각하는가?"

자공(子貢)이 대답했다.

"그러합니다. 그렇지 않습니까?"

공자께서 말씀하셨다.

"아니다. 나는 하나를 가지고 관철하는 것이다."

子曰 賜也 女以予爲多學而識之者與. 對曰 然 非與. 曰 非也 予一以貫之.

사(賜)는 공자의 제자 자공(子貢)의 이름이다. 공자께서 자공에게 묻고, 자공이 반문하자 공자께서 대답하셨다.

"아니다. 나는 단지 한 가지 일로 만사를 관철하려고 하는 것뿐이다."

이것이 소위 '일관지도(一貫之道)'이거니와, 여기에서는 그 일관지도가 무엇을 가리키는지 언명되지 않고 있다. 공자 자신으로서는 명백한 것이 있다 할지라도 제자들은 그것을 이해할 수 없었던 것이다.

이 말을 정확히 납득할 수 있었던 사람은 애제자인 증자(曾子)였을 뿐으로, 그 증거는 이인편(里仁篇)에 나타나 있다.

공자께서 말씀하셨다.

"삼(參)아, 나의 도(道)는 하나로써 관철되어 있다."

증자가 말씀드렸다.

"네, 알고 있습니다."

공자께서 나가시자 제자들이 물었다.

"무엇을 말씀하신 것인가?"

증자가 말했다.

"선생님의 도(道)는 성실하고 용서할 뿐이다."

'충(忠)'이란 '중(中)'과 '심(心)'의 합자(合字)로, 마음속으로 성의를 다하는 '충실'의 뜻이며, '서(恕)'란 '여(如)'와 '심(心)'의 합자로, 다른 사람의 마음을 자기의 마음과 같이 생각하는 일이다.

더구나 공자께서 모처럼 '한 가지 도(道)' 라고 말한 데 대하여 '충(忠)' 과 '서(恕)' 라고 말하여 대답이 둘이 된다. 그리하여 '일관지도(一貫之道)' 란 평소에 공자께서 가장 역설하신 '인(仁)' 에서 벗어나지 않으며, 성의를 다한다는 것과 상대방을 용서한다는 것은 바로 인(仁)을 달성하는 길이라고 해석할 수 있다.

一 日 如 三 秋
일 일 여 삼 추

하루가 세 번의 가을 같다. 간절하게 기다릴 때는 짧은 시간도 오랜 세월로 느껴진다는 뜻.

한 **일** 날 **일** 같을 **여** 석 **삼** 가을 **추**

하루를 만나지 않으면 3년 동안 만나지 않은 것과 같다는 뜻이다. 애타게 기다리는 일, 만나고 싶어 그리워하는 정이 점점 깊어지는 것을 말한다.

≪시경≫에 왕풍(王風)이 〈채갈(采葛)〉이라는 시에서 다음과 같이 노래한 것에 근거한다.

저 칡을 캐어, 하루를 보지 않으면 석 달이나 된 것 같도다.
저 쑥을 캐어, 하루를 보지 않으면 3년이나 된 것 같도다.
저 약쑥을 캐어, 하루를 보지 않으면 3년이나 된 것 같도다.

彼采葛兮 一日不見 如三月兮

彼采蕭兮 一日不見 如三秋兮

彼采艾兮 一日不見 如三歲兮

이것은 칡과 쑥과 약쑥을 캐면서 부르는 연가이다. '일일여삼추(一日如三秋)'는 짧은 시간이 오랜 세월로 느껴진다는 뜻이다.

一字千金
일 자 천 금

한 글자의 가치가 천금이라는 뜻으로, 글씨나 문장이 뛰어나 가치가 있다는 뜻.

한 **일** 글자 **자** 일천 **천** 황금 **금**

전국시대 말기의 일이다. 진(秦)나라 효문왕(孝文王)은 즉위하여 불과 1년 만에 죽고 태자 자초(子楚)가 즉위했다. 이가 곧 장양왕(莊襄王)이다. 왕은 즉위한 후 자기를 태자로 삼게 한 여불위(呂不韋)를 재상으로 하여 문신후(文信侯)에 봉하고, 하남(河南)과 낙양(洛陽)의 10만호를 식읍(食邑)으로 주었다.

이 장양왕도 3년 만에 죽어 13세의 소년인 태자 정(政, 뒤의 진시황)이 즉위하여 왕이 되었다. 새 왕은 여불위를 존경하여 상국(相國)으로 삼고 중부(仲父)라고 불렀다. 여불위의 권세는 진(秦)나라를 기울일 정도였으며 그 상황을 ≪사기≫ 여불위전(呂不韋傳)에서는 다음과 같이 전하고 있다.

여불위의 집에는 하인이 일만 명이나 있었다. 그 당시 위(魏)나라에는 신릉군(信陵君)이 있었고, 초(楚)나라에는 춘신군(春申君)이, 조(趙)나라에는 평원군(平原君)이, 제(齊)나라에는 맹상군(孟嘗君) 같은 대귀족이 있어, 이들은 서로 경쟁이나 하듯이 선비를 대우하고 빈객이 찾아오는 것을 기뻐하였다. 여불위는 강대한 진(秦)나라가 그들에게 미치지 못하는 것을 부끄럽게 여겨 선비들을 불러 후하게 대우했기 때문에 식객은 삼천 명에 달하게 되었다.

당시 여러 나라에는 변설가가 많아 제(齊)나라와 초(楚)나라에 벼슬한 유자(儒者)인 순경(荀卿:순자)과 같은 사람들은 책을 지어서 천하에 널리 알려졌다. 그래서 여불위도 자기의 식객들에게 견문한 것을 쓰게 한 뒤 그것을 편집하여 팔람(八覽)과 육론(六論)과 십이기(十二紀) 등 이십만여 자에 달하는 책을 만들고, 천지와 만물과 고금의 일 등이 여기에 모두 갖추어져 있다고 하여 ≪여씨춘추(呂氏春秋)≫라고 이름을 붙였다. 그리하여 이것을 도읍 함양(咸陽)의 시문(市門)이 있는 곳에 진열하여 그 위에 천금(千金)을 건 후 제후와 유세가나 빈객을 유치하기 위하여 '만일 이 책에 한 글자라도 첨삭(添削)할 수 있는 사람이 있다면 천금을 주겠다.' 라고 썼다.

不韋家僮萬人. 當是時 魏有信陵君 楚有春申君 趙有平原君 齊有孟嘗君 皆下士喜賓客以相傾. 呂不韋以秦之彊 羞不如 亦招致士 厚遇之至食客三千人. 是時諸侯多辯士. 如荀卿之徒 著書布天下. 呂不韋乃使其客人人着所聞 集論以爲八覽 六論 十二紀二十餘萬言 以爲備天地萬物古今之事

號曰呂氏春秋. 布咸陽市門 懸千金其上 延諸侯游士賓客 有能增損一字者 子千金.

여기에서 '한 글자만으로 천금의 가치가 있는 훌륭한 문장' 이라는 뜻으로 '일자천금(一字千金)' 이라고 말하게 되었다.

一敗塗地
일 패 도 지

한 번 싸움에 패하여 땅에 묻힌다는 뜻으로, 회복 불능의 패배를 당한다는 뜻.

한 **일** 패할 **패** 칠할 **도** 땅 **지**

패(沛) 사람 유방(劉邦)에게는 수많은 길조가 있었으며 또 대인의 품격이 있어 인망도 높았다. 그 무렵 진(秦)나라 시황제(始皇帝)는 '동남쪽에 천자의 기운이 있다.' 고 말하며 동쪽으로 노닐어 이를 억압하려 했다. 유방은 자기를 말하는 것이 아닌가 하고 두려워 산속으로 도망쳤다. 패의 많은 젊은이들이 유방을 따라갔다.

이윽고 시황제가 죽고 2세 황제가 즉위하자 진승(陳勝)이 반란을 일으켜 진(秦)나라 군대를 파죽지세(破竹之勢)로 격파하고 진나라를 점령하자 스스로 왕이 되어 국호를 장초(張楚)라고 정하였다. 또한 여러 방면에서 군현(郡縣)의 장관을 죽이자 이에 응하는 자가 속출했다.

패의 현령은 이 형세를 보고 두려워서, 죽임을 당하기 전에 현민을 따라 진승에게 응하기 위해 부하인 소하(蕭何)와 조삼(曹參)에게 상의하자 이렇게 대답했다.

"진(秦)나라 관리인 당신이 지금 진(秦)나라를 배반하고 패의 젊은이들을 이끌어 진승에게 응하려 하시지만 그들은 듣지 않을 것입니다. 현 밖으로 도망한 사람들이 많이 있으므로 그들을 불러 모으는 것이 좋겠습니다. 수백 명이 모일 것이므로 그들로 하여금 현 사람들을 위협한다면 따르지 않는 사람들이 없을 것입니다."

현령은 현의 관리 번쾌(樊噲)를 보내 유방을 불렀다. 유방은 수백 명의 세력을 이끌고 패로 돌아왔다. 그러나 현령은 번쾌를 맞이하러 나오는 도중 생각이 바뀌어 유방 같은 명성이 있는 사람을 가까이에 두면 지위를 빼앗기지나 않을까 근심이 되어, 성문을 굳게 닫고 들어오지 못하게 한 뒤 이 계책을 말한 소하와 조삼을 죽이려 했다.

두 사람은 성을 도망쳐 나가 유방에게 의지했다. 유방은 두 사람의 이야기를 듣자 패의 부로(父老)에게 편지를 써서 화살에 묶어 성안으로 쏘게 하였다.

"천하는 이미 오래 전부터 진(秦)나라를 괴롭히고 있다. 지금 부로(父老)들은 현령을 위하여 성을 지키고 있지만 제후들이 계속 군대를 일으키고 있기 때문에 머지않아 패는 함락될 것이다. 그러므로 지금 당장 패의 백성들이 힘을 합쳐 현령을 죽이고 젊은이들 중에서 쓸 만한 사람을 골라 통솔시켜 제후에게 응하게 한다면 집안도 안전할 수 있겠지만 그렇지 않으면 부자가 함께 죽임을 당하게 되어 어떻게 할 수도 없을 것이다."

이 편지를 읽은 부로(父老)들은 자제들을 이끌고 패의 현령을 죽인 후, 유방을 맞아들이고 현령을 삼으려 했다. 유방은 거절하며 말했다.

"천하는 정히 혼란되고 제후들은 일거에 일어나고 있다. 이때 그럴듯한 인물을 장수로 삼지 않는다면 일패하여 땅에 묻히게 될 것이다.

나는 내 몸의 안전을 생각하여 이런 말을 하는 것이 아니다. 나의 능력이 부족하여 그대들의 부형이나 자제들의 생명을 완전히 할 수 없음을 두려워하는 것이다. 이것은 몹시 중요한 일이다. 제발 다시 사람을 골라 훌륭한 인물을 선택해 주기를 바라는 바이다."

天下方擾 諸侯並起 今置將不善 一敗塗地. 吾非敢自愛 恐能薄不能完父兄子弟 此大事. 願更相推擇可者.

그렇지만 소하나 조삼은 문관으로서 자기 몸이 소중하며, 일이 실패했을 때 한 집안이 진(秦)나라에게 죽임을 당할 것이 두려워 유방에게 모두 양보했다. 부로(父老)들도 이미 유방에게 길조가 있으며 점을 쳐 보아도 유방 이상으로 길괘(吉卦)가 나온 사람이 없다면서 권장했기 때문에 재삼 거절했지만 끝내는 허락하지 않을 수 없었다. 그래서 유방은 일어나 패공(沛公)이 되었다.

이것은 ≪사기≫의 고조본기(高祖本記)에 기록된 한(漢)나라 고조(高祖) 유방이 군대를 일으킨 경위이다.

'일패도지(一敗塗地)'는 주(註)에 '하루아침에 패배하여 간과 머리를 땅에 바르게 함을 뜻한다.'라고 있으며, 오장육부(五臟六腑)가 흩어져 진창에 구를 정도로 완전히 크게 패함을 말하는 것이다.

粒粒皆辛苦

입 립 개 신 고

한 알의 쌀도 피와 땀이 맺혀 있다는 뜻으로, 목적을 이루기 위해서는 고생이 수반된다는 뜻.

낱알 **입** 낱알 **립** 모두 **개** 매울 **신** 쓸 **고**

'입립(粒粒)'이란 곡식의 한 톨 한 톨이란 말로, 그 한 톨 한 톨은 농부들의 쓴 괴로움의 선물이란 것을 '입립개신고(粒粒皆辛苦)'라고 말하는데, 지금은 일을 수행할 때 수고에 수고를 거듭함을 말한다. 이 말이 나온 것은 이신(李紳)의 〈민농(憫農:농사를 불쌍히 여김)〉으로 ≪고문진보(古文眞寶)≫에 실려 있다.

벼를 호미질하는데 해가 낮을 당하니 땀은 벼 아래 흙에 떨어지네.
누가 광주리 속 밥의 알알이 쓴 괴로움을 알겠는가?

鋤禾日當午 汗滴禾下土
誰知盤中飧 粒粒皆辛苦

호미로 벼를 김매는데 태양이 정오가 되어 땀은 벼 아래 흙에 방울방울 떨어진다. 누가 광주리 안에 있는 밥의 알알마다 쓴 괴로움을 알겠는가?

이신(李紳)은 원화(元和) 원년에 진사에 합격하였다. 842년에 평장사(平章事:재상격의 벼슬)에 임명되었다. 시풍(詩風)은 이 시와 같은 교훈시적 방면의 창작이 위주였던 것 같으나 시인이라기보다는 정치가라고 할 만하여, 이덕유(李德裕)나 원진(元稹) 등과 붕당(朋黨)을 만들어 문벌사족 세력(門閥士族勢力)의 존재를 도모하면서 신흥관료 세력파(新興官僚勢力派)와 격렬한 투쟁을 계속했다. 이 붕당의 투쟁은 중당(中唐) 정치사상 중요한 사건이다. 백거이와도 친교가 있던 그는 백거이(白居易)와 같은 해에 죽었다.

자

自家藥籠中物
자 가 약 롱 중 물

자기 집 약장 속의 물건. 필요하면 언제든지 마음대로 쓸 수 있다는 뜻.

스스로 **자** 집 **가** 약 **약** 농 **롱** 가운데 **중** 물건 **물**

당(唐)나라는 618년부터 907년까지 290여 년간에 걸쳐 중국 대륙을 지배한 대제국이었지만, 실제로는 그 사이에 22년간의 공백이 있었다. 683년부터 705년까지는 주(周)나라, 즉 측천무후(則天武后)의 통치시대였다.

이 주(周)나라를 기준으로 전당(前唐)과 후당(後唐)이라 해도 좋을 것이나 그렇게 부르지 않는 것은 측천무후에 의하여 쫓겨난 중종(中宗)이 22년간의 유배생활 끝에 황제의 지위에 복위했기 때문이다. 즉 황제의 계통이 끊어지지 않았던 것이다.

당(唐)나라를 멸망으로부터 구하고 중흥으로 이끌어 간 사람은 측천무후가 '국로(國老)'라고 부르며 의지하던 명재상 적인걸(狄仁傑)이었다.

밀고 장려제도(密告獎勵制度)인 '밀고의 문'으로 대표되는 측천무후의 공포정치는 잘 알려져 있지만, 한편으로는 유능한 문관을 등용하여 간언에도 귀를 기울이는 일면도 측천무후에게 있었다.

고종(高宗) 황후 시절의 그녀에 대하여 ≪십팔사략≫에서는 다음과 같이 말하고 있다.

'고종이 눈병으로 괴로워하여 백 가지 아뢰는 일을 볼 수가 없었다. 가끔 황후로 하여금 이를 결재시켰다. 황후는 성격이 명민(明敏)하여 문사

(文史:경서나 사서)를 섭렵하였다. 일을 처리할 때는 고종의 의향에 따랐다. 이로 말미암아 위탁하는 정치를 했으며 권리가 천자와 같았다. 사람들은 이를 두고 두 명의 천자라고 말했다.'

다시 제위에 복위하고부터 광폭해져 그 비판을 억제하기 위하여 공포정치를 행한 뒤에 이렇게 말했다.

'깊은 생각이 있어야 사람을 잘 쓰고, 유능한 사람들 또한 등용을 당하여 즐겁게 일한다.'

'유능한 사람들도 등용을 당하여 즐겁게 일한다.' 라고 한 것은 측천무후가 음란포학(淫亂暴虐)하기만 한 군주가 아니라는 것을 말해 주고 있다.그녀는 조리가 통하는 의견에 귀를 잘 기울였다. 적인걸(狄仁傑)로 하여금 당(唐)나라 중흥의 공신으로 삼은 사건은 그 좋은 예이다.

성력(聖歷) 원년에 측천무후의 조카인 무승사(武承嗣)와 무삼사(武三思)가 태자 이단(李旦)을 폐하고 스스로 태자가 되려고 책동한 일이 있었다.

'태자 이단이 측천무후의 뒤를 계승한다면 천하는 다시 이씨(李氏)의 것이 되겠지만 우리들을 태자로 둔다면 무씨(武氏)의 천하, 즉 주(周)나라는 영원히 계속된다.'

무삼사 등의 의견은 측천무후의 마음을 크게 거슬렸다. 이때 감연히 간하고 나선 것이 적인걸이었다.

"태종(太宗)이 수고하신 끝에 정한 천하를 무씨(武氏)로 옮기는 것은 하늘의 뜻에 거슬리는 일입니다. 더구나 숙모와 조카 사이와 모자 사이는 도대체 어느 쪽이 친근할까요? 폐하께서 태자로 아드님을 세우신다면 천추만세(千秋萬歲) 뒤에 태묘(太廟:황실의 사당)에 제사를 받들어 영원히 자손의 제사를 받을 수 있게 될 것입니다. 그러나 성이 다른 조카가 천자가 된다면, 다른 집안에서 시집온 숙모를 자기 집안의 태묘에 합쳐 제사지내는 예는 이제까지 없었습니다."

측천무후는 잠시 망설인 후 적인걸의 간언에 따라 방주(房州)에 유배했던 노릉왕(盧陵王) 이철(李哲:중종)을 불러 새삼스러이 태자로 삼고 이단을 상왕(相王)으로 삼았다.

측천무후의 만년 장안(長安) 5년에 태자 이철을 옹호하여, 병상에 있던 측천무후에게 퇴위(退位)를 종용하여 중종의 부활을 실현시킨 사람은 적인걸의 천거로 재상이 된 장간지(張柬之)였다.

적인걸은 이 장간지를 비롯하여 많은 인재를 측천무후의 조정에 천거했다. 반대로 말하자면 자기의 목숨이 걸린 사람들을 중요한 부서에 배치했던 것이다.

어떤 사람이 말했다.

"천하의 도리(桃李:좋은 인재)는 모두 각하의 집에 모여 있다고 사람들이 말하더군요."

그러자 적인걸은 갑자기 얼굴이 굳어지며 대답했다.

"인재를 천거하는 것은 국가를 위하는 것이지, 나를 위하는 것이 아니다."

원행충(元行沖)은 박학다식한 직언거사(直言居士)로, 일찍이 적인걸로부터 중하게 보인 사람이다. 어느 날 원행충이 말했다.

"각하의 집에는 산해진미가 많이 있군요. 청컨대 저를 약물(藥物)의 끝에라도 넣어 주십시오."

적인걸이 웃으면서 말했다.

"이미 내 약장 속의 물건이니 어찌 하루인들 없을 수 있겠는가?"

元行沖博學多通 仁傑重之. 行沖多規諫 曰 明公之門珍味多矣. 請備藥

物之末. 仁傑笑曰 吾藥籠中物 何可一日無也.

　자기의 수중에 있는 물건, 변하여 길을 잘 들여 자기 편으로 삼을 사람, 혹은 자기에게 필요불가결한 사람을 뜻하는 '자가약롱중물(自家藥籠中物)'은 이 적인걸의 말로부터 시작되었다.

煮豆燃豆萁
자　두　연　두　기

콩깍지를 태워 콩을 삶는다는 뜻으로, 혈육끼리 서로 죽이려 한다는 말.

삶을 **자** 콩 **두** 사를 **연** 콩 **두** 콩깍지 **기**

　삼국지(三國誌)의 영웅 조조(曹操)는 맏아들 조비(曹丕)와 셋째아들 조식(曹植)과 함께 세 부자가 훌륭한 문재(文才)를 타고나 '삼조(三曹)'라고 불리었으며, 건안시대(建安時代)의 문학을 꽃피웠다.

　특히 조식은 당대에 비교할 수 없는 문재라고 알려져 조조는 그의 문재를 깊이 사랑하고 있었다. 그러나 형제간의 경쟁은 다른 사람들보다 더 격렬했다고 전해진다. 조비와 조식 사이에 후계 문제가 개재되어 있고 보면 더욱 그러하다. 후계자가 된 조비는 즉위하여 위(魏)나라 문제(文帝)가 된 뒤에도 조식에 대한 시기심으로 항상 조식을 괴롭혔다.

　어느 날 조비는 동아왕(東阿王)인 조식에게 일곱 발짝을 걷는 동안 시를 지으라고 했다. 만일 시를 짓지 못하면 큰 벌을 내리겠다고 명령했다. 문재가 풍부한 조식은 일곱 발짝을 걷는 동안 시를 지었다.

콩을 삶는 데 콩깍지를 때니, 콩이 솥 안에서 운다.
이들은 본래 같은 뿌리에서 나왔는데, 어찌 너무 급하게 서로 삶으려 하는가?

煮豆燃豆其 豆在釜中泣
本是同根生 相煎何太急

이 말을 들은 조비는 부끄러워하며 안색이 변했다고 한다.(≪세화신어(世話新語≫ 문학편(文學篇))

시를 짓는 놀라운 일, 혹은 문재(文才)가 풍부한 것을 '칠보지재(七步之才)'라고 하며 뛰어난 문학 작품을 '칠보시(七步詩)'라고 하는데, 골육인 형제가 서로 다투어 괴롭히고 죽이려 하는 것을 '콩을 삶는 데 콩깍지를 땐다.'라고 말하는 것은 이 시에서 나온 고사이다.

自暴自棄
자 포 자 기

자신을 스스로 난폭하게 버린다는 뜻으로, 아무런 기대도 없이 절망에 빠져 될 대로 되라는 뜻.

스스로 **자** 사나울 **포** 스스로 **자** 버릴 **기**

이 말은 ≪맹자≫ 이루편(離婁篇) 상(上)에 나오는 말이다. 스스로 포기하여 말이나 행동을 아무렇게나 하는 것을 '자포자기(自暴自棄)'라고 하거니와 이 말의 정확한 뜻은 맹자가 설명하는 바에 따르면 다음과 같다.

맹자가 말했다.

"자신을 스스로 해치는 사람과는 더불어 말할 것이 못 되고, 자신을 스스로 버리는 사람과는 더불어 행동할 것이 못 되거니와, 말로 예의를 헐뜯는 것을 스스로를 해친다 말하고, 자기의 몸이 인(仁)에 살지 못하면서 의(義)에 따르지 못한다고 하는 것을 스스로를 버린다고 말한다. 인(仁)은 사람이 편안히 살 집이요, 의(義)는 사람이 올바르게 걸어갈 길이다. 세상 사람들이 편안한 집을 비워 두고서 살지 않으며, 올바른 길을 버리고서 따르지 않으니, 슬픈 일이로다."

孟子曰 自暴者 不可與有言也 自棄者 不可與有爲也 言非禮義 謂之自暴也 吾身不能居仁由義 謂之自棄也. 仁 人之安宅也 義 人之正路也. 曠安宅而弗居 舍正路而不由 哀哉.

다시 설명하면 다음과 같다. '입을 벌려 예의를 헐뜯는 무리를 자포자(自暴者)라 하고, 인의(仁義)에 따라 행동하지 못하는 무리를 자기자(自棄者)라 하는데, 이런 사람들과는 더불어 말하기에 부족하고 함께 행동할 수도 없다. 왜냐하면 사람으로서 편안한 집이 있고 올바른 길이 있는데도 인의(仁義)를 버리고 돌아보지 않는 것은 전혀 인정이 없는 것이기 때문이다.'

공자께서는 끝까지 인(仁)을 말씀하셨고 가끔 의(義)에 대해서도 말씀하셨지만 인(仁)과 의(義)를 함께 말씀하신 예는 ≪논어≫ 중에서는 보이지 않는다.

이에 반하여 맹자는 도리어 인(仁)과 의(義)를 아울러 일컬은 것이 많다. 그 예를 일일이 들 필요는 없겠지만 ≪맹자≫ 첫머리에서 양(梁)나라 혜왕(惠王)이,

"노인장께서 천리를 멀다 않고 오셨으니, 역시 장차 우리나라를 이롭게 하실 일이 있겠습니까?"

하고 물었다. 이에 대해 맹자가 한 말은 유명하다.

"왕께서는 하필이면 이(利)를 말씀하십니까? 오직 인(仁)과 의(義)가 있을 뿐입니다."

長袖善舞 多錢善賈

장 수 선 무 다 전 선 고

소매가 길면 춤추기 좋고 돈이 많으면 장사를 잘한다는 뜻으로, 배경이나 조건이 좋아야 성공하기 쉽다는 뜻.

길 **장** 소매 **수** 좋을 **선** 춤출 **무** 많을 **다** 돈 **전** 잘할 **선** 장사 **고**

'긴 소매는 춤을 잘 추고, 돈이 많으면 장사를 잘한다.' 라는 말은 같은 춤을 추어도 긴 소매의 춤옷(舞服)을 입은 사람이 돋보이고, 장사를 하는 데도 자본이 많은 사람은 많이 번다는 뜻으로, 어떤 일을 할 때 조건이 좋은 사람이 유리하다는 말이다.

이 말은 ≪한비자≫ 오두편(五蠹篇)에 실려 있는 말로, '비언(鄙諺:항간의 속담)에 말하기를' 이라고 되어 있는 것으로 보아 당시의 세상 사람들 입에 오르내렸던 말인 것 같다.

한비자는 진(秦)나라 왕 정(政)에 의해 투옥되어 옥중에서 독살됐는데, 그 진(秦)나라 왕의 실부(實父)라는 여불위(呂不韋)가 많은 돈을 투자하여 진(秦)나라 재상의 지위를 자신만만하게 한 호상(豪商) 출신의 사람임을 보아도 전국시대 말기에는 이미 막대한 상업 자본이 축적되었음을 알 수 있다.

이 이야기는 그와 같은 정세에서 세상 모습의 일단(一端)을 전해 주는 것이다.

'오두(五蠹)' 란 말은 '국가를 좀먹는 다섯 종류의 좀' 이라는 뜻으로,

한비자는 학자, 유세하는 선비, 협객(狹客), 상공업자, 국가의 공민으로서 의무를 버리고 권세가의 식객 노릇을 하는 사람들을 들어, 이와 같은 나라의 기생충은 정치의 문란에서 비롯되며 더구나 그 문란을 선동하는 존재이니 임금 된 사람은 그들의 언론에 마음을 빼앗기거나 그들의 행동을 용서해서는 안 된다고 말했다.

그 취지를 풀이한 것이 이 오두편(五蠹篇)이다. 오두편(五蠹篇)은 ≪한비자≫ 가운데에서도 압권(壓卷)이라고 일러진다.

한비자가 말했다.

"비언에 말하기를, '긴 소매는 춤을 잘 추고 돈이 많으면 장사를 잘한다.'고 한 것은 자본이 많으면 공업을 하기 쉬움을 말한 것이다. 그러므로 다스림이 강하면 도모하기가 쉽고, 약하고 어지러우면 계획하기가 어렵다."

鄙諺曰 長袖善舞 多錢善賈. 此言多資之易爲工也. 故治强易爲謀 弱亂難爲計.

前車覆 後車誡
전 거 복 후 거 계

앞 수레가 엎어지면 뒤 수레는 조심한다. 선인들의 실수를 교훈으로 삼으면 실패의 전철을 밟지 않는다는 말.

앞 **전** 수레 **거** 엎을 **복** 뒤 **후** 수레 **거** 경계할 **계**

가의(賈誼)는 낙양(洛陽) 출신으로 한(漢)나라 문제(文帝)에게 벼슬한 명신이었다. 그는 대단한 수재로 18세 때에는 시를 잘 외워 글을 짓는 것으로 군내(郡內)에 이름이 알려져 있었다.

그 때문에 천거하는 사람이 있어, 문제는 가의를 불러 박사(博士)로 삼았다. 그때 가의는 20여 세로 박사들 중에서 최연소자였지만 그의 재능은 다른 박사들을 압도하였으며 문제의 눈에 들어 1년 내에 태중대부(太中大夫)로 승진하였다.

그 뒤 한때 문제에게 소홀히 여겨져 장사왕(長沙王) 오차(吳差)의 태부(太傅)로 좌천되었다가 1년여 만에 소환되어 잠시 양(梁)나라 회왕(懷王)의 태부로 임명되었다. 양(梁)나라 회왕은 문제의 막내아들로서 왕에게 총애를 받았으며 또 책을 좋아했기 때문에 가의가 그 태부에 임명되었던 것이다. 그로부터 수년 뒤에 회왕이 말에서 떨어져 갑자기 죽었다. 태부였던 가의는 아무데도 갈 수 없어 슬픔에 젖어 울고 있다가 그도 33세로 죽었다.

가의가 양(梁)나라 회왕의 태부였을 때 흉노족이 변경을 자주 침입하고, 또 회남왕(淮南王)과 제북왕(濟北王)이 모반으로 죽임을 당하는 사건이 생겨 천하가 시끄러웠기 때문에 가의는 자주 상소하여 정사에 대한 의견을 말했는데 그 가운데 다음과 같은 구절이 있다.

속담에 말하기를, '관리가 되어 직무를 익히지 못할 때에는 마음을 다하여 지난 예를 조사해 보라.'는 말이 있으며, 또 '앞의 수레가 엎어지는 것은 뒤의 수레에 경계가 된다.'고 일러지고 있습니다. 대저 하(夏)·은(殷)·주(周) 삼대는 오래도록 번영하였거니와, 그 이유는 지난 일을 검토하여 알고 있었기 때문입니다. 그런데도 그 번영을 배워서 얻지 못하는 사람은 성인의 지혜에 따르지 않는 사람입니다. 또 진(秦)나라는 몹시 빨리 멸망하였거니와, 어떻게 하여 멸망했는지 수레바퀴의 자국을 보면 알 수 있습니다. 그런데도 그 수레바퀴의 자국을 피하지 않는다면 뒤에서 오는 수레는 곧 엎어질 것입니다. 대저 국가의 존망(存亡)과 다스림과 혼란의 열쇠는 바로 여기에 있는 것입니다.

鄙諺曰 不習爲吏 視已成事 又曰 前車覆 後車誡. 夫三代之所以長久者 其已事可知也. 然而不能從者 是不法聖智也. 秦世之所以函絕者其轍跡可見也. 然而不避是 後車又將覆也. 夫存亡之變治亂之機 其要在是矣. (≪한서≫ 가의전(賈誼傳))

문제(文帝)는 충신들의 진언을 받아들여 한(漢)나라 번영의 기초를 다졌으며, '전거복 후거계(前車覆 後車誡)'라는 말은 선인(先人)들의 실수나 잘못이 후세 사람들에게는 경계가 된다는 뜻이다.

戰 戰 兢 兢
전 전 긍 긍

겁을 먹고 벌벌 떤다는 뜻으로, 잘못을 저질러 놓고 발각될까 봐 불안해 떤다는 뜻.

두려워할 **전** 두려워할 **전** 두려워할 **긍** 두려워할 **긍**

'전전(戰戰)'이란 겁을 집어먹고 떠는 모양이고, '긍긍(兢兢)'이란 몸을 삼가고 조심하는 모양이다.

≪논어≫ 태백편(泰伯篇)에는 증자(曾子)에 대한 글이 다섯 장이나 실려 있는데 그중 첫째 장은 다음과 같다.

증자가 병이 있어 제자들을 불러 말했다.

"내 발을 펴고 내 손을 펴라. ≪시경≫에 이르기를 '매우 두려운 듯이 조심하고, 깊은 연못에 임한 것같이 하고, 얇은 얼음을 밟은 것같이 하라.'고 했다. 지금 이후로 나는 그것을 면함을 알겠구나, 제자들아."

曾子有疾 召門弟子曰 啓予足 啓予手. 詩云 戰戰兢兢 如臨深淵 如履薄氷. 而今而後 吾知免夫 小子.

증자는 공자의 제자로 이름은 삼(參)이다. 효도가 지극했으며 ≪효경≫의 저자라고 일러진다. 그 ≪효경≫에 다음과 같이 실려 있다.

몸과 터럭과 살갖은 부모에게서 받은 것이니 감히 헐어 상하지 않음이 효도의 시작이요, 몸을 세워 도(道)를 행하고 후세에 이름을 날려 부모를 나타내는 것이 효도의 마침이다.

身體髮膚 受之父母 不敢毀傷 孝之始也 立身行道 揚名於後世 以顯父母 孝之終也.

여기에 인용된 시구는 ≪시경≫ 소아(小雅)의 〈소민(小旻)〉이라는 6절로 이루어진 시의 마지막 1절이다.

감히 맨손으로 호랑이를 잡지 못하고, 감히 걸어서 황하를 건너지 못함을,
사람들이 그 하나는 알지만 그밖의 것들은 알지 못한다.
두려워하듯이 조심하여 깊은 연못에 임한 것같이 하고,
얇은 얼음을 밟듯이 해야 하네.

不敢暴虎 不敢馮河
人知其一 莫知其他
戰戰兢兢 如臨深淵
如履薄氷.

이것은 악정(惡政)을 한탄한 시이다. 호랑이를 맨손으로 잡거나 황하를 맨몸으로 건너지도 못하면서 눈앞의 이득과 손해에만 매달려 그것이 뒤에 큰 재앙이 된다는 것은 알지 못한다. 마음이 있는 사람은 그 악정 속에서도 깊은 연못가에 임한 것처럼 하고, 또 얇은 얼음을 밟고 걷는 것

처럼 전전긍긍하여 두려워하고 조심해야 한다는 뜻이다.

輾轉反側
전 전 반 측

이리 뒤척 저리 뒤척인다는 뜻으로, 걱정 때문에 잠을 이루지 못한다는 뜻.

구를 **전** 구를 **전** 뒤집을 **반** 곁 **측**

고민으로 잠을 이루지 못하는 일, 혹은 잠자지 못하고 뒤척임을 되풀이하는 것을 '전전반측(輾轉反側)'이라고 하는데, 이 말은 본래 아름다운 여인을 그리워하여 잠을 이루지 못하는 것을 형용해서 하는 말이었다.

≪시경≫ 주남(周南)의 관저(關雎:물수리)에 이렇게 실려 있다.

구룩구룩 물수리는 강가 섬에 있도다.
아리따운 아가씨는 군자의 좋은 짝이로다.
들쭉날쭉한 마름풀을 좌우로 헤치며 따는도다.
아리따운 아가씨를 자나 깨나 구하는도다.
구하여도 얻지 못하니 자나 깨나 생각하는도다.
생각하고 또 생각하는지라 이리 뒤척 저리 뒤척 하는도다.

關關雎鳩 在河之洲
窈窕淑女 君子好逑
參差荇菜 左右流之
窈窕淑女 寤寐求之
求之不得 寤寐思服
悠哉悠哉 輾轉反側

이 제2절의 결구가 '전전반측(輾轉反側)'이다. 이 노래는 물쑥을 따면서 부르는 연가이니, 즉 노동가인 동시에 연애가이기도 하다.

絕聖棄智
절 성 기 지

성스러움을 끊고 지혜를 버리라는 뜻으로, 사사로운 욕심을 버리고 소박함을 지니라는 뜻.

끊을 절 성인 성 버릴 기 알 지

'절성기지(絕聖棄智)'란 성스러움을 끊고 지혜를 버리라는 뜻이다. ≪노자≫ 제19장에 이렇게 실려 있다.

성스러움을 끊고 지혜를 버리면 백성들의 이익이 백 배나 늘고, 인(仁)을 끊고 의(義)를 버리면 백성들이 효도와 사랑으로 돌아가며, 공교함을 끊고 이익을 버리면 도둑이 있을 수 없다. 이 세 가지만으로는 글이 족하지 않으므로 계속 설명해 두겠다. 즉 소박함을 안아 지키고 사욕을 적게 하는 일이다.

絕聖棄智 民利百倍 絕仁棄義 民復孝慈 絕巧棄利 盜賊無有. 此三者以爲文未足 故令有所屬. 見素抱撲 少私寡欲.

≪노자≫의 이 '절성기지(絕聖棄智)'를 서술한 것이 ≪장자≫의 거협편(胠篋篇)이다.

물고기는 연못을 벗어나서는 안 되고, 나라의 이로운 그릇은 남에게 보여서는 안 된다. 저 거룩한 지혜를 지닌 사람은 천하의 이로운 그릇이니 천하에 밝혀서는 안 된다. 그러므로 성인을 끊고 지혜를 버리면 큰 도둑이 그치고, 옥을 던지고 구슬을 부수면 작은 도둑이 일어나지 않고, 부적을 불사르고 옥새를 부수면 백성들이 소박하고 꾸밈이 없어 말을 부수고 저울을 꺾으면 백성들이 다투지 않는다. 이는 모두 천하의 성법(聖法)의 잔재이므로 깨뜨려 버려야 백성들이 비로소 서로 더불어 도(道)를 논할 것이다.

魚不可脫於淵 國之利器不可以示人. 彼聖知者天下之利器也 非所以明天下也. 故絕聖棄知 大盜乃止 擿玉毁珠 小盜不起 焚符破璽 而民朴鄙 掊斗折衡 而民不爭. 殫殘天下之聖法 而民始可與論議.

'어불가탈어연 국지이기불가이시인(魚不可脫於淵 國之利器不可以示人)'은 ≪노자≫의 제36장에서 인용한 말로, 연못에서 벗어난 물고기는 사람들에게 잡혀 죽고, 무력을 과시하는 나라는 멸망한다는 뜻이다.

切磋琢磨
절 차 탁 마

옥돌을 갈고 다듬어 빛을 낸다는 뜻으로, 일을 할 때는 최선을 다해 노력해야 한다는 뜻.

끊을 절 갈 차 쫄 탁 갈 마

≪논어≫ 학이편(學而篇)에는 ≪시경≫에 실린 시가 인용되고 있다.

자공(子貢)이 공자께 여쭈었다.

"가난해도 아첨하지 않고 부유하면서도 교만하지 않는 것은 어떻습니까?"

공자께서 말씀하셨다.

"훌륭하도다. 그러나 가난해도 도(道)를 즐거워하고, 부유하면서도 예절을 좋아하는 사람만은 못하다."

자공이 다시 여쭈었다.

"시경에 이르기를, 끊는 듯이 하고 다듬듯이 하며 쪼는 듯이 하고 가는 듯이 하라고 하였습니다. 그것은 이것을 이름입니까?"

공자께서 말씀하셨다.

"사(賜)야, 비로소 더불어 시를 논할 만하구나. 지난 일들을 일러 주었더니 닥쳐올 일까지 아는구나."

子貢曰 貧而無諂 富而無驕 何如. 子曰 可也. 未若貧而樂 富而好禮者也. 子貢曰 詩云 如切如磋 如琢如磨 其斯之謂與. 子曰 賜也 始可與言詩已矣. 告諸往而知來者.

여기에서 자공이 인용한 시구는 ≪시경≫의 위풍(衛風) 〈기오(淇奧)〉라는 3절로 이루어진 시의 제1절이다.

저 기수 물가를 보니 푸른 대나무가 무성하도다.
빛나는 군자가 있어 끊는 것 같고 다듬는(磋) 것 같으며
쪼는 것 같고 가는(磨) 것 같도다.

瞻彼淇奧 綠竹猗猗
有匪君子 如切如磋
如琢如磨

〈기오(淇奧)〉의 시는 절차탁마(切磋琢磨)하여 학문과 덕을 쌓은 군자를 비유한 것이다. 기수의 물가를 바라보니 푸른 대나무가 아름답게 무성해 있다, 그 푸른 대나무와 같은 군자는 절차탁마하여 학문과 덕을 닦아 엄숙하고 위엄이 있으며 밝게 빛나고 있다, 이 아름다운 군자를 백성들은 길이 잊지 못할 것이라는 뜻이다.

≪대학≫에도 이 시가 인용되어 있다.

끊는 것과 같고 다듬는 것과 같다는 것은 학문을 말하는 것이고, 쪼는 것과 같고 가는 것과 같다는 것은 스스로 덕을 닦는다는 뜻이다.

如切如磋者道學也 如琢如磨者自修也.

井中之蛙 不知大海
정 중 지 와 부 지 대 해

우물 안 개구리는 큰 바다를 모른다는 뜻으로, 견문이 좁아 넓은 세상의 물정을 모른다는 뜻.

우물 **정** 가운데 **중** 어조사 **지** 개구리 **와** 아니 **부** 알 **지** 큰 **대** 바다 **해**

황하의 신(神) 하백이 흐름을 따라 처음으로 바다에 나왔다. 북해까지 가서 동해를 바라보다 그 끝없이 넓은 것에 놀라 북해의 신 약(若)에게 말했다. 그러자 북해의 신 약(若)이 이렇게 말했다.

"우물 안에서 살고 있는 개구리에게 바다를 얘기해도 알지 못하는 것은 그들이 좁은 장소에서 살고 있기 때문이며, 여름 벌레에게 얼음을 말해도 알지 못하는 것은 그들이 여름만을 굳게 믿고 있기 때문이다.

식견이 좁은 사람에게는 도(道)를 말해도 알지 못하거니와 그것은 상식의 가르침에 구속되어 있기 때문이다. 그러나 당신은 지금 좁은 개울에서 나와 큰 바다를 바라보고 자기의 어리석음을 알았기 때문에 이제 더불어 큰 진리에 대하여 말할 수 있을 것이다."

北海若曰 井鼈不可以語海者 拘於虛也 夏蟲不可以語於氷者 篤於時也. 曲士不可以語於道者 束於敎也. 今爾出於崖涘 觀於大海 乃知爾醜. 爾將 可與語大理矣.

이것은 ≪장자≫ 추수편(秋水篇)에 실려 있는 첫머리의 이야기로, 하백(河伯)과 북해의 신인 약(若)과의 문답은 계속된다.

이 문답을 통하여 장자(莊子)는 도(道)의 높고 큼과 대소귀천(大小貴賤)은 정해진 것이 아니니 대소귀천의 구별을 잊고 도(道)에 따라야 한다고 주장하고 있다.

'정중지와 부지대해(井中之蛙 不知大海)'는 '우물 안의 개구리는 바다를 말해도 알지 못한다.'라는 뜻으로, 중국에서는 '정와(井蛙)', 또는 '정저와(井底蛙)'라고 말하기도 한다.

庭訓
정 훈

마당에서의 가르침. 아버지가 아들에게 이르는 가정교육을 말함.

뜰 **정** 가르칠 **훈**

'정훈(庭訓)'이란 가정 안의 교훈, 아버지가 아들에게 주는 교훈이라는 뜻이다.

≪논어≫의 계씨편(季氏篇)에 나오는 공자와 그의 아들 백어(伯魚:이름은 이)에 대한 이야기에서 생긴 말로서, 거기에는 단지 '이(鯉)가 달려서 마당을 지나간다.' 라는 글이 있을 뿐, '정훈(庭訓)' 이라는 성어(成語)가 쓰인 일은 없다.

진항(陳亢)이 백어에게 물었다.

"아들로서 별다른 가르침을 들은 것이 있습니까?"

백어가 대답해 말했다.

"아직 없었다. 한번은 아버지께서 마당에 홀로 계실 때 내가 달려서 마당을 지나갔다. 아버지께서 나에게, '시경을 배웠느냐?' 라고 말씀하시자 대답하기를, '아직 배우지 못하였습니다.' 하자 '시경을 배우지 않으면 말을 하지 못한다.' 라고 하셨다. 나는 물러가 시경을 배웠다. 다른 날에 또 홀로 계실 때 내가 달려서 마당을 지나갔다. 그러자 아버지께서 말씀하시기를, '예절을 배웠느냐?' 하시기에 대답하기를, '아직 배우지 않았습니다.' 하자 '예절을 배우지 않으면 사회에 설 수가 없다.' 하시기에 나는 물러가 예절을 배웠다. 아버지로부터 이 두 가지를 들었을 뿐이다."

진항이 기뻐하며 말하였다.

"하나를 물어서 세 가지를 얻었다. 시를 들었고, 예절을 들었고, 또 군자가 그 아들을 멀리함을 들었다."

陳亢問伯魚曰 子亦有異聞乎. 對曰 未也. 嘗獨立 鯉趨而過庭. 曰 學詩乎. 對曰 未也. 不學詩 無以言 鯉退而學詩. 他日又獨立 鯉趨而過庭. 曰 學禮乎. 對曰 未也. 不學禮 無以立 鯉退而學禮. 聞斯二者. 陳亢退而喜曰 問一得三 聞詩 聞禮 又聞君子之遠其子也.

진항이 어떤 사람인지 분명치 않지만 ≪논어≫의 학이편(學而篇)과 자장편(子張篇)에 한 번씩 이름이 나오는 진자금(陳子禽)이라고 일러진다. 그렇다고 하면 ≪공자가어≫ 72제자 해편(解篇)에, '진항(陳亢)은 진(陳) 사람으로 자는 자금(子禽)이고 공자보다 40세 연하이다.' 라고 씌어 있는 바로 그 제자일 것이다.

또 백어는 ≪사기≫의 공자세가(孔子世家)에 의하면 50세에 공자보다 먼저 죽었다고 되어 있으며, 공자가 21세 때 낳은 아들이라 하니 그는 부친인 공자보다 3, 4년 먼저 죽은 것으로 생각된다.

공자가 시와 예절을 중요시한 것은 ≪논어≫의 다른 곳에도 자주 실려 있는 것이므로 이 교훈은 당연한 것이라고 말할 수 있지만, 진항이 마지막에 말한 '군자는 그 아들을 멀리한다.' 라는 말은 어떤 뜻인가? 물론 공자가 고의적으로 아들 백어를 소홀하게 여기지는 않는다. 그러나 육친이라면 지나치게 정이 가거나 서로 고집을 부려 도리어 교육을 행하기 어렵다고 생각하여 깊이 들어가는 것을 피했을 것이다. ≪맹자≫ 이루편 (離婁篇) 상(上)에 '옛날에는 아들을 바꾸어 가르쳤다.' 라고 한 말이 생각난다.

糟糠之妻
조 강 지 처

지게미와 쌀겨로 끼니를 이어 가는 아내란 뜻으로, 어렵고 힘들 때 가난을 참고 고생을 하며 살아온 아내를 말함.

지게미 **조** 겨 **강** 어조사 **지** 아내 **처**

후한(後漢)의 광무제(光武帝)에게 벼슬한 송홍(宋弘)은 정중하고 후덕하며 정직함으로 알려진 사람으로써 건무(建武) 2년에는 승진하여 대사공(大司空)이 되었다.

당시 광무제의 누나인 호양공주(湖陽公主)가 미망인이 되었다. 광무제는 여가에 누나를 위로할 때마다 조정의 신하들을 논평하여, 누나가 누구에게 호의를 품고 있는지 은근히 살폈다.

그러던 어느 날 공주가 말했다.

"송공의 의연하고 덕을 갖춘 풍모는 여러 신하들이 미치지 못합니다."

그래서 광무제는 누나에게 약속했다.

"잘 알았습니다. 제게 맡겨 두십시오."

그 뒤에 송홍이 용무가 있어 광무제의 부름을 받았을 때, 광무제는 좋은 기회가 왔다고 생각하여 누나를 병풍 뒤에 앉혀 놓고 송홍과 주고받는 말을 슬쩍 듣게 했다. 용무를 마치자 광무제는 아무 생각 없는 듯이 송홍에게 물었다.

"흔히 귀해지면 친구를 바꾸고 부유해지면 아내를 바꾼다(높은 지위에 오르면 천하던 때의 친구를 버리고 상당한 지위에 있는 사람들과 교제하며, 부유해지면 가난할 때의 아내를 버리고 상당한 집안에서 아내를 맞이한다.)고 하거니와 이것이 인정에 어울리는 것 아니겠는가?"

그러자 송홍은 잘라서 대답했다.

"아닙니다. 저는 빈천할 때의 사귐은 잊지 말아야 하고, 조강지처는 당에서 내리지 않는다고 들었습니다. 이것이 진실이라고 생각합니다."

이 말을 들은 광무제는 돌아보며,

"잘 되지 않는군요."

하고 누나에게 은근히 알렸다고 한다.

建武二年 (宋弘) 爲大司空. 時帝姉湖陽公主新寡. 帝與共論朝臣 微觀其意. 公主曰 宋公威容德器 群臣莫及. 帝曰 方且圖之. 後弘被引見 帝令公主坐屛風後 因謂弘曰 諺言 貴易交 富易妻 人情乎. 弘曰 臣聞 貧賤之交不可忘 糟糠之妻不下堂. 帝顧謂公主曰 事不諧矣.(≪후한서≫ 송홍전(宋弘傳))

물론 송홍에게는 '조강지처(糟糠之妻)'가 있어 이를 존중한 것이며, 광무제도 그 '조강지처'를 억지로 내쫓고서 누나의 희망을 채워 줄 수는 없었던 것이다.

'조(糟)'는 술지게미를 뜻하고 '강(糠)'은 쌀겨를 뜻하니 몹시 거친 음식을 말한다. '조강지처(糟糠之妻)'란 그와 같이 거친 음식을 나누어 먹고 온갖 고생을 함께한 아내라는 뜻이다. '불하당(不下堂)'이란 몹시 소중하여 버리지 못하며, 집에서 나가게 하지 못한다는 뜻이다.

朝令暮改
조 령 모 개

아침에 내린 명령을 저녁에 고친다. 정책에 일관성이 없이 정착되기 전에 뜯어고친다는 뜻.

아침 **朝** 영 **令** 저물 **暮** 고칠 **改**

사마천(司馬遷)의 ≪사기≫ 중 평준서(平準書)라는 재정경제사장(財政經濟史章)에 전한(前漢) 문제(文帝) 때의 일로서 다음의 기록이 있다.

"흉노족이 북쪽 변방을 자주 침략하여 약탈을 자행하므로 둔수(屯戍: 경작하면서 수비하는 일)하는 사람이 늘어나 변방에서 거두는 곡식으로는 그들에게 공급할 식량이 부족해졌다. 이리하여 곡식을 헌납할 사람들과 그 곡식을 변방으로 수송할 사람들을 모집하여 벼슬을 주기로 했다. 그 벼슬은 대서장(大庶長:20급의 벼슬 중 위로부터 세 번째 벼슬)까지 줄 수 있었다."

≪한서≫ 식화지(食貨志)에 의하면 이 조치는 문제(文帝)와 경제(景帝) 때 벼슬하여 어사대부(御史大夫:부총리)까지 승진한 조착(鼂錯)의 헌책(獻策)을 취한 것이다. 이 헌책을 상소한 글은 후세에 〈논귀속소(論貴粟疏:곡식의 귀함을 논하는 상소)〉라고 불리게 되었다. '조령모개(朝令暮改)'란 말은 이 상소문 중에 있다. 조조는 이렇게 상소했다.

"지금 다섯 가족의 농가에서는 부역이 과중하여 노역(勞役)에 복종하는 사람이 두 사람을 내려가지 않으며, 경작하여 얻는 경우에도 백 묘(畝)가 고작인데 백 묘의 수확은 많아야 백 석에 지나지 않습니다.

봄에 경작하여 여름철에는 풀을 뽑아 가을에 수확하여 겨울에 저장하고, 섶과 땔나무를 자르고 관청의 일을 닦으니 부역에 증발되어 (中略) 춘하추동 쉴 날이 없습니다. 또 개인적으로는 사람들을 보내고 맞이하며 죽은 자를 조문하고 고아들을 받는 등 어린이를 기르는 일도 있습니다.

그렇게 악착같이 하는 터에 갑자기 홍수와 한발의 재해를 당하여 세금이나 부역을 때로 정하지 않아 아침에 영을 내리고 저녁에 고치는(조령모개) 결과가 되는 것입니다. 질이 좋은 것이 있는 사람은 반값으로 팔고, 없는 사람은 빚을 내어 10할의 이자를 빼앗기게 됩니다. 이리하여 농지나 집을 방매하고, 아들과 손자를 팔아 부채를 갚는 자가 나오게 되는 것입니다."

'조령모개(朝令暮改)'란 법령이 너무 자주 나와서는 안 된다는 뜻으로 사용되고 있는데, 청(淸)나라의 왕념손(王念孫)은 후한(後漢) 순열(荀悅)의 〈한기(漢紀)〉에 있는 대로 '조령이모득(朝令而暮得)'으로 고쳐야 한다고 말했다. '조령모득(朝令暮得)'이란 '아침에 법령을 내리고 저녁에 거둔다.'는 뜻이 된다.

조착은 부국강병(富國强兵)의 길을 철저한 중앙집권에서 구한 결과 왕후(王侯)에 봉해진 귀족들의 미움을 사, '임금의 곁에 간사한 조착을 제거하라.'라고 부르짖으며 일어난 오초칠국(吳楚七國)의 난 때 죽임을 당했다.

朝聞道 夕死可矣
조 문 도 석 사 가 의

아침에 도를 들으면 저녁에 죽어도 괜찮다는 뜻으로, 짧은 인생이라
도 참된 이치를 깨달으면 죽어도 여한이 없다는 뜻.

아침 **조** 들을 **문** 길 **도** 저녁 **석** 죽을 **사** 옳을 **가** 어조사 **의**

≪논어≫ 20편은 말할 것도 없이 유가(儒家)의 경전인 사서(四書)의 하나로, 공자와 그 제자들의 언행록이다. 장(章)을 500장으로 나누어 그 반수에 해당되는 243장은 어느 것이나 '공자께서 말씀하셨다.' 로 시작되는 공자의 독백(獨白)으로, 대부분 그 말을 하게 된 때와 장소와 배경적 상황이 묘사된 것이 많으며, 따라서 말의 느낌도 해석하는 방법에 따라 여러 가지로 변하게 된다.

이인편(里仁篇)에 실려 있는 다음 장도 그 한 예이다.

공자께서 말씀하셨다.
"아침에 도(道)를 들으면 저녁에 죽을지라도 괜찮다."

子曰 朝聞道 夕死可矣.

물론 대의는 거의 분명하다고 말할 수 있다. '아침에 도(道)를 들을 수 있다면 저녁에 죽어도 상관이 없다.' 라는 뜻이다. 그런데 이 말씀은 도대체 어떤 경우에 발언하신 것인가? 일설에 의하면 공자께서 죽음을 당

하는 친구를 앞에 놓고 죽음, 즉 육체적인 생명의 끝남보다도 '도(道)를 듣는 것', 즉 정신적인 깨달음이 더 중대한 문제라고 말씀하시며 격려를 준 것이라고 해석된다.

그렇지만 더 일반적으로는 공자 자신의 도(道)를 구하는 절실한 소원을 말씀하신 것이라고 보아야 한다. 그렇다면 '아침에 도(道)를 들을 수 있다면 저녁에 죽어도 상관이 없다.'라는 말씀은 그 소원의 절실함을 강조한 발언이라고 해석된다. 하지만 '저녁에 죽어도 상관이 없다.'라는 말씀은 죽음을 예감한 발언으로, 연약하고 비관적이기까지 하다.

둘째로, 도(道)란 무엇인가? 위(魏)나라의 하안(何晏)과 왕숙(王肅)에 의하여 대표되는 고주(古註)에서는, '장차 죽음에 이르러 세상에 도(道)가 있음을 듣지 않는 것을 말한다.'라고 함으로써 세상에 도(道)가 있는 것, 즉 인의(仁義)의 도덕이 올바르게 행해지는 세상의 재현을 기대하는 말씀이라고 해석하지만, 이것은 도리어 인의(仁義)의 도덕이 땅에 떨어진 위(魏)나라 시대에 살던 주석자들의 감개를 투사한 것이라고도 생각된다. 주자(朱子)의 신주(新註)에서는 '도(道)'를 도리와 진리의 뜻으로 해석한다. 일반적으로 그렇게 하는 편이 이해하기 쉬울 것이다.

셋째로, 다시 앞으로 돌아가는 것이 되거니와, '아침에 도(道)를 들을 수 있다면 저녁에 죽어도 상관이 없다.'라는 말씀은 너무나 지나친 보살핌을 준다는 의문이 생긴다는 것이 당연하다.

청(淸)나라 유보남(劉寶楠)의 ≪논어정의(論語正義)≫에서는 한걸음 더 나아가, '도(道)를 듣고도 갑자기 죽지 않고, 곧 습관에 따라 옳어 장차 덕성의 도움이 되고자 한다. 만일 불행하게도 아침에 도(道)를 듣고 저녁에 죽는다면 비록 이를 중도에서 폐할지라도 그 듣는 것이 없으면 현명함이 멀고 심하다. 그러므로 옳다고 말씀하신 것이다.'라고 해석하고 있다. 이 경우의 '옳다'는 말씀은 그렇게 되어도 별 수 없다는 뜻이겠지만 이 말씀이 가장 타당한 것처럼 생각된다고 해석한다.

朝三暮四
조 삼 · 모 사

아침에 세 개, 저녁에 네 개. 이랬다 저랬다 변덕이 심하고 간사한 꾀로 사람을 속인다는 뜻.

아침 **조** 석 **삼** 저물 **모** 넉 **사**

송(宋)나라에 저공(狙公:원숭이를 기르는 사람)이 있었다. 그는 원숭이를 좋아하여 무리를 이룰 만큼 많은 원숭이들을 기르고 있었다. 그는 원숭이들의 뜻을 능히 깨닫고, 원숭이 또한 저공의 마음을 깨달았다. 저공은 식구들의 배를 주리게 하면서까지 원숭이들의 욕망을 채워 주려 했다.

그런데 갑자기 저공이 가난하게 되어 버렸다. 그래서 원숭이들이 먹는 양을 줄이려 했지만 원숭이들이 자기를 싫어하지나 않을까 고민한 끝에 우선 거짓말로 말하기를,

"너희들에게 도토리를 주는데 아침에는 세 개씩, 저녁에는 네 개씩을 주기로 하겠다. 만족하는가?"

라고 하자 원숭이들이 일어나 화를 냈다. 그래서 이렇게 말했다.

"그러면 너희들에게 주는 도토리를 아침에는 네 개씩, 저녁에는 세 개씩 주기로 한다. 만족하겠는가?"

그러자 모든 원숭이들이 엎드려서 기뻐하였다.

宋有狙公者. 愛狙養之成群 能解狙之意 狙亦得心之心. 損其家口 充狙之欲. 俄而匱焉 將限其食. 恐衆狙之不訓於己也 先誑之曰 與若芋朝三而暮四 足乎. 衆狙皆起而怒. 俄而曰 與若芋 朝四而暮三 足乎. 衆狙皆伏而喜.

이 이야기는 ≪열자≫의 황제편(黃帝篇)에 실려 있는 '조삼모사(朝三暮四)'의 이야기이다. 오늘날에는 '사기를 쳐서 사람을 우롱한다.'는 뜻으로 쓰이고 있는데, 열자(列子)는 계속해서 이 이야기를 이렇게 끝맺고 있다.

"모든 것이 이와 마찬가지여서 사물은 현명하고 어리석음에 따라 설복된다. 성인이 밝은 지혜로 어리석은 사람들을 교묘하게 설복하는 것도 저공이 간사한 지혜로 원숭이들을 교묘하게 속이는 것과 다름이 없다. 말하는 것과 실행하는 내용을 바꾸지 않고서 어리석은 원숭이들을 화나게 하기도 하고 기쁘게 하기도 하는 것이다."

≪열자≫에서는 사물의 본성을 아는 것을 뛰어난 지혜라고 말하며, 뛰어난 지혜에 따른다면 자연이 힘들이지 않고서 만물을 지배하는 것처럼 상대방이 깨닫지 못하게 지배할 수 있다는 예증으로 삼고 있다.

助長

조 장

도와주어 자라게 한다는 말. 쓸데없는 일을 하여 오히려 망친다는 뜻.

도울 **조** 자랄 **장**

이 말은 '호연지기(浩然之氣)'의 항목에서 설명하는 말로써 호연지기에 대한 논의의 연속으로 나오는 말이다.

맹자는 말했다.

'호연지기를 기르기 위해서는 반드시 부단한 노력과 정진이 필요하지만 그 노력에 대한 결과를 미리 내다본다거나 기대하는 것은 바람직하지못한 일이다. 또 그 마음에 목적을 잊어서는 안 되거니와, 빠른 효과를올리기 위하여 조장(助長)하는 일은 하지 말아야 한다.'

그러면 이 '조장(助長)'이란 무엇인가? 맹자는 송(宋)나라 사람의 이야기를 예로 들고 있다.

송(宋)나라에 심은 곡식의 싹이 빨리 자라지 않음을 안타까이 여겨 그싹을 뽑아 올린 사람이 있었다. 피곤한 그는 돌아가서 집안 식구들에게'오늘은 지쳤구나. 나는 싹이 빨리 자라도록 도와주었다.'라고 말했다.그의 아들이 달려가서 보니 싹들은 다 말라 있었다.

宋人有閔其苗之不長 而揠之者. 芒芒然歸 謂其人曰 今日病矣 予助苗長矣. 其子趨而往視之 苗則槁矣.

송(宋)나라는 하남성(河南省) 남쪽에 있던 나라로, 주(周)나라 무왕(武王)이 은(殷)나라를 멸망시킨 뒤에 은나라 왕족의 한 사람인 미자(微子)를 이곳에 봉하여 조상의 제사를 이어 나가게 한 나라이다. 하(夏)나라 왕조의 자손을 봉했던 기(杞)나라와 함께, 주나라 사람으로 보면 송나라는 패전국, 다시 말해 유민(遺民)의 나라로서 수치스러운 관계도 있어 춘추전국시대의 옛날 문헌에서는 송나라 사람들을 어리석은 사람으로 취급한 이야기가 많다.

'조장(助長)'이란 '도와서 자라게 한다.'는 뜻이나, 무리하게 곡식의 싹을 뽑아 빨리 자라게 하려는 것처럼 쓸데없는 일일 뿐만 아니라 도리어 손해를 불러들이는 어리석은 행위를 말한다.

그래서 맹자는 이 이야기를 예로 든 뒤에 다시 이렇게 말하고 있다.

천하에는 싹을 도와 자라게 하지 않는 사람이 적다. 아무 이익이 없다고 하여 내버려두는 사람은 김매지 않는 자이고, 무리하게 자라도록 도와주는 사람은 싹을 뽑아 올리는 자이니 이는 무익할 뿐 아니라 도리어 그것을 해치는 짓이다.

天下之不助苗長者寡矣. 以爲無益而舍之者 不耘苗者也 助之長者 揠苗者也. 非徒無益 而又害之.

위 이야기의 송나라 사람과 같이 세상에는 호연지기를 기르려고 '도와서 억지로 자라나게 하는' 따위의 어리석은 행동을 범하지 않는 사람이 오히려 적다. 물론 호연지기를 기르는 것이 이익이 없는 일이라고 하여 돌아보지 않는 것은, 비유해서 말하자면 곡식의 싹을 내버려두고 잡초를 뽑아 주지 않는 것처럼 좋은 일이 아니지만, 무리하게 호연지기를 기르려고 '도와서 억지로 자라나게 하는' 어리석은 행동을 범하는 사람은 곡식의 싹을 말라죽게 하는 사람과 같아서 이득이 없을 뿐 아니라 도리어 손해가 된다는 말이다.

左顧右眄
좌　고　우　면

왼쪽으로 돌아보고 오른쪽으로 곁눈질한다는 뜻으로, 어떤 일을 여러 갈래로 생각한다는 뜻.

왼 **左** 돌아볼 **고** 오른쪽 **우** 곁눈질할 **면**

위(魏)나라 조조(曹操)의 셋째아들 조식(曹植)이 임치후(臨淄侯)였을 때, 조가(朝歌)의 장관이 된 오계중(吳季重)에게 편지를 보낸 일이 있었는데 〈오계중에게 보내는 편지〉 첫머리에 이렇게 쓰고 있다.

"배계. 계중전족하. 전날은 언제나처럼 가까이 모여 앉아 온종일 잔에 술을 따라 마셨습니다만, 서로 멀리 떨어져 있는 몸으로 자주 만나지 못한 답답한 마음을 충분히 얘기하지 못하고 끝냈습니다. 잔에 가득 차도록 술이 따라지고 갈대피리의 소리가 뒤에서 일어나니, 매가 하늘 높이 나는 것처럼 위엄을 보이고 봉황새처럼 한탄하고 호랑이처럼 내려다보는 그대의 모습은 소하(蕭何)나 조삼(曹參:전한(前漢) 유방의 중신들) 등도 발아래에 미치지 못하고, 위청(衛靑)과 곽거병(霍去病:전한(前漢) 무제에 봉사하여 흉노전에서 공적을 세운 무장들) 등도 뒤떨어질 정도입니다. 그대가 좌우를 바라보는 모습(좌고우면)은 생각건대 옆에 사람이 없는 것 같았습니다."

'좌고(左顧)' 는 《좌전》 소공(昭公) 24년에도 실려 있는 말인데, '좌고우면(左顧右眄)' 이란 말은 여기에서 시작되는 것 같다. 좌우를 돌아본다는 말이 변하여 여기저기로 생각을 돌려보는 것을 뜻한다.

左袒
좌   단

옷을 벗어 어깨를 드러낸다는 뜻으로, 같은 편이 되어 편든다는 뜻.

왼 **좌** 웃통벗을 **단**

전한(前漢) 혜제(惠帝) 7년에 황제가 죽자 그의 어머니인 고조(高祖)의 황후 태후(太后) 여씨(呂氏)는 소리를 내어 울었지만 눈물은 한 방울도 흘리지 않았다. 장량(張良)의 아들 장벽강(張辟彊)은 15세의 나이로 시중(侍中) 벼슬에 있어 측근에서 모시고 있었는데 좌승상 진평(陳平)에게 물었다.

"황태후 폐하(皇太后陛下)가 눈물을 흘리지 않는 이유를 아십니까?"
"왜 그런가?"
"선제(先帝)에게 장년의 아드님이 없기 때문입니다. 그 결과 승상을 위시하여 여러 신하들이 실권을 잡게 되니 태후 폐하는 고독과 불안을 느끼고 있습니다. 그러니 승상께서 태후 폐하 집안의 여씨 사람들을 근위(近衛) 남북군의 장군으로 임명하거나 궁중의 벼슬에 임명하도록 권장하신다면 태후 폐하도 안심하시고 따라서 중신 여러분도 재앙을 면하게 될 것입니다."

진평은 그 책략에 따랐다. 여후(呂后)는 안심하며 비로소 눈물을 흘리면서 울었다. 이후 정령(政令)은 태후 한 사람으로부터 나오게 되고 이것을 제도라고 일컬었다.

태후는 또다시 여씨 집안의 사람을 왕으로 세우고 싶어 이 일을 우승상 왕릉(王陵)에게 도모했다. 그러자 왕릉은 이렇게 반대했다.

"고조 폐하께서는 만일 유씨(劉氏) 아닌 사람이 왕이 된다면 천하가 함께 이를 공격할 것임을 흰 말의 피를 마시며 맹세하셨습니다. 여씨의 사람을 왕으로 추대하는 것은 이 맹세에 위반됩니다."

마음에 들지 않은 여씨는 같은 문제를 진평과 태위(太尉)인 주발(周勃)에게 상의했다. 진평 등은,

"지금은 태후 폐하가 정령을 내리므로 관계없다고 생각합니다."
라고 대답했다. 태후는 기뻐하며 조정에 나갔다. 왕릉(王陵)이 진평과 주발에게 말했다.

"그대들은 그 맹약에 위반하면서 어떤 얼굴로 지하에 계신 고조 폐하를 뵐 생각인가?"

두 사람은 말했다.

"올바른 것을 주장하는 일에는 우리들이 그대에게 미치지 못한다. 그러나 나라를 온전하게 하고 유씨 천하를 지키는 일에서는 그대가 우리들에게 미치지 못한다."

왕릉이 실각하고 진평이 우승상으로 승진했다. 진평은 정무를 게을리

하고 주색에 빠져 오장육부가 완전히 빠진 것처럼 되어버렸다. 그러나 고조의 옛 신하들 중 가장 위에 있던 진평이 해이해진 것은 여후에게 무엇보다도 좋은 기회였다.

"그대에 대하여 이러니저러니 말하는 사람이 있지만 나는 그대를 이해하고 있으니 걱정할 것이 없다."

고조 집안인 유씨의 왕은 차례차례로 왕위에서 쫓겨나, 혹은 죽임을 당하고 혹은 자살하지 않을 수 없는 상황에 쫓기어 그 비참함이 극에 달했다. 그 뒤 여씨의 사람이 왕위에 앉아 권세를 휘둘렀다.

그러나 그것도 오래 계속되지는 않았다. 여후 8년 3월, 여후는 병이 들어 7월에는 베개도 간신히 벨 정도였다. 재기 불능이라고 깨달은 여후는 조왕(趙王) 여록(呂綠)과 여왕(呂王) 여산(呂産)을 상장군으로 삼아 각각 근위의 북군과 남군을 장악시킨 후, 두 사람을 베갯머리로 불러 일렀다.

"그대들은 고조의 맹약을 위반하고 왕이 되었으므로 대신들이 기쁘게 생각하지 않는 것은 당연하며 내가 죽으면 반란을 일으킬 것이다. 그대들은 반드시 군대를 이끌고 궁중을 지켜 내 관이 나가는 것을 신중히 하되 방심하지 않도록 해야 한다."

이윽고 여태후가 죽었다. 장례가 끝나자 이제까지 오장육부가 빠진 것처럼 하고 있던 진평이 갑자기 활동을 개시하여 주발과 여씨 타도의 계획을 짰다. 우선 여록과 여산에게서 병권을 빼앗지 않으면 안 되었다. 그래서 생각해 낸 것이 여록과 친하며 신용이 두터운 역기(酈寄)였다. 진평 등은 역기를 여록에게 보내 설득시켰다.

"대신들은 당신들이 왕이면서도 봉지(封地)로 가지 않고 군권을 장악하고 있기 때문에 무슨 일을 일으킬 작정인지 불안해 하고 있습니다. 그러니 군권을 태위에게 반환하고 봉지로 돌아가면 대신들도 안심하고, 따라서 당신들도 왕으로서 지위를 편안하게 지킬 수 있을 것입니다."

단순한 여록은 이 이야기를 듣고 좋은 생각이라고 여겨 상장군의 도장을 반환하여 태위인 주발에게 북군의 군권을 넘겨주었다. 주발은 곧 군문으로 들어가 장군이 되어 명령했다.

"여씨에게 편드는 사람은 오른쪽 팔을 걷고, 유씨에게 편드는 사람은 왼쪽 팔을 걷으라."

爲呂氏右袒 爲劉氏左袒.(≪사기≫ 여후본기(呂后本紀))

장군들은 모두 왼쪽 팔을 걷어 의사를 나타냈다. 쿠데타는 성공하여 여씨 일족은 죽임을 당하고 유씨의 한(漢)나라 천하는 지켜졌던 것이다.

'단(袒)' 이란 옷을 벗어 어깨를 드러내는 일이다. 이 이야기로써 편드는 것과 돕는 것을 '좌단(左袒)' 이라고 말하게 되었다.

酒百藥之長
주 백 약 지 장

술은 모든 약 중에 으뜸으로, 하늘이 준 아름다운 선물이라는 뜻.

술 주 일백 백 약 약 어조사 지 우두머리 장

전한(前漢)과 후한(後漢) 사이에 끼어 불과 14년의 명맥을 유지한 나라가 신(新)나라로, 황제는 왕망(王莽)이었다.

'주백약지장(酒百藥之長)'은 술을 비유로 한 말로, 왕망이 소금과 술과 철을 정부의 전매 사업으로 결정하여 천하에 내린 조서의 일절이다.

대저 소금은 곡식 이외 음식물의 장수이고, 술은 백약의 우두머리로 즐거운 잔치에 좋고, 쇠는 밭농사의 근본이다.

夫鹽食肴之將 酒百藥之長 嘉會之好 鐵田農之本.

이 말은 《한서》 식화지(食貨志)에 실려 있는데, '술은 백약의 우두머리'라는 말은 술을 많이 마시는 사람으로서는 정말로 좋은 말이며, 지금도 술 취한 사람 중에는 이 말을 입에 담는 사람이 많다.

식화지(食貨志)에는 또 별개의 조서 가운데 '술은 하늘이 준 아름다운 녹'이라는 말이 실려 있다.

술은 하늘이 준 아름다운 녹으로, 제왕은 이것으로 천하의 백성들을 기르고, 제사에 쓰며 행복을 빌고, 쇠약자를 붙들며 병자를 회복시키는 것이다. 온갖 예의 잔치도 술이 아니면 행해지지 않는다.

酒者天之美祿 帝王所以頤養天下 享祀祈福扶衰養疾. 百禮之會 非酒不行.

酒池肉林
주 지 육 림

술은 연못을 이루고 고기는 숲을 이룬다는 뜻으로, 더할 수 없이 호화롭고 방탕한 술잔치라는 뜻.

술 **주** 못 **지** 고기 **육** 수풀 **림**

폭군의 대명사로서 걸왕(桀王)과 주왕(紂王)을 일컬으나 《사기》 하본기(夏本紀)에는 걸왕(桀王)에 대한 기록이 극히 적다.

황제인 발(發)이 죽고 그의 아들 이계(履癸)가 즉위하여 걸왕이 되었다. 황제 때 공갑(孔甲, 걸왕의 증조부) 이후로 많은 제후들이 반란을 일으켰는데 걸왕은 덕을 닦지 않고서 백관을 탄압하고 살상했다. 백관들은 견디기 어렵다는 풍토가 생겨났다.

온당치 못한 형세를 살핀 걸왕은 탕(湯)을 불러들여 하대(夏臺)에 수감시켰다. 덕을 닦은 탕이 석방되자 제후들이 모두 탕에게 굴복했다. 탕은 군대를 이끌고 하(夏)나라의 걸왕을 공격했다. 걸왕은 명조(鳴條)로 도망하였지만 결국 쫓겨나 죽었다. 그때 걸왕이 누군가에게 이렇게 말했다.

"탕을 하대에서 죽여 버리지 않았기 때문에 내가 이런 꼴을 당하니 유감이다."

이상이 《사기》 은본기(殷本紀)의 걸왕에 관한 부분이다. 이에 비교하면 은본기의 주왕(紂王)에 관한 기록은 훨씬 자세하여 여기에 그 전문을 소개하기로 하겠다.

주왕은 무능한 사람이 아니었다. 그뿐만이 아니라 입이 팔정(八丁)이고 손이 팔정이므로 이해력이 민첩하고 팔의 힘이 남들보다 뛰어나 맹수를 손으로 쳐서 쓰러뜨렸다. 지혜는 간하는 말을 물리침에 족하며 그의 능변은 자기의 비행을 꾸밀 수 있었다.

그리하여 신하들에게 그의 능력을 뽐내며 천하에 명성이 널리 퍼져 있는 것을 자만하여 아무도 자기에게 미치는 자가 없다고 생각하였다. 이렇게 되자 술과 여자가 뒤따르는 것은 당연하였다.

술을 좋아하여 술망나니가 되고, 또 여자를 좋아하여 사랑하는 달기(妲己)가 하는 말은 무엇이나 들어주었다. 그리고 사연(師涓)이라는 음악인에게 난잡한 음곡인 '북리의 춤'과 '비비(靡靡)의 음악'을 새로 만들게 했다.

또 엄청난 세금을 거두어 녹대(鹿臺)에 돈을 처넣고, 다시 거교(鉅橋)에는 곡식을 채우며, 개와 새나 진기한 동물을 모아 궁궐에 가득 채우고, 더구나 모래 언덕의 동산이나 이궁(離宮)을 넓혀 야수나 새를 잡아 그곳에서 길렀다.

또 신과 조상의 혼령은 경시하면서 총애하는 신하나 미녀들을 모래 언덕으로 불러 모아 놀았다. 즉 술로 연못을 이루고 고기를 늘어뜨려 숲을 만들어 발가벗긴 남녀들을 그 사이로 쫓는 경주를 시키며 밤낮으로 잔치를 베풀었다.

백성들은 원망하고 제후들 중 반란을 일으키는 사람도 나왔다. 그러자 주왕은 형벌을 무겁게 하여 구리 기둥에 기름을 바르고 그것을 숯불에 달군 후 그 매끈매끈한 기둥을 건너게 하여 몹시 괴롭힌 끝에 불태워 죽이는 '포락(炮烙)의 형벌'을 만들었다.

好酒淫樂 嬖於婦人 愛妲己 妲己之言是從. 於是使師涓作新婬聲 北里之舞 靡靡之樂. 厚賦稅 以實鹿臺之錢 而盈鉅橋之粟 益收狗鳥奇物 充牣宮室 益廣沙丘苑臺 多取野獸蜚鳥置其中. 慢於鬼神 大最樂戲於沙丘. 以酒爲池 懸肉爲林 使男女倮相逐其間 爲長夜之飮. 百姓怨望而諸侯有畔者. 於是紂乃重辟刑 有炮烙之法.

'더할 수 없이 호화스러운 술잔치'를 '주지육림(酒池肉林)'이라고 하는 것은 여기에서 나온 말이다.

竹馬之友
죽　마　지　우

대나무로 만든 말을 타고 놀던 친구라는 뜻으로, 어린 시절의 소꿉친구를 말함.

대 **竹** 말 **馬** 어조사 **지** 벗 **우**

'죽마(竹馬)'란 두 개의 대나무에 각각 적당한 높이에 발 올려놓는 곳을 만들어 어린애들이 타고 놀 수 있도록 만든 대나무 말이다. 따라서 '죽마지우(竹馬之友)'란 어린 시절의 소꿉친구를 이르는 말이다.

≪후한서≫의 곽급전(郭伋傳)에는,
"수백 명의 어린이들이 각각 죽마(竹馬)를 타고 길거리에 나와 서로 맞이하여 절한다."

라고 있다. 곽급은 후한(後漢)의 건무 연간(建武年間)에 병주(并州) 자사가 된 사람이므로 서기(西紀)를 전후하여 이미 이런 놀이가 있었던 것은 확실하다. 따라서 소꿉친구의 뜻을 가진 '죽마지우(竹馬之友)'란 말의 출전도 오래되어 진나라의 무제(武帝) 사마염(司馬炎)이 제갈정(諸葛靚)에게 말한 것이 최초이다.

당시 조정에서 마구 횡포를 부리던 사마소(司馬昭:무제의 아버지)에게 삼국시대 위(魏)나라 고관이었던 부친 제갈탄(諸葛誕)이 반기를 들어 죽임을 당한 후, 아들인 제갈정은 인질로 갔던 오(吳)나라에서 대사마(大司馬:재상직)로 있다가 오나라가 멸망하자 진(晉)나라로 돌아왔는데 곧 대사마에 임명되었다.

그러나 제갈정은 진(晉)나라를 아버지의 원수라고 생각하여 부임하지 않았으며 집에 있을 때도 반드시 도읍 낙양(洛陽)이 있는 쪽으로는 등을 돌렸다.

진(晉)나라 무제는 그와 어릴 때 소꿉친구였기 때문에 어떻게든 만나고 싶어했지만 그가 부임하지 않아 만날 수 없었다. 그래서 그의 누님이면서 무제에게는 숙모가 되는 제갈비(諸葛妃)에게 부탁하여 그를 불러오게 했다. 그리하여 그가 누님과 얘기하고 있을 때 무제가 얼굴을 드러내 재회의 인사를 했다. 그러고 나서 잔치가 벌어졌을 때 무제는 진지한 표정으로 말했다.

"경도 예전에 죽마(竹馬)를 타고 돌아다닐 때의 우정을 잊지 않고 있을 걸세."

그러자 제갈정이 말했다.

"신은 숯을 삼키고 몸에 옻칠할 줄도 몰라 모진 목숨이 살아서 오늘 다시 폐하를 뵙게 되었습니다."

하고 눈물을 흘렸다. 무제는 그의 마음을 이해함과 동시에 그의 기분도 모르고 억지로 만나려고 한 것을 부끄럽게 여기고 나갔다.

帝曰 卿故復憶竹馬之好不. 覯曰 臣不能吞炭漆身 今日復覯聖顔 因涕泗百行. 帝於是慚悔而出.

'숯을 삼키고 몸에 옻칠을 한다.'는 말은 진(晋)나라 예양(豫讓)에 얽힌 고사에서 나온 것으로, 예양은 자기의 은인인 지백(智伯)의 원수를 갚기 위해 조양자(趙襄子)를 죽이려고 숯을 먹어 음성을 바꿨으며 몸에 옻을 발라 문둥이로 변장을 하기도 했다.

指鹿爲馬
지 록 위 마

사슴을 가리켜 말이라고 한다는 뜻으로, 잘못을 강요하여 함정에 빠뜨리며 권세를 마음대로 휘두른다는 뜻.

가리킬 **지** 사슴 **록** 할 **위** 말 **마**

진(秦)나라 시황제(始皇帝) 37년 7월, 시황제는 순행(巡幸)하는 도중 사구(沙丘)의 평대(平臺)에서 죽었다. 그는 북쪽 변방을 지키고 있던 장자 부소(扶蘇)에게 보낸 편지에 '급히 도읍 함양(咸陽)으로 돌아가 장례를 행하라.' 는 조서(詔書)를 남겼다.

그러나 이 조서는 환관인 조고(趙高)의 손으로 들어갔다. 그로서는 야심을 실현할 수 있는 좋은 기회였다. 그는 순행을 따라 온 시황제의 아들 호해(胡亥)를 설복하고 승상 이사(李斯)를 협박하여 시황제의 시체를 숨긴 채 도읍으로 돌아온 후, 거짓 조서를 꾸며 부소에게 죽음을 내리고 호해(胡亥)를 제위에 오르게 했다. 그가 이세(二世) 황제이다.

조고는 점차로 이세 황제를 정치에서 멀어지게 하고 방해자 이사를 죽음으로 몰아넣은 다음, 스스로 중승상(中丞相)이 되어 권력을 마음대로 휘둘렀다. 그런데 조고의 야심은 그칠 줄 몰랐다. 조고 자신이 이세 황제를 대신하려고 도모하기에 이르렀던 것이다.

조고는 모반을 일으키려고 했지만 여러 신하들이 따라 주지 않을 것이 두려웠다. 이에 먼저 시험을 해 보려고 사슴을 이세 황제에게 드리면서 말했다.

"이것은 말입니다."

이세 황제는 웃으면서 말했다.

"승상이 잘못 본 것이오. 사슴을 가리켜 말이라고 하오?"

하며 좌우에 있는 중신들에게 되물었다. 좌우에 있던 사람 중 어떤 자는 잠자코 말하지 않고, 어떤 사람은 말이라고 하여 조고에게 아첨하며, 어떤 사람은 사슴이라고 말하였다. 조고는 사슴이라고 말한 사람들을 법으로써 죄에 빠지게 했다. 그러자 여러 신하들은 모두 조고를 두려워하게 되었다.

趙高欲爲亂 恐群臣不聽 乃先設驗 持鹿獻於二世曰 馬也. 二世笑曰 丞相誤邪 謂鹿爲馬. 問左右 左右或默 或言馬 以阿順趙高 或言鹿者. 高因陰

中諸言鹿者以法. 後群臣皆畏高.(≪사기≫ 진시황본기(秦始皇本紀))

　그러나 이 무렵 전국에서는 반란이 불타오르고 있었다. 이것은 수습할 수 없는, 도적으로서 이세를 속여 온 조고도 진실을 숨기기 어려운 상황이 되어 있었다. 조고는 책임을 물을 것이 두려워 이세를 죽이고 부소의 아들 자영(子嬰)을 진(秦)나라 왕으로 삼았다. 조고는 이 자영에게 죽임을 당하게 된다.

　이 고사에서 잘못을 강요하여 사람을 함정에 빠뜨리는 것, 또는 윗사람을 농락하여 권세를 마음대로 휘두르는 것을 지록위마(指鹿爲馬)라고 말하게 되었다.

池魚之殃
지　어　지　앙

연못에 사는 물고기의 재앙. 재앙과 복은 예고 없이 찾아오므로 막으려 해도 막을 수 없다는 뜻.

못 **지**　고기 **어**　갈 **지**　재앙 **앙**

　죄도 없고 상관도 없는데 재앙이 닥치는 것을 '지어지앙(池魚之殃)'이라고 말한다.
　≪여씨춘추≫의 효행람(孝行覽) 제2의 필기편(必己篇)에 이렇게 실려

있다.

송(宋)나라의 환사마(桓司馬)가 보배 주옥을 가지고 있었는데 죄를 당하여 나가서 죽었다. 왕이 사람들에게 주옥이 있는 곳을 묻자, '주옥을 연못 가운데 던졌다고 합니다.' 라고 말하였다. 그리하여 왕은 연못의 물을 퍼내 주옥을 찾았지만 얻지 못하고 물고기만 다 죽었다. 이것을 일러 재앙과 복은 서로 미친다고 말한다.

宋桓司馬有寶珠. 抵罪出亡. 王使人問珠之所在 曰 投之池中. 於是竭池而求之 無得 魚死焉. 此言禍福之相及也.

끝부분의 '재앙과 복은 서로 미친다.' 는 말은, 재앙과 복은 예고도 없고 전조(前兆)도 없이 찾아오는 것으로 막으려려 막을 수 없다는 말이다.

여기에서 인용한 이야기도 주옥을 찾는 것이 물고기를 죽이는 결과가 되었다. 물고기들로 본다면 전혀 뜻밖의 재앙이며 막으려 해도 미리 알 수 없는 일이라고 하겠다.

출전인 필기편(必己篇)에는 행복과 불행, 혹은 재앙과 복은 외부의 사물을 믿어서 되는 것이 아니며, 의지할 수 있는 것이란 자기 안에 있는 것뿐이라고 서술하고 있다.

그러나 후세에 이것을 고사성어로 사용할 때 외부의 사물은 믿을 것이 못 된다는 뜻으로 쓰이는 경우는 거의 없다.

죄를 저지르고 나간 환사마는 《논어》에 나오는 환퇴(桓魋)이며, 공자께서 송(宋)나라를 방문했을 때 공자를 싫어하여 죽이려 했으나 죽이지 못했던 바로 그 사람으로, 이것은 꾸며낸 이야기일 것이다.

≪회남자≫의 설산훈편(說山訓篇)에는 이렇게 기록되어 있다.

초(楚)나라 왕이 그의 원숭이를 잃고 이를 찾기 위하여 숲속의 나무를 베어 냈으며, 송(宋)나라 임금이 주옥을 잃고 이를 찾기 위하여 연못 속의 물고기를 다 죽였다.

楚王亡其猿 而林木爲之殘 宋君亡其珠 池中之魚爲之殫.

또 ≪광운(廣韻)≫에는 이런 기록이 있다.

"옛날에 성안 연못에 물고기가 살고 있었는데 성문에 불이 나자 재앙이 그 물고기에게 미쳤다(城門失火 殃及池魚). 성문의 불을 끄기 위해 사람들이 연못의 물을 모두 퍼내어 그 물고기가 말라 죽었던 것이다."

知 音
지 　 음

소리를 안다. 서로 마음이 통하는 친한 벗이라는 뜻.

알 **知** 소리 **音**

친구가 타는 거문고 소리를 듣기만 해도 그 친구의 마음속을 알아맞힐 정도로 상대방을 다 아는 사이, 즉 친구 사이를 뜻하는 이 '지음(知音)'이란 말은 ≪열자≫의 탕문편(湯問篇)에 실려 있는 백아(伯牙)와 종자기

(鍾子期)의 이야기에서 생겼다.

　백아는 거문고의 명수였으며 종자기는 그 가락을 듣는 데 출중한 사람이었다. 예를 들면 백아가 높은 산에 올라가는 장면을 마음속에 그리면서 거문고를 타면 종자기는 이렇게 말했다.
　"멋지군. 우뚝 솟은 태산이 눈앞에 보이는 것 같네."
　백아가 또 강의 흐름을 떠올리면서 거문고를 타면 종자기는 이렇게 말했다.
　"멋지군. 도도히 흐르는 큰 강이 눈앞에 있는 것 같아."
　백아의 마음속을 종자기가 알아맞히는 일은 모두 이와 같았다.
　한번은 두 사람이 태산의 북쪽을 산책하고 있을 때 갑자기 소나기를 만난 적이 있었다. 바위굴에서 쉬고 있는 동안 서글픈 기분에 빠진 백아는 거문고를 끌어당겨 타기 시작했다. 처음에는 언제까지 그치지 않는 소나기를 생각하며 타고 이윽고 장마로 무너지는 산의 모습을 그리면서 탔는데, 종자기는 한 곡조가 끝날 때마다 백아의 마음속을 알아맞히는 것이었다. 백아는 거문고를 놓고 탄식했다.
　"아아, 자네는 얼마나 멋진 귀를 가지고 있는 것인가? 자네가 한 말은 정히 내가 생각하고 있는 그대로야. 자네 앞에서는 무엇을 타거나 다 알아맞히는군."

　伯牙善鼓琴 鍾子期善聽. 伯牙鼓琴 志在登高山 鍾子期日 善哉 峩峩兮若泰山. 志在流水 鍾子期日 善哉 洋洋兮若江河. 伯牙所念 鍾子期必得之. 伯牙游於泰山之陰 卒逢暴雨 止於巖下 心悲 乃援琴而鼓之. 初爲霖雨之操 更造崩山之音. 曲每奏 鍾子期輒窮其趣. 伯牙乃舍琴而嘆日 善哉善哉 子之聽. 夫志想象 猶吾心也. 吾於何逃聲哉.

≪열자≫와 같은 시대의 글이다. ≪여씨춘추(呂氏春秋)≫의 본미편(本味篇)에서는 거의 같은 내용의 이야기를 기록한 뒤에 다음과 같은 이야기를 덧붙이고 있다.

종자기가 죽자 백아는 거문고를 부수고 줄을 끊어 죽을 때까지 거문고를 타지 않았다. 이 세상에 자기의 거문고를 들어줄 사람이 다시는 없다고 생각했기 때문이다.

鍾子期死 伯牙破琴絶絃 終身不復鼓琴 以爲世無足復爲鼓琴者.

知彼知己者 百戰不殆
지 피 지 기 자 백 전 불 태

적을 알고 나를 알면 백 번 싸워도 위태롭지 않다는 뜻으로, 적군과 아군의 힘을 비교 검토한 다음에 전투에 임하면 승리한다는 뜻.

알 **지** 저 **피** 알 **지** 자기 **기** 사람 **자** 일백 **백** 싸울 **전** 아닐 **불** 위태로울 **태**

≪손자≫는 전국시대에 편찬된 병가(兵家) 서적이므로 당연히 전쟁에서 이기기 위한 기술이 서술되어 있지만, 실제로는 싸움터에서 군대의 세력을 전개시켜 피로 물든 격투를 한 뒤에 적군에게 이기는 것은 하지하(下之下)라고 말한다. 즉 싸움을 하지 않고서 승리하는 것, 이것이 손자(孫子)가 이상으로 삼는 전략이다.

전쟁은 나라의 큰일이고 사생의 땅이요, 존망의 도(道)이다. 가히 살피지 않을 수 없다.

兵者國之大事 死生之地 存亡之道. 不可不察也.

이와 같이 써 내려간 ≪손자≫는 제1편 시계편(始計篇)에서는 무모한 전쟁을 굳게 경계해야 하고, 제2편 작전편(作戰篇)에서는 전쟁이 국가와 백성들에게 주는 막대한 손해에 대하여 서술한 다음, 부득이하게 전쟁을 시작했을 경우에는 되도록 빨리 전쟁을 끝내야 하는 필요성을 말하고, 제3편 모공편(謀攻篇)에서는 적군에게 이기는 방법, 즉 여러 가지 승리하는 방법이 실려 있다. 그중에서도 최선으로 승리하는 방법은 한 병사도 손해나는 일이 없이 싸우지 않고서 승리하는 방법이라고 하며, 그러기 위해서는 계략을 가지고 적군의 전의(戰意)를 무찔러야 할 필요성을 말하고 있다. 따라서 손자는 '백전백승(百戰百勝)'을 상책으로 삼지 않는다.

백 번 싸워 백 번 이기는 것은 상의 상책이 아니다. 싸우지 않고 적의 군대를 굴복시키는 것이 상의 상책이다. 그러므로 으뜸가는 군대는 계략으로 적을 친다. 그 다음가는 군대는 서로를 친다. 또 그 다음가는 군대는 적병을 치며, 그 아래의 군대는 성을 공격한다.

百戰百勝 非善之善者也. 不戰而屈人之兵 善之善者也. 故上兵伐謀 其次伐交 其次伐兵 其下攻城.

'으뜸가는 군대는 계략으로 친다.'는 말은 '최상의 전쟁 방법은 싸우지 않고 계략으로써 적을 굴복시키는 일.' 이다. '서로를 친다.' 는 말은 차선책으로서, 상대방의 동맹국에 작용하여 중립적인 입장을 취하게 함으로써 상대방을 고립시켜 원조가 없는 상황으로 몰아세우는 방법이다. 그 다음이 싸움터에서 적군과 대결하는 일이다.

그렇기는 하지만 상대방에게도 전략이 있으므로 항상 최선의 방법을 쓸 수는 없는 일이다. 왜냐하면 상의 상책인 사람이 아닌 이상 '백전백승'의 길만 생각할 수는 없기 때문이다. 그러기 위해서는 적군과 아군의 힘을 잘 비교 검토하여, 그런 다음에 전투에 임하면 승리할 것은 의심의 여지가 없다.

그리하여 모공편(謀攻篇)은 다음과 같은 결말을 내리고 있다.

적군을 알고 아군을 알면 백 번 싸워도 위태하지 않다. 적군을 알지 못하고 아군을 알면 한 번은 이기고 한 번은 진다. 적군을 알지 못하고 아군도 알지 못하면 싸울 때마다 위태롭다.

知彼知己者 百戰不殆 不知彼而知己 一勝一負 不知彼不知己 每戰必殆.

제10편 지형편(地形篇)에도 다음과 같이 실려 있다.

그러므로 말하기를, '적군을 알고 아군을 알면 승리하여 곧 위태하지 않고, 하늘을 알고 땅을 알면 승리하여 곧 궁진하지 않는다.

故曰 知彼知己 勝乃不殆 知天知地 勝乃不窮.

차

借虎威狐
차 호 위 호

호랑이의 위엄을 빌린 여우. 남의 권세를 빌어 위세를 부린다는 뜻.

빌릴 **차** 범 **호** 위엄 **위** 여우 **호**

'호랑이의 위엄을 빌린 여우'란 말은 권세가를 배경 삼아 뽐내는 사람을 비유하는 말이다.

강을(江乙)이라는 위(魏)나라 출신 유세가가 초(楚)나라 선왕(宣王)에게 등용되었지만 삼려(三閭)라고 불리는 소(昭)·경(景)·굴(屈) 세 씨족이 초(楚)나라를 억누르고 있어서, 이것을 뒤흔들기 전에는 새싹을 내놓을 방법이 없었다. 당시는 소씨(昭氏)의 두령 소해휼(昭奚恤)이 군사와 정치 권력을 장악하고 있었기 때문에 강을은 여기에 눈독을 들인 것이다.

어느 날 소해휼과 팽성군(彭城君)이 선왕 앞에서 토론을 할 때, 왕으로부터 의견을 하명받은 강을은 기회를 얻었다 생각하고 말했다.

"두 사람의 주장은 어느 쪽이나 타당합니다. 저는 뒤에서 말씀드리는 일은 하지 않겠습니다. 그것은 훌륭한 분들에게 물을 끼얹는 격이 되니까요."(≪전국책≫ 초책(楚策)1)

이렇게 말한 강을은 흠잡을 데 없는 주장으로 서서히 물을 끼얹었던 것이다. '호랑이의 위엄을 빌린 여우'라는 말도 강을의 이러한 모략에서 나온 것으로, ≪전국책≫ 초책(楚策)1에는 이렇게 기록되어 있다.

선왕이 여러 신하들에게 물었다.

"북쪽에서는 소해휼을 두려워하고 있다는데 사실인가?"

여러 신하들 중에는 대답할 사람이 없었다. 그러자 강을이 대답했다.

"호랑이는 모든 짐승을 잡아먹습니다. 어느 날 여우를 잡았는데 여우가 말하기를, '나를 먹어서는 안 됩니다. 천제께서는 나를 모든 짐승의 어른으로 삼으셨습니다. 지금 당신이 나를 먹으면 천제의 말씀을 거역하는 것이 됩니다. 거짓말이라고 생각한다면 내가 앞장서서 걸어갈 테니 당신은 내 뒤를 따라오면서 나를 보고 도망치지 않는 짐승이 있는지 보십시오.' 호랑이는 좋다고 생각하여 함께 나갔습니다. 짐승들은 여우와 호랑이의 모습을 보자 모두 도망쳤습니다. 호랑이는 짐승들이 자기를 두려워하여 도망치는 것이라고는 깨닫지 못하고 여우를 두려워한다고 생각한 것입니다.

임금님의 땅은 사방 오천 리이고 군대는 백만이나 되는데 이것을 오로지 소해휼에게 맡기고 계십니다. 그런데도 북쪽 사람들이 소해휼을 두려워하는 것은 실은 임금님의 군대를 두려워하는 것으로, 그것은 마치 짐승들이 호랑이를 두려워하여 도망하는 것과 같습니다."

虎求百獸而食之. 得狐 狐曰 子無敢食我也. 天帝使我長百獸 今子食我 是逆天帝命也. 子以我爲不信 吾爲子先行 子隨我後觀 百獸之見我而敢不 走乎. 虎以爲然. 故遂與之行 獸見之皆走. 虎不知獸畏己而走也. 以爲畏狐 也. 今王之地方五千里 帶甲百萬 而專屬之昭奚恤. 故北方之畏奚恤也 其 實畏王之甲兵也 猶百獸之畏虎也.

滄桑之變
창 상 지 변

푸른 바다가 변하여 뽕나무밭이 된다는 뜻으로, 세상의 모든 일이 빠르게 변한다는 뜻.

푸를 **창** 뽕나무 **상** 어조사 **지** 변할 **변**

'창상지변(滄桑之變)' 이란 푸른 바다가 변하여 뽕나무밭이 된다는 말로, 인간세상의 모든 일이 빠르게 변하는 것을 비유한 말이다.

초당(初唐) 시인 유정지(劉廷芝)가 지은 〈대비백두옹(代悲白頭翁:흰머리를 슬퍼하는 늙은이를 대신함)〉에서 나온 말이다.

낙양성(洛陽城) 동쪽에 핀 복숭아꽃과 오얏꽃은
날아오고 날아가서 누군가의 집에 떨어진다.
낙양의 여자아이들은 아쉬운 얼굴빛을 하며
떨어진 꽃잎을 만나 길게 탄식한다.
올해 꽃잎이 떨어져서 얼굴빛이 고쳐지고
내년에 꽃이 피면 누가 다시 있으리오.
이미 본 소나무와 잣나무는 부서져서 땔나무가 되는 것을,
다시 들으니 뽕나무밭이 변하여 바다가 되는 것을.

洛陽城東桃李花 飛來飛去落誰家
洛陽女兒惜顔色 行逢落花長嘆息.

今年落花顔色改 明年花開復誰在
已見松柏摧爲薪 更聞桑田變成海

'뽕나무밭이 변하여 바다가 된다.'는 보통 '창해(滄海)가 변하여 뽕나무밭이 된다.'여서 성어(成語)로서는 변하는 사물이 전도되어 있지만, 고사가 실려 있는 ≪신선전(神仙傳)≫에 보면 결국 어느 쪽이든지 좋을 것이다.

옛날에 마고(麻姑)라는 나이 18세가량 된 아름다운 선녀가 있었는데 도(道)가 극에 달한 선인(仙人) 왕방평(王方平)에게,

"곁에서 봉사한 이후 저는 세 번씩이나 동해가 뽕나무밭으로 변하는 것을 보았습니다. 이번에 봉래산(蓬萊山)에 가보았더니 바다가 다시 얕아져 이전에 갔을 때의 절반 정도였습니다. 다시 육지가 되는 것일까요?"

하고 묻자 왕방평이 대답했다.

"성인이 모두 와 계시기 때문이다. 바다의 노복들이 먼지를 올리고 있다."

바다가 세 번씩이나 뽕나무밭으로 변했으므로 그 사이에 뽕나무밭 또한 바다로 변할 수 있는 것이다. 결국 순서는 어느 쪽이 먼저이든 마찬가지이다. 봉래산은 동해에 있는 신선의 섬을 말한다.

創業易守成難
창 업 이 수 성 난

업을 이루기는 쉬워도 지키기는 어렵다는 뜻으로, 시작하기는 쉬우
나 이룬 것을 지키기는 어렵다는 뜻.

비롯할 **창** 업 **업** 쉬울 **이** 지킬 **수** 이룰 **성** 어려울 **난**

7세기부터 10세기 초엽에 걸쳐 전후 290년 동안 중국 대륙에 군림한 당(唐)나라 제국을 세운 것은 고조(高祖) 이연(李淵)이었지만, 건국의 정체의 기초를 확고하게 하는 데 실질적으로 작용한 것은 이연의 둘째아들 이세민(李世民:뒤의 당태종)이라고 할 수 있다.

태종(太宗) 이세민은 수(隋)나라 말기의 혼란기에 태원유수(太原留守)로서 임지인 진양(晉陽)에서 인망을 모으고 있던 아버지 이연을 재촉하여 의병을 일으키게 하였다. 돌궐의 병력을 빌어 형 이건성(李建成), 동생 이원길(李元吉)과 함께 관중(關中)으로 밀고 들어가 양제(煬帝)가 없는 제국을 계승했다. 때는 618년, 이세민의 나이 21세 때였다.

당(唐)나라 조정의 창업과 함께 진왕(秦王)에 봉해져 상서령(尙書令)이 된 그는 그후 7년 동안 스스로 군대를 이끌고 각지로 출동하여 당(唐)나라 조정에 따르려 하지 않던 군벌(軍閥)을 평정하여 장군으로서도 뛰어난 역량을 보였다. 이렇게 하여 무덕(武德) 8년에는 중서령(中書令)을 겸임한 재상으로서 국정을 휘두르게 되었거니와, 한편으로는 이것이 도리어 동복(同腹) 형제인 황태자 이건성과 제(齊)나라 왕 이원길의 질투를 불러일으켰다.

이건성과 이원길 등에 의한 이세민의 독살 미수 사건과, 고조에 대한 참소 사건 등이 거듭된 무덕(武德) 9년 6월 4일, 장안성(長安城) 북문인 현무문(玄武門)에서 양쪽이 군대를 이끌고 격돌하여 이세민은 이건성과 이원길 형제를 베어 죽였다. 이것이 소위 '현무문의 변'으로, 다음날 이세민이 황태자로 세워지고 8월에는 아버지 고조로부터 왕위를 물려받아 즉위했다. 이세민이 29세 때의 일이다.

다음해에 연호를 정관(貞觀)으로 고치고 즉위한 지 23년 후 죽을 때까지 태종은 널리 인재들을 모아 적재적소에 두고 내치(內治)를 충실히 하며 영토 확대에 힘써 '정관의 다스림'이라고 칭찬받는 성대(盛代)를 만들었다.

당(唐)나라의 중종(中宗)으로부터 현종(玄宗) 시대에 걸쳐 오긍(吳兢)이 편찬한 ≪정관정요(貞觀政要)≫는 태종과 위업을 도운 명신들의 정치 문답을 집대성(集大成)한 것인데, 제왕의 학문으로 다시없는 교과서로서 중국의 역대 황제들이 애독하였다.

정관 10년, ≪정관정요≫ 제1권 제1편 '군도(君道)'에 대하여 다음과 같은 문답이 실려 있다.

태종이 시신(侍臣)에게 물었다.

"제왕의 사업은 초창(草創:나라를 세우는 일)과 수성(守成:세운 나라를 지켜 나가는 일) 중 어느 것이 더 어려운가?"

상서좌복야(尚書左僕射:부재상)인 방현령(房玄齡)이 대답했다.

"국가를 세우기 위하여는 군웅(群雄)이 늘어선 난세에 무수한 적을 격파하지 않으면 안 됩니다. 이렇게 보면 초창(草創) 쪽이 어려운 일인 것 같습니다."

그러자 위징(魏徵)이 말했다.

"제왕이 즉위할 때는 반드시 전 조정의 세력이 쇠퇴하여 천하가 어지러운 때이고 그 어리석은 군주를 쓰러뜨리는 것이므로 백성들이 기뻐하며 추대하니 천하는 새로운 천자의 것이 됩니다. 하늘이 주신 것이고 나아가 백성들이 주는 것이므로 결코 어려운 일이라고 말할 수 없습니다. 그런데 일단 천하를 손에 넣으면 아무래도 마음이 교만해져서 정사를 보는 것도 게을러지게 됩니다. 이러면 안정을 구하지만 천자를 추대한 백성들은 안정을 얻지 못하여 언제까지나 부역의 괴로움을 당해야 하는 것입니다. 백성들이 피폐해 있어도 쓸데없는 공사 등이 계속됩니다. 국운이 쇠퇴하는 것은 항상 여기에서 비롯됩니다. 이렇게 보면 수성(守成) 쪽이 어려운 일이라고 하겠습니다."

태종이 말했다.

"방현령은 예전에 나를 따라 천하를 평정하는 사업에 참가하여, 어렵고 쓴맛을 낱낱이 맛보며 목숨의 갈림길을 몇 번이나 되풀이했다. 그리하여 초창(草創)을 어려운 일이라고 본 것이리라. 위징은 나와 함께 우리 제국을 안정시키려 노력하기 때문에 교만하고 게으른 마음이 일어나면 국가가 위기에 빠지게 될 것을 걱정하고 있다. 그래서 수성(守成)을 어려운 일이라고 본 것이리라. 초창(草創)의 어려운 일은 이제 과거의 일이 되었다. 지금 이후로는 그대들과 함께 마음으로써 수성(守成)의 어려운 일을 당하여 삼가기를 바랄 뿐이다."

太宗謂侍臣曰 帝王之業 草創與守成孰難. 尙書左僕射房玄齡對曰 天地草昧 群雄兢起 攻破乃降 由勝乃尅. 由此言之 草創爲難. 魏徵對曰 帝王之起 必承衰亂 覆彼昏狡 百姓樂推 四海歸命. 天授人與 乃不爲難. 然旣得之後 志趣驕逸. 百姓欲靜 而徭役不休 百姓凋殘 而侈務不息. 國之衰弊恒由此起. 以斯而言 守成則難. 太宗曰 玄齡昔從我定天下 備嘗艱若 出萬

死而遇一生. 所以見草創之難也. 魏徵與我安天下 慮生驕逸之端 必踐危亡
之地. 所以見守成之難也. 今草創之難 旣已往矣. 守成之難者 當思與公等
愼之.

방현령은 태종이 진(秦)나라 왕이었을 무렵부터 태종의 오른팔 노릇을
하며 활약한 사람이다. 한편 위징은 태종의 형으로서 일찍이 황태자였던
이건성때 벼슬하고, '현무문의 변' 때에는 이건민에게 태종의 암살을 진
언한 사람이었다. 그러나 태종은 그의 재능과 강직함을 사랑하여 간의대
부(諫議大夫:천자의 측근에서 정치의 득실을 간하는 관리)로 발탁했다.
이렇듯 사사로운 원한에 구애되지 않는 태종의 기량(器量)이 '정관의
다스림' 을 일으키는 한 가지 원인이라고 말할 수 있다.

采薇之歌
채 미 지 가

고사리를 캐며 부르는 노래. 백이와 숙제가 주나라 곡식 먹는 것을
부끄럽게 여겨 수양산에 들어가 고사리를 캐 먹으며 산다는 말.

캘 채 고사리 미 어조사 지 노래 가

시대는 은(殷)나라 말기였다. 백이(伯夷)와 숙제(叔齊)는 고죽국(狐竹
國) 군주의 아들이었다. 아버지는 동생인 숙제에게 왕위를 계승시키려고
하였다. 아버지가 죽자 숙제는 형을 제치고 왕위에 오른다는 것은 안 된

다고 생각하여, 왕위를 백이에게 양보했다. 그러나 백이도,

"아버지의 뜻을 거역할 수 없다."

하고 나라 밖으로 도망쳐 버렸다. 숙제도 왕위에 오르는 것을 승낙하지 않고 형의 뒤를 따라갔다. 고죽국의 백성들은 하는 수 없이 백이와 숙제 중간의 아들을 세워 군주로 삼았다.

백이와 숙제는 서백창(西伯昌:주문왕(周文王))이 노인들을 소중히 여긴다는 평판을 듣고 그리로 가서 의지하기로 했다. 그런데 가보니 서백창은 이미 죽고 그의 아들 무왕(武王)이 은(殷)나라의 주왕(紂王)을 정벌하기 위해 출진하려는 참이었다. 백이와 숙제는 그의 말고삐를 잡고 간하였다.

"아버지가 돌아가신 후 아직 장례도 지나기 전에 전쟁을 시작하는 것이 효도라고 할 수 있습니까? 신하의 몸으로 주군을 죽이는 것이 인(仁)이라고 할 수 있습니까?"

무왕의 측근이 두 사람을 베어 죽이려 하자 태공망인 여상(呂尙)이,

"이야말로 의인(義人)들이다."

하고 소리쳐 무왕의 측근자들을 쫓아 버렸다.

무왕이 은(殷)나라의 난리를 평정하여 천하는 주(周)나라로 돌아갔다. 그러나 백이와 숙제는 은(殷)나라 신하로서 이를 부끄러워하고 절개를 지켜 주(周)나라 곡식을 먹지 않겠다고 하면서 수양산(首陽山)으로 들어가 고사리를 캐어 목숨을 유지했다. 그런데 그 고사리 또한 주(周)나라 땅에 난 것이라 하여 캐어 먹지 않아 굶어 죽게 되었다. 그전에 시를 지었는데 이것이 곧 〈채미지가(采薇之歌)〉이다.

저 서산(수양산(首陽山))에 올라가 그곳의 고사리를 캐어 먹자.
사나움으로써 사나움을 바꾸면서도 무왕은 그 그름을 알지 못한다.

신농씨와 순임금과 우임금 같은 성천자의 시대는 홀연히 가버렸다.
우리들은 어디로 돌아갈 것인가? 아아, 죽는 길뿐이로다.
우리들의 운명도 쇠퇴해지고 있다.

登彼西山兮 采其薇矣
以暴易暴兮 不知其非矣
神農虞夏 忽然沒兮
我安適歸矣 于嗟徂兮
命之衰矣(≪사기≫ 백이열전(伯夷列傳))

공자께서 말씀하셨다.
"백이와 숙제는 구악(舊惡)을 생각지 않고 원망을 품은 일이 드물다."
공자께서 말씀하셨다.
"그들은 인(仁)을 구하여 인(仁)을 얻었으니 또 무엇을 원망하랴!"

千里眼
천 리 안

천리를 볼 수 있는 눈이라는 뜻으로, 먼 곳에서 일어난 일을 미리 꿰뚫어 보는 능력이라는 뜻.

일천 **천** 마을 **리** 눈 **안**

북위(北魏) 말엽의 장제(莊帝) 때 광주(光州) 장관으로 임지에 부임한 양일(楊逸)은 당시 29세였다. 명문인 양가(楊家) 출신의 귀공자였음에도 불구하고 조금도 교만하지 않고 민심의 안정에 마음을 써서 문자 그대로 침식을 잊을 정도였다. 병사들이 출정할 때는 비바람을 가리지 않고 설사 눈이 내리더라도 반드시 전송을 나갔다.

이렇게 백성들을 사랑하는 한편, 법 지키기를 엄정히 하였으므로 지역의 내부는 잘 다스려져 죄를 범하는 자도 없었다. 당시 계속되는 흉년으로 굶어 죽는 사람들이 많았으므로 그는 국가의 창고를 열어 백성들에게 식량을 배급하려 했다. 담당 관리는 죄를 두려워하여 반대했지만 양일은,

"나라의 기본은 백성들이고, 백성들은 먹지 않으면 살아가지 못한다. 백성들이 굶주리고 있는데 군주 된 사람이 배불리 먹고 있다는 것이 좋은 일인가? 만일 안 된다면 내가 죄를 달게 받도록 하지."

하며 밀어제치고 창고를 열어 굶주린 백성들에게 양곡을 베풀어 준 다음, 이와 같이 한 까닭을 임금에게 상소했다. 조정에서는 당연히 반대하는 사람들도 있었지만 광주의 관청 문앞에 죽으로 연명하는 백성들이 몇 만이나 있다는 소식을 장제로부터 듣고 오히려 그의 긴급조치를 가상하게 생각했다.

그는 스스로 이처럼 백성들을 사랑하고 있었기 때문에 부하 관리가 법을 무시하고 백성들에게 피해를 입히는 것을 극단적으로 싫어하였다. 관리의 위법 행위를 감시하는 사람들을 각지에 배치함과 동시에 병사나 하급 관리가 지방으로 떠날 경우에는 반드시 자기들의 식량을 가져가게 하였다.

그들이 지방으로 가면 개중에는 식사를 대접하겠다는 사람도 있었지만 그들은 이구동성으로,

"양장관은 천리 앞을 내다보는 눈(千里眼)을 갖고 계시다. 아무리 해도 장관의 눈을 속일 수는 없다."

하고 사양하였으며, 설사 외부에서 볼 수 없도록 방 안을 어둡게 해 놓고 있어도 한 걸음도 들어가려 하지 않았다.

양일은 정사를 펼치면서 백성들을 사랑하였으며, 더구나 부호의 교활함을 미워하고 귀와 눈을 널리 두었다. 병사나 관리를 아래 읍에 보낼 때에는 모두 식량을 가져가게 하였으며, 백성들 중 그들을 위하여 식사를 차려놓는 자가 있어 비록 어두운 방에 있다 할지라도 결국 나아가지 않고 말했다. '양사군(楊使君)에게는 천리안이 있다. 어찌 속일 수 있겠는가?'

逸爲政愛人 尤憎豪猾 廣設耳目. 其兵吏出使下邑 皆自持糧 人或爲設食者 雖在闇室 終不進咸言 楊使君有千里眼 那可欺之.(≪위서(魏書)≫ 양일전(楊逸傳))

이만큼 치적(治績)을 올린 그였지만 그때 조정을 마음대로 하며 황제의 자리를 엿보고 있던 이주(爾朱) 일족에게 미움을 받아 임지에서 죽임을 당했다. 그의 나이 불과 32세였다.

광주(光州)에서는 상하가 모두 이를 슬퍼하여, 1개월에 걸쳐 주성(州城)은 물론이고 변두리 시골에서도 사람들이 모여 제단을 설치하고 향화(香花)를 바쳤다고 한다.

天網恢恢 疏而不漏
천 망 회 회 소 이 불 루

하늘이 친 그물은 넓어서 **빠져나가지** 못한다. 하늘의 그물은 넓고 성기어서 악한 사람이 **빠져나오지** 못한다는 말.

하늘 **천** 그물 **망** 넓을 **회** 트일 **소** 말이을 **이** 아니 **불** 샐 **루**

이 말은 ≪노자≫ 제73장에서 나온 말이다.

감히 하는 일에 용감하면 죽임을 당하고, 감히 하지 않음에 용감하면 산다. 이 두 가지는 혹은 이롭고 혹은 해롭다. 하늘이 미워하는 바 누가 그 까닭을 알겠는가? 성인이기 때문에 오히려 알기가 어렵다. 하늘의 도 (道)는 다투지 않는지라 잘 이기고, 말없이 잘 응하며, 부르지 않아도 스스로 오고, 관대하여 잘 도모한다. 하늘의 그물은 넓고 넓어서 성기어도 잃지 않는다.

勇於敢則殺 勇於不敢則活 此兩者或利或害. 天之所惡 孰知其故. 是以聖人猶難之. 天之道不爭而善勝 不言而善應 不召而者來 繟然而善謀. 天網恢恢 疏而不失.

끝까지 굳세고 강하게 나간다면 몸을 망치게 되고, 부드럽고 약하게 나간다면 몸을 지켜 살게 된다. 이 두 가지는 하나는 몸에 이익이 되고 하나는 몸에 해가 된다. 굳세고 강함은 하늘이 미워하는 바이니 누구나 그 이유를 알지 못한다. 그것은 성인도 알 수 없는 일이다.

하늘의 도(道)는 다투지 않고서도 잘 이기고, 말하지 않고서도 잘 응하며, 불러들이는 일 없이도 스스로 오게 하며, 관대하면서도 잘 도모한다. 하늘의 그물은 넓고 커서 코가 성기어도 무엇이나 빠뜨리는 일이 없다.

'하늘의 그물이 넓고 커서 성기어도 잃지 않는다.' 라는 말은 모든 만물에 자연의 법칙이 골고루 미치고 있다는 뜻이거니와, 여기에서 말하는 '하늘의 그물' 이란 악한 사람들을 붙잡기 위하여 쳐 놓는 그물로서 그것은 굉장히 넓고 코는 성기지만 결코 악한 사람들을 도망가게 하지 않는다는 뜻으로 쓰이고 있다. 한때는 악한 사람들이 번영할지 모르지만 이윽고는 반드시 망하게 된다는 뜻이다. '성기어 잃지 않는다.' 보다는 '성기어도 새지 않는다.' 라고 해석하는 것이 일반적이다.

그 오래된 예는 ≪위서(魏書)≫ 임성왕전(任城王傳)에 보인다.

노담(老聃)이 이르기를, '정사가 밝으면 백성들이 부족하다.' 또 말하기를, '하늘의 그물이 넓고 커서 성기어도 새지 않는다.'

老聃云 其政察察 其民缺缺. 又曰 天網恢恢 疏而不漏.

'기정찰찰(其政察察) 기민결결(其民缺缺)' 은 ≪노자≫의 제58장에서 '정치가 어둑하면 백성들이 순후하고 소박하지만, 정치가 인위적으로 제약을 가하면 백성들이 위협을 느끼고 부족하다(其政悶悶 其民醇醇 其政察察 其民缺缺).' 는 것을 말한 것이다.

여기에서 '성기어도 새지 않는다.' 라는 말은 악한 사람을 빠져나가게 하지 않는다는 뜻이다.

天時不如地利
천 시 불 여 지 리

地利不如人和
지 리 불 여 인 화

하늘의 때가 땅의 이득만 못하고, 땅의 이로움도 사람의 화합만 못하다는 뜻으로, 승패에서 화합의 중요함을 강조한 말.

하늘 **천** 때 **시** 아닐 **불** 같을 **여** 땅 **지** 이로울 **리**
땅 **지** 이로울 **리** 아닐 **불** 같을 **여** 사람 **인** 화목할 **화**

맹자가 그의 왕도론(王道論)을 전개할 때 한 말이며, 맹자가 말하려는 취지는 제3단, 즉 결론 부분에 이르러 분명히 설명되고 있다.

≪맹자≫ 공손추편(公孫丑篇) 하(下) 첫머리의 문장이다. 맹자는 우선 심적인 명제를 설파하여 말했다.

맹자께서 말씀하셨다.

"하늘의 때는 땅의 이득만 같지 못하고, 땅의 이득은 사람들의 화합만 같지 못하다."

孟子日 天時不如地利 地利不如人和.

설명이 거의 필요치 않을 만큼 명쾌한 논단(論斷)이지만 다음의 제2단에서 맹자는 이것에 대하여 약간의 설명을 시도하고 있다.

　30리의 내성과 70리의 외성을 포위하고 공격해도 이기지 못한다. 대저 포위하고 이를 공격하면 반드시 하늘의 때를 얻는 사람이 있을 것이다. 그런데 이기지 못하는 사람은 하늘의 때가 땅의 이득만 못하기 때문이다. 성이 높지 않은 것도 아니고 연못이 깊지 않은 것도 아니며, 또 무력이 견고하고 날카롭지 않은 것도 아니고 군량이 많지 않은 것도 아니건마는, 성을 버리고 도망가는 것은 땅의 이득이 사람들의 화합만 못하기 때문이다.

　三里之城 七里之郭 環而攻之而不勝. 夫環而攻之 必有得天時者矣. 然而不勝者 是天時不如地利也. 城非不高也 池非不深也 兵革非不堅利也 米粟非不多也. 委而去之 是地利不如人和也.

　승패는 때의 운이라고 하지만 물론 거기에는 몇 가지 기본적인 조건이 고려되지 않으면 안 된다. 맹자는 그 첫째를 하늘의 때, 둘째를 땅의 이득, 셋째를 사람들의 화합이라고 본 것이다.
　하늘의 때에 대하여 전쟁을 일으킬 경우 추위와 더위, 맑은 날씨와 비가 내림, 낮과 밤처럼 자연적인 조건 이외에도 방위라든가 시일의 길흉 같은 문제도 포함해서 생각한다.
　전쟁은 이와 같은 조건이나 문제를 고려한 다음에 일으켜야 하거니와, 그러면서도 사방 30리의 내성과 사방 70리의 외성 정도의 크지 않은 적군의 성을 공격할 때조차 하늘의 때가 땅의 이득, 즉 수비하는 쪽의 견고함에는 미치지 못한다는 것이다.
　그런데 다시 또 높은 성곽과 깊은 연못에 둘러싸여 있고, 더구나 갑주

(甲胄)와 무기는 견고하고 날카로우며, 군대의 식량도 충분히 저축되어 있는 수비의 태세, 즉 땅의 이득을 얻었다 하더라도 적군의 공격에 버티지 못하여 성을 버리고 도망치는 경우도 있다. 이것은 수비하는 사람들 쪽의 땅의 이득이라도 공격하는 사람들의 화합, 즉 정신적 단결에 미치지 못하기 때문이다.

여기까지 논한 뒤에 맹자는 이어 최종적인 결론을 내리고 있다.

그러므로 말하기를, '백성들을 국경 안에 머물게 하는 데는 영토의 경계로써 하지 않으며, 국방을 튼튼히 하는 데는 산과 골짜기의 험함으로써 하지 않고, 천하에 위엄을 떨치는 데는 무력의 날카로움으로써 하지 않는다.' 라고 일러지는 것이다.

도(道)를 얻은 사람은 돕는 사람이 많고 도(道)를 잃은 사람은 돕는 사람이 적은 법이니, 돕는 사람이 적은 것이 극단에 이르면 친척까지 배반하고 돕는 사람이 많은 것이 극단에 이르면 온 천하가 다 순종한다. 온 천하가 다 순종한 것으로써 친척까지 배반한 것을 공격하는 것이므로 군자는 싸우지 않을지언정 싸우면 반드시 승리하게 마련이다.

故曰 城民不以封疆之界 固國不以山谿之險 威天下不以兵革之利. 得道者多助 失道者寡助 寡助之至 親戚畔之 多助之至 天下順之. 以天下之所順 攻親戚之所畔. 故君子有不戰 戰必勝矣.

天與弗取 反受其咎

천 여 불 취 반 수 기 구

하늘이 주는 것을 취하지 않으면 도리어 그 허물을 받는다는 뜻으로,
좋은 기회가 왔는데도 행하지 아니하면 도리어 그 재앙을 받는다는 뜻.

하늘 **천** 줄 **여** 아닐 **불** 취할 **취** 돌이킬 **반** 받을 **수** 그 **기** 허물 **구**

조(趙)나라를 격파한 한신(韓信)은 한(漢)나라 4년에 동쪽으로 향하여 제(齊)나라 전토를 평정하자, 한왕(漢王) 유방(劉邦)에게 사자를 보내 임시로 제왕(齊王)이 되게 해 달라고 청원했다. 그 무렵 한왕 유방은 형양(滎陽)에서 항우(項羽)의 초(楚)나라 군대에게 포위되어 위급한 때였기 때문에 화를 내며 사자를 꾸짖었다.

"내가 괴로운 처지에 빠져 있는데도 도우러 오지는 않고 왕이 되겠다니, 무슨 일인가?"

그러자 장량과 진평(陳平)이 유방의 발을 밟으며 귀에 입을 대고 작은 소리로 말했다.

"한(漢)나라는 지금 몹시 불리한 상황입니다. 이때 한신(韓信)이 왕이 되겠다는 것을 금하면 자다가 뒤침을 얻어맞을 수 있어 큰일입니다. 지금은 기분 좋게 왕으로 삼아 주어 자신이 제(齊)나라를 지키게 하는 편이 한(漢)나라를 위하는 길입니다."

이 말을 들은 유방은 과연 그럴듯한 계책이라고 생각하면서 또다시 꾸짖어 말했다.

"사나이 한마디가 제(齊)나라를 평정하였다면 진짜 왕이 되면 좋지 아

니한가? 어찌 임시 왕이라고 하는 것인가?"

이렇게 한신은 제왕(齊王)이 되었다. 이 일은 항우에게 큰 위협이었다. 유방과의 싸움에서 우위에 서 있기는 하지만 상대방을 압도할 만큼 결정적인 힘을 가지고 있는 것은 아니었다. 제왕(齊王)이 된 한신이 한(漢)나라를 위해 북쪽에서 초(楚)나라를 압박하게 된다면 형세는 역전될지도 모른다. 항우는 사자를 보내 한신에게 한(漢)나라와 초(楚)나라의 싸움에서 중립을 유지하는 것이 유리함을 설득했다.

그러나 한신은 유방을 배척하면서까지 자기의 이익을 도모할 기분이 아니었다. 사자가 돌아간 뒤에 제(齊)나라의 괴통(蒯通)이라는 사람이 한신 앞에 나타났다. 그도 역시 현재 천하의 형세를 잡고 있는 사람은 한신이라고 간파했던 것이다. 그렇지만 정면에서 설득해도 한신이 우쭐하지 않을 것을 이미 알고 있었다. 그래서 괴통이 말했다.

"저는 사람의 운명을 보는 재주를 배운 적이 있습니다."

"어떻게 보는가?"

"귀천은 골상(骨相)에 있고, 기쁨과 근심은 얼굴빛에 있고, 성공과 실패는 결단에 있습니다. 이에 따라 판단하면 만에 하나라도 실패하는 일은 없습니다."

"과연 그렇군. 그러면 나는 어떻지?"

"얼굴을 뵈면 기껏해야 제후에 봉할 만한데 거기에도 위험이 따릅니다. 그러나 등을 보면 입으로 말할 수 없을 만큼 귀한 상입니다."

"그것은 무슨 뜻인가?"

괴통은 설명하기 시작했다.

"진(秦)나라를 쓰러뜨리기 위하여 영웅과 호걸들이 떼 지어 일어나 천하는 삼밭처럼 혼란했지만 지금은 한(漢)나라와 초(楚)나라의 쟁패(爭覇) 형태로 되어 있습니다. 그런데 쌍방이 모두 이기고 지는 바, 어느 쪽도 결정적인 우위에 설 수가 없습니다. 그러므로 항우와 유방의 운명의 귀추는 폐하의 거취에 달려 있습니다.

폐하께서 한(漢)나라에 가담하면 한(漢)나라가 이기고, 초(楚)나라를 도우면 초(楚)나라가 이깁니다. 그렇지만 폐하께서 취할 최상의 길은 쌍방 어느 쪽도 편들지 않고 양쪽 모두 존속시켜 천하를 삼분하여 솥의 발처럼 셋으로 할거하는 것입니다.

그리하여 한(漢)나라와 초(楚)나라 두 진영을 향하여 평화를 요구하면 그것은 또한 백성들의 소망이기도 하며 아무도 거기에 반대할 사람이 없어 천하는 바람과 달리고 울림에 응하여 제왕(齊王) 폐하께 나부낄 것입니다. 이것은 하늘이 준 좋은 기회입니다.”

괴통은 이렇게 설명하고 다음과 같은 말로 결말을 지었다.

대개 듣건대 하늘이 주는 것을 취하지 아니하면 도리어 그 허물을 받고, 좋은 기회가 왔는데도 행하지 아니하면 도리어 그 재앙을 받는다고 합니다. 원컨대 당신은 이것을 깊이 생각하시기 바랍니다.

蓋聞 天與弗取 反受其咎 時至不行 反受其殃. 願足下孰慮之.(≪사기≫ 회음후열전(淮陰侯列傳))

그러나 한신은 결심이 서지 않았다.

“한왕은 더할 나위 없이 나를 소중히 받들어 주신다. 자기의 수레에 나를 태워 주시고, 자기의 옷을 나에게 입혀 주시고, 자기의 식사를 나에게 먹게 해 주신다. 그 의리를 배반하고 이익으로 달릴 수는 없는 노릇이다.”

한신은 한왕을 배반할 결심이 서지 않아 괴통의 진언을 물리쳤다.

드디어 한(漢)나라에 의해 천하 통일이 실현되자 큰 공이 있던 무장들은 점차로 숙청되었다. 한신이 그 첫머리에 있었다. 초왕(楚王)으로 있던 한신은 회음후(淮陰侯)로 좌천되었다가 고조의 정벌 중에 반란을 일으켰다는 여후(呂后)와 소하(蕭何)의 계략에 걸려서 포박되어 참형에 처해졌다. 참형에 처할 때 한신이 말했다.

"괴통의 계략을 쓰지 않은 것이 후회된다. 덕분에 여인에게 속임을 당하게 되었다. 이야말로 천명이다."

한신은 하늘이 준 것을 취하지 않았기 때문에 그 허물을 받았는지도 모른다.

天衣無縫
천 의 무 봉

선녀의 옷은 꿰맨 데가 없다는 뜻으로, 아름답고 깨끗하게 행동하는 사람이라는 뜻.

하늘 **천** 옷 **의** 없을 **무** 꿰맬 **봉**

태원(太原)에 사는 곽한(郭翰)은 문학을 논해도 좋고 글씨를 쓰게 해도 좋을, 교양이 풍부하면서 세속을 초월한 청년이었다. 그는 부모를 일찍 잃고 혼자서 생활하고 있었다.

어느 여름날 밤, 달빛이 맑게 갠 마당에 간단한 침상을 만들고 옆으로 누워 서늘한 바람을 쏘이고 있으니 무엇이라고 말할 수 없는 향기가 섞인 바람이 흘러 들어왔다. 향기는 점차로 진해져 무엇인가 하고 하늘을 올려다보자 사람의 그림자가 흔들흔들 내려와 그의 눈앞에 섰다. 눈이 부실 정도의 아름다운 처녀였다.

검은 비단옷을 입고 서리와 같은 얇은 비단의 소매 없는 옷을 입었으며 푸른 봉황의 벼슬을 구름 모양으로 수놓은 신을 신고 있었다. 그녀는 마치 하늘의 선녀와 같았다. 데리고 있는 시녀 두 사람도 본 적이 없는 미녀들이었다.

곽한이 흐트러진 옷깃을 여미고 침상에서 내려와 엎드리자 선녀는 미소를 지으면서 말했다.

"나는 하늘의 직녀입니다. 남편과 이별한 지 오래되어 적적한 나머지 답답한 병에 걸렸으므로 천제의 허락을 얻어 잠시 하계(下界)에 휴양하러 내려왔습니다. 당신이 속세의 티끌을 피하여 생활하시는 것을 사모하여 맺어지기 위해 이렇게 찾아온 것입니다."

"황송하신 말씀입니다."

곽한이 오로지 두려워하고 있는 동안에 직녀는 시녀들에게 명하여 안채를 청소하게 했다. 침상에는 붉은 비단의 휘장이 드리워지고 수정으로 엮은 깔개가 깔리자 시녀들이 천천히 바람을 보내 주고 있었다. 가을처럼 시원해진 침실에서 두 사람은 서로 손을 잡고 있었다. 옷을 벗고 마루로 들어갔는데 직녀가 입고 있는 붉은 비단 잠옷에서 마치 향기 주머니와 같은 묘한 향기가 일어나 침실 가득히 번져 나갔다. 아기자기한 교정(交情)이 끝난 다음, 날이 밝자 그녀는 구름을 타고 돌아갔다.

그로부터 밤마다 찾아왔는데 어느 날 희롱하는 사이에,

"주인(견우)은 어떻게 된 것입니까? 혼자 이렇게 하셔도 관계없는 것입니까?"

하고 물어보자,

"이것은 그 사람과는 관계가 없는 일이지요. 더구나 하늘의 강에서 이별하여 헤어져 있으므로 그 사람이 알 까닭도 없고, 설사 알려진다 하더라도 어찌할 수 없는 일입니다."

라고 대답하는 것이었다.

이윽고 칠월칠석의 밤이 왔다. 그날 밤에는 직녀가 나타나지 않았다. 며칠 밤이 지나서야 다시 왔으므로,

"어떻습니까? 즐거웠습니까?"

하고 묻자 그녀는 웃으면서,

"하늘의 일은 이 세상과는 다릅니다. 마음이 통하여 합칠 뿐으로, 다른 일은 아무것도 없다구요. 질투를 낼 것은 못 됩니다."

"그렇기는 해도 오래되었군요."

"하늘의 하룻밤은 이 세상의 닷새에 해당된답니다."

그날 밤 그녀는 그를 위하여 하늘의 요리를 가지고 왔는데 모두가 처음 본 것들뿐이었다. 또한 아무 생각 없이 그녀의 옷을 보니 꿰맨 자리가 전혀 없었다. 이상하여 물어보자,

"하늘의 옷은 원래 바늘이나 실로 꿰매는 것이 아닙니다."

라고 말하는 것이었다. 그리고 그 옷은 그녀가 돌아갈 때가 되면 저절로 그녀의 몸을 덮는 것이었다.

천천히 그 옷을 보자 아울러 꿰맨 곳이 없었다. 한이 물었다. 한에게 일러 말하기를, '하늘의 옷은 본래 바늘과 실로 꿰매는 것이 아닙니다.' 갈 때는 매양 곧 옷이 스스로 따랐다.

徐視其衣並無縫. 翰問之. 謂翰曰 天衣本非針綫爲也. 每去 輒以衣服自隨.

1년쯤 지난 어느 날 밤에 그녀는 곽한의 손을 잡고서,

"천제의 허락을 받은 기한이 다 되었습니다. 오늘 밤을 끝으로 이별하지 않으면 안 됩니다."

하고 울면서 그녀는 쓰러졌다. 그날 밤에는 아침까지 잠을 자지 않고 이별을 애석해 하며 선물을 교환한 후 하늘로 돌아갔는데, 돌아보고 또 돌아보며 보이지 않을 때까지 손을 흔들고 있었다.

그로부터 1년이 지난 어느 날, 시녀가 소식을 전하러 온 이후로는 소식이 끊어졌다. 이후 곽한은 이 세상에서 아무리 미인을 보아도 마음이 움직이지 않게 되었다. 집안의 계통을 끊이지 않게 하기 위하여 아내를 맞이했지만 아무래도 마음에 들지 않고 부부 사이도 좋지 않아 아들도 낳지 못한 채로 끝나고 말았다.

이상은 《태평광기(太平廣記)》 권68에 실려 있는 곽한의 이야기를 소개한 것이다.

하늘의 선녀 옷과 같이 기교의 흔적이 없으며 또한 아름답게 정리된 시문(詩文)을 평하여 '천의무봉(天衣無縫)'이라고 하는 것은 이 이야기에서 근거하거니와, 예를 들어 태어난 그대로 충분히 아름다움을 발휘하는 사람을 '천의무봉(天衣無縫)의 인물'이라고 할 때 이 말을 사용하는 경우가 많다.

千載一遇
천 재 일 우

천년에 한 번 온다는 뜻으로, 좀처럼 만나기 어려운 기회라는 뜻.

일천 천 해 재 한 일 만날 우

'천재(千載)'의 '재(載)'는 '해'라는 뜻으로, '천재일우(千載一遇)'란 천년에 한 번 돌아온다는 뜻이다. 이 말은 동진(東晉)의 원굉(袁宏)이 엮은 ≪삼국명신서찬(三國名臣序贊)≫에 실려 있는 말이다.

원굉이 젊은 시절에는 문재(文才)가 있었으나 아버지(임여(臨汝)의 현령)가 일찍 죽었기 때문에 생활이 곤궁하여 상납미(上納米) 수송선의 인부 노릇을 하고 있었다. 그러한 그가 세상의 인정을 받게 된 데 대해서는 다음과 같은 이야기가 전해지고 있다.

당시 우저(牛渚)에 머물고 있던 강남(江南)의 명문 출신 사상(謝尙)이 어느 가을날 밤 개울에 배를 띄워 놓고 달구경을 하고 있었는데 낭랑한 목소리가 개울의 수면을 따라 흘러 내려왔다. 오래 전에 지은이의 감회를 붙인 시로, 그 소리는 맑고 시구는 뛰어나 배를 세워 놓은 채 듣는 데 반해 있었다. 그 목소리가 그치기를 기다렸다가 하인을 보내 찾았다.

"소생은 임여(臨汝)에 사는 원굉이란 사람으로, 방금 읊은 것은 제가 지은 시입니다."

라고 대답했다. 사상이 원굉을 급히 배로 맞이하여 이야기를 하다가 정신이 들어 보니 먼동이 틀 무렵이었다고 한다.

이것을 인연으로 그는 사상의 참군(參軍:장군부의 속관)이 되었다가 당시의 최고 실력자인 대사마(大司馬:재상) 환온(桓溫) 밑에서 서기와 이부랑(吏部郞:인사 관리)을 지낸 뒤에 동양군(東陽郡) 태수가 되었다.

그는 ≪후한기(後漢紀)≫ 30권 이외 ≪죽림명사전(竹林名士傳)≫ 3권 등 시문 300편을 남겼는데, 특히 유명한 것이 ≪문선(文選)≫에 실려 있는 〈삼국명신서찬(三國名臣序贊)〉이었다.

이것은 머지않아 완성되는 진수(陳壽)의 삼국지(三國誌)를 틈나는 대로 읽고, 위(魏)·촉(蜀)·오(吳) 삼국의 건국 명신 20명을 열거하여 그 한 사람 한 사람을 칭찬한 찬(贊:일구 사자로 된 운문)을 지어 산문으로 서문을 붙인 것이다.

그 화려한 문장을 보기 위하여 위(魏)나라의 순익(荀彧:자는 문약)에게 바친 찬(贊)을 초록하여 보겠다.

재능이 뛰어난 문약(文若)은 투철한 식견을 갖추고 있었다. 변함에 응하여 적은 것을 알고, 심원한 이치를 탐구하여 요체를 찾았다. 해와 달을 봄에 숨기면 더욱 밝아진다. 교양을 마음에 비춰 자르면 더욱 묘해진다. 천하가 난동하면 옥석(玉石)이 함께 부서진다. 달인은 착함을 겸하여 자기를 버리고 사랑을 둔다. 도모할 때는 어지러움을 풀고 공이 우주를 구한다. 처음에는 백성들을 구원하고 마지막에는 절개를 밝히고 죽었다.

英英文若 靈鑑洞照. 應變知微 探賾賞要. 日月在躬 隱之彌曜. 文明映心 鑽之愈妙. 滄海橫流 玉石同碎. 達人兼善 廢己存愛. 謀解時紛 功濟宇內. 始救生人 終明風槩.

순익은 조조가 동탁(董卓)의 전횡에 반대하여 의병을 일으킨 이후 그의 지혜를 토대로 활약했지만, 조조에게서 찬탈의 징후가 보여 이에 반대하자 조조의 미움을 사 답답한 번민 중에 죽어간 사람이다.

이와 같은 명신들을 칭찬하는 찬(贊) 앞에 붙인 서문에서 원굉이 썼다.

대저 백락(伯樂)을 만나지 못하면 곧 천년에 한 천리마도 없다.

夫未遇伯樂 則千載無一驥.

말에 대한 안목이 높은 말의 명수 백락(伯樂)을 만나지 못한다면 천 년이 지나도 한 마리의 천리마도 발견할 수 없다는 것은 어진 신하가 명군(名君)을 만나는 것이 어렵다는 말을 비유한 것이다.

대저 만 년의 한 번 기회는 이 세상과 통하는 길이며, 천 년에 한 번 좋은 기회를 만나는 것은 현인과 지혜 있는 사람의 아름다운 만남이다. 이와 같은 기회를 만나면 누구나 기뻐하지 않고는 못 견디니, 기회를 잃으면 어찌 개탄하지 않을 수 있겠는가?

夫萬歲一期 有生之通塗 千載一遇 賢智之嘉會. 遇之不能無欣 喪之何能無慨.

그가 벼슬한 환온은 성한국(成漢國)을 멸망시키고 사천성(泗川省)을 탈환하였으며 두 번의 북벌 작전에서 한 번은 낙양(洛陽)을 탈환할 만큼 명장인데다 청담(淸談)의 재능도 풍부한 교양인이었다. 그렇지만 그 위신을 등지고 366년에는 당시 황제 사마혁(司馬奕)을 폐위시켰는데, 결국 병들어 죽음으로써 목적을 달성하지는 못했지만 언젠가는 자기에게 양

위(讓位)시킬 계획으로 간문제(簡文帝)를 즉위시켰던 사람이다.

天知地知 我知子知
천 지 지 지 아 지 자 지

하늘이 알고 땅이 알고 내가 알고 당신이 안다. 세상에는 비밀이 없다는 뜻.

하늘 **천** 알 **지** 땅 **지** 알 **지** 나 **아** 알 **지** 당신 **자** 알 **지**

후한(後漢)의 양진(楊震)은, 항우(項羽)가 해하(垓下)를 탈출하여 동성(東城)에서 최후의 일전을 도모했을 때 항우의 한 번 소리침이, '사람과 말들이 함께 놀라고 두려워 수십 리를 물러선다.'고 ≪사기≫의 항우본기(項羽本紀)에 쓰인 대로 항우의 굳센 용기와 기백의 대단함을 증거로 삼은 적천후(赤泉侯)의 8대 후손이다.

그런데 이 8대 후손은 강골로 소문이 났는데, 천자인 안제(安帝)의 유모 왕성(王聖)이 정치에 대한 발언을 하거나 안제의 총애를 받는 사람이 정치를 마음대로 하는 것에 화가 나서 천자에게 자주 간하였기 때문에 결국 '천자 쪽의 간신'과 함께 조처되어 짐새의 독을 먹고 자결했다.

상서학자(尙書學者) 양진의 해박한 지식은 당시의 유가(儒家)에 견주어 '관서(關西)의 공자'라고 일러졌다고 한다. 관서는 함곡관(函谷關) 서쪽 전국시대 진(秦)나라 땅을 가리키는 말로, 양진의 출생지가 지금의 섬서성(陝西省) 화음현(華陰縣)이었음에 유래한다.

그는 민간에서 학문을 강의하면서 쉽게 벼슬길에 오르지 못했지만 나이 50세가 되어 간신히 지방의 관리가 되었다. 대장군인 등질(鄧騭)이 그의 뛰어난 재주를 듣고 무재(茂才)로 천거했다.

한대(漢代)의 관리 등용 시험에 수재(秀才)라는 과목이 있었는데, 후한(後漢)의 광무제(光武帝) 이름이 유수(劉秀)였기 때문에 무재(茂才)라고 부르게 되었으며 양진은 이 과목에 합격했던 것이다.

네 번째 이동으로 그가 동래군(東萊郡) 태수가 되었을 때의 일이다. 동래군은 산동성(山東省)의 액현(掖縣)을 다스리는 곳으로 삼았기 때문에 양진은 부임 도중 창읍(昌邑)에 머물렀다. 목적지가 가까워질 무렵, 양진은 찾아온 창읍 현령 왕밀(王密)을 만났다. 왕밀은 양진이 형주(荊州)의 자사(刺史)였을 때 무재로 천거된 사람이었다.

밤이 되자 왕밀은 품고 왔던 10금을 양진에게 주었다. 양진이 거절하며 말했다.

"당신의 옛 친구는 당신의 사람됨을 이해하고 있는데, 당신이 그 옛 친구를 이해하지 못한다는 것은 우스운 일이 아닌가?"

그러자 왕밀이 말했다.

"한밤중의 일을 아는 사람은 없습니다."

양진이 되물었다.

하늘이 알고 귀신이 알고 내가 알고 자네가 아는데, 어찌 아는 사람이 없다고 이르는가?

天知 神知 我知 子知 何謂無知.(≪후한서≫ 양진전(楊震傳))

이 '네 가지 아는 것(四知)' 이라는 말이 ≪십팔사략≫의 〈동한(東漢) 효

안황제(孝安皇帝)〉의 장에서는, '천지(天知), 지지(地知), 자지(子知), 아지(我知)'로 되어 있다. '하늘'에 대하여 '귀신'이라고 말하기보다는 '땅'이라고 하는 편이 관념상 중복이 없다. 또는 '천지(天知), 아지(我知), 인지((人知)'라고 말하기도 한다.

鐵 面 皮
철　면　피

무쇠처럼 두꺼운 낯가죽이라는 뜻으로, 얼굴이 두껍고 부끄러운 줄 모르는 뻔뻔스러운 사람이라는 뜻.

쇠 **철** 얼굴 **면** 가죽 **피**

진사(進士)인 왕광원(王光遠)은 권력자들에게 가까이 하기 위하여 계속 인사를 하러 돌아다녔는데, 매를 맞고 문 앞에서 쫓겨나는 굴욕을 당하면서도 그만두려 하지 않았다. 그래서 당시 사람들은 이렇게 말했다.

"광원의 얼굴 가죽은 열 장을 겹친 무쇠 갑옷과 같다."

진사인 왕광원은 권세가와 호족(豪族)을 찾아다니며 싫어하지 않고 인사를 드렸는데, 혹은 종아리 치는 굴욕을 당해도 고쳐 후회하는 일이 거의 없었다. 그때 사람들이 말했다. '광원의 얼굴이 두껍기는 열 겹의 무쇠 갑옷과 같다.'

進士王光遠 干索權豪無厭 或遭撻辱 略無改悔. 時人云 光遠顔厚如十重
鐵甲.

얼굴이 두껍고 부끄러움을 모르는(厚顔無恥) 것, 뻔뻔스러운 것이 '철
면피(鐵面皮)'의 어원(語源)이 된 이 일화는 송(宋)나라의 손광헌(孫光憲)
이 지은 ≪북몽쇄언(北夢瑣言)≫에 실려 있다. 이 책은 당(唐)나라와 오
대(五代)와 송(宋)나라의 잡사를 기록한 것이다.

'철면피(鐵面皮)'는 '철면(鐵面)'이라고도 말하거니와, '철면(鐵面)'을
사용할 때는 오히려 긍정적인 평가로 쓰이는 일이 많다. 공평강직(公平
剛直)하여 '철면(鐵面)'을 쓴 것처럼 권세를 두려워하지 않고 사사로운
정에 좌우되지 않는 사람에게 주어지는 찬사이다.

송(宋)나라의 조선의(趙善郞)는 선교랑(宣敎郞)에 임명되어 숭안현(崇
安縣) 지사가 되었는데, 현정(縣政)을 보살필 때 지나치게 엄격하게 법률
을 지켰기 때문에 사람들은 그를 '조철면(趙鐵面)'이라고 불렀다.(≪복건
통지송(福建通志宋)≫)

송(宋)나라의 조변(趙抃)은 전중시어사(殿中侍御史:관리들의 불법 행
위를 적발하는 검찰관)가 되자 권력자이거나 천자의 총애를 받는 사람이
거나 용서 없이 적발했기 때문에 도읍에서는 그를 '철면어사(鐵面御史)'
라고 불렀다.(≪송사(宋史)≫ 조변전(趙抃傳))

이와 같이 '철면(鐵面)'은 권위자에게 굴하지 않는 강직한 성격을 비유
로 말하는 것이며 여기에 '철면피(鐵面皮)', 즉 '얼굴이 두껍고 부끄러움
을 모르는 사람'이란 뜻은 포함되지 않는다.

轍鮒之急
철 부 지 급

수레바퀴 자국 속 붕어의 위급함. 몹시 위급한 형세나 곤궁한 처지라는 말.

바퀴자국 **철** 붕어 **부** 어조사 **지** 급할 **급**

다급한 위기 혹은 곤궁한 처지를 비유하여 '철부지급(轍鮒之急)'이라고 한다. '철부(轍鮒)'란 '수레바퀴 자국 속 붕어'란 뜻으로 ≪장자≫ 외물편(外物篇)에 다음과 같은 이야기가 실려 있다.

장주는 집이 가난했다. 그리하여 감하후(監河侯)에게 곡식을 빌리러 갔다. 감하후는 친구의 부탁을 딱 잘라 거절할 수가 없었다.

"빌려 주지. 그런데 나는 장차 이 고을의 도조(賭租)를 걷으려 한다. 그때 가서 그대에게 삼백 금을 빌려 주려 하는데, 괜찮은가?"

장주는 화가 나서 낯빛이 변하며 말했다.

"내가 어제 올 때 중도에 부르는 것이 있어 뒤를 돌아보니 수레바퀴가 지나간 자국에 붕어가 있었소. 내가 그에게 물었소.

'붕어야, 그대는 무엇을 하고 있는가?'

붕어가 대답하기를,

'나는 동해의 파도 신하이다. 그대는 어찌 말과 되의 물이 있는데도 나를 살리려 하지 않는가?'

내가 말하였소.

'좋다, 나는 장차 남쪽의 오월(吳越) 왕에게 놀러 가려 한다. 서강의 물을 불려서 그대를 맞이하려 하니, 괜찮겠는가?'

붕어가 화를 내며 얼굴빛을 고치고 말했소.

'내가 항상 있던 곳을 잃어버려 있을 곳이 없다. 나는 말과 되의 물만 얻으면 살 수 있을 텐데 그대는 그렇게 말하는구나. 일찌감치 건어물전에 가서 나를 찾는 것만 못할 것이다.'"

莊周家貧. 故往貸粟於監河侯. 監河侯曰 諾 我將得邑金 將貸子三百金 可乎. 莊周忿然作色曰 周昨來有中道而呼者. 周顧視車轍中有鮒魚焉. 周問之曰 鮒魚來 子何爲者耶. 對曰 我東海之波臣也. 君豈有斗升之水而活我哉. 周曰 諾 我且南遊吳越之王 激西江之水而迎子 可乎. 鮒魚忿然作色曰 吾失我常與 我無所處. 吾得斗升之水然活耳. 君乃言此. 曾不如早索我於枯魚之肆.

장자(莊子)는 집이 가난했기 때문에 감하후라는 사람에게 가서 쌀을 빌리려 했다. 그러자 감하후는 이렇게 말했다.

"좋다. 며칠 후에 영지(領地)에서 도조가 들어올 것이므로 그대에게 삼백 금을 빌려 주리라. 괜찮겠는가?"

장자는 화가 나서 얼굴빛을 바꾸며 말했다.

"어제 이리로 오는 도중에 나를 부르는 자가 있었습니다. 돌아보니 수레바퀴가 지나간 자국에 붕어가 있었으므로, '오오, 붕어인가? 그대는 어찌된 일인가?' 하고 묻자 붕어는, '나는 동해의 물결 신하입니다. 몇 잔의 물로 나를 살려 주지 않겠습니까?' 라고 대답했습니다. 내가 말하기를, '좋다. 나는 장차 남쪽의 오(吳)나라와 월(越)나라 왕이 있는 곳으로 유세를 가려고 하니 서강의 물을 여기까지 끌어들여 그대를 살려 내기로 하겠다. 괜찮겠는가?' 하자 붕어는 화가 나서 낯빛을 고치고 말했습니다. '나는 당장 필요한 물을 잃어버려 내가 있을 곳이 없는 것입니다. 몇 잔의 물만 있으면 도움이 될 텐데도 당신은 그렇게 말씀하시는군요. 그렇다면 건어물 파는 가게에 가서 나를 찾는 편이 나을 것입니다.'"

이 이야기는 크고 작음과 많고 적음의 상대적인 차이가 무의미하다는 것과, 그 사용하는 방법에 따라 많은 것이 적은 것에 미치지 못할 수도 있음을 비유로 말한 것이다.

掣 肘
철   주

팔을 잡아당긴다. 하는 일을 간섭하여 마음대로 못하게 옆에서 막는 다는 뜻.

당길 **철** 팔꿈치 **주**

복자천(宓子賤:이름은 부제)은 공자보다 49세나 손아래 제자였지만 공자로부터, '군자로다, 그와 같은 사람은.' 하고 절찬을 받은 사람이다.

이 복자천이 노(魯)나라 애공(哀公)으로부터 단보(亶父) 지방의 장관으로 임명된 일이 있었다. 74세에 돌아가신 공자 생전의 일이므로 복자천의 나이 20세쯤의 일인 것 같다.

복자천이 임지에 부임할 때, 애공은 간사한 신하들의 참소를 듣고는 과업을 얻지 못할까 염려하여 가까운 신하 두 사람을 딸려 보냈다. 임지인 단보에 도착하자 관청의 하급 관리들이 신임 장관에게 인사를 했다. 복자천은 인사를 받으면서 애공께서 딸려 보낸 신하 두 사람에게 그들의 이름을 쓰게 했다.

신하들이 이름을 쓰려고 하니 복자천은 신하들의 팔굽을 일부러 치거나 끌어당겼다. 당연한 일이지만 글자들은 비뚤어지고 구부러지고 했다. 복자천이 화를 내면서,

"글자들이 왜 그런가?"

신하들은 몹시 근심하면서 말했다.

"청컨대 사퇴하고 돌아가게 해 주십시오."

복자천이 말했다.

"그대들의 글씨는 아주 형편없구나. 어서 돌아가라."

두 신하가 돌아가서 임금에게 보고했다.

"복자천 아래에서는 일할 수가 없습니다."

"무슨 까닭인가?"

두 신하들이 대답했다.

"복자천께서 저희들에게 글씨를 쓰게 하고서는 옆에서 팔을 내밀어 저희들의 팔굽을 치고 끌어당겼습니다. 그러고는 필적이 나쁘다며 몹시 화를 내는 것입니다. 그곳의 관리들도 다 복자천을 비웃었습니다. 그래서 신들이 사퇴하고 돌아온 것입니다."

애공은 크게 한숨 쉬며 탄식하였다.

"복자천은 과인의 불초함을 그렇게 간하여 준 것이다. 과인은 이제까지 복자천이 하는 일에 대해 자주 방해해 왔을 것이다. 그대들이 없었으면 과인은 잘못을 더 저지를 뻔했다."

그리하여 신하를 단보에 보내 복자천에게 전하게 했다.

"이후로 단보는 과인의 것이 아니고 그대의 소유로다. 단보를 위하는 일이라면 그대 마음대로 해도 좋다. 그 결과는 5년 후에 들려주기를 바란다."

宓子賤治亶父 恐魯君之聽讒人 而令己不得行其術也 將辭而行 請近吏二人於魯君 與之俱至於亶父. 邑吏皆朝. 宓子賤 令吏二人書 吏方將書 宓子賤 從旁時掣搖其肘. 吏書之不善 則宓子賤爲之怒. 吏甚患之辭而請歸. 宓子賤曰 子之書甚不善 子勉歸矣. 二吏歸報於君曰 宓子不可爲書. 君曰 何故. 吏對曰 宓子 使臣書 而時掣搖臣之肘 書惡 而有甚怒 吏皆笑宓子 此臣所以辭而去也. 魯君 太息而歎曰 宓子以此諫寡人之不肖也. 寡人之亂子 而令宓子不得行其術 必數有之矣. 微二人寡人幾過. 遂發所愛 而令之亶父告宓子曰 自今以來 亶父非寡之有也 子之有也. 有便以亶父者 子決爲之矣 五歲而言其要.

복자천은 삼가하여 말씀을 승낙하고 이후로 아무에게도 마음을 쓰는 일 없이 일찍이 공자에게서 배운 정치를 단보 지방에서 실행했다.

3년 후 같은 제자인 무마기(巫馬旗)가 서민의 옷차림을 하고 그의 다스림을 보러 갔는데, 어느 날 밤에 한 어부가 그물에 걸린 물고기를 강물로 돌려보내는 것을 보았다.

"모처럼 잡힌 물고기를 왜 놓아 주는 것인가요?"

미심쩍어 묻자 그 어부는 이렇게 말했다.

"어린 물고기는 잡지 말라고 복장관께서 말씀하셨습니다. 지금 놓아 주는 것은 모두 어린 물고기들뿐입니다."

감탄한 무마기는 곡부(曲阜)로 돌아와 공자에게 보고하였다.

"복자천의 덕은 빠짐없이 시행되고 있었습니다. 백성들은 보는 사람이 없는 어두운 밤에도 엄격한 법이 옆에 있는 것처럼 행동을 삼가하였습니다."

이 이야기는 ≪여씨춘추(呂氏春秋)≫ 18권의 심응람(審應覽) 구비편(具備篇)에 실려 있으며, ≪공자가어≫의 굴절해편(屈節解篇)에도 실려 있다. ≪공자가어≫에는 복자천의 치적에 대하여 아주 자세히 기록되어 있다.

오늘날 사람이 하는 일을 옆에서 간섭하여 마음대로 못하게 막는 것을 '철주(掣肘)'라고 하는 것은 이 이야기에서 나온 말이다.

靑雲之志
청 운 지 지

푸른 구름의 의지로, 높은 명예나 출세하고자 하는 이상을 이루어 나가려는 뜻.

푸를 **청** 구름 **운** 어조사 **지** 뜻 **지**

장구령(張九齡)의 오언절구(五言絶句)인 〈거울을 비춰 백발을 보다(照鏡見白髮)〉에 다음과 같이 나와 있다.

옛날에는 청운(靑雲)의 뜻을 지녔는데, 시기를 잃어 흰머리의 나이로다.

누가 알리오, 밝은 거울 속에 형상의 그림자 스스로 서로 가련해짐을.

宿昔靑雲志 蹉跎白髮年
誰知明鏡裏 形影自相憐

장구령은 당(唐)나라 현종(玄宗) 때 재상이었는데 이임보(李林甫)의 참언이 있어 하야한 사람으로, 강직한 충신이었다고 일러진다. 이 시는 재상직에서 사퇴할 때의 감회를 읊은 것이다.

'옛날에는 청운의 뜻을 품고 대신이 되어 나라를 위하여 마음을 다했는데, 뜻과 같지 않아 백발이 되어 쓰러지게 되었다. 나는 지금 밝은 거울을 향하여 백발을 본다. 거울 속의 그림자와 이를 향한 자기는 서로 가련하거니와 이 탄식을 도대체 누가 알아주겠는가?' 라는 뜻이다.

현재 우리들은 큰 뜻이나 입신출세에 대한 야망을 '청운(靑雲)의 뜻'이라고 말한다. 그런데 원래의 뜻은 그렇지 않으며 '청운(靑雲)'이라는 말은 ≪사기≫의 백이열전(伯夷列傳)에도 나오는데 다음과 같이 쓰이고 있다.

항간의 사람들이 행실을 닦아 이름 세우기를 바라는 자들을 청운(靑雲)의 선비에게 붙이는 것이 아니니, 어찌 능히 후세에 베풀 수 있으랴!

閭巷之人 欲砥行立名者 非附靑雲之士 惡能施于後世哉.

'항간에서 생활하는 평민들이 품행을 닦아 후세에 이름을 남기려고 해도 청운(靑雲)의 선비의 힘을 빌리지 않는다면 후세에 이름을 남길 수 없다' 라는 뜻이다.

≪사기≫에서는 백이(伯夷)나 숙제(叔齊)와 같은 절개 높은 인격자라도 공자라는 성인이 있어서, 그들의 절개를 후세에 전해 주었기 때문에 이름이 남겨진 것으로, 얼마나 많은 뛰어난 인물들이 세상에 알려지지 않고 역사에서 사라져 버리는가를 한탄하고 있는 것이다. 따라서 청운(靑雲)의 선비란 공자와 같은 성인을 가리키며, 고위 고관의 사람들이 아니다.

현재는 '청운(靑雲)'을 ≪사기≫와 같은 사용 예를 떠나서, 오직 입신출세하여 부귀영화를 누리는 고위 고관 등을 뜻하는 말로밖에 쓰이지 않는다. 중요한 위치에 나아가 나라를 위하여 마음을 다하려는 뜻, 혹은 크게 행동하려는 마음이 부가된 것이 아니고 장구령의 경우처럼 아마도 그런 기분이었을 것이다.

더구나 왕발(王勃)은 〈등왕각서(滕王閣序)〉에서,

'늙음을 당하면 더욱 씩씩해야 한다. 어찌 흰머리의 마음을 알랴! 궁해지면 또한 더욱 굳어져야 한다. 청운의 뜻은 떨어지지 않는다(老當益壯 寧知白首之心. 窮且益堅 不墜靑雲之志).'

라고 썼다. 이것도 위의 시와 같은 뜻이다.

왕발은 등왕각을 찾아온 뒤에 교지(交趾)의 영(令)에게 사로잡힌 아버지를 찾아가려고 바다를 건너다가 도중에 물에 빠져 죽었다. 그의 나이 불과 26, 7세였다.

靑天白日

청 천 백 일

맑고 밝게 갠 하늘의 태양. 세상에 아무런 부끄러움과 죄가 없이 결백하다는 뜻.

푸를 **청** 하늘 **천** 흰 **백** 해 **일**

이 말은 중당(中唐)의 문호(文豪)인 한유(韓愈)의 〈최군에게 보내는 글 (與崔群書)〉에서 나온 말이다. 한유의 이 문장은 ≪당송팔가문(唐宋八家文)≫에 실려 있다.

한유는 이 친구와 동도(東都)에서 헤어져 임지(任地)로 돌아갔는데 친구도 또한 그 뒤 선성(宣城)으로 부임했다. 이 편지는 한유가 친구에게 빨리 돌아오라고 간청하는 내용을 담고 있다.

"당신의 뛰어난 인품은 어느 곳에서나 어떠한 경우에 놓이더라도 그 즐거움을 고치지 않고 어떤 일에도 마음을 괴롭히지 않는다. 그렇지만 강남의 땅도 지금의 관직도 당신에게는 결코 어울리지 않는다. 당신은 수많은 나의 친구 중에서도 마음이 밝고 순수하며 빛나는 해요, 참신한 사람이다. 그런 당신과 나의 정은 이루 말로 표현할 수 없다. 그러한 당신에 대하여 요즈음 의심을 품는 자가 이렇게 말했다. '훌륭한 사람이라고는 하지만 그것만으로는 의심스럽다. 군자도 당연히 좋고 나쁜 감정은 있게 마련인데, 그 사람에게는 모든 이들이 마음으로부터 복종한다고들 하지만 과연 그렇게 훌륭한 사람이 있을 것인가.' 그래서 나는 그 사람에게 다음과 같이 대답했다."

'봉황새와 지초(芝草)는 둘 다 현명함과 어리석음으로써 아름답고 상서롭다고 한다. 푸른 하늘의 밝은 해는 노복까지 그 맑고 밝음을 안다. 이것을 음식에 비유하면 먼 곳의 진미에 이르러 곧 즐기는 자가 있고 즐기지 않는 자가 있다. 쌀이나 수수나 회나 적에 이르러서는 어찌 좋아하지 않는 사람이 있음을 듣겠는가?

鳳凰芝草 賢愚皆以爲美瑞. 靑天白日 奴隷亦知其淸明. 譬之食物 至於遐方異味 則有嗜者 有不嗜者. 至於稻也 粱也 膾也 炙也 豈聞有不嗜者哉.

먼 지방에서 나는 진미는 좋아하는 사람이 있는가 하면 즐기지 않는 사람도 있다. 쌀이나 수수나 회나 적에 이르러서는 별로 맛있지는 않지만 누구나 즐겨 먹는다. 최군은 그와 같이 평이하지만 훌륭한 사람이다. 더구나 그의 훌륭함은 누구나가 인정하는 바이다.

한유는 인정하지 않을 수 없는 그의 훌륭함을 '봉황새와 지초'와 '푸른 하늘의 밝은 해'로 비유했다. 즉 그의 인품이 맑고 밝다고 하는 것이 아니라 푸른 하늘의 밝은 해의 맑고 밝음은 노복까지도 인정하는 것처럼 최군의 훌륭함은 만인들이 깨닫는 바라고 말하고 싶었던 것이다.

그런데 현재는 '靑天白日'이란 말을 맑고 밝게 갠 하늘의 태양에 비유하여, 처음에 설명한 바와 같이 아무런 부끄러움도 뒤가 어두운 것도 없는 결백함, 나아가 무죄가 판명되었다는 뜻으로 사용하고 있다.

주자(朱子)는 ≪주자전서(朱子全書)≫에서 맹자의 인품을 평하여, 청천백일(靑天白日)과 같고 씻어내야 할 때도 없고 찾아내야 할 흠도 없이 완벽하고 순결하다고 칭찬하거니와, 이것 또한 현재 우리가 사용하는 '청천백일' 과는 그 뜻이 몹시 다르다고 하겠다.

靑天霹靂
청 천 벽 력

맑은 하늘에 벼락. 뜻밖에 생긴 큰 사건이나 이변이라는 뜻.

푸를 **청** 하늘 **천** 벼락 **벽** 벼락 **력**

맑게 갠 하늘에 갑자기 일어나는 우레를 말하며 뜻밖의 사고의 돌발, 급격한 변화의 발생 등을 비유하는 말이다.

이 말은 남송(南宋)의 대시인 육유(陸游)의 오언고시(五言古詩) 〈9월 4일, 닭이 아직 울지 않는데 일어나 짓다(九月四日鷄未鳴起作)〉라는 시에서 나온 말이다.

방옹(放翁)이 병으로 가을을 지내더니 홀연히 일어나 술 취한 먹으로 짓는다.

정히 오래도록 구멍에 머무른 용과 같이 푸른 하늘에 벽력을 날린다.

비록 기괴하게 떨어졌다고 말들을 하지만 오랫동안 침묵하며 참고 견디어 온 것이다.

이 늙은이 하루아침에 죽으면 천금으로 구해도 얻지 못한다.

放翁病過秋 忽起作醉墨
正如久蟄龍 靑天飛霹靂
雖云墮怪奇 要勝常憫默
一朝此翁死 千金求不得

방옹(放翁)이란 육유가 52세 이후에 자신을 즐겨 칭한 호이다. 세상 사람들이 자기를 방렬(放埒)이라고 빈정대는 것에 대하여 비꼼의 표현을 의도한 호인 것 같다. 북송(北宋)의 끝무렵에 태어나 남송(南宋)의 어려운 정국(북쪽 金의 압력으로 끊임없이 괴롭힘을 당함) 속에서 공적으로나 사적으로나 혜택을 받는 것 없이 생애를 강렬하게 그러나 유유자적하며 살아온 이 시인은, 때로는 나라를 근심하는 지극한 정을 불태우는 장수 같기도 했고 또 때로는 성미 까다로운 고독한 늙은이였다.

음력 9월은 가을이 끝날 무렵에 가깝다. 여름에서 가을까지 병상에 누워 지내던 방옹(放翁)은 어느 날 아침 새벽닭보다 일찍 눈을 뜨면서 병석을 털고 일어났다. 취묵(醉墨)이란 술에 취한 감흥을 타고 붓을 옮기는 것을 말하는데 여기에서는 오랜 병으로 몸이 부들부들 떨리는 것을 술취한 것처럼 익살스럽게 표현한 것이다.

부들부들 떨면서도 오래간만에 붓을 잡고 놀라운 필력으로 쓰기 시작한다. '정히 오래 칩거한 용과 같이'의 구칩룡(久蟄龍)이란 오래도록 구멍에 파묻혀 있던 용이란 뜻이다. 용은 구멍에서 나와 하늘로 올라간다. 용이 올라갈 때는 하늘이 진동하는 격렬한 천둥과 번개를 동반한다. 자기는 그 용이며, 그 기세에 맡겨 글을 쓰는 모습은 번쩍번쩍 빛나는 번개와 같다고 했다.

'청천벽력'은 한편으로는 붓을 움직이는 필력의 놀라움을, 또 한편으로는 병든 사람의 느닷없는 행동을 표현했다고 해석된다. 이것은 솔직하고 익살스러운 표현이 아주 훌륭하며 얼굴이 창백해지는 것 같은 갑작스러운 번개와 천둥은 결코 아니다.

앞 구절을 이어받아 시는 더욱 경묘하게 전개되며 자신에 대한 이 글에는 약간 기괴한 흥취가 있다. 딱하게 생각하여 가만히 떨어져 내려가면 어떻게든 존재를 계속할 수는 있을 것이다. 더구나 자기가 죽게 된다면 천금으로 구해도 얻을 수 없다. 표면으로는 어디까지나 경묘하고 익살스럽지만 역시 늘그막의 적막을 노래한 시이다.

이 시의 '청천벽력' 역시 돌발적인 사건을 뜻하고 있지만 현재의 우리들은 같은 돌발적인 사고라도 악한 일, 바람직하지 못한 일, 불행한 일 등이 일어났을 때 쓰는 것이 보통이다.

왜냐하면 이 시에서 청천벽력을 날리고 있는 것은 방옹(放翁) 자신이며, 우리들의 입장에서 보면 갑작스레 천둥이 치고 번개가 번쩍이는 것이 머리 위에 떨어지므로 좋은 일일 수는 없기 때문이다. 예를 들어 '그 소식은 나에게 청천의 벽력이었다.' 와 같이 쓰인다.

靑出於藍
청 출 어 람

푸른빛이 쪽에서 나왔지만 쪽보다 더 푸르다는 뜻으로, 제자가 스승보다 뛰어나다는 뜻.

푸를 靑 날 出 어조사 於 쪽 藍

스승보다 뛰어난 제자의 실력과 평판을 말한다.

이 말은 ≪순자≫의 권학편(勸學篇) 첫머리에 있는 문장에 다음과 같이 실려 있다.

군자가 이렇게 말하였다.

"배움을 그쳐서는 안 된다. 푸름은 쪽에서 취하였지만 쪽보다 푸르고, 얼음은 물로 이루어졌지만 물보다 차다."

君子曰 學不可以已. 靑取之於藍 而靑於藍 氷水爲之 而寒於水.

학문에 뜻을 둔 사람은 발전과 향상을 목표로 끊임없이 노력해야 하며 중도에 그만두어서는 안 된다. 그렇게 함으로써 그 사람의 학문은 더욱 깊어지고 순화되어 완성에 한 걸음 가까워질 수 있다.

그것을 푸름과 얼음에 비유하여 말하고 있다. 푸른 빛은 쪽이라 불리는 일년초 잎에서 취하는 색깔인데 그 색깔은 원료인 쪽보다 더욱 푸르다. 얼음도 물이 얼어 만들어지지만 그 얼음은 물보다도 차갑다. 두 가지 모두 학문과 마찬가지로 과정을 거듭 쌓음으로써 그 성질이 더욱 깊어지고 순화되어 간다.

그러나 ≪순자≫의 문장을 이와 같이 읽고 이해한다면 제목에서 말한 '청출어람(靑出於藍)'이라는 말이나 첫머리에서 말한 뜻이 아무래도 직접적으로 결부되지 않는 느낌이다.

우선 원문의 '청취지어람(靑取之於藍)'의 다섯 글자는 청(淸)나라 말기의 학자 왕선겸(王先謙)의 저서 ≪순자집해(荀子集解)≫ 중에서, 노문초(盧文弨)와 왕념손(王念孫) 등 선인 학자들이 풀이한 것을 인용하여 자세히 고증한 바에 의하면 '청출어람(靑出於藍)'으로 지은 원각서(元刻書)

도 있다고 한다.

왕선겸 자신은 '청취지어람(靑取之於藍)'을 지지하고 있지만 '청출어람(靑出於藍)'을 취한다면 '푸름이 쪽에서 나와' 라고 읽을 수 있으며, 따라서 '청출어람(靑出於藍)' 이라는 성어(成語)도 인정하게 된다.

'푸름이 쪽에서 나와 쪽보다도 푸르다.' 라는 말은 그 정제 과정(精製過程)에서 실수가 없는 한 당연한 일이며, '얼음이 물보다 차다.' 는 말도 결코 필연적인 것은 아니다. 오히려 스승이 훌륭하면 훌륭할수록 제자가 그를 능가한다는 것은 어렵다. 예를 들면 공자의 제자에는 우수한 사람이 많이 있었지만 안연(顏淵)이, '우러러보면 더욱 높고, 들으려 하면 더욱 굳으시다(≪논어≫ 자한편(子罕篇)).' 라고 칭송한 바와 같이 스승이신 공자의 위대함에는 미치지 못했던 것이다. 따라서 이것은 '청출어람(靑出於藍)'의 예가 될 수 없다.

이 이야기의 주인공인 순자(荀子)에게도 제자에 한비자(韓非子)나 이사(李斯)와 같은 법치주의의 사상가나 정치가도 생겨났지만 그들의 경우도 '청출어람' 이라고 말하기에는 멀었던 것이다.

楚人遺弓 楚人得之
초 인 유 궁 초 인 득 지

초나라 사람이 잃어버린 활을 초나라 사람이 줍는다는 뜻으로, 도량
이 좁음을 비유하는 말.

초나라 **초** 사람 **인** 잃을 **유** 활 **궁** 얻을 **득** 어조사 **지**

같은 내용의 공자 이야기가 ≪설원(說苑)≫과 ≪공총자(孔叢子)≫와
≪공자가어≫ 등 여러 책에 실려 있기는 하지만, 그 문장에는 다소 차이
가 있으므로 여기에서는 제목에 가장 가까운 문장으로서 ≪설원≫ 지공
편(至公篇)에 있는 말을 실어 두겠다.

초(楚)나라 공왕(共王)이 사냥을 나갔다가 활을 잃어버렸다. 좌우가 찾
기를 청하자 공왕이 말했다.

"그만둬라. 초(楚)나라 사람이 잃어버린 활을 초나라 사람이 주워갈 터
인즉 또 찾아 무엇하겠느냐."

공자께서 이를 듣고 말씀하셨다.

"애석하도다. 그는 큰 인물이 아니로다. 사람이 잃어버린 활을 사람이
주워갈 뿐이라고 했어야 하거늘 어찌 하필 초나라 사람뿐이랴."

공자는 정말 큰 인물이셨다.

楚共王出獵而遺其弓 左右請求之. 共王曰 止. 楚人遺弓 楚人得之 又何
求焉. 仲尼聞之曰 惜乎 其不大乎. 亦曰 人遺弓 人得之而已 何必楚也. 仲

尼所謂大公也.

초(楚)나라 공왕은 춘추오패(春秋五覇)의 한 사람으로 손꼽히는 초장왕(楚莊王) 후계자인 심(審)이다.

공왕이 어느 날 사냥을 나갔다가 자기가 소중히 여기는 활을 잃어버렸다. 그래서 주위에 있는 사람들이 '다시 한 번 찾으러 가 보십시다.' 라고 말하자 공왕은 그들을 만류했다.

"그럴 필요 없다. 초(楚)나라 사람이 활을 잃어버렸으니 언젠가는 초(楚)나라 사람이 다시 그 활을 손에 넣게 될 것이다. 일부러 찾으러 갈 필요는 없다."

공왕이 죽은 지 몇 해 뒤에 태어나신 공자께서 나중에 이를 평하여 말씀하셨다.

"인색하도다. 그렇게 말씀을 하시다니! 공왕은 큰 아량을 지닌 인물이 아니로다. 사람이 잃어버린 활을 다른 사람이 손에 넣을 뿐이라고 말하면 만족할 일이 아닌가? 구태여 초(楚)나라 사람들이 이러니저러니 할 필요는 없지 않은가?"

≪설원≫의 필자인 전한(前漢)의 유향(劉向)이, 공자는 역시 그 도량을 헤아릴 수 없다는 결론을 내리고 있는 것이다.

寸鐵殺人
촌 철 살 인

한 치의 쇠붙이로 사람을 죽인다는 뜻으로, 짤막한 경구로 의표를
찔러 듣는 사람을 감동시킨다는 뜻.

마디 **촌** 쇠 **철** 죽일 **살** 사람 **인**

옛날 중국에서는 성인 남자의 손가락 한 개의 폭을 한 치(寸)라고 했
다. '철(鐵)'은 칼날이나 무기를 뜻한다. '촌철(寸鐵)'이란 한 치도 안 되
는 칼날을 말하며, 그래서 흔히 '몸에 촌철도 띠지 않는다.'라고 쓰이고
있다.

날카로운 경구(警句)를 촌철로 비유하여 '촌철(寸鐵)이 사람을 죽인
다.'라고 한다. 상대방의 허를 찔러 낭패시키는 한마디 말의 무게는 장
차 천만 어를 능가한다.

이 '촌철(寸鐵)이 사람을 죽인다.'라는 말은 남송(南宋)의 나대경(羅大
經)이 지은 ≪학림옥로(鶴林玉露)≫의 '촌철살인(寸鐵殺人)'이 근본이 되
었다. 나대경은 주자(朱子)의 제자 중 한 사람으로 보경(寶慶) 2년에 진
사가 되었다.

≪학림옥로(鶴林玉露)≫는 그가 손님이 오면 주고받은 청담(淸談)을
매일 시동에게 기록하게 한 것으로, 천(天)·지(地)·인(人) 3부로 되어
있다. 시구와 시어의 해석으로부터 일화와 전설에 이르기까지 내용이 다
양하며, 그 지부(地部) 7권에 '살인수단(殺人手段)'이란 항목이 다음과
같이 기록되어 있다.

종고(宗杲)가 선(禪)을 논하여 말했다.

비유하면 한 수레의 병기를 싣고서 하나를 희롱하여 마치면 또 다른 하나를 꺼내 와서 희롱함과 같지만 이것이 곧 사람을 죽이는 수단은 아니다. 나는 단지 촌철(寸鐵)이 있으므로 문득 사람을 죽일 수 있다.

宗杲論禪曰 譬如人載一車兵器 弄了一件 又取出一件來弄 便不是殺人手段. 我則只有寸鐵 便可殺人.

종고 대혜선사(大慧禪師)는 북송(北宋) 임제종(臨濟宗)의 선승(禪僧)으로서, 공공의 사명은 끝까지 주체적인 큰 의심을 일으키는 데 있고 큰 의심의 근본에는 큰 깨달음이 있다는 '간화선(看話禪)'을 대성한 사람이다. ≪학림옥로≫에서 인용한 그의 이 말은 아마도 그의 어록(語錄) ≪정법안장(正法眼藏)≫에서 나온 것이리라.

보통사람들은 사람을 죽이려 하면 수레에 병기를 가득 실어 가지고 와서 차례차례로 그것을 꺼내어 휘두르곤 하지만 그런 것으로는 사람을 죽이지 못한다. 나는 단지 촌철(寸鐵)만으로 사람을 죽일 수가 있다.

이것은 선의 요체(要諦)를 갈파한 말로서 살인이라고는 하지만 물론 칼날로 상처를 입히는 것을 뜻하는 말이 아니라 마음속의 속된 생각을 없애는 것을 뜻한다. 아직 큰 깨달음에 이르지 못한 사람은 그 속된 생각을 끊어버리기 위하여 성급하게 이것저것 답을 해 오겠지만 집중이 부족하기 때문에 모두 날것들뿐이다. 그런 칼날로는 몇천, 몇만 개나 되는 깨달음의 경지에 이르지 못한다. 모든 일에 대하여 온몸과 온 영혼을 기울였을 때 충격적으로 번득이는 것, 이것이야말로 큰 깨달음이다.

秋高馬肥
추 고 마 비

가을은 높고 말은 살찐다. 기후가 좋아 활동하기 좋은 가을이라는 뜻.

가을 **추** 높을 **고** 말 **마** 살찔 **비**

당(唐)나라 초기의 두심언(杜審言)은 저 유명한 시인 두보(杜甫)의 할아버지로, 역시 시문(詩文)에 뛰어났다.

〈증소미도(贈蘇味道)〉라는 오언배율(五言排律) 한 수가 ≪당시선(唐詩選)≫에 실려 있는데, 이 시는 두심언의 시문 친구였던 소미도가 중종(中宗) 때 참군(參軍)으로서 삭북(朔北) 땅에 있을 때 하루라도 빨리 도읍 장안(長安)으로 돌아오기를 기다리면서 지었던 것이다.

이 시는 차가운 기운에 괴로워하는 변경의 정경과 이어서 당(唐)나라 군대와 오랑캐 군대의 공방(攻防), 그리고 승리를 거둔 당(唐)나라 군대의 빛나는 상황을 읊고, 개선하여 돌아올 친구를 맞이하는 기쁨의 기대로 끝맺고 있다.

구름이 깨끗하니 요사한 별 떨어지고,
가을 하늘이 높으니 요새의 말이 살찐다.
안장에 의지하여 영웅이 칼을 움직이니,
붓을 움직여 우서(羽書)가 날아온다.

雲淨妖星落 秋高塞馬肥

據鞍雄劍動 搖筆羽書飛

구름이 깨끗하게 걷히니 전란의 표징인 요사한 별은 떨어지고, 이제야 높은 가을 하늘은 맑게 개서 요새의 말들은 건장하게 살쪄 있다. 안장에 의지한 우리 장군은 명검을 휘둘러 넘치는 용기를 보여 주고, 그대는 싸움에 승리한 보고문이나 격문(檄文)을 쓰느라 붓을 휘두르고 있을 것이다.

이 '가을 하늘은 높고 요새의 말은 살찐다(秋高塞馬肥)'의 구절은 당(唐)나라 군대의 승리에 의한 평화를 구가하고 있으며 가을철의 날씨가 좋음을 비유하고 있다. 그리고 이 구절을 배경으로 이루어진 '추고마비(秋高馬肥)', 혹은 '천고마비(天高馬肥)'라는 말은 일반적으로 기후가 좋은 가을의 계절을 형용하는 말로 사용되고 있다.

그러나 흉노족이 위세를 떨치고 있던 무렵의 중국 민족에게는 하늘이 맑게 개어 높이 보이고 말들이 통통하게 살찌는 가을철이 반드시 구가할 만한 계절은 아니었던 모양이다.

흉노족이나 그밖에 서북방의 여러 민족이 중국의 변경을 침입했던 역사는 오래되었다. 은(殷)나라와 주(周)나라 시대부터 이미 그러한 기록이 있고 전국시대 말기에는 이를 위하여 만리장성을 쌓았다.

흉노족이 특히 위세를 떨치기 시작한 것은 모돈선우(冒頓單于)가 일어나 서북방 여러 민족에게 패자를 외치고부터이다. 그는 남하하여 한(漢)나라의 고조(高祖)를 괴롭혔는데 그 뒤로 한(漢)나라는 장기간에 걸쳐 흉노족에게 굴욕적인 강화를 강요당했다. 그와 같은 형세는 한(漢)나라의 무제(武帝)가 출현하면서 해소되었지만 오히려 흉노족의 변경에 대한 침공은 후한시대(後漢時代)까지 끊임없이 계속되었다.

요컨대 '추고마비(秋高馬肥)'란 처음에는 흉노족이 뜻을 얻은 때를 표현한 것이지만, 그 이후로는 일반적으로 기후가 좋은 가을의 계절을 형용하는 말로서 쓰이고 있다. 그런데 현재 우리나라에서는 '천고마비(天高馬肥)'만이 사용되고 있다.

逐鹿者不見山
축 록 자 불 견 산

사슴을 쫓는 자는 산을 보지 못한다는 뜻으로, 큰 일을 하려는 사람은 작은 일을 돌아보지 않는다는 뜻.

쫓을 **축** 사슴 **록** 놈 **자** 아닐 **불** 볼 **견** 뫼 **산**

'이욕(利欲)에 미혹된 사람은 도리를 잊어버린다.'는 것을 비유로 '사슴을 쫓는 자는 산을 보지 못한다.'라는 표현을 쓴다.

이것은 ≪회남자≫ 설림훈편(說林訓篇)에 다음과 같이 기록되어 있다.

짐승을 쫓는 사람은 눈으로 큰 산을 보지 못한다. 즐기고 욕심내는 것이 밖에 있으면 곧 밝음이 가리워지는 바가 된다.

逐獸者 目不見太山. 嗜欲在外 則明所蔽矣.

태산(泰山)에 들어가 짐승을 쫓는 사람의 눈에는 산의 모습이 보이지 않는다. 짐승을 쫓기 위하여 눈이 어두워져 있다는 뜻이다. '사슴을 쫓는 자는 산을 보지 못한다.'라는 말은 여기에서 나온 것인데 직접적으로는 ≪허당록(虛堂錄)≫에, '사슴을 쫓는 자는 산을 보지 못하고, 돈을 움키는 자는 사람을 보지 못한다(逐塵者不見山 攫金者不見人).'라고 실려 있음에 의거한다.

≪회남자≫의 설림훈편에는 또,

사슴을 쫓는 자는 토끼를 돌아보지 않는다. 천금의 재물을 결심하는 자는 몇 냥의 값을 다투지 않는다.

逐鹿者不顧兎. 決千金之貨者 不爭銖兩之價.

라고 기록되어 있다. 큰 사슴을 쫓는 자는 작은 토끼는 돌아보지 않는다. 이와 마찬가지로 천금의 재물을 거래하는 자는 얼마 안 되는 돈은 문제로 삼지 않는다는 뜻이다.

'사슴을 쫓는 자는 토끼를 돌아보지 않는다.'라는 말은 앞의 '사슴을 쫓는 자는 산을 보지 못한다.'와는 달리 '큰 이득을 뜻하는 자는 작은 이득을 돌아보지 않는다.', 혹은 '큰 일을 뜻하는 사람은 작은 일에 구애되지 않는다.'라는 뜻으로 사용된다.

惻隱之心 仁之端也
측 은 지 심 인 지 단 야

불쌍하고 가엾게 여기는 것이 인의 근본이라는 뜻으로, 사람에게는
불쌍히 여기는 마음이 바탕에 깔려 있다는 뜻.

슬퍼할 **측** 숨을 **은** 어조사 **지** 마음 **심** 어질 **인** 어조사 **지** 끝 **단** 어조사 **야**

이것은 맹자의 사단론(四端論) 중에 나오는 말이다. 사단론은 공손추편(公孫丑篇) 상(上)에 나오는데 이것을 언급하기 전에 등문공편(滕文公篇) 상(上)에서, '맹자께서는 사람의 본성이 착함을 이르시고, 말씀하실 때마다 반드시 요임금과 순임금을 일컬으셨다.'고 한 것을 주목하기 바란다.

요임금과 순임금은 말할 것도 없이 중국 고대의 성천자인 당요(唐堯)와 우순(虞舜) 두 임금을 말하는 것으로, 왕도정치(王道政治)를 실천한 왕이라고 알려져 있거니와 맹자께서는 그 왕도정치의 근저에 흐르고 있는, 소위 성선설(性善說)을 강조하신 것이다.

성선설이란 사람의 본성은 착한 것이라고 보고 그 마음을 확대해 나가면 인의예지(仁義禮智)의 네 가지 덕을 완성하여, 다시 이 덕행으로 천하의 백성들을 교화시킴으로써 왕도정치가 실현된다는 말이다.

맹자께서는 다음과 같이 논하고 있다.

사람은 다 사람에게 차마 못하는 마음이 있다. 왕이 먼저 백성에게 차마 못하는 마음이 있다면, 백성에게 차마 못하는 정치가 있다. 백성에게

차마 못하는 마음의 정치를 행하면 천하 다스리기를 손바닥 위에서 움직일 수 있다.

人皆有不忍人之心. 先王有不忍人之心 斯有不忍人之政矣. 以不忍人之心 行不忍人之政 治天下 可運之掌上.

이것이 소위 왕도정치의 정신이어서, 사람에게 차마 못하는 마음이란 사람에게 해를 가하는 것을 차마 하지 못하고 사람의 불행을 앉아서 차마 보지 못하는 마음, 이 마음으로써 천하를 다스린다면 마치 손바닥 위에서 물건을 굴리는 것처럼 아주 쉽게 공을 거둘 수 있다는 말이다.

다음으로 맹자는 그와 같이 사람에게 차마 못하는 마음은 누구에게나 본디 있는 것으로서 소위 성선설을 입증(立證)하고 있다.

사람들이 다 사람에게 차마 못하는 마음이 있다고 하는 까닭은 이러하다. 사람들은 어린아이가 우물에 빠지는 것을 갑자기 당하면 다 놀라고 불쌍한 마음이 생긴다. 이것은 그 어린아이의 부모와 사귀려는 까닭도 아니며, 마을 사람들과 벗들에게 칭찬을 받기 위하여 그러는 까닭도 아니며, 원성을 듣기 싫어서 그렇게 하는 것도 아니다.

所以謂人皆有不忍人之心者 今人乍見孺子將入於井 皆有怵惕惻隱之心 非所以內交於孺子之父母也 非所以要譽於鄉黨朋友也 非惡其聲而然也.

사람들은 다 차마 못하는 마음을 지니고 있다는 것을 증명한 말씀이다. '유자(孺子)'란 걸음을 걷기 시작하는 어린이를 말하며, '출척(怵惕)'은 두려워하고 근심하는 것이며, '측은(惻隱)'은 깊이 불쌍하게 생각하는 마음이다.

한 어린이가 갑자기 우물에 빠지는 것을 보게 되면 사람들은 누구나 두려워 근심하고 깊이 불쌍하게 생각하는 마음이 들어, 반드시 달려가 이를 구원할 것이다. 그런데 이것은 그 어린이를 구원함으로써 그의 부모와 가까이 사귀려는 까닭이 아니며, 마을 사람들과 친구들의 칭찬을 받기 위한 것도 아니고, 또 구원하지 않았다고 원성을 들을까 봐 그러는 것도 아니다. 사람에게 차마 못하는 근본 마음이 본능적으로 행동하게 되는 것에 불과하다는 뜻이다.

그리고 이 일로 미루어 사람들은 누구나 '사단(四端)', 즉 '인의예지(仁義禮智)'의 도덕으로 성장해야 하는 착한 마음의 단서를 안에 갖추고 있다고 본다.

이로 말미암아 보면 불쌍히 여기는 마음이 없으면 사람이 아니며, 부끄러운 마음이 없으면 사람이 아니며, 사양하는 마음이 없으면 사람이 아니며, 옳고 그름을 아는 마음이 없으면 사람이 아니다. 불쌍히 여기는 마음은 인(仁)의 극치이고, 부끄러움을 아는 마음은 의(義)의 극치이고, 사양하는 마음은 예절의 극치이고, 옳고 그름을 아는 마음은 지혜의 극치이다.

由是觀之 無惻隱之心 非人也 無羞惡之心 非人也 無辭讓之心 非人也 無是非之心 非人也. 惻隱之心 仁之端也 羞惡之心 義之端也 辭讓之心 禮之端也 是非之心 智之端也.

그리고 맹자께서는 마지막으로,
"사람들에게 사단(四端)이 있는 것은 마치 사지(四肢)가 있는 것과 같다. 이 사단이 있으면서 능하지 못하다고 말하는 사람은 스스로를 해치는 사람이요, 임금에게 능하지 못하다고 말하는 사람은 그 임금을 해치는 사람이다. 무릇 나에게 사단이 있는 것을 확충시켜 나아갈 줄 안다면 불이 처음으로 타오르고 샘물이 처음으로 솟아오르는 것과 같다. 진실로 능히 이것을 확충시켜 나아간다면 온 사해(四海)를 보존하기에도 넉넉하지만, 진실로 이것을 확충시켜 나아가지 않는다면 자기 부모를 섬기기에도 부족할 것이다." 라는 결론을 내린다.

痴人說夢
치 인 설 몽

어리석은 사람에게 꿈을 말한다는 뜻으로, 이해도 못하는 상대에게 열심히 설명해도 통하지 않는다는 뜻.

어리석을 치 사람 인 말씀 설 꿈 몽

어리석은 사람을 상대로 꿈을 이야기해도 상대방에게 통하지 않는다. 바보를 상대로 어떤 말을 할지라도 처음부터 소용이 없다는 말이다.

남송(南宋)의 석혜홍(釋惠洪)이 지은 ≪냉재야화(冷齊夜話)≫의 9권에 다음과 같은 이야기가 실려 있다.

당(唐)나라 시대에 서역(西域)의 고승(高僧) 승가(僧伽)가 용삭 연간(龍朔年間)에 양자강과 회하(淮河) 사이, 지금의 안휘성(安徽省) 근처를 여행하고 있을 때의 일이다.

기행(奇行)을 하던 사람이었기 때문에 누군가가 그에게 물었다.

"당신은 성이 무엇인가(何姓)?"

"성은 하씨다(姓何)."

"어느 나라 사람인가(何國人)?"

"하국 사람이다(何國人)."

뒤에 당(唐)나라의 문인 이옹(李邕)이 승가의 비문을 쓸 때, 승가가 희롱한 것을 잘 모르고 그의 전기에 '대사(大師)의 성은 하씨(何氏)이며 하국(何國) 사람이다.' 라고 썼다. 이야말로 소위 '어리석은 사람을 향하여 꿈을 설명한 것.' 이다. 이옹은 승가가 농담 삼아 한 대답을 진실로 받아들이는 어리석음을 범했던 것이다.

승가(僧伽)는 용삭(龍朔) 연간에 양자강과 회하(淮河) 사이를 유람했다. 그 행동이 몹시 이상하였다. 그래서 묻는 사람이 있었다.

"그대의 성은 무엇인가(何姓)?"

"성은 하씨다(姓何)."

"어떤 나라 사람인가(何國人)?"

"하국 사람이다(何國人)."

당(唐)나라 이옹(李邕)이 비석을 만들 때 그 말을 깨닫지 못하고서 이에 전하여 쓰기를, '대사의 성은 하(何)이고, 하국(何國) 사람이다.' 이것은 바로 어리석은 사람을 상대하여 꿈을 풀이해 준 것일 뿐이다. 이옹은 결국 꿈으로써 진실이 되어, 진실로 어리석음을 끊었다.

僧伽龍朔中遊江淮間 其迹甚異. 有問之曰 汝何姓. 答曰 姓何. 又問何國人. 答曰 何國人. 唐李邕作碑 不曉其言 乃書傳曰 大師姓何 何國人. 此正所謂對痴人說夢耳. 李邕遂以夢爲眞 眞痴絕也.

沈魚落雁
침 어 낙 안

물고기가 연못에 잠기고 기러기가 하늘로부터 떨어진다는 뜻으로,
아름다운 여자라도 물고기와 새에게는 두려운 존재라는 뜻.

잠길 **침** 물고기 **어** 떨어질 **낙** 기러기 **안**

≪장자≫의 제물론편(齊物論篇)에서 설결(齧缺)과 왕예(王倪)의 문답
을 이야기 형식을 빌어서 왕예의 말로 기록하고 있다.

백성들은 소와 돼지고기를 먹고, 고라니와 사슴은 풀을 먹고, 지네는
뱀을 달게 여기고, 새나 까마귀는 쥐를 즐겨 먹는다. 이 네 가지는 모두
올바른 맛을 알고 있다. 원숭이는 편저(猵狙)라는 추한 암컷 원숭이를
쫓고, 고라니는 사슴과 더불어 교미하고, 미꾸라지는 물고기와 더불어
논다. 모장(毛嬙)과 여희(麗姬)는 사람들이 아름답게 여기는 바이다. 물
고기는 그들을 보면 깊이 들어가고, 새는 그들을 보면 높이 날고, 고라니
와 사슴은 그녀들을 보면 결단코 도망갈 것이다. 이 네 가지 중 누가 천
하의 올바른 색을 알겠는가? 내가 보건대 인의(仁義)의 끝과 옳고 그른
것의 한계가 뒤섞여 혼란하다. 내 어찌 능히 그 구별을 알랴!

民食芻豢 麋鹿食薦 蝍蛆甘帶 鴟鴉耆鼠. 四者孰知正味. 援猵狙以爲雌
麋與鹿交 鰌與魚游. 毛嬙麗姬人之所美也 魚見之深入 鳥見之高飛 麋鹿
見之決驟. 四者孰知天下之正色哉. 自我觀之 仁義之端 是非之塗樊然殽

亂. 吾惡能知其辨.

백성들은 소나 돼지고기를 먹고, 고라니나 사슴은 풀을 먹고, 지네는 뱀을 맛있게 생각하고, 새와 까마귀는 쥐를 즐겨 먹는다. 이것은 천성이어서 이 네 가지 중에서 어느 것이 가장 올바른 맛을 알고 있는지는 쉽게 단정할 수 없는 일이다. 원숭이는 편저(猵狙)라는 추한 원숭이를 암컷으로 삼아 쫓아다니고, 고라니는 사슴과 교미하고, 미꾸라지는 물고기와 사이좋게 지낸다.

사람들은 모장(毛嬙)이나 여희(麗姬)를 절세 미인이라고 하지만 물고기가 그녀들을 보면 물속으로 깊이 들어가고, 새들은 그녀들을 보면 하늘 높이 날아오를 것이며, 고라니나 사슴이 그녀들을 보면 재빨리 도망칠 것이다. 이 물고기와 새들과 고라니와 사람 네 가지 중에서 어느 것이 천하의 진정한 아름다움을 알고 있는지는 결정할 수 없는 일이다. 이렇게 생각해 보면 세상에서 말하는 인(仁)과 의(義)나 옳고 그르다는 것도 그 한계나 길이 뒤섞여 있어 도저히 구별할 수 없게 된다.

이 이야기 중 미인을 보고 물고기는 물속 깊이 들어가고, 새들은 하늘 높이 날아오를 것이라는 말에서 미녀의 형용으로 '침어낙안(沈魚落雁)'이란 말이 생겼으나 이것은 분명히 잘못 쓰이고 있다. 물고기나 새들이 도망치고 숨는 것은 사람을 두려워해서이지 그 사람이 미녀이거나 아니거나 상관이 없는 일이다. 그렇지만 '물고기가 깊이 들어가고 새들이 높이 난다.'는 '침어낙안(沈魚落雁)'이라는 말은 후세에 소설 등에서 미인을 형용하는 말로 자주 쓰이며, 다시 그 대구(對句)로서 '폐월수화(閉月羞花)'라는 말도 생겨났다. 달이 구름에 숨고 꽃을 부끄러워하게 한다는 뜻이다.

타

타산지석　　　　　　태두　　　　　　투향

他山之石

타　산　지　석

남의 산에서 나온 거친 돌. 자기보다 뒤떨어진 사람의 언행일지라도
자기의 몸을 닦고 덕을 쌓는 데에 거울로 삼을 수 있다는 뜻.

남 **타** 뫼 **산** 어조사 **지** 돌 **석**

　　남의 산에서 나온 거친 돌이라도 자기의 구슬을 가는 숫돌로 사용할
수 있다는 ≪시경≫의 시구로서, 자기보다 뒤떨어진 사람의 언행도 자기
의 몸을 닦고 학문을 쌓는 거울로 할 수 있다는 뜻으로 '타산지석(他山之
石)' 이라는 말을 쓴다.

　　이 말은 ≪시경≫ 소아(小雅)의 〈학의 울음(鶴鳴)〉에 이렇게 실렸다.

　　학이 높은 언덕에서 울거늘 그 소리가 온 들에 들리는도다.
　　물고기가 연못에 잠겨 있다가 혹은 물가로 나와 노니는도다.
　　저 동산에는 즐겁게도 이에 심어 놓은 박달나무가 있으며,
　　그 아래에 오직 개암나무가 있도다.
　　남의 산의 돌도 가히 써 숫돌로 삼을 수 있도다.

　　학이 높은 언덕에서 울거늘 그 소리가 하늘에 들리는도다.
　　물고기가 물가에 있다가 혹은 잠기어 연못에 있도다.
　　저 동산에는 즐겁게도 이에 심어 놓은 박달나무가 있으며,
　　그 아래에는 오직 닥나무가 있도다.

남의 산의 돌도 가히 써 구슬을 갈 수 있도다.

鶴鳴于九皐 聲聞于野
魚潛在淵 或在于渚
樂彼之園 爰有樹檀
其下維蘀
他山之石 可以爲錯

鶴鳴于九皐 聲聞于天
魚在于渚 或潛在淵
樂彼之園 爰有樹檀
其下維穀
他山之石 可以攻玉

학이 높은 언덕에서 울어도 그 소리는 온 들에 들린다. 물고기는 깊은 연못에 숨어 있어도 때로는 물가에 나와서 논다. 저 동산에는 향기로운 박달나무가 있어 그곳에서 즐기고, 그 아래에는 더러운 개암나무가 있다. 남의 산에서 나온 거친 돌도 구슬을 가는 숫돌로 쓸 수 있다.

이것이 시의 제1절 대의다. 제2절의 '곡(穀)'은 닥나무라는 뜻이다. 이 시는 들에 있는 현명한 사람을 노래한 것으로, 임금에게 그들을 맞이하여 '타산지석(他山之石)'으로 삼을 것을 권한 시라고 일러진다.

즉 학을 노래한 처음 두 절은 현명한 사람은 들에 숨겨 놓아도 그 이름이 저절로 나타난다는 것을, 물고기를 노래한 두 절은 현명한 사람이 들에서 유유자적하는 모습을, 동산을 노래한 세 절은 위에 밝은 임금이 있더라도 아래에 소인(小人)이 없다고는 말할 수 없다는 것을, 마지막 두

절은 현명한 사람을 맞이할 것을 노래한 것이라고 풀 수 있을 것이다.

泰斗
태 두

태산과 북극성이라는 뜻으로, 여러 사람들이 항상 우러러보며 남에게 존경받는 뛰어난 사람이라는 뜻.

클 **태** 별이름 **두**

한유(韓愈)는 당(唐)나라의 문학가였고 또 사상가이며 정치가이기도 했다. 그는 시인으로서도 뛰어났지만 문장가로서 더욱 유명했다. 문장가로서 한유는 소위 '당송팔대가(唐宋八大家)'의 첫머리에 놓여 있거니와 그 문장가의 공적은 산문의 문체를 개혁한 일이며, 이 점에서 그의 이름은 중국 문학사에 찬연히 빛나고 있다.

육조시대(六朝時代)부터 당(唐)나라에 걸친 산문은 사륙변려체(四六騈儷體)로, 운율에 여러 가지 제약이 있어 오로지 기교로써 꾸며 이루어진 문장이라 화려한 표현에 비해 내용이 빈약했다. 한유는 이 결함을 고쳐 소위 '고문(古文)'을 부활시켰다. 즉 한(漢)나라 이전의 자유로운 문어체 문장을 부활시켰던 것이다. 그 이후 한유가 죽은 뒤 중화민국에 이르기까지 천여 년 동안 산문체의 주류를 이루어 왔다.

한유는 또 노장(老莊)과 불교를 배척하고 유교를 높이 올린 것으로도 유명하다. 그런 한유에 대하여 ≪당서(唐書)≫ 한유전(韓愈傳)의 찬(贊)

에는 정원(貞元)과 원화(元和) 연간에 그가 육경(六經:역경·시경·서경·춘추·예기·악경)의 문장으로써 여러 학자들의 스승이 되어 노장(老莊)과 불교를 배척하고 유교를 높이 드날린 것을 이렇게 서술하고 있다.

"한유가 죽은 뒤에도 그의 학문은 크게 행해져, 학자들은 그를 태산이나 북두와 같이 숭앙했다."

自愈沒 其言大行 學者仰之 如泰山北斗云.

태산(泰山)은 산동성(山東省)에 있는 유명한 산인데, 예로부터 오악(五嶽)의 하나로 우러러 왔다. 북두(北斗)는 북극성(北極星)으로, 이 또한 별들 중에서 중심 존재로 우러러 왔다. 이 두 가지를 합친 것이 '태산북두(泰山北斗)'이며, 사람들이 항상 우러러보며 숭앙하여 높이는 것으로 비유되고 있다. 이것을 줄인 것이 '태두(泰斗)'인데, 나중에는 제일인자라든가 권위자를 뜻하는 말로 쓰이게 되었다.

偷香
투 향

향을 훔친다. 악한 일은 저절로 드러나게 된다는 뜻.

훔칠 **투** 향기 **향**

향을 훔친다는 말은 남녀간에 사사로운 정을 통하는 것을 말한다.

진(晋)나라 가충(賈充)의 딸이 향을 훔쳐서 미남인 한수(韓壽)에게 보내 정을 통했다는 고사에서 나온 말이다.

한밀(韓謐)의 자는 장심(長深)인데 그의 어머니 가오(賈午)는 가충의 딸이었다. 그의 아버지인 한수(韓壽)의 자는 덕진(德眞)이고 남양(南陽)의 도양(堵陽) 사람인데 위(魏)나라 사도(司徒)인 기(曁)의 증손자로서 얼굴 모습이 아름답고 행동이 좋았다. 가충이 손님들과 술을 마시면 그의 딸은 그때마다 푸른 발(簾) 뒤에서 이를 엿보곤 했으며 어느 날 한수를 보더니 그를 사모하게 되었다.

가충의 딸은 몹시 감동하여 자나 깨나 그를 생각했다. 그래서 좌우에 있는 하녀들에게 그 사람을 알고 있느냐고 물었다. 한 하녀가 한수의 성과 자를 가르쳐 주며 말했다.

"저분이 원래 주인이셨습니다."

하녀는 한수의 집으로 가서 가충의 딸 생각을 전하고, 또 비교할 사람이 없을 만큼 그녀의 행동이 올바르다는 것을 말했다. 한수는 그 말을 듣고 마음이 움직여 곧 그녀와 은근히 통하도록 했다.

하녀는 가충의 딸에게 말하였다. 그녀는 드디어 남몰래 정의를 통하여 서로 선물을 주고받으며 저녁때가 되면 한수를 불렀다. 한수는 다른 사람들보다 동작이 빨라 담을 넘어왔는데 집안에는 눈치 챈 사람이 없었다. 단지 가충만은 딸의 기뻐하는 모습이 평소와 다르다는 것을 깨달았다.

그때 서역(西域)으로부터 진기한 향을 공물로 받았는데 사람에게 한번 향이 스미면 한 달이 지나도 향내가 사라지지 않았다. 임금은 이를 몹시 귀중하게 생각하여 오직 가충과 대사마(大司馬) 진견(陳騫)에게만 그것을 하사했다.

가충의 딸이 몰래 그 향을 훔쳐서 한수에게 주었다. 가충의 친구가 한수와 담소하다가 그 좋은 향내를 맡은 뒤 그것을 가충 앞에서 찬양했다. 이로부터 가충은 딸이 한수와 통하고 있다는 것을 알게 되었다. 그런데 대문과 쪽문은 엄중했기 때문에 어디로 들어왔는지 알 수가 없었다. 그리하여 밤중에 도둑을 핑계하여 놀라는 체하면서 담을 따라 그 변한 곳을 보였다. 좌우에 있는 사람들이 말했다.

"달리 의심스러운 곳은 없습니다. 단지 동북쪽의 귀퉁이는 여우나 살쾡이가 지나는 길인 것 같습니다."

그래서 가충은 딸 주위에 있는 사람들을 심문했다. 사람들은 자세히 그 실상을 토로했다. 가충은 이 사실을 비밀로 하고 그의 딸을 한수에게로 시집보냈다.

투향은 이 고사로부터 나온 것이며, 또 '향을 훔치는 사람은 향에 나타난다.' 는 말은 '악한 일은 자연히 드러난다.' 는 것을 비유한 말이 되었다.

파

破鏡重圓

파 경 중 원

깨어진 거울이 다시 둥근 모양으로 된다는 뜻으로, 살아서 이별한 부부가 다시 만난다는 뜻.

깨뜨릴 **파** 거울 **경** 다시 **중** 둥글 **원**

서기 589년 정월, 남조(南朝) 최후의 왕 조진(朝陳)이 멸망했을 때, 태자사인(太子舍人:시종)인 서덕언(徐德言)은 간신히 살아남을 수 있었지만 그의 아내는 수(隋)나라 병사에게 사로잡혀 생이별이 되고 말았다.

그의 아내는 남조(南朝)의 마지막 황제가 된 진(陳)나라 진숙보(陳叔寶)의 누님으로, 낙창공주(樂昌公主)에 봉해져 있었다. 멸망하는 날까지 술과 여자에게 빠져 있던 황제의 궁중에는 수많은 미인들이 있었지만 그 중에서도 그녀는 문재(文才)와 얼굴 모습이 가장 뛰어났다.

결국 나라가 망하니 여자들은 점령군의 거친 병사들에게 짓밟힘을 당하여 아름다운 여자들은 사로잡혀 장교들의 희롱물이 되고, 황녀와 왕비들은 도읍으로 보내져 권력자들의 규방에 제공되었다. 그것은 나라가 망한 여자들에게 어느 나라나 피할 수 없는 숙명이었다.

서덕언은 수(隋)나라 대군이 양자강 북쪽 기슭까지 도착하자 만일의 경우를 생각하여 아내를 불렀다.

"이곳은 적군이 언제 공격해 올지 예측할 수 없는 접전 지역이오. 당신의 미모와 재주로 보건대 나라가 멸망하면 당신은 반드시 적군의 그럴듯한 자의 진으로 보내질 것이고, 그렇게 되면 두 번 다시 살아서 만나지 못할 것이오. 그러나 인연이 된다면 다시 만날 기회가 있을지도 모르오. 그때를 위하여……."

그는 옆에 있던 거울을 둘로 깨뜨려 한 쪽을 아내에게 건네주었다.

"이것을 소중히 가지고 있어 주오. 그리고 정월 보름날에 도읍의 시장에서 팔아 주시오. 반드시 정월 보름날에 팔아야 하오. 만일 내가 살아남으면 반드시 그날 도읍으로 찾아갈 것이오."

두 사람은 깨어진 거울 조각을 하나씩 품안에 깊이 감추었다.

이윽고 나라가 멸망하자 그가 얘기했던 대로 그녀는 도읍으로 보내졌다. 수(隋)나라 문제(文帝)인 양견(楊堅)의 오른팔이었던 건국 제일의 공신으로 절대적인 권력을 휘두르고 있는 월국공(越國公) 양소(楊素)의 별관으로 보내진 것이다. 강남(江南)에서 자라 고도(高度)의 문명사회에서 기른 교양 넘치는 그녀의 아름다운 모습은 곧 반평생을 싸움터에서 보낸 양소의 마음을 사로잡았지만 그녀의 마음은 남편이 주었던 거울 조각에서 떠난 적이 없었다.

한편 서덕언은 아비규환(阿鼻叫喚)의 접전 지역에서 탈출하자 거지 노릇을 하며 1년이 걸려 도읍인 장안으로 올라갔다. 약속한 정월 보름날에 시장으로 가보니 깨져 반쪽만 있는 거울을 들어올리며 소리를 질러 파는 사나이가 있었다.

"이 거울은 단지 십 금이다. 누가 사지 않겠는가?"

단돈 한 푼이라도 살 사람이 없는 반쪽짜리 거울을 누가 십 금을 내고 살 것인가? 통행인들은 웃으면서 지나갔다.

"그것을 나에게 주오."

하고 외친 서덕언은 임시로 머무는 곳에 사나이를 데리고 가서 거울에 얽힌 내력을 얘기하고 자기가 지니고 있던 다른 쪽의 거울을 내놓았다. 두 조각의 거울은 완전히 하나가 되었다. 그는 한쪽 거울의 표면에 시를 한 수 써서 그 사나이에게 가지고 돌아가게 했다.

거울과 사람이 함께 가버리더니
거울은 돌아왔건만 사람은 돌아오지 않는구나.
항아(姮娥)의 그림자는 다시없고
공연히 밝은 달빛만을 머무르게 하도다.

鏡與人俱去 鏡歸人不歸
無復姮娥影 空留明月輝

사나이가 전해 준 거울을 본 서덕언의 아내는 이후 울기만 할 뿐 식사도 하지 않게 되었다. 이 사실을 알게 된 양소는 두 사람의 굳은 애정에 마음이 움직여, 곧 서덕언을 불러들여 그녀를 돌려주고 고향인 강남으로 돌아가게 했다.

≪태평광기(太平廣記)≫ 166권 〈본사시(本事詩)〉에서 다시 기록한 양소의 이야기이다. ≪태평광기≫는 양소의 의협심을 찬양하여 '의기(義氣)'의 항목에 분류하고 있지만, 일반적으로 서덕언 부부의 재회를 그리는 아름다운 이야기로 알려져 있다.

이 이야기로 인해 살아서 이별한 부부가 다시 만나는 것을 '파경중원(破鏡重圓)'이라고 하게 되었다. 부부의 이혼을 가리켜 '파경(破鏡)'이라고 하는 말도 여기에서 비롯된 것이다.

破瓜

파   과

외를 깨뜨린다는 뜻으로, 여자 나이 16세면 성인이 되어 남성과 처음으로 육체관계를 가진다는 뜻.

깨뜨릴 **파** 오이 **과**

'과(瓜)'라는 글자를 둘로 나누면 八자가 둘이 된다고 하여 오이를 여성에 비유해 여자의 나이 16세를 '파과(破瓜)'라 하였으며, 여자가 처녀를 깨뜨린다는 뜻으로, 또 첫 월경이 시작된다는 뜻으로도 사용되고 있다.

진(晋)나라 손작(孫綽)의 〈정인벽옥가(情人碧玉歌)〉라는 시에 이 말이 나온다.

푸른 구슬이 외를 깨뜨릴 때 신랑은 정교를 한다.
그에게 부끄러움을 느끼지 않고 몸을 돌려 신랑을 껴안는다.

碧玉破瓜時 郞爲情顚倒
感君不羞赧 廻身就郞抱

제2구 '전도(顚倒)'란 남녀의 정교를 뜻한다. 시의 대의는, '내가 외를 깨뜨릴 때 당신은 나에게 정을 붙입니다. 나는 감격하여 얼굴을 붉히지도 않고서 몸을 뒤틀어 당신을 포옹합니다.'라는 뜻이다.

청(淸)나라 원매(袁枚)의 ≪수원시화(隨園詩話)≫에는,

외를 깨뜨리니, 즉 풀어 말하기를 첫 월경이 시작되었을 때 외를 깨뜨리는 것과 같이 곧 홍조(紅潮)를 보게 된다. 그렇지 않은가?

破瓜 或解以爲月事初來 如破瓜則見紅潮者 非也.

라고 있고 또 청(淸)나라 적호(翟灝)의 ≪통속편(通俗編)≫에는,

살피건대 풍속에 여자가 몸을 깨침으로써 외를 깨뜨린다 하거니와, 그렇지 않은가?

按俗以女子破身爲破瓜 非也.

라고 씌어 있다. 그런데 두 시 모두 '그렇지 않은가?' 라고 한 것은 '파과(破瓜)' 라는 말이 일반적으로 첫 월경이 온다는 뜻으로도, 처녀성을 잃는다는 뜻으로도 사용된다는 것을 보여 주고 있다.

'파과(破瓜)' 라는 말은 이밖에도 88세와 64세를 말하는 것으로, 남자 나이 64세를 말하는 경우도 있다.
송(宋)나라 축목(祝穆)의 ≪사문유취(事文類聚)≫에는 당(唐)나라의 여동빈(呂洞賓)이 장기(張洎)에게 보낸 시에, '공성당재파과년(功成當在破瓜年)' 이란 글을 들어 '파과(破瓜)' 는 남자 나이 64세의 뜻이 있다고 기록되어 있다.

破竹之勢
파 죽 지 세

대나무가 쪼개지는 것과 같은 기세. 강대한 세력으로 적진을 향해 거침없이 쳐들어가는 기세라는 뜻.

깨뜨릴 **파** 대 **죽** 어조사 **지** 기세 **세**

서기 220년에 위(魏)나라의 건국으로 시작되는 삼국시대는 265년에 위(魏)나라가 멸망함으로써 끝나는데, 당시 중국의 동남쪽에 오(吳)나라 가 건재하고 있어 진(晋)나라와 오(吳)나라의 이국시대(二國時代)가 그 뒤 15년간 계속되었다.

오(吳)나라는 강남의 기름진 국토와 양자강이라는 자연의 요새를 확보 하고 있었기 때문에 만일 손호(孫皓)라는 기학증(嗜虐症)의 임금이 나오 지 않았더라면 남북조시대(南北朝時代)가 한발 빨리 실현되었을지도 모 른다. 손호는 마음에 들지 않는 자의 눈을 가리고 얼굴 가죽을 벗겨내는 등 잔인한 짓을 행했기 때문에 백성들의 믿음을 완전히 잃고 있었다.

진(晋)나라의 정남대장군(征南大將軍)이었던 양고(羊祜)는 양자강의 상류로부터 물길을 따라 공격해 내려올 계략을 세워 군대가 탈 배를 만 들고 준비를 갖추는 한편, 무제(武帝)에게 남정(南征)할 것을 수차 상소 했지만 북쪽의 흉노족이 남하할 것을 두려워하는 조정 대신들의 반대로 실현할 수 없었다.

결국 양고는 진(晋)나라 함령(咸寧) 4년, 후임으로 두예(杜預)를 천거 하고 죽었다. 두예는 양고의 남정책(南征策)에 대한 이해자의 한 사람이었으며, 양고는 자기의 꿈을 두예에게 위탁했던 것이다.

양고를 대신해 진남대장군(鎭南大將軍)이 된 두예는 임명되자마자 양자강 북쪽 기슭의 요지 서릉(西陵)을 지키고 있던 오(吳)나라 명장 장정(張政)을 크게 격파했다. 장정은 수비를 게을리 한 책임을 피하기 위해 이 패전을 손호에게 비밀에 부쳤지만 두예가 일부러 포로들을 손호에게 보냈기 때문에 장정은 좌천되었다.

두예는 이렇게 하여 총공격을 개시하면서 첫 번째 장애물을 제거한 다음 함령(咸寧) 5년 가을, 남정(南征)을 권하는 상소문을 두 번에 걸쳐 제출했다. 지금 남정하면 십중팔구 성공할 가능성이 있지만 내버려둔다면 오(吳)나라 군대가 도읍을 옮기고 수비를 굳혀 만전의 체제를 갖추어 버릴 것이라는 내용이었다. 일찍부터 양고의 남정을 이해하고 있던 무제는 장화(張華)의 간언을 받아들여, 중신들의 의견을 물리치고 두예의 상소를 허락하는 남정을 결의했다.

이리하여 그해 겨울 11월에 진(晋)나라 대군은 일곱 방면으로부터 작전을 개시하여 다음해 2월에는 형주(荊州)를 완전히 점령했다. 여기서 장군들이 모여 작전회의가 열렸을 때 한 사람이,

"지금 단번에 승리를 거두기는 어렵다. 더구나 지금은 봄철이라 비가 많이 내리고 역병(疫病)도 발생하기 쉽다. 일단 작전을 중지하여 다음 겨울까지 기다리는 것이 어떨까?"

라고 발언했다. 그러자 두예가 말했다.

"옛날에 악의(樂毅)는 제서(濟西)의 한 번 싸움에 승리한 여세를 몰아 강국 제(齊)나라를 휩쓸었다. 지금 우리 군대의 사기는 크게 높아져 있다. 비유해 말하자면 대나무를 쪼개는 것과 같은 것이다. 마디를 몇 개 쪼개버리면 그 뒤에는 힘들이지 않아도 저절로 쪼개질 것이다."

옛날에 악의(樂毅)는 제서(濟西)의 한 번 싸움에서 승리하여 강한 제

(齊)나라를 합쳤다. 지금 아군의 위세는 이미 떨치고 있다. 비유하면 대나무를 쪼개는 것과 같다. 몇 마디를 쪼갠 다음에는 칼날을 맞아 다 쪼개어질 것이니 다시 손을 댈 곳이 없다.

昔樂毅藉濟西一戰 以幷彊齊. 今兵威已振. 譬如破竹. 數節之後 皆迎刃而解 無復著手處也.(≪진서(晋書)≫ 두예전(杜預傳))

이리하여 두예는 일로현(一路縣)의 도읍을 점령할 것을 지시했으며 진(晋)나라 군대가 가는 곳마다 오(吳)나라 군대는 싸우지도 않고서 항복했으므로, 예전에 작전 중지를 주장한 장군은 두예에게 편지를 보내어 자기의 밝지 못함을 사과했다고 한다.

오(吳)나라는 다음해 3월에 항복하여 진(晋)나라의 천하통일이 이루어졌으며, 그후 두예는 경전(經典)을 연구하여 현재 가장 오래된 ≪좌전(左傳)≫의 주역서 ≪춘추좌씨전집해(春秋左氏傳集解)≫ 및 ≪춘추석례(春秋釋例)≫ 5권과 ≪장력(長歷)≫ 1권 등의 큰 업적을 남겼다.

이로 인하여 파죽지세란 강대한 세력으로써 적진을 향해 쳐들어가는 기세를 뜻하게 되었다.

그 무렵의 일로 말(馬) 상을 잘 보고 또 말을 좋아했던 대신 왕제(王濟)와, 거부를 축적하면서도 인색하기로 평판이 높았던 화교(和嶠)의 일을 두고, 두예가 왕제는 '말의 버릇'이 있고 화교는 '돈의 버릇'이 있다고 평하였다. 그 말을 들은 무제가 그에게,

"그렇다면 그대는 어떤 버릇이 있는가?"

하고 묻자 두예가,

"신에게는 좌전(左傳)의 버릇이 있습니다."

라고 대답한 것은 유명하다.

破天荒
파 천 황

거친 하늘을 깨뜨린다는 뜻으로, 지금껏 아무도 하지 못했던 일을 한다는 뜻.

깨뜨릴 **파** 하늘 **천** 거칠 **황**

옛날 중국에서 시행되어 오던 과거제도(科擧制度)는 수(隋)나라에서 시작되어 청조 말기(淸朝末期)의 광서(光緖) 31년에 폐지될 때까지 실로 1,300년간에 걸친 긴 역사를 가지고 있다.

유교의 경전(經典)에 대한 교양과 시문에 대한 재능, 정치에 대한 식견(識見) 등을 주로 출제한 공개 경쟁 시험제도에 의하여 전국으로부터 유능한 인재를 빠짐없이 흡수하려고 한 것으로, 그 이전의 문벌 편중(門閥偏重)의 폐단을 타파하기 위한 획기적인 제도였다. 더구나 뛰어난 암기력과 해박한 지식을 요구하였기 때문에 지방으로부터 중앙에 이르는 몇 차례의 시험에 급제한다는 것은 몹시 어려운 일이었다.

이 시험제도를 둘러싼 희비극은 청(淸)나라 시대의 장편소설 ≪유림외사(儒林外史)≫에 잘 묘사되어 있는데 오늘날 '결코 없었던 일', '전대미문(前代未聞)' 등의 뜻으로 사용되는 '파천황(破天荒)'이란 말도 과거 시험의 난관을 돌파하는 고사에서 생겨난 것이다.

당(唐)나라 시대 과거의 주류는 시와 부(賦)의 창작 능력을 주로 한 진사과(進士科)로서 그 시험 자격은 각 지방에 설치한 국립학교의 성적이 우수한 자와, 지방 장관이 시행하는 선발 시험에 합격하여 중앙에 추천하는 자, 두 종류가 있었다.

후자의 선발 시험 합격자는 '해(解)'라고 불리었다. 모든 일에 통달해 있는 사람이라는 뜻이다. 송(宋)나라의 손광헌(孫光憲)이 지은 ≪북몽쇄언(北夢瑣言)≫ 권4에 나오는 '파천황해(破天荒解)'의 '해(解)'가 바로 그것이다.

당(唐)나라의 형주(荊州)는 의관들이 모이는 곳이니, 해마다 사람들을 천거하여 해(解)로 보내도 많이 이루지 못한다. 이름하여 말하기를 '천황해(天荒解)'라고 한다. 시종이 된 유세(劉蛻)가 형주의 해(解)로 급제했다. 그래서 '파천황(破天荒)'이라고 불렀다.

唐荊州衣冠藪澤 每歲解送擧人 多不成名. 號曰 天荒解. 劉蛻舍人 以荊解及第. 號爲破天荒.

'의관수택(衣冠藪澤)'이란 학문하는 사람들이 많이 모이는 곳을 말한다. 당(唐)나라 시대의 형주(荊州)는 학문하는 사람들이 모이는 곳으로, 해마다 지방 시험에 합격한 사람들을 중앙에 보내지만 급제한 사람이 없었다. 그래서 형주는 '천황해(天荒解)'라고 일렀다. 그런데 뒤에 시종(侍從)이 된 유세가 형주의 지방 시험 합격자로서 처음으로 중앙 시험에 합격했다. 그래서 '파천황(破天荒:급제하는 사람이 없음을 깨뜨렸다)'이라고 말하게 되었다.

당(唐)나라의 왕정보(王定保)가 지은 〈당척언(唐摭言)〉에 의하면 유세가 급제한 것은 만당(晚唐)의 선종(宣宗) 대중(大中) 4년의 일로, 이때 형남군 절도사였던 최현(崔鉉)은 '파천황전(破天荒錢)'이라고 하여 상금 칠십만 전을 유세에게 보냈다고 한다.

平地起波瀾
평 지 기 파 란

평지에 파란을 일으킨다는 뜻으로, 일부러 일을 어렵게 만들거나 사람들 사이에 분쟁을 일으킨다는 말.

평평할 **평** 땅 **지** 일어날 **기** 물결 **파** 물결 **란**

이 말은 '일부러 일을 어렵게 만드는 것', 또는 '사람들 사이에 분쟁을 일으키는 것'을 표현할 때 쓰인다.

중당(中唐)의 시인 유우석(劉禹錫)은 〈죽지사(竹枝詞)〉 9수 중 첫 수에서 이렇게 말하고 있다.

구당(瞿塘)은 시끄러이 열두 여울인데
사람들은 말한다, 도로는 예로부터 어렵다고.
길게 한하는 사람의 마음은 물과 같지 않아
등한히 평지에 파란을 일으킨다.

瞿塘嘈嘈十二灘 人言道路古來難

長恨人心不如水 等閑平地起波瀾

칠언절구(七言絶句)인 〈죽지사(竹枝詞)〉는 작자가 기주(蘷州)에 부임
했을 때 당시의 민가(民歌)를 듣고 흥을 느껴 곡에 맞춘 시이다.

이 근처의 양자강에는 유명한 파동(巴東)의 세 산골이 있어 배로 여행
하기 어려운 곳이다. ≪악부시집(樂府詩集)≫의 이 시에 붙인 설명에 의
하면 작자가 원상(沅湘) 지방에 있을 때 민가인 〈죽지사(竹枝詞)〉의 가
사가 비속하여 그것을 바꾸어 시를 지었다고 하는데 내용으로 미루어
보면 역시 기주 자사(蘷州刺史)로 부임했을 때 지은 것이라고 해야 할
것이다.

아마도 세 산골을 오르내리는 뱃사람들 사이에서, 혹은 강 나루터에서
불리던 천한 뱃노래가 원래이고, 유우석이 지은 〈죽지사〉는 말하자면 점
잖은 말로 바꾼 노래이다. ≪악부시집(樂府詩集)≫에는 작자의 말로써
다음과 같이 기록하고 있다.

'죽지(竹枝)'는 촉(蜀)나라의 노래이다. 촉(蜀)나라 어린이들은 짧은
피리를 불고 북을 쳐 가락을 취하면서 노래를 부른다. 그들은 옷깃을 걷
어올리고 기분 내키는 대로 춤을 춘다.

이 글에 의하면 죽지(竹枝)는 어린이들이 부르는 노래이지만 뱃노래와
관계가 없지는 않다. 유우석이 〈죽지사〉를 지은 이후로 원화(元和)와 정
원(貞元) 시대 사람들이 즐겨 이를 흉내 내어 시를 지었다고 한다. 지금
도 우리들은 같은 시대의 다른 죽지사(竹枝詞)를 볼 수 있는데 백거이(白
居易)에게도 이 시가 있다.

‘조조(嘈嘈)’ 란 물소리가 시끄럽게 흐르는 모양이다. 구당에는 여울을 지나면 다시 여울이 나타나 열두 개의 여울이 줄지어 있어 시끄럽게 물소리를 낸다. 그러나 양자강의 이 빠른 여울보다 한이 서린 사람의 마음은 물과 같지 않아, 평지에 파란을 일으켜 세상을 어렵게 만들어 놓는다.

사람들은 마음 내키는 대로 사건을 일으키거나, 혹은 다른 사람들로 하여금 일부러 사건을 일으키게 하여 세상일을 어렵게 만든다는 뜻이다.

蒲柳之質
포 류 지 질

물가에 서 있는 갯버들 같은 체질이라는 뜻으로, 나이보다 일찍 머리가 세고 약한 체질이라는 뜻.

갯버들 **포** 버들 **류** 어조사 **지** 바탕 **질**

‘포류(蒲柳)’ 란 물가에 서 있는 버드나무란 뜻이다.

물가에 가냘프게 서 있는 이 나무는 소나무나 잣나무 등 보기에도 늠름한 상록(常綠)의 키 큰 나무와 비교하면 일찍 잎이 떨어진다. 갯버들 같은 허약 체질(虛弱體質), 혹은 나이보다 일찍 머리가 세는 약한 체질을 뜻하는 것으로, ‘포류지질(蒲柳之質)’ 이라는 표현을 쓴 것은 동진(東晉)의 고열지(顧悅之)이다.

고열지는 간문제(簡文帝)와 같은 나이였는데도 불구하고 머리가 먼저 하얗게 되었기 때문에 간문제가,

"그대의 머리는 왜 나보다 먼저 희어졌는가?"

하고 묻자 그가 대답했다.

"갯버들 체질의 사람은 가을을 앞두고 잎이 떨어지지만 소나무나 잣나무 체질의 사람은 겨울의 서리를 맞아도 잎이 점점 무성해지는 것과 같은 이치입니다."

顧悅之簡文同年 而髮蚤白. 簡文曰 卿何以先白. 對曰 蒲柳之姿 望秋而落 松柏之質 經露彌茂. (≪세설신어≫ 언어편(言語篇))

"저는 어차피 몸이 약해서 폐하의 장건(壯健)하심에는 미치지 못하겠습니다."

하였다. ≪논어≫의 자한편(子罕篇)에도,

해가 추워진 뒤에야 소나무와 잣나무가 늦게 시듦을 알겠다.

歲寒然後 知松柏之後彫也.

날씨가 추워진 뒤에야 비로소 소나무와 잣나무의 잎이 번성함을 알 수 있다는 것이다. 사람의 진가는 위급하고 어려운 처지를 당해야 비로소 알 수 있다는 뜻으로 구절을 맺었거니와, 청담(淸談)이 유행하던 때이므로 기묘한 사람이라는 평판이 났을 것이다.

진서(晋書)의 고열지전(顧悅之傳)에 의하면 그는 젊은 시절부터 정의파(正義派)로 권세에 아부하는 일 없이 곧은 말을 했다고 한다. 벼슬은

상서우승(尙書右丞)으로 마쳤다. 그의 체질은 비록 '갯버들의 모습'이었는지 모르지만 타고난 성질은 '소나무와 잣나무'였음에 틀림이 없다.

그의 아들 또한 그림 그리는 재주와 기행(奇行)으로써 '개지(愷之)의 삼절(三絶)'이라고 일러지며, 그가 바로 후세에 문인화(文人畵)의 조상이 된 고개지(顧愷之)였다.

暴虎馮河
포 호 빙 하

맨손으로 호랑이를 잡고 걸어서 강을 건넌다는 뜻으로, 용기는 있지만 무모한 행동을 한다는 뜻.

맨손으로 칠 **포** 범 **호** 건널 **빙** 물 **하**

'포호빙하(暴虎馮河)'는 맨손으로 호랑이를 때려잡고 걸어서 강을 건너간다는 뜻으로, 용기는 있으나 무모하게 행동함을 말한다.

이 말을 먼저 사용한 것은 ≪시경≫ 소아(小雅)의 〈소민(小旻)〉에,

감히 맨손으로 호랑이를 잡지 못하고 감히 걸어서 강을 건너지 못함을,
사람들은 하나는 알지만 그밖의 것들은 알지 못하도다.
두려워하고 조심하기를 깊은 연못에 임한 것같이 하며
얇은 얼음을 밟는 것같이 하라.

不敢暴虎 不敢馮河
人知其一 莫知其他
戰戰兢兢 如臨深淵
如履薄氷

라고 한 데서 볼 수 있는데 그보다 더 빛나는 글이 ≪논어≫ 술이편(述而篇)에 실려 있다.

　공자께서 안연(顔淵)에게 일렀다.
　"등용되면 나아가 도를 행하고 쉬게 되면 들어앉아 도를 즐기거니와, 오직 나와 너만이 이를 행할 수 있다."
　자로(子路)가 듣고 말씀드렸다.
　"선생님께서 삼군(三軍)을 지휘하신다면 누구와 더불어 행동하시겠습니까?"
　공자께서 말씀하셨다.
　"맨손으로 호랑이를 잡고 걸어서 강을 건너다 죽어도 후회하지 않는 사람과는 함께하지 않겠다. 일에 임하면 반드시 두려워하고 도모함을 좋아하여 이루는 사람과 더불어 하리라."

　子謂顔淵曰 用之則行 舍之則藏 惟我與爾有是夫. 子路曰 子行三軍 則誰與. 子曰 暴虎馮河 死而無悔者 吾不與也. 必也臨事而懼 好謀而成者也.

　안연과 자로는 여러 제자들 중에서도 공자와 가장 가깝고 또한 공자가 사랑하는 제자라고 불리는 사람들이었다.
　그런데 '덕행에는 안연과 민자건(閔子騫)과 염백우(冉伯牛)와 중궁(仲

弓)이 있고, 언변에는 재아(宰我)와 자공(子貢)이 있고, 정치에는 염유 (冉有)와 자로가 있고, 문학에는 자유(子游)와 자하(子夏)가 있다.'고 일 러진 바와 같이 두 사람의 성격과 뜻이 반드시 같지는 않았다.

하지만 공자께서는 안연에 대해 거의 절대적이라고 할 만큼 사랑과 신 뢰를 보이셨던 것에 비하여, 자로에 대해서는 그를 사랑하면서도 때로는 지나칠 정도로 솔직하여 경솔하게 되는 것에 비판적인 훈계를 내리셨던 것이다.

어느 날 공자께서 안연에게 일렀다.

"왕이 인정하여 등용된다면 물론 자기의 포부와 경륜을 행할 자신이 있지만, 버려져서 쓰이지 않는다면 자기의 재능을 감추고서 가만히 참아 낼 수 있는 사람은 너와 나 두 사람뿐일 것이다."

옆에서 이 말을 듣고 있던 자로는 뺨을 불룩하게 하고서 불만스럽게 여쭈었다.

"선생님께서 제후의 군대인 삼군(三軍)을 지휘하는 지위에 선다면 누 구와 함께 행동하시겠습니까?"

물론 그 질문에는 '그럴 경우에는 너라는 사나이가 있지 아니한가.'라 며 칭찬해 주기를 기대하고 여쭌 것이리라. 그러나 공자의 대답은 전혀 달랐다.

"맨손으로 호랑이에게 대들고 걸어서 강을 건너가는 위험을 저질러 죽 더라도 후회하지 않는 사나이와는 함께 행동하지 않겠다. 역시 일을 당 하면 신중히 마음을 쓰고 나아가 충분한 계획을 세워서 성공시킬 수 있 는 사람을 고르게 될 것이다."

물론 이것은 자로에 대한 부정적인 비판은 아니다. 자로의 적극적인 행동과 용기를 충분히 인정하면서도 큰일을 성공시키려면 신중함이 바람직하다는 소망을 부탁하신 말씀이다. 자로에 대한 깊은 이해와 애정에서 나온 말씀이라고도 할 수 있다.

또 ≪논어≫의 공야장편(公冶長篇)에 다음과 같은 글이 실려 있다.

공자께서 말씀하셨다.

"도(道)가 행해지지 않으니 뗏목을 타고 바다에 뜨리라. 나를 따르는 자는 유(由)일 것이다."

자로가 이 말을 듣고 기뻐하였다. 공자께서 말씀하셨다.

"유(由)야, 용기를 좋아하는 것이 나보다 더하는구나. 그런데 재목을 취할 곳이 없도다."

子曰 道不行 乘桴浮于海 從我者 其由與. 子路聞之喜. 子曰 由也 好勇過我 無所取材.

공자께서는 세상에서 자기의 포부를 행하기 어려움을 한탄하시고 다음과 같이 말씀하셨다.

"도(道)가 행해지지 아니하니 뗏목을 타고 바다 저쪽으로나 가버릴까? 이럴 때 나를 따라와 줄 사람은 유(由)일 것이다."

자로가 이 말을 듣고 기쁜 모습을 나타내자 공자께서 다시 타일러 말씀하셨다.

"네가 용기를 좋아함이 나보다 더하지만……."

'재목을 구할 곳이 없다' 라고 한 말은 여러 가지 뜻으로 해석되는데 '바다에 뜰 만큼 큰 뗏목을 만들려면 어디에서 그 재목을 구해올 것인가?' 라고 해석하면, 우리는 멍청히 하고 있는 자로의 모습이 눈에 떠올라 미소를 짓게 된다.

豹死留皮 人死留名
표 사 유 피 인 사 유 명

표범은 죽어서 가죽을 남기고 사람은 죽어서 이름을 남긴다. 하찮은 짐승도 죽을 때 세상에 이익을 주는데 사람도 훌륭한 일을 하여 좋은 이름을 남겨야 한다는 뜻.

표범 **표** 죽을 **사** 머무를 **유** 가죽 **피** 사람 **인** 죽을 **사** 머무를 **유** 이름 **명**

구양수(歐陽修)는 그의 ≪신오대사(新五代史)≫의 〈열전(列傳)〉 제20을 〈사절전(死節傳)〉에 해당시켜,

어(語)에 말하기를, 세상이 어지러워지면 충신을 안다.(≪노자≫ 제18장에 '국가가 혼란하면 충신이 있다.' 라고 보인다) 과연 그러하다. 오대(五代)에 즈음하여 인재가 없다고 하지 말아야 한다. 나는 절개가 온전한 선비 세 사람을 얻었다. 이에 사절전(死節傳)을 짓는다.

라고 기록했다. 그리고 후량(後梁)의 왕언장(王彦章), 후당(後唐)의 배약(裴約), 남당(南唐)의 유인섬(劉仁贍) 등 세 명의 전기를 써서 남겼다. 이들은 배신의 무리가 속출했던 오대(五代) 난리 중에 살았던 인물들로 절개를 바친 무장들이다.

이 세 사람 중에서도 구양수가 가장 높이 평가하고 있는 것은 왕언장으로, 그를 위하여 별도로 ≪왕언장화상지기(王彦章畵像之記)≫를 쓸 정도이다.

왕언장은 일개 병졸로 출발하여 후량(後梁)의 태조 주전충(朱全忠) 밑

에서 장군이 되어 후당(後唐)의 장종(莊宗)을 매우 괴롭혔다.

그는 유례가 없을 만큼 용기와 힘의 소유자였는데 맨발로 가시밭길을 백 걸음이나 걸을 수 있었으며, 철창을 옆에 끼고 말을 몰아 적진으로 들어갈 때는 마치 날개가 달린 것 같아 그가 향하는 곳에는 적군이 사라질 형편이라 병사들로부터 '왕(王)철창'이라고 불리고 있었다.

후량이 멸망했을 때 충의(忠義) 강직한 그는 불과 오백 기(騎)의 적은 병졸로 수도의 방위를 여지없이 쳐부수었으나 마지막 임금 주진(朱鎭) 측근의 간신 때문에 중상을 입고 사로잡혔다. 후당의 왕 장존이 그의 무용을 아껴 목숨을 살려서 자기의 휘하에 보태려 했지만 그는,

"신은 폐하와 혈전하기를 20여 년, 지금 군대는 패하여 힘이 다했습니다. 죽지 않고서 무엇을 기대하겠소. 또한 신은 양(梁)나라의 은혜를 받아서 죽지 않으면 보답할 길이 없습니다. 어찌 아침에 양(梁)나라를 섬기고 저녁에 진(晉)나라를 섬길 수 있으며 살아서 무슨 면목이 있어 천하의 사람들을 보겠습니까."

하며 거부하고 죽음의 길을 택했다.

그는 타고난 무인으로서 글을 알지 못했기 때문에 책을 읽는 사람이 전고(典故) 인용한 것을 항간에 전했다. 속담으로 대신하였는데 그가 입버릇처럼 말하던 것은,

"표범은 죽어서 가죽을 남기고 사람은 죽어서 이름을 남긴다."
라는 말이었다.

언장은 무인으로서 글을 알지 못했다. 사람들에게 항상 속담을 일러 말하기를, '표범은 죽어서 가죽을 남기고 사람은 죽어서 이름을 남긴다.'라고 했다.

彦章武人不知書. 常爲俚語謂人曰 豹死留皮 人死留名.

우리나라에서는 일반적으로 '표(豹)'를 '호(虎)'로 바꾸어 '호랑이는 죽어서 가죽을 남기고 사람은 죽어서 이름을 남긴다.' 라고 말하는 일이 많다.

風林火山
풍 림 화 산

바람같이 빠르게, 숲처럼 조용하게, 불처럼 맹렬하게, 산처럼 무겁게라는 뜻으로, 기회가 왔을 때 상황에 따라 군사를 적절하게 운용해야 승리를 거둘 수 있다는 뜻.

바람**풍** 수풀**림** 불**화** 뫼**산**

싸우지 않고서 적군을 이기는 것을 최선(最善)으로 삼는 손자(孫子)는 그 첫머리 제1편에서, '전쟁은 속임수이다. 전쟁이란 원래 정상에 반하는 도(道)이다.' 라고 규정했다.

싸우지 않고서 적군을 굴복시킬 수 있다면 최상이겠지만 그렇게 할 수 없어 부득이 싸움터에서 적군과 마주 보지 않을 수 없을 때는 전쟁이란 원래 '속임수' 이기 때문에 모든 책략을 써서 아군의 병사가 부상하는 일 없이 적군을 격파하는 것이 바람직하다. 그래서 전쟁이란 적군의 내부를 혼란시키는 것을 주안점으로 하되 항상 유리한 태세를 구하여 행동하고 분산과 집결에 여러 가지 변화를 일으켜야 하는 것이라고 말할 수 있다.

그러므로 군대는 속임으로써 성립되고, 이익으로써 움직이며, 나눔과 합침으로써 변화를 이루는 것이다.

故兵以詐立 以利動 以分合爲變者也.

손자(孫子)는 계속해서 말하고 있다.

그러므로 불의의 공격을 가할 때는 바람과 같이 빨리 하고, 서서히 행동할 때는 숲과 같이 조용히 하며, 적군을 침략할 때는 불길과 같이 맹렬히 하고, 움직이지 않을 때는 산과 같이 무겁게 있되, 적군의 눈을 속일 때는 그늘과 같이 은밀히 행동하고, 일단 행동을 개시하면 청천벽력과 같이 적군의 방위를 흔들어야 한다.

故其疾如風 其徐如林 侵掠如火 不動如山 難知如陰 動如雷震.

이 끝의 글자들을 따서 '풍림화산(風林火山)'이란 말이 생겨났다.

이렇게 한 다음, 적군보다 먼저 '우직지계(迂直之計)', 즉 먼 길을 가까운 길로 바꾸는 방법을 아는 사람이 승리를 거두게 되거니와, 이야말로 승리의 기선을 잡는 원칙이다.

先知迂直之計者勝 此軍爭之法也.

風馬牛
풍 마 우

바람난 말과 소. 서로 멀리 떨어져 있어 조금도 관계가 없다는 말.

바람 풍 말 馬 소 牛

패자(覇者)로 이름이 높은 제(齊)나라 환공(桓公)이 어느 날 부인 채희 (蔡姬)와 함께 동산의 연못에 배를 띄워 놓고 놀았다. 채희가 희롱으로 배를 흔들자 환공은 두려워서 얼굴빛을 바꾸며 계속 '그러지 말라'고 했지만 채희는 그치지 않았다.

채희는 채(蔡)나라 공주였는데 멀리 남쪽 회수(淮水) 유역에 있는 나라였기 때문에 배에는 익숙했던 것 같다. 그렇지만 채희의 희롱이 도가 지나친 것 같아 환공은 화를 내며 채희를 고향으로 쫓아 보냈다.

환공이 완전히 인연을 끊은 것은 아니었으므로 어디까지가 진심이었는지는 알 수 없다. 그런데 채(蔡)나라에서는 이것을 진심으로 받아들여 재빨리 다른 데로 재가시켜 버렸다.

화가 난 환공은 다음해인 주(周)나라 혜왕(惠王) 21년에 송(宋)나라와 진(陳)나라, 위(衛)나라, 정(鄭)나라, 허(許)나라, 조(曹)나라의 제후들을 모아 군대를 이끌고 채(蔡)나라를 정벌했다. 채(蔡)나라가 패하여 멸망하자 환공은 그 여세를 타고 선봉 부대를 초(楚)나라로 향하게 했다. 이것을 보면 작은 채(蔡)나라는 구실에 불과하고 환공이 진정으로 노리고 있던 것은 초(楚)나라였는지도 모른다.

그것은 그렇다 치고, 초(楚)나라의 성왕(成王)은 놀라서 곧 사자를 제

(齊)나라로 보냈다.

임금은 북해(北海)에 있고 과인은 남해에 있으니 지금 상태로는 바람난 말이나 소라 할지라도 서로 미치지 못한다. 임금께서 내 땅으로 건너 오리라고는 생각지도 않았다. 그런데 이 무슨 까닭인가?

君處北海 寡人處南海 唯是風馬牛不相及也. 不虞君之涉吾地也. 何故.

풍마우(風馬牛)의 '풍(風)'은 '놓인다'라는 뜻과, 위의 번역과 같이 '암내를 낸다.'는 뜻의 두 가지로 생각할 수 있다. 후자라면 '이렇게 떨어져 있으니 암내를 내는 말이나 소가 상대를 구해도 미치지 못한다.'라고 할 수 있다. 좌우간 '서로 미치지 못한다.'라는 말에서 '풍마우(風馬牛)'는 '조금도 관계가 없다.'라는 것을 비유로 사용된다.

그러나 초(楚)나라 사자의 물음에 대답한 것은 제나라 재상 관중(管仲)이었다.

"옛날에 소강공(召康公)이 우리의 선군(先君) 태공망(太公望)에게, '제공(諸公)에게 죄가 있을 때는 이를 정벌하여 주(周)나라 왕실을 도우라.'고 말씀하셨다. 지금 초(楚)나라는 천자에게 보내는 공물(貢物)을 게을리 하고 있기 때문에 우리 임금께서 그것을 구하려고 오신 것이다. 또 주(周)나라의 소왕(昭王)이 남쪽을 정벌한 후 귀환하지 않았기 때문에 그 이유를 들으려 하시는 것이다."

사자는 대답했다.

"공물을 게을리 한 것은 우리 임금의 죄입니다. 이제부터는 바치도록 하겠습니다. 그렇지만 소왕이 돌아가지 않은 이유는 그쪽 임금께서 한수

(漢水)에 물어보십시오.(소왕은 한수(漢水)에 빠졌다고 한다. 초나라가 알 바 아니라는 뜻이다.)"

그 결과 제(齊)나라 군대는 경(陘)으로 나아가 진을 쳤다. 그해 여름 초(楚)나라의 성왕은 대부(大夫) 굴완(屈完)을 제(齊)나라로 보내어 평화 교섭을 맡게 했다. 이리하여 양군은 충돌을 피했다.

風聲鶴唳
풍 성 학 려

바람 소리와 학의 울음. 어떤 것에 크게 한번 놀라면 조그마한 일에도 몹시 놀란다는 뜻.

바람 풍 소리 성 학 학 울 려

동진(東晋) 효무제(孝武帝) 태원(太元) 8년 11월, 사석(謝石)과 사현(謝玄) 등이 이끄는 팔만의 동진(東晋) 군대가 회하(淮河) 상류인 비수(淝水)에서 전진(前秦)의 부견(符堅)이 이끄는 백만의 남정군을 일거에 궤멸시킨 '비수의 싸움'은 그 뒤 약 200년에 걸친 남북조 시대를 출현시킨 계기의 역사적인 전투였다.

씨족(氏族:티베트 계통)의 부견은 재상 왕맹(王猛) 등 화북(華北)에 사는 한(漢)나라 명문들의 지지를 얻어 화북을 통일하고 서역(西域)의 여러 나라들까지 지배하에 둔 대제국을 건설하여, 후세에 5호(胡) 16국 중에서 명군(名君)이라고 일컫는 사람이었다.

부견은 일찍부터 동진(東晉)을 멸망시켜 천하통일을 이루려는 야망을 가지고 있었지만, 왕맹은 강남(江南)에 안정된 정권을 구축하고 있는 동진(東晉)을 손대기보다는 다른 이민족을 평정하여 화북(華北)에서 만대가 지나도 흔들림 없는 제국을 세울 것을 선결 문제로 생각하고 그것을 유언으로 말할 정도였다.

부견은 왕맹의 유언에 따라 화북(華北)의 통일을 달성하였으나 382년에 서역까지 세력을 펼쳤을 때 그의 가슴에는 또다시 강남(江南) 평정의 야망이 머리를 들었다.

그해 10월, 그는 조신들에게 남정(南征)을 물어보았다. 조신들은 온후하고 독실한 사안(謝安)을 재상으로 삼은 동진(東晉)은 안정되어 있으며 이를 정벌하는 것은 하늘의 도(道)에 어긋날 뿐 아니라 전진(前秦)의 군대는 오래 지속된 싸움에 지쳐 있다는 것 등을 들어 반대했다.

이에 찬성한 것은 선비족(鮮卑族) 출신 경조(京兆)의 윤(尹:도읍의 지사)인 모용수(慕容垂)와 강족(羌族) 출신의 보병교위(步兵校尉:보병사단장)인 요장(姚萇) 두 사람뿐이었다.

이민족인 두 사람 말을 경계해야 한다고 하는 사람도 있었지만 부견은 두 사람의 찬성에 크게 힘을 얻어 여러 신하들의 반대를 물리치고 다음 해 8월, 남정(南征)의 군대를 일으켰다. 우선 모용수와 요장 등이 이끄는 선봉 부대 이십오만을 남하시킨 다음, 스스로 보병 육십여 만과 기병 이십칠만을 동원해 그 행렬이 천리에 뻗을 대군을 이끌고 남정(南征)의 길에 나섰던 것이다.

한편 동진(東晉)의 재상 사안은 동생 사석을 정토대도독(征討大都督)에 임명하고 조카 사현을 전봉도독(前鋒都督)에 임명하여 팔만의 군대로써 이에 대항하게 했다. 사현은 이보다 앞서 양자강의 북쪽 광릉(廣陵)에 주둔시켜 전진(前秦)과의 국경을 고수하여 한 걸음도 침략을 용서하지 않고 북군(北軍)을 두려움에 떨게 한 명장이었다.

11월에 부견은 대군을 회하(淮河)와 비수(淝水)의 선까지 남하시켰다. 그리고 선봉 부대인 양성(梁成)이 이끄는 오만의 군대는 일찍이 회하를 건너 지류인 낙간(洛澗)의 서쪽 기슭에 목책(木柵)을 둘러쳐서 전진 거점을 만들고 있었다.

광릉에서 서쪽으로 진격한 사현은 처음부터 적군의 기세를 꺾기 위하여 선봉인 부하 유뇌지(劉牢之)에게 정병 오천을 주어 이를 급습케 하여, 양성을 목 베고 북군(北軍)을 혼란 상태에 빠뜨린 뒤 그들을 추격하여 일거에 회하(淮河) 남쪽 기슭으로 나아갔다.

이 보고를 들은 부견은 남쪽 기슭의 동진(東晋) 군대의 모습을 보기 위하여 수양성(壽陽城) 망루대(望樓臺)로 올라갔는데 갑자기 얼굴빛이 바뀌었다. 그가 이제까지 30년 동안 해마다 상대한 북방 이민족의 군대와는 달리 남군(南軍)의 진영은 질서정연하게 정돈되어 있어 소수라고는 하지만 난공불락의 성처럼 보였기 때문이었다.

부견이 성으로 올라가 팔공산(八公山)의 풀과 나무를 바라보니,
모두 사람과 비슷하였다.
부견은 돌아보고 부융(符融)에게 일러 말했다.
"이는 또한 강한 적이다. 어찌 군대가 적다고 이르랴!"
실망하여 두려워하는 빛이 있었다.

堅登城望八公山草木 皆類人形. 顧謂符融曰 此亦勍敵也 何謂兵少乎. 憮然有懼色.(≪진서(晋書)≫ 부견재기(符堅載記))

자신만만한 부견을 두려워하게 할 정도의 명장 사현이었지만 상대방

의 십분의 일도 못 되는 병력의 군대로는 북쪽 기슭을 가득 메운 북군(北軍)을 공격할 수 없었다. 그래서 상대방의 총지휘관인 부융에게 사자를 보내어 제의했다.

"귀하는 군대를 오랫동안 이끌고 남하하여 회하를 따라 굳은 진을 갖추고 있습니다. 지구전이라면 괜찮겠지만 대군을 이끌고 할 일 없이 때를 보낸다는 것은 이득이 없을 것입니다. 진을 조금 후퇴해 주신다면 아군이 강을 건너 그곳에서 일거에 승부를 결정하겠습니다. 그러는 편이 좋지 않겠습니까?"

북군(北軍)의 여러 장군들은 적군의 세력이 없으니 승리는 확실하므로 이대로 있는 것이 가장 좋다고 주장했지만 부견은 이렇게 말했다.

"아군을 조금 후퇴시키고 적군이 강을 건너기를 개시하여 반쯤 건너왔을 때 아군의 철기(鐵騎) 수십만으로 몰아서 흩어지게 하면 필승은 의심의 여지가 없을 것이다."

부융도 이 말에 찬성했다.

북군(北軍)이 후퇴를 개시하고 남군(南軍)이 강을 건너기 시작했을 때 북군에 뜻하지 않은 혼란이 일어났다. 병사들은 강을 건너오는 남군을 두려워하여 서로 먼저 도망치기 바빴던 것이다. 가뜩이나 공포에 질려 있던 병사들의 사이를 누비며,

"우리들은 졌다. 빨리 도망치자."

라고 외치며 돌아다닌 사람이 있었다. 그것은 동진(東晋) 양양(襄陽)의 자사(刺史)인 주서(朱序)였다. 그는 여러 해 전에 양양에서 부하에게 배반을 당하여 전진(前秦) 군대에게 사로잡혔으며 부견으로부터 그의 굳은 절개를 인정받아 벼슬에 올라 있었다.

주서의 게릴라 작전으로 북군의 병사들은 혼란이 극도에 이르러 모두 무너지게 되었다. 정신없이 도망치는 병사들을 만류하기 위하여 혼란한

군대 사이를 달리던 부융은 타고 있던 말이 쓰러지면서 진(晋)나라 병사에 의해 죽임을 당했다. 부견도 날아온 화살에 맞아 말을 탄 채로 간신히 도망칠 수 있는 형편이었다.

부견의 무리들은 다 무너져서 아군에게 밟혀 죽고 강에 빠져 죽은 사람들의 수는 이루 헤아릴 수 없어 비수의 흐름도 이로 인하여 멈추게 되었다. 살아남은 자들은 갑옷과 투구를 버리고 밤에도 도망치며 바람 소리와 학의 울음소리만 들어도 적의 군대가 달려오는 소리로 들렸다. 무성한 풀숲을 걸어가고 들에서 노숙을 하다 굶주림과 추위가 겹쳐 열 사람 중에서 7, 8명이 죽었다.

堅衆奔潰 自相踏藉 投水死者 不可勝計 淝水爲之不流. 餘衆棄甲宵遁 聞風聲鶴唳 皆以爲王師已至. 草行露宿 重以飢凍 死者十七八.(≪진서(晋書)≫ 사현전(謝玄傳))

군대 백만이라는 위용을 자랑하며 남정(南征)을 한 전진(前秦)의 군대는 1년 만에 참담한 패배를 맛보고 겨우 십여 만이라는 패잔병만 도읍으로 돌아와 부견의 위세는 한풀 꺾였다. 다음해 384년에는 요장과 모용수가 각각 자립하여 후진(後秦)과 후연(後燕)을 세웠으며, 전진(前秦) 제국은 붕괴되고 부견 자신도 그 이듬해에 요장에게 죽임을 당했다.

한편 동진(東晋)의 도건강(都建康:남경)에 있던 사안은 북(北)의 대군이 박두해 왔다는 보고에 조야(朝野)가 온통 소란을 피우는 가운데에서도 태평스럽게 자기의 별장을 걸어 잠그고 바둑을 두고 있었다.
크게 승리하였다는 보고가 알려졌을 때에도 사안은 손님과 바둑을 두고 있었는데 그 긴급한 보고를 흘긋 보았을 뿐, 미소를 짓지도 않고 그 보고서를 옆에 두고는 그냥 바둑만 두었다.

한 대국이 끝난 뒤 손님으로부터,

"어떤 보고가 있었습니까?"

라고 묻자,

"아니, 젊은 친구들이 도적을 물리쳐 준 것 같습니다."

하고 대답했지만 손님이 가자마자 정신없이 자기 방으로 달려가느라 신발 축이 빠진 것도 깨닫지 못했다고 한다.

사물에 겁을 먹고 있을 때는 아무렇지도 않은 것에 쩔쩔매는, 즉 겁을 먹어 정신이 혼란해지는 것을 '풍성학려(風聲鶴唳)에 놀란다.' 라고 말하며, 적군의 기세에 겁을 먹어 풀이나 나무까지도 적군의 병사처럼 보이는 것을 '초목개병(草木皆兵)' 이라고 하는 말은 모두 이 고사에서 비롯된 것이다.

風蕭蕭兮易水寒
풍 소 소 혜 역 수 한

바람이 쓸쓸하니 역수가 차갑다는 뜻으로, 뜻을 펴기 전에는 자중해야 하고 뜻을 세운 후에는 망설임이 없어야 한다는 뜻.

바람 풍 쓸쓸할 소 어조사 혜 바꿀 역 물 수 찰 한

형가(荊軻)는 위(衛)나라 사람이었다. 독서와 격검(擊劍)을 좋아하여 배운 바를 위(衛)나라 원군(元君)에게 설득했지만 등용되지 못하고 여러 나라를 유람하다 연(燕)나라로 들어갔다. ≪사기≫ 자객열전(刺客列傳)에서는 연(燕)나라에서 형가의 생활 모습을 다음과 같이 묘사하고 있다.

　형가는 이미 연(燕)나라에 이르렀다. 연(燕)나라의 개를 잡고 아울러 축(筑:거문고와 비슷한 악기)을 잘 치는 고점리(高漸離)를 사랑했다. 술을 즐기던 형가는 날로 개를 잡고 아울러 고점리와 연(燕)나라 시장에서 술을 마셨다. 술이 거나하게 취하면 고점리가 축을 치고 형가는 화답하여 시장 한가운데에서 노래를 불러 서로 즐거워했다. 서로 잡고 울어서 곁에 사람이 없는 것 같았다.

　　荊軻旣至燕　愛燕之狗屠及善擊筑者高漸離. 荊軻嗜酒　日與狗屠及高漸離飮於燕市. 酒酣以往　高漸離擊筑　荊軻和而歌於市中　相樂也. 已而相泣旁若無人者.

　이것은 '방약무인(傍若無人)'의 출전(出典)이기도 하다.
　형가는 술 마시는 사람과 접촉은 하고 있었지만 그의 인간성은 침착하고 생각이 깊은 독서가여서 그가 갔던 나라들에서는 어디에서나 현인(賢人)과 호걸, 덕이 있는 어른들과 사귐을 맺고 있었다. 연(燕)나라에서도 인망 높은 처사인 전광 선생(田光先生)의 안면을 얻고 있었다. 전광은 형가가 보통사람이 아니라는 것을 꿰뚫어보았던 것이다.
　그 무렵 진(秦)나라는 압도적인 위세를 발휘하여 제(齊)나라와 초(楚)나라, 한(韓)나라, 위(魏)나라, 조(趙)나라를 공격하고 연(燕)나라까지 침범하려 하고 있었다.

연(燕)나라 태자 단(丹)은 어떻게 하면 이 진(秦)나라의 날카로운 기운을 꺾을 수 있을까 하며 머리를 쥐어짜고 있었다. 단순히 나라를 근심하는 것에 그치지 않고 이상하리만큼 강한 집념으로 응집되어 있었던 이유는 진왕(秦王) 정(政:뒤에 진시황)에 대한 그의 개인적인 원망이 겹쳤기 때문이었다.

단이 젊었을 무렵 조(趙)나라에 인질이 되어 가 있을 때 거기에서 태어난 어린 정(政)을 만나 함께 놀던 사이였다. 그 뒤 정이 진왕(秦王)이 되면서 단은 다시 인질로서 진(秦)나라에 갔다. 단은 정에 대한 그리움을 가슴에 품고 진(秦)나라로 갔는데 정(政)은 옛날 일은 잊어버린 것처럼 단을 냉정하게 대했다.

옛정이 깊은 원망으로 바뀐 단은 진(秦)나라를 도망하여 연(燕)나라로 돌아왔다. 그러나 강적 진(秦)나라를 무찌를 기발한 계책이 좀처럼 떠오르지 않았다. 단은 그 일을 태부(太傅)인 국무(鞠武)에게 의논했다. 국무는 경솔한 마음을 경계하였지만 단의 집념을 억제할 수 없음을 알자 이렇게 말했다.

"연(燕)나라에 전광 선생이 있는데 도모함이 깊고 염려함이 많으며 침착하고 과단성이 있으므로 그와 상의하는 것이 좋을 것입니다."

그리하여 단은 국무의 소개로 전광을 만났다. 전광은 말했다.

"나는 '준마는 젊고 왕성할 때 하루에 천리를 달리지만 늙어 쇠퇴하면 노새를 쫓아가지 못한다.'고 들었습니다. 태자는 내가 젊었을 무렵의 일을 들은 것입니다. 그렇지만 나랏일에 무관심하지는 않으니 나를 대신하여 형가라는 사람을 추천하는 바입니다. 소용이 될 것입니다."

전광이 물러가자 단은 문까지 나와 전송했다.

"지금 얘기한 것은 나라의 큰 일입니다. 제발 선생께서는 다른 사람에게 누설하지 말아 주십시오."

전광은 형가에게 태자를 만나 보라고 부탁한 다음,

"유덕한 선비는 일을 행할 때 의심을 품지 않는다고 들었는데 태자가 이 일을 누설하지 말도록 요청한 것은 나를 의심하고 있는 것이다. 이것은 절개를 지키는 선비로서 면목이 서지 않는 일이다. 자네가 태자를 만나거든 나는 죽어도 다른 사람에게 비밀을 누설하지 않는다는 것을 분명히 전해 주게."

그렇게 말하고 스스로 목을 잘라 죽었다. 형가에게서 이 말을 전해 들은 태자는 눈물을 흘리며 전광의 죽음을 애석해 했다.

태자가 형가에게 부탁한 것은 사자로 가서 직접 진왕(秦王)을 만나 그를 위협하여 침략 계획을 그치게 하고, 만일 그 일이 실패했을 때는 진왕(秦王)을 찔러 죽이라는 어려운 요청이었다. 형가는 재주가 없다고 사양하였지만 단의 무리한 부탁에 마침내 그것을 승낙했다.

태자는 형가를 상경(上卿)으로서 최상의 대우를 해 주었다. 그런데 형가는 여간해서 출발할 움직임을 보이지 않았다. 그 사이에 진(秦)나라 군대는 조(趙)나라를 격파하고 북쪽으로 올라와 연(燕)나라 남쪽 변경을 위협했다. 태자 단은 이를 두려워하며 형가에게 빨리 출발할 것을 재촉했다.

형가도 태자의 초조한 마음을 잘 알고 있었다. 그러나 기왕 가려면 일을 성공시키지 않으면 안 되었다. 그러기 위해서는 진왕(秦王)이 기뻐할 만한 것을 바쳐서 신용을 얻을 필요가 있었다. 형가의 생각으로 그것은 연(燕)나라 독항(督亢)의 지도와 번어기(樊於期)의 목이었다.

독항은 연(燕)나라에서 가장 기름진 땅이었고, 번어기는 진(秦)나라의 장군으로서 죄를 범해 연(燕)나라로 도망하여 태자인 단에게 숨어 있었던 사람이었다. 진왕(秦王)은 막대한 상금을 걸어 번어기의 머리를 구하고 있었다. 단은 독항의 지도를 현상물로 하는 것에는 찬성했지만 번어기를 죽이는 것은 승낙하지 않았다. 자기를 의지하여 온 사람을 죽인다는 것은 차마 못할 일이었다.

형가는 직접 번어기를 만나 계획을 알리고 목을 소망했다. 그리고 그것이 진왕(秦王) 정에 대한 번어기의 원망을 깨끗이 하는 길이라고 설득했다. 번어기는 기꺼이 스스로 머리를 잘랐다.

준비는 갖추어졌다. 그렇지만 형가는 아직도 출발할 것을 망설이고 있었다. 그와 함께 행동하려는 사람이 오기를 기다리고 있었던 것이다. 그러자 단은 이제 형가가 비겁한 생각이 든 것이 아닌가 의심했다.

"이제 예정일이 다 되었다. 그대에게 다른 생각이 있는 것 같은데 그렇다면 진무양(秦舞陽)을 먼저 보내려고 한다."

진무양은 연(燕)나라에서 이름을 떨친 용사로, 13살 때 사람을 죽여 모두가 그를 두려워하며 아무도 그의 얼굴을 똑바로 보려고 하지 않을 정도였다. 단은 이 사람을 형가의 조수로 딸려 보낼 생각이었던 것이다.

형가는 태자의 말을 듣자 꾸짖어 말했다.

"조수를 보낸다니 무슨 뜻입니까? 중요한 일에 갔다가 실패하면 돌아오지 못하는 사람입니다. 한 개의 비수를 가지고 누구도 예측 못하는 강국 진(秦)나라로 들어가려는 것입니다. 나는 행동을 함께 하려는 사람이 도착하기를 기다리고 있었는데 태자가 그렇게 말씀하신다면 즉시 가겠습니다."

≪사기≫에는 이후 장면을 다음과 같이 쓰고 있다.

드디어 출발할 날이 왔다.

태자와 빈객 중에 그 일을 알고 있는 사람들은 모두 상복에 백장속(白裝束)을 갓에 붙이고 전송했다. 역수(易水) 물가의 도조신(道祖神)에게 제사를 지내고 길을 떠나기로 되어 있었다. 고점리가 축을 타고 형가가

화답하여 노래했다. 비장한 목소리였다. 사람들은 모두 눈물을 흘리면서
울었다.

형가는 다시 걸음을 옮기면서 노래했다.

바람은 쓸쓸하고 역수(易水)는 찬데,
장사 한번 가면 다시는 돌아오지 않는다.

遂發. 太子及賓客知其事者 皆白衣冠以送之. 至易水上 旣祖取道. 高漸
離擊筑 荊軻和而歌 爲變徵之聲. 士皆垂淚涕泣. 又前而歌曰 風蕭蕭兮易
水寒 壯士一去兮不復還.

그리고 이번에는 우성(羽聲:격렬한 가락)을 소리 내어 분개했다. 사람
들은 모두 눈으로 성내고 머리카락이 곤두서서 갓을 찔렀다. 이때 형가
는 수레를 타고 사라져 다시는 돌아보지 않았다.

復爲羽聲忼慨. 士皆瞋目 髮盡上指冠. 於是荊軻就車而去 終已不顧.

결국 형가는 한 걸음 못 미친 곳에서 진왕(秦王) 정을 찌르지 못해 죽임
을 당했다. 진무양은 새파랗게 질려 떨 뿐, 아무 소용이 없었다. 화가 난
진왕은 연(燕)나라를 공격하여 5년 후 이를 멸망시켰다.

축(筑) 솜씨로 진왕에게 불려 간 고점리는 형가의 친구인 것이 알려져
눈을 불로 지져 장님이 된 채 왕 곁에서 축을 타게 되었다. 고점리는 친
구의 원수를 갚기 위하여 축에 납을 넣어 진왕에게 달려들었지만 실수하
여 죽임을 당했다.

匹夫之勇

필 부 지 용

비천한 남자의 용기라는 뜻으로, 지략도 없이 혈기만 믿고 완력으로 일을 처리하려는 소인배의 용기라는 뜻.

혼자 **필** 지아비 **부** 어조사 **지** 날쌜 **용**

≪맹자≫ 양혜왕편(梁惠王篇) 하(下)에서 맹자와 제선왕(齊宣王)과의 대화는 왕도정치(王道政治)를 설명하는 맹자와 부국강병(富國强兵)을 생각하는 선왕(宣王)과 사고방식의 차이가 드러나 재미있다.

제선왕(齊宣王)이 물어보았다.

"이웃 나라와 사귀는 데 방법이 있습니까?"

맹자께서 대답하셨다.

"있습니다. 오직 인자(仁者)라야 능히 큰 나라로써 작은 나라를 섬길 수 있습니다. 그러므로 은(殷)나라 탕왕(湯王)이 갈(葛)나라를 섬기고 주문왕(周文王)이 곤이(昆夷)를 섬겼습니다. 그리고 오직 지혜 있는 왕이라야 작은 나라로써 큰 나라를 섬길 수 있습니다. 주태왕(周太王)이 훈육(獯鬻)을 섬기고 월왕(越王) 구천(勾踐)이 오(吳)나라를 섬겼습니다.

큰 나라로써 작은 나라를 섬기는 것은 하늘의 도(道)를 즐기는 것이요, 작은 나라로써 큰 나라를 섬기는 것은 하늘의 도(道)를 두려워하는 것이니, 하늘의 도(道)를 즐기는 사람은 천하를 편안케 하고, 하늘의 도(道)를 두려워하는 사람은 자기 나라를 편안케 하는 것입니다.

시경(詩經)에 이르기를, '하늘의 위엄을 두려워하면 나라를 길이 편안케 하도다.' 라고 하였습니다."

"크기도 하여라, 선생의 말씀이여! 그런데 과인에게는 한 가지 병이 있으니 과인은 용기를 매우 좋아합니다."

"왕께서는 제발 작은 용기를 좋아하는 일이 없도록 하소서. 칼자루를 어루만지고 노려보면서, '제가 어찌 감히 나를 당해낼 것이냐?' 하신다면 이는 필부(匹夫)의 용기입니다. 이는 곧 한 사람만을 대적함이니 왕께서는 제발 용기를 크게 부리소서."

齊宣王 問曰 交隣國有道乎. 孟子對曰 有 惟仁者 爲能以大事小 是故湯事葛 文王事昆夷. 惟智者 爲能以小事大 故大王事獯鬻 勾踐事吳. 以大事小者 樂天者也 以小事大者 畏天者也 樂天者保天下 畏天者保其國. 詩云 畏天之威 于時保之. 王曰 大哉言矣 寡人有疾 寡人好勇. 對曰 王請無好小勇. 夫撫劍疾視曰 彼惡敢當我哉 此匹夫之勇 敵一人者也 王請大之.

'필부지용(匹夫之勇)' 의 필부(匹夫)는 필부필부(匹夫匹婦)의 필부(匹夫)이며 비천한 사람이라는 뜻이다. '필부지용(匹夫之勇)' 이란 혈기로 널리 자랑하는 작은 용기, 완력을 쓰는 용기를 말한다.

하

何面目見之
하 면 목 견 지

무슨 면목으로 사람들을 볼 것인가 라는 뜻으로, 세상을 사는 것이 부끄럽다는 뜻.

어찌 하 낯 면 눈 목 볼 견 어조사 지

압도적으로 우세한 한(漢)나라 군대에 포위되어 해하(垓下)에 틀어박힌 항우(項羽)는 이제까지와는 다른 각오로 마지막 잔치를 베풀었다. 잔치가 끝나자 휘하의 장사 팔백여 명과 함께 포위를 깨고 어두운 밤에 말을 타고 탈출했다. 날이 밝자 한(漢)나라 군대도 이를 깨닫고 기장(騎將) 관영(灌嬰)에게 오천의 병사를 이끌고 그들을 추격하게 했다.

회하(淮河)를 건널 무렵에 항우를 따르는 사람은 백여 명으로 줄어 있었다. 음릉(陰陵)까지 왔을 때 길을 잘못 들어 그곳 농부에게 물어보니 '왼쪽으로 가라.' 하였다. 왼쪽으로 꺾어 들자 큰 진펄에 끼이게 되었다. 속았다고 깨달았을 때는 이미 한(漢)나라 군대가 가까이 다가오고 있었다.

하는 수 없이 동쪽으로 길을 돌려 동성(東城)에 이르렀는데 따르는 기병은 28명만 남았다. 이제 탈출할 수 없다고 생각한 항우는 부하를 돌아보며 말했다.

"나는 군대를 일으켜 오늘에 이르기까지 70여 번의 싸움을 했지만 단한 번도 패한 일이 없었다. 지금 여기에서 이렇게 괴로워하는 것은 하늘이 나를 멸망시킨 것이지 내가 싸움에 약한 때문이 아니다. 그 증거를 보여 주겠다."

하고 크게 외치며 말을 달려 한(漢)나라 대군 병사들을 베어 들어갔다. 한(漢)나라 장병들은 모두 두려워하며 좌우로 흩어졌다. 항우는 마주치는 긴 칼을 떨어뜨려 적장 한 사람을 베어 버렸다. 이 사이에 항우가 잃은 부하는 불과 두 사람뿐이었다.

항우의 군대는 이곳에서 동쪽으로 도망가 오강(烏江)의 긴 강줄기를 건너려 했다. 오강의 정장(亭長)이 배를 준비해 기다리고 있다가 말했다.

"강동(江東:강남)이 좁다고는 하지만 땅은 사방 천리나 되며 사람들은 수십만이나 있습니다. 그곳도 왕 노릇을 하기에 충분합니다. 제발 급히 건너가 주십시오. 한(漢)나라 군대가 오면 건너갈 수 없습니다."

그러자 항우가 웃으면서 말했다.

"하늘이 나를 멸망시키는 것이다. 내 어찌 건너가겠는가? 또한 나는 전에 강동(江東)의 팔천 여 자제와 함께 강을 건너 서쪽으로 갔지만 지금은 한 사람도 살아 돌아온 사람이 없다. 설사 강동의 부형들이 나를 불쌍히 여겨 왕으로 삼아 줄지라도 내 무슨 면목으로 그들을 볼 수 있겠는가? 설사 그들이 아무 말 하지 않을지라도 나 홀로 마음에 부끄러워하지 않을 수 없다."

天之亡我 我何渡爲. 且籍與江東子弟八千人 渡江而西 今無一人還. 縱江東父兄憐而王我 我何面目見之. 縱彼不言 籍獨不愧於心乎.

'하면목견지(何面目見之)'란 '무슨 면목으로 사람들을 볼 것인가.'라는 뜻으로, 낯을 들고 세상을 사는 것이 부끄럽다는 것을 표현한 말이다.

瑕玉

하 옥

티가 있는 구슬. 공연한 일을 하여 사태를 악화시킨다는 뜻.

티 **하** 구슬 **옥**

'구슬에 티가 있다'는 한어(漢語)로 '하옥(瑕玉)'이라고 한다.

이 말은 ≪회남자≫의 설림훈편(說林訓篇)에 다음과 같이 실려 있는 것이 그 기원이다.

쥐 굴을 다스리면 마을의 문이 부서지고 여드름을 만지면 뾰루지와 등창이 일어나거니와, 이는 마치 진주에 흠이 있고 구슬에 티가 있어서 이를 그냥 놓아 두면 곧 온전해지고 이를 제거하면 곧 이지러짐과 같다.

治鼠穴而壞里閭 潰小皰而發痤疽 若珠之有纇 玉之有瑕 置之則全 去之則虧.

쥐의 굴을 막아버리면 마을의 문이 부서지고 여드름을 만지면 뾰루지와 등창이 발생하는 것은 마치 진주에 흠이 붙거나 구슬에 티가 있는 경우 그대로 놓아 두면 완전해질 것을, 그 흠과 티를 제거하느라 더 이지러지는 것과 같은 것이다.

또 같은 설림훈편(說林訓篇)에,

표범의 털가죽 옷이 복잡한 것은 여우의 털가죽 옷이 순수한 것만 같지 못하다. 흰 구슬이 티가 있으면 보배를 얻지 못한다. 이것은 지극히 순수하기가 어려움을 말한 것이다.

豹裘而雜 不若狐裘之粹. 白璧有考 不得爲寶. 言至純之難也.

라고 있다. 표범의 털가죽 옷은 반점(斑點)으로 뒤섞여 있어 여우의 털가죽 옷의 순수한 빛깔에는 미치지 못한다. 흰 구슬이라도 흠이 있는 것은 보배라고 말할 수 없다. 이것은 완전히 순수한 것은 얻기 어렵다는 것을 말한다.

한어(漢語)로 '하옥(瑕玉)'이 나온 것은 전자이며, '하옥(瑕玉)'이라는 말은 흠이 없으면 완전한데 아깝게도 흠이 있어 구슬의 결점이 된다는 뜻으로 쓰인다.

邯鄲之夢
한 단 지 몽

한단에서 꾼 꿈. 인간의 부귀영화는 허무하고 덧없다는 뜻.

고을 이름 **한** 조나라 서울 **단** 어조사 **지** 꿈 **몽**

당(唐)나라 덕종(德宗) 때 벼슬하였으며 ≪건중실록(建中實錄)≫ 등의 사서(史書)를 지어 역사가로서 이름이 알려진 심기제(沈旣濟)는 ≪침중기(枕中記)≫라는 전기소설(傳奇小說)을 썼다.

당(唐)나라 현종(玄宗) 개원 연간(開元年間)의 일로, 도사(道士) 여옹(呂翁)이 한단으로 가는 도중 한 여관 앞에서 쉬었다. 거기에 푸른 망아지를 타고 허름한 옷을 입은 노생(盧生)이라는 마을의 청년이 일하러 가다 역시 여관 앞에서 쉬었다.

청년은 도사 여옹과 즐겁게 담소하다가 자기가 입고 있는 누더기를 보더니 한숨을 쉬면서 말했다.

"사나이로 세상에 태어나 혜택을 받지 못하고 가난에 쪼들리는 이 꼴이 무엇입니까?"

여옹이 말했다.

"보는 바로는 살결 빛이 깨끗하고 살도 많이 붙어서 건강한 것 같군. 지금까지는 즐거운 듯이 얘기하다 가난함을 한탄하니 어쩐 일인가?"

"오직 목숨이 붙어 있는 것뿐입니다. 저는 조금도 즐겁지 않습니다."

"즐겁지 않다니 어찌하면 즐거워지겠는가?"

그러자 노생은 공명을 세워 장군이 되고 재상이 되어 부귀영화를 다하며 집안을 번영하게 하는 것이야말로 사는 보람이 있는데, 사나이로 한창 나이인 지금은 그런 희망도 없다고 배꼽을 잡고서 웃었다.

노생은 이상하게 눈언저리가 근질근질하며 졸렸다. 여관 주인은 기장을 쪄서 식사 준비를 하고 있었다. 여옹은 가까이 있는 자루 속에서 베개를 꺼내 노생에게 건네주면서 말했다.

"이것을 베게나. 부귀와 영화를 마음대로 할 수 있을 테니."

그것은 청자(靑磁)로 된 베개인데 양쪽에 구멍이 뚫려 있었다. 노생이 그 베개를 베자 어물어물하는 사이에 구멍이 넓어져 그 속으로 들어갈 수 있었다. 노생이 일어나 그 안으로 들어가니 어느 집에 도착했다.

그리고 노생은 당대(唐代)에 으뜸가는 부호 청하(淸河) 최씨의 딸에게 장가들었다. 그후로 점점 운이 틔기 시작하여 노생은 날로 풍요해지고 과거에도 합격하여 출세 가도를 달리니, 3년 뒤에는 그 땅의 백성들에게 감사받을 만한 업적을 남기고 경조(京兆)의 윤(尹)에 임명되어 도읍으로 돌아왔다.

그때 토번(吐藩) 정벌의 싸움이 일어나 노생은 하서도 절도사(河西道 節度使)에 임명을 받아 눈부신 무공을 세우고 변경 사람들이 현창비(顯 彰碑)를 세울 정도로 감사를 받았다. 논공행상(論功行賞)으로 중앙의 요 직에 나아가 각 부서를 역임해 가면서 청렴하고 중후하여 덕망을 모았지 만 재상이 싫어하여 단주 자사(端州刺史)로 좌천되었다.

그러나 그것도 잠시, 3년 뒤에 다시 불리어 시종직(侍從職)이 되었고 곧 재상직에 나아갔다. 천자에게도 총애를 받고 집무는 엄정하여 어진 재상이라고 불리웠지만, 동료들로부터 미움을 받아 모반을 계획한다고 참소되어 갑자기 포졸들이 집을 둘러쌌다. 노생은 울면서 아내에게 말 했다.

나의 집은 본래 산동(山東)인데, 좋은 밭이 몇 이랑 있소. 그리하여 추 위와 굶주림을 막기에 족하오. 어찌 괴로워하며 녹을 구하리오. 그런데 지금은 이렇게 되었소. 다시 허름한 옷을 입고 푸른 망아지를 타고 한단 의 길 가운데로 가고 싶지만 가히 그럴 수가 없구려.

吾家本山東 良田數頃 足以禦寒餒 何若求祿 而今及此. 思復衣短裘乘 靑駒 行邯鄲道中 不可得也.(≪태평광기≫ 제82권)

노생은 칼을 뽑아 자결하려고 했지만 아내가 말리는 바람에 죽지 못했다. 연좌된 사람들 모두 사형에 처해졌는데 노생만을 덮어 주는 사람이 있어 사형을 면하고 환주(驩州)의 장관으로 좌천되었다. 그래도 수년이 지나 죄가 없다는 것이 밝혀져 다시 재상직으로 돌아왔다.

아들이 다섯 있어 제각기 출세 가도로 나아가고 아들의 아내들은 모두 호족 출신이며 손자도 10여 명이 태어났다. 이렇게 50여 년 동안 비교할 바 없는 권세를 자랑하고 만년에는 수많은 미녀들을 껴안는 재미에 빠져 부귀와 영화를 극진히 했다.

재상직을 사임할 것을 원했지만 허락되지 않아 마침내 죽음의 자리에 나아가 성은을 받는 상소문을 보내니 드디어 허락이 내린 날 밤 노생은 깊이 잠들었다.

노생은 기지개를 켜고 하품을 하면서 깨어났다. 살펴보니 여관 문앞에서 자고 있었고 옆에는 여옹이 있었다. 주인은 기장을 찌고 있었으며 식사 준비는 아직 되어 있지 않았다. 주위의 모든 것이 원래 그대로였다. 그는 뛰어오르면서 말했다.

"이게 꿈이었던가?"

여옹이 웃으면서 말했다.

"이 세상의 일 또한 그와 같은 것이다."

노생은 그렇겠다고 생각했다. 한참 있다가 사례하며 말했다.

"총애와 치욕의 운수도, 영달이나 전락의 이치도, 삶과 죽음의 정도 다 알았습니다. 이 일은 선생께서 제 욕망을 막아 주신 것입니다. 감히 가르침을 받지 않더라도 결코 잊지 않을 것입니다."

노생은 여옹에게 두 번 절하고 떠났다.

盧生欠伸而寤. 見方偃於邸中 顧呂翁在傍. 主人蒸黃粱尙未熟. 觸類如故. 蹶然而興曰 豈其夢寐耶. 翁笑謂曰 人世之事 亦猶是矣. 生然之. 良久謝曰 夫寵辱之數 得喪之理 生死之情 盡知之矣. 此先生所以室吾欲也 敢不受敎. 再拜而去.(≪태평광기≫ 제82권)

이상이 그 줄거리이며 이 전기(傳奇)에서 '한단지몽(邯鄲之夢)'과 '황량일취지몽(黃粱一炊之夢)'이라는 성어(成語)가 나왔다. 두 가지 모두 부귀영화나 영고성쇠(榮枯盛衰)가 인생에 얼마나 허무한 것인가를 비유하여 쓰이고 있다.

邯鄲之步
한 단 지 보

한단에서 걸음을 배운다. 자기의 힘을 생각하지 않고 남의 흉내를 내어 이것저것 탐내다가 하나도 얻지 못한다는 뜻.

고을 이름 **한** 조나라 서울 **단** 어조사 **지** 걸음 **보**

함부로 남의 흉내를 내어 자기의 본분을 잊어버리는 것, 혹은 자기의 힘을 생각하지 않고 다른 사람의 흉내를 내어 이것저것 탐내다가 하나도 얻지 못하는 것을 비유하여 '한단지보(邯鄲之步)'라고 한다.

이 말은 ≪장자≫의 추수편(秋水篇)의 이야기에서 나온 것이다.

장자(莊子)의 후배 공손룡(公孫龍)이 장자의 선배인 위모(魏牟)에게 물었다.

　"나는 젊어서 선왕(先王)의 도(道)를 배우고, 자라서 인의(仁義)를 행하여 밝히며, 또 사물의 같고 다름을 비교하여 굳고 흼을 나누고, 그렇지 않음을 그렇다 하고 옳지 않음을 옳다고 하여 백가(百家)의 지혜를 괴롭혔으며 뭇사람들의 의론을 곤궁케 했습니다. 또한 스스로 진리에 통달했다고 할 뿐입니다. 지금 나는 장자(莊子)의 말을 들었으나 어리둥절하여 이를 이해할 수 없습니다. 알지 못하겠습니다. 나의 이론이 미치지 못하는 것입니까, 지혜가 같지 못한 것입니까? 나는 지금 뭐라고 말해야 할지 잘 모르겠습니다. 감히 그 까닭을 물어보겠습니다."

　이에 대해 위모는 책상에 의지하여 숨을 내쉬고 하늘을 우러러 크게 웃으면서 말했다.

　"자네는 우물에서 홀로 사는 개구리의 말을 듣지 못하였는가? 그 개구리는 동해의 거북에게,

　'나는 즐겁다네. 우물 밖에 나오면 나무줄기 위로 뛰어오르고, 우물 속으로 들어가면 게가 빠져나온 구멍에서 쉬며, 물에 뛰어들면 두 앞발로 배를 끼고 고개를 들어 물에 뜨고, 진흙을 발로 차면 곧 다리가 빠져 물갈퀴가 없어지네. 자벌레나 게나 올챙이를 돌아보면 나를 따를 만한 자가 없다네. 또한 한 곳의 물을 독점하여 우물을 내 마음대로 하고, 수렁을 넘는 즐거움 또한 지극하지. 자네도 이번 기회에 들어와 보지 않겠는가?'

라고 자랑했지. 이 말을 들은 동해의 거북은 우물 속으로 들어가 보려고 했네. 그런데 왼발이 들어가자마자 오른쪽 무릎이 걸려 움직일 수조차 없게 되었네. 그래서 거북은 살살 뒷걸음질을 치며 개구리에게 바다를 얘기했네.

'저 바다는 천리나 되어서 그 크기를 말로 다할 수가 없다네. 천길이나 되는 높이도 그 깊음을 다하기에는 부족하지. 우(禹)임금 때 10년간 아홉 번이나 대홍수가 있었는데 그때도 바닷물은 늘지 않았네. 은(殷)나라 탕왕(湯王) 때는 8년간 일곱 번이나 한발이 있었는데도 바다의 언덕이 좁아지지 않았다네. 바다는 언제까지나 옮기거나 바뀌지 않고, 많고 적음으로써 나아가고 물러서지 않으니 이것이 동해의 큰 즐거움이라네.'

이 말을 듣자 우물 안 개구리는 깜짝 놀라 떨면서 어물어물할 뿐 어떻게 해야 할지 몰랐네.

도대체 그 지혜가 이 세상의 옳고 그름을 다투는 어리석음을 깨닫지 못하면서 장(莊)선생의 말씀을 이해하고 싶다는 자네의 생각은 마치 모기 등에 산을 지우고 그 산을 옮겨 놓겠다는 것과 같네. 필시 임무를 다하지 못하지. 또한 그 극묘(極妙)한 말을 이해할 수 있는 지혜도 없으면서 한때의 승리에 자적(自適)하는 사람은 곧 우물 안 개구리가 아닌가?

장자는 장차 황천(黃泉)을 밟고 대황(大皇)에 오른다네. 남쪽이 없고 북쪽이 없으며 사방의 만물 속에 녹아들어 헤아릴 수 없는 경지에 잠긴다네. 서쪽이 없고 동쪽이 없는 것은 검고 어두움의 시작이며 크게 통함에 돌아가지. 그대는 눈앞이나 입 끝으로 구하여 알려고 하는군. 이것은 곧은 대통[竹筒]으로 하늘을 보고 송곳으로 땅을 재는 것이니 그 또한 작지 아니한가? 어서 돌아가게."

"또한 그대는 수릉(壽陵)의 젊은이가 걷는 법을 배우러 한단(邯鄲)으로 갔다는 이야기를 듣지 못하였는가? 아직 그 나라의 걸음걸이에도 능하지 못하는데 제 나라의 걸음걸이마저 잃어, 엎드려 기어서 돌아갔을 뿐이라네. 그대가 당장 가지 않는다면 장차 그대의 방법을 잊고 그대의 본분을 잃어버릴 것일세."

공손룡은 혀가 올라가서 내려오지 않아 입을 벌린 채 다물지도 못하고, 곧 달려서 도망쳤다.

且子獨不聞夫壽陵餘子之學行于邯鄲與. 未得國能 又失其故行矣. 直匍匐而歸耳. 今子不去 將忘子之故 失子之業. 公孫龍口呿而不合 舌擧而不下 乃逸而走.

汗牛充棟
한 우 충 동

소가 땀을 흘려 마루를 채운다는 뜻으로, 수레에 실으면 소가 땀을 흘릴 정도이고, 집에 쌓으면 대들보까지 찰 정도로 책이 굉장히 많다는 뜻.

땀**한** 소**우** 찰**충** 마루**동**

당(唐)나라 중엽의 문장가 유종원(柳宗元)의 ≪육문통선생묘표(陸文通先生墓表)≫라는 글이 있다. 그 첫머리 부분에 이렇게 실려 있다.

공자께서 ≪춘추≫를 짓고서 천오백 년이 지났다. 이름이 전해지는 사람이 다섯 있는데 지금은 그 셋을 쓴다. 죽간(竹簡)을 잡고 초조하게 생각하여 읽고 주석(註釋)을 지은 백천(百千)의 학자가 있다. 그들은 성품이 뒤틀리고 굽은 사람들인데 말로써 서로 공격하고 숨은 일을 들추어내는 자들이다. 그들이 지은 책들을 집에 두면 '창고에 가득 차고', 옆으로 옮기려면 '소와 말이 땀을 흘릴' 정도였다.

공자의 뜻에 맞는 책이 숨겨지고 혹은 어긋나는 책이 세상에 드러나기도 했다. 후세의 학자들은 늙음을 다하고 기운을 다하여 왼쪽을 보고 오른쪽을 돌아보아도 그 근본을 얻지 못한다. 배우는 것에 전념하여 서로 다른 바를 비방하고, 마른 대나무의 무리가 되며, 썩은 뼈를 지켜 부자가 서로를 상처내고, 임금과 신하가 배반하기에 이르는 자가 이전 세상에는 많이 있었다. 심하도다, 성인 공자의 뜻을 알기가 어렵도다.

孔子作春秋 千五百年. 以名爲傳者五家 今用其三焉. 乘觚牘 焦思慮以爲讀注疏說者 百千人矣. 攻訐狠怒 以辭氣相擊排冒沒者. 其爲書 處則充棟宇 出則汗牛馬. 或合而隱 或乖而顯. 後之學者 窮老盡氣 左視右顧 莫得其本. 則專其所學 以訾其所異 黨枯竹 護朽骨 以至於父子傷夷 君臣詆悖者 前世多有之. 甚矣 聖人之難知也.

육문통(陸文通)은 춘추시대의 학자로 이름은 순(淳)이라고 하였지만 뒤에 헌종(憲宗)의 이름과 같다 하여 질(質)이라고 고쳤다.

유종원은 이 사람의 엄정한 역사의 안목을 배워 자신의 사상과 문학의 양식으로 삼았다. 육문통이 죽고 나서 여러 해 뒤에 그의 무덤을 찾아간 유종원이 갈(碣:원현의 돌)을 바쳐 기록한 문장이 바로 이것이다.

문장의 중요한 내용은, 문통 선생은 보통의 학자가 아니라 공자의 본래 사상을 그대로 받아들인 춘추시대의 훌륭한 학자였다는 것, 그러나 슬프게도 선생의 학문이 실제 정사에까지 미치지 못하고 돌아간 것을 말하며, 우리들은 공자의 글을 잘 주석하고 잘 지어 정통한 선생의 공적을 칭찬하여 '문통 선생(文通先生)' 이라는 시호를 보낸다는 내용이다.

'한우충동(汗牛充棟)' 이란 지금은 장서가 많은 것을 뜻하는 데 그치지만, 원문에서는 다른 사람을 함부로 헐뜯고 자신만을 옳다고 여기는 무익한 책들이 세상에 많이 있는 것을 슬퍼한 말이다.

割鷄焉用牛刀
할 계 언 용 우 도

닭을 잡는 데 소 잡는 큰 칼을 쓸 필요가 없다는 뜻으로, 작은 일을 처리하는 데 큰 인물의 손을 빌릴 필요가 없다는 뜻.

벨 **할** 닭 계 어찌 **언** 쓸 용 소 **우** 칼 **도**

이 말은 ≪논어≫ 양화편(陽貨篇)에 공자와 그의 제자 자유(子游)가 주고받은 문답 중에 나오는 것으로, 여기에서는 그 말 자체보다 배경 이야기가 더 흥미 있다.

공자께서 무성(武城)에 가셨을 때, 현가(弦歌) 소리를 들으셨다. 공자께서 빙그레 웃으시면서 말씀하셨다.
"닭을 잡는 데 어찌 소 잡는 큰 칼을 쓸 필요가 있느냐?"
자유가 대답했다.
"전에 제가 선생님께 배움을 들었을 때는, '군자는 도(道)를 배우면 사람을 사랑하고, 소인은 도(道)를 배우면 부리기 쉽다.' 라고 하셨습니다."
공자께서 말씀하셨다.

"애들아, 언(偃)의 말이 옳으니라. 아까 한 말은 농담이었을 뿐이다."

子之武城 聞弦歌之聲. 天子莞爾而笑日 割鷄焉用牛刀. 子游對日 昔者
偃也聞諸夫子 日 君子學道則愛人 小人學道則易使也. 子日 二三子偃之言
是也. 前言戲之耳.

무성(武城)은 노(魯)나라의 작은 읍(邑)이다. 공자의 제자 자유(子游)가
그 무렵 무성의 재(宰)가 되어 일찍이 스승 공자에게서 가르침을 받은 예
악(禮樂)으로 백성들의 교화에 전력을 기울여 왔다. 그러므로 공자께서
두세 명의 제자를 거느리시고 무성의 자유(子游)를 찾아갔을 때, 마을 여
기저기에서 거문고에 맞추어 시를 노래하는 소리를 들으시고 뜻밖에 빙
그레 웃으시면서 자유에게, '닭을 잡는 데 어찌 소 잡는 큰 칼을 쓰겠는
가?' 라고 물으셨다.

'빙그레 웃는다' 는 것은 '조금 웃는 모습' 이니 적어도 조소하는 뜻은
포함되어 있지 않다. 호의적인 웃음이었을 것이다. 공자의 이 말씀은 두
가지 뜻으로 받아들일 수 있다. '예악에 의한 교화는 치국(治國), 평천하
(平天下)에 통하는 대도(大道)인데 이렇게 작은 읍에서 시도하다니 그 고
충이 많겠다.' 하는 뜻일 수도 있고, '너는 천하와 국가를 다스릴 만한 유
능한 인재인데 이렇게 작은 읍에서 열심히 하고 있구나.' 하는 뜻으로 받
아들일 수도 있다.

자유는 공자의 말씀을 듣자 정면으로 말씀드렸다.

"옛날에 저는 선생님께 배우기를, 군자는 도(道)를 배우면 사람들을 사
랑하게 되고, 소인은 도(道)를 배우면 부리기 쉽다고 들었습니다. 도(道)
를 배우는 것이 그만큼 큰 일이라면 그 도(道)에 통하게 되는 예악(禮樂)
은 군자나 소인에게 필요불가결한 것이 아니겠습니까?"

이 대답을 들으신 공자께서는 농담이 지나쳤다고 느낀 것이리라. 그래서 데리고 온 제자들을 돌아보며 말씀하셨다.

"제자들아, 자유(子游) 말이 옳다. 아까 내가 말한 것은 그저 농담이었을 뿐이다."

이 대화에서 우리들은 공자와 그 제자들 사이에 절박한 감정의 대립이 아니라 화기애애한 조화가 이루어짐을 느낄 수 있다.

偕老同穴
해 로 동 혈

함께 늙고 같은 무덤에 묻힌다는 뜻으로, 생사를 함께 한 부부 사이에 금슬이 아주 좋다는 뜻.

함께 **해** 늙을 **로** 같을 **동** 구덩이 **혈**

살아서는 함께 늙고 죽어서는 같은 무덤에 묻힌다는 뜻으로, '부부의 약속'을 말한 것이지만 뜻이 변하여 '부부의 사이가 좋은 것'을 형용하는 데 쓰이고 있다.

이 '해로(偕老)'라는 말은 ≪시경≫ 패풍(邶風)의 〈북을 치다(擊鼓)〉, 용풍(鄘風)의 〈군자해로(君子偕老)〉, 위풍(衛風)의 〈백성(氓)〉에서 나왔으며, '동혈(同穴)'은 왕풍(王風)의 〈대거(大車)〉 시에서 나온 것이다.

〈북을 치다(擊鼓)〉란 출정한 병사가 고향에 돌아갈 희망도 없이 아내를 그리워하는 시인데 그 5절 중 제1절에서 이렇게 노래하고 있다.

　죽음과 삶과 만남과 헤어짐을 그대와 함께 언약하였도다.
　그대의 손을 잡고서 그대와 함께 늙으리로다.

　死生契闊 與子成說
　執子之手 與子偕老

　'계활(契闊)'이란 '만나고 헤어진다'는 말로, '사생계활(死生契闊)'이란 죽으나 사나 함께 있자고 맹세하는 말이다. 그대의 손을 잡고 늙어 죽을 때까지 함께 살겠다고 서로 맹세하는 것이다.
　용풍(鄘風)의 〈군자해로(君子偕老)〉는 3절로 이루어진 시로, 제1절에서 이렇게 노래하고 있다.

　군자와 늙도록 함께 하니, 쪽 찌고 여섯 구슬 박은 비녀 꽂았으며,
　얌전히 걸음 걷고, 산 같고 강 같아서,
　부인의 예복이 이에 어울리거늘,
　그대의 정숙하지 못함은 어떻게 된 일이오?

　君子偕老 副笄六珈
　委委佗佗 如山如河
　象服是宜
　子之不淑 云如之何

　위풍(衛風)의 〈백성(氓)〉은 행상하던 여자가 경박한 사나이를 따라가

그의 아내가 되었지만 끝내 버림받아 탄식하는 것을 노래한 6절의 시로,
교훈이 들어 있는 노동가이다. 그 마지막 절에서 이렇게 노래한다.

그대와 더불어 늙고자 하였더니 늙어서 나로 하여금 원망케 하도다.
기수에도 언덕이 있고 진펄에도 반수(泮水)가 있도다.
총각으로 즐길 때는 말하고 웃는 것이 부드럽더니,
믿음으로 맹세할 때에는 반대로 바뀔 줄 생각 못했도다.
다시 반대로 생각하지 않는다면 이 또한 끝장이로다.

及爾偕老 老使我怨
淇則有岸 隰則有泮
總角之宴 言笑晏晏
信誓旦旦 不思其反
反是不思 亦已焉哉

왕풍(王風)의 〈대거(大車)〉에는 여러 가지 해석이 있는데 대부(大夫)가
수레를 타고 가는 것을 옛 애인이 보고 부른 노래이다.

살아서는 집이 다르나 죽어서는 한 구덩이를 같이하리라.
나를 미덥지 않다고 말한다면 밝은 해를 두고 맹세하리라.

穀則異室 死則同穴
謂予不信 有如皦日

≪시경≫ 네 편의 시 중 처음 셋에서 '해로(偕老)'를 따고 뒤의 하나에

서 '동혈(同穴)'을 따 숙어로 만든 것이 '해로동혈(偕老同穴)'이다. 네 편의 시 모두 '해로동혈(偕老同穴)'의 즐거움을 노래한 것이 아니라 그 이룰 수 없는 그리움을 노래한 것이라면, '해로동혈'이란 말은 단지 사이가 좋은 부부로만 해석하는 것은 옳지 않을지도 모른다.

解語花
해 어 화

말을 알아듣는 꽃. 양귀비 같은 미인을 뜻함.

풀 **해** 말씀 **어** 꽃 **화**

'말을 알아듣는 꽃'이란 미인을 일컫는 말이다.

오대(五代)의 왕인유(王仁裕)가 엮은 ≪개원천보유사(開元天寶遺事)≫에 천보의 유사로서 다음과 같은 문장이 있다.

명황(明皇) 가을 8월, 태액지(太液池)에 천 송이의 흰 연꽃이 있었다. 그중 몇 가지에는 꽃이 무성하게 피었다. 황제는 양귀비(楊貴妃)와 더불어 잔치하고 감상했다. 좌우가 모두 감탄하며 부러워했다.

잠시 후 황제가 양귀비를 가리키며 좌우에게 말했다.

"내 말을 알아듣는 꽃과 견줄 만하도다."

明皇秋八月 太液池有千葉白蓮 數枝盛開. 帝與貴戚宴賞焉 左右皆歎羨.

久之帝指貴妃謂於左右曰 爭如我解語花.

    명황(明皇)이란 당(唐)나라의 현종 황제(玄宗皇帝)를 가리키는 말이다. 개원(開元)과 천보(天寶)는 현종이 재위(在位)하고 있는 동안의 연호로, 개원은 29년간, 천보는 15년간이다. 글 가운데 귀비는 말할 것도 없이 양귀비를 가리킨다.

    양귀비 아버지는 촉주(蜀州)의 사호(司戶)였다. 처음에는 현종의 아들 수왕(壽王)의 아내로 맞아들였지만, 원래 호색가였던 현종이 장안(長安)의 동쪽 여산(驪山)에 있는 온천장 화청궁(華淸宮)에서 그녀를 본 이후로 현종의 애첩이 되었다. 아들의 아내를 애첩으로 삼는 것은 역시 세상에 꺼리는 일이라 현종은 일단 양귀비를 도교(道敎)의 절로 보내어 중으로 만들었다가 뒤에 후궁으로 들어오게 했다. 안록산(安祿山)의 난으로 양귀비는 불행한 최후를 맞게 된다.

    이 글의 태액지(太液池)란 장안성의 동북간에 있는 성에 인접해 만든 정원의 대명궁(大明宮) 내에 있는 연못이다. 당(唐)나라 2대 천자 태종(太宗) 때 별궁으로 세운 것인데 고종(高宗) 이후로는 천자가 항상 기거하는 궁이 되었다.

    이 태액지의 수면에 널리 퍼져 있는 연꽃 중에서 몇 개가 피기 시작하였다. 그 아름다운 흰 연꽃에 반한 귀족들을 둘러보던 현종은 양귀비를 가리키면서,

    "나의 말을 알아듣는 이 꽃이 훨씬 더 아름답다."

라고 말한 것이다. 이때 현종의 나이는 65, 6세, 양귀비는 27, 8세였다.

見頭角
현 두 각

두각을 나타낸다는 뜻으로, 재능이나 역량이 남보다 유달리 뛰어나다는 뜻.

나타날 **현** 머리 **두** 뿔 **각**

재능이나 역량이 남보다 유달리 뛰어나게 나타남을 말하는 것이다. 이 말은 한유(韓愈)의 ≪유자후묘지명(柳子厚墓誌銘)≫에서 나왔다.

자후는 유종원(柳宗元)의 자로, 유종원은 한유와 함께 중당(中唐)에 살던 당대(唐代)를 대표하는 문장가였다. 한유와는 지기지간(知己之間)이며 한유가 다섯 살 연장자였다.

이 문장은 유종원의 유언에 따라 쓰인 것이다. 묘지명(墓誌銘)이란 고인의 덕을 칭찬하여 돌에 새겨서 관과 함께 묻는 문장이다. 유종원은 21세 때 진사가 되고, 26세 때 박사굉사과(博士宏詞科)에 합격했다. 한유는 이 시험에 세 번 응시했지만 끝내 합격하지 못했다.

43세 때 유종원이 속하는 붕당(朋黨)이 조정으로부터 배척되어 그는 호남성(湖南省)의 영주(永州)에 사마(司馬)로 좌천되었다. 이제까지 소장의 날카로운 기운의 선비로서 비교적 순조로운 관리 생활을 보내고 있던 그도 이후로는 중앙의 정치에 돌아오지 못하고 47세 때 다시 남쪽의 광서성(廣西省) 유주 자사(柳州刺史)로 전임되었으나 그곳에서 생애를 끝맺게 된다.

그의 문장 내용이나 형식이 참신함과 깊이를 가한 미증유의 경지를 열게 된 것은 후반생의 불행이 시작된 뒤의 일이다. 후세의 모범이 된 명문장은 그의 불행과 교환하여 이루어진 것이라고 말할 수 있다. 한유의 문장과 함께 그의 문장은 ≪당송팔가문(唐宋八家文)≫과 ≪문장궤범(文章軌範)≫의 중심을 이루고 있다.

유종원이 죽은 것은 원화(元和) 14년의 늦가을이나 초겨울이었다. 이해 정월에 한유는 〈부처님의 뼈를 논하는 표(表)〉를 지어 천자의 불교 숭배를 공격했기 때문에 조주(潮州)에 귀양가는 몸이 되었다. 조주는 유종원이 있던 유주에 가까운 광동성(廣東省)에 있다. 10월에 사면되어 조주의 북쪽에 있는 강서성(江西省) 원주(袁州)에 자사로 전임되었다.

부임해 가는 도중에 유종원의 부음에 접한 모양이다. 이듬해 봄에 한유는 임지에 도착하여 여기에서 〈유자후의 제문〉을 지었고, 또 유종원의 유언에 따라 묘지명(墓誌銘)을 지었다. 유씨 조상으로부터 설명을 시작하여 아버지의 공적을 서술한 뒤에 유종원에 대해서 말했다.

자후는 젊어서 정민(精敏)하였고 통달하지 않음이 없었다. 아버지 때에 이르러서는 비록 소년이라 할지라도 이미 스스로 성인이 되어 능히 진사에 합격되고 참신하게 두각을 나타냈다. 사람들이 말하기를 유씨 가문에 아들이 있다.

子厚少精敏 無不通達. 逮其父時 雖少年已自成人 能取進士第 嶄然見頭角. 衆謂柳氏有子矣.

한유의 이 문장은 유종원의 경력이나 성격, 일에 대한 업적, 친구와의 우정, 혹은 유씨의 땅에서 노복을 해방시킨 이야기 등을 쓰고 있다.

유종원이 노복을 해방시킨 이야기가 글 속에 있는 것처럼 그는 단순한 문장가에 그치는 인물이 아니었다. 〈포사자설(捕蛇者說)〉이라는 그의 뛰어난 문장에는 세금을 과중하게 물리는 비인간적인 두려움을 날카롭게 지적하고 있다.

그런 그의 사상가로서 혹은 정치가로서 인간적인 혁신성이 최근 중국에서 다시 제기되고 있다. 당대(唐代)의 귀족사회에서 정치가, 사상가로서 그는 중국사가(中國史家) 앞에 '참신하게 두각을 나타내' 온 것이다.

'두각(頭角)'은 머리의 끝을 말하며, '현(見)'은 '현(現:나타내다)'과 같은 뜻이다.

螢雪
형 설

반딧불과 눈빛. 어려운 역경 속이라도 열심히 학업에 임해야 된다는 뜻.

반디 **형** 눈 **설**

'형설(螢雪)'로 고학을 한 이야기의 주인공은 동진(東晋)의 차윤(車胤)과 손강(孫康)이다. 두 사람은 고학에 힘쓴 보람이 있어 관계(官界)에 나가고 후세의 수험생에게 표본이 되었다. 이 두 사람의 고사(故事)를 연결하여 젊은이에게 교훈이 되게 한 것은 성당(盛唐) 사람 이한(李瀚)이 지어 계몽하는 책 ≪몽구(蒙求)≫이다. 그 상(上)권에 '손강이 눈(雪)을 비추고, 차윤이 반딧불(螢)을 모았다.' 라고 있다.

≪손씨세록(孫氏世錄)≫에 다음과 같이 실려 있다.

손강은 집이 가난하여 기름 살 돈이 없었기 때문에 항상 눈(雪)을 밝혀 책을 읽었다. 그는 젊었을 때부터 청렴결백하여 친구도 골라서 사귀었다. 뒤에 관계(官界)에 나아가 어사대부(御史大夫)까지 승진했다.

진(晋)나라의 차윤은 자를 무자(武子)라고 하며 남평(南平) 출신이다. 그는 노력가로서 박학다식하였으나 집이 가난하여 기름 살 돈이 없었기 때문에 여름에는 얇은 비단 주머니에 몇십 마리의 반딧불을 넣어 그 빛으로 책을 읽을 정도로 밤과 낮 구별 없이 노력했다. 당시 그는 오은지(吳隱之:효성으로 유명함)와 아울러 고학과 박학으로써 알려졌으며, 회합의 자리에서는 담론을 잘하고 성대한 잔치에 그의 얼굴이 보이지 않으면 사람들은,

"차공이 없으니 자리가 쓸쓸하다."

라고 했다. 벼슬은 이부상서(吏部尙書)까지 올라갔다.

손씨세록(孫氏世錄)에서 말했다.

"손강은 집이 가난하여 기름 살 돈이 없어 항상 눈을 비추어 책을 읽었다. 젊을 때부터 청렴결백하여 사귀고 노는 것이 잡되지 않았다. 뒤에 어사대부(御史大夫)까지 이르렀다. 진(晋)나라 차윤(車胤)은 자를 무자(武子)라 하며 남평(南平) 사람이다. 공경하고 힘써 게으르지 않았다. 널리 보고 많이 통하되 집이 가난하여 항상 기름을 얻지 못하여 여름철 달밤이면 얇은 비단 주머니에 수십 마리의 반딧불을 넣어 그것으로 비춰 책을 읽었는데 밤으로써 낮을 이었다. 때에 무자가 오은지와 더불어 고학과 박학으로써 세상에 이름이 알려지고 회합을 좋아했다. 당시 성대한

자리가 있을 때마다 무자가 있지 않으면 모두 말하기를,

'차공이 없으면 즐겁지 않다.' 라고 했다. 이부상서(吏部尙書)로 끝냈다.

孫氏世錄曰 康家貧無油 常映雪讀書. 少小淸介 交遊不雜. 後至御史大夫. 晋車胤字武子 南平人. 恭勤不捲 博覽多通 家貧不常得油. 夏月則練囊盛數十螢火 以照書 以夜繼日焉. 時武子與吳隱之 以寒素博學 知名于世 又善於賞會. 當時每有盛坐 而武子不在 皆曰 無車公不樂. 終吏部尙書.

이 이야기로부터 고학하는 것을 '형설(螢雪)' 이라고 말하게 되었다. 명대(明代)의 소화집(笑話集) ≪소부(笑府)≫에는 다음과 같이 실려 있다.

차윤은 반딧불을 주머니에 넣어 책을 읽고, 손강은 눈을 쌓아 그 빛으로 책을 읽었다.

어느 날 손강이 차윤을 찾아갔는데 집에 없었다.

"어디에 가셨는가?"

하고 묻자 문지기가 대답했다.

"반딧불을 잡으러 나가셨습니다."

그후 차윤이 답례를 하기 위하여 손강의 집을 찾아가니 손강이 마당 가운데 멍청히 서 있었다.

"왜 책을 읽지 아니하십니까?"

하고 묻자 손강이 대답했다.

"어차피 오늘 하늘을 보니 눈이 내리지 않을 것 같습니다."

虎溪三笑

호 계 삼 소

호계라는 시냇가에서 세 사람이 웃었다는 뜻으로, 습관처럼 늘 하던 대로 하지 않았다는 뜻.

범**호** 시내 **계** 석 **삼** 웃을 **笑**

동진(東晉)의 고승(高僧) 혜원(慧遠)은 중국 정토교(淨土敎)의 개조(開祖)로 알려져 있어, 뒤의 북주(北周)의 고승 혜원(慧遠)과 구별하기 위하여 흔히 '여산(廬山)의 혜원'이라고 불렀다.

처음에는 유교를 배우고 이어서 노장(老莊)의 도(道)를 닦았으며, 20세가 넘어서 출가하여 여산에 동림정사(東林精舍)를 경영하면서 역경(譯經)에 종사하는 한편, 원흥(元興) 원년에는 동림정사에 동지들을 모아 백련사(白蓮社)를 결성했다.

그런데 혜원이 두문불출한 동림정사 아래에는 호계(虎溪)라고 불리는 냇물이 흐르고 있었다. 혜원이 손님을 전송할 때는 이 호계까지 가서 작별 인사를 하되 결코 내를 건너는 일이 없었다.

어느 날 선비이자 시인이기도 한 도연명(陶淵明)과 도사 육수정(陸修靜)을 전송하려고 함께 나왔다. 이야기를 주고받으며 무심코 걸어가다가 갑자기 정신이 들어 보니 어느새 호계를 건너와 버려 세 사람은 얼굴을 마주 보면서 가가대소(呵呵大笑)했다고 한다.

송(宋)나라 화가 석각(石恪)이 이 고사를 주제로 그림을 그린 것이 〈호계삼소(虎溪三笑)〉이다.

샘이 흘러나와 절을 돌아 아래의 호계로 들어갔다. 옛날에 혜원 법사
가 손님을 보내는데 여기를 지나면 호랑이가 울었다고 하여 그런 이름이
붙여진 것이다. 당시 도원량(陶元亮)이 율리산(栗里山)에 살았다. 산 남
쪽의 육수정이 또한 도사였다. 일찍이 원사(遠師)가 이 두 사람을 보내는
데 길에서 서로 어울려 이야기하느라 깨닫지 못하고 여기를 지났다. 그
리하여 더불어 크게 웃었다. 지금 세상에 〈호계삼소(虎溪三笑)〉라는 그
림이 전하는 것은 대개 여기에 근본하는 것이다.

流泉匝寺 下入虎溪. 昔遠法師送客過此 虎輒號鳴 故名. 時陶元亮居栗
里山 山南陸修靜亦有道之士. 遠師嘗送此二人 與語合道 不覺過此 因相與
大笑. 今世傳三笑圖 蓋本於此.

이것은 송(宋)나라의 진성유(陳聖俞)가 지은 ≪여산기(盧山記)≫에 나
오는 이야기인데, 이 세 사람은 혜원과 도연명과 육수정이 아니라고 일
러진다. 육수정이 처음에 여산에 올라간 것은 남조(南朝)의 송(宋)나라
문제(文帝) 원가 연간(元嘉年間)의 말기로, 그때는 혜원이 죽은 지 30여
년이었고 도연명도 20여 년전에 세상을 떠났으므로 세 사람이 얼굴을
마주 대할 수는 없었다는 것이다.

과연 말한 그대로이지만 적어도 〈호계삼소(虎溪三笑)〉의 그림에 한해
서는 유(儒) · 불(佛) · 도(道)의 세 사람이 서로 마음으로부터 웃는 그림
으로 보는 것이 좋겠다.

虎視耽耽

호 시 탐 탐

호랑이가 노려보고 있다는 뜻으로, 목표한 바를 한 치의 방심도 없이 기다리고 있다는 뜻.

범**호** 볼**시** 노려볼**탐** 노려볼**탐**

호랑이가 눈을 부릅뜨고 사냥감을 노려보는 것과 같이 한순간도 방심하지 않는 태도를 말한다.

원래는 ≪역경≫의 경문(經文)에 나오는 말인데 그 글자의 뜻으로 보아도 '耽耽'이 옳고 '耽耽'은 그 속자(俗字)이다.

역경의 64괘(卦) 중 하나에 이(頤)라는 괘가 있다. 이(頤)란 아래턱을 가리키는 말이며 동사로 쓸 때는 기른다는 뜻이 포함된다. 그 괘형(卦形: ☳☶) 진하간상(震下艮上)은 두 양(陽)이 상하에 있고 사음(四陰: ☷☷)이 가운데 끼어 사람이 입을 벌린 형상과 비슷하다. 이것을 구성하는 팔괘(八卦: ☶ 간과 ☳ 진)의 괘덕(卦德)으로 볼지라도 상(上)은 멈추고 하(下)는 움직이므로 음식을 먹을 때 아래위 턱이 움직이는 것과 비슷하며 음식으로 사람의 몸을 기르므로 '기른다'는 뜻이 생겨났다.

그래서 이괘(頤卦)에서는 '기름(사람이 내 몸을 기르고, 성인이 만민을 기르고, 하늘과 땅이 만물을 기르는 등)'과 같은 뜻으로 괘 전체에 대해서나 또 이것을 구성하는 육효(六爻)에 대해서 각각 해설하게 되는 것이다.

그런데 이괘의 육사(六四)의 효사(爻辭)에는,

거꾸로 길러지는 것도 길하다. 호시탐탐(虎視耽耽)하여 그 욕심을 쫓아가면 허물이 없다.

六四. 顚頤吉. 虎視耽耽 其欲逐逐 无咎.

라고 있다. 그 대의를 설명하면 다음과 같다.

이괘(頤卦)의 육사(六四)는 인간의 계급으로써 한다면 천자를 보좌하여 천하의 만민을 기르는 대신의 지위에 있는 몸이지만, 음유(陰柔)로 힘이 부족하기 때문에 혼자 힘으로 천하의 만민은 고사하고 자기 몸을 기르는 일조차도 불안하다.

그리하여 스스로 아래 지위의 원조와 협력을 구하지 않으면 안 되거니와, 다행히도 처음의 아홉은 양강(陽剛)의 몸으로써 아래 지위에 있다. 말하자면 아래에 있는 현명한 선비로서 육사(六四)와 서로 응하며 육사(六四) 또한 유순한 덕을 갖추고 있어 올바른 지위에 있는 몸이므로 처음 아홉에 순응하여 그 길러짐을 받을 수 있는 것이다.

그러므로 위에 있는 사람이 호시탐탐(虎視耽耽)하여 위엄이 있되 사납지 않은 태도로 정중하게 행동하면 아래 지위에 있는 사람도 감히 이를 깔보지 못한다.

또 사람에게 길러짐을 구할 때는 그 욕심을 따라 끊임없이 하면 일이 성취되고, 이렇게 하여 이미 위엄을 갖추고서 사람에게 길러짐을 구하는 것에 게을리 하지 않는다면 이윽고 만민에 대한 베풂도 다함이 없고, 따라서 허물을 얻지 않게 되는 것이다.

浩然之氣
호 연 지 기

하늘과 땅 사이에 가득 찬 기운. 사물에 아무런 구애됨 없이 넓고 풍부한 마음이란 뜻.

클 **호** 그럴 **연** 어조사 **지** 기운 **기**

이것은 맹자와 그의 제자 공손추(公孫丑)와의 문답 중에 나오는 말이다. '호연(浩然)' 이란 넓고 풍부한 것을 형용한 말이며, 따라서 '호연지기(浩然之氣)' 란 '사물에 아무런 구애됨 없이 넓고 풍부한 마음', 좀 더 어렵게 표현하면 '꺾이지 않고 흔들림 없는 도덕적인 용기' 를 가리키는 말이다.

≪맹자≫ 공손추편(公孫丑篇)에 실려 있는 맹자와 공손추의 문답은 매우 길며, 맹자는 이 글 가운데서 '호연지기(浩然之氣)' 에 대한 것뿐만 아니라 이와 관련된 '마음이 동요되지 않음(不動心)' 과 '말을 알아들음(지언(知言):말의 옳고 간사함과 선악을 꿰뚫어보는 총명함)' 등의 주제에 대해서도 말하고 있다.

우선 '마음이 동요되지 않음(不動心)' 에 대하여 맹자께서는,

"나는 40세가 되면서부터 마음이 동요되지 않았다."

라고 말씀하시자 공손추가,

"만일 그러시다면 선생님은 옛날 위(衛)나라의 맹분(孟賁)보다 훨씬 용감하십니다."

라고 말하자,

"그것은 어려운 일이 아니다. 고자(告子:맹자와 같은 시대 사람)도 나보다 먼저 마음이 동요되지 않았다."

라고 대답하셨다. 이어서 공손추가,

"마음이 동요되지 않게 하는 데 방법이 있습니까?"

하고 여쭈어 보자 맹자께서는 '있다.'고 대답하시고 예로써 용기 있는 사람으로 평판이 높은 북궁유(北宮黝)와 맹시사(孟施舍) 등이 마음이 동요되지 않도록 수양한 방법에 대하여 말씀하시고, 다시 공자가 제자 증자(曾子)에게 한 말을 인용하여 진정한 용기를 설명하셨다.

"스스로 반성하여 옳지 못하면 비록 낡은 옷을 걸친 천인(賤人)에게도 두려워하지 않을 수 없지만, 스스로 반성하여 내가 옳다면 나는 가서 그들과 대적하겠다."

그러고는 덧붙여 설명하셨다.

"그러므로 맹시사가 용기를 지킨 것은 증자가 용기를 지킨 것만 못하다."

이어서 공손추가 물었다.

"선생님께서는 특히 어느 것에 뛰어나십니까?"

맹자께서 말씀하셨다.

"나는 남의 말을 잘 알며, 내 호연지기를 잘 기르고 있다."

공손추가 다시 물었다.

"무엇을 호연지기라 합니까?"

맹자께서 다음과 같이 대답하셨다.

"말로 설명하기는 어렵다. 그 기운은 몹시 크고 매우 굳센 것으로, 그것을 곧게 길러서 해 되게 하지 않는다면 하늘과 땅 사이에 가득 차게 된다. 그 기운은 정의와 도(道)에 맞는 것이며 이 기운이 없으면 굶주리게

된다. 이 기운은 안에 있는 옳음이 모여서 생겨나는 것이며, 밖에서 옳음
이 들어와 취해지는 것이 아니다. 행동하되 마음에 만족스럽지 못한 것
이 있으면 곧 굶주리게 되는 것이다."

敢問夫子 惡乎長. 曰 我知言 我善養吾浩然之氣. 敢問何謂浩然之氣.
曰 難言也. 其爲氣也 至大至剛 以直養而無害 則塞乎天地之間. 其爲氣也
配義與道 無是餒也. 是集義之所生者 非義襲而取之也 行有不慊於心
則餒矣.

즉 '호연지기(浩然之氣)' 라는 말은 설명하기가 매우 어렵지만, 그 기운
은 지극히 넓고 크고 굳세고 솔직한 것이어서 이 기운을 해치지 않고 잘
기르면 하늘과 땅 사이에 충만하게 되는 것이며, 이 기운이 없으면 사람
은 기아 상태에 빠지게 된다. 결국 이 기운은 자신 안에 있는 옳음이 쌓
인 결과로써 생기는 것으로 밖에서 옳음을 취하여 들여오는 것이 아니
다. 그러므로 자기 행위에 어떤 불만스러운 점이 있으면 이 기운도 기아
상태가 되어 버리는 것이다.

胡蝶之夢
호 접 지 몽

꿈에 나비가 되어 즐거운 생각을 한다는 뜻으로, 인생의 덧없음을 비유함.

오랑캐 **호** 나비 **접** 어조사 **지** 꿈 **몽**

장자(莊子:이름은 주)는 꿈에 나비가 되어 몹시 즐거운 생각을 하였다는 고사에서 나온 말로, 자연과 나의 구별을 잊어버리는 일, 혹은 자연과 내가 한 몸이 된 경지를 비유하여 '호접지몽(胡蝶之夢)'이라 하며, 또 인생의 덧없음을 뜻하기도 한다.

이 말은 《장자》의 제물론편(齊物論篇)에 다음과 같이 기록되어 있다.

옛날에 장주(莊周)가 꿈에 나비가 되었는데, 나비가 된 것을 기뻐하였다. 스스로 즐겨 뜻하는 대로 가고 있어서 자신임을 알지 못했다. 갑자기 깨달으니 곧 장주가 되어 있었다. 알지 못하겠다, 장주가 꿈에 나비가 된 것인지, 나비가 꿈에 장주가 된 것인지. 장주와 나비는 반드시 구별이 있다. 이것을 자연이 된다고 말한다.

昔者莊周夢爲胡蝶 栩栩然胡蝶也. 自喻適志與 不知周也. 俄然覺 則蘧蘧然周也. 不知 周之夢爲胡蝶與 胡蝶之夢爲周與. 周與胡蝶 則必有分矣. 此之謂物化.

'하늘과 땅은 나와 아울러 생겨나고, 만물은 나와 하나가 된다(天地與我並生 而萬物與我爲一).' 라고 장자는 말한다. 그와 같이 만물을 한 몸의 절대적인 경지에 서서 말한다면 장자와 나비, 현실과 꿈, 삶과 죽음도 구별이 없다. '있다고 보이는 것, 그것이 만물의 변화다.' 라는 주장을 나타내는 이야기의 하나가 이 '호접지몽(胡蝶之夢)' 이다.

'일찍이 나는 나비가 된 꿈을 꾸었다. 그때 나는 꽃에서 꽃으로 즐겁게 날아다니며 마치 나비 그대로였다. 얼마나 즐겁고 얼마나 분방(奔放)하게 날아다닌 것인가? 그러다 갑자기 눈을 떠 보니 변함없는 장주(莊周)였다. 그런데 이것은 장주가 꿈에 나비가 된 것인지, 나비가 꿈에 장주가 된 것인지 나로서는 알지 못하겠다.'
현실의 모습으로 말한다면 장주와 나비 사이에는 확실히 구별이 있다. 이것이 자연의 변화, 현상계(現象界)에서 임시의 모습이라고 말하는 것이다.

紅一點
홍 일 점

한 송이 붉은 석류꽃. 많은 남자들 가운데 단 한 사람의 여자라는 뜻.

붉을 **홍** 한 **일** 점 **점**

왕안석(王安石, 1021~1086)의 〈석류시(石榴詩)〉에,

만 가지 푸르름의 떨기 가운데 붉은 석류꽃 한 송이 피었네.
사람을 움직임에는 봄빛이 많은 것을 쓰지 않는다네.

萬綠叢中紅一點 動人春色不須多

라는 구절이 있어 이 성어(成語)가 생겨난 근본이라고 일컬어지지만 이 시가 왕안석의 작품이 아니라는 설도 있다.

송(宋)나라 범정민(范正敏)의 ≪둔재한람(遯齋閑覽)≫에 '이것은 당(唐)나라 사람의 시로, 작자의 이름은 분명하지 않다. 일찍이 나는 왕안석이 지니고 있던 부채에 이 구절이 자필로 씌어 있는 것을 본 적이 있다. 왕안석이 스스로 지은 시라고 생각하는 사람이 있다면 그것은 잘못이다.'라는 기록이 있다. 그러나 이것도 사실인지 아닌지는 분명치 않다.

뜻은 말할 것도 없이 판연(判然)하다. 바라보는 많은 푸른 잎들 가운데 붉은 석류꽃이 한 송이 피어 있다. '유일하게 이채를 드러내는 것', 이에 바뀌어 '남자들만 있는 가운데 오직 한 사람의 여자가 끼어 있는 것'을 말한다.

〈석류시(石榴詩)〉라는 제목의 시에 '홍일점(紅一點)'이라는 구절을 생각할 때 석류꽃이 한 송이 피어 있는 경우가 과연 있을 수 있는 것일까 하는 의문이 일어난다.

이 시구에 대해서도 왕안석이 '농록만지홍일점(濃綠萬枝紅一點)', 혹은 '만록지두홍일점(萬綠枝頭紅一點)'이라고 썼다는 설도 있다.

和光同塵
화 광 동 진

빛을 부드럽게 하여 티끌에 동화된다는 뜻으로, 자기의 지혜를 자랑하지 않고 세속을 따른다는 뜻.

화할 **화** 빛 **광** 같을 **동** 티끌 **진**

'화광(和光)'은 빛을 늦춘다, '동진(同塵)'은 속세의 티끌에 같이한다는 뜻이니 '화광동진(和光同塵)'이란 자기의 지혜를 자랑하는 일 없이 오히려 그 지혜를 부드럽게 하여 속세의 티끌에 동화함을 말한다.

≪노자≫ 제4장에서 이렇게 말하고 있다.

도(道)는 텅 비었으되 아무리 써도 늘 다함이 없으며, 깊어서 만물의 근본과 같다. 그 날카로움을 꺾고, 그 어지러움을 풀고, 그 지혜의 빛을 늦추고, 속세의 티끌과 함께하는 것이며, 깊은 물이 가득 차 있는 것과 같다. 나는 그것이 누구의 자식인지 알 수 없어도 천제보다도 더 먼저 존재하는 것 같다.

道沖而用之 或不盈 淵乎似萬物之宗. 挫其銳 解其紛 和其光 同其塵 湛乎似若存. 吾不知誰之子 象帝之先.

도(道)는 얼핏 보기에는 공허하지만 그 작용은 무한하다. 연못과 같이 깊어서 만물의 근원과 같다. 모든 날카로운 기운을 약하게 하고, 모든 어지러움을 풀며, 지혜의 빛을 늦추고, 세상의 티끌과 하나가 되어야 한다. 도(道)는 가득 찬 물처럼 존재하는 것 같다. 나는 그것이 어디에서 생겨난 것인지 알 수 없지만 조물주인 천제(天帝) 이전부터 존재하는 것 같다.

이 장은 노자의 도(道)를 설명한 것이거니와 '그 날카로운 기운을 꺾고 (挫其銳)' 이하의 열두 자는 제56장의 네 구절이 뒤섞인 것이라는 설도 있다. 확실히 제4장에서는 이 네 구절을 빼는 것이 뜻도 잘 통한다.

제56장에서 네 구절의 뜻은 제4장보다 분명해진다.

아는 사람은 말하지 않고, 말하는 사람은 알지 못한다. 그 이목구비를 막고 그 문을 닫아서 그 날카로운 기운을 꺾고, 그 혼란함을 풀며, 그 지혜의 빛을 늦추고, 그 속세의 티끌과 함께하니 이것을 현동(玄同)이라고 한다. 그러므로 가히 얻어서 친하지도 못하고, 가히 얻어서 성기어지지도 않는다. 가히 얻어서 이롭게 할 수도 없으며 해하지도 못한다. 가히 얻어서 귀하게 할 수도 없으며 천하게 할 수도 없다. 그러므로 천하에 귀한 것이 된다.

知者不言 言者不知. 塞其兌 閉其門 挫其銳 解其紛 和其光 同其塵. 是謂玄同. 故不可得而親 不可得而疏. 不可得而利 不可得而害. 不可得而貴 不可得而賤. 故爲天下貴.

참으로 아는 사람은 그 앎을 말하지 않으니, 앎을 말하는 사람은 아는 사람이 아니다. 진정한 앎이 있는 사람은 그 이목구비를 틀어막고, 지혜의 문을 닫으며, 지혜의 날카로움을 꺾고, 지혜 때문에 일어나는 혼란을 풀며, 지혜의 빛을 늦추고, 그리고 속세의 티끌과 하나가 된다. 이것을 현동(玄同)이라고 한다.

그러므로 이와 같은 현동(玄同)의 사람에 대해서는 친해질 수도 없고 성기어질 수도 없으며, 이득을 줄 수도 해를 줄 수도 귀하게 할 수도 천하게 할 수도 없다. 그러므로 천하에서 가장 귀한 것이 된다.

畫 龍 點 睛
화 룡 점 정

용을 그린 다음 눈동자를 그린다는 뜻으로, 가장 중요한 부분을 끝내어 완성시키는 뜻.

그림 화 용 룡 점 점 눈동자 정

남조(南朝) 양(梁)나라의 장승요(張僧繇)는 관계(官界)에서 우군 장군(右軍將軍)과 오흥(吳興) 태수 등을 역임한 사람이지만, 일반적으로 화가로서 알려져 있어 그의 입신(入神)을 비유한 수많은 이야기가 남겨져 있다.

그가 어느 날 한 벽면에 울창한 숲을 그렸는데 다음날 아침에 보니 그 벽 아래에 무수한 새들이 죽어 있었다. 새들은 그것을 진짜 숲으로 생각하여 날아들려다 벽에 부딪쳐 죽었다는 것이다.

더 유명한 것은 '화룡점정(畫龍點睛)' 이라는 성어(成語)가 이루어진 이야기이다. 그는 도읍 금릉(金陵:남경)의 안락사(安樂寺) 벽면에 네 마리의 용을 그렸는데 눈동자만 그리지 않았다. 어떤 사람이 이유를 묻자,

"그것을 그려 넣으면 용이 날아 올라가기 때문이다."

라고 대답했다. 사람들이 믿으려 하지 않았다. 그래서 그는 한 마리의 용에 눈동자를 그려 넣었다. 그러자 갑자기 우레 소리가 들리고 번개가 번쩍이면서 그 용이 벽을 깨치고 튀어나와 구름을 타고 하늘로 올라갔다. 나중에 보니 눈동자를 그려 넣지 않은 용은 그대로 남아 있었다.

장승요가 금릉의 안락사 벽에 용 네 마리를 그렸는데 눈동자를 점 찍지 않았다. 말하기를 '여기에 눈동자를 점 찍으면 곧 날아가 버린다.' 라고 하였다. 사람들이 거짓말이라고 하였다. 그래서 한 마리의 눈에 점 찍으니 갑자기 번개와 우레가 치면서 한 마리의 용이 벽을 부수고 구름을 타고 하늘로 올라갔다. 눈동자에 점 찍지 않은 것은 그대로 남아 있었다.

張僧繇於金陵安樂寺 畵四龍於壁 不點睛. 每日 點之卽飛去 人以爲誕. 因點其一 須臾雷電破壁 一龍乘雲上天. 不點睛者見在.(≪수형기(水衡記)≫)

이 이야기는 명(明)나라 장정사(張鼎思) ≪낭야대취편(琅邪代醉編)≫ 권18에도 나오는데 거기에, '장승요는 오(吳)나라 사람으로 천감(天監) 중 우장군에 벼슬했다.' 라고 실려 있으며, 두 마리의 용에 '눈동자를 점 찍었다.' 라고 되어 있는 천황사(天皇寺) 벽에 그렸을 때 역시 눈동자를 그리지 않았다가 수만 금의 돈으로써 눈동자를 그리라는 부탁을 받고 눈동자를 그려 넣자 역시 날아 올라갔다는 이야기도 전해진다.

따라서 '화룡점정(畵龍點睛)'이란 문장이나 그림의 가장 중요한 부분을 채워 넣는다는 뜻으로, 무슨 일을 할 때 가장 중요한 부분을 끝내어 완성시키는 것을 말하며, 보통은 '화룡점정을 빠뜨린다.'로 사용하는 경우도 있다.

華胥之夢
화 서 지 몽

화서에서 꾸는 꿈. 좋은 꿈을 꾼다는 뜻.

빛날 **화** 서로 **서** 어조사 **지** 꿈 **몽**

황제(黃帝)가 꿈에 화서씨(華胥氏)의 나라에 놀러갔다가 깨어나자 크게 깨닫는 바가 있었다는 고사에서, 좋은 꿈을 '화서지몽(華胥之夢)'이라고 하며, 또 꿈을 꾸는 것을 '화서(華胥) 나라에 놀러간다.'라고 한다.

이 말이 나온 것은 《열자》 황제편(黃帝篇) 첫머리의 이야기이다.

황제가 즉위한 지 15년 만에 천하가 자기를 추대해 주는 것을 기뻐하여, 올바른 목숨을 기르고 귀와 눈을 즐겁게 하며 코와 입을 공양했다.

黃帝卽位十有五年 喜天下戴己 養正命 娛耳目 供鼻口.

황제는 즉위한 지 15년 후 천하의 사람들이 모두 자기를 따르고 있는 것을 보고 만족해 했다. 그리하여 내 몸을 기르기 위해 이목구비(耳目口鼻)를 즐기기에 힘썼다는 것이다. 그러나 몸을 올바로 기르지 못해 살갗이 검고 수척해지며 희로애락원(喜怒哀樂怨) 다섯 가지 감정이 어두워져 미혹에 빠지게 되었다. 그래서 다음 15년간은 천하가 다스려지지 않는 것을 괴로워하여 귀와 눈을 부릅뜨고 지혜의 힘을 짜내 백성들을 다스리는 일에 힘썼는데 다섯 감정은 더욱 혼란해졌다. 그래서 황제는,

"내가 아주 큰 잘못을 저지른 모양이다. 몸을 기르는 것에 힘써도, 백성들을 다스리는 일에 힘써도 이와 같이 근심만 얻을 뿐이다."

라고 탄식하며 이번에는 정사를 버려 두고 궁전에서 물러나 중신들도 멀리하며 악기도 연주하지 않고 식사를 줄이며, 태고 시절의 무위(無爲)의 제왕 대정씨(大庭氏) 저택에 틀어박혀 마음을 깨끗하게 하고 몸을 돌보며 3개월 동안 정치를 하지 않았다.

그때의 일이다. 황제가 낮잠을 잤는데 태고 시절 무위(無爲)의 제왕 화서씨(華胥氏)의 나라에 놀러 가는 꿈을 꾸었다.

화서씨의 나라는 엄주(弇州)의 서쪽, 태주(台州)의 북쪽에 있다. 제(齊)나라와 거리는 몇천만 리인지 모른다. 절대 배나 수레나 도보로 미치는 곳이 아니고 정신만이 놀러 갈 수 있는 곳이다. 그 나라는 다스리는 사람이 없고 자연일 뿐이다. 백성들은 즐기는 욕망이 없고 자연일 뿐이다. 삶을 즐거워할 줄 모르고 죽음을 싫어할 줄 몰라 젊어서 죽는 사람이 없다. 자기를 가까이 할 줄 모르고 다른 사람을 소홀히 할 줄 몰라 사랑과 미움이 없다. 반역을 할 줄 모르고 순하게 향함을 모르므로 이득과 손해가 없다. 모두가 사랑하고 아끼는 것이 없고 모두가 두려워하고 싫어하는 것이 없다. 물에 들어가도 빠지지 않고, 불에 들어가도 데이지 않고, 종아리를 쳐도 상처와 아픔이 없고, 찌르고 긁어도 아프지도 가렵지도 않다.

하늘에 올라가도 땅을 밟는 것과 같고, 빈 곳에서 잠자도 침상에 있는 것과 같다. 구름과 안개도 보는 것을 방해하지 않고, 우레도 듣는 것을 혼란시키지 않고, 아름다움과 미움도 그 마음을 혼란시키지 않고, 산과 골짜기도 그 걸음을 무릎 꿇게 하지 않고, 정신의 작용에 의하여 자유로이 행동할 수 있을 뿐이다.

華胥氏之國 在弇州之西 台州之北. 不知斯齊國幾千萬里. 蓋非舟車足力之所及 神遊而已. 其國無師長 自然而已 其民無嗜欲 自然而已. 不知樂生 不知惡死 故無夭殤. 不知親己 不知疎物 故無愛憎. 不知背逆 不知向順 故無利害. 都無所愛惜 都無所畏忌. 入水不溺 入火不熱 斫撻無傷痛 指摘無痟癢. 乘空如履實 寢虛若處牀. 雲霧不硋其視 雷霆不亂其聽 美惡不滑其心 山谷不躓其步 神行而已.

황제는 꿈에서 깨어나 맑은 생각으로 깨달음을 열어, 천로(天老)와 역목(力牧)과 태산계(太山稽)의 세 재상들을 불러 말했다.

"나는 3개월 동안 틀어박혀서 마음을 깨끗이 하고 몸을 가지런히 하여 한 몸을 길러 백성들을 다스리는 도(道)를 깨달으려고 했지만 그 기술은 얻을 수 없었다. 그런데 피로하여 잠자고 있는 동안 이와 같은 꿈을 꾸고 비로소 깨달았다. 도(道)의 극치란 사사로운 정으로 구해도 얻을 수 있는 것이 아니란 것을. 나는 꿈속에서 도(道)의 극치를 알고 그것을 깨달았다. 그러나 그것을 경들에게 말로 일러 줄 수는 없다."

그리고 이 이야기는 다음과 같이 끝맺고 있다.

또 28년 동안 천하는 크게 다스려져서 거의 화서씨(華胥氏)의 나라 같았다. 이윽고 황제가 승하하자 백성들은 그의 죽음을 울면서 슬퍼하였는데 200여 년 동안이나 계속되었다.

又二十有八年 天下大治 幾若華胥氏之國. 而帝登假 百姓號之 二百餘年 不輟.

도(道)의 극치는 마음이 없고 함이 없다(無心無爲). 무심무위(無心無爲)란 도가(道家)들이 주장한 것이다.

和氏之璧
화　　씨　　지　　벽

화씨의 구슬. 힘든 난관을 참고 견디면서 자신의 의지를 관철시킨다는 뜻.

화할 **화** 성 **씨** 어조사 **지** 구슬 **벽**

초(楚)나라 사람 화씨(和氏:변화)가 산중에서 거친 구슬을 손에 넣어 여왕(厲王)에게 바쳤다. 여왕이 구슬장이에게 감정시켰더니,
"이것은 돌입니다."
라고 말하여 왕은 화씨의 왼발을 잘랐다.
여왕이 죽고 무왕(武王)이 즉위하자 화씨는 다시 그 거친 구슬을 무왕에게 바쳤다. 무왕이 구슬장이에게 감정해 보자 역시,
"이것은 돌입니다."

라고 말하여 무왕은 다시 화씨의 오른쪽 발을 잘랐다.

무왕이 죽고 문왕(文王)이 즉위했다. 화씨는 그 거친 구슬을 안고 산으로 들어가 사흘 낮 사흘 밤 동안 소리를 지르며 울었다. 눈물은 마르고 이어서 피가 흘렀다. 이 말을 들은 문왕은 그 이유를 물었다.

"천하에 다리를 잘린 사람은 많다. 그런데도 너는 왜 그처럼 슬퍼하며 소리를 질러 우는가?"

그러자 화씨는 이렇게 대답했다.

"나는 다리 잘린 것을 슬퍼하는 것이 아닙니다. 보옥인데도 돌이라 불리고, 절개의 선비인데도 다리를 잘린 것이 슬픈 것입니다. 내가 슬퍼하는 이유는 그 때문입니다."

이리하여 문왕은 구슬장이에게 거친 구슬을 감정시켜 보옥을 손에 넣게 되었다. 그리고 이것을 '화씨의 구슬' 이라고 이름 붙였다.

이것은 《한비자》의 화씨편(和氏篇)에 실려 있는 이야기이다. 한비자는 계속해서 이렇게 말하고 있다.

"대체로 주옥(珠玉)은 임금이 열중하여 구하는 것이다. 화씨가 바친 거친 구슬이 설사 돌이었다 하더라도 왕에게 해가 되지 않는데 화씨가 두 다리를 잘린 후 가까스로 감정을 받게 되었다. 구슬이 감정을 받는 것조차 이렇게 어려운 것이다. 지금 왕은 구슬을 구하는 것만큼 여러 신하들이나 백성들의 사사로운 악을 금하는 일에는 열중하지 않는다. 그런 상황에서 법이나 기술의 선비가 헌책(獻策)하거나 거친 구슬을 바치면 반드시 죽임을 당할 것이다."

다시 이어서 한비자는, 초(楚)나라에서 법치(法治)를 단행한 오기(吳起)는 문벌과 귀족에게 습격되어 시체를 해체하는 형벌에 처해졌고, 진(秦)나라에서 법치를 단행하여 진시황의 천하통일 기초를 쌓은 상앙

(商鞅) 역시 문벌과 귀족의 술책으로 죽은 뒤 시체를 수레로 쪼개는 형벌에 처해진 일을 언급하고 있다.

화씨의 구슬을 지극한 보배로 만들어 낸 전설에 불과할지도 모르나 이것을 인용한 한비자의 내심에는 목숨을 걸 결의가 되어 있었던 것이다.

덧붙여 말하면 구슬이란 원형으로 편편하게 갈아 중앙에 구멍을 뚫어, 변두리의 폭과 구멍의 직경이 같게 한 둥근 모양의 구슬을 말한다.

춘추시대에 수(隋)나라 임금이 창자가 끊어져 괴로워하는 큰 뱀에게 약을 주어 구원했더니 큰 뱀이 은혜를 갚기 위해 물고 왔다는 전설이 있는 수후(隋侯)의 구슬이 있다. 밤에 빛이 나는 이 수후의 구슬과 화씨의 구슬은 둘 다 세상에 진기한 보배로 일러지고 있다.

火牛之計
화 우 지 계

소의 꼬리에 불을 붙이는 계략이라는 뜻으로, 상대방이 전혀 예상치 못한 뜻밖의 계략이라는 뜻.

불 **火** 소 **牛** 어조사 **之** 꾀 **計**

연(燕)나라 소왕(昭王)이 즉위했을 무렵, 연(燕)나라는 자지(子之)의 난리에 설상가상으로 제(齊)나라 군대의 침략을 당하여 거의 파멸에 가까운 상태에 있었다.

소왕은 사부(師傅)인 곽괴(郭隗)의 권유에 따라 현명한 사람을 등용하여 정치에 힘썼다. 악의(樂毅)는 원래 조(趙)나라의 무장이었는데 연왕(燕王)이 선비를 후대한다는 소문을 듣고 연(燕)나라로 가서 소왕에게 벼슬한 사람이었다. 소왕은 악의의 인물에 반하여 그를 곧 아경(亞卿)에 임명했다. 이와 같은 소왕의 인재 등용 정책과 정치에 대한 열의가 결실하여 이윽고 연(燕)나라의 국력은 충실해졌다.

이제 소왕은 제(齊)나라에 대한 보복을 감행했다. 악의의 정책에 따라 진(秦)나라, 위(魏)나라, 조(趙)나라와의 동맹에 성공한 소왕은 주(周)나라 난왕(赧王) 31년에 악의를 상장군으로 임명한 후 다섯 나라의 군대를 이끌고 제(齊)나라로 공격해 들어갔다.

제(齊)나라의 민왕(湣王)은 스스로 군대를 이끌고 이를 맞아 싸웠지만 크게 패하여 도읍 임치(臨淄)로 후퇴했다. 네 나라의 군대는 여기에서 멈추고 악의가 이끄는 연(燕)나라 군대만이 제(齊)나라의 임치로 추격했다. 민왕은 이 연(燕)나라의 군대에 버티지 못하고 위(衛)나라로 도망갔다.

악의는 임치를 점령하자 소탕전을 펼쳐 제(齊)나라 70여 성을 항복받고 연(燕)나라 치하에 넣었다. 제(齊)나라에 남은 것은 오직 거(莒)와 즉묵(卽墨)뿐이었다. 민왕은 위(衛)나라에 있을 수 없게 되자 거(莒)로 도망하여 들어왔다가 결국 죽임을 당했다.

악의가 임치를 함락했을 때, 제왕(齊王)의 먼 인척인 전단(田單)이 작은 도읍의 관리로 있었는데 민왕이 위(衛)나라로 도망가자 임치를 벗어나 동쪽의 안평(安平)으로 도망갔다. 그러나 안평에도 적군이 공격해 들어왔다. 그러자 전단은 집안 사람들에게 수레 굴대의 끝을 끊게 하고 그곳을 쇠로 감게 하였다.

이윽고 연(燕)나라 군대가 안평을 공격하여 성이 함락되자 사람들은 앞을 다투어 도망치려 했으나 수레 굴대의 머리가 부러지자 수레마저 부서져 연(燕)나라의 포로가 되어버렸다. 오직 전단의 친척들만이 수레 굴대의 머리를 쇠로 감아 놓았기 때문에 수레가 부서지지 않아 탈출하여 즉묵으로 도망쳤다.

즉묵에서는 연(燕)나라 군대의 싸움에서 장군이 전사했기 때문에 전단을 장군으로 삼았다. 그때 연(燕)나라에서는 소왕이 죽고 혜왕(惠王)이 즉위했다. 혜왕이 악의를 좋지 않게 생각한다는 것을 알고 전단은 급히 간첩을 보내 유언비어를 유포시켰다.

"악의는 제(齊)나라에 머물러 왕이 되려고 하기 때문에 일부러 거(莒)와 즉묵을 함락시키지 않고 싸움을 연장하려는 것이다. 제(齊)나라의 무리들은 그것을 겨냥하여 재기를 도모하려 한다. 그러므로 제(齊)나라가 가장 두려워하는 것은 연(燕)나라가 악의를 다른 장군으로 바꾸어 둘밖에 없는 거점을 함락시키지나 않을까 하는 점이다."

원래부터 악의를 의심하던 혜왕은 전단의 계략에 말려들어 악의를 파면하고 기겁(騎劫)으로 교체시켰다. 전단은 다시 연(燕)나라 군대의 진중으로 간첩을 보내 말하게 했다.

"악의는 적군을 잔인하게 다루지 않았기 때문에 즉묵의 무리들이 연(燕)나라 군대를 두려워하지 않아 성이 보존될 수 있었던 것이다. 전단은 기겁 장군이 제(齊)나라 포로들의 코를 베어 성벽 앞에 줄지어 늘어놓는다면 성안의 무리들이 전의를 잃지 않을까 근심하는 것 같다."

그 말을 들은 기겁은 그대로 했다. 성안 사람들은 그것을 보고 분격하여 포로가 되기보다는 죽을 때까지 싸우는 편이 낫다고 하였다. 전단은 다시 간첩을 보냈다.

"연(燕)나라 군대가 성밖에 있는 묘지를 파헤친다면 어떨까? 즉묵 무리들은 조상의 혼령이 욕을 당하는 것을 본다면 어쩔 수 없이 항복할 것임에 틀림이 없다."

기겁은 무덤을 파헤쳐 보였다. 즉묵 사람들은 모두 눈물을 흘리면서 복수할 것을 굳게 맹세하여 사기가 더욱 높아졌다. 그때 전단은 연(燕)나라 군대에게 항복하겠다고 사자를 보냈다. 연(燕)나라 장병들은 역시 소문대로라고 기뻐하며 해이해졌다.

전단은 곧 성안에서 천여 마리의 소를 거두어 붉은 비단으로 옷을 만들어 입히고 여기에 다섯 가지 빛깔의 용 모양을 그렸다. 뿔에는 칼을 묶고 꼬리에는 기름 묻힌 갈대를 잡아맨 후 그 끝에 불을 붙여, 성의 수십 개의 구멍을 엿보아 소들을 밤에 내놓고 장사 오천 명에게 그 뒤를 따르게 했다. 꼬리가 뜨거워진 소들은 화내면서 연(燕)나라 군대 속으로 돌진했다. 연(燕)나라 군대는 밤중에 크게 놀랐다.

소 꼬리의 횃불은 밝게 빛나 눈부실 뿐이다. 연(燕)나라 군대가 보면 어느 것이나 용의 모양으로 보여 소에 닿는 사람들은 모두 죽거나 상처를 입었다.

오천 명의 장사가 이를 틈타 매(枚:소리가 나지 않도록 입에 문 나무조각)를 입에 물고 공격했다. 그리고 성안에서는 북을 울리고 함성을 지르며 노약자들은 모두 구리 그릇을 때려 이에 응하니 그 소리가 천지를 진동했다. 연(燕)나라 군대는 크게 놀라 패하여 도망갔다. 제(齊)나라 사람들이 드디어 연(燕)나라 장군을 죽인 것이다.

위의 한 구절은 ≪사기≫ 전단열전(田單列傳)의 '화우지계(火牛之計)' 부분을 번역한 것으로, 본문은 다음과 같다.

田單乃收城中得千餘牛 爲絳繒衣 畵以五彩龍文 束兵刃於其角 而灌脂束葦於尾 燒其端 鑿城數十穴 夜縱牛. 壯士五千人隨其後. 牛尾熱 怒而奔

燕軍. 燕軍夜大驚 牛尾炬火光明炫耀. 燕軍視之 皆龍文 所觸盡死傷. 五千
人因銜枚擊之 而城中鼓譟從之. 老弱皆擊銅器爲聲 聲動天地 燕軍大駭敗
走. 齊人遂夷殺其將騎劫.

　　장군을 잃은 연(燕)나라 군대가 오합지중(烏合之衆)으로 변하자 전단
의 제(齊)나라 군대가 이를 추격했다. 이렇게 되니 도망치던 성읍들은 모
두 연(燕)나라를 배반하고 전단을 따르게 되어 제(齊)나라 군대는 날마다
그 수를 더하게 되었다.

　　연(燕)나라 군대는 바람에 쫓기는 구름이 천 갈래로 날아가듯이 제(齊)
나라 국경 밖으로 쫓겨, 연(燕)나라에게 빼앗겼던 70여 성은 곧 제(齊)나
라로 다시 돌아오게 되었던 것이다.

畫虎不成 反類狗者
화　호　불　성　반　류　구　자

호랑이를 그리다 이루지 못하면 오히려 개를 닮게 된다는 뜻으로,
소질이 없는 사람이 훌륭한 사람의 능력을 본받으려다 오히려 경박
한 사람이 된다는 뜻.

그릴 **화** 범 **호** 아닐 **불** 이룰 **성** 되돌릴 **반** 무리 **류** 개 **구** 사람 **자**

　　마원(馬援)은 부풍군(扶風郡) 무릉(茂陵) 출신으로, 후한(後漢) 광무제
(光武帝) 즉위의 전후로 활약하다 이윽고 광무제에 벼슬하여 용장으로
이름을 떨친 인물이다.

마원은 복파장군(伏波將軍)에 임명되어 광무제 건무(建武) 17년부터 약 3년 동안 교지(交阯)를 공략하고 있었는데, 멀리 있는 고향에 편지를 보내어 형님의 아들 마엄(馬嚴)과 마돈(馬敦)을 훈계했다.

마원(馬援)에게는 형님이 셋 있는데 마황(馬況)과 마여(馬餘)와 마원(馬員)이라고 했다. 세 사람 모두 유능하였으며 마원은 12세 때 아버지를 여의고 형들의 도움을 받아 성장했다.

마황과 마원이 젊어서 죽어 마여만 아들이 있었는데 바로 마엄과 마돈이었다. 이 두 사람은 비판하기를 몹시 좋아하고, 또 놀기 좋아하는 경박한 무리들과 사귀고 있었다. 마원은 늘 그러한 두 사람에 대하여 근심하고 있었으므로 전투지에서 여가를 보아 다음과 같은 훈계의 편지를 보냈던 것이다.

나는 너희들이 사람의 잘못을 듣기를 부모의 이름 듣는 것같이 하기를 바란다. 귀로는 얻어 들어도 되지만 입으로 말해서는 안 된다.

사람의 장단(長短)점 논의하기를 좋아하여 망령되이 법이 옳으니 그르니 하는 것, 나는 이것을 크게 미워하는 바이다. 차라리 죽을지언정 자손에게 이와 같은 행동이 있음을 듣기 원치 않는다. 너희들은 내가 이를 몹시 미워함을 알 것이다. 다시 말하는 까닭은 너희들이 훌륭한 성인이 되는 것을 원하며, 부모의 경계를 거듭하여 너희들이 이를 잊지 않도록 하기를 바랄 뿐이다.

용백고(龍伯高)는 도탑고 후하고 두루 삼가서 입으로 가리는 말이 없고, 겸하여 줄이고 절검(節儉)하고 겸손하고 위엄이 있다. 나는 그 사람을 사랑하고 중히 여긴다. 원컨대 너희들은 이를 본받으라.

두계량(杜季良)은 호협(豪俠)하고 의(義)를 좋아하여 남들의 근심을 근심하고 남들의 즐거움을 즐겁게 여겨 맑고 흐림을 잃는 바가 없다. 그의 아버지 장례 때 온 손님들이 몇 고을이나 이르렀다. 나는 그를 사랑하고 중히 여긴다. 그러나 나는 너희들이 그를 본받기를 원치 않는다.

용백고를 본받다가 얻지 못하더라도 차라리 삼가고 신칙하는 선비는 될 수 있지만, 즉 소위 '고니를 새기다가 이루지 못해도 차라리 집오리를 닮지만', 두계량을 본받다가 얻지 못하면 천하에 경박한 사람으로 빠져버리게 된다. 소위 '호랑이를 그리다 이루지 못하면 오히려 개를 닮게 되는' 것이다.

지금까지 두계량은 아직 자기를 잘 알지 못하나 군에 부임한 군수들이 수레를 내리면 문득 이를 갈며, 주(州)와 군(郡)에 말들이 많으니 내가 항상 근심하는 바이다. 그러므로 나의 자손들이 그를 본받는 것을 원치 않는다.

吾欲汝曹聞人過失 如聞父母之名 耳可得聞 口不可得言也. 好論議人長短 妄是非正法 此吾所大惡也. 寧死不願聞子孫有此行也 汝曹知惡之甚矣. 所以復言者 施衿結褵 申父母之戒 欲使汝曹不忘之耳. 龍伯高敦厚周愼 口無擇言 謙約節儉廉公有威 吾愛之重之. 願汝曹效之. 杜季良 豪俠好義 憂人之憂 樂人之樂 淸濁無所失. 父喪致客 數郡畢至. 吾愛之重之. 不願汝曹效也. 效伯高不得 猶爲謹勅之士. 所謂刻鵠不成 尙類鶩者也. 效季良不得 陷爲天下輕薄子. 所謂畫虎不成 反類狗者也. 訖今季良尙未可知 郡將下車輒切齒 州郡以爲言 吾常爲寒心. 是以不願子孫效也.

이 이야기는 ≪후한서≫의 마원전(馬援傳)에 실려 있다. '호랑이를 그리다 이루지 못하면 오히려 개와 비슷하게 된다.'는 이야기는 여기에서 나온 것이다. 소질이 없는 사람이 영걸(英傑)을 본받으려 하면 도리어 경박한 사람이 된다는 것을 뜻한다.

더불어 '고니를 새기다 이루지 못해도 차라리 집오리와 같다.' 는 말은 고니를 새기다가 실수를 하더라도 집오리와 비슷하게 된다는 말로, 삼가고 곧은 사람을 표본으로 배운다면 거기에 미치지 못할지라도 착한 사람이 될 수 있다는 비유로 말한 것이다.

換骨奪胎
환 골 탈 태

뼈를 바꾸고 태를 빼낸다는 뜻으로, 얼굴이나 용모가 몰라보게 좋아졌다는 뜻.

바꿀 환 뼈 골 빼앗을 탈 아이 밸 태

황정견(黃庭堅)은 호가 산곡도인(山谷道人)으로 소식(蘇軾)과 아울러 북송(北宋)을 대표하는 시인이다. 그는 고전의 학식을 중히 여김과 동시에 노장(老莊)과 불교 사상에 흥미를 기울였으며, 스승으로 섬긴 소식과는 다른 경지를 개척하여 남송(南宋)의 강서시파(江西詩派)의 원조로서 숭앙을 받았다.

그는 박학다식으로 알려져 있거니와 근거가 되는 고사(故事)를 함부로 인용하여 그것을 자랑 삼아 보이지 않고 자기 것으로 만들어 독자적인 세계를 구축했던 것이다. 그의 독자적인 수법을 도가(道家)의 용어를 빌려 표현한 것이 '환골탈태(換骨奪胎)' 라는 말이다.

황노직(黃魯直:정견의 이름)은 두로(杜老:두보)의 시를 일컬어 '영단(靈丹) 한 알로 쇠를 이어 금을 이루는 것과 같다.' 라고 하였다.

黃魯直稱杜老詩 如靈丹一粒 點鐵成金.(남송 소박(邵博)의 ≪문견후록(聞見後錄)≫)

두보(杜甫)의 붓에 걸리면 흔해 빠진 자연도 곧 아름다운 경치로 변하는데, 그것은 마치 연금술사(練金術師)가 쇠에 한 알의 영단(靈丹)을 넣어 황금으로 변화시키는 것 같다고 하였다.

황정견이 '영단' 이라고 한 것은 말할 것도 없이 시인의 시상(詩想)이다. 도가(道家)에서는 이 영단, 혹은 금단(金丹)을 먹어서 보통사람의 뼈를 선골(仙骨)로 변화시키는 것을 '환골(換骨)' 이라고 말한다.

'탈태(奪胎)' 의 '태(胎)' 또한 선인(先人)의 시에서 보이는 착상을 뜻하며, 그것은 시인의 시상(詩想)이란 마치 아기가 어머니의 태내(胎內)에 있는 것과 같으니 그 태를 나의 것으로 삼아 자기의 시경으로 변화시키는 것을 '탈태(奪胎)' 라고 한 것이다.

황산곡이 말하기를 '시의 뜻은 궁진함이 없고 사람의 재주는 한이 있다. 한이 있는 재주로 궁진함이 없는 뜻을 쫓는 것은 도연명(陶淵明)이나 소릉(少陵:두보)일지라도 교묘함을 얻지 못한다. 그러나 그 뜻을 바꾸지 않고 그 말을 만드는 것, 이것을 환골법(換骨法)이라고 하며, 그 뜻을 규모로 하여 이를 형용하는 것, 이것을 탈태법(奪胎法)이라고 한다.'

山谷曰 詩意無窮 而人之才有限. 以有限之才 追無窮之意 雖淵明少陵不得工也. 然不易其意而造其語 謂之換骨法 規模其意形容之 謂之奪胎法.

(남송 석혜홍(釋惠洪) ≪냉재야화(冷齋夜話)≫)

'환골탈태(換骨奪胎)' 란 선인(先人)이 애써 짜낸 성과를 훔치는 '표절 (剽竊)' 과는 다른 것으로, 한시(漢詩)에서 선인이 지은 시의 어구(語句)나 결구(結構)만을 바꾸어 독자적인 자작시(自作詩)로 꾸미는 표현법이다.

歡樂極兮哀情多
환 락 극 혜 애 정 다

환락이 극에 달하면 비애가 생긴다는 뜻으로, 행복이 절정에 있을 때 오히려 인생의 무상함을 느껴 슬퍼진다는 뜻

기쁠 **환** 즐거울 **락** 다할 **극** 어조사 **혜** 슬플 **애** 뜻 **정** 많을 **다**

즐거움과 기쁨과 행복의 절정에 있을 때 오히려 인생 무상을 느껴 슬 퍼진다는 뜻이다. 모두가 덧없으며 순간적이고 영원히 허락되지 않는다 는 것을 사람들은 잘 알고 있기 때문이다.

≪문선≫의 23권에 있는 한무제(漢武帝)의 〈추풍사병서(秋風辭竝序)〉 에는 다음과 같이 노래하고 있다.

가을 바람이 일어나 흰 구름이 날고,
초목이 누렇게 떨어지니 기러기 남쪽으로 돌아가네.
난초에는 빼어남이 있고 국화에는 꽃다운 향기가 있어,

아름다운 사람을 생각하며 능히 잊지 못하네.
다락이 있는 배를 띄워 놓고 분하(汾河)를 건너니,
중류에서 가로놓여 흰 물결이 일어나네.
저와 북을 울리며 뱃노래를 부르니,
기쁨과 즐거움이 지극하여 슬픈 정이 많네.
어리고 젊음은 얼마 안 가니 이내 늙음을 어찌하리오.

秋風起兮白雲飛 草木黃落兮雁歸南
蘭有秀兮菊有芳 懷佳人兮不能忘
汎樓船兮濟汾河 橫中流兮揚素波
簫鼓鳴兮發棹歌 歡樂極兮哀情多
少壯幾時兮奈老何

이 시에서 무제가 슬픔에 사로잡힌 이유는 노래한 바와 같이 어리고 젊은 때는 지나가 버리기 쉬우며, 이윽고 늙음이 오고 죽음이 와서 즐거운 세상과 이별해야 함을 생각하기 때문이다. 어떠한 권세를 가지고라도 어쩔 수 없는 일이고 보면 위대한 권력자는 보통사람 이상으로 '기쁨과 즐거움이 극진하면 슬픈 정이 많다.' 라고 말하게 되는 것이다.

그런데 어떤 사람에게나 기쁨과 즐거움은 심히 덧없는 것이며 기쁨과 즐거움에는 슬픈 정이 따르기 때문에 이 말을 어떤 뜻으로 써도 관계가 없을 것이다.

'중류(中流)' 란 '흐름 가운데' 의 뜻이고, '소파(素波)' 란 '흰 파도' 를 말하는 것이며, '발도가(發棹歌)' 는 '뱃노래를 부르는 것' 이다.

嚆矢

효 시

소리가 나는 화살. 어떤 일의 맨 처음 시작이라는 뜻.

울릴 **효** 화살 **시**

'효시(嚆矢)'란 '우는 화살'을 말한다. 옛날 중국에서는 개전(開戰)의 신호로 적진에 우는 화살을 쏘았다고 한다. 이로부터 사물의 처음 시작, 혹은 사건이 처음 일어남을 효시(嚆矢)라 한다.

가장 오래된 예는 《장자》의 재유편(在宥篇)에 실려 있다.

지금 세상은 사형자의 유해를 서로 베개하고, 차꼬를 찬 사람이 서로 밀리고, 형벌을 받은 사람이 서로 바라본다. 그런데도 유가(儒家)와 묵가(墨家)들은 비로소 발에 차꼬를 차고 손에 차꼬를 찬 사람들 사이에서 팔을 걷어붙이고 있다.

아아, 심하도다. 그 부끄러운 줄을 모르고 부끄러움을 알지 못하니 심하도다. 나는 아직 성인의 지혜가 목의 차꼬와 발의 차꼬에 쐐기가 되지 못하고, 인(仁)과 의(義)란 사람들을 괴롭히고 욕되게 하는 차꼬를 채우는 것이 되지 않음을 모르겠다.

어찌 증삼(曾參)이나 사유(史鰌)와 같은 사람이 걸왕(桀王)과 같은 폭군이나 도척(盜跖)과 같은 극악무도한 사람의 울리는 화살이 되지 않음을 알겠는가? 그러므로 말하기를, '성인을 끊고 지혜를 버리면 천하가 크게 다스려진다.'라고 하는 것이다.

今世殊死者相枕也 桁楊者相推也 刑戮者相望也 而儒墨乃始離跂 攘臂乎桎梏之間 噫甚矣哉. 其無愧而不知恥也 甚矣. 吾未知聖知之不爲桁楊接槢也 仁義之不爲桎梏鑿枘也. 焉知曾史之不爲桀跖嚆失也. 故曰 絶聖棄知 而天下大治.

〈재유편(在宥篇)〉은 '천하의 죄를 용서함이 있음을 듣고, 천하를 다스림을 듣지 않는다(聞在宥天下 不聞治天下也)'라는 글로 시작되는데 '재유(在宥)'란 죄를 있는 대로 다 용서함, 또는 무위(無爲)로써 자연에 맡겨 천하를 다스리는 일이라는 뜻이다.

여기에 든 1절은 최구(崔瞿)라는 사람이 노자에게, '천하를 다스리는데 인위(人爲)를 버리면 사람의 마음이 잘 될 것이 아닌가?' 라고 묻자 노자가 대답하는 형식으로 서술된 것이다.

'효시(嚆矢)'라는 말의 가장 오래된 예가 여기에 있다는 것만으로 장자(莊子)의 재유(在宥)라는 주장과 효시(嚆矢)라는 말과는 아무런 관계가 없음은 말할 필요도 없다.

效 顰

효　빈

찡그린 것을 본받는다는 뜻으로, 남의 단점을 장점으로 알고 본받으려 한다는 뜻.

본받을 **효** 찡그릴 **빈**

춘추시대 말기 월(越)나라의 미녀 서시(西施)가 가슴 통증 때문에 늘 눈썹을 찡그리고 다녔다. 그것을 본 추녀(醜女)가 자기도 그렇게 하면 아름답게 보일 것이라고 생각해 흉내를 내자 마을 사람들 모두 도망쳐 버렸다는 고사이다. 옳고 그름과 착하고 악함을 생각지 않고 함부로 남의 흉내를 내는 것에 비유하여 '효빈(效顰)'이라고 말하게 되었다.

이것은 ≪장자≫의 천운편(天運篇)에서 나온 말로, ≪장자≫에는 '빈(矉)'이라고 되어 있으나 '빈(顰)'과 같다.

대저 삼황오제(三皇五帝)의 예의와 법도는 똑같은 것을 자랑으로 삼지 아니하고 다스림을 자랑으로 삼았다. 그러므로 비유하면 삼황오제의 예의와 법도는 오히려 산사자(山査子)와 배와 귤과 유자와 같은 것인가? 그 맛은 서로 반대이나 그래도 입에는 다 맞는다. 그러므로 예의와 법도란 때에 응하여 변하는 것이다.

지금 원숭이를 데려다 주공(周公)의 옷을 입힌다면 반드시 이로 물어다 찢어버려야 만족할 것이다. 예와 지금의 다름을 보건대 그것은 원숭이와 주공(周公)의 다름과 같다.

그런데 서시(西施)가 가슴을 앓아 찡그리자 그 마을의 추한 여자가 그 것을 보고 아름답다고 하여 돌아와서 또한 가슴을 받치고 얼굴을 찡그렸다. 마을의 부자는 이것을 보고 문을 굳게 닫고 나오지 않았고, 가난한 사람은 이것을 보고 처자를 이끌고 마을에서 도망쳤다. 그녀는 찡그림을 아름답다고 알았을 뿐, 찡그림의 아름다운 까닭을 알지 못했다. 애석하도다, 그대도 그 궁함일진대!

　　夫三皇五帝之禮義法度 不矜於同 而矜於治. 故譬三皇五帝之禮義法度 其猶柤梨橘柚耶. 其味相反 而皆可於口. 故禮義法度者 應時而變者也. 今 取猨狙 而衣以周公之服 彼必齕齧挽裂 盡去而後慊. 觀古今之異 猶猨狙 之異乎周公也. 故西施病心而矉其里 其里之醜人見而美之 歸亦捧心而矉 其里 其里之富人見之 堅閉門而不出 貧人見之 絜妻子而去之走. 彼知 美矉 而不知矉之所以美. 惜乎 而夫子其窮哉.

　　이것은 공자의 제자 안연(顏淵)에 대하여 노(魯)나라 사금(師金:악사장, 이름은 금)이 한 말이라고 기록되어 있다. 공자께서는 주(周)나라의 문왕(文王)과 무왕(武王)과 주공(周公)을 이상으로 삼아, '서술하고 짓지 않으며 옛날을 믿고 좋아한다(述而不作 信而好古).'라고 말한 바와 같이 옛날의 예악(禮樂)을 지금 세상에서 일으키려 하였지만 이 장(章)은 사금(師金)의 말을 빌려 그 상고주의(尙古主義)를 비난한 것이다.

　　서시(西施)는 오(吳)나라와 월(越)나라가 다툴 때 월왕(越王) 구천(勾踐)이 오왕(吳王) 부차(夫差)를 방심시키기 위하여 바친 미녀였는데, 부차의 총애를 한 몸에 받았다고 하거니와 그 이름은 후세까지도 미녀의 대명사로 사용된다.

後生可畏
후 생 가 외

뒤에 태어난 사람이 가히 두렵다는 뜻으로, 젊은 후배들이 선인의
가르침을 배워 어디까지 역량이 뻗어 나갈지 모른다는 뜻.

뒤 **후** 날 **생** 가히 **가** 두려워할 **외**

먼저 태어나 지혜와 덕에서 자기보다 뛰어난 사람이 선생(先生)이고,
자기보다 뒤에 태어난 사람, 즉 후배에 해당하는 사람이 후생(後生)이거
니와, '그 후생(後生)이 장래에 무한한 가능성을 지니고 있으므로 가히
두렵다.'라고 공자께서 말씀하신 것이다.

≪논어≫ 자한편(子罕篇)에 이렇게 실려 있다.

공자께서 말씀하셨다.

"뒤에 태어난 사람이 가히 두렵다. 어찌 오는 사람들이 지금과 같지 않
음을 알 수 있으랴! 40이 되고 50이 되어도 명성이 들리지 않는다면 이
또한 두려워할 것이 못 된다."

子曰 後生可畏 焉知來者之不如今也. 四十五十而無聞焉 斯亦不足畏
也已.

여기에서 두려운 것은 무서운 것과는 달라서, 즉 좋은 의미로 존경하
고 주목할 만한 것을 말한다. '어찌 오는 사람들이 지금과 같지 않음을

알 수 있겠는가.' 라고 했듯이 뒤에 태어난 사람, 후배들의 장래가 어디까지 뻗어 나갈지는 헤아려서 알 수 없기 때문이다.

그러나 물론 그 기대가 허무하게 될 경우도 있을 수 있다. '40이나 50이 되어도 명성이 들리지 않는다면 이 또한 두려워할 것이 못 된다.' 그 사람은 이미 앞날을 알 수 있기 때문에 두려워할 상대가 되지 못한다는 말이다. 물론 실제로는 소위 '대기만성(大器晚成)', 즉 늘그막에 훌륭히 열매를 맺는 사람도 없는 것이 아니지만 대체로 40세나 50세의 모습이 그 사람을 판정하는 데 한계선이 되는 것이다.

공자께서 '후생가외(後生可畏)' 라고 말씀하신 것은 특히 재주와 덕을 갖추었던 수제자 안회(顔回)의 훌륭함을 두고 말한 것이며, 이것은 '나중에 난 뿔이 우뚝하다.' 라는 말과도 통한다.

깊이 있는 해설과 풍부한 원문해석으로
고전 해석의 깊은 감동을 드립니다.

일생에 한번은 꼭 읽고 마음에 새겨야할 《명심보감(明心寶鑑)》
"착한 일을 하는 사람에게는 하늘이 복으로 갚고,
악한 일을 하는 사람에게는 하늘이 재앙으로 갚는다."

《明心寶鑑》이는 곧 '마음을 밝혀 주는 보배로운 거울'이란 뜻이다. 사람이 세상에 태어나서 어찌 사람답지 못한 인간이 될 수 있으랴? 사람은 누구나 자기 자신의 인격을 꾸준히 수양함으로써, 마음이 선량한 데서 떠나지 않고 행동이 올바른 도리에서 벗어나지 않게 되는 것이다.

'착한 일을 하는 사람에게는 하늘이 복으로써 갚고, 악한 일을 하는 사람에게는 하늘이 재앙으로써 갚는다.'고 말하고 있다. 착한 행실은 선량한 마음에서 나오고 악한 행실은 악한 마음에서 나온다. 그러므로 착한 행실을 하려면 먼저 마음부터 선량하게 닦아야 한다. 극단적으로 말하면, 사람은 누구나 자신의 마음을 가꾸기 위하여 일생을 산다고 해도 과언이 아니다. 사람의 마음은 그만큼 가꾸기 어려운 것이다. 그러나 또 본인 자신이 마음만 굳게 먹는다면, 누구나 온전한 마음을 지녀 나갈 수 있는 것이다.

추적. 범립본 원저 | 박일봉 편저 | 신국판 양장 | 472쪽 | 정가 20,000원

**고전 역사학자 박일봉 선생께서 직접 번역 · 감수하신
일봉 시리즈는 풍부한 원문해설, 어원, 뜻 풀이, 해설 등으로
정통 고전의 진수를 직접 확인해 보실 수 있습니다.**

*인격수양의 지침서 《채근담(茱根譚)》
부귀한 사람에게 경계를, 가난한 사람에게 기쁨을,
성공한 사람에게 충고를 주어 인생의 모든 일을 달성할 수 있게 한다.*

세상에는 인생과 처세에 대한 수양서가 헤아릴 수 없이 많이 있지만 그 중에서 이 《채근담》 이야말로 동서고금에 그 유례가 없는 군계일학의 백미이리라. 《채근담》 전 · 후집을 통하여 살펴보면 저자 홍자성은 그 사상의 뿌리를 유교에 두고 있으나 노장의 도교나 불교의 사상까지도 폭넓게 받아들이고 있다. 그러므로 그는 인생을 초탈하되 속세 속에서 초탈하라고 강조하고 있으며 물질과 명예도 맹목적으로 부정하고 있지는 않다. 《채근담》이 현대인의 공감을 불러일으키는 이유도 여기에 있는 것이다. 이리하여 이 《채근담》은 부귀한 사람에게는 경계를 주고 빈천한 사람에게는 안락을 주며, 성공한 사람에게는 충고를 주고 실의에 빠진 사람에게는 격려를 주어 누구에게나 인격수양의 지침서가 되고 삶의 지혜의 샘물이 되어 만인에게 즐거움을 안겨 주는 것이다.

홍자성 원저 | 박일봉 편저 | 신국판 양장 | 576쪽 | 정가 20,000원

아이의 미래, 교육의 미래를 위한

영감으로 가득 찬 루소의 자연주의 교육 사상서!

'에밀'의 주제는 교육론과 인간론이지만 루소의 탁월한 문학적 표현력을 가장 한국적으로 잘 표현한 역작으로 평가 받고 있다.

Jean-Jacques Rousseau · ÉMILE

장고의 시간을 거친 후 루소가 50세 되던 해인 1762년에 출판된 "에밀"은 제1부 첫 구절을 '신이 만물을 창조할 때에는 모든 것이 선하지만 인간의 손에 건네지면 모두가 타락한다.'로 시작한다. 교육의 근원은 자연과 인간과 사물이라고 말하고 있다. 이중에 자연의 교육은 우리의 힘으로는 어떻게 도 할 수 없으며, 사물의 교육은 어느 정도는 우리가 좌우할 수 있지만 우리가 진정 마음대로 할 수 있는 유일한 것이 인간의 교육이다. '에밀'은 또한 보편적인 주입식 교육에 반대하고 전인 교육을 중시했으며, 인간 중에서 가장 순수하게 자연성을 간직하고 있는 어린이에게 자연과 자유를 되돌려 줄 것을 주장하고, 이를 시행하는데 사회와 제도에 때 묻지 않은 "자연주의"를 강조하고 있어 현대인들에게도 귀중한 지침서라 할 것이다.

장자크 루소(Rousseau, J. J.)지음 | 민희식 옮김 | 신국판 양장 | 892쪽 | 정가 35,000원

이 시대를 구성하고 있는 우리 모두에게 사회 전반을 이해하는데 커다란 영향을 미칠 수 있는 역사 인식의 길잡이!!

'역사란, 역사가와 사실들 사이의 상호작용의 부단한 과정이며, 현재와 과거와의 끊임없는 대화이다.'

What is History?

이 책은 역사라는 근본 문제를 하나하나 빠짐없이 논한 역사철학서이다. 〈역사란 무엇인가〉는 아마도 현대에서 가장 새롭고 가장 뛰어난 철학서일 것이다. 이 책의 뛰어난 내용은 E. H. Carr 가 직업적인 철학자가 아니라 현대의 가장 탁월한 역사가라는 점과, 따라서 이 책이 그의 오랜 동안의 역사적 연구 및 서술의 경험을 통해 얻은 지혜의 결정(結晶)이라는 점이다.

"역사란 현재와 과거의 대화이다." E. H. Carr는 이 말을 이 책 속에서 여러 차례 반복하고 있다. 이 것은 그의 역사철학의 정신이다. 한편으로는, 과거는 과거 때문에 문제가 되는 것이 아니라 우리들이 살고 있는 현재에서의 의미 때문에 문제가 되는 것이며, 다른 한편으로는, 현재라는 것의 의미는 고립(孤立)한 현재에서가 아니라 과거와의 관계를 통해 분명해지는 것이다.

E. H. 카 (Edward Hallet Carr) 지음 | 박종국 옮김 | 신국판 양장 | 240쪽 | 정가 13,000원

세상을 보는 눈과
마음을 키우는 책!

세상을 움직이는 책 시리즈

❶ 에밀(장 자크 루소 / 민희식 옮김)
❷ 역사란 무엇인가(E. H. 카 / 박종국 옮김)
❸ 소크라테스의 변명, 크리톤, 향연, 파이돈(플라톤 / 박병덕 옮김)
❹ 생활의 발견(임어당 / 박병진 옮김)
❺ 철학의 위안(보에티우스 / 박병덕 옮김)
❻ 유토피아(토머스 모어 / 박병진 옮김)
❼ 채근담(박일봉 편저)
❽ 맹자(박일봉 편저)
❾ 명심보감(박일봉 편저)
❿ 논어(박일봉 편저)
⓫ 손자병법(박일봉 편저)
⓬ 노자 도덕경(박일봉 편저)
⓭ 사기 본기(박일봉 편저)
⓮ 사기 열전 1(박일봉 역저)
⓯ 사기 열전 2(박일봉 역저)
⓰ 대학 · 중용(박일봉 편저)
⓱ 목민심서(박일봉 편저)
⓲ 고사성어(박일봉 편저)
⓳ 장자 내편(박일봉 편저)
⓴ 장자 외편(박일봉 편저)
㉑ 장자 잡편(박일봉 편저)
㉒ 소학(박일봉 편저)
㉓ 고문진보-전집(시편)(박일봉 편저)
㉔ 고문진보-후집(문편)(박일봉 편저)
㉕ 법구경(박일봉 편저)
㉛ 정신분석 입문(지그문트 프로이트 / 이규환 옮김)
㉜ 톨스토이 인생론·참회록(톨스토이 / 박병덕 옮김)
㉝ 쇼펜하우어 인생론(쇼펜하우어 / 김재혁 옮김)
㉞ 몽테뉴 수상록(몽테뉴 / 민희식 옮김)
㉟ 죽음에 이르는 병(쇠렌 오뷔에 키에르케고르 / 박병덕 옮김)
㊱ 아우렐리우스 명상록(아우렐리우스 / 박병덕 옮김)
㊲ 셰익스피어 4대 비극(셰익스피어 / 박수남·김재남 옮김)
㊳ 셰익스피어 5대 희극(셰익스피어 / 박수남·김재남 옮김)
㊴ 셰익스피어 4대 비극·5대 희극(셰익스피어 / 박수남·김재남 옮김)
㊵ 파스칼 팡세(블레즈 파스칼 / 정봉구 옮김)

※ 세상을 움직이는 책 시리즈는 계속 출간됩니다.

경기도 고양시 일산동구 산두로 128, 909동 202호 | T · 031-902-9948 | F · 031-903-4315   육문사
Yukmoonsa